棋王奇着（上）

The Chessmaster and His Moves

[印] 拉贾·拉奥◎著

杨晓霞　张玮◎译

图字：01-2020-0688

图书在版编目（CIP）数据

棋王奇着 /（印）拉贾·拉奥著；杨晓霞，张玮译.
— 北京：中国大百科全书出版社，2024.3
书名原文：The Chessmaster and His Moves
中印经典和当代作品互译出版项目
ISBN 978-7-5202-1402-5

Ⅰ.①棋… Ⅱ.①拉…②杨…③张… Ⅲ.①长篇小说—印度—现代 Ⅳ.①I351.45

中国国家版本馆CIP数据核字（2023）第149023号

出 版 人	刘祚臣
策 划 人	曾 辉
审 校	姜景奎
责任编辑	易希瑶 齐 芳
责任校对	鞠慧卿
封面设计	许润泽 叶少勇
责任印制	李宝丰
出版发行	中国大百科全书出版社
地 址	北京阜成门北大街17号 邮政编码 100037
电 话	010-88390636
网 址	http://www.ecph.com.cn
印 刷	中煤（北京）印务有限公司
开 本	710毫米×1000毫米 1/16
印 张	61.5
字 数	828千字
印 次	2024年3月第1版 2024年3月第1次印刷
书 号	ISBN 978-7-5202-1402-5
定 价	188.00元

本书如有印装质量问题，可与出版社联系调换

中印经典和当代作品互译出版项目
中方专家组

主　　编　　薛克翘　刘　建　姜景奎
执行主编　　姜景奎
特约编审　　黎跃进　阿妮达·夏尔马（印度）
　　　　　　邓　兵　B.R.狄伯杰（印度）
　　　　　　石海军　苏林达尔·古马尔（印度）

总序：印度经典的汉译

一、概念界定

何谓经典？经，"织也"，本义为织物的纵线，与"纬"相对，后被引申为典范之作。典，在甲骨文中上面是"册"字，下面是"大"字，本义为重要的文献，例如传说中五帝留下的文献即为"五典"[①]。《尔雅·释言》中有"典，经也"一说，可见早在战国到西汉初，"经""典"二字已经成为近义词，"经典"也被用作一个双音节词。

先秦诸子的著作中有不少以"经"为名，例如《老子》中有《道经》和《德经》，故也名为《道德经》，《墨子》中亦有《墨经》。汉武帝罢黜百家之后，"经"或者"经典"日益成为儒家权威著作的代称。例如《白虎通》有"五经何谓？谓《易》《尚书》《诗》《礼》《春秋》也"一说，《汉书·孙宝传》有"周公上圣，召公大贤。尚犹有不相说，著于经典，两不相损"一说。然而，由印度传来的佛教打破了儒家对这一术语的垄断。自汉译《四十二章经》以来，"经"便

[①] "典，五帝之书也。"——《说文》

逐渐成为梵语词 sutra 的标准对应汉译，"经典"也被用以翻译"佛法"（dharma）[①]。随着佛教在中国的传播和发展，类似以"经典"指称佛教权威著作的说法也多了起来。[②] 到了近代，随着西学的传入，"经典"不再局限于儒释道三教，而是用以泛指权威、影响力持久的著作。

来自印度的佛教虽然影响了汉语"经典"一词的语义沿革，但这又可以反过来帮助界定何为印度经典。汉译佛经具体作品的名称多以 sutra 对应"经"，但在一般表述中，"佛经"往往也囊括经、律（vinaya）、论（abhidharma）三藏。例如法显译《摩诃僧祇律》（*Mahasanghika-vinaya*）、玄奘译《瑜伽师地论》（*Yogacarabhumi-sastra*），均被收录在"大藏经"之中，其工作也统称为"译经"。来华译经的西域及印度学者多为佛教徒，故多以佛教典籍为"经典"。不过也有一些非佛教徒印度学者将非佛教著作翻译为汉语，亦多冠以"经"之名，其中不乏相对世俗、与具体宗教义理不太相关的作品，例如《婆罗门天文经》《婆罗门算经》《啰嚩拏说救疗小儿疾病经》（*Ravankumaratantra*）等。如此，仅就译名对应来说，古代汉语所说的"经典"可与 sutra、vinaya、abhidharma、sastra、tantra 等梵语词对应，这也基本囊括了印度古代大多数经典之作。

然而，古代中印文化交流也有一定的局限性，若以现在对经典的理解以及对印度了解的实际情况来看，吠陀、梵书、森林书、奥义书、往世书等古代宗教文献，两大史诗、古典梵语文学著作等文学作品，以及与语法、天文、法律、政治、艺术等相关的专门论著都是印度经典不可或缺的部分。从语言来看，除梵语外，巴利语、波罗克利特语、阿波布朗舍语等古代语言，伯勒杰语、阿沃提语等中世纪语言，印地语、孟加拉语、乌尔都语等现代语言，以及殖民时期被引入印度并在印度生根发芽的英语都在不同的历史时期承载了印度经典的传承。

[①] "又睹诸佛，圣主师子，演说经典，微妙第一。"——《妙法莲华经》卷一《序品》（T09, no. 262, c18-19）

[②] "佛涅槃后，世界空虚，惟是经典，与众生俱。"——白居易《苏州重玄寺法华院石壁经碑》

二、古代中国对印度经典的汉译

经典翻译,是将他者文明的经典之作译为自己的语言,以资了解、学习,乃至融合、吸纳。这一文化行为首先需要一个作为不同于自己的"他者"客体具有足以令主体倾慕的经典之作,然后需要主体"有意识"地开展翻译工作。印度文明在宗教、哲学、医学、天文等方面的经典之作具有较高的知识水平,在不同时代对中国社会各阶层产生了独特的吸引力。中印文明很早就有了互通记录,有着甚深渊源,在商品贸易、神话传说、天文历法等方面已有学者尝试考证。① 随着张骞出使西域,佛教传法僧远来东土,中印之间逐渐建立起"自觉"的往来,古代中国对印度经典的汉译也在汉代以佛经翻译的形式得以展开。

1. 佛教经典汉译

毫无争议,自已佚的《浮屠经》②以来,佛教经典汉译在古代中国对印度经典的翻译中占有主流地位。译经人既有佛教僧人,也有在家居士,既有本土学者,也有西域、印度的传法僧人。仅以《大唐开元释教录》以及《贞元新定释教目录》的统计为例,从东汉永平十年至唐贞元十六年,这734年间,先后有185名重要的译师翻译了佛经2412部7352卷(见表1),成为人类历史上少有的翻译壮举。

---

① 季羡林《中印文化交流史》(北京:新华出版社,1993年)及薛克翘《中国印度文化交流史》(北京:昆仑出版社,2008年)中部分内容均介绍了相关观点。
② 学术界关于第一部汉译佛经的认定,历来观点不一。不少学者认为,《四十二章经》是第一部汉译佛经;但有学者经过考证发现,西汉哀帝元寿元年(公元前2年)大月氏使臣伊存口授的《浮屠经》应该是第一部,可惜原本失佚,后世知之甚少。目前,学术界基本倾向于认为《浮屠经》为第一部汉译佛经,并已意识到《浮屠经》在中国佛教史及学术史上的重要地位。参见方广锠:《〈浮屠经〉考》,《法音》,1998年第6期。

表1　东汉至唐代汉译佛经规模[①]

朝代	年代	历时/年	重要译师人数/人	部数/部	卷数/卷
东汉	永平十年至延康元年	154	12	292	395
魏	黄初元年至咸熙二年	46	5	12	18
吴	黄武元年至天纪四年	59	5	189	417
西晋	泰始元年至建兴四年	52	12	333	590
东晋	建武元年至元熙二年	104	16	168	468
前秦	皇始元年至太初九年	45	6	15	197
后秦	白雀元年至永和三年	34	5	94	624
西秦	建义元年至永弘四年	47	1	56	110
前凉	永宁元年至咸安六年	76	1	4	6
北凉	永安元年至承和七年	39	9	82	311
南朝宋	永初元年至升明三年	60	22	465	717
南齐	建元元年至中兴二年	24	7	12	33
南朝梁	天监元年至太平二年	56	8	46	201
北朝魏	皇始元年至东魏武定八年	155	12	83	274
北齐	天保元年至承光元年	28	2	8	52
北周	闵帝元年至大定元年	25	4	14	29
南朝陈	永定元年至祯明三年	33	3	40	133
隋	开皇元年至义宁二年	38	9	64	301
唐[②]	武德元年至贞元十六年	183	46	435	2476

自东汉以后约6个世纪中，大量佛教经典被译为汉语，其历程与佛教在中国的传播历程基本同步。在这一过程中，涌现出许多重要译师，仅译经50部或100卷以上的译师就有16人（见表2），其中又以鸠摩罗什、真谛、玄奘、义净、不空做出的贡献最为卓越，故此他们被称为"汉传佛教五大译师"。他们的生平事迹和具体贡献在许多佛教典籍中均有叙述，此不赘述。

---

① 本表主要依据《大唐开元释教录》整理而成，其中唐代的数据引用的是《贞元新定释教目录》。

② 唐代数据至德宗贞元十六年（公元800年）为止，并不完整。但考虑到唐德宗后，大规模译经基本停止，故此数据亦有相当高的参考价值，至贞元十六年，唐代已经译经435部2476卷，足以确立其在中国译经史上的地位。

表2 译经50部或100卷以上的译师

时代	朝代	人名	译经部数/部	译经卷数/卷
三国西晋	吴	支谦	88	118
	西晋	竺法护	175	354
东晋十六国	东晋	竺昙无兰	61	63
		瞿昙僧伽提婆	5	118
		佛陀跋陀罗	13	125
	北凉	昙无谶	19	131
	后秦	鸠摩罗什	74	384
南北朝	宋	求那跋陀罗	52	134
	陈	真谛	38	118
	北魏	菩提留支	30	101
隋唐	隋	阇那崛多	39	192
	唐	玄奘	76	1347
		实叉难陀	19	107
		义净	68	239
		菩提流志	53	110
		不空	111	143

自唐德宗之后，译经事业由于政局等多方面因素影响而受阻，此后又经历了唐武宗和后周世宗两次灭佛，佛教在中国的发展受到冲击。直到公元982年，随着天竺僧人天灾息和施护的到访，北宋朝廷才重开译经院，此时距唐德宗年间已有约200年，天灾息等僧人不得不借助朝廷的力量重新召集各地梵学僧，培养本土翻译人才。在此后的约半个世纪中，他们总计译出500余卷佛经。此后，汉地虽有零星译经，却不复早年盛况，古代中国对印度经典的汉译逐渐落下帷幕。

2. 非佛教经典汉译

佛教经典汉译占据了古代中国对古代印度经典汉译的主流，除此之外，其他一些印度经典也被译为汉语。这些文献大致可以分为两类。一类是在翻译佛教经典的过程中无意之中被译为汉语的，尤其是佛教文献中所穿插的印度民间故事等。[①] 一类是在翻译佛教经典之外，有意翻译的非佛教经典，例如婆罗门教哲学、天文学、医学著作等。尽管数量无法与佛教经典相提并论，但这些非佛教经典的翻译在一定程度上体现了古代中华文明对古代印度文明的关注逐渐由佛教辐射到印度文明的其他领域。不过从译者的宗教信仰以及对经典的选择来看，这类汉译大部分是佛教经典翻译的附属产品。

3. 其他哲学经典汉译

佛教自产生以来，与印度其他思潮之间既有争论，也有共通之处。因而在佛教经典的汉译过程中，中国人也逐渐接触到古代印度的其他哲学。有关这些哲学派别的基本介绍散见于包括佛经、梵语工具书、僧人传记等作品中，例如《百论疏》对吠陀、吠陀支、数论、胜论、瑜伽论，甚至与论释天文、地理、算术、兵法、音乐法、医法的各种学派相关的记载、注释和批判也可以在这些作品中找到。[②] 很有可能出于佛教对数论派和胜论派知识的尊重，以及辨析外道与佛法差别的需要等原因，真谛和玄奘才分别译出了数论派的《金七十论》和胜论派的《胜宗十句义论》。[③] 这两部经典的汉译在一定程度上拓宽了中国知识界对印度哲学的视野，但其翻译在很大程度上受到了佛教对其他哲学派别好恶的影响，依然是在佛教经典汉译的主导思路下完成的。

4. 非哲学经典汉译

除宗教哲学经典外，古代印度的天文学、数学、医学在人类科

---

① 新文化运动以来，这一领域已有多部论著问世，此不赘述。
② 宫静：《谈汉文佛经中的印度哲学史料——兼谈印度哲学对中国思想的影响》，《南亚研究》，1985年第4期，第52~59页。
③《金七十论》译自数论派的主要经典《数论颂》(*Samkhya-karika*)，相传为三四世纪自在黑（Isvarakrsna）所作。《胜宗十句义论》的梵文原本已佚，从内容看属于胜论派较早的经典著作。参见黄心川：《印度数论哲学述评——汉译〈金七十论〉与梵文〈数论颂〉对比研究》，《南亚研究》，1983年第3期，第1~11页。

学史上也具有重要地位，其中一些著作也被译为汉语。古代印度天文学经典多以佛教经典的形式由传法僧译出。①隋唐时期，天文学著作汉译逐渐出现了由非佛教徒印度天文学家主导的潮流。据《隋书》记载，印度天文著作有《婆罗门天文经》《婆罗门竭伽仙人天文说》《婆罗门天文》。②瞿昙氏（Gautama）、迦叶氏（Kasyapa）和拘摩罗氏（Kumara）三个印度天文学家氏族曾先后任职于唐代天文机构太史阁，其中瞿昙氏的瞿昙悉达翻译了印度天文学经典 Navagrahasiddhanta，即《九执历》。③此外，印度的医学、数学、艺术经典也因其实用价值通过不同渠道被介绍到中国，其中一些著作或部分或完整地被译为汉语。

5. 落幕与影响

中国古代的印度经典汉译在唐代达到巅峰，此后逐渐走向低谷，无论是数量还是质量都难以达到唐代的水平。造成这一现象的原因主要有两个方面：一方面，唐代中后期，阿拉伯帝国的崛起以及唐朝与吐蕃关系的恶化阻断了中印之间两条重要的陆路通道——西域道和吐蕃道，之后五代十国以及宋代时期，这两条通道均未能恢复，只有南海道保持畅通。④另一方面，中国宗教哲学的发展和印度佛教的密教化这两种趋势决定了中国对印度佛教经典的需求逐渐下降。在近千年的历程中，佛教由一个依附于黄老信仰的外来宗教逐渐在汉地生根发芽，成为汉地宗教生活不可缺少的一部分，其作为"中国佛教"的独立性日益增强。甚至权威如玄奘，也不能将沿袭至那烂陀寺戒贤大师

---

① 例如安世高译《佛说摩邓女经》、支谦等译《摩登伽经》、竺法护译《舍头谏太子二十八宿经》等。

② 《隋书·经籍志》，北京：中华书局，1982年，第1019页。

③ 参见 P.C.Bagchi, *India and China: A Thousand Years of Cultural Relations*. 1981, Calcutta, Saraswat Library, p.212. 此后，依然有传法僧翻译佛教天文学著作的记载，具体参见郭书兰：《印度与东西方古国在天文学上的相互影响》，《南亚研究》，1990年第1期，第32~39页。

④ 菩提迦耶出土的多件北宋时期前往印度朝圣的僧人所留下的碑铭证明，宋代依然有僧人前往印度朝圣，且人数不少。法国汉学家沙畹（E. Chavannes）、荷兰汉学家施古德（G. Schlegel）、印度学师觉月（P. C. Bagchi）等国外学者在这方面均有讨论，具体参见周达甫：《改正法国汉家沙畹对印度出土汉文碑的误释》，《历史研究》，1957年第6期，第79~82页。

的"五种姓说"完全嵌入汉地佛教的信仰之中。汉地"伪经"的层出不穷也从某种角度反映了佛教的中国本土化进程。不空等人在中国传播密教虽然形成了风靡一时的"唐密",但未能持久。究其根本在于汉地佛教的发展受到本土儒家信仰的影响,很难与融合了婆罗门教信仰的佛教密宗契合。此外,本土儒家、道家也在吸纳佛教哲学的基础上有了新的变革。至宋代,三教合一的趋势逐渐显现,源自印度但已本土化的佛教与儒家、道家的融合进一步加深,致使对印度经典的诉求越来越少。由此,义理上的因素使得中国的知识分子不再追求印度佛教的哲学思想;再者,随着佛教在印度的衰落,以及中国佛教自身朝圣体系的建立和完善,前往印度朝圣也失去了意义。

古代中国对古代印度经典的汉译始于佛教,也终于佛教。尽管如此,以佛教经典为主的古代印度经典汉译已经在中国历史上烙下了深刻的印记,其影响是持久和多方面的。在这一过程中,译师们开创的汉译传统给后人翻译印度经典留下了巨大财富:

其一,汉译古代印度经典除早期借助西域地方语言外,主要翻译对象都是梵语经典,本土学者和外来学者编写了不少梵汉工具书。

其二,一套与古代印度宗教哲学术语对应的意译和音译相结合的汉译体系得以建立。由于佛教经典的流传,很多术语已经成为汉语的常用语,广为人知。

其三,除术语对应外,梵语作品译为汉语需要克服语法结构、文学体裁等方面的限制,其实践在一定程度上影响了汉语的一些表达法。[①] 如此等等都为后人继续翻译印度经典提供了便利之处。

更为重要的是,历史上重要的译师摸索出一套大规模翻译经典的方式方法,他们的努力对于后继的翻译工作来说具有很高的参考价值。经过早期的翻译实践,鸠摩罗什译经时便开始确立了译、论、证几道基本程序,并辅之以梵本、胡本对勘和汉字训诂,经总勘方

[①] 例如汉语中常见的"所+动词"构成的被动句就可能源自对佛经的翻译。参见朱庆之《汉译佛典中的"所V"式被动句及其来源》(载《古汉语研究》,1995年第1期,第29~31、45页)及其他相关著述。

定稿。在后秦朝廷的支持下，鸠摩罗什建立了大规模译场，改变了以往个人翻译的工作方式，配合翻译方法上的完善，大大提高了译经的效率和质量。唐代译场规模更大，翻译实践进一步细化，后世记载的翻译职司包括译主、证义、证文、度语、笔受、缀文、参译、刊定、润文、梵呗等 10 余种之多。

此外，先人还摸索出一套翻译人才的培养模式，隋代译师彦琮曾以"八备"总结了译师需具备的一系列条件，具体内容为：

一诚心受法，志在益人；二将践胜场，先牢戒足；三文诠三藏，义贯五乘；四傍涉文史，工缀典词，不过鲁拙；五襟抱平恕，器量虚融，不好专执，耽于道术，淡于名利，不欲高衒；六要识梵言；七不坠彼学；八博阅苍雅，粗谙篆隶，不昧此文。[①]

这八备之中，既有对译者宗教信仰、个人品行的要求，也有对梵语、汉语表达的语言技能以及对佛教义理的知识掌握等方面的要求，今天看来，依然有很大的借鉴意义。

三、近现代中国对印度经典的汉译

佛教在印度的衰落及消亡使中印失去了最为核心的交流主题。中国对印度经典的汉译停留在以梵语为主要媒介、以佛教经典为主要对象的时代，自 11 世纪末[②]至 20 世纪初，这一停滞状态持续了数个世纪之久。19 世纪中后期，印度士兵和商人随着欧洲殖民者的战舰再次来到中国，中印之间的交往以一种并不和谐的方式得以恢复。中印屡弱的国力和早已经深藏故纸堆的人文交往传统都不足以阻挡西方诸国强势的物质力量和文化力量，中印人文交往便在这新的格局中，借助西方列强构建起来的"全球化"体系开始复苏。

---

① 《释氏要览》卷二，T54, no. 2127, b21-29。
② 宋神宗元丰五年（1082）废置译经院，佛教经典汉译由此不再。

由于缺乏对印度现代语言和文化的了解，早期对印度经典的译介在语言工具和主题设置两个层面均在一定程度上受制于西方的话语体系。20世纪上半叶中国对泰戈尔作品的译介便是明证。1913年，泰戈尔自己译为英语的诗集《吉檀迦利》以英语文学作品的身份获得诺贝尔文学奖，这在当时的世界文坛引起了轩然大波，对当时正在探索民族出路的中国知识分子来说同样具有很大的震撼力和吸引力。陈独秀在1915年10月15日出版的《青年杂志》上刊载了自己译自《吉檀迦利》的四首《赞歌》，为此后持续了近一个世纪并且至今依然生机勃勃的泰戈尔著作汉译工程拉开了序幕。据刘安武统计，至1949年中华人民共和国成立止，"我国翻译介绍了印度文学作品40种左右（不包括发表在报刊上的散篇）。这40种中占一半的是泰戈尔的作品"。[①] 泰戈尔在中国受到格外关注固然始于西方学术界对他的重视，但他的影响如此之大亦在于他的作品恰好满足了当时中国在文学思想领域的需求。首先，从语言文学来看，泰戈尔的主要创作语言是本土的孟加拉语，而非印度古典梵语。这引起了当时正致力于推广白话文的中国知识分子的广泛关注，并被视为白话文替代古文的成功榜样。[②] 此外，泰戈尔的文学创作，尤其他的散文诗为当时正在摸索之中的汉语诗歌提供了一个重要的参考对象。其次，从思想上来说，泰戈尔的思想与当时作为亚洲国家"先锋"的日本截然相反，为当时正在探索民族出路的中国知识分子提供了另一个标杆。于是，泰戈尔意外地成为中印之间自佛教之后的又一重大交流主题。尽管中国知识分子对其思想和实践的评价并不一致，许多学者依然扎实地以此为契机重启了中国翻译印度经典的进程。当时中国尚未建立起印度现代语言人才培养机制，因此早期对泰戈尔作

[①] 刘安武：《汉译印度文学》，《中国翻译》，1991年第6期，第44~46页。
[②] 胡适向青年听众强调泰戈尔对孟加拉语文学的贡献时说："泰戈尔为印度最伟大之人物，自十二岁起，即以阪格耳（孟加拉）之方言为诗，求文学革命之成功，历五十年而不改其志。今阪格耳之方言，已经泰氏之努力，而成为世界的文学，其革命的精神，实有足为吾青年取法者，故吾人对于其他方面纵不满足于泰戈尔，而于文学革命一段，亦当取法于泰戈尔。"（载《晨报》，1924年5月11日）

品的汉译多转译自英语。凭借译者深厚的文学功底，不少经典译作得以诞生，尤其是冰心、郑振铎等人翻译的泰戈尔诗歌，时至今日依然在中国广为流传。

与泰戈尔一同被引介到中国的还有诸多印度民间故事文学作品。①如前文所述，古代翻译印度经典时就有不少印度民间故事被介绍到中国，但多以佛教经典为载体。②近现代以来，印度民间文学以非宗教作品的形式被重新介绍过来。这在很大程度上是因为"中国缺少创作儿童文学的传统"③，印度丰富的民间文学正好满足了中国读者的需求。与此同时，印度民间文学与中国文学之间的关系也日益进入中国学者的视野，"中印文学比较研究"这一新的研究领域开始初露端倪。其研究领域最广为人知的课题之一便是《西游记》中孙悟空形象与《罗摩衍那》中哈奴曼形象的渊源。当时许多新文化运动的大家都参与其中，鲁迅、叶德均认为孙悟空形象源于本土神话形象"无支祁"，胡适、陈寅恪、郑振铎则认为孙悟空形象源于哈奴曼。④

自西方语言转译印度经典的尝试为增进对印度的认知、重燃中国知识界和民众对印度文化的兴趣起到了积极作用，许多掌握西方语言的汉语作家投身其中，其翻译作品受到读者喜爱。然而，转译的不足也显而易见，因此，对印度经典的系统汉译需要建立一支如古代梵汉翻译团队一样的专业人才队伍。

1942年，出于抗战需要，民国政府在云南呈贡建立了国立东方语文专科学校，设有印度语科，开始培养现代印度语言人才。1946年，季羡林自德国学成回国，在北京大学创设东语系；1948年，金克木加盟东语系。1949年，国立东方语文专科学校并入北京大学东

---

① 参见刘安武：《汉译印度文学》，《中国翻译》，1991年第6期，第44~46页。
② 参见薛克翘：《中国印度文化交流史》，北京：昆仑出版社，2008年，第261~265页。
③ 刘安武：《汉译印度文学》，《中国翻译》，1991年第6期，第44~46页。
④ 参见鲁迅：《中国小说史略》，《鲁迅全集》第9卷，北京：人民文学出版社，1981年；鲁迅：《中国小说的历史的变迁》，《鲁迅全集》第9卷，北京：人民文学出版社，1981年；胡适：《〈西游记〉考证》，《胡适文存》第2集第4卷，上海：亚东图书馆，1924年；陈寅恪：《〈西游记〉玄奘弟子故事之演变》，《金明馆丛稿二编》，上海：上海古籍出版社，1982年；郑振铎：《〈西游记〉的演化》，《郑振铎全集》第4卷，石家庄：花山文艺出版社，1998年；叶德均：《无支祁传说考》，《戏曲小说丛考》，北京：中华书局，1999年。

语系。东语系开设梵语－巴利语、印地语、乌尔都语三科印度语言专业，并很快培养出第二代印度语言专业队伍。随之，印度经典得以从原文翻译。第一代学者季羡林、金克木领衔的梵语团队翻译了印度史诗《罗摩衍那》及以迦梨陀娑为代表的印度古典梵语文学作家的许多作品，如《沙恭达罗》《优哩婆湿》《云使》《伐致呵利三百咏》等，并启动了《摩诃婆罗多》等经典作品的翻译；旅居印度的徐梵澄翻译了《五十奥义书》①及奥罗宾多创作、注释的诸多哲学著作。季羡林、金克木的弟子黄宝生等延续师尊开创的传统，完成了《摩诃婆罗多》、奥义书②、《摩奴法论》、古典梵语文论、故事文学作品等一系列著作的翻译。与此同时，由第二代学者刘安武领衔的近现代印度语言团队译介了大量的印地语、乌尔都语、孟加拉语等语言的文学作品，其中尤以对印地语／乌尔都语作家普列姆昌德和孟加拉语作家泰戈尔的作品的汉译最为突出。③殷洪元对印度现代语言语法著作的翻译以及金鼎汉对中世纪印度教经典《罗摩功行之湖》的翻译也开拓了新的领域。巫白慧等学者陆续将包括"吠檀多"在内的诸多婆罗门教哲学经典译为汉语。④文献资料是学术研究的基础，这一系列经典汉译成果打破了古代中国对古代印度经典汉译中存在的"佛教主导"的局限，增加了现代视角，并以经典文献为契机，首次较为全面系统地介绍了印度文明，奠定了现代中国印度学研究的基础。由这两代学者编订的《印度古代文学史》《梵语文学史》和《印度印地

---

① 参见徐梵澄译：《五十奥义书》，北京：中国社会科学出版社，1995年。
② 参见黄宝生译：《奥义书》，北京：商务印书馆，2010年。
③ 刘安武自印地语译出的普列姆昌德作品（集）有《新婚》（贵阳：贵州人民出版社，1982年）、《如意树》（上海：上海译文出版社，1983年）、《普列姆昌德短篇小说选》（北京：人民文学出版社，1984年）、《割草的女人：普列姆昌德短篇小说新集》（长沙：湖南人民出版社，1985年）等，加之其他学者的译介，普列姆昌德的重要作品几乎全被译为汉语。此后，刘安武又主持编译出版了24卷本《泰戈尔全集》（石家庄：河北教育出版社，2000年），泰戈尔的主要作品均被收录其中。
④ 其中重要的译介成果包括巫白慧译《圣教论》（乔荼波陀著，北京：商务印书馆，1999年）、姚卫群译《古印度六派哲学经典》（节译六派哲学经典，北京：商务印书馆，2003年）、孙晶译《示教千则》（商羯罗著，北京：商务印书馆，2012年）等。

语文学史》等著作成为中国现代印度学研究的必读文献。①

由于印度文化的独特之处及其在历史上形成的巨大影响力，以现代学术研究的方式开展的印度经典汉译所产生的影响进一步辐射了包括语言、文学、哲学、历史、考古等多个学科领域，并形成了一些跨学科研究领域：

其一，中印文化比较研究。由胡适等老一辈学者开创的中印文学比较研究取得了新的进展，其中一部分研究形成了中印文化交流史这一新的学术研究领域；另一部分研究成为东方文学研究领域最重要的组成部分，东南亚、西亚等区域文学研究也受益于印度文学研究的开展和所取得的成就。此外，从具体作品到文艺理论的印度文学译介也从整体上进一步拓展了比较文学研究的视野。

其二，佛教研究。现代中国对印度经典汉译的范围不再局限于传统的汉语系佛教传统经典，在许多领域都取得了新的突破。在佛教文献来源方面，开拓了对巴利语系和藏语系佛教的研究。② 由于梵语人才的培养，中国学者得以恢复梵汉对勘的学术传统。③ 对非佛教宗教思想典籍的译介也使得对佛教的认识跳出了佛教自身的范畴，对其与其他宗教思想之间的互动与联系有了更加全面的认识。

其三，语言学研究。对梵语及相关语言的研究推动了梵汉对音，以及对古汉语句法的研究。一些接受了梵语教育的汉语语言学学者结合古代语料，尤其是汉译佛经，对古汉语的语音、句法等做出研究。

---

① 单就印度文学翻译而言，据不完全统计，1950~2005 年，中国翻译印度文学作品（以书计）400 余种，其中中印关系交好的 1950~1962 年约有 70 种，关系不好的 1962~1976 年仅有 4 种，关系改善后的 1976~2005 年则有 300 余种。不过，2005 年之后，除黄宝生、薛克翘等少数学者仍笔耕不辍外，其他前辈学人逐渐"离席"，这类汉译工作进入某种冬眠期。

② 相关成果包括郭良鋆《佛本生故事选》（与黄宝生合译，北京：人民文学出版社，1985 年）、《经集：巴利语佛教经典》（北京：中国社会科学出版社，1998 年），以及段晴等译《汉译巴利三藏·经藏·长部》（上海：中西书局，2012 年）等。

③ 自 2010 年以来，黄宝生主持对勘出版了《入菩提行论》（北京：中国社会科学出版社，2011 年）、《入楞伽经》（北京：中国社会科学出版社，2011 年）、《维摩诘经》（北京：中国社会科学出版社，2011 年）等佛经的梵汉对勘本，叶少勇以梵、藏、汉三语对勘出版了《中论颂》（上海：中西书局，2011 年）。

四、现状和汉译例解

尽管取得了上述成就，但由于印度文明积累深厚、经典众多，目前亟待翻译的印度经典还有很多。其中，以梵语创作的经典包括四部吠陀本集、梵书、森林书、往世书、《诃利世系》《利论》《牧童歌》等；以南印度语言创作的经典包括桑伽姆文学、《脚镯记》、《玛妮梅格莱》《大往世书》《甘班罗摩衍那》等；以波罗克利特语创作的经典包括《波摩传》等；以中世纪北印度地方语言创作的经典包括《地王颂》《赫米尔王颂》《阿底·格兰特》《苏尔诗海》《莲花公主》，以及格比尔、米拉巴伊等人的作品等；以现代印度语言创作的经典包括帕勒登杜、杰辛格尔·普拉萨德、般吉姆·钱德拉·查特吉、萨拉特·钱德拉·查特吉、拉默金德尔·修格尔、默哈德维·沃尔马、阿格叶耶等著名现当代文学家的作品以及迦姆达普拉沙德·古鲁、提兰德尔·沃尔马等人的语言学著作等。此外，20世纪以来，一些印度思想家、政治家、文学家以英语创作的作品也可列入印度现代经典之列，目前中国仅对圣雄甘地、贾瓦哈拉尔·尼赫鲁、辨喜、纳拉扬、安纳德、拉贾·拉奥、奈都夫人等人的个别作品有所译介，大量作品仍然处于有待翻译的名单之中。

这些经典汉译的背后离不开相关学者的努力。进入21世纪以来，中国大致有两支队伍从事印度经典汉译工作。第一支是自20世纪四五十年代以来成型的印度语言专业队伍，其人员构成以高等院校和研究机构从业人员为主，兼有相关外事机构从业人员，他们均接受过系统、专业的印度语言训练。第二支是20世纪初译介包括泰戈尔作品在内的印度文学作品的作家和出版业者，80年代改革开放以来，越来越多接受过英语教育的人或全职或兼职地参与到印度作品的汉译工作之中。相比第一支队伍，这支队伍的人员构成较为复杂，水平也参差不齐，但在市场经济的推动下，一些能够成为市场热点的著作往往很快就翻译过来，例如两位与印度相关的诺贝尔文学奖得主——泰戈尔和奈保尔的作品一版再版，四位印度裔布克奖得主——萨尔曼·拉什迪、阿兰达蒂·罗伊、基兰·德塞、阿拉文德·阿迪加的作品也先后译出；此外，由于瑜伽的普及，包括克里希那穆提在内的一些现代宗教家的论著也借由英语转译为汉语。一方面，随着市场化改革的需求，第二支队伍日益蓬勃发展，但其翻译质量往往难以保障。另一方面，由于现行科研体制对从事翻译和研究的人员不利，第一支队伍也面临着诸多问题。如何在接下来的实践中取长补短，或者说既要尊重市场机制的要求，又要以学术传统克服市场失灵的状况，这也是需要进一步思考的问题。

应该说，印度经典汉译主要依靠第一支队伍，原文经典翻译比通过其他语言转译更为重要。20世纪80年代以来，这支队伍勤勤恳恳，笔耕不辍，为印度经典汉译做出了巨大贡献，取得了丰硕成果。然而，就现状看，除黄宝生、薛克翘等极少数学人外，这支队伍的第一代和第二代学人已然"离席"，后辈学人虽然已经加入进来，但毕竟年轻，经验不足，加之现行科研体制自身问题的牵制，后续汉译工作亟需动力。好在已有些年轻人在这方面产生了兴趣，其汉译意识很强，对印度梵文原典和中世纪及现当代原典的汉译工作的理解也令人刮目。可以预见，印度经典汉译将会迎来又一个高潮，汉译印度经典的水平也将有新的提升。

从某种角度说，在前文罗列的种种有待翻译的印度经典中，印度中世纪经典尤为重要。中世纪时，随着传统婆罗门教开始融合包括佛教、耆那教等在内的异端信仰与民间的大众化宗教传统，加之伊斯兰教的进入，印度进入了一个新的"百家争鸣"时代。这一时期留下了许多经典之作，它们对后世印度的宗教、社会、文化均产生了重要影响。长期以来，中国对印度中世纪经典的译介几乎一片空白，仅有一部《罗摩功行之湖》和零星的介绍。近年来，笔者组织团队着手翻译印度中世纪经典《苏尔诗海》，并初步总结了以下心得：

第一，经典汉译并非简单的语言转换，除需要精通相关语言外，还需要译者具备与印度文化相关的背景知识，以便能够精准地理解原文含义。例如，在一首描写女子优雅体态的艳情诗中，作者直接以隐喻的修辞手法描述了包括莲花、大象、狮子、湖泊等在内的一系列自然景象和动植物，若不熟悉印度古代文学中一些固定的比喻意象，则很难把握这首诗的含义。[①] 由于审美标准不同，被古代印度诗人视为美丽的"象腿"在当今语境中已经成为足以令女子不悦的比喻。此类审美视角需要辅之以例如《沙恭达罗》中豆扇陀国王对沙恭达罗丰乳肥臀之态的称赞才能理解。

第二，古代中国对古代印度经典汉译的传统在很大程度上为现代翻译经典提供了以资借鉴的便利，譬如许多专有词在汉语中已有完全对应的词可供选择，省去了译者的诸多麻烦。但是，这也要求译者了解相关传统，并能将其中的一些内容为己所用；同时，还应避免由于古代中国对古代印度经典翻译在视角、理解上的偏差所带来的问题。例如，triguna 这一数论哲学的基本概念已由真谛在《金七十论》中译为"三德"，后来的《薄伽梵歌》等哲学经典的汉译也已沿用，新译经典中便不宜音译为"三古纳"之类的新词。此外，由于受佛教信仰的影响，一些读者在看到"三德"时往往容易将之与佛教中所说的法身德、般若德、解脱德等其他概念联系起来，对此需要给出注释加以说明以免误解。

第三，现代中国对现代印度经典的汉译虽然已经取得了不俗的成绩，但由于时间、人员等条件的限制，在翻译体例、内容理解等方面依然存在不少可改进之处。

笔者以《苏尔诗海》中黑天的名号为例予以说明。黑天是印度教大神毗湿奴最重要的化身之一，梵语经典中通常称之为 Krsna，字面义为"黑"，汉语之所以译为"黑天"，很可能是因为汉译佛经将婆罗门教诸神（deva）译为"天"，固在 Krsna 的汉语译名"黑"之后加上了"天"，大约与 Brahma 被译为"梵天"、Indra 被译为"帝释天"，以及 Sri 被译为"吉祥天"等相当。后世对相关经典文献的介绍都沿用了这一名称。然而，若实际对照各类经典，可以发

[①] 参见姜景奎等：《〈苏尔诗海〉六首译赏》，载《北大南亚东南亚研究》（第一卷），北京：中国青年出版社，2013年，第261~262页。

现毗湿奴名号繁多。[①]中世纪印度语言继承并发扬了这一传统，在伯勒杰语《苏尔诗海》中，黑天的名号有数十种之多，其中仅字面义为"黑"的常见名号就有四个，分别是 Krsna、Syama、Kanha、Kanhaiya。这四个名号之中只有 Krsna 是标准的梵语词，且使用最少，只用于黑天摄政马图拉之后人们对他的尊称；其他三个均为伯勒杰语词，多用于父母家人、玩伴女友对童年和少年黑天的称呼。因此，汉译中如果仅使用天神意义的"黑天"一名就违背了《苏尔诗海》所描述的黑天的成长情境。为此，结合不同名号的使用情况以及北印度农村生活的实际情况，笔者重新翻译了其他三个名号，即将多用于牧女和同伴对少年黑天称呼的 Syama 译为"黑子"，多用于父母和其他长辈对童年黑天称呼的 Kanha 和 Kanhaiya 分别译为"黑黑"和"黑儿"。此外，还有一些名号或表明黑天世俗身份，或描述黑天体态，或宣扬黑天神迹，笔者也重新进行了翻译，例如：nanda-namdana"难陀子"、madhava"摩图裔"等称呼说明了黑天的家族、家庭身份，kesau"美发者"、srimukha"妙口"等以黑天身体的某一部分代指黑天，giridhara"托山者"、manamohana"迷心者"等以黑天在其神迹故事中的表现代指黑天，等等。

结合以上几方面的思考，《苏尔诗海》汉译实际上兼具深入而系统的研究性质，包括四部分。第一，校对后的原文。到目前为止，印度出版了多个《苏尔诗海》版本，各版本虽大同小异，但仍有差异，笔者团队搜集到影响较大的几个主要版本，并进行核对比较，最后确定一种相对科学的原文进行翻译研究。第二，对译。从经典性和文献性出发，尽可能忠实于原文，在体例选择上尽量保持诗词的形态，在内容上尽量逐字对应，特殊情况则以注释说明。第三，释译。从文献性和思想性出发，尽可能客观地阐明原文所表现的文献内容和宗教思想。该部分为散文体，其中补充了原文省略的内容并清楚地展现出情节的发展、人物的心理变化以及作品的思想内涵。

[①] 参见葛维钧《毗湿奴及其一千名号》（载《南亚研究》，2005年第1期，第48~53页）及相关著述。

第四，注释。给出有关字词及行文的一些背景知识，例如神话传说故事、民间信仰、生活习俗、哲学思想等，以及翻译中需要说明的其他问题。

试以下述例解说明：

【原文】略①

【对译】

此众得乐自彼时

听闻诃利②你之信，当时即刻便昏厥。
自隐蔽处蛇③出现，欣喜尽情吸空气。
鹿④心本已忘奔跃，复又撒开四蹄跑。
群鸟大会高高坐，鹦鹉⑤言称林中王。
杜鹃⑥偕同自家族，咕咕欢呼唱庆歌。
自山洞中狮子⑦出，尾巴翘到头顶上。
自密林中象王⑧来，周身上下傲慢增。
如若想要施救治，莫亨⑨现今别耽搁。
苏尔言，
如若罗陀⑩再这般，一众敌人大欢喜。

【释译】

黑天离开牛村很久了，养父难陀、养母耶雪达以及全村的牧人牧女都非常思念他，希望他能回来看看。牧女们对黑天的思念尤为强烈，其中又以罗陀最甚。罗陀是黑天的恋人，两人青梅竹马，两

---

① 由于原文字体涉及较为复杂的排版问题，这里仅呈现该首诗的对译、释译和注释三部分，原文略。本诗为《苏尔诗海》（天城体推广协会版本）第4760首，参见 Dhirendra Varma, *Sursagar Sara Satika*, Sahitya Bhavan Private Ltd., 1986, No. 181, p.334。
② 诃利，原文 Hari，"大神"之义，黑天的名号之一。
③ 此处以蛇代指罗陀的发辫，意在形容发辫柔软纤长、乌黑发亮。
④ 此处以鹿的眼睛代指罗陀的眼睛，意在形容眼睛大而有神、灵动美丽。
⑤ 此处以鹦鹉的鼻子代指罗陀的鼻子，意在形容鼻子又挺又尖、美妙可爱。
⑥ 此处以杜鹃的声音代指罗陀的声音，意在形容声音甜美悠扬、清脆嘹亮。
⑦ 此处以狮子的腰代指罗陀的腰，意在形容腰身纤细柔顺、婀娜灵活。
⑧ 此处以大象的腿代指罗陀的腿，意在形容腿脚步态从容、端庄稳重。
⑨ 莫亨（原文 mohana），黑天的名号之一。
⑩ 罗陀（原文 Radha），黑天最主要的恋人。

小无猜，曾经你欢我爱，形影不离。可是，黑天自离开后就再也没有回来过，甚至连信也没有寄过一封。伤离别，罗陀时刻处于煎熬中。为了教育信奉无形瑜伽之道的乌陀，也为了看望牧区故人，黑天派乌陀来到牛村，表面上让他传授无形瑜伽之道，实则置他于崇尚有形之道的牛村人中间，让他迷途知返。乌陀的到来，打乱了牛村人的生活。一者，牛村人沉浸在思念黑天的离情别绪之中，乌陀破坏了气氛，于表面的宁静之中注入了不宁静。二者，牛村人本以为乌陀会带来黑天给予牛村的好消息，但适得其反，乌陀申明自己是为传授无形的瑜伽之道而来，甚至说是黑天派他来传授的，牛村人对此不解、迷茫。他们崇尚有形，膜拜黑天，难道黑天完全抛弃了他们？他们陷入了更深一层的痛苦之中。三者，对牧区女来说，与黑天离别本就艰难，但心中一直抱有再次见面再次恋爱的期望，乌陀的到来打消了她们的念头，从精神上摧毁了她们。其中，罗陀尤甚，她所遭受的打击要比别人更甚。由此，出现了本诗开头提及的罗陀晕厥以及晕厥之后乌陀"看到"的情况，具体内容是乌陀向黑天口述的：

乌陀对黑天说道："黑天啊，你的恋人罗陀非常思念你，她忍受离别之苦，渴望与你相见。可是，你却让我去向她传授无形的瑜伽之道。唉，她一听到是你让我去的，当即就昏了过去，倒在地上，不省人事。唉，真是凄凉啊！这边罗陀昏迷不醒，那边动物界却出现了一派喜气景象：黑蛇从洞里出来了，它高兴地尽情享受空气；此前，罗陀的又黑又亮的长发辫曾使它羞于见人，认为自己形体丑陋，不得不躲藏起来。已经忘记奔跑的小鹿出来了，它撒开四蹄，愉悦地到处奔跳；此前，罗陀那明亮有神的大眼睛曾使它羞于见人，认为自己的眼睛丑陋，不敢出来乱逛。鹦鹉出来了，它参加群鸟大会，坐在高高的枝丫上，声称自己是林中之王；此前，罗陀又尖又挺的鼻子曾使它羞于见人，认为自己的鼻子丑陋，躲藏起来。杜鹃鸟出来了，它和同族一起，咕咕叫个不停，欢庆胜利；此前，罗陀那甜美悠扬的声音曾使它感到拘束，认为自己的声音难听，不敢开口。狮子从山洞中出来了,他得意扬扬,悠闲自在,尾巴翘到了头顶上;此前,罗陀纤细柔软的腰肢曾使它羞于见人,认为自己的腰肢粗笨僵硬,不敢示人,躲进山洞。大象从茂密的森林里出来了,它一步一昂头,傲慢自大,目中无人,盛气凛然;此前,罗陀稳重美丽的妙腿曾使它自惭形秽,认为自己的腿丑陋不堪,羞于展露,躲进森林。唉,黑天啊,你快救救罗陀吧,如果再不行动,稍后想要施救就来不及了……"

"此众得乐自彼时"是本诗的标题,意思是罗陀晕倒之时,即是众动物高兴之时。它们羞于与罗陀相比,虽然视罗陀为敌,却不敢直面罗陀,纷纷逃遁躲藏。听说罗陀遭到黑天抛弃,晕厥不醒,它们自然高兴,便迫不及待地恢复了原来的自由生活。"如若罗陀再这般,一众敌人大欢喜",是诗外音,是苏尔达斯的总结性话语。在这首诗里,苏尔达斯主要展现了罗陀的美,但整首诗中没有出现任何对罗陀的溢美之词,没有提到罗陀的名字,更没有提到她的发辫、眼睛、鼻子、声音、腰肢和腿等,甚至没有提到蛇、鹿、鹦鹉、杜鹃鸟、狮子和大象的相关部位,仅以这些动物对罗陀晕厥不醒后的反应进行阐释,这就给听者和读者留下了巨大的想象空间,似形似景,情景交融。这种手法似乎是印度特有的,其审美视角值得深入研究。

上述例解仅为笔者及笔者团队对于印度中世纪经典汉译的一己之见,希望能开拓印度经典汉译与研究的新视角、新路子,以期印度经典在中国能得到更为深入系统的翻译与研究。

五、中印经典及当代作品互译出版项目

2013年初,笔者与时任中国大百科全书出版社社长龚莉女士、副总编辑马汝军先生和社科分社社长滕振微先生合作,提出了"中印经典和当代作品互译出版项目"的动议。该动议得到相关单位的

积极回应。2013年5月李克强总理访印期间，国家新闻出版广电总局和印度外交部签署合作文件，决定启动"中印经典和当代作品互译出版项目"，并写入两国发表的联合声明（第17条）。2014年9月，习近平主席访问印度，该项目再次被写入两国发表的联合声明（第11条）。该项目成为中印两国的重大文化交流项目之一。双方商定，双方各翻译对方的25种图书，以5年为期。2016年5月，国家新闻出版广电总局印发"关于实施《"十三五"国家重点图书、音像、电子出版物出版规划》的通知"，该项目被列入"'十三五'国家重点图书出版规划"。在此期间，笔者与薛克翘先生商量组织翻译团队事宜。我们掰着指头算，资深的老辈学人几乎都不能相扰，后辈学人又大多刚刚走上工作岗位，有的还在求学，翻译资质存疑。我俩怎一个愁字了得！然，事情得做，学人得培养。我们决定抓住机遇，大胆启用后辈学人，为国家培养出一支新的汉译团队。因此，除薛克翘、刘建、邓兵等少数几位前辈学人外，我们的翻译成员绝大多数在40岁左右，有的还不过30岁。两三年的实践证明，我们的决定完全正确。新生代学人知识全面，学习能力强，执行能力更强。从已完成待出版的成果看，薛克翘先生对审读过的一本书的评价最能说明问题："字里行间，均见功夫。"译文质量是本项目的重中之重。除薛克翘、刘建和笔者外，我们邀请了黎跃进教授、石海军研究员和邓兵教授作为特约编审，约请了尼赫鲁大学的狄伯杰（B. R. Deepak）教授以及德里大学的阿妮达·夏尔马（Anita Sharma）教授和苏林达尔·古马尔（Surinder Kumar）先生作为印方顾问，对译文质量进行全面把关。译者完成翻译后，译稿首先交予编审审校，如遇大问题时向印方顾问咨询，之后返予译者修改。如有必要，修改稿还需经过编审二次审校，译者再次修改。这以后，稿件才会交予出版社编辑进行审读，发现问题再行修改……我们认为，唯如此，译文质量才能得到保障，译者团队才能得到锻炼。

本项目是中印两国的重大文化交流项目之一。因此，印度方面也有相应团队，负责汉译印的工作，由上文提及的狄伯杰教授领衔，由印度国家图书托拉斯负责实施。需要指出的是，双方翻译的作品并非译者自选，而是由双方专家通过充分沟通磋商确定。汉译作品的选定过程是这样的，笔者先拟定了 50 多种印度图书，这些书抑或是中世纪以来有重要影响的经典巨著，比如《苏尔诗海》《格比尔双行诗集》和《献牛》等，抑或是印度独立以后获得过印度国家级奖项的作家之名作，如默哈德维·沃尔马、毗什摩·萨赫尼、古勒扎尔的代表作等。而后，笔者请相熟的印度学者从中圈定出 30 种。之后，国家新闻出版广电总局的相关领导、中国大百科全书出版社的龚莉社长和滕振微先生以及笔者本人专赴印度，与印方专家组进行面对面的交流探讨，最终确定了 25 种汉译印度图书名录。印度团队的印译中国图书名录的选定过程与此类似。具体的汉译书单如下表：

序号	书名	作者	备注
1	苏尔诗海 *Sursagar*	苏尔达斯 Surdas	诗歌
2	格比尔双行诗集 *Kabir Dohavali*	格比尔达斯 Kabirdas	诗歌
3	献牛 *Godan*	普列姆昌德 Premchand	长篇小说
4	帕勒登杜戏剧全集 *Bhartendu Natakavali*	帕勒登杜 Bhartendu	戏剧
5	普拉萨德戏剧选 *Prasad Rachna Sanchayan*	杰辛格尔·普拉萨德 Jaishankar Prasad	戏剧、诗歌、短篇小说
6	鹿眼女 *Mriganayani*	沃林达温拉尔·沃尔马 Vrindavanalal Verma	长篇小说
7	献灯 *Deepdan*	拉默古马尔·沃尔马 Ramkumar Verma	独幕剧
8	灯焰 *Dipshikha*	默哈德维·沃尔马 Mahadevi Verma	诗歌
9	谢克尔传 *Shekhar: Ek Jeevani*	阿格叶耶 Ajneya	长篇小说
10	黑暗 *Tamas*	毗什摩·萨赫尼 Bhisham Sahni	长篇小说
11	肮脏的边区 *Maila Anchal*	帕尼什瓦尔·那特·雷奴 Phanishwar Nath Renu	长篇小说
12	幽闭的黑屋 *Andhere Band Kamare*	莫亨·拉盖什 Mohan Rakesh	长篇小说

续表

序号	书名	作者	备注
13	宫廷曲调 *Raag Darbari*	室利拉尔·修格勒 Shrilal Shukla	长篇小说
14	鸟 *Parinde*	尼尔莫勒·沃尔马 Nirmal Verma	短篇小说
15	班迪 *Aapka Banti*	曼奴·彭达利 Mannu Bhandari	长篇小说
16	一街五十七巷 *Ek Sadak Sattavan Galiyan*	格姆雷什瓦尔 Kamleshwar	长篇小说
17	被抵押的罗库 *Rehan par Ragghu*	加西纳特·辛格 Kashinath Singh	长篇小说
18	印度与中国 *India and China*	师觉月 P. C. Bagchi	学术著作
19	向导 *Guide*	纳拉扬 R. K. Narayan	长篇小说
20	烟 *Dhuan*	古勒扎尔 Gulzar	短篇小说、诗歌
21	那时候 *Sei Samaya*	苏尼尔·贡戈巴泰 Sunil Gangopadhyaya	长篇小说
22	一个婆罗门的葬礼 *Samskara*	阿南特穆尔蒂 U. R. Ananthamurthy	短篇小说
23	芥民 *Chemmeen*	比莱 T. S. Pillai	长篇小说
24	印地语文学史 *Hindi Sahitya ka Itihas*	罗摩金德尔·修格勒 Ramchandra Shukla	学术著作
25	棋王奇着 *The Chessmaster and His Moves*	拉贾·拉奥 Raja Rao	长篇小说

毫无疑问，这些作品均是印度中世纪以后的经典之作，基本上代表了印度现当代文学水准，尤其反映出印地语文学的概貌。我们以为，通过这些文字，中国读者可以大体了解印度现当代文学的基本情况。

就本项目而言，笔者在这里需要表达由衷谢意：

首先，感谢原国家新闻出版广电总局的相关领导，没有他们的认可，本项目不可能正式立项。其次，感谢中国大百科全书的前社长龚莉女士、前副总编辑马汝军先生和前社科分社社长滕振微先生，没有他们的奔走，本项目不可能成立。再次，感谢中国大百科全书出版社社长刘国辉先生及诸位编辑大德，没有他们的付出，本项目不可能实施。感谢另两位主编薛克翘先生和刘建先生，两位前辈不仅担当主编、审校工作，还是主要译者；他们是榜样，也是力量。十分感谢黎跃进和邓兵两位教授，两位是特邀编审，邓兵教授也是译者，他们认真负责的精神令人起敬。感谢印度尼赫鲁大学的狄伯杰教授以及德里大学的阿妮达·夏尔马教授和苏林达尔·古马尔先生，他们的付出为本项目的实施提供了某种保障。特别感谢石海军研究员，他是特邀编审之一，可惜天不假年，他于2017年5月13日凌晨突然辞世，享年仅55岁，天地恸哭，是中国印度文学研究的一大损失！最后，感谢翻译团队的诸位译者，他们是新时代的精英，是中国印度研究领域的后起之秀，他们的成就由读者面前的文字可见一斑。

祝福诸位，祝福所有为本项目的立项和实施有所付出的先生大德们！

自《浮屠经》以来，汉译印度经典已有两千多年的历史。这一人类历史上少有的浩大文化工程背后既有对科学技术的追求，也有对宗教信仰的热忱；既有统治者的意志，也有普通民众的需求。印度经典汉译一方面极大地丰富了中华文化，另一方面也保存和传播了印度文化；既形成了自己的学术传统，又推动了许多相关领域研究的发展。时至今日，在中印关系具有特殊意义的大背景下，继续推进对印度经典的汉译在两国关系层面有助于加深两国之间的认知和了解，构建更为均衡、更为深厚的国际关系，在学术研究层面也有助于推动相关领域研究的继续发展。

姜景奎
北京燕尚园
2017年12月31日
2019年12月25日修订

译者前言

拉贾·拉奥（Raja Rao，1908—2006）是印度著名英语小说家，与M.R.安纳德、R.K.纳拉扬并称为印度英语小说"三大家"，在印度文学史上具有重要地位。1964年，拉奥的小说《蛇与绳》（*The Serpent And The Rope*，1960）获得印度文学院奖（Sahitya Akademi Award）。此外，他还荣获印度政府颁发的1969年度三级荣誉公民奖（Padma Bhushan）和2007年度二级荣誉公民奖（Padma Vibhushan）。1997年3月，拉奥当选为印度文学院院士。2007年起，印度国内设立"拉贾·拉奥奖"，以奖励对文学做出杰出贡献的南亚流散作家。

1938年，拉奥发表基于甘地主义的乡村小说《根特浦尔》，开始步入文坛。之后，他陆续出版了《蛇与绳》和《猫和莎士比亚》（*The Cat and Shakespeare: A Tale of India*，1965），以小说形式阐释吠檀多思想。1976年，拉奥发表的小说《基里诺夫同志》（*Comrade Kirillov*）是翻写陀思妥耶夫斯基的小说《群魔》，他认为共产主义作为意识形态与印度传统思想相异。《棋王奇着》发表于1988年，荣获该年度诺伊施塔特国际文学奖（Neustadt International Prize for Literature）。这部小说涉及了以上小说的所有主题，既有抽象的东西方哲学思想探讨、文化分析，又涵盖政治、国际关系等内容，是一部集中表现作家思想的作品。《棋王奇着》是拉奥计划的三部曲小说中的第一部，后面两部《山的女儿》（*The Daughter of the Mountain*）和《你掌中的樱桃李》（*A Myrobalan in the Palm of Your Hand*）至今尚未出版。

一、拉贾·拉奥生平

1908年11月5日，拉奥出生于南印度小镇哈撒纳（Hassana）一个历史悠久的婆罗门之家。他出生那天，迈索尔王公正好到哈撒纳，当拉奥的父亲正按传统礼仪向下榻他们家的王公敬献弯刀和剖开两半的柠檬时，拉奥诞生了。于是，他就被简单地命名为"拉贾"（意为"王"）。拉奥出生时的巧合被家人视为吉兆，认为他日后必有非凡成就。母亲拉克西米更认为拉奥应该是位王子，她对自己做过的一个梦深信不疑：在梦中，她和拉奥三世为母子，其中一世，拉奥就是王太子。拉奥四岁时，母亲因肺病辞世。拉奥虽然对母亲没有多少深刻印象，但母亲所做的梦、家人对自己的希冀和宠爱都深刻印在他心中，这些也被写入《棋王奇着》中。

拉奥的一位叔公是海德拉巴的成功律师，给当地很多富豪做顾问，拉奥的父亲就去投靠了他，在海德拉巴尼扎姆学院教授坎那达语。传说这位叔公年轻时风流倜傥，他爱上一位美人，就从自己负责看管的地方财政收入里窃取金钱取悦她，事情败露后，他逃到邻近的一个王国，凭其英俊相貌和聪明才智，又在那里当了总理，但他故态重萌，又和王后发生私情。这次，在一名锡克侍卫保护下，他逃到了海德拉巴。这位叔公的传奇经历和不羁个性在《棋王奇耆》里的人物身上有所体现，如阿肖克王公虽然花天酒地，但不乏治国抱负，可他不愿和尼赫鲁政府合作，发挥自己的才能。

拉奥后来到父亲身边求学，就读于当地一所穆斯林贵族学校阿利亚，他是学校里唯一的一位印度教学生。学生们都是海德拉巴各王公贵族家的孩子，他们虽然整洁迷人，但却更愿意说宫廷秘事、流言而不是认真学习。在海德拉巴上学期间，拉奥患上肺结核病，他遵从医生建议，回家乡山区休养。拉奥去了位于纳将古德的姐姐家，当地有一所著名寺庙，他就住在寺庙后面，并爱上了山区和绿色原野带给他的宁静平和。拉奥在迈索尔城图书馆的《印度名人录》里发现了埃里克·狄金森的地址，就给他写了封信。狄金森是位诗人，是拉奥一位表哥的好朋友，因为怀念这位去世的朋友，就来到印度朝圣。拉奥就把自己写的作品寄给狄金森看。随后，拉奥又去了狄金森任教的阿里格尔，在那读一所穆斯林大学。拉奥认为自己的业总把他和穆斯林关联在一起，不过这些经历让他有机会了解伊斯兰文化和结识一些穆斯林朋友。拉奥在阿里格尔还学习法文，他很快就掌握了这门语言，并对法语文学产生了浓厚兴趣。拉奥显露出学习语言的天赋和极大兴趣。身为婆罗门世家子弟，梵文是必学的语言，他后来在一篇文章中写到自己"迷恋梵文，还着迷于马拉亚姆语……母语坎那达语总能触动自己的内心之弦"。他认为法文是为精神贵族准备的语言，意大利文闪耀着人文主义光辉。不难理解，为什么在拉奥的作品中（尤其是在《棋王奇耆》中）会经常出现多种语言了。

帕特里克·格迪斯爵士在法国蒙彼利埃开办了一所国际学院，狄金森向他推荐了拉奥，他看到拉奥的一些作品后，就邀请拉奥到他那里学习。海德拉巴政府和阿利亚校方也很高兴，并给拉奥提供了奖学金。在法国求学期间，他先后在蒙彼利埃大学和索邦大学深入学习印度、西方的历史、哲学等课程，这进一步丰富了他日后的创作内容。拉奥对西方作家、作品并不陌生，他在印度上学的时候，教他的老师中就有希腊文化专家。到法国后，他更是有一长串的阅读书单，他最喜欢的作家是莎士比亚和陀思妥耶夫斯基，阅读西方作品让他反而更深刻地理解印度和印度文化。拉奥在法国学习期间结识了女教师卡米耶·穆利，1931年，两人结婚。卡米耶约比拉奥年长五岁，她曾是希腊文化爱好者，后来又崇拜印度文化。拉奥认为她对法国宗教文化的叛逆心理让她狂热地迷恋上异教文化。卡米耶在生活方面照顾拉奥的同时，身为文学教师的她还在写作方面给拉奥一些帮助和指导。对于字句的结构和精确性，卡米耶极其讲究，这让拉奥痛苦不堪；她还认为拉奥所读的泰戈尔、济慈的英文作品根本不算文学，于是拉奥又重新用自己的母语坎那达语进行写作。卡米耶在苏瓦松教书时，拉奥每天上午都进行文学创作，他发表了几篇用母语写的诗歌。拉奥说："我住在法国，而法国却把印度归还给了我。"拉奥认为自己写作起步晚，他说在自己开始写作的这个年龄，瓦雷里已经处于创作巅峰，纪德已经发表了代表作，马尔罗也向世界奉献了一部史诗。直到1938年，拉奥的英文小说《根特浦尔》出版时（由卡米耶翻译），罗曼·罗兰等人给他写来了热情的信件，拉奥才认为自己进入了文学世界。

　　1934年，拉奥在法国《水星》杂志谋到一个职位，便放弃了博士学位学习。因为退学，海德拉巴政府停止了对拉奥的资助，而编辑的薪水并不高，这就加重了卡米耶的经济负担。另一方面，拉奥爱上了一位到英国留学的印度学生。有学者认为，《棋王奇着》中的贾娅拉克西米指的就是拉奥喜欢的这位女士。种种原因之下，1939年，拉奥和卡米耶离婚，回到印度。尽管拉奥已经投身到当时的印度独立运动中，但独立前的印度并没有给人多少希望。此外，第二次世界大战前的西方社会文化也让人觉得失去希望，再加上离异带来的影响，拉奥失去了写作动力，他在印度周游各地，寻找自己的精神导师。

从13世纪开始，拉奥家族就是吠檀丁（吠陀哲学家）世家。据传说，这个家族祖先早在犍陀罗时代就担任国王的婆罗门导师。后来，这个家族迁至南印度迈索尔，迈索尔王公也给予他们家族一些特权，比如管理皇家邮政所等。早在拉奥四五岁时，祖父就教授他一些婆罗门思想，跟他讲述当地女神的一些传说。小拉奥虽然完全不懂这些，但作为婆罗门世家子弟，他努力记住祖父的教导，从不问问题。他知道：如果你不知道哪位神是什么，你的生活就毫无价值；如果你不知道湿婆神的神奇，就只能从他坐骑的两耳间看到他……每天傍晚，拉奥在家庙里都能看到女人们向湿婆的配偶帕尔瓦蒂唱颂歌，女神被装饰着黄金、丝绸、蓝宝石和红宝石等代代献奉的礼物。拉奥认为自己是"百分百的婆罗门"，但对于自己的精神困惑，却没有找到解决办法。他去了室利奥罗宾多修道院，也在甘地的塞瓦格兰姆静修院生活过一段时间，虽然甘地静默无语的修行方式给了他很大启发，但还是不能解决他的精神困惑。甘地主义对拉奥文学创作影响很大，除上文提到的《根特浦尔》外，拉奥还写过传记《伟大的印度道路：圣雄甘地的一生》（*The Great Indian Way: A life of Mahatma Gandhi*，1998）。拉奥认为，甘地主义是继马克思主义之后，可以在全世界推广并指导世人的思想。1943年，拉奥终于在特里凡得琅找到了他终身的精神导师室利·阿特曼南德，开始向自我内在的世界探寻生命意义。

室利·阿特曼南德天资聪颖，小时候就对宗教表现出特殊的兴趣。他从法学院毕业后，先在特里凡得琅高级法院工作，后转入警察局工作，一直到退休。这些工作给他带来精神上的困扰，他就大量阅读哲学和宗教书籍期望获得满意的答案。他也曾四处拜见"圣人"，寻访自己的精神导师。他后来成为神秘主义者、不二论吠檀多哲学家，喜欢通过逻辑演绎和直观比喻深入浅出地说明抽象概念。这些都深刻影响了拉奥的思想，并体现在他的小说创作中。阿特曼南德鼓励拉奥继续小说创作，还要求他保证在小说创作中不能撒谎，要把写作当成对自我心灵的反省。阿特曼南德喜爱国际象棋，棋艺超群，有人称他为"棋王"。他常常利用下棋来拓展下棋者的棋力，下棋的过程就成为对最高真理的探寻过程。可以看出，小说《棋王奇着》的书名和书中所表达人生如棋的隐喻，就受到了阿特曼南德的影响。拉奥本打算在阿特曼南德的修道院定居下来，但阿特曼南德认为他的职责和生活并不在此，劝他回到西方。1966年，拉奥到美国得克萨斯州的奥斯汀教授印度哲学，直到1980年退休。对拉奥来说，他的后半生都没有离开过阿特曼南德，他经常回到阿特曼南德的修道院短期居住，他的卧室里一直挂着阿特曼南德的两幅大照片。他去世后，骨灰被送到阿特曼南德修道院安葬。

拉奥第一次到法国时19岁，他说自己在欧洲只生活了一周就意识到自己是印度人。他一生绝大部分时间在海外度过，但他却说"我的印度，我随身携带"、"我一直在印度"等话，他还认为自己"是位百分之百的婆罗门，是来自印度的印度人"，并不认为"自己包含多元文化"。一次，拉奥接受一位年轻学者的访谈，他不同意访谈内容被录音，年轻学者后来只能凭着记忆和理解记录下和拉奥的对话。年轻学者认为拉奥拒绝使用现代录音设备，是在沿袭古代传统，因为印度古代很多佛经、语录等典籍著作都是这样记录下来的。拉奥一生和印度传统文化、印度哲学有着密不可分的关系，找到自己的精神导师阿特曼南迪以后，他更是将写作转向哲学小说创作，在文学创作中发现自我，认识自我。

二、《棋王奇着》

《棋王奇着》分为三部分：第一部分题为"突厥人和猎虎"，讲述主人公希瓦和法国女演员苏珊娜之间的关系，以及他和公主贾娅拉克西米（文中简称贾娅）之间的精神之恋。这部分介绍了印度王公的历史和生活，和第三部分中，贾娅母亲所讲述的王公经商、王室城堡成为旅馆等内容相呼应。在希瓦看来，印度独立后，印度社会各种姓的达磨被破坏了，王室也无法遵循社会规范管理国家了。第二部分为"设拉子杯"，描写希瓦对米雷耶迷恋，以及他和阿尔及利亚独立运动领导人之间关于甘地、革命方式等方面的对话。第三部分为"婆罗门与拉比"，主要描写希瓦听犹太人米歇尔讲述其第二次世界大战中的遭遇。在第二和第三部分中，希瓦和拉缇拉、贾娅、米歇尔等人的谈话都涉及怎样看待死亡的问题。简单来说，小说讲述了希瓦与四位女性、四位男性的故事。四位女性中，贾娅是位失势王公家的公主，嫁给了一位大商人，丈夫忙于生意，夫妇俩相敬如宾，却缺乏理解和夫妻间的柔情蜜意。贾娅的脑部长有肿瘤，在英国开刀后，去巴黎见希瓦。希瓦和贾娅彼此钟情，但现实处境让他们无法在一起。另一位女性苏珊娜，她第一位丈夫是个喜欢拈花惹草、不负责任的男演员，第二个丈夫是南斯拉夫共产主义分子，他们两人都不知所终。苏珊娜对东方神秘主义充满好奇，希望通过希瓦（可以再生的婆罗门）召回自己死去的孩子。看到希瓦没有下定决心和苏珊娜结婚，苏珊娜又被从集中营死里逃生的米歇尔吸引，投入他的怀抱。第三位女性是希瓦的朋友让-皮埃尔的妻子米雷耶，这位共产主义积极分子是位业余艺术史研究学者，她对希瓦以及他所代表的印度（东方）文化充满好奇，并和他发生了一夜情。米雷耶最终选择和希瓦继续做朋友而不是情人，她清楚地认识到自己不适合希瓦这样的抽象人物。第四位女性是希瓦的妹妹乌玛，她因婚后长年不孕和患有癔症而到巴黎求医。她思想单纯，对印度传统宗教非常虔诚，严守社会习俗。

希瓦的四位男性朋友是阿肖克王公、妇科医生让-皮埃尔、珠宝商拉缇拉和犹太语言学家米歇尔，他们性格迥异，社会和宗教背景各不相同。阿肖克王公的监护人是贾娅的父亲，他和贾娅情同兄妹。阿肖克王公出身于古老王族，但随着印度新的民主政权建立，和其他被取消王国权力的王公一样，他只能在醉酒、传统祭祀活动和象征性的国会会议中打发时光。让-皮埃尔性格开朗，待人热情，喜爱美食和美女之余，又对其他弱小民族争取民族独立的斗争充满同情，他在现实和理想间寻求平衡。拉缇拉是在巴黎长大的印度人，他年轻时纵情声色，过着不道德的生活，妻子去世和第二次世界大战中的经历，让他转向哲学和宗教寻找解脱，并准备放弃在巴黎的生意和家产，回归印度，追随自己的精神导师。米歇尔是波兰犹太人，在第二次世界大战中死里逃生后在巴黎定居下来，作为犹太人所经历的苦难并没有磨灭他追求幸福生活的渴望，他希望和苏珊娜过上实实在在的世俗生活。小说主要在希瓦和这些人物的交往、对话中展开，通过它们，希瓦反观自身，认识自我，从而完成对其身份两个层次的发现：首先是身处海外，在现实生活中自我文化身份的认定；其次，作为一个印度人对"人"的存在和归宿等哲学问题的探讨和解答。

对自我文化身份的认同是印度流散作家作品中一个很重要的主题。很多作家都会从描写人物日常生活入手，通过对印度传统的衣、食、住等方面来表现人物生活在多重文化空间内的感受，这一点在《棋王奇着》中也非常明显。例如，希瓦因为要和贾娅两人在家里吃晚饭，他沐浴后换上腰布和印式衬衫，并点上几支香，放上一张印度著名歌手的唱片，他和贾娅自己动手做印度式饭食，用手吃饭。拉缇拉的家虽然在巴黎繁华街道（著名的老佛爷百货后面），但屋里的陈设却具有十足的印度特色，饮食起居也都是印度方式，以至于让人感叹道："他让自己的印度不受外界影响。"希瓦和拉缇拉都在自己的私人生活空间里建构出一个"印度空间"，在那里获得一种回到故乡感。小说写印度女性穿着纱丽走在巴黎街道上，因为纱丽本身亮丽的颜色和鲜明的民族特色，加上贾娅、乌玛等人的美丽容貌，人和服装成为认定人物身份的强力保证。

小说中还多次写到希瓦"沐浴—净化"这个习惯，在他看来，水不仅去除人身体上的污垢，更是对心灵的洗涤和净化。拉奥小说中这些表现手法，在其他印度流散小说中屡见不鲜。如2000年度普利策小说奖得主印裔美籍作家裘帕·拉希莉在《疾病解说者》和《同名人》中都有相似的描写。2002年度印度文学院奖获得者阿米特·乔杜里在小说《奥德修斯在海外》中，描写生活在伦敦的叔侄两人，在一家印度餐馆的传统印度食物中，找到了家的感觉，实现在食物中回归故乡。这些海外印度人在居住地的社会文化结构中，心中仍保留对印度的记忆，在想象中创造出自身所隶属的地方，从而获得精神归属。列斐伏尔说过，为了改变生活，我们首先必须要改造空间。希瓦和之后印度流散小说中的人物形象们，在一种被创造出的空间里采取种种方式保持与印度传统相近的生活方式，在异质文化空间内寻找、维护自身的文化身份。小说中，希瓦说"贾娅是印度的，印度也是她的"，他认为自己得到贾娅的方法就是失去贾娅，这或许也是一种隐喻：侨居海外的印度人，在离开/失去印度后，遵循印度传统生活方式、文化模式等，这是另一种"获得"印度民族性的方式。拉奥还写了海外印度人在思想上对民族传统文化的回归，拉缇拉就是这样的典型形象。他是一位在巴黎长大、受西方教育的印度人，一度曾远离印度文化思想，在经历人生起伏之后，他认为只有耆那教和印度导师才能解答自己的困惑。拉缇拉这个人物形象，不仅呼应了海外印度人在日常生活中保持民族风俗习惯，也指出这种精神上的认同才是种种日常生活行为的根本原因。

当代印度流散小说多将印度作为被西方审视和打量的对象，而在《棋王奇着》中，拉奥则通过罗列众多事实，向读者介绍印度与世界文明、文化的关系，他更多地是想表达在世界文明文化史中，印度本来曾和世界进行过平等对话，当下，它也应该并能够与世界进行交流和沟通。希瓦是位在法国纯粹数学国际研究院工作的印度人，就像印度传奇数学家拉马努金一样，他同样受到西方数学家的认可和重视。通过他与米歇尔等人的交谈，拉奥告诉读者，早在亚历山大大帝时期，西方就和东方（包括印度地区）进行过哲学对话，印度地区和阿拉伯地区很早就有经贸交流和人员往来，阿拉伯人将印度人的数字带到西方，印度人创造出"零"这个极具思辨色彩的概念，表明古代印度具有很高的文明。

此外，希瓦耐心细致地向妹妹解说梵文与西方语言（希腊文、法文等）在词语构成、语法方面的相似性，认为语言相关性也反映出印度和欧洲归属于同一文化圈。在工作和与外界交往中，希瓦认识到自己代表着印度，他行为处事、与人交谈都是在向外界展现印度文化。希瓦是位婆罗门，即使是在20世纪法国，他还会遵循婆罗门的一些传统规定，他身边的印度同胞也会以传统婆罗门的礼仪规定来对待他，如，贾娅会让他走在前面，贾娅母亲也会问他的建议和看法，像古代国王问自己的婆罗门导师一样。苏珊娜和她母亲对东方神秘文化充满好奇，就把自己的喜爱和好奇投放到希瓦身上，苏珊娜还从希瓦那学到"沐浴—净化"的习惯。匈牙利学者访问研究所时，特意去拜访希瓦。希瓦发现他们并不了解，拜访他只是表达对印度的敬意。阿尔及利亚独立运动领导人阿卜杜·克里姆一见到希瓦就对他说："我早就想见你了，你来自甘地的祖国。"他通过希瓦向教会自己斗争的甘地和他的祖国表示敬意。在米歇尔告诉希瓦的故事中，一位犹太人认为印度是天堂，最后还皈依印度教，成了僧人。在希瓦周围，人们自然而然地将他视为印度的代表，普通公寓看管员会拿自己和希瓦、和印度王公与公主的关系炫耀，法国文化部长也熟知印度文化。拉奥在小说中明显表现出对印度悠久文明历史的骄傲之情，潜在地也是在谴责和反思近代以来西方和英国殖民统治对印度文明的摧残，正如小说中所说"维多利亚那个白白胖胖的善良妇人，最近七十年塑造了印度人的道德"，正是这种"塑造"使印度人一度甚至忘记了自己曾有过光辉的文明历史。拉奥在小说中罗列了印度人从古到今、从自然科学到人文科学等方面取得的成就，就是要唤醒人们重新认识印度，呼吁人们重拾往日的骄傲。

那棋王是谁？奇着又是什么？中国人也有"人生如棋"的说法，认为人在和自己的命运下着一盘棋，人要仔细斟酌，每落一子，都是无法更改的选择，就是产生一种人生走势。在这里，人们会认为自己是自己的"棋王",掌握自身的命运。在拉奥的《棋王奇着》中,棋王是多元的,具有多种含义。拉缇拉自学西方哲学(甚至还有非洲哲学)后,最终在印度找到自己的导师,并认识到爱和死亡的意义;希瓦的父亲因自己失误致爱妻死亡后,也在不断地朝圣中寻找对最终归宿的理解。在这里,精神导师如同"棋王",在背后指引你在人生棋局中如何落棋。棋王也是你的命运,在你自己的种种达磨、世事因果中,它一步步安排你的棋着,让你"跳跃、移动、旋转、弯腰和向前",给你带来成功(如拉马努金的数学方程式),也会给你带来无法改变的生活(如贾娅不可避免的病亡、乌玛求子而不得等)。棋王也是神(下梵),在你的人生棋局中,引领你追求、认识真理,从而达至与它的同一。

《棋王奇着》是对商羯罗吠檀多不二论思想的沉思。商羯罗创造出"上梵"和"下梵"宇宙观,他的个体观是"阿特曼论"。"阿特曼"一词在梵文中就是"我"或"个我""灵魂"的意思,吠檀多的哲学思想中心是"梵我同一"。一般俗人用下智去看梵,把梵作为神来对待,认为它是全知全能的,附上了许多属性,成了有差别、有限制的下梵,也可看作现象世界。从下智看来,世俗日常生活是存在的,商羯罗也承认现象世界的相对实在,人直至达到解脱之前,现象世界都会存在。一般人往往认为阿特曼即为肉体的自我,它难以与最高精神本体的梵达到同一。商羯罗为说明这一点,主要从个体的存在构造、个我的本性、个我与属性的关系,以及个我与梵的关系等方面做出解释。小说中希瓦与其他人物之间的对话,都是围绕这些内容展开讨论。人们只要意识到个人现实和世界现实,他就接受自身与他人、与周围事物的关系,在这种情况下,人们生活、工作、祈祷、经历幸福和痛苦、遵守道德准则等,一旦人们获得梵,这一切都成为幻象，认识到梵是唯一真实。商羯罗认为，认识的目的就是达到真理，即对"梵我同一"的认识。从整个吠檀多哲学派别来看，都强调知识的来源之一是圣传，商羯罗信赖吠陀圣传，"梵我同一"的知识通过沉思和教化得来。

《棋王奇着》最重要的主题是探讨人如何认识自我、认识人的最终归宿，作为"印度人"，希瓦用印度哲学回答了认识自我的方法，他认为，人需要精神导师的指导。在小说里，拉奥写到拉缇拉、希瓦的父亲都经历了种种尝试去寻找精神导师，以帮助自己摆脱困惑。希瓦认为，人可以在与世界的关系中认识自己。就像上文所说的一样，希瓦和外部世界的交往中，通过别人认识到自己的印度身份。小说中也说："《奥义书》告诉我们，在金子和女人中发现自我"。在与四位女性的关系中，希瓦无疑认识到自我本质。希瓦在西方世界认识了苏珊娜和米雷耶两位女性，苏珊娜代表着西方世界的理性一面，而米雷耶以性感、自由象征着物质和感性世界的诱惑。在希瓦看来，贾娅是女人中的女人，她所具有的女子特性，让男人成为男人；贾娅所代表的印度性，也是希瓦的最终文化归属。希瓦还认为人可以在沉默（寂静，Silence）中发现、了解和认识自我，他认为沉默（寂静）是人找到自身本质的方法，是通往内心的旅行，是去神圣之所的朝圣。拉奥在接受诺伊施塔特国际文学奖致辞时说："我是一个沉默的人。任何在沉默中出现的话语都带着光，都是光的产物，光是神圣的。"

三、《棋王奇着》的写作特色

《棋王奇着》是一部不太"有趣"的小说。印度很多评论者认为它"冗长、沉闷和重复"，读起来就像"踩在软膏上"一样。有评论者拒绝了报纸的书评稿约，认为自己无法读完篇幅这么长的小说。一位印度教授开玩笑地说大家都说这部小说好，其实没有几个人读完它。此外，小说里不乏哲学性的对话和饶舌，M.R.安纳德在谈到其中的哲学思想时说，当今印度社会已经不同于九世纪的商羯罗时代，不能再盲目照搬商羯罗的不二论，再讨论"阿特曼""世界是虚幻"等思想是不够的。总之，这是一部颇有争议的作品，它在内容、语言和结构等方面所具有的鲜明特色，有时候也成为它颇受诟病的原因。

首先，小说篇幅长，内容芜杂，涉及面广。和很多印度人一样，拉奥从小就是听着祖母和家里女眷们讲的史诗故事、神话传说长大，再加上长大后所受的西方教育，他对东西方文学颇为熟悉，《棋王奇着》中除经常会出现西方民间故事、印度史诗插话外，内容还包括从东西方古今宗教、哲学、政治、历史人文科学，到数学、物理等自然科学，有史诗插话和民间传说，也有法国儿童歌谣，还有名人绯闻逸事等，其中也不乏有趣的故事，因而，这部小说的读者无疑需要一种开放的心态去迎接扑面而来的各种信息。不过，拉奥写作时信笔拈来，但对于没有相关知识背景的读者来说，读起来难免不得要领，也难以理解作者想表达的言外之意，这是小说晦涩无趣的主要原因。在叙事方面，小说叙事时间不清晰，情节散漫、破碎。如小说第三部分写乌玛到巴黎看病、贾娅在巴黎旅游等十多天的事情，但却用了较长的小说篇幅，在这条主线上，缀满了生发出来的故事、回忆、书信和联想等，不停地打断小说叙事。这种结构与印度两大史诗故事结构类似，也体现出小说叙事手法上的民族性特征。

不过，正像有的评论者说的那样：这部小说就像一条溪流，在流向终点的过程中，漫延出很多潟湖、浅滩。在小说中，拉奥想装入太多东西，却忽略了叙事连贯性和故事的可读性。之所以出现这些情况，与拉奥对写作的认识有关。印度传统文化认为，文学是启蒙，是打开人们的双眼去认识自身。拉奥认为当今很多作家和读者没有耐心去理解深刻的内容，但他不关心普通读者是否能理解自己的作品，他说过：写吠陀的人会问普通人能否理解吗？不会；很多人不懂莎士比亚作品，但并不妨碍莎士比亚的伟大。拉奥认为作家们不必与读者"交流"，他们无话可说，只是在向读者提供自己的"经历"。拉奥说写作是自己生存的一个方面，他的写作源于自我，在写作中，自我不断走向更深的内心，从而不断成熟。拉奥认为写作是一种精神成长方式，这也是印度形而上学和文学的传统观点，他对此坚信不疑。由此可见，拉奥写作是寻求自我成熟的途径，他会在作品中涵盖自己对各个方面的思考结果，至于读者能理解与否，他并不感兴趣。

其次，小说语言构成多样，句式和语义跳跃。这部小说的语言简洁与繁复并存，句子结构长短混置，多种语言混杂，可以看出，拉奥对文字的理解和驾驭能力出神入化。小说里有大量对话，即使在对话中，拉奥也用极为简单的英语句式表达一些深邃的哲学观点。但另一方面，这种语言现象也很容易打断读者顺畅的阅读节奏。小说虽是英文作品，除随处可见法文、梵文诗歌外，句子里有时还夹杂个别印地语、希腊语、德语、拉丁语等语言的词汇。例如，写印度王宫里一段生活场景，其中写到"竹帘"，他用了印地语的转写"chik"形式，但又遵循英文名词复数词后加"s"的一般规则，创造出"chiks"这样的表达方法。更有甚者，拉奥还自己发明"语言"以增加小说所需要的神秘感和陌生感。拉奥有次在接受访谈时说，在这部小说里，他发明出一种只是声音但毫无意义的语言作为犹太祈祷方式的一部分，即小说第三部分中，希瓦和米歇尔经过长谈后，傍晚时来到特罗卡德罗广场，在逐渐变暗的暮色里，米歇尔用一种看似古老而神秘的方式朗诵诗歌。这些做法，对一些缺乏语言基础的读者来说，无形中增加了阅读难度。小说还使用了意识流写作手法，作者在描写人物想法、梦境等时，多采用不完整句式，语义具有跳跃性，加大了句子信息容量，也增加了阅读断裂感。结合上文所说的拉奥前妻对语言的要求，不难猜测，拉奥对小说语言的运用非常讲究。早期印度英语作家们用非母语的英语进行写作时，普遍受到印度国内外的质疑。对此，拉奥在《根特浦尔》前言中大胆表示，印度英语作家笔下的英语会和美国英语、爱尔兰英语等一样，成为具有印度特色的英语。现在看来，拉奥的预言成为现实，在他和随后名家辈出的印度英语作家们的努力下，印度英语小说已经成为世界文学中独具特色的一部分，小说语言中所洋溢出的印度文化特色，也成为其重要标志之一。

《棋王奇着》以其包罗万象的内容，思辨的哲学思想，给读者提供一个五光十色的文本，它可能不是一部流行小说，但它肯定是部重要的文学作品，它是拉奥真实自我的产物，也是印度思想、印度文化的文学表述。随着时间流逝，它可能会越来越多地受到人们的关注，成为印度文学史上伟大的作品之一。

张　玮

目 录

001 | 总序:印度经典的汉译

001 | 译者前言

001 | 第一部分　突厥人和猎虎

463 | 第二部分　设拉子之杯

672 | 第三部分　婆罗门与拉比

第一部分　突厥人和猎虎

1

贾娅，你应该还记得，你曾对我说：告诉我你需要我，我就会来。

我现在就需要你，你知道这话的意思。我不是真的需要你本人过来。但我确实需要你。这样你会来吗？你会变成一只鹦鹉、一瓶槟榔酒或一尊菩萨回来吗？我有时会梦到你并称你为迦丹波利①。

你记得在伦敦的那个冬日下午，我们在格林公园②喂鸽子，我告诉你：我要和苏结婚了。——你说，真的吗？——像黑蜂般乌黑的大眼睛里满是怀疑和失落。是的，我说，如你所知，我内心深处想说的就是我要做的事情。如果我内心最深处说：娶那只鸽子（看，那只鸽子在看我，并且它知道它在看我），你知道我就会娶它——我

---

① 迦丹波利（Kadambari），公元7世纪印度梵语小说家波那爱情小说《迦丹波利》（原书未完成，由波那的儿子续成）中的同名人物。——译者注（以下若无说明，则均为译者注）

② 格林公园（Green Park），英国伦敦的一座皇家园林。

告诉过你，苏以前是个演员，患有肺结核，她的身体就是这样。她说，她在山里看着星相修行治好了自己，但她的母亲却一天天地老去，因为心脏出现问题。然而，占星术好像对母亲和她的心脏没有任何作用。最终，苏说：在高山上，在皮埃尔溶洞①里，上帝许诺我会痊愈，所以我就好了，尽管医生觉得很不可思议。我已经痊愈了。她对我说，现在我知道我要和你结婚，所以我会——嫁给你。——你怎么知道？我问她。——我当然知道，她回答说。就是这样。

我仍然记得，她的身体新鲜又清澈，但胸部是僵硬的。死亡像一只蠕虫、一只蜗牛一样躲在那后面。当然了，死亡总是像一只蠕虫、一只蜗牛那样躲在我们鲜活的肉体后。但有一些蠕虫能够外出走动，而有一些还处在幼虫状态。她的蠕虫则在沉睡状态。"死亡就是睡在人身体里的一只蠕虫、一只蜗牛。"我说。"为什么你要跟我讲这些？"你看着那些鸽子问道。我扔了一把花生给它们，它们飞走了。

"鸟儿知道。"我说。

你又一次理解了我说的话，然后我们就站起来走了。

在我的记忆中，苏总是使用清晰的学术术语，清脆有力，就像数学一样。我在她身边就像在旅馆附近公园的豌豆和梅子旁边，能听到丝绸般柔滑的声音，味道闻起来像是橡木和皮革。这种沉默和深度的精确——是一杯杯欢乐，是知识的目的。森林里弥漫着缕缕薄雾，河流随风荡漾。

我为什么不和苏结婚是一个无法回答的问题。世上有一些问题是没有答案的。答案在于做什么，向左一点或向右一点都无关紧要。

---

① 皮埃尔溶洞（Pierra Cava），指法国和西班牙之间比利牛斯山的皮埃尔·圣·马丹溶洞。

向左是某人的左边，向右则是某人的右边。但那个某人是谁呢？所以，贾娅，当我们走过那棵高大的、拱形的、左边被点亮的大树时，我告诉过你：它需要一颗圆形的，而不是椭圆形的石头，一个大的点在额前的吉祥志和一个在附近由粗糙的碎石垒成的寺庙。她会说祭祀了一只公鸡。事实上，她那时正在说话。但想要理解她说的，就必须倾听自己的心声。声音消失时，就产生了意义。你的出现安抚了那棵树，伯克利广场①的树不再说话了，只有鸟儿叽叽喳喳地叫。英国的鸟儿来自世界各地。"我不和苏结婚因为苏是苏。"我被自己的答案弄糊涂了，但这确实是一个答案。苏是苏。苏，苏，还是苏。苏是苏珊娜的符号。

苏珊娜是一个法国名字，她是一位工程师的遗腹子。工程师在铁路上工作，因热病在印度支那②去世了。是吗？不，我记得是在遥远的欧帕汗吉-沙里③。拉福斯夫人皮肤粉红，几乎不怎么说话，她在圣让德卷路开了一家商店。你也知道，那是在布列塔尼④。人们说，她怀孕了，是个遗腹子。她人特别好，我们从她那买东西吧。不管战时还是和平时期，她缝制羽绒被，做些缝缝补补工作，还缝补老人的裤子。她的女儿肯定不如她能干，小苏珊娜会成为一个贵妇人。"小家伙，你长大了想做什么呢？"当店里没客人时，她这么问女儿。小苏珊娜扬起圆圆的脸蛋，张开薄薄的嘴唇，笑着说："你想让我做什么，我就做什么。"——"你会嫁给一个有钱人，住在里沃利街⑤"。苏珊娜就默许似地回了个笑脸，那时她才只有三个月大。你有钱了就住到里沃利街。当然了，如果你更有钱，你在森林街会有

---

① 伯克利广场（Berkeley Square），英国伦敦的一个广场。
② 印度支那（Indochina），又称中南半岛或中印半岛，指东南亚半岛。
③ 欧帕汗吉-沙里（Oubhanghi-Chari），地名。
④ 布列塔尼（Britanny），法国西部的一个地区。
⑤ 里沃利街（rue de Rivoli），法国巴黎著名的商业街。

一个公寓。拉福斯只去过巴黎一次，可她了解巴黎。但是，苏珊娜的思绪却飘到其他地方去了。她正看着粉色和蓝色的摇篮上的燕子。燕子移动得很快，也呈现粉色和蓝色。但现在还不是伯克利广场有燕子的时候。它们到四月才来这里，现在还只是三月。

"树木说了什么？"我问。

"噢，它没说什么。"你回答，"它说燕子四月会来。"

"我们能做什么？"

"等待。"

这是个多么特别的词语啊！等待wait源自weg，是梵文中vagas的近义词，是"力量"的意思，我的朋友米歇尔这么说。米歇尔研究语言学，专攻"人工智能"。事实上，——这和守夜或速度是一样的，他补充说。等待就是变强壮并停在此处，而你无处不在。那么，米歇尔，你是谁？是一个从比克瑙集中营[①]逃出来的犹太人？不是。那你是谁？

四月鸟儿会来，我会带你去你在花园路彭宁顿街的高端公寓。电梯很文明，它说："您的来访已登记。谢谢。"

"毕竟你是位公主。"我说。

"噢，不要那样说。"你边说边把纱丽的流苏放到头上。

所以等待就是变得文明，变文明就是存在。存在不是要变得存在，它就是存在。也就是说，用一块带斑点的纱丽盖住你的脑袋保持沉默。当然，这一切都意味着等待。这一次你会来吗？我就在那里。——"您的来访已登记。谢谢。"——我带你走出电梯，透过帽架看到了萨哈巴王妃的紫色纱丽，她正朝我们走来。我冲她挥挥

[①] 比克瑙集中营（Birkenau），第二次世界大战期间，德国在波兰奥斯维辛市附近修建40多座的集中营被总称为奥斯维辛集中营，比克瑙集中营是其中的二号营。

手就离开了，我得赶去参加会议。所有受过教育的社会成员参加的会议都很好，你会遇见你不希望遇见的人，还可能遇见自己，这也是格林公园如此简单开阔的原因。鸽子、伯克利广场的树木和电梯（美国人称之为升降机）。即使你在走动时，你也在等待。真正的问题是：你要去哪里？你去过哪里？

我问你，如果希特勒没有存在过呢？河流、鱼群、水果和格林公园依旧会存在。而那棵树，贾娅，你还在那里吗？

2

这存在于拉马努金①的P(n)公式中——我为皇家数学学会写的论文。事实上，人们可能会说拉马努金是我的父亲。在总督的显赫和陛下地方总督的头巾之中，印度文明似乎长成了一个私生子。但它的根基和力量依旧存在于雅利安人②的真理的秘密之中——

> 我们冥想
> 太阳神的荣耀；
> 愿他启迪我们的智慧。③

在男孩佩戴圣线④的仪式上，女人们唱着这首歌。我们如期把圣线换到另一边，根据适合的星相，同我们的姐妹结婚。但我们还是英国的子民，是系着黄色的圣线，穿着红色的长外套的助理委员

---

① 拉马努金（Ramanujan，1887—1920），印度数学家，有"印度之子"之称，数学史上最具传奇色彩的天才之一。他自学成才，独立发现了几千个数学公式和命题。
② 雅利安人（Aryan）公元前14世纪进入印度次大陆的游牧民族。
③ 原文出自《梨俱吠陀》III.62.10。
④ 圣线（yajnopavitam），印度男孩身份地位的象征，由三根线拧成，种姓不同，材质也不同。

的办公室员工，代表着乔治六世国王。我父亲是一位地方总督，或者你赞同的话，他是一位前总督，获得过"勇敢王子"[1]等诸如此类的头衔。但他从没到过英国——他是省级公务员——穿着粗花呢衣服去办公室，戴着头巾，这是他国籍的符号。我想学习古希腊经典、文学家伐致呵利[2]和商羯罗[3]的作品，父亲却让我学数学。他为文件做标记的空闲时，把等式潦草地写在政府用杏树制成的好纸上。他对差异很感兴趣，认为差异中存在伟大的不变量理论。他写信去英国购书，我还记得，花花绿绿的英国邮票从剑桥的黑弗斯书店给他邮来书。剑桥是拉马努金的神殿，那里有真理的福音，三一学院[4]的神会被抚慰。当湿婆[5]每晚在天上巡视时，会要求伦敦皇家数学学会把获得"勇敢王子"头衔的拉奥·巴哈杜尔·希瓦·桑卡拉·萨斯特里的论文在学会的杂志上发表，把皇冠放在顶部，把伦敦放在底部。我父亲梦想皇家学院能发表他的论文，就像后来，很久以后我妹妹乌玛梦想能有个小孩一样——为此她开始了朝圣之旅。我父亲的朝圣之旅在论文上——他的贡奉年复一年地寄给了数学杂志。我亲眼看见了它们被定期退回，上面贴着花花绿绿的英国邮票。收到回信的那天，整个家里都骚动不安——父亲内心的愤怒从未发泄出来，这慢慢地摧垮了他。最终乌玛也没能怀上孩子，罗摩衍医生说（他知道她的情况）她得了癔症。因此，家里用掉了更多的碘酒，父

---

[1] 勇敢王子（Rao Bahadur），英国统治时期授予政府做出巨大贡献的印度人的一种称号。

[2] 伐致呵利（Bhartrihari），古印度诗人。生平不详，其生活的时代不晚于7世纪，代表作是梵语诗歌集《三百咏》。

[3] 商羯罗（Sri Sankara，788—？），印度中世纪伟大的哲学家，吠檀多不二论的著名理论家。主要哲学著作有《梵经注》《薄伽梵歌注》等。

[4] 三一学院（Trinity College），剑桥大学中规模最大、财力最雄厚、名声最响亮的学院之一。

[5] 湿婆（Siva），印度教三大主神之一，毁灭之神。湿婆是印度舞蹈创造者，又被尊为"舞神"。

亲的碘酒是办公室的工作和母亲的哮喘。我在悲伤中长大，后又经历了母亲的去世，我很孤独。

当我点燃火葬母亲的柴堆时，我在哪里？我不在任何地方。我记得的只有那些乌鸦、秃鹫和流浪狗。如果直直地盯着前方，你会看到湿婆在跳舞。黄昏时分，火堆还在燃烧，豺狼就开始嚎叫。我知道宇宙已经发生了一些奇怪的事，大地和天空不再是最接近的。我看不见东西——似乎能听见但却看不到，如果你理解我的意思的话。大地上到处都种着棕榈树，黄昏迅速降临。我完成了所有必需的仪式，把圣线换到另一边使我厌烦。世界就是一个非常无聊的东西。然后，我看见，突然看见，数字在我面前走动。它们在走路，一、二、三在走路。像侏儒在走，东倒西歪的。我知道它们，我和它们游戏。我去庙里祭拜了湿婆，还祭拜了雪山神女①。

噢，宇宙之母！
如果展现你最大的仁慈，
就会产生奇迹。
即使儿子犯了一百万次的错误，
母亲仍然不会拒绝他。

后来我知道了，那些数字不是从他们那里来的，而是从他们的儿子迦尼萨②那里来的，他是数字之神。湿婆有没有发明这些侏儒来

---

① 雪山神女（Parivati），又译为帕尔瓦蒂、帕瓦蒂。她是湿婆的妻子，是印度教中最受崇拜的女神。
② 迦尼萨（Ganesa），湿婆和雪山神女帕尔瓦蒂的儿子，象头人身，坐骑是一只大老鼠。

让迦尼萨开心呢？就像婆什迦罗①为孀居的女儿莉拉沃蒂发明的那些谜题一样。我仍然坐在迦尼萨的面前，脑袋里想着哈代②，很快又想起庞加莱③。我开始喜欢抽象，很容易就学会了法语。学会了梵文之后，法语就不那么难了。我去上大学——来到马德拉斯④基督教学院，之后去德里大学，又到了加尔各答的印度统计研究所。在那里，我被霍尔丹⑤的"咒语"迷住了，他打开了我心灵的窗户。他和我一样欣赏庞加莱。法国政府给我奖学金，让我去纯粹数学国际研究院。这一切都是因为迦尼萨很高兴。我得到这个恩惠是因为我近期在皇家数学学会杂志发表了一篇论文，邮票很相似——接收函是航空邮递。几周后我去看父亲时，他在副署长的住处举行了宴会。那天晚些时候，我们去了米娜克希神庙⑥。她，我们所有人的母亲，肯定跟湿婆说了这些事情，所以才有了迦尼萨的恩惠。神永远都不会抛弃你，他们送一些等式来陪你游戏，只要你愿意和它们一起玩。除了卡维亚⑦，有什么比数字更伟大的游戏呢？

我妹妹从没有过孩子，她还在用碘酒。父亲退休了，开始去拉玛那修道院⑧。他不仅读《奥义书》和《梵经》，还读《摩诃婆罗多》⑨，去德里列席各种委员会会议。他不喜欢新印度的氛围，殖民地

---

① 婆什迦罗（Bhaskara），12世纪印度著名的数学家、天文学家。他的著作《莉拉沃蒂》里有许多诗歌形式的数学问题，读起来朗朗上口，非常有趣。
② 哈代（Godfery Harold Hardy，1877—1947），英国数学家，被誉为是20世纪杰出的分析学家。1913年，哈代发现了拉马努金的才华，著有《拉马努金》等书。
③ 庞加莱（Poincare, 1854—1912），法国著名数学家和物理学家，相对论理论的先驱，提出了庞加莱定理和庞加莱猜想。
④ 马德拉斯（Madras），印度泰米尔纳德邦首府。
⑤ 霍尔丹（John Burdon Sanderson Haldane，1892—1964），英国生理学家，生物学家。
⑥ 米娜克希神庙（Meenakshi Temple），位于印度古城马杜赖旧城中心，建于16、17世纪，是面积最大的印度教寺庙。
⑦ 卡维亚（kavya），指的是印度宫廷诗人采用的一种梵语文学形式，7世纪早期开始兴盛。
⑧ 拉玛那修道院（Ramanashramam），印度圣哲拉玛那·马哈希的居所。
⑨《摩诃婆罗多》（Mahabharata），印度著名的两大史诗之一，主要讲述般度族和俱卢族争夺王位的故事。

总督已经不存在了，灰尘和难民却不计其数，来势汹汹。

"国王已经死了，继承人万岁。"第一次参观德里回来后他这么说。英国人已经离开，甘地①也去世了。尼赫鲁永远不会成为继承人，不会成为国王，这是他的格言。"勇敢王子"桑卡拉·萨斯特里永远都不会调整自己来适应人民的民主，他称之为——我们的新政府。他知道权利是神秘的，它会烧毁你的双手。对他而言，铁路、电报和银行都在秘密的王室中工作。它们来自海洋那边，国王也很遥远，就像在高耸的喜马拉雅山上的冈仁波齐峰②。冈仁波齐峰倒映在玛旁雍错③湖中，在那里，恒河④也悄悄地流出来。湿婆统治着世界。我父亲的湿婆神是红色的，我的则是黑色的，是雪花石膏制的黑色林伽⑤。当他被牛魔摩西娑苏罗⑥追赶时，他的湿婆神逃走了，而我的湿婆神则和我站在一起——他用整数说话。

父亲把我送上德里的法国航空公司的飞机（他来参加城市发展委员会会议），用头巾擦了擦眼泪，然后搭乘夜间火车去了哈德瓦尔⑦。现在他要去哪里？

我对巴黎很熟悉，笛卡尔⑧把法语变得像数学一样有系统规则。我最初住在卢森堡公园⑨后面位于龙街的西尔维亚酒店。我在公园

---

① 甘地（Gandhi，1869—1948），被尊称为"圣雄甘地"，印度民族解放运动的领导人和印度国大党领袖。
② 冈仁波齐峰（Kailas），山顶高度海拔6656米，是中国冈底斯山脉主峰。
③ 玛旁雍错（Manasarovar），位于冈仁波齐峰东南20公里处，海拔4588米，世界上海拔最高的淡水湖之一。
④ 恒河（Ganges River），又译为强伽河、冈底斯河等，是印度教的圣河。
⑤ 林伽（linga），梵语，印度教湿婆派和性力派崇拜的男性生殖器，象征湿婆神。
⑥ 牛魔摩西娑苏罗（Bhasmasura），梵天被牛魔摩西娑苏罗苦修感动，赐给他只能被湿婆和毗湿奴之子打败的恩惠。因为湿婆和毗湿奴都是男神，生不出儿子，于是摩西娑苏罗天下无敌，开始为非作歹。后来毗湿奴化身成美女摩西妮，跟湿婆生下了孩子，打败了摩西娑苏罗。
⑦ 哈德瓦尔（Hardwar），印度教圣地，地处喜马拉雅山麓与恒河平原的交界处。
⑧ 笛卡尔（Rene Descartes，1596—1650），法国哲学家、科学家、数学家。
⑨ 卢森堡公园（Jardin du Luxembourg），法国巴黎市内最大的公园。

里漫步，沉浸在我的数字游戏中，坐在能看到美第奇喷泉的长椅上。如果看不到喷泉，我就坐在中央水池旁边，看着鱼儿嬉戏。我就是这样遇见了苏珊娜，她正坐在喷泉旁看着星历表，我帮她进行了一些计算。她坐在太阳下，而我坐在树荫里。因为我像典型的印度人那样，哪怕是在冬天也无法忍受阳光。苏珊娜则像法国女人那样，希望阳光能把她的皮肤晒成金黄色。她正在闭着眼背诵从某处抄的一首献给太阳神的吠陀颂诗——我认为是勒努翻译的。那是我第一次注意到她——那轮廓清晰的圆鼻子、丰满的胸部和那好像一直延伸到脚趾的平滑腰线。她知道湿婆就在某个地方，看上去不受外界影响。她不知道罪恶，而我，可以说什么都不知道。

什么都不知道其实就是什么都知道，就像法国人所说的那样，除了虚无，万物还能源自哪里呢？事实上，被称为希瓦拉姆对我而言是一种侮辱。当人们坐在学院的桌子旁，或参加某个数学学会的会议（如1959年在布达佩斯[①]的会议）时问我："先生，怎么称呼您？"我会说："我不知道"。如果在一个共产主义国家，他们可能会把我关进监狱里。他们会怀疑我，什么都不是也是有问题的，有问题还没有名字就是敌人——正如他们的朋友萨特[②]所说，他人永远是敌人。作为敌人，我要逃去南斯拉夫。在那里，尽管他们也是共产主义国家，他们会接受我没有名字。（斯拉夫人不是匈牙利人。）在一个地方你需要一个名字，而在另一个地方，你需要没名字。在印度，你有一个根据星相命名的名字，但随着一次又一次的重生，你会有十个名字，像神一样有一千个名字。那么，我生命的最后一世叫什么名字？也许是苏布如阿曼亚，因为我的家族隶属于帕拉尼[③]。

---

① 布达佩斯（Budapest），匈牙利首都。
② 萨特（Jean-Paul Sartre，1905—1980），20世纪法国著名文学家、哲学家。
③ 帕拉尼（Palani），印度丁迪古尔地区的城镇。

但在我最后一世时，我的家族又会隶属于哪个呢？我的父亲还会有"勇敢王子"的头衔吗？他一定是无名之辈。"零"真应该成为人的名字。佛陀难道没这么说吗？"一"后面没有任何东西，所以空就是我的名字，"零"就是我的名字。那湿婆的名字会不会是虚无之主？所有数字都源自零，因此数学——是湿婆的舞蹈：

> 在吉登伯勒姆①的院落里，
>
> 大神在跳舞，
>
> 在无限的空间里，
>
> 他做出了手势，
>
> 这就是坦达瓦舞②。

很显然，苏珊娜学了舞蹈。在剧团，他们先教跳舞，这样你就会熟悉你的身体。苏珊娜非常熟悉她的身体，好像浑身闪耀着神圣智慧的光芒。她只说必须说的话，用词精准，知道它们的拉丁语词根是什么。她的语法很纯正（有时她会参加布吕内在巴黎大学的课程。因为是战时，你不可能总去剧团排练，所以就来上语法课。她以前还学习俄语，俄语是新开的课程，算是东方的知识。）苏珊娜的思维像她的身体一样清晰，连走路都很精确。她走在我旁边，很好地控制着我们之间的距离。对她来说，就像和印度人在一起一样，触碰会传递太多信息。在我占有她之前我几乎没有碰过她，现在也许还是用最奇怪的方式触碰她。我认为这很奇怪，但在她看来没有什么是奇怪的。她似乎在事件发生以前就知道它会发生，就好像是

---

① 吉登伯勒姆（Chidambaram），印度泰米尔邦的一个城镇，那里有一座湿婆庙。
② 坦达瓦舞（Tandava），湿婆是舞蹈之王，他所跳的舞蹈称为"坦达瓦舞"，象征着湿婆的荣耀和宇宙的永恒运动。

她安排的一样。她曾经有过一个孩子，一个蒙古孩子。她说她不得不生下他。罗伯特是一个英俊的男孩，他父亲也是一个演员，追求过许多女人。(他在《熙德》①里扮演熙德，在《贺拉斯》②里扮演贺拉斯。)当他说以下的话时：

> 罗马多的是忠勇之士，
> 少了我自由人捍卫社稷；
> 望陛下今后也不用我报效：
> 若还念我的犬马之劳，
> 请允许我用这条征服者的胳臂，
> 不为妹妹，而是为荣誉自毁。③

就好像萨宾娜要为他牺牲自己，否则罗马就会瓦解——苏说，你应该听听他怎么说罗马的，好像这座城市是根据他那粗糙的圆形舌头来塑造的。好吧，除了战争和弗洛尔，苏珊娜之前从来都不认识什么男人，她为那个将成为她丈夫的人守身如玉。她知道那个人，非常了解。她也知道罗伯特会长成一个英俊的小伙子！演员父亲都无法认出来这是他儿子。

母亲抚养他长大，他流着口水，在地板上留下痕迹。但当他微笑——看见母亲时，他总是微笑——就像个天使，苏珊娜说。"小天使要完成一个羯磨④。"她解释道，"所以他来到了我这儿。他的羯磨肯定特别好，那时我已经在练瑜伽了。我开始经历那些——颜色和

---

① 《熙德》(Le Cid)，法国十七世纪剧作家高乃依创作的悲剧。
② 《贺拉斯》(Horace)，法国十七世纪剧作家高乃依创作的悲剧。
③ 原文出自《贺拉斯》，第二幕。
④ 羯磨(karma)，又译为"业报"、"因果报应"，指心、口、意三方面的活动。

几何图形，还有神秘的声音，它们找到我，那些生物找到我。它们对我说：我会写一本像《拉鲁斯》①那样厚的书，'那些生物'。"她大声说。它们对她唯命是从，尽管有时它们也会躲进烟囱里。

拉福斯夫人和苏珊娜·夏特尔就住在里沃利街，离剧团很近。拉福斯夫人依然会做羽绒被，卖给卢浮宫或巴黎春天百货，它们就在街后面。她还经常带罗伯特去杜伊勒里宫。战后，警察比较和蔼——他们看见罗伯特时停下车子，说"噢，小家伙"。在他身边，那些生物整晚都拍手唱歌。苏珊娜说，有时人们还能听到它们在房顶上你追我赶。它们很淘气，当拉福斯夫人去市场——王子街上的市场——买东西时，它们会让罗伯特坐好，带他去别人那儿——当然拉福斯夫人从来都没有见过这些生物。你得练习瑜伽才能看见它们，它们也会来找你，因为它们有羯磨要完成，印度教书籍是这么说的。后来拉福斯夫人心脏出了问题，谁来照顾罗伯特呢？那时他才四岁。

女佣是不行的。有人提到在都灵附近的山脚下有一间女修道院，就是为这样的孩子建的。有什么能比拥有奉献精神的女性和舒适的环境（修道院在阿尔卑斯山上）更好的呢？而且总有飞机能在一个半小时内带你从巴黎到都灵。罗伯特看起来很愿意去那里，因此母亲、祖母和罗伯特坐火车卧铺出发了。每个人都兴高采烈，"妈妈你看，他知道他会很开心。我们也开心。"第二天晚上她们坐飞机回巴黎时，罗伯特朝她们体贴感激地笑了，他找到了自己的家。瑟尔·安娜修女很亲切，出身贵族，会回复深情款款的信件。罗伯特看起来特别开心，有时很调皮。但有一天，她们打开房门却发现他在颤抖。他得了中风，在苏珊娜赶到前就已经去世了。"我没掉一滴

---

① 《拉鲁斯》（*Larousse*）：一本法语词典。

眼泪。"她肯定地说。"他的羯磨把他带到我身边，他得到了需要的关爱。一开始我就知道他活不长，我的星历表告诉了我。尽管我不相信，可在下个月我就吐血了，故事就是这样。"她最后说。明媚的阳光照在她脸上，现在是春天。当她闭上眼睛时，好像在祈祷。我就在这时想要占有她，当然她也知道。

我们先在那坐了一会儿，到苏夫洛路吃了两块巧克力奶酪，然后到了她顶楼的公寓。公寓在先贤祠后面，圣母院路46号（罗伯特去世，她结束山里的修行后，她们搬了家）。她自己有一个房间，母亲的公寓在楼下，我没跟她说话。她走进去——把电话拔掉就去洗澡——然后她回来了，看上去很平静，像个雕塑。我知道，她也知道，我也应该去洗澡，毕竟我还是个婆罗门①。我洗完出来时，身上只裹了条浴巾。她点亮了一根蜡烛，她有罗摩克里希纳②和圣母萨拉达·戴维③的画像。她躺在床上，胸部白嫩坚挺。一切准备好了，她闭上了眼睛，像是在用意念把一切归位。烛光在她的乳头、脖子和额头上跳动。她把长袍丢开，她还是个处女，星星这么说。

我躺在她旁边，几乎一动不动。任何动作似乎都是罪恶。她看上去如此神圣，我简直不知道怎样去抚摸她。她像一个埃及人，像大理石一样沉默。我慢慢地抚摸她蜜色温暖的脸，抚摸她跳动的喉咙，就像湿婆的一样。修炼瑜伽给予了她力量。当然，她的头上没有蛇。我抚摸她的肚脐，它向内凹陷。我再往下探索，那是一个秘密的谷仓。这时她突然坐起来，把头放在我脚上，头发散落在我脚

---

① 婆罗门（Brahmins），印度教四种姓中最高级的种姓。
② 罗摩克里希纳（Ramakrishna，1836—1886），印度近代宗教改革家。
③ 萨拉达·戴维（Sarada Devi，1853—1920），罗摩克里希纳的妻子和精神上的伴侣，被称为"圣母"。

踝上。她好像在重复说着咒语，唵、塔、萨①；唵、塔、萨。她从哪儿学的？我不知道。就像礼拜仪式上，钟声响起，人们念起祷文，教堂里充满各种声音。我慢慢地躺到她身上，变换着一个又一个姿势，就好像我很久以前在恢复的记忆中学过一样。仪式感的时刻到了。谁要走？谁要接受？毁灭的那一刻就是出生和重生。死亡在另一边，是一只被压碎的蜗牛。人们可以看见地球的沟壑和树木，树荫不曾移动，就是这样。

父亲给我写了封信，长长的哲学信件（用英文写的）——朝圣者的信件。哈德瓦尔很冷，但河流的涟漪给予人真理和呼吸。人们感知的喜马拉雅山是一种垂直的真实，一种确实性，那种力量是肯定的，肯定是一种游戏。从某种程度上来说，是一种舞步，是湿婆的舞步。呼吸的死亡宣告了知识的诞生——你从水里来，捏着鼻子，看见了白雪，不是在检阅白色的山峰，而是有一种亲密的感觉。父亲说，那是人在冥想时听到的最初的声音。要读商羯罗——他经常去商羯罗数学学院坐坐，阅读商羯罗的著作——这会给他在哥印拜陀②或马杜赖③时所无法拥有的洞察力。喜马拉雅山给予吠檀多不二论意义，这就是商羯罗到伯德里纳特④修建寺庙的原因。来自遥远的喀拉拉邦⑤的南布迪里⑥婆罗门，在喜马拉雅山的皑皑白雪深处管理着寺庙，父亲在信里是这么写的。当你长期注视着高耸的喜马拉雅山时，无形的事物变得有形了（阿尔卑斯山从不会给人以神圣的呼

---

① 唵、塔、萨（Om tat sat），瑜伽常用语。唵，是神明的象征。塔，一切属于神，去除我识以及我执。萨，神明是永恒的、根本的，清除修行人的私欲，才能真正地认识神。
② 哥印拜陀（Coimbatore），印度南方的一个工业城市。
③ 马杜赖（Madurai），印度泰米尔纳德邦的第二大城市，印度教七大圣城之一。
④ 伯德里纳特（Badrinath），印度四大圣地之一（伯德里纳特、凯达尔纳特、根戈德里和亚穆诺特里）。
⑤ 喀拉拉邦（Kerala），印度西南部的一个邦。
⑥ 南布迪里（Nambudiri），印度喀拉拉邦居统治地位的种姓。

吸——它让你感觉像牛或羊，不像庄严地区的居民）。喜马拉雅山像无名的老师，当你遇见他时，就有了名字，就像商羯罗遇见他的古鲁时那样。他不是在喜马拉雅山，而是在恒河的姐妹河纳尔默达河[①]边遇见了他的古鲁。他只看到了古鲁的两只脚，就发出欢呼："只崇拜戈文达[②]，只崇拜戈文达，只崇拜戈文达"。

只崇拜戈文达，只崇拜戈文达，只崇拜戈文达。
哦，你们这些博学的蠢材！
你们聪明的语法规则无法在临终时刻拯救你。

听到父亲回到商羯罗研究我很开心——他讲到这里时就像他对待1933年的印度宪法（由英国议会通过的）那样，充满深深的敬意。然而新的印度部长们从来都不知道怎么执行这部宪法，他讨厌在印度部长手下工作。他很了解英国人，他们说什么就是什么。而印度人则给予话语强烈的意义（在泰米尔语、坎那达语或英语中的意义都不重要，当他发现无法从这些语言中找到合适的词语来表达他的模棱两可时，他自然就会用到梵语。梵语是一种神圣的语言，你不能用它来吵架，不是吗？）但英语也是神圣的语言，每个单词代表且只代表某个事物，未用语言表达出的就是用语言说的"未用语言表达的"。例如，罗伯森专员（他必须慰问官方营地时）会说："我们明天离开。"那么马群、大象、装帐篷的牛车、穿着金色衣服的仆人、穿着卡其色衣服的苦力都会准备好。七点整，专员走下平房的楼梯，看着他的手表，就像是在看着自己移动一样，直接进入车

[①] 纳尔默达河（Narmada），印度中部的河流，印度教徒认为它是仅次于恒河的圣河。
[②] 戈文达（Bhaja Govindam），印度8世纪著名的梵文学者，商羯罗跟随他学习婆罗门教义。

里。男管家像正式接见一样站好，当车启动离去时鞠躬。有"勇敢王子"头衔的桑卡拉·萨斯特里也坐进车里，整个队伍（队伍里有督察、地区法官、税收分区官员）都动起来，每个人都承载着大英帝国。当人们到达乌玛杜尔①或卡达玛莱②时，分散在警察前哨、森林里的小木屋或贝塔达卡乌鲁的大象围场里停留。这时帐篷已经搭好了，仆人们排成一排，厨房里淡淡的灰色炊烟已经袅袅升起。英国人做他们该做的事情，印度人从来都不知道他们想要什么，所以他们随便说话，不管有意义还是没意义。这些印度部长，连带着他们的腰布和槟榔唾沫、背上的刮痕、粗鲁的笑声、对新取得权力的炫耀，所有的一切都令人讨厌。但是最终在喜马拉雅山，父亲写道，你会理解印度。

喜马拉雅山不会说我知道什么和你知道什么，它说——我知道，但又不知道我所知道的。所有的谚语都含糊其辞，因为谚语本身就很含糊，包含了很多没说的、没法说的真正意思。就像梵语，你说一件事来指另外的事，因此才有了韵论——事物永远都无法言说，人们永远不能确切地表达。父亲说，确切的表达，就是说出来没有名字的东西。父亲总结道，所有事物都是无名。他继续说，"那对我而言，是喜马拉雅山上积雪的低声颤动。湿婆，湿婆，为什么我不能去伯德里纳特？主，让我去伯德里纳特朝拜你吧。"

我读着这些信，一字一句地翻译成法语，苏珊娜认出了她知道的一些内容。她不知道喜马拉雅山，但她知道皮埃尔溶洞，还在那里的雪上看到了克里希那③的脚印。他是个蓝皮肤的神，她很确定。

---

① 乌玛杜尔（Umathur），印度泰米尔邦的一个小村镇。
② 卡达玛莱（Kadamalai），印度泰米尔邦的一个小村镇。
③ 克里希那（Krishna），又译作"黑天"或"奎师那"，印度教崇拜的大神之一，是毗湿奴的一个化身。

她说，蓝色的，像龙胆根一样蓝，像天空一样蓝。"我认识他，因为他认识我。后来他成了湿婆，他也认得我。他说，我会好起来。他还给了我那个秘密的、法兰西喜剧院①内部的平台，在那里我能看到所有动作，比喜剧院里看的所有动作都要清晰。好像所有动作都永远凝固了，观众看到的宇宙和戏剧就像在一个旋转的剧院里看的那样。没有什么新的东西，所有事情都发生过了，我在皮埃尔溶洞里时就知道。现在你是一个真实的湿婆，有血有肉的湿婆——还有林伽。让我敬奉它。"

在圣母院路46号的七楼，在先贤祠后面，在圣女日南斐法山山顶，我开始了解我的湿婆。他变得庄重严肃、能力超群、客观公正。谁不是无名的呢？男人或女人？——他们都有永恒创造力的魔法，生存的恐惧，变化的温柔抚摸，都有虔诚的话语和姿势，都有生产运动的纯粹的流动性。恒河从喜马拉雅山流下，从安塔拉开始，蜿蜒曲折，跳到瑞诗凯诗②，然后到达哈德瓦尔，经过贝拿勒斯③燃烧的火焰，来到慈悲佛陀的比哈尔邦④的绿地，汇入广阔的大海。最后化为云和雪，回到一切开始的地方，回到无名。给予就是索取，用来达到无名，实现不朽。森林里的大火叫醒了蜗牛。精液就是死亡的新生，通过彻底死亡获得新生，然后再次死去。如佛陀所说，不会消失的从未存在。但是，什么能永远不死呢？蜗牛的壳还在那里，因为蜗牛要整个爬出来。如果蜗牛继续待在壳里，它永远不会是蜗牛。

这也是为什么那天晚上我带苏珊娜去龙街的哥萨克店，去看缝

---

① 法兰西喜剧院（Comédie），法国最古老的国家剧院，建于1680年路易十四时期。
② 瑞诗凯诗（Rishikesh），位于喜马拉雅山脚下的印度瑜伽静修圣地。
③ 贝拿勒斯（Banaras），印度北方邦城市，1957年改名瓦拉纳西。
④ 比哈尔邦（Bihar），位于印度北部的一个大邦。

隙里的蜗牛。她说:"我很久没吃鳟鱼杏仁了,这是布列塔尼的名菜。我能点一份吗?"我哆嗦了一下。但是想到湿婆穿着他征服的老虎的虎皮,我说:"当然。"这温暖了我全身的血液——我看见了旋转的剧院——朗布依埃先生把它们放在湿漉漉的盘子里端上来,让我们看看它们(在烹饪之前)有多棒。"啊哈,"他说,"这位女士对此很了解。它们直接从诺曼底①运来,半小时前才刚到。"好吧,诺曼底在布列塔尼旁边,它来自大西洋,这是事实。然后,苏珊娜跟在朗布依埃先生后面,好像是去选自己的鳟鱼,但实际上她是去给母亲打电话,告诉母亲她在哪里。你知道的,母亲的心总是想知道女儿在哪儿。苏珊娜回来时,朗布依埃先生对她说:"请来看看。"她说:"不用了,先生。"她肯定想离我近点坐,就这样吧。

3

我很高,有点驼背(一米八五,三十一岁)。人们常说,苏珊娜也这么说,说我走路像阿道司·赫胥黎②。在巴黎,比起科学家,人们更了解艺术家和作家。尽管我从没听说过赫胥黎,不过我肯定读过他哥哥的文章,探讨那些达尔文的学说,关于人和人的进化。有时我也有点结巴,而达尔文和他的弟子弗洛伊德③都无法解释。结巴总是突然出现,好像凭空冒出来,它就像占有了我一样,就像

---

① 诺曼底(Normandie),法国的一个地区。
② 阿道司·赫胥黎(Aldous Huxley,1894—1963),英格兰作家,属于著名的赫胥黎家族,1932年创作的《美丽新世界》让他名垂青史。
③ 弗洛伊德(Sigmund Freud,1856—1939),奥地利精神分析学家,精神分析学创始人。

纳拉辛哈[①]或哈奴曼[②]在控制我。有时，清晨走在空气清新的先贤祠旁，听着植物园里的声音，熊的低吼声或老虎的呼噜声，我会想，人类在我们这个悲伤的地球上到底有位置吗？先贤祠广场的清新空气也包含了夜晚的灰尘，洗去了这座笛卡尔的城市的脾气，人们在这里独自漫步——你只要看看女士和女秘书的脸。她们匆忙梳一下头发，身上闻起来有古龙水和不新鲜的精液的味道（有时闻起来有她们月事的恶臭味）。男士闻起来大多是剃须皂的味道和浓浓的烟草味，胡须和头发都是早晨刚醒时蓬乱的样子——我们要去工作，因为我们不得不工作——在圣米歇尔报摊转个弯，我走进圆亭咖啡馆[③]，手里拿着《费加罗报》[④]和《人道报》[⑤]。我想知道这个星球是什么样的？它有灰尘、肮脏的味道、糟糕的咖啡和卢森堡公园上空的薄雾。它到底是什么？女王们曾在公园里漫步，现在戴高乐来再次建设欧洲，建设女王们通过联姻和阴谋创立的欧洲，与诡计多端的玛丽·德·梅德西斯[⑥]、黑皮肤的约瑟芬[⑦]，还有拿破仑一样充满野心。事实上，人们开始问自己（朱利安·赫胥黎[⑧]算一个，而联合国教科文组织在遥远的地方做着白日梦），人类究竟有没有未来？托洛

---

① 纳拉辛哈（Narasimha），毗湿奴神化身为熊猪纳拉辛哈，杀死恶魔冉亚克沙，用它的两颗长牙将地球从宇宙的汪洋之中托起来，让它重新归位。
② 哈奴曼（Hanuman），印度史诗《罗摩衍那》中的神猴，是风神之子，它帮助罗摩救出悉多。
③ 圆亭咖啡馆（La Coupole），法国巴黎最著名的咖啡馆之一。
④ 《费加罗报》（Figaro），隶属于沙克报业集团，创立于1853年，其报名源自法国剧作家博马舍的名剧《费加罗的婚礼》中的主人公费加罗。
⑤ 《人道报》（Humanite），法国共产党中央委员会机关报，1904年创刊，1920年成为法共中央机关报。
⑥ 玛丽·德·梅德西斯（Marie de Médicis，1573—1642），法国国王亨利四世的王后，路易十三的母亲。
⑦ 约瑟芬（Josephine，1763—1814），法兰西第一帝国皇帝拿破仑·波拿巴的第一任妻子，法兰西第一帝国的皇后。
⑧ 朱利安·赫胥黎（Julian Huxley，1887—1975），英国生物学家作家，人道主义者。曾担任第一届联合国教育科学文化组织首长。

茨基①和列宁在巴黎的街道上走过，实施着为了实现人类福祉的精心计划，丹东②和罗伯斯庇尔③更早的时候也在这里切断了彼此的喉咙——也是为了人类福祉——把玛丽·安托瓦内特④送上了断头台。在河那边，在康科德河边，立着神秘的古埃及法老的石碑——来自非洲！喝完咖啡后，我经常横穿马路去卢森堡，散步、思考。我走得越来越快，思考得越来越深入（正如尼采教我们的那样）。到处都碰到非洲人，他们跟我说话，我也会跟他们聊天，这让我感到很简单的快乐。因为我面对着开放的秘密、黑色的神秘、自然的人。不，我对自己说，不——下个世纪的主宰肯定不是俄罗斯，不是欧洲，不是亚洲，更不是遥远的美国——不，不，我对自己说，肯定是非洲，是黑色的非洲。他们没什么可以失去，只会获得。我希望尼采知道非洲，他是快乐的科学人，是高尚的人，是"无理性"不妥协的人。实际上，一天下午，我和苏珊娜像往常一样在卢森堡的守护神圣女珍妮维美脚下见面（她有时还带上鲜花和香水，这是苏珊娜的迷信行为），我告诉她这些想法，她突然站起来说，"嗨，我们走。我一直想带你见见阿布女士，她为人极好，是我的榜样，在很多方面是我第二个母亲。"

"什么？怎么回事？"我想问清楚。

"可怜的朋友，"她特别温柔地说，金色的头发都从做好的贝壳发型里掉了出来，"噢，我可怜的朋友，她是在我父亲家长大的。在父亲认识母亲前，她就认识父亲了。"

---

① 托洛茨基（Trotsky，1879—1940），俄国无产阶级革命家，十月革命直接领导人。
② 丹东（Georges Jacques Danton，1759—1794），法国政治家，18世纪法国大革命时期著名活动家。
③ 罗伯斯庇尔（Robespierre，1758—1794），18世纪法国大革命时期重要的领袖人物，是雅各宾派政府的主要领导人之一。
④ 玛丽·安托瓦内特（Marie Antoinette，1755—1793），法国国王路易十六的妻子，原奥地利国公主。法国大革命时期被处死。

"嗯。"

"父亲去世的时候，阿布女士还没有结婚，也不想结婚，就和我母亲一起生活。母亲在店里忙的时候，珍妮照顾我，给我擦屁屁，唱布列塔尼的歌哄我睡觉，她知道很多民间传说。"

"她现在做什么？"

"她嫁给了一个左翼律师，他是勇敢地保护工人和学生的人士之一，也赚了不少钱。他们在非洲住了一段时间，我觉得是党派他们去那里的。"

"是的，我也这么认为，你跟我讲过他们。"

"当然了，我经常说。但我说话的时候你的思绪飘在别的地方，我打扰你了吗？"她问，紧紧抓住我的手臂放在她胸前。"打扰你了吗？"

"我的沉默并不是没有言语。"我礼貌地说，"就像你的谈话也不是没有沉默，男人得活在孤独里。"

"那女人呢？"

"女人寻找男人的孤独。"

"噢！"

"这就是婚姻。"我总结说。

我们走过西大门，穿过圣米歇尔大道，像往常一样来圆亭咖啡馆喝咖啡，吃晚饭还太早了。"妈妈还没准备好。"她说。

她下楼去地下室，我以为她是去做女人的事，但她回来时面带微笑。"我给珍妮打了电话，她说很想见你。她一直相信反殖民主义，也一直为之奋斗。"

"真的？"

"我甚至觉得战争爆发之前，甘地在这里时，她见过甘地。她很年轻，她说东方深深吸引了她。"

"后来呢？"

"我不知道。她的生活很神秘，我从不过问。她在卢浮宫的非洲区工作，所以她经常去非洲。她没有孩子，我是她唯一的孩子，她也希望是这样。她觉得我在喜剧院是浪费时间。拉辛[①]和高乃依[②]都去世了，你应该去特罗卡迪罗[③]表演阿尔托[④]。但我喜欢喜剧院，因为我希望世界是真实的。拉辛和高乃依——波德莱尔[⑤]或雨果[⑥]——都热爱这个世界，他们相信这世界。阿尔托和布莱希特[⑦]就像梦境，像你的数学，他们把人类当作数字来研究。"她说。

"别侮辱数字，"我笑着说，"马克思的整个辩证法都基于数字。"

"噢，我不知道。"

"不知道更好。如果你把这告诉阿布女士，她会惊讶的。阿布，这奇怪的名字是什么意思？"

"噢，只是个名字吧，我想。不过听起来有点像阿拉伯人。"

"也许阿布先生是阿尔及利亚人。"

"也许吧，不过他看上去是纯种白人，我是说，是法国人。"

"阿拉伯人也是纯种白人，你不知道吗？"我笑着说，"我有些地方也是白的，你看。"她大声地"嘘"了一声，端着咖啡的侍者都回头看我们。我们给了他小费就离开了，然后直接去了阿布女士家。

[①] 拉辛（Racine，1639—1699），法国剧作家，代表作《安德罗玛克》《费德尔》等，与高乃依和莫里哀合称十七世纪最伟大的三位法国剧作家。

[②] 高乃依（Corneille，1606—1684），法国剧作家，代表作《熙德》《贺拉斯》等。

[③] 特罗卡迪罗（Trocadero），巴黎著名的广场。

[④] 阿尔托（Artaud，1896—1948），法国演员、诗人、戏剧理论家。

[⑤] 波德莱尔（Charles Pierre Baudelaire，1821—1867），法国十九世纪最著名的现代派诗人，象征派诗歌先驱，代表作有《恶之花》。

[⑥] 雨果（Victor Hugo，1802—1885），法国文学史上最伟大的作家之一，代表作《巴黎圣母院》《九三年》和《悲惨世界》等。

[⑦] 布莱希特（Brecht，1898—1956），德国戏剧家、诗人。

她家住在拉辛路，靠近医学院。

我们走上三楼（还有拉辛路）时，我还有点喘不上气。阿布女士就站在那里，她是位法国女人——和苏珊娜一样的法国女人，有一双肥大的农民的手、一双绿色的大眼睛。她拥抱了我之后说："你来了，朋友。我一直都热爱印度，我见过甘地。不过现在我热爱非洲，我听说你也喜欢非洲。"

"不，女士，"我说，"我从没去过非洲。但我在这里遇到过非洲人，我欣赏他们。"

"噢！"她一直说个不停。

她认为非洲创造了第一个人类，也是未来人类的基地。对阿布女士而言，法国是一个疲惫的国家——她还给我看马蒂斯[①]或毕加索[②]的画，在画旁边放着一只产自加蓬共和国[③]的木制马头（这是她巨型面具和小塑像收藏之一），马的鬃毛似乎是由纯粹的火做成的。毕加索画里的男女都会死亡，她说——疾病、疾病——只有去看《格尔尼卡》[④]你才会发现人类在反抗生活。生命意味着对大地的肯定，意味着人在大地上行走，而不是去各各他山[⑤]，不是在伊甸园里游戏。

阿布女士出版了一本叫《阿达玛》的杂志（她在词尾加了一个a，让它看起来更像非洲的，这是巴黎人骗不了人的小伎俩）。杂志很精美，也很贵。她说上面有她写的文章，她让别人在上面讨论非洲的荣耀。非洲的生命力是无可非议的，非洲有一种大地的力量，

[①] 马蒂斯（Henri Matisse，1869—1954），法国画家，野兽派的创始人、主要代表人物。
[②] 毕加索（Pablo Picasso，1881—1973），西班牙画家、雕塑家。
[③] 加蓬共和国（Gabon），非洲中部的一个国家。
[④] 《格尔尼卡》（Guernica），毕加索创作于20世纪30年代的一幅壁画，表现的是1937年德国空军疯狂轰炸西班牙小城格尔尼卡的情景。
[⑤] 各各他山（Golgotha），又称骷髅地，位于耶路撒冷西北郊，相传为耶稣的死难地。

一种至高的力量，一种赤裸裸的男性气概，这是欧洲人（有体味的女人和散发着剃须皂味道的工人）所没有的。戴高乐的欧洲是将死之人的哭喊，是咽气前的最后一次呼吸。你不是用言语为人类战斗，而是用拳头和长矛为人类战斗——或者你愿意的话，也可以用锤子和镰刀。俄罗斯是最后一个将被基督教化的世界（那些有体味的爱尔兰传教士去把他们基督教化，阿布女士吐了口唾沫，好像爱尔兰很邪恶，是沉迷于钢铁和迫击炮的古老的肮脏国度），俄罗斯庄严地走在大地上，而尊严只有非洲才有。非洲是这个新世界的领导者，阿布女士宣称，"而你，先生，"她并不想冒犯我，"你们这些人活得太久了。年老时，人们想的是写遗嘱和给孙辈提建议。看看你们的甘地和我们的塞古·杜尔[1]及卢蒙巴[2]。太阳通过阳光哺育地球，否则就不会有世界。不，先生，热带不是悲伤的，而是快乐的。"她继续说，"看看那些非洲人和那些苍白疲倦的欧洲人。你们东方绅士，穿着丝绸和服与穆斯林纱丽，会连带着你的细手指头一起挨饿，而你们的手指头除了抽水烟袋外别无他用。新宗教，最新的、觉醒的、有计划并坚定执行的白色非洲正在创造新世界，这就是俄罗斯。非洲将引领世界的潮流，俄罗斯的政府和宗教使它成为马克思主义的伊斯兰教——即没有神的伊斯兰教。实际上，阿尔法拉比[3]有点像是列宁的堂兄。不要考虑单独的人或人类，考虑神并只考虑神。你会被绞死——如果列宁被沙皇警察抓住了，他也会像他的兄弟一样被绞死[4]——为了新的神。至于你的尼赫鲁，先生，他就像英国的花

---

[1] 塞古·杜尔（Ahmed Sekou Toure，1922—1984），几内亚国父，非洲民族解放运动先驱，非洲民族主义领袖，被尊称为"非洲之父"。
[2] 卢蒙巴（Lumumba，1925—1961），非洲政治家，刚果民主共和国的缔造者之一。
[3] 阿尔法拉比（Abū Nsar Al-Farabi，870—950），伊斯兰学术传统当中的逻辑学之父，伊斯兰政治哲学的创建者。
[4] 列宁的亲哥哥因刺杀沙皇被绞死。

花公子。我们英国不会有一位真正的国王,工党不允许,所以我们有一位印度皇帝,穿着丝绸和服等等(不管尼赫鲁如何称呼那种服装)。尼赫鲁去凯旋门①献花时,我们法国人拍手叫好。欧洲人知道怎么把所有人都变成小心眼的白人。非洲人和阿拉伯人是他们的堂兄弟——记住犹太人和法老之间的联系——这种古老的联系会创造一个新世界。以色列是古老神话的新名字——荒漠变成花园。所有人都是兄弟姐妹,因为亚伯拉罕②把以撒③献给了上帝。我们欧洲人就是以撒,你们亚洲人是以撒后面的小以撒。亚当重生了,没有成为耶稣,成了新亚当圣保罗④,新亚当就是列宁。既然你相信重生,也许他变成了卢蒙巴。卢蒙巴万岁!"她哭着说。

阿布女士在布拉柴维尔⑤生活了很久。战争期间她还见过戴高乐。如果你愿意,你也许可以为了铜币在加丹加省⑥杀了卢蒙巴。但他的每一滴血都会像童话里讲的那样化成一百万个卢蒙巴。只有俄罗斯人了解他,尊敬他。斯大林也会理解卢蒙巴,如果他还活着的话。戴高乐会怎么做呢?"先生,"阿布女士突然礼貌地说,"希望我没有冒犯你,我没有恶意。你是做什么的?""他在纯粹数学国际研究院工作。"苏珊娜回答,她知道我不好说话。"他在研究一些我搞不懂的深奥的数学难题。"

"你为什么要懂呢?"我温柔地拍了一下苏珊娜的背,快速地说。她的背有时是弯曲的,就像小时候一些非洲母亲系的一根竹条,

---

① 凯旋门(L'Arc de Triomphe),位于法国巴黎戴高乐广场中央,是拿破仑为纪念1805年打败俄奥联军而建,1836年全部竣工。
② 亚伯拉罕(Abraham),《圣经》中的人物,原名亚伯兰,犹太人先知。
③ 以撒(Isaac),《圣经》中的人物,是亚伯拉罕和妻子撒拉所生的唯一的儿子。
④ 圣保罗(St. Paul,公元3—67),亦称使徒保罗,是对早期教会发展贡献最大的使徒。
⑤ 布拉柴维尔(Brazzaville),刚果的首都和全国政治、文化中心。
⑥ 加丹加省(Katanga),刚果南部的一个省,首府卢本巴希。

把腰和头连在一起。只有在固定的、弯曲的、向上的运动中我才觉得安全。难道达尔文没说吗？我们人类在进化中脊柱慢慢直立起来。稍稍向后弯曲的脊柱，不像我的是朝反方向弯曲，也许暗示着某种超越。我必须承认，向全世界既不羞耻也不骄傲地承认，正是苏珊娜脊柱的弧线赋予了她屈服的深度。她似乎在你的高度紧张里起身、索取。给予就是索取的地方，就是我们真正创造新事物的地方。如果非洲起来索取，而你屈服去给予，除了上帝，谁在那既给予又索取呢？有缺点的人就是这样出生的。以色列人和其他人也是如此。除非你去过耶路撒冷①，否则你永远都不会了解这个世界。他们依旧让你看那块石头，那是宇宙的正中心。从那里，先知穆罕默德跳上马去了天堂。因此欧麦尔②的清真寺都是蓝色的，上面满是星星。当我从我的耶路撒冷出来时，有时我看见到处都是蓝光，还有闪烁的星星。

"噢，你这个小疯子，"苏珊娜取笑道，"它们是马路上的路灯。"

"这就是你看得这么清楚的原因吗？"

"不，不是因为这个。"

"那是因为什么？"我前一天晚上刚问过她。

"为什么？你不知道吗？我有第三只眼，湿婆的眼睛。"她有点害羞，进去洗漱了。

那天我在喜剧院见过她，我们像往常一样十一点四十五分碰面，然后直接去罗同德酒店吃晚餐。晚上我们没有在外逗留，没有像平常一样去卢浮宫。我们就像真正的情侣一样，去了码头，又走回家，只不过我们很沉默。言语似乎是降临在人类身上的不幸，这也

---

① 耶路撒冷（Jerusalem），以色列的首都，位于犹大山地。犹太教、基督教和伊斯兰教都将其奉为圣地。

② 欧麦尔（Umar, 584—644），伊斯兰教历史上第二任正统哈里发。

是我喜欢数学的原因，数学就像哑巴的语言，知识分子的盲文，婆罗门的盲文。人类最古老的文学作品《吠陀经》[①]也许（不管是非洲的，还是阿布女士的所有作品）全是符号。这也解释了我为什么喜欢帕尼尼[②]，为什么罗素[③]和维特根斯坦[④]一起研究符号，为什么德布罗意[⑤]要写关于光的方程式。语法是语言的数学，而数学是宇宙的语法——所以数学是咒语的纲要。因此我得去学院，不管阿布女士和卢蒙巴（或者戴高乐）。罗素说，庞加莱也许是我们这个时代最伟大的科学家。我喜欢他轮廓分明的脸、飘逸的胡子和他迷人的沉默寡言。神的秘密源于沉默，而数学某种程度上就是那种礼拜式的语言。金斯[⑥]不是说过"如果上帝是人，他应该是个数学家"吗？毕加索研究符号，我也研究我的符号。帕尼尼说过：语法学家为节省半个音节而庆祝，就像庆祝儿子的诞生一样。苏珊娜特别想要个儿子。"他毕竟是个婆罗门。"有时她认为罗伯特会用婆罗门的方式回来。他会回来吗？我马上打消了这个念头，躺在苏珊娜身旁无法思考。如果他回来了呢？

"苏珊娜，"我一开始就问她，"苏珊娜，难道不采取措施吗？还是已经采取了措施？"

"我知道我的排卵期，"她答道，"就像星星知道它们的空间一样。星星做的就是我们要做的，别担心。"

但我从她的声音里听出来她也不确定。她休假一天时会去卢森

[①]《吠陀经》（*Vedas*），也被称为《天启经》，印度教著名经典。
[②] 帕尼尼（Panini），印度梵语语言学家，约生活在公元前四五世纪。
[③] 罗素（Bertrand Russell，1872—1970），20世纪英国哲学家、数学家、逻辑学家。
[④] 维特根斯坦（Wittgenstein，1889—1951），20世纪最有影响力的哲学家之一，主要研究领域是数学哲学、精神哲学和语言哲学等。
[⑤] 德布罗意（Louis de Broglie，1892—1987），法国理论物理学家，1929年诺贝尔物理学奖获得者，波动力学创始人，量子力学奠基人。
[⑥] 金斯（James Jeans，1877—1946），英国物理学家、天文学家、数学家。

堡散步（通常是周三或周五——喜剧院周四要去学校进行经典演出，演出《安德罗玛克》①或《布里塔尼居斯》②，这不重要）。她有空时会到学院来，头发梳得很漂亮，像海螺，好像你会吹的乐器一样，它也许能发出像唵的声音（她当然知道"唵"，她从书里和一些有关印度的记载里学会的，现在从巴黎剧院路的葛涵奈特店里也能买到这些书）。我会放下研究，告诉亚瑟我很快就回来完成黑板上的工作。亚瑟是我的助手，我们经常一起研究问题。亚瑟知道我喜欢打哑谜，我说我很快就回来，意思就是我明天才来，或昨天来了。别问我它意味着什么。它意味着一些数学上的事情，真实的事情。就像我们著名的没有时间时候的方程式，在宇宙大爆炸之前和创造了我们这个悲惨世界的大爆炸的三分钟时间里产生了这个方程。所以，你看，明天真的可能是昨天。为什么我们能后退，而时间不能倒退呢？告诉我，为什么？

我不喜欢亚瑟看苏珊娜的眼神，所以我编写了这些谜语，他也全都了解。亚瑟住在巴特-肖蒙③，经常小声地同一个女孩打电话聊天。他从来没提起过她，她是谁？一个打工妹吗？有时他正常地说话，也许是在跟一位年长的女士讲话。"是的，妈妈。是的，妈妈。"他这么说，很快结束谈话。亚瑟很聪明——毕业于理工学院。他来自里昂④，工作很出色。我喜欢他，因为他和我都思维敏捷，也经常想法一致，我们一起解决谜题。在我等苏珊娜的时候，他也知道，因为我一直看着钟。他会说："老板，该去洗漱了，也许你要回家了。""还没。"我说，因为害怕他破坏我的感觉。我对苏珊娜的感

---

① 《安德罗玛克》（*Andromaque*），法国剧作家让·拉辛的悲剧作品。
② 《布里塔尼居斯》（*Britannicus*），法国剧作家让·拉辛的悲剧作品。
③ 巴特-肖蒙（Butte Chaumont），法国巴黎的一个区。
④ 里昂（Lyon），法国东南部城市。

觉就像人们在寺庙花园里采集的鲜花——圣罗勒花①或夜花②，下了大雨，花朵凋落，水冲走它们，把它们带到花园深处。湿婆或雪山神女会接受它们吗？除了我们的敬奉还需要什么呢？我喜欢湿婆的数学，他在物质上跳舞，把世界简化为零。我们需要毁灭自己才能真正成为人吗？零是真正的人的无形的形状，毫无猥亵之意（婆罗门怎么会猥亵呢，我可是萨斯特里家族的）吗？我在想，难道女性气质本身不正是环形的，是数字后面的秘密，是穿过黑暗，通往真正光明的路上的灯光吗？男人在阿旃陀③或埃洛拉④的洞窟中发现了自己。因此，正如语法学家所说，"先生"这个词根既是"婚姻"这个词的起源，也是"洞穴"这个词的起源，正如"零"是洞穴和整数的开始。罗素和他之前的弗雷格都没有理解它们的策略。人们似乎要怀疑，俄耳甫斯⑤的秘密是不是在某些方面不像湿婆的，没有林伽、阿耆尼和通往零的途径。因此，没有死亡，也没有出生。那么也不会再有罗伯特了。

我们回到家时通常已经很晚了。苏珊娜的母亲有时感觉不舒服，邻居阿诺夫人坐在她身边，为她读《法国晚报》。拉福斯夫人喜欢听政治部分，她觉得如果她丈夫还活着，他会为世界做同样伟大的事情。对拉福斯夫人而言，我来自印度，来自亚洲所在的那个遥远的世界。她认为我是一个好人，因为我来自一个被白人掠夺的国家。她丈夫在那儿工作，在那儿去世，因此她女儿对我的爱可以说是她丈夫的工作的延续。拉福斯夫人尊敬我、喜爱我，这似乎对一位年

---

① 圣罗勒花（Tulasi），又名九层塔等，以全草入药。印度传统医学《阿育吠陀》里传统使用的药物。
② 夜花（parijata），木樨科夜花属灌木，原产于印度中部，印度神话里的悲伤之树。
③ 阿旃陀（Ajanta），印度马哈拉施特拉邦北部城镇，在那里发现了众多的佛教石窟。
④ 埃洛拉（Ellora），印度奥兰伽巴德城西北的村庄，山上开凿有印度教、佛教和耆那教的石窟雕像。
⑤ 俄耳甫斯（Orpheus），太阳神阿波罗和文艺女神之子，善弹竖琴。

长女士而言不太合适。我想知道苏珊娜怎么跟她说我的。我喜欢拉福斯夫人，她皮肤红润、和蔼可亲、声音温柔平静。对她而言，男人是他者，是秘密，人们永远都无法真正了解他们。他们在外工作，在印度尼西亚、非洲铺设铁路，或在加龙河①上建设桥梁，他们是从遥远的地方回家的陌生人。这感觉肯定来源于她的布列塔尼血脉。她们有时会等上整整十四个月，等男人从岛上回来。每个人都活着吗？当然。拉福斯夫人的父亲身上总有一股鱼腥味和烟草味，沉默寡言。他了解大海，平息海浪。他女儿也理解那些未知的事物，尽管她没什么真正的知识。事实上，她不承认事物是什么，因为是什么总是很遥远，连死亡都很遥远。他们出海捕鲸十四个月后会回来，像有时候那样。为什么那些预示着别的消息的幽灵船一出现在海平面，你就能认出来？苏珊娜说：一次，他们的堂姐唐特·格力略特的丈夫没回来。他们都帮忙照顾他的遗孀和孩子。有一天，一艘长船靠岸，他从船上走出来，苍白虚弱！大家默默地接受了这一切，从没问过任何问题。

珍妮来自布列塔尼，阿诺夫人也是。我好奇：我是船吗？我还离得很远。"别回来太晚，"拉福斯夫人过去常常跟我说，"你知道那些坏男孩，他们又在苏福洛路②斗殴，警察都来了。噢，别回来太晚。"

吃完晚饭我上楼去，该发生的发生了。我有时回家，有时留下来。苏珊娜家也有几件我的衣服，她帮我缝缝补补，我在自己的公

---

① 加龙河（Garonne），法国南部的一条河流。
② 苏福洛路（Rue Soufflot），巴黎街道名。

寓里不会缝补。把衣服拿去先贤祠广场干洗很麻烦，不能遗失干洗单，还要记得什么时候去取回来。不过，苏珊娜有时到公寓来帮我做这些事。

她在圣雅克街57号时似乎更自在，更喜欢开玩笑。也许是因为知道她母亲不在我们楼下。她喜欢我房间里的熏香、椰子油和玫瑰的味道。我喜欢玫瑰，由于某些原因，我买玫瑰时总想起母亲。我们抬她去火葬时，我用黄兰[①]遮住了她的脸，用了很多黄兰。但不可能是因为这个。母亲说我一直喜欢玫瑰，也许我喜欢玫瑰是因为她说我喜欢。也许她喜欢玫瑰，所以她想我也喜欢，我必须喜欢。人们死后，留下他最珍爱的东西。所以，她留下了我——和那些玫瑰。苏珊娜来我房间时，我用玫瑰装扮她，让她看起来像印度人。我用口红在她额间点了红点，用长长的白腰布给她当纱丽。她穿着白色衣服，头上戴着玫瑰花，看上去完全就是个印度新娘。我会娶她吗？我应该娶她。那时，贾娅就是船的水平面。"有时你看上去离我很远，"苏珊娜疑惑地问，"你在想什么？"

我回家了。

4

肯定是这时候我第一次见到让-皮埃尔。让-皮埃尔·沃朗格是你只能在巴黎遇到的奢侈生物之一——我真应该说创造物，而不应该说生物——因为他是希腊-塞内加尔混血。一位加木特母亲，一个小首领的孙女嫁给了一位经商的希腊人。他们大概从尤利西斯[②]时

[①] 黄兰（champak），常绿乔木植物，花黄色，极香。
[②] 尤利西斯（Ulysses），荷马史诗《奥德赛》中的主人公奥德赛的罗马名字。

代就在那里定居，他们用土罐装着希腊葡萄酒和锡拉库扎①的橄榄，卖掉酒和橄榄换铁和花生，在返程路上——肯定在巴宝莉——娶了一位摩尔人②妻子，在马赛③娶了一位法国妻子，又在希腊的某个岛上娶了一位忠诚的帕涅罗帕④。这个岛被多次入侵，先被迦勒底人⑤占领，后来又被撒拉森人⑥占领，于是就和突厥人与阿拉伯人混杂，所以最终当他们在非洲定居时——希腊人成为奴隶逃跑了——非洲的贸易繁荣了起来。先和葡萄牙人通商，后来又和英国人进行贸易往来（如果我没记错，让-皮埃尔的一些祖先还是苏格兰人）。法国的到来就像解放，因为法国人是拉丁人。他们自豪又聪明，你可以跟他们谈生意，还能跟他们聊埃及人和法老，如果你喜欢的话，还可以聊聊后来的巴尔扎克⑦。让-皮埃尔总是说起他的祖父，或是他的祖母。他住在斯克里布街⑧，见过巴尔扎克去过几次的卡尔芒-莱维出版社。巴尔扎克的出版商用尺子量他的书，根据他的书的行数付钱给他。这些细节大概是让-皮埃尔编造出来的，他在虚构方面最有创造才能。事情一发生就变成了虚构，让-皮埃尔添加了太多事实进去，让他的虚构在别的地方都是有趣的故事。它的美就在于让-皮埃尔相信它，以他母亲的名义发誓。他的母亲是一位喜欢坐在达喀尔⑨的太师椅上，受人尊敬的、优雅的女士。

---

① 锡拉库扎（Syracuse），意大利西西里岛上的一座城市。
② 摩尔人（Moor），中世纪时居住在伊比利亚半岛、西西里岛、西非等地的穆斯林。
③ 马赛（Marseille），法国港口城市。
④ 帕涅罗帕（Penelope），荷马史诗《奥德赛》中奥德赛（伊塔刻岛的国王，一位希腊英雄，在特洛伊战争中献出木马计）忠实的妻子，她为等候丈夫归来，坚守贞节20年。
⑤ 迦勒底人（Chaldean），古代生活在两河流域的居民。
⑥ 撒拉森人（Saracen），广义上指中古时代所有的阿拉伯人。
⑦ 巴尔扎克（Honoré Balzac，1799—1850），法国小说家，被称为现代法国小说之父。
⑧ 斯克里布街（Rue Scribe），法国街道名。
⑨ 达喀尔（Dakar），塞内加尔共和国首都。

他们的别墅靠近总统府广场，桑戈尔①也认识他们、拜访过他们。他直接引用巴尔扎克的《高老头》，好像是自己写的一样。让-皮埃尔说，桑戈尔引用了巴尔扎克的日记，《高老头》的伟大作者在日记里谈到了他的希腊-黑人家庭。让-皮埃尔觉得法语很简单，好像他就是讲法语的。他们在家还讲希腊语，因为他们又和新希腊人通商了，让-皮埃尔的叔叔还娶了一位希腊美人做他高贵的妻子。让-皮埃尔的相簿里有一张照片——他上次去达喀尔时带回来的，看着这些伟大的受人尊敬的家人的照片，他觉得很自傲——他的家人因为对法国的卓越贡献，受到法国政府的尊重。康斯坦丁国王给他们颁发了奖章，现在奖章还放在他们的办公室里。他父亲坐在办公室里，称着兽皮或橄榄油的重量。他永远不会做突尼斯人做的事情，永远不会在橄榄油里掺汽油卖给可怜的法国人——他的妻子沃格朗女士决不允许这样的行为。她去巴黎买衣服，身着爱马仕，身姿优雅，让奥瑞尔女士称赞她高雅的品味。沃格朗家族不是无名之辈，他们暗中资助了社会党和激进分子。塞内加尔成立共和国后，桑戈尔还记得他们，给了他们一切特权，让-皮埃尔的父亲成了议员。他们是有用的人，是善良的天主教徒。让-皮埃尔的一位叔叔在法国南部的修道院里，一位姑姑是修女——总之，他们都很善良，都是法国人，都是有能力的人。

然而，让-皮埃尔却不一样。他厌恶那些崇高的荣誉：想当个医生。戴高乐在他著名的伦敦广播演讲里②号召男人入伍时，让-皮埃尔离家出走了——才刚刚十七岁——他越过柏柏尔人的领土，因

---

① 桑戈尔（Senghor，1906—2001），塞内加尔国父，近现代非洲著名的政治家、外交家、思想家、文学家。
② 1940年6月18日戴高乐在英国伦敦发表广播演说，标志着由戴高乐领导的"自由法国"运动开始了。

为他能讲阿拉伯语，秘密地进入了阿尔及利亚。他喜欢秘密的事情，想要他不知道的东西，某种虚无的但又真实具体、健康、可信的、也许英勇的东西。他也读伯里克利①的书，梦想着有一位能为之献身的英雄，一位致力于团结人类的亚历山大②。所有种族和部落都团结起来，喝着神的奠酒。希腊人就是同时活在两个世界，同时活在亚洲和欧洲——归根结底，法国是希腊的天然后裔。让-皮埃尔的志向是当一名医生，帮助人类。如果可能的话，像巴尔扎克一样写作。他的家族有那么多关系，还有更上层的关系，所以每种组合都能成功——比如，语言用数字作为可靠的沟通方式，"一"还是"一百万"，就意味着"一"或者"一百万"——你还记得法郎失去了所有价值吧，这对合适的表达原理怎么会重要呢？但它确实重要。他在词语中寻找他的家庭，在数字里找到的意义——给物品一个明确的定义。这里的物品指的是三维的实体，不是四维的，也不是感觉或想法。他读法语版的希腊文化图书——他的希腊语太差，读不懂柏拉图③或普罗提诺④——他发现毕达哥拉斯⑤的数字很迷人。从毕达哥拉斯到马拉美⑥（蒙多是医学院的一名教授）是自然的转变。但是他不喜欢大多数诗人——除了马拉美写的神话《希罗狄亚德》。他在《希罗狄亚德》里采用了独特的符号金字塔，带领你看到一层一层的风景，就像天鹅，最后获得纯粹的意义。

---

① 伯里克利（Pericles，约公元前495—公元前429），古希腊民主政治的杰出代表。
② 亚历山大（Alexander，公元前356—公元前323），古代马其顿国王，世界古代史上著名的军事家和政治家。
③ 柏拉图（Plato，公元前427—公元前347），古希腊时期重要的思想家，也是西方文化中最伟大的思想家和哲学家之一。
④ 普罗提诺（Plotinus，205—270），又译柏罗丁新，新柏拉图主义奠基人。
⑤ 毕达哥拉斯（Pythagoras，约公元前580—约公元前500），古希腊数学家、哲学家。
⑥ 马拉美（Stephanie Mallarmé，1842—1898），法国象征主义诗人和散文家。

他否认，并以颀长的脖子摇撼
白色的死灰，这由无垠的苍天
而不是陷身的泥淖带给他的惩处。
它纯净的光派定他在这个地点，
如幽灵，在轻蔑的寒梦不复动弹：
天鹅在无意的谪居中应有的意念。①

事实上，绝对只能从符号和沉默中预示——冰冻的湖水、浸泡、天鹅不受影响的翅膀——它们把意义赋予生命、死亡和不朽。"我再次成为虚无。就是告诉你，我还是很客观，不再是你认识的那个斯特芳——但是精神宇宙，将通过我得到开发。"让-皮埃尔引用马拉美的话，大笑起来。无名之地成了某地，但是，谁在那里呢？"巴门尼德②称之为存在。"我说。"但是这太含糊了。"让-皮埃尔说。作为医生，他见过太多的基于不现实的现实。"但是，最终所有疾病不都是一种疾病吗？"我说，"如佛陀所说，伟大的病毒摩侯罗伽③引发了所有疾病。我们先谈谈这个，行吗？"

他下午两点到四点之间在沃吉哈赫路52号进行医疗咨询，早上去查房。他的妻子和三个孩子（理查德、戴安娜和克劳德）住在天文台大道一栋很漂亮的公寓的五楼，这样孩子们周日下午就可以去玩沙了。让-皮埃尔说，米雷耶是一位希腊音乐家之女，一位善良但不成功的音乐家。米雷耶还是普罗旺斯学校的一位漂亮老师——

---

① 参见马拉美著，《天鹅》，施康强翻译，《世界文学》，1983年第2期，第111页。
② 巴门尼德（Parmenides，公元前515—公元前5世纪中叶），古希腊哲学家。
③ 摩侯罗伽（maharoga），英译为大蟒蛇。《维摩经略疏》记载摩侯罗伽"系无足腹行之神，因毁戒、邪谄、多嗔、少布施、贪嗜酒肉、怠慢持戒，遂堕为鬼神"。

她在美术学院学过艺术。当时她在韦科尔①参加反抗活动，战后去了希腊（她那么漂亮，肯定很引人注目）。她被共产主义深深吸引，因为共产主义者是真正的爱国者，后来她回到巴黎继续战斗（用大量的钱和走私的武器来战斗——漂亮女人总是这么干）。但她在阿布女士家遇见了让-皮埃尔。和苏珊娜一样，她也是让-皮埃尔的教女之一，因此圆圈完整了。我只要遇见让-皮埃尔，我们就会是兄弟。

事实就是这样。让-皮埃尔的额头特别高，思维敏捷，但不像我，他在表达方面不慢。他正在寻找他的科学术语，这时我们碰面了。他专心于术语，我痴迷于数字或几何形状。希腊人认为几何是属于神的，印度人也这么认为。我们根据矩形、三角形和圆形来建造我们的供奉炉，就像元音和辅音要根据吠陀圣歌的高低起伏来重读。在几何学里，我发现了一个秘密——空间——似乎没人认为是不可辩驳的。只要你怀着虔敬圣洁的心往里看，而不只是看着它，圆中的三角形能给人妙不可言的景象，因此立体主义和相对论同时出现。

人类的意义到处都是，是因为这个我才口吃吗？——怎样读每个单词？坦尼罗②说过，单词是声音的几何模式——怎么读出可发音的词，如石头或树，不在空间里产生它们——不产生石头或树呢？空间（space）的词根是pet，意思是"打开、传播"，也是希腊语里的"圣餐盘，烹饪用的碗"。因此，我告诉让-皮埃尔，连疾病都能用这个词治好，它是严格的几何模式的容器。"确实，"让-皮埃尔戏谑地说，"鲁道夫·斯坦纳③真的试过，似乎成功了，我的病人这

---

① 韦科尔（Vercors），法国一系列的高原和山脉的总称，二战期间曾在此地区抵抗德国侵略。
② 坦尼罗（Tantrics），是一个重要的印度教哲学体系，秘密地声称吠陀仅是外表。
③ 鲁道夫·斯坦纳（Rudolf Steiner，1861—1925），或译为史代纳，奥地利社会哲学家，人智学派的创始人。

么说。这是无稽之谈。"他笑着，嘴里叼着快要熄灭的香烟。他从不抽完烟——在他知道讲到哪里之前他总是能回到原来的思路，除了和病人在一起时。他说，他认为人类的躯体本身已经有足够多的秘密了。这让他在面对每个病人时都觉得措手不及，当他碰到最喜欢的病人时，主要是年轻女性，他的非洲血液跳动强烈，要平缓下来都不容易。有时她们和他也碰到奇怪的事情，他的秘书艾尔诺女士（她说自己有时也有那种预感）知道什么时候来敲门。他非常迷人，还有一部分黑人血统——桌上放着桑戈尔的照片，就像艾尔诺女士桌上放着戴高乐的照片——所有这些都是给病人的有趣的调和剂。有时非洲或阿拉伯的王室也来找他，带着很多仆人，他很开心地用蹩脚的阿拉伯语和塞内加尔语跟他们谈话。他回家时，米雷耶热情地迎接他。她的美貌出众，而且神秘地与日俱增。她没再去美术学院，但她没有放弃艺术——在佛科列恩中心研究艺术史。米雷耶对解释希腊和埃及法老雕塑之间的历史联系很感兴趣，这自然也让她和珍妮及珍妮在卢浮宫的工作有了联系。"即使是法老的，归根结底也是非洲的。"珍妮·阿沃有时肯定地说，带着一丝讽刺的笑。她说："除了他们把黑人钉在墙上，这样下一世就还是奴隶。就像法国人相信下一世一样，他们甚至认为桑戈尔下一世会是白人。实际上，难道你没看出来吗，他就是白人。看，看，他看上去很像黑色的戴高乐——我们的祖先高卢人，诸如此类。"珍妮说着，给我们看其他图片。那天她从喀麦隆的耶稣会信徒父亲那收到了一本新的绘画与油画集。他教学生纯粹的非洲艺术，他们再次做了那些雕塑。"你的毕加索只是劣等的总督。"她笑了。她给我们看喀麦隆收藏里的一副特别美的画作——一位高高的、弯着腰的女人，看上去像一条直线，弯腰把乳房给一只看上去像鳄鱼或蜥蜴的小生物喂奶。艺术家构思巧妙，奶水刚好滴进这小生物的嘴里，这种方式把整个空间都具体化了。女人的表情显示在背上，她像风筝一样在漂浮，脸冲上天堂，因为男人已经满足了这只小生物。米雷耶说："而且，在古埃及艺术里，鳄鱼代表着神、造物者。如果你深入研究，你会看到骄傲的女人，一种人类生物，在拜神，这是供给上帝的另一种形式，被视为满足。如果你研究得足够深入，鳄鱼和女人的风筝脸很像，连牙齿都很像。女人头上像头巾的东西就是鳄鱼头上退化的王冠——就是开罗博物馆藏品里那个象牙制的东西的复制品。多奇怪啊！我们认为时间抹去了人类的行为，但是人类的行为才是基因的代码语言。所以让-皮埃尔可以像非洲中部著名的统治家族一样温柔，又像爱奥尼亚人[①]一样聪明。"

"至于你，年轻的女士，"让-皮埃尔笑着说，"肯定流着德鲁伊[②]的血——你知道的，普罗旺斯人是德鲁伊的后裔，所以你喜欢岩石、雕塑和神话。"

"至于神话，"米雷耶抽了一口烟，说，"谁活在神话里，博士先生？你，还是我？"

"我得带妈妈去打针了，"苏珊娜边说边抓起她的包，"我晚上还有一场演出。"

"再见。"我们冲她说。我们悠闲地漫步在圣米歇尔大道，走向杜邦咖啡馆，参观了克吕尼修道院[③]。如果不是《法国晚报》刊登了一篇奇怪的文章，说有人向戴高乐投炸弹，戴高乐马上从车里下来并查看发生了什么，我们会继续讨论艺术历史。让-皮埃尔和米雷耶尽力保持冷静，但他们很震惊，沉默不语。他们崇敬戴高乐的解

---

① 爱奥尼亚人（Ionian），古希腊民族一支重要的东部支系。
② 德鲁伊（durid），凯尔特民族的神职人员。
③ 克吕尼修道院（Cluny），法国的一座修道院。

放运动，但他们以为他用新的化身投入到股票交易所里了。尽管他们是共产主义者，也许不是党员，可他们内心深处还是很崇拜他。可以说他是他们的父亲，他们的祖先。就像非洲人一样，他们有一棵树、一个图腾、一种未知的辉煌，一年年遭受雨打风吹，沙漠的沙子被恶行烧焦，也就是被言语烧焦（让-皮埃尔说pheme的意思是"说话"），但是它还是会像狮身人面像一样耸立，坚固又神秘，内敛又广阔无垠，有所有问题的合适的答案。就像在法语里，你看不到"傻瓜"这个词，但是你会说"愚蠢的事情"，而且听起来总是很正确。戴高乐知道他要去哪里，他知道每一步，连走出破旧的汽车检查他也全都知道。戴高乐对别人而言是个谜，连他的妻子、大臣、神甫都觉得他是谜，但他自己不觉得。他适应现实，就像他适应他的制服一样——他在伦敦能知道巴黎，从时间来了解永恒。对他而言，死亡是他正在等待发现的事物。所以死亡到来时，他就会知道。刺客不能杀死他，因为不存在做这事的刺客。

　　整个圣米歇尔大道都陷入了一种历史性的沉默中。克吕尼修道院的石头比山上的怪物——更聪明，而戴高乐要在那里被击毙。亲爱的同志，我告诉你，死亡没这么简单。你应该问问你的列宁。恐怖主义是一种幼稚的疾病，你只有在成功时才会杀人，否则你会被绞死。革命就像历史的疥疮，只有细菌足够强壮时才会爆发。如果身体很虚弱，你得叫戴高乐来提供力量。去香榭丽舍大街①游行就要开始了。法国不会灭亡，因为丘吉尔是个小丑。只有当法国人变成傻瓜时，法国才会灭亡，现在还没到那时候。我的兄弟，我的暗杀者，如果我想的话，我会获得宁静。下个周末，我会和我的狗去

---

① 香榭丽舍大街（Champs-Elysees），巴黎一条著名的大街。横贯首都巴黎的东西主干道，东起协和广场，西至戴高乐广场。

科隆贝双教堂村①打猎，和我的医生聊聊天。就是这样。上帝与你同在。

米雷耶的秘密藏在她的眼睛里——一只向里翻转，一只向外，她的睫毛细长浓密，好像要去演出，要扮演葛丽泰·嘉宝②。然而，如果有人深情地望着她的眼睛，她似乎就特别渴望扮演一个神秘的女人，一半是狮身人面像，一半是女神。把男人的头给拧下来，让他们去死（有人认为她还是名希腊共产党员，接受他们的秘密命令），或者让他们去微妙的子宫深处，在那里她的女性气质能把血肉变成钢铁，把男人变成英雄和神——随后他们到达地狱，而鸽子飞入真正的天堂。神在任何你想让他在的地方，在莫斯科或耶路撒冷，在奥林匹斯山上或沿尼罗河漂流而下——米雷耶身上也有一些纯粹的埃及的东西。希腊人特别崇拜埃及人，他们甚至借用了埃及人的神，只不过是改了名字，就像我们印度人一样。我们把妻子带回家时，改掉她的名字让她变成我们的人——伊西斯③、俄耳甫斯等也是如此。埃及似乎通过米雷耶特有的毛孔来讲话，她的皮肤带点蓝色，又透着一丝柔和的白色。她的印度-欧洲皮肤有些像阿拉伯人，她也许来自阿塞拜疆或南波斯。没错，她身上带有一些阿拉伯特质，非常专心于她的事业，不管是共产主义事业还是艺术事业，而且她对亚洲有一种模糊的恐惧和憎恨。苏珊娜告诉我说，传闻她十五岁时就离家出走了。那时她——眼睛又黑又大，身材圆圆胖胖。她从阿维尼翁④（她母亲在当地的大学里教书）跑到了山里，追随一个有东方智慧的欧洲人，一个加入法国国籍的俄罗斯人，实际上他是格

---

① 科隆贝双教堂村（Colombey-les-Duex-Eglises），法国东部的一个小村落，1934年戴高乐在这里购买下名为"拉布瓦斯利"的乡下别墅。
② 葛丽泰·嘉宝（Greta Garbo，1905—1990），好莱坞默片时代的电影皇后。
③ 伊西斯（Isis），埃及神话中的生育女神，奥西里斯的妻子，阿努比斯的母亲。
④ 阿维尼翁（Avignon），法国东南部城市。

鲁吉亚人,就像葛吉夫①本人。不过据说"伊戈尔"②更喜欢印度和印度尼西亚,而不太喜欢神秘的西藏。这位"伊戈尔"也加入了反抗大军,三十五岁时,他在各大洲旅行,从俄罗斯穿过西伯利亚③和蒙古,经由上海到了印度,因此成了拉福斯夫人所说的"内行"。是什么方面的内行却没人真正知道,不过拉福斯夫人肯定是瑜伽内行。他学会了瑜伽,有着敏捷的四肢。他回到法国——去了他母亲生活的格拉斯④,他母亲是位格鲁吉亚女伯爵,战争爆发后给蓝色酒店记账。"伊戈尔"声称他能治愈伤口,哪怕伤口很深,谣言传开了,说他连癌症都能治好。他在阿维尼翁工作的时候就把自己塑造成了一个按摩师,当然是在医生的保护下(要给医生25%的佣金)。米雷耶脚扭了(爬阿尔卑斯山时扭到的)后去找他,母亲带她去的,而他立刻就爱上了她。这不是传统意义上的爱,而是一种发生在这个天真的女孩身上的魔法("确实很天真,"拉福斯夫人在给我讲这个故事时说,"比狗能闻到它的伴侣还要天真。")。她才十五岁,很快就成了他的情妇。"你知道的,战争改变了太多事情。"拉福斯夫人认为,他应该教她瑜伽,但他却教了别的东西。她的臀部和胸部丰满了很多,这让她母亲感到恐慌。关起门来,米雷耶也开始做奇怪的跪拜,背诵神秘的阿拉伯语祷文,也可能是格鲁吉亚的。她变得引人注目,连圣雷米⑤的立体派画家都希望她能给他们当模特,被她母亲拒绝了。后来她遇见了一位诗人,他现在很有名,他们私奔到格勒诺布尔⑥。(米雷耶一下子摆脱了母亲和"伊戈尔",她称他为

---

① 葛吉夫(G.I. Gurdkieff, 1866—1949),西方灵性导师。
② 伊戈尔(Igor),俄罗斯古代英雄史诗《伊戈尔远征记》中的英雄。
③ 西伯利亚(Siberia),俄罗斯境内中东地区一片广阔的地带。
④ 格拉斯(Grasse),法国普罗旺斯的一个小城。
⑤ 圣雷米(St. Remy),南法普罗旺斯小镇。
⑥ 格勒诺布尔(Grenoble),法国东南部城市。

偶像——因为她害怕他。）随后他们去了韦科尔，在那进行英勇的反抗斗争。米雷耶的某些方面很具有挑战性，让你没有勇气的挑战性，不是侵略性的；她似乎能够把你的勇气抽出来放到球里，然后玩这个球，就好像希腊花瓶上画的孩子们玩的游戏一样，是阿里阿德涅之线①。弥诺陶洛斯②，曾是瑜伽神（是湿婆吗？），很快变成了法国解放者，因为其他的神没有这样的男性气概，她需要共产主义的力量和决心。神性可以完整也可以不完整，瑜伽或斯大林都有这种强烈的需求，尽管伊戈尔是位白俄罗斯人，斯大林不可避免地成了神。如你所知，神化身为人类所想的任何形状。圣地可以是喜马拉雅山或者是高卢人的地盘，罗马人称之为"法国"或"斯大林格勒"，米雷耶愿意为此放弃一切——包括她的精神，还有她女祭司的身体。米雷耶从金字塔里走出来，我们认为她是女王的首席女仆，让-皮埃尔有时看上去像钉在墙上的法老的希腊-闪族弓箭手。尽管很奇怪，血细胞似乎有一种寻找并与兄弟姐妹的古老血液配对的方式；因为让-皮埃尔和米雷耶看上去特别像兄妹，不像夫妻。他们各行其是，让-皮埃尔和他的病人经历冒险和不幸（包括来自比利时的某位公主，她过去常来住在乔治五世旅馆里，她来买衣服，不过也有其他的事情）。至于米雷耶，她的女神样貌显得特别高贵、不可企及，这使得艺术家们醉倒在精英酒吧，整个蒙帕纳斯③都知道她，那地方可很远。如你所知，在卢浮宫里，你可以看到画作，但不能触摸它，更别提拥有它了——拿米雷耶来说，她的守卫也许是一些

---

① 阿里阿德涅之线（fil d'Adriane），源于希腊神话。英雄忒修斯在克里特公主的帮助下，用一个线团破解了迷宫，杀死了怪物弥诺陶洛斯。这个线团被称为阿里阿德涅之线，常用来比喻走出迷宫的方法和途径，解决复杂问题的线索。
② 弥诺陶洛斯（Minotaur），克里特岛上半人半牛的怪物。
③ 蒙帕纳斯（Montparnasse），法国巴黎塞纳河左岸的一个充满艺术气息的街区。

大天使①("伊戈尔"肯定给她了)——对那些只有两只眼睛而没有心理视觉的人来说,她似乎都很可怕。但是,米雷耶的冒险非常重要——她选择自己的时间和男人。这里的代理人,那里的作家,偶尔是某个埃塞俄比亚或中国的迷人的外交官(她的口味很国际化)。苏珊娜认识他们,因为她找苏珊娜来倾诉她的悲伤。"这个摩洛哥人,"她说,"真是低能。"他害怕在树林里见她,唯恐戴高乐的间谍在监视他。"亲爱的,戴高乐要抓其他的猫呢!"苏珊娜一边在镜子前整理头发,一边总结说。

苏珊娜说,自从我走进了苏珊娜的生活,米雷耶就没那么爱说话了。不过,我们能从她的眼睛、匆忙化的妆、扭动臀部的方式里和像贤者一样沉默的时候看出来,下午肯定发生了一些事。米雷耶去比才巧克力店里喝茶,俯瞰整个卢森堡,看上去依旧像一尊女王雕像,有时她看上去就像女王。

有几次她母亲从阿维尼翁来过复活节或圣诞节,这时米雷耶就像个细心的女儿。不管在何种情况下,米雷耶都是最好的母亲。她有莫丽娜,这个西班牙女人和他们一起生活了三年,对他们忠心耿耿,在星期天她会带孩子们去教堂。米雷耶也去教堂,她说是为了孩子,但也许不只是为了孩子。现在她的兴趣集中在为什么拜占庭艺术家笔下的耶稣和圣母的四肢都很长,也许是在寻找一些基本的、深奥的东西(人们可以发现"伊戈尔"从没离开她)。她愿意跟我说话,尽管我很笨拙,还口吃驼背。"她也许同情我。"我告诉苏珊娜。苏珊娜说:"胡说。她可能是嫉妒我。虽然有时我们觉得我们是姐妹,但她跟我太不一样了。接近我们的女性气质时,我们理解

---

① 大天使(archangel),又称天使长或总领天使,是常见于宗教传统之中的天使。

对方。没有女人想做个放荡的女人,"苏珊娜继续说,"所有女人都想做处女,由一个,只有一个男人来破处。难道你不知道?尽管她有外交官和诗人,米雷耶也有某种童贞,一种不可思议的纯洁。我认为她喜欢纯洁,就像我一样。只是她的纯洁给了许多人中的一个,而我是给了一个人许多。"那天我们朝着比才巧克力店走去——走在苏夫洛路上——苏珊娜情绪激动,想要挽着我的胳膊。不过她知道我不喜欢在公共场合表现私人的亲昵,立刻放下了。我从没在公共场合吻过苏珊娜,一次都没有,除了那天午夜我们从喜剧院往回走的时候。因为她表演的《茶花女》①太感人肺腑,我让她坐在杜伊勒里宫的一个雕像下面,吻了她。这样的时刻太稀少,但它们包含了,或者说好像包含了生活的全部言语。苏珊娜知道我在想什么,她说:"也许米雷耶等着在雕塑旁抓你呢!"我笑了笑说:"也许我要在玛丽·德·美第奇②前跪下,跳到她腿上去吻她。你知道我需要雕像陪着我。"苏珊娜充满感激地看了我一眼。

让-皮埃尔稍后会来找我们一起去吃晚餐,也许去圣塞味利廊街。

5

米雷耶内卷的辫子上有一抹白色,其余的乌黑的头发紧紧往后梳着,戴着一条黑白相间的雪纺丝巾,穿着黑色及膝紧身裙和高跟半长筒靴,她是那天下午巧克力店二楼最美丽的女人。但她的牙齿不是很白,也不是很整齐,她母亲没有足够的钱让她去矫正牙齿。

---

① 《茶花女》(Camille),意大利作曲大师威尔第根据小仲马的小说《茶花女》改编的歌剧。
② 玛丽·德·美第奇(Marie de Medicis,1573—1642),法国国王亨利四世的王后,路易十三的母亲。

米雷耶的口音还是常见的普罗旺斯口音,她向我们表示欢迎,向她母亲介绍我。她说母亲像往常一样来看外孙,母亲很少离开阿维尼翁圣佩雷斯街区的僻静工地街来巴黎,她是女儿世界里的局外人。女儿的丈夫是一名医生,她是法国国家科学研究中心[1]的拜占庭艺术研究员,她认识加缪[2](赛纳卡波普洛斯夫人特别崇拜加缪,和我谈起这位年轻的、英勇的作家时几乎在颤抖)——赛纳卡波普洛斯夫人在女子高中教法语。尽管她专门研究十八世纪文学,可她最喜欢的是维尼[3]、左拉[4]、梅特林克[5]、罗曼·罗兰[6]。可怜的我啊,最喜欢的是拉宾德拉纳特·泰戈尔[7]。苏珊娜后来对我解释说,玛丽·安妮·赛纳卡波普洛斯第一次读泰戈尔时只有十七岁,她从没忘记过纪德[8]译本里的阿马尔,她不需要纪德,她的英语和法语一样好(她在塞夫勒[9]有个很好的老师),如果可以的话,她宁愿教英语,但是她得坚持研究卢梭和狄德罗[10]。她很愿意教本·琼生[11]或丁尼生[12]和雪莱[13]。泰戈尔是新一代的雪莱,他来自印度,更有深度——印度是永恒的智慧的土地。她当然读过罗曼·罗兰关于罗摩克里希纳[14]和维

---

[1] 法国国家科学研究中心(CNRS),法国最大的科研机构。
[2] 加缪(Albert Camus,1913—1960),法国作家,存在主义文学大师,"荒诞哲学"的代表人物。
[3] 维尼(Alfred de Vigny,1797—1863),法国浪漫派诗人、小说家、戏剧家。
[4] 左拉(Zola,1840—1902),法国批判现实主义作家。
[5] 梅特林克(Maurice Maeterlinck,1862—1949),比利时剧作家、诗人、散文家。
[6] 罗曼·罗兰(Romain Rolland,1866—1944),法国现代著名文学家,思想家,传记作家、社会活动家。
[7] 拉宾德拉纳特·泰戈尔(Rabindranath Tagore,1861—1941),印度著名诗人、文学家、社会活动家、哲学家和印度民族主义者。
[8] 纪德(André Gide,1869-1951),法国著名作家。
[9] 塞夫勒(Sevres),法国城市,以瓷器闻名。
[10] 狄德罗(Denis Diderot,1713—1784),法国启蒙思想家、作家、百科全书派代表人物。
[11] 本·琼生(Ben Jonson,1573—1673),英国抒情诗人与剧作家。
[12] 丁尼生(Alfred Tennyson,1809？—1892),英国诗人。
[13] 雪莱(Percy Bysshe Shelley,1792—1822),英国浪漫主义诗人、作家。
[14] 罗摩克里希纳(Sri Ramakrishna,1836—1886),印度哲学家。

韦卡南达[①]的书,甚至还有关于甘地的书。从那时起,因为女儿和"伊戈尔",她试着去读《奥义书》。死亡占据了她的头脑,不是由于恐惧,而是出于绝对的热情。她想要培育死亡,把死亡培养成朋友。"度过了幸福的六个月后,"米雷耶说,"我母亲说她会高兴地接受死亡的陪伴。"这解释了她对阿马尔的热情。阿马尔是个生病的孩子,等着邮差带给他国王的信。如果有来信,那肯定是来自上帝本人。对X夫人(让-皮埃尔是这么称呼她的,一半是开玩笑,一半出于喜欢)而言,我来自印度,就是个国王。但是我的驼背和口吃(国……国……国王)让我并不是最好的王室人员。我告诉她,数字让我兴奋。我解释说,不是对整数感到兴奋,而是对零感到兴奋。因为对我而言,"零"是死亡。"零"超越了生与死,是绝对不存在的象征。"你知道的,"我说,我们正喝着咖啡等让-皮埃尔,"你知道的,思想的秘密在于语源学,语源学的秘密存在于声音的根,印度人称它们为bijaksaras,这些就像我们的整数,是宇宙计算的永恒数字,是上帝的一种算术。有一种最初的语言,"我继续说,"有正规的数字,我们思维的某些结构让我们能自然地理解10,而不能理解20,能理解词根,而不能理解中国人试图去画出但却失败的每个物品的词语。肯定有最早的声音,就像我们核宇宙里的粒子,它们根据目前还未知的定律来行动和反应。这里有因陀罗[②]的征服、光明之神、恶魔维拉,恶魔把光之牛藏在自己山里的牛栏中。10意味着从纯粹的虚无中涌现出所有物体,从零中产生所有数字。"

"你肯定知道纳奇柯达斯[③]与死神的对话?"X夫人扭头看着她

[①] 斯瓦米·维韦卡南达(Swami Vivekananda,1863—1902),罗摩衍那弟子,印度近代哲学家、社会活动家。
[②] 因陀罗(Indra),印度神话中的天神之王,雷电神。
[③] 纳奇柯达斯(Nacchiketas),古代印度婆罗门,在《羯陀奥义书》中记载了他对生死等问题的探讨。

女儿害羞地说。

"是的，我知道。"我低声说完，沉默不语。由于某些原因，当思绪流动时，我才能流利地讲话。一旦思绪被打断，我就很难流利地讲话，好像语言没法到达心窝上。

"你知道他是个婆罗门，"苏珊娜骄傲地说，想为我解围。"他的名字'萨斯特里'的意思是'博学的人'，'精通梵文的人'。"

"富有智慧的人。"X夫人非常满意地补充说。最终，她会遇见某个人，那个人能给她解释一切，也许还能解释她自己。

"婆罗门这个词意味着：了解梵[①]的人。"苏珊娜继续说，想告诉赛纳卡波普洛斯夫人。

"而且梵是'涅槃'，是'零'。"我努力伸直舌头，试着去启发这位和蔼的女士。我深爱她的诚挚和超凡脱俗的外貌。她身上有着我姑妈高丽的影子。高丽红颜早逝，父亲说她的美可以照亮黑暗的房间。她在我出生后不久就去世了，所以我从来没有真正见过她。X夫人虽然也很美，但没有那般夺目的美丽。X夫人相貌平常，却有着伦巴族人特有的粉红皮肤和波提切利[②]很喜欢的金色眼睛。她很少活动——好像活动很困难——她很丰满——因此她的姿势安静又羞涩，但她的眼睛说的话比舌头说的要多。纳卡波普洛斯律师肯定是爱上了她几乎纯粹的天真，给了她六个月的幸福和腹中的孩子，然后就投身于其他事业：法律、希腊政治（他敬仰韦尼泽洛斯[③]）和别的女人。他有完美的阿拉伯基督徒的外貌，一个有人文激情的圣徒，一个为受欺压的人做主的律师，一个当地音乐会上的伟大钢琴

[①] 梵（Brahman），印度教认为"梵"是宇宙现象的本体。
[②] 波提切利（Sandro Botticelli，1445—1510），欧洲文艺复兴时期的著名画家。
[③] 韦尼泽洛斯（Eleftherious Venizelos，1864—1936），20世纪初希腊最著名的政治家之一。

家。然而六个月毕竟只是六个月。(按数量上来说是一百八十天,而且这些已经很多了。)任何一个男人或一个女人,都会为有这么久的幸福而感到高兴,有人不知怎么的可以为此开心一辈子。X夫人也知道幸福就是智慧的一种形式,一个无名真理的名称。智慧和幸福,在她德鲁伊教徒的直觉里,是一个意思。有人曾经告诉过她,德鲁伊教徒就是印度教徒,因此能追溯到泰戈尔和我。米雷耶后来告诉我们,正是这个血统让X夫人特地跑到巴黎看我。这让苏珊娜觉得很开心,但是当我们开始谈话时我那信心的不足就充分表现出来了。那命运的奥秘啊,它对于我来说,像是以某种方式把神与数学公式同等看待。大概拉马努金意识到他能活得更久,一些拉马努金能感觉到却没法说出的名字或没法计算出来的东西。军队,神,不仅有名字,还有数量、颜色,有密宗所相信的几何图形,为什么连毕达哥拉斯都弄不明白。在古老的过去,我一定就像修炼密宗的人一样去深切地感受苏珊娜的身心。她自始至终的沉默对我来说就是真理,但当我的男性气概觉醒时,因为一些无法解释的原因,我看到的不是白天,却是一个蜷缩的、倦怠的黑夜。我没法推测经历了什么,企图更多地投入到这个奥秘中来——我经常坐在拉·罗通德或多姆咖啡馆①问自己:她是谁?为什么,为什么有黑夜?如果我是完整的,我是吗?知识意味着死亡吗?是白天跟随黑夜,还是黑夜跟随着白天?阴阳,还是阳阴?

时间差不多了,我们最后决定去江苏餐厅用晚餐。江苏餐厅的古墙上雕有镀金的张牙舞爪的龙,中国人带着微笑轻步走来,但又退回去了,想给我们端上"佛陀的天堂"或"扬州贝壳"两道菜。

---

① 拉·罗通德(La Rotonde)、多姆咖啡厅(Dome),蒙巴纳斯附近的咖啡馆,都有"圆屋顶"的意思。

这个店不仅名字上透着一股神秘，隐藏在卷帘后的厨房也有些许神秘。一个长得跟雕像一样的年轻中国人端菜出来，在清漆托盘上，那些蒸菜和天堂之花，配着充足的茶让所有的食物在舌尖复活。茶本身就是梵天①在天堂里必种的用来教导野蛮人的一种天堂之花。对我们印度人来说，中国人总像是神的警卫一样，在这个混乱的地方维持秩序，但却保持着沉默和彬彬有礼的姿态。尽管警长曾经偷过密宗法术，还从西藏布达拉宫——中国那超意识的偏南一隅去教化世间的平民。那时印度落后很多，就像是吉美博物馆②十三世纪中国画卷上的一个平面空间：一片开阔的土地，小溪在山脉间缓缓流淌，一只白鸟向后伸展着翅膀，飞到自己建造的巢穴里。对中国人来说，印度人似乎不属于这个世间，他们是拓荒者，引领你去其他更微妙的极乐世界。或许天堂就不是人间，而是比人间更好的地方，你可以用警察的严格来管辖那个地方，使它变得神圣。印度人像道士，他们可以乘浮在神圣的天鹅上。世界属于中国，中国是世界的中心。他们是儒士——有教养的人，是绅士。他们不是十四世纪法国的产物（或十五世纪英国才有的物质）——"儒雅"是中国对全人类的伟大贡献，学者和智者为了极乐世界的和谐会遵从世间的道德伦理，"儒雅"来自于和平的地球。

　　因此，当你带来佛陀的喜乐或金丝燕的燕窝时，向人类灌输的有关极乐世界的思想其实来自紫禁城，是为了教导他人。一旦你的胃欢快地蠕动着唱起歌时，你会感觉到鼻孔张开，每一根头发丝儿都有感觉意识。这时来点香姜，让你的气息变暖，你会感觉像喝醉了般闻到年代久远的美酒的醇香，听到美酒的声音，你的脑海在反

---

① 梵天（Brahma），印度教的创造之神。
② 吉美博物馆（Musée Guimet），又名吉美国立亚洲艺术博物馆，位于巴黎第16区，1889年建立。

复进行着理智的斗争。你意识到变质的是人类的精神实质，似非而是的山间小屋，门前的毛驴和一个年老的大腹便便的智者，盘坐在他的道教垫上谈笑风生——

> 路人可能会因为音乐和美食而停下
> 却不会因为道教的宣讲而逗留
> 它似乎毫无意义，索然无味
> 看不见，听不到
> 却又无穷无尽。

"我希望所有的法国人都能明白这一点。"X夫人沉默了一会儿后恨恨地说，"你看那戴高乐。"X夫人满脸厌恶地说着。戴高乐，有一个让人憎恶的强大组织。这个人高马大，威严的专制怪物，有又长又笨的鼻子和一撮小胡子，他是法国人傲慢自大的起因。法国对内镇压，还有国外的外交争论，都是由于他的原因。他是一个除了自己啥都不懂的人，是吗？我想他把人们都当成了傻子，正如道家，为了极乐世界把人们看成是愚人和智者：

> 极乐世界和人间都是虚假的

由于X夫人正好谈到戴高乐，我引用她的话：

> 极乐世界和人间残忍无情
> 它们把万事万物都看作虚无，
> 智者残忍无情

他们把人们当作傻瓜。

米雷耶知道她母亲崇尚自然，于是赶紧换了一个话题，我们迅速把思绪拉回到中国菜上来细看菜单。接着开始探讨中国和印度之间的不同这个话题——我说它们就像是灵魂和自我，有限和永恒，人类和非人类。从极乐世界看，人间也是极乐世界。但从人间看，人间和极乐世界，二者绝不会相交，除了在君主或是毛泽东的眼里，我大笑。尼赫鲁从不相信世界是真实存在的，尽管他有五年计划，但毛泽东相信能把中国变成天堂。因为，我们都知道中国本质上崇尚儒家思想——认为教育能塑造人类。然而对印度来说，智慧就是人类。（那个人发明了书籍——另一些"味"，也就是解体的方式。）"你不用担心，"我说，"毛泽东死后会被安葬到陵墓里，而尼赫鲁的遗体将在亚穆纳河[①]边火葬。印度不是国家，它只是一个暗喻。中国是一个用墙围住的房子和有周密计划的国家。确实如此，在中国，人们把死者安葬在属于自己家的地底下，这样等到结婚生子（甚至是赢了或输了一场官司）时，你就可以告诉你的祖先。而在印度，出生和死亡都不重要，不生不灭才是真理。法国处于这两者之间，"我一边倒茶一边说，"她信奉天主教。就其本身而言，她希腊人的想法把她拉回到亚历山大时期和理性的神秘，追溯到柏拉图，到巴门尼德——再到圣十字若望[②]。虚无就是真理，然后产生了那些人，那些所谓的哲学家。他们从英国那里学习自由和联邦政治——地球被改造得具有人类特征。伏尔泰[③]是霍布斯[④]的儿子，狄德罗是约翰

[①] 亚穆纳河（Yamuna River），旧名朱木纳河，恒河最长的支流。
[②] 圣十字若望（St.John of the Cross, 1542—1591），与圣女大德兰同时代的人，和圣女一同改革加尔默罗男修会。
[③] 伏尔泰（Voltaire, 1694—1778），法国思想家、文学家、哲学家与史学家。
[④] 霍布斯（Hobbes, 1588—1679），英国政治家、思想家、哲学家。

逊①博士的传人,卢梭是前世的拜伦。但是戴高乐,"我回到那个话题,"戴高乐是圣·托马斯·阿奎纳②的君王。他想要把他的理论带给上帝,但却不想把上帝带到人们身边。当极乐世界被打败时,混沌将统治人类,当世间想起时,适时地下起雨,固体化成液体,液体又气态化——虚幻的恒河边的雪融化变成河流汇入大海,气化成赤道上空的云然后又变成季风。雨水将再一次变成积雪,被太阳融化后,又变成河流和云。那么雨水到底是从哪里开始的呢,夫人?"我问X夫人。

"这对我来说太深奥了。"她回答,"你知道我期待一封来自上帝的信。"她狡黠地笑着说。

"但是假设,"我问她,"如果上帝期待着一封你的来信,那会发生什么呢?"

"我想我太人性化,"她说,"两种方式我都喜欢。"

我笑道:"就像你的加缪,他想让阿尔及利亚成为阿拉伯人的,也成为阿尔及利亚白人的,但也要依靠法国。戴高乐曾想把所有的阿尔及利亚人变成法国人。告诉我,你的加缪,他会变成阿拉伯人吗?"我大笑着追问。

"不,我想他不介意成为印度人。"

"没有印度人,夫人。"我笑道,我本来不想嘲笑她的。"我之前跟你说过,印度不是国家,它只是一个隐喻。无论在哪它都是分散的——它是每一个想法的纯粹的理解。加缪知道他叫加缪,那就是说,这里没有加缪,他变成了印度人。所以你们都是印度人。在所有的人里面,让-皮埃尔是纯印度人,如果一个人不知道他是希腊

---

① 约翰逊博士(Smamuel Johnson,1709—1784),英国诗人、散文家,《英语大词典》(1755)编成后,牛津大学给他颁发了荣誉博士学位。
② 圣·托马斯·阿奎纳(St. Thomas Aquinas,1225—1274),中世纪哲学家、神学家。

人还是非洲人,法国人还是摩洛哥人——沃朗格博士,他就是印度人。那么,你有什么看法呢,印度女士?"我转过来对米雷耶说。她摇摇头——她一点儿都不想变成印度人。印度是一个无名、无形、永恒、虚无的地方。她的拜占庭①很富有——有很多大长腿和丰满的胸脯,还有黄金。是的,巴列奥略王朝②有很多黄金。在阿索斯圣山③的人不允许有女人,可他们承认女人的重要性。你可以理所当然地崇拜圣母玛利亚,在这里是允许的。但是,有时候米雷耶也很好奇,这些教士是不是没有夜饮。阿索斯的教士们就像魔鬼一样,都睡在他们自己的粪便上,圣人也是这样的。

"我才不想成为圣人呢,"米雷耶抗议。

"那你觉得我是一个圣人吗?"我盯着她的眼睛问。

"好吧!算半个圣人吧!"米雷耶大笑道。

"我说算四分之三,"苏珊娜抗议,"如果有人知道的话,那就是我。"X夫人望着街道说:"哎呀!让-皮埃尔怎么这么久还没来啊,这都已经过了九点了。"

"出生和死亡都需要时间,"我重新回到我们正讨论的那个话题。"圣人可以让绝望的人重生。唐璜④就是内心不会绝望的一个人,一个人只要有男子气概就能活在不朽的青春里,中国人和印度人都企图寻到这种催情剂——他们所说的情投意合就来源于这些东西。想要维持男性对女性的共鸣就要让他永葆青春。"

"我不想长生不老,"苏珊娜说,"人的一生活得太久了也不好。"

"那你是想要孤独终老?"我又一次笑着问。X夫人听懂了我的

---

① 拜占庭(Byzantine),古国名,首都君士坦丁堡。
② 巴列奥略王朝(Paleologos,1261—1453)拜占庭帝国的最后一个王朝。
③ 阿索斯圣山(Mount Athos),东正教的圣山,属于希腊国内一个特殊的神权的自治共和国。
④ 唐璜(Don Juan),19世纪英国诗人拜伦同名诗体小说的主人公。

意思。

"没错,"她说,"孤独地死去远比……"她犹豫了一会儿又说,"远比你那什么共鸣好多了。"

"有什么是长生不老的呢?"我继续说,"它变成了什么?"

"变成什么了?"

"一连串的存在——或者是我们数学里说到的,一串存在。"

"一连串,然后呢?"X夫人问。

"回忆,"我接着说,"这一连串就是回忆。"

"是啊。"米雷耶对这一讨论产生了极大兴趣,她想从话题中得到一些她感兴趣的东西。

"所以,一连串是……意思就是……一连串……是……存在。"

"是啊,然后呢?"苏珊娜插了一句,不想让自己在讨论中被忽视。

"存在就是那一连串的意义——"

"所以,就是'存在'的意思。"X夫人说。

"那它来自哪里?"米雷耶整理了一下她的软绸围巾,像丢了魂似的看着母亲。

"存在就是'存在'的意思啊!"

"那存在又是什么呢?"

"就是存在。"

"那是什么样的存在?"

"虚无。"

"那又是什么?"

"道。"

"那道是……?"

"'道可道，非常道'，这是老子开始提出他的《道德经》时说的。"

"在印度它该怎么说？"X夫人问我。

"梵。"我回答，"梵就是……"

"印度。"X夫人像正在背诵咒语一样小声说。

"零。"我借用了现实生活中的通俗语。

"零又是什么？"米雷耶又问。

"零就是'涅槃'①。"

"那是……？"

"幸福。"

我们转身看着对方，发现好像扯得太远了。阴影下繁忙的街道呈现出缤纷的色彩，在玻璃窗的后面还有很多活动。这个世界现在看起来是如此不切实际地真实存在着。接着，我开始引用：

只要人们谈及老子，老子将永远留在人们心中
因为道追求无为逍遥，清静幸福。

就在我像背诵似的跟X夫人说话时，让-皮埃尔就像个男主角一样（从外面的旋转门里）进来。他鼻梁高挺，用手把卷起来的头发捋了捋。他的头脑一直以来不停地运转就像一些女孩的快速发育或疯女人的月经不调，脑子里想的都是患者和治病的方法——对他来说，就像他的马林克②祖先一样，尽管只是外貌像——可他似乎用魔法杀死了细菌和血块。所以，X夫人很喜欢她这个女婿，因为他为

---

① 涅槃（Nirvana），佛教用语，意译为无为、解脱、不生不灭。
② 马林克（Malinke），住在几内亚、塞内加尔等地的西非民族。

患者们做出巨大贡献,而且他头脑聪明、四肢敏捷。他对法国不熟悉——他不是法国人——这一切都让X夫人感觉与他很亲近。"非常抱歉迟到了这么久。"他一站到我们面前就说。X夫人搬了把红色的长绒凳想要在她旁边挪个位置给他。"非常抱歉我可能没办法久留,因为我和一个同事的妻子在纳伊①的圣休伯特门诊部,我们得去做一个可怕的手术,从一个妇女的子宫里把死婴拿出来,这和从笼子里拿出一只死老鼠一样困难。"他马上意识到这样说可能有点伤了岳母的心。他把手放在X夫人手上抱歉地说:"唉,妈妈,请原谅我。我知道你的加缪是不会说这样的事,可我的萨特会说。"他笑了。当他笑的时候,我就坐在他面前,感觉到他呼出来的气息,我敢肯定他喝了很多酒。这件事是指门诊部那个事还是别的什么?"伯哈德医生是个非常优秀的人,他在做切除和缝合手术时都非常有耐心,当时我在一旁给一个虚弱的女人输血。"他那马林克人的厚嘴唇使他说起话来不是很方便。当他与人亲密讲话时嘴唇发出嘶嘶声,在严肃的场合做自我演讲时,就变得口齿不清。X夫人很爱她的女婿,不仅因为他很聪明,还因为他非常温柔。她喜欢他的手放在她的双手上,他的深情也让她感到温暖,而米雷耶坐在他旁边感到冰冷,X夫人相信让-皮埃尔说的每一句话。"这是她第二次生孩子,却出了这样的事。"

"作为一个女人,"X夫人接着说,"孩子就是她活着的唯一意义。男人活在他对工作和梦想的幻想里,但女人却是为了她腹中的孩子活着。对她来说,爱是屈服。对男人来说,爱是征服。"

"天啊!妈妈,"米雷耶乞求道,"那是你的梅特林克说过的话。但是今天,"米雷耶特意提高声调站起来继续说,好像她的整个身体

---

① 纳伊(Neuilly),法国巴黎的郊区。

都在讲话,"今天,我们都是征服者,我们都是有梦想的人,没人会向别人屈服。屈服者在哪里?什么时候能做回自己?"

"我不明白你在说些什么。"X夫人用诵经般的声调说。

"妈妈,你看,我们知道,现在有战乱,也有和平。以前有希特勒,现在有戴高乐。"

"你没有把他们俩想成同一类人吧,米雷耶?"我问。

"好吧!好吧!为什么不可行呢?"米雷耶仰着头问,好像正在看着她那完美有型的鼻子。米雷耶说的话其实没什么,她只是说了一些没有经过深思熟虑,认为值得说的有意义的话罢了。她在一个话题上问了五个问题,有的问题处于不同水平,要么同时问一样的问题,要么就是相互矛盾的问题。

"不,希瓦,"她继续说,"我当然没有无知到把希特勒和戴高乐混为一谈。他们中的一个可能是好的,另一个人就是不好的——你是不是这个意思?"

"你应该知道,印度的共产主义者称甘地是叛徒,直到斯大林前辈让他们住口为止。戴高乐,"我带着一副坚定的表情说,"戴高乐就是你的甘地。"

"什么?什么?"让-皮埃尔大笑,嘴里的酒沫喷了出来。他擦干后接着说,"一个是杀人魔,尽管嘴上挂着法律和秩序。另一个是因为他自己的言论而被人杀害。"

"而你,还有你那自作聪明的共产党激进分子想要把戴高乐给杀了。你看,他从车上下来,朝着你笑,就像甘地说的——如果你想杀我,那就尽管来吧。"

"但你的戴高乐……"让-皮埃尔为辩论而辩论。

"他是你的。"我大笑着说。

"以前他是我的，但是现在你可以拥有他……"

"真是对印度的祝福……"

"——是对人类的罪行。"米雷耶拍掌叫道。

"那又是谁呢？"我问。沉思了一会儿之后，X夫人回答："毫无疑问是尼赫鲁啊！他是甘地精神的继承人，也是一个社会主义者。多么完美的组合啊！"

"但是却把数百名共产党人送进了监狱。"米雷耶接着说。

"瞧瞧，瞧瞧，"让-皮埃尔使了个眼色，"说不定你们身边就有一个伟大的领导人呢。"

"你是说曼达林！他对狄·博尔瓦夫人和你的萨特都好。他知道的太多了，那个叛徒。"

"好吧！我想你是想要拿他出气来承认一个领导人……"

"你才是呢！朋友，"我生气地说，"你想把马克思称为聪明的愚人，一个混乱的意识形态的提出者，由黑格尔和大英博物馆的资料统计组成的路德教①的马克思……"

"路德教？"让-皮埃尔大叫道。

"哎呀，当然了。难道你不知道他是在魏森堡接受洗礼的吗？我知道他没有宗教信仰，"我继续说，"他既不信佛教，也不信基督教，更不信仰通神论。但是你的圣人，旧神学院的学生斯大林，那个斯塔特，那个令人惊叹的工人，他可以从豆子里产出婴儿，再从婴儿那儿重新长出豆子。"

"也不完全对。"让-皮埃尔大笑。他完全明白我的意思。"所有的收获都是好的，这就是我晚上的收获。"让-皮埃尔接着说。他吃着蔬菜面条，搭配着燕窝，也许是叫别的名字的那个厚厚的有斑

---

① 路德教（Lutheran），基督教新教的派别之一，由马丁·路德所创。

点的东西。其实他一点都不饿，他想要说话。当他急切地想要说话时，米雷耶凭女人一直以来的直觉就知道他的身体后面藏着一些标记，她曾经跟苏珊娜讲过。或许，这种事经常发生。"他清空了一些抽屉。"他的这句话让女性得到解脱，特别是意外怀孕的年轻女子。他一点都不懂法国的法律条文——这些只对法国人才有用，而他是希腊和塞内加尔人，谁会教他这些呢？党派的人知道这些标记，然而党派里的一些女孩很难和他结成同伴。索邦神学院非常近，有谁不知道它呢？索邦神学院有很多塞得满满的抽屉。它就类似于一个在他刚工作的时候，拖了很长时间的"会诊"。（他"如同松了一口气"躺了下来，米雷耶曾告诉过我。）米雷耶在漫游中从未遇到这类困境。曾经有一次在希腊，她不得不去一个村庄见巫婆，她绝不会让自己再一次迷失在有针和铜线之类混合物的道路上。围栏里的奶牛，吃着一些献祭的燕麦和粗燕麦粉，好像它知道什么似的流着泪。米雷耶永远不会忘记那头伊利里亚奶牛发出的悲惨的吼声，它就像是一位母亲，所有人的母亲。古时候的希腊和印度都因为母牛的智慧而尊崇她，这就是为什么米雷耶把所有这样的女孩子称为——母牛的原因。

"那你以前肯定是个兽医了？"米雷耶想要对他过去的经历刨根问底。

"兽医？不，不，不，是外科医生，"他说完整理了一下领带，继续吃面。谁都能看得出来他心神恍惚。

"所以，先生，"X夫人开始问，"你认为甘地和戴高乐非常相似？"

我说："夫人，你把没有人情味的领导人称为甘地还是戴高乐？独一无二的是富有成效的，有效的往好的方面发展。如果是我可能会说我欣赏共产主义者的，就是他们对待人类的态度就像我们在国际纯粹数学理论上对待数字那样。一定程度上超越了一就是一，二就是二，三就是三——那就是智慧。"

"我太笨了，请你解释下。"X夫人请求道。

"就是那样。"因为一些未知的原因，和以前一样，我发现舌头打结了。"我……我……我。"我又开始口吃，我拿起茶杯假装好像很渴的样子。苏珊娜非常通情达理，立刻接着那个话题讲。她以前经常听我讲，她明白什么是一个女人应该知道的，她的男人真正说的是什么和接下来要说什么。这种亲密的行为如此令人惊讶又如此美好，就好像女人真正地做了一回自己。你是一个空想者，就像道教书上所说，在这个头上生出一个新的细瘦的头颅，然后又在这个细头颅上生出一个更细瘦的头颅，等等。

"希瓦是说：人类，一个丧失了偶然性，衣服被剥掉，那个只剩孤独的隐士。他如果能超越自己，那就是真正的人。"

"国王死了，"我试着让自己慢点说，"国王死了，国王万岁。"

"贝当[①]死了，戴高乐万岁。"让-皮埃尔笑着说。

"不，戴高乐死了，甘地万岁。"我说，"甘地的代表团在亚穆纳河、高止山上被烧死了，还有蒙巴顿和所有忠于甘地的人们。但是随着他死亡消息传开……"

"怎么了？"让-皮埃尔焦急地问。

"甘地主义，"我说，"让人感兴趣的不是圣雄甘地，而是甘地主义。卡尔·马克思和他的贵族妻子及路德教的父亲不吸引人，个人主义崇拜也不令人感兴趣。在那里，赫鲁晓夫就是正确。党比任何

---

① 贝当（Henri Philippe Petain，1856—1951），法国陆军将领，政治家。

人都大，就像布哈林[①]在被斯大林枪毙前报道时说的。共产主义才是真理，是唯一的真正的事实。偶然是错误的——因为它将被毁灭，但是卓越的人将会继续存在。从数学角度来讲，零可以延续而数字本身不能做到。零不是数字，所以说，零是在所有其他数字中出现的唯一真正的数字。"

"你是指婆罗门，不是吗？"X夫人问。

我说："夫人，在这个意义上，我仍然是一个婆罗门。"

"唉，你这个保守派。"让–皮埃尔说，嘴上还挂着面条。

"唯一正确的革命者。"苏珊娜自豪而充满占有欲地说。她知道我不能被意外事件，不能被奇闻轶事和数字所束缚。我渴望干净的空气，渴望七层楼阳台上的空气，我只有站在那里时才能呼吸。抛开一切思绪后练习瑜伽，也就是坐禅。不去成为希瓦拉姆，就是真正地成为希瓦拉姆。我想知道父亲是否已经在伯德里纳特了？我已经这么久都没有听到他的消息了。雪的洁白就是水的本质。那么真理就是奇闻轶事的本质，历史人物有他们的历史，自传作者可能会写下他们自己的每一个故事。这就是为什么甘地拒绝写自传，但是迫不得已，他写了《我体验真理的故事》[②]。他的一生就是一个追寻真理的过程，直到真理被大众所知。就像喜马拉雅山上的冰雪，在太阳照射下融化成水，然后你就能拥有恒河母亲——那条充满智慧的河流。我父亲会去参观根戈德里[③]吗？

"你在想什么呢？"苏珊娜问我，她知道我在想事情。

[①] 布哈林（Nikolai Ivanovich Bukharin，1888—1938），苏联共（布）党和共产国际领导人之一，思想家、经济学家。

[②]《我体验真理的故事》（An Autobiography: The Story of My Experiments with Truth），甘地亲笔撰写的一本自传。

[③] 根戈德里（Gangotri），位于喜马拉雅山恒河发源口，是印度最有名的修行圣地之一。

"我正在想喜马拉雅,我父亲就在那里。"

"在喜马拉雅山上?"X夫人问,她在神话集中读到过喜马拉雅山和奥林波斯山①。"你父亲在那里吗?"

"是的,"我回答,"在印度,我们把生活划分为五个阶段,如果你愿意划分成四个阶段也可以。修行所是一个场所,人们朝圣的地方。第一阶段是儿童时期,学生时代是第二阶段。加入宗教组织,你长大成人、结婚,婚后有了孩子。接下来你有二十或者三十年的岁月过着居家的生活,然后归隐山林成为一个思想者,一个陷入冥想的人。最好的冥想的地方就是森林——正如你知道的,印度的许多智慧源于森林。"

"泰戈尔的确提到这一点,不是吗?他称之为'智慧之林'。"

"不好意思,"我抱歉地说,"我并没有读过多少泰戈尔的作品。每个印度人都知道森林。"

"那不是就是《奥义书》里哲学发展形成的原因吗?"X夫人问。

"的确如此。所以我父亲过去为英国人服务,现在过着隐士生活,追求真理,希望隐居森林。如果你问我,我认为在英国人离开以后,他从不愿待在印度的家中。他将去寻找心中的圣地,那里才有圣人的哲思,也可能在那里找到大不列颠。"我笑了。

"大不列颠国旗是珠穆朗玛峰上升起的第一面国旗。"让-皮埃尔嘲讽地说。

"虽说如此,尼赫鲁曾参拜过伯德里纳特庙,毛泽东登上他人生的顶峰,我们也在恒河里认识自己。我想起商羯罗在哪里说过这样一句话:我是流淌着真理的恒河。"

"你是个聪明人,"让-皮埃尔插嘴说,"告诉我真理怎么流动?"

---

① 奥林波斯山(Olympus),希腊神话中众神的居住地,坐落在希腊北部。

"当水流动时，是不是意味着水就是水，河就是河？"

"我亲爱的朋友啊，有太多的精妙之处可以探讨，只不过现在是深夜了。妈妈，"让-皮埃尔擦了擦嘴巴说，"从阿维尼翁到这里路途遥远，我想你一定非常疲惫。在寒冷的巴黎过复活节很糟糕，我送你回旅馆休息吧。"

"先拿一些姜来。"米雷耶说。之后，大家陷入了沉默。虽然没有解决什么问题，然而我们又一次更明确了心中的追求。我觉得苏珊娜十分不喜欢姜，她楚楚可怜地望着我。噢，带我走，带我回家。

"明天苏珊娜要参演《昂朵玛格》[①]，需要好好休息。让-皮埃尔，我们要走了。"

"下次还能再见到你吗？萨斯特里先生。"X夫人说。

"当然可以啊，为什么不明天晚上六点，在比才巧克力店见面呢？"

"我可以和妈妈一起来吗？"米雷耶问。她用嗓音来表达身心，似乎总是能和身体进行思想交流，与灵魂对话。她既是书本，又是读者。

我把苏珊娜带回苏夫洛路，回到先贤祠后面的家里。苏珊娜渴望探寻真理，我脑子里冒出这样抽象的问题：我真的走在她身边吗？我在哪里，我是谁？

女人是一种神奇生物，她的出现吸引着你，让你了解自己。她不仅给你的想象提供骨骼和血液，还带来了真实的感觉。有时候男人是个牲口，将他的代数刻在弯曲的背部，用正负符号在腹部做标记。一些观念促使他将注意力转移到金钱或冥想上，他认为自己是最无法解释的——在思想里杀人和被杀，身体用自己的思想去追求

[①]《昂朵玛格》(*Andromaque*)，17世纪法国悲剧诗人让·拉辛的代表作。

真理。敌人是真实的，他不是人类，他只不过是一个装置——利用炮弹炸药，将数学和化学紧密结合，就可以制造出人们急需的生化武器。我杀掉一个敌人，因为他不是敌人——也可以杀死一个什么也不是的自己。战争和冥想就是一个等式的两部分组合：

$$mvr=nh/2\pi$$ [①]

就像老玻尔[②]说的一样，宿命难逃。

可是对女人来说，她的男人是唯一存活的物种，没有其他的物种。在她眼中每个人的行为、见解，包括自己的孩子都独一无二。为她的创造提供土地、空气、河流，为她建造船只，供她乘坐。云朵（恰好在爱奥尼亚人上面）遮住天空，穹顶之下是希腊。风吹拂着白云缓缓飘动，露出一片空旷，阳光穿透云缝透出几束光芒照射大地。她穿过地中海返回自己的王国，意大利的城堡坐落在脚下，思想的废墟沉淀、堆积成历史的遗迹。对男人而言，苏格拉底没有死去，他还在圣日耳曼大道[③]上漫步。对女人而言，能在艾萨克[④]和马利特的书里看到他的照片。当人们开始相信法郎、相信现实时，他就创造了历史，他成为一个女人。这就是当代文化。戴高乐想要篡改过去的历史，让沙特尔[⑤]在爱丽舍宫[⑥]后面。甘地希望大不列颠能稳定发展一千年，印度的自由又一次阻碍了真理。蒋介石心存统治中国的野心，强大的中国可以影响世界。甘地宁愿为真理献身。

---

① mvr=nh/2π，玻尔的轨道量子化公式。
② 玻尔（Niels Henrik David Bohr, 1885—1962），丹麦物理学家。
③ 圣日耳曼大道（Boulevard St. Germain），巴黎一条主要街道，位于塞纳河左岸。
④ 艾萨克（Isaac Newton, 1643—1727），艾萨克·牛顿，英国物理学家。
⑤ 沙特尔大教堂（Chartres），坐落在法国沙特尔市的山丘上，法国著名的天主教堂。
⑥ 爱丽舍宫（Elysee Palace），法国总统官邸。法国巴黎重要建筑之一。

对人们来说，朝圣之行的终点是想象：非暴力的印度、衰落的俄国。一条无限延伸的直线完成最终使命，画上句点，一切归于平静。施予者就是受惠者，受惠者也是施予者，瞬息万变。男人总是乱扔礼物，女人却喜欢将礼物收藏整理，视若珍宝。伴着哭声诞生的孩子，带着历史的重大意义来到这个世上。死后，火葬的火焰烧尽那些虚假与谎言，却撼动不了真理一分一毫，烈火验证了真理。

火，真理的拥有者，牺牲的实现者，

真理的追寻者，带着语言来了，坚持坐在被膜拜的座位上。

我伫立在高高的阳台上眺望巴黎，从高耸的先贤祠到蒙马特的小山丘，看着这个被荒废遗弃的城市，我的内心满是伤悲。很久以前，圣·伯纳德[1]战胜哲学家阿伯拉尔[2]，亚里士多德与巴门尼德紧张对峙过。戴高乐确信一旦发生战争就会形成希腊与美国对立的情况，因此为确保安全他将姐姐马尔罗送往印度，阿伯拉尔——"高卢的苏格拉底"也因此返回巴黎。而身无分文的萨特游戏在加勒比海去寻找心中的英雄，这位英雄是被抛弃的圣人——哲人——真理。

法兰西第五共和国建立在塞纳河畔，当初共和国期望能掀起一番风起云涌。刚开始希望曾寄托在毕加索身上，后来的布拉克[3]，慢慢地从萨特到加缪。"我想，"加缪在日记本曾写到，"我想写一部关

---

[1] 圣·伯纳德（St.Bernard，1090—1153），法国教士，罗马教皇顾问。
[2] 阿伯拉尔（Peter Abelard，约1079—1142），中世纪哲学家、神学家，人称"高卢的苏格拉底"。他爱上了自己的学生爱洛伊斯，并与她秘密结婚生下一子，后来他被爱洛伊斯的叔叔雇人阉割。
[3] 乔治·布拉克（Georges Braque，1882—1963），法国立体主义绘画大师。

于印度圣人和西方英雄的故事。"幸运的是，加利福尼亚①甚至哈瓦那都在贝拿勒斯的另一边，但是耶路撒冷不在。戴高乐在他的以色列长大，一心想回去寻找自己的根源。他想要上帝，只要上帝。法国人能理解吗？

灯光下整个蒙帕纳斯②街区被黑暗侵蚀，模糊不清，空气中弥漫着灰尘。马尔罗凭借闻名的直觉断定这座城市正走向灭亡，然而巴黎不会消失，更别说耶路撒冷和贝拿勒斯。你可以阉割阿伯拉尔，但不能杀死他。他有他的圣灵，忠实信徒跟随着他，他们明白什么是理解。女人成为男人是悲剧，也是历史。所以圣女贞德一直是处女，是女人把皇冠，那拥有无限权力的皇冠还给了多芬③，而不是还给了历史。伊丽莎白女王成为统治者后，成就了故事中的终极帝国，而伊丽莎白二世的父亲乔治六世要解散这个帝国。真理是人可以到达自我的自由——他带着女人一起进入他高贵的王国，在那里，他可以统治任何人。

6

我们的阿赖耶④是真正的家，是永远的喜马拉雅山。是的，那些地理学家和地质学家用拉丁语和测量数值告诉世人，山神在德干高原⑤形成后就已经存在了。地球因内部压力挤压形成移动板块，地表忽然开裂——沟壑带里积满尘垢，一点点挤压，历经时间演变形成高山峡谷，现在还在演变。如果我们知道压力是怎么来的（或者说

---

① 加利福尼亚（California），美国西部太平洋沿岸的一个州。
② 蒙帕纳斯（Montparnasse），法国巴黎塞纳河左岸的一个区。
③ 多芬（Dauphin），法国历史上（1349年至1830年）王太子或王储的称号。
④ 阿赖耶（alaya），梵语alaya的音译，又作阿罗耶识等，是佛法唯识学中的"八识心王"中所说的第八识。
⑤ 德干高原（Deccan），印度南部第一高原。

谁给予土地那些压力），事实上，除了原人普鲁沙①，没有人能创造自己所看到的事物。因此喜马拉雅山是我们创造出来的，"其中四分之一是已知的，剩下四分之三仍是未解之谜"。它依然按照我们所希望的成长。的确如此，湿婆，主啊，那就是你和我。你既不是你也不是我，而是"自我"——《湿婆颂》②的"自我"，"我是湿婆，我是真理"——我是冈仁波齐峰——喜马拉雅山在我的默默期盼下变高。德干高原很平坦，但被其他高山包围着，因为我希望它能静止不动。我既没有活动，也没有不动，所以我既可以移动，也可以静止。喜马拉雅山和德干高原的结合就像湿婆和乌玛的婚姻一样，所以乌玛也被称为大山之女，而南部、德干高原和daksina③是智慧稳固的基地。所以，南方之神达克希那穆勒迪也是湿婆自己。此后，雪山神女帕尔瓦蒂不得不为了她神圣的婚礼赶回坎亚库马瑞④。她不愿住在父亲家里，更愿意和心中的神待在一起。思绪的涌动应该在敬拜中上下浮动，七大洋汇聚在坎亚库马瑞。看，神浸入水中再浮上来，和海浪一起激荡，就好像在喜马拉雅山上游戏。而这一次，恒河水穿过狭小河道奔向大海，可以看到湿婆和雪山神女正在游戏。这时，湿婆的月亮对恒河和雪山神女因妒生恨，发动月球引力打断雪山神女的欢乐，也偷偷地让恒河不悦。这也是月亮有时蓄意掩盖自己的光芒，让大地堕落的原因，所以朝圣者来到恒河——或其他流淌着恒河水的河流——去净化自己。思想经过圣水洗涤后愈加清楚明了，甚至可以看到湿婆嬉戏。喜马拉雅山拜倒在湿婆脚下，因此没有一

---

① 普鲁沙（Purusa），开天辟地之初，在宇宙一片混沌中产生了意识，就是原人普鲁沙，他身体的不同部位变成了印度神话中的四种姓。
② 《湿婆颂》（Sivoham），描绘湿婆复杂性的作品。
③ daksina，梵语，意思是"南方，南部的"。
④ 坎亚库马瑞（Kanyakumari），又译为科摩林角、克默林角。位于印度次大陆的最南端，是孟加拉湾、印度洋与阿拉伯海的交汇点。那里有一座印度教大神湿婆之妻库马瑞女神像，传说她当年在此独斗魔鬼，将世界从魔鬼手中解脱出来。

座山比我们的雪屋更高。神啊，我敬爱的神，我是否可以一直待在你身边，净化思想，等待解放？

  我赞颂师者之神，极乐的本质，为沉默本身感到高兴，
 商羯罗，
  他的手因知识的赐福而举起。

  我与世界格格不入，无处可去，无依无靠。在母亲尚未去世时，我能真正感受生活，体会身边发生的事情。但是现在，我好像误入迷宫的废墟，迷失了方向。无论从哪里启程，最后总会返回原点，更古怪的是，回到原点时依然和当初离开的时间分秒不差。这个时候我内心纠结不已，摔倒、爬起来、再返回。这多像是在玩一场算术游戏，仔细研究却发现数目庞大无法计算。有时像满身泥土的蠕虫，蜷曲身体钻入土里消失不见。不管是昨天还是明天，踏上蒙马特还是坎亚库马瑞的土地，都难以找回我的归属感。第一个提出归属感概念的人，一定也发现了无穷的精神空虚。出去就是离开，存在就是不存在于任何地方。男人和女人对生命延长和消逝的观念不同，女人愿意接受安居乐业的生活。男人却与之相反，他们致力于延伸生命价值，这样他才真正完整地存在。我们创造的这个悖论是我们寻找生活乐趣的游戏，为了开心而开心，为了快乐而快乐。逝去的不会离开，因为时间加上离开就成了路人。谁曾去往何处？我在巴黎吗？父亲还在喜马拉雅山上吗？渐渐地我开始感觉呼吸困难，气喘吁吁。因为担心我，一直待在角落里的苏珊娜走过来，温柔的双手将睡袍轻轻搭在我肩上。我忘记了天气变化，忘记了身在何处。苏珊娜站在离我几米远的地方，斜靠烟柜，做着食指放在嘴上的嘘

声手势。我几乎能——站在阳台上——倾听到海浪拍岸的声音。

我们活着,至少我活着,想着去反思和联想各种事情。就像一个无穷方程求出与之相对的实数,一直到任何解析都不能给出一个合理的结果——整个世界不管是什么情况,就只有那唯一的结果。因此,越简单纯天然的东西越能在广阔无边的思想领域里发展成型。就像元音和辅音相辅相成,构成了一个个不真实而又神圣的东西。要知道,没有元音,人就无法说话,抑扬顿挫才能创造诗意。没有零和小数点——就没有数学。人类利用身边仅有的工具,创造了一段不真实的历史。例如他们经过漫长发展的世界(相关事物经过时间和空间演变),塞纳河是三叠纪时代形成的,在燧石、镁、金和其他化学元素,还有最有潜能的化学元素的上面,在灼热地表附近,是随时都可能喷发的火山口(当然不是现在),好像它们想来看看白天的世界,喷出岩浆侵蚀人类家园。除此之外,从全球各地——从贝拿勒斯到加利福尼亚,或从阿拉斯加到新西兰收集的资料参数显示,古人一定要让床头朝北,因为南部是消亡的地区——牛顿、彗星、太阳、银河系和其他恒星也难逃灭亡——告诉我,去哪里?——走得越远,越会回到真实的自己:自我。请告诉我,你会去哪里?

一天,我们坐在江苏餐厅,地球另一面是为了乌玛从喜马拉雅山火速赶回班加罗尔①的父亲。乌玛的朝圣之旅结束了,但直到最后,她的腹部也不见隆起。不过一直以来她的肚子都很肿胀,每次她恶心、想怀孕时——就一整年都惦记着糖果糕点,来年换布丁果冻。这个季节喜欢吃石榴,下个季节喜欢吃桲果——还有牛奶、炼乳、蜂蜜和马铃薯(一个白人在新大陆发现后,将这个物种移植到

---

① 班加罗尔(Bangolore),印度南部城市,卡纳塔克邦的首府。

其他地方，不久后这种植物迅速在世界各地扎根生长；它生命力顽强、产量高，可供全球一半以上的人填饱肚子）——乌玛喜欢把马铃薯、炼乳、芹菜和少许姜加在一起炖煮。自从母亲不再像以前一样照顾她时，她就发现了这么一种绝妙的制作方法。在她痛苦的时候，来自巴尔卡德①的厨艺精湛的马达范·奈尔会一直陪伴在她身边。但世界上最好的人是拉查玛，她亲切和蔼，体型圆润，手掌宽大，有用不完的耐心——有时，拿着扫把在院子里，静静地发呆；有时嘴里嚼着槟榔叶子；有时半张开嘴，留心听周围的声音，从花园、厨房或从女主人更衣室传来的声音——这样她就可以知道女主人的活动情况。很少有子孙满堂的女人，而好人拉查玛是其中一个——她有十三个子女，三十三个孙辈。她的孙女苏利耶玛也为乌玛工作：洗衣服，清洗污物，到走廊喂狗。一旦主人回家，拉查玛立刻消失在门后，只能听到有人谈话和低语。我妹夫拉马钱德拉·耶尔是最高法院的一名律师，拥有雄辩的口才和犀利的哲学辩证能力——他曾在迈索尔和萨布哈曼亚·艾耶一起学习商羯罗——后来回到海德拉巴②从事法律工作，接手了他父亲以前的客户。

"噢，钱德拉亚，好久不见。索姆亚身体还好吗？现在还一直咳嗽吗？"

"嗯，不是的，父亲。他一直咽喉肿痛堵塞，经常吐痰，感觉不适，特别是一到下雨，整晚都睡不着觉。"

"这就是刻在我们额头上的命运，我们无法改变厄运缠身。看看我家里，我妻子也体弱多病。"

"父亲，我知道。她现在好多了。"

---

① 巴尔卡德（Palghat），一译"帕尔加特"，印度喀拉拉邦中部城市。
② 海德拉巴（Hyderabad），印度安得拉邦的首府，位于印度中部。

第一部分 突厥人和猎虎

"是的，身体还算健康。可是现在，她开始神神叨叨各种奇怪的事情：鬼魂、妖精、神明和魔法师之类。我们有个来自喀拉拉邦的厨师，因为非常同情她，经常给她讲那种故事。但是自从她去马德拉亚，将祷文绑在手、胳膊上后，我觉得她的精神状态好点了。她每个月念十万遍颂，这些事发生在一个好女人身上真是个悲剧。"

"她的父亲在哪儿？"

"在喜马拉雅山上，起初他追随英国人，现在追随上帝。"

"这么伟大的一个人却不能为女儿做任何事。"

"随着时代改变，伟大的人只会为自己的事业奔波，不可能分心在别人身上。"

"嗯，是的，父亲。"

在钱德拉亚定居后很长一段时间，他的生活平静安宁。不过作为拉姆纳格尔家族的帕特尔，他和兄弟因祖产纠纷争得头破血流。这个案子上交当地法院也有三年半了，执行方案改变了，合法延期不变。看起来独立自主比在英国统治下会带来更多并发症。事实就是这样，当你想通过自己的方法做一些事，我们总是需要付出更多的代价。生命从来都不缺少错综复杂。钱德拉亚的大儿子，一个意志坚定又伟大的农民——在三四年前的一场小瘟疫中去世。弟弟不得不承担起他的责任，照顾哥哥的妻子和儿女的衣食住行。他的第二个儿媳来自富裕的帕达那柯塔家——那里的房子有处处挂满银器、耀眼的红宝石的走廊，孩子身上的服饰也有宝石、银制装饰。她上过几年学，会读书写字，这让所有的事情更困难。牛走进房间想喝水，在角落的兽栏里吃一些食物——母狗生了小狗，她不得不喂它们；那些小狗仔一直叫唤着——政府人员时常上门拜访，因为他们需要牛奶和马料。独立的生活一点也不开心：政客们上台后今天和这个人争斗，明天又和那个人争斗。对钱德拉亚来说，他至少还能认清这个世界。他的祖父及别人的祖父也可以。他的儿媳既不是驴也不是马，而是一头骡子。谁知道她的来历？钱德拉亚一闭上双眼就觉得很幸福，因为这意味着悲惨人生的结束。

"父亲，"他继续说，"现在，一个自作聪明的女人把罗摩推入议会。那个女人对他说：'现在任何人都可以坐在下议院里，你没有理由不加入。你可以在这里读书习字，这比赶牛耕田种地的生活不知道好多少。但是我的次子罗摩根本不是走那条路的人。湿婆神啊！那女人制造出多么糟糕的局面呐！'"（这件事情发生在我在印度的最后那段时间里）

拉马钱德拉同情地看着他的客户，确实，为什么会这样，到底为什么？

他的妹妹拉克什米嫁给了班加罗尔的一户好人家，生活幸福美满。维什瓦纳特供职于航空公司，收入丰厚，已经去过两次欧洲。可是拉马钱德拉呢？他和乌玛，还有他的客户一起永远被禁锢在这个房子里。

不论什么时候，我回来是乌玛最开心的事情。我被她称为"永远的哥哥"，不是"哥哥"——我们还是孩子时，她就用亲密的坎那达语这么叫我——对她而言，她的哥哥是三界之光。在那段时期，没有人比我更聪明、更有男子气概。我不能完成的事，别人也做不了。看看她的丈夫，又黑又胖，所有的聪明才智都浪费在打愚蠢的财产官司上。别人一死，他就可以在法庭上慷慨激昂地辩论，上新闻、赚诉讼费。哪里有杀戮，哪里就可以挣钱。乌玛对我说："他一直深谙此道，不仅如此，他曾经狠心朝我扔斧头。幸运的是，斧头散架了，手柄砸到了我，铁块掉在地上，我躲过了一劫。噢，哥哥，你们从来都不知道他对我做过什么。"

"怎么会呢,乌玛?在我眼里他可是一个好人,非常慷慨,资助了很多学生。"

"但是,你看看我身上穿的破衣烂衫。"

"破衣烂衫?乌玛,你身上穿的是我见过的最好的纱丽,别这么不知足。"

"你在偏袒他吗?"

"听着,乌玛,我没有偏袒他。他是个好人,你们之间唯一的遗憾就是没有孩子。"

"哥哥,你什么意思,难道全是我的错吗?"她抓起纱丽捂着双眼,似乎下一秒就会尖叫抓狂,痛哭起来。

"不,不是你或别人的错,这只是命运。我不是这个意思,你没有错。如果你愿意,欧洲有种特别手术可以帮助你。"

"天哪,哥哥,带我去那儿,带我去。"

"我会的,乌玛,一到巴黎,我就立刻帮你联系,唯一的困难就是外币汇率的问题。"

"嗯,我向米纳克希女神①发誓,一切都会变好。哥哥,带我去巴黎。"

"我尽力,乌玛。"

"哥哥,救救我,救救我吧",她摸着我的脚,一直乞求。忠诚的仆人拉查玛像平时一样拿着扫帚,看着眼前的场景。她对我的来访感到十分开心,可是现在我又要去英格兰——她把印度以外的地方都称为英格兰。女主人的哥哥将去那里,为家族带来无比的荣耀。

"亲爱的哥哥,带我走,带我离开拉马钱德拉这个怪物吧!"我

---

① 米纳克希女神(Meenaksi),湿婆妻子帕尔瓦蒂女神的一个化身。

眼含热泪扶起乌玛。这种情况下谁都会流泪，毕竟我们身上流着相同的血。正如父亲常说的：血浓于水。

7

对我而言，特别是现在——一点小事都会让我流泪——让我陷入悲伤的深渊不见天日——比起遭受磨难的妇女、孩子和受伤绝望的动物，我脆弱的内心更容易被悲伤折磨。那些弱小的妇女儿童和无助的小动物，有的身染重病，有的遭受病痛折磨，有的不幸去世。现有的生物，大自然和人类学家无法给予它们帮助——牛栏里有一头奄奄一息的小牛，母牛悲伤地轻舔无助的牛犊——它们在事件发生前几天就开始悲伤，它们知道死亡的到来——小牛无助地躺在床上，体温升高，精神涣散，神志不清。四肢忽冷忽热，眼珠在无意识地转动，浑身冒冷汗，十分惊慌。父亲、母亲、姑姑和仆人都感到无助的恐惧——我悲伤的妹妹，她的世界里拥有比别人更多的财富，如珠宝首饰、神明庇佑，流着家族的血脉。她家铺着波斯地毯的客厅里摆放着父亲从英国带来的枝状吊灯——因为他的同事（有的同事）有这样巨大绚丽的、叮铃作响的吊灯。吊灯散发出金黄色光芒，让富丽堂皇的大厅显得流光溢彩（"我花三百英镑买的。"父亲对他的穆斯林同事说——这让他觉得在他们面前更富有、更学识渊博）——还有乌玛和她的汽车：购物用的奥斯丁①，节日旅游用的普利茅斯②——司机谢尔·可汗四十五岁，为人谦和，由行政长官抚养长大，胡子拉碴，穿着绑腿——灰色狼犬泰格在大街上游荡。它像发狂一样到处找麻烦，要么追赶其他的狗，要么咬小孩、乞丐和

---

① 奥斯丁（Austin），英国汽车品牌。
② 普利茅斯（Plymorth），美国汽车品牌。

卖菜小贩——泰格是乌玛最珍贵的宠物。巨额遗产对乌玛来说，就是一堆堆的物品（新法律公布后，女性享有同等继承财产权）。如果她能怀上孩子，就会像《往世书》①里写的那样，生下一百零一个孩子——如果贡蒂②可以，为什么她不行？乌玛也想跟行政长官鲁特福德·道拉一样有一辆马车，两匹黑色的澳大利亚马和一个敞篷车，就跟萨拉·加格博物馆③览厅的马车一样华丽。这样她就可以和其他人一起出去郊游，和她小时候来海德拉巴探访亲戚时看到的场景一样。她非常喜欢探亲访友，以至于她能列举出所有亲戚身上的随身饰物，如钻石耳环、红宝石鼻环、绿宝石手链以及表妹桑达丽的猫眼手链（她丈夫——桑达丽的丈夫——在阿尔文工厂工作）。对乌玛而言，世上的一切都是有形的，比如她的肚子，她的金色束腰带，如果可以说的话，还有她的阴毛。乌玛确实能感应到事物的必然趋势，其真实性毋庸置疑。因此，她子宫里的孩子来得太难以理解。由于我们所有人的期盼，又显得很真实。医生的药却不太真实——医生称她患上癔症，癔症的表现就是思想神秘混沌却并没有危险，有点像疯病。上帝确实存在——她知道他们就像神殿的图片一样具体。哈奴曼拿着罗摩给悉多的戒指，或大象举着花圈献给吉祥天女拉克希米——都是有形的物品——有些还是金制的。她知道湿婆神的名字和佩饰，他有三只眼、喉咙里有毒药、颈上绕着一条蛇，额头上有一弯新月。乌玛能看到真实的他在那里，但是她不能告诉别人，她怎么能呢？——每次从歇斯底里的癔症醒来，她发现他总会陪伴她身边，（当他不在场时）还有忠诚的仆人拉查玛、年轻

---

① 《往世书》（*Puranas*），一类印度古代梵语文献的总称。
② 贡蒂（Kunti），印度史诗《摩诃婆罗多》中迦尔纳和般度五子的母亲。般度被诅咒不能与妻子同房，于是贡蒂通过咒语召来天神与其结合，生下孩子。
③ 萨拉·加格博物馆（Salar Jung Museum），印度海德拉巴的一家艺术博物馆。

的苏拉娅，以及在门后面不再用手卷胡子的谢尔·可汗——神一直与她同在。无论乌玛躺着还是坐下，总会控制不住呕吐或分泌排泄物。肚子里的孩子让人呕吐，浮肿的腹部承受巨大压力——谁不知道呢？正如婴儿挤破羊水从子宫出来——这也是生孩子的过程。罗摩亚医生上门来开药时，乌玛对他说："医生先生，你知道吗，得癔症没什么不好的。别担心，我现在很开心。医生，你告诉我什么时候会分娩。"

"乌玛·戴维，可能还要两个月。"

"我必须等这么长时间吗？医生，你有办法让他早点出来吗？"

"那也只能在临产前一个或两个星期催产才行，你知道吗？"

"在这里，我能感觉他的小脚踢我。"

医生点点头说："是的，小宝宝的脚已经成型。"

"看吧，拉查玛。我说过，医生比你们愚蠢的女人知道的多得多。"

"主人，"拉查玛说，"主人，我们无知的人能知道什么。我一直为你祈祷。"

"你的祈祷有什么用，只有医生才能帮助我们。"

"此外，医生，"乌玛瞅了我一眼继续说，"如果孩子现在不能存活，我哥哥说去巴黎做手术，那里的医生有办法让孩子活着。"

"噢，是的，"罗摩亚医生说，"我听说是这样。"

"医生，我可以和哥哥一起去吗？"

"不，乌玛·戴维，在怀孕期间这样做太危险了"。你知道，医生有一次坐飞机发生过严重的碰撞，连左眼下长毛的胎记都被擦伤了。事实是，如果他愿意说的话——他母亲在分娩时失去了三个孩子后，医生出生了。所以他一出生，大家庭里的夫人们烧焦了他左眼下的脸皮。这样他变丑了，魔鬼都不可能碰这个孩子。他活下来了，左臂上一直戴着护身符——连他的FRCS[①]都没有让他放弃护身符，这是圣人赐予的礼物。他活下来了，此后，他成了一名医生，城里的头号医生，管他关心的一切事情。人们说，只要他给病人一杯彩色液体，病人就会痊愈。真是"一只有魔力的手"——所以他们说："垂死之人听到他汽车的喇叭声，都能坐起来"。不管怎样，唯一的不幸是他的妻子有肺病。尽管如此，她有十个孩子。她很瘦但有那么多孩子，乌玛长得很圆润，至少会生三个孩子。"你觉得呢，医生？"

"在你这个年龄，乌玛·戴维，本来也能生四五个孩子。你现在是生育的好年龄，在英国，他们到了三十岁才开始决定要孩子，不像我们这个无知的国家，十六岁的女子就已经有了孩子。"厨师马德哈万·奈尔立刻给医生送来了咖啡。

乌玛缓缓地坐起来，擦了擦脸（她鼻子和眼睛周围的口水已经凝固了），然后去浴室快速冲了冲。医生对我来看望妹妹感到很高兴，当乌玛在浴室的时候，他转身对我说："希瓦拉姆先生，你妹妹是一个很好的女人。但是你知道，我们医生也很无助。就像谚语说的那样：除非你嫁给他，不然他的疯狂就不会好转；除非他不再疯狂，不然没人愿意把女儿嫁给他。这是一个悖论：除非她有孩子，否则这种精神状态会一直持续下去。美国最近的一项调查发现，癔症从来都不是儿童病——而是在特定情况下发生在成年人头脑中的一种新陈代谢的转化。这种转化是由于激素或脑脊髓堵塞，使它们联结在了一起。"

"是这样吗？医生，我的哮喘也是这样？"

[①] FRCS（Fellow of the Royal College of Surgeons），英国皇家外科医师学会会员考试。

"可能吧，并不是每一种情况都是那样。但临床结果表明，在同样的家庭中都存在癔症、哮喘和湿疹。就目前我们已知的来说，一些激素的不平衡性造成了这三种外在表现。这对我们印度人来说的确更糟——我们的卫生条件很差，饮食习惯简直无法形容——这就是甘地为什么说我们的生活方式非常不科学的原因。"

"然而，"我努力克制着，"如果我们违抗自然法则而生活得如此糟糕，一个民族就不会存在四五千年。"

"先生，我不知道四五千年前我们是什么。我知道在我的病人当中，一半的疾病都是由于不好的生活习惯——营养不良、落后的卫生条件和偶尔的暴饮暴食。"

"那好，你知道，她不是在这里就是在我父亲家里。你知道乌玛是怎样的一个人。拉查玛每天用消毒剂和清水打扫房子两次。当我妹妹跑在拉查玛的后面盼咐洗什么和在哪儿洗的时候，似乎最积极。对于我的父亲来说，你记得的，他在英国人手底下做事。"

"是的，就像你知道的那样，携带的基因——我的意思是缺乏激素。"

这时，乌玛回来了，她看起来比以前更圆润，更华丽。她真的病了吗？也许她可能真的怀孕了？她的脸颊充满了光泽，嘴唇丰满红润。乌玛不漂亮，但她身材很棒——体型完美，有一个镶了钻的体面的鼻子，还有点高贵。她从来都不小气，除了对她的丈夫，因为他是她痛苦的唯一根源。尽管她从来都没有这样对我说过，她肯定认为他可能遗传了那些奇怪的、麻烦的疾病。疾病传染了许多妇女，他的父亲苏哈曼亚·耶尔遗传给了拉马钱德拉，那些疾病导致乌玛一次又一次地失去孩子吗？

"但这里没有胎儿，不，一个也没有。"拉马钱德拉曾经这样对我说，"这完全可以理解，宽恕她！"

"我确定，"我相信他，"她心里一定是那样想的。"

在机场，乌玛穿着阿达亚纱丽——一条黑色、金色相间的漂亮裙子，后面拖着一条孔雀帕拉，拉马钱德拉穿着由 Lal & Co. 公司的阿波罗·邦达最近在孟买为他做的新衣服站在她身边。他们似乎很清楚地知道彼此的地位和利益——这是一个主要的联系。毫无疑问，他们是真正的夫妻，绝对是。我突然想起前天晚上我跟乌玛的谈话。她告诉我拉马钱德拉为了所谓的公事经常去孟买和德里出差，实际上是为了别的原因，这很令她烦躁。她问过他许多问题，但他总是回答得很简单，让人信服。当她把寄给他的衣服拿去洗的时候，她早已看出了一些迹象和征兆——上面都没有一根长头发或男人的污迹。每次出差回来时，他看起来非常不同，她憎恨这些下乡出差。但是现在印度是一个独立大国，重要的律师不得不去德里、孟买和马德拉斯的最高法院工作，甚至为了一些收入税案件去加尔各答工作。拉昌德家族最近在加尔各答咨询了拉马钱德拉。他们在海德拉巴有个分公司，跟税务局有点纠葛。拉马钱德拉从那里回来时没什么不同，只有当他去德里或者马德拉斯的时候，他才会变得不一样。乌玛对我说，拉查玛去拜访了女祭司梵珂迪。梵珂迪确实看到了一个舞女，一个三十岁佩戴着珠宝、苗条的年轻妇女。拉马钱德拉喜欢婆罗多舞，可能这就是他们之间的联系吧。

"可能是维亚梵缇，他非常仰慕她。"乌玛的眼睛藏在纱丽边后说。

"婆罗多舞现在变得很时髦了。"我说，"公使的妻子、公务员的女儿都在德里的公开场合表演。"

"但是，哥哥，你不是说孟买和德里都是很有道德的地方吗？"

"不，乌玛，一个女人的想象力往往很有误导性。"

"哥哥，你懂什么女人？你都还没有结婚。"

"如果我了解女人，不结婚怎样？"

"不要取笑我了，"乌玛反对说，"我们是同一个爸爸生的，我的肚子知道我的脑袋不知道的事情。"

"妹妹，那这样说来，对孟买和德里，你的肚子现在想的是什么啊？"

"它说那个地方没什么。他没有做错什么。不，他把我照顾得很好。"晚餐的时候，她真诚又温柔地看着她的丈夫。

8

乌玛的普利茅斯就在门口。谢尔·可汗穿着制服出来了。他肯定认为许多大人物会到机场为我送行，此外，他想给我举办一个气派的送别会。每个穆斯林教徒都有点高贵，他们喜欢宏大的、隆重的存在，我们印度人把他们叫作神。穆斯林教徒把男人说成是王子，每个男人都是王子、英雄，是一个拿着灯的魔法师。我们印度人是守财奴——我们把钱藏在床底下，在秘密的圣所做祷告——穆斯林教徒则当众祷告，每日每夜地对着他的上帝祈祷。

已经播报飞机即将起飞，乌玛突然拿出一个护身符（在她的流苏手包里，被黑色的银丝腰带包裹着的一枚金色硬币），匆忙地把它系在了我的左臂上。拉查玛为了这个护身符肯定已经和谢尔·可汗合计过。在海德拉巴，去欧洲或麦加进行长途旅行，人们不会没戴护身符就出发。为什么？如果我们买了飞机保险，为什么还要护身符呢？至少护身符有地球之外的管辖权，神灵会飞，保险人员则不得不在柏油碎石路上步行。乌玛的神灵一定比拉姆亚医生的药管用。

无知包围着我们，即使精确的物理学，也是类似密教（经典）的哲学。毕竟，密教和哲学是同一类，冥想图案①只是天空的机修工——你可以称为天使。为什么要否认神在我们生活中的地位呢？拉马努金没有否认，我为什么要否认呢？

当我拿起厚外套（为了十一月的欧洲准备的）站起来走的时候，乌玛扑倒在我的脚上不断地啜泣。

"哥哥，你也要抛弃我了，我该怎么办？"

我强忍着泪水。

"我会尽快把你送到巴黎，乌玛，不要担心。"

"你一到那里就告诉我，"拉马钱德拉说，"我可能在德里安排外汇交易，为了医疗，它可能有用。另外，你父亲也有些关系。"

我拉乌玛起来，眼泪让她看起来有点奇怪。我希望她不会受到刺激，离开家之前她已经吃了镇静剂。当我离开的时候，拉查玛在抽泣，这让乌玛突然意识到我要去欧洲了。上帝啊，我们怎么能让女人受罪呢！我，一个呆板的数学家（高一米八五，有些驼背，还患有哮喘）在过道上走着，乌玛努力地微笑，她眼睛下面的方巾上有一些小鸟，看上去像极了一道护身符。我们靠护身符活着，也许我们叫它烟斗、领带针或是围巾。我们的祖先带着铜锅去了贝拿勒斯，他们的神在神圣的篮子里，用鹿皮盖着。鹿皮不是一个护身符吗？它系在我们的圣线上，提醒着我们独自轮回，独自跃过贝拿勒斯，到达梵。我突然决定从我的胳膊上解下护身符将它系在乌玛的左臂上。无论她去哪里，它都会一直保护着她。

她笑得很开心——相信这次她会有孩子。

"乌玛，"我抚摸着她浓密的头发说，"乌玛，我们很快会在欧洲

---

① 冥想图案（yantras），印度教和佛教坐禅时所用的线性图案。

见面。"

"哥哥,你保证?"

"尽量吧。"

"哥哥,你不能这样!"

她的信任让我觉得我一定要守信——一定要让她的旅游有所收获。一个女人的信任会让一个男人成为男子汉。我要怎样才能不辜负她的期望呢?

当我走回过道的时候,仍然能听到乌玛的呜咽。哭声被迅速地反弹回门里,螺旋桨开始旋转,每一次离开都像是最后一次。乌玛会再来看我吗?护身符告诉我她会的。我很感谢谢尔·可汗的想象力和他的忠诚。当飞机在跑道上转弯腾空而起的时候,我感谢海德拉巴让我成了一名男子汉。堕落的尼扎姆们[①]可能已经堆好了金条,或在成百上千的妻子中耗尽了男子气概。但是他们相信连接地球和天空的魔法,先知在耶路撒冷的马已经准备好跳到天空中。这种想法让我感到惬意,当我看着迦米娜和所有昭示着荣光的伊斯兰教的尖塔时,一种伊斯兰教的魔法填满了人类的想象——世界是人们追求幸福的住所。对印度人来说没有世界,这个世界是一个骗局。骗局很华丽,就像拉马努金能察觉到神的荣光一样。吉祥天女是海德拉巴的女神,她衣着华美,在乳白色的海洋上升起,诸神为她作诗。她从熟睡的毗湿奴[②]的肚脐上升起,当他睁开眼睛的时候,她冲进太阳中心成了光。

>毗湿奴(科萨瓦)是太阳,她的住所

[①] 尼扎姆们(Nizams),1724年至1948年间,海德拉巴都是尼扎姆家族的领地。这个家族十分热爱文学、艺术和建筑,很多人有波斯血统。

[②] 毗湿奴(Vishnu),印度教三大主神之一,是守护之神。

是莲花（吉祥天女），是华丽的光。

伊斯兰教的光芒闪耀在地球上，如同我们曾经以适当的高度移动到德里的夜晚。

当我收到父亲的来信时，我非常清楚地想起了一切。他从班加罗尔、马勒斯沃拉姆[①]、从"伊斯瓦兰尼拉亚"和高级官员玛达瓦·拉奥的家里那儿寄出的信件。他几乎已经完成了巴德里朝圣之旅。"当我们见面的时候，我要告诉你更多有关它的威严和奇迹。"他说，他一定会告诉我发生了什么。有一天，在克达拉山（他总是保留着寄邮件的老习惯，这次由他的退休职员切里安定期代劳）的当地邮局，他有一封来信。拉马钱德拉告诉他这个令人悲伤的情况——乌玛已经变得无法无天——她说脏话，想毒打拉查玛，对谢尔·可汗恶语相加，差点用短柄小斧杀死了泰格——她不得不被精神病院里的专业护士控制。没有人知道现在该干什么——但是有些事情一定要做，而且要马上去做，所以父亲尽可能快地用特殊方法去做事。群山秀丽，但他牵挂着乌玛。乌玛是喜马拉雅山的女儿，他自言自语、写诗，背诵迦梨陀娑[②]的诗歌来消磨时间。他不是一个虔诚的男人，而是一位父亲，但这种焦虑突如其来——他开始背诵：

由于普遍的因缘，我在母亲的子宫里，剩余的活动就是折磨。

我在子宫中，被煮在污秽之火和尿液里，谁能说出那里的苦楚和悲惨。

[①] 马勒斯沃拉姆（Malleshwaram），印度班加罗尔西北的一个区。
[②] 迦梨陀娑（Kalidasa），生卒年不详，不晚于5世纪。印度古典梵语诗人、剧作家。

噢，湿婆，伟大的主，噢，吉祥的主，原谅我所有的罪行吧。

他在巴德里买了一本《湿婆往世书》，吃饭或休息时，他就拿出来看。八天的行程三天就结束了——坐火车去德里，坐飞机去海德拉巴（等了四天才有座位）。乌玛被锁在一个房间里——马达范·奈尔和她交流，马达范·奈尔给她送来食物和洗澡水，她自己小心翼翼地穿衣服，他和父亲都说她一直在等我回来，等她的哥哥来把她带给新郎。她唱起了婚礼歌曲：

他来了，他来了，戈瓦尔丹①来了，
头戴孔雀羽毛跳着舞来了。
所有的牧牛姑娘都说"他是我的"，"他是我的"，
我只知道他是我的，因为他的花环在我胸前。

"她需要你，湿婆。当我哥哥来的时候，"她说，"他会骑着马，送给我一顶轿子。他的笑让所有女人为之疯狂，因为他长相帅气，但他的心里只有我一个，世界上没人像我的哥哥一样。"能对希瓦说什么呢？她有时健忘，她叫你克里希那而不是希瓦。哦，孩子，我们做了什么要遭受这些！到底做了什么？

所以，父亲说他带乌玛去了班加罗尔，去找戈文德斯瓦米——国内的第一位精神病学专家。戈文德斯瓦米的诊断不太乐观。他认为可能是大脑损伤，她肯定遭受了很多痛苦才变成现在这种状况。

---

① 戈瓦尔丹（Govardhan），指黑天。黑天是毗湿奴的化身，流传最广的是牧女们热恋少年黑天的故事。

她曾经遭受过人为的伤害吗？事实上，希瓦——如果我能说——它已经发生了，有一天乌玛（马达范·奈尔偷偷地告诉我）发现拉马钱德拉的口袋里有女人的一些饰品。我认为是个脚镯，就像《脚镯记》①里写的一样。当他不在的时候，她突然去他的办公室找到了一封信。信是维亚梵缇写的——一位婆罗多舞舞女。"我看了信，"父亲说，"里面没有什么不合适的。除了说，'为什么不来孟买待三天而只待两天？节日的时候我会在那里跳舞。'乌玛也是个舞者——并且很擅长——拉马钱德拉让她放弃了跳舞，现在就是这样。他自然地继承了他父亲的传统，发生这样的事一点也不奇怪。我们知道儿子在某种程度上继承了父亲的生活方式，我希望我不是一个坏父亲。我们要怎样帮她？乌玛总是说：'我哥哥会回来带我去巴黎，那里有一个著名的医生。他会在我身上左切右切，然后胖乎乎、漂亮的孩子就出生了。我给他取名叫帕德马。你觉得呢，父亲？'最后，我必须说，"父亲说，"我认为戈文德斯瓦米是对的。气候的变化对她有好处，假如她要做手术——或鲁本化验等——可能她需要治疗。你觉得呢？尽快回信。我焦急地等待着你的回复。你不称职的父亲。"

来信送到了圣雅克街57号，那里是我应该住的地方。我经常去那里换衣服、收邮件。那些天，我大部分晚上都是在苏珊娜的公寓里度过，她的母亲从来没有上来。当我下楼去吃早餐的时候，她看起来很惊讶。她说，"早上好，"然后把面包和咖啡给我，还有她自制的果酱。长时间没有母亲，有人用这种方式照顾我，令人感到亲切。如果我掉了一粒纽扣，她会说："等你吃完早餐，我把那粒纽扣缝起来，匀整些总是好的。苏珊娜从来都不理解这样的事。她不介

---

① 《脚镯记》(*Cilappatikaram*)，最早（公元2世纪）问世的泰米尔语长篇叙事史诗，以金脚镯为线索，描述了甘娜姬、哥瓦兰和玛达薇三个人之间的爱情悲剧。

意穿一条破裙子，即使缝好它只需要两针和吃个饭的时间。感谢上苍让我来到这里照顾她。"苏珊娜感激地看着母亲。"是的，没有妈妈我该怎么办？我什么都不知道——我记不起把支票放在什么地方，忘了放在柜子里的钱。妈妈，你知道希瓦很细心，他比我更实际。可是，他来自印度。"

我解释说："如果你在政府官员的家中长大，一切都很严格，连你刷牙的时间都有规定，否则你会错过下一次露营。许多仆人和店员，还有马车和牛车一起去露营。到了晚上，来了一只出来找水喝的老虎，河边小鸟的歌声突然停下来。老虎是森林之王。"

"它是单纯的'吉卜林'①。"拉福斯夫人说。

"是的，吉卜林很了解印度。"我表示赞同。

接着我向她们解释了行政长官的露营什么样：整个警察局都做准备、一个开放的法庭、对一些简单罪行、穷人和寡妇的诉苦的快速审判。印度农村满是痛苦的婚礼队伍和祈祷者，灯光照耀着庙门和站在一层层台阶上的人们，我们到来时听到了海螺的声音。当我们进门时，寺院里放着音乐，婆罗门恭敬地接待我们。父亲系着干净的、金色刺绣腰带，高挑优雅。他看起来比仪式上的那些人更像一个祭司，他也能像他们那样吟诵圣歌。他不完全信任他们，准确优雅地完成一切程序。我母亲是一个安静、虔诚、温柔的人，她会绕着寺庙吟诵颂歌。当我们回到前门入口时，满是椰子、花环、神圣的食物——露营生活丰富多彩。当我们离开寺庙时，警察在前方开路，装饰得华丽的大象向我们致敬，对我们吹喇叭，跟我们说再见。希瓦巴利普兰、苏玛萨莫特拉姆、塔卡西。②乌玛的献祭简单高

---

① 吉卜林（Joseph Rudyard Kipling，1865—1936），英国小说家、诗人。
② 希瓦巴利普兰、苏玛萨莫特拉姆、塔卡西（Sivabalipuram, Somasamudram, Tenkasi），都是印度教圣地。

贵：她比所有的雪山神女画像都矮，她活动的时候好像有很多痛苦。现在呢？我能说什么呢？

噢，安纳普尔纳峰①母亲！女神，啊，你赐给幸福、赠予礼物、驱散恐惧。

噢，我美丽的珍宝，谁洗去了所有的罪行，谁把纯洁给予你的信徒，

谁净化了山脉，甚至在溶解时期都无法毁灭它。

迦尸②的首席女神，每个真理的自在天神，噢，仁慈的化身，请给予我帮助。

我马上打电话给让-皮埃尔。"叫她来吧。我很快能跟德尔福斯医生约好，他是欧洲最厉害的，还是鲁本医生的好朋友和信徒。"我差点感动哭了。让-皮埃尔是一个多么忠诚、善解人意的朋友啊！米雷耶和我一起去图书馆，她在让-皮埃尔那里听说过乌玛。"我不是医生，但我是个女人，一个了解别的女人的女人。有一种通俗的说法叫'大肚子'。"她说，"晚上为什么不在天文台大道见面呢？让-皮埃尔来的时候，我们制定一个计划。这个法国人很了解癔症，毕竟弗洛伊德是从沙尔科那学到了一些。我们已经有了很大的进步。"

"苏珊娜正在演出《勃里塔尼居斯》③，我必须要去接她。"

"不要浪费时间，我们一起共进晚餐，之后我开车去接苏珊娜。

---

① 安纳普尔纳峰（Annapurna），位于喜马拉雅山脉中段，尼泊尔境内的一座山峰。
② 迦尸（Kashi），指贝拿勒斯，意为"神光照耀之地"，传说六千年前由大神湿婆创造。
③《勃里塔尼居斯》（Britanicus），拉辛的戏剧。

回家之前我和她好好谈一谈，我们找个地方吃巧克力，你跟让-皮埃尔决定接下来该干什么。"

对法国人来说，友谊是一种智慧——因为所有的一切都是智慧！你要清楚：你的心里知道原因和结果，谢谢笛卡尔让你得出适当的结论。只有盎格鲁-撒克逊人有沉重的负担，法国人思维清晰，我们有一颗纯净的心。我们有朋友、敌人，我们不相信调解的方法，我们是专制主义者。英国人喜欢德国人——他们的堂兄弟，但他们为了保卫国家跟我们签订了秘密条约。法国人讨厌德国人，非常讨厌，从不相信英国人。历史是最可靠的实用主义者，现在一看，戴高乐来了，带盎格鲁-撒克逊人去了他们的地盘。阿登纳①和戴高乐将决定欧洲的命运，世界的命运。多瑙河在德国，罗讷河在法国。法国人和德国人将会重建查理曼大帝国，把那些盎格鲁-撒克逊野蛮人赶入大西洋深处。日本人知道如何在太平洋处置他们，赫鲁晓夫将对他们搞恶作剧。哦，卑劣的赫鲁晓夫——就像一个丑角——愚弄了许多亚洲人和欧洲人，只有对印度他才是诚实公正的。中国人是他致命的敌人——中国人，日本人，美国人，英国人。如果戴高乐的欧洲到了乌拉尔山，赫鲁晓夫的帝国就会延伸到恒河。别忘了，雅利安人来自高加索——当今世界的母亲——俄国。所以让-皮埃尔是印度的姐妹。

"因此，你认为她会来？"我们那天晚上深思熟虑后，让-皮埃尔问。米雷耶和苏珊娜还没有回来。忠诚的莫丽娜已经把孩子放到床上了。屋子里很安静，但汽车声打扰了我们，圣米歇尔路有时很繁忙。

"让-皮埃尔，你说我是多么的无知。乌玛那么单纯、忠贞，称

---

① 阿登纳（Konrad Adenauer，1876—1967），联邦德国首任总理（1949—1963年在位）。

得上是圣人。她没有怨恨，她理解真正的苦难。"我说，我的声音因激动而有点颤抖。"我宁愿她从没结婚，谁配得上这么天真的人？"

"这对女人来说很危险。"让-皮埃尔像一个医生、妇科专家笑着说，"天真是死亡本来的形式，这对女人来说很危险。"

我对让-皮埃尔说："这表明了欧洲和印度的不同。在欧洲讨论可知性，在印度我们研究存在。存在即可知，但可知的不一定存在，所以这就是你的笛卡尔的悲剧。"

"笛卡尔不是这样的。"让-皮埃尔说，"可知是意识到你是什么。"

"真有趣。"我大笑，"没有存在你知道什么？"

"不要吹毛求疵。"让-皮埃尔有点傲慢地回答。

"没有存在怎么做事？"我大笑。

"当然不能。你们印度人为什么不自己做？记住，是德尔福斯医生来检查，而不是印度的一些庸医。"

"我亲爱的让-皮埃尔，"我笑着说，"这个庸医就是告诉德尔福斯医生秘密的鲁本，一个美国犹太人。你知道犹太人不在沙特尔①，也不在雅典长大，他们是耶路撒冷的婆罗门。"

"早上好，'利未②先生'。"让-皮埃尔大笑着轻拍我的背。

让-皮埃尔不喜欢犹太人，认为他们是吝啬的竞争者，对友谊不太忠诚。

"胡说。"我说，"毕竟他们遭受了那么多苦难！他们独特、明智、富有人性化，那么勇敢。"

"谢天谢地！你在印度——一直在战乱中！"

---

① 沙特尔（Chartres），一座法国小城，在巴黎西南71公里，以城中的沙特尔教堂闻名于世。
② 利未（Levi），以色列利未支派的祖先，他是雅各和利亚以色列的第三个儿子。

我取笑道："然而在非洲，希特勒会叫你黑鬼，把你送到他送犹太人的地方。"

"但犹太人确实有鲁本们和爱因斯坦①们。"

"还有托洛茨基们，和我的朋友米歇尔。"我非常诚恳地说。大家沉默下来，他不了解托洛茨基，托洛茨基好得令人难以置信。

"好，那好吧。我们要发什么电报？"他往威士忌里加了点苏打。"叫乌玛来！"

"让-皮埃尔，我能称你为咨询医生吗？那将会尽快解决外汇问题。"

"以我的名字发电报怎么样？"

"你愿意吗？"我恳求道。

让-皮埃尔坐在那里，开始发电报。"法国在癔症治疗上最先进，杰出的德尔福斯医生誉满全球。已与他约定4月15日会面，尽快赶来。德尔福斯医生会给您女儿做手术。希瓦是我最好的朋友，期待在巴黎的天文台大道48号与先生会面，电报回复。让-皮埃尔·沃朗格。"我们预付了回电费，这样父亲就不用去询问别人。只要乌玛能来，我确定我的陪伴对她有一定的帮助，对我也会有一定的帮助。但不知为何，我不确定苏珊娜是否欢迎乌玛。她总是不太相信我——她总觉得，只有女人会这么觉得，就是她不能永远拥有我。我们从未谈婚论嫁。当然，如果她问，我会说："苏珊娜，只要你愿意随时都可以，我一直等着你来问我。"这不全是真的，但几乎是真的。这和我们的生活很相似，我们总是根据一时冲动或星相的位置用"是"或者"不是"来回答。如果我和苏珊娜结婚会怎样呢？贾娅，如果是真的，我可能也会和一只鸽子结婚。我是在等你

---

① 爱因斯坦（Albert Einstein，1879—1955），犹太裔物理学家，创立了相对论。

吗,贾娅?我的心开始歌唱。为什么,如果乌玛来了,就好像贾娅来了。难道因为她们都是印度人,还是别的什么?

当我对让-皮埃尔这么说时,他说:"你一定是因为冲动乱伦了。怎么会这样!你生活的地方可是有着五千年的文化。"

"让-皮埃尔,看看你的古埃及和努比亚祖先,你身后也有五千年的文化。无知是真理之母。"我说完后,让-皮埃尔一句话也没有说。

9

苏珊娜和米雷耶那天晚上来了,她们不像宣称的那样彼此相爱——她们不是双胞胎。就像米雷耶所说——她们过去一直在谈论女人,当女人开始谈论别的女人时,她们都是姐妹。米雷耶一定对苏珊娜做了些什么,让她能够相信乌玛的到来是好事。"我很开心,希瓦。"苏珊娜进来把手温柔地搭在我的肩膀上说,"你的妹妹也要来了,我很快就会认识你的家人。"

"还有我父亲。"我说。这让每个人都很不舒服。一个年迈的东方绅士,他能做些什么呢?苏珊娜起身走向洗手间,她很疲惫,说想去洗漱一下。我的天体物理学同事说,一颗小行星冲入太空引起了行星的混乱。从末端到另一个宇宙的末端(他们把它称为Novads),我们所了解到的太空结构永远都不再一样。因此,那封父亲发来的简单的,淡蓝的,看起来相当可怜的航空信件,被一个看着有点疲惫,因酗酒(天有点冷)的缘故眼睛有点肿,手掌粗大的邮差扔进门卫的住所——我好几次看见他这样。下楼时,他很友善地打开系着一捆信的绳子,看看有没有我的信件。我也经常遇见他在圣诞节讨要年终赏金,他给我日历,我给他二十五法郎——"这太多了。"门卫说。我感觉他承载着很多因缘——恋人的分离,女人怀着宝宝挺个大肚子饱受折磨,男人可能在保罗或者薇姿玩着轮盘赌——还有,一个焦虑的母亲送她儿子一双拖鞋。"巴黎很冷。"门卫把它给让-皮埃尔·比松或者皮埃尔·拉芒格特,我在信封上看到过这些名字——也许是一个充满好奇心的印法混血女孩收到她父母的消息。有人说这个女孩其实没有父母,但门卫相信了——她怎么会有父母呢?——当一个士兵因为严格的政府卫生条例把一个土著人藏在他军营后面——"法国的女儿"是图图夫人用来称呼她的。如果门卫不知道在巴黎谁是谁,别人更不可能知道。这个印度支那女孩收到信件时,他们闻到香水和烟草味。这个女孩正在研究艺术,所以图图夫人说:"实际上她可能正在被艺术家研究,你懂的,全面的、里里外外都被艺术家研究,就好像是'内外兼修'。"图图夫人露着金牙大笑着这样说。邮差常常也会和图图夫人喝早间咖啡。邮差从屏风后走出来,厚重的皮衣敞开在一旁。他的肚子被粗红肠和泡菜撑大,嘴里好像还叼着没吸完的香烟——站在那里特别像一条无所事事的虫子——他一定给过图图夫人有点褶皱的蓝色信件,一定加了这句话"给印度先生的"——现在就要到下一个包厢,59号包厢,一个充满艰难,充满算计,又充满激情的地方。"噢,我的天使,我多么想念这里的拥挤和脖子上的叮咬。"当然有时也会有好消息,就像我们这栋楼的一个年轻人获奖了——"想想看,五百块。"图图夫人宣布。这是一个在做生物研究的犹太学生。艾奥瓦大学发现他的论文是小麦腥黑粉菌研究方面最好的论文,这项研究主要针对一个化学药物未完全消化而产生的小麦疾病,这所大学不仅出版了他的论文,而且还把它发给了《化学肥料》。因此,这不仅仅是一个奖励,更是一种认可,一种整个产业都多亏了他的认可,美国人很喜欢那样。门卫说,"所以,好像他仅仅只是拿了个专利。"那个有钱人的女仆（曾经住在五楼，在出版社工作）——那个骑着摩托车从家里回来的聪明女仆说："不要担心，他是个犹太人，知道自己在干什么。"无论如何，那个邮差一定把信件带过来了。到这种程度，他邪恶的精神压力一定已经不小。第二天早晨，当图图夫人看见亚伯拉罕斯先生时，她满面笑容地对他说："你不觉得邮差应该得到一些酒钱吗？毕竟，你得到了这样的荣誉。"第二天，图图夫人从犹太人那里拿了五法郎给邮差。她说，邮差一定已经去了硬币啤酒店，给自己要了一瓶温和的开胃酒。"巴黎这几天太冷了。"他肯定一边用炭盆取暖一边说。"生活就是这样，还得继续。"图图夫人用波尔多①口音说，接着她点了一根烟。

那天当我从学院回来时，苏珊娜站在门卫的门口和图图夫人谈天说地。门卫从没提起过我是一个多么好的男人——我一直很有礼貌，从来不制造任何噪音——"他和我们在一起的那三年，从来没有一个人对他有抱怨。"图图夫人可以说是最知情的。她戴着厚重的金戒指、金项链，她一定有一些秘密手段。她是一个寡妇，有两个孩子。一个在塞内加尔的殖民地，另一个在中央高原的一家宾馆做会计。从某种程度来说是她在经营这个宾馆。"我听说你父亲要来。"图图夫人说着，给了我一个特别开朗的微笑。"苏珊娜女士说可能你妹妹也会来，很遗憾我们现在没有房间可以提供给他们。但如果那个摩洛哥人这个夏天离开，你就有房间了。四楼，就在你楼下，你敲敲地板，他们就能听到，你会很喜欢的。"

"谢谢，夫人。"我拿着我可怜的邮件（大部分来自那个协会）说完就上楼了。向左走五步——向右上楼梯，走到漂亮的小厨房，我可以在那里用电磁炉煮咖啡和茶，甚至一份简餐。但是图图夫人

---

① 波尔多（Bordeaux），法国城市名。

很怕火。她说,"这栋楼很冷,而且布线很乱。'寒冷无处不在',过去这栋楼至少发生了三次险情,但是上帝没有让糟糕的事情发生。麻烦的是,保险人员很讨厌——戴高乐也是,他们从不关心这栋楼的安全。但经理是一个老兵,他知道怎么去摆平这些。这个世界似乎永远都不会变好。你的国家会怎么评论这些呢?先生,印度尼西亚还是阿尔及利亚来着?感谢上帝,我们有戴高乐。你的父亲知道戴高乐吗?"

图图夫人从来拜访我的同事那里了解到一些我的事。"他是个署长",或其他一些类似的事,他们肯定说了这个。所以,对图图夫人来说,我父亲已经成了一个大臣,他认识并了解像戴高乐一样的人。对图图夫人来说,戴高乐不仅拯救了法国,他就像最近节目里经常出现的圣路易斯一样的人物。上帝和力量成就了戴高乐。戴高乐的十字军东征——在阿尔及利亚有过,现在法国也有。当然,阿尔及利亚是法国的。但是比起戴高乐,又有谁了解这些呢?

"是不是,先生?"

"是的,女士。谢谢!"

苏珊娜和我一起上楼,图图夫人从她那半掩着的玻璃门看着我们,她正在喂猫。她想确定我是否会和苏珊娜结婚,也许当我的父亲来了之后,在圣杰纳维夫会有一个盛大的婚礼。你觉得呢?

令我担心的是,图图夫人的想象力丰富。我是一个好男人,这是必然的,我是上帝之子。

10

苏珊娜是一个演员,她的心情总是不可捉摸,即使能看见,也猜不透。愤怒或是冷淡,滑稽或是傲慢,或只是固执的沉默——她似乎在和自己玩游戏。她能轻易地让自己相信所做的决定，然而心底却是暴怒的，不满意的。经常不满足，生机勃勃。她告诉我，在小时候，她的意愿总能控制着她。她知道妈妈是个寡妇，不得不努力工作。所以，在只有三四岁时，她就开始佯装快乐来掩饰悲伤。不然那天早上她妈妈就不会去杂货店，也无法给第一次去领圣餐的医生妻子寄一条裙子。当苏珊娜病重时，有一次是伤寒，她假装没事似地玩着玩偶。五岁时她就不得不做了个扁桃体手术，后来不知道为什么，麻醉不起作用。苏珊娜对医生说，"来吧，我没事。"她对我诉说着，安静地像一座竖石纪念碑。当她们第一次来到巴黎时——对带着孩子的寡妇来说，战后的巴黎不是一个容易生存的地方——"一个寡妇，想想，还带着一个小女孩？"——她也很难再接受别的男人。苏珊娜很确定她妈妈除了父亲不会再接受其他男人。"这在某种程度上和印度寡妇很像，只是她没有削发。"朴素直爽的她被里沃利街的女裁缝雇去做裙子。她彬彬有礼，做事可靠，很快就被科米斯·贝沃先生看中，为他工作了很多年，后来被圣奥诺雷街区①的朵拉聘用。她发觉四十二岁的她很难再有粉颊皓齿，她经常等办公室人群散去但去看电影的人还没出发时回家。回到家后——她们仍然生活在里沃利街——她害羞坚定地走到公寓去找苏珊娜，养育着她第一个出生的孩子（那个后来在女修道院死了的孩子）。现在，苏珊娜也能梳妆打扮去喜剧院工作了。

　　苏珊娜说，当她遇见葛吉夫的信徒时只有二十三岁。那个伟大的葛吉夫死了，但是他的信徒接管了"教育"。这个组织和一些准则为她掌控生活奠定了基础，她说，它们为她平时的生活和对艺术的坚持提供了条件。她自己的准则来提升自我内心控制——她称之为

---

① 圣奥诺雷街区（St.Honore），法国巴黎市的街区。

"练习"——因为这些对她的行动起了很有意义的作用。但在教育接触不到的更深层，她把湿婆作为向导，通过跳舞忘掉自我的存在，独自站在自己的火葬场。她很喜欢死亡，还喜欢去嗅它的味道，有时我常在她身上嗅到阿尔卑斯山木头的味道。

就像瑜伽派所说，你会成为你所专注的——柴火或玫瑰，都是根据你自己的偏好。我们的思想创造了我们的世界，一个我们漫步和工作的，要去破译和理解的世界。没有人是别人的受害者，凶手是我们自己。

她开始培养她的小妖精、她的小妖怪。罗伯特死后，她追到他的领地，和他聊天、玩耍，乞求得到儿子的原谅，让小妖精们替她传达一些感受和情况。我不知道这是不是真的——但是，她很确信在睡觉前放在烟囱角落里了一包衣服和食物————第二天早上，裤子和衣服都消失了。现在是罗伯特的头七或者头八，他总是笑着说："你好，妈妈，你的包裹我收到了。"

"这是我个人的通话系统。"她解释说。她也知道这个系统好像一直有用，所以发生在协会的事情——她总是能听见我们的对话，都是有关数学的。她说，她听不太懂。"这个女孩是日本人，还是中国人？"有一天苏珊娜对我说，"和你聊天的是谁，我可能谋杀过她。她表面上和你谈数学，实际上她心里想的却是其他事情。"

"什么事呢，苏珊娜？"

"为什么要问我，当然是女人想的事情。"

"我是一个数学家，但你的话还是太含糊了。"

"你永远不会理解女人所说的话——你会去理解吗？"

"为什么不呢？"

"那就去理解吧。"

"什么？"

"当一个女人在谈数学的时候，她在为她的女性气质呼喊。"

"那男人应该做什么呢？"

"明辨自己的能力，不要再给女人的幻想添加翅膀，直视前方，而不是看两旁。"

"如果一个男的看两旁说明了什么呢？"

"他不会继续在天空底下行走，而是去九霄云外。"

"噢！"她双手环抱着我。"月亮和星星都悬挂在他上面。"我安慰她说。

我从没见过李驰的不妥行为，她来自中国台湾，从事数学研究。她慢慢地改变方向从台湾去了北京，这让我们很开心。台湾对大陆做过什么呢？她逐渐成为我们工作中不可或缺的一分子，让我们的电脑运行良好。但是她很快就要离开我们回中国大陆了，她在常熟的叔叔已经给她找好了结婚对象。她桌子上有他的照片，一个在航空工厂工作的年轻小伙子，穿着工作服。他有一个短而扁的鼻子，一张吸引人但又带有一丝乡土气息的脸。她经常取笑我的幻想："这对西方人来说是好的，"她说，"西方人能买得起。但你和我都是亚洲人，我们可以送出什么？"

我说，"印度人把零和象棋这两个纯粹的概念给了世界。"

"那中国呢？"她问我。

"指南针和火药。"我笑着说。

"还有造纸术！千万不要忘记。"

"是的。"

"最后谁赢了？"她问。

"黑格尔。"我回答。

"为什么是黑格尔？"

"马克思父亲的理论是从黑格尔祖父那里引进的，德国一片混乱——斯拉夫民族的狡猾、谋杀都增加了混乱。"

"接下来的回答是什么呢？"

"去问你的电脑。"我开玩笑说。现在，我知道和一个纯粹的共产主义者对话很危险。你可以和巴黎大主教达尼洛阁下对话，但不能与一个同志聊天，因为它总是以灾难结束。伟大的圣人龙树[①]曾说：如果你想变得机智一点，那就应该用你自己纯粹的般若（智慧），而不是依附于天堂或世间的任何事物和任何地方。依附他人永远都不能创造出零，这是来自天堂的恩赐——尽管是来自一个骑着驴的男人。中国人也会这么说：夫唯不争，故天下莫能与之争。有些地方（你将会看到）很空旷却带给我很多真理，空的也是完整的。《奥义书》曾经说过："当你从整体里带走了整体，剩下的其实也是一个整体。"

"真愚蠢。"我引完这个特别的例子时，让-皮埃尔说。

"这是最纯粹的智慧"，我轻轻地说。如果你是一个希腊笛卡尔信徒，你很难打败印度人。那些把思想带到根源里去的才知道那思想是什么，帕坦伽利[②]说，瑜伽派是毁灭思想的一个组成部分。当你开始信仰瑜伽派，你自己也就陷进去了。因此《月称大师》[③]中记载：

> 正如佛陀所说："有一些条件确实是没有的：没有哪个

---

① 龙树（Nagarjuna，约150—250），又译龙猛、龙胜，著名的大乘佛教论师，被誉为"第二代释迦"。著有《中论》《大智论》等。
② 帕坦伽利（Patanjali，生卒年不详），印度圣哲，《瑜伽经》的作者。
③《月称大师》（*Chandrakirti*），月称大师是七世纪的佛教大师。

人类可以创造。所谓的空白取决于环境。"——或者就像龙树后来所说:"是环境让我们把空白称为虚无,虚无是一个隐喻词"——就是这样!

如果我从来没学过梵语,变成李驰那样的人或和李驰那样的人有同样的信仰会容易得多。李驰是东方的、成熟的、带有女性气质,有颗巨大的心脏,一颗可以容纳不止一个人的巨型心脏。简单也可以是碎片,巨大到可以很单一或者一点也不单一。对李驰来说,和任何一个中国人结婚,就是和人类结婚。因此婚姻是瑜伽,是一个团体。你应该摆脱思想的束缚,走向不二。但是湿婆、西方人、实物有多扭曲呢?接受女人就是永不回头。俄耳甫斯选择忘记,失去了欧律狄刻[①],但是莎维德丽[②]赢了。是希腊,也是印度赢了。不想离开一个女人那就要在各个地方和她偶遇,但不能特意去和她偶遇,所以不要回头看,要像原人普鲁沙一样。走到七楼房间的平台上,巴黎这座城市就在你脚下。烟囱里冒的烟都是你,让人想起柴火和小妖精。我发现有时丢了衬衫,有时是钱包,但后来都会在圣雅克街57号找到。今天走到楼上房间的时候,我什么都没有发现。然而,苏珊娜在那儿,忧心忡忡。

"今天的电报让你心烦了?"她问。

"没有。"我告诉她。

她躺在我的床上,十分平静,好像什么也没想。"等下我要去上班了。"她近乎绝望地小声说。

[①] 欧律狄刻(Eurydice),林中仙女,俄耳甫斯之妻,在其死后,俄耳甫斯到冥府去寻找她,俄耳甫斯未能遵守禁令回头看了欧律狄刻,她仍被抓回阴间。

[②] 莎维德丽(Savitri),印度神话中莎维德丽凭借自己的忠贞和智慧,赢得阎摩的恩惠,使丈夫萨谛梵死而复生。

"你哪里不舒服，苏珊娜？"

"肚子。"她回答。

"为什么？你病了吗？我给你泡杯热柠檬水吧？"

"不，希瓦，让我自己来吧，我如果需要这样的帮助那就太糟糕了。"

"为什么？"我一边问一边脱衣服。

"因为我的小妖精们告诉了我一些事情，所以我现在很不开心。"

"嗯，无论怎样，你先告诉我他们说了什么？"

"他们说，末日就要来了。"她的音调控制得很好、很清晰。

"什么末日？"

"就是末日啊。"

"不要模棱两可，到底是什么？"

"七楼世界的末日。"

"为什么，苏珊娜？"我抓住她的手臂低声问。

"因为末日就是末日，每一个开始都会有结束。"

"但是，我父亲要来了，我妹妹也要来了，这怎么办呢？"我一边说一边抚摸着她的胸部。"怎么就走到结束了呢？"

"你曾经对我说，在一篇印度的文章里看到这么一句话：哪里有出生，哪里就有死亡。"

我知道。

"如果你愿意，我今天就可以和你结婚。"

"婚礼应该由上帝见证——而且要在舞台上。"她眼含泪水大笑着说。

"我的婚礼可以在凡尔纳市政厅举行，父亲是我们的见证人。"

"你觉得他会来吗？"

"为什么不会呢？当然会呀！"

"可我不是婆罗门。"

"这是很陈旧的观念，我们印度人在改变。"

"好的，谢谢你。"她小声说，又一次泪流满面。当抱着她时，我闻到一股樟脑和忍冬的味道。这就是为什么说哪里有新生，哪里就有死亡。的确，哪里有死亡，哪里就有再生。我是否应该还她一个高贵的、平静的婆罗门罗伯特？

"谢谢。"她站起来穿衣服时又说了一遍。她已经迟到了，她是《费德尔》的女主角，只在第二幕出现。我跟她说完再见打算休息一小会儿时，她又气喘吁吁地回来了。图图夫人把电报给我，"快点打开它，告诉我里面说的是什么？"

我读了电报，是乌玛发来的。"我的哥哥，我的王子，我来找你了，我唯一的家园。"

春天，树叶在雨中飘落的时候，蜗牛总是会出现。我在想，它们是什么味道的呢？我们要不要抓一些大蜗牛科的生物，用奶牛的粪便烤它们呢？这可能发生在贝拿勒斯。恒河泛滥，今年的季风很刺骨。商羯罗说："就算是一只狗死在贝拿勒斯也是很神圣的。"所以蜗牛也是。毕竟，蜗牛死在贝拿勒斯比死在巴黎豪华饭店的平底锅里更有价值，骨灰比躯体更干净。我再一次来到贝拿勒斯，浸入恒河里，唱着《曼尼卡尼卡[①]颂歌》：

为了精神的幸福和最终的和平，
曼尼卡尼卡是一个圣地。
彼处我心里知识的流动就是纯粹的恒河。

[①] 曼尼卡尼卡（Manikarnika），曼尼卡尼卡河坛是一个在恒河边的火葬场。

迦尸是我意识的真正形式。

是的,我是一个婆罗门人,一个印度人,这毫无疑问。死亡中的死亡是唯一真相,谁会帮助我,湿婆?

苏珊娜站在那儿,很明显刚刚哭过。这说明有关她和我的真相,这是李驰永远不会说的。这个古老的世界是不同阶层的话语——姐妹或妈妈的阶层,女人永远在后面,不仅仅指一位女性,而是女性特征。一个使你陷入抽象,永远不会失去自我的地方——因为每一件事都是完整的,每一个你陷入的地方,都有它独特的完整性。女性特征所表现出来的是纯净、完整、不可改变的——婚姻就是婚姻,哪怕你是一个妾,你也只属于你的地方——什么也没有剩下。抽象冲走了人类罪恶的碎片,当罪恶第一次来的时候,每个行为都有它应负的责任,比如一些色情作品。他的声音对一个将要成为男人的男性来说很新鲜。皮埃尔或让只有既不是皮埃尔,也不是让(也不是苏珊娜——事实上,苏珊娜的"丈夫"叫让·波索耶,一个资深的男演员。他成了让很多人认清现实的例子,他失踪很久了,酗酒、吸毒,也许在拍电影,谁知道呢?——有些人说在奠边府①见过他)时,才能成为男人——原来的苏珊娜消失变成了一个新的自己。当她不在的时候,苏珊娜作为她自己出现了,因此,她复活了。苏珊娜确实哭了,当看见电报时,她咬着嘴唇,呼吸不畅,心脏绞痛——她为女人而哭泣。她不仅仅为女人哭泣,还为乌玛感到悲伤,即使已经给了她自由。因为难过得要死(苏珊娜曾两次想自杀,我想,我已经告诉你了),就是想要再生一个难以捉摸的小妖精,但是

---

① 奠边府(Dien Bien Phu),越南奠边省省会,法属期间(1884—1954)是法国最大军事据点。1954年3月至5月,法国与越南军队在奠边府市进行了著名的"奠边府战役"。

准备自杀是因为有八苦①和悲伤，而佛陀说这些意味着涅槃。李驰的共产主义如此博大——这种客观和风格让她成为一名妻子。乌玛即使反抗，却仍然是拉马钱德拉的妻子，无论有没有一条有香味的手帕。奥赛罗是个男人，苔丝狄蒙娜②是苔丝狄蒙娜。乌玛只是一个妻子，苔丝狄蒙娜也是一个妻子。除非你在婚姻中嫁给婚姻，否则你永远不会自由。

我能和苏珊娜说什么呢？我可以和她结婚，但不是婚姻里的婚姻。如果她只是坐在我面前沉思，被她的山神父亲和所有等着她成为人妻的小妖精们诅咒——湿婆一定会擦亮他的双眼。在爱神的节日里（伴着春天的红色月亮和晚上盛开的花朵到来）你带着双耳瓶，在有火的十字路口把它们砸碎——焚烧骨灰，释放你的爱。"什么是爱呢？"有一次苏珊娜愤怒失望地问我，"你就像一座雕像，从来不为现实和人类所动。你不是一个数学家，你是，你是……"她拼命想找到一个合适的定义。

"我是一个数字。"我笑着说。

"就像集中营里的囚犯。"

"听着，苏珊娜，我们最后都会成为宇宙的焦点，我们都会是武力和二元武力之间战争的囚犯。这与好的和坏的，白天和黑夜，男人和女人之间一样。我们成为囚犯是因为我们有历史——我是一个德国人，所以我会杀了你这个法国人；你是一个德国人，我就会谋杀你，赫尔·戈比戈比利奥托克先生。杀手的毁灭往往都是在杀人之后的下一小时、第二天或者下一场战争。当你把两者作为基础时，

---

① 八苦（Duhkha），即佛教中的生、老、病、死、怨憎会、爱别离、求不得和五蕴苦。

② 苔丝狄蒙娜（Desdemona），莎士比亚悲剧《奥赛罗》中奥赛罗的妻子，被奥赛罗掐死。

你就会以混乱收尾。这就是为什么人们不接受20但接受以10为基数的计算，现在人们发现以20为基数的数词对于某些学术性的计算要更加容易。实际上，它也会造成更大的困惑。10是1和0的组合，是毕达哥拉斯的神圣哲学，是他的密码。只要从0前进你就会到达1——所以1的本体不是1，而是0——任何数除以0还是0。从0到2是不可能的，你必须得解决1加1，这不能同时运算，只能以彻底的失败告终。1和0就像雪山神女帕尔瓦蒂和湿婆。当帕尔瓦蒂去找湿婆，她就变成了造物者。他们结合之后生下了象头神[①]——数字之主。因此万物出现，世界形成。所以，承认了造物者，你就回到了真实。女孩子第一次上音乐课，她就会唱《迦尼萨颂歌》[②]"。

"为什么，希瓦？"

"因为当你接受了障碍，你就在超越它，接受就是一种解决。"

"所以？"

"实际上，婚姻要么是苏珊娜娶了苏珊娜——要么不是。"

"多么奇怪的悖论！"她的手搭在我的右肩，眼睛紧盯着我的眼睛反对道。

"想象一下，苏珊娜。你嫁给了我，你会变成什么？苏珊娜·希瓦拉姆·萨斯特里。"

"那如果我娶你呢？"

"我也会一样。"

"所以呢？"

"它不是法律问题，是我们印度人所说的教规的反映，或是中国人所说的'理'，或者是希腊人所说的'理念'。当苏珊娜娶了希瓦

[①] 象头神（Ganapati），即湿婆和帕尔瓦蒂的儿子迦尼萨，象头人身。
[②] 《迦尼萨颂歌》（*Vatapi Ganapatim Bhaje*），南印度诗人穆杜斯瓦米·迪克什达（1775—1835）创作的梵语歌曲，诗集《卡那提克音乐的三部曲》中的一首。

拉姆,她就变成了真正的苏珊娜。如果拉姆嫁给了苏珊娜,他就变成了苏珊娜·拉福斯先生。你觉得呢?"

苏珊娜把手放在我的唇上,让我闭嘴。她不想再听了。

这次对话就发生在电报发来的两周前,现在苏珊娜想知道父亲到来时我会怎么样。另一个女人乌玛的到来肯定是场灾难,尽管她是我妹妹。魔鬼,印度和印度人!它就像流浪的吉普赛人的纸牌——它们总是根据你是富有还是贫穷来选择站在最合适的一边。如你所见:富人变得更加富有,穷人仍被困在贫穷之中。我们印度人与世界玩的游戏(他们自豪于他们的数字和象棋,而我,希瓦拉姆从未停止去夸耀这些)解释了最后世界是如何失败的。看看英国人,他们认为英国作为数千年的帝国,以简朴节俭的禁欲者模样与总督、丘吉尔们玩游戏,将他们送进墓穴——只剩甘地活在世界上的每个人心中。与印度人玩游戏很危险,他们不在意结果。看看《薄伽梵歌》:"杀害或被杀害都是一样的,既然如此为何要担忧呢?"苏珊娜生气了,咬着嘴唇走出我的房间,不愿意在我的柴堆中自焚。"如果他想独自燃烧的话,那就让他燃烧吧。"她一定说过圣女贞德能够成就一位国王,国王却不能使她成为圣人,只有上帝可以做到,上帝以人类的儿子基督的形象来到人间。他在雷姆斯的大主教为国王加冕不久之后,宣布她是一位圣人。一位上帝所希望的殉道者。"我不想成为殉道者,我只想做一个女人,做一个妻子。"她跑下楼梯,就好像在喜剧院表演时一样。

她径直离开后给米雷耶打了个电话,米雷耶得知苏珊娜没有被选定成一个圣徒,就像女性原有的样子,还是有血有肉的人,她感到由衷的高兴。米雷耶曾试图叫让-皮埃尔勾引苏珊娜——"这会使让-皮埃尔很高兴,"米雷耶说,"我也很高兴。"但是正如女性经常渴望的一样，米雷耶也想要圣人降临。如果你理解我所说的含义，就可以理解圣人就是圣人。你一定会沦陷，独自寻找圣徒。天主教教会说过，没有怀疑就没有信仰，没有罪孽就没有救赎。难道不是么？现在呢？

"和别人一起稍稍戏弄下你的希瓦，你什么也不用做，苏珊娜。只要提一个名字，比如说亨利，你的希瓦就会辗转反侧。你知道我有过一些类似的经历，激起一个男人的嫉妒，让他成为你的奴隶。"

"我的希瓦，"苏珊娜后来将这些都告诉了我，"我的希瓦会说：'感谢上帝，现在我要回到我的数字中去了。'即使他要娶我，我也只能是他排在第二位的妻子。"

"男人经常这样。"

"但有时候我会想希瓦到底是不是男人。"她突然哈哈大笑起来，路人（当时她们在剧院大道的皇家啤酒店）停下来看着这两个不寻常的、引人注目的女子。为了掩饰尴尬，米雷耶打开背包，点燃一支烟，静静地坐着。苏珊娜感到困惑，手足无措。她经常对我说，"我希望，我熟悉我的性格，就像熟悉《昂朵玛格》一样。剧作家了解剧本，表演者却不然。每次你表演莫里哀的剧作，意义都不一样。""谁是我们的莫里哀，苏珊娜？"米雷耶问。苏珊娜开始思索，她从未找到答案。出于本能，就好像是被剧作家驱使着，她走到地下室，沐浴，打电话给让·弗朗索瓦。他是剧院的一个舞者，追求她很久了。

"让·弗朗索瓦，我想见你，我有很重要的事对你说。"

"为什么不现在就来？"

"你妻子怎么说。"

"她去上班了，克洛迪也去上课了。只要你愿意，我们可以坐下来谈一谈。"

"两个小时后我还要排练。"

"你坐出租车回去只要十分钟。"

"我就来，回头见。"她看起来更开心了。

米雷耶正在读书，她也要回图书馆了。

"我要去见让·弗朗索瓦，我们认识很久了，他懂我。"

"他没有印度人抽象。"米雷耶笑着打趣。

"他太诚实了。四年在一个人生命中很长，每次我去见他，所有的事都由我决定。我以为自己会感到年轻，心潮澎湃、乐意至极，但并没有，或许我比较有东方人的特质——相信过去的因果循环，如果你相信的话。我从不允许让·弗朗索瓦靠近我的喉咙和脖子。某种程度上说，我讨厌男人。"

"的确，他们闻起来很糟糕。"米雷耶评价道。

"但是希瓦就像印度的檀香木，味道浓烈、闻起来芳香。因此，希瓦说，在印度，人们用檀香木树干来保存宝藏——珠宝。圣像由它制成，圣人将它作为熏香点燃。但是，希瓦说，它只是一棵简单的树。希瓦又说，它也生长在他家乡之外的山上，或远离他父亲担任长官的城市。告诉我，米雷耶，我能做什么？我应该做什么？"

"苏珊娜，你毕竟是欧洲人，我们的行为不可能像东方人。"

"那为什么我会和希瓦纠缠在一起？"

"为什么我会和奥林波斯山纠缠在一起？"米雷耶大笑，这次的声音之大让服务员都感到尴尬。唉，女人真是麻烦。

"走吧，我跟你一起到出租车站，然后我坐52路去吉美博物馆。"

苏珊娜说当她走近墨西拿街的让·弗朗索瓦的公寓时，她的身体发热。但当她走进他的工作室时，她感到困惑和羞耻。她知道不是这样，不，不是这样。然而，我要一个抽象的东西做什么呢？

"全世界的事情都与抽象概念有关。"她后来告诉了我她的故事。我对苏珊娜说："这就解释了为何李驰的计算机工作做得这么好，东方人想要与上帝玩游戏。"我取笑她。

"那么我们，男人。男人——和女人。"

"难道男人不是柏拉图所说的抽象概念么？苏珊娜，告诉我一件不是概念思维的事。即使是给一个事物命名，这个事物也是个抽象概念，数百万的特性才形成一个物体。正如我们的科学家已知的，物体逃离了我们，我们就是这样造成了唯物主义的灭亡。除了与木乃伊共存的共产主义者，连金字塔也是一个蕴含死亡的抽象概念。你也只是个抽象概念——苏珊娜包含很多意思：上百万滴的血液、骨头和血红蛋白。然而所有的物质组在一起并不是苏珊娜，苏珊娜只是一个赋予纯抽象概念的名字。"

"即使你在我身边的时候？"

"当然，那时——你在那里吗？我也在那里吗？去读另一本伟大的印度图书《爱经》[①]，你就会明白的。佛经提到过'种子是涅槃，涅槃是虚无，而虚无是零。'因此，我们又回到了原点。"

"我们什么时候能有个孩子呢，希瓦？"

"无论何时，只要你愿意。"

"你是说都可以吗？如果我说明天呢？"

"那就明天吧！"我向她承诺。她在我的怀里沉思后说："等这个季节结束后吧，我想要孩子在春天的时候来到这个世界。"

"在印度还是欧洲？"我打趣道。她想了一会儿才回答："雪什么

[①]《爱经》(*Kama Sutra*)，大约成书于公元3到5世纪，由筏蹉衍那所著，一部关于爱情、婚姻的古印度著作。

时候化,就什么时候吧。"

"这个夏天我带你去克什米尔度假,在婆罗双树和雪松的包围下,我们或许可以创造个小生命。"

"他会是个男孩,长着你的眼睛。"

"也有你的机灵,他可以是个演员。"

"是的,数学家一点都不好,就让他做一名演员。"

"我们该叫他什么?"

"婆罗多。"

"为什么起这个名字?"

"因为婆罗多仙人[①]创作了关于舞蹈和戏剧的巨著——《舞论》[②]。"

"嗯,婆罗多听起来不错,发音简单,而且,它可能来自任何地方。"

"婆罗多也有'印度'之意,"我补充说。

"噢,你这个民族主义者。"她噘嘴笑着说,轻轻地拍了拍我的脸颊。

"当喜马拉雅山的积雪融化——"

"那就是我们的春天,我们去吧——去喜马拉雅山。"

"父亲还在这里呢。"想到这她沉默了下来,她似乎有点怕父亲。

"你会带我去克什米尔?"

"我必须去参加印度数学会议,我还是其中一个会场的主持。"

"我要去么?"

"不用问,你当然要去,印度航空属于全世界。"

"但是——但是?"

[①] 婆罗多仙人(Bharata),也称婆罗多牟尼,印度古代梵语戏剧理论家,约生活在公元前后,著有《舞论》。

[②] 《舞论》(*Natya Sastra*),印度古代梵语戏剧理论著作。

"我会带你去的，如果有时间，我们还要回家看看。"

"那妈妈呢？"

"让-皮埃尔推荐一下，我们安排个护士。"

"所以，你要带我去喜马拉雅山，我高兴得想唱歌。"

"唱吧，女士，唱起来。"我说，我们好像回到了最初的静谧。

为了找出我们在哪儿，苏珊娜和我总是突然沉默下来。她的沉默对我来说是不同且具有历史性的，由成百上千的思想和行为碎片组成——就像一本书。一本古老的书，一本边缘有点轻微破损的古书，封面用羊皮包裹着，华丽的金色绘画出来的字迹和神圣的文本，但也有很多邪恶的东西和怪兽状滴水嘴，怪兽就从这些僵硬的书页中悄悄地探出来。沉默像一个湖泊，你下潜得越深，五颜六色的鱼类和绚丽夺目的石头就越多（就像在一些朝圣之旅中看到的那样）。但也有干枯的菜叶和汤杯，还有黄褐色的破布飘浮在湖面上。喜马拉雅山倒映在哈德瓦尔平静的水面上。恒河水冰冷清澈，当你上下潜泳的时候，为了让别人在未来能有更好的生活，一些善良的商人会送给够一个家庭几代人用的黄金去保持火焰燃烧不熄，温暖你、游客和朝圣者。你在壁炉前一边取暖，一边看着喜马拉雅山的小山丘。那里有老虎、大象，还有鬣狗在漫步。维也纳造就了弗洛伊德，商羯罗建造了伯德里纳特的林伽庙，欧洲遗忘了圣雅克德孔波斯特拉[①]。除非你是一个朝圣者，否则你永远都不能了解自己。"从前，在我国的布列塔尼地区。"苏珊娜开始说。那个晚上，当我们坐在台阶上看我们面前万家灯火——从前，在布列塔尼，流传着一个非凡的传说：古时候一位著名的伯爵，一个高大坚韧的男人——能将水银转化成纯金，能通过意念和低语让星星移动。人们看见整

---

① 圣雅克德孔波斯特拉（St.Jacques de Compostelle），西班牙小城，天主教圣城。

个苍穹的舞蹈，只有一只手的姿势，只有一个深邃的喉音，他也许可以通过空气从一个地方移动到另一个地方（就像苦行僧那样）。除此之外，由于某些原因，他又是一个可怜的人，他的名字叫比斯克莱维特。他第三次结婚时，娶了一个来自遥远的南方的郎格多克的某个著名城堡的漂亮女孩。由于战争的缘故，什么时间是有疑问的，那时人类和野兽都极其痛苦——她被叫作约兰德小姐。约兰德小姐有琥珀色、黑色相间的头发，二月苹果红的肤色。但她并不真正理解这个男人——她丈夫的灵魂。尽管在基督教的婚姻中，她已经嫁给了他。夜复一夜，在完事后她躺在他身边看着他，想知道他是不是个男人。她很信任他，只是在想什么时候会有孩子——像其他人的婚姻一样，孩子一定会有。所有的事一定会好起来，只要愿意多沟通，他也会好起来，即使人们都说他先前的两个妻子都一个接一个绝望地死去。真相到底如何？这个小巧、美丽的妻子也听他大概说过两次，一天二十个词语。至于剩下的时间，他看着森林，他的心好像遗失在那个模糊、错综复杂的传奇里，或是在高耸入云的树木和遥远的波涛汹涌的大海里，好像森林占有了他。深夜，偶尔他睡觉的时候，突然像狗一样狂叫吓到了她。不，那不是狗吠，那是嚎叫，是野兽、半兽人的嚎叫。她非常害怕，一天早上她对他说："大人，你哪里不舒服么？你叫了一整晚，是因为我没有给你一个继承人吗？""不是，亲爱的，也许是因为我想起了我的狩猎之旅。我已经在祖传的森林里不分昼夜地狩猎了很久，快几十年了。我杀了数以千计的狼和猪，它们的尸体都能堆成像这座城堡一样高的小山了。""大人，"她说，"你不能再这么频繁地狩猎了。""亲爱的，"他拥她入怀，说，"我很爱你。可是，我只在每周的星期一、星期二和星期三才去。就这样，我一定得去的，我们多么幸福。"她说："但是，你从来不和我讲这些，你总是保持着高高在上的沉默，让我害怕。我总感觉你想离开，离开这里去为你的神圣领地奋斗。"——"但是圣·米歇尔，我亲爱的，我神圣的领地就是这片土地，布列塔尼的土地。我为什么要走？我怎么可能离开你去其他地方呢？"

苏珊娜继续说："要知道那是行吟诗人的时代，总有骑士发起圣战，为极力美化他们的忠诚和效忠起誓。那里也有一个来自她的领地——郎格多克的骑士，这个年轻忧伤的骑士秘密地向伯爵夫人约兰德发誓效忠于她。当伯爵去森林打猎的时候，约兰德就看着这个男人在城堡里闲逛。每周有三天的时间，伯爵都会去打猎。当他回来时闻起来有强烈的不同的味道。因此约兰德对他说：'大人，你每次打猎回来身上的味道闻起来都不同，怎么会这样呢？''没什么，亲爱的，只是我的汗味和树胶的味道。噢，就是这样。'"

"与此同时，在她城堡的窗户下面，来自郎格多克的骑士为她演唱自创的歌曲。日复一日，她觉得听他唱歌是件甜蜜的事。他唱道：

> 我的爱人就像一个湖，
> 而我就是那只天鹅。
> 他沉浸在爱里，
> 当我在水里游动时。

每次听到这些的时候，她都会脸红。有时候，她也会往城墙上看，骑士一定就在那儿，吹着长笛，或唱着歌，让她很开心。有一天，丈夫离开去狩猎了（记住，是星期一、星期二和星期三）——那天是星期一，骑士出现在城堡的门外。他兴高采烈，穿着盔甲，带着旅行袋，骑着牢牢掌控的阿拉伯马，卫兵以为他是他们美丽的夫人的兄弟或表兄弟，就让他进来了。他直接去了她的闺房，就好像他知道每个楼梯的拐角，然后打开了门锁。当她第一次在镜子里看到他的时候，他看起来多么英俊，心灵多么纯洁，多么仁慈。当他走到她身后的时候，她向后倒在他的怀里。那个晚上，还有另一个晚上，她和他躺在床上。他们什么也没有做，就这么简单。他情话绵绵，如此温柔优雅。但在午夜之前，他都会从城堡花园深处的密道离开，他的情人告诉他的，为了让他能来去自如。

"星期三晚上，丈夫回来了。他看起来就像一个神灵，如此安静，如此崇高，动作和言语十分讲究，但闻起来有邪恶的味道。她对他说：'大人，这次是什么味道呢？闻起来有很重的皮毛和血腥味。'——'但是，'他说，'你身上又是什么味道呢？'——'噢，没什么。'她回答，'我哥哥罗伯特要去参加圣战，他从郎格多克来看我，顺便来辞行。那是盔甲的味道，你知道他们用油，我觉得是猪油，或是有那种特性的东西。但我很高兴你已经回来了。'她接着说，躺在他身边，给他想要的东西——他曾拥有的东西。但是，记住，一个知道如何将水银转化成纯金的人，一个能像托钵僧一样在空中飞翔的人，他知道的远比他说的要多。他决定捉弄她，告诉她真相。'你问我星期一、星期二和星期三去哪里了，我现在就告诉你。我去了森林，当我说出很久很久以前一个修士教给我的咒语，我的衣服就会脱落，变成一个狼人。我在森林里漫游，那是很奢侈的生活。黄昏时，我就躺在树下睡觉。为什么要做一个人？'他问，抚摸着她。'在我们的世界，有这样的背叛和谎言。'从那天晚上起，她发现他的抚摸变得奇怪，令她觉得恐怖。现在她知道了真相。就在那天晚上入睡时，她下定决心这是最后一次。之后每个星期四、星期五、星期六和星期天来到的时候，她给的比刚嫁给他的时候更少。他被魔鬼占有了，他不是个人，他是狼。狼的爱是极其的凶猛，令人恐惧的。现在她知道为什么她从没有过孩子。

"因此当星期一到来的时候，身着盔甲的骑士看起来比上周还要光芒四射，就像一位英雄。他们躺在一起，仍然像纯洁天真的男孩和女孩，她对他说：

'你会永远和我在一起么？'

'我的爱人，除了为你而死，我给不了你什么。'

'笨蛋，'她温柔地拍着他的脸说，'不用为我而死，要为我活着。你能给我一个孩子么，一个男孩？'

'当然，'他回答，'我给过很多人男孩。'

她生气地走到阳台。他从背后拥住她说：'那只是自夸。我向玛丽亚，主之母起誓，我以一个将去参加圣战的骑士的忠贞起誓，我只爱你。'

然后他给她看他胳膊下的翅膀，她从未注意到他有折叠在两边的翅膀。'当我变成真正的人的时候，'他向她保证，'翅膀就会消失。当我以忠贞起誓时，它们就会出现。但是，'骑士问，'你有丈夫，他会怎么样？'

'现在我知道他一个很可怕的秘密。'然后她告诉了他这个故事。她又说，'如果我们拿走他所有的衣服，他就只能光着身体，只能是一匹狼。我们可以公开这件事，让他被处死，你将是我的丈夫。'她边说边跪在了他面前。他把剑还有头盔、盔甲和长戟放在地上，跪了下来。一旦宣誓，接下来的冒险就会变得简单。

"半个月亮挂在天上，但亮得足够看清比斯克莱维特的标记。他们顺着蜿蜒的小径，踩着古老的巨石到他们要去的瀑布。她丈夫说他的衣服总是会放在靠近瀑布旁的圣母玛利亚小教堂。衣服找到了，整齐的一捆。就在骑士提起衣服的时候，空气里传来嘶嘶声，就像那些书里记载的小恶魔、小妖精的声音。接着又传来刺耳的哭声，一个人最后的哭声，临死之际的哭声。他们很害怕，但是骑士很勇敢，他把她抱在怀里，那个晚上他倾尽全力，带着她披荆斩棘回到了城堡。狼人将永远是狼人了。后来的一些夜晚，只有半月的时候，当伯爵夫人约兰德和她聪明的骑士躺在温暖的床上睡觉的时候，人们总能听到某个奇怪生物的哭声，就像她的前任丈夫在睡梦中发出的那些奇怪的哭声。是的，那是狼的哭声，她现在明白了。后来他们结婚了，教皇主持了整个仪式。

"孩子在九个月后出生，骑士给他起名叫'休伯特'，是以森林猎物之主圣·休伯特来命名的。在他洗礼之后，人们就再也没听到过狼人在城堡塔楼的哭声了。直到今天，当风从北海咆哮而过时，我们还会说那是比斯克莱维特的哭声。我们要关紧大门，以免他进来。当风从南方海洋以低沉的声音吹过，人们说那是伯爵夫人约兰德在修道院免戒室数她的念珠。"

"因此，"苏珊娜总结说，"我要收着你的衣服，让你变成一个研究数学的狼人。只有当你回来找我的时候，你才能再次变成人。多大胆的人啊！"她哭着说，将我抱得紧紧的，我们几乎要摔倒。那个晚上的感觉令人着魔，我们似乎通过一种咒语触摸着彼此——指尖从脖子和胸部移到手臂和腰上——空气中弥漫着真正的新生。罗伯特也许能回来，如果曾经有的话。

起来的时候，我调皮地对她说，经过这种活动后我经常这样跟她说："苏珊娜，假如一天有个带着翅膀的骑士出现在家里——"她用手捂住我的嘴。但我坚持说完："他把我的衣服都拿走了，你会怎么做？"

"我不会回答。"她恼羞成怒。我轻轻地给了她一个晚安吻,然后沿着圣雅克街散步。人类的存在是多么令人困惑的事啊!

11

那时,贾娅,我想起了你。为什么在事物的边缘,在记忆的边界,我会突然看到你,就像散开的云层下——一望无垠的麦田——恒河奔流到海洋中?你的现实性导致你的不真实,即使你真是具体的。你拿走了所有的东西,然而每一次,它都会回到它自身,完整而又顽强。一个夜晚的贵族(在喜马拉雅山),缓慢流淌的寂静令人对这座山赞叹不已。你也许是加瓦尔①的小君主之女,但是你的血统能追溯到罗摩本人(正如《莲花往世书》所写的那样)。当罗摩赶走悉多离开王国,如你所知,他制作了一尊她坚固的黄金雕像,以她的名字统治这个国家并为他所有。贾娅,没有女人,就没有国家,就没有世界。因此,贾娅,你给了我眼睛,你却消失了。你沿着河流,打扮过的喜马拉雅的新娘,用金色的花瓣涂上油,在吠陀圣歌中,在樟脑味和炮火声的包围下,航行到某地,任何地方。一个伟大的盲人如此折磨我,我看见公园、公寓、公交车或我的学院建筑作为抽象概念出现。我告诉你真相,贾娅,自从你离开维拉斯普尔②,我已经不知道任何东西了。我就像数学公式构想出来的物体,但是我从未看到过它们。你记得那个晚上吗?去塔莱平原的晚上,你的兄弟开着跑车,我说:"看下面的平原,就像一位母亲为了分娩在她体内聚集了所有的财富。贾娅,让我们停下来看看。"这个邦的警车跟着我们,既是为了安全也是为了确信——你的兄弟仍相信你

---

① 加瓦尔(Garhwal),印度北阿坎德邦的一个地区。
② 维拉斯普尔(Vilaspur),印度卡纳塔克邦的一个城市。

是统治者，尽管共和国在很久很久以前就已经宣布成立了。你的父亲总是在卡瓦亚斯谈论着英雄事迹、历史和丰富多彩的德里文化。你的祖先建立了寺庙，上帝和婆罗门都知道，顶上的洞口曾意味着虚无。贾娅，我只是个婆罗门，我的大脑为一切理性的冒险都做好了准备，我的内心是无知的。你，亲爱的，给予它真理，你教给它的真理几乎是生理上的现实。有时散步的时候，你把头靠在我肩膀上，我感到一阵战栗，因为那感觉好像是第一次。我的身体不在那里，但是，如果你能理解的话，你在那里，所以我也会在那里。贾娅，你有身体吗？你现在有身体吗？你头上戴着朴素的纱丽，就像是上帝的遗孀。噢，贾娅，贾娅，我什么时候才能了解你？我在这里研究物体，就好像我在研究你一样。在这里的任何地方，什么都看不到，只看到了我的虚无。噢，贾娅，贾娅，原谅我吧。我回头看到你跑回父亲那里了，我反复说着，我只是个可怜的婆罗门。贾娅，我能给你什么呢？我什么都不能给你，只能给你我全部的虚无。"就是这样，"你在喜马拉雅山的斜坡上对我说，"就是这样，我的死亡需要你的虚无。因此，需要为主殉葬的柴堆，我家里至少有三个殉葬者，我应该是第四个。"你把头靠在我肩膀上哭了。

要么你遇到苦难，承受苦难，要么到一边去，待在那里。人们要经历八苦。人类的道路就是五倍地编织世界，然后陷在自己编织的网里。线是由你自己的精神做成的，就这一点而言，世界是你无法辨识的。苏珊娜的悲伤是她自己的，她从来都不能像别人丢掉自己的夹克和内衣一样把悲伤丢掉。我们不知道怎么去掉自己智慧里的错误和不当，诚如圣人所说，我们把负担背在身上，而不是把负担放在行李架上。不管怎样，火车一直载着它们。我们喜欢自己的错误，自由像是太沉重的负担。而你，贾娅，一位男洗衣工人取笑说，你的悲伤简直和水牛的悲伤一样，也许和丹巴镇①矿井断裂大灾难一样。（坎贝尔家族和坎贝尔公司对这些事漠不关心——英国人曾保护过他们，现在是加尔各答的一些马尔瓦尔人在保护他们。你父亲，害怕他的"钱包"变瘪，增持了公司的股份。钱财在英国秘密地积累起来，如果他没法继续待在国会里，他总能脱离印度。）但当听到丹巴镇的矿难时，你只是离开了桌子，我记得——你走开了，不再读书也不说话。你一动不动地坐在公寓里，把女仆莎维德丽都支开了。你说，晚上沐浴后，你开始读《摩诃婆罗多》。就是这样，这只是对殉葬的一个要求。人们只有为思想而死才是真正的死亡，真正的死亡从来都不是为个人而死，为个人而死只能成为鬼魂。

12

在伦敦的那些戏剧化的日子里（当我们谈到鸽子时），有一种我们是某种形而上学游戏里人质的感觉。但是，贾娅，我的贾娅（如果我仍能这么叫你），你在玩这个游戏，你就是这个游戏。当我走在托特纳姆法院路或皮卡迪利大街上时，有一种感觉，我感到不仅一切都是安排好的，就像西方音乐作品一样，曲谱、每个动作已经写好了，而且我们在地球母亲（我们在印度是这么叫的）走的每一步都属于某些特定的星座，我们移动是因为星星朝着它的命运在移动。你的母亲有着拉杰普特人天生的优雅（保守、简朴、不佩戴珠宝、在王室中奉行苦行）——她饱受煎熬，轻柔地走在大地上，就好像她知道脚步会带领我们到达未知的地方（也许突厥人在那里等待着埋伏我们，也许神灵撑着御伞在等我们——坐在车上，一手握着剑，

---

① 丹巴镇（Dhanbad），1965年5月28日，印度丹巴镇附近的格里德利煤矿发生爆炸，造成375人死亡。

一手拿着护甲。我们永远都不会知道神灵，或者突厥人什么时候来）——对拉杰普特人而言，一直都在作战。女人们坐在城堡围墙下的火葬柴堆旁，一页一页地读着《摩诃婆罗多》，等待着决定命运的消息。那些天你母亲鼓起勇气走动着，你妹妹在她身旁似乎很不协调——她像那些浓妆淡抹的美国女孩一样咯咯地笑。印度女人很少知道怎么扑粉或涂口红，你不觉得吗？但是你看上去特别像你母亲的姐妹，我差点跟着你俩走，因为你们都有着自然的状态——你走向你的柴堆。

你记得吗，贾娅，那天晚上，我们听完莫扎特的演出，喝完茶走出格罗夫纳[①]大厅。你说，"我们去公园散步吧。这让我想起年轻的时候，父亲带我到这来参加商业会议，我独自在那条小路上骑马。那时我十六七岁。一年后，我嫁给了萨兰达。"我们穿过夜晚潮湿的公园，不知道要说什么，只好想着心事。你只是笑着说："你知道吗，占星家还跟父亲说了。'为什么？萨兰达·辛格王公和贾娅拉克希米·戴维很像罗摩和悉多——三十二个星座宫位的二十二个宫位特别和谐，维纳斯也在结婚的宫位。'希瓦，那个雨夜，梵学家和其他人整夜都在读《罗摩衍那》[②]。在宫殿的院子里，九种音乐愉快地交织在一起，来宾盛装出席。列车来了，还有送萨哈兰普尔[③]邮件的特殊车厢。来自印度各地的音乐家齐聚一堂，贾娜克·帕依也从贝拿勒斯来了。维拉斯普尔王公哥哥最心爱的女儿要结婚了，寺庙的钟声响起。给雪山神女献上一只山羊——因为我们是拉杰普特人。竞

[①] 格罗夫纳（Grosvenor），英国一个古老而富有的威斯敏斯特公爵家族的姓氏，其企业集团拥有多个广场、酒店等。
[②]《罗摩衍那》（Rāmāyaṇa），印度两大史诗之一，讲述阿育陀国王子罗摩和妻子悉多漫游的故事。
[③] 萨哈兰普尔（Saharanpur），印度北方邦西北部的一个城市。

技开始了，勇士们来自兰普尔①、伯蒂亚拉②，有拉赫曼·可汗和伯里达姆·辛格——附近的王公送来大象和马匹，还有装饰着班兰叶的轿子。那些日子里，我们仍然那样做。维拉斯普尔灯火通明，光彩靓丽，那里的每一栋房子都点着油灯，门口装饰着梽果叶子和七彩粉末，祭拜女神，为了成功，为了我神圣的婚礼。现在这所有的一切看起来是多么愚蠢啊！就在前几天，我父亲说：'至少我最年长的两个女儿风风光光地嫁出去了。当他们有了孩子，就可以讨论一切，就如同我们这样，也会和我们一样去战斗。'父亲过去经常说，即使穆斯林来了，我们也不跟他们打仗了，我们依然是王。但是在大会的控制下，只有一个有权力的君主还在德里。他既不是印度教徒，也不是穆斯林教徒——他是无神论者！希瓦，你知道母亲怎么说你的吗——'那个来自南方的数学家，他走起路来就像是我们家的祭司，祭司王公'。"贾娅你说，我们去公园散步吧。我知道你为什么说这些。在你的心里有着其他东西。你接着说，"我希望，我的姐妹会听从你的安排。她们需要一些东西，她们谈论的都是舞蹈和聚会。西塔拉克希米以后可能会认真对待生活，因为她还有理智，尽管她已经深陷在德里无聊的事物中，她终有一天会长大成人。但是我担心，母亲也同样担心帕德马贾，帕杜她太傻了。"不知为何，你沉默不语，变得非常安静。后来，我才知道，你在想更让人伤心的事。

当我们散步的时候，人们坐在湿漉漉的长椅上看晚报，有人惊讶于（至少我是这样）拉杰普特人和喜马拉雅王国跟那些伦敦人有什么关系，他们为何如此沉迷在补选或网球锦标赛之类的事上。温布尔登网球锦标赛令人瞩目，即使在数学会议上也有人在关注。我

---

① 兰普尔（Rampur），印度北方邦的一个地区。
② 伯蒂亚拉（Patiala），印度旁遮普邦的一个城市。

记得一位法国同事说:"它是法国人的游戏,当在杜伊勒里宫参加集会的人坐下来讨论共和国新宪法时,我们在玩这个。英国人没发明什么,他们只是在使用别人已经知道的或已有的——比如印度帝国或安德烈·纪德。如果你喜欢,让·科克托①,这个二流的诗人都被当作一位伟大的知识分子,受到了女王的接见。戴高乐比他聪明,而你的朋友马尔罗,比他们所有人加起来还要厉害。"

我对让·福利埃说,"不要忘了,这个国家还有伯特兰·罗素。"

"罗素称庞加莱是这个时代最伟大的数学家。"

"拉马努金呢?"

"我告诉你,亲爱的同事,英国人杀了他——把他杀了。所有传言都与他的素食主义有关,他在寒冷的英格兰吃得很不好,得了肺结核,这是人们给燕子讲的故事。我跟你说,直到现在剑桥还有人记得他。他们说他用铜制器皿吃饭,是一个非常严肃的婆罗门。那些铜锈变成了一层很厚的膜,让他慢性中毒。真无聊!"

"那么,让,到底是谁杀了谁到现在还是一个很特别的问题。是英国人在印度击败了法国人,还是印度人允许英国人去征服印度,这是个值得深究的问题。难道不是这样吗?谁支持英国人,印度人控制一切,这才是最关键的问题。如果拉马努金从雪山神女那里得到了他的数字,雪山神女肯定已经把他杀了。这是真的,亲爱的同事。谁在玩这场游戏呢?"

"之前是个城市,现在是华尔街,"让说完笑了起来。马克思主义者的简单化经常困扰着我。

"哈代在他的一本书里讲了一个非常棒的故事:拉马努金临终的时候躺在医院里,哈代去探望他。拉马努金看到他的朋友很高兴。

---

① 让·科克托(Jean Cocteau,1889—1963),法国作家、导演。

他问：'你来的时候坐的那辆出租车的车牌号是什么？'哈代回答道：'1729。''这是个不寻常的数字——它是能用两种不同方式表现为两个正数立方之和的最小的数字[①]。'拉马努金不假思索地说。你怎样看待他所了解的？他说，娜玛卡女神[②]把数字给了他。"

"有人说，他可能是高斯之后最伟大的数学家。他是从娜玛卡女神那里得到数字的。"

"你知道吗，"让咬着嘴唇，语带讥讽地说，"你知道他们在交易所也玩数字，他们的女神被称为'美股'。"

"金子是拉克希米。"我说。

"那是什么？"他问。

"是女神的名字。"我告诉他。

"哦，"他回答，"我希望女神对你慷慨点。"

"就像她对拉马努金那样慷慨，"我说，"他的女神给了他数字，而我的呢，我希望她能给我真理。"

"那是什么？"让撕着硬邦邦的牛肉问。我们在大会的官方午餐会上，他讨厌英国牛肉，把它们称为大不列颠牛排或盎格鲁牛排。

"你知道吗，让？"我故意小声地说，"你知道女神是什么吗？"

"什么，是什么？"他嘲讽地问。

"一个方程式，"我回答他，"只是一个代表着最大相互作用力的存在——宇宙的张力。你认同的法则名存实亡。"

"为什么？法则是活的吗？"让轻蔑地问，他认为是我想得太简单了。

"辩证唯物主义的定律是法则吗？"

[①] $1729=1^3+12^3=9^3+10^3$

[②] 娜玛卡女神（Namakkal），拉马努金是一位虔诚的印度教徒，经常宣称在梦中娜玛卡女神给他启示，早晨醒来就能写下许多数学公式和命题。

"是的，它们是。"

"为什么你们每次都去请教苏联政府再来制定政策？"

"我们请教他们是因为法则会告诉接下来会发生什么。假如资本主义已经持续了很长的一段时间——那么就已经完成了它的使命——之后就会消亡。"

"但列宁将不朽。"这令让感到惊讶。他思考了一会儿回答说："列宁死了。"

"为何那时有成千上万的人对他的去世、向他的遗体致以崇高的敬意？"

"这只是一个象征。"

"什么是象征，让？什么是π？"

"只要我想赋予它象征的意义，任何东西都可以。"

"当我们说π，或者当薛定谔①在他的著名方程式里使用π的时候，它是什么意思？"

"它的意思是π在一个代表电子运转就像流动的波浪的方程式里是个符号。"

"就像光一样？"

"是的。"

"什么是光，让？"

"去问德布罗意②。"

"假如我问德布罗意：先生，什么是光？他肯定会回答：一种波粒。"

---

① 薛定谔（Erwin Schrodinger, 1887—1961），奥地利物理学家，量子力学奠基人之一。1926年提出了著名的薛定谔方程，为量子力学奠定了坚实的基础。

② 德布罗意（Louis Victor de Broglie, 1892—1987），法国理论物理学家，波动力学的创始人。

"穿过了什么?"

"可能穿过了以太①。"

"什么是以太?"

"没人知道。"

"所以呢?"

"你知道你是谁吗?"

"德布罗意先生知道他是德布罗意。"

"当然,当然。他获得了诺贝尔奖。但告诉我,谁是莫里哀·德布罗意?假如我们在学院为他建一座陵墓,就像他们在喜剧院对莫里哀那样,每天去表达我们的敬意。那么他是谁?"

"他是德布罗意。就是这样。"

"你呢,让-福利埃,你又是谁?"

"一位理论物理学家。"

"谁说的?"

"我。"让肯定地说。

"那么谁又知道这个'我'是谁?"

让回答道:"去问佩雷·笛卡尔。"

"没有笛卡尔就不会有让·福利埃,或伯特兰·罗素,也不会有阿尔伯特·爱因斯坦;好吧,他,笛卡尔,认为一切都是上帝的安排。"

"真无聊。"让又说。

"让,如果没有笛卡尔的上帝,你现在根本不可能做你的物理学研究。"

"那你相信上帝存在吗?"

---

① 以太(Ether),物理学史上一种假想的物质观念。

"我相信，我存在。"我用独特的印度方式回答他。

"如果你存在，那就好。我可以看到你，听见你的声音，甚至可以触碰到你。"让说完用他的手碰了一下我的手。

"谁存在？"我笑着问。这时刚好铃声响了，主讲人要去演讲，我们从不曾结束那次谈话。我要继续跟你聊，贾娅。

"谁给了拉马努金他的数字？"那天晚上过后，当我们站着听音乐的时候，你这样问。去听音乐会的是那一部分非常文明的伦敦市民，就好像他们在教堂里做礼拜。我在牛津和爱丁堡曾经见过他们，他们把诗歌当作神圣的东西来爱，不把神圣的东西看作诗歌。

"是娜玛卡女神。"我回答你，贾娅。你开始思考，沉浸在寂静里，对周围的一切充耳不闻。

"那是谁把它给你的？"过了许久，你问。

"她。"

"她是谁？"

"另一个我。"

"什么是'另一个我'？"

"雪山神女。"我回答。那个伦敦的夜晚以后，我们再没说过一个字。那时的所知超出了人们的理解。霓虹灯在空中闪烁，飞机在云层外发出吱吱的响声，沥沥细雨滴落在叶子上，好像英格兰生活在天神的保佑下。如果你不懂英语的话，你的教育会有问题。英语就像中文一样，有种潜意识的感觉，也有一种深邃的人性。英国人和中国人没有西奈山，无法与上帝对话。他们让这个世界变成了一个文明的实体——因此有了天朝大国，也有了伯特兰·罗素。中国人有城墙，英国人有海洋。他们两者都为人类发声。法国人从英国人那里借鉴了自由的思想（去问伏尔泰先生，他会告诉你的），然后把它弄得一团糟，为了以这种方式生存下去，他们必须砍掉人民和我们这些共产党人的头颅。印度人和法国人一样喜欢抽象，因此，甘地和戴高乐是两个相似的人，他们也会砍下别人的头颅——因此有了巴基斯坦！

在伦敦那个痛苦的夜晚，我们两个印度人对英国人有了一种敬重的感觉。可我们在这种寒冷潮湿的环境下迷茫了，我们需要阳光的照射，北风的猛吹，为巴黎圣母院去揭露另一个悲惨世界。王权和帝国是大地需要的颜色，就像为了四季婚礼的孔雀一样。节日就像在喜马拉雅山上去供奉女神，由昌巴尔河或拉维河运送的女神。在女神头顶撑一把伞，帕哈里人衣服的颜色——红色和蓝色（像在沙特尔）照在女神身后高举的镜子里，所有镜面反射的都是女神。他，主，躺在白雪之下，睡在认知里。因此，恒河是认知的河流。

"那数字呢？"你问道。

"镜子里的颜色。"

音乐停止了，我带你回到了帕金顿街，去等那个有礼貌的电梯。"您的楼层已登记，请稍等。"第二天，你就出事了。你还记得吗？我去医院看望你的时候，我认识了阿肖克，这是我第一次见他。原谅我，贾娅。

13

凝望着阿肖克那热情乌黑的、在拉杰普特绘画中的拉纳·普拉塔普眼睛——王子骑着黑骏马，手握缰绳，头巾上缀满宝石，就像是在不停地相邀和许诺——死亡从地平线尽头召唤我们，指向城堡城墙上的大炮和胡须。下方山谷是黄芥菜花海，一只猴子栖息在树下，朝乌鸦咧嘴笑着，而乌鸦正在清理它的喙——当这条常年奔腾不息的河流穿过峡谷，苦行者在悬崖上的草屋里修行，告诉你玛雅闪星的故事，因为它确实照亮了所有物体——拉杰普特之眼显示着，当长颈清眸的仙鹤飞过狭窄碧绿的河流时，死亡便是恭候在禁欲室里的朋友。英雄是不朽的——他的荣光会再次成为抵抗突厥人的化身。当突厥人兵临城下的时候，你无法拒绝只能接受死亡的审判。女神之剑会追杀他，直到在蒙古的荒漠里了结他，而你身佩利刃被召唤到阿加拉塔——在那个地下王国里，圣人正在冥想印度能获得自由，拉杰普特人防御失败了，但他们会再次获胜。拉杰普特人通过承认真正的死亡，用死亡来结束死亡。真正的死亡是丢弃出生时的胞衣（不管是皇室还是农民）——除非你从没有出生过，你就不会真正地死去。就如王国的永垂不朽，真正的英雄不需要杀戮就能征服他人——你上蹿下跳，即使骑马也只不过是从一个点到另一个点——事实就是历史，非事实不死之河川流不息。穿越峡谷是为了战胜突厥人（他们的要塞和阿比西尼亚人的雇佣兵）——但是拜倒在苦行僧脚下，才是进入真理王国的方法。每个人都有自己的王国——内心的精神王国——人类真正的家园。

阿肖克的小王国是个古老的王国，在卡提瓦半岛①：它很偏远，看起来有亚历山大远征到印度那么远。阿肖克的祖辈曾派出使者拜见亚历山大，并以朋友之礼相待。他们说，"欢迎，印度是大家的。"普里特维·辛哈说，不能和亚历山大为敌，只能为内心的王国而战。贾娅，你病了。

阿肖克以前是个英国式的花花公子——他的国家太小，在英国的大鱼小鱼游戏里无足轻重，只不过是被历史晕染般微不足道——

---

① 卡提瓦半岛（Kathiawar），印度西端的一个小的半岛。

在达拉姆普尔①的边疆仍保留着亚历山大营地哈拉帕②陶器——他们称之为"伊斯坎德尔③山脉"。这是为了纪念曾在那露营的亚历山大的将军们——阿肖克生来就拥有高贵血统,他以英国人的方式来玩这个游戏(伊顿公学和牛津大学有很多公共设施),之后他还可以通过不玩游戏来玩王子游戏——毕竟他只是觉得好玩——在这种情况下,他把王子带入他们的命运(或好或坏),用温和的方式欺骗英国人,直到蒙巴顿出现——阿肖克落入了尼赫鲁的关系网,他被拉进政治游戏,这违背了他自己的意愿。他的兴趣是历史——在牛津做了这方面的研究——他也对梵文感兴趣,他的热情和奖学金都有助于他追溯拉杰普特的起源。他的祖辈失败了,因为他们迷失在邻国错综复杂的政治中,他们没有反抗土耳其人,而是打起内战。这个故事的发展,多半是通过战争,拉纳·斯利室·辛格站在帕尼帕特④改变了阵营——因此突厥人进入了印度。其他祖辈不能抵抗王朝权贵的压力,不得不把一个女儿(莫卧儿王朝绘画中著名的因德拉沃蒂)献给沙贾汗⑤皇帝。她在后宫里待了仅仅六个月就自杀了,死前,她诅咒了整个家族。因此,在哈斯蒂纳普尔·杜巴(他们祖先的真实姓名)家族里,几乎没有一个人能逃脱诅咒——他们不得不收养孩子。阿肖克本人就是王公的侄子,修养和自尊促使他决心要摆脱显赫身份的束缚,可是,他做不到——现在反抗首领的势头上涨。阿肖克是外交部副部长,也是尼赫鲁的"苦力"(他称之为"苦力"),希望能有一天晋升部长。正如大家所见,他热爱国家,尊重

---

① 达拉姆普尔(Dharampur),印度古吉拉特邦的一个地区。
② 哈拉帕(Harappa),印度河流域文明的中心,位于今天巴基斯坦境内。
③ 伊斯坎德尔(Iskandar),亚历山大大帝的阿拉伯语名字,来自波斯文的英语转写。
④ 帕尼帕特(Panipat),位于德里以北约八十千米,是印度著名的古战场。
⑤ 沙贾汗(Shah Jehan,1592—1666),印度莫卧儿帝国皇帝。他在位期间为他的第二个妻子泰姬·玛哈尔修建了举世闻名的泰姬陵。

每个议员，鄙视驱逐那些商人。那些尼赫鲁能做的事，阿肖克不能做——但是，他们说同一种语言——在大不列颠公立学校一起学习的语言。阿肖克作为后辈，用只对乌代布尔·杜巴家族同样的尊重来对待总理。尼赫鲁在高贵门第氛围熏陶下学会了贵族的礼让和真正的奉献。的确，自从达拉·舒科①以后，没有一个像尼赫鲁这么高贵的王子。但是，如果尼赫鲁落魄了，民众也会像对待达拉·舒科一样对着他吐口水吗？会让他倒骑驴，向他扔空泥盆，狠狠诅咒他的妃子吗？不，不会的。当一切真的发生，尼赫鲁宁愿悲壮地死去，被运炮车运去火化。他的继承人应该是阿肖克·辛哈，卡提瓦半岛达拉姆普尔地区的大人。

阿肖克能力超群，慷慨大方，只是有点神经衰弱。（他研究"梵"的概念）在同时代印度知识分子里，他的学识给予他鲜有的客观思想；他和甘地、奥罗宾多②的交谈给他深入灵魂的独到见解。他有个毛病——喜欢喝酒（他的脚有点跛——他自己说是被马球砸到的，但别人可不觉得这么说有骑士风度——当然这是宫廷八卦了！）。人们看到他集中精神，尽力掩盖脸上因为早晨发生的糟糕的事情而严肃失望的神情。有些事情没有人可以倾诉——忠诚的大象为了出席早庙仪式被装饰一番——大象走在宫殿铺着鹅卵石的院子里，马夫牵引忠诚的马列队前行，马儿身上装饰着彩色粉末、戴着花环，身穿丝质新衣，戴着图章戒指的婆罗门信徒在队伍前头唱着吠陀颂歌，人们抬着放在轿子上的宝剑前行——以此代替在维特纳河③沐浴。阿肖克常常派管家去做礼拜——瑞瓦蒂王妃是个孤傲清高

---

① 达拉·舒科（Dara Shukoh），印度莫卧儿皇帝沙贾汗的长子和宠儿。
② 奥罗宾多（Sri Aurobindo，1872—1950），印度哲学家、诗人和民族主义者。
③ 维特纳河（Vitarna），印度孟买北部的一条河流。

的人——她认为自己可是从高贵的达尔[①]大宅里走出来的人物——她站在帘幕后，绝不能忍受在纯洁之神面前耍任何诡计。毕竟是女神赐给了他们帕里哈那[②]的一支——他们的阿凡胡塔芭提宝剑上镶嵌着绿宝石、红玉石和大颗迪瓦钻石，钻石是从阿富汗带回来的战利品。他们跟土耳其人打仗，直到今天，都没有征服过达拉姆普尔，因为它防卫森严。是的，连国会也不行，阿肖克·辛哈王子仍然代表他所在的邦出席议会，国民不会轻易忘记他们的王子。即使是今天，当他的汽车途经拉纳普拉塔普·辛格·玛格，那里的每个人都朝王公的捷豹[③]车鞠躬，就好像它是一头尊贵的大象一样。祭司向女神祈祷这个由拉贾·阿肖克、帕里哈那王公统治着特伦布尔的美丽而古老国家能永远和平。

在尼赫鲁统治的早期，阿肖克已经认识了贾娅拉克希米。还是小女孩时，她就把自己看作阿肖克的表妹。后来，她知道两个家族之间有些误会。因此这次皇室狩猎的邀请，在某种程度上，是表示和解、正式承认和接受的行为。她父亲邀请一些王子来参加每年一度的猎虎大会。然而，这是最后一次大型狩猎活动——因为新政府很快就会禁止打猎。早先的王室侍从跟随部队向德赖平原[④]行进，这是整个北部地区最好的地方——喜马拉雅山下的任何一个地方都没有维拉斯普尔附近发现的老虎多。——山脚下茂密的迦那姆草地上繁衍着皮坦巴尔鹿群，有特别多的年轻精壮的鹿。早在《摩诃婆罗多》时期，这里就很有名。迦那姆草可以消灭鹿身上的寄生虫，所以鹿群能很好地繁衍生息，这就是皮坦巴尔隐藏的力量。其中有一

[①] 达尔（Dhar），位于印度中央邦马尔瓦地区的城市。
[②] 帕力哈那（parihara），古时统治印度北部和拉贾斯坦的一个王朝。
[③] 捷豹（Jaguar），英国汽车品牌。
[④] 德赖平原（Tarai），尼泊尔南都的平原。

第一部分 突厥人和猎虎

只鹿作为皮坦巴尔美丽和顽强的象征，曾被尼赫鲁送给华盛顿动物园。

14

每个男人都是再生的婆罗门——第一次从母亲体内出生，第二次重生，成为自己，成为自我的认知——肉体凡胎，逐渐感知认识世界，凝结成团的粒子，达磨①是永存的实体。创造时间，缘起及其他——人们探寻自己内心时，发现原来自己什么都不是。佛法中说：万物皆空——万物孤寂，自生自灭，除了本体，没有任何留存。存在是对自我的歌颂。

  绝对存在，不二存在，所有存在的原因（没有原因），

  不装腔作势，无形的知识作为唵（他），

  创造、维持、毁灭整个宇宙的创造者、保护者（没有任何行动），

  我满怀崇拜地想起他。

真正的英雄，会审视自己来获得知识、进行消解——其他人只知道客体——是软弱无力的外来人、外国人，因此他们不同。

在贝达普尔的帐篷里，男人和女人面对面地坐在桌子旁，吃着拜拉姆·可汗精选的盛宴。营地位于树高林密的喜马拉雅森林中，到处生机勃勃，能听到各种声音——昆虫的嗡嗡声、兔子的跳跃声、因为蚂蚁爬到鸟巢里（所以它们被谩骂、追捕）鸟儿惊醒的叫声。此外，

---

① 达磨（Dharma），又译为"达摩"。印度教中指法则；佛教中指佛法、一切事物和现象。

还有大象用耳朵扇风的低沉声音。老虎靠近，而守卫却在灌木丛里打呼噜，马儿害怕老虎要吃了自己，发出惶恐不安的声音（人们还能听见水牛在夜晚"哞哞"的叫声，它知道死亡要来了，它还不想死。它也知道，有死亡和真正的死亡之分，它也在用动物的方式寻找自己真正的死亡）。除了这些和厨房里的动静，还能听到发动机转动的声音，因为吉普车开到深坑里去了。需要重生——在这个世界上，两个生物会根据面前的食物或跟谁讲什么话仔细地观察对方。

穿过狩猎小屋的巨大的桌子，在陌生的几何样式中已经建立了地下的联系。熟人和邻居讲话，陌生人通过心灵同别的男女沟通——用自己的知识和合适的语言。当两种语言看上去多少有些一样时，就会和眼前世界产生奇怪的距离感——整个史前时期都呈现出来。人们会看到目前还有一些不认识的事物，听到桌子对面的谈话，或故意落入耳中的低语，看到手和肩膀的姿势，这些都是为生命的游戏准备的。在这里老虎似乎只是个神话，只是"历史的意外"的神话。每个人都活在史前时期，他的故事不仅仅是与某个人有联系的未知的故事，而是与成千上万的生物、不计其数的基因的混合物、数不胜数的地球上和地球外的粒子碰撞、千千万万的生死及重生之间都有联系。事件的逻辑就是那些联系，那些因缘在盘根错节时空之中的联系，大多数情况下，我们的生活由它塑造。但是，也有可能不是这样，因为我们从来都不是自己的陌生人——怎么可能呢？我们的存在这么具体——我们在外部寻找对人类和客体的认知，让世界变成我们想象中的样子。然而，有时候世界就好像是我们自己，是我。对他人的认知就像是对自己的认知，因为自己（处于老虎追踪器、水牛和射手之间）可能根据占星预测出现——金星和火星会相互争斗（火星带来老虎，金星让你看见、听见），所有一切都是伟大游戏的一部分。有人在玩这个游戏，最后伟大的贤者、真正的原则、真理会带领你到达最终的死亡。现在你的出生就有了绝对死亡的意义，有纯粹虚无的自由的意义。不存在就是真正的存在，看见以对光和爱的不见结束。人类的哭声，还有水牛的哭声（可能今晚会被杀死的老虎的哭声）是终极死亡的预兆。为什么不彻底地死去呢？就好像你在攀登一座很陡峭的山峰，突然间来到了喜马拉雅山的一片山谷，中间有一个绿色的湖泊，湖旁有一座寺庙，苦行者坐在里面全神贯注地冥想。是他吗？是冈仁波齐峰吗？想到这个秘密，你大笑起来。

阿肖克心情不错，他通过说法语来显示自己良好的教养，正如他的祖先从前说波斯语，更早之前用古典梵语一样。他说："那么，你怎么样。夫人？"英式发音，一点都听不出来印度味。

"还好吗？"贾娅拉克希米边说边调整着项链。

"我们今天就会知道。"他最后两个字说得很重。

"如果主愿意。"

"但是哪个主？"

"他。"她淘气地笑着，好像在思念远方的某个人，非常遥远。

"是谁？"

"殿下的狮子。"她在撒谎。

"那只老虎？"

"不。"她说完转头看着她的父亲，问邮件有没有送到。她在期待我的来信，在伦敦时就期待着。她说，现在森林没有喋喋不休的声音，很安静，在期待着什么。所有的森林都因人类历史而富有生气。

15

这两位寻找的不是一,而是单一性——不是对称的,而是会形成圆圈的一条直线。我们作为彼此的目标而活着,就像交叉的树根,在大地的浓重阴影下停歇。蠕虫在这里筑巢,蟒蛇在这里产卵(它们更喜欢味道好闻的树木的汁液——比如金合欢树、木菠萝和小豆蔻)。巨大的菩提树下,根茎盘根错节、纵横交错——宇宙像是《奥义书》织成的蜘蛛网,我们吐出丝,制造一个运动着的世界——当苦楝树和天竺菩提树以一种仪式结合的时候,以汁液、纤维、根茎为终结。

让这两者合二为一,等等。

因为他们的呼喊声和灰烬,婆罗门的报酬很高。雕刻家做了一个神圣的那伽[①]的雕像,不孕的妇女和新娘围着这个圣洁的平台转,绕着这棵神树(两棵合为一体的树),把牛奶和蜂蜜,有时候还将圣线放在树干上,盘根错节的树根一直分离,难以合一。新郎和新娘新婚之夜,伴随着婆罗门的歌声和呼喊声:

> 向着生活的宇宙进军,
> 饰以珠宝的大象,
> 显示着他们的皇室风范。

当新娘吃完糖果(在大汗淋漓的婆罗门的再次认可下),枕头呼唤着我们探索合为一体的秘密。我们患难与共,男女之间的情愫慢慢生根,仿佛有一个神秘的结将彼此连在一起。(一些能从外面看

[①] 那伽(Divine Naga),梵语"蛇"的意思。多头、头型似眼镜蛇,生活在水中。

到，一些处于深层的我们未曾知晓。除了来自城市的居民和去弗洛伊德那里的富裕的婆罗门信徒，他们告诉你，本我和力比多两者交融的根源，但我们不能真正从中解脱）——男女相遇，融入对方想获得纯洁——他们又分开了，筋疲力尽，兴奋异常，这件事完成后他们融为一体。但这个戏剧性的运动将持续下去，周而复始。无论在何处——男女相遇，根源都是遥远且深层的。像章鱼的千万条爪子试图吞下整条鱼，但是在海洋怪物的爪子之间游动的鱼儿以智取胜，鳕鱼或恒河里的游鱼被鲸鱼吞掉。这些大鱼游弋在胡格利河，渔民抓住它们，在夜晚伴着音乐，带着鱼钩到了新市场。正如我们都知道的，孟加拉的婆罗门信徒伴着优雅的呢喃和叹息，吞下它们，满足地揉揉肚子。大鱼吃小鱼——婆罗门把它俩都吃了。当那一刻来临，他来到恒河边的台阶。在这里，如果你不细心（或是没有钱购买葬礼所需的木材），你的一些残骸就会被冲进恒河，变成鱼儿的血肉，然后再次回到新市场，这样循环就完整了。

阿肖克的母亲——一位斋浦尔①公主——出身名门，美丽高贵。可她的丈夫巴哈顿王公，却更喜欢温柔的老妃子。王公喜欢音乐胜过财富（我的意思是说他没有足够的钱付给音乐家——达拉姆普尔只是一个在信德省②边界卡提瓦半岛上的一个小国）。当总督到西姆拉③时，殿下也在那里赌马或讨好总督的大臣，而不是为他的政府运转争取经济援助。贾娅拉克希米的父亲则是到这里寻求帮助的——这位维拉斯普尔的王公只能排第二位。他游历过欧洲和美洲，曾和丘吉尔共进晚餐，是罗斯福的客人，住在布莱尔大厦——喜欢机器和商业公司，以不同的名义慢慢地积累了巨大的财富，但是依靠他

---

① 斋浦尔（Jaipur），印度拉贾斯坦邦首府。
② 信德省（Sindh），巴基斯坦东南部的省，与印度接壤。
③ 西姆拉（Simla），印度北部喜马偕尔邦首府，是著名的避暑胜地和旅游城市。

的是穷苦的秘密的表亲和训练有素的英国高管。他对水泥、棉花和各种重机械拖拉机、吉普车、涡轮机等感兴趣，他在英国人、美国人，还有德国人那里信誉良好。他是一位身材高大的王公，读过桑德赫斯特军事学院，复员归来后成了总督的副官，随后去参战。因此他有英式口音、卓越的演讲才华。每个人都认为他忠实可靠（大多数的印度人不具备这种能力），不久他就享誉海外。那时他第一次见到阿肖克的母亲——和吝啬无能的父亲，他甚至不敢反对妻子在床上对他有点严厉的批评。王公受到的批评越多，牢骚就越多。他去和最喜爱的妃子贾娜克·白待在一起。贾娜克·白是印多尔①的土可奇大君三世——拉达·白的女儿。拉达·白也去了德里杜巴宫廷，他出现在那个时期的所有照片里。贾娜克·白是一个优秀的舞者，会唱马尔哈②，现在已经很少人会唱了（除了法亚兹可汗）。因此王公一直在他的住所里，品着威士忌，和她一起唱歌跳舞，有时还把自己扮成克里希那神。传言说，阿肖克喜欢讲述他父亲如何在意乱情迷中完美演绎拉斯吉勒舞蹈。他身边的人听见了不像人类声音的罕有的音乐声，有的还听到了长笛声。王公并不愚蠢——他开始诚心祈祷和培养婆罗门教徒——不幸的是他再也没有踏入那个邦。不过，贾娜克·白一直陪他走完了这一生——阿肖克会告诉你，他的礼仪是跟她学的。如果他想成为王子，他就是一位王子。

在德赖平原的大树下，呼吸沉重、戴着许多铃铛的大象在漫步，还有皮坦巴尔鹿群的臭味——与老虎灾难性的亲密接触。每一个人都能清晰地认识自我——女人充满情趣与魅力，男人勇猛无畏，寻欢作乐。在萨姆什河边靠着萨曼须-凯迪搭建帐篷，带着尼泊尔的

---

① 印多尔（Indore），印度城市。
② 马尔哈（Malhar），印度古典音乐中的一种古老的拉格。

气息，在原始喜马拉雅山脉隆起以后，在这儿，对王公而言，似乎没有比猎虎更盛大的仪式。他们再次觉得自己是王子——正如阿肖克经常说的那样，他们使用自己的语言，远离国会，沉湎于他们的血统和世代所受的训练——持续了至少两千多年的训练。他的祖先是帕里哈纳的拉杰普特人，在桑加普尔①附近定居，托德仔细考察后说那大约在公元前313年或316年，比不列颠野蛮人的历史更悠久。在伊顿公学，阿肖克不会错过让史密斯们和布朗们（伯爵或公爵的儿子们——这不重要）知道这一点的机会——当印度人穿着最好棉布的时候，他们还披着羊皮。因为《罗怙世系》②和他了解的迦梨陀娑帮助了他。受到令人讨厌的质疑时，他就抬出他的"托德"，这就能一劳永逸地解决问题。托德上校是女王派去拉杰普特邦的代表，当提到维多利亚女王，连辉格·布朗的大多数辉格党员③或史密斯都不会质疑女王威严特使的陈述。血统，优良的黄金血统，阿肖克的身体里也许还流淌着塞西亚人和蒙古人的血液，由于加瓦尔人的蒙古血统比塞西亚血统多，他受到一些歧视。不过，贾娅的父亲也是加瓦尔人，但阿肖克能确定他不是一半的加瓦尔人吗？也就是说，是贾娅的半个兄弟。然而，阿肖克长着一个纯正的拉杰普特人的鼻子，皮肤吹弹可破，简直是纯种的白人。在德国，作为一名年轻的学生，在战争开始之前，他从伊顿公学开启旅程时，已经告诉了希特勒的人，他是纯种的雅利安人，而德意志人不是纯种的。他的眼睛闪烁着纯粹的光芒——它来了，他说着，给提毗④献祭山羊——他

---

① 桑加普尔（Sangapur），印度卡纳塔克邦的城镇。
②《罗怙世系》（*Raghuvamsa*），印度诗人迦梨陀娑创作的梵语叙事诗。
③ 辉格党（Whig），是英国的一个政党，产生于17世纪末，19世纪中叶演变为英国自由党。
④ 提毗（Devi），梵语，"女神"之意，象征了神圣的女性面，印度教的性力派认为提毗与提婆（男神）是相互不可或缺的一对存在。

坚毅的眼神让俾思麦①（他十分敬佩的人，阿肖克梦想有一天能统一印度，建立拉杰普特人的印度，就像昔日的威廉德国②一样）感到羞愧。他因为战争本身而热爱战争，正如他喜欢富丽堂皇的东西一样——晚餐时，在安静的环形帐篷之下和宫殿里侍从轻轻的脚步声中，他的考斯图巴③宝石首饰（一个17世纪的波斯翡翠，是他的祖先与莫卧儿王朝战斗的时候，征服了阿富汗人获得的），似乎与贾娅拉克希米的钻石和南非红宝石相呼应。贾娅喜欢精美的珠宝，陪母亲去南方参拜圣地的时候，她从马杜赖的老商人那里买了钻石和这个红宝石（她相信所有的石头都有灵性）。两件首饰似乎彼此相识，在桌子的缝隙之间相互嬉戏闪烁着。

她已经结婚两年了，萨兰达总是把他的设备留在加尔各答的家中。他忙于生计，浑浑噩噩——可没有获得任何收益——满足于他的别克车和崇拜他的可爱忠诚的女仆。众所周知，人们也能够理解。几周后，贾娅就有了自己的住所，萨兰达的饮食起居则由那个女仆照顾。她做得很好，让贾娅能够获得平静——不去考虑任何琐事。母亲对宗教的狂热影响了她，她开始读杜尔西达斯④的《罗摩功行录》和《真理之光》。她开始上梵语学院的梵文课程，以帮助她理解迦梨陀娑和伐致呵利。她不喜欢雨果和雪莱（她曾在瑞士沃州⑤的穆东国际学校读过他们的诗）——更喜欢高雅的梵语和浩瀚丰富的史诗。她属于另一个时代，在那个时代，女人必须以殉夫这样的方式让自

---

① 俾思麦（Bismarck，1815—1898），德意志帝国首任宰相。
② 威廉德国（Wilhelmine Germany），指德皇威廉一世1871年建立的统一的德意志帝国。
③ 考斯图巴（Kaustubha），一种神圣的宝石，它的所有者是毗湿奴。
④ 杜尔西达斯（Tulsids，1532—1623），印度诗人、宗教改革家。他的《罗摩功行录》是印地语文学史上影响最大的作品。
⑤ 瑞士沃州（Canton de Vaud），瑞士西边的一个州。

己不被玷污。她自然而然地被米拉[1]吸引住了，吟唱米拉的颂歌成了她的使命。

哈里，噢，

哈里（克里希那），来吧，主！来吧！

呼唤声和山谷的气息萦绕回响整晚，山川河流都能感觉到自我，科学和史实的发展面貌展现在我们眼前。湿婆单脚跳起舞，世界充满律动，他的蛇形花环和乱蓬蓬的头发在喜马拉雅山上迎风飘扬。如果能够听听大地的声音，你将感到板块间剧烈的运动，好像坦达瓦舞是某种生物十分有韵律的拍打，也许是人类和老虎，不是其他生物，而是他的鼓声，他呼吸的化身。月光洒落在树梢和草地上，脑海里神秘的思绪交织在一起。湿婆回去修行，当他睁开眼睛的时候，喜马拉雅山的女儿出现在他面前，她的思绪平静下来。他们可以结婚——老虎、豹子、豪猪、蝎子和蚂蚁将组成他们的婚礼队伍。告诉我，谁能够有这种禁欲的婚姻呢？当一个人和自己结婚的时候（所有的婚姻都是这样的），世界在你和皇家盛大的车队后面流动。声音时有时无，蟋蟀的唧唧声，老虎的吼叫声，可以说，宇宙让自己以一个稳定的极点为中心——在这里，山川吸收着你，河流奔腾不息地冲刷着岩石、树木和鹅卵石。人类认为有人为他创造一切的想法是愚蠢的，人类自己创造了一切然后给它们命名，包括世界和女人。你越平静，游戏就越欢乐——老虎笃定地朝着它的猎物走去，你的心在胸膛里跳动着同命运抗争。正如你知道的那样，死亡为它自己创造有利的时机，因此时间闪着光芒，珠宝显示着女人胜利的

---

[1] 米拉（Mira，1498—1547），印度神秘主义女诗人。

欲望。话语、爱的奋战、妙语、指甲的划痕、轻声细语都从女人的肚脐上产生！女人撤退、畏缩了，彻底投降了。她蜷缩在那里，依然有着呼吸。他撕咬、爱抚、欢呼雀跃。

但为时尚早，猎人的呼喊依旧在树丛后回荡，老虎必须找个地方躲起来，不让人发现。他也在玩这个游戏，他的死是你的快乐、女人的礼物。

16

我从贾娅那里零零碎碎地学到这些，还从帕杜那里学到一些现实的晦涩的部分。帕杜在咯咯的笑声和巧妙的曲意奉承中跟我一起与老虎、水牛游戏——我迷恋贾娅，她知道。她敬佩她的姐姐，帕杜从来不对男人以身相许，只会咯咯地笑，说模棱两可的话。她喜欢美国人的俚语，视它为一种优势，我这个可怜落后的印度人甚至都不懂英国俚语。她喜欢说"Ok"和电梯，而她慈爱的母亲从未使用这种语言。她常常取笑母亲说："等着瞧，我要嫁给一个有钱的美国人，我们将住在比我们现在住的还要大得多的宫殿里。""帕杜，"她母亲说，"你什么时候认为我喜欢宫殿？""妈妈，当你得到它们的时候就会喜欢了。一位罗斯福或一位福特能够建造比在帕蒂亚拉①的湖上宫殿更精致的宫殿。我会带你去美国。我会在加利福尼亚有一套房子，俯视太平洋。你将拥有你想要的安宁还有自己的偶像，现在他们都涌入美国，因为印度正忙着建设社会主义。"她摸摸鼻子咯咯笑着说。

帕杜不能理解我，她的世界是盎格鲁-撒克逊的，或什么也不

---

① 帕蒂亚拉（Patiala），旧时印度北部的邦，1956年成为旁遮普的一部分。

是——她由奥斯瓦德太太抚养长大。奥斯瓦德太太是一个澳大利亚家庭教师，到现在帕杜每年依然给奥斯瓦德太太送礼物。礼物如此之多，以致对这个清贫的女士来说维持从印度买昂贵的礼物这个习惯很困难（澳大利亚的工薪阶层需要更多的钱，她交了更多的税）——帕杜的梦想跨越了大洋，然而贾娅拉克希米的只有在西方有一点点用。如果她去欧洲，主要去意大利，她喜欢那里可爱的女人（她不太喜欢那里的男人）。她喜欢法国，因为那里有伟大、庄严肃穆的教堂。就好像女神之母在同她对话，只有米拉能够用这种方式。秋天她独自待在室内或我带她去莫尔旺[1]看美丽的韦兹莱[2]和壮丽的欧塞尔[3]时，她就哼唱米拉。但她对威斯敏斯特教堂没什么感觉。在医院里，当听到大本钟的钟声，她就闭上眼睛，开始吟诵《提毗颂歌》。她需要女性特有的纯洁才能感到自在，我觉得她感受到了我对女性的尊重，这在南方很自然，因此商羯罗说：

  她赐予无穷的幸福，是恩惠和无畏的给予者，制造了美丽的珍贵宝石，净化了每个鲁莽的行为，她是伟大的女神。
  她给予喜马拉雅山家族纯洁，是贝拿勒斯的伟大女神，噢，完满的女神（安纳普尔纳），赐福于我，同情我。[4]

早晨，她醒来的时候（我去过维拉斯普尔一次），在公寓里洗了个澡。莎维德丽唱着自己国家的歌——她来自比哈尔邦，当唱到湿婆和雪山神女时，她就准备好女主人的衣服供她祭拜时穿。贾娅用

---

[1] 莫尔旺（Morvan），法国中部的一片自然生态和文化保护区域。
[2] 韦兹莱（Vezelay），位于法国勃艮地区约讷省的古镇，是著名的宗教圣地。
[3] 欧塞尔（Auxerre），法国中部约纳河畔的城市。
[4] 原文出自商羯罗《安纳普尔纳峰颂歌》。

檀香膏擦一下身体（她是这么对我说的），这样人类的味道就不会侵入诃罗维什瓦纳特[①]（家庭的守护神）的圣坛。她坐靠着寺庙中鹰塔右边她最喜欢的一根柱子，闭上双眼开始冥想，门外的保卫森严，除了首席祭司不让任何人进入。有时，在节日期间，她会花一小时来冥想——她的古鲁教了她一段《提毗颂歌》——她觉得自己飘起来了，飞入寺庙的塔中，轻盈飘逸，一种她很熟悉的失重状态。有一次，她告诉我她从女神那带来了佩塔[②]，当她从冥想中醒过来，佩塔已经消失了，但是衣服和银盘子依然在。护卫十分周密，没有人能够进来。哈拉·维什瓦纳特是不是真吃过饭了？贾娅拉克希米对此并不感兴趣，她供奉了该供奉的，那是为主准备的，只有他自己知道他用这东西做了什么。这份纯洁的礼物已经做好，没人关心它被送到哪里。"那位藏在窗帘后面的祭司恐怕早就饿坏了，他肯定已经饱餐了一顿你的贡品。"帕杜笑着说。母亲神情严肃地盯着她，她赶紧闭嘴。

那天早上，帕杜笑嘻嘻地来到贾娅的帐篷。贾娅刚做完晨祷，莎维德丽给公主拿早餐去了，这时候帕杜进来了，手里托着一个又大又重的银盘，上面盖着丝绒围巾。达拉姆普尔大衣胳膊上印着一个女神，女神手持一对中心有红点标志的交叉宝剑。在这个标志下面，写着"室利，室利，室利，女神达萨"。

"这是什么东西？"

"打开来看看啊。"

"你知道我从来不接受别人的礼物。"

"湿婆送的也不行吗？"

[①] 诃罗维什瓦纳特（Hara Vishwanath），湿婆的另一个名字，意为"宇宙之王"。
[②] 佩塔（peda），一种印度甜点。

"当然，那不一样。"

"这个也不一样，这是克里希那先生送的。"

"只给吉迪哈拉戈帕尔。"贾娅回答，看起来很严肃的样子。没有做任何解释，帕杜站起身跑出姐姐的帐篷，外面传来佣人在木地板上跑来跑去为客人端茶送水、提供早点的声音。从第十二个满月到现在的三天中，其中幸运的一天被占卜师定下来狩猎，猎人的助手已经在空地上准备好了。水沟很狭窄，老虎会直接扑向猎物，此时人们只要在树上的狩猎台一枪就可以打死它，幸运女神站就在我们这边。他们都说他是个身高七尺的强壮公虎，曾经掠夺过周边的乡村。

"纳瓦卜·可汗，"贾娅大喊。纳瓦卜·可汗是他父亲的管家。

"他到集市去了，公主需要什么吗？"莎维德丽问。

"在外人来之前把这个收好，把这个托盘送到达拉姆普尔宫，转告说公主拜见殿下，请殿下接受她的忠诚和谢意。"

莎维德丽接过托盘，把它交给殿下的管家沙姆·桑杜，她回去后发现她的主人正在哭泣，莎维德丽不知道该说些什么。"不要悲伤了，公主。神会保佑好人的，我们都是可怜人。"

"是啊，我们确实是可怜人。"贾娅拿出念珠，陷入了无限的沉思。

"你是我唯一的念想，"那时候，她在伦敦桥医院啜泣着说，"我只有你。"我头枕着双手倚靠在她床头，看着空旷的河面。我无法理解周围的一切。

17

伦敦桥医院维多利亚时代的痕迹很重：仿哥特式的建筑，宽阔阴凉的走廊，装饰着漂亮绘画的光亮的金属把手，宽敞的浴室，如神话传说里一般努力将魔法药水和驱魔玻璃棒带到人间的护士。从《浮士德》①里走出来寻找着未知力量、区别和金钱的医生——瘸子、疯子，那些躺在白色病床上韧带不同程度撕裂的病人。在人们身边是一个个神秘的房间，那里每天有人被带进来却再也看不见、听不到，不能再了解这个世界——他们离开的后门一片漆黑——从厨房飘来牛肉和卷心菜的味道——那些耳朵后夹着铅笔的会计师，轻声细语地说话，生怕打扰到伤者。孩子突然的一声啼哭表明结束是因为开始早已经存在。星期六的走廊上挤满了手捧鲜花的孩子——大都是玫瑰或是春天刚开的来自法国南部的含羞草——乙醚的气味穿过侧厅飘浮在厚重的铁门下面，又在走廊的角落里沉积起来——与此同时，一些人推着急救床穿过荒凉的高高的空地。病人依旧熟睡着，他们身边是既严肃又和蔼的护士和亲属。病人的脸色在睡梦中依然迷人——这些场景配上从烟囱里排到伦敦被污染的空气中的烟雾（马克思呼吸着这空气，预测到了资本主义的灭亡——"即便是医院也看起来像劳埃德银行"，让带我来这家医院，我们沿着堤岸散步时这样说。）——伦敦桥医院是一个小小的世界。身体被固定在外面，但是它体内的化学物质、混浊的气体（大家都知道那味道多么难闻）形成肾结石，坚硬无比。你体内有许多维生素，如果维生素缺乏（拉摩亚医生告诉乌玛是维生素D和维生素E），你就会发疯，甚至能看到上帝和魔鬼——这时世界就不再像维多利亚时代那么坚固——它就像是从沼泽里飘出的跳动的鬼火。寡妇或妒忌的小姑子跳进井里或河里，然后化作鬼魂回来折磨你。她们就像咧着嘴，翻着筋斗的猴子一样嘲弄你，或是用旋转的妖火来取你的性命。（父

---

① 《浮士德》(Faust)，十九世纪德国作家歌德创作的诗剧。

亲说母亲就被他姐姐这样折磨过，他的姐姐嫁给了一个老男人，所以当我坐在母亲的腿上时她就很嫉妒。我姑姑变成树精回来让母亲呼吸困难，也戏弄父亲。在马德拉斯有名的梅拉普尔医院，母亲被逼辞世，把我丢在世上。）时不时发作的哮喘，悲哀的高贵——死亡就是这样一位朋友。他像一只了解你恐惧的动物一样恐吓你。他等着你，只要你有勇气说：请等一下，我还有一些重要的事去做，就像我舅舅那样（等着即将出生的孙子，等着儿子去加拿大原子能中心的派遣，等着小女儿的婚礼——她患有小儿麻痹症但很聪明，能让其他人开心）——当尼赫鲁政权衰落，为什么不支持他的反对派。治安官，你知道这个国家需要你，尽管你有糖尿病和纯甘地主义的理想——死亡会像倾听纳萨尔派①分子一样倾听你的要求，尤其在你需要的时候。像纳奇克达斯，既不是省政府的部长，也没有在巴基斯坦边境因你的勇敢受到奖励。但是，就像我们所说的，你希望得到真理，那么死亡就是你的奴隶——他想让你去杀死他，你难道不知道吗？死亡所追求的是自己的死亡，因为他对他所创造的痛苦感到愧疚——就像他对奇克达斯说的那样，他很清楚真理是什么。所以他渴望死亡——那是一种解脱，每个人都渴望解脱。医院，伦敦桥医院，俨然是一个有巨大豪华圆屋顶的避难所。它对这些穿白衣服的牧师、单纯的送信者及唱诗班少年的唯一要求是：让每个人都得到解脱。在春日的午后，太阳似乎静止不动，整个世界都像泰晤士河一样闪烁。驳船、飞机的呼啸声，似乎创造了一个新的世界。除了纽约、东京、德里、戴高乐和光荣的英格兰，其他一切都沉浸在纯净中。海鸥让你想起特里斯坦②、苏珊娜的伊索尔德③——唯一的

---

① 纳萨尔派（naxalite），印度一个极左的共产主义者团体，拥护毛泽东思想。
② 特里斯坦（Tristan），是英国古代爱情故事中的男主人公。
③ 伊索尔德（Isolde），是英国古代爱情故事中的女主人公。

布朗什曼。这世界由死亡、爱情、城堡和朝圣组成,难道疾病不可能只是一些梦中的东西吗?汤普森女士四十五岁,她戴着眼镜,转了一圈然后轻声对贾娅拉克希米说:"殿下,医生马上就到。我进来看一下你的体温然后准备图表。"我问:"修女,我能出去吗?"——"不,不,"汤普森女士说。她很和蔼,是工党成员,把所有爱都给了艾德礼①和盖茨克尔②。她对政治并不了解,只知道自己的党派。"不,先生。"她说,"你当然要待在这里。"她对我们印度人很友好,曾经对贾娅承认英国人在我们国家犯下的所有罪行,我们也要报之以善良和极大的诚恳。这个英国人很沉默,像神经学专家爱德华博士(他是拉塞尔·布香恩爵士的门徒)那样和蔼睿智。他的祖父曾在旁遮普步兵营服役。他一出生就佩戴上了锡克教的短剑、穿上阿肯服,这些都是祖父从印度买回来的。他的父亲却成了一名知识分子,在牛津大学教授古典文化,他则成了一名杰出的外科医生。那次贾娅的昏倒(清晨,他和家人在肯辛顿大街购物,正准备前往塞尔弗里奇③。)让她来到这所医院,所有的医生都说:他们已经检查过她的大脑,报告也是这么说的。于是我来到这里,在医院陪她。如果需要,我随时可以出现,就这样我遇到了阿肖克。我进来几分钟后,他离开了。"晚安。"他吻着贾娅的双颊说。这让我这个婆罗门感到害怕,即使苏珊娜疲惫时我都不敢抚摸她的手臂。感觉越真实,我越难以表达。贾娅了解我,她对我说:"如果你是被欧洲家庭教师带大的,然后去伊顿上的学,你会怎么做?"

"我的父亲把我带上一条传统的道路,祖父教我梵文。我的吠陀

---

① 艾德礼(Clement Richard Attlee,1883—1967),英国政治家、工党领袖,1945年击败丘吉尔,成为英国首相。
② 盖茨克尔(Hugh Gaitskell,1906—1963),英国政治家,工党领袖、财政大臣。
③ 塞尔弗里奇(Selfridges),伦敦最著名的百货公司之一。

知识像数学一样好,它们都是神秘、有象征意义的。我无法控制自己不成为一个婆罗门。"我辩解道。

"没有婆罗门,印度将何去何从?我们的刹帝利[①]早就把土地卖给了出价最高的竞标者。"

"除了一些拉杰普特人。"我强调。

"是的,但今天,我们舔了帕特尔[②]和尼赫鲁的皮鞋,我们失去了尊严。"

"他怎么样?"我问。

"他当然是个拉杰普特人,可一个人又能改变什么呢?"

"贾娅,"我悲伤地说,"圣雄甘地也是一个人啊!"

"没错,你看他又留下了什么。"

"留下了他所留下的,就像尼赫鲁的法律是尼赫鲁的而不是克莱门特·艾德礼的。看看戴高乐为法国做了什么,丘吉尔是一个英国人,就像戴高乐是一个法国人。尼赫鲁作为一个印度人,不是罗摩,而是达拉·什克[③]。这是莫卧儿王朝的终结,再不会有什么帕里哈拉[④]——拉杰普特人。当你把两个矛盾因素混合在一起——看吧,就像古希腊和希伯来耶稣——你制造了圣保罗,我可以用数学公式展示给你。我并非要教你一种新的语言。数学和梵语是如此相似,有时候当一个这样的等式在我面前出现的一刹那,我被触动了。"演讲的障碍突然出现,我说不出话来。医生进来为贾娅做了简单的检查,他离开后,我又重新开始说话。

[①] 刹帝利(Kshatriya),古印度四种姓之一,地位仅次于婆罗门。
[②] 萨达尔·瓦拉巴伊·帕特尔(Sardar Vallabhbhai Patel,1875—1950),印度政治家、国大党领导人。
[③] 达拉·什克(Dara Shikoh,1615—1659),印度莫卧儿帝国皇帝沙贾汗的大儿子。
[④] 帕里哈拉(Parihara),北印度拉杰普特族的一支,他们宣称自己是火神阿耆尼的后裔。

"梵语有数学的准确,更像代数而不是算术或几何学。你要处理不同层次的不同象征,比如,一个方程,一个定律。这也是我们在数学方面很突出的原因。再加上南方在梵文教育上超过了北方,这种非常正统的观念也许使我们更加精确。因此,拉马努金——我和你们说过的那个人和他的事迹,都说明我们印度人喜欢抽象化。"

"既然如此,"贾娅喜忧参半地说,"一个一米八五高的抽象——在医院里,你一定会被问在这里做什么。"

"它正在说它的方程式,不用梵语,而用不纯粹的英语。"

"没关系,"你说,"不管怎样,它说了什么?"

"这个抽象说:有人认为数字不止一个,却只有一个数字是纯粹的数字。"

"那个纯粹的数字是什么?"

"怎么这样问?当然是'空'。"

"'空'意味着什么?"

"代表着世间万物没有什么是永恒不变的,两个事物可能变为一个事物,一个事物最终将会消解为零。这就是纯粹的数学。"

"这是指在哪方面呢?"

"你指的是你和我。"

"还有呢?"

"空间寻求无限。"

"因此?"

"无二……那……那……那……"我不知道该怎么说。

你伸出手放在白色的床单上,你记得吗——你的手秀气圆润,看起来真的像黄兰,正如古典文学作品中所说——

在树下，在地上，月光洒下，树影斑驳——全是小小的白点，

　　就像花朵一样，只是花朵会被捡起来戴在雪山神女头上。

　　——我把你的手拉过来，紧紧地握着它，向它倾诉。直到我抬头看见你的脸，才发现眼泪从你的面颊滚落。突然，帕杜走进房间，直接走了进来，像个假小子一样喊道："你还好吗，姐姐？一切都好吗？你什么时候来的，先生？我姐姐是不是看起来好极了？她很开心，你觉得呢？我们没有很多宫殿，但我们有医院。如果你见过白金汉宫，你会发现伦敦桥医院和白金汉宫没什么区别，都很安静，有宽敞的房间和穿制服的仆人。幸好，不是女神或正在等待的上帝，我们有爱德华医生、汤普森女士和其他人。你知道父亲在印度认识了爱德华医生的叔叔——哈考特。哈考特是他最好的朋友，他们一起猎杀了三只老虎。说来话长，不是吗？"

　　"你一定要这样喋喋不休吗？"你对帕杜说。好像突然变得虚弱，你从枕头下拿出念珠，闭上眼睛想要休息。我慢慢地起身想离开。

　　"先不要走，"帕杜叫道，"妈妈随时会来这里，你知道她很迷信。她相信婆罗门会带着神走下电梯，就像医院的护士带着医生走上电梯。既然这个世界是摩耶①，神为何不尽自己的职责呢？"

　　"不要胡说，帕杜。"

　　"我忍不住，姐姐。我讨厌医院。这里能闻到死亡，我热爱生活。"

　　"胡说。"你低声说着，把念珠放在一边。"你非常害怕生活，你

---

① 摩耶（Maya），意译"幻、幻象、幻术"。

总是大喊大叫。"

"我讨厌低声说话，这也是我讨厌宫殿的原因。"

"那也是为什么我认为你爱尼赫鲁和他社会主义的孩子们。"

"我告诉你，姐姐，把所有的王公们加在一起，都不如孟买的劳动者更有感情。减掉老虎和舞女，王公只是一大堆肉而已。在日本，至少贵族能成为大商人，在这里我们成了奴隶的奴隶。我们是金钱的奴隶，你能用十万卢布买下一个王公。他们会向尼赫鲁说：'是的，大人'，这就是我们的种姓制。我宁愿生来是一个贱民。"不知道她们会聊什么，我溜走了一分钟，去外面阳台抽了根烟。这是我工作时养成的一个习惯——嘴里的香烟似乎能给我灵感，就好像我们在排灯节晚上点亮的那些日本（或中国的）的小烟火棒——火花点亮了节日，飞到各处探索着黑暗的角落。此刻我正在伦敦，呼吸着污浊的空气，看着浸入夜色的城市。我要去洗个澡，等我回来时，萨哈巴王妃在那儿，我很激动再次见到她。尽管她四十八岁了，由于心境和环境不同，她看起来有时像十六岁，有时像六十岁。她的心肠太软，似乎不适合这个残酷的世界。你和你的念珠，还有悲伤的悲伤也是这样。我恳求你把悲伤添加给悲伤（主），走过去！

18

贾娅在塞尔弗里奇百货公司的时候晕倒了，她后来说，她完全失去了意识，脑袋直冒金星，尽管母亲在那里陪着她。司机去找停车位了，这时，一位好心的女士去烟草零售商店打电话叫来救护车。随后贾娅被送到了伦敦桥医院的急诊室，母亲也跟去了。（警察后来找到了他们的车，司机在医院楼下等待主人下来。）英国的医生十分谨慎、宽厚友好，可是嘴巴特别严实——直到给贾娅做完全面的检查，他们什么都不肯说。医生发现贾娅左眼下方有个肿块，这令他们极其不安。之前有一段时间贾娅抱怨头痛，不管吃多少阿司匹林都没有效果，压根儿不起作用。"殿下，肿块在你的眼睛下方有多久了？""噢"，萨哈巴王妃用她那歌唱般的声音说，"噢，我和我的丈夫认识的时候，他就有一个类似的肿块，也是在他的眼睛下方。我患有高血压，德里的高斯医生说贾娅的肿块在逐渐变大，应该密切观察。""是的，的确如此，他说得很对。""不过，医生，这肿块严重吗？"哈钦森医生说："夫人，这个问题不好说。我们需要等X光检测报告，不久爱德华医生的检查报告也会出来，接下来我们将会全面分析这些片子。"——"但是贾娅的食欲很好，她吃得好，睡得香。""就是那样的，"医生说："身体里面的恶性物质需要一定时间才会显现出来，发烧和疼痛只是最普通的身体不适。不管怎样，殿下，最好的办法就是等待。"——"可是，医生，你觉得要花多长时间呢？""还不能确定。"哈钦森医生微笑着说，"可能要两个星期，或者一个月"。"我可以给我的丈夫发电报让他过来吗？""可以，如果他有空的话，身边有个男人也许会对病情有帮助。"

电报已经发出去了。萨哈巴王公正忙着核对与一家瑞典公司的工厂交易，因此他给阿肖克打电话，叫他过去。阿肖克从未这么开心过，因为他终于可以摆脱国会了。是的，他会去。当然，他还得继续处理业务，这些商业贸易能增加外汇。不管怎样，再一次追随贾娅拉克希米吧！自从猎虎行动后，整个世界不知怎的都在谈论贾娅拉克希米，他告诉所有想听她故事的人，她的害羞、严谨和沉默在同一时间里传达出许多信息。阿肖克·西姆哈王公（拉贾·阿肖克）一生当中有许多女人，说实话，他想要多少就有多少女人——现在德里社会也允许这种现象存在。部长的女儿与外交官有恋情，商人的妻子去德国的巴登小镇度假——白人男子就是这些印度女人的发现。印度独立从某种程度上来说也有负面影响，穆斯林和印度教徒在这方面没什么区别。贾哈娜拉——一位来自海德拉巴的有名的美女，大法官伊纳亚特·可汗的女儿，她让丈夫去巴基斯坦，自己继续留在我们多姿多彩的印度。（离开海德拉巴后）困在伊斯兰教单调的生活里太无聊了，她对德里或纽约的每个人都这样说。印度教徒比较吝啬，有时候还可以闻到一股阿魏①的味道。要寻找伴侣时，他们喜欢性情温和的女性，经过精挑细选，最终会选择成熟有女人味的对象。就像是人们把成熟的桫果放在温暖的干草里，这样，纯天然、口感醇正的桫果浆就酿出来了。如此一来，印度女教徒的温柔便根深蒂固。当印度王公选择伴侣时，他比印度行政长官更看重这一点。王公使用不同种类的茉莉香料与麝香混合而成的玫瑰油，他的身体比穆斯林教徒柔软的肢体保护得更好，拉贾·阿肖克就是他们其中的一个。他喜欢冒险，是一个十分英化的人。他和女性之间的玩闹就像雄狮与雌狮之间那样，他盛气凌人，爱戏弄别人让自己开心（在吉尔森林时，他发觉了这一点）——这一次是礼物和诗歌（拉贾·阿肖克喜欢自己创作格扎尔②或大声地朗诵迦利布③的诗）——他还会引用《爱经》中的梵文诗。贾哈娜拉喜欢他那钢铁般坚毅的外貌、厚实的手掌及娴熟的推拿手法。她隐藏着对拉贾·阿肖克的爱慕之情，这件事只有德里人知道，尼赫鲁还让他的侍从把这件事告诉拉贾·阿肖克。"印度教和伊斯兰教要联合起来。"议会大臣们大笑起来。"拉杰普特人和突厥人背信弃义。"拉杰普特

---

① 阿魏（Asafoetiaa），从阿魏属的一些植物根部提取的苦树脂，曾用于祛风剂、镇静剂以及祛痰剂。
② 格扎尔（ghazal），北印度流行的一种古典音乐体裁。
③ 迦利布（Ghalib，1797—1869），印度著名穆斯林乌尔都语诗人、散文家。

人义正词严地说。当然了,印度教的妇女们会认为这是对她们圣洁的背叛,尤其是在分隔区的野蛮大屠杀和残酷的强暴之后。她们说这使得她们把目光投向了印度的"生存能力"。拉贾·阿肖克是其中最受启迪的一个人——如果身处黑暗的愚昧王子不能受到最深刻的教化,又怎么能够安抚百姓的情绪呢?为什么不给他一次机会呢?其实尼赫鲁给了他一次机会。贾娅拉克希米的母亲简单地评论了一句:"印度又少了一个穆斯林。看看贾哈娜拉炫耀她种姓标志的行为,谁能说她是一个穆斯林?"她的母亲,贾哈娜拉的母亲,还有贾娅拉克希米的母亲以前在德里赛马会上一起玩过牌,还一起在西姆拉的旧世界里骑过马。这位老夫人也决定要留在印度,她的儿子已当选为浦那[①]军校的校长。与巴基斯坦贫瘠的沙漠相比,现在的印度已经变得更加多样化。

哈兹拉特写下了新州"卡拉奇"的光辉史——他以前是真纳[②]的第二任秘书。总督官邸认为卡拉奇是平坦凉爽、精心规划的地区。贾哈娜拉滑稽的动作是为了吸引拉贾·阿肖克的注意(后来他也向我确认了)。即使是面对美女的垂青,拉贾·阿肖克也有一定的尺度。热情需要一种持续不断的推动和征服——如果不能逐渐高涨的话,那么这份热情很快就会淡化。男人的不断成长见证了过去的光辉,今天的光辉就是明天的收获。这其实也是我的经历,我和苏珊娜一起见证了这一光辉。如果你没有成长你就不能看到这些光辉历史,成长需要探索,而探索需要无畏。所有的探索都是从内心出发——外面的世界引导我们去重复这单调乏味的探索。一旦你掌握了这些窍门,你就可以挣越来越多的钱,它们以整齐的圆形数字模

---

① 浦那(Poona),印度西部城市。
② 穆罕默德·阿里·真纳(Mohammad Ali Jinnah,1876—1948),巴基斯坦国创建者,第一任总统(1947—1948在位),被称为"巴基斯坦国父"。

样待在银行存折上，它们对你的第一次冲动没有任何直接的意义。英雄必须为战而战，就像拉杰普特人与突厥人作战一样，这是一场永无休止的战争。只有上帝才会吸引男人，如果你不能为了上帝而放弃生命的话，你永远也不会真正地生存在世上。但是上帝又是处在不断成长过程中的，巴基斯坦人的神是拉贾·阿肖克。我们一起在伦敦的街道散步，等待贾娅的检查结果时，拉贾·阿肖克这样告诉我——基督教的神和印度教的神似乎是不变的，而巴基斯坦人的神会改变。拉贾·阿肖克告诉我，"婆罗门是中性的，他既不是男人也不是女人。""你走得越远，知道的就越少。"——"是的，"我回答，"你走得越远，你对自己的了解就越深刻。""那会怎么样？"他问。

"婆罗门就是你自己，你就是婆罗门。"我回答，"但是你又会觉得他是其他人。所以当你走得越远，或想要超越自己时，你就会离自己特别近，最远的也是最近的。"

"噢，印度教徒，"他生气地说，"他们永远不会停下来休息，直到彻底毁坏所有的边界。"

"是的，就变成了陆地那样。"

"留下了什么呢？"他问。

"印度，"我说，"就像乌龟缩回四肢与脑袋一样。当你不在印度时，印度也会保留自身。"

"那我们拉杰普特人在捍卫什么呢？"

"你们在保卫瑜伽修行者的祭火。'那个王国，'有篇文章写道：'是神圣、井然有序的，圣洁的祭火会永远缭绕着整个天空。'"

"那就是要捍卫的一切？"

"不，"我说，"还有女性的圣洁。"

"噢，呵，我们直接落入圣雄甘地的网里了。"

"甘地的网比艾德礼先生的要好。"我说。

"那么尼赫鲁的呢？又是怎样的？"他追问。

"他是哈罗公学①的婆罗门。"我大笑着继续说，"我认为，就像你是伊顿公学的拉杰普特人一样。"

在英国那个潮湿的堤岸旁，我俩开怀大笑。同行的大部分是文员和下议院的警官，他们似乎都不赞同我们的观点，在英国酒吧的门后或是在骑士桥酒店里，有人嘲笑我们的言行。你在这个世界上工作，家就是退休后享受的地方，你可以在酒吧或俱乐部里做任何你喜欢的事。我们印度人跟法国人一样十分爱笑，但是法国人的笑中带有讽刺的意味（就像伏尔泰先生那样），印度人哭泣或大笑。当快要到医院的时候，我们放缓脚步以便可以把话说完。

"女人，"我对拉贾·阿肖克说，我俩都知道我们指的是什么。"女人就是家庭的牺牲品。所有的几何图形都源于女人的子宫——它也被称为'胎藏'——火神就是林伽、阴茎，它像湿婆一样出现，向上升起。要知道女人性就是消解自己的地方，利用女性就是把自己变成一个物品，一种需要——把世界变成一座座公寓，并从中获利。资本主义和女性在某些地方是连接在一起的，你从教堂里把圣母玛利亚带走，建造了一个帝国。这幢宏伟壮丽的八层楼建筑就屹立在泰晤士河上，它就是伦敦桥医院。千万不要忘记伊丽莎白女王时代（所谓的处女）是由戴高乐实现的。"

"你说得有点奇怪，不过可能是对的。"

"精子经济，"我继续说，"也许就像瑜伽修行者所说的那样，是权力的来源。"

---

① 哈罗公学（Harrow School），位于伦敦西北角，创办于1572年，是英国历史悠久的著名的公学之一。

"那么你支持禁欲主义吗？"当说到这里的时候，他倚靠在他那根银色装饰的手杖旁。

"不，先生，我一直在思考，还没有得出结论。有理数和无理数与印度教相伴而生，整数又是和新教相伴而生的。印度教的理数通过阿拉伯人——那些东方新教的虔诚信仰者传到欧洲，正因如此，英国人理解穆斯林。整数是全体的集合，它创造了历史；整数是不含部分的实体，它创造了避孕的意识。如果你不理解零的话，最好使用算盘，或者你可以数一数你的孩子，而不是让上帝按照他自己的喜好决定给你多少。"

"这就是原因吗？"拉贾·阿肖克打断了我的话，"这就是印度充满神的恩赐的原因吗？"拉贾·阿肖克用一种英国人的蔑视的口气说。

"先生，请不要对着我们怒叱。以上帝为中心的国家是垂直的而不是水平的，印度从未想过要成为一个帝国。当天主教教徒有一个帝国时，它是教皇的帝国，同时也是上帝的帝国。"

"也是哈里发[①]的帝国了？"拉贾·阿肖克问。

"哈里发不是一个帝国，它是一个有宗教领袖的国家的集合。如果哈拉杰[②]取得成功而没有被斩首的话，伊斯兰教徒就会膜拜圣母玛利亚——称她为米里亚姆[③]——他们会进入现代化的世界。如果你不承认世界，你就不会把世界变得灿烂辉煌。所以要把女人看作阳光、空气。"

"你是说垂直面会出现——"

[①] 哈里发（Coliphate），意为"继承者、代理人"。伊斯兰教先知穆罕默德逝世后继续执掌政教大权者。
[②] 哈拉杰（Hallaj，858—922），波斯神秘主义者、诗人、苏非派领袖。
[③] 米里亚姆（Miriam），希伯来女先知，摩西和亚伦的姐姐。

"从用于献祭的女性的家庭生活和子宫中产生，上帝产生于自我接纳。如果有什么区别的话，那就是宗教信仰的不同。"

"新教教徒很好地接收了这个世界，接纳了我的朋友——看看这个新教徒的首都——看看她那灿烂的辉煌。"

"天主教已经消失在这个世界中，但是它创造了哥特式建筑、圣母——"

"在这里——"

"——白厅①！"

拉贾·阿肖克停了一会儿，用手杖在潮湿的地面上涂鸦。他经常故意摆弄手杖来显示自己并不是那么现代化。他想要过去成为他的滋养品，现在成了盈利品和消遣。除此之外，他还需要拐杖让自己行动不便的腿可以休息一下。在伦敦的那天晚上，他看起来十分不开心，好像他永远不会成功，他既不能战斗也无法放弃。他到底在哪里？

"印度教的寺庙和哥特式尖顶有相同的风格，清真寺和路德教教堂也有相同的风格，它们都未加装饰、光辉灿烂。里面没有上帝，但有一个无形的神。他继续他的事业，征服自然，建造帝国。如果犹太人被迫离开自己的领地，他们也会建造一个帝国，所罗门②的王国——犹太人崇尚事实和整体。因此，不仅仅是夏洛克③，还有马克思、爱因斯坦，他们都是事实和整体的践行者。聪明的弗雷格④、伯特兰·罗素成了哲学家、无政府主义者，爱因斯坦和奥本海默⑤制造

---

① 白厅（White Hall），伦敦市内的一条街，英国主要政府机关都在这条街上，常指代英国行政部门。

② 所罗门（Solomon），古代犹太王国国王，约公元前971—公元前931年在位。

③ 夏洛克（Shylock），莎士比亚喜剧《威尼斯商人》中的主要人物之一，犹太商人。

④ 弗雷格（Gottlob Frege，1848—1925），德国数学家、逻辑学家、哲学家。

⑤ 奥本海默（Julius Robert Oppenheimer，1907—1967），美籍犹太裔物理学家。1945年主导制造出世界上第一颗原子弹，被誉为"原子弹之父"。

了原子弹。如果这是一个真实的世界,你建造了一个帝国,创造了历史。这样的话,中国和俄罗斯都会崇尚数理哲学。"

"如果这个世界不是真实的呢?先生。"

"你打败了突厥人——如果你有决心的话就能打败阿拉伯帝国,或丘吉尔——把希瓦吉[①]和圣雄甘地带到你的领地。或者就像你的拉杰普特祖先那样,派一个信使去首都:王公和夫人被突厥人杀害了,贵妇和她们的随从都将跳进火堆殉葬:我的克里希那神,我的,我的。"

"克里希那神和这个有什么关系?"

"好吧,先生。作为一名拉杰普特人,你必须知道,如果没有克里希那神,还会有《摩诃婆罗多》吗?"

"婆罗门依然是正确的,"拉贾·阿肖克看看手表说,"我们还有大约十分钟,到那时就会有医生过来。"

"只有当婆罗门追求梵时,他才是正确的。"

"哦!"

"当你追求梵时,世界就会因梵而发光——梵就是你所看到的。"

"你认为疗救印度的办法是什么?"

"要么让印度通过分解整数,从数字的起点零开始(这样的话拉马努金就可以从他的女神提毗那里获得他想要的任何数字及他需要的解决办法),要么印度将成为另一个巴基斯坦。"

"你是什么意思?"

"先生,正如一些人所说的,伊斯兰教是所有宗教里最现代化的宗教,他们说得对。伊斯兰教相信这个世界是真实的,生命是真实

[①] 希瓦吉(Chhatrapati Shivaji,1630—1680),反抗莫卧儿帝国统治的印度民族英雄,马拉特联邦的缔造者。

的，废除了死刑。不存在死亡，穆斯林从自己的死亡中找到上帝。所有的战争都是神圣的，因为你是为上帝而战。但是对印度教徒来说，有另外一场战争，那就是智慧与无知之战。俱卢族（他们是一位失明的国王的儿子们）在俱卢之野①与般度族展开大战。阿周那②的意思是'白色、光明'，与俱卢族的黑暗和目盲形成对比。盲人有他们自己的帝国，坚战放弃整个帝国跟他自己没什么关系。如果真纳想要这个帝国的话，甘地很乐意把印度赠予真纳。——是的，整个帝国。般度族对真理非常感兴趣，甘地对这个也颇感兴趣。坚战会为了达磨与自己斗争。私生子迦尔纳③与阿周那是一母同胞，他是反对派阵营的勇士，所以这也是一场婚生子与私生子之间的对抗。私生子是英雄——"

"那么婚生子——"

"是信徒，是圣人。达磨来自智慧。"

"智慧呢？"

"智慧带来矛盾，假的被当作真的，因此行动就变得尤为重要。"

"在智慧里行动吗？"

"就像克里希那，他是行动者。环顾世界，你会看到争斗。行动就是不行动，而不行动就是行动——这就是阿周那获胜的原因。"

"赢了什么？"

"不是成为非二，而是零。"我说。我还给他唱了一首商羯罗的《湿婆颂歌》④。

那个夜晚好像格外清晰，我们都相信医生们的结论会是乐观的。

---

① 俱卢之野（Kurukshetra），印度史诗《摩诃婆罗多》中俱卢族和般度族展开大战的地方，在旁遮普邦东部地区。
② 阿周那（Arjuna），印度史诗《摩诃婆罗多》中的般度五兄弟之一。
③ 迦尔纳（Karna），印度史诗《摩诃婆罗多》中贡蒂和太阳神的儿子。
④ 《湿婆颂歌》（*Shiva Pratah Smarana Stotram*），商羯罗的作品。

贾娅拉克希米不需要做手术，噢，永远都不需要。

男人在这件事情上的无知是最令人困惑的一个表现，更确切地说，他不了解这件事。猎人在茂密的丛林中发出的脚步声（在密集强劲，即将到来的暴风雪阴影下），让他感觉自己就在这片丛林的中心。他知道黑豹就在那里，那只招惹是非的黑豹就隐藏在远处，正在破坏湿婆庙，被遗忘的神灵和小妖精们纠缠。这时黑豹突然走到你前面，你确定黑豹就在那里——老虎正挣扎着伏击，它被猎人的大象和助猎者包围着。它将扑向覆以马衣的大象尚卡尔的脑袋，你会感觉到大象在抽搐，你左脚趾头和第二个手指头有抽搐刺痛感，你的鼻子发痒，肚子发出冒泡的声音，你还在继续等待。老虎去攻击邻居家的大象，咬掉了前面一只大象的尾巴，或者老虎继续蹲在那里，它在蹲守据点，直到你的客人准确无误地对准了它，射中它的头——然而，这一只老虎挣脱开，咬掉了一个助猎者的头。他的妻子回到村子里，当老虎在水井旁喝水时，她马上认出了这只老虎。你不知道，那个瘦弱、孤独又普通的助猎者为了一天能有两张卢比和一顿有鸡肉的丰盛饭菜而加入猎虎队，和其他的二十九个人一起叫喊，"噢，噢，噢，噢"，从附近老虎的巢穴到开阔的平地。坐在象轿上的喜马拉雅王族的成员，开完粗鲁的玩笑、陆续吃完晚餐（肯定搭配了许多异国风味的酒水）、抽完香烟和雪茄后，这些王族猎人为了取乐——为了丛林女神要去猎杀老虎。他们说，女神喜欢所有类型的鲜血，尤其是老虎血。女神用她那金色的酒杯装满鲜血然后喝下去，酒杯是王公的某个祖先在好几十年前送给她的——是的，老虎会被杀死。但在你把它杀死之前，老虎也会杀死一些人，你的部落里的人——那个助猎者帕托知道他也许会死。当他离开家的时候，他的三个半孩子（可以这样说，有一个小孩并不完全是他的)、他那蓬头垢面的妻子在寒风中颤抖着——他的左眼闪烁,朝着马里小溪望去(因为早上的需要)。他看到了波拉[①]痛苦的寡妇,帕托明白这个预兆对任何人来说都不是一件好事,但是他还是勇敢地对妻子拉缇说:"我回来的时候,我们就一起去拜访索娜,去看她刚出生的小孩。"帕托知道将永远也见不到那个刚出生的孩子和他自己的孩子了,还有他那失去三个刚出生小孩的愚蠢的伴侣。尽管他们对着寺庙的大门许愿,可孩子没能活下来,拉缇的小孩没活下来——他加入到他们的队伍中——他所要做的就是从象轿的边缘射击——他年轻壮实,对他的妻子一直都很忠诚,就像老虎一样。萨梅什-科迪周围的每个人都知道,他一心想照顾好孩子,猎杀少量的印度羚羊或巴拉桑格牛供自己和一大家子食用。不管怎样,丛林里的生活依然继续——鬣狗偷豺狼的水牛,猎豹吃鬣狗的水牛,大人物、大家伙、王公和他的同龄人、狐朋狗友一起骑着大象去猎杀雌虎的伴侣或雌虎,为了制作烘托那神圣祖先光辉和宫殿大厅的英雄式的装饰品。他告诉自己占星家的谎言:这所有的一切都是为满足高贵的女神对鲜血的渴望。她知道,在长满树木的狭窄山坡上,你和所有的人类、野兽都可以模模糊糊地看到女神那高高的像灯塔般的寺庙。愚蠢,愚蠢的人类。

森林女神也是愚蠢的,她们出于嫉妒、漠视、完全的恶意而搞恶作剧。其中一位女神在寺庙献祭时收到比别的女神更多的山羊,或一些迷恋女神的人比她们期望得更加狂热——所以世界围绕着你的脚趾旋转并告诉你老虎将会直接袭击大象的额头,你(没有察觉到)仍然坐在大象身上,想着与一位已逝世的英国官员的愚蠢的对

[①] 波拉(Bhola),孟加拉国最大的岛屿。

话（马尔科姆先生、杰拉德先生，或卡普塔拉①的王公在英语上闹的笑话，他认为自己非常法国化，他也曾经有过许多法国情人，甚至在阿根廷也有一个情人。或者你在巴黎碰到的比卡内尔②王公，他十分蔑视每一个人，除了他自己，等等。）老虎准确无误地朝你扑过去，根据他自己对星相的了解，老虎知道自己的结局可能会在这个好运和恶运交替的一天中到来，他已经给自己的耳朵、胡须和脚趾做了充分的保护，但是在一处峡谷时他太粗心大意了——跳到了一块岩石上，而不是站在平地上。高高的草地后面是一棵已经枯萎的印度苦楝树——他太粗心了，必须为此付出生命的代价。森林女神弯下身子看着、笑着，她们都在谈论老虎的愚蠢。老虎听懂了她们的话，但是，这些山脉中的精灵们在玩把戏，他们想要品尝一下老虎的血。如果仅有一只老虎的话，那就不够在这个春分食用。你认为他们如何才能对抗这邪恶的灵魂，女罗刹居住在白梓树上，从葡萄藤上来回绕圈，像鬣狗一样哭泣，像寡妇一样捶胸顿足。她们想要越来越多的家禽当食物，迄今为止，所有的家禽都被杀了吗？毫无疑问，这些罗刹决定——如果没有捕获到家禽，他们就会从寺庙的院子里偷山羊的血。饥饿的女神不得不靠仅有的一只老虎的血液生存，这就是森林众神的经济状况。一些猎人来到森林，给女神们一条镶有四五颗老虎牙齿的银腰带，带子固定在一个天鹅绒垫子上面，提醒女神们的工作是用老虎来喂养王公，王公也会轮流一天拿两卢比来养助猎者。这样的话，当助猎者回来的时候就可以为孙女买一个银色脚镯——先是索娜的小孩，然后是第一个孙子或孙女。但是波拉的寡妇与你打过照面，你的左臂意识到你只有几天的时间

---

① 卡普塔拉（Kapurthala），印度旁遮普邦西北部的城市。
② 比卡内尔（Bikaner），印度拉贾斯坦邦西部城市。

了。所以,当老虎突然在大象和助猎者之间被抓住时,它为了逃跑就会越过你们,从你的躯体上,撕下你包着头巾的脑袋。老虎在返回逃跑的过程中会被追捕,直到他自己那大大的头部被撕开。你的妻子,帕杜,将会从王公的财政部那里得到一百五十卢比,至于你自己,拉缇,你可以随时找到一个波纳尔或克瓦尔做你的下一个男人。你很清楚没有太多成年的女人愿意到你的村庄,山脉不知怎的看起来就像是裸露的女人。拉缇,你可以开始新生活,而且我知道你会重新开始。你从来没有对我这么友好,但是你就像所有的女性一样,给了我你所能给的一切。当然也包括你最近失去了三个新生儿的不幸,或许这不是你的过错而是我的错。现在让我告诉你:在这座城市,当我去集市出售四五年前收获的小麦时,你不知道,我有时候会和拉奇或凯约尔一起玩耍,他们也会和许多士兵、王公的侍从们玩耍。他们一定经历过皮肤瘙痒和抓伤,这些士兵经常这样。你们这些无知的女人,你们认为是你们的业报导致这些可怜的孩子死亡,这也是你把这些许愿结系在寺庙里的原因。你的一些业报就是我的业报,我的业报跟这只老虎的业报又联系在一起,这只老虎的业报又跟人类联系在一起。因此,最终的结果是昌巴尔峡谷的女神厌倦了老虎血及王公在十胜节①供奉给她的以天鹅绒为底、用银色首饰盒装饰的五个老虎牙齿。波拉的寡妇知道提毗女神的需求吗?老虎知道的话就会装饰在维拉斯普尔的普什卡②宫殿。是的,他们都知道。我知道,我的左臂也知道,这个寡妇知道,行走在这纵横交错的深谷大道上的寡妇也知道。繁星知道,在另外一个世界的阎摩书记员也知道。要是我们能够记住应该记住的,那么所有人都会知

---

① 十胜节(Dussehra),为了庆祝罗摩从流放地归来的节日,在每年的9月或10月举行。

② 普什卡(Pushkar),印度小城。

道。这样的话善良的女神就会帮助你精通这些标记。

即使在伦敦,拉贾·阿肖克走在河堤上才知道,我是因为对一个等式的一些直觉才知道事实的真相,了解这些。当医生给出判断——哈钦森医生非常和蔼——可萨哈巴王妃几乎要晕倒了,就像你看到老虎袭击大象尚卡尔时一样震惊——帕杜,你和拉贾·阿肖克都十分沮丧(帕杜对美国的热情并没有持续很久——她什么也不喝,就像艾伯特经常不喝东西一样。要是她吃下了那个精神鸦片,可能就会变得非常精彩——),但是,贾娅拉克希米,你,你知道的,你觉得懂得你知道的是一种秘密的喜悦。你全部都知道,喜悦是对自我的认可。所以你笑了,医生轻轻拍了一下你的头。我们静静地站着,就好像死亡是经过那微微打开的浴室门进来的,护士本能地感觉到了这点,关上了门(她肯定以为这是维多利亚时期的礼貌)。但是在你的脑子里面,贾娅,在你的头盖骨下面,像花一样的肿瘤可能在继续变大,或许那是一朵花,在原始森林女神的订婚仪式上或为装饰婚礼队伍需要的一朵花。镜子和旗帜都跟随在她后面,也许仅仅因为这里没有足够多的老虎,它们都被杀死了,它们的毛皮被制成一些美国人穿的冬装。喜马拉雅山之王,雪山神女之父,拥有令人敬畏的侍从。拉贾·阿肖克说:我知道,我一直都知道,正如我知道那个寻常的清晨我父亲会从海湾里掉落去世。真理永远不会被隐藏,我们在英国统治者或有着长长头衔的驻节公使面前遮掩自己的面孔。我们从未想要去了解——即使英国人把我们当作被宠坏的酋长时——我们仍没有权力。对英国王权来说,我们是装饰物,我们拉吉普特人只是总督的服务员。男人在他伪造的兵工厂后隐藏自己——全部都是锡纸或木板,但我们认为是钢制的。星相准确地预言了我们的死亡,但我们可能不会受影响,因为我们的曼荼罗和颂歌能安抚星相。婆罗门将这么做——即使你可能会觉得婆罗门自负、堕落。我们在格罗夫纳的第二天清晨吃早餐时，拉贾·阿肖克说："你现在在巴黎。"他睡得很不好，严厉的黑色大眼睛有点下垂。他一定喝了很多酒——我在浴室看见很多空酒瓶。他把快乐和悲伤倾倒在酒里，把他文明的思想都淹没了。"先生，贾娅脑子里可能有一个肿瘤。如果是这样我们怎么办呢？你的数学家会说些什么呢？"他拿着手帕一边说一边笑。

拉贾·阿肖克把他的情绪都发泄在打马球上。他的祖父是一个有名的捕手，当还是威尔士亲王[①]的爱德华八世[②]访问印度的时候，他还和爱德华八世一起玩过射击。

"你的数字说了什么？"拉贾·阿肖克问。他搅着茶叶，就好像在磨碎火药，杯子和勺子在他的手中晃动。

"我的数字，"我回答，"总说女神想让它们说的话。"

"什么女神？"他问，"你是说圣母玛利亚？"

"可能是她。"我笑着说，"但我正在想拉马努金的女神。"

"谁是拉马努金？"

"一个现代印度数学家，可能是我们这个时代最伟大的数学家。正如哈代说的：是另一个欧拉[③]，另一个雅可比[④]。"

"哦，是吗？我从来没有听说过这位拉马努金！"

"嗯，他从来没有打过老虎，也没有去过王宫，他只是马德拉斯港务局的一个小职员。"

"可你说他是我们这个时代最伟大的数学家。"

---

① 威尔士亲王（Prince of Wales），1301年开始，英国国王将男性继承人冠以"威尔士亲王"的称号，后来"威尔士亲王"便成了英国王储的同义词。
② 爱德华八世（Edward VIII，1894—1972），英国国王。
③ 欧拉（Leonhard Euler，1707—1783），瑞士数学家，自然科学家。
④ 雅可比（Carl Gustav Jacob Jacobi，1804—1851），德国数学家。

"也许是吧。"

"但是他怎么，怎么得到这个荣誉的呢？"

"得到？不，娜玛卡女神给了他所有。"

"那他用它们做了什么呢？"

"玩游戏。"

"像婆什迦罗那样？"拉贾·阿肖克说，至少他已经明白了。

"根据阎摩自己的数学知识，死亡似乎就是进入一个房子里，我们不得不承认萨谛梵①成了阎摩的信使。""是的，他们在那里，那我们应该做什么呢？"

拉贾·阿肖克继续搅着他的茶杯，好像什么都没想。现在尽管是早春，他却在流汗。我很清楚，死亡不是一个轻易到来的访客，你应该好好接待他。当然他可能就在门口，只是没有进来。他在等待着某个特殊的时刻，用他自己的方式。他也玩马球，骑水牛但不骑马，就像一些阿根廷牧场的工人。（我的同事托马索是一个阿根廷人——一个牧场工人的儿子，经常和我们讲他从幼时到成年时期的一些冒险经历，比如他又快又准地用套索套住一头牛或一匹马。）公牛和马可能仍然会挣开套索，但是阎摩的绳索据说是用闪闪发光的材料做的。只要把发光的材料去除，你想什么时候死都可以。这就意味着你永远不会真正死亡。就像教科书里说的：你的因果报应被擦掉，自我的根源被剪断，但这不是做推断的时候。我正这样想着，电话响了，萨哈巴王妃说她的丈夫马上就要来了。他的占星家说贾娅拉克希米·戴维在这里不会有生命危险。但是占星家都是靠着你的现金和希望而活，我自己的占星术却不一样。女神想要一个

---

① 萨谛梵（Satyavan），印度神话传说《莎维德丽传》中摩德罗国王的独生女莎维德丽的丈夫，莎维德丽从死神阎摩手里救回了他。

脑袋,她就能拥有。森林低声说她想要,她也会有——树木也是,尽管这里是伦敦公园。老虎身上有很多斑点,九个在尾巴上,还有两个在胸部,它们对贾娅来说也许是邪恶的征兆。她不懂,我也不知道,那有谁知道呢?萨哈巴王妃听说在附近的一个村庄有只老虎被杀了——他们称它为巴蒂维拉虎——经常出没在森林里的动物、很多旅行者都听到了老虎被杀时痛苦的嚎叫。这里的老虎曾经被拉贾·阿肖克射杀过,他和同伴走丢了,但这只野兽被打伤,流了一些血。拉贾·阿肖克心慌意乱,他害怕吗?也许是酒精的作用?只有女神才知道。第二天萨哈巴王公射杀了它,游戏规则被破坏了,老虎将在死后复仇。脑袋里有一朵花不是那么糟糕的事,对吗?当花盛开的时候呢?它可能和大麻的花一样红。哈钦森医生说的是:"头盖骨下面似乎还有肿瘤,现在我们什么也不能说。除非能切开头颅看看,我们也不太确定。"

"但是,医生,没有其他办法吗?"萨哈巴王妃问。

"没有,据我们所知,在西方国家也没有别的办法。"

"好吧,那就等殿下来吧,他了解一下再做决定。"然后她拿出念珠,口念罗摩来安慰自己。贾娅拉克希米一个人在那很安静,她理解她知道的,就是这样。请告诉我,超越了这些知识的是什么?

拉贾·阿肖克开始进行净身礼。他很喜欢 —— 突然使用 —— 这些古老的词汇,好像有些是从梵文翻译过来的。他不强制别人去学印度语,而是表明他自己继承了吠陀文化。就好像在英国工党一些荒谬的政治议论中,或美国的肯尼迪连任时,他会引用伐致呵利的诗句:

就像鲜花一束,

智者有两条路：

或被众人膜拜，

或凋谢于森林。

或考底利耶[①]的：

一个人如果不能控制自己的感觉，他很快就会死亡，

即使他拥有以四个季度来划分的整个地球。

根据不同情况，用得很巧妙，就好像在说自己。他的口音有点像盎格鲁−撒克逊人，他小时候舌头就总是卷在一起发出浑厚的声音——他剃好胡子、洗漱完准备去医院的时候，他说："快点回来，经理告诉我新旅馆就在街角附近。"当然，在贾娅拉克希米生重病的时候，我不能，也不会回巴黎。我的会议结束时，阿肖克通过格罗夫纳管理员给自己在附近找了一家小酒店——我跳上出租车，把行李从肯辛顿旅馆拿出来。我给让留了个纸条说我要留下来，并告诉学院，我要延长在伦敦的时间（毕竟学院里没有人会想我——我可以在任何地方解开我的"谜团"——我也没有忘记，匆忙给苏珊娜发了电报说我会推迟回去和我的新地址）。

当我回到格罗夫纳时，我看见拉贾·阿肖克盘腿坐在沙发上，手上拿着一个小水烟袋。烟斗曾被在印度军队服役的男管家修补过，无论什么时候有需要，拉贾·阿肖克只要打个电话给服务台，他们就会让这位年长的、独特的英国人过来修理。这是格罗夫纳的优

[①] 考底利耶（Chanakya，约公元前4世纪），古印度政治家、哲学家，著有《政事论》《利论》。

点——他们能够记得你的父亲和叔祖父,当你想要一个房间时(事实上,就像在伊顿和剑桥一样),他们似乎知道你的需要,就像是用占星术占卜过。我有时确实会想未来的旅馆会多有趣,如果经理给你的房间不是根据是否有空房,而是根据你应该在北方或东北,根据你的工作和气质、你窗户外面种的什么树,而且每个房间的男管家都会让湿度计稳定——佣人会住第七宫的"火星"房——根据你是天蝎座,还是双鱼座,来决定卧室和家具的颜色。因此,在你的房间里,这个房间就好像是你的家、你的个人情感一样。这不仅对他人有益,也对自己有益。助猎者的脖子被老虎扭断,在这样的情况下,这个老虎的星相一定和拉贾·阿肖克那天晚上想的一样,但是萨哈巴王公第二天给出了致命一击(王公又给了前面那个人一百五十卢比的补偿,后者是印度共和国的一个自由公民)。尼赫鲁的星相在政治上来说也和拉贾·阿肖克的火星和木星一样,可能在第九宫——所有星星的天资都表明牛顿没有错,宇宙里所有事物都有作用与反作用,但是牛顿把主要的功劳给了上帝。反之,在印度,我们把这些都归功于批注和有编号的行星,因为上帝不能校验,但是占星术可以。这就是区别,即使是对我的数学思想而言,这思想还有点偏离定义。月亮统治着思想吗?如果这样,那我除了做个傻子还能为自己做些什么呢?思想比弗洛伊德和荣格[1]所认识到的更强大——思想不是意、心念、智慧,就是我执,就像佛教徒把他们自己分为三十个或者四十个不同的派别,这再一次解释了叔本华[2]是怎么把我们的佛教引入西方,为弗洛伊德和荣格让位。当我在巴黎向门宁格教授指出这个问题时,他只是简单地说:"你的方式是帝国主

---

[1] 荣格(Carl Gustav Jung,1875—1961),瑞士心理学家。
[2] 叔本华(Arthur Schopenhauer,1788—1860),德国著名哲学家。

义的，先生。"我回答："教授先生，历史告诉我们是什么，但没有告诉应该是什么。"不管是不是帝国主义，思想都只是大脑的产物。如果这样，哈钦森医生就不会担心贾娅拉克希米的将来。他只会说："关于大脑如何运行我们也不太了解。从我们现阶段的了解来看，公主脑子里可能有个肿瘤，可能在左脑脑叶或者是右脑脑叶下面，我们要打开看看。但是爱德华医生和我正在尝试着去解决，应该要用环钻术[1]，最好不要当屠夫。"他握手离开的时候笑了笑。

　　拉贾·阿肖克和我准时到了医院。萨哈巴王妃很难过；帕杜说她头痛严重，不得不待在公寓里。帕杜和她年轻的美国朋友天黑之前一起离开了，她吐了一个早上，一定是她第一次喝威士忌。萨哈巴王妃告诉我说，她年轻的美国朋友也总是喝醉，因为她知道我在这方面没有判断能力。除了偶尔抽烟，我的大脑几乎不需要外部刺激。我的婆罗门祖先一定给了我足够的蛋白质，他们的冥想为我的大脑提供精准度。基因如此神秘——你会复制父亲或者祖父挠耳朵的习惯，还有打呼噜的深度和音质。摩那奥维奇博士展示过（在伯克利还是罗切斯特，我不太记得了）意大利家庭在三代之后还是很依赖大蒜；所有的混合人种，斯拉夫民族、北欧的、犹太人的孩子，他们可能不知道他们卡拉布里亚区[2]、伦巴第[3]或犹太祖先，但是他们也会想在食物里加点大蒜。"妈妈，我去了城市中心附近那个卖比萨的地方吃饭。""噢，不错。""妈妈，为什么你不在酱汁里加点大蒜。"——"你父亲来自中西部，他们喜欢清淡的食物，认为大蒜有点粗俗。"——"但是，你呢，妈妈？"——"我的祖母说我有西班牙血统，因此我的头发是黑色的。"所以，当父亲离开城镇的时候，

---

[1] 环钻术，一种在头颅上钻一个洞的治病方法。
[2] 卡拉布里亚区（Calabria），意大利南部的一个大区。
[3] 伦巴第（Lombard），意大利北部的一个大区。

他们就会吃大蒜。

"所有的困境都有出路。"当我们坐在休息室时,萨哈巴王妃说。她不确定这个方法是否对贾娅拉克希米和她的头痛有用。除此之外,医生很担心她的左眼。如果视网膜承受的压力过大,血管就会破裂,医生对拉贾·阿肖克说——贾娅拉克希米可能会变成盲人。萨哈巴王公到来之前,没人敢做决定。萨哈巴王公应该随时会到,毕竟,他有自己独特的获取P型表格的方法。谁说在印度我们没有像样的官僚机构。我们当然有。只有新官僚主义者是根据其他规则来办事,在英国管辖下,大家(大多数人)都会遵守法律。在尼赫鲁的统治下,官员们越来越多地实行卢比统治。达磨不是一个形而上学的问题——它是一个"你可以用多少钱来贿赂官僚机器的问题"。要做到这一点,你必须知道每一个零件,每一个微小的人形螺丝钉。一旦你计划好了行动路线,储备银行就会像变魔术一样拿出一张P型表格,上面有老板最精心的签名。老板的秘书只需要把一张张表格拿给老板签名,谁知道每张表格后面的秘密呢?如果那样的话,印度的官僚主义者和契特拉古波塔[①]著名的记录工作倒有几分相似。在同样的情况下好的和坏的行为记录在同一页的不同部分,别人是这么告诉我们的,但是在当代印度官僚做派里,给不给P型表格都是根据你早上第一眼看到的是谁。办事员需要钱给女儿筹备婚礼。萨哈巴王公这么富裕,他的仆从认识加尔各答的每个人,从税收主管的理发师、司机到他蔻松俱乐部的情妇(英籍印度人等等),还有参加维斯瓦纳特·巴达查里亚(D区主管)父亲追悼会的明星,或者,如果需要的话,参加他二女儿的婚礼。加尔各答的共产党员有权有

---

① 契特拉古波塔(Chitragupta),印度教的冥界之神,是阎摩的助手,负责记录一切生命的所有行为,人死后根据这些记录对灵魂进行赏罚判决。

势。物价飞涨，你需要至少一万卢比才能办一个简朴的婚礼。五百或一千卢比对一个和美国人、瑞典人做买卖的富商来说不多，婚礼将会举行。客人非常满意。如果萨哈巴王公很着急，在婚礼举办之前，健康快乐的萨哈巴王公一定会乘飞机到伦敦机场，肯定会送给新娘一件贝拿勒斯的纱丽。

在某种程度上英国总是能给他一种"回家"的感觉，他至少有两代祖先都效忠英国王室。萨哈巴王公，格哈瓦里·瑞弗斯的一个海军中校（荣誉的），二战时，在中东打过仗。他上过桑德赫斯特陆官军校，之后参加了战争。他说他没做什么，只在开罗和巴格达之间传递信息。他还和丘吉尔握过手，短暂地当过蒙哥马利[①]的副官。但是意大利人登陆后，英国不需要那么多的印度人，也不再有荣誉中校，萨哈巴王公因病离开后一直没回去。英国人如此通情达理，因为他的英雄事迹他得到了总督勋章。他在开罗一边骑摩托车一边打猎。他左边手臂上有个伤口，有时你会看到他很艰难地抬起左臂，直到现在也很困难。萨哈巴王妃把它称为"英国人的胎记"，但他为此感到自豪。他从英国海外航空公司的飞机舷梯上下来——他说他去旅行是因为能喝到免费的香槟，而在尼赫鲁的印度，一瓶香槟要一百三十卢比——萨哈巴王公在英国好像要比看他生病的女儿更开心。当然，他很爱他的女儿，谁不知道呢？但今天他更关注的是和马克-马修公司的生意，他们生产优质的甘蔗榨汁机。他的制糖厂要与苏门答腊岛[②]、古巴竞争，所以他需要沃汉普敦榨汁机，博帕尔[③]的斯里瓦斯塔瓦工厂里最好的榨汁机。此外，能够回到古老美好的英格兰似乎是一件美妙的事。大不列颠过去统治大海，现在统治着

[①] 蒙哥马利（Bernard Law Montgomery，1887—1976），英国陆军元帅、军事家。
[②] 苏门答腊岛（Sumatra），印度尼西亚第二大岛屿。世界第六大岛。
[③] 博帕尔（Bhopal），印度中央邦首府。

天空。萨哈巴王公也许已经做出了决定。劳埃德的一个指挥官也在机场,萨哈巴王公在特派使节团工作的侄子也在这里。拉贾·阿肖克已经给总公司打了电话,允许他开豪华轿车去机场接萨哈巴王公,英国人永远都不会忘记他们与老王公之间的友谊。

19

为了和贾娅拉克希米在一起,我留下来了。多年后,我仍然孤独地坐在她身边,就好像我在她们公园街的家,或在阿肖克·玛格德里的住宅一样(那时我在统计研究所)。这三年半里我们去了很多地方旅行。她看上去很朴素,满怀悲伤。比起关心国家她好像更少关心自己,为什么人类要遭受痛苦?为什么暴力总是强加在无知的人类身上?毕竟,在医院最能够目睹这个最开放、最悲惨国家里的人们所受的痛苦。

"有一个除外,"我说,"就是佛陀的悲伤。在那个注定辗转反侧、无法入眠的夜晚,他决定,乔达摩①决定,那个释迦人决定离开迦毗罗卫国②,永远不再见它的高塔、公园和雪花。他刚出生的孩子正躺在妈妈的臂弯里,月亮从山顶照耀着他们平静的脸庞,他们都进入了梦乡。犍陟③——那匹马,站在门口——"

"犍陟是谁?"贾娅拉克希米问。

"它是要驮着乔达摩到他最终宿命的马,它知道要陪着乔达摩,所以它一直在嘶叫,叫得如此大声——"

"接下来发生了什么?"贾娅拉克希米坐起来问,双眼炯炯有

---

① 乔达摩(Gautama),即乔达摩·悉达多,释迦牟尼原名,属释迦族。
② 迦毗罗卫国(Kapilavastu),古印度佛陀时代的国家,乔达摩·悉达多离家前是这个国家的太子。
③ 犍陟(Kanthaka),乔达摩·悉达多离家时所乘坐的马。

神。她一定经历过很多痛苦,只是没有说出来。除了左臂不时地抽动,她一直紧闭双眼强忍痛苦。

"希瓦,后来发生了什么?"

"乔达摩走到门口,看着皎洁圆月下的整座城市,又走回来,再一次看着他的爱人。他没有流泪。"

"他怎么能做到的呢?"

"是啊,他怎么能做到呢?他为世间的痛苦而哭泣。生亦是苦,死亦是苦,痛亦是苦。所以为谁而哭呢?"

"是的,这是一个问题。但是后来故事怎么样了?"

"带着一个坚定的信念,文章说:他走到宫殿的门廊,他的马还在那里嘶叫。但是天使们把空洞和水沟口都封住了,没有人听见乔达摩带着一种无家可归的无奈离开了家,走上一条不归路。"

"确实是。"

"但是贾娅拉克希米,请告诉我,没有归途的路通向哪里呢?"她摇着头,脸颊苍白,不知道答案。

"你这么聪明,告诉我吧?"她说。我们沉默了。门后那个为了避免癌变截肢的男人仍很痛苦,人们听到护士——汤普森女士在安慰他。当难以忍受疼痛时,她总是为他注射止痛药。他失去了一条腿,可还活着。他们说他是一个赛马骑师,一个一生几乎都在骑马的人(汤普森女士说,他五六岁时就开始骑马了),骑马服已经成了他的皮肤。作为一个优秀的赛马骑师,他去过巴登-巴登[1]、隆尚[2],还有布达佩斯。他没有时间去注意其他的东西,可这个小伤口让人不得不注意——当他去看医生时它已经长得和球形门拉手一样圆。

---

[1] 巴登-巴登(Baden-Baden),德国西南部的旅游城市。
[2] 隆尚(Longchamp),法国隆尚赛马场,在巴黎市郊,法国一半的赛马一级赛都在这里举行。

两天后他就在医院了,这个增生在小腿上也出现了,两天前都切掉了。"你很快就会好的。"人们听到汤普森女士对他说。"但是我永远都不能再骑马了,我该怎么办?"——"仁慈的上帝有办法满足我们每个人的需求。"她回答,并为他祈祷。"公主,我也为你祈祷。"汤普森女士回来看我们时小声地说,"我有一个和你一样大的女儿,她结过婚但后来又离婚了,她想再婚。噢,年轻一代和我们不一样。他们结婚、离婚就好像出入邮局。婚姻不再像天堂,现在的年轻人都喜欢快节奏生活。当我看到你们时,你们好像很安静。我在想我们怎么了。"

我说:"女士,这种混乱,是很普遍的。"汤普森女士听到隔壁房间传来痛苦的叫声,赶紧跑去查看。

"犍陟怎么样了?"贾娅拉克希米突然打破沉默问——我以为她正在想那个赛马骑师。

"当佛陀走到他王国的边界,他把珠宝和衣服交给昌达——他的男仆,让他把它们带给父亲——执政的国王。昌达不想去,但是他得服从他的主人。这匹马不需要回去,它低着头表示深深的敬意,当场死去了,又重生为人类——成了主人的弟子。心灵总会得到它极度渴望的东西,每个人都需要像乔达摩似刀剑般锋利的真诚。贾娅,我离那个有多远呢?"我看着她说,想得到她的认可。病人和垂死的人好像有一个真相我们没有掌握。她没有回答,只是说了句,像自言自语:"只要告诉我,你爱我。"

"我对你说了就能改变什么吗,贾娅?"

"是的,"她说,"死亡总是让人无助。"

"你是认真的吗?"

"当然。"

"你知道的，贾娅，我只有你。"

"那苏珊娜呢？"她迅速尖锐地问，像一只蝎子在伸直它卷曲的尾巴回击。

"一个替代者。"我无力地回答。

"这就是事实，为什么说是一个替代者。"她的病好像一瞬间痊愈了。她直挺挺地坐着，有点生气。

"因为，贾娅，一个真正的人才能称之为真实。你不懂物理，不然，我可以给你画个图表。我们需要同样的力量去支撑另一个，就像地球和天体系统里的其他星星，太阳、火星、它的卫星。正如你所知，火星有两个卫星。"

"地球只有一个。"她说，仿佛在叹息。

"尽管如此，"我说，"两个就是一个和另一个，这两个还是不一样的。生活里的所有事物都是可以代替的。"

"然而，对我来说，"她坚称，眼睛里好像有火焰，"然而，对我来说只有一个，一个，同样的一个。"

"你知道，贾娅，但那不是真的。"

"你为什么这么说呢？"她回答。她的左臂在颤抖，好像很痛苦。

"我，我……我……"我想回答，可我演讲时的毛病突然犯了，就好像脑子里曾经记得什么事情，我已经很久没有这样了。她伸出右手拉我靠近她，让我的头倚在被子上，用我熟悉的手指挠着我稀疏的头发。

"我还在这里，"她说，"但不一样了。"

"你是谁？"我问。

"当我在这时，我是贾娅拉克希米。当我不在时，我是你。"

"那现在是谁在碰我？"

"你准备去骑犍陟了吗？"她好像经过深思熟虑后说，声音有点沙哑但是很清楚。

"那个准备好了的人，比如乔达摩，"我说，"也不知道他是不是准备好了。他总说准备好了，但并不是真的准备好了。"

"你的意思是有且只有一个答案吗？"

"或者，就像《奥义书》说的那样：一不是二，是空，是无用的真相。"

"那什么是有用的呢？事实吗？"

"事实是不存在的，存在的也不是事实。"

"这好像是帕坦伽利的一句格言。"

"不，这只是一种简单的肯定。要么希瓦拉姆不在那里，因此贾娅拉克希米成了希瓦拉姆，一个在任何情况下都不在那里的人。或者希瓦拉姆在这里——他能听见那个骑师的声音，没了一条腿就不能成为骑师。当我不是，我，我……"我想说，可不能完整地表达。

"所以，我在哪儿？"她微笑着问。

"您的楼层已登记，"我说，"请耐心等待，我马上就到。"后来我们回到了一个过去我常常称之为像天体物理般平静的地方——你看在这个广阔蔚蓝的太空上，那个夜晚里的行星，在它们的周围闪闪发光。我到过伯克利天文台，多亏了一些同事帮忙，我走到望远镜那看到了我想看的。我想起了帕斯卡[①]对宇宙的敬畏之心。在这里，在伦敦桥医院里，谁是谁的卫星？我们是别人的卫星吗？是更大的行星的卫星吗？

"实体是一。"我说，这不是对她的回答，而是对我自己说的。

---

① 帕斯卡（Blaise Pascal，1623—1662），法国数学家、物理学家、哲学家、散文家。

"意识、现实,只是吉兆。"我好像在解释。

"我们感受到了河流和船只的起伏波动,没什么更多的话要说。难道佛陀没有说'一旦你穿过恒河,到达河中的岛屿,就无需用头顶来运送船只'?船只是用来载你去岛上,把运输工具留下,在岛上你不需要它。"

"你想要什么——什么都不需要?"她小声问。

"只需要耳朵来听鸟儿鸣叫。"我说,"平原上只需如此。"

"哦,我感觉很痛苦。"贾娅哭着说,于是我马上给汤普森女士打电话求助。

20

"在世间的荒野里,"一阵长久的沉默之后贾娅说,她的脸依然在痛苦地抽搐,"在丹达卡冉亚森林[1]里,在那个名为加尔各答的圣地,有首里薄那迦[2]、摩哩遮[3]和你。你来时不像罗摩,而像罗什曼那[4],一个跟着神圣的夫妇去森林里的修行者。像书里说的那样,跟在罗摩和悉多的脚步后面,每一步都踩在他们的脚印之间,害怕你的脚会玷污那神圣的足迹。你的眼睛往下看,就好像你所有注意力都集中在这个世界。你戴着一个又厚又大的眼镜,害羞地晃动着,好像你从来没有看过这个世界。我总是说,我认为你笨拙的举动、你的思想应该与你的数学有关。"(她假装笑得很甜,可嘴巴几乎没动。)"但是就像我母亲常说的那样,你从一些遥远的、古老的朝圣

---

[1] 丹达卡冉亚森林(Dandakaranya),印度中部横跨五个邦的丛林。
[2] 首里薄那迦(Surpanakas),《罗摩衍那》中魔王罗波那的妹妹,她指使罗波那绑架了悉多。
[3] 摩哩遮(Marichis),《罗摩衍那》中变为金鹿引开罗摩,被罗摩射死。
[4] 罗什曼那(Lakshmana),《罗摩衍那》中罗摩的弟弟。

地或一些古老的数学里带来了恩赐。"

"印度统计研究所里没有数学，"我笑着说，"你不知道，它的非正式宗教是马克思主义——"

"你会，"她突然说，"你会让任何地方都变得神圣，你生来就是一个修道士。"

"你应该知道，如果你想让我成为修道士，这不会很难。"

"不，不。"她大声说，"我不想让你成为一个修道士。我不知道——我想让你成为什么。"

"看那里，"我说，"有些铃在三点钟就响了。你看，这就意味着你想让我成为一个修道士。"

"你不迷信的，是吗？"

"我有自己迷信的东西。"我说，"这全部取决于在哪里、什么时候。"

"我想让你成为，我想让你成为，我想，我想什么呢？我不知道，你令人捉摸不透。就像罗什曼那一样，是兄弟，但不是姐夫或妹夫，是一个英雄但又不是持剑的英雄，是圣人但不是神一般的圣人。我在想我的话对你我有什么意义。有时躺在床上，我想告诉你这些事情，可我找不到合适的词语，不管是在印地语还是在英语中。"

"也许可以用梵语。"我打断她说。

"也许，也许，但你是谁？"她坐起来想看着我。

"一个来自南方的婆罗门，一个耶尔，又有点像是拉马努金的信徒，我想我应该是一个数学家。"

"我不是，"她似乎饶有兴趣地说，"我不是在问你的血统姓氏和你的阶级，我问的是你的真实出身。"

"一个人,"我开玩笑似地回答,"属于人类,生物学家也会这么说。"

"我不知道这是什么意思,我也不想知道,但你是一个什么样的人类呢?""一个人造的人。"我说完站了起来。我身高一米八五,戴着厚重的眼镜,穿着粗制的衣服,有点无精打采。她笑着躺回床上。

汤普森女士进来查看。

"你还好吗,亲爱的?"她问。

"噢,很好,谢谢你,汤普森女士。"她看着我说,"她的心肠多好啊!"沉思片刻后,她问:"你呢,你有心吗?"

"我想应该有的。"我回答,担心她旧伤复发。"无论怎样,血液还是应该输入动脉,这样身体才能继续工作,否则我就不能活着。"

"不,先生。"她突然站起来说,"我在问你,你有心吗?好像什么事都与你无关。我们女人很奇怪,我们总是想知道人类身上的缺点,比如鼻子上的麻子、说谎,还有突发的暴力事件、沉迷女色、酗酒——任何能表明这个人是一个人而不仅仅是物种中的一员的事情。女人总是把心思放在一些图腾柱上,或是圣树的树枝上。但是如果把我们的感情寄托在树上,一旦它轰然倒地,我们就开始哭泣。拿萨兰达来说,他也许是一个小孩,一个天真的小孩。但他对钱的喜爱让他成为一个男人,一个人。他就不会在不假思索的情况下花一分铜钱,他会一点点地攒起来。比如我的婆婆,她对自己很慷慨,可对佣人很苛刻。一个女仆丢了孩子——一个三岁的孩子——她连续哭了几天,没能把地板擦干净,我的婆婆就好像天塌下来了一样对她大喊大叫。我的婆婆,她做祷告的时候很虔诚,骂人的时候说话很难听。"

"就好像我对数学一样。"我大笑着说。

"不,不,先生。"她打断我说,"你是一个抽象的人,我都不知道怎么称呼你——你的名字。我可以称呼你'先生'吗?"

"我明白了。"我说,"我知道我是一个男人,一个男人。"我很肯定地说,想着苏珊娜、米雷耶还有我的朋友让-皮埃尔。"我当然是一个人,有一些毛病,你没发现我有时说不出话来吗?"

"是说不出来,"她又一次打断我,"因为你是一个很抽象的人,我们是不是以前就认识了——"

"是的,以前就认识——"我望着河水说。

"我成为你的门徒,你的信徒和你手上的拐杖,然后我们一起走到上帝面前。"

"那如果上帝不存在呢?"

她思考了一下说:"那就结婚,就像阿格斯提亚[①]和罗帕姆德拉,莎维德丽和萨谛梵那样,死亡的挑战也会变成解放。"

"你知道,现在还有时间。"我放声大笑。

"可能在下一世吧。"

"那么这一世呢?"

"一个修道士——和一个柔弱的女人。"

"女人想要什么呢?"她沉思良久。我又问:"是什么呢,亲爱的?"

"只有恐惧。"

"恐惧什么呢?"

"——这个身体,这具躯壳。"

[①] 阿格斯提亚(Agastya),印度吠陀时期的圣哲,泰米尔语的创立者。他和妻子罗帕姆德拉创作了《梨俱吠陀》中的部分颂歌。也有传说罗帕姆德拉原本是个王子,在与阿格斯提亚结婚后变成了妇女。

"所以呢？"

"这是个怪兽，它需要有人喂养。"她看着泰晤士河母亲，希望能找到答案。

"然后呢？"

"我跑——我逃跑。"她的眼睛抖动着，一定很痛苦。我跑过去调整枕头，她往后挪了挪，不让我碰到床和她的双手。

她感觉自己被疾病玷污了——死亡在触摸她，玷污她。前一天，她就因为我把她床头边的茶杯拿到浴室水槽而生气了。"不，不，"她大喊道，"婆罗门不能碰茶杯，尤其是我的茶杯。你想让我下地狱吗？"

"如果有地狱，我会和你一起去。"我说。今天想起来这事，我问她："你认为有天堂吗？"

"书上说，天堂是好人去的地方，也许我可以试着去那里。"

"你允许我和你一起去吗？印度国际航空可能会成为一条豪华的航线，有些航班会去遥远的非地理上的地区。除此之外，塔塔①经营它。也许你知道帕西②人、琐罗亚斯德教③信徒和天堂有着特殊的联系。你知道吗？"

"不要笑。"她有点生气了，没有再说什么，只是把枕头下的念珠拿起来诵经，我坐在一边思考着人类社会的荒唐。

正如现代物理学试图说明的那样，这些是偶然的，还是存在着某种准则？如果所有的一切都是杂乱无章的，那么混乱本身就是一种准则。怎么去摆脱这种内部矛盾呢？也许就像零解决了罗马数字

---

① 塔塔（Tata），当今印度的第一大财团，也是印度最古老的财团。
② 帕西（Parsis），生活在印度的琐罗亚斯德教教徒，大部分是波斯后裔。
③ 琐罗亚斯德教（Zoroastrianism），流行于古代波斯及中亚等地的宗教，中国史称祆教、拜火教。

的问题，达尔文和黑格尔两个人可能都是对的，但只是在他们的模式之下。人们找到的宇宙中毫无意义的点中的零点，准则和变化之外的零，那可能就是人类所说的上帝，一个没有逻辑的实体，在矛盾范围之外，自生自有，因此有了现在的样子，有了自我。存在是处于命和非命之间的，不存在也是这样的。这不就是为什么火葬堆拨杆、逻辑都要丢给阿耆尼①，是为了让真理发光吗？这就是结果，难道不是吗？为什么死亡也如此虚假，只是生物学上的逻辑，否认那些显然是真实的事情。贾娅拉克希米会死吗？她会吗？如果一个人试图去了解发生了什么，那会怎么样呢？死亡像是一个减号——一个计算符号。所以当你说西边或左边时，都是从一个明确的中心指出的一个方向。如果我把我的生命引向一个正整数，我的不存在就会变成一个负整数。所有的一切真会死亡吗？不，那些事物只是改变了形式，它们被转换了，本质没有变化。那么贾娅拉克希米是什么呢？一个基因公式，一个像拉马努金的公式一样来自女神的方程式吗？那么谁是女神呢？这个答案似乎在一步一步地消失。我们必须超越是和否，注意到两者的存在。上帝，人们能在哪里找到这样的答案呢？

是的，贾娅拉克希米不能死，也不会死。但是医生不能维持她的生命，即使他们可以。有一天，她体内的化学物质也会让她死亡。谁有答案呢？阎摩有答案。为什么不像纳奇柯塔斯②一样去阎摩的法庭等候呢？毕竟我是一个婆罗门。他会回答我吗？我能找到我的零吗？是的，也许我可以。"噢，噢，贾娅拉克希米，"我的内心几乎在哭喊，"把它给我，把它，它，它。"当我在椅子上睡着的时候电

---

① 阿耆尼（Agni），印度神话中的火神。
② 纳奇柯塔斯（Nachiketas），圣人邬达罗伽·阿伦尼的儿子，也是许多关于梵的灵魂本质寓言故事中的儿童主角。

话铃响起，我跑过去接，是拉贾·阿肖克打来的。他说英国海外航空公司的飞机晚点了，但不要担心，他会在下午六点之前回来。我继续等吗？是的，我会，我的确这么做了。

我坐在椅子上，注视着贾娅消瘦细长、下巴扁平的端庄的面孔。她的眉毛向内弯曲，似乎在探寻它们下面是什么。圆唇的拉杰普特人（或是加瓦尔人？）把玫瑰藏在心里，非常信仰圣歌。他们好像在说，所有事情都是好的，一切都安排得很完美。可为什么还要担心，告诉我？为什么？

21

突然间，好像陷入极度痛苦中，她醒了，眼泪在她的大眼睛里打转。"怎么了？"我站起来焦急地问。

"噢，你在这儿吗？"她问完又转回枕头上擦眼泪。

"发生了什么？刚刚发生了什么？"

"噢，没什么，我在做梦，做了个噩梦。我梦见自己飘浮在空中，不是在走路，而是乘着一种天上的马车，就像《罗摩衍那》里的一样。它就像是《罗摩衍那》里的马车一样，被鲜花包围着——荷花、万寿菊，还有黄色的菊花。马车飘过一个很美丽的国家，那里有很多鸟，还有天鹅，但不是一些被庙宇当作专供宗教游行用的那种长脖子的天鹅。当我们走远时，鹦鹉伴着马车唱起圣歌。它们好像是婆罗门，颈部长满了胡须，后来我才意识到它们是在颂唱《吠陀》。我小时候，在哈德瓦尔的恒河岸边——还有你们南方的拉玛那·马哈希①静修处的河岸上听过婆罗门诵经。这个国家是迷人

---

① 拉玛那·马哈希（Ramana Maharshi, 1879—1950），南印度最受尊敬的大师，彻悟本心的觉者。

的，有着姿态轻盈的竹子，经年的野生无花果树、珍稀的菩提树，阳光、乌木、檀香木。人们在红土地和黑土地上默默耕作，和印度南方很相像。我很开心，突然决定去拜访你。你猜我刚刚看到了什么？我看见了我丈夫，不是萨兰达，而是一个看上去更高大杰出的人，他不让我下去。"

"当然不让。"我大笑着说。

"我突然听到父亲大叫着，手臂向前伸出，一场激烈的战斗开始了，接下来的场面很可怕。不，不，我不能说出来。"

"贾娅，请你，请你告诉我，也许我们从在这里面可以找到一点意义。"

"什么意义？"她恼怒地说，"我看见宫殿里的长牙动物——莫蒂——用它大而有力的脚踩着一个人，并且很享受。马车好像停在树上——像是比罗树，大象下面是你。是的，就是你，你被莫蒂踩着。莫蒂越往下踩，你就变得越大。你的脖子上绕着一条蛇，在你后面是阎摩的小兵。我大喊：停下，停下。可你在笑着，你在大海里和浪花搏斗，随着海浪起伏。你准备去一座寺庙，那个寺庙被一支军队包围着——"

"突厥人，"我说，"就像在索姆纳特庙[①]时一样。"

"但他们没有胡须。不，他们看起来是白人和欧洲人。寺庙是大理石的，盘旋而上，伸向澄澈的天空。钟声响起，男孩们唱着《吠陀》——鹦鹉变成了一个淘气鬼。我走过寺庙一扇又一扇的房门，就像在拉姆斯瓦兰[②]时一样。这里非常美，还有一只属于寺庙的大象。池塘里有条鳄鱼，遍地都是花冠和烛台，钟声悦耳动听。枪声

[①] 索姆纳特庙（Somnath），印度教中供奉湿婆神的最神圣的十二座庙宇之一。伽色尼王朝的统治者马哈茂德在对索姆纳特的突击中，屠杀了所有五万居民。

[②] 拉姆斯瓦兰（Rameshwaram），印度南部靠海的城市。

突然响起，我立即冲进圣所。马车变成了一把椅子，像我们在医院里见到的轮椅一样，它跟着我越过了门槛。一个老人坐在里面，看起来很友好。但当我走到上帝面前，那里的却是娑密施伐罗。我看着他的时候，我又看到了你。你看起来像一位天神，却在嘲笑我。我很生气，拿起宝剑要去杀你——"

"真的——"

"是的，我想砍倒你。大象站在我后面，寺庙的屋顶升得很高。我们在战斗中互相搏杀，没有流血。我从后面的婆罗门身上拿起一个花冠勒住你的脖子，你又成了一张图片。我走到寺庙的下一个门口，他们在那里等着我——"

"谁？"

"为什么这么问？祭司，他们还带着圣座、镜子、香水和糖果。这时，侵略者进入寺庙，除了枪声什么都听不见。狮子在咆哮，我很害怕，于是从梦中惊醒。你，我的意思是你的偶像，被突厥人带走了——圣所是空的——那里开始下雨。是的，除了雨声和朗诵者微弱的声音，我什么也没听到。突然间，我看见了你，在我的脚下，我的枪指着你的胸膛，可你还是微笑着。'它伤到你了吗？'我问。'没有。'你说。然后，寺庙被冲到大海里去了，我们站在土堆上、深山里。你消失了，像一只鸟，像一只大鸟一样飞走了，留我一个人在荒野中。我号啕大哭，从梦里惊醒。嗯，这就是梦中那个故事。告诉我它意味着什么，聪明睿智的婆罗门？"

"这很简单，"沉思了一会儿后，我说，"这非常简单，你需要我。你会成为主妇，成为迦梨——那只老虎、狮子象征着她——你会成为女皇、女神，统治着这个世界。就像《杜尔迦颂歌》①中歌颂的一样——

崇拜你的那个人，他用什么恐吓敌人？拜倒在你脚下的神，踩着野兽和绞索，抛弃人狮的外形，鬃毛高耸，直达须弥山顶，利爪伸出撕开黑冉亚卡西普②(的胸膛)。现在崇拜狮子，大象的仇敌。

"她就是整个世界，她会杀了所有优秀的人，让大地在她的照耀下闪闪发光。湿婆是一个骗子，他躺在她的脚下，但他的声音却从山顶传来，俺让世界上所有的一切快速旋转。湿婆说没有战争。他为什么这么说呢？因为他就是战争本身？所以，即使在她的刀剑恐吓下，他——主，试图去杀死别人，但又被别人杀害。他的笑声是他不可征服的自由，利剑是获取自由的工具——但是他，湿婆是自由的。耶稣的十字架，是一个没有痛苦、没有死亡的十字架。让罗马人和犹太人——马加比家族③感到震惊的是——他，耶稣，复活了。这意味着他从来没有死去，他为了你和死亡玩游戏。"

"为了我？"

"是的，仅仅是为了你。因为死亡是属于全世界的。"

"世界是什么？"

---

① 《杜尔迦颂歌》(*Mahisamardinistora*)，赞颂女神杜尔迦杀死牛魔摩西娑苏罗的诗歌。

② 黑冉亚卡西普(Hiranyakashipu)，黑冉亚卡西普和黑冉亚克沙是两兄弟，是强大而残暴的魔王。黑冉亚卡西普被毗湿奴的化身人狮那罗辛哈杀死，黑冉亚克沙被毗湿奴的化身雄猪瓦如阿哈杀死。

③ 马加比家族(Maccabees)，公元前一世纪统治巴勒斯坦的犹太祭司家族。

"是她。"

"那死亡又是什么？"

"她试图成为他——当她的剑和长矛想杀了那个杀人者时——杀戮杀死了杀戮……。"

"留下来的又是什么呢？"

"爱。"我一边说一边把手伸向她。和那张医院的白色床单相比，我的皮肤显得很黑，伤痕累累的手指看上去就像爪子一样。她很温柔，手指像花瓣一样美丽。我的黑皮肤是醒目的，她的美丽是柔弱的。我把手覆在她手上，她开始哭泣。

"为什么？为什么？"我问她。

"什么时候杀人者会被杀？"

"当杀人者准备好的时候。"我回答。她听到这话平静了一会儿，喝了杯水，微微一笑。现在她看起来很好。

"湿婆一定要继续他的冥想。"我说。她明白了。

"你应该给我建一座庙，"我说，"像索姆纳特那么大。海洋，也就是这个世界，有它的围墙。"

"它很美，是吗？"

"是的，可我更喜欢荒野，喜马拉雅的荒野。我的腰上围着老虎皮，蛇在我的头上，毒药就像珠宝一样挂在我的喉咙上，我将变成一个不可征服的人。突厥人总是在门口虎视眈眈。大腹便便的婆罗门将继续唱颂圣歌，他们的吠陀颂歌，他们的腰带发出金币的叮当声。寺庙里已经没有了主，他从塔尖溜回喜马拉雅的家里了。"

"留下我一个人？"

"不，我怎么可以呢？她毕竟是喜马拉雅山的女儿——喜马瓦蒂①。不,她仍旧是完美无瑕的。"

"那么谁是失败者呢?"

"婆罗门。他们将被屠杀——因为他们说空话。当耶稣成为银行家,他们就会被赶出寺庙。"

"还剩下什么呢?"

"我,我——"我说。

"和我。喜马瓦蒂在哪里?"

"这个'我'——不可分割。"

"你确定?"

"是的。"

"好吧,那我回去睡觉了。"

"好的,距你父亲到这里还剩三个小时。"

"突厥人怎么办?"

"他们去机场。"

她笑了,"英国海外航空公司的第一个航班。"

"是的,英国海外航空公司怎么会和一辆装满鲜花的马车作对呢?"

"没错,接下来你带我去哪儿呢?"

"哪儿都不去?可能去巴黎。"

"为什么是巴黎?"

"因为,因为这个城市是一种纯粹的观念。"我好像在使用数学术语说话,"巴黎是一个追求智慧的地方,婆罗门已经彻底死去了。"

"他们去哪里了?"

---

① 喜马瓦蒂(Haimavati),雪山神女帕尔瓦蒂的另一个名字,是喜马拉雅山山神的女儿。

"为了火葬费,他们去了火葬场。"

"他们会怎样呢?"

"他们打嗝通奸,死后会下地狱。"

"哦,哦,先生,不要说得那么严重。"

"我没有说得很严重,真相就是这样。"

"真的吗?"

"是的。整个世界就是爱。杀人者会因为他之前杀过人而被杀。但是杀戮不能被杀死,杀戮就是杀戮,杀戮只是杀戮,等等,你永远可以这么说。这是一个单纯的重复——虚无。虚无,是它的名字——"

"为了什么?"

"真理。"我回答。她闭眼休息,似乎已经睡着了。可并没有,她突然坐起来问我:

"告诉我,这个梦为什么这样?我怎么会做这种梦?"

"贾娅,荣格是瑞士伟大的精神分析学家,专门研究人类的无意识。在拉杰普特人的无意识中,他们是贾特人吗?"我微笑着,"是的,拉杰普特人的无意识里深藏着对索姆纳特的回忆。冥冥之中,每个悲剧好像都隐含着对索姆纳特的回忆。"

"所以说?"

"直到哈钦森博士给你这个论断,你听见圣歌——大象在你后面——这里的大象是迦尼萨,扫除障碍之神。"

"哦,是吗?"

"为什么黄金和珍贵的宝石,连索姆纳特的石板都被带回了加兹尼①给唯一的真主安拉的祈祷大厅铺路——湿婆留下一张纸条,很早

---

① 加兹尼(Ghazni),阿富汗东部的一个城市。

以前就从这座庙里消失了。婆罗门空洞的谈话让他感觉很疲惫,他在喜马拉雅山上度假。就像他们说的那样,当奥朗则布①想毁坏贝拿勒斯的维斯瓦纳特的肖像时,大神消失在了若那·贡德,知识的源泉那里。"

"现在湿婆在哪里呢?"

"知识在哪儿,他就在哪儿,他总是居住在知识的源泉里。"

"因此?"

"因此,他在巴黎,"我笑着说,"早在拿破仑时期,在巴黎就开始讲授梵语。"

"真的吗?"

"愚蠢的希特勒认为,他可以征服巴黎。你站在荣军院②前,看不到德国侵略者,也看不到伟大的拿破仑。"

"谁能看到拿破仑呢?"

"戴高乐。"我马上说,"古时候在婆罗门家里,阿耆尼总是不停地燃烧着,在凯旋门前,火焰也一直燃烧着,似乎永远都会这样。"

"这说明什么呢?"

"不是死亡。"

"那是什么?"

"真理。"我回答说,"好像这是一个征兆,我厌倦了数学,我想知道数字的意思。也就是说,我想知道:知识的知识,学问的学问。贾娅拉克希米躺在那儿,好像我们在和死亡做斗争。阎摩的小兵有套索,莎维德丽只有双手,她紧紧抓着萨谛梵,真理,或真理的上

---

① 奥朗则布(Aurangzeb,1618—1707),印度莫卧儿帝国的第六任君主,是沙·贾汗的第三子。

② 荣军院,全称"荣誉军人院"(L'hotel des Invalides),位于法国巴黎第七区,由法国路易十四建于1670年,原来安置伤残军人,现在是法兰西军事博物馆,拿破仑·波拿巴的陵墓于1861年搬到荣军院教堂下面,这里还有一些拿破仑的亲属和其他将军的陵墓。

帝。死亡不得不屈服，套索在虚空中有什么用呢？即使是在伦敦的大雾中，雷达也能把英国海外航空公司的飞机带到准确的航路上。印度的碑文写着：'唯有真理得胜'①，真理总是孤军奋战，我希望尼赫鲁能知道这个道理。孤军奋战的印度可能会成为婆罗多人的土地。婆罗门不能建立一个永久的帝国。只有圣人才可以，如果他愿意的话。尼赫鲁也许可以，如果他敢——"

"敢什么？"

"成为一个信徒——"

汤普森女士进来说午安，她要休假半天回家。

"明天见，公主？"

"谢谢你为我做的一切，汤普森女士。"

"请叫我格洛丽亚。"她微笑着说。

"下午好，格洛丽亚。"贾娅一边说一边从床上坐起。我把枕头拉过来。她的手触摸着我的手，摸了很长时间。"我希望你能做这个手术，"她说，"我知道不会很痛。"

"没有哪个婆罗门的手是灵巧的，"我笑着说，"只有刹帝利可以动手，打败他巢穴里的敌人。"

"哈钦森医生看上去像是一个真正的刹帝利，他可以给你动手术让你康复。"

"维韦卡南达②博士说过：'英国人才是真正的刹帝利。'"

"那印度人呢？"

"索姆纳特被掠夺时唱着颂歌的婆罗门，现在的印度人，正如甘

---

① 唯有真理得胜（Satyameya jayate），印度孔雀王朝阿育王石柱顶端刻的一句梵文格言。
② 维韦卡南达（Swami Vivekananda，1863—1902），也称辨喜，印度哲学家，印度教改革家。

地说的：'变得暴力一点都比变成胆小鬼好，非暴力政策是至高勇气的一种标志。'"

"所以哈钦森医生是一个非暴力者。"她说完又躺回枕头上休息。外面船只的嘎嘎声搅动着河水，夜色渐渐地笼罩了伦敦。英国海外航空公司的飞机现在一定已经着陆了。父亲一来，贾娅就会感觉被保护。死亡就会急忙逃进抽水马桶，如果你出现了它就会消失。伦敦给人一种很坚固的感觉，连希特勒也因为他鲁莽的冒险向盎格鲁-撒克逊民族道歉。孔夫子曾经说过，人不能失德。大不列颠的稳定性看上去几乎是本体论的，因此哈钦森医生可以做这个手术挽救生命。

22

贾娅拉克希米好像靠在枕头上睡着了，我回想着一些冒失的言行——她的过去，我的将来——她躺在那看上去很乖巧。睡眠总会给人这样的印象，至少对旁观者是这样的。贾娅拉克希米看上去如此真实，可望而不可即，正直、率真、乖巧，如果你能明白我的意思。不管是仰卧着、在酣睡中，还是倚靠在椅子上、墙上，我们好像都是用自己的方式存在，用某种方式往前走，而不是像火焰一样越往上越弱。因此我们的祖先用这么美妙的诗句来赞美阿耆尼：

> 愿话语的珍宝向享有盛名的阿耆尼（神）致敬，
> 这样它（也许）会到达坚实的地面。
> 永生不灭者，阿耆尼，在调解众神。
> 长久以来，他无往不利。

这对我来说是真实地在向上运动——而不是平行地在地面走，不是飞行。它好像将要成为一束光，不是一个实体转化的移动中心，而是一个存在的移动中心——在那个自衰的发光体里没有人，没有男人，没有女人。所有的一切都融合成了一个点，这个实体就是那个点，这个点就在这里；有人可能会说，这就是我，是我。事实上，那就是我第一次遇见贾娅拉克希米的时候——不，是第二次。第一次是在吉登伯勒姆的庙里，当时我只有八九岁。母亲已经去世，父亲带着我去观光，其实就是在寺庙里从一扇门又到另一扇门的朝圣之旅，高亢的、轻柔的、循环的、吟唱吠陀的声音在我的耳朵里回响。父亲是一个重要的政府官员，婆罗门都跟着他，带着鲜花和樟脑，用银盘装好的椰子和图拉西①——我每走一步都感觉很奇怪。因为庙里的石头像在慢慢变小，黑色的墙变成了白色，就好像在戏剧里。我抓着父亲的披肩，来到至圣所，里面散发出变质的油、腐烂的鲜花、燃烧的樟脑的味道。当我打量着这空旷的地方时，祭司说："先生，你在神的房间里。"我好像已经失去了意识，正如吠陀圣人所说，我成了一束光。当醒来时我只能感觉到洒在身上的圣水，父亲说："儿子，醒醒，醒醒。"我觉得他看到我仰卧在圣地的"礼拜堂"里会很尴尬，但是神对我似乎很友善慷慨——我感到被关爱，就像坐在鲜花轿子里，被带得很远很远。那里没有大地，没有星星，没有树木，荒无人烟，只有一束微弱的光。光好像不是从外面照进来的，而是从我身上发出的，就好像大象用象鼻给后背浇水——是的，光好像水一样。它们从这里通过游戏、能量和苦行，还有天空或大地的热量升腾起来——一种物质看上去像是许多物质，就好像我醒来之后每个人都是同一种物质，只是每个人之间有所不同。身

---

① 图拉西（tulasi），一种植物，在印度教传说中与毗湿奴神及其化身有关。

为公务员的婆罗门、和我们一起的厨子、父亲，还有寺庙人员恭敬地站在我们后面——整个世界除了我没有别人（但我是谁？）——它确实是我的。当我第一次遇见贾娅拉克希米时是在喧闹的公园街，大理石的楼梯间里有重要人物的小型画像，在我的房间里，还有一块很厚的沐浴板，上面雕刻着五颜六色的莲花。外面的走廊里还有偷来的或被丢掉的寺庙里的青铜器——墙上并排放着——十三、十四世纪的青铜器——这些组成了整个四楼阳台的风景。远处，恒河母亲宣扬着她的宽宏大量，近处的房子里躺着一些冷酷的城市先锋，有苏格兰人、马尔瓦尔人，还有犹太人——这个世界好像不是走向快乐或悲伤，而是充满混乱。贾娅拉克希米走进楼下的客厅，女仆端了一个盒子进来，把它放在一边。她问了我很多问题——大致是，先生，生命的意义是什么，悲伤有意义吗。这就是为什么我想见你，因为我侄子拉梅什在信中和我谈到过你，他说我应该和你讨论这类问题。但是，先生，是谁在这个粗俗忙碌的城市回答这么费解的问题？我回答她："这个答案对谁都不是未知的，因为它就是这样，我们都不会有疑问。"她感到很震惊，沉默不语，后来我才意识到，我也开始默不作声。过了一会儿她说了句："你是对的，但问题还是存在。为什么总是有问题？"——我对她说："贾娅拉克希米·戴维，这个问题是什么，这个原始的问题。"经过长时间的深思之后，她简单地说："为什么玫瑰会枯萎？"我说："这个问题好像不应该是为什么玫瑰会枯萎，而是'枯萎是什么'？"她说："我想是因为旺盛的生命衰弱了，年轻的生命衰老了。"——"这就是佛陀问的问题：'如果那个人变老了，我也会变老吗？'他找到了这个答案。有点像物理学的知识，他们称之为热力学的第二定律[①]"——"我没这么博学。"她笑着说。——"但是所有的问题最终都只是一个问题。为什么这里只有一个问题，唯一的一个问题。"——她回答："是的，这是真的。"——"所以回到这个问题：'为什么玫瑰会枯萎？'你一定会问枯萎是什么。这个答案很简单：某一个分子混合物在特定条件下以特定的方式形成，接着他们改变模式，有人说这个世界在扩大，而有人证明它在缩小。因为，改变是一种独特的自然定律，模式、形状在客观世界里改变，因此产生了时间。所以如果你带走时间元素，变化的另一个名字，留下的就是问题：我们都会被打败，就好像和一面墙或者某个平面的东西做斗争，也许是阳光。就如佛教徒所说：'事情的到来、出现和消失，绝对不会留下什么。'每时每刻，玫瑰还是玫瑰，花苞或者凋谢的花瓣都是玫瑰——"

"最后还是将它扔到河里，或后面花园的泥淖里？"

"总的来说，就是分子元素构成不同形式。那里从来都没有一朵玫瑰，也不再有玫瑰。可玫瑰始终还是玫瑰，无论怎么变化——都是独特的，如果你能明白我的意思。从玫瑰那里带走时间，就是从我这里带走时间，玫瑰还是那朵玫瑰，那朵玫瑰，那朵玫瑰——"

"那玫瑰是什么呢？"

"玫瑰，"我笑了起来，"分子组成的一个事物之后——佛教徒会说：不是那朵玫瑰有颜色，玫瑰本身就是一种颜色。颜色背后是一个纯粹的未知。"

"这个未知是什么呢？"萨兰达突然从侧门走进来。他去了办公室——穿着西装，一套很适合他壮硕的胸部、胖乎乎的四肢和笨拙

[①] 热力学的第二定律：热力学基本定律之一，又称"熵增定律"，其表述为：不可能把热从低温物体传到高温物体而不产生其他影响。

步态的西装。他看上去是一个非常好的男人，大部分时间都陪着贾娅拉克希米，仅此而已。事实上，他会和任何一个他父母选择的人结婚。他们马尔瓦尔①人称自己为卡特里人②（家族里有七代人都和英国人做生意，爱德华二世颁布了王公世袭制之后，他们现在称自己为刹帝利人，一侧佩戴着声称是从贝拿勒斯第一代国王汉姆萨拉吉那传承下来的宝剑，在客厅里伪造自己的血统。）——萨兰达是个十足的商人，又有着刹帝利的修养。他非常照顾贾娅拉克希米，但他们没有小孩——这是因为，她一直拒绝自己在婚姻里的角色——他则把全部感情都投入到生意上。毕竟，他也在用这种方式帮助她父亲。

"这是拉梅什的朋友，希瓦拉姆·萨斯特里博士。"她把我介绍给她的丈夫，我们做了自我介绍。

"再见，亲爱的。"他用英文说，"我回来吃午饭，很高兴你有一些有趣的朋友一起聊天。另外，我听到，"他从门口又回来说，"我听到你在统计研究所——一个很不错的地方。我在德国和美国时，他们都对你们研究所给予很高的评价，说它是世界上最好的地方。"

"先生，实际上没什么是最好的。"我回答说，"对某个人来说是好的，但对其他人来说未必是好的。美国人擅长电脑，俄罗斯优秀的数学家却从事工业。我们，我们研究数字。我们很爱数字，以至于忘了它们代表着什么。"

"和我父亲聊这些吧，"他说完又重复一遍，"再见，亲爱的。再见，希瓦拉姆·萨斯特里博士，希望我们还会再见。"

贾娅拉克希米似乎没听到她丈夫在说什么，还想着玫瑰的问题。

---

① 马尔瓦尔（Marwaris），印度拉贾斯坦邦马尔瓦尔地区的居民。
② 卡特里人（Khatri），来自北印度次大陆的种姓，主要来自旁遮普地区。

"后来呢，先生，是改变吗？"

"改变只是时间的问题，可谁能看得见呢？改变能看见改变？不，它不能。只有稳定的事物可以看见不稳定的事物，哪怕只是稳定了百万分之一秒。所以变化创造了玫瑰并使玫瑰枯萎，总有什么留下。如果时间依旧停在玫瑰后面，那么它一定也会在我后面。这个问题现在可以不依附任何物体存在。如果改变需要客体，那么时间就是改变的背景？"

"是的，我同意。"

"那么，当这里既没有玫瑰也没有我时，也就没有时间了。"

"我同意。"

"所以，我们可以在没有时间的情况下履行义务，这意味着客观性没有物体，也没有非客观性，这就是零。一个同事告诉我，马拉雅拉姆语①中称为'pujya，崇拜者'。恶魔弗栗多②是一个盗窃者、狩猎者，他把云牛关在地窖。但是雷电神因陀罗解救了他们。'光'在梵语里是'dhi，ka'。"说完这些，我们开心地坐着，好像沉浸在成长的喜悦中。城市的噪音似乎很遥远，很特别，我们和一些看上去都很简单、真实、类似死亡却发光的事物关系很亲密。这就像睡觉一样？

后来我去了瓦森特·玛哈尔很多次，有时周末我被邀一起过去。我们开车去加齐布尔③，去他们古老乡间住所骑马。贾娅的丈夫很高兴，这里终于有一个婆罗门，一个现代学者，可以回答妻子的所有问题，这让他很开心。他每个假期都邀请我来，包括家庭节日。我很喜欢待在乡间，我从来没有遇到过这样一个思想敏锐、多疑的女

---

① 马拉雅拉姆语（malayalam），印度西南部语言，与泰米尔语有紧密联系。
② 弗栗多（Vritra），早期吠陀神话中阿修罗族的巨蛇那伽。
③ 加齐布尔（Ghazipur），印度新德里附近的一个地区。

人。我开始喜欢在这里的散步、骑马，喜欢贾娅拉克希米早上洗完澡后披着湿漉漉的头发和她的老师——著名的阿罗丁·可汗①坐在一起演唱阿拉普②的时刻。我的每周拜访变得顺理成章，每到周五晚上，他们的车都会到研究所等我，然后直接开到加齐布尔。我们的哲学探讨涉及面很广，从罗素谈到商羯罗。我们经常去桑克斯买书，贾娅拉克希米比我初次见到她的时候看起来开心多了。这使我不禁想问，我是否也有什么改变呢？我似乎没有变化，依然驼背、讲话困难、依然笨拙地面对这个世界。过去的我是这样，现在的我还是这样。从我脸上看不出任何不同，只有一种不知从何而来的空虚感。你是谁？我是谁？玫瑰是什么？贾娅拉克希米又是什么？

23

那很有风水学特色的曼荼罗，宇宙几何学的缩影，用于献祭提毗的祭台，这些孟加拉的风景似乎是世界上最具阴柔气质的景致。就好像恒河与雅鲁藏布江之间最深的渴望——这两条河几乎从同一个源头就开始分道扬镳，一条向南，一条向东。按照传统说法，雅鲁藏布江是一条雄性之河，恒河则携带了女神的怜悯之情——它们在奔涌的过程中汇集了喜马拉雅山特有的麝香和种子。在奔向他们未来的神圣会面中，他围绕着卡马沙③，她在哈里④的脚下翻腾——他们向前奔流、交融、汇合，富饶丰硕，分出无数条小溪流，给男人和女人凫水的河道、种植水稻的良田和成片的椰林来饲养他们的

---

① 阿罗丁·可汗（Allauddin Khan, 1862—1972），印度著名的演奏家、作曲家，20世纪印度古典音乐大师。
② 阿拉普（alap），印度传统乐曲调中没有节奏伴随的引子部分。
③ 卡马沙（Kamaksha），印度密宗的女神，在喜马拉雅山上修行。
④ 哈里（Hari），毗湿奴的一个名字。

牲畜，回馈给喜马拉雅的女儿。提毗本人，他变成她，这是他们能做到的最好的——为了这个世界的光辉壮丽，为了他们女人的美丽，人们将山羊血倾倒在迦梨女神身上。你对人性的探索走得越远越深，你就会发现没有哪个地方像孟加拉这样具有阴柔气质。每个女人都有一点神性气息，长着乌溜溜的大眼睛，皮肤像用丝绸和香蕉纤维洗过一样，纤长的眉毛像从孔雀身上取下的羽毛，丰满的胸部、薄薄的红唇索求着与那健壮的爱人、那身着虎皮的主的结合。因此，包尔①歌谣的美妙，神秘的痛苦和人类不正当的需求都变得极其神圣。轻快的调子，不断循环的很像托斯卡纳语②的孟加拉语，诞生于他们起伏延绵"珊瑚般"浓艳的嘴唇的山脉，诉说着一种像圣歌一样、歌颂人类幸福情感的语言——因此，孟加拉的悲伤，那里的根本就是远离人类，所以他们建了一些神殿供奉他们的母神、大地之神、河流之神。向这些神灵供奉具③，唱诵秘传的、深奥的、具有象征意义的音节的颂歌，制造一个介于现实世界和虚无世界之间的中间世界。那个以太的，很值得敬佩，远离了人类和众神的世界。正因如此，孟加拉的残酷就在于，不能让人性与神性同时存在，一个人滑向了柏柏里④。每一个婆罗门，必须忘记自己的人性，忘记自己的家庭。因此，室利·罗摩克里希那⑤想要提毗成为他的梵，这造就了圣徒。圣人追求着他自身的完美、上帝的爱人和圣徒。用河流、女神、光彩和魅力赦免世上的罪人，寻找着独一无二的一。这个到过米沙鄢⑥群岛的智者，这些就是他全部的家当。他无处安身，一无

---

① 包尔（Baul），孟加拉人对自己的歌谣的称呼。
② 托斯卡纳语（Tuscan），意大利的主要语言。
③ 具（yantra），印度教和佛教坐禅时所用的线性图案。
④ 柏柏里（Barbary），埃及和大西洋之间的北非伊斯兰地区。
⑤ 室利·罗摩克里希那（Sri Ramakrishna，1836—1886），印度著名的宗教改革家，被称为"现代瑜伽之父"。
⑥ 米沙鄢（Visayas），菲律宾中部的一个群岛。

所有。为了得到，你必须先失去。南部保留着它的智慧理性之剑和它红宝石般的光芒，要变得明智，必须身处下方而后超越一切，没有什么是它，一切都是它。伴随着像是竹子破土而出的旋律，月光照耀着孟加拉。太阳在孟加拉南部上空跳动，刺穿它，烘烤它，产生了印度的种姓制度和传统习俗，接受了现实、宇宙规则和法律，超脱世俗（接受就是光明）。这些想要改天换地的孟加拉革命派，就像那些从容的、死亡的——懦弱的纳萨尔派女孩——和想让世界变成这样的南方圣人。因为世界并不是这样，伟大的圣人摩挲着他的头笑着说，"不管你把狗尾巴拉得多直，它能永远都直吗？你一把手放开，狗尾巴立刻卷曲起来恢复原样——这个世界也是如此。"当然，你也可以把这恶狗的尾巴剪了——革命党人就这么做的。恶狗最多只能摇摇它的断尾，像别的狗一样对它不自然的躯体有优越感。但在商羯罗、拉马努金、摩陀婆①的南方，圣人也接受了宇宙规则、思维的宇宙转变，通过真实的知识，超越国界，照耀四方。

  智慧是人类天然的本性。你可以像个圣人一样死去，被抬进一顶轿子里，埋入盐中，你的三昧②会在分娩和婚礼时被尊崇。当一个人是圣人时，他会永生，因为圣人不会真正死去，很久以前，死亡就已经被真理打败了，你是自由的。你去向神灵、圣人寻求帮助，但智慧来到你身边。它乘坐飞机、火车、巴士甚至马车，终究会找到你。然而，像苦行僧一样，你踏上朝圣之旅，从南方到喜马拉雅山，从贝拿勒斯到海边，寻找着自己圣徒的身份。你找到上帝，但真理却呼唤你，就是你。它说：你，你，你，意味着"我"。我能去

---

  ① 摩陀婆（Madhva），13世纪印度古代吠檀多派哲学家，印度教毗湿奴派一分支摩陀派的创始人。

  ② 三昧（Samadhi），印度教、佛教用语。梵文Samadhi的音译。一译"三摩地"，意译为"定""等待"等。

哪儿呢？又有什么会来到我身边？

你走了很远，走到了上帝那里，只是为了变回"我"。

在我和贾娅拉克希米沿着尘土飞扬的小路和水渠散步的时候，我们有过很多次这样的谈话。我们感受着大地的富饶，聆听着农民和船夫的歌谣，穿过桎果树或菩提树下的小教堂，去给朴素的女神献祭，女神戴着大大的鼻环和黑色手镯，胸部高耸、眼睛炯炯有神。她手持宝剑，身首异处的怪兽倒在她戴着脚镯的脚边。对贾娅拉克希米来说，这才是原本的世界。喜马拉雅人和孟加拉人继承了同样的，有点像蒙古人的观点：这世界为男人而生，为延续他们的血统而生，为了朝廷贵族的等级制度而生，所以对天堂大概的印象来自于满族的皇帝和长城。但在孟加拉，湿婆带着战鼓、涂着骨灰，喉咙含毒，把毒蛇当作花环，在火葬场跳起毁灭世界的舞蹈的形象可能来自南方的德拉威人[①]：

三叉戟、斧头、套索和权杖，在他手中紧握，
他那黑色的身躯，
位列众神之首、金刚不坏、永世不朽，
可敬的强大的主啊，
非常热爱跳舞。

女神祈求他留下一些东西——于是诞生了孟加拉，一个梵天的、男人们都奔向大海的世界。大眼睛、胸部高耸的女神，在高丽[②]和象头神的节日，和她伟大的儿子迦尼萨一起被祭拜了十日，之后她

[①] 德拉威人（dravidic），印度的原住民。
[②] 高丽（Gauri），印度教女神，她有很多化身，包括杜尔迦、帕尔瓦蒂、迦梨等。

沉浸在音乐、金盏花和颂歌之中，沉浸在潮起潮落、日升月落的海洋中。

24

孟加拉与加瓦尔相比，距离中国从来都不远。毛泽东建立了他的新政权，不管他的意识形态有多少是外国的，那始终是中国的，是地球上唯一的人文主义的天堂。孟加拉依旧是唯一模棱两可的地方。要么你寻求像甘地一样的真理或是像毛泽东—马克思主义一样的真理，它在地球上创造出人类帝国。约伯的梦想会实现，佛的涅槃也会变成极乐世界：

> 极乐世界、难陀①散发出许多香味，那里有各种各样的鲜花和水果，还有用宝石装饰的树木，上面常常有各种小鸟的甜美叫声，都是如来佛②的法力变出来的。
>
> 再进一步说，在佛的领域里，无穷就像恒河的沙子一样，佛和众神的无穷就像河流的沙子一样。恒河赞美阿弥陀佛的名字，如来，赞美他，宣扬他的盛名，颂扬他的美德。

以色列人也这样。

政治家由此揭示了甘地的真理和尼赫鲁的社会主义者的梦想，你不能两者都拥有。要么你接受这个世界，建立一个人类帝国，接

---

① 难陀（Nanda），佛陀的同父异母兄弟，后被佛陀度化出家。
② 如来佛（Tathagata），音译"多陀阿伽陀"，佛的十大称号之一。

受死亡。因此,有了金字塔或图坦卡蒙①的陵墓。要么你超越这个世界和死亡本身,找到了商羯罗的"我是湿婆,我是绝对"的真理。

被困于这种模棱两可上——米拉的模棱两可——贾娅拉克希米将向前走一步向后退半步,我被这种独一无二的美所吸引,并害怕它的不人道。你接受女神是因为你不能接受上帝,或者,说实话,接受克里希那是坎哈亚,对梵天充满恐惧。这就是吠陀预言家的困境,阇那迦②和耶若婆佉③对此进行了阐述。要知道,毗提诃④离米德纳布尔⑤只有两百英里⑥,但他们属于两个不同的思想派别。要么你接受逻辑,超越人类,要么保持宗教信仰。即便如此,上帝,都是人类典型的形象。泰戈尔或商羯罗是一个问题,没有到那儿去的中途客栈。但我们生活在尼赫鲁的"小客栈"里,处处都能看到希望和失望。革命者漫步在孟加拉乡村,像是祭司在印度休息,他们也会用某种方式在某些地方为了某些事情杀生。但他们会建立他们理想中的世界,不需要忍受加尔各答、苏格兰和马尔瓦尔的商行,还有美国和白人世界的国际强盗行为。毛泽东给人类带来了和平,而尼赫鲁,根据这些孟加拉男女的说法,他仍然是英国花花公子,他们称他为"沙皇皇后""皇储"。在他们的"西伯利亚地区"(喜马拉雅山的周边),他们与尼赫鲁断绝了关系。他们会做一个他的图腾,像那伽人⑦那样,用斧头和蘸了毒药的长矛杀他。中国人等着帮助他们——在"我们准备好了"的时候到来。

---

① 图坦卡蒙(Tutankhamun,公元前1341—公元前1323),古埃及新王国时期第十八王朝的法老。九岁君临天下,十八岁暴卒。
② 阇那迦(Janaka,生卒年不可考),印度圣人。
③ 耶若婆佉(Yajnavalkya),古印度唯心主义哲学家。
④ 毗提诃(Videha),古印度王国。
⑤ 米德纳布尔(Midnapore),印度西孟加拉邦南部城市。
⑥ 1英里约等于1.6千米。
⑦ 那伽人(Naga),定居在印度南部的那伽兰邦人。

在加齐布尔那些冬天的下午,在黄色的芥菜地中,在孔雀绝望的哭声中,我们不知道,也确实没有想象过,一场更加直接的战争即将到来:我是婆罗门而贾娅拉克希米是刹帝利,她会杀了我吗?还是我会征服她?她的心灵和思想都很强大,我的则很脆弱,几乎是透明的。

"我想让你杀了我。"她说。

"什么?"我疑惑地问。

"是的,"她回答,"真理一定会征服世界,但世界征服不了真理。我的意思是,我登上了你的火葬堆,你不能跟随我,成为我的侍臣。"

我有点生气地说,"贾娅拉克希米,你在说什么?"

"意识,"她回答,"只是意识,可能数学家不会这么理解——"

"除非娜玛卡女神帮助——"

"是的,但是湿婆一定在那里——在他跳完舞后,不要忘了,是在火葬场。你会吗,婆罗门先生?"她半开玩笑地问,"你会在我的柴堆周围跳舞吗?"

"胡说什么!"我哭了。我们在信德河边走着,河水因西北季风的到来很浑浊。远处是信德的宫殿,准男爵的家。萨兰达的父亲被称为吉里贾·桑卡尔·拉纳·普拉塔普·辛哈阁下,信德的王公,这头衔源于传了三四代的太阳和孔雀勋章。太阳代表着真理,孔雀(吉祥天女的坐骑)代表财富,上面用英文刻着:智慧是富有。这句话用金色的笔写在大门下边,大到能让大象在上面行走。太阳掩映在椰子树后,船夫在岸边的阿拉伯相思树下慢慢地四处寻找休憩地。一个穿着制服的门卫从信德的宫殿向我们走来,手里拿着长木棍,恭敬地说:"萨哈巴王妃,这个时间在这里散步不安全。就像谚语说的：恶魔会在夜晚潜伏跟踪。"

"傍晚是老虎选择的时间，就好像黎明是婆罗门选择的时间。"他又说了这个国家的另一句谚语。我们停留了一会儿，日落散发着微弱的光芒，看上去很壮丽，笼罩着低矮的小山，就好像是喜马拉雅山的伟大子孙。地球好像自己在上升和降落，收集所有的财富带到她阴间的世界。乌鸦很快回到它们的巢里，而鹦鹉还在喋喋不休。蛇赶紧出去找青蛙，蚊子已经开始在我们耳边嗡嗡叫，经常咬我们的脸和脚。远处，像平常一样，清真寺发出它每天的呼唤——对神的呼唤。在凯达尔提毗的寺庙里，这个铃是为崇拜樟树响起的。随着一切归于寂静，颂歌飘荡在河流上，温和地流向广阔的海洋。门卫（他说，他叫帕苏拉姆）像树一样静静地站在后面，我们决定回家。帕苏拉姆跟在后面，和我们保持着距离。贾娅拉克希米已经做好了迎接即将到来的黑夜的准备，用纱丽边盖着头，她知道女人要保护好自己免受黑夜掠夺者的伤害。我，她身边的男人，还有帕苏拉姆，陪着贾娅一起走着，我们的形象也变得高大起来。豺狼开始嚎叫，现在能听到的只有马蹄在地面上的嘚嘚声，远处，也许是火车引擎的笛声。信德宫殿里灯火通明（他们有一个自己的发电机），我们一进大门就听见寺庙的音乐开始响起。莎维德丽就在站台附近，期待着我们的到来。家人在等待着贾娅的归来，那样就可以开始做礼拜了，门卫朝我们举枪致敬。当我回到楼上的房间看书时，我听见女神庙里在举行礼拜。我没必要去祭拜——祭拜什么？对我而言只有湿婆是真实的，只要有了他，什么都可以解决。我带了《如意宝珠颂》，拿出圣歌《庙宇礼拜》，我开始唱给自己听——

对自身发光的人而言，你会点燃什么樟脑？

对内外都完整的人而言，你会为谁屈服？

黄昏时分好像很适合自言自语，当地球母亲倒下了，你就会陷入自己的存在里。现在可以听见你心跳之间的鼓声，眼睛张开，像火一样燃烧着。

25

她十四岁之前很爱玩（像一个山猴子，或哈奴曼，她自己这么说），突然间她的肺"像南瓜一样发出吱吱声"，德里的医师和贝拿勒斯的祭司都不能真正帮助她。因此，战争结束后，她的父亲采纳亨德森上校（台拉登①的军医）的建议送她去瑞士，但她没有去那里的疗养院——因为后来发现她的肺还没那么糟糕——她被一所国际女子大学录取（它有一个奇特的名字"雷斯-伊斯伯利斯"），她在那里学了一些法语。沿着那条开阔明亮的山谷向前走很远，她看到冬日飘雪的山峰时感觉就好像在家里一样，但这里毕竟不是家。她想象着自己站在松树林中，身旁是白色的奔流着的被称作阿拉卡南达②的溪流，远处是学校操场，沼泽地旁边是一座小小的有很多岩石和圆锥形松树的湿婆庙。当阳光照耀着大地时，她像雪山神女一样冥想。有时她在草绿色的座椅上从沉思中醒来，看着莱蒙湖上波光粼粼，感觉很幸福。当意识到并没有回到加瓦尔时，她的眼泪忍不住流下来。所有的女孩都在那儿，莫妮卡、格特鲁德、苏珊娜或玛丽-特蕾泽，还有银行家和王室的女儿们，带着她们的男朋友。但是她不想跟他们中的任何人说话，湿婆在某种程度上变得更真实。

---

① 台拉登（Dehradun），印度北阿坎德邦首府。
② 阿拉卡南达（Alakananda），一条源自喜马拉雅山的河流，流经印度北阿坎德邦。

她对我说，"我感觉，"——在加齐布尔附近的一条小道上，我仍然记得她的脸上闪烁着苦行者的光彩——她说，"我感觉地球会融化，湿婆会睁开他的眼睛。就像迦梨陀娑所说：

'噢，你虔心苦修，我就是你用苦行买下的奴隶。'
头戴月亮的神说。
她立刻忘记了苦行带来的疲劳：
成就感会给予哪怕最累的人力量。

我被引导到神圣的婚礼上，布儒瓦医生高超的医术让我的肺有点好转。当父亲去建立和欧洲人之间的生意往来时，他模模糊糊地提到萨兰达、他的女神、他纯洁的思想和内心，我想这就是我在等待的湿婆。我差不多十七岁时回到家，萨兰达来拜访我——我们满怀惊奇和感激地在山区漫步。萨兰达很优秀，你在王子当中找不到他这样谦卑的人。我讨厌那些虚荣自大、道德败坏的王子，但是萨兰达是我在选婿大典上命中注定拣选的丈夫，他有自己的风格，很快我们就举行了订婚仪式。我婆婆是一个非常虔诚的人，我想，和这些善良虔诚的人一起生活会很开心。我在加尔各答从来没有拜访过他们——在我们婚礼之前从来没有——因此，在华丽的游行、椰子、礼品后——婚礼结束了。一辆特别的四轮马车驶向豪拉迈尔，第二天早晨我就到了加尔各答的瓦桑特·玛哈尔。身在很多椰子壳、颂歌、豪华的枝形吊灯、石庙雕像，还有活泼的佣人之中，所有的一切就好像是一个丰富多彩的白日梦。在此之前我从没有接触过男人，萨兰达也没有接触过一个女人，因此，我们结婚时就像两个小孩在玩游戏一样。这样其实很美妙，尤其当我看到当今印度男孩和女孩的所作所为——我们正变成美国人。我们像这样生活了大概六到八个月，什么都没发生，也不会发生什么，你明白的。不理解的人会说，我因为生不出小孩所以成了一个忧郁症患者。不是这样的，我的悲伤从睫毛里流露出来。圣人穆昆特来自加瓦尔，他教给我一句咒语，没有让我变得更聪明，却让我和世界一点点地脱节。我很想成为一个净修女，但你知道现在没有那么容易。我可以歌颂米拉，但是我不能成为米拉。人们没那么固执，因此我有了其他的愿望，一些模糊不清但可以增长见识的美好愿望——就好像世界上有很多东西都比我知道的更奇妙，然后我就来了——来猎虎。"

她又开始沉默，就好像在看着自己，看着运河水冥想着。当大雨滴落在上面溅出水花时，只要你想你就可以看到黄色和金色的孟加拉。河水在温和多变的天空下闪烁着光芒。遍地的莲花，一片片的睡莲，都突然间从泥流中冒出——地球巨大而完整，空旷的大地向前延伸，好像在悲伤地哭泣，在擦眼泪。贾娅说："拉贾·阿肖克是父亲的守卫。他们是拉杰普特人，我们是贾特人，我们之间不可能通婚，但我父亲依旧做着这两个家庭结合的美梦。他们不关心过去，希望建设一个新的印度。这个印度会更印度化，而非英国化。不管怎样，这个印度依旧有着深深的英国烙印。他们希望帝国一直存在，这些王子现在是自由的，能够再度把印度建成罗摩之治。我父亲甚至和甘地讨论了这些，但甘地说：'殿下知道我的家族七代都效忠于王子。如果王子能根据达磨做事，我自己也很愿意效忠于他们。'但这不可能。王子改变了立场——拉贾·阿肖克不得不倒向尼赫鲁，父亲则支持新的国王，加尔各答的国王——黄麻和棉布的国王、煤和化学品的国王。

"但是，"贾娅拉克希米继续说，"但是，我们可以一起去猎虎。

有一次打猎途中，拉贾·阿肖克对我说：'你还只有十三岁时，我见过你一次，当时你在帷幔后面。'事实上，我们遵守着深闺制度——拉贾·阿肖克说他那时就决定非我不娶。当然这种誓言从未实现。你也知道，他跟一个达尔的姑娘结婚了——这场婚姻带给他声望却没给他带来财富。他的妻子既不喜欢西姆拉，也不喜欢孟买，她喜欢达拉姆普尔。她很虔诚，大多数时间都手持念珠待在安巴·提毗庙[1]里念经。她有一个儿子，名叫帕里特维，今年五岁，她会把他培养成一个真正的帕里哈拉王子。她不管丈夫在做什么，毕竟这是一场形式婚姻。他说我仍然是他的梦中情人，但他不再是我的梦中情人了。父亲说，他成了尼赫鲁的一位副官。

"之后，我在瓦桑特·玛哈尔第一次遇见了你，你还记得吧？当时我觉得你很奇怪——很不真实，沉迷于数学、数字和符号。一见到你，我就想到了一些难以言说的东西，就好像回到了瑞士沃维，我在溪边冥想，一睁开眼就看见了你，如果你理解我说的是什么意思的话。总之，这种感觉我无法用语言形容。对了，对了，现在我想到了：你会要了我的命。"

"现在，那是什么意思？"我惊讶地问，"孟加拉到处都在革命，你为什么看上了我这个印度南部的穷小子？"

"我们拉杰普特人知道杀戮是什么：如果我们不杀别人（我们毕竟有过杀婴的习俗），如果我们不杀别人，我们就跳入火坑自杀。但是，"她笑着说，"被他人杀掉总是最好的。我喜欢杀人——喜欢舞刀弄枪——喜欢被谋杀。"她一动不动地站着，好像在向流水寻求解决心中疑惑的答案，手持花环等待着无影的国王。

"贾娅，"我第一次觉得我离她很近，能直呼其名，"贾娅，谋杀

---

[1] 安巴·提毗庙（Amba Devi temple），印度马哈拉施特拉邦的一座寺庙。

是什么？"

"谋杀于我而言，意味着我不存在了，只有那些比我更真实的东西才存在。如果你同意的话，谋杀是把自我从我中分离出来。我并不在乎死亡，"她带点轻蔑地说，"我想要真正的死亡——拉杰普特人的死亡，一种萨蒂①。"

我想我明白了。但是谁告诉她这些的呢？不是我，我只是印度南部的一个婆罗门。就像是对我的回答，她继续说："谋杀是湿婆、陪胪②。"她似乎正在祷告。

26

"灰烬的预兆。"我醒来时听到自己自言自语。贾娅的椭圆形脑袋靠在枕头上，安静地熟睡着。知识都是灰烬。物质消解了，木柴（如果是菩提树的话）——用于献祭灶台的基本材料，按照一定的几何图形一根一根地堆叠着；而黄油——水之精华，其意义存在于吠陀吟诵的唇音和喉音中，用自己一直在保护的父权的火焰来制造纯净的白灰：眼睛睁开就会消失。所有的物质都在那里，因为欲望在那里，世界在那里，因此盲目的爱神③闭着眼睛，把装饰着鲜花的弓箭射向你。他射你只是想叫醒你啊，湿婆，毕竟嫩枝是没有错的。你闭上眼睛，进入了最深的三昧，难道你没有吗？湿婆神，你害怕世界会变成你，因此才这么痛苦。但世界不可能变成你，你就是世界。那些花提醒着你就是世界：不，世界不是弓箭的温床。

所以，在爱神的夜晚，圆月照着大地，人们带着陶罐和柴火，

---

① 萨蒂（sati），指活着的寡妇与死去的丈夫一起火葬或被埋葬。
② 陪胪（Kalabhairava），湿婆作为宇宙毁灭者恐怖的一面，是破坏法则的化身。
③ 爱神（Kama the Lord），印度的爱神，迦摩神。

走到十字路口，他们唱着情歌，欢乐地把红色粉尘和各种颜色的粉末洒向彼此。最终，在无边宇宙的中心，你摆好长长的木柴，堆好牛粪，然后点燃，就像点燃了全世界一样。这时留着黑色短发，穿着卡其色短裤的孩子们兴高采烈地跳舞，笑逐颜开。女人们用手打着拍子，热情的胸部跟着节奏起伏，围着火神高声歌唱；而男人们喝棕榈酒醉了，衣衫半敞，有时迷迷糊糊——世界在独特的声音中熟睡着。有火焰发出的噼里啪啦声，狗的吠叫，豺狼的哀号，还有森林里的各种声音：也许是大象在为春天的节日堆积木柴，老虎在吼叫，教小虎崽学习技能，"看，快看，那里有一只雌鹿。你跳起来，直直地咬住它的脖子，只跳一次，就像这样。懂了吗？现在你演示给我看看你是怎么吸它的血的。小家伙，等在那里，蹲伏在那里，直到没长獠牙的土狼、低声喘息的熊，还有长着尖牙的野猪（你必须得小心这种凶猛的动物）来打扰你，然后——现在跳起来。噢，你没咬准地方，月亮都在嘲笑你。难道是峡谷的瀑布一次又一次叫自己的名字吗？"它说："我是恒河，我是圣河，我是喜马拉雅山的女儿。"突然，快看，快看，鼓声响起，人们开始唱歌。这肯定是他们的节日，他们总是在节日时敲鼓。湿婆马上就会睁开他的眼睛，小家伙你很快就会看到我油光水亮的虎皮被剥下来围在他腰上，恒河母亲水势凶猛，湿婆用头接水，让恒河在他的发绺间流转千年。世界是火葬场，你听，湿婆满身涂灰，他的一只脚踩在死了的侏儒上，另一只脚在跳舞时，他胸前的骷髅花环爆裂吱嘎作响。月亮依旧在他的额头闪耀，篝火随着他敏捷的舞步而跃动——聚集了时光之球。人们崇拜你，湿婆，原始声音的神。你清心寡欲、孤傲又光荣。母亲，向灰烬致敬——母亲——母亲，帕尔瓦蒂的胜利就是湿婆的光荣。

27

贾娅在汤普森女士的药物作用下睡得越来越沉。我好像感觉到伦敦的夜幕在周围降临，让我们亲密而舒适，人类的城邦在几无声息的流动和嗡嗡的移动中呢喃——医院的墙上，黑暗慢慢地盘踞进来。街上的红绿灯像心跳一样恒久不变地闪烁着，而电梯（"请快上来"）高声的、持续的、充满母爱的声音，开关门的声音，和电梯管理员一遍遍说"晚安，女士"、"希望您明天可以休息，今天您辛苦了"或"先生，请进。今天感觉如何？"，所有这些声音都增加了人类回应的多样性。根据疾病、死亡和出生（构建的另一个终点也有母性），存在一种具体的自然秩序的原则。这个原则适用于每件事，它小心翼翼又充满仪式感地主宰着一切，吠陀的祭台在这个原则面前。

在伦敦桥医院成立至今的七十五年或一百年间已经获得了——一块奠基石，如果我没记错，它由维多利亚日益强大时期的英国首相帕默斯顿勋爵放置——伦敦桥医院的建成是因为严峻的生存问题，它那擦洗干净的威严的灰色墙壁充满了道德智慧。让人觉得人类的法律在这里像重力法则一样有效——疾病就是疾病（肾病或肺炎），死亡就是死亡（简单的没有呼吸的状态，躺在白布下），而出生自然就是钟摆从一端摆到了另一端，就像主厅的挂钟目空一切地精确地滴答着。死亡、出生和疾病赋予事物生命，热水瓶、灌肠管或听诊器才具有宗教意义。人们完全地感觉到伦敦桥医院有一种僧侣气质，安静的电话和音乐般的铃声使我们更加确信在这个最忙碌的避难所外的世界完全按照纯粹的标准在运行。这里的神即使在对你开刀时都是友善的，即使在对你作恶时都是温柔的（正如一位母亲几天前跟我讲她女儿的事情时说的："美好的天堂啊，我不想失去我的第一个外孙，露西真勇敢。噢，我的天啊！孩子就在医生血淋淋的手上。"）——就像在圣殿中央有上帝和圣母的至圣所，一个子宫般的圣所，在罗摩的哈奴曼庙或罗什曼那庙中，有一个小的神龛以便让信徒和年轻的兄弟供奉神像。在这里，也有一些小的手术室。像阑尾炎或疝气这样的小毛病，只需要简单的治疗，这些手术甚至会由一个医学院学生来主刀——而病人们几乎当天就走出了医院，严重一些的两天也就出院了。肿瘤患者是唯一需要悉心照顾的。即使在那里，也不会把他们关在屋里面，他们感受到了英国人沉着又坚定的勇气，从而来面对卑微的痛苦。人们认为，难道痛苦本身不是对某种忽略（这一世或前世）的提醒吗？——因果报应就是如此，是行动中对技术的忽略——因此，像电梯一样，痛苦也要求你在那里等待，调整自己去适应环境。一旦你平静下来做好准备了，电梯就来接你走，带你去手术室。在骄傲又杰出的无名者和善意的麻醉中，你通过一种简单、纯洁且终极的方式找到了自我。此刻，剩下的痛苦的因果报应被去除，你从中解脱，坐在一个有轮子的担架床上，到最合适的目的地，醒来你就到达了新世界。这段时间你在哪里呢？在无名的存在里，穿白衣的牧师举行了仪式，就像琐罗亚斯德教的牧师告诉你的那样，天使在另一边等你，每个人都有他（她）自己的天使。现在，她从病床上醒来，看到了她的兄弟、外婆或她法定的丈夫。有时候孩子（儿子或女儿）心不在焉地站在那儿，他们（孩子们）感兴趣的是墙上闪烁的红绿灯或者轮椅是否舒服。（隔壁病床的癌症患者可能在跟他的孙子说："鲍伯，试一下吧，你知道这很重要。"）而我，我觉得是时候到走廊去抽支烟。

倚在医院的玻璃墙上，看着河对岸，我意识到伦敦和加尔各答很像——或者说加尔各答很像伦敦——我想起加尔各答也是英国人建立的——因此印度的都市就像他们本国的都市一样，让人们想起年轻的克莱夫[1]、强壮的沃伦·黑斯廷斯[2]、好心的达尔豪西勋爵[3]、麦考莱勋爵[4]、尊贵的查尔斯·坎宁[5]。那些后来到这儿找工作的人们，不像他们的祖先是来冒险的，因此他们为自己建造了这座忧郁的城市，但加尔各答起码还有河边永不熄灭的圣火，一直提醒着人们死亡的存在，这座城市通过卖黄麻或棉花赚钱。加尔各答对那些神圣的革命有着陈旧的记忆，它记得谁为自由而活、记得女神的短剑插入了他们（印度共产党的）的胸膛——纳萨尔派今天依旧这么做。他们的手枪贴在大腿上——但在伦敦，新教把马克思直接带到了大英博物馆（他经常去这个避难所，列宁则骑个自行车出去，留下好心的克鲁普斯卡娅做饭）。英国没有像奥罗宾多那样的人（尽管英国用某种方式造就了奥罗宾多——他学习希腊文和拉丁文，忙着研究数学）——伦敦没有阿里布尔监狱能让上帝自己揭露人类真正的革命。

我望了望那座把我与他人隔绝的监狱，原来囚禁我的不是墙，而是富天[6]。我走在我牢房前的树下，那不是树，是富天，是克里希那，我看见他站在那里，用他的影子遮着我。我看了看牢房的铁栅栏，也就是当门用的铁栅栏，我又看见了富天……这是他给我的更深的异象的第一次

---

[1] 克莱夫（Clive，1725—1774），侵略印度的英国殖民者。
[2] 沃伦·黑斯廷斯（Hastings，1732—1818），首任驻印度孟加拉总督。
[3] 达尔豪西伯爵（Dalhousie，1812—1860），苏格兰贵族称号，多人受到封赏。此处意指曾任英国驻印度总督的第十代伯爵。
[4] 麦考莱勋爵（Macaulay，1800—1859），英国历史学家、政治家。
[5] 查尔斯·坎宁（Charles Canning，1812—1862），英国政治家，第一任印度总督。
[6] 富天（Vasudeva），毗湿奴的第八个化身克里希那的父亲，雅度族的国王。

使用。

可怜的艾德礼先生,他做的一件好事就是让印度自治,或者说艾德礼是富天的奴才,一个达休①,但可怜的是他没有看到神的愿景。至少加尔各答的死亡承诺了重生及永恒,但福利国家只会根据你现在的需要给你牙齿或一副眼镜,如果你骨折了就给你石膏绷带,其他的你得自己想办法。冈格阿加特的婆罗门告诉你,到哪里去,怎么样从那里回来。工党(保守党也一样)告诉你,如果你投票给我,我们会把钢铁国有化或去国有化(根据你属于哪个党)。在女王伊丽莎白二世统治时期,没有贫富之分,但加尔各答的革命分子会承诺你友爱、食物和崇拜永恒的自由!共产主义在印度得到发展,也接受了印度神话。社会主义与英国的结合把艾德礼送进了上议院。女王是我们尊敬的神。但在加尔各答,先生,我们用山羊祭祀可怕的迦梨女神,她却斩断出生和再生的联结。因此,我们成了革命分子。

与伦敦相比,加尔各答看上去很快乐。虽然伦敦很文明,但伦敦永远不会有加尔各答的终极性。作为一个小岛的首都,通过伦敦这个城市可以和全世界进行连接,但其内部却没有合适的连接。白金汉宫没有经历过流血事件,它就像伦敦的收容所,而伦敦的医院是君威的怜悯吗?我希望能看见加尔各答的火葬堆,它提醒我永恒的迫切性。在英国,人们死后只有一个十字架和一块十平方英尺②的土地。然而,火葬堆让你想起灰烬——当一切化为灰烬,卡拉,时间也被烧尽了,而你在这自由之时尽情跳舞。莫斯科是成吉思汗的伦敦,而纽约是斯韦特兰娜的莫斯科。在加尔各答死亡时,你哪儿

---

① 达休(Dasyu),印度古代神话中的土著居民。
② 1平方英尺约等于0.09平方米。

也不会去。你都不在那儿,又能去哪儿呢?去即是不去,佛教徒这么说——因此没有人会去那儿。艾德礼勋爵的经历说明了这一点。你为什么不来向我们学习呢?福利国家就是没有国家,为了我们的心灵和幸福康乐,在那里没有任何纯粹的存在。从存在到变化,从存在到变成的过程,从巴门尼德到亚里士多德,这才是原始状态。我为艾德礼感到羞耻——他只会为闪烁的虚空一遍遍地重申荣耀。

艾德礼勋爵,你为什么不去贝拿勒斯那里真正地死亡呢?达萨斯瓦梅朵河坛①总有好位置放你这好心人的尸体。如你所知,在那里,国王用马祭祀(贝拿勒斯是我们第一个真正的首都,也可能是游牧的雅利安人第一个真正的首都)——马的牺牲,是国王的真正加冕。当马死亡时,王后躺在它旁边,把玩着它的私处。死亡的马是真实的马——它不存在于任何地方——但女人、世界都在把玩它的私处。首相先生,当你死亡时,你是真正真实的。因为真正活着的是自然的王后。

唵!惟黎明,祭祀马之首也。
日,眼也。风,气息也,毗湿奴口中之火也。②

当我专注于这个意识方程式(我的脑袋就是这么运行的),就像在寂静的山坡突发一场爆炸一样,我听到有人冲我喊,"伙计,你难道不知道这里禁止吸烟吗?楼下有抽烟室,这里可不是印度。"冲我叫喊的这个人身高不超过一米六三或一米六五,穿着医院的制服,大约六十多岁,满头银发,撅着嘴。他十分轻蔑地看着我,仰视着

---

① 达萨斯瓦梅朵河坛(Dasasvmedha Ghat),恒河上的主要河坛,靠近维什瓦纳特。
② 原文引自《布利哈德奥义书》。

我一米八五的身躯，这个场景显得很滑稽。他可能是印度的一个低级警官（或西北边境省军队的军人），他知道的印度就是那些丘吉尔知道的印度，如新郎、男管家和部落等。"把烟给我。"他吼着，想要从我嘴里把香烟扯出来。我把烟给他，他把烟藏在杯状的手里。我看见他走开，迅速进了公共卫生间，关上门，好像它再也不会打开。他出来时，看上去十分羞怯，他所拥有的只有制服。那个被艾德礼勋爵精明地清算掉的王朝依然在那里等着他，穿制服的人要遵守规则。

随后发生的一些事情让我永生难忘。可以说，突然的惊吓好像是肚子冷不丁被踢了一脚，让我从刚获得的自由中清醒过来。就好像你早晨开门，发现门阶上有个水坑，你意识到昨晚肯定下雨了（晴空中依旧飘着一两朵云，可能在山顶上，也可能塔莱下了一场小雨）——是的，昨晚肯定下雨了。大风，可能是季风，把桲果树吹弯了腰，大地也随着雷声起伏。雷电随着因陀罗的奴仆在山坡上、洞穴中，吼叫闪烁。伐罗恶魔藏在了山腰深处的洞窟里，这黑暗的恶魔还把我们的红牛藏起来了。但因陀罗的雷电——直接又顽强的力量——让红牛被释放出来。你走进清新的空气中，也走进自己的内心。

高山随着时间而成长，最终成为一座山脉——喜马拉雅山仍然在成长。人类是没有希望的，伦敦不会因轰炸而不存在，它会成长。艾略特[1]在这里写诗，罗素在这里用逻辑来反美。但是，怀特海[2]已经移民美国在哈佛去世了。我会不会去美国呢？这时，我转向贾娅拉克希米。她坐在床上微笑着，看起来还有点调皮。

---
[1] 艾略特（T. S. Eliot, 1888—1965），英国诗人、文学评论家。
[2] 怀特海（Alfred North Whitehead, 1861—1947），英国数学家、哲学家。

"你去做什么了?"她问。

"去看庞培古城①的废墟了。"我笑着回答。

"为什么维苏威火山②会喷发?"她脸上挂着浅浅的微笑问。

"因为你睡觉去了。"我开玩笑似地回答。

"噢!"

"没错,你睡觉去了。就像在庞培一样,街边全是别墅和酒吧,人们很快醉倒在大理石桌上——浴池里全是人——这时维苏威火山决定要从它肚子里吐出来,习惯性地跟大家开个玩笑,也许是想看看这座颓废的城市。它向上升起,喷出灰烬和大石头——这时,舞女、女孩躺在爱人身边,王子躺在情人身边,孩子抱着母亲寻求保护和母乳,狗在不停地翻找垃圾桶,一些政客也许在准备当天在罗马广场的演讲。当天空突然布满了维苏威火山的烟尘、碎石和火光时,这座城市化为了灰烬,科学家在三分钟内就宣布了这个消息。"

"所以呢?"她想知道我到底想表达什么。

"帝国灭亡了,消失在历史中。我会说:安东尼③必须回到罗马。信使已经到了,克利奥帕特拉④的毒蛇是经过训练来结束艳后戏剧性的一生的。'我必须要走',安东尼说,'我的祖国在召唤我。''你的祖国,'克利奥帕特拉用她独有的女性智慧说(请记住女人最终还是比男人聪明),'你的祖国是幸福所在。我会让音乐响起,涂上精油,摆好晚餐桌,铺好床让你离开前睡一觉,之后我便会长眠不醒。'帝国还是灭亡了,凯撒想要它,罗马需要一个国王,帝国再一次消失

---

① 庞培古城(Pompeii),古罗马城市之一,公元79年维苏威火山爆发时被火山灰掩埋。
② 维苏威火山(Vesuvius),意大利南部的一座活火山。
③ 安东尼(Antony,约公元前83—公元前30),古罗马政治家、军事家。
④ 克利奥帕特拉(Cleopatra,约公元前70—约公元前30),通译为埃及艳后,古埃及托勒密王朝的最后一任女法老。

在历史中。（数学家能证明，一切事物最终都会守恒，人类感情也是如此。）我想说，如果克利奥帕特拉成了罗马王后，她也许会用她的魔力阻止维苏威火山再次喷发。就像你们拉杰普特的传说一样：当洪水来临时，王后祭祀了恒河，恒河听到了皇室的献祭平静下来，她恳求父亲喜马拉雅山不要融化太多的冰雪。王后懂魔法，魔法是女人。"我说完大笑起来，忘记是在医院里。她轻轻地把手指放在唇边，提醒我，然后轻声问：

"机灵鬼，那什么是魔法呢？"

"魔法就像点金术。"我回答，"把一种化学物质转换成另一种，最终把所有物质都转换成一种实体。你知道吧，连牛顿都沉迷于此。这只不过是对吠檀多派'梵我一如'①（你就是神，此即真理）的误解。但你是谁，你是什么？一旦找到了这个问题的答案，就不会有其他问题了。正如商羯罗所说：

'对于一个未出生的人，死亡和出生怎会来临？

当我不是一个实干家时，请告诉我束缚和自由在哪里？'"

"所以魔法是变形的科学？"她问。

"不，"我回答，"是转换的科学。当土地变成金子，这就是转换。"

"我的好老师，那变形又是什么呢？"

"香烟变成灰烬。"我又大笑起来。

"先生，那区别在哪里呢？"

"女士，公主，当烟草变成碳和氧，氧又分成原子，这些原子又分为中子和质子，等等，这对我而言就是转换——也许某一天科学

---

① 梵我一如（tat tvam asi），印度教的基本教义，作为世界主宰的"梵"和个体灵魂"我"在本质上是统一的。证得"梵我一如"就是解脱。

家会发现这一切后面并没有什么，只不过是源自他天马行空的想象（科学研究委员会已经提供了大量资金用于研发致命武器、杀伤性武器，而不是用于研究基本物质）——女士，我想说的是，当你到达外部世界的边界时，你也到达了自我的边界，因为你的身体也是由这个世界组成。这个循序渐进的过程，从烟草到碳，从碳到核世界的过程就是魔法，是科学的炼金术。"

"那金子又是什么呢？"

"金子就像数学。任何事物都能抽象化并转变成数字，词语至少还有意义，但数字没有——你赋予它们什么意义，它们就是什么意义。循着任何一个数字，你都会到达——无穷，零的水平对立面，从无限到空。"

"噢？"

"是的，当用任何一组数除以零——这就是转换，或圣餐仪式，基督徒这么称呼它。所以，女人是有魔力的，是仪式性的。仪式的连接有哪些呢？春分秋分、夏至冬至、月亮和人类的宇宙运行之间、男女之间有什么连接？整个宇宙都包含在这个单一的仪式中，即转换的行为，或圣餐仪式。也许耶稣诞生和一切都是如此。"

"那男人呢？"

"男人是逻辑的——把一切事物抽象化了解本质的确定稳定的过程，话语无法描述的即真理。迦梨陀娑说得很对，话语即雪山神女。"

"那雪山神女呢？"

"她是诗歌，是处于不可言说的边界的话语。"

"那么，亲爱的先生，男人到底是什么呢？"

"是不可言说的，身高一米八五的沉默。"

我太专注于我们的谈话，没注意到贾娅拉克希米双手捂着脸。当我抬头看她时，我发现她流泪了，泪水顺着手指往下淌，开始啜泣。

"噢，贾娅。"我站起来喊道，"请原谅我。"

"原谅你？"她说，"不，祝福你。希瓦，你的沉默充满了悲伤。我真希望我可以把你拥入怀中——融化这些悲伤。"

"为什么不呢？贾娅。"

"你知道这是不可能的。"

"贾娅，为什么，为什么？"我绝望地吼道，"为什么？"

"因为在冥想中，湿婆是我的主。我注视着他，他的呼吸就是我的呼吸，他的生命就是我的生命。但是当雪山神女去了坎亚库马瑞，在那里不是作为一个寡妇，而是作为永远的准新娘度过了孤独的一生后——整个宇宙与海洋都崇拜她。但在坎亚库马瑞，她哭着说'噢，湿婆，不要抛弃我，哪怕你坐在喜马拉雅山上也行。我不适合结婚，如果我奔向你，你会悄悄溜进火葬场跳坦达瓦舞；如果我渴望你，等着你，你就会陷入那可怕的冥想中，玩数字游戏。我只想知道，你理解吗？'"

"我想我理解。"我站起来说。

"但是我的身体，却属于老虎。"

"然后呢？贾娅，然后怎样呢？"我双唇颤抖着恳求。

"你必须忘记我，我不能也不会忘记你。我怎能做得到呢？"

"你为什么这么说？"

"你记得在维拉斯普尔的排灯节上，我躺在床上，你抚摸了我，我的肚脐，我的脐轮。我被你点亮，你给予了我生命。"

"不，不。"我反驳说。

"是的。我给了你沉默,我给了你死亡。"

"胡说!"我几乎是喊出来的。我听到隔壁病房的癌症患者在痛苦地挣扎,护士冲进去。我听到机器运转的声音,医生也跑过去。然后,房间里渐渐安静下来。

"所以,"她带着几分轻松总结说,"所以我收回我给予的。"她慢慢地靠到枕头上。这些情感对她而言太丰富了。也许汤普森女士的药让身体疲劳,贾娅现在看起来很虚弱。她的呼吸好像已经飘到别处,反正不在这里。她显得严肃而深沉,她的身体就像一个花环,一个祭神之后的花环。菊花依旧鲜艳,但茉莉已经开始枯萎,上面有一点点黄斑。我希望能洒些恒河水在她身上,这样她就能复活。不,从根本上说,这件事并不严重。一个人的身体怎么会如此透明呢?如此端庄美丽的脸庞怎么会不永远存在呢?是的,我们都知道,印度的化学源自炼金术,而炼金术源于对永生的渴望。人怎么能死呢?为什么人会死呢?如果你懂得了身体的化学,你就能永生。因此,拉贾·阿肖克留下了他的信息、神秘药剂、他的仪式和那凶猛闪亮的眼睛。地球的壮美属于女神,我意识到拉贾·阿肖克用整个生命在崇拜贾娅拉克希米,那贾娅拉克希米的生命又在崇拜谁呢?

"请坐下吧。"她恳求道,"我肯定他们随时都会来这里。"

"谁?"我问,忘记了她父亲正在来的路上。英国海外航空公司的航班现在肯定已经抵达了,拉贾·阿肖克和萨哈巴王妃手捧花环,站在舷梯下面迎接他。"她怎么样了?"她父亲肯定这么问。"噢,她挺好的。"王公肯定这么回答。为了让他安心,为了政治现实,他都需要她。也许将来某天他会接替尼赫鲁,成为印度的首相,毕竟只有拉杰普特人才能统治印度。

"噢,先生,我的老师。"她半开玩笑半严肃地跟我说,"请说吧，给我讲个故事。"

我坐在医院的椅子上，闻着药品和食品混杂的味道，听着医院里推车的车轮发出的声音，感受着伦敦的新变化，感到无比的舒适。在这个早春的夜晚，我听见轮船的汽笛声，想起了遥远的地方，想起了波士顿[①]和茶叶、马来亚[②]和橡胶，还有凯列班[③]的礁石、位于白色世界和彩色世界之间的索科特拉岛[④]，还想起了爱丽尔[⑤]飞去帮助年迈的普洛斯彼罗[⑥]。这个聪明的老头将回到米兰，海难的故事已经结束了。莎士比亚不会等待死亡，他绕开了死亡，因为他知道这是纯化学。就像佛陀所说：一切都会消解。这就是纯粹的化学公式，理解了这一点，你就超越了它。凯列班很快就会变得文明，英国人的工厂需要他。凯列班也喜欢收音机、叉子、勺子及板球场。英国的空气充满了爱丽尔的恸哭，普洛斯彼罗的魔杖因此回到了地球。福利国家相信纯统计学。哈钦森医生好像是普洛斯彼罗，他和值夜班的护士再次来到病房。他看了贾娅的病情记录，把温度计放进她嘴里。甩完温度计后，他拿出神秘的天线和听诊器，听她的心跳、肺部呼吸，把她的腿弯曲又伸直，给护士下达了指令，然后转过来说："公主殿下，你恢复得很好。"

"真的吗？"

"是的，明天就能拿到X光检查结果。现在还头疼吗？"

"我活着的每一天，头疼都越来越厉害。"她平静地说，已经准备好接受命运的安排。她的话里是可怕的简洁，她的身体知道X光

[①] 波士顿（Boston），美国马萨诸塞州首府。
[②] 马来亚（Malaya），马来西亚联邦西部土地的旧称。
[③] 凯列班（Caliban），莎士比亚戏剧《暴风雨》中一座荒岛上的土著居民。
[④] 索科特拉岛（Socotra），印度洋西部的岛屿，属也门。
[⑤] 爱丽尔（Ariel），莎士比亚戏剧《暴风雨》中的精灵领袖。
[⑥] 普洛斯彼罗（Prospero），莎士比亚戏剧《暴风雨》中的人物。

检查是什么结果。贾娅拉克希米，你不能死，你不会死。普洛斯彼罗现在被神圣化了，因为皇家学院的外科医生需要他，他重新拿起了魔杖。爱丽尔会让你的肺充满新鲜空气，凯列班会移除医院的碎石。荣耀归于喜马拉雅女王！

28

这时，门开了，贾娅父亲走进来。看着眼前令人心酸的一幕，他呜咽起来。他的王权丢失了，成了被流放的兄弟，他的事业藏在他放在豪华轿车里的手提箱内。此时他只是一个男人，一个父亲，是他的女儿和孩子的父辈。不，死神不会带走她。他认为是自己的罪孽才让她患病，至于是什么罪孽，他不知道，现在他是善良的。"噢，天哪，天哪。"他哭着把她拥入怀中。

"噢，求求你不要压到她了。"萨哈巴王妃恳求道。

拉贾·阿肖克站在门边，就像一个中世纪的骑士，额头点着一个小红点。他的宝剑挂在穆斯林阿肯服上，他的马已经准备好了：帖木儿①的人在边疆。如果他回来了，他就能见到她。如果回不来，他们就只能通过高贵火焰来生再见。贾娅手指的血在他的额头，他去雪山神女庙祭拜过，并请求她同意他离开。他现在必须走，梵学家已经在读《摩诃婆罗多》了，他已经听到了防御壁垒那边的军号声，还有远处的炮火声。

哈钦森医生听说萨哈巴王公来了，返回来迎接他。我从他们背后溜出房间回到走廊上，好让他们一家人团聚。这种时刻你感觉自己是个外人。赛西亚人应该回到他来的地方——中亚的草原。那里

---

① 帖木儿（Timur，1336—1405），帖木儿汗国的开国君主。

的草原如波浪一般翻滚，人们住在帐篷里，以骆驼奶、山羊肉和酒为食。女人们头上戴着铃铛，到了晚上，客人得到热情的款待。拉贾·阿肖克留下来陪着贾娅拉克希米，怕她觉得被抛弃——这时她正要去吃晚餐，其他人动身去旅馆——我走进去向贾娅拉克希米告别。她突然看上去特别虚弱（我单独跟她待了一会儿），我绝望地意识到一切都不对，的的确确一切都不对。我感觉心里就像灌了铅一样沉重，身体的一部分真实又迷茫，我知道生活的轴心不知怎的分离了，而我们，可以这么说，永远分开了，虽然我知道第二天可以见到她。一个人的存在充满了这些认知的结点——这些事情的发生并非偶然，而是通过神秘精心的设计。除了我，贾娅似乎也承认失去某种东西的感觉，当然不是说她丢了东西，而是真实世界的结构变化——额外的引力把这种连贯的一致撕裂，赋予组成元素新的形态、更小的尺寸和不可逆转的方向。"热力学第二定律。"我自言自语道，笑着走出了房间。宇宙的运动存在退化——向后倒退，陷入自我之中——总有一天它会成为一个纯粹的本质。再深入探究的话，我们依然停留在此时此刻。运动好像只是外在的，什么都没发生，什么也不会发生。本质就是本质，人类从哪里来？又到哪里去呢？

宇宙继续旋转。

29

现在我要去帕杜家——他们让我下车，我要替贾娅给她送个便条，我不知道便条里写了什么（也许有关纱丽、护发油或咀嚼丁香）。萨哈巴王公在克拉里奇有间公寓，萨哈巴王妃同他一起搬过去了——留下帕杜和她的美国朋友（这个家庭其实来自印度）住在柏宁公寓。帕杜会嫁给那个美国人吗？我很好奇。他的名字叫科洛内尔·威廉姆逊，来自肯塔基州。他从小吃小麦长大，看上去就像颗豆茎。他在芝加哥化工公司工作，他的身体就是最终的化学产品。他看上去富有、积极进取——他爱帕杜。可她既不答应也不拒绝，他常把自己灌得烂醉。好像是要挑战他作为男人的能力，一个法国人登场了。那是一个不怎么样的地理学者，在巴黎大学地理学院教书，总是受邀参加国际会议——因为他是说真话的地图绘制员，这使得他的出现成了历史的结论，他对部长们很重要。他了解任何地方的人（不管是在印度尼西亚，还是在阿尔伯塔①），他的自吹自擂在酒吧也很有名（在金角湾②或佩雷格林·皮克尔③）。他熟悉各种女人（从塔希提岛的胖女人到埃塞俄比亚的黑瘦女人），看上去总是很想向旅行者提供充满阳刚之气的建议。由于从没有一个印度女人委身于他，他觉得是时候来一场所谓的"神秘婚姻"了。

"他是个走私犯。"我进来时听到蒙塔尼亚大喊，"他是个走私犯。"

"我就喜欢走私犯。"帕杜深情地抱着威廉姆逊答道，"他们在执行一个重要的任务。他们是勇敢的人，带给别人需要的东西：鸦片、金子或奴隶。他们带来了让生活更有趣的东西，还有钱。"

"但湿婆是苦行者。"蒙塔尼亚反驳道，转向一旁朝我眨眼示意。

"圣雄甘地也是禁欲者，你瞧瞧他是怎么征服世界的。"帕杜大笑道。

"因此，就像教义说的：美德总是会成功的。"好心的威廉逊说。

"但美德也是需要规则的，比如各个民族的社会着装规则。"蒙

---

① 阿尔伯塔（Alberta），加拿大西部的一个省。
② 金角湾（the Golden Horn），位于土耳其伊斯坦布尔的海湾，此处是酒吧名。
③ 佩雷格林·皮克尔（the Peregrine Pickle），英国小说家斯摩莱特的长篇小说《佩雷格林·皮克尔传》中的人物，此处是酒吧名。

塔尼亚自信地说,"当妓女都要张身份证呢!"

"但在我的王国里,没人需要身份证,美德就像湿婆的呼吸一样。"帕杜一边讥笑着说,一边把手放到我的鼻子底下,想看看我是怎么呼吸的。"这个人,"她愤怒又绝望地继续说,"这个人会带我们下地狱,当心点。他的本性隐藏在外表之下,他是个吸血鬼,吃女人的肉。"这是错的,也许并不全错。苏珊娜是什么呢?只不过是一大块面包——法式面包。它闻起来油腻、带点大蒜味,随时会被吃掉。这时苏珊娜是真实的吗?

没过多久,我就知道了答案。在那之后,当我正在旅馆吃晚餐时,电话响了,侍者来找我,是个长途电话。苏珊娜很紧张兴奋,都快要哭了。因为她收到来自印度的电报,乌玛周五要去巴黎,我最好立刻返回。"你的朋友贾娅拉克希米,这位公主有钱,能买下所有的奴隶。你的妹妹需要你,我需要你。告诉我你依然爱我,好吗?"她问。"当然。"我撒谎说。同情难道不也是一种爱吗?你得忍受捣烂的食用蜗牛——加斯科涅①的农民用脚把它们踩烂。我似乎没有爱的能力,但对全人类充满同情,佛教徒称之为"慈悲",也许我也同情自己——一个身高一米八五会思考的机器,满嘴奇谈怪论又懒于行动。谁会买下我呢?谁呢?我会去那个最优雅的出价人那里。如果贾娅拉克希米活着,继续活着,那世界仍然这样。如果她死了,我就去佩皮尼昂②的鱼市把自己卖给弗兰科。他是西方基督教的伟大捍卫者,将很乐意把我这个异教徒踩在脚下。万岁,西班牙万岁,圣女大德兰③万岁。现在上帝回到了西班牙,不,不,他已经

---

① 加斯科涅(Gascony),法国西南部的一个地区。
② 佩皮尼昂(Perpignan),法国南部城市。
③ 圣女大德兰(Santa Teresa,1515—1582),加尔默罗会的改革者与神秘经验者,著有《自传》《全德之路》和《灵心城堡》等。1970年9月27日教宗保禄六世封她为教会圣师。

去了安道尔共和国①，蒙塔尼亚说。这时，他像伏尔泰一样从双方的眼光看世界。耶稣万岁，圣十字若望万岁。

继续学习圣女大德兰和圣十字若望（他来自佩皮尼昂，对自己的加泰罗尼亚血统引以为傲），他想把爱笑的、爱开玩笑的、难以令人相信的帕杜带入西班牙神秘学领域。"圣女大德兰，"有一次他在我面前这么说，"圣女大德兰的手指上戴着耶稣的包皮，她的床上洒满了白色的百合花，早晨这些花会变成红色。神秘的结合是女人和她的神之间唯一的合法连接。但是，你知道，主喜欢溜出边界——他讨厌被关在城堡里或女修道院里。因此主很久前就来到了图尔市②，留在了普瓦图③，埃莉诺把他带去那里的。普瓦图正好横跨加泰罗尼亚④边境。求爱是只有狂热者才知道的艺术。"

但帕杜不是埃莉诺，她更像是圣女贞德，她的处子之身是小小的漂亮的游戏。她挑逗男人，让他们想要她。但是她把他们带到床上后，就逃到电话旁去告诉她的家人或朋友。她爱每个人，他们也爱她。我是她大餐的唯一剩余，我既不关心她，也不向她屈服——孤独地走自己的路，她走她的霍利约克⑤路。她的印度教信仰使得她比清教徒有更高的自控力，她宣告："我喜欢美国，但我不喜欢美国人。"于是法国人来了，带着他神秘的雄心壮志。他会拥有她，哪怕要使用暴力。

显然他不了解印度教教徒，他们践行的是非暴力，用虔诚的计谋来打败他们的对手。对印度教徒而言，整个世界都是贱民的世界。你的鼻子在喜马拉雅山的冈仁波齐峰，让整个世界都围着你转。那

---

① 安道尔共和国（Andorra），位于法国和西班牙交界处的内陆国家。
② 图尔市（Tours），法国中西部城市。
③ 普瓦图（Poitou），法国中部的一个省份。
④ 加泰罗尼亚（Catalunya），西班牙的一个自治区。
⑤ 霍利约克（Holyoke），美国马萨诸塞州西部城市。

个法国人最后不会成功,我就是这样告诉蒙塔尼亚的。印度教徒生活在他的城堡里,地下布满了迷宫。敌人在地下漫步时迷路了(就像当年英国人那样),而他就坐在家中的避难所里,手指放在鼻子上,做着瑜伽。呼吸就是生命,我们把呼吸控制得这么好(在德里地下的密封房间里躺了二十八天,做各种医学检测,心电图等)——因为我们是呼吸的主人,我们主宰着这个颤抖的世界。湿婆做着瑜伽冥想,在他的山间隐居所操纵着世界,然后世界就开始跳舞,就像变戏法人的猴子那样:"你,拉姆,给先生表演一个绳子魔术。"印度教徒最终会胜利,因为呼吸控制生命,生命控制时间。"荣耀归于湿婆。"帕杜经常这么喊。她不会把处女之身献给湿婆以外的任何人,但他又是谁呢?

"我的母亲还活着,她还活着。"蒙塔尼亚跑进公寓,哭着喊道。(这时电梯传来"请稍等,您的楼层已登记"的声音。)他在胸前画着十字,气喘吁吁,他朝门口鞠躬说:"上帝就在门口"。他突然打开门查看,"什么都没有。"已经是晚上了。"好极了,什么都没有。"他边说边笑——他喝了太多酒,就快要变成美国人了。"上帝即空。"他大喊。我(和电梯)理解了他,电梯停下了。拉贾·阿肖克走出来,像英国人那样优雅——穿着灯笼裤,系着绶带,戴着运动帽,叼着烟斗。"你看,我说对了吧!"蒙塔尼亚说。但是拉贾·阿肖克看了他一眼,他就退缩了,开始看墙上别致的壁纸,上面画着一群马在比赛。他又面无愧色地回来了,他说就是为了玩得更开心。

"爸爸来了。"帕杜喊道,"多么美妙啊!英国又会变得不一样了。天啊,爸爸在这儿时,我热爱英国。"她给美国人和拉贾·阿肖克各倒了一杯酒。我觉得该离开了。"你要去哪儿?"蒙塔尼亚问。

"到上帝那儿去。"我说,"到神圣的虚无那里去。"我又说,打算走回旅馆。天空好像覆盖着一层乌云，很快要打雷了。我想——大地快呕吐了，暴雨就要来了。为了谁呢？不为谁。世界是什么？我在哪里？我是谁？一个走在伦敦的虚无之中的男人。

我既不是苍天，也不是大地。既不是火，也不是风……

我自言自语。我不能，我，作为一个男人，不能哭泣。

30

独自走在幽暗曲折的伦敦街头，伦敦人是我无名的朋友。他永远彬彬有礼、小心谨慎（尤其是在伦敦西区），拿着手杖，戴着高高的礼帽，中等年纪。他的夫人大约四十来岁，戴着珠宝，穿着宽大的长裙，绯红的嘴唇，粉红的胸脯，充满活力地微笑着（但其含义几乎是个秘密）。他走上挂着金黄门牌的白色大门，走上黑色扶手的台阶——伦敦看上去依然是世界上最优美的城市，而巴黎是最理智、最多彩、最堕落、最迷人的城市（当然，巴黎永远也不能和贝拿勒斯相比，不管是在庆典还是在腐败方面。）——沿着伦敦的街道漫步，人们会感觉世界就是为人类、法制而存在的。这里有格林尼治时间和女王的英镑（不要忘了，还有英语和莎士比亚），英国依旧按照她过时的帝国制度在运转。尼赫鲁成了威尔士王子（或者看起来是这样）——因为内阁有他，帝国继续运转着，就像伦敦的巴士一样，五颜六色，庞大笨重，驶向基尔伯恩①或普特尼桥②，有着绝对的自知之明。你不会错过它，因为司机或售票员总是会提醒你在哪里下车，整车的乘客都为你奇怪的目的地而担心，还没到西蒙路站，就有两三双眼睛转过来看你。你冲他们感激地一笑，谨慎的英国男女也报以

---

① 基尔伯恩（Kilburn），英国伦敦西北的一个地区。
② 普特尼桥（Putney Bridge），英国伦敦泰晤士河上的一座桥梁。

微笑。他们看着你下车，看着你一米八五高的懒散身躯，充满羡慕和同情。因为你不是英国人，他们对你同情。因为你是人类，他们对你友好。他们从不会对你吝啬，除非触碰到他们高贵的底线、他们的社会契约。英国人像挥舞魔杖一样挥舞着他的手杖，抛弃那些无关紧要的、不那么绅士的东西。因此你可以无忧无虑地在伦敦街头闲逛。你唯一需要的是判断力，它能带你回到旅馆。

奥德维奇[①]不需要奢侈品，它遵循传统，过着斯巴达式的生活。它为退休的公务员、贫穷的外国高官服务（这就是为什么拉贾·阿肖克会在那里给我订了一间房），还为到伦敦来看望读大学的孙女的稀客服务，或是为到这来与一些公务员讨论退休金拖欠、与律师讨论土地出租契约的人服务。我在旅馆的同伴友好不自私，谁都可以看他的报纸。茶水很好，特别棒，早餐也不错，可你觉得自己一天天老去。在英国，人们好像是随着餐厅时钟的每一刻钟逐渐衰老。超过四十五岁就是老年人了，但你看上去还是那么孩子气。这种竞赛永不停息，时间好像服从它们。英国人好像在某处统治着这些元素——这就是这座岛屿如此坚不可摧的原因。

任何野蛮的入侵者、任何"希特勒"，都不会踏上英国的白色悬崖。先生，如果你愿意的话，你可以来，作为客人，甚至是联邦的一员，因为其他一切都是野蛮的。黑人不是来自加莱[②]，而是从九龙或香农机场[③]开始的。可以说，太平洋和大西洋是人类的荒野。我们，我们喜欢我们的亲密关系，我们的私人笑话（主要基于板球）和我们的祝酒词。我们有很棒的男子俱乐部，在那里按照严格的公

[①] 奥德维奇（Aldwych），英国伦敦一座已经废弃的地铁站名，此处是一座酒店的名字。
[②] 加莱（Calais），法国北部港口城市。
[③] 香农机场（Shannon Airport），位于爱尔兰的一座国际机场。

立学校规定开展业务，甚至丘吉尔先生也得遵循它们，这就是我们选他为首相的原因。我们爱我们所拥有的，不贪图别人所拥有的。我们可以和任何人相处，从不指出一个笨蛋就是一个笨蛋，一个无赖是一个无赖。无论他们是摩尔人还是什么人，看看莎士比亚。我们让自己适应现状——对于其他的，我们让世界自己照顾自己。看看愚蠢的美国人，一个人怎么能这么自负，这么有钱，这么不识字，还会说英语呢？

31

我走进旅馆，看着富丽堂皇的餐厅，发现每个人都坐在合适的位置。不知怎的，我又想出去呼吸一些新鲜空气，在自动售货机那里买包烟。于是我走出来，来到广阔的天地。我的步伐似乎有些着急，我要去一个地方，看不到人的地方。那种辽阔在召唤我，我需要树木、树木、树木，跟它聊天，聊任何事情。我们印度人，骨子里还是树林的男人，是森林的男人，我们和森林、河流在一起，才会感觉像在家里一样舒适。我们见到有着十八个鹿角的鹿的跳跃来展示哲学思想的光辉，我们需要野象的高亢叫声感受大地的力量。老虎不会，也不需要来吓唬我们；黑豹为了自己的舒适要来和我们一起游戏；鹦鹉说着它们的语言，聪明婉转；而树下，蔓生着茂密的葡萄藤，瑜伽修行者坐在那里沉思。他们说，当罗摩还统治着世界的时候，有一部分人进入了三昧。在荒凉的喜马拉雅山里，在冰雪覆盖的绝壁中，坐落着圆形的湖泊，湖水碧蓝，夹杂着一些雪水。万籁俱寂，人们听到（我理解为）湖水深处有个声音重复着一个纯粹的声音：唵，唵，唵。

我在海德公园沿着湖边和溪流漫步，鸟儿从高高的巢里振翅高飞。我感觉世界被束缚住，被重力困住，被栏杆限制，尽管到处都显得富丽堂皇。即便这里是皇家公园，又怎么样呢？汉诺威王朝的标志一次又一次为他们加冕，出租马车和平民大众随着知识一起移动。在英国，有皇室、女王，人们梦见国王、王后和王子们一样打着马球，或者出于直接的英雄主义，仰望着历史悠久、破败的城堡。英国从骨子里觉得自己很高贵，她的石头、河流，羞涩忠诚的伦敦人拿雨伞的方式，牌照上的数字浮雕都透着尊贵。古老的学院如剑桥大学、爱丁堡大学、伊顿公学的威严和建筑的台阶也透着尊贵——到处都散发着高贵的味道，人们感觉自己既是绅士又是奴隶。我，作为一个数学家和婆罗门，我想要飞，想浮在世界的上空，走向自己的荒野。我坐在一棵巨大的菩提树下（连巨蟒都不会碰我），在菩提树的气根下，进入深度冥想，直到醒来——主啊，是的，我会冥想，睁开我的第三只眼，把这个悲惨的世界烧为灰烬。看吧，看吧，世界在燃烧，整个英国都在燃烧。所有的石头和钢铁都冒着火花，世界化为灰烬，全部都化成了圣灰，而灰烬有着光辉的意义。

那时，我想起在恒河岸边，当俱卢族被杀死，他们的尸骨化为灰烬时，被众神祈求的圣人难道没有乞求湿婆让恒河水再次流下，让那六万生灵复活吗？是的，恒河就是我告诉自己的答案：恒河，噢，真正纯粹的母亲。我听见自己在说话，好像在绝望地祈祷。是的，我会回到恒河，再次当一个朝圣者。我需要的不是贝拿勒斯，而是哈德瓦尔：恒河，这年轻的少女，总是害羞地藏在迷雾后，沿着圣山向下流淌，她的声音依旧有着山峰的锐利和清新的智慧。我身穿赭色长袍，手持木棍，踏上了朝圣之旅。是的，苏珊娜，我要离开这个世界。我要去喜马拉雅山，走下山，穿过绿色的亚穆纳河和崎岖的温迪亚山脉，下面是商羯罗的纳尔摩达，还有罗摩的戈达瓦里。下山，下山，我要走了，我要走了，神啊，我要爬上高止山脉，沿着西海，到达我的国家，我的圣地尽头。在坎亚库马瑞去敬奉圣女，收集一个未完成的婚礼的宝石。圣女不会嫁给我，因为我是一个流浪者，一个祭司。我会成为男人吗？——我该成为谁？成为人类的一员。我是人类吗？先生，人类是什么？到底是什么？我被称为人类吗？因为我能和人类做生意？因为我喜爱并沉迷于数字？毕竟人也要被拿来计算，他们在世界人口普查清单中占有神圣的数量。这些使我成为一个人吗？向苏珊娜撒谎，把我的同行伙伴丢入她温柔的女性气息中，看着法式蜗牛在她周围被碾压能使我成为大家所说的人吗？拉贾·阿肖克和他的骄傲自大（你一定要看看他是怎么跟格罗夫纳的管家说话的：他用手杖在地板上随意涂鸦，口含烟斗吞云吐雾，帽子斜戴到一边，他的优雅可以用重量和英尺来衡量。）就是人性吗？告诉我吧，请告诉我什么是人性？萨特的人道主义是由马克思和菲德尔·卡斯特罗[①]的人性组成的吗？告诉我吧，先生，请告诉我什么是人？我不会离开这个世界。我为什么要离开这个世界呢？我已经没什么可失去的了。我可以留下，也可以离开，谁会关心我呢？只不过是人口普查登记上少一个数字而已。至于我的数学，难道你不明白吗，它是我的麦克白[②]，也许是我的李尔[③]。我明白了，因为这是谋杀，把人与自我分离开来，并建立一个世界，女神（不要问我哪个女神——因为我也不知道）把它给了我。我往上走又下来，达到一个平衡状态，就像在旅馆的时候一些女人（有时也有一些老年男人）在休息室里打牌，然后到工作室

[①] 菲德尔·卡斯特罗（Fidel Castro，1926—2016），古巴前领导人，在20世纪50年代领导古巴革命，将古巴转变为社会主义国家。
[②] 麦克白（Macbeth），莎士比亚戏剧《麦克白》中的主人公，是苏格兰国王邓肯的表弟。他杀死国王篡位，后被推翻。
[③] 李尔（Lear），莎士比亚戏剧《李尔王》中的国王。

里给上帝写信（那个穿着蕾丝衬衫，戴着钻石耳环，头发灰白微笑甜美的老妇人好像就在写信）——你必须向上帝隐藏你的人性，明白了这一点，你就能直接到上帝面前了。你给上帝写道：上帝，我是个处女，或我是个寡妇，或我是（前）马德拉斯收税员的妻子，（前）魁北克省长的妻子。我是一个善良的人，现在我来到你身边。上帝——请拥我入怀，让我永远待在你怀里吧！当然，上帝从来没有向她提起过圣女大德兰的割礼戒指，那是属于可怜的天主教徒的。在英国，我们不喜欢这种猥亵行为、这种神秘主义。我们喜欢洁净、花边和标准。不管怎样，上帝带我走吧，请带我走吧！当我来到时，让我能有个干净洁白的乡村小屋，有草地、拱门和狗舍。不要忘了，尽管有煤炭危机，我们还是需要美国人所谓的恒温器，让房子冬暖夏凉。我们会住在你的花园里，永远为你祈祷。上帝，你觉得这样如何？

我想跑出去找我的上帝，随便到哪儿。他在哪儿呢？在冈仁波齐峰吗？上帝肯定不关心地理，那他到底在哪里呢？突然间，我看见自己身穿赭色长袍，手持木棍，从印度一路南下，为湿婆歌唱。湿婆，湿婆，主啊。你是孤独之主，是真理之主，是灰烬之主，是无名之主。你究竟是谁，又在哪儿呢？

32

贾娅拉克希米用敏感的、本能的分层方式把一切都安排好了。白色的门上写着黑色的"411房"——门虚掩着。从贾娅拉克希米躺着的地方看不到泰晤士河，但她可以感觉到床下传来泰晤士河的神秘力量。所有这些都说明了生与死是给愚人准备的把戏，她似乎在暗示这点，但没有明说。过几天她会不会动手术？她的头皮被切开，魔术师哈钦森医生取出一个向日葵大小的圆形光滑的有机体。归根结底，这些只是一出从未被认真对待的戏剧？贾娅拉克希米似乎想把门敞开，她也是这么做的（也许是听从了她的建议，汤普森女士这么做了，汤普森女士十分懂等级制度及其真正的意义。）——因此当我走进来时，整个房间都有一点定格住了。鲜花、浴室里挂着的毛巾、体温图、药瓶，连制氧机都造型优美、熠熠生辉，供人使用。尽管现在并不需要用到它们——对于我的到来，它们有着纯洁的期待，哲学上真正的期待。她的头靠在立着的枕头上，脸上的脂粉闪耀着神圣的光彩。对我而言，贾娅拉克希米并不总是人类，而是被喜马拉雅山上王室的网抓住的迷路的母夜叉，她是喝牦牛奶和恒河水、听着密宗祷语长大的。他们说在维拉斯普尔的时候，她的护士是个夏尔巴女人，但贾娅拉克希米说她是个纯种的西藏人，她的独特声音像是由响亮的山锣和白雪构成的。当贾娅拉克希米慢慢地说出措辞精准的语句时，也沾上了点这种神秘。她似乎从不说什么重要的事，但她说的每句话都深入人心，甚至以后当你在喧闹的街上，或半夜被豺狼的叫声或小马寻求结实的落脚点而踏上石头的声音惊醒时，你会想起那些话，觉得它们至关重要。当我进来时，她说："你来啦？"——好像是说我怎么会来，为什么会来。假如我不来的话也是理所应当的，但是，我真的来了。

"为什么不来呢？"我问。

"为什么会来呢？"她又把问题抛回给我。

"因为你在这里。"我说。

"你是说骨骼、血肉和呼吸——"

"胡说！"我有些生气。

"那么，人作为上帝造物时脆弱的心血来潮，是因于因缘的灵魂。人们不断重生来累积愚蠢、绝望、一丝快乐，背上一大笔因缘债。有时候，我觉得我可能重达一百万吨，就像泰晤士河上的那些游艇。不仅要承载自身的重量，还要运载沙土、石头和煤炭，也许还有啤酒瓶的一连串驳船。"她笑着说。然后她继续说："生命，好像啤酒瓶——我以为啤酒带来的快感是瞬间的，尽管我从来没喝过这种欧洲饮品——酒瓶被丢进厨房的储藏室，有时被拿出来装液体或其他东西。我从在场的可怜人中得知——直到有一天，它出现了裂缝随时可能破碎，然后被扔进垃圾箱，之后由一个热心的、吝啬的公司回收（拉贾·阿肖克是这么告诉我的），运到泰晤士河的某个码头，装入一艘豪华的驳船，被回炉重造，再到优雅的新家去，也可能是根据它的因缘到了一个酒吧里。你怎么看这个啤酒瓶呢？"她开着玩笑，一直很安静。

"亚历山大大帝，"我说，"当他征服了波斯波利斯[①]，屠杀平民，毁灭城市，向印度进军然后又回到波斯时，发现了一个巨大的石水槽，足够让一百个人喝水。你记得吧，我给你讲过很多次这个故事。那是一种漂亮的帕米尔石头，上面有古老的纹路，即使倒满了酒，也清晰可见——是萨珊王朝[②]国王的酒杯。亚历山大大帝是一个哲学家、征服者。虽然征讨印度失败，他感到羞耻，但他仍然是一位国王、一位英雄。他才三十二岁时——就聚集了那时已知的世界上的所有人组成了他的王国，从埃及、马其顿[③]到苏美尔[④]和蒙古边

[①] 波斯波利斯（Persepolis），波斯阿契美尼德王朝都城之一，其废墟在伊朗设拉子附近。
[②] 萨珊王朝（Sasanian Empire，226—651），古波斯最后一个王朝。226年阿尔达一世经过两年的战争，推翻安息帝国，建立萨珊王朝，首都为泰西封。
[③] 马其顿（Macedonia，约公元前800—公元前146），古代小亚细亚及希腊地区的国家，后被罗马所灭。
[④] 苏美尔（Sumer），古地区名，在两河流域下游，是世界上已知的最早的文明发源地。

境，也有来自印度的人。他要求把他发现的那个水槽装满里海①最好的酒，装完之后，他请所有人把嘴唇放在这个巨大水槽边，请他们从这个尊贵的酒杯里喝酒。贾娅拉克希米，你就像那块古老的帕米尔石头，有着蓝色的纹路。我们喝你的酒，为了平静、幸福、纯洁——为了颂扬人类。"

"这就像诗歌。"她又大笑起来，"不要把啤酒瓶弄得这么崇高，它就是个普通的东西。"

"啤酒瓶也有它的命运。"我说。只要贾娅拉克希米在场，人们就会感到历史是可见的，以匿名的方式运动着。正是贾娅拉克希米的匿名性、绝对简单（她自称的恶作剧和复杂除外）和年轻外表下的成熟使她神秘莫测——有时感觉她在耍你，通过游戏把你扔到荒凉的海滨或山顶，扔到宫殿的内院中。在那里，泉水涌出，镶嵌着珍珠和红宝石的栟果树叶形状的风扇给你带来阵阵凉风，宫殿门口传来音乐声。情人走进来，看见这令人悸动的胸部，珠光宝气的耳朵、鼻子，头发从中间分开，显得那么纯洁，让人臣服于她的魅力。贾娅拉克希米到底是谁？

"不要把我吹捧得那么高。"她好像读懂了我的心思。"我只是个简单女人，就是个女人而已，为她男人的快乐而活。即使我的音乐，"她微笑着说，"即使我的米拉，都是诱惑——"

"到达至圣的诱惑。"我打断她说。

"谁知道至圣是什么呢？有时我觉得自己是个圣人，但有时，我觉得自己是个情妇，你可不要惊讶。"

"归根结底，"我答道，"我们都是真理的情妇。要不然我怎么会从事数字交易，就是为了诱使自己到达绝对呢？"

---

① 里海（Caspian Sea），世界上最大的咸水湖，位于欧亚大陆的内陆交界处。

"但你是对自己这么做。"

"那你呢？"

"我是为了他人，这就是区别。我们的祖先说得很对：女人必须要有一个丈夫和主人，由占星术和吠陀经选择并使之神圣。通过他，通过湿婆，通过万主之主，通过在火葬场跳舞的苦行者，不管他是清洁工，还是像萨谛梵，一个被流放的国王那样命运的男人，你都会回到绝对，就像河流回到大海。女人是善变的，希瓦，她太善变了，从来都没法做出决定，所以我们的祖先才要把她与誓言绑在一起……"

"那男人呢？"

"男人直接又可靠，他的命运很简单：要么胜利，要么死亡。对女人而言，哪怕她做家庭杂务，比如洗衣服、给小孩缝个帽子、拖地或剥玉米，她的命运都是终极的。对女人而言，这就是朴实的生活方式。"

"贾娅拉克希米，对男人而言呢？"

"对男人而言，一切都是空——是空间、无边无际的深度、终结。男人永远都是完整的，即使当……"

"即使当什么？"

"即使被女人和地球弄得黯然失色，男人就像是月亮，完全反射了太阳的光辉。"

"这是不对的，你知道……"

"这么说吧，我们女人就是这么认为的。地球在太阳下沐浴，月亮反射太阳光，没什么能影响月亮。地球的阴影好像遮住了部分月亮，这也是为什么月食时我们要去神圣的河水里沐浴，把所有的水都称为恒河。月食是不纯洁的，死了丈夫的女人是不祥的，也是不洁的，她需要完整的月亮才能到达太阳。没人直视太阳，否则会瞎掉的。但是看见浑圆的美人、流淌的月光，没人会不高兴。你能在喜马拉雅山山顶看见颤抖的月光，好像随着声音和阴影在闪烁，这的确充满阳刚之气，不像在欧洲那样阴柔。噢，西方世界，"她惊呼道，"他们还要学多久才能变得文明啊？"

"噢？那拉贾·阿肖克呢？"我故作轻巧地问。

"哦，哦，他是月亮，但他认为自己是太阳。"她笑道，"你知道他来自钱德拉，是月亮一族。但我们女人喜欢把月亮误认为太阳，这样感觉离地球更近一点。女人不想自己不存在——也意识不到'虚无'即是完美，就像《奥义书》中写的……"

"佛陀也这样。"我补充说。

"是的。现代女性想要通过不接受她的完美、丰满而成为重要的人，或任何人……"

"贾娅拉克希米，那男人呢？"

"噢，男人嘛，"她笑道，"男人总是胸怀宽广。哪怕像我父亲那样，他也是自大的。事实上，自大只是一个别称……"

"什么的别称？"

"英雄气概的别称。我父亲知道他什么也不是，拉贾·阿肖克也知道。但他们没办法接受他们整个的内心世界，所以他们装腔作势，穿着运动灯笼裤，即使说梵语时，都操着牛津口音。西方，我的意思是西方男人就像半个女人，"她好像思考了很久，继续说，"而文明，任何把目标变得重要的文明都会成为女性的，你在美国就能看到这一点，那里由女人统治。几年前父亲带我去好莱坞——他想把印度电影卖给他们。但你也知道我们的电影有多糟糕，没人愿意买——父亲带我去好莱坞时，我遇见了许多美国人，不仅有演员，还有银行家、政治家和州长。还有一次,一个加利福尼亚的印裔议员来看望我们。他们是什么态度呢?——彻头彻尾的女性化——他们关心汽车和银行账户,就像一个女人关心厨房用具一样。"

"所以呢?"

"所以这些半个男人和半个女人一起玩游戏——或者说这些半个男人和三分之一个女人一起玩游戏——因此他们总是忽略重点,这也解释了美国现在的状况。"

我知道贾娅拉克希米在等待机会,这些是她的策略、她的诡计,她天马行空地在谈论一些事情。因此,像一个男人那样,我直接说:"贾娅,是你叫我来的,很快你妹妹和所有家人都会来。你想跟我说什么?"

她闭上眼睛,周围十分安静,能听到隔壁病房里救护床发出的嘎吱声、液体滴落在地上的声音和鼾声。汤普森女士,用她绝对的敏感肯定感觉到这里要发生一些重要的事情,所以她独自离开了。我们好像陷入了一个静止的中心,看上去自然又不可避免。当女人接受了,男人就会显示出他英雄主义的自我,林伽是力量的无声肯定,是高贵的象征,是湿婆融入自我时的庄严,那时女人是他。贾娅拉克希米的左手放在医院的纯白的床单上,我站起来四处走动,就像在巡视一样。我站在了另一侧,握住了她紧张颤抖的手指。在加齐布尔的那个下午,当我摸到她的肚脐时,一束透着蓝色和金色的光,像月光一样的冷光好像从她体内射出,点亮了整个宇宙,就像鸟儿清晨展翅高飞。当时我没有吻她,现在我也不会。她的手被握在我手里,她的生命奄奄一息。我看见了她的眼泪。她谈论的那些只是指出了总体的、不好表达的理解。最后,她睁开眼睛,笑得像个孩子一样,对我说:"告诉我,答应我,如果我死了,你在他们即将建成的寺庙里化身为湿婆,这样我们的婚姻就可以完成。"

"什么婚姻?"我惊讶地问,她从来没跟我提过这事。

"唯一的婚姻,任何女人都只有一场婚姻。"

"所以呢?"

"让这情妇的身体到别处去吧,去到需要这样的皇家躯体的地方。答应我要成就我们的婚姻。"

"去巴黎吧,贾娅拉克希米。你知道的,巴黎就像我自己的心脏和家园。去巴黎吧,我们会在那里获得圆满。"

"哪里?"她惊讶地问。

"戴高乐的高卢[①]——在巴黎——神圣的巴黎,高贵的巴黎。你会来吗?"

"当然会。"

"明天我就要走了,我妹妹后天就到了。"

"上帝已经决定了所有事情。"她处于深切的悲痛之中,用力地握紧了我的手。

"无论如何,在这有你全家人的陪伴。"

"嗯,我知道。他们会讨论生意、尼赫鲁,还有下次的猎虎行动。"

"也许会讨论寺庙。"

"你是谁?"她猛然发问,就好像她的突然发问能让我露出真面目一样。

"一个男人。"我边说边大笑起来。她提醒我这是在医院,叫我安静点。"就是一个男人。"我微笑着重复了一遍,然后慢慢地走回

[①] 高卢(Gaul),古代欧洲西部的地区,大体包括意大利北部、法国、比利时、卢森堡及荷兰、瑞士的一部分。

座位上。她的家人很快就要到了，汤普森女士也快来了。这时，柔和的电话铃声响起，她接起来。"是的，帕杜，那是什么？告诉父亲我不需要睡袍。是的，是的，当然。手术后换件衣服应该会舒服点。"她沉默了一会儿，"所以西塔已经到这了，你是不是说叔叔也来了？真好，他可以让父亲高兴点儿。"她又沉默了一会儿。"那么你三点到这儿，太棒了。"然后，她用印地语说了句："母亲在哪里？——很好。我听着呢。她要来了？——已经到了？改变即将到来？好的，帕杜。拜拜。"

她的妹妹已经到了，我也该离开这里了。巴黎是什么样呢？那里有苏珊娜和她的梦想吗？有米雷耶和她的恋情吗？贾娅拉克希米是对的，上帝在玩弄我们。乌玛要来了，乌玛，我的好妹妹。她不是很聪明，还有点蠢蠢的，但她真的很好。我看着她长大，从婴儿长成小女孩，然后开始出现女人味——刚开始只是淡淡的女人味，慢慢加深，后来变得女人味十足——之后是她的婚姻和鬼魂，偷钱包的恶行。谁是鬼魂？那些假怀孕是什么？摩耶的幻象。德尔佛斯医生能把她切开又缝合，让她的子宫生出一个小孩吗？一个大胖小子，就像法国邮电公司的工作人员把电话的精细装置放在螺丝刀、两股线和邮件旁，接着电话就响了那样。我能从巴黎给贾娅拉克希米打电话吗？这合适吗？乌玛呢，她又会做什么？悲伤的时候，有家人在身旁会觉得安慰些。我把乌玛带到学院，带她到让杂乱的房间里告诉她："让，见一下我妹妹乌玛。"让怀疑我究竟有没有妹妹。你看，全是虚幻。实际上，人们经常好奇我是不是有一个家庭，有父亲、姐妹、堂兄妹和叔叔。想得太过抽象，我好像迷失了自己。母亲和我杰出的父亲生下了我，我等着填自己的个人信息表格，而王公的孩子却能飞到任何地方，拥有他们想要的一切。所以说个人信息和偏好表格是通往天堂的大门。公平存在于这个寻求公平、承诺公平的世界的某处。罗伯斯庇尔通过砍下别人的头颅来获得公平，其他领导人也是如此，甚至杀了更多的人。婚姻是一种长期的使人麻醉的仪式性的谋杀吗？你明白吧？我突然想起，由你的独眼叔叔或退休的公务员堂兄来为你占卜（看你和任何一个女孩的命运），多么神奇啊！一个用臭手指算计的婆罗门，肩上围着红披巾，金刚菩提在他低沉的嗓音中颤动，嘴里叼着香烟，流着口水或吐出口水，把一组星星的位置与另一组星星的位置进行比较，每一组星星都独一无二。父亲、姑姑或爷爷会说："多么伟大！多么非凡！32颗星星中有23颗在最和谐的位置——简直完美无瑕，这是罕见的星星组合，我告诉你，桑娜……"之类。他们（父亲、姑姑或爷爷，肯定就是指他们）决定，现在你要和某人结婚，随便是谁，同族的人、猪、水牛、乌鸦都可以，然后你才能成为一个合格的、完整的、值得尊敬的房主。

"瑞瓦蒂，我们要几个孩子呢？"我在结婚的晚上问她。

"噢。"瑞瓦蒂太害羞了，躲在纱丽后面。

"十是个好数字，你不觉得吗？"犹豫了一会儿后我又说。

"也许。"

"是的，对一个数学家而言，一和零组成了完美的婚姻。"

"现在他们怎么说？"

"他们说一加上零是一场好的婚姻。"

噢！对一场简单神圣的、至圣的婆罗门婚礼来说言，需要——婚礼队伍、吠陀圣歌、戴婚礼项链、演剧活动、音乐、由长者在额头点上红点，然后坐汽车、火车和飞机去美国！为什么不去呢？

突然间，我想起来有人告诉过我，也许我在斯维特兰娜①的书里读到过：库扎拉维娜起初和一个犹太人结婚了，想象他是斯大林的女婿。她之后还想象自己和一位年轻印度王子结婚了，当然这更好一点。对斯大林而言，他毕竟是个东方人——所以某天当斯大林坐在克里姆林宫的办公室里时，也许还是没有找到泰米尔语、格鲁吉亚语和芬兰语之间的语言学难题的答案——我从莫斯科的大使那里听说了这些——没有找到合适的答案。他走到窗户那去看他的子民，所有俄罗斯人都是他的孩子，不仅仅只有斯维特兰娜，尽管他深深地爱着她，并且是以她喜欢的方式来爱她，把她宠成了一个小公主，这你是知道的——所以斯大林走到了窗户那里，他看着俄罗斯人在雪地里高视阔步，从远处走来，队伍蜿蜒曲折，就像用铅笔在白纸上画下的一条线——这些人来向陵墓里死去的父亲表达敬意，向苏维埃人民的其他伟大父亲和克里姆林宫里的斯大林表示敬意。突然间灵光一闪，斯大林有个了绝妙的想法。他打开门，吩咐门卫立刻下楼带来十位年轻男女，更准确地说是十个年轻男人和十个年轻女人。门卫下楼去了，带来十个伊万诺维奇②和十个玛丽亚③，他们颤抖着，微笑着走上来。"人民之父召见了我（还有我，还有我）。克里姆林宫多么宏伟，多么高贵！从外面看是绝对不可能知道这些的！"人民之父斯大林坐在书桌旁，手里玩着铅笔，那是一支红色钝铅笔。他说：

"同志，你叫什么名字？"

"我叫尼古拉耶夫。"斯大林记下了他的名字。

---

① 斯维特兰娜（Svetlana），全名为斯维特兰娜·阿列克谢耶维奇·亚历山德罗夫娜，白俄罗斯女记者兼散文作家，代表作《切尔诺贝利的悲鸣》《锌皮娃娃兵》等。2015年获诺贝尔文学奖。

② 伊万诺维奇（Ivanovitch），俄国常见的男性名字。

③ 玛丽亚（Marya），俄国常见的女性名字。

"女同志，你呢？"

"我叫伊莲娜，伊莲娜是我的名字。"她说。斯大林也记下了她的名字。

"多么神奇啊，我有个姑姑也叫伊莲娜。"斯大林微笑着说。现在，你，和你，直到全部伊万都一个一个数完了，全部玛丽亚也是一样数完了之后，斯大林拿起了他小小的红铅笔说："伊万娶这个玛丽亚，费德亚娶这个伊莲娜。"他给每个人都配对，然后人民之父——亲吻了他们。当秘书为他们确定结婚对象后，他们一对一对地在纸上签下各自的名字和严格的苏联公民编号等等。奉斯大林之命，他们下楼去了。噢，每对夫妇都得到了一个奇迹般的礼物。他们都收到了两张到克里米亚半岛①的票，有三周假期且已全部付清费用，他们可以到克里米亚去享受阳光沙滩。你也知道，如果他们显出一丝犹豫，门卫会给他们去西伯利亚的票，也许是去另一个世界的票，我们永远不知道是去哪里。你知道斯大林和他的主角们工作得多么默契了。婚姻就是这样，你明白的。不过也有另一个故事，是让·弗里埃（现在她也是党员了）告诉我的，关于他父亲的故事。作为一个阿尔萨斯人，希特勒称他们为伟大祖国德国的背叛者。他们全部都是穿着法国制服的阿尔萨斯人，是战争的俘虏。他们聚集到一起组成一支队伍，靠近米卢斯②或斯特拉斯堡③？我想不起来了，

---

① 克里米亚半岛（Crimea），位于黑海和亚速海之间，属亚热带气候，景色优美、气候宜人，是著名的疗养、旅游胜地。
② 米卢斯（Mühlhausen），位于德国中部温斯特鲁特河边的城市，是铁路枢纽，历史悠久，风景如画。
③ 斯特拉斯堡（Strasbourg），法国东北部城市，市区位于莱茵河东岸，是法国最大的边境城市。

要么是希姆莱①要么是赫尔曼·戈林②下令，管他是谁呢，反正命令已经下达了：凡是排在第七位的都要被射死（为日耳曼种族堕落的人做个榜样）。轮到让的父亲时，对方看他是个三十三岁的帅男人，长相酷似日耳曼人，他们这么说，"你看上去很像日耳曼人，高大健壮，有蓝色的眼睛，我们不杀你。"因此让和他的党员离开了，带着他的数学一起离开了。你看，我们的占星学也是这样，它们好像也很喜欢党员，和他们自己的克里姆林宫、克格勃或权威有着直接联系。这只是个身份问题，你明白吧？同志，难道你不明白吗？

在医院楼下门口等出租车时，我思考着这个问题。我笑着说："也许成为一个雪花石膏制的林伽被供奉在喜马拉雅山，成为黑暗之神陪胪，一个一米八五的高个婆罗门也不错。"乌玛，你觉得呢？

33

第二天伦敦变成了加尔各答。西塔拉克希米的小跑（她总是穿着高跟鞋）、高声讲话（即使在伦敦桥医院也这样）、私人司机开的车（来自印度高级专员公署）都让她觉得十分光荣。她甚至会违反政府法令，毕竟她丈夫是少将，是东部分区的司令官，一边和王公们打着马球一边监视着另一侧的中国人。最重要的是，他受到著名的国防部长克里希纳·梅农的喜爱——而克里希纳知道高级专员什么时候可能不需要德里的帮助——众所周知，德里从摩诃婆罗多时代和莫卧儿王朝时开始，就活在巨大的阴谋里。（那时女人们从德里

---

① 希姆莱（Heinrich Himmler，1900—1945），纳粹德国的一名法西斯战犯，历任纳粹党卫队队长，内政部长等要职，对许多武装党卫队的战争罪行负有主要责任。1945年被俘后自杀。

② 赫尔曼·戈林（Hermann Göring，1893—1946），纳粹德国的一位政军领袖，曾被希特勒指定为接班人。1946年被处以绞刑，但在行刑前一晚服毒自杀身亡。

到伦敦，总要完成所有的采购）此时，在克拉里奇，拉贾·阿肖克忙着为殿下安排公寓，因为殿下也要来了。他借口说要切除胆囊，但谁不知道它可能在勒克瑙[①]或德里就被切除了，但殿下还是想要一次愉快的出行——伦敦依旧是他的首都。就像拉贾·阿肖克一样，他也去了英国公立学校，去的是哈罗公学。当你还是个小男孩时就去了英国，你会养成一些非常独特的喜好。例如，尼赫鲁被一次次地告知——殿下喜欢舞女和他们的儿子，他把时间平均分配，晚上由一个人陪，下午由另一个人陪。当然德里的高级官员记下了那些传言，还拿来与英国的记录进行比较，看看是巧合还是部分地证实了印度的秘密调查结果——无论如何，王公第二天就到了。联邦事务部肯定安排好了接待，副部长或一个礼宾官员将要代表政府和女王去迎接他——代表他个人的、君王的旗帜在舷梯那儿迎风招展，迎接这位贵宾的到来。英国官员先走进飞机去问候殿下，等等。当然，在整个过程中都能见识到萨哈巴王妃的审慎和关爱。她觉得没有让贾娅拉克希米一个人待着是明智的，毕竟只有我是自由的（至少在其他人看来如此。但在萨哈巴王妃本人看来，是她对贾娅的爱才调动了适合需要的活动，就像王室外交的本能）。因此我被留下和贾娅连续几个小时待在一起，连汤普森女士都默许了（也许是因为萨哈巴王妃细心的建议）。因此从加齐布尔开始，贾娅和我沿着河边散步，做晚间礼拜，我从没有单独和她在一起待过这么长的时间。我们就像同一棵新芽上的两颗豌豆，又像季风雨后的恒河岸边稻田中散步的两只鸟儿。迦梨陀娑曾写道：

湖里鸳鸯的叫声由密集变得稀疏，

[①] 勒克瑙（Lucknow），印度北方邦首府。

为了看对方一眼，

它们扭转脖子，吐掉吃了一半的莲花芯。①

"是的，多么贴切啊！"贾娅拉克希米说，"多么贴切！听起来就像希腊语。在迦梨陀娑的时代没有土耳其语，"她痛苦地低声说，"只有希腊语。"

"是的，但希腊人是我们的表亲，突厥人可不是。事实上突厥人是蒙古人，是中国人和因纽特人的表亲，而《摩诃婆罗多》和《伊利亚特》是表亲。你可能都不知道，希腊的神和罗马的神、印度的神有着同样的符号、同样的等级制度、同样的功能，比如祭司和婆罗门等。我被告知，在巴黎有位著名学者杜梅兹尔②证明了这点。因此《弥兰陀王问经》③是一部伟大的佛教经典，记录了希腊国王和印度圣人的问答——"

"真的吗？"

"是的。"我说，"现代欧洲人都以为他是希腊人的后继者，但他们忘了希腊人自己就是印度人的年轻兄弟。希腊人崇拜印度，这也是为什么大家推断出亚历山大曾给他的古鲁④亚里士多德秘密地写信讨论印度。"

"你知道吧，几天前教皇保罗来印度时，高度评价了印度的灵性——"

"好吧，那是另外一回事儿。"我说着拉住了贾娅拉克希米温暖

---

① 原文出自迦梨陀娑《鸠摩罗出世》第三章。
② 杜梅兹尔（Dumezil，1898—1986），法国著名的古语言学家、宗教文化学家和神话史学家。
③《弥兰陀王问经》（*Milinda-panha*），佛教上座部著名典籍，产生于公元前1世纪西北印度。记录希腊裔君主弥兰陀王与佛教僧人那先比丘的问答内容。
④ 古鲁（Guru），在印度教中意为智慧教师。

的手，她也乐意这样。她的双手如此柔软，自然地被我握住，就好像我们的双手早就彼此了解，并永远如此。我们陷入了长久的沉默中，什么事情都不需要明说。她开口说话，好像在回忆某些过去的事情：

"所以寺庙会建造起来——"

"因此？"

"你会永远待在维拉斯普尔。"

"胡说，我与一块椭圆形的石头有什么关系？"

"难道你自己不是椭圆形的吗？"她看着我笑着说，"在印度所有神圣的东西都属于恒河和喜马拉雅山。所以，你，作为一个南方人必须要到我们这气候寒冷的地方，永远生活在这里——你明白吗？永远！"

"但是，"我微笑着说，"如果没有雪山神女坐在（或站在）隔壁房间等她的主，就不会有湿婆神庙。人们不会单独敬奉湿婆，雪山神女必须有发言权。如你所知，夜晚降临时，在南方的寺庙里，我们唱着歌、挥动着牦牛毛，把男神带到女神那里，特意准备镜子，因为有女人的地方必须有镜子。在古代，印度的镜子是由闪亮的青铜制成的。她走进主的房间，新娘走向新郎，在铜镜前坐下，整理头发，也许还会调整一下点在额头的红点，然后主会邀请她去听音乐、享受晚宴。寺庙里的音乐家开始演奏吉祥经，窗帘被拉上，男神和女神已经去休息了。"我沉迷于这样的想象中，回到了马杜赖寺庙里，音乐家引导女神去找她的主。我忘记了我是作为一个抽象的存在，而贾娅拉克希米是个女人，有丰腴的胸部和四肢。她在我身边，尽管是在医院的病床上，我们是自己等级制度的囚犯。我没有望向窗外而看着贾娅拉克希米时，就好像越过泰晤士河看着印度。

我看见贾娅拉克希米哭了，克制着痛苦和内心的悲伤，不停地抽泣。我站起来，走到床边坐下。注意到我一直看着她，她用温柔又虚弱的声音说："幸运的是，印度人相信转世。"

"贾娅，为什么这样说？"

"因为现在的情况可能以后也会发生。"

"以后即现在，现在即以后。物理学中有定律，相信时间的可逆性。"

"主啊，"她用尽力气轻轻地站起来说，"主啊，你为什么不让它现在发生呢？为什么以后不能是现在？你可以让它发生的。"她椭圆形的脑袋靠在我膝盖上，看上去实在很像湿婆的林伽。我抚摸着她的头，把头发捋到后面，这样我便能看到她几近透明的肌肤——拉杰普特人才有这样纯洁的旋律一致性，血管下埋着血管，一层一层地，显示出来的不是表象而是深度——我能感觉到她的脉搏和呼吸，看到她美丽的胸部，就像个鹦鹉笼一样。只有当人们给予了血肉纯粹的沉默、恰当的姿势和持有人，血肉才能表现得如此深刻。克久拉霍①的寺庙展现出通过人们的四肢、腰部和嘴唇可以看到神性。通过女人的最深处，即通往出生和自由的窄门可以到达神。在某种程度上，出生就是自由，因为出生意味着连续，而连续不仅意味着永恒还意味着直接。现在变成以前是永恒，而不是以后成为现在。那时的以前怎么能成为现在呢？这是个逻辑谬论，就像著名的哥德尔②不完备性定理一样。

她用敏捷的、一种优美的女性姿势把我的手从她头上拿开，温柔地放到胸部。这一亲密触碰的微妙感觉纯粹又精巧，就像一首古

---

① 克久拉霍（Khajuraho），印度中央邦北部的城市，那里有许多寺庙。
② 哥德尔（Gödel，1906—1978），美国数学家、逻辑学家和哲学家，其最杰出的贡献是哥德尔不完备性定理。

典诗歌。她胸部中间的皮肤就像镜子一样光滑——她才只有二十七岁。她的胸部随着呼吸一起一落,这两只漂亮的笼中鸟也起起伏伏,让人觉得好像在唱罗摩、罗摩,鹦鹉也在跟着唱。在我看来,这不是皮肤、血管、淋巴和肌肉,而是不可名状的深度真相。在这令人绝望的深渊,人们看见自己的脸被映照出来,就像神秘主义者经常说的那样。我就是我,因为你在那里,你只是转了一个方向的我,就像转动了一些时间的空间。以后回到现在,就不会有死亡了。刹那间,灵光一闪,我意识到真正了解女人就是在超越死亡。世界是垂直的——永恒的,能看见此地和此刻。随着呼吸和光亮的颤动,鼻孔会因为平静而扩大,死亡就在一旁等候。也许骑师死了,但贾娅拉克希米会活着。他死亡时如此靠近一个圣洁的女人可能会让他转世成一个帅小伙,也许是印度人,甚至能成为拉杰普特人,他的马术从赛马场转移到战场上。我想,如果他死了,贾娅拉克希米的大脑也许会被清空。他是我的替代者,婚姻则是因果报应的棋类游戏。

  但我怎么能娶贾娅拉克希米呢?她已经结婚了。印度教里没有离婚,尽管自由主义的尼赫鲁给予我们撤销不成熟行为的权利。贾娅拉克希米会成为我的妻子吗?这个想法很真实,她把手覆在我手上,让我确认她的手感和深度。她的身体和本质没有任何不同,闪耀着寺庙里雕塑的真理的光辉。它完全是它自身,接近它的终点。到达终点就是触碰到某处,就像一件艺术作品触碰到了不朽的边缘。事物的成长伴随着时间证明其不可毁灭性。谁能、什么能创造贾娅拉克希米?谁都不能,连火都不行。现在和将来,变成了普拉那[①]和

[①] 普拉那(prana),能量、生命素。

普纽玛①的持久性。"生命气息为般若（智慧）自我——为极乐、为寿命、为永生。"就像《奥义书》中所写的那样。贾娅拉克希米不再是二十七岁，现在你应该理解了法老。我见过金字塔，吉萨金字塔②也是一座寺庙，贾娅拉克希米就是我的女王、我的姐妹。当我坐在那注视着她的内心时，她温柔地把我的手移到了另一个乳房上，希望我也能知道另一半的真实。就像《奥义书》中写的那样：两只鸟儿站在同一棵树上，一只鸣叫，另一只沉默。她沉默的那面触动了我，因为我的雄性完全苏醒了。她慢慢地移动身体，曼格拉苏特拉③贴在她光滑如镜的皮肤上；命运的目标。我好像在演戏、在梦中。我看着泰晤士河，就像人们看着自己的父亲、自己的证人那样，我亲吻了她。这时，整个世界好像都在秘密地支持你，使你免受电话和汤普森女士的打扰，连威斯敏斯特教堂都不愿响起钟声。总而言之，当我听到骑师痛苦的呻吟、走廊尽头的小孩哭声、电梯的嘎吱嘎吱声和人们的脚步声时，我开始思考我看见了什么。贾娅拉克希米出于她女人的直觉，抬起头重新靠到枕头上，我知道我得做些什么了。我回到座位上，贾娅拉克希米肯定按枕头下的铃了，因为汤普森女士来了，脸上好像披着泰晤士河的光辉，她看上去很古典，很像罗马的女神（像梵蒂冈博物馆里的台伯河④女神）。她看到贾娅拉克希米因痛苦而抽搐的脸庞，就去准备注射器和医用器械。在把它们拿进来之前，门再次被打开了，殿下就在门口，拉贾·阿肖克在他身后，就像他侄子一样。殿下身高一米八三，肩膀宽厚，倒更像一个贾特人，而不太像拉杰普特人。他的鼻子粗糙浑圆，皮肤也

---

① 普纽玛（pneuma），灵魂、精神、元气。
② 吉萨金字塔（Pyramids of Giza），位于埃及吉萨市的金字塔总称。
③ 曼格拉苏特拉（mangalasutra），印度新娘结婚时脖子上佩戴的项链。
④ 台伯河（Tiber），意大利中部的一条河流，流经罗马。

很粗糙，眼睛闪闪发光，像钢铁一般坚毅，令人迷惑，好像已经见过了上千场和突厥人之间的战争。他走了进来（尽管这是医院，但他好像走进自己的更衣室或前厅，管家把睡衣递给他一样。）简单地和我打了个招呼，直接走到他侄女面前开始啜泣。汤普森女士站在门口，手里拿着注射器。这时拉贾·阿肖克在她耳边小声说了几句话，然后她走了过来，站在贾娅拉克希米能够看到她的地方。但是，贾娅拉克希米也在哭泣。我们印度人哭得太多，把欧洲人都惊呆了。一个人怎么能如此脆弱呢？何况他还是个身高一米八三的健壮男人，还是个国王！对汤普森女士而言，这的确挺令人烦躁，好像很生自己的气。这时，贾娅拉克希米几乎是充满感激地伸出左手让她注射，一切恢复正常了。贾娅是因痛苦而哭泣，还是因为看见了她的伯父呢？汤普森女士打完针，带着这个疑惑正要出去，萨哈巴王妃和萨哈巴王公刚好进来了。萨哈巴王妃冲着她微笑，这让汤普森女士冷静了下来，她回了一个微笑，说："全家都来了。"回答她的是西塔拉克希米，她正在掐灭她的香烟，"噢，不，还没到齐，还有两个在路上。"这让我很快回到孤寂之中。我离开房间时把西塔拉克希米的烟蒂拿在手里，以免她把烟蒂丢在地上。如果她忘记了自己身在哪儿，那卡利班[①]就会回到走廊里。拉贾·阿肖克注意到了我的尴尬，他和我一起走出来，问我是不是确定当晚要离开去巴黎。我说是的，因为我妹妹周五要到了，我没有理由继续待在这儿。

"真遗憾，"他说，"刚才在机场时，萨哈巴王妃还跟我说——你对我们而言——你对我全家而言，是一只有力量的乌龟……"

"荒谬，"我开始争起来，"一只乌龟！皮肤是纸做的，四肢是数字做的乌龟……"

[①] 卡利班（Caliban），莎士比亚戏剧《暴风雨》中半人半兽形的怪物。

"而且还是婆罗门,"拉贾·阿肖克说,"难道不是吗?"他问与他同行的殿下的管家。不管他的主人——英俊的殿下去哪儿,管家总是带着一个盒子——后来我才知道他是阿吉特·辛格王公——他和王公之间有些暧昧关系。但伦敦很大,一切事情都被伦敦消化掉了。谁又知道些什么呢?谁又在乎阿吉特·辛格是个皮条客还是只宠物呢?

幸运的是,殿下出来了,后面跟着他的弟弟和萨哈巴王妃——也许除了眼泪,他的问候只是仪式性的——随后拉贾·阿肖克和我走进了贾娅拉克希米的房间。西塔拉克希米正喋喋不休地说着她买了些什么东西和与印度相比伦敦的物价多便宜。她没有时间留在这儿,她得去高级专员公署吃晚饭,所以她要离开——跟贾娅说"再见",好像她们还是小孩子,这时汤普森女士进来看她的病人怎么样了。那时,我们好像已经说完了所有要说的话,安静地坐着,听泰晤士河上驳船的声音和钟表的嘀嗒声。骑师肯定不会活很久,我们能听到制氧机一直在工作,他的痛苦好像穿过了墙壁找我们求救。拉贾·阿肖克前一天跟着汤普森女士去看望了那个骑师,因为印度王子听说了骑师骑马的故事。王公曾经在阿斯科特[①]赛马会上看见吸血鬼把他的骑师丢下马去,那应该就是他了。他非常痛苦地躺在医院的病床上,他胖胖的妻子和两个孩子看上去茫然无助。对人类来说,死亡是一个奇怪的访客——就像走进羊圈的狗或狼。没有出去的路,可怜的母羊的命运已经注定了。人们多么希望自己能像瑜伽修行者那样决定死亡的时间、地点和方式啊!这样你就不会害怕,因为你可以像邀请客人一样邀请死亡的到来。"请进,阎摩的手下,带我转世吧。"那么这将不是死亡,而是一种婚姻的形式。你可以选

---

① 阿斯科特(Ascot),英国伯克郡的一个城镇,以一年一度的赛马会闻名。

择你要去的地方。

能和骑师说这些吗？不能，他可能还相信天堂、复活和救世主。这也许和重生一样是真的呢？

我觉得是时候离开了。敏锐的直觉告诉我们下一步要做什么，我们只要听从它。我知道拉贾·阿肖克要和贾娅拉克希米待在一起，而我要去面对我孤独的命运。生命就像金字塔一样，有一个高峰，一个顶点，一个几何学上的最高处，然后一层又一层的石头铺展开来，最后到达底部。在底部，可能有个女王正处于婚姻的辉煌时期，她是埃赫那吞①的女儿，给予埃及形而上学——她的女儿安海森-帕阿顿女王躺在那里，黑人女仆被钉在墙上，神圣的蜘蛛在恰当的方向吐丝结网，天空之神拱悬于她之上，象征着不朽。只有狮身人面像耸立在门口，问着关于空间和时间的问题。你是什么？女王躺在狮身人面像后面，非常宁静祥和。一日为女王，终身为女王。

我看着贾娅拉克希米，她看上去有点漠然，魂不守舍。直到我做合十礼时，她突然闭上眼睛恭敬地朝我鞠了一躬。拉贾·阿肖克转过身来，看见是我，他知道为什么我会受到如此尊敬。我朝他挥手再见，走下走廊，沉浸在自己的内心世界里。我在转角处碰见了萨兰达，他问我贾娅拉克希米怎么样了，抱歉没能早点来——他和劳埃德银行的人有个重要会议。他和萨哈巴王公想为他们的新黄麻工厂募集一大笔款项，劳埃德银行之前在加尔各答处理过类似的情况，能够很好地了解他们的需求。"英国人还是比我们自己的政府更懂我们，"他评论说，"事实上，他们比德国人、法国人或日本人都要更懂我们。"他对今天上午的会议很满意，现在要去看他的妻子了。

---

① 埃赫那吞（Akhenaten），古埃及第十八王朝时期的法老，伟大的宗教改革家。

"我真高兴你在这儿,"他说,"没有你,这个家怎么办呢?"

"胡说。"我说,"在我来之前,你们都在这儿。当我离开了,你们也会在这儿。"

"为什么,你要去哪里?"他突然问,好像没听懂我的话。

"去巴黎——今晚坐火车离开。八点离开伦敦,第二天八点到巴黎,路上还能好好睡一觉。"

"你为什么一定要走?"

"我妹妹星期五要来,她也要住院。"

"我们都忘了,"他把手搭在我肩膀上说,"我们都忘了你也有家庭。我们觉得你属于我们,和我们一起长大。尽管你看上去这么年轻,但你就像一位年轻的叔叔、一位年长的哥哥。你知道,我们需要你的帮助。"

"谢谢你,"我说,"只要你需要,我随时可以坐飞机过来。"

"再见。"他渐渐走远。我看见拉贾·阿肖克站在贾娅拉克希米房间的门旁边,也许想去找汤普森女士,也许贾娅拉克希米需要什么东西。萨兰达走进房间后,拉贾·阿肖克转身到走廊,朝护士站走去。这很像玩一个游戏,在这个梦境里,所有事情都严谨精确,因为这里遵循另一套逻辑、另一套时间和空间体系。就像那个矮胖的英国数学家和哲学家罗素说的那样,一个人怎么知道他不是在做梦呢?你确定你是希瓦拉姆·萨斯特里?而不是官方说法中哥印拜陀市的希瓦拉姆·萨斯特里,但实际上却是吉登伯勒姆的希瓦拉姆·萨斯特里,是马杜赖前收税员拉奥·巴哈杜尔·希瓦拉姆·萨斯特里的儿子?你确定看过引领女神走向男神房间的队伍,听过婆罗门的吟唱和音乐家演奏那些迷人的音乐?寺庙守卫穿着制服在梦中懒散地走来走去,寺庙会不会也是一个梦?还有庙里孤单的长方形池塘、队伍、大象、授予主父的荣誉，会不会也是梦？鱼眼女神躺在天鹅绒的床上，躺在漂亮的男神桑塔雷萨身旁，两个脑袋并排在可爱的蓝色天鹅绒枕头上，女神的头发和珠宝在镜子中闪闪发光。因为父亲是收税员，婆罗门允许我们走近看。这种神的卧室场景只能由婆罗门祭司来想象，由某个十分特别的婆罗门来想象，每个家庭一年只有两个月有敬奉的权利——这种特权由纳亚克人[①]授予。1755或1765年，所有文书都写在铜板上，现在依然可以在寺庙宝库里看到。婆罗门让男神和女神休息之后，回到自己家里——与妻子见面或情妇私通。寺庙的卧室和阿格拉哈拉姆[②]婆罗门的一些肮脏的阳台之间有什么关系？在阳台上，胖胖的妻子在散发着阿魏味道的丈夫身下喘息，丈夫的鼻孔里塞满了鼻烟，婆罗门的手上戴了太多戒指，划伤了妻子、情妇的胸部。这项运动最后生出了很多合法的和私生的孩子。私生子成了音乐家和舞蹈家，如果是私生女，则嫁给众神，但不再属于我们印度共和国了。情妇嫁给众神不合法，只要不在选举时期，油腔滑调的国会大臣纳妾却是合法的。印度土布衣服遮住了我们所有的罪孽，甘地帽是我们的荆棘王冠。王权是令我们这个时代、我们的自由、我们的社会主义时代感到震惊的事物，国王被遣资退休，回到他们的宫殿去找情人。国会大臣都是信仰甘地主义的，代表着达磨、美德和真理。当头皮被切开，哈钦森医生会告诉你，你看见的全是像绳子一样的大脑线圈，就像水蛇一样容易触碰和控制——光滑而洁净。取出肿瘤就像从一袋米中拿出一小块石头，告诉婆罗门厨子随便做什么饭——藏红花饭、柠檬饭，或夹着黑鹿肉的小扁豆饭。在马杜赖，我们有一位年长的厨子叫拉

[①] 纳亚克人（Nayak），中古印度维查耶纳伽尔王国中的地方统治者。
[②] 阿格拉哈拉姆（Agraharam），泰米尔纳德邦的一个小镇。

玛·耶尔。他做的鹿肉十分好吃，煮的咖啡无与伦比。我希望能再次吃到他做的鹿肉。乌玛知道怎么做吗？她也许知道。那样的话，在巴黎我也能像在吉萨一样吃到鹿肉饭，我疲惫的大脑这么想。

34

伦敦维多利亚火车站——也是一个同样压抑的地方。笔直的长方形月台屋顶——入口处浮夸的装饰，到处都是金色的南瓜，用丰富奢华来体现它的庞大。镀金的巨大拱形门突出来，售票厅却平平无奇，里面只有呆板的职员，中年女清洁工在四处扫着不可名状的垃圾。温暖乡下的行李搬运工的只有松松垮垮的有轨电车，像盒子一样的棕灰色英国火车显示出英国虽然美好，却缺乏美感。伟大的边沁①好像只告诉了他们有用的才是好的，所以维多利亚女王②（这个火车站就是为向她表示敬意，而用她的名字命名的）是个有用的女王（她扩大并稳固了帝国），因此她是好的。她取得了日耳曼人的最高成就，获得了一个稳固辽阔的帝国，她的表亲没有一个能做到。她的沙皇侄子就像她的儿子，把俄国从大西洋扩张到了太平洋，向北扩张到了寒冷的北极。那里都是蛮荒之地，它的宗教臭气熏天，满是汗水和发霉的味道，预示着对人类的不幸。她的儿子——快乐的爱德华，比起英国更喜欢法国，他的欢乐受到质疑。这个帝国会持续多久？直到另一个侄子威廉③想要更多地盘。此外，最重要的是，法国人肮脏又爱夸夸其谈，总有夸张的反抗和改革，一个王朝推翻了另一个王朝，然后这两个王朝都被掌握火药的饥饿大众赶走

---

① 边沁（Jeremy Bentham，1748—1832），英国哲学家、经济学家。
② 维多利亚女王（Queen Victoria，1819—1901），第一个以"大不列颠联合国女王和印度女皇"名号称呼的英国君主。
③ 威廉（Wilhelm，1797—1888），1871年就任德意志帝国第一任皇帝。

了。法国永远不会、也永远不能成为英国的朋友。法国只适合海滨度假，有好的咖啡。英国人认为，他们集德国人的严谨和法国人的聪明于一身，这是事实。英国人永远不会像德国表亲那样好斗，也永远不会像法国人那样有创造才能，但他们罕见地把两者结合在一起。维多利亚女王决定，给男人家庭和工厂，让他们朝着荣誉、富足和上帝前进。就像这个巨大的火车站一样，英国的伟大在于她的可靠、她的绅士风度和她的军事力量。这个火车站用先进的钢铁制成，呈正方形、矩形或卵形，扩展为彩色的、像玻璃一样的空间。这些小小的玩具火车在下面爬行，带你去加莱、南安普敦①或朴次茅斯②，带你去P&O邮轮公司③，停泊的船只和东方航线会送你去澳大利亚和新西兰。所以当拉贾·阿肖克来为我送行，站在月台上给我买《晚间新闻》或《电讯》时，有一瞬间，我感觉好像维多利亚女王的帝国还在。我小时候，一打开会客厅，就能看到维多利亚女王的画像挂在拉克什米④和湿婆的画像旁边。女王很和蔼，胖胖的，满身荣耀，头上戴着印度的王冠。毕竟我父亲是帝国的忠诚仆人，拉贾·阿肖克的父亲也是如此。他父亲还去了德里的宫廷，站在尼扎姆⑤和迈索尔王公后面两排。拉贾·阿肖克的保姆来自布莱顿⑥，她给年轻的王子唱维多利亚时代的摇篮曲"睡吧，孩子，睡吧……"之后他去伊顿公学和牛津大学学习，这使得英国成了他的一部分。英语自然也成为他的语言，就像印地语或梵语那样，事实上英语比后两者更方便。我自己就不同了，我首先接触的是泰米尔语，因为我

---

① 南安普敦（Southampton），英国南部的港口城市。
② 朴次茅斯（Portsmouth），英国南部的著名海滨城市。
③ P&O（Peninsular and Oriental Steam Navigation Company），英国的一家老牌的邮轮公司。
④ 拉克什米（Lakshimi），印度大神毗湿奴的妻子，掌管幸福和财富的女神。
⑤ 尼扎姆（Nizam），18世纪至1950年间海德拉巴的君主称号。
⑥ 布莱顿（Brighton），英格兰南部海滨城市。

的奶奶来自代纳利[1]，然后是梵语。因为潘迪特·萨马·萨斯特里，他是我父亲的朋友，曾经是个杰出的律师。为了让他老有所用，他开始教我认苦味药、做帕尼尼，当然也教了《沙恭达罗》[2]，稍后我才接触英语，但是在芒格洛尔[3]的崇真会[4]学校里，德国老师把英语教得和他们的脚一样沉重。相比济慈[5]他们更喜欢布朗宁[6]；相比罗斯金[7]，他们更喜欢卡莱尔[8]。他们当然喜欢麦考莱，尽管他很坏。之后我来到马德拉斯，接触到了纯粹的英语语法并体会到用泰米尔语交流的可怕，拉贾先生的英语口音太糟糕，但又太准确优雅，不过我很小的时候听过斯里尼瓦桑·萨斯特里[9]讲英语（他好像对这种风格和措辞掌握得很好）。因此维多利亚女王继续统治，直到甘地和尼赫鲁推翻了这个日不落帝国，谢天谢地，我依旧住在印度，并且能听到我的长辈和教授们讲好听的英语。父亲的语言总是非常精确优雅，不是国王的英语而是斯里尼瓦桑·萨斯特里的英语。当然现在印度人称英语为本地语，也许它某天会发展得像乌尔都语一样带有自己的节奏和结构。我们印度人欢迎所有外来的东西并把它献给众神，它们品味它、咀嚼它，然后把它作为惠赐还给我们。我们的英语想要达到那种成熟度，还需要取得它自己的国家地位。那时候它就会

---

[1] 代纳利（Tenali），印度安得拉邦东部城市。
[2] 《沙恭达罗》（Sakuntalam），印度古典梵语诗人、戏剧家迦梨陀娑最杰出的作品，主要讲述了静修林女郎沙恭达罗和国王豆扇陀的爱情故事。
[3] 芒格洛尔（Mangalore），印度西南部港口城市。
[4] 崇真会（Basel Mission），又名巴色会，基督新教差会，1847年创立。
[5] 约翰·济慈（John Keats，1795—1821），英国浪漫派诗人，代表作《夜莺颂》等。
[6] 罗伯特·布朗宁（Robert Browning，1812—1889），英国维多利亚时代的诗人。
[7] 约翰·罗斯金（John Ruskin，1819—1900），英国维多利亚时代的作家、艺术评论家。
[8] 托马斯·卡莱尔（Carlyle，1795—1881），英国哲学家、历史学家、散文家。
[9] 斯里尼瓦桑·萨斯特里（Srinivasa Sastri，1869—1946），印度政治家、教育家、演说家，独立运动活动家。

像盎格鲁–诺曼语①一样，既不是法语也不是英语，而是文化成长中的历史插曲。归根结底，妹妹，我们很容易就遗忘，遗忘了印度充满了智慧、古迹和历史的神圣。

因此，警卫吹响口哨后，我进入了我的隔间，对拉贾·阿肖克做了合十礼。我要离开他们，他好像也不高兴。但在他眼角，却有一丝放松和希冀。我看出来了，在这短短几天内，他对我产生了一些依恋。也许是因为我的知性自由把所有的状况都化成了数学等式：这事会是这样，这事是这样，以此类推，直到我们验证完毕。逻辑是多么强大的工具！只要你有勇气，它就不会辜负你。而在数学中，人们唯一需要的就是勇气，还有想象力——就像探索空间一样。即使爱因斯坦是对的，空间是弯曲的，我们似乎要进入宇宙的无限，一个比另一个更真实，但无限总能带你出来并抵达终点——一个可能的终结，通过熵②的过程能够退回到过去。但我觉得零更有魅力，它就像一条蛇吞下了一只青蛙，一条巨蟒吞下了一只鹿，然后在它强有力的圆圆的内脏里消化掉。就像《般若波罗蜜多心经》③所说"色即是空，空即是色。"

难道南方铁路没有开始嘶叫启动吗？——然而，我意识到我的车厢是我所熟悉的国有铁路出行的状况，车窗外是博利厄④和卡马尔格⑤，波尔多⑥和阿尔勒⑦大教堂的风景。我看见了大海和教堂，之后看到了阿尔卑斯山脉的冰川。在高度和壮美上，阿尔卑斯山仅次于

---

① 盎格鲁–诺曼语（Anglo-Norman），指的是在诺曼公爵征服英格兰之后，在英格兰等不列颠群岛地区使用的诺尔曼语。
② 熵（entropy），1850年，德国物理学家鲁道夫·克劳修斯首次提出，用来表示任何一种能量在空间中分布的均匀程度，能量分布得越均匀，熵就越大。
③《般若波罗蜜多心经》（*Hridayasutra*），《金刚经》降伏其心篇，简称《心经》。
④ 博利厄（Beaualieu），法国阿尔卑斯省的一个城镇。
⑤ 卡马尔格（Camargues），位于法国南部地区罗讷河三角洲的两条支流间。
⑥ 波尔多（Bordeaux），法国西南部城市。
⑦ 阿尔勒（Arles），法国东南部城市。

喜马拉雅山，因此我想到了加齐布尔和山峰的感觉，即使我们隔着几百里远。喜马拉雅山给予我们呼吸的深度和想象的广度，就好像世界是根据你的需要来建造的。印度的影像则源于白雪和黄金、钻石和檀香以及高止山脉①的纤维状的石头。是的，贾娅拉克希米的父母很快就要去建造一座寺庙，一座嘎拉陪胪②的寺庙。连年迈的王公也喝着饮料抽着鸦片拄着手杖蹒跚而来，他似乎认为建造这座寺庙比反抗尼赫鲁和议会更重要。他们好像认为湿婆会获得成功，强大的主用喉咙里的毒药取得胜利。人们希望他吞下议会并把议会留在喉咙那，不让这些可怜的王子像般瓦拉一样活着。是的，伟大的神遍身涂灰、颈绕长蛇，只要发现邪恶，他就征服邪恶，哪怕是在印度！如果邪恶是贾娅拉克希米脑袋里渐渐长大的圆形的硬东西，湿婆就能用他头上的恒河水消解掉它。萨哈巴王公和班西已经在讨论林伽的高度和上方的恒河船只的长度了。班西知道神创造的所有事物，因此关于寺庙建造他知道的和他知道的税收规则一样多。萨哈巴王公（这发生在我走的前一天）朝我看了好几次，想知道我有没有什么建议。我来自正统的南方，还是个婆罗门，所以我应该比班西知道得更多。但是，我只能告诉他们南方的寺庙建造师，那些几乎是史前的人们，世代相传地建造寺庙，也许是达罗毗荼③人的后裔，因为雅利安人好像不会为他们的神建造房屋；我想，他们是游牧民，把神留在原来的地方，留在他们自己的地区，但是达罗毗荼人有定居的文化（只需要去看沐浴圣坛和敬拜之地就行，湿婆坐在树下，动物围在四周，苗条又漂亮的女孩在周围跳舞，就像在现在

---

① 高止山脉（Ghats），印度德干高原东、西边缘的山地。
② 嘎拉陪胪（Kala Bhairava），又译黑陪胪。愤怒的湿婆，变身成陪胪，突然出现，砍下了梵天的第五个头，因此被称为嘎拉陪胪。
③ 达罗毗荼人（Dravidian），南亚使用达罗毗荼语系诸民族的统称，又称德拉维达人，被认为是印度哈拉帕文明的创造者。

的迈拉普尔①的一样）——摩亨佐·达罗②说明了达罗毗荼人有建筑魔法，他们闻一下土地的味道就知道这是阳性、阴性或中性；能判断水的特质，是流向北方还是西南，是酸性的还是碱性的；知道什么树会在哪里生长，苦楝树、黄兰，因此寺庙周围的茂密树林给至圣所提供大片的树荫。这些寺庙建造师脖戴银链子，手握金刚菩提珠，庄严地把圣灰洒在深蓝色的脸上和手臂上，好像他们在跟湿婆和雪山神女进行秘密沟通。当然，我会问父亲去哪里能找到他们。"当然了，萨哈巴王公，"我回答说，"我马上写信给他。"贾娅拉克希米的脸上写满了满足——以至于我也想以某种方法参与进去。在这个神圣的组织里，我是一个无信仰者，因此不管我是生是死，她都会成为这个世界的生态的一部分。就像喜马拉雅山的植物、树木和急流，寺庙大声喊出贾娅拉克希米的名字，声音从一棵树的树梢传到下一棵树的树梢，在骑马专用道和达磨大厅回响，沿着冰川的踪迹，触摸到阿拉卡南达河③。人们只能追踪到恒河的源头，那是从雪山神女隐藏起来的双脚间的流出的。是的，因此贾娅拉克希米能够通过声音和河流把自己同创造、保护和分解的起源连接起来——生命、腹股沟淋巴结炎和火葬是多么重要。你回到声音的源头并在那变成了光，因此死亡成为不朽的另一面。湿婆，湿婆，大地响起了颂歌：

  我为陪胪歌唱，

   他是迦尸的主人。④

---

  ① 迈拉普尔（Mylapore），印度马得拉斯邦的一个城市。
  ② 摩亨佐·达罗（Mohenjo-daro），位于巴基斯坦信德省内的一座城市，是古代印度河流域文明的一座重要的城市遗址。
  ③ 阿拉卡南达河（Alakananda），印度一条河流的名字。
  ④ 原文出自商羯罗《陪胪八颂》。

圣女贞德搅动了布伦①的水，从海洋的深处冒出了白色的、粉色和绿色的泡泡，像主教的法冠一样大，看起来就像一些大帆船上丢弃的中世纪的宝藏。帆船由希腊和土耳其奴隶操纵，载着橄榄油、双耳瓶、没药和东方的宝石，法国人会说是来自戈尔康德②，有猫眼石、钻石和珍珠，还有苏门答腊岛的熏香、马拉巴尔海岸③的檀香、卡纳塔克邦④的深色大理石、古吉拉特邦⑤的灰色岩石，甚至还有泰国的丝绸，不过肯定被海里的鱼咬碎吃掉了。噢，很久以前——宝藏肯定是为普瓦图的埃莉诺⑥和她的宫廷买的，也许是为法国的玛丽⑦买的，她用都兰⑧的淡水来掌控宫廷，草地和东方的翡翠一样绿，而撒拉逊⑨的骏马却使公主感到厌烦。因为骏马戴着由红珊瑚、银曜石和其他东西制成的宝石项链，连马屁股上的马套也镶满了碧玉和月长石——中世纪的城堡几乎被堵在了后面，就像在挂毯里一样。城堡在白马后面，大胡子的戟兵在追赶，人数逐渐减少，因此，城堡、洁净的塔一个叠着一个地矗立着，渐渐消失成白色。法国似乎不是一个国家，而是一部宏伟的传奇，欧洲的精髓倾注到她的修道院，圣伯纳德修道院⑩和托马斯·阿奎纳⑪。大学里满是讨厌的学生

---

① 布伦（Boulogne），法国北部港口城市。
② 戈尔康德（Golcondes），印度中南部城市。
③ 马拉巴尔海岸（Malabar），印度西南部—沿海地区。
④ 卡纳塔克邦（Karnataka），印度西南部的一个邦，旧称"迈索尔邦"。
⑤ 古吉拉特邦（Gujarat），印度最西部的一个邦。
⑥ 埃莉诺（Eleanor），阿基坦女公爵，法国国王路易七世和英格兰国王亨利二世的王后。
⑦ 玛丽（Marie Antoinette，1755—1793），即安托瓦内特。
⑧ 都兰（Touraine），法国中西部的一个地区。
⑨ 撒拉逊（saracenic），指叙利亚周边的游牧民族，后用来指阿拉伯人。
⑩ 圣伯纳德修道院（St. Bernard），11世纪建造的著名修道院，位于圣伯纳德大山口附近。
⑪ 托马斯·阿奎纳（Thomas Aquinas，约1225—1274），中世纪意大利哲学家和神学家。

对圣格雷瓜尔①或拉昂的安塞姆②发表评论——因此世界看上去既年轻又古老，既现代又传统。灵魂在祈祷，身体放空，但学习很重要。法国意味着大学，巴黎意味着欧洲，欧洲意味着世界。因此葡萄牙的纵帆船、为了法国威望而发射的卫星再一次穿过空旷的海洋到达东方；西班牙的大帆船驶向西方，这个中世纪法国的私生子到那儿去攫取马可·波罗③说过的东方财富——因此欧洲包围了世界，忘记了她的阿奎纳和圣方济各④，为了自己嗜血的咽喉而掠夺了整个半球（多少历史学家在她胃里还没消化），发动了那些让许多路易的头被砍下的战争。在罗伯斯庇尔的绞架下，在他的血腥镇压下，拿破仑站起来了，成就了欧洲第一个现代国家。作为一个士兵、学者、爱人、皇帝，他梦想着一个世界，直到英国人来接管了它，即使在最小的石头上都插上了他们的红色国旗——除了太平洋和大西洋，这使得世界能够获得"安全文明"。因此拉贾·阿肖克成了尼赫鲁的雇农，贾娅拉克希米公主被卖给了萨兰达（换取了加齐布尔的地产和加尔各答的黄麻工厂）。她的小腹股沟淋巴结圆圆的，就像清朝皇帝玩弄的翡翠珠一样，但是魔术师哈钦森医生，还有亚当老爷或其他某个有头衔的哈利街外科医生（莎士比亚会说是chirurgeon⑤）切除贾娅的腹股沟淋巴结，放在某个玻璃容器里，展示给格雷医学院的学生看，告诉他们它的细胞构成多么完美，也许被认为是细胞肿瘤（拉丁文称为髓质细胞癌）的完美案例。医学生被它迷住，为它

---

① 圣格雷瓜尔（St. Gregoire），法国布列塔尼的一个社区。
② 拉昂的安塞姆（Anselm de Laon），法国神学家。
③ 马可·波罗（Marco Polo，1254—1324），意大利旅行家、商人，著有《马可波罗游记》。
④ 圣方济各（St. Francis，1182—1226），意大利人，天主教方济各会和方济女修会的创始人。
⑤ Chirurgeon，英语古语，外科医生。

画个素描，给它拍照，为《柳叶刀》①写一篇关于细胞粒度的长篇论文。贾娅拉克希米从手术中醒来，体内不需要的细胞附着物已经被摘除了，她很快就能走进维拉斯普尔的宫殿，沿着蜿蜒的道路，绕过缓慢的牛车和稍快一点的尼泊尔小型马，在商人的驴子间奔跑，它们载着盐、肥皂、饰带和钉子去西藏，经过亚米尼后，走上希拉比提——所有的历史都聚集在一个点。可能是地球旋转时任何时刻的任何地方，西藏驴子撕裂的耳朵"意外地"和贾娅拉克希米的奥斯汀汽车的灰尘联系在一起了，穆斯林司机易卜拉欣让车快速地行驶和转弯，把公主带上山顶。他们所在的地方，也许依旧在清理土地，由于祭司的急切而调整中间的小土堆。椭圆的腹股沟淋巴结就像这个小土堆，卵形的湿婆林伽也像这个小土堆。物理学家告诉你，任何星球的运动轨迹都是椭圆形，星系的形状也是椭圆形，而星系是空间的形状，因此一切事物都是椭圆形的，那是真的。存放人类种子的育儿袋也是椭圆形的，因此出生的源起是一个细长的椭圆形；湿婆舞动的火焰是椭圆，林伽是椭圆形的，零的形状和实质也是一个椭圆，所以"唵"是椭圆。

偶尔实合于此"唵"一音中
唯伉俪之合，相互而满其欲。②

一些看上去很详尽，但延伸很远的东西在我脑袋里闪过，就好像你发现了一个等式但还没有证明，就像庞加莱经常说的那样——历史突然有意义，它的结构有哲理性。宇宙和珍珠是椭圆形的，精

---

① 《柳叶刀》(*Lancet*)，英国医学杂志，1823年创办。
② 原文出自《歌者奥义书》I.1.6。

子也是椭圆形的，佛教徒说过，精子是涅槃。由于涅槃只不过是空，而空要通过数字和零。我走那么远不过是为了回家，因此熵好像很有说服力。宇宙会从某处开始分解自己直到其实质。因为金卵[①]，即宇宙之卵会演化。人类的思想和自然的形式是一种现象的两种表达，因此精神是唯一的意义，我们时刻生活在其中。萨特先生的存在主义如果被剥夺了附加意义就不会存在，正是波德莱尔和马拉美的虚无培育了现代诗歌。没有《希罗底》[②]就不会有《四个四重奏》[③]（好像这很重要一样）。当然，没有马拉美，也就不会有《海滨墓园》[④]，而这部作品很重要。死亡结束时，大海开始了。人们用大帆船跨越地中海为埃莉诺带来香料和宝石。而我给贾娅拉克希米带什么呢？不是我的剑，而是我的数学头脑，恍惚间，我把我的数学头脑献给了她。事情是这样发生的：

  我离开的那天，也就是我和她单独待在一起的第二天，拉贾·阿肖克去伦敦机场接王公了。当大家都在等医生的最终结果时，贾娅拉克希米告诉大家，她总是想什么就做什么。她说："我想和希瓦拉姆单独待一会，可以吗？"所有人，包括萨哈巴王妃都到走廊里（事实上她是第一个出来的）。我站在她旁边，再一次看着壮美的泰晤士河（肯定有两艘船在与北欧海盗做生意），她坐起来，拿起我的大手亲吻了一下，就像男人亲吻女人那样，自言自语地说着一些祷语。我感觉这不是一个礼物，而是一种缺失，我身上的某种东西被拿走了，但我好像很高兴。当时我并不知道失去了什么，但过后我明白了。她不想活了，要接受她的死亡，我不得不这样，更确切

---

  ① 金卵（hiranya-garbha），印度神话传说中原始海洋先有一金卵，一年后从卵中生出梵天，卵化为天地。
  ②《希罗底》(Herodiade)，马拉美的戏剧作品。
  ③《四个四重奏》(Four Guarters)，艾略特晚期诗歌中的代表作。
  ④《海滨墓园》(Le cimetière marin)，法国诗人瓦雷里的代表作。

地说，生而为死。我要恰当地死去，可以说是为了让她的死亡有意义。而意义从来都不是绝对的。绝对的是虚无、是椭圆、是零吗？我脑海里浮现出一个人。我的意思是某个人，既没有四肢也没有舌头，既没有我的属性也不聪明，只有无实质性的意义。我必须要坚定、真实，比以前更高、更小，安静地走着，有时说几句话。对她死亡的害怕让我找到了真理——我应该坐好，因为贾娅拉克希米正在喜马拉雅山的某座山峰上沉思。雪山神女的需求造就了湿婆，但湿婆是虚无的。我想起了《梨俱吠陀》[①]里的诗歌：开始时什么都没有，等等……

既没有不存在也没有存在；
既没有空间的范围也没有超越这范围的天空。
什么搅动了它？在哪里？在谁的庇护下？
有没有水，深不见底？

但是，即使在不存在中也有是。零是不存在的，因此没有零。

现在，我理解了拉马努金的女神，娜玛卡女神。她，阿可萨拉－高丽，是字母表的起源，因此也是语法和数学的起源。帕坦伽利对帕尼尼进行了注释（而帕尼尼则是从阿迪舍沙[②]那里获得的语法，舍沙是宇宙中的第一条蛇，有七个头，戴着面纱隐藏起来）——帕坦伽利还教瑜伽，即让脑袋无用化，从而发展出数字。宇宙对我而言假设了纯粹的意义，而贾娅拉克希米则像阿可萨拉－高丽一样，是业报的否认者。业报消失时，当然，剩下的是梵。因此成就了商羯

---

① 《梨俱吠陀》(Rig Veda)，印度最古老的诗歌集。
② 阿迪舍沙（Adi Sesa），又称阿难陀龙，是一个拥有一千个蛇头（也有说七头、九头、百头等）的那伽之王，也是印度神话中第一条出生的蛇类，毗湿奴的重要随从。

罗和他的《涅槃颂歌》。

  我没有任何形相，也无幻想，我是无所不在，我存在于每一处，
  我超越此感官，我非救赎，亦非知识的对象，
  我是永恒的喜乐和知觉，我是湿婆，我是湿婆！

  喜乐是虚无，"我"是纯粹的虚无。主也是如此，我是湿婆，我是湿婆。贾娅拉克希米会带我去那里吗？或者我带她去那里吗？世界不会成为真理，但世界能从另一个方面看见真理。没有死亡的时候，将来变成了存在或开始的时候，人类就获得了救赎。因此死亡的死亡是阳刚的、男子气概的、英雄气概的。要去征服撒拉逊人的英雄，某个路易王，回到了他的王国，成为圣人。变成圣人的英雄是女人，女性变得明智，成为圣人——这就是真理。为了婆罗门的生，上帝不得不死。

  让-皮埃尔每天都去我的看门人那儿，所以图图夫人把我的邮件给了他，他又勤快地带去给苏珊娜，她可以拆阅我的邮件。这让她感到安心，参与的私密让她和我的关系合法化。她还戴着结婚戒指，这在吃饭和打车时给她很多方便，也让她有种宁静的归属感。

  从某种意义上来说，回到苏珊娜身边是件好事。因为虽然她要求很高，但都不会太高，也不是生与死的问题，而是温柔持久的问题。只要我告诉她，明天或明年，她会成为我的合法妻子，她就兴高采烈、笑靥如花，但是她的命运是悲伤的，她似乎被犹豫和悲剧所困扰。那个畸形的孩子，她的罗伯特，只不过是某种精神失调的征兆。那是你想要的东西，但又没有达到那种渴望所应有的程度。

甚至物体也有等级，事件是由这个象棋游戏的规则决定的，它不是有四个棋子，而是有一百万个。举个例子，如果你和我一样想在巴黎生活，你不能要求有平底锅（尽管印度航空能够空运过去，就像阿方索杧果①从孟买空运过去那样）——你不能要求用贝拿勒斯的平底锅（这种锅有银色底和卡塔②）和恒河水。你只能用依云水、吃白水煮的蔬菜（苏珊娜很擅长这些），虽然没有平底锅煮出来好吃，但你有维希药片。

因此每个物品都有它自己的阶级——规则或种姓，所以人类唯一的行为不端就是混杂种姓。唉！平底锅和维希药片不能在一起，苏珊娜和贾娅拉克希米也无法在一起。贾娅的胸部像丝绸般光洁，向内含胸，她的热情像是形而上学的，但又很真实；而苏珊娜挺立的胸部供大家观赏，所以它的秘密并非我独有。事实上，人们会感觉到，而我也感受到了火车旅行的痛苦。夜晚被切割成若干部分，我迅速确定了贾娅拉克希米的哪部分属于我，哪部分只属于我会怎样；（我害怕）拉贾·阿肖克去他的迪迈哈斯，萨兰达会插手加齐布尔或加尔各答。贾娅拉克希米本能地混淆了规则，可一旦确定了她的规则，她就不会违反，就像她不会违背家族的神性一样。在十胜节，贾娅拉克希米穿上金丝织的短袖上衣，戴上金手镯、黑念珠，涂好红粉，去萨兰达的家庙，给不朽的女神献上她的供品。女神戴着大大的鼻环，脚下是被杀死的怪兽，天蓝色的眼睛明亮夺目，狮子躺在她身边。这时贾娅拉克希米觉得自己被认可、被保护，好像拉贾·阿肖克就站在她身后一样。女仆们搬进来做礼拜用的神圣

---

① 阿方索杧果（Alfonso），仅产于印度西海岸马哈拉施特拉邦的一种优质杧果品种。由葡属印度殖民地总督阿方索·德·阿尔布克尔克引进并以他的名字命名。
② 卡塔（kattha），从金合欢树、儿茶等树中提取的一种成分，是制备甜菜的重要成分之一。

食物。公主从此有了她的王子，这个家有了一位丈夫。婆罗门身穿金色和红色的丝绸，站在那儿。他的前额光洁，装满了训诫者教的、确定的、已知的、微妙的知识，试图理解女神存在的传递者。所以，只要你愿意，世界有绝对的规则。

"你想得太远了。"苏珊娜说，的士在玛德琳蛋糕店掉头往议员总署去了。"你知道我是苏珊娜。"她亲切又温柔地紧抱着我的手臂。

"很抱歉，我一定是太累了。"我说了个很实用的谎言。

"你不是在想那位公主吧？"她出于女人的直觉来问我。

"不，"我说，"我在想乌玛。"这时我打开了电报，转移了我俩的注意力。电报是父亲拍来的。乌玛的霍乱针注射让旅程推迟了三天，她星期一到。父亲总是很遵守规则。因为出发前六天要进行第二次霍乱针注射，这个规则也要遵守。万一乌玛意外地携带了霍乱病毒，那将多么可怕啊！整个欧洲都要在霍乱的威胁下煎熬，那样的话，父亲会觉得罪孽更深重，所以还是等几天吧。推迟了几天我很开心，因为我得慢慢回到巴黎和我的世界（回到学院里，回所有的信件；我已经放下工作很久了，而我的工作又是高强度的，需要安静）——很好，我很开心回到巴黎，有长长的不变的圣日耳曼大道；出租车在医学院掉头去音乐厅，在卢森堡公园转向，带我去圣雅克街，然后去图图夫人那里。

"啊！萨斯特里先生已经在那里！每次我去擦你公寓门口的地板时，我的猫都会去抓你的门，夫人是知道的。"她斜视着苏珊娜说。是的，她一点都不喜欢苏珊娜。苏珊娜是个演员，除非苏珊娜真的上台表演，否则认为她是演员就是讨厌她。事实上，有一天我收到了图图夫人赠送的《布里塔尼居斯》①的票，那时才得知她多么钦佩

---

① 《布里塔尼居斯》（*Britannicus*），1669年法国剧作家让·拉辛创作的悲剧。

苏珊娜。"啊！一个真正的喜剧演员。"她边说边掸掉扶梯把手上的灰。世界看起来灿烂辉煌，就像女王站在你旁边一样。

苏珊娜把我的包拿上楼梯放在电梯里，我们正在等电梯到五楼时，她把手臂放在我肩膀上，我回头看着她。她悲伤的面容看起来挺漂亮，就像修女带了顶风帽一样，还有一种神圣的感觉。悲伤总能给人一种感觉深刻的真实，因此也有神圣感。我们走进公寓后，苏珊娜近乎贪婪地把我拥入怀中，想亲吻我，但我又累又脏，提不起任何情绪。因此我贴了她一下脸颊，然后就去刮胡子、洗澡，以便有时间来调整自己去适应这个已知的但是新的世界。肥皂就在那个地方（用了一半，和我走时一样），但毛巾是新的，医药箱里有我的阿司匹林和应急的哮喘粉。我坐车前用过的针都还在，黑线还穿在针孔里，当时我正着急地缝一颗大衣扣子，结果苏珊娜叫好出租车进来了。床是拼装的，公寓闻起来还是旧木头、燃烧的废气（小煤气炉）和图图夫人马铃薯汤的味道。我躺在床上伸展身体，晚点再给学院打电话，这时苏珊娜给我煮了一些咖啡，她还在车站给我买了些羊角包当早餐。我躺在床上吃着羊角包，喝着味道浓郁热咖啡，感觉身体恢复知觉了，脑袋里一片空白。苏珊娜坐在床上，她的头发很整洁，向上翘起，我开始玩她的头发。在我看来，这是一种真实，我一直都知道。她让我玩了一会儿她的头发，然后弯下腰，她的胸抵在我的胸膛，头靠在那里，直到我点着一支烟开始抽。她心跳很快，毫无疑问是因为这熟悉的环境、紧张氛围和巴黎的声音，甚至还有这味道，和图图夫人的恺撒，那只正在叫唤的猫。我迅速地把苏珊娜拥入怀中，麻利地脱下她的衣服。她的女人气质显露无遗，大腿和胸部那么完美，让你想要征服、想要与她结合，生物的油脂强有力地激发了内心的欲望。我把她紧紧抱在怀里，调整自己去适应她的呼吸和拥抱，我感觉自己不是一个卡利班，甚至也不是爱丽尔，而是一个王子。我修长又鲜活的躯体看上去多么高贵，因发热而闪闪发亮，而苏珊娜的温柔呻吟和轻柔抚摸则像一个奇迹，一个女人给予男人的最初的和最后的奇迹。每一次都像是最初和最后——所有创造都是瞬间的，所有死亡也都是瞬间的——留下的生物味道就像涂油礼的油一样。每个和自己的女人结合的男人都把自己视为国王。这样我得到了重生，为苏珊娜祝福，祝福！

但是，在共同重新体验完整的纯粹快乐时，发生了非常戏剧性的一幕。苏珊娜的化妆盒，时髦的金色化妆盒从她的包里掉出来，那时她坐在床上而我在洗澡。化妆盒一定是掉到叠好的毯子下面了，因此当床摇动时，它滑出来掉到地上，发出"砰"的一声（地上铺的镶木地板），突然间这显得很不祥。我认为，苏珊娜特别想把罗伯特要回来，而我下定决心不再要罗伯特了。两人愿望的冲突使这个事件变成可能。物体遵循我们的规则，而不是我们遵循它们的规则。能确定引力不是为了让男人黏在地面而不飞到太空而创造的吗？太阳在照耀是因为它发光，还是因为数论派说世界的出现和消亡都是我们现有的达磨的创造物：世界是这样，因为你想要、你需要它是这样？一旦达磨消除了，你就能超越生死，可能会有一颗善良的星星指引朝圣者穿过喜马拉雅山到达根戈德里，恒河母亲就是在那地球的裂缝中生下了她的孩子。湿婆和雪山神女看着恒河的恶作剧，玛旁雍错依旧是思想的湖泊，通过圣人的反复呼吸：唵，唵，唵。如果你了解创造的规则，那你也知道分解的技术。如果你真的了解清醒的状态，那你也一定知道做梦的状态和沉睡的状态。在我看来，真理全是有关我们自己，它存在于人们的某种感知里，存在于男人朝女人深处强有力的跳跃中。生与死似乎同时发生，就像佛教徒说的那样，这里面没有时间元素——所以苏珊娜和我其实不在那里。那谁在那里呢？他或它有名字吗？也许不是这样，因为苏珊娜希望罗伯特回来，苏珊娜依旧是苏珊娜，灾难也依旧是灾难。化妆盒掉了，摔开，我看见地上有紫色的粉末，或者说我和贾娅拉克希米一起在某个地方？我没有停下，但苏珊娜停下来看了一眼，说：噢，镜子没有摔破，那就好。但我又变成了希瓦拉姆，想到了伦敦桥医院、泰晤士河上的驳船和汤普森女士的勤勉护理。想到汤普森女士，我脸上浮起了一丝笑容：如果她知道的话，她会想些什么？我从哪里想起她的呢？她的美德会使我不在她的视野范围以内，她的美德里有全球性的力量。因此男人按照他们想的样子来创造世界。

那段时间里，巴黎变化很大，像魔法一样。栗子树的树干——应该是巴黎最好的东西，种植在乔治斯·曼德尔①街上，离日本大使馆很近。因为只有日本人才会等待树木长出新芽，等待樱花盛开，注视着中村山，它的龙形云让你想起春日的午后——太阳在云间玩耍——佛陀是雨云，把达磨送给人类——

> 吾乃达磨王，生长在世间，平定一切——
> 似伟大的云，飘浮于空中，
> 遮盖住一切，笼罩着苍穹；
> 清水为内在，闪电为花冠，
> 回响彻人间，更新诸生物；
> 世界似草木，得以重更新，百花皆盛开。

---

① 乔治斯·曼德尔（Georges Mandel，1885—1944），法国记者、政治家，法国抵抗运动领导人。

——巴黎美丽的栗子树正在开花——不,我还没去过日本,但是我同事木村来自那个极好的岛屿,我对他的感觉就像法定继承人对最年轻的弟弟的感觉。他长相英俊,年方十七,武士刀挂在身体一侧,他已经开始晚上到尼姑庵里去偷情,但回来时看见寺院门口桥下流动着冰凉的水,而天皇的士兵则在那与他打斗。爱情的力量是伟大的,月亮躲到了桃花心树后,因此他在黑暗中杀出了一条血路,他的黑马早就在等他了。他跳上马背奔向首都,从管家的后门进去,回到自己的床上,准备第二天一早迎接贵客参加赏樱节(我的想象自然是由小泉八云①和日本电影构成的)——因此我乘坐想象的云朵来到了特罗卡迪罗②(尽管只是32路公交带我到了那里),我闻见栗子树的花香,整个肺部都充满了渴望。我知道我已经失去了贾娅拉克希米。我清楚地知道这点,就像我了解右脚的脚趾一样(第二个脚趾比它左边的大哥还长)。但那时候是我离开贾娅拉克希米前一天。这并不重要。走在栗子树中间,到处收集着栗子花,我忘了一切,只记得这花香和美景,我突然看见后面的公墓高高升起,好像死亡是你的邻居,打电话告诉你一些新闻。收集的栗子花还在手上,我可能会冲到某个墓碑前,也许是皮埃尔·加尼耶或珍妮·富杜尔,把这些珍贵的春日花朵献给他们:但这会杀了贾娅拉克希米。是不是我想让她放弃生命?是不是我体内有一种秘密的愤怒让我想要贾娅拉克希米不在那里,不在任何地方?就在那时,我想起来了,我想她在维拉斯普尔的山上,在天空和地上的喜马拉雅山的透明处,在新寺庙那里。是的,贾娅拉克希米能活下来是因为湿婆,他在山顶修行,喉咙里含着致命的毒液,因此他的脖子被烧

---

① 小泉八云(Lafcadio Hearn,1850—1904),爱尔兰裔日本作家,主要作品有《怪谈》《来自东方》等。
② 特罗卡迪罗(Trocadero),巴黎著名广场名。

成青黑色；因为毒液一直在他咽喉里，所以贾娅拉克希米才能不朽。是的，贾娅拉克希米当然是不朽的，我真正的公主当然是不朽的——谁都知道，死亡不能消灭高贵，因此金字塔和图坦卡蒙也是不朽的。我的姐妹，我的新娘，我在栗子树间哭泣（乔治斯·曼德尔街上的栗子树，曼德尔因为是犹太人而被纳粹枪杀了。）你必须相信死亡，因为死亡是存在的。犹太人相信死亡，因此耶路撒冷（我在特拉维夫①演讲后游览了这个城市）是一个巨大的墓地。但贝拿勒斯，湿婆的城市，是一个火葬场。每个死亡的灵魂都在那成为不朽。因为恒河，就像《毗湿奴往世书》所写的那样，特意流到这里来复活萨羯罗国王②死去的儿子们。湿婆把他头顶的头发盘起，以免恒河毁灭世界。如果你相信死亡，你就会死亡。如果你相信重生，你就会获得重生。如果你两者都不相信：那你在你所在的地方。乔治斯·曼德尔先生，从那儿能去哪里呢？

乔治斯·曼德尔街边上是特罗卡迪罗，在特罗卡迪罗的高处你可以看到埃菲尔铁塔，在低处则可以看到军事学院③——河流环绕着城市，和自己游戏，不愿离开。曾经，这里是有教养的朝圣者的城市，就像贝拿勒斯那样，但是现在，这是西方世界的思考中心，因为莫诺④、福柯⑤和李维·斯特劳斯⑥们。还能到哪去找到这么多伟大的人物？我想说——这是心灵的城市。军事学院的旁边，差不多一箭之遥，是荣军院，拿破仑的遗体在那供人凭吊：他自称"法兰西的皇帝"，对他而言，法国意味着自由，因为人生而自由，所有人都

---

① 特拉维夫（Tel Aviv），以色列第二大城市。
② 萨羯罗国王（King Sagara），印度神话中太阳王朝的国王。
③ 军事学院（Ecole Militaire），法国陆军高级指挥学校，创建于1876年。
④ 莫诺（Jacpues Lucien Monod，1910—1976），法国生物化学家，曾获1965年诺贝尔生理学或医学奖。
⑤ 福柯（Michel Foucault，1926—1984），法国哲学家、思想家。
⑥ 李维·斯特劳斯（Levi Strauss，1829—1902），牛仔裤的发明者。

第一部分　突厥人和猎虎

是潜在的法国人；因为自由是永恒的，所以拿破仑把金字塔不死的死亡带给了人类，因此才有协和广场①的方尖碑，面朝着星形广场②，因为所有道路在此汇聚，真理在此闪耀。方尖碑说明死亡是不存在的，因此才诞生了星形广场，高耸在山上，阿耆尼的火焰喷向不朽的天空。

凡是你对崇拜者
所要给的好处，阿耆尼（火）啊！
你的那件事就会实现，安吉罗（火神）啊！
阿耆尼（火）啊！每天每天对着你，
照明黑暗者啊！我们思想上
充满敬意接近你。③

我本想一直往下走到荣军院去——清晨如此清新怡人，但我要回到学院。在特罗卡迪罗广场看着壮丽辉煌的巴黎，我突然意识到我失去了贾娅拉克希米，我在寻找她。事实上，它是某种精神、贾娅拉克希米的某个大天使一定溜进了我在圣雅克街的房间，把化妆盒打翻在地上。我被发现了，我是个叛徒，因此也不会有罗伯特。出生怎么能从错误中产生呢？这到底是怎么回事？我下定决心，罗伯特永远不能通过我回到苏珊娜身边。她可能已经这么想了，苏珊娜也许想着罗伯特通过一个印度人回来当然是美好且真实的，她会见到一个真实的罗伯特，而不是死在都灵④附近修道院中的罗伯特。

---

① 协和广场（Concords），位于巴黎市中心，塞纳河北岸，是法国著名广场。
② 星形广场（L'Etoile），也叫戴高乐广场，位于巴黎市中心，巴黎主要广场之一。
③ 原文出自《梨俱吠陀》I.I.6-7，参见《印度古诗选》，金克木译，湖南人民出版社1984年，第4页。
④ 都灵（Turin），意大利皮埃蒙特大区的首府。

但现在我在巴黎，手里握着收集的栗子花，白色的、像羽毛一样柔软的小花，它们是春天的征兆，但不如五月初的花朵漂亮。乡村姑娘从枫丹白露①的森林里摘下五月初的花朵来售卖，让巴黎人知道春天已经来了。我突然希望春天从未来过也从不会来，不知道该做什么，我揉碎了手里的花，就像祖父经常在手里揉搓鼻烟让它闻起来更香。这时我发现口袋里有一封信（学校写的信，告诉我在赫尔辛基②有个会议），我把花装进信封里，放进衣服里面的口袋，口袋旁边放着我的身份证。因此希瓦拉姆·萨斯特里带着身份证，号码是4，B.333545.6，是一个有号码的真实的人。躺在一起死去的春花旁，我感觉我杀死了一个敌人，因此我感觉很自由。我可能会跳坦达瓦舞（如果我会的话）。③

我回到了吉登伯勒姆。好像是为了提醒我这是真的，公交围着勒纳广场转圈，我确实在吉美博物馆看到了湿婆跳舞的宏伟铜像。因此关联产生了，现在你看到，我创造了世界！所以为什么不跳舞呢？纯粹数学国际研究院相信诗歌的联系、数字和概念的精确，由于数字是概念，伟大的毕达哥拉斯也相信这点，所以宇宙就是我，数字会跳舞。湿婆跳舞的时候，雪山神女会看着他。这突然也让我明白了拉马努金的娜玛卡女神。雪山神女出于同情把跳舞的数字、等式透露给了拉马努金。所以雪山神女是谁？她杀死了牛魔摩西娑苏罗！你瞧，我是自由的。

    瑜伽行者寻找世界上的丑恶，并把它们消灭。

---

① 枫丹白露（Fontainebleau），法国巴黎大都会地区的一个市镇。
② 赫尔辛基（Helsinki），芬兰的首都。
③ 此处后面省略了部分泰米尔语和马拉亚拉姆语的诗歌译文，小说中没有给出注释。

办公室一切都平静有序，桌上有一捆新的出版物。那些科学杂志、再版本和报表似乎从天上邮局的某处散播到这里，让我们获得数据和其他人著作的精髓，好像有一位科学神在掌管这些深奥的公式和图标，把宇宙变得如此抽象，以至于人们会好奇到底要不要穿街走巷。事实上，人们会好奇我是否从特罗卡迪罗广场走到办公室；或者埃菲尔铁塔是否存在；或者戴高乐是否穿着将军的制服在阿尔及利亚发表了演讲，所有报纸都在报道这件事；而我，希瓦拉姆·萨斯特里，纯粹数学国际研究院来自印度的研究员是否应该坐在椅子上，椅子是否真的存在；谁能证明那就是我？谁能证明我？人们在数学和物理研究的贡献以前会问这样的问题——同样还有来自日本的信，甚至还有一封来自婆罗洲①的信，一位年轻的荷兰人，或半个荷兰人（叫凡·福瑞德，二十七岁），问我能不能让他也来学院工作。他说在《数学国际杂志》上看到了我。我两年前在那上面发表了一篇关于婆罗摩笈多②的某些概念之间的算法等式的论文，论文本身不是很重要，只是对数学史的贡献——还有在加尔各答的同事桑吉维寄来的信，讲到了那里的学院，没讲工作进行得怎么样，只讲了谁去了哪里（一个去了东京，一个去了阿根廷，第三个当了美国南卡罗来纳州③的一个著名院校的统计机构的头儿）。当你坐在纯粹数学国际研究院里时，这些生活显得那么不真实。因为国际研究院里一切事情都十分精确，甚至比法语都要更精确。存在本身只在自身的层面是真实的，而这当然是没有任何层面，因此，根本就不是真实的。只有当你到通道迎接同事蒙特维多时才是真实的。他

---

① 婆罗洲（Borneo），位于东南亚，世界第三大岛。
② 婆罗摩笈多（Brahmagupta，约578—约660），印度天文学家、数学家。
③ 南卡罗来纳州（South Carolina），美国东南部的一个州。

来自智利（那里的人们认为切·格瓦拉①是圣人，他是从玻利维亚②去反抗美国帝国主义的哮喘病人，他牺牲了自己的青春和生命，他满腔热忱，会让人想起的不是列宁或斯大林，而是托洛茨基，革命之于托洛茨基就像数学之于我们。把全人类幸福的最高抽象放入简洁的历史等式中并卖给任何社会，是一首诗而不是历史的记录，它就像帕斯卡的神秘经历，他说：上帝，上帝，上帝！）——好吧，去找蒙特维多，我很吃惊地从波尔多找出你的贝朗瑞③。他头脑聪慧，但陷在数学政治里，他能说出我们从土耳其到秘鲁或从伯克利到喀拉拉邦的每个同事之间的斗争。他知道他们的名字和头衔，就像伦敦桥医院的骑师知道他所有马的血统记录一样——"贝朗瑞"在他自己研究的领域很成功（他研究的是非统计力学）。但法国有着一百五十年的政治，背后有上百名启蒙运动者，这些狄德罗和伏尔泰的当代传人流着政治的血液，这使得戴高乐更令人尊敬。人们称法国为教授共和国，在我看来，它需要一个皇帝，毕竟拿破仑是第一个踏入埃及时，有科学家在身旁的伟大统治者。希腊或罗马的继承者，法国需要一个理智帝国，圣托马斯·阿奎纳认为，在这里需要的是教堂的大姐姐。似乎是为了证明这有道理，教皇约翰恰好是戴高乐的老朋友，因此主持了戴高乐的加冕礼。哲学或数学中抽象的美在于：只要人们需要它，它就像长在山间裸岩上的树一样，依靠自身和太阳神的力量生存，把天空和大地连接起来。除非就像《梨俱吠陀》里的祖先希望的那样，除非大地和天空统一了，地母颇哩提毗④和二元性被超越了，那就没有真正的文明了——法国如此，

---

① 切·格瓦拉（Che Guevara，1928—1967），生于阿根廷，是古巴共产党、古巴共和国和古巴革命武装力量的主要缔造者和领导人之一。1967年在玻利维亚被捕后杀害。
② 玻利维亚（Bolivia），南美洲的一个内陆国家。
③ 贝朗瑞（Béranger，1780—1857），法国歌谣诗人。
④ 颇哩提毗（Dhyava-Prithvi），印度神话中古老的地母神。

印度也是如此。戴高乐视他们为盎格鲁-撒克逊人（中国人也包含在其中，因为他们对实用性的极端热爱，但他用一方来对抗另一方作为他的著名的存在的理由）——这对于神圣的连接来说太人文主义了。如果你不寻找上帝（不管你希望他是什么样子），你怎么能是一个完整的人呢？因此贝朗瑞在我找到蒙特维多之前抓到了我，有点蔑视地跟我讲起我们的主任，说他是政府的工具，想在财政部里谋个职位，是德勃雷的私生子之一，等等。我正想离开贝朗瑞时，他问我：

"我听说你是个王子？"

"王子？我是个婆罗门，婆罗门永远不可能成为王子。"

"但有个同事告诉我，你的一些堂兄弟从印度来向英国女王表示敬意。"

"不是的，"我说，"也许你是从让那里听到的——"

"是的，他告诉我关于王公的事情。因为他，你留在了伦敦——"

"那是真的，里面有一些王室成员——"

"我以为现在都没有王公了。"

"就像俄罗斯人那样，或像你的祖先那样，我们没有杀掉他们所有人。尼赫鲁给他们留了一些钱和他们的头衔，所以他们的尊贵就像是在棋盘上。"

"因此，我猜想，就像吉斯公爵①一样，他们也在伦敦密谋推翻尼赫鲁。"

"可笑。"我轻蔑地说道。这些左派知识分子想得多么简单啊！他们把思考放在一边，把心里的想象放在另一边：因此就像罗伯斯

---

① 吉斯公爵（Duke de Guise），法国的一个贵族封号，于1528年创立。

庇尔一样，甚至像萨特先生一样。

"你为什么这么说呢，亲爱的同事？"

"不，贝朗瑞先生，他们只是来切除一位公主头颅里的致命肿瘤。在印度，我们还不能做这么复杂的手术。"

"噢，我很抱歉。"他的话里带有某些知识分子被发现思想混乱时独有的带有歉意的谦恭。"我真的很抱歉。"

"噢，没关系。这不重要。人类遭受的苦难令人难以接受。这才是真相。人类为什么要受苦？"谢天谢地！就在这时，蒙特维多从走廊那头走过来。他有着一张圣人的面孔，宽宽的额头，闪亮的蓝眼睛，好像他有印加血统。也许他有，只是我从来没问过他。

"阿尔弗雷多，早上好！"我说，和他握了握手。贝朗瑞有点尴尬，他不喜欢阿尔弗雷多，因为切·格瓦拉，而贝朗瑞拥护的是花神咖啡馆[①]的英雄菲德尔·卡斯特罗。有时人们会认为双叟咖啡馆[②]的自由主义者（其中有些是托洛茨基分子，我同情他们）和花神咖啡馆的自由主义者（他们像是教廷被阉割的歌手一样，男人有着女性化的声音，女人有着男性化的面容，汇聚了知识界的市侩和工人阶级的群众煽动家）之间会有一场斗争（会导致警车闯红灯赶到现场，不停鸣喇叭，并派出穿着黑色制服的宪兵）。这只是一场争吵，就像萨特和加缪的争吵一样，当然加缪不久后死于车祸，而萨特会去拥抱菲德尔·卡斯特罗，为这种新型革命庆祝。说着万岁，自由万岁，等等。贝朗瑞觉得寡不敌众，找了个借口说他要打一个紧急电话离开了，而我和蒙特维多回到了我的房间。

我看出来阿尔弗雷多很高兴见到我，他的想象和我一致。他的

[①] 花神咖啡馆（Le Flore），巴黎最出名的咖啡馆之一，位于巴黎第六区。
[②] 双叟咖啡馆（Deux Magots），巴黎最出名的咖啡馆之一，位于塞纳河左岸拉丁区的圣日耳曼德佩。紧临着花神咖啡馆。

妻子来自秘鲁，是南美洲女人的好样本，聪明有人性，还要加上一些精致的优雅气质：在法国，优雅只存在于纯粹的女性气质或纯粹的知识分子中（比如说米雷耶）。但在南美洲，他们依旧有着热情的西班牙血统，许多人有印加或玛雅—印度血统，这使得他们的基督教精神敏捷又辉煌——耶稣走在安第斯山脉上，被放在基督山①顶。南美洲人似乎有这种丰富性，有一天他们会推翻全世界，突然收起他们的征服者性格，但在地理上会去相反的方向。印加人就像我们印度人一样，只会再次起义并征服。但这种征服将从另一个方面进行，比起斯大林，更像托洛茨基，比起卡斯特罗，更像切·格瓦拉，相比恩克鲁玛②，更像甘地。在我和让-皮埃尔不去双叟咖啡馆（我讨厌去花神咖啡馆）的晚上时，我经常回家跟阿尔弗雷多和他妻子一起吃晚餐。他们有两个小孩，阿曼多和卢切塔，一个七岁，一个六岁。我经常和他们一起玩，他们就像我的侄子和侄女。当然乌玛很快就要到巴黎，手术过后她也会有小孩，某天我会跟他们一起在他们豪宅凉爽的阳台上玩耍；窗外的石榴树上硕果累累，几乎要垂到地面，鹦鹉用它们黑色内钩的喙在啄着石榴。有时透过石榴树看到破碎的花园围墙时有点吓人，那里有一只长长的威严的眼镜蛇，拉查姆每天上班前都在茶碟里给它倒上牛奶，一边轻声念着祷文一边把茶碟放在小柽果树下。这在秘鲁有多大可能是真实的？

我想，在大山里，在阿尔弗雷多的祖先之中。眼镜蛇那伽，是世间最聪明神圣的生物之一：它在佛陀冥想时为他庇护，保护他不受狂风、烈日和雨季的伤害，它像花环一样绕在湿婆脖子上。它给予财富和孩子，是家庭的守护神。向那伽致敬，它是世界的守护者。

---

① 基督山（Corcovado），巴西里约热内卢的一座山，山上有一座巨型的耶稣基督像。
② 恩克鲁玛（Kwame Nkrumah，1909—1972），加纳第一个共和国总统，非洲民族解放运动的先驱。

"公主怎么样了？"阿尔弗雷多问。

"你怎么知道的？"我惊讶地问。

"让告诉我们的，他说这是你留在伦敦的原因。主任显然不太高兴，但他也知道他不能做什么来反对你，你是客人。"

主任是个身材矮小的家伙，一个不认输的、充满怨恨的男人，他年轻时抱负远大，不过从来没有很成功过。因此别人略施诡计，他就来学院里签各种文件了。请记住，总得有人签文件——在任何地方，事情都得按照抽象的规则来进行。法国人热爱印度人喜欢规则却并不十分遵守规则的特点。我们不属于这个世界，也不属于其他地方。因此我们悬浮在空中，或悬浮在历史时期中间，我们非历史般地度过历史，用非暴力的暴力来革命。我们从来都不确定自己站在哪里，我们相信我们宣扬的思想，依照其他人的规则来做事。看到了手纺车的力量对原子反应堆的无力，我们对中国的力量也无能为力。所以我们和俄罗斯一起来反抗匈牙利，和南斯拉夫一起发表共同声明。跟所有人都是朋友，就是没有朋友，我们通过一次次的发言改变自己的方向。作为一位古老的母亲的孩子，我们说服其他人相信我们在他们的语言里也存在。不能用武力对抗武力，我们在联合国玩象棋。可我们忘了象棋虽然起源于印度，但两千年的时间里它游历了许多国家，它的规则已经改变了。所以我们既不是按照他们的规则也不是按照我们的规则在下棋。中国正在我们的边境聚集大量武力。维拉斯普尔离中国边境不远。所以我们将建一座湿婆庙——还是在索姆纳特！同时，哈钦森医生会切除贾娅拉克希米头部的"小花"。顺其自然，顺其自然吧！

35

阿尔弗雷多的天真显得我的复杂更加不公平。阿尔弗雷多有一圈一圈的黑色卷发，还有着纯蓝色的眼睛——遗传自他的荷兰或德国祖先，这显得它们看起来很奇怪。而我，身高一米八五，一副玩世不恭的样子，显得更像一个欧洲人，在这种意义上，我外表上的纯朴是藏在一层又一层的人类调整之后。经过调整，我从北极的祖先（如果雅利安人确实来自那里）到达罗毗荼祖先的种族那获得了一些本能，这些女性或男性祖先让我有厚厚的嘴唇和长长的脑袋。对欧洲人，甚至美国人而言，印度人看起来像小孩（要不然就是幼稚），但又很聪明（荣格确信了这一点）。但现实中，印度人高度复杂，每一层都有含义，因此当甘地和总督对话时，也许有二十三个甘地和八个林利斯戈[①]。在越南战争中也是如此——如果不是美军手里最现代的武器，一个越南人比五个美国人更有价值。因此当阿尔弗雷多坐在我面前时，我感觉好像只是我的一部分在跟全部的他谈话，这看起来不仅没有绅士风度，而且有点不道德。

"在伦敦时，你过得好吗？玩得开心吗？"阿尔弗雷多问。

"嗯，挺好的，也不算太好。你知道我对待每件事都很认真。事实上，我想知道我是否——从我八九岁母亲去世后——我想知道我是否有过开心的时候。"

"真不幸。"阿尔弗雷多从我桌子上的香烟盒里抽出了一支烟点燃，接着说，"生活是有趣的，或者它什么都没有。你不会想说，举个例子，统计力学有像做爱一样令人兴奋的东西。"

"我能问你一个问题吗？"我笑着说，"像你所说的，有用统计

[①] 林利斯戈（Linlithgow），英国贵族的头衔。

力学来研究人有没有'做爱'的吗？我亲爱的朋友，生活比它看起来更丰富多彩，每个等式都不能简单地用四行或六行字写完，要用二十五行，写满一整页。让我们的数学这么有趣的正是它的多重意义，它在物理学里的意义并不是它在语言学里的意义。"

"噢，可别提维特根斯坦……"他觉得我在炫耀我的聪明。

"不，不会的。"我继续说，"生活的神秘存在于每根神经、每个脑细胞中。如果你问我在伦敦开不开心，我见到了一些亲密的朋友，我的回答是开心也不开心。"

"你是说王公。"

"是的，还有其他人，我有时对皮卡迪利广场[①]上卖花的姑娘都比对那些王子尊敬。令我着迷的是人类存在的复杂性，它的丰硕成果，它的绝望、灾难性的失败。的确，对我而言，失败同样是糟糕的事，人性的高度太尊贵、不可企及。除了卢梭和圣西蒙[②]没有人能生活在他这个高度——这总让我想起开普勒[③]和他的夜壶。他肯定在夜壶上创作了很多音乐——在印度，我们依旧在陶罐上创作乐曲，开普勒肯定在这上面作了很多首曲子。想象一下牛顿在他的'厕所'（他会这么说）时：在三一学院的实验室的小房间里，祈祷全能的上帝透露一点他的最高设计，他衣衫不整地从门帘跑出去。忘了他侄子汉弗莱还在附近（因为牛顿从他挚爱的矿物学家阿格里科拉[④]那找到了一种炼金术配方的新解释）——因此牛顿坐在他的便盆上排泄，从背后看，像一只狗也像一只山羊。我们认为大脑创造了人类。不，

[①] 皮卡迪利广场（Piccadilly Circus），位于伦敦索霍区的一个圆形广场。
[②] 圣西蒙（Saint Simon，1675—1755），法国政治家，作家。
[③] 约翰尼斯·开普勒（Johannes Kepler，1571—1630），德国杰出的天文学家、物理学家、数学家，他发现了行星运动的三大定律。
[④] 格奥尔格乌斯·阿格里科拉（Georgius Agricola，1494—1555），德国学者，被誉为"矿物学之父"。

我的朋友。内脏做得更好,它们控制人类。"

"我以为你从甘地的祖国来,会是个理想主义者。"

"当然,我们是理想主义者。甘地的非暴力——一种绅士的、文明的行为法则,一种基督教的行为,有很多种方式,包括圣方济各和教皇约翰的方式——在甘地的静修处,这种非暴力和打扫公共厕所结合起来了。甘地说,既然你每天都要排泄,他用了更讲究的字眼,他说,既然你每天都要多次排出体内的污垢,为什么不利用它当堆肥呢?——在你的花园后面挖一个长长的洞,把你体内的垃圾排到里面去制造细菌,细菌反过来会让小麦长得苗壮,让你能用更有营养的小麦粉给孩子当早餐。当排泄物变成了化学物,我们用它来浇灌农作物,小麦的维生素就会有更强的功效,让我们的大脑运转得更快。你觉得这怎么样?这就像一些卖大炮的商人说战争促进了发明(如你所知,还有数学上的发明,比如爱因斯坦和原子弹,等等),因此战争是好的。阿尔弗雷多,怎么团结越南人和马歇尔计划[①]、热月[②]和罗伯斯庇尔,这是个真正的问题。为什么尼赫鲁要去果阿?正如法国人所说,是为了国家利益。但是,这样的话,人类和鬣狗的区别在哪里?鬣狗的国家利益驱使它们从豺狼那偷食物,豺狼吃兔子妈妈,兔子妈妈吃草,草从大地里吸取营养,大地从太阳那吸收养分,诸如此类。就像佛教的八正道一样,每个准则都跟其他的有联系,我们走向涅槃,消失,就像灯光熄灭,这就是涅槃。我经常提醒你,从涅槃中生出我们的零。如果涅槃是虚无,那世界一心想要自杀,熵以及诸如此类的东西也是这样。我看不到这个混

[①] 马歇尔计划(The Marshall Plan),官方名称为欧洲复兴计划,是二战结束后美国对被战争破坏的西欧各国进行经济援助的协助重建的计划。

[②] 热月(Thermidor),热月是法国共和国历的第十一个月,此处指热月政变。在1794年热月9日,法国大革命中推翻雅各宾派罗伯斯庇尔政权的政变。

乱的出路：创造是毁灭性的，毁灭是创造性的。所以，它们到底是什么？"

"你今天好像很悲观？"他疑惑地问。

"是的，因为所有的事情，人类的每个方面，有一个谜我们什么都不知道——死亡。圣方济各可能会说死亡是我的姐妹、我的朋友。但死亡是虚无，即使会再生。我随身带着死亡，什么也不会留下；作为一个基督徒，你会留下骨骼和头骨。哈姆莱特[①]无法控制自己去挖苦头骨，如果它是个傻子的呢。奥菲莉亚已经死了。那么，然后怎么样呢？戴高乐之后怎么样呢？"我说完又笑了。

"嗯，我们有老蓬皮杜[②]。"阿尔弗雷多说。

"蓬皮杜这个名字让我想起了印度有种叫'博帕丹'的薄饼。有位伟大的圣人，拉玛那·马哈希在薄饼上写了一首诗，你想听吗？"

"好啊，干吗不呢？我们有个悲观的清晨，干吗不来点薄饼呢？"阿尔弗雷多说。

"好吧。"我很享受这种清晨的思考，"诗的开头是这样的：

不要在世上漫游，

忍受无尽的沮丧；

在家做块印度薄饼，

它缩小为人生哲理。"

然后，请你继续：

[①] 哈姆莱特（Hamlet），英国剧作家莎士比亚创作的同名悲剧作品中的主人公，奥菲莉亚是他的女友。

[②] 蓬皮杜（Georges Pompidou，1911—1974），曾任法国总理和总统，1973年访问中国，是第一位访华的西方国家元首。

"油炸后做印度薄饼，
吃吧，渴望得到满足。
产出的果实是黑豆，
所谓的自我或本性，
在身体的沃土成长，
包起五层护套放在，
石制的滚筒里，
这是对智慧的探寻，
那就是，我是谁？"

"可怜的蓬皮杜。"阿尔弗雷多笑着说。

"这是孤独的。"

我继续说，

"这是孤独的，
自我会获得其自由，
必被挤成尘埃，
要被碾成碎片，
为了要成为非我，
我们必须粉碎执念。
……"

然后是重复：

"在家做块博帕丹……"

"你觉得怎么样？每个人都很沮丧，每个人都尝试做博帕丹。我们必须到达非我、涅槃的状态，连蓬皮杜也得这样。不是在这一世，而是在成千上万世里，沮丧将会继续。"

"希瓦，那解决办法是什么？"阿尔弗雷多充满期待地问我，好像我知道答案一样。

"我怎么会知道？我所知道的是：切·格瓦拉不会告诉你答案，圣雄甘地也不会告诉你答案。切·格瓦拉会杀了你，但甘地不会，但最终都以死亡和惨败结束。我们得理解这个世界，我们得为了零放弃无穷。"我好像突然间明白了一些东西。"连续性，也就是有限，暗示了时间和空间的连续性。极限，连无限都要被弄成弯曲的，就像爱因斯坦的宇宙一样。但我们得回到零，去垂直地激发它本身，回到虚无——封闭的曲线形式的本质——湿婆是椭圆的，湿婆是零。这让我想起，马哈希住所前面的那座山就是他的导师，他称之为'他的山'。据说，它成了一座触碰天堂和大地的火之山，它有湿婆的形状。山后面著名的寺庙里住着湿婆，马哈希就是在那发现了他的零性。无限的光发现了零性，因此根本没有零，因为一切都是光，一切都是完美的：本质如此，绝对也如此。"我叹了一口气说，好像一大清早去爬了阿鲁纳查拉[①]圣山一样。我曾经和父亲一起爬过，父亲唱着马哈希写的圣歌，我把它记在了心里。[②]

[①] 阿鲁纳查拉（Arunachala），印度的圣山，是南印度湿婆派五圣地之一。拉玛那·马哈希登上此山后，终生没有离开。

[②] 此处后面省略了泰米尔语一段歌词，作者没有注释。

父亲很虔诚,他很高兴能拜访拉玛那修道院,说纯正的泰米尔语、唱读马哈希的诗歌。但在离开修道院的那一刻,他很消沉,似乎从没忘记过母亲,这看起来就是他消沉的原因。他唯一的妻子,我的母亲,是他的神。她像吉祥天女一样装饰他的房间,尽管萨拉斯瓦蒂才是她的名字,毕竟她俩是姐妹。他从来都无法理解死亡,那是问题所在。马哈希理解死亡,所以他提出了对"我是谁"的最后探索。我也必须用自己的方式到达某个数学的阿鲁纳查拉山,直到我找到灯塔,获得涅槃。那究竟是什么呢?我的思绪飘得很远。阿尔弗雷多觉得该回去工作了,但我不想工作。我给苏珊娜打了个电话告诉她我爱她(这既不是假话,也不是真话),然后主任进来看望我,欢迎我回来(不知怎的,他害怕我被英国人挖走——也许去牛津或剑桥工作)。他确认我很好并会继续待在这儿之后,就跟我道别了。我又回到了我的阿鲁纳查拉山中,阿鲁纳查拉山的湿婆,阿鲁纳查拉山的湿婆,我唱着,想起了黎明之山的美丽。黎明之山似乎有智慧的形状,像我和父亲这样无知的人都能一瞥存在的意义。如果存在真的像马哈希说的那样,那它肯定也是真理。

> 看啊,它屹立在那里,岿然不动。
> 鬼斧神工,超乎人类的想象。
> 在我模糊的童年记忆里,
> 阿鲁纳查拉山激荡着我的世界。
> 有人说这里只是提鲁万纳马赖[①],
> 我无法理解。

[①] 提鲁万纳马赖(Tiruvannamalai),阿鲁纳查拉山脚下的小城,马哈希的道场所在地。

我被它吸引、沉醉，

当我靠近时，它毅然矗立。

我突然意识到这一切与什么有关。我应该带贾娅拉克希米去阿鲁纳查拉山。这座神圣大山的沙石会把她的喜马拉雅山神圣化，新湿婆在那里安家。阿鲁纳查拉山才是贾娅拉克希米的答案，而不是哈钦森医生或亚当勋爵，火焰在阿鲁纳查拉山上燃烧。你觉得怎么样？是的，贾娅拉克希米将去那里，我们一起去那里好吗？说"好的"，说"好的"。我拿起电话打给伦敦桥医院，她没有接电话。汤普森女士接的电话，她在，贾娅拉克希米在X光室。X光室，X光室，我自言自语；给脑袋拍片，为什么不呢？你能在那儿找到什么呢？数以百万的脑细胞和脑细胞的本质。亚当勋爵，本质是什么呢？你是谁，是谁？根本找不到答案，根本就没有答案。我得去很远很远的地方。上坡路很陡很滑，早晨山间的美景和山下平整的稻田让人分心。在七岁的时候，我见过马哈希。他是个快乐的人，非常快乐，在至福的海洋里遨游。但是，现在，我，希瓦拉姆·萨斯特里，三十三岁了，坐在纯粹数学国际研究院。我一米八五高的好色之躯、无可名状的虔诚的热情，让苏珊娜流下了眼泪。她让我把她的罗伯特还给她，哪怕这需要从都灵上方的魔鬼的魔爪中把他解救出来。都灵上方是阿尔卑斯山，当苏珊娜和我驱车通过圣格塔尔①时，我看见山上的白雪像白银一样耀眼，但是没人会在那里给湿婆建一座庙宇——有一些小教堂在那儿，就像牧羊人守护着白色羊群（其实是一个个的雪堆）。耶稣死在了承载人类苦难的十字架上，而湿婆则喝下了毒液，以免世界被那种恐怖影响，但还是有希特勒，不久前

---

① 圣格塔尔（St.Gothard, 960—1038），罗马天主教圣人。

在意大利还有墨索里尼。所以，贾娅拉克希米，请告诉我，用X光做什么呢？只要人们知道了大脑的本质，就会取得和平，我说：噢，阿鲁纳查拉山的湿婆。如果可以的话，我会哭出来的。我努力去看放在桌上的杂志，但我做不到。我在屋里踱来踱去，想从这些凌乱的打印刊物中获得某种意义，可是没有。这次，我试着给贾娅拉克希米打了一个私人电话，她不在，还没有回来。我告诉办公室我不舒服，要回房间去睡觉休息。我突然想起乌玛快要来了，我必须安排她住宿。不管在哪儿，总要安排个地方。但是，乌玛是谁？她是我的妹妹，她进行过很多次朝圣之旅，还去过阿鲁纳查拉山，可从没有过孩子。在德尔佛斯医生的帮助下，她能有孩子吗？她能要个孩子吗？而贾娅，她大脑的本质能被人知道吗？为什么不发明一个杀死死亡的机器？死亡的终结者是湿婆，人们称他为"伟大的死亡征服者"，所以为什么不向湿婆祈祷，让他杀了腹股沟淋巴结炎呢？噢，阿鲁纳查拉山的湿婆，阿鲁纳查拉山的湿婆，我一边说着，一边走上楼梯（努力避免碰到图图夫人），但当我走进房间时，我看见图图夫人在铺床。她看到我很惊讶，我说我很累，想睡觉。当我进去换衣服时，她就把床铺好了。我躺进被子里，觉得发烧了。不，我很好，只是有些虚弱罢了。但我还是吃了一片阿司匹林，喝了很多水才去睡觉，不接任何电话。我去了哪里？我不知道。我只知道我在和死亡对话。他，先生，你是谁？你是巴黎警察吗？我醒时一直在说："死牛，死牛。"苏珊娜在床边——办公室肯定告诉她我回家了，告诉她："先生病了"，或某种类似的谎言——苏珊娜看来受到了惊吓。她以为我得了十分危险的热病。不，我只是很疲惫。她迅速地剥了一个柠檬递给床上的我，之后又回去工作。过了一会儿，我又试着给贾娅拉克希米打电话。死亡像圣母院北门一个骨瘦如柴的幽灵的蜡像，恶魔只是死亡的化身。"不管怎样，就是死牛。"我大笑着自言自语。戴高乐保护我们免受极权国家的迫害，他就像圣路易斯一样，是一个英雄、一个圣人。我觉得被保护了。戴高乐能保护死亡免受死亡的迫害吗？那样就只有生命了？为什么不呢？我记得一位聪明的法国人、一位生物学家跟我说过——现在我们知道原子的本质，下一步就是知道细胞的本质。这种基因密码里也有死亡。如果我们移除死亡，就像在原子里制造分裂一样，为什么不杀死死亡呢？在太岁头上动土？我记起来马哈希发现了死亡的本质之后（当时他只有十七岁）来到了提鲁万纳马赖城，在狂喜之下登上山，藏在了一个洞穴中。一旦你征服了死亡，你就获得了平静。我睡一觉后觉得自己又强壮起来，再次拨打了贾娅拉克希米的电话。这次她不是一个人，拉贾·阿肖克和她母亲也在。X光没有显示出什么奇怪或异常的东西。

"那么下一步呢？"我问。

"我想唯一的方法就是把头颅切开吧。"

"让他们在那里找到湿婆？"我说，好像这是个笑话。

"不会的。"她温柔地回答，"不在那里，湿婆在心里。"我没有失去她，不是吗？是的。随后拉贾·阿肖克来接电话。

"老伙计，我们很想念你。"他用他惯有的盎格鲁-撒克逊人的风格说，"没有你，伦敦好像都没那么有生机了，你的——"他犹豫了一下。

"我的等式。"我笑了起来。

他似乎很开心听到我这么说。他又说："萨哈巴王妃向你表达她对你的喜爱，并请求你的祝福。"

"我可不是圣人。"我说。我想起了苏珊娜，她在不久之前紧紧抱着我，无论如何都想得到她的罗伯特。

"但是，她说你是个婆罗门，这对她而言就足够了。"

"告诉她我会向阿鲁纳查拉山祈祷。湿婆，那座南方的伟大山峰是湿婆特有的一个形象。"

"她想要的只是你的祝福。"拉贾·阿肖克接着说。"贾娅看起来很好。她很快就会好起来。再见，再见，我的朋友。"他说这话时好像喉咙噎住了，放下了听筒。

就这样，你看没什么重要的事情。就像是掉在河里的第十个人，看，一个、两个、三个、等等，第十个人在那里。你懂了吧！他忘了把自己算进去，就是这样！

36

那几个星期确实令人困惑：我的头脑很清醒，从未有过的清醒，就像喜马拉雅山的湖泊一样洁净。像一些根戈德里的细流，自我反映又与世隔绝，从中流出一条天上的河。我的数学头脑转得如此迅速、如此精确，把我的逻辑抛在了后面，从一个等式跳到另一个等式，感到一种熟悉和未知的夸张。同时，当我的脑袋不这么聪明时，我的大脑系统就像一只蝙蝠，在夜晚倒挂着，朝电话线和榕树吱吱呼叫，但又对自己不满，希望能为了一个难以发现的受害者飞出去——我的思维敏捷狂野地乱跑。我紧抓床边，直到电话响起。我和让-皮埃尔或阿尔弗雷多说话，自然地说话，但看上去不太能令人信服，因为我不知道我在哪里，有时我都不知道我是谁——我是不是要疯了？还是有点神志不清？就像我小时候经常发生的那样，疾病伴随着昏迷每隔一天就发作一次？我不发烧，却不能阅读，看一眼印刷文字都让我头疼。我也不能跟任何讲我是谁，能向谁解释这种荒谬呢？也许可以和苏珊娜的妈妈说，因为她有大量的时间听我说，也许能理解我说的话。但她会受到惊吓，她的心脏可能会很激动。那可以对谁说呢？肯定不能对苏珊娜说，她会陷入巨大的痛苦，过来一直坐在我床边，这肯定会把我逼到精神病院去。那可以对谁说呢？是的，还有我的好朋友，在法国国家科学研究中心工作的米歇尔，他正在研究语言学理论。有人说他是天才，被拯救下来的天才。传说奇迹般地从希特勒的大屠杀中流传，因为只有少数人去了大屠杀的地方。孩子们在毒气室的尸体下爬行，有一位好心的医生照看他们，后来他们幸存下来，意外地被母亲救回。直到俄国人入侵，那些小男孩被送到工厂为他们的俄罗斯主人工作；而存活下来的孩子，穿过边境（依然得到了医生的帮助）回到了美国。在那里，他们被红十字会发现，然后通过意大利到达了法国。因此当米歇尔到巴黎时，他已经学会了六种语言（包括立陶宛语）。他迅速地读完了中学和索邦神学院（他在这里学习梵语），几乎在所有方面都超过了他的同学。他可以成为一名工程师或生物化学家（让－皮埃尔这么说，我把米歇尔介绍给他认识的），但他更喜欢语言学，因为这是最新的科学，让人觉得是一个未知领域的探险者。是的，我自言自语，然后去大衣口袋里翻找。我在口袋里放了很多碎纸片，上面记着别人的地址和一些书名（甚至还有突然发现的等式）。我找到米歇尔的名字，拨通了他在法国国家科学研究中心的电话。他的名字叫米歇尔·吉罗姆（他告诉我，他把名字末尾的"ski"去掉了，这样听起来他就不像一个外国人。）口音很标准，所以没人知道他不是在法国出生的。他总是很清闲，在法国国家科学研究中心的人都很清闲。他很享受跟我交谈，因为数学和语言学似乎在很多方面都很相近——用符号来表达神秘的事物、托词和一种称为"思想"的人类机能的图像。是的，他会立刻过来接电话。他很喜欢告诉我他在幼儿、孩童、青少年时居住过的那些国家（包括荷兰，他说在那儿是最开心的）。所以在我们通话的一个小时里，米歇尔就在那里，肩膀很宽但很瘦，有点驼背，戴着厚眼睛，内心平静，他一边说话一边用独特的方式在房间里到处走动。这让听者头晕目眩，好在我经常闭上眼睛，这也帮了我不少。

"我的老古鲁。"他笑着走进来。

"古鲁生病了。"我笑着回答。

"古鲁从来不会生病。想象一下，假如苏格拉底有胃病，从不去参加宴会，那就不会有《会饮篇》[①]了。如果他瘫痪了，就不会遇到狄奥提玛[②]。如果他的肾脏有问题（大多数知识分子都有这个毛病），就得经常去上厕所，这样他的论述就不会那么准确、那么出色。当然，从我们语言学家的角度来看，他使用了太多的单词。不过，这可能就是柏拉图的错了。"

"可怜的柏拉图。"我睁开了眼睛，"你觉不觉得柏拉图可能没有找过他，作为一个富有市民的儿子和一个非常聪明的人，他只是想要消遣苏格拉底？"

"好吧，可能是这样。不管怎么样，告诉我吧，你怎么了？我的好朋友。"

"我只是有点虚弱，可能是因为我年轻的时候几次很严重的哮喘发作，印度的医生给了我好几瓶可的松。这种神奇的药物来自欧洲，但由于我只知道它的良好疗效却不知道它的来源，肯定是吞下太多

---

① 《会饮篇》(*Symposium*)，古希腊哲学家柏拉图的对话作品，描写的是悲剧家阿伽松为庆祝自己的剧本获奖，邀请了修辞学家斐德罗、喜剧家阿里斯托芬、哲学家苏格拉底等友人到家中会饮、交谈。

② 狄奥提玛（Diotima），古希腊女祭司，据说是苏格拉底的老师之一，教导他有关爱的知识。

了。以前有一次在加尔各答，我躺在床上，感觉床在移动，门在飞，我身体的一部分特别想走出去大声喊叫。是的，就是大声喊叫，让电车停下来。那简直是个噩梦，因为那天在朋友家——一个富人的房子，这位王子巨商的妻子是一位公主，有很多的仆人——它就是令人发狂。但是我努力走到了电话旁，给专利局的一位朋友打了个电话，他是，他是……"出于某种原因，我很犹豫要怎么定义我的朋友拉奥博士，"他是，他是一个非常聪明的人。"

"如何成为一个聪明的人？"米歇尔问。

"通过遇见一个伟大的聪明人，一个圣人。"

"真正的聪明人、圣人是怎样的？"米歇尔一副冷嘲热讽的语气问。他的厚嘴唇很享受这种智力游戏，就像正在仔细品尝一棵泡菜。

"聪明人能回答所有问题——你提出的所有问题。"我回答得很犹豫，因为我也不是真的知道。我曾在介绍商羯罗《真我的知识》的书里读到过，古鲁是消灭所有疑虑的人。

"你的意思是有这样的人？"

"为什么没有呢？"我有一点恼火地问。"当然肯定有。如果像毕达哥拉斯说的那样，宇宙基于数字，数字基于一。如果没有非一，那就不存在一，所以，就像《梨俱吠陀》所说，从非存在中产生存在，更确切地说，从非实有中产生实有——"

"你们印度人用梵语把文字游戏玩得很好。"

"你得知道足够的梵语才能意识到，如果你没有思想，就不会有话语，思想是话语的化身——"

"这话真难懂。"他稳稳地坐在椅子上说，看我还要说什么。犹太人总有一种优越感，他必须打败其他人，好像他不是父亲的儿子一样，所有的犹太人都是拉比的儿子。米歇尔显然有一位哈西德派①的祖父和父亲，诸如此类。

我说，"如果你懂得心理学，你就会知道，没有图像，就没有话语。"

"不，先生，"他很严肃地说，好像在引用《圣经》。"有图像之前，世界就已经在那了。"

我笑了起来，"你是说，'斧'这个单词在有这种笨重的切割硬木头的工具之前就存在了？为什么？"我有点恼火，"'犹太人'这个单词在有希伯来人之前就存在了？"

这时米歇尔慢慢地站起来，好像陷入了深思。他快速地转了个身，冲我近乎吼道："在'犹太人'这个单词出现之前，犹太人就存在了，因为上帝给予了他语言。"他大笑起来，继续说，"第一个现代人就是犹太人，也许最后一只黑猩猩就是第一个犹太人的父亲。"他捧腹大笑。

我继续说："你无法说出一个语音符号，而不暗示你有某种经历且想为之命名。所有的名称都是分类的经验。例如，贝多因人的语言里没有'雨'这个词，因为他们不知道雨。"

"胡扯！"他吐了口唾沫，"你关于语言的知识几乎都是史前的。哈德拉毛省②的贝多因人说雨是'hauh'，阿姆哈拉语③中雨是'wuha'，古埃及语中雨是'h.bb.t'，又比如，阿卡德语④中是'zanannu'，希伯来语中是'zarem'，阿拉伯语中是'zariba'，等等。事实上，闪米特人讲雨是'balla'，意思是'使某物变潮湿的物质'，

---

① 哈西德派（hasidic），犹太教正统派的一支。
② 哈德拉毛省（Hadhramaut），原文Hadramut有误，也门东部的一个省。
③ 阿姆哈拉语（Amharic），埃塞俄比亚的官方语言。
④ 阿卡德语（Akkadian），一种已灭绝的闪米特人语言。

在埃及语中'byl'是天空，而人们在天空中的水里航行，这水就是尼罗河的水，等等。也许就像弗洛伊德所说，摩西[①]他自己就不是一个犹太人，而是一个埃及人。"

我继续说："不管怎样，在有单词之前，肯定得有某种经历。例如，如果我想走过去和电车讲话，感觉很搞笑……"

"你这样认为？"他笑得嘴巴都要咧开了，"这都能创作出诗歌了：噢，你的挚爱，用四只脚循环在地球上奔跑。你何时才会决定使用毫无价值的人类呢？噢，温柔、依靠电力移动的恐龙，要爬上天堂去发明你自己的铁轨。但铁轨从你的内脏里掉落出来，而上帝……"

"别忘了天使加百列[②]。"我打断他说。

"加百列说：'停下，你这个钢铁铸造动力驱动的机械体和人类如此相似，但比他们更庞大、更有用。为什么你不和人类联合，创造更多像你自己的生物呢？那样天堂就能有自己的电车了。'——你也知道，天堂比地球大了一万倍。一定特别大，它包含了这么多百万、十亿和万亿，还有千万亿个、千万亿死了的现代人，因为这里需要那样的行动机器……"

"噢。"

"这样天使们就不用从一个世界传信到另一个世界，把自己弄得那么劳累。你知道那个想飞的拉比的故事吗？"

我说："不知道。"

"好吧，我们先讲完天堂的故事。当电车能够大量繁殖时，上帝想把那些懒散巨大的嘎吱作响的生物送回到地球上。但其中一个下

[①] 摩西（Moses），犹太人的民族领袖，《圣经》中的人物。
[②] 天使加百列（Angel Gabriel），《圣经》中的大天使长，被认为象征"智慧"，传说末日判的号角是由他吹响的。

决心要成为一个圣人，所以他马上逃走了。换句话说，他没有依靠电力在走。由于刮风下雨，他生锈了，掉下去摔成碎片。这一切都发生得那样快，上帝都不知道，因为上帝在忙别的事情。当铁锈被溪水洗掉之后，它变成了肥料，正因如此，天堂里所有的花都是蓝色的。事实上，天堂看起来就是蓝色的。从远处看，天堂里的草地上都长满了这种像秋海棠的花，电车的铁锈变成了美味，美丽的花朵让天堂看起来是蓝色的！不管怎样，"米歇尔说，他已经厌烦了自己的聪明，"告诉我，你那位专利局的朋友来了之后，你们做了什么？"

"我们聊了聊智慧。"我说完就沉默下来。

"我的朋友，在你们看来，我是说在你们印度人看来，智慧是什么？"

"为什么智慧要有纯粹的意义呢？"

他开始思考，在我的房间里踱来踱去。

"所以呢？"

"就像我前面说的，难道有一个词在经历之前就已经存在吗？"

"为了结束争论，我只好说没有。"

"那么，我的朋友，经历就是智慧。"

"那怎么可能？"

"经历是某个人的经历，难道不是吗？"

"是的。"

"理解难道不是一种经历吗？"

"也许它是。"

"那么，对经历的经历就是……"

"就是什么？"

"就是意义。"

"纯粹是套套逻辑。"他大笑着说。我请求他小点声,因为我还有邻居在。其中一个是位年轻的艺术家,他白天睡一整天,傍晚起来去圆顶咖啡馆①吃晚餐,然后到工作室待一整晚。

我笑着说:"不,套套理论本身就是重复的。"

正在这时电话响了,苏珊娜说她要来为我准备午餐。她的排练推迟了,因为舞台经理得了流感。毕竟《昂朵玛格》也不需要经常排练,那些天每个人都得了流感。"也许你也得了流感。"苏珊娜说。

"可能是流感,也可能是我年轻时吃了太多可的松,也许这就是后果。谁都不了解可的松。"我告诉她我无法阅读,还告诉她米歇尔陪着我,她以前见过米歇尔。她问:"我还可以来吗?"我回答:"当然了。"我搞不懂那时我为什么这么说,但在那一刻我就是这么说的。我知道出了问题,某个地方肯定出了大问题。谁告诉我那些的?究竟是谁?但我收回思绪,继续我令人激动的内心的和外部的对话。

37

莫诺令人困惑的基因成果,他辩证的结束语是脚尖踮起,就像芭蕾舞者足尖站立的舞姿一样,不是双脚踩地,这也许让中产阶级和女学生感到震惊。就像我的同事F.,他的热力学的理论和对国家科学会议的不可改变的益处也使他们感到震惊。但当你开始思考,你会意识到,就像亚当伯爵告诉我的,在伦敦,意识是避开定义的人类心灵的那个元素。关于意识,雅克·莫诺什么都没说,但是,

---

① 圆顶咖啡馆(Rotonde),巴黎最负盛名的咖啡馆之一,位于塞纳河畔。

你越想找到一个解释，就像你越想从零中发现什么，它越会从所有的理解中消失。就像蒂鲁卡卢昆德拉姆寺里孤单的鹰一样，它只在毗湿奴喂食的时间出现，直到下一个中午祭拜时才再次出现。苍鹰的下一站在哪里呢？（在拉姆斯瓦兰，根据传统回到贝拿勒斯）我们永远都不会知道，鸟类学家也无法告诉你答案。事实上，动物学家也无法告诉你大象最后消失的庇护所在哪里。我一直在思考这些，因为在我生命退化的那三四天里，由于可的松或某些神经系统上的问题，我的脑袋在运转但我却无法阅读，连报纸都不能看。尽管这样，我的身体状态稳定，呼吸也很有规律，饥饿感也正常，特别正常。但是脑袋里会突然冒出疯狂的想法，就像在加尔各答我想奔向圣女日南斐法山[①]，跪下祈祷（尽管我对天主教只了解一点点）；或者像我的朋友马尔罗最近做的那样，走上万神殿[②]的讲坛，去赞美一些伟大的国家英雄，在高台上发表一篇关于高贵的零和野蛮的无限的演说。当然，警察会开着警车把我带到戴高乐最现代化的监狱里去。告诉我为什么我不应该发表演说？为什么有人为我担心？我永远无法理解。

但现在，米歇尔坐在我面前，一支接一支地抽着烟，拼命地吸着，好像每支烟头的尽头都揭示了他在我这里寻找的和为我寻找的一切事物的编码的意义（噢，我的好米歇尔！）——正在这时，苏珊娜进来了，双脚焦虑地扭动着，嘴里说着一些有意义的单词，像是在秘密地证实什么。她的女性气质被收敛起来，隐匿在深处。她走路很快，引人注目，对别人来说盖着面纱，但对我来说则是一种邀请，邀请我去体验暴露的秘密、低声的仪式。那里流动着牛奶、

[①] 圣女日南斐法山（Montagne St. Genevieve），塞纳河左岸巴黎第五区的一座山丘。
[②] 万神殿（Pantheon），罗马帝国时期建设的宫殿，用来供奉奥林匹亚诸神。

蜂蜜和花朵，就像在灌顶仪式中一样。我会沐浴、受膏、佩戴珠宝、穿衣、为女神戴花环。这些总是在祭司的帷幔后面进行，但是拜神的神秘感依旧存在，上帝也永远存在。曾经，我作为父亲的儿子，能够看到这一切但不能参与其中。突然间，我看到一个陌生人走了进来，先撩开帷幔，发现里面没有人。也许祭司长去吸一撮鼻烟去了，也许去寺庙后面的某个地方悠闲地清空紧迫的膀胱去了（也许还在家里睡觉），他开始了祭拜。当帷幔被年轻的随从拉开时，一个罗摩·巴塔或维什维沙瓦拉正去查看厨房是怎样为晨祭准备神圣的食物。他看见这个陌生人脖子上戴着金刚菩提珠，灰烬在至圣所的黄光照耀下闪闪发光。他站在那里，手里捧着密宗的祭拜的盘子，吟诵道：

（噢，女神看起来多么美丽啊）——
美女，莲花女，
雪山神女，摩西妮，
化身为鸽的帕尔瓦蒂女神。

是我病得太厉害，还是我思绪飞得太远？

苏珊娜从来没有像那个奇怪的下午那样对我这么温柔过。她好像在梦里走动，做了所有事情，把我塞进被子，把毛巾放在架子上，像女祭司那样精确。她从没有如此沉默，如此优雅（她那深紫、浅紫相间的围巾、修长的鞋子），那件好看的短裙让她圆润的膝盖一览无余，上面是她那令人惊艳的小蛮腰，好像是由陶艺家的快手塑形。她的胸部浑圆结实，修长的脖子很温暖但被围巾遮住了一点。挽成小圆髻的头发高耸整齐，还有那薄薄的抿着的双唇——所有这些都深深印在我脑海里，以前从来没有这样过。当她在房间里走动时，她好像毫无意识，就像她完全在那里，不在任何其他地方。但是米歇尔觉得很震惊，沉默地坐在那儿，我感到一阵痛苦。米歇尔是在脑海中——在他意识到之前——给女人脱衣服的大师（他是这么向我吹嘘的），他那犹太人的丰富感觉和力量、早年在毒气室的记忆给予了他这副躯体，这是一种罕见的命运，有着一种炼金术的意义——米歇尔看上去像在埃及花瓶上被调换了位置，显得很程式化。埃及的闪米特人把他们简朴的感受缠绕在王子像动物角的尖顶王冠上，或在他刻画成几何形状的胡须上。我突然间成了一位父亲，远远地看着这出戏剧，一个塞米勒米斯①好像在舞台上表演。我很享受地看着两位主角的僧侣式的运动，我不是观众，而是作者。这就是我想象的神学的意义，当它谈到上帝时，上帝是世界的作者，是无法与他创造的世界区分开来的造物者。只要他高兴，他就会同你一起玩弹珠，或者自己玩弹珠。我对这些人类的等式感到惊奇，虽然我现在真的疯了，但这些等式多么有趣啊！难道疯狂本身不是一种更高级的状况吗？是非逻辑认知机能对我们这个令人迷惑的宇宙规则的深刻理解。莫诺先生，当你发现遗传密码理论时，你确定你像在斯德哥尔摩②接受诺贝尔奖并发表那超级自命不凡的演说时一样头脑清醒吗？我曾经在双叟咖啡馆遇见过莫诺，他看上去聪敏有教养，更像一个外交家而不像科学家。他从不会让人质疑他是法国人及他的祖先在法国学术界的成就（谁不知道莫诺家族的伟大历史啊！），尽管他有新教徒背景和一位美国母亲（至少我是被这么告知的），他是法国的法国人，拒绝了美国提供的研究津贴，这津贴够他建造一

---

① 塞米勒米斯（Semiramis），古代希腊传说中的亚述女王，巴比伦的创立者。
② 斯德哥尔摩（Stockholm），瑞典的首都，阿尔弗雷多·诺贝尔的故乡。

个精密的实验室了——"我的小工作室就足够了",好像他是这么说的。"要知道,先生,居里夫妇可是在车库里发现了他们著名的孩子'镭'的。"他的思想很了不起,是莫诺的思想;但他的行为却像萨特先生,是资本家的行为。我们迅速地落入了可辨认的模式中,我想这应归咎于基因——妓女成了床上的女人,苏珊娜是新彼特拉克[①]的劳拉,优雅,还是犹太人。我这个婆罗门看着世界的显圣物,这一切看上去多么单纯啊!上帝,难道不是吗?

38

游戏,游戏,存在是什么——上帝?——真理?但是纯粹的游戏是什么呢?正如莎士比亚对此很了解一样。莎士比亚知道一切,他知道存在也是不存在,或者说成为真实才是存在,并不是说任何事物都存在,而是存在本身存在。自由也是如此,自由才能游戏。因此,对于这个明显的事实的确认就是生命基于存在,由存在构成。而游戏,归根结底,在于其本质,爱情游戏,法国人(像印度人就写了密宗经典作品《爱经》、建造了克久拉霍寺庙群)很了解——游戏就是建立自由,什么自由呢?来自阴阳、男性和女性、所有二元性的自由,因此自由也会超越善恶。上午晚些时候我正在思考这个问题,这时米歇尔和苏珊娜在看上去真实的自由中嬉笑着走下楼梯(不是坐电梯:"请稍等,您的楼层已登记。")——苏珊娜在前面带路,她的精神突然被这位男性的追求唤醒了(我是这么想的)——当时尽管是这种情况,还是给了我一点自由的感觉,一种被玷污了的自由。正如法国人所说,婆罗门无法与他的对话者平等。一位聪明的,

---

① 彼特拉克(Francesco Petrarch,1304—1374),意大利学者,诗人,被誉为"文艺复兴之父",其代表作《歌集》分为上下两部:《圣母劳拉之生》和《圣母劳拉之死》。

非常聪明的犹太人和这个等式，这个米歇尔和我之间生物学的等式并不完全有利于我。身高一米八五让我有一种俯瞰他人的非凡感觉，我观察着人们，看到某地聚集的人们，女人的胸部坦露出她们很轻松愉快（她们自己也喜欢这样），高高在上的头脑聪明地控制着我的感受，让我如此开心，都不想要更好的东西。我承认，事实上，苏珊娜通过我来寻找罗伯特，有一种死亡和退化的感觉（好像死人活着被关在铅做的棺材里，等待人们用斧头、锛子和祈祷去打开），这让我很厌恶，觉得恶心。有时（尽管那时我没有承认）在那些非常亲密的时刻，当身体和思想都冷静下来放松时，我后来也感觉到，我好像正漂浮在结核杆菌古老又友好的池塘里。尽管死亡没有吓到我，只有在高倍显微镜下才能看到白色流动的脓液，我很确信它对其他细菌来说是多汁的，但对我来说是致命的。这又一次让我想起了我的外婆，她死于某种细菌——英国人会说所有这一切都"令人非常不快"。渐渐地，尽管着迷于此，我在玩生物游戏的同时，堕落感也在增强。不，我不能被腐化。不，永远不能。我更喜欢堕落的犹太人被腐化。我心中的朋友，我的兄弟，告诉我吧，我是这么希望的吗？我，或者我的灵魂，是不是突然间发现了逃离这种堕落的方法？这个米歇尔是不是我的一个生物？或者他是不是先于这个巨大游戏而存在的现实？随你怎么说，我创造了戏剧中的人物或戏剧创造了人物，只是不同的说法，难道不是吗？哈姆莱特创造了《哈姆莱特》——戏剧中的游戏，来杀死他通奸的叔叔，就是这样！因此，在我发狂时，我看着这个粗鄙的游戏，楼梯看上去那么吉祥，而公寓楼下，图图夫人简直就是女祭司，是通往无限和自由的守门人——连鞋子的声音也加速奔向我的自由——我意识到快速又明亮的、自信又灿烂的游戏已经开始了。我想到了尼采，他也处于某种发狂状态——只要他想和保罗·雷[①]一起逃离露·安德烈亚斯[②]。人性化却又不那么人性化，这也会成为他享受的游戏。尼采已经了解了露·安德烈亚斯，生物气味、性高潮难道不能让这位有英雄头脑的作家觉得厌恶吗？他难道不会像他的查拉图斯特拉一样，跑到山顶，为他未被触动的男子气概感到骄傲吗？男人本身几乎就是至高无上的，因此，是造物主最骄傲的地方。湿婆去苦修，处女雪山神女等待着某天能完成她未完的婚礼。

就在这时，贾娅拉克希米突然闯进我思绪里，我顿悟了。

那就是，我们和情妇一起生活，却不和忠实的妻子、达磨的同伴、宇宙的法则一起生活。和宇宙一起流动就是忘记宇宙，克里希那偷黄油就是偷他自己。因为黄油源自牛奶，牛奶源自水。草从水里长出来，水是最原始的元素——因此背景寻找背景——我在苏珊娜那里寻找贾娅拉克希米，游戏输了；她当然是通过我寻找新罗伯特，反过来再杀了我。出生来自活着，从不来自死亡。

真相就是：米歇尔这个波兰的哈西德派教徒，在比克瑙（是这里吗？）可怕的毒气室里，在尸体下爬行。据说只有这样才能活着，成为新的存在。他排除万难获得了自由（经俄罗斯、波兰、意大利到法国）——米歇尔是那个合适的人，他经受了死亡的考验，所以他才适合去唤醒死人，唤醒罗伯特的遗体，从而开始新一轮的创造。我为自然的奇迹震撼，或者说被星星震撼到，如果你想这么说的话。彼时彼地，我确信苏珊娜和米歇尔的婚礼就是游戏的下一步，我几乎泪眼蒙眬，满怀感激。可的松狂热，我幽默地称为"我的C^2"，好

[①] 保罗·雷（Paul Rée，1849—1901），德国哲学家，他和尼采、露·安德烈亚斯·莎乐美三人之间有一段感情纠葛。
[②] 露·安德烈亚斯（Lou Andreas Salomé，1861—1937），俄国流亡贵族之女、作家、女权主义者。

像不那么令人郁闷，我好像不知怎的从欧洲解放出来了（苏珊娜是欧洲吗？），我又成了一个印度人。我记得苏珊娜告诉我，她的一位祖先是犹太人，这被家族严格保密，尤其在贝当执政期间，这位犹太祖先在法国大革命期间改变了她家族的姓氏（因为大革命给予了犹太人和每个法国人一样的权利，荣誉却属于罗伯斯庇尔），因此这位法国女士（我认为叫霍顿丝·博特列尔，因为她们生产装酒的瓶子）最终繁衍出了她女儿的女儿的女儿，也就是苏珊娜的母亲，这位伟大的女士也是个彻底的法国人。但是正如基因经常做的，她们也跳过了一两代人，所以我们看到苏珊娜在她祖先的基因里寻找自己的身份。莫诺先生，我说对了吗？我经常打趣苏珊娜说："小苏，你很像我，因为我像希伯来人一样古老。"她就会捂住我的嘴巴，因为她听见这话既开心又不开心。米歇尔就这样把罗伯特还给了她，就像她说的："一切都是世界上最好的。"毕竟，她是一个犹太人——最后她的天命就这样完成了。

正在那时，电话响了，好像话务员一直看着我论证，听着我的言论，知道我得出结论了（因为定律、宇宙的法则似乎是这样起作用的）。电话是萨哈巴王妃从伦敦打来的。她说想念我，好像我是她的长子一样。这怎么可能呢？她自问自答地说："在我的前一世中，你肯定是我儿子，也许是贾娅的哥哥。"（我心想，她说这话不是客套，也不是托词。如果贾娅是我妻子呢？）"家里的每个人，连西塔拉克希米和帕杜都这么觉得，尽管她们不会这么说。"好心的萨哈巴王妃说。她的英语说得不流利，她用梵语或印地语来替换不记得的词。令人惊奇的是，我第一眼看到她，就感觉她是我母亲，尽管我从来没觉得跟萨哈巴王公有什么古老的联系。"你怎么会这样？"有一次她去加尔各答看望女儿时对我说，"我丈夫为金钱、权利所驱使。你，你是修行的人，为真理献身。"因此她关心我比我自己还要上心，也许不是为了我，而是为了贾娅拉克希米。"快点回到我们身边吧。"萨哈巴王妃说，接着又说了句，好像思考后说的，"贾娅把她的爱送给你。"我生气地自言自语，确实是她的爱。我很生气，不是生贾娅的气，而是生萨哈巴王妃的气。当爱是仅有的东西时，怎么能送出爱呢？你记得苏格拉底的老师好心的狄奥提玛吧，她告诉苏格拉底，爱喜欢爱。是的，就是这样。没有生理上的厌恶，没有对罗伯特的寻找，没有死亡意愿，没有末世论的痛苦。无论如何，谁是贾娅？到底是谁？我认识她吗？当苏珊娜和米歇尔回来时，她好像走在泡沫上，脚步自在轻快。她的脸蛋淘气地皱起来，大声说："噢，你的这位米歇尔啊，不停地打趣。"

"我有吗？"米歇尔打着喷嚏，流着鼻涕，一脸无辜地问。

"他说，他们可能会说：在中世纪时，设想安德罗玛克为一位算法学家做了一碗马铃薯汤。你怎么看呢？"

"这确实很有趣，米歇尔，因为我们好像同时生活在过去和现在，"我说，"并且分不清过去和现在。耶利哥[①]的城墙三千五百年前在耶稣和你面前崩塌了吗？而本·约伯，你看过马加比家族[②]的屠杀吗？当参观罗马时，你记得竞技场上的罗马百夫长吗？当你慢慢靠近北方的波兰和乌克兰边界（现在被斯拉夫人和阿尔瓦人[③]控制着）时，本·哈希姆·利未，你的心智被增强了吗？你可以在哭泣时大笑，也可以在大笑时哭泣。"

"你是说，像弗洛伊德一样。"

"是的，现代的摩西知道自己是摩西，并且他的一神论是对思维

---

① 耶利哥（Jericho），位于约旦河西岸的一座城市。
② 马加比家族（Maccabees），公元前一世纪统治巴勒斯坦的犹太祭司家族。
③ 阿尔瓦人（Avars），现居于高加索地区、操乌拉尔阿尔泰语的人。

的骨骼和载体的考古学研究——所有人都在西奈山上与上帝对话。"

"你很奇怪!"

"为什么不,米歇尔?真理不分地域。无论是雨中的中心——位于蒙古—中国边境某个地方的须弥山,还是犹太世界的中心——西奈山,都无关紧要:我们只在西奈山上对上帝说话。上帝说:我就是我。这意味着,你听到自己的回声,认为上帝留着胡子,有毛茸茸的白发,骑在云车上,这是上帝说的。哦,不,摩西自言自语道:'我就是我,先于苏格拉底。'"

"兄弟,那时你在蒙古草原上做什么呢?"

"数牛、赛马、下棋、寻找太阳之城。所以我来到印度,和你南下到埃及成为本·闪差不多同时,我开始唱圣歌赞美太阳的荣耀,婆罗门吟诵至今,你的人民依旧记得赎罪日。我的结论是:过去即现在,我们背负着成百万年的业报……"

"以此类推?"

"犹太人永远是犹太人……"

"所以呢?"

"所以,我的朋友,靠近点,我悄悄告诉你一个秘密。"当婆罗门首领经历了三天此起彼伏的吠陀吟唱和一丝不苟的火神祭后,音乐还在继续,聚集的客人深思着转向内在精神层面。靠近一点,在那个重要的沉寂的时刻,他的嘴唇靠近你耳边,在年轻小伙子入学时重复唱着《歌雅特瑞》[①]——那首颂扬太阳神伟大荣耀的圣歌。我深思熟虑后说:"米歇尔,世间真实的对话不是东方和西方之间的对话,而是你和我的对话,是婆罗门和拉比的对话。"米歇尔闭上眼睛,好像在回忆什么(或许他想到了摩西和西奈山)。他缓缓睁开眼

[①]《歌雅特瑞》(*Gayatri*),一种神圣的吠陀咒语。

睛，说："也许你是对的。"

"从历史上说，"我继续说，"我当然是对的。还会有什么其他可能性呢？你明白的，希腊人是我们的小兄弟，琐罗亚斯德教徒比他们大一点，当然赫梯人①也许只比伊朗人大一点点。当你读吠陀经和最古老的、印欧语系的最初原型，你立刻就发现非二元的是最古老的。因此你从非二元（也就是说：首先是不存在的等等，就像最古老的吠陀经之一所写的那样）越走越远——你就越靠近非历史。因此，我的朋友，把西方人引以为傲的希腊人留给我们印度人处理，我们知道如何处理。有一位伟大的犹太学者公正地评价说：希腊人是东方人。"

"那中国人呢？"

"他们是亚洲的欧洲人——他们的思维是务实的、水平的，就像希伯来人一样。"

"先生，这样不好吗？"

"先生，这样不好吗？你忘了我们属于什么种族——我们全是杂种。只有两种人：一种从水平角度、无限方式看问题，另一种是从垂直角度、生物消亡、零的方式看问题。因此，我的朋友，结论就是：垂直的……"

这时苏珊娜插嘴问："汤里面要不要放盐？"

"好吧，好吧，那是水平的方式。是的，放点盐进去。你们伟大的哲学家布伯②——《我与你》的作者就这么说的：我在你之前就存在。"

---

① 赫梯人（Hittite），源自古印欧人的大迁徙，属于印欧语系，缔造了古安纳托利亚文明。

② 布伯（Martin Buber，1878—1965），奥地利犹太教神学家、存在主义哲学家。其著作《我与你》以神与人之间对话的诗体散文形式系统阐述了其哲学思想。

"但你不同意他的观点吗？"

"有谁能向我证明呢？"我边说边坐起来，把手放在胸前，满是自豪。我当然是在表演，在演一个男人。

"垂直的会消亡，而在消亡中，就像海森堡[①]说的那样，粒子会跳跃，超越时间、超越空间。佛教徒也是这么说。"

"因此消亡是创造……"

"那水平的……"

"是持续的，是你认为的事物的持续存在。但并不是这样，因为是什么就是什么，无须持续。"

"为什么？"

"因为持续意味着时间，而时间作为物理现象能告诉你今天是头脑中的……"

"所以，你想说……"

"我想说，水平的、对垂直的表述，就像在卢森堡的儿童公园，你看见跷跷板一上一下——它不能永远静止。"我停顿了一会儿说，"表达式不能被表达，先有哪个？"

"婆罗门还是犹太人？"米歇尔笑着问。

"答案是你的。"我坐着说完又躺了下来。苏珊娜永远都不知道发生了什么。我把她的耶稣还给了犹太人，从她那带走了安德罗玛克，悲剧就完成了。她的汤也做好了，味道很好。我流下了感激的泪水。"噢，苏珊娜，"我说，"你在汤里倾注了太多的爱。噢，谢谢，谢谢。"

"你为这小小的善举如此感激。"她说。

---

① 海森堡（Werner Karl Heisenberg，1901—1976），德国著名物理学家、量子力学主要创始人，1932年获诺贝尔物理奖。

"你不知道这汤代表着什么，它是上帝的食物。再次感谢你！"

苏珊娜说："顺便问一下，你打电话给米雷耶说你妹妹的事了吗？"

"什么事？"

"先生，"她取笑我说，"你沉浸在想象中，完全忘了你妹妹三天后要来。她周一就到了，你得给她找个住的地方。"

"很抱歉，苏珊娜，我以为你和米雷耶在处理这事。为什么不打电话给米雷耶呢？如果她不在家，你可以打让-皮埃尔办公室的电话。"

苏珊娜给米雷耶打电话，她们女性之间的谈话——关于如何安顿我妹妹，米雷耶为她的孩子买的新衣服和"她正在交往的年轻男人"。我是这样猜测，因为我不时地听到几个词。"不，电话那头是米歇尔·吉罗姆。他们在讨论摩西等诸如此类的事情。"

"问问她，怎么安排我妹妹？"

苏珊娜转向我，说我妹妹会和米雷耶待几天"来适应新环境"。这很适合我，因为我能上哪儿去找个足够大的房子来安顿父亲和妹妹？在巴黎，即使本地人都很难找到房子。统计数据说，每天有十万人带着他们的孩子换住所，把婴儿纸尿裤留在原住所，学院的人是这么告诉我的。因此皮埃尔神父反对贫民窟，有人说皮埃尔神父是法国的甘地。到哪儿去给我妹妹找房子呢？旅馆不列入考虑范围，她手头的外汇都不够付一间很差的旅馆的房钱。我们要做什么呢？像一位优秀的印度人那样，我说：我们去看看。因为任何事物都会以这种或那种方式消亡，俱卢之野大战总会结束。伟大的毗湿摩①将躺在箭床上，坚战②哭泣着发动战争，最勇敢的迦尔纳被打败。十万死去的人将被某个像巴吉拉特③那样的圣人复活，他会再一次让湿婆头上的恒河慢慢地流到人间。"塞纳河会把问题解决的。"我对苏珊娜说，然后回到了米歇尔那里。他正像暴食者一样在喝汤，争论让我们都饿了。

苏珊娜说："但我现在必须去妈妈那里，给她注射胰岛素。"

"谢谢你，苏珊娜。请转告你母亲，我能下床就去看她。"

"别担心，她懂得如何等待。'我已经等了你的希瓦二十五年了。'她总是这么说。"我能看出来苏珊娜只想要确认自己的地位。当然了，米歇尔已经准备好下午去图森斯特女士那儿买些葱，但是希瓦，那可是事物的不同秩序。他不同于任何法国人，任何欧洲人。米歇尔，难道不是这样吗？

"告诉你母亲，她会喜欢我妹妹的——甚至比喜欢你还要喜欢。"这句话显然让苏珊娜不安。

"不是一百万个乌玛就能造就一个湿婆。"她说，想要戴上帽子。

"你不了解我妹妹。"我回答。

"噢，女人了解其他人是从这儿了解，从心口了解。我们了解他们的心理，我们从腹部去了解别人。"她边说边走出去。

"我也要走了，"米歇尔说，"法国国家科学研究中心的人想知道我怎么了。"

"等一会儿再走吧，"苏珊娜恳求，"再陪陪希瓦。这样不沉浸在他热爱的数字里太少见了，我以为他会和一个数字结婚。"她走向门

---

① 毗湿摩（Bhishma），印度史诗《摩诃婆罗多》中福身王的长子，大战时担任俱卢族的统帅。

② 坚战（Dharmaraja），印度史诗《摩诃婆罗多》中般度族首领，般度五子的哥哥。

③ 巴吉拉特（Bhagirata），印度神话中著名的国王，它命令恒河女神将恒河由天堂带到地球。恒河水覆盖了萨羯罗王六千个儿子的骨灰，让他们获得了解脱。

口时又说。

"哪个数字能成为我的新娘呢?"我笑着问。

"我已经知道了,"苏珊娜回答,"我研究了一点命理学。你的数字是九,所以和九结婚吧。"

"这真是个奇妙的数字,它是最大的整数,下一个数字必须有个零。因此九是零的先锋,胜利属于九,胜利属于涅槃的先锋。九,是宣告春天来临的燕子。"

"那十又是什么呢?"米歇尔问。

"水平的。从九你可以回到零,或者前进到无穷。那么十是……"

"以色列的圣地。"米歇尔唱着,好像来自一部诗篇。

"以色列的圣地是——无穷。佛陀总是说无止境、无穷,就像恒河的沙子一样多——但你也可以说,就像西奈山沙漠里的沙子一样多……"

"所以,佛陀和犹太人相遇了。"

"当然了。佛陀从受苦开始,犹太人也是。摩西有十诫[1],佛陀只有"八戒"[2]。摩西谈论上帝,佛陀谈论达磨。我的朋友,从人类诞生之初,就走上了通往无穷的道路。人+是无穷,人-是零。因此直到最后一个人获救,没有犹太人会得救。而佛陀,据某些人说,住在乐土,在极乐世界,等待着涅槃。等到所有人被救赎,等到所有植物和鸟类被救赎时,当所有的生灵被救赎时,佛陀就会涅槃。"

"所以我们并不是很不同,是吗?"米歇尔自我安慰地问。

---

[1] 十诫(the Ten Commandments),《圣经·旧约》中记载的上帝借由摩西向以色列民族颁布的十条规定。

[2] 八戒(Eight),又名八关斋戒,八斋戒,是出世成佛的正因。包括一戒杀生、二戒偷盗、三戒淫、四戒妄语、五戒饮酒、六戒着像香华、七戒坐卧高广大床、八戒非时食。

"唉，我的朋友，我们是龙树，是伟大的佛教哲学家，是佛教的圣托马斯·阿奎那。他回到了《奥义书》的不二论、空和零，然后才有商羯罗，他唯一关心的是……"

"是什么？"

"真理。"这么长的对话让我很疲惫，我又躺回去，闭上眼睛想要休息。米歇尔慢慢站起来，拿起他的贝雷帽。当他看见我睁开眼睛时，问：

"是什么把我们分开了？"

"上帝。"我回答，我已经知无不言了。米歇尔笑着说："你知道我是个无神论者。"

"我也是。"

"所以，我们意见一致。"

"不。有时候你会朝着马克思和他的天堂走去，我不会朝着我的戈壁走去。我留在贝拿勒斯，留在我的脑海里。在这里，瓦鲁那河和亚西河两条河流交汇，它们溶入彼此。这就是贝拿勒斯，贝拿勒斯是我不在的地方。"

"那么谁在那儿？"

"没有人。"

"也没有东西。"

"是的。没有东西，不是没有什么，而是没有什么实物。"我再次确认我对极限的定义，"不是无穷，而是非无穷但不是有限的。"

"噢，唉。"米歇尔说着把他的贝雷帽抛向空中又接住，"这可真是难懂。"

"我的朋友，词语不是物体，而是指针。"

"指向什么的指针？"

"意义。"

"有很多意义。"

"但是意义后面的意义是什么呢？"我又坐起来，冒失地问。

"我不知道。"米歇尔说。

"不是事物的意义……"

"而是？"

"意义本身，就是知识、智慧。了解只是照亮。"

"照亮什么？"米歇尔问，我们又陷入了沉默。

"光亮前面什么都没有……"

"那光亮后面呢？"

"只有光亮。"我回答说，心如止水。这个犹太人用他的问题把我逼到玛旁雍错。喝着湖里甜甜的水，我睡着了。睡眠本身，除了恒河、水，又是什么？因此又回到了：最初那里就有水。这是美男鱼、纯炼金术和浮士德永远都不知道的。这也解释了为什么他们有希特勒，我们有甘地。水只是——水。

> 水是我们幸福的源泉。她让我们分享她最吉祥的汁液，就像慈爱的母亲一样。

那天下午让-皮埃尔来了，他不像过去一样心不在焉，而是温文尔雅。"他的非洲—阿拉伯的焦虑"（我常这么说）势不可挡，他的希腊头脑特别清晰。"清晰得就像爱奥尼亚人"，我常这么说。他身高一米七五，厚厚的嘴唇，安静，极少开口。他的沉默几乎让任何女人都无法抗拒，因此他找女人毫不费劲。他作为医生很成功，他不太用他的智慧来做事情。他也出版了一些诗作，《噢，梅拉莎》

是对一位想象的希腊女英雄的颂歌，她在反抗中死去——是那薄薄的诗集中的一首。战后由先锋派的出版商出版的这本诗集，卖出了几百本，卖给了朋友和朋友的朋友。对此《新法兰西评论》给出一些尖锐的评价，只有三句话："毫无疑问她被认为是神，一位希腊女神，穿着同伴的制服，为了马克思主义的自由而利用她'用象牙和蜂蜜组成'的美丽胴体"。评论继续写道："女人通常，通常为爱人去死，除非她们像圣女贞德一样是处女。她是女神吗？是的，海伦[①]是女神，所以特洛伊被毁了。"国家研究基金会注意到有些图书馆买了这本书，不时有学校里的女生给让-皮埃尔写一些动人的信件，"亲爱的主人"等等；他总是满怀感激地把信给我们看。让-皮埃尔是不可征服的，当这些女孩来到巴黎，也许她们就是巴黎人，他并不介意带她们出去走走，去巴黎中央市场或蒙马特尔，跟她们讨论诗歌，只讨论两三节。他在办公室有个房间可以洗澡休息，也用作其他紧急用途。他现在的女朋友埃莉诺，瑞典和法国混血，大约二十三岁。她十六岁时曾跟他在一起，后来离开他和别人结婚，那人是一个丹麦贵族，可她会回巴黎（回她祖父母的房子）买衣服。她在巴黎逗留的时间越来越长，皮埃尔拥有她的时间和她的人。我也见过她，我很喜欢她的机智和优雅。作为外交官的女儿，她见多识广，是一位优秀的雕刻家和作家，还出演过不太出名的瑞典电影，所有这些都是让-皮埃尔喜欢的类型。他非常喜欢聪明人，喜欢健谈的人，除了米雷耶，因为她和他一样聪明。埃莉诺和米雷耶一起去购物一点也不奇怪，她们各有各的美，一个有钱而没有品位，另一个没钱而十分有品位，米雷耶是后者。有时当我和让-皮

[①] 海伦（Helen），希腊神话中宙斯跟勒达的女儿，斯巴达王后。她和特洛伊王子帕里斯私奔，引发了特洛伊战争。

埃尔一起在双叟咖啡馆或紫丁香酒馆时，他就说："快来，快来，我在香榭丽舍大街的丹麦点心店里碰见了很多女孩。"如果我勉强同意了，那是因为我喜欢高雅的东西，尽管我为自己感到羞耻。我喜欢漂亮女人的陪伴，尽管我的数学和婆罗门教使得任何对此的尝试都难以想象。和让-皮埃尔在一起真好，乘坐豪华电梯到楼上的餐厅，可以看到有两个女人总是坐在窗边。像电影里演的一样，餐厅领班带我们（他认识让-皮埃尔）到最好的中间靠窗的桌子，那是我们的座位。整个单调的北欧世界好像对他们中间的这么多颜色感到惊讶——我的菊花是棕色的，让-皮埃尔的郁金香是紫色的，那个女孩美丽的国际化红头发和米雷耶乌黑发亮的发髻——我们的颜色看上去好像一个巨大的花束，总在这家丹麦餐厅的中间铺开，人们惊讶地看着我们。似乎是为了取笑让-皮埃尔对诗歌的疏忽，也为了提醒他，他们是在哪里怎样认识的，埃莉诺总在恰当的时机引用一两节他的诗歌，这使让-皮埃尔很高兴，也让米雷耶很自豪。她没有结婚，也是一位学者，是个医生。他现在太忙，没空写诗。有一天，他不能写诗，好心的蒙多也向让-皮埃尔证实，有时连马拉美也好几个月不写诗。让-皮埃尔立刻就确认了这点，随后感到震惊，他害怕再也不能写诗了。但他能，米雷耶说他能，那么他就能写诗。

但是，在这个灰色的暮春的下午，我躺在圣雅克街房间的床上。天空阴暗模糊，公寓看上去死气沉沉。这时让-皮埃尔走了进来，取下紫色领带，他的时髦和这个窄小的空间（我称它"可怜的中世纪僧侣"的窄小空间）格格不入，我觉得很不自在。苏珊娜喷了一点古龙水来消除一直关着的公寓的旧木头味道，她还在桌子上放了一束红玫瑰——一定是和米歇尔去买葱时顺路买的。到喜剧院后，她打电话来问我有没有退烧，我回答说没有，而她相信让-皮埃尔"将安排好一切"。让-皮埃尔能为我的身体做什么，他能为我由可的松引起的癫狂做什么呢？我的脑袋依旧在旋转，一百万个零碎的想法在大脑里狂奔，那一刻我想给它们一种特定的形式和顺序。它们在扭我的脑袋，让我大脑半球的上半部分感到一阵阵疼痛。现在跑出去在大街上吼叫，和卖菜的或卖《法兰西晚报》的人竞争的欲望减弱了。但是像一颗卷心菜（或像一个南瓜）一样躺着很丢脸，尤其是我还有这么多工作——关于伯努利[1]数字研究的论文要发表——在布加勒斯特[2]今年举行的国际数学大会上——伯努利又流行起来了，这可能会给我在伯克利、墨尔本和加尔各答研究同一题目的同事一些帮助。我的脑袋一直很清醒，但阻止我的想法使得做任何事都很困难。

"噢！"让-皮埃尔哭着说，看我就像在看一块干木头一样。"你怎么了？"他立即纠正说，"你这是怎么了？"他从不会忘记他的非洲化，就像我们印度人讲英语时从来不会忘记自己的母语一样。

我说："我疯了。"

"你，疯了？不可想象。我亲爱的朋友，你只会在快死的时候说：我真的死了。"他为自己的笑话大笑起来。

"我知道，让-皮埃尔，死亡不在我门口。我脑袋里有的就是疯狂——精神错乱。"

"为什么不庆祝一番呢？我们要像乌特勒支[3]的伊拉斯谟[4]一样创作一首《愚人颂》：噢，甜蜜的疯狂，等等。"

"让-皮埃尔，我头顶上有一根燃烧的、刺痛我的线，正好在中

---

[1] 伯努利（Bornoulli，1700—1782），瑞士物理学家、数学家、医学家。
[2] 布加勒斯特（Bucharest），罗马尼亚首都。
[3] 乌特勒支（Utrecht），荷兰中部的大城市。
[4] 伊拉斯谟（Erasmus，约1466—1536），荷兰哲学家，16世纪初欧洲人文主义运动的主要代表人物。

间。我想知道那里的神经有没有受到影响。"

"脑袋是你身上最坚固的部分，如果脑袋里有什么东西，"让-皮埃尔笑着说，"你也知道的，除非把脑袋切开……"

"是的，这就是他们可能会对公主做的事。"

"是的，我也知道。你作为一个婆罗门和一个知识分子，练瑜伽的人，"这时他又笑了，"我认为你已经接收了你朋友疾病的症状。就是这样，这在母亲和孩子间经常发生，他们得不同的疾病，但有同样的症状。"

"我觉得是过量的可的松导致的，让-皮埃尔。"

"我不这样认为。"让-皮埃尔说，"不管怎样，我们对可的松了解得太少了。但我从没听说有谁因为可的松发疯了。它有时只会让人骨质疏松，但是你很年轻，不至于这样。它可能让你的伤口愈合得很慢。不管怎样，让我检查一下。"他开始检查时，我整个身体变得很敏感，就好像他在用火苗烧我一样。不，我不发烧。我身体里没有水分了——他在我的大腿和脚上画线，却没留下任何痕迹。我的头顶或耳朵后面没有长任何东西，我也不发烧。他确信我只是太焦虑、没有睡好。"如果睡一整天，你就会像鲤鱼一样充满活力，不需要吃药。"

"但我没法读报纸，让-皮埃尔，更别说科学杂志或图书了。"

"你告诉过我，你年轻时练过瑜伽。练会儿瑜伽，让你的脑袋休息会儿。我给你开一片安眠药，明天我来看你时，你就全好了。不要担心！"

但我没法不担心。这意味着什么？我脑袋中间、眼睛后面的灼烧感和我如此紧绷的脑部肌肉意味着什么？

"你不觉得我该去拍个脑部CT吗？"

"如果你想花钱，可以去拍啊。但我认为不管怎样，你得先去精神科医生那。精神科医生很可能会让你躺在沙发上，问你父亲和母亲的事，以及他们是否经常同床共枕。精神科医生的存在就是为了做这些，收着你的钱他们享受着安逸。"他厌恶精神科医生，因为他们好像是新教堂的神父。"如果你是弗洛伊德学派的，那么他们就是希腊正教的。如果你是荣格学说的，那么他们就是路德教会的。如果你是阿德勒学派的，那么他们就是浸礼会的。你理解了吧？你是什么？路德会的？浸礼会的？不管怎样，我不会把你送给希腊正教。他们的气味太大了：汗臭味、精子味和焚香味。我告诉你，最好的医生是：回到伦敦。"

"但我妹妹后天就来了。"

"米雷耶和我照顾她。我们会告诉她，你去参加一个重要会议了，你是个杰出的人，等等。"

"不，让-皮埃尔，别开玩笑。你认为我必须在床上躺个一两天？"

"你需要二十四小时。我为你没有发疯承担全部责任，而且你永远都不会发疯。"

尽管这令人安心，但我并不完全相信让-皮埃尔的诊断。我的脑袋依旧焦躁不安，就像渔夫渔网里的鱼儿一样，挣扎着、跳跃着，茫然无助，两只眼睛闪烁着。

在宣布我是"一位想象的病人"后，让-皮埃尔停下来点一根烟，这时我们突然听见有个炸弹爆炸了。在巴黎圣母院附近或靠近清真寺的地方，我没法从圣雅克街确定爆炸发生在哪里。让-皮埃尔突然苏醒过来，开始喋喋不休地谩骂——那个混蛋、那个假将军、那个拿破仑三世，等等——这些话从他嘴巴里发射出来，就像是准备就绪的大炮。他很生气,他有个特殊的习惯,不是生气地在房间里来回走动,而是坐在椅子里转圈圈,就好像将军坐在豪华座椅上,被他——让-皮埃尔逮捕了。他腰间别着手枪,像一名突击队员——在希腊他曾是一名突击队员,所有这些回忆涌上心头。他非常崇拜戴高乐,1943年,他抛弃了自己的母亲,把青春投入到反抗贝当的战斗中。先在摩洛哥①,然后去了叙利亚②(穿过利比亚③和上埃及地区)。这个瘦小的年轻小伙子才十七岁,阿拉伯语讲得和阿拉伯人一样好,他用他们的诡计才逃脱了魔爪,又跟黑人讲他也是其中的一员,让他们看他那黑色的卷发。最终英国人接到了他,把他送去了戴高乐那里——他的勇敢毋庸置疑。尽管他的想象经常是基于那些最恰当、最光荣的事物,并对此深信不疑。例如,几个月前,在碰见我不久以后,他就开始说我是个小国的王子。为什么这么说呢?因为在他看来,所有的印度人要么是婆罗门,要么是王子。而我的身高和处事方式在他看来,可能用王公来形容更合适。因此有时在我们共同的朋友面前,我会突然被他提醒说我是个王公,这既没有拯救他也没有拯救我,因为他跟党有紧密联系,而我是个知识分子,还是个左翼分子(但逻辑不是让-皮埃尔最擅长的)——是的,叙利亚的经历很可怕,但获得了胜利。他回到了巴黎,却发现他的父亲和母亲到了达喀尔。他看到了熟悉的装饰物、节日,待在巴黎,去了高等医学院,这可不是个老生常谈的故事。"要是我没被德国兵击中,"让-皮埃尔充满感激地说,"我至少在最伟大的人手下服役过——拿破仑以来最伟大的法国人。他们会在香榭丽舍街或卢森堡附近虔诚地为我建造一个小纪念坛,年轻的女学生会带上一

---

① 摩洛哥(Morocco),非洲西北部的沿海阿拉伯国家。
② 叙利亚(Syria),亚洲西部的阿拉伯国家。
③ 利比亚(Libya),北非的一个国家。

盆盆鲜花，在我的纪念坛前跪下，眼里饱含泪水。我的希腊血液很享受这个想法，英雄成了上帝，也许作为上帝，我可能依旧会去看女学生的连衣裙下面，发现我想要的。"这时他又笑起来。我觉得他讨厌自己超过讨厌别人——他这种血液和性格的复杂性、这种希腊-黑人性格（他是这么说的），他称之为贵族共产主义的政治立场，他对女学生和四十五岁以下的漂亮女人的喜爱（他说"过了这个年龄，她们就不水嫩了"），使得他的生活独特又非常成功。他在马尔利附近有一幢建于十七世纪的乡间别墅，他的朋友将它改造得既摩登又舒适。他还准备建一个网球场，供周日下午消遣。他的逻辑是：如果罪恶的资本家过得那么舒适，为什么我们不能过得舒适呢？如果马尔罗住在凡尔赛宫①某个美丽的展馆中，他为什么不像主管健康的副国务卿或文化部的副国务卿那样照顾那些运动员呢？如果曾经有共产党政府的话。让-皮埃尔活在他的梦里，觉得它们很真实。他对着空气讲话，好像新的人民阵线已经存在。由于我来自印度，而俄罗斯与印度关系友好，我被他认为是旅行伙伴。"你是我们的同志，不，不，你是我们的朋友。"他这么更正自己的话。因此希腊-黑人和印度就结合了，像在联合国的亚非国家一样。但那时候令人头疼的是阿尔及利亚。炸弹到处爆炸，这使得让-皮埃尔很高兴。"我的朋友，这是结局。"他会边说边欢快地摩擦大腿。夹在阿尔及利亚人和共产主义者的轰炸与右翼的军国主义者之间，显然没有戴高乐的位置。"你将看到阿尔及利亚很快就独立了。"他举起右手宣布，好像那是一面旗帜一样。

"听着，让-皮埃尔，"我回答说，"获得独立自然不成问题。杀掉一些法国人，尤其是那些陆军上校，法国就会求和。但你将有一

---

① 凡尔赛宫（Versailles），位于法国巴黎西南郊外的凡尔赛市，是世界五大宫殿之一。

个怎样的阿尔及利亚呢?——一个本·贝拉①帝国。你为什么认为阿拉伯的戴高乐比法国的戴高乐更高级呢?他们两位都需要与非洲黑人和共产主义者斗争。帝国已经消失了,但还有你继承的小帝国,看看印度就知道了。"

"印度跟这事有什么关系?"

"印度也获得了自由,印度的自由是所有西方帝国主义的末日。但是我们做了什么?我们现在有泰米尔分离主义者、安德拉邦统一主义者、喀拉拉邦共产主义者和旁遮普地区主义者。只要我们还在进行对抗游戏就可能赢,但我们要一遍又一遍地参加同样的战斗。要知道,亚历山大大帝和拿破仑打的是同一种战争,是征服之战,他们俩都很聪明,可都失败了。印度的共产党已经分裂了。谚语说:'有三个法国人的时候,就有四种意见。'我说:有三个印度人,就有十种意见。因此我认为甘地主义或许会是世界的下一个政治信条。"

"什么?"让-皮埃尔站了起来,黑发浓密,一米七五的身体看上去无比庞大。"你在胡说什么?"

我恳求道:"我的朋友,不要这么激动。你刚刚才说我没有疯,希望我不是在胡说。"

"我真希望你确实疯了。"让-皮埃尔笑着说,"这让我的评论更有力,不管怎样,继续说你的伟大发现吧。"

"让-皮埃尔,你看,自从世界上有两种人开始,这个世界就饱受苦难。有那种一直向前,想要征服的外向型的人——那种西方好莱坞类型。有一个等待拯救的漂亮女人,她被坏人关在监狱,就像《梨俱吠陀》里的瓦拉,那些坏人偷了我们的奶牛并把它们关押

---

① 本·贝拉(Ben Bella, 1916—2012),阿尔及利亚民主共和国首任总统。

起来。"

"那你的《梨俱吠陀》怎么说的？"

"我的《梨俱吠陀》说奶牛不是真的乳牛，不是牛，而是真正的纯粹智慧，这就是为什么它们是白色的原因。因陀罗是天空之神，是超凡的、想象的、真诚的领导。瓦拉是黑暗的魔鬼。"

"颜色偏见。"让-皮埃尔取笑我。

"不管这是什么——你在神圣首都莫斯科，不要忘了，你的同胞正在遭受同样的颜色偏见，除了卢蒙巴这类……"

"不要管莫斯科，我们回到甘地上来。"

"那种文明会持续，因为它基础稳定，向内的趋势得到鼓励和加强。你越向内，越能抵达确定性。"

"马克思没有向内走，但他为社会稳定制定了法律。"

"你觉得你们斯大林沙皇的帝国还能维持多久？"

"当然，"让-皮埃尔表示赞同，"它不会像一个帝国一样持续那么久。但是赫鲁晓夫已经在那儿了，你会看到更伟大的自由。"

"在印度我们知道更伟大的自由是什么。英国人和他们的所有过错，给予了我们更伟大的自由，比赫鲁晓夫给予他挚爱的同志的还要多。"

"不要改变话题，我们还是继续聊甘地。"

"好吧，好吧。"我说，"甘地主义是正在发展的世界工业帝国的唯一出路。生产得越多，就销售得越多。销售得越多，就越需要开更多的商店，要对共产主义国家开放。他们已经在尝试把机器出口到印度，所以有一天会达到工业饱和。那时你能做什么？"

"人口也会增加，总有人去买美国人称为'小器具'的东西。"

"但是当你因为经济需要而生产的小器具比增长的人口还多时，

你能做什么？让-皮埃尔，这就是为什么数学是一门令人兴奋的学科。你可以给未来建模，击败历史上任何的运算。尤其是今天，你用电脑输入数据就得到结果。跟我来，我让你看看怎样在短时间内得到这些问题的答案。是的，这就是进步。当我能建模预测未来时，这就是进步。"

"那你的电脑说什么了？"

"它只说了以世界上工业生产的速度来看，机器的生产率会比人口增长率还高。"

"因此，答案呢？"

"权力分散。"我随口说。

"这等于没有答案。共产主义者总是这么说，连斯大林都这么说。人们集中起来就是为了建设社会主义国家，而一旦建设起来了——"

"人们为了马林科夫[①]杀了基洛夫[②]，又为了赫鲁晓夫杀了马林科夫。一旦手上沾满了鲜血，就很难忘记。心理学家说，第一次谋杀最困难。在那之后，就像前基督教的神学院学生斯大林那样，一次谋杀和一百万次谋杀是一样的。"

"但是……但是，我们都是杀人犯。"

"这正是甘地说的。除非我们停止谋杀，否则我们永远处于混乱中，帝国主义只是看上去给混乱带来秩序。"

"所以唯一的出路是……"

"把腹股沟淋巴结炎除掉。"

"怎么做呢？"

[①] 马林科夫（Malenkov，1902—1988），苏联领导人，曾担任苏联部长会议主席。
[②] 基洛夫（Kirov，1886—1934），19世纪20年代至30年代联共（布）的主要领导人之一。

"当然是通过手术，圣人也能做手术。"

"真的吗？我可是第一次听说。"

"这种新的手术不是其他人来给你动手术，而是你自己给自己做手术。通过你对自己的了解，把体内的邪恶去除。在印度，如果你被刺扎了，如果它在你眼睛里就需要一个简单的治疗。用灌木的白色汁液——我现在忘记它叫什么了——让周围的肌肉膨胀起来，把邪恶挤出来。当我想到甘地主义时，我总想起这个。人类对自己的友爱，将会治愈冷淡和仇恨。人类的邪恶就是人类本身。"

"你真是个梦想家。"

"为什么这么说？你觉得萨特先生的人道主义更好？当你从存在走到本质，存在主义就演化成人道主义。但是萨特先生知道本质是什么吗？所有的人、人类的本质是一样的。本质就是人们所称的上帝，但我和吠檀多学者称之为真理。"

"谁是吠檀多学者？那些去解救了奶牛的人吗？"

"是的，就是他们。你用理性征服了英国人，用——"

"用白色流动的爱征服了他们。"让-皮埃尔大笑着站起来，我希望他能坐下。他向我道歉说："我得走了，已经四点半了。我必须去医院（拉里·布瓦西埃医院），回家吃点东西，再回诊室。"

"等一下。"我恳求。

"说吧，给你五分钟。"

"世界的武器就是这样，战争世界陷入了僵局。资本主义美国和共产主义俄国武器装备相同，都得到了德国技术的帮助。"

"这无关紧要。"

"这很重要，因为他们是希特勒的子民。"

"噢！"

"所以，希特勒不会使用的就是赫鲁晓夫采用的。"

"所以呢？"

"同样的器械会导致同样的结果，我们需要另外的武器，不是人类的武器，而是让人类的理智成为武器。只有那时候你才能像甘地一样，读《薄伽梵歌》，把它作为具有象征意义的战争。用弗洛伊德的话来说，这场战争是你内心的战争。"

"但是，谁让你那样的？"

"另一个你，如果你愿意的话。从英国人到他们的撒克逊祖先，再回到狒狒。萨特说，'他人即地狱'。我会说，敌人是我自己。对狒狒而言，还有其他掠夺性的狒狒。对我而言，作为一个智慧的生物，尤其在发现了精神分析后，敌人就是我自己，自我的敌人。所以，我的朋友，当你了解真正的腹股沟淋巴结炎时，你就能去除它。"

"把这说给你的公主听吧。"他说。

"好吧，父亲在给湿婆建一座庙。你怎么知道谁会起作用呢？哈钦森还是湿婆？坦白地说，我不知道。"

"噢，这个，这个。"让-皮埃尔喊道，拿上包，准备穿外套。他又说，"你和我站在壁垒的对立面上。"

"也许你看到了壁垒，我没有看到。"我说，"当我审视我自己时，我没有看到壁垒。"

突然间，好像是被什么新想法刺激到了，他坐下来说："嘿，我认识一位阿尔及利亚的主要领导人，他是阿尔及利亚民族主义之父。但遭到了本·贝拉和其他人的忽视，他现在被关押在法国，以免遭受本·贝拉的迫害。我觉得你会喜欢他，我知道他也会喜欢你。为什么不跟我一起去见见他呢？也许，这个想法值得一试呢？跟他谈谈甘地吧，你觉得怎么样？"

"没什么比这更让我高兴了。你知道本世纪初有莫兰革命，摩洛哥反抗卡菲尔人①获得独立。他没有做很多事，但是表示了同情。这成了一个著名的国际案例。我认为海牙②也高度关注他，因为在马赛，这位印度革命者害怕被逮捕，他从船上跳进水里，最后上了一条葡萄牙船，这艘船把他带到了里斯本③。所以法国人要求葡萄牙交出他——因此有了海牙等事情。"

"真是一个奇怪而动人的传奇故事。"

"所以，我不介意像我的同胞一样反过来做同样的事情。不靠武器跟法国人抗争，什么都不靠。"

"噢，你不了解阿拉伯人。不管怎样，为什么不试试呢？我安排一次见面，到时候告诉你。他很难接近，但我认为我能做到。很快就会见到你了，我的大病号。"他边说边穿上外套。

"让-皮埃尔，你知道我妹妹后天要来吧？"

"把这些事交给女人们吧，我想米雷耶能帮我们照看她一段时间，直到你找到公寓。我有个客户要去南美——她是南美人——住在特罗卡迪罗附近。如果我能帮你要到她的房间，就完美了。她的房间能看到塞纳河的壮美风景，还能俯瞰荣军院。"

这个消息并没有让我开心，特罗卡迪罗附近！研究院附近？

"是的，还靠近地铁。她是个有钱人，要离开大约两个月，刚好适合你。我叫我的秘书卡朋特小姐打电话给那位女士，告诉你结果。我觉得应该没问题。"

"谢谢，让-皮埃尔，再次谢谢你！"

---

① 卡菲尔人（Kaffir），西亚阿富汗民族，曾被用作穆斯林对异教徒的称呼。
② 海牙（Hague），荷兰的城市，联合国国际法院所在地。
③ 里斯本（Lisbon），葡萄牙首都。

是的，让-皮埃尔就像我的哥哥，他的希腊-黑人气质和黑人-共产主义都是他的新面具，就像阿布夫人的那些伊费①面具。我只希望他不要怀着这样的恶意憎恨戴高乐。米雷耶自然在政治上永远和她丈夫站一边，但是面对戴高乐时，她给予的支持比给予让-皮埃尔的还要多。让-皮埃尔解释说，"事实是，每个女人都在戴高乐将军身上找到了伟大的父亲、保护者、孕育的力量……"

"什么？"

"对女人而言，保护者就是孕育者。女人尤其喜欢乱伦，你知道的。就像弗洛伊德所说，儿子会杀了父亲，但女儿会和她的保护者上床。你看自然把我们创造得多么整洁。"

"这也解释了你为什么想要杀了戴高乐。"

"也许吧。"让-皮埃尔说。只要他不是很激动的时候，他的希腊头脑时刻准备着纯粹的理智。理智是他的白葡萄酒、牛奶，总有一天他眼睛里的刺会被挤出来。

39

很久之后，我才意识到疾病是一个人的阀门，法国人会说是安全阀门，就像革命是一个民族的阀门一样。我们给心灵和肉体系统带入了太多杂质、细菌和精神腹股沟淋巴结炎，直到某天得把它们排出去，否则我们就会成为它们的食物。在欧洲，人们对此很了解，但在印度我们仍然认为疾病是因果报应，是另一个生命的腹股沟淋巴结炎，这使得它们马上变得合理、可以接受但难以解决并不总是立刻有效。如果有人得了瘫痪或癔症，他会告诉自己，好吧，

---

① 伊费（Ife），古代约鲁巴城市，在尼日利亚西南部。

好吧，当因果循环转动了，我的身体就会自愈。因此印度的阿育吠陀[1]是为了长寿的科学，西方医学是为了诊断治病的科学。所以栋格珀德拉修道院的梵学家塔拉纳特（当我还是个小男孩时见过他）是位瑜伽修行者，能用咒语或药物来治病。但是哈钦森医生这位魔术师则切开你的身体，取出有害物质，就像人们抓住小偷砍下他的头一样（以中世纪的方式）。圣人托马斯·阿奎纳也是这样——甘地则反过来。人们要么看远点，通过存在的循环，一世又一世的循环轮回，最终到达完全的自由。这就是独立，甘地的独立——要么完全活在当下（犹太教、基督教、伊斯兰教共有的），这时你只活这一世，等待着上帝的恩赐，或升到天堂，或被谴至地狱，因此才有那么多着急的人。这时，我又开始思考（躺在我圣雅克街房间的床上，可的松带来的疯狂有增无减）欧洲和印度的区别是什么。马尔罗问过尼赫鲁（尼赫鲁在他的自传里写过）：非暴力不是伴随着转世再生吗？（你会重生，你死了谁会在乎，反正能再活过来，生命只是从这一世到另一世换了套衣服而已）或者按西方的方式，你只活在这一世——因此要把握现在——欧洲的革命也是如此吗？例如，亚里士多德的弟子亚历山大，可以说比拿破仑离我们更近——拿破仑很匆忙，死亡很快到来。但是亚历山大在世界上迂回，建立自然的人类国家，即他的不动产。所以，我在想当我和那位阿尔及利亚领导人见面时（如果我和他见面），我要跟他说些什么，整理我关于甘地和印度的看法？我充满热情地陷入了数学符号里，人类的存在、我的存在已经流逝，而我看着它们流逝就像人们在电影院看电影一样（我不怎么了解电影，只看过一点查理·卓别林[2]和葛丽泰·嘉宝[3]的

---

[1] 阿育吠陀（Ayurveda），梵文，意思是生命的科学，是印度一门古老的医学体系。
[2] 查理·卓别林（Charlie Chaplin, 1889—1977），英国影视演员、导演、编剧。
[3] 葛丽泰·嘉宝（Greta Garbo, 1905—1990），瑞典籍好莱坞影视演员。

电影)——观众卷入其中，又不参与其中。你是弥戾车①，是局外人，是加缪的朋友。我们生而是局外人，去哪里找到家，找到主呢？那个家什么样呢？如佛陀所说：没有椽或墙，像空气一样自由。

　　已见造屋者！不再造于屋。
　　椽桷皆毁坏，栋梁亦摧折。
　　我既证无为，一切爱尽灭。②

　　在那个下午，当白日逐渐倾斜到忙碌的黄昏时刻（每个人都像要喊叫，所有车都像在路上，每辆公交都在摇晃你的房子）——快到黄昏了，就像将死之人拼尽最后一丝力气来呼吸最后一口气，白日也聚集力气，给出了一个长长的死亡呜咽——是的，随着夜幕降临，我感到一种解脱。当苏珊娜从喜剧院打电话来问我怎么样时，我感到快乐又自由。"噢！"我说，"马儿感觉到了腿部的力量，想去肆意地奔跑，就像那些沙漠里的马一样。那些在图画里的马，它们看上去在疾驰，鬃毛迎风摇摆，鼻孔张开，你几乎都能感觉到它们呼气在你脸上。"我想象着苏珊娜笑了。我不确定是不是我的C^2给了我这样的想象，但我觉得很自由，觉得我能飞奔跳跃起来，也许能解决所有的数学问题。实际上我尝试过，我的手一动不动，为湿婆或辩才天女寻找等式。我确信能把他们放入整齐的等式中，甚至还有拉马努金的娜玛卡女神。我在我的精神沙漠里和数字肆意奔跑，发现一些新的公式。也许高斯或欧拉已经提出来了这些公式，但谁在乎呢？我想享受发现的自由，这就是拉马努金所做的。他和

---

① 弥戾车（Mleccha），梵文，意为"不信吠陀的、野蛮人、蛮族"。
② 原文出自《法句经》154。

数字游戏就像小孩和玩具游戏一样。拉马努金发现了欧拉和高斯已经解决了的问题的答案，我也可以。我确信可以爬上自己的数学阶梯，找到能下金蛋的同样的鹅——或者划着我的莲舟航行，穿过喜马拉雅山上绿色的玛旁雍错，在纯洁的高山白雪中、在绝对的静谧中看到辩才天女坐在湖边的一块岩石上，沉醉于山间的寂静和存在的声音、她的七弦琴发出的远古的声音。她的坐骑白孔雀为我们下那些美丽的彩蛋，一旦我发现了它们，我就在心里给它们筑一个巢，孵出全新的孔雀。我对自己说，每个等式都是一只新孔雀。你觉得这个比喻怎么样？阿尔弗雷多有安第斯山脉人的丰富想象力，他将多么喜爱这个画面啊！让能找到一些马克思的解释，或者是弗洛伊德的一个解释。因为马克思失败的地方，弗洛伊德总是准备用羽毛或者健忘说明给你一个简洁的解释。我想起了克里希那，他是印度最伟大的人物，头上戴着孔雀羽毛。所以每一个方程式都是"绝对"头上的孔雀羽毛——跳舞吧，跳舞吧！

　　我脑海里响起了歌曲："（他）跳舞，南达（克里希那）的儿子跳舞"，所以我回到了贾娅拉克希米这里。

　　"告诉我，贾娅，告诉我。"我开始自言自语，"难道没人能去除你的腹股沟淋巴结炎吗？就像人们从孔雀身上拔掉一根羽毛一样。应该可以的，为什么不这么做呢？假如我能用长笛吹奏出最动听的旋律，奶牛和鸟儿靠近我来听歌，在布林达旺①的岸边跳舞，为什么不呢？噢，米拉，让克里希那搞恶作剧吧，让他从那只瘦瘦的、脖子长长的高视阔步的孔雀背上拔下一根羽毛。因此，贾娅，从我的疯狂来看，羽毛会产生一个等式，是的，一句咒语。我将拔除你的腹股沟淋巴结炎，就像米拉喝下毒药一样简单。她不会死，你也能

---

① 布林达旺（Brindavan），位于泰米尔邦马杜赖郊外的一条河流名。

活下来。世间任何事都是一个等式、一句咒语,而神,我的湿婆,吉登伯勒姆的湿婆将归还我一个新的等式。是的,数字能治愈所有的疾病,一系列的数字能治愈人类,这才是真正的革命。让,这也是阿尔弗雷多用他的毕达哥拉斯方案瞄准的目标。找到了正确的数字系列,你将拥有天堂。你觉得这怎么样?贾娅拉克希米,对此你怎么看?"

我又神志失常了吗?为什么我看到马儿在沙漠里狂奔?因为想到了阿尔及利亚人和撒哈拉沙漠,前几天又在卢浮宫看了德拉克洛瓦①吗?那天苏珊娜排练后,我们俩去卢浮宫看一些画。是不是这些画让我回想起了——遥远的风景,几棵棕榈树、一片绿洲,骆驼在吃草,水里长满了睡莲?快看,看呐,两个年轻人,一对情侣,他们身材适中,手牵手走着,男孩握着女孩的手,握得多紧啊——现在有很多的女孩,不,她们不是阿拉伯女孩,她们是白人女孩。我希望她们能回头看看我们,但她们朝着孔雀走去。树上的孔雀正在整理它们的羽毛,还在发表演讲:

噢,你,是特洛伊的女儿,
阿伽门农从死亡那夺走了你。

那只苗条的、脖子修长的孔雀正把演讲内容转述给女孩。女孩随后用女高音唱了出来……

噢,赞美天主,你逃离了死亡。

---

① 德拉克洛瓦(Eugène Delacroix,1798—1863),法国著名画家,浪漫主义画派的典型代表。

在你的肚子里，贝伦尼斯已经死了——
国王的儿子，是希望的天使，
透明的人，快看，快看，东方
正在燃烧。

——往下看，孔雀张开翅膀飞翔，把那个瘦高女孩的眼睛啄了出来，撕开她的胸膛，里面流出更多的孔雀蛋。那个男人目睹了这一切，朝着马儿惊慌而逃，其他孔雀则在追赶他——骆驼在孔雀后面狂奔，直到看见一座安静的城市和一个蓝色的湖泊。驴子在街上奔跑，每头驴子上都有一对情侣（就像德拉克洛瓦画里一样），驴背上背着床和平底锅，在马鞍的两边有一排情侣，朝着清真寺走去，清真寺的尖塔像是耀眼朝阳里高高的椰子树一样在招手。驴子上有个人，就是那个逃离女孩的男人，但他和一个女孩共骑。由于全部女孩都戴着面纱，我怎么知道谁是谁呢？将有一场婚礼，这毫无疑问。牧师是一位地方法官，一个法国人，系着白色的领带，穿着白色罩衫。清真寺的墙上写着"自由、平等、博爱"。鲜血沿着清真寺的墙壁流下——屠宰了许多羊。为了取悦上帝，你懂的。地方法官站在清真寺的台阶上，我看见清真寺铺着蓝色的瓷砖，点着枝状大烛台。接着新娘和新郎来了，他们穿着华丽的绸缎，带着黄金制的阿拉伯头饰。女孩依旧戴着面纱站在地方法官面前，当其他情侣到了，就吹响喇叭，戴高乐将军在主持仪式。我很惊讶将军的阿拉伯语竟如此流利，我是唯一一个不属于人群的观众。那对情侣看上去异常欣喜，婚礼后他们朝我走来时，我跑掉了，好像害怕再次被抓起来。我看到棕榈树上挂着绞刑架，清真寺的鲜血一直流到绿洲里。这是个多么奇怪的世界啊！我到底是谁？我在做梦吗？睁开双眼，我看到图图夫人站在床边，手里拿着电报。"噢，对不起，对不起。我敲过你的门，但你没听见。我就自己进来了。我知道先生你病了，你还好吗？"

"还好，女士。"我把毯子拉到肩膀上盖好说，"是的，我睡着了。"我向她解释。"啊！"她惊呼，"没什么大碍的——我们都说这是春季流感，在这个季节就是容易感冒。你只要打电话叫我来就好了。"她是一位好心人，金牙让她看上去很富有，尽管她从不拒绝登记信件或电报的小费。对她而言，电报从农村来，所有的电报都讲了很重要的事情，比如死亡的消息、法庭传讯（律师告诉你，案子要开庭了，有关你从前忘记的阿姨那里继承的一点财产。）或金融危机。图图夫人在老家失去了纺织厂的所有股份（毫无疑问只是少量的股份），从那时起她就开始害怕所有电报。当然没人要继承她的财产，她的儿子都很富裕，对她也漠不关心。以后她可能会领养一个孩子，但现在她一个人生活得挺好，每周日都去喝一杯苦艾酒，和邮递员开心地聊天。让先生是她最喜欢的人——"他是个像我一样的年轻人，"她说，"来自诺曼底，自从离家就遭受了这么多苦难。"星期天她在咖啡馆里等待着，终有一天有人将向她求婚，不管是谁（这是苏珊娜告诉我的）。噢！孤苦无依的晚年！这似乎太冷酷了。所以她存下所有的小费，为了领养一个男孩或为了她的嫁妆。能实现的，她很确定，十分确定，总有一天能实现。

我很慷慨地给了她五法郎，她很开心，立刻把钱装进钱包。我又重新躺到床上，打开电报，是拉贾·阿肖克发的。"手术定于周五早上十点，萨哈巴王妃请求你的祈祷和保护。贾娅像一位最真诚的阿肖克一样沉着。"我意识到危机来临了。我感到既悲伤又新鲜。悲伤是深刻的，越靠近光明，一些东西越有形。因为贾娅要去受苦吗？还是因为要去就是要去？要去——要去——要去就是去某处。先生？谁能回答我？我从来没问过这个问题：问谁？不，实际上那里没有任何人。苏珊娜呢，她去哪里了？我为什么要问这个问题？绝对是疯了。她那么想要嫁给我，她会嫁给我吗？不。那她怎么从我这怀上孩子，生另一个罗伯特呢？那是她的幻想。至于乌玛，她不能使我快乐或不快乐。她只是一个被宠坏了的年轻女人，纸醉金迷，痴心地想要个孩子。在这个苦难的世界上，这是多么愚蠢啊！不管你向左走，还是向右走，只有湿淋淋的悲伤，一滴接一滴的，就像晚间风雨过后，雨水从盖着瓦片的屋檐上流下——为什么要把另一种生物带到世界上呢？就像西塔阿姨过去在吉登伯勒姆说的那样，又多一种生物"来增加地球母亲的重量"呢？兄弟，我的兄弟，我告诉你，生命不值得悲伤。喜马拉雅山是人类的家园，在那儿的雪地里打一个深深的洞（我听说西藏人至今还是这么做的），独居在巨大的纯白空间里，被吞进去，慢慢呼吸，移除你的业障，像擦口水一样擦掉它。用干净冰冷的湖水洗净嘴巴，然后躺在岩石上，成为高高飞翔的鸟儿和绿色寄生虫的食物。翱翔的苍鹰觉得内脏多么有趣啊！一块奇怪的肉，对鸟儿来说它太陌生了——有点咸，但很软。"来吧，小家伙，吃点这种新肉。"就像佛陀让年迈的母老虎吃自己一样。"快看，快看那只饥饿的母老虎，为什么不等我爬到你的臼齿下呢——那样你就能喝我血管里的新鲜血液了。等一会儿，好了，咬吧。"用自己的血肉、放弃生命去喂一只鸟或一只母虎多么美好啊！这有任何意义吗？不，只是一个判断错误的等式。可以说，是一个在可的松疯狂中得到的等式。莫诺先生，你能用你的优秀卓越来创造一个没有悲伤的基因吗？所有的栌果，连拉斯普里的栌果都有核。无花果里也有种子，玫瑰有刺。所以，生活中有伤悲，证明完毕。

　　但我很快会开心起来，我应该开心起来。乌玛要来了，毕竟她是家庭的一员。我的一些基因也是她的，这至少是一个兄妹等式。她和我流着相同的血，知道同样的东西，会用同样的方式。我当然关心她，但我希望她不要妄想一个不存在的孩子，就像《瓦西斯塔瑜伽》[①]里不生育的女人的孩子一样。你知道吗？她买了一卷又一卷羊毛放在家里的橱柜里，要给她将来的孩子织一个暖和的帽子。她被称为"拉克什米"，因为"拉克什米"是一个吉祥的名字。你可以看到她有着非凡的贡伯戈讷姆[②]的脸庞，因为她来自贡伯戈讷姆。拉马钱德拉——方形脑袋、下巴突出，正站在桌边照相——她穿着孔雀蓝的连衣裙和天鹅绒的短袖上衣，额头上的圆形吉祥志产生了深深的共鸣，近乎神圣。拉克什米将会把乌玛的生活变得美妙。德尔福斯医生会安排这些吗？——我是说把子宫切开再缝上，这样她老公能用他的身体部位来延长它，生出合适的拉克什米？为什么不呢？乌玛确信祷告总会得到回应，誓言总要有结果。神明永远不会辜负敬神者。乌玛举行高丽仪式[③]至少三年了——画奶牛、小牛和克里希那的吉祥画。如果祈福活动不起作用，谁又能赐福呢？高丽是乌玛的另一个名字，所以乌玛会给她自己一个拉克什米。而拉克什米将如此自豪、闪耀，是家庭的光明。乌玛则全部都属于拉克什米。生活将多么幸福！

　　噢，提毗，摩西娑苏罗的毁灭者，冈仁波齐峰的伟大

[①]《瓦西斯塔瑜伽》(*Yoga-Vasista*)，印度中世纪的瑜伽经典，作者是蚁垤。
[②] 贡伯戈讷姆（Kumbakonam），印度泰米尔纳德邦东部城市。
[③] 高丽（帕尔瓦蒂）仪式（Mangala Gauri Vrata），一种宗教仪式，刚结婚的女人在结婚前几年会举行这种仪式来祈求子孙和幸福。

女王，保护我！

噢，忘记我不是高丽女神，噢，仁慈的提毗。

我理解乌玛，她生活在世上，她是这世界的一部分。我属于哪个国家呢？敬畏哪位神明呢？我不觉得自己是孤儿，但感觉迷失在空间里，迷失在巨大的寂静里，耳膜都会撕裂。我沿着山路独自往上走，听着下面潺潺的流水，眼前突然间出现了山谷，翠绿开阔，小溪从宽阔黝黑的土地正中间流下。到处都能看到山峰，高耸、荒凉、寒冷，像一把剑一样锋利，一些则被白雪覆盖。有时你会听到铃声，也许是牧羊人，也许是朝圣者？但那座山的边界是什么呢？——超越它的是什么？我会在那儿搭一个帐篷（像约翰·亨特爵士一样），但没有夏尔巴人，希望也没有珠穆朗玛峰。对我而言，楠达德维峰①就足够了。我会睡在毛毯下，被人类遗忘。你喜欢吗？是的，这感觉就像——零。回去吧，回到湿婆、迦尼萨或雪山神女的模型、数字、神圣公式去。我不再解决谜题、平方或等式，我将变得很简单，注视着远方，迷失在自我里。在那里，什么都不会发生，什么也没有发生。现在坐起来，用莲花座的姿势坐好，看着我的肚脐。我突然开始笑——创造此起彼伏的笑声，让人类开心起来。你记得《原人歌》②吗？我，原人，神为了献祭杀了我，所以我是我，我就是我。笑声停止，沉默开始歌唱。小溪沿着平原流下，流进山谷里，成为瀑布。那里将不会有沙漠，没有蚊子，只有喜马拉雅山。你知道吧？现在我要去睡觉了，向你们告别。

之后发生的事情我现在都觉得很模糊，哪怕已经过了许多年，

---

① 楠达德维峰（Nanda Devi），位于印度北方邦境内的喜马拉雅山脉最高峰，海拔7816米。

② 原人歌（Purusa-sukta），《梨俱吠陀》中著名的圣歌。

我记住的只有：有一天早上，我突然看见乌玛站在我的床脚（就像坚战站在克里希那神面前，向他求助一样），高丽站在右边，头上有光环、王冠之类的东西，我不知道是什么，我开始唱歌（不是唱《安娜普尔纳[①]颂歌》）——乌玛，湿婆的妻子，啊，迦梨女神，雪山神女——我双手合十敬畏她仁慈的存在——我看见的全是明亮空旷的空间和黄色墙纸。我慢慢转向左边，看见苏珊娜站在床边流着眼泪，而另一边，永远在笑的让-皮埃尔拍着手说："你是我老兄，你给我们开什么玩笑。"说实在的，我能开什么玩笑？我根本不在那儿。苏珊娜后来说事情是这样的：图图夫人下午把我的邮件带来时，她一遍遍地敲门，但没有回应。她慢慢打开门，看见我在睡梦中冒着冷汗自言自语。她想叫醒我，喊了我几声："先生，先生。"我没有回答。她非常害怕，想把我摇醒。你知道门房会怎么样做吗？他们唯恐警察发现他们行为不端，有太多这样的投诉案，她不希望冒险。所以她打电话到喜剧院找苏珊娜·夏特尔，但没有找到。她说明了情况，喜剧院就打了苏珊娜家里的电话，说她的印度朋友"病得很严重"（他们都知道我），所以苏珊娜立刻赶到我的公寓。可她也叫不醒我，尽管我的脉搏跳动很有规律。她给让-皮埃尔打电话，但找不到他，也找不到米雷耶。在绝望中她给贝沙医院打了电话，让-皮埃尔恰巧在那里探望他的摩洛哥病人——一位王子，总是醉醺醺的，正在治疗中。他立刻开车到了我这里，毕竟他刚刚为我诊断过，没发现什么问题。他们打电话给贝特洛医生，他是一位神经疾病方面的专家，负有盛名，人也很好。他发现我的条件反射不太好，是单纯的神经疲惫的症状。"人们不会发觉这种疲惫，直到他完全无法控制自己。"好像贝特洛医生是这么告诉苏珊娜的。他认为唯

[①] 安娜普尔纳（Annapurnè），梵文，指丰收女神。

一需要的就是睡个两三天,所以他给我打了一针(鬼知道注射的什么),其他的都是药片——我醒来吞下去又继续睡,可我仍然不认得任何人。我梦到了什么吗?是的,我好像在绿洲旁经历了阿里巴巴似的冒险,我骑了很长时间的骆驼。"你似乎经常骑骆驼。"拉福斯夫人笑着说。因为那几天,苏珊娜在喜剧院忙的时候,是她来陪我。她给苏珊娜织了一件初夏穿的绿色毛衣。苏珊娜要去山上(因为她那些病痛的老毛病),所以她需要适合夏天和那个海拔的衣服。拉福斯夫人觉得我也应该去山上,这有利于我的健康。

当苏珊娜和拉福斯夫人都很忙的时候,米雷耶经常来陪我,后来我知道当她看护我时,她在做研究,不时地递给我暖水瓶。我对她的印象只有那浓郁的香水味,即使在当时的情况下,这香水味似乎都能弄醒我、烦扰我。但我记得那么一两次与她的接触(当她把我的脑袋从枕头上抬起来,或者搂着我的胳膊时),她的触碰温暖又舒适。即使作为一个护士,她都很有女人味,我很高兴没有看着她。苏珊娜有种直觉,她知道发生了什么,也许是观察到的,也许是偶然。米雷耶知道这一点,我也知道。

到目前为止,生病多么令人享受啊(尤其是因为心理原因)——像法国人说的,病人很受宠。我觉得,生病能让人获得在母亲子宫里得到的所有关爱,即使成年以后,我也能感觉到母亲的胸膛和呼吸。像胎儿一样,自我睡梦中也在活动——知道米雷耶存在的绝对美丽——她美妙的触碰、温暖的胸部和脸庞、颤抖的四肢,都在我身旁,这肯定能让我熟睡。在那些阿里巴巴似的梦里,我看见一位衣着华丽的少女,半遮面纱,无限娇羞。她头顶着一个水瓶,在太阳下有些没精打采的。奇怪的是,让-皮埃尔鼓励米雷耶来陪我、照顾我,后来他告诉我,他多么希望米雷耶能够爱上我,这或许能给予她智慧和恒心，也许她在做爱时都会讨论数学，就像她经常和情人讨论拜占庭艺术一样。但米雷耶不是我喜欢的类型，我觉得我也不是她喜欢的类型。苏珊娜和米雷耶都知道这一点，所以让-皮埃尔开玩笑说：我的妻妾们很和谐——这是个多么有圣日耳曼德佩区[①]特色的玩笑啊！他对此很得意。

  他们还告诉我：他们读了父亲的电报，乌玛乘坐印度航空的航班于星期五早上九点到。米雷耶已经去机场接乌玛了，苏珊娜留下来照顾我。苏珊娜是一个能干的护士，她把悲伤化为浓浓的温柔。只要她看见我卧床不起、浑身无力——我就成为她的孩子，她的罗伯特。米雷耶在这方面完全不同，对她而言，男人首先是一个男人，一个男性，你叫醒他是为了让他来唤醒你，作为对自己的报答。米雷耶的声音饱满温柔，跟人说话时好像咬着舌头一样。苏珊娜则总是慷慨激昂的（我想这是因为她在喜剧院工作），是安德罗玛克的风格。但是，那些天苏珊娜给予我无微不至的照顾，她有点怨恨乌玛的到来，认为乌玛会把我从她身边带走。她几乎没有意识到，等后来意识到，她已经从绿洲走远了，身后拖着面纱。她朝着地平线稳步前进，仿佛正在移动一样，留下了许多的自我；她心情沉重，有在沙漠里诞生世界轮回的新需求。她的腹部似乎带着自身的死亡，好像死亡是消化不良，你能感到——像我们印度女人早上做的那样，尽量在河边把胃里的废弃物留在地里。她们躲在树后，身边放着装纱丽的篮子，身体隐蔽着，眼睛看着一片落叶或一行正在爬树的蚂蚁——苏珊娜好像也需要暂时待在地上来满足某些急切的内心需求。突然间她站了起来，好像被地平线上一片新的阴影牢牢抓住，她的腿似乎突然间扭曲了，仿佛在往回跑，就像她之前缓慢往前走一样。骆驼上的女孩是谁？不，没

[①] 圣日耳曼德佩区（Saint-Germain-des-Prés），位于法国巴黎塞纳河左岸的一个街区。

有人。她回头看我,然后朝着一位贝都因人、一位魔术师跑去。"贝都因先生,你是谁?""我是撒马尔罕①的王子。"——"王子,你能做什么?"——"我能凭空造出宫殿,把沙子旋进敌人的眼中,用纯粹幻境中的水来喂山羊和骆驼。甚至还能造福人类。因为我是一个酋长,一个圣人。"——"噢,王子圣人,在沙漠里为我建造一个王国吧!画一个圈,不要让这里发生改变,永远都不要。"一座镀金的宫殿从沙漠里拔地而起,我听见宣礼员②在呼喊。"是的,苏珊娜,我去了很远的地方,很远很远。翻越阿尔及利亚,去了撒哈拉腹地。""我知道,我知道。"苏珊娜说,"但是,我要回法国,回欧洲。"——"为什么?苏珊娜,你为什么要这么做?"——"噢,难道你不知道吗?我需要安慰,需要柔情。我父亲很早就去世了。"——"噢,苏珊娜,我的苏珊娜,你需要父亲吗?等一会儿,等等。"贝都因人来把她带到了骆驼上——去哪儿?去巴黎,去埃菲尔铁塔,去清真寺的尖塔。据说,那里只有一位神,就是沙漠之神。"真主伟大,真主伟大。③"写着这句话时我醒了。

　　苏珊娜在旁边为我擦汗,我很开心。这时她告诉我,我在梦里喊着贾娅拉克希米。"你一直在喊'贾娅,贾娅'。"她说,"你看上去很温和,对她很尊敬。另外,"她继续说,不知道这样会伤害到我,"他们昨晚打电话来,说贾娅拉克希米做了手术,手术很成功,医生花了三个半小时才把囊肿切除。"我很虚弱,崩溃地呜咽着。"你的意思是她已经做完手术了?"我迷迷糊糊地问。

　　"是的,就是这样。另外,乌玛已经到了。"

　　"乌玛在这里?在巴黎?"

---

① 撒马尔罕(Samarkand),城市名,今属乌兹别克斯坦。
② 宣礼员(muezzin),清真寺中召唤信徒做礼拜的人。
③ 真主伟大,真主伟大(Allahu akbar, Allahu akbar),穆斯林祷告用语。

"是的，希瓦。昨天你没看见她站在那里，站在床角吗？当时你还边哭边说着什么。"

"有点儿印象。"

"噢，我可怜的朋友，"她哭了出来，"这段时间我们为你受尽了苦。"

"为我吗？"

"好吧，将来有一天我会告诉你。"

"乌玛在这里？"

"是的，希瓦，是的，她在。她真是个温柔善良的人，你们印度人不应该离开你们的国家，对你们来说欧洲太野蛮了。"

"别担心，苏珊娜。"我回答道，"印度人也可以野蛮，你去问问德国人和意大利人是怎么看待我们的士兵的。就在不久前，苏珊娜，我们以神的名义切断了彼此的喉咙。当我们想温柔的时候我们就会很温柔，我告诉你，一旦我们变得野蛮，贝都因人都不敢面对我们。"我意识到我仍然和骆驼及贝都因人在一起。"但是乌玛待在哪里呢？"

"为什么这么问？当然是和米雷耶、让-皮埃尔在一起。你觉得还能去哪里？"

"自然是这样。其他地方嘛，除非她睡在那边的沙发上？"

"好吧，她得先睡觉，还要调整自己来适应新的气候和时差——你知道印度和法国之间有五个半小时的时差。"

"不，是四个半小时。"我纠正她，"巴黎人在熟睡时，我们已经在吃早餐了。她怎么样？"

"嗯，她看上去很善良温柔。但是，非常悲伤。为什么世界上要有痛苦？"

"苏珊娜，那是佛陀要求的。世界上为什么要有业报？"

"他的回答是什么？"

"因为有生有死。你失去你最爱的，想要你得不到的，这就是生命的轮回。"

"是的，就是这样。"苏珊娜边说边擦眼泪。是的，她太伤心了，这就是苏珊娜。她认为我们两个人的悲伤能让一个人快乐吗？也许她就是这么认为。

"但是，也有快乐。"我还是很虚弱，费力地寻找合适的词语。

"哪里有？"

"看看米雷耶。"

"当米雷耶死的时候，将是多么悲伤的面容！"

"我想你说得对。"

"但是乌玛现在满心伤悲，我想她死时将面容安详。"

"我从没想过这个，也许是吧。"

"这些天，你睡着的时候看上去很平静。"

"我有吗？"

"当然。特别平静，看上去像个圣人。"

"你知道我是个可怜的圣人。"

"那也是圣人，"她拍了一下我的手，"但我就不是为圣人而生。"

"那，你是为谁而生？"

"不是为那些死了的活人，而是为那些活着的死人。"

"你的话很奇怪。"

"过去罗伯特的父亲睡觉时看上去就像死了。死了，只是一具在呼吸的尸体。但是，你看上去很有生气、很真实。我想我们在梦里才显露了真实的自己。"

"也许吧。"

"但是，希瓦，你现在必须休息了。"

"不，苏珊娜，我们聊完这个话题吧。"事实上，我在想着麻醉中的贾娅拉克希米。她的呼吸均匀了、前额肯定不流汗了，这时的贾娅比她说话、走路或做其他事情时更像个真正的公主。"所以……"

"我想我们在睡梦中才是真实的。"

"印度哲学是这么说的。"

"这肯定是正确的。因为印度人没有时间概念，他们会继承不朽。"

"他的不朽里满是悲伤。"我笑着说。有点头疼，我不能继续聊下去了。

"西方人即使在睡梦中都很快，他们的生活充满了各种事件，"苏珊娜说，"连死亡时都很匆忙——而印度人——"

"他真正死去。"

"什么意思？"

"他死于死亡的死亡，所以会重新活过来。他会转世，从容地去——"

"去哪里？希瓦。"

"不是去死亡的死亡，而是去死亡之死亡。在第一种情况里，你得到一个现象，而另一种情况里，你超越了现象——得到本体，希腊人是这么说的。也就是说，你获得了涅槃。"

苏珊娜之前给我吃了药，正给我梳头。她突然停下来，又继续给我梳头。

"如果我没理解错的话，这意味着：安德罗玛克作为安德罗玛克而死，俄瑞斯忒斯[1]作为俄瑞斯忒斯而死，尽管他弑母。他们不会变得更加安德罗玛克或更俄瑞斯忒斯，也不会变得更少。"

"直到没有安德罗玛克和俄瑞斯忒斯。在这种情况下，生死是对立的。而那种情况下，你超越死而抵达生。因此从来就没有安德罗玛克、赫克托耳[2]或阿喀琉斯[3]，只有生。俄瑞斯忒斯和安德罗玛克是生的面具。这也解释了为什么希腊人使用面具。"

"是的，我想，这也是为什么persona[4]的意思是'面具'，喜剧院这么教我们，个性附加在生命之上——"

"噢，苏珊娜，我渴了，能给我点喝的吗？打电话告诉乌玛我想见她。"

正在这时，萨哈巴王妃来电话了。我不太好她很难过，"肯定是我们在这儿太打扰你了。"

"哦，不，不，是心理上的问题——也许是让我得哮喘的东西的另一个症状。"

"你总是这样说。"

"贾娅怎么样了？"

"她像只雌狮一样勇敢，"拉贾·阿肖克在说话，"你知道她是狮子座[5]的。我是双鱼座，一只在各种事情里游来游去的鱼。"他吞吞吐吐地。那天早上他肯定喝了点酒。"你呢，老朋友？"

"我完全在梦中，你知道睡这么多也挺好的。"

"真希望我能这样，相反，精神先生把我的白天变成了黑夜。"

---

[1] 俄瑞斯忒斯（Orestes），古希腊神话中的人物，古希腊联军统帅阿伽门农的儿子。
[2] 赫克托耳（Hector），荷马史诗《伊利亚特》中特洛伊的王子。
[3] 阿喀琉斯（Achilles），荷马史诗《伊利亚特》中希腊联军的英雄。
[4] persona，法文，意为"面具、假面"。
[5] 狮子座（Leo），西方占星学上，根据人出生时，太阳经过黄道十二个区域的位置分为十二个星座。包括狮子座、双鱼座等。

"好吧，好吧，"我说，"我们要尽力逃离那位老人、那个病人、那个死人、那个苦行者。'契纳，带我回家吧。'然后契纳带我们进入困倦的状态。萨兰达怎么样了？"

"他在这里。"

"萨兰达，你好。很遗憾我不在那里。"

"听到你病了我们都很难过，都很担心你。"

我回答说，"除了我之外，你有更重要的人需要担心。大家都好吗？"

"大家都很好。我们是从里兹酒店里给你打的电话，大家聚集在殿下的套房里，如释重负。"

"贾娅呢？"

"她最高兴了，回到房间后三四个小时就醒了。她看上去很平静，好像在冥想中。"

"她是一个圣人。"我说。

"她当然是我们所有人中最聪明的，她给予我们力量，而不是我们给予她力量。"

"告诉她我一会儿给她打电话。就这么跟她说：希瓦说他和你一起去伯德里纳特朝圣。她就会明白的。"

"好的。但是为什么我们不都去伯德里纳特呢？尼赫鲁建了一条通往伯德里纳特的公路。要不要去？"

"好啊，那将是我们的下一次朝圣。"

"好极了。"

"就这样！明年冬天我要去日本，我也许会中途在印度停一下。"

"不，我们不能等那么久，今年夏天吧。"

"萨兰达，再看吧。今晚我会给贾娅打电话，告诉她我真是个胆小鬼,她的头被切开时我居然在睡觉。"

"她说几乎没感觉,就像在洗盘子一样,把脏东西去掉,然后用肥皂擦洗,就是这样。哈钦森博士太厉害了,亚当伯爵也很厉害。我跟你说,他们简直是圣人,我钦佩英国人。在我们国家的话,他们会搞得一团糟。"

"幸运的是世界是多元的。"我说,好像是在跟苏珊娜而不是萨兰达说话,苏珊娜懂一些英语。

"我们印度人喜欢混乱,生活在混乱里。"

"因为我们忘记了湿婆。"我开玩笑地说。

"不,这次我们记得湿婆。"萨兰达笑着说。

"只不过他修苦行。"

"你应该用鼓声把他唤醒。"我也笑了起来。

"雪山神女也在修苦行。"萨兰达说得特别轻柔,要把人感动哭了。是的,他理解,萨兰达理解。但是,我也知道,不仅萨兰达,帕杜、西塔拉克希米,连萨哈巴王公(不是萨哈巴王妃)也更喜欢我穿着拉贾·阿肖克的衣服。所以当我在睡觉时,拉贾·阿肖克装作湿婆在走路。就像密宗的湿婆一样,他更喜欢酒。我感到一阵剧痛,我碰了碰床边的栏杆,想抓住什么东西。我们都是懦夫,不敢正视我们所看到的。我们孤独而昏昏欲睡地在朝圣之路上徘徊,钟声响起,咒语被重复,直到山上响起咒语的回声。既然尼赫鲁建了一条去伯德里纳特的公路,兄弟,我们为什么不快去快回呢?我们从萨哈兰普尔赶上豪拉梅尔火车,明天我们就能在乔林基[①]的办公室里。希瓦,你觉得怎么样?如果我们不是一直处于喧闹中,我们就很孤独,太孤独了!

---

① 乔林基(Chowringhee),印度加尔各答的一个街区。

兄弟，你觉得你能赢的事，往往会输。生活在雪里要好得多，雪和火葬场很像——灰烬变成冰，让女神去海边玩耍吧。二永远都不能变成一，二是一个，又一个。公主就是公主，婆罗门就是婆罗门。"再见，地球这个椭圆的旋转的球体，再见了。"在我回去睡觉之前，苏珊娜说：图图夫人来敲门，说希瓦先生的妹妹来了——我们的电话太多，米雷耶打电话给门房来告诉我们这个消息。乌玛，你也是这个世界的陌生人。即使德尔福斯把你的肚子切开，让你能有个小孩，就像苏珊娜的罗伯特一样，他也会，不，不，是她也会出生，你女儿，拉克什米或克瑞芭，她将变老。有一天，到了约定的时间，她将死去，通过火葬场又获得重生，这就是毛毛虫的故事。毛毛虫在她找到另一根青草以后，只留下一根青草，因此你死后立即重生。国王死了，国王万岁。我就是我。我一直就是我。主啊，我该去哪里？哪里？我感到很累，又去睡觉了，进入熟睡状态。我在哪里呢？商羯罗说在这里你才是湿婆，真正的湿婆，我是湿婆，我是绝对。我在那里吗？谁能告诉我？谁？

没有人，没有朝圣者能给我答案。为什么担心我是开车还是走路去伯德里纳特？这完全是一样的。走路去的话，我可以和贾娅多待几天。贾娅，我们一起去伯德里纳特吧？你和我，我们去看看能看到什么？好吗？说好的。好的，我们去——商羯罗的伯德里纳特，湿婆真正的居所。

40

我认为，那些天乌玛的存在就像普朗克[①]常数一样：它把我们所

[①] 普朗克（Plunck，1858—1947），德国著名物理学家，量子力学的重要创始人之一。

有人都或多或少地削弱到了基础的常数h①。连健壮的、机敏的米雷耶都觉得她不能在乌玛面前站太久，没有感到她内心的贫乏。乌玛就好像剥去了每个人的屏障，让每个人都觉得是穿着衣服站在赤裸裸的空间里。乌玛有种成熟的天真，但没有哪个印度女人是真的天真，她们有一种自然的深度能让她们稳定下来。宇宙论的意义就是：只有象征性的东西才会引起人们的高度重视，承受并解决人们暂时的骚动。每个人都是混乱的生物，把事件用语言表述出来就像小朋友画的画一样，到处都是黑色和绿色的粗线条，散布着小树、小屋、小羊、小河——孔雀、石头、走廊，还有天空上的一个大斑点——一颗星星——简单的风景是事实，但是并不完整。我们的情感隐藏得很深，只有在亲历悲痛或重要的时刻，才会知道我们是谁，其他人在哪里。乌玛适应了她的女性气质，她儿时的一个需求（特别像天空里的一颗大星星），而其他的只是随便画下的线条。我们每一个在乌玛身边的人都觉得那颗孤独的星星照亮了我们，试图用手遮住脸，用手工围巾遮住脸，这样我们才能扮演盲人，用白色手杖通过马路和走廊。直到聚集了更大的悲伤，我们才能审视自己，在真正的赤裸中去全面地看清楚。诚如商羯罗所说，每个人都是圣人，只是他自己不知道。所以，我们去寻找商羯罗，就像罗陀询问树木和岩石"克里希那，克里希那，亲爱的，你在哪里？"像她一样绝望地哭泣。当你坐下沉浸在自我里，在彻底的绝望中审视自己，你会发现淘气的克里希那就在那里，也许在瓦罐后面吃着黄油，也许在亚穆纳河边一棵大树的树顶上，也许站在羊群中吹着长笛，和羊群一起跳舞。那里有舞蹈吗？不。舞者就是舞蹈，所以没有舞蹈，也没有克里希那，只有"我"，"我"，"我"。

---

① 普朗克常数记为h，是物理学中的常数，用来描述量子的大小。

乌玛带来了她的淳朴,一种特定的智慧,一步步引领她走向意义。这意味着她总是知道你在说什么,有时还知道你没有对自己说的话。所以人们玩捉迷藏,这个游戏令人着迷。玩游戏时,有时你躲在灌木丛后面或靠在牛棚的墙壁上,闻着牛粪的臭味或黄兰刺鼻的味道。有时,也能看到黄芦荟的针状叶片和弯曲的轮廓。生命在巴黎这个戏剧化的世界中心里继续。

乌玛喜欢欧洲和巴黎的一切(当米雷耶和我单独在一起时,她是这么告诉我的。)——她看任何东西都像是上帝第一次在那里看到那个东西。乌玛从没有乘公共汽车旅游过:父亲有辆汽车,在那之前有一辆马车。乌玛结婚后,她家里有三辆车,还有穆斯林司机和维修配件等,因此乌玛没有时间和机会乘坐印度公共汽车(谢天谢地)。但是在巴黎,她很享受坐在公共汽车颠簸的后座上的狂野旅行。她扶着扶手,公共汽车在一个角落转弯,纱丽的流苏都要被吹掉,她把它塞到腰里面,就像泰米尔村庄稻田里的农民。在街上或在公共汽车上,有人也会突然来问乌玛一些问题。坐在她前面的男人问她额头的红点是什么意思,她用英语说那是结婚的印记。她重复了三次,那个男人(或女人)微笑着表示明白了她的话,乌玛也回以特别天真的微笑。米雷耶说,那个男人觉得很荣幸。他们之前几乎没见过这么开放的女性。米雷耶还带她去了女装商店,给乌玛买一些内衣(因为巴黎的春天还是很凉),而乌玛不允许别人,连女店员也不许碰她,这也让米雷耶觉得很好奇。为什么印度女人这么害羞,都不让同性给她们量尺寸。我说,不,米雷耶,印度女人和印度男人一样觉得触碰太亲密了,除非是最亲密的人。米雷耶问。"比如说谁?"我回答说:"怎么这么问?母亲、姐妹,或兄弟。"我笑了起来。"你是说你能碰她,我却不能?"我说:"是的,米雷耶。

我可以，但你不行。"

"希瓦，怎么会这样？"我仍然躺在床上，乌玛和苏珊娜去剧院了。今天是星期六，那里有一场音乐会。她们走后，米雷耶留下来，聊八卦、照顾我、也许想感受一下她在我心中的地位。每个女人，只要她是真的女人都有这样的算计——她们会问，自己在他心中的地位是高，还是低。我知道这一点，所以，我回答说：

"你知道的，米雷耶，在印度，兄弟比丈夫和父亲更重要。"

"你说的是真的？"

"是的，而且哥哥是理想的男人，是英雄，是印度女人梦中的王子。他是保护者，是无所求的保护者。他给你珠宝，如果你成了寡妇，他给你一个家，是你孩子的舅舅，是唯一的守护者。因为在你女儿的婚礼上，是舅舅把她的手交到另一个人手里。而且，米雷耶，"我想要坐起来，米雷耶跳过来扶我靠在枕头上，碰到了我的手，她说："见谅，我不是你妹妹。"露出了暧昧的笑容，随你怎么解读。我说："我爱乌玛，她的存在是我所希望的甜蜜。"

"那肯定是，"米雷耶马上表示赞同，好像在给自己申辩，"十分肯定。但不知怎的，对我们欧洲人而言，这看上去是静止的。"

"我知道为什么，米雷耶，因为它似乎是客观的。"

"好吧，好吧，"米雷耶嘲笑地说。她点了一根烟，好像它能让她找回平衡一样，"甜蜜怎么会是客观的？假如说，你对我而言是甜蜜的，"她眨着眼睛笑了，"也许你不是，这哪里是客观的？"

"客观的甜蜜，"我连忙解释，"来自淳朴的人。你不是因为想要付出而付出，付出发生时，你不会知道。你不会给任何人，就好像你把你给自己。"

"噢。"她笑了，我的话引起了她的兴趣。她盘起腿向前弯着腰问:"如果你给了自己,那你怎么能给其他人呢?"

"很简单,米雷耶。一朵茉莉花,"我马上想到了乌玛,"不会说我要让空气变得芳香,我要让空气闻起来清新宜人、欢乐、有女人味。我是一朵茉莉花,我呼吸,就是这样。"

"所以呢?"

"你不需要付出什么去给予。"我调皮地笑了,继续说,"这就是兄弟。他就是这样,兄弟就是这样,很像你,又很不像你。你付出自己,所以你给了其他的东西。"

"妙极了!"米雷耶说,她被我的结论吸引住了。"你们亚洲人、你们印度人真奇妙,你们对感情的理解这么完美,我们好像野蛮人一样。虽然我们是法国人,是希腊的继承人。"

"好吧,好吧。米雷耶,正确地思考、从历史角度来思考。如果当初希伯来部落和他们的复仇之神、挑战之神没有创造一个叫耶稣基督的温顺慈爱、自我牺牲的预言者,如果耶稣基督不是在罗马占领时期出生的,而是在伊朗占领时期出生的,就像他们曾经是——巴比伦王国的希伯来人——如果罗马没有衰落,像今天的美国一样由女人统治——也就是说,如果罗马是马可·奥勒留[①]的罗马,而不是戴克里先[②]的罗马。欧洲还受希腊的影响,但罗马是统治者,想象一下欧洲会是什么样子——像中国、印度一样,罗马也会从埃及人那里继承他们辉煌的建筑和形而上学。想象一下混合着法老、苏格拉底和亚历山大的欧洲(我们因为自己喜欢的目的来安排历史)。你会看到多么华丽的艺术和情感啊!为什么?印度也是这样。几个世纪之后,巴勒斯坦也有一位贝都因的预言者穆罕默德,他用爱与剑

[①] 马可·奥勒留(Marcus Aurelius,121—180),古罗马思想家、哲学家,曾担任罗马帝国皇帝。

[②] 戴克里先(Diocletian,244—312),罗马皇帝。

把他的信仰带给了另一个对立面——你们有基督教，我们有伊斯兰教。两者都是传教士的信仰，都想改变人类的信仰和面貌。"

"噢，希瓦，停一下，让我喘口气。"

"好的，米雷耶，我很快就讲完了。"

"就一会儿。"米雷耶踩灭了烟头，丢进浴室的水槽里，慢慢地走回来坐下，把耷拉到耳朵上的一缕头发捋到一边说，"现在，我们继续吧。"

"如果希特勒没有制造混乱，他的简单化就是对智慧的威胁。如果他读懂了斯宾格勒①，我们讨论犹太人时就不用瞻前顾后。希腊人、罗马人和印度人是一体的，他们是堂兄弟，我经常这么跟你说。犹太人是另一类人，我常说，垂直地看、水平地看——零或无限都是问题。我曾向我的好朋友米歇尔解释，你只要比较贝拿勒斯、卫城②和耶路撒冷，耶稣撒冷是世界的……"

"那卫城呢？"

"是天堂的。"米雷耶笑了，好像这让她比其他人更有优越感。

"哥哥，那贝拿勒斯呢？"她开玩笑似地问。

"米雷耶，贝拿勒斯是不存在的，没有空间，没有时间。它是跳舞的湿婆，戴着头骨花环在笑，身上覆盖着灰烬，在火葬场里跳舞。全都是灰烬。"我好像说完了结论，脑袋慢慢地滑到床上，我累了。米雷耶再一次轻轻地来到我身边，把枕头放在我的头下面，坐着沉默不语，特别沉默，好像她在跟自己较劲。然后，慢慢地，她的声音像歌声一样传来，她说：

"所以你是个种族主义者。"

---

① 斯宾格勒（Spengler，1880—1936），德国著名历史学家、历史哲学家。
② 卫城（Acropolis），位于希腊雅典市中心的山丘上，是古希腊最杰出的建筑群。

"你能告诉我谁不是吗?"

"为什么?为什么?"

"是啊,为什么,为什么呢?桑戈尔先生认同黑人文化,纳赛尔①先生支持阿拉伯。以色列是一个犹太国家,美国是白人社会,俄罗斯也是。你肯定读过黑人是怎样用他们的卢蒙巴马车从俄罗斯逃回家的。但我们接受并使其普遍化,因此造就了我们的宇宙大帝国。对我们印度人而言,尽管有尼赫鲁的民主,婆罗门还是婆罗门。(而尼赫鲁也是婆罗门,尽管他把名字里的潘迪特删掉了,好像这很重要一样)事实上,像数学方程式一样,你做出一系列陈述,逐一分解,直到得到一个清晰的等级。就像我前几天告诉米歇尔的那样——他们说米歇尔是一个来自波兰的驼背犹太人,从毒气室里的尸体下爬出来,他在法国国家科学研究中心研究语言学——米雷耶,现在唯一遗留的需要解决的方程式就是印度—希伯来人。我再说一遍,从垂直角度或水平角度来看,是零或无限,是无历史顺序或按编年顺序:克里希那或摩西。"

"为什么不是克里希那和摩西?"

"战争期间你在那里,而我不在。"我的声音越来越虚弱,但米雷耶渴望听我讲话。说实话,她这么聪明,又如此漂亮。我继续说:"在敦刻尔克②战役后,丘吉尔给法国人提供了普通公民的资格。如果他们接受了,就不会有贝当,也不会有戴高乐。为什么法国人要拒绝呢?"

"我想,因为法国人就是法国人。"

"而英国人就是英国人。你有没有发现,英国人支持犹太人(新

---

① 纳赛尔(Gamal Abdel Nassert,1918—1970),埃及第二任总统。
② 敦刻尔克(Dunquerque),法国北部的边境小城。第二次世界大战期间,那里进行了英法联军的军事撤退行动。

教是犹太教的延伸和简化）——为了一个维持现状的国家——以色列。"

"那法国人呢？"

"是新希腊人。"

"噢！那印度人呢？"

"不朽的粗心主人。"我笑着说。

"所以呢？"

"垂直的印度共和国是每个人的兄弟，甚至是愤世嫉俗的中国人和那些天神的兄弟。巴基斯坦共和国不是一个国家，而是一个基于宗教的领地，或者说是两块领地，中间夹着几千英里的印度土地。犹太种族主义变成了宗教（就像你们的黑人文化一样），成了征服的伊斯兰教。"

"希瓦，我知道你累了，但是我太感兴趣了。告诉我吧，中国从哪里出现的？"

"米雷耶，你是个聪明的女人，"这时她的眼睛垂下来，好像我在恭维她的女性气质一样。"所以得出你自己的方程式吧。"

"我又不是数学家，我是个艺术历史学家。"

"继续说，我会引导你。"

"好的，先生，你来引导我。"

"十诫在亚洲地区得到改善和润色，变成了《论语》。犹太人的'公正'和儒家的'礼'是堂兄弟，而马克思在这两者之上，成就了他犹太的、救世的共产主义。"

"那毛泽东呢？他做了什么？"

"不是毛泽东，而是普列汉诺夫[①]。普列汉诺夫把共产主义变成

[①] 普列汉诺夫（Plekhanov，1856—1918），俄国马克思主义的先驱，革命家。

了儒学。所以就有了从日本、阿拉斯加到喜马拉雅的中-犹帝国，它们都友好、诚实，尊敬长者。正义，是权利的基础，最终是革命的——你用它建立一个庞大的帝国，就像基督徒所做的那样，像神圣罗马帝国等。"

"确实，千真万确。"

"正义能征服，但爱会消解——"

"那跟印度有什么关系？"

"印度存在吗？"我笑着说，"印度是形而上学，它就像零，是不存在的存在。正如《吠陀经》所说：首先是不存在，然后才产生存在。还有《圣经》说的：太初有道。"

"没有任何东西的地方就是……"

"是印度。"

"道在哪里呢？"

"在朱迪亚[①]。"

"那中国呢？"

"所有的中国故事都是道家、佛教和儒家的斗争。"

"噢，你说得对！希瓦，你是怎么产生这些想法的？"

"只是我这懒惰的脑袋做一些数学方程式来自娱自乐罢了。"我说。我已经太累，无法继续，所以我停下了这神秘的闲谈。

"要给你泡茶吗？"米雷耶满是关心轻声地问，她的声音就像温柔动听的耳语。

"好的。"

"苏珊娜什么时候回来？"

"我想应该晚上六点回来，然后她要回去表演，她母亲会来照顾

[①] 朱迪亚（Judea），古巴勒斯坦的南部地区。

我。正如你所见的水平的工作：我喜爱邻居。"

"湿婆想要什么？"

"不要邻居。"我想到了伦敦医院的骑师，也许他现在已经死了。"你知道的，我是个保皇主义者。"我说，这时她开始烧水。

"是的，你已经告诉我一千遍了，我觉得这是你的一个数学方程式。"

"你说得对。你看，起初没有事物——"

"因此？"

"有了圣人。圣人是涅槃，他不控制涅槃，他就是涅槃。"

"那之后呢？"

"有'一'。根据经典数学家的说法，'一'是像'零'一样是难以定义的存在。"

"真的吗？怎么回事？"

"这太有技术含量了，我们晚点再聊。所有数字从一到无限都是一加一，一加二，也就是说，一加一，加一，以此类推。所以，你看，我们和共产主义者没有争吵，是他们要跟我们争论。"

"噢，为什么？"她笑着说。

"因为他们认为有二的存在。"

"而你们呢？"

"我们只有零和一。所以你们觉得我们是革命分子，事实上，我们是托洛茨基分子。"

她笑了很久。"我们是这样认为的吗？"

"难道你不知道有人在喜马拉雅山上集合军队吗？"

"知道，我看过一些含糊的报道。"

"这个没有含糊的地方，巴基斯坦和中国是天生的朋友。"

"那印度和谁是天生的朋友呢?"

"印度和神,"我笑着说,"印度和零是天生的朋友。古人说,印度看上去像一只乌龟、像零。"

"那会发生什么?"

"二会想要征服零。为了这样做,它分解成零,没有历史记录。"

"所以呢?"

"一切都是纯粹的虚无。虚无万岁!我希望我能给你背诵那首有关龙树的虚无的赞歌。有一天我会背诵给你听,它太美妙了。"

"现在,我泡茶给你喝,休息一会儿,很抱歉让你讲了这么久。"

"对我而言,说话比陷入可的松疯狂要好。"我笑着说,"我一个人时想得更多,所以谢谢你聪明的聆听,我希望没有把你弄糊涂。对我而言,有悟性才是真正地活着。这就是我觉得为什么佛陀要叫'觉悟者',因为'觉悟者'意味着纯粹的悟性。所以他是佛陀。他说我们都是有潜力的觉悟者,如果我们有悟性,我们就是佛陀。"

"谢谢你,佛陀。"她说完把茶递给我,然后到窗边欣赏窗外的美景。

过了一会儿,我说:"你知道吗?阿伯拉尔,那个引诱了主教侄女的罪人肯定住在这附近。他是一个聪明人,是觉悟者,一位有潜力的、有很高潜力的觉悟者。"

"不会再有阿伯拉尔了。"她语含讽刺悲伤地说。然后,她到房间另一头坐下,继续她的研究,她随身带着书。我之前从未意识到,有一个漂亮又聪明的女人在你房间里思考着,而你躺下来让自己的大脑休息一下是多么动人的事情!似乎有一种心理等离子在缩小我们之间的差距,丰富了巴黎的声音。世界似乎很遥远,但很温暖轻盈,像梦一样。人们希望自己能让世界变得更美好,也许不是为了自己，而是为了他人。你不为自己流泪，你为他人感到悲伤。转过头看米雷耶，我发现她的眼睛盯着别处，好像在努力忘记什么、解决什么。她看上去很孤独、很悲伤，这使得她像巴黎圣母院北边门廊里的圣母玛利亚。"孤独的女人是悲伤的，"我自言自语道，"孤独的男人——悲痛。兄弟姐妹，生而虚无。"

41

我肯定睡了很长时间，因为我醒来时米雷耶已经走了，苏珊娜的母亲坐在窗边，像往常一样在织衣服。乌玛坐在靠近我的椅子上睡着了，她还没有完全适应时差。我很想摇醒她，就像她小时候那样。

> 轻推摇篮，小宝贝。
> 线由思想制成，
> 木由骨肉制成。
> 你醒来时夜幕已降临，
> 你整日酣睡。
> 睡吧，小宝贝，睡吧。

"哥哥。"我听见乌玛喊，声音甜美温柔，我突然哭了起来。我不轻易掉眼泪，但我的神经一定绷得太紧了，身体肯定累坏了。我不是总清楚去哪里找寻自我。我们活着，活在一系列熟悉的方程式中，比如说七点起床，洗个澡，抽根烟，再看一下邮箱。周围熟悉的环境，藤蔓爬上你的窗户，门房送来你的邮件。图图夫人的围巾包住了额头,刚好遮住她的伤疤。她说是在鲁贝[①]一家工厂摔倒了,所以留下了伤疤。这里的每个房客都知道,那是个轧棉厂。她当时只有十四岁,不小心睡着了,机器割破了她的皮肤——之后她跟一个厂里的小伙子私奔,结婚,又结了第二次婚,然后做了现在的工作。当我体内的那个小人出现时,不管他是谁——我怎么能见到他?——当他从某处摔下,有了伤疤后,他也会用围巾之类的遮住。当冷风吹起,或当我突然为图图夫人开门时,伤疤常常露出尚未愈合的深深的伤口——从图图夫人有这个伤疤到现在已经四十五年了——但我的伤疤应该很快会愈合。图图夫人知道轧棉厂,他们称之为"罗宾逊兄弟",是个在曼彻斯特有些关系的英国家族。但我不知道什么"罗宾逊兄弟",这就是问题所在。如果我审视自己,我有时这么试一下,就会突然头疼,就好像我的 C^2 又要开始了。但现在乌玛来了,站在我身边,我去海德拉巴看望她时她也经常这样,给我一杯热咖啡——倒在一只银色大杯子里,和她结婚时母亲送给她的杯子一样。这是马达范·奈尔刚为我、为女主人的哥哥准备的——"他非常博学,经常住在伦敦。"拉查姆这么说,他从女主人那儿听说的,不过他全搞混了。因为对拉查姆而言伦敦是所有白人的国家,我之前就这么说过。还是,伦敦是除印度之外的另一个国家——把咖啡给我后,乌玛把我的卷发拨到耳后,这种亲密和情感似乎比其他人对我做的任何事都高一等——是的,苏珊娜或她母亲都没做到这个程度,因为苏珊娜和她母亲都期待从我这里得到回报。但是乌玛,她期待什么?只不过是单纯的我的存在,哥哥的存在。是的,哥哥的存在,那个保护者、七岛之主,他用魔杖创造了图像、边界和王国,让瘫痪的人重新走路,让哑巴开口说话,而现在他要

[①] 鲁贝(Roubaix),位于法国北部的城市。

第一部分　突厥人和猎虎

改造她的子宫，由一个著名的欧洲医生来执行——对乌玛而言，这个医生必须是我的私人朋友，我的老朋友，我的好朋友。他必须是因为爱我才做这个改造，他怎么可能不爱我呢？毕竟她哥哥是在各个方面都很优秀的人，所以他认识整个世界上重要的人物——你看每两月出版一次的《图解印度周刊》里的照片，看看哥哥发言的会议，或在会议上受到尊重，在一群欧洲、美国，有时在日本观众里，哥哥又高又帅——印度著名数学家，等等——"那就是我的哥哥——你知道吗？"——所以当乌玛站在我身旁把我的头发梳起来时，她的指尖有种另一个自己是什么样的亲密和预知。尽管是这一个和另一个，但可以说这两个是一样的——一个人的两半。尽管分开了，在外形、身高或脾气上有显著区别，但是，我是她的、完整的哥哥吗？别人会说，我们不是一母同胞，因为我们看上去太不一样了，但这是别人的闲话，从来都不是事实。"有很多次，有很多次，"乌玛重复说，"我走进一家商店，比如一家珠宝店，或者去马德拉斯的斯潘塞家，我碰见别人，他会说'噢，你肯定是希瓦拉姆的妹妹。你们的鼻子一样，耳朵也一样，我敢肯定。'"乌玛看到他认出来后非常高兴！所以，现在，她叫着"哥哥"坐到我身边，用手把我的卷发捋到后面，给我一杯她的厨师马达范·奈尔做的咖啡，把我的眼镜取下来，就像我在海德拉巴经常做的那样。我让她好好地保管我的眼镜，她把眼镜放在靠近窗边的桌子上，我的书里面。我意识到除了乌玛和我没有别人——除了我妹妹和我没有别人——拉福斯夫人忙于自己的工作，谨言慎行。我感到我们在慢慢恢复和自己的亲密，就像一个朋友在拜访另一个朋友一样。尽管还没有完全从分离我们的小事中恢复，但毕竟曾是好朋友，我们再一次走到了一起。乌玛好像站在她海德拉巴的房子的门边，看着我们坐在秋千上。即他和我，他是我中的他，他就是我。墙上画着金色的天鹅和黑色的树木，你几乎能听到那只叫泰格的狗在后院的茉莉花丛中嚎叫，司机谢尔·可汗想要让它安静下来，可它叫得更凶了。

在这里，巴黎的公共汽车在原本泰格嚎叫的地方发出轰隆声，你不觉得在新的地方那些关于茉莉花丛和泰格的深情回忆，而且不再有癔症的迹象非常令人激动吗？——乌玛会有自己的孩子（德尔福斯先生将给她一个孩子，告诉我，哪里还有会癔症呢？）。女人的癔症只是她对孩子的渴望。就是这样——谁不知道呢？连拉查姆都知道，不然她为什么要去马里安马①庙用椰子、黑手镯和大枣许愿呢？母亲很快就会有孩子，占据她身体的幽灵会偷偷溜走，就像豺狼遇到了豹子一样。豺狼很狡猾，但豹子更狡猾。所以，小无赖，赶快走吧，让我们平静地生活。拉查姆的祈祷没有吓倒豺狼，但是让乌玛乘坐印度航空的波音飞机来到了巴黎，来到了她哥哥这里，来找那个著名的医生，医生会痛打那只占据她身体的幽灵。据拉查姆说："医生更强大，医生的强大魔法更有魔力，比用辣椒和盐许愿，比魔法腕带、在马里安马庙前切开的公鸡更有效。欧洲人过去主宰着各种魔法，你不用给他们公鸡，只要付钱，他们就为你做这些，就像海德拉巴的魔术师一样。白人多么强大啊，他们一直很强大！"拉查姆边说边在木瓜树下吐出含着的萎叶。

因此，相信我，乌玛身上的幽灵将被赶走，她会生下一个圆滚滚的、漂亮的、像克里希那的孩子，如果是个男孩的话。有一天孩子将在地上爬向他的黄油，金项链挂在胸前。"克里希那！快来！——克里希那，噢，克里希那，快来吧，快来吧！"你可以像

---

① 马里安马（Mariamma），南印度的雨神，也是南印度主要的母神。

苏布拉克希米①一样歌唱，虽然乌玛没有那位著名歌唱家的金嗓子，但乌玛也有个好嗓子。别人经常邀请她在婚礼上唱歌，她还经常在九夜节上唱歌。"像噪鹃②一样动听。"一位女士说。她是律师拉马钱德拉·耶尔的妻子、拥有"勇敢王子"头衔的希瓦桑卡拉·萨斯特里的女儿。乌玛坐上新别克车回家了，谢尔·可汗是司机，去下一场九夜节演出。乌玛告诉每个人，没有哪次演出像今年这样盛大。带着所有女士的祝福，她来巴黎找哥哥，找德尔福斯医生。马上就会有孩子，不是下一个九夜节，就是下下个九夜节。你会清楚地看到孩子的到来，就像我的存在一样清楚。我向你们发誓，这是神自己的真理。是的，就是这样。在祈福日，我会邀请二十四位已婚女性，给每人一件短上衣和一块金币。"噢，提毗保护我，吉祥的雪山神女，保佑我。噢，三城之神，噢，美丽的女神。"

我向你保证，一切将会成真。花朵从女神的右肩落下，就是这样。亲爱的女士们，你们会看到的。祝福我吧！

42

然而，我的神是方程式，使用希腊和拉丁字母 π 或 n 等等，使用所谓的阿拉伯数字，而它们实际上是印度的最高梵，使用零、括号和加减之类的符号。这些符号是从其他地方借来的，比如埃及人、巴比伦人，还有苏美尔人的符号，一切都像西方的音乐符号一样被记录下来，由高斯或欧拉作曲，除了拉马努金，他自己发现了 ζ 函数，或已经由雅可比证明了的拉普拉斯③公式，但他是直接从娜玛卡

---

① 苏布拉克希米（M.S. Subbulakshmi，1916—2004），印度著名的女歌唱家。
② 噪鹃（koel），产于印度、澳洲等地的一种鸟类。
③ 拉普拉斯（Laplace），法国数学家、天文学家，法国科学院院士。

女神那里得到的——乌玛自己的神就像娜玛卡女神，不知道有四只手还是两只手，骑在牛或鱼身上，有不同的外形或拿着不同的标志：一本书、一面鼓、一把剑或一把琴，每个标志都有其独特的来历。生而为圣人，或为鹿、为鱼，用引人注目的杀戮为我打败了一个又一个恶魔。天堂里的所有主人都来看这一场宇宙盛事——我的血统可以通过老一辈追溯到庞加莱或博尔茨曼，但这是个逻辑过程，一步一步的归纳方法。乌玛的血统就像拉马努金那样，直接去了男神或女神那里。突然的解决方法（或想象，因为此时的结论和想象的完全一样）总是作为礼物和恩惠出现——可能源自辛劳和汗水，但发现的过程像想象的一样独特又出人意料——就像湿婆给罗波那①十个头而不是一个头，从而完成他所有的业报，但只有一世是个恶魔，而且他永远不惧生死。我的发现进展缓慢，似乎一事无成，就像女神的信徒太晚才来庆祝节日，而寺庙的门已经关上。但是她在外面出现，是慈悲女神。所有女神都是慈悲女神，就像所有的神都是智慧和真理的神，最终都是一样的。信徒站在那里，问："噢，女神，接下来怎么办？"伟大的女神慈悲地说："你在这里会变成一块石头，每年都会增高一颗谷粒的高度。"随着时间的推移，石头到达女神所在的地方，这也是世界消亡的一个重大事件——是零——我的方程式在运动中也是不可预知的，但在逻辑上是确定的。我开始好奇，有没有一个简单的方法可以到达最终的智慧，有没有那种特定的路径，不管运动的技巧是怎样的，会和其他路径不一样——事实上，如果宇宙和人类不是各自有着自己特定的方式，那所有的方程式最终都是一个方程式，而这个唯一的方程式不能是一。正如吠檀多所说，它也许只能是不二。正如古人所说，我们只会给一和一

---

① 罗波那（Ravana），印度史诗《罗摩衍那》中劫走悉多的十首魔王。

件事不同的名字。为什么我对事情的认识和感觉会有不同？对事情的认知意味着它的可理解性与其存在是一致的，所有这一切都是梵。当然，这看起来很简单、符合逻辑，但是怎么到达那里，而不是得到一个方程式的解决方案——或者拿乌玛来说，到女神那里，伟大的女神就会给乌玛一个孩子——但对于最高的解决方法，把所有方程式都简化成一个恩惠、一个孩子，涅槃胎藏，涅槃的子宫。如果精子是涅槃，孩子也是涅槃，怀着孩子的她也是涅槃，由和她自身一样的物质构成。因此，整个世界——不管你从哪儿开始，都能得到同样的结局——从虚无产生丰富，由虚无本身构成。可以这么说，由此构成所有本质，我的虚无能理解这丰富，因为它们互相理解，它们是一样的——正如龙树所说，涅槃是轮回，轮回就是涅槃。

43

所以，我是谁？这是个问题，如果你记得（乌玛提醒了我，因为她也见过这位圣人。当时我们都是小孩，父亲在他的公务旅行时多次带我们去过那里）——是的，当时拉玛那也是个学龄儿童。他和拉马努金很像，年纪也差不多。拉马努金转向了方程式，而马哈希太害怕死亡了，他躺下来体验死亡，才发现他无法死去。所有的方程式都说明最终的结果就是没有方程式，是虚无；同样地，所有乌玛的男神和女神，这些恩惠的赠予人，不管是马赫斯瓦莉[①]还是高丽，是毗湿奴还是罗摩，他们都以无名而终——在无名里——思考这个答案时我们多么激动啊！这个答案和佛陀意识到的答案很相似，尽管这个更加宏伟深刻。最终，当佛陀实现了自身的完全解脱时，

[①] 马赫斯瓦莉（Maheswari），印度教女神帕尔瓦蒂的另一个名字，湿婆的妻子。

他肯定从一层一层的觉悟中意识到了他的渺小。但是，那个只不过是沉思，另一个才是涅槃和领悟。

于是我理解了，在我的那些 C^2 的日子里，不管我是清醒的还是糊涂的（还是在发狂，都是一样的），消亡就是意义，是意义的意义，直到我能把所有方程式简化成一个方程式，并且把方程式归还给它本身。像罗波那要等十世来消除他的业报，而罗摩出生了，只是为了消灭十个头的罗波那（罗摩与悉多、罗什曼那、哈奴曼一起出生——蚁垤仙人[①]的整部史诗只不过是至高无上的诸多不同的《罗摩衍那》故事的部分情节。其意义是：罗摩是圣人，他的妻子悉多·戴维是爱的表达，而罗波那是篡夺者——他得死在罗摩的脚下。魔鬼显形了，被误解为是现实，从表达回到了已表达的）。因此罗摩是未出生的吗？不二怎么能出生呢？又在哪里死亡呢？罗波那会死吗？由于人们永远不能理解虚无，神话的解释是天堂自身：极乐世界、乐土、零造就了实体。

我有了一个多么令人欣喜的发现啊！我突然坐起来告诉乌玛："现在，坐在椅子上听我说：我向你解释一些我刚刚才想明白的事情。"

"噢，哥哥，"她恳求道，"你太累了，不如我给你讲一个《往世书》里的故事吧？"

"不，乌玛，我要告诉你故事里的故事。听着，摩诃婆罗多战争结束后，俱卢族在恒河岸上被圣人从灰烬中唤醒了，而坚战则回去统治阿约提亚[②]。他太悲伤了，为什么要统治这样一个王国呢？这个王国给人们带来了前所未有的残酷战争，所以一旦可以放弃王位，

[①] 蚁垤仙人（Valmiki），又译为跋弥，印度古代诗人，相传是《罗摩衍那》的作者。
[②] 阿约提亚（Ayodhya），印度北方邦著名的宗教圣地。

他就指派了一个合适的国王，然后离开去了喜马拉雅山——它是印度人的终极家园——他慢慢往上爬，来到了一处明亮又美丽的地方。他想再往上一点，神被他的虔诚打动，他们下来要把坚战接上天堂，还是因陀罗亲自驾驶着战车。但是有个小问题：坚战养了一只忠诚的小狗，一只地位低下的狗。他对狗很好，不管他去哪儿，狗都跟着他。坚战去喜马拉雅山时，狗也陪着他。现在因陀罗驾着战车来接坚战去冈仁波齐峰或天堂，因陀罗对坚战说：'尊敬的国王，请坐上战车。'坚战爬进战车后，那只狗（我忘了它的名字，因为你的缘故请让我叫它泰格），他的泰格也跳上战车蹲在他身旁。'不，不。'因陀罗大叫，'大人，你觉得天堂是什么地方？可不是像这只小杂狗一样低贱的东西能去的地方。'乌玛，正如你所知，如果你晚上去戈里·库达的那座罗摩庙，泰格听见你的汽车往上开，谢尔·可汗跑到门边说，'夫人，车准备好了。'如果它能的话，泰格就会冲破锁链，大声狂叫。如果你给它自由，它就会直接跳上车。你问自己：怎么把它带进寺庙？寺庙可不许狗进入——所以，因陀罗也这么说，天堂可不许狗进入。乌玛，和我有时候看到的你的做法一样，坚战也拒绝把那只狗留下，独自去他的寺庙、他的天堂。乌玛，你有时候给它一些饼干，摸着它的头说'泰格，在这等我，我很快就回来。'泰格（尤其是吃了饼干后）似乎听懂了你的话，不跟着你去寺庙。设想一下，乌玛，如果泰格知道你永远不会回来，像佛陀离开他的马后再也不回来，这只狗可能会自杀——"

"是的，"乌玛表示赞同，"我离开家去巴黎时它就快自杀了。泰格用它动物的智慧知道它不能离开我，所以狂叫了三天。只有我去摸它的头，它才能安静下来。那一刻我觉得我得把狗和博伊·拉玛亚一起送到屠户那儿，他们会给它买肉吃。当狗不在时，我溜进寺院，向神告别，拜倒在我丈夫的脚边，然后跑进了车里。我丈夫从机场打电话到家里告诉他的职员飞机延误，所以客户要等一会儿，他在电话里听到了狗的嚎叫。我和父亲到达德里后，我们打电话去海德拉巴。我丈夫说，它依旧在鸣咽，不过已经精疲力竭，几乎都叫不出来了。是的，狗就是这样。"

"所以坚战的泰格知道坚战永远不会回来，屠户的肉根本不能让它开心起来。它将一直鸣咽，直到它死去，而这就成了谋杀，坚战不会做这么邪恶的事情。因此，他拒绝去天堂。他告诉因陀罗：'先生，您好心来用天上的战车带我去天堂，我感到万分荣幸。但是我不能留下这只忠诚的小狗。我的达磨告诉我：它不能去的地方，我也不能去。'事实上，乌玛，那是神在测试这个伟大又善良的人。神对这位伟大的般度族国王很满意，他们在他头上撒下花雨，这样坚战和他的小狗一起去了天堂。故事就是这样，但是它内在的意义肯定是这样的，乌玛，仔细听。"

"哥哥，你怎么知道？你在哪里读过这些吗？"

"不，乌玛。在数学上，如果你对某个问题有了特定的解决方法（我就不用把细节和名字说出来让你伤神了），你可以把这个方法应用到同一类型的问题中。同样地，如果你理解了印度哲学的一个基本原理，你可以把这个解释方法应用到同一系统、同一系列的其他问题上。我把所有的印度神话都视为一套方程式，使用我的方法，结果令人震惊。听着：天堂里只有快乐与和平——至福和宁静。无尽的快乐，这就是至福。商羯罗说过：无尽的快乐就是和平，和平就是非二元性的，天堂是非二元性的。那只狗就是使得非二元性不可能的客体。事实上，我们必须对《摩诃婆罗多》进行注释，我确信这说明了它会怎样解释整个事件。人类自身的上升就是喜马拉雅山，神是许多帮手。据我所知，尼赫鲁已经建了一条通往伯德里纳特的山路。"我笑着说，"我想，新的帮手将会是加油泵。不管怎样，加油泵也是很有用的。你往上走，花掉辛苦赚来的卢比（在炎热的孟买、德里或马德拉斯赚的），花那么多钱买一加仑汽油——"

"现在一加仑汽油不止三卢比了。"

"好吧。当你花掉三卢比多的钱，就等于花掉了三卢比多的能量——这就像在马杜赖庙里买椰子和水果一样——新鲜的椰子和水果就是汽油，而汽油是来自阿拉伯的甘露——付完钱你继续往上，你也能通过瑜伽或冥想在思想上获得提升。突然间，你有了足够的成就，你和男神或女神在他/她的寺庙里，或在你的瑜伽静修所待一会儿。但是当你到达珠穆朗玛峰前的最后一程，很多人死在这里。你会怎么做？你需要向导，你的因陀罗。向导必须是像因陀罗一样家在天堂而不在地上的一个人。你觉得那会是谁呢？"我刚问完自己这个问题，或许是由于虚弱，又或许是由于其他非常真切的情感，我突然无法说话，开始流泪。我经常流泪，拉马努金想到娜玛卡女神时也总是流泪。"乌玛，谁来当我的向导呢？我是个无神论者，谁会来呢？"从自身图像（或者方程式、方程式的整体框架）的深处、最初的源头，发生了一些无法解释的事情，我发现自己回到了加尔各答，在贾娅拉克希米的家里。仆人在我周围忙着唱歌、研磨、打扫、洗衣服、做饭、清理浴室、洗车——好像发生在此时此地一样。我看到来自专利局的拉奥博士，他说了一些自己内心发现的事情。虽然胖，但他看上去很平和。现在，三年七个月后，在巴黎市圣雅克街57号，我明白了。我没有透露是什么，因为它似乎很慎重。我对乌玛说："乌玛，给我唱首歌吧，我要睡觉了。"

"你是说，随便什么歌？"

"也许你记得商羯罗写的一些歌。"

"哥哥,我只知道商羯罗写的两三首歌。你想听我唱《安纳普尔那峰赞歌》吗?母亲过去常唱这首。"

"你还记得商羯罗的什么歌?"

"我还知道……"

"乌玛,"我打断她,"你知道《戈文达祷歌》吗?"

"我当然知道。虽然记不清每一节,但记得很多。我很小的时候,爷爷教过我。"

"噢,那何不唱这首?"

乌玛很高兴,她去洗了手,梳了梳头发,好像要去寺庙一样。但她忘了现在是在巴黎,外面还很冷。她脱下鞋子,坐在我面前,正准备要唱时,我说:"乌玛,给我一条湿毛巾。我也擦一下。"我想起过去常受哮喘的折磨,在吃东西之前,父亲会让仆人给我一条湿毛巾——"给我一条湿毛巾,乌玛。"乌玛走进浴室,拿了一条弄湿的新毛巾给我。擦完脸和手,我觉得自己又是纯洁的,好像好好洗了个澡一样。我靠坐在枕头上,听乌玛吟咏商羯罗的《戈文达祷歌》。我坐在那里,充满了敬畏和感激,好像解决了一个方程式。但我可能是太虚弱,开始流泪,我努力控制,却上气不接下气。乌玛闭着眼睛,沉浸在自己的歌声里,没有注意到我。为什么要向他人展示自己的情绪呢?每个人独处时都令人敬畏,会产生一种力量,使你觉得担心害怕,就像湿热的天气里吹起一缕凉爽的微风,自己也感到一丝轻柔:恐惧就是那只小狗。天堂里肯定很美妙,如果天堂是离"我是谁"很远的地方,把"是"和"谁"慢慢放下,把"你"消解成"我"。所以,你来到伯德里纳特。他是摩诃提婆桑波①，他是桑波②。他是湿婆，湿婆是商羯罗。

> 我向我的主人，全知的梵低头，
> 他为我们收集吠檀多知识的甘露，
> 就像从鲜花中采集最好的蜂蜜。

乌玛太纯净、太天真了，我第一次给她介绍苏珊娜时，我说："这是我的朋友苏珊娜·夏特尔。"乌玛单纯地相信她是像米雷耶、让-皮埃尔、米歇尔（他现在经常来看我）或阿尔弗雷多（他的妻子佩塔在乌玛到后的第二天就邀请她去吃晚饭了）一样的朋友。但是我能从乌玛的表情里发现她没能理解为什么老夏特尔女士（因为她女儿，大家这么称呼她，尽管我们知道她的真实名字是拉福斯夫人）——为什么苏珊娜的母亲那么多时间都跟我们在一起？毕竟乌玛也能给我泡茶、煮咖啡，也能为我熬汤——我觉得最让乌玛感到惊讶的是（因为苏珊娜来的时候我观察了乌玛的神色）——比其他任何事令可怜的乌玛更加感到震惊的是那件"难以启齿的事"，有男人在场时女人是不会这样做的——苏珊娜直接去浴室，不打任何招呼，甚至都不问一句"你们好吗？"。她也许只是去整理一下头发，也许是去卸妆。每当苏珊娜走进浴室，乌玛总会走到窗边，好像在数圣雅克街上有多少辆车，等苏珊娜拉下厕所的冲水链。像巴黎大多数老房子的厕所一样，嘎吱一声，水流出来，冲刷过后又恢复安静。当苏珊娜完事后出来时，乌玛坐在窗边，我们兄妹俩会玩个游戏。我突发奇想地用泰米尔语或坎那达语，甚至用英语跟她说：我

---

① 摩诃提婆桑波（Mahadeva Sambho），指破坏之神湿婆。
② 桑波（Sambho），指湿婆。

希望你把你的颂歌重复一百零八次，现在是时候去拜神了，或某种刚创造的荒谬言论，这使乌玛大笑起来，发出嘶嘶的声音。苏珊娜露出了疑惑的奇怪表情，她抬起眉毛，好像在倾听内心的声音，然后问："什么情况？他们在说什么？"苏珊娜是个孤儿，总觉得整个世界都跟她对着干，包括星星、太阳和月亮（她的火星在第七个宫）。直到这时我才明白，在某些方面，乌玛和我在取笑她。当我试图把乌玛的注意力从苏珊娜的生理活动转移到其他事情上时，乌玛也在怀疑着什么。她在想：这位女士完事后有没有洗手？乌玛的怀疑源自她听说西方人上过洗手间后不用太多的水，就好像我很难理解男人怎么会先刮脸再去办公室，为什么用肥皂和古龙香水轻轻地擦脸、整齐地打领带、利落地穿鞋、头发完美地向后梳——所有这些都比早上洗澡在日常礼仪中更重要——对乌玛来说，就像对大多数婆罗门一样，这个反复洗手洗脚的仪式，有伟大的政治功能，比我的头发是不是梳好了、我去学院时鞋带有没有系好（每次我小便完都会在浴缸里洗脚，但是在办公室时，我从洗脸盆里洒点水来洗脚）更重要——因此我们的条件反射说明了每种文明是怎样的。我们最古老的祖先，他们建造了哈拉帕或摩亨佐·达罗的城市，他们是雅利安人吗？是德拉威人吗？是《吠陀经》里说的达休吗？偷了奶牛，让因陀罗得从山洞里把它们解救出来。这些古代人建造了如此巨大的沐浴石梯，欧洲的考古学家第一次发现石梯时被震惊了，但我们从未觉得惊讶。我们依旧一直洗澡，擦洗背部与腹部，崇敬太阳，祭拜伟大的湿婆神，我们佩戴相似的珠宝（像绕在我们手臂和脖子上的蛇），把头发在后面盘成一个厚厚的圆髻，现在印度南方依旧这么做——为什么乌玛在巴黎也这样？——像摩亨佐·达罗的那个舞女雕像一样。每个行为，一代一代进入了那个怀孕实体基因之中（莫诺和其他人给我们讲了它的"复制"），因此乌玛才怀疑苏珊娜的洗手习惯，而苏珊娜则怀疑兄妹之间的极端亲密中有些事不太对。因为他们低声讲话、不停地开玩笑、讲着没听过的语言（泰米尔语或坎那达语，人们能在圣日耳曼大道的梅松纳夫出版社买到这两种语言的书；东方语言学校也教泰米尔语，因为泰米尔语不仅是一门古老的语言，也是本地治里①使用的语言，因此泰米尔语在法兰西共和国有某种原始的权利），但是对苏珊娜而言，这些太久远了，不是现在——1963年该有的。苏珊娜在《安德罗玛克》里扮演角色，这不是一部希腊悲剧，而是一个源自路易十四②时期法庭里的故事。对她而言，比起安德罗玛克，拉辛和高乃依是更直接的祖先。苏珊娜永远无法理解，为什么安德罗玛克会为了情人牺牲她的女儿——她母亲永远不会这么做。拉福斯夫人举止优雅、彬彬有礼，从未再嫁。苏珊娜会告诉你，尽管有许多战斗英雄（参加过韦科尔或科尔马③战争的）想要娶这位肌肤粉红的寡妇。因为拉福斯夫人依旧很美丽，她卷起来的头发飘逸动人，薄唇和手指像大理石一样光滑。她来照顾我的那天，图图夫人对苏珊娜的尊敬又增加了几分。"人们会说，真是位贵妇人，"我的门房把手指放在嘴唇上说，"人们会说，是西伯利亚的女王。"她依然记得南斯拉夫的亚历山大国王被狂热的克罗地亚人刺杀了，那是在战争发生之前。对图图夫人而言，所有美好又真实的事情——或者只是重要的事情——都发生在二战之前。她的第一任丈夫很好，但大约在1943年死在德国的某个战俘集中营里。第二任丈夫还没有第一任的一半好，尽管他把所有

---

① 本地治里（Pondicherry），印度东岸的城市，曾是法国的殖民地。
② 路易十四（Louis XIV，1638—1715），法国波旁王朝国王，全名路易·迪厄多内·波旁（Louis-Dieudonne），自号"太阳王"。
③ 科尔马（Colmar），法国东北部的一个小镇。

的钱都留给了她。他临死时说："亲爱的，我把一切都留给你，所有的一切，因为你太好了。"她每天都那样哭泣。她把这个故事讲了许多遍，没人受得了。她就是图图夫人，就是这样。当然，这不是她的真名。事实上，除了她的公证人，没人知道她的真实名字。连她的老房客寄给她的信都写的是圣雅克街57号珍妮·图图夫人收，她很自豪地把这些信给我们看。是的，图图夫人是个很好的女人，而拉福斯夫人就像西伯利亚女王。当我告诉苏珊娜这些时，她大笑道："我猜这就是为什么妈妈的脸颊是粉红的——像十八岁的少女。妈妈，为什么我没遗传到你的好皮肤呢？"——"我的女儿，因为你父亲，我听说他的祖先是加泰罗尼亚人，你知道他们身体里流着一些摩尔人的血。"——"好吧，好吧，"苏珊娜自我安慰说，"这让我看上去像印度人。而且，我跟你走在一起时，"她对我说，"一些巴黎人会以为我是你妻子，虽然我的头发是金色的，这让我觉得自己很高贵。"真是骄傲的女人，我想。乌玛的头发是深色的，皮肤很白，如果没有看到她身着纱丽的话，人们会觉得她是意大利人。但是，一位女士开始评论，米雷耶说，不管是在老佛爷百货还是在市政厅广场，现在很多欧洲人都披着纱丽，仅仅因为纱丽好看。为什么乌玛可能是意大利人、塞浦路斯人，而米雷耶有着希腊人的橄榄色皮肤却更像一个印度人呢？有一天，乌玛和米雷耶一起来我这儿，米雷耶穿着纱丽，额头点着红点，她看上去完全是个婆罗门，她虽然略有些壮硕，但依然很美丽。"好吧，"乌玛笑着用泰米尔语对我说，"哥哥，说你想说的，她永远不会改掉洗澡的习惯，毕竟纸不是水。"乌玛边说边走到我床边的盥洗盆，联想到这些污秽的东西都很不纯洁。

44

乌玛往返于圣雅克街和天文台大道之间，经常在白天穿过卢森堡区。如果来不及，她就会跳上的士，告诉司机去圣雅克街57号，但她的口音太重，她应该把米雷耶写好的纸条给司机看。当她到达目的地，图图夫人会出来说："噢，夫人，我会付钱的，你哥哥会给我的。"尽管乌玛一个字也听不懂，但她知道图图夫人说的是什么，就像去公主市场①，她坐在车里，谢尔·可汗会给她的水果和蔬菜付钱，现在图图夫人会代替谢尔·可汗，就是这样。去搭的士时，图图夫人会一个一个数硬币，告诉乌玛每个硬币到底是多少钱。然而，对谢尔·可汗而言（要知道，每个穆斯林都有几分像有权势的王子），钱是能带来你喜欢的物品的东西，而对图图夫人而言，钱是你有时要失去的东西。她永远无法忘记第二任丈夫说的："噢，米内特，我用勤劳的双手赚得了这些。看看雪铁龙工厂机器的标记，还有我这个疤痕，是被热气腾腾的钢烧伤的。噢，生活不是扑克牌游戏。你因为努力而成功，而不是因为幸运，只有富人才是幸运的。唉！"每当乌玛走进电梯，电梯上升，停在五楼，乌玛推开门，我就会看到我笑容灿烂的胖妹妹，她是我的骄傲。她穿着坎奇普兰②纱丽，钻石耳环和红宝石鼻环闪闪发光，它们看着我，就像一双双小眼睛。它们似乎注定是她的同伴，当她有女儿时——她就告诉她的女儿拉克什米或克瑞芭："我的孩子，这些首饰承载着我们家族的历史，你要把传统延续下去。我们女人并不拥有太多东西，只有我们的美德和智慧。所以要像莎维德丽和阿伦达蒂③那样，做你的配偶和主的好

---

① 公主市场（Begum Bazaar），又译为贝古姆市场，是印度海德拉巴最大的商业市场。
② 坎奇普兰（Kanchipuram），印度城市，以寺庙和手织丝绸制品而闻名。
③ 阿伦达蒂（Arundhati），印度伟大的瑜伽修行者瓦西斯坦的妻子。

妻子。如果你正确地践行达磨，下一世你会拥有这一世没有的东西。但是，请记住，生命就是这样。生命的车轮转动向前，走过松软或坚硬的土地，进行朝圣之旅。为什么要担忧呢？我们能做的就是敬奉女神，乞求她的恩赐。女神会像保佑我一样保佑你！"

奇怪的是，乌玛那么不幸，可她还觉得自己是个幸运的女人。她的耳环、汽车、上流社会的朋友、父亲和我、她丈夫的客户和新闻报道都说明她丈夫多么重要。她认识的人都意识到了这一点（包括诺什拉公主）。在总督的宴会上，总督夫人莎维德丽·戴维站着同她讲话，夸她的新腰带很漂亮。用蛇头当锁，上面镶满了钻石和红宝石，蛇的眼睛是两块蓝宝石。腰带是卡拉阁特拉①风格的，拉贾·桑姆嘉·切蒂亚尔在马德拉斯山路店定做的。还有一些聚会，包括总统到海德拉巴的冬季住所时亲自邀请她的晚宴。我在欧洲收到日本或委内瑞拉，还有新西兰的邀请，所有这些事情都让她感到自己很重要、很显赫、很幸福。"好像长者给了我所有的祝福，除了孩子。"她这么说完就默然不语了。过了一会儿，她说："过去的某些业报让我承受现在的这种痛苦。"有一天早上在圣雅克街，她这么跟我解释："一些邪恶的业报让我没有孩子，但是即使这种业报也能通过祈祷去除。"她的神态肃穆庄重，几乎泪流满面。

"也许能通过德尔福斯医生去除，"我说，"我们的新恩赐来自技术和机器。"

"这些也需要米纳克希女神赐福，或帕拉尼神的恩赐。哥哥，所有的一切都是天赐的，只不过是采用不同的方式。"

"乌玛，也许你说得对。"

---

① 卡拉阁特拉（Kalakshetra），印度东岸的城市名，以古典舞蹈和音乐和富于印度特色的艺术品而闻名。

"我知道我是对的。你觉得你能用数字创造奇迹,但你知道,数字也来自戴维。所以只要再往前走一步,哥哥。"每次她说"哥哥"时,就好像我不是通过耳朵听到,而是通过听觉本身,特别真实、亲密、隐秘。这个词创造出来好像就是让乌玛对我说的,是的,也许语言就是戴维的礼物,就像乌玛对我说的那样。"如果字母表、学院都是戴维创造的,语言肯定也是她创造的。请记住,英语的祷文由单词组成,祷文来自《音节颂》,这些颂歌是念珠、是戴维的花环。你看,就这么简单。"

"是的,乌玛,没有什么比你的到来对我更有帮助。我现在明白你是来帮我从这愚蠢的病里恢复过来,不管这病是什么。乌玛,你知道,欧洲不是一个生活的好地方。"

"我知道,哥哥。但是请告诉我,什么时候我能见到德尔福斯医生?"

"我已经叫让-皮埃尔去安排会诊了。欧洲的医生和印度的医生不一样,你不能去他们的候诊室坐着,等他们叫你进去做检查。在这儿,你得提前很久跟他们预约。但是让-皮埃尔是医生,所以会诊应该这一两天就能安排好。"

"希望如此,哥哥。今天早上米雷耶的丈夫(她总是这么称呼让-皮埃尔)告诉我他的一个朋友要去别处,我们可以到他朋友的公寓住两三个月。那很好,不是吗?"

"但是,先等父亲来吧。"

"不,哥哥,你和我一起搬过去。天知道父亲什么时候来,如果他得到了新工作呢?"

"乌玛,什么新工作?"

"你怎么不知道?印度政府任命了一个司法委员会来调查工资问

题什么的。司法部长请父亲去,父亲拒绝了。但是,他说,他们很坚持——首先,父亲是个南印度人;其次,父亲诚实可靠、公正无私。这样的人不多了,连尼赫鲁都知道那个问题。"

"乌玛,知道哪个问题?"

"干吗这么问?腐败问题啊。新政权不知道怎么处理这么大的问题,很显然现在处理比独立后马上处理要好。你记得的,在邮局里,邮票必须得当着你的面撕掉,让你确认信件已经离开城镇。起初,如果不行贿,根本买不到去德里或孟买的机票,现在好多了。但其他地区的腐败日益严重,所以他们需要像父亲这样的人去重建秩序。"

"你觉得父亲会为尼赫鲁工作?感觉他很亲近英国。"

"但是,哥哥,他喝的是高韦里河①母亲河的水,他又不是在伦敦出生的。"

"你说得没错。但是父亲说过,世上有种东西叫忠诚。"

"没错,他也不是唯一一个曾经为英国做事又为尼赫鲁做事的人。"

我笑着说,"事实上,人们会说,尼赫鲁有点英国化。"

"但他的部长们不是英国人,而且现在对穆斯林很友好。他们能杀我们,我们却不能反击。现在在拉合尔②和拉瓦尔品第③,他们还对我们的女性做一些难以启齿的事情,纳她们为妾。但我们却要禁欲,发誓不杀生,祈祷巴基斯坦的繁荣。"

"乌玛,事情要复杂得多。在法国,像戴高乐那样的人面对的问题比尼赫鲁大得多。不管怎样,政治都是肮脏的。我只希望尼赫鲁

---

① 高韦里河(Kaveri),又译科弗里河,印度半岛南部的一条河流。
② 拉合尔(Lahore),巴基斯坦旁遮普省的省会。
③ 拉瓦尔品第(Rawalpindi),巴基斯坦东北部的一座城市。

能多听一点儿甘地的教导。如果甘地能多活几年,印度就会有不一样的面貌。"

"但是,哥哥,在穆斯林大肆屠杀我们时,是甘地要求我们要和穆斯林成为兄弟。"

"你知道现在戴高乐试图和德国人做兄弟。政治要从是否对历史有利来看,也就是说,要长远地看,戴高乐在拯救法国免受资本主义的腐蚀和社会主义的屠杀。同样地,我认为尼赫鲁在尝试,拼命地努力把我们从伊斯兰教的排挤和印度教的偏执中拯救出来。这两者都是错的。"

"但是,印度终究是印度教的——印度母亲等等。"

"是的,但是当普利特维拉①和他的兄弟吵起来的时候,我们让穆斯林进来了。婆罗门迷失在仪式中,遗忘了我们的智慧和对真理的虔诚。我们身上散发出臭味,尽管我们会洗澡。我跟你说,乌玛,我们婆罗门、我们印度人闻起来像阿魏——"乌玛被我熟悉的笑容逗乐了。她说:

"但是香辣汤里放点阿魏很好,我们每天都喝香辣汤。如果我们没有阿魏,马达范·奈尔怎么办?他会立刻派拉查姆到店里,叫她去最近的集市带点阿魏来,给八个安那②都行。难道不是这样吗?"

"是的,乌玛,你说得对。但你记不记得,上一次苏布拉克希米来海德拉巴时,我从加尔各答来看你,去奥斯马尼亚大学③演讲。我离开了座位,因为对面那个人的衬衫被汗湿透了,他的顶髻上下晃动,像一个铁砧。他用上衣擦脸,闻起来特别像阿魏,我都听不进

---

① 普利特维拉(Prithviraj),12世纪印度萨姆巴尔·查哈瓦纳王朝的统治者,共有三任国王。
② 安那(Anna),印度货币单位,1卢比等于16安那。
③ 奥斯马尼亚大学(Osmania University),印度最大最古老的院校之一,在海德拉巴。

去音乐。我看到他沉浸在他的音乐里，跟着旋律晃动脑袋、手指打着节拍。他每动一下，我就闻到一阵那种爪哇①树的著名味道——"

"为什么是来自爪哇的？"

"不管来自哪里，都得送回去。不管怎样，每次我想到印度教的印度、婆罗门的印度，我就会想到这位老人家。他用手和脚打节拍，顶髻跟着来回晃动。我们是伟大的民族，敏感的民族——比我知道的任何民族都敏感。但我们也很过时，就像是一盘放在吉登伯勒姆的爷爷家的角落里煮好的米饭，你还记得吗？"

"当然记得。"她用纱丽边捂住嘴笑着说，"不过，父亲说这正是婆罗门这么聪明的原因。"

"也许是这样，但我更希望婆罗门像美国人那样多吃点维生素。"

"哥哥，能看出来你在欧洲待得太久了。"

"乌玛，只是三四年而已，这不能改变我对印度的认识。"

"也许吧。但是，你的思维像白人，不像我们。"

"你是说，我闻起来没有阿魏的味道？"我逗她说，"让我索性全部坦白，我到现在上完厕所还是用水，而不是用纸。"她把脸转了过去，不想看我，可我听到她嘶嘶的笑声。

"我洗澡前从不吃东西。"

"那祈祷仪式呢？"

"我还系着圣线，尽管已经三年没换过了。这些天它变细了，也许有一天掉下来我都不知道。"

"那你会怎么做？哥哥。"

"如果当婆罗门取决于圣线，那我还是不当婆罗门好了。你记得我昨天背的商羯罗的歌吗？

---

① 爪哇（Java），指爪哇岛，印度尼西亚的岛屿。

为求救赎，恒河朝圣，

遵守誓言，赠予穷人，

博学的婆罗门失望了，这并不能保证他的解脱，

哪怕历经百世。①

是的，这才是婆罗门教。探索梵、探索真理，这才是婆罗门教，而不是那根从左边穿到右边的愚蠢的线。真愚蠢！"

"不，哥哥，这不愚蠢，它有很多意义。我还没结婚的时候，那拉哈瑞·萨斯特里跟我讲过它的意义。它是遁世的象征，是抛弃世界的象征，是智慧的象征。"

"遁世，像拉马斯瓦米·耶尔②那样吗？乌玛，你知道吗，婆罗门教已经死了，因为婆罗门忘记了梵。我们得回到商羯罗——"

"哲人奇姆雅南达③也是这么说的，今天的婆罗门教就是从印度教圣典回到《奥义书》，从寺庙回到《薄伽梵歌》。"

"他这么说过吗？我不知道。不管怎样，如果他这么说过，那他就是个智者。"

"哥哥，有很多像他一样的人，他们到《薄伽梵歌》和《奥义书》里寻找智慧，只有我们女人仍然去寺庙。"

"我认为男人应该去俱乐部和塞康德拉巴德④的竞技场。"

"你说得对。"

"乌玛，我跟你说，等我好了，也许明天或后天，我们去书店买

---

① 原文出自《牧童歌》，V.1.1。《牧童歌》是古印度十二世纪的梵语文学家胜天作的抒情长诗，歌颂了黑天和罗陀的爱情。
② 拉马斯瓦米·耶尔（C.P.Ramaswamy Iyer, 1879—1966），印度律师、政治家。
③ 奇姆雅南达（Chinmayananda, 1916—1993），印度哲学家。
④ 塞康德拉巴德（Secunderabad），印度南部的城市。

一些梵文书……"

"你是说这里有梵文书？"

"当然了，乌玛。也许不像迈拉普尔那么多，但是就算不比海德拉巴的好，也跟海德拉巴的一样好。一些最优秀的梵文学者是法国人，他们在巴黎大学有个著名的梵文学院。其中一些人甚至比我们当地的梵学家都博学——而且他们还没有阿魏的味道——"

"也许如此。但是，哥哥，我得告诉你，即使像米雷耶这样的好人，她把纱丽还给我时，纱丽闻起来都很奇怪。你的朋友苏珊娜靠近我时，她闻起来像——她闻起来像——"

"山羊。"我顺口说，我们都笑了。"不，不是山羊，是母山羊。也许像奶牛，因为他们吃了太多牛肉——"

"罗摩，罗摩，"乌玛大声说，"我不觉得她们闻起来像奶牛。跟你说吧，她们闻起来像酸奶。"

"不要忘了，酸奶源自奶牛。"

"不，这个更苦、更酸。"乌玛说。

"我想我知道是什么了，她们闻起来像古龙水。"

"不，哥哥，肯定是一种动物的味道。"

"我一定要问问苏珊娜，我们婆罗门闻起来是什么味道。"

"我敢保证我们有肥皂的味道，就是这样。你不是真的要问苏珊娜这样的问题吧？"

"可是，乌玛，问这样的问题很幽默呀。"

"不，哥哥，我求你了，别让我尴尬。请告诉我，如果我们拿到了那套公寓，你来跟我一起住。"

"乌玛，我怎么能去呢？我所有的东西都在这里，我的书都在这里。"

"只是暂时的,等父亲来了就好了。"奇怪的是,我很开心乌玛和我像以前一样一起住在同一个封闭的空间生活起居。我待在家里,乌玛用泰米尔语和我聊天。我没有想到苏珊娜(过后我为此被惩罚了)有多么尴尬——如果我去新公寓跟妹妹一起住的话,她会很嫉妒的,而且,她再也不能和我一起过夜了。我第一次意识到,这个想法让我觉得舒心。我不清楚我和苏珊娜的关系,这样弄清楚让我感到一丝轻松,这也让我更想要了解那个公寓。不管怎样,我还可以像往常一样回到好姐妹街的十七楼去。这也让我觉得很舒心。我能随时拥有乌玛的陪伴,而苏珊娜则在高高的天上,当我需要她时,我希望她出现。是这样吗?也许我比我以为的要更加玩世不恭,巴黎和与萨特先生有关的空想让人觉得恶心。人类的情况,不管这个人有多伟大,都非常混乱:骨头和肌肉、三种体液和奴隶主的思想,这些构成了我们的生活。安德罗玛克或布列塔尼库斯[①]闻起来像阿魏或腐坏的酪乳的污物,他们有唾液、酸尿、排泄孔、男性器官的穿透性、复活的女性沟渠——所有这些都有生物气味。人类就是由这些肮脏的化学物构成,先生,这些就是你。我突然想到了伦敦医院的骑师,想到了他濒临污秽的死亡时绝望的哭声,甚至想到了(请原谅我)善良的洛丽亚·汤普森身上的味道。她每月一次的味道,伴随着药酒和麻醉药常有的气味。而贾娅拉克希米,她的衣服闻起来像——克什米尔山上的麝香,传说中,这种味道让男人意乱情迷。正如你所知,所有的印度春药都由麝香制成,因为麝很有雄性气概,这让我再次想起我的圣线里有一点点鹿皮。它来告诉我,我的家在哪里。我真正的家在森林里,吠陀辩论就发生在这里,而森林的智

---

① 布列塔尼库斯(Britannicus,41—?),罗马第五任皇帝克劳狄乌斯皇帝的儿子,后被罗马第六任皇帝尼禄毒死。

慧《森林书》则是《奥义书》的来源。从《奥义书》到商羯罗是一次飞跃，从商羯罗到拉玛那·马哈希又是一次飞跃，而我在自我存在的可辨认的空间和时间范围内。下次去加尔各答，我一定要去专利局看看拉奥博士。那位奇异的萨拉斯瓦蒂，一位婆罗门，用他严肃的表情和清晰的观点向我揭示了一些其他人从没告诉过我的事情。拉奥博士不需要引用神圣的文字来证明他的观点，他得出自己的观点，就像小猫长成大猫、牛犊长成奶牛一样自然。"但是，先生，"他告诉我，"真正的同情应该像猴子和小动物那样。你从一棵树跳到另一棵树上，紧紧抓住猴子妈妈。抓住她不放，你就能得到一切。"

"她是谁？"我有点不耐烦地问，"猴子妈妈除了给你奶喝，怎么能给你一切呢？"

"先生，《奥义书》里有句话，我听说也许是这样：从眼睛里挤出视觉并放在一边，从耳朵里挤出听觉并放在一边，诸如此类。当你把所有感官都挤出来放在一边，那人们还能看见什么？"

"我想，是虚无。"我有点生气。这对我而言太模糊了、太偏神学了、太婆罗门了。

"不，先生。即使在数学里都没有虚无，零也不是虚无。难道不是这样吗？"

"你说得对，但是我的理解却刚好基于这个问题。"

"你怎么基于虚无来理解事情呢？"圆滚滚的拉奥博士笑着说。也许他闻起来也像阿魏，尽管他们萨拉斯瓦蒂不像马德拉斯的婆罗门，比如说和耶尔们和艾因加们那样吃阿魏。

"所以呢？"

"你不是说你五点有约，车会来接你吗？"

"是啊，怎么了？"我看了下表，已经是五点过五分了。拉奥博士按响办公室铃，听差来了。

"你好，拉姆先生。"他用印地语说，"先生的车到了吗？"

"司机十分钟前就到了，他在楼下等您。"

我起身离开，意识到拉奥博士不会这么简单慷慨地把他的秘密告诉我。我得付出一些努力，也许不是脑力上的，而是其他方面的努力，就像金字塔的内部配件。我刚从埃及和欧洲回来，金字塔令我着迷。吉萨金字塔的底部是寺庙，而在顶部，如果你能站在顶部，会看到斯芬克斯①对你露出痛苦但又骄傲暧昧的微笑。她是谁？它是谁？也许下面葬着某位公主，我敢肯定，埋着她所有的东西，她的珠宝和奴隶。死亡神秘莫测吗？不，生命才是。也许萨特先生是对的，生命没有出口。专利局的台阶满是灰尘、嘎吱作响。名字如此响亮，台阶却这么陈旧、布满灰尘和坑洞。我意识到我在和拉奥博士一起走，他圆胖的身材及沉默有时令我对这里充满敬畏。他是谁？我好像不认识他。我很开心就要去贾娅拉克希米那里了——她的车等着接我去加齐布尔过周末，司机巴鲁认识我。我赶快回到公寓，拿着小行李箱，去了加齐布尔。想到拉奥博士，我觉得我要好好结交他。他似乎是个很奇怪的人，在某些方面很像斯芬克斯。他解决了死亡的问题吗？商羯罗说过，一次次出生，一次次死亡。答案在哪里呢？到底在哪里？这是一个谜。

我接下来两三次访问拉奥博士时，他更加拘谨了。也许要揭露他的秘密——如果他有的话——我得更有耐心，要更真诚。当哲学使我烦恼时，我逃到数学里。当数学使我烦恼时，我后退到纯粹形而上学里。我能在统计研究所的办公室里哼上几个小时商羯罗的颂歌，同样，我在巴黎的纯粹数学国际研究院里也会这样。我很开心

---

① 斯芬克斯（Sphinx），古埃及神话中的怪物，狮身人面。

康复后就可以去梅松纳夫书店买一些商羯罗的书和几本《奥义书》。这也许能安慰乌玛，尽管她似乎已经适应了巴黎这座忙乱的外国城市。女人有这种天生的很快适应新环境的能力——我想是母性使得她们有这么强的适应性。她们似乎特别熟悉这些事物。亨利·米修①在他的著作《一个野蛮人在亚洲》（人们说他写这本书时很年轻，几乎不了解佛教，而我听说他现在几乎是个佛教徒了）里说他在中国写的这本书。在那里他有个情妇，她一来到他身边，就好像对他和他的事情特别了解。他起床前，她就为他洗衣服、袜子，放在阳台上晾干，那里就是她的家。对乌玛而言也是这样，巴黎已经是她的家了，她很容易就能搭的士、坐公交，用不标准的法语跟其他人说话。尽管我已经到巴黎四年了，问警察该坐哪路公交去阿莱西亚②或法国国家科学研究中心时依然觉得很尴尬。对我们男人而言，我们的抽象概念就是我们的恒河。我们像苦行僧一样住在河边，住在贝拿勒斯河边的石阶上。我们把食物收集起来放在毯子下，用石头压住毯子的每个角，否则，猴子和秃鹰（甚至还有乌鸦）会吃掉我们的食物。我还听说，当尸体顺着河流往下漂时，有些人会留下小块尸体——都是一些穷人的。他们的亲戚没有足够的钱来买木柴，因此有些小块的尸体就被丢进河里顺流而下，在河里沐浴的苦行僧就抓住一小块手或脚，藏在他的湿衣服里，饿的时候拿来吃掉。他的借口很简单：既然我们吃的都是已死的蔬菜或动物，为什么不能吃死人的呢？对苦行僧而言，尸体，哪怕他自己的尸体，都只是一个物体。所以，兄弟，不要太感性。终有一天，人们的遗体也在同一条圣河边被焚烧，如果他的信徒没有足够的钱去买好的塔莱③木柴，

---

① 亨利·米修（Henri Michaux, 1899—1984），法国诗人、画家。
② 阿莱西亚（Alesia），法国古代城市名，在今阿利斯圣兰。
③ 塔莱（Tarai），尼泊尔地名。

他的遗体也可能被苦行僧藏在湿衣服里，用石头围起来，以防被那些贪婪的秃鹰叼走。当秃鹰在你的头顶嚎叫时，你大声喊"啾——啾"。压在湿衣服上的石头特别稳当，任何鸟都没法挪动它们。猴子能挪动，但猴子不吃肉。猴子知道该去哪位苦行僧那里讨食物，它能去的最好的地方就是靠近哈里斯昌德拉河坛[1]和亚西河坛[2]的所在。典礼过后，人们在这里抛撒花生。或者去靠近达萨斯瓦梅哈河坛[3]的地方，因为寡妇到这来喂猴子以变得更纯洁。因此秃鹰去找苦行僧，可猴子去找寡妇。那些胖胖的婆罗门像喝牛奶一样喝酥油、像王子一样穿丝绸、像他们的情妇一样戴珠宝（为什么他们中大多数人都有情妇呢？）——当然熊猫只吃一些米，而麻雀、奶牛和鱼吃椰子。我们崇敬恒河母亲，她把我们从罪恶中解救了出来！我们沿着恒河走几公里去加齐布尔，还能看到零碎的尸块顺流而下。但是在这里，它们只是秃鹰和鳄鱼的食物。要怎样、什么时候我才能理解恒河的神圣？也许无所不在的巴辛能用他的丰富的比喻来告诉我——他和孟加拉人在一起生活了很久，时不时地引用《吠陀经》《往世书》和《圣典》，并把它们混合起来，赋予他自己的意思。就像他的演讲里夹杂了印地语、孟加拉语和英语，形成了他独有的一种语言。他在会客厅里解答我的疑问，贾娅拉克希米的脚镯叮当作响。她很脆弱，富有生气、渴望学习、尊重知识，她恳求巴辛坐下为我讲解恒河母亲。在女主人面前，巴辛很紧张。他说，得去拉克希米普尔[4]进行春耕，或去乔德瓦特[5]接受税收稽查。当他一次次鞠着躬向后退时，贾娅拉克希米就坐在她的椅子上，头上盖着纱丽，额头上的红点像是

---

[1] 哈里斯昌德拉河坛（Harischandra Ghat），贝拿勒斯恒河边的河坛名。
[2] 亚西河坛（Asi Ghat），贝拿勒斯恒河边的河坛名。
[3] 达萨斯瓦梅哈河坛（Dasasvamedha Ghat），贝拿勒斯恒河边的河坛名。
[4] 拉克希米普尔（Lakshmipur），印度奥里萨邦的一个村镇。
[5] 乔德瓦特（Jothwada），印度斋浦尔的一个村镇。

新点的,像紫色,鼻环一动不动。她经常像一尊沉默的雕塑,展现出绝对的沉着、谦逊和女性气质。谁能理解这样一个谜呢?主,谁能呢?拉奥博士,有一天你得给我多讲点,有关小猫和母猫、母猴和小猴。正是在那时候,我一遍遍恳求贾娅拉克希米带她的弹不拉琴①来为我唱米拉。

  我心中的爱找到了他的家。
  他既不来这里,也不去别处。

  拉奥博士,你指的是这个意思吗?拜托,请不要让我继续等待。我不能再等下去了,难道你看不出来吗?尽管我是婆罗门,也懂一点梵语,但我依旧不了解恒河对我而言意味着什么、印度意味着什么。有一天我会像维韦卡南达一样手拿拐杖,离开温暖舒适的家,去寻找印度,寻找母猴吗?我会这样吗?我会大笑,回去研究我的高斯和欧拉,再次回到拉马努金,告诉自己,永远都找不到答案。成为秃鹰、小鱼和鳄鱼的食物都比这好,也许不是,谁知道呢?对一些苦行僧而言,在达萨斯瓦梅哈河坛上,人的骨骸和血肉被盖住,就像在一个小帐篷下,石头压在四周,像一个金字塔一样。我,或者我的某部分,像埃及王后奈费尔提蒂②一样,躺在我的金字塔下。谁知道答案?兄弟,告诉我,请告诉我,我和你一起走。如果你愿意的话,我会跟着你走,就好像你是维韦卡南达本尊。我们往下走,通过拉杰普塔纳③和马哈拉施特拉邦④,穿过高高的迈索尔,三次通

---

  ① 弹不拉琴(Tambura),一种印度长颈拨弦乐器。
  ② 奈费尔提蒂(Queen Nefertiti,公元前1370—公元前1330),埃及法老阿肯那顿的妻子,以美貌闻名于世。
  ③ 拉杰普塔纳(Rajputana),印度西北部的一个地区。
  ④ 马哈拉施特拉邦(Maharashtra),印度西部的一个邦,其首府是孟买。

第一部分 突厥人和猎虎

过商羯罗神圣的喀拉拉邦，到达印度的顶端。在那里看着顽强隆起的黑色圆石，三大海洋在这岩石上激起不断回响的黑色但末端为白色的巨浪。也许你能引导我游过这片水域，到达我的祖国、印度的最南端。我看见白色的海鸥向远处飞去，飞向大海，飞向更遥远的地方。当太阳照耀在赤道时，你孤身一人寻找大圣哲，最伟大的圣人阿迪古鲁，他就在那里。他是我的，永远都属于我。你谦逊地鞠躬，说：伟大的母亲，帮帮我吧，帮帮那些无助的人。你把我带到他面前，带到大圣哲面前。我们像敬奉未婚的坎亚库马瑞一样敬奉的母亲，现在她已经结婚了，通过泪水向你揭示了主神圣的双足，有色、无色和真理无形的形式。大地在她冰凉的中心旋转，大海以令人目瞪口呆的规模起起落落，它们因自身终极形态的无能而愤怒。主，我们要怎样靠近你？从内部消解我的血肉和骨骼，我展现出纯粹的虚无，就像只知道南极和北极的涌动的海洋。在沉默之中，在那巨大的转化中产生了清晰存在的林伽。现在，变白了的水会直冲向岩石底部，并在绝望的崇拜中升腾起来。对虚无的敬奉是智慧，我的兄弟，而水是孤独的浪花。主，我现在理解了，恒河——水，水——是精华。所以，你在那里向我指出：那个是你。

45

苏珊娜自欺的程度和她信仰的坚定程度一样——我想她是天生的演员——她的秘密像一些婆罗门妇女的上衣衣结一样紧，没有露出一点点的丰满或健壮，而是露出疲倦的没有肌肉的外表，它说出的比她知道的多。

"苏珊娜，"她走进来时我喊，"苏珊娜，今天下午我给你打了三四次电话。你说你会在家。"

"我出去了。"

"你去哪了？"

"噢，只是星期天购物而已。"

"我以为你去市政厅广场给你妈妈买一些瓶瓶罐罐之类的。"

"对啊，我就是买这些。"

"它们不是真的杂货，对吧？我以为你去了杂货店。乌玛得回家去，米雷耶要带她去买一些能搭配她纱丽的好看的鞋子。"

"是的，我知道，很抱歉迟到了。在日耳曼大道等公交时，我碰到了一位老朋友。我们很久没见了，我觉得我们应该去杜邦咖啡店喝杯咖啡。"

"好吧，这位新朋友是谁？你总是碰见朋友——也可以说，老朋友回来了。"

"噢，这没什么好嫉妒的，只是个朋友而已。我们曾经一起参加过戏剧锦标赛，同时在喜剧院训练。"

"他叫什么名字？"

"有关系吗？他只是我很早前认识的一个人。"她转向乌玛用英语说，"不管怎样，乌玛，你可以回家了，很抱歉我迟到了。"

"噢，没关系。"乌玛用她通常的印度方式说，"在印度，我们知道所有的事情在等待着我们，我们从不等待任何事情。世界是为我们而造的，所以任何事情都会在恰当的时间、恰当的地点出现。时间是我们的奴隶。"

"怎么会？这很重要，对乌玛而言，有合适的鞋来搭配纱丽很重要。你这么可爱，必须有合适的东西。"

"好吧，等个三四天，有什么改变吗？"乌玛强调。

"乌玛，那就像你哥哥一样。"苏珊娜说，"如果鞋带断了，他会把它们打个结,接下来的一个月都穿这双鞋去学院。直到鞋带再次断开,他才会坐的士去鞋店,就只买两根细线来系他那双半旧的鞋子。"

"哥哥,你喜欢那样吗?"乌玛打趣地问。

"噢,她在瞎说。"我也打趣道。苏珊娜打算给我泡茶,正在清理厨房的水槽。

"乌玛,难道不是这样吗?"她走过来站在我身边,手放在臀部,看起来表情很严肃。

她冲我挑衅地说:"为什么不说这是真的?"

"当然,"我坐起来笑着说,"当然是真的。但是为什么要对两根鞋带小题大做呢?"

"因为,"苏珊娜坚持说,"因为鞋带是必需品。至少在法国,男人要体面得有好鞋带,而且这些天打的士很贵。"

"是吗?"乌玛天真地问,她准备要走了。

"亲爱的,"苏珊娜几乎大喊道,"我们不是王子,谁都不是,尽管我知道你哥哥在印度认识几个王公。我们在欧洲努力工作,每个人都要用汗水来让自己能按时交电费和燃气费。"直到这时,我才意识到苏珊娜心情不好。所以,我向乌玛使眼色叫她赶快回家。就在那时,电话响了,米雷耶打过来的。她已经等了很久,商店一小时后就要关门了。乌玛准备好了吗?如果准备好了,她就开车来接乌玛。我觉得这主意不错。所以,乌玛又坐下了,手里拿着手套,包是半开的,鞋子看上去很不合适,因为她在印度从没穿过这么高跟的鞋。苏珊娜又回到厨房给我泡茶。

"医生什么时候来?"苏珊娜在厨房问。

"他说下午来,可能是'任何时候'。"

"你知道我很担心你,他认为你可能是什么病呢?"

"噢,他认为只是神经衰弱。"

"我觉得是因为你在伦敦跟你的王子朋友们混得太晚了。"这太不像苏珊娜了,肯定发生了一些严重的事情。

"苏珊娜,我也跟共产主义者朋友聊到很晚。"

"是啊,你的那些朋友、教授和年轻的医生、儿子的爸爸,大喊着反对戴高乐,又靠戴高乐的财富生活。你知道,法国是世界上最富有的国家——比美国拥有的黄金都多。但是你的共产主义者朋友们,因为一些乌托邦幻想,会背叛他,背叛这位伟人。"

这次我严厉地说:"苏珊娜,你怎么了?"

"噢,没什么,"她说,"只是女人的担忧。她们不工作,女人不像你们男人,女人不会与抽象共眠。"没过多久她说她很痛苦,"我觉得今天我出问题了。"

"或许,"我捉弄她说,"你遇见的朋友很有钱。他现在在演哪部剧?""不,他离开剧院去演电影了。现在他和马德莱娜·雷诺[①]演电影。"

"那就对了,苏珊娜,让你不安的就是这个。"过了一会儿,我问,"他有没有捷豹?"

"别开玩笑。"她恳求道,怒火在慢慢平息。我知道她一直希望我们能有一辆捷豹,可我只有可怜的奖学金!不,我能买得起的最好的也只是四马力的雪铁龙。

"但是如果你尝试演电影……"

"是的。"乌玛打断我说,"你这么漂亮,为什么不去演电影呢?我认识一个海德拉巴的女孩,刚刚读完六年级,离家出走去了孟买,

[①] 马德莱娜·雷诺(Madeleine Renaud,1900—1994),法国女演员。

没告诉任何人,也没告诉父母,六个月后,她出演了一部好电影。现在她和戴芙·阿南德①一起演电影,还有一辆庞蒂克②,在马拉巴山上还有套房子,她是这么说的,也许是真的。是啊,苏珊娜,你为什么不去演电影呢?"

"乌玛,你真好。但电影和戏剧是两种不同的风格,而且,我的鼻子太长了,不适合当电影明星。我觉得我只适合演希腊悲剧。"

"好吧,"乌玛大气地说,"如果我是导演,就直接带你进入电影界。为什么我哥哥不认识几个电影人呢?他认识那么多人。"

"他只认识他的鼻子。"苏珊娜边说边笑,走过来温柔地拧了下我的鼻子。她觉得我的鼻子令人印象深刻,她在喜剧院听说长鼻子代表有男性气概——"他们的男性器官和鼻子的长度一样,"信息提供者解释说,"这是上帝的创造。"你能怎么样?那是喜剧院,他们总是这么说话。

但是拉福斯夫人用更加神秘的方式养大了苏珊娜。她早年守寡,她为女儿奉献、对丈夫满怀深深的敬意。(他们俩一起长大,一起上学,父母都受人尊敬。他们用最正统的方式结婚,然后分开——他去乌班吉沙里③造桥——突然离世——然后才有了苏珊娜)拉福斯夫人首先得信奉唯灵论才能和死去的丈夫交谈,得认同通神学,一步一步走向格农④,因为格农似乎在哲学上更可信。拉福斯夫人发烧时是笛卡尔的信徒,通神学的模糊状态妨碍了她,加上克里希那穆提⑤离开了通神论者,这使得她追随了笛卡尔学说(卡洛·苏亚雷斯是这么翻译的)。跟随克里希那穆提几年后,她渴望一些更具体的东

---

① 戴芙·阿南德(Dev Anand,1923—2011),印度电影演员、导演、制片人。
② 庞蒂克(Pontiac),美国通用公司的汽车品牌。
③ 乌班吉沙里(Oubangui-Chari),原法国在中非的属地,后独立,今中非共和国。
④ 格农(René Guénon,1886—1951),法国作家,致力于玄学和比较宗教学。
⑤ 克里希那穆提(Jiddu Krishnamurti,1895—1986),印度哲学家。

西。苏珊娜长大了，拿到了喜剧院戏剧学校的奖学金，很快就会进入喜剧院，有一份永久的职位。战后的通货膨胀正在下降，她们的财物曾经令人满足。然后，戴高乐来了，指示说要从每一百法郎里拿掉两个零，就只剩下一了。《传统研究》带着它严肃的稿子，定期在古萨姆农出版社出版，又在舒昂[①]出版社再版。苏珊娜起初会想到萨特，然后会想到加缪，她对东方和西方的神秘主义都不感兴趣，至少看起来是这样。但是，后来，很久以后，我才知道她对葛吉夫的深度探索和"形而上学的信奉"。碰到我以后，她告诉了母亲。她母亲惊呼道："婆罗门，真正的婆罗门！来到欧洲的婆罗门多么罕见啊！"

"那就是你的格农说的？"苏珊娜说。

"你知道格农先生说的通常都是正确的。你知不知道有一天《法国新闻周刊》发表了一篇纪德的文章，他说如果年轻时就知道格农，他的整个人生就会不一样。"

"但是，妈妈，纪德先生也是个白胡子老人。"

"是的，但他也是一位伟大的作家。"

"也许吧。"苏珊娜表示赞同。

"不管怎样，如果巴黎有位婆罗门，我想见见他。"

"妈妈，我得提醒你，他很时髦。他是一位科学家，一位数学家。"

"你知道的，格农先生看不起科学主义！"

"我知道，所以我才告诉你我的印度朋友是干什么的。我可不是带你去见一个戴着穆斯林头巾之类的男人，而是一个真正时髦的年轻人，就像巴黎大学里的其他年轻人一样。当然，你仔细观察他，

[①] 舒昂（Frithjof Schuon，1907—1998），德国哲学家。

会发现他跟我们不太像。他的注意力直奔哲学和政治，就像我们的注意力在杂志上一样。他，希瓦拉姆，钦佩马尔罗与加缪的对抗和梅洛-庞蒂①与萨特的对立。"

"对我来说，他的审美足够好了。你知道纪德先生还说了什么吗？他说他觉得自己在马尔罗面前简直就是个小学生。他说，马尔罗的思想就像一面魔镜，它能给一枚烟蒂或希巴女王②的宫殿着色——他指的是马尔罗在阿拉伯半岛的沙漠里发现的宫殿。他是勇敢的，马尔罗是勇敢的，此外，他还对戴高乐很忠诚。"

"他恰好是希瓦的一个朋友，也是我的部长。"苏珊娜想起来喜剧院是在马尔罗的管辖内。

"你什么时候把那位印度朋友带来？"好像拉福斯夫人问过，而苏珊娜说过随时可以。但是她一直拖延，直到她对我有了更深的了解。我们，苏珊娜和我在她忙完剧院的事后，经常在双叟咖啡馆或蒙帕纳斯见面，一起吃晚餐；有时我去雅各宾俱乐部和她碰面，我们一起散步，经过杜伊勒里宫、艺术桥，在圣米歇尔广场附近吃零食，看着炫丽巴黎秋天的夜晚。见到她我总是很开心，但我已经太久太久没碰过女人了，我变得有点冷淡、有点浪漫，也有点害怕女人。我曾秘密地向悉多女神许诺过，可以说是一个誓言，就是我会首先把所有女人视为母亲，所以婚姻对我而言很神圣、不可改变。你因达磨而结婚，和你的妻子一起，把这样的共同关系延续到死亡。我的大脑里充满了各种想法——我永远都不会忘记和拉缇在德里的经历。

拉缇是一位富有的旁遮普承包商的女儿，美丽风趣。由于她哥

---

① 梅洛-庞蒂（Merleau Ponty，1908—1961），法国哲学家、思想家。
② 希巴女王（Queen Sheba），又称示巴女王，传说中阿拉伯半岛的女王。

哥萨迪什和我是朋友（早些时候我们都在德里大学），我经常去他们家，他们家在巴拉卡哈姆巴路。萨迪什、拉缇和我经常一起去看电影，或者去康诺特广场喝茶，然后一起走回家。有时萨迪什不来，他不来的那些夜晚，拉缇跟我在一起好像更开心。可以说，我一直把她当妹妹，就像我们南方人经常做的一样。我们在卡利卡特[①]的芒格洛尔长大，从来没想过其他的。但是北方的印度人，尤其是旁遮普人，则太不一样。对我们而言，他们似乎太西化。拉缇有时候穿着欧洲的连衣裙，尽管她平常还是穿纱丽和围巾。有一天，接近黄昏时分，我们沿着总统府花园散步，她突然抱住我并亲了我，我感到茫然又兴奋，不知所措。善良的婆罗门本能涌起，看着附近的喷泉，我想洒点水在自己身上来净化我神圣的存在。但是我怎么才能做到？她一次次地拥抱我，尽管很轻微，但那是我第一次接触到女人的胸部。对我而言，她们就像宝藏，像神奇的珠宝，只能在秘密的显赫的婚礼上注视的东西——外面临时搭建的棚舍里放着音乐，客人依旧不愿回家——他们在高兴地抽烟、吃饭、聊天——女人们头戴花环，念着祷语，在内院里交替歌唱着罗陀和克里希那，歌词杂乱却很有韵律——这时拉马钱德拉·耶尔作为丈夫，被突然领进洞房，展示了他身上女性神性的存在，我发现他的富有——来自锡兰的钻石、红宝石、蓝宝石、珍珠、中国的翡翠、智利的玛瑙、澳大利亚的月长石，一切都很奢华。我真想跳进去收集它们，就像人们在坎亚库马瑞的三大洋的沙滩上捡彩色的石头那样。雪山神女的婚礼宝石在那里流淌，有红色、绿色、蓝色。但是拉缇没有耐心。她后来跟我坦白，说她已经和另外一个年轻人在一起，但并不认真。"但是，我"，她发誓说，"你吸引了我，因为你和其他人不一样。我

[①] 卡利卡特（Calicut），印度西南部城市科泽科德的旧称。

观察你很久了,可你一次都没看过我。哥哥说你是他这一代人里最令人钦佩的年轻人,将来你会成为一个伟人。"我回答说:"我知道我成不了伟人。"算是解决了这个问题。

有一天晚上,拉缇来敲我的门,我当时住在德里大学宿舍,她说:"快来,哥哥和我想接你去吃晚饭。"我匆忙穿好衣服,觉得很开心,因为我喜欢拉缇,而且已经越来越喜欢她。她带我到车里,突然笑了出来,说:"我骗了你,哥哥不来,但是我们俩还是出去。"我们开车去奎塔博饭店。天越来越黑,路上还有牛,巴士匆忙驶去。我们走的是阿格拉路,离德里大约十八英里时,车子左转开到了河边。我有点紧张,但没有不开心,我从没跟女人单独在一起过。当她开车时,有时会向美国电影里那样转过脸来看我。在公路和铁路交叉口时,她紧紧抱住我,用胸部抵着我。我觉得很奇怪,感觉我在变成一个男人。她把手插入我觉得任何女人都不敢插入的地方,可我觉得这一切都很新奇,让我觉得成了贵族。

后来我们开车到了一间昏暗的小屋前,点了一些咖啡,在花园里漫步。我们很少说话,触碰了对方几次,感觉就像遇上了干柴烈火。喝完咖啡,我们漫步到亚穆纳河,在河边离罗陀和克里希那跳拉斯利拉舞①不远的地方,她躺下来。拉缇躺在河边,特别温柔地把我拉近她。我意识到这不是玩玩。"我爱你,我爱你。"拉缇说完疯狂热情地吻我。我的婆罗门的矜持被打破,我被她点燃了。一旦被点燃,你的身体明显地知道要做什么。"你是我认识的第一个婆罗门,"她似乎很骄傲地说,"而且是我的第一个男人,你知道的。"但是可怜的婆罗门却因为不成功而颤抖。如果一切都是错误的呢?我现在不能停下吗?拉缇不允许这种情况出现,她决心无论如何都

———

① 拉斯利拉舞(raslila),印度传统舞蹈。

要拥有我，在这个亚穆纳河边的黑暗的夜晚。河边没有人，马路上只有卡车和汽车，偶尔有运货列车通过。此刻我很害怕，突然间想到了灌木丛里的蛇，但我得像个男人一样。在这充满障碍、混杂了各种声音的时刻，我想到了母亲，突然又想到了马杜赖·米纳克希（她全部的女性美呈现在我面前）。我插入了，拉缇的叫声特别富有挑战性，又非常动人。她称呼我为心爱的人和主，几乎要高兴地唱起歌来，就像骑着三轮车的孩子一样。高潮退去，她安静地躺着，呼吸均匀。她的双手在沙里伸展着，放松而美丽。在二月星光的照耀下，她的脸庞显得圆润温柔，此刻她默不作声。远处不时传来几声狗吠，我们还能听到赶牛车的车夫在冲他步履缓慢的畜生大喊大叫。夜幕降临了。豺狼在晚上很忙，还能看到几只萤火虫。一个多小时里，我们什么也没说，也没怎么移动。她躺在沙上，我在她身上，亚穆纳河是我们的见证。伟大的河流，阎摩的姐妹，质朴、蔚蓝的河水流入了恒河母亲。之后我慢慢地起身，轻轻地没发出任何声音，走到水里。如果我需要净化的话，就是现在。拉缇也起身，轻轻地用纱丽裹好自己（因为我的原因，我让她穿着纱丽。），她整理着头发和上衣等我回来。我来到她身边坐下，她一句话也没说，慢慢站起来，很隆重，好像在数着步数走到水边，突然脱掉所有的衣服跳入河里。她作为女人，应该有她的沐浴仪式。我不懂这些，点着了一根烟（那时候我已经开始抽烟了）。她在自言自语，我想是用旁遮普语说的——在微弱的星光下，她的身体看上去特别娇羞，但对大地、水和天空是开放的。只要她有一丁点的鼓励暗示，我就会回到她身边，听命于她。我突然想起卢瑟福[①]和剑桥大学的卡文迪

[①] 卢瑟福（Ernest Rutherford，1871—1937），新西兰物理学家，原子核物理学之父。

许[1]实验室对原子研究的突破，宇宙因此有了不同的意义。人们知道了这个，就知道了那个。《梨俱吠陀》的诗节又在我脑海中回响：

最初就是这伟大的神

他是创造的唯一的主。

她回来时已经穿好了衣服，显得很简朴。她说："我觉得我们应该回家了，已经挺晚了。"

"为什么这么急？"我有点贪心地说。

"一切都结束了，还要做什么？"她是不是有些失望？

"喝点杏仁乳，吃点甜食。这神圣的事情过后，我们应该这样做，至少南印度是这样的。"

她笑着说，但有些悲伤。"我们北方人，他们只唱下流的歌曲，怂恿你做更英勇的事情。英雄，来吧。"她蔑视的语气让我很惊讶。

我们走向昏暗的小屋，一路上都没有说话。她握住我的手，时不时亲密地按一下。我们正要离开河岸时——她转过身，向亚穆纳河打招呼，说："亚穆纳河，你仿佛是罪人的母亲。"我也站在河边，献上最深的敬意。我们回到车旁，给管家一些小费，然后我坐上车开回德里。拉缇把手放在我的肩膀上（显然她看了太多的电影），什么也没说。快要到德里时，她说："这次让我当回男人吧，我来开。"

"为什么？你肯定很累了，我可以开。"

"我是个旁遮普女人。"她说。显然，话里包含了很多意思。

"我，"我回答说，"是个一米八五高的变坏了的婆罗门。"

我们交换座位时，我听见她慢慢地抽泣。开到康诺特广场时

---

[1] 卡文迪许（Henry Gavendish，1731—1810），法国化学家、物理学家。

（正如我说的，她住在巴拉卡哈姆巴路）天已经很晚了。我要她停车，然后坐进的士里，她独自开车回家。她看上去特别悲伤，好像哭了上百万年一样。当然，她无法听到或看到自己的悲伤，但她的悲伤萦绕在我心头好长一段时间。每次我去她家，她都不在。因为她很忙，我从来没有机会跟她讲几句真心话。不过，有什么要说的呢？

几个月后，我收到了加尔各答的奖学金，我很开心能去那里。两年后，依然在加尔各答，我听说拉缇和一个旁遮普外交官结婚了，他们被派驻到北京。她哥哥，萨迪什还跟我通信。他也结婚了，接手了父亲的生意——他们是大承包商——因此，像阿格拉路上的牛车一样，世界在乏味的黑暗中缓慢前进——牛腿间挂着冒烟的灯笼——随着它的移动，一圈又一圈地走在碎石子路上。

46

乌玛看上去太像（似乎就是）小孩，一点都不复杂。她喜欢巴黎，可以说迷醉于巴黎，虽然有些奇怪，但是她有天生敏感的自然都市气息，所以我只要看着她就很高兴，尤其是躺在我的病床上看着她——来来回回，像洋娃娃的游戏。她在冒险（和神或女神，英雄或女英雄的冒险），马儿在草原上飞奔，印度的天空战车飞过苍穹。当然最后都是以结婚结束，而乌玛依然唱着那些老式的结婚歌曲，

　　我已经等了你几世了？
　　噢，你，头顶着曼达拉山。

或者：

来吧，萨基，来吧，来到婚礼的宴席上，
你有着萨拉斯鸟的眼睛，等等。

这些歌曲只有在我母亲和父亲结婚时才唱过，那已经是很久以前了。但是，乌玛和母亲不同，母亲只知道怎么给父亲写信，开头一定是"致我的主，我的最爱"，结尾一定是"谦卑地在你脚下祈求祝福"。乌玛上了大学，她没有拿到文学学士学位。因为拉马钱德拉·耶尔一点都不在意妻子有没有毕业证——他如期在十二月和她结婚了，很开心娶到了我父亲的女儿，而且乌玛还很漂亮。"像欧洲人一样漂亮"，好像他们第一次见面时他就这么对乌玛说。似乎乌玛性格也很好。他之前结过一次婚，和他刚满十六岁的表妹，但她在生孩子时去世了——乌玛一点都不介意。不管怎样，结婚很好玩：音乐、客人、婚礼队伍，拉马钱德拉·耶尔也很年轻帅气。他父亲克里希那斯瓦米·耶尔，是尼扎姆的法律顾问，而他爷爷希瓦斯瓦米·耶尔是参谋长，担任过马德拉斯的首席法官，这使得这场婚礼成为一件盛事。那时我父亲是马杜赖的地方行政长官，能够调配全城的警察和秘书处，首席部长也来参加婚礼。这一切都令人印象深刻，好像是在梦里。乌玛喜欢拉马钱德拉·耶尔——他聪明又时尚，像她的哥哥一样，好像乌玛是这么说的。他赚了很多钱，他们躺在金山银山上。他们的孩子将泡在蜜罐里长大，喝着牛奶，吃着浓稠的凝乳。故事中没有婆婆，这使得乌玛的婚姻确实很有希望。

但是，乌玛直到"去夫家"到海德拉巴后才意识到有过第一任妻子的存在。家里人对那个死去的女人的记忆就像挂在墙上的黑念珠和许愿带一样无处不在——厨子说"第一位夫人叫我们把照片挂在这里"。那是一幅吉祥天女的石版画,戴着纸做的花环立在谷仓门口,"因为她应该在这里";仆人博伊·拉姆亚说"她总是叫我们去塞康德拉巴德市场,因为她说那里的蔬菜更新鲜";又或者,每天早晨来做礼拜的家庭牧师说,"这里的风俗是五月的第四个星期二和星期五,你邀请八位已婚妇女来吃饭,给她们一件上衣和一块金币",等等。第一任妻子罗陀形成的习惯多得没有尽头。这些习惯本身不怎么需要担心,但是来拜访乌玛的朋友和亲戚似乎总是在提醒乌玛:"噢,罗陀是伟大的苏哈曼亚·耶尔的外孙女,他是高等法院的法官",或者"噢,她就像个洋娃娃一样,我跟你说,她温柔又天真",而且她们还用女性的外交手段补充一句,"你简直是她的完美继任者。人们会说,如果她是罗陀,你就是吉祥天女本人。"当然(占星术已经说过),他们的婚礼一举行,拉马钱德拉·耶尔就成功了。他成为甘尼什·马尔的永久顾问,为印度行政长官对抗新的印度政府打了许多官司,告诉安德拉当局穆斯林曾经是那里的统治者,你对待他们要像对待来自拉贾蒙德里①的一些职员那样。但问题是,来自拉贾蒙德里的职员(新派的政治家,主要是乡村律师)现在正统治着海德拉巴。在海德拉巴可以看到人们从没见过的繁荣莫卧尔王朝的影子,破旧的宫殿、改良的语言,更难理解更高雅。事实上,印度人和穆斯林人有着相似的彬彬有礼的行为举止,而穆斯林尽管失去了很多(权利和财富),依然很有尊严,这是国会大臣几千年中都无法获得的。人生而有或没有权利,权利来自他父亲那边和我父亲

---

① 拉贾蒙德里(Rajahmundry),印度安德拉邦的城市,印度教的主要圣地之一。

这边（我的一些祖先是坦贾武尔①的纳亚克和马杜赖的大臣），我们本能地有对权利的渴望，而作为婆罗门，我们用智慧静静地渴望着。但是这野蛮的"民主"的高涨让那些价值毫不重要——从来都不记得自己是谁的儿子，只问你的投票人是谁（马赫布纳加尔②的雷迪们，还是阿纳恩塔普尔③的林伽派信徒）——这不是在统治一个国家，只不过是在管理一个商店，一个在街角的锅店。卖小烟卷和查尔米纳尔④香烟，架子上还有各种精油瓶，后面有一面大镜子，还有戴着花环的神灵。不管是谁，当然还有舍地的赛·巴巴⑤的一小幅画，他给记得他的人带来好运，是一位伟大的圣人，不管是印度教徒，还是穆斯林。只要是人，不管是男人，还是女人。但是，我们的服务生更好，至少他们尊敬他们的赛·巴巴，可我们的国会大臣只会尊敬他们车上的旗子、门口的哨兵和他们得到的恩惠。恩惠源自造桥的合同、侄子的晋升、花费委托人十万卢比的诉讼案件，现在则简单直接减至仅仅一万了。新的统治者，我们的堂兄弟永远不可能成为亲兄弟。因此，父亲也对拉马钱德拉·耶尔的能力感到绝望，因为他作为希瓦斯瓦米·耶尔的孙子，能够轻松击败对手。引用19世纪80年代和90年代的法律注册中前所未闻的案例，这也是伦敦的枢密院30年代早期的决定——父亲把所有的书都留给了儿子。拉马钱德拉·耶尔和斯利那瓦萨亚或乌彭德拉·派相比，更有威望和扎实的法律知识，后两者是游戏的新玩家。我经常提醒自己——人们永远记得莫诺先生的基因。就是这样，他的基因永远都会是这样，除非莫诺先生能用坩埚创造出孩子，并用合适的基因成分组合来养大孩

① 坦贾武尔（Tanjavur），印度泰米尔邦的城市。
② 马赫布纳加尔（Mahabubnagar），印度安得拉邦的一个区。
③ 阿纳恩特普尔（Anantapur），印度安得拉邦的一个区。
④ 查尔米纳尔（Charminar），位于海德拉巴的穆斯林建筑。
⑤ 赛·巴巴（Sai Baba, ?—1918），现代印度有名的灵性大师。

子。也许有一天药房会卖这种药，那你会成为原子物理学家，或者是一个像萨迪什那样富有的承包商。萨迪什是德里最富有的承包商之一——我听说是这样。

不管怎样，乌玛的问题不是基因问题，而是鬼魂问题。她看到了罗陀，那位年轻的、有魅力的十六岁的罗陀，每天都梦到她。她说："走开，你这个巫婆。走开，你这个寡妇婊子。没错，你挺漂亮的，快要从大学毕业，我只是被录取了。如果我家里没有要我嫁给那个成为我丈夫的伟大的人，我也会学习更多，也许还会去法学院。但是你……"这时梦境中断，乌玛大声哭喊："妈妈，妈妈，噢，她在那里——拉查姆，她在那里！"可人们没看到任何人。有时候乌玛能解释。当拉马钱德拉·耶尔去孟买或德里出庭时，只有拉查姆坐在地板上，她才能睡着。因为午夜时分她会听到敲门声，不，有时更晚一点。而且，敲门声一直持续下去，直到乌玛突然间坐起来，想着是不是他提前回来了——但打开门后，乌玛看到罗陀站在那里，总是穿着白纱丽，请求让她进来，去看她的纱丽有没有在衣橱里叠放整齐。不，乌玛冲她用力拉上门。几天后，罗陀出现在梦里嘲笑乌玛说："妹妹，以后你给他生孩子。生个圆圆胖胖的漂亮小孩，就像医生从我子宫里拿出来的那个一样，有可爱的银色小脚丫。人们会说，他乌黑的眼睛就像宝石一样。你给他生孩子的时候，我就在你旁边。我给他洗澡，抱着哄他，在他额头点上红点，给他身上涂油，把他打扮成一个小王子。妹妹，难道你不许我这样吗？"鬼魂悲伤痛哭然后跑开，她的头发像一团火焰飘在空中。乌玛拿罗陀无可奈何，渐渐地，她存在的每一丝痕迹都消除了——衣橱被卖掉，买了新的；吉祥天女的画像移到了前门，这样就不会有鬼魂敢来了；旧的床上用品都分给了洗衣工；珠宝（留下来的少量珠宝拿到马德拉斯秘密卖掉了，这些珠宝做工精良。现在古代珠宝在年轻人中有很大市场，美国和欧洲的游客也很喜欢，尤其是法国人。乌玛告诉我她带了一些到巴黎来卖，这让她觉得自己从印度政府拒绝外汇兑换中得到了安慰）——现在，罗陀出现的次数越来越少。然而，当乌玛坐在后面阳台的秋千上，或者当乌玛坐在桌前吃晚餐时，她偶尔还是会来。现在，所有人都开始坐在桌前吃饭，除了那些长辈——叔叔、父亲、叔祖——进来时。我们坐着进行祷告，地上铺满了香蕉叶和皮塔饼——对罗陀的祷告要细心地按仪式进行。拉马钱德拉·耶尔从前一天晚上就要开始禁食，只能吃一个香蕉或一个苹果——是乌玛要求的——他醒来后，不能抽烟、不能喝咖啡，所以他坐在角落里看报纸。这时候，厨子正忙着准备敬神的食物。有人看着钟，直到正午时分。仆人拉姆亚说，我能点亮浴室的灯吗？乌玛说，可以。乌玛第一个去沐浴，她出来时纱丽还滴着水，从浴室一直滴到寺庙。她的新衣服放在那里，等她穿好衣服，婆罗门就会来；当拉马钱德拉·耶尔沐浴完毕——那一天他不能刮胡子——准备好进行仪式了。婆罗门每次来这个房间都很开心——他们能收到五卢比的礼物，仪式根据女主人的意思按最正统的方式进行——完成这个仪式需要将近两个小时。把花生倒入井中，房子的主人给婆罗门甜点，最后把水洒在地板上，说："神圣的客人请用餐。"——直到这时，拉马钱德拉·耶尔才能喝上一口咖啡。那段时间他总是头痛，乌玛亲自去厨房端来咖啡，看着婆罗门开心地狼吞虎咽，乌玛不知怎的也觉得很高兴。罗陀在她的住所肯定很满意，年复一年，罗陀出现的压迫感越来越少，乌玛深信那是因为她是一个非常尽职的妻子，一个传统的妻子。就在这期间，她去了贝拿勒斯、马图拉①、坎契普兰②和帕拉尼朝圣。当乌玛刚开始觉得安全时，她看见了那些鬼火，一圈一圈的鬼火穿过后院，向上跑到树上，然后她听到年轻女人的哭声和井水里传来的可怕的"砰"的一声。在这些幻影的惊吓下，乌玛昏倒了。她一次次地晕过去，直到医生到来。有时，她说话语无伦次。一天晚上他们坐在三楼的平台上，伸手不见五指，丈夫和妻子在谈天说地——仆人都去睡觉了，只有泰格在拼命咆哮希望能松开它，毕竟它只是条看门狗。它的自由时刻到来了——临近午夜，一条长长的锥形火焰升上来，停留在树梢，说着"他无处可去"，就是罗陀的声音。这是罗陀的最后一次访问，但也是乌玛第一次整晚都失去知觉，不停地口吐白沫，连好心的拉姆亚医生都叫不醒她。拉姆亚医生说："让她睡一觉，醒来时就好了。"乌玛自然像往常一样醒来。那时拉查姆在擦洗前门的门槛，谢尔·可汗在洗车，泰格被重新拴起来了，更大声地嚎叫，吵醒了所有人。乌玛很虚弱，在昏厥之后更加虚弱。奇怪的是，从那时开始，她开始说怀孕的事，她的肚子越来越大，大到她的纱丽得用腰带系起来，吃得也比以前多。她深信是敬神和朝圣给她带来了这个新礼物。但是几个月后，肚子又变平了，什么都没有。罗陀消失了，但留下了诅咒：乌玛永远不会有孩子。如果她怀上的话，孩子也会在六十天内夭折。"你会看到你该看到的。"

德尔福斯医生能解除罗陀的诅咒吗？如果能，他将是个伟大的驱魔人。

也是在那麻烦的几年里，拉马钱德拉·耶尔经常去德里或马德拉斯。他开始喝酒，也学会了他父亲纳妾的那一套。拉马钱德

---

① 马图拉（Mathura），印度北方邦西南部城市，印度教圣地之一。
② 坎契普兰（Kanchipuram），印度泰米尔邦城市，印度教圣地之一。

拉·耶尔,我妹夫,是一个好人,我们是朋友。但是他的妻子是乌玛,乌玛也很好,只是太顽固,老是轻率地做判断,太急性子——正如你所见,他寻求其他安慰是不可避免的。连我自己都慢慢意识到,男人需要女人的安慰。她用温柔、感性、无孔不入的存在让你觉得你不是放法律文书的公文包,也不是记录热量方程的笔记本。她让你觉得你有血有肉,有唾液也有精液。走在地球上,你有权享受它的礼物,而不是作为一个四维生物来拜访一下地球,还要被玫瑰刺哭。我经常觉得,男人和女人就像爱因斯坦的双胞胎①——只有在这种情况下,女人往上走而男人留在原地——当被留在地球上的男孩十二岁,星际空间里的孩子才三岁。很搞笑,不是吗?所以,罗陀应该飞走,永远不要回来,哪怕作为一个三岁大的孩子。

47

我很清楚,我的思维变懒更自由,我问了许多令人不舒服的问题。苏珊娜肯定也知道,因为女人经常有这种微妙的功能。我从伦敦回来后,发现苏珊娜很奇怪,她的一些脑细胞没有按照惯例活动,神经有着不均匀的适应力,经常心不在焉。连她每次拥抱我或者和我做爱时,都投入得更少。法国蜗牛越来越大,我迷失在自己的逻辑里,永远无法理解这意味着什么。不是我天真,而是我并不总用平常的方式来思考问题,所以大多数人类行为在我看来都很复杂,令人惊讶。快乐的妻子会跟无赖一起逃跑,还是处女的女儿会

---

① 爱因斯坦的双胞胎(Einstein's twins),指双生子佯谬。一个有关狭义相对论思想的实验。有一对双胞胎,其中一个乘坐宇宙飞船作接近光速的太空旅行,另一个则留在地球。结果当旅行者回到地球后,他比留在地球上的兄弟年轻。

和另一个女孩私奔——门房图图夫人和年轻男孩上床——苏珊娜告诉我是两个年轻的学生，住在二楼。一个是罗马尼亚人，一个是突厥人或黎凡特人——她为他们做饭、打扫公寓，所以他们给她暖被窝。尽管这很不合理，尽管我确定邮递员和图图夫人年纪差不多而且更有经验。"但是，不是这样的。"苏珊娜说，"你不知道中年人多么喜欢天真的年轻人，他们喜欢在这方面启蒙他们。一个成熟的女人，尽管图图夫人可能过于成熟了，对'一个充满男子气概的年轻男人'来说，是好的入门人选。"苏珊娜这么说，显然很想讲这些事情。

"是吗？"我坐了起来。苏珊娜快打扫完了小厨房，手里拿着洗碗布。她很想继续聊这个，把洗碗布放在架子上，走到我床边坐好，说：

"我们女人又不是天使。"

"我不这么觉得，苏珊娜。尽管——"

"谁能知道我不是呢？我们女人有自己的绳子技巧宝藏。"

"噢，真的吗？它们是什么？"

"男人能睁着眼睛撒谎，我们女人做不到，我们没有那样的想象力。"苏珊娜继续说，"我们要脚踏实地，"她重重跺了一下穿着袜子的脚说，"你只能去希腊悲剧里了解它，女人就是大地。"她说完默然不语。

"那男人呢，苏珊娜？"

"男人不在任何地方。"她笑着说，唇边满是悲伤，我握住她的手轻抚，她似乎喜欢我这样。

"所以呢？"

"你不住在任何地方，一切都一样。"

"对你而言呢？"

"一切都太不一样，太具体了。你不是说过在梵语里，辅音是阳性而元音是阴性吗？"

"我也许说过。"

"希瓦，对女人而言，辅音、固体是存在的。对男人而言，女人只是一个连接器，把已经存在的事物连接起来，因此女人才会生下一个具体的东西——"

"那么，"我反驳说，"女人是抽象的吗？"

"不，那就太简单了。女人创造出她想要的东西，也就是具体的东西——孩子、珠宝、家。如果我可以这么说的话，女人甚至创造出男性，这个具体的、令人印象深刻的、匿名的权力掌握者、雷电。佛教徒说过——那才是具体的，对女人而言最具体的东西。"

"噢，我从没这么想过。"

"另一方面，对男人而言，如果可以这么说的话，女人的对应物无关紧要，不过是个抽象的容器，几乎任何人都看不见。但对妇科专家来说，是女人藏起来的东西，它无关紧要——"

"但是，"我反驳说，"女人有其他的东西，更有形、更强健的。女人，尤其是欧洲女人，不介意她们显露出来，而且以撩人的方式显露出来。"

"噢，你这个数学脑袋——你标记每个事物，就像代数符号一样。"

"有时候，"我笑着说，"这些符号太突出了，不容易被忽略。"

"比如乌玛。"

"我从没这么想过。"我说。事实也的确如此，但是我承认，"是的，你说得对。"

"不仅是乌玛,还有你带我去吉美博物馆的时候,我观察到一些东西:所有女神的正面和背面都很美丽。"

"我能引用许多梵文诗歌来证明你所说的。"这时我想到了拉缇。

"我不听详细的描述,真正的事情被隐藏起来了,就像守财奴的密室。"

"所以,苏珊娜,重点是什么?"

"重点是,重点是,"她拿着我的毛毯边把玩了一会儿说,"女人需要一个具体的男人,一个英雄,一个征服者。"

"你的意思是:不需要一个行走的智者?"

"不需要。"她温柔地拍着我的脸说,"是的,我的意思是不需要一个聪明人。你知道吗?近期出版的加缪的日记里说,他年轻时想写一本小说,关于一位印度贤者和一个西方英雄的小说。"

"他很英明。"我说。

"你真的这么认为?"

"是的。谁能比贤者更有男子气概呢?你只需要读读我们的《摩诃婆罗多》或《往世书》。你知道印度的名字是婆罗多[①],是婆罗多人的国家。而婆罗多是圣贤的私生子。我们的圣贤很有男性气概,你知道的,比如克里希那。"

"那我们的呢?"

"你们只有两个圣贤——苏格拉底和阿伯拉尔。好吧,也许只有两个!一个谈论爱的美丽,但是你也知道,他娶了个难相处的妻子,也许是个得不到满足的妻子。所有聪明人的妻子都难相处,因为他们很抽象,但女人需要具体。另一个很有男性气概,可被教堂阉割了。因为他和主教的侄女私奔,就是跑到了这里,靠近圣雅克街的

---

① 婆罗多(Bharat),梵文,意为"印度"。

某个地方，阿伯拉尔肯定在这住过。"

"那圣方济各、圣·伯纳德和我们其他的许多圣人呢？"

"噢，苏珊娜，我也许有点心不在焉，但很清醒。贤者和圣人有区别，就像男人和女人的区别。"

"噢，噢！"

"是的，贤者是超越现象的存在，是纯粹抽象的，不害怕具体。因为从抽象来看，具体也成了抽象，就像零除以任何数都等于零。"

"我没听懂，不过没关系。"

"圣人是现象之中的存在。噢，我不会碰女人，她们是罪恶。我不会接触富人，他们会玷污我。如果你达不到自己的要求，你身上就会有圣痕①，就像圣方济各那样。贤者是自由的。"

"圣人呢？"

"圣人是勇士，像圣女贞德、圣路易斯一样。所有的战争都是内部的，因为必要才显露在外。这就是为什么希腊人把神作为他们的英雄。"

"那印度人呢？"

"印度人觉得神只不过是女性和男性本质的更微妙的表现。"

"所以英雄能成为神。"

"是的。"

"那贤者呢？"

"贤者是超越所有神的存在，他是真理，包含一切，男性和女性。圣人是女人气的英雄。"

"怎么会这样，希瓦？别耍小聪明。"

---

① 圣痕（stigmata），人体上出现的与基督被钉在十字架上时相同部位的伤痕。

"不，我没想炫耀。我只是在说印度人总说的那句话：内在是个英雄——真正的睿智的英雄——"

"那外表看起来是个英雄的人呢？"

"是女人。"我说完大笑，笑得肚子都疼了。我依旧很虚弱，开始咳嗽。

"噢，你们婆罗门是怎么在这个地球上生活的？"

"我们？不过，你应该比我更了解啊。"

"好吧，我们暂且放下人身攻击。所以，贤者是唯一自由的存在……"

"男性是贤者的典范。"

"圣人是……"

"女性本质的典范。这说明了世界是具体的，你理解了吗？"

"嗯，应该懂了。"

"我累了，不过让我再说一点。"

"好吧，你说。"

"是具体先于抽象，还是抽象先于具体？"

"我不知道。"苏珊娜说。

"好吧，听仔细了：是空间先于物体，还是物体先于空间？例如，这张椅子，它在这里是因为已经有空间了，还是这个空间是由物体创造出来的？"

"我觉得，首先有空间，"她还环顾了一下房间，来表明她的意思，"然后再有这张笨椅子。"

"所以，你是从抽象到具体。但是，由于具体基于抽象，那么它的'母体'，我们在数学上这么说，就是抽象。椅子的母亲是空间。"

"所以呢？"

"所以，椅子的实质也是空间，可以说椅子本身由空间制成。"

"假如我说是呢？"

"如果你说是，那椅子由空间制成，所以根本没有椅子。"

"噢！"她站起来大声说，好像被我严重冒犯了，"希瓦，希瓦，不要把那张椅子从我身边拿走，不要。"然后开始哭，哭了很久，转而啜泣。我想安慰她，但没什么能安慰她。虽然我很虚弱，我仍努力温柔耐心地抚摸她，这样的抚摸才有意义。她突然站起来说："我得走了，妈妈还在等着打针。噢，天哪，已经五点半了，我六点一刻得到喜剧院。"

"还有一句话。"我恳求道。

"不，我没有时间了。"她急急忙忙地穿衣服，把围巾系在脖子上，在镜子前整理帽子。她打开包，涂了点腮红，要不然妈妈就知道她哭过——因为刚哭过，看上去脸色苍白。"我得跑过去，像儿歌里唱的树林里的雪貂那样。"她站在门边，拿着手套，整个人如此优雅、悲伤、茫然（在我看来是这样）。她说："现在，我有答案了。谢谢，谢谢你！"她匆忙跑下楼去。喜剧院不喜欢有人迟到，尤其新主管来了之后，他像个马尔罗强加给他们的外交官。"他觉得我们是他大使馆的员工，或第十六届市政厅的员工。是的，"苏珊娜说，"我们是上帝之家的员工。"对苏珊娜和大多数喜剧院的成员而言，喜剧院就像寺庙，大祭司不是拉辛或高乃依，而是莫里哀，因此他们称它为"莫里哀之家"。他们在那里谈论莫里哀，好像他是圣人，是神。请记住，所有的吠陀贤者都是思想家，是诗人——把世界简化到基础实质的诗人。他们是魔术师，创造奇迹的人，宇宙的主体，因此才有了诗，有了卡维亚。"自我管理（自治）的实质"——纯洁之光，有着神圣（发光）能力的人。

48

是的,梵是我们的家,我们真正的家。"主啊,主啊!"我在那个阴沉的下午祈祷着,卧病在圣雅克街57号的床上。那时春天还没过去,卢森堡的树木依旧茂密,情侣在雕塑下拥抱。看着窗外的葡萄藤和槟榔树,想着处于戴高乐的统治下,我说:"主啊,主啊,帮帮我,让我成为——虚无,让这把椅子融入空间。"我好像被内心的幻影,实际上是我的想象吓到了,汗毛直竖,开始流泪。那把椅子像罗陀发出最后的哭喊时那样,没有消失,但我好像消失了。我没有醒来,直到电话响起。我花了一分钟才搞清楚发生了什么,以为是乌玛打电话说她要回家。但电话是贾娅拉克希米打来的,她说:"你好吗?希瓦。"

"雪山神女怎么样呀?"我开着玩笑。她过了好久都没回答我,我又说:"我认为阿耆尼的吠陀绰号是思想家,是诗人——诗人和数学家都有 dhi——直觉,纯粹感知之光……"

"谢天谢地,世界上还有人在思考这些。从早到晚我听到的都是生意、合同和贷款,这个银行、那个银行,连拉贾·阿肖克都这样。尽管他像平常一样优雅,从不在我或母亲面前谈论这些事情。"

"萨哈巴王妃怎么样?"我急忙问,正在慢慢地回到现实世界。

"噢,她跟平时一样,温和聪敏。她最想你,她多希望有个像你这样的女婿啊!"

"晚了几年,不是吗?贾娅。"我们沉默良久,远处传来泰晤士河上驳船的汽笛声。

"看着泰晤士河你肯定很开心。替我献花给泰晤士河,像那次你哥哥开车送我们下山,我们在平原上做的那样。他怎么样了?哈里什在哪儿?"

"他在加尔各答忙着处理马尔瓦里的账目,他都没来。"

"你是说,其他人在伦敦?"

"是的——他们在旅馆或多切斯特①聚会,去参观一些贵族或公爵的乡间别墅。现在游客可以花钱去观光了,父亲特别享受这一切。至于殿下,你知道的,他喜欢英国,他还谈论着他当国王乔治五世的副官时的事情。噢,比起拉纳·普拉塔普,印度王子更以国王乔治五世为荣。我们要聊什么?"

"聊什么?聊另一场摩诃婆罗多战争吧。"

"先生,谁是般度族,谁又是俱卢族?"

"般度族是甘地的信徒,俱卢族是亲英派。"

"噢,不。"贾娅拉克希米说,"你离家太久了,战争发生在亲美派和亲斯拉夫派之间——我说得对吗?"

"好的,没关系。希望我们能看看谁是对的。"

"像往常一样,你应该是对的,我是你的仆人。"她用印地语说。我可承受不起,要么是因为我和苏珊娜的谈话,要么是因为我还很虚弱,我又开始流泪。跟贾娅拉克希米在一起我经常这样,悲伤的眼泪似乎都像快乐的眼泪。我发现,当我深切地感到真实时,悲伤会覆盖构成幸福的任何东西。

"你什么时候能出院?"我问。

"他们说过两三天,你呢?"

"我也要过两三天,贝特洛医生说不是因为可的松,而是神经衰弱。"

"我说是因为我——"贾娅大声说。她说得特别直接,几乎不带任何情绪,好像事实只是事实。就是这样!

---

① 多切斯特(Dorchester),英国的一个城镇。

"不，不仅仅是因为你，还因为这个世界，这个应该真实但并不真实的世界。还有我的身体——"我突然停下来。

"噢，身体，身体。人们多么希望能够把它颠倒过来，就像倒置一位女士的手提包一样，让脏乱的东西全掉出来，我们就能获得自由。"

"尽管那样，手提包还是……"

"真实的，还是会有五个护套。那答案是什么？"

"我想应该是消亡，其实是复活。只有当我们真正死去时，我们才活着。"

"是的，"她表示同意，"这种虚假的死亡很可怕。虚假死亡的另一面就是虚假地活着——银行、贷款、合同……"

"贾娅，"我打断她说，"你回去前我们能不能见一面？"

"可以，"她回答，"我有自己的女人伎俩，而且，母亲也想见你。所以，我们会告诉父亲，你和企业主、大臣们有重要的关系……"

"贾娅，不要这样撒谎，哪怕是为了我。"

"为了闪光的真理而撒点小谎不算撒谎。记得克里希那吗，"她接着说，"母亲进来了，你要跟她说话吗？"

"好的，当然。"我说。我希望能说服萨哈巴王妃来巴黎，我带她去看卢浮宫和凡尔赛宫，巴黎的春天如此美丽——尤其是杜伊勒里宫。

"噢，"萨哈巴王妃说，"如果我们去巴黎，可不是为了看卢浮宫和凡尔赛宫——刚结婚时我都看过。我丈夫带我逛了个遍，还见到了那时的法国总统——好像叫杜梅格[①]。如果我们去巴黎，希瓦，是

[①] 杜梅格（Gaston Doumergue，1863—1937），曾任法国第三共和国总统。

去看你，和你聊聊天，聊聊北方、罗摩和悉多。现在，寺庙是我们的，是女人的，而市场、卢比、安那和派士①是他们的。"

"萨哈巴王妃，寺庙建得怎么样了？"

"噢，像所有印度的东西一样，进展缓慢。现在造一个冒着浓浓黑烟的令人讨厌的工厂都比造一个有香炉和钟的寺庙容易。我们都迷失了，能做什么呢？我们拉杰普特人让印度失望了。另外，希瓦，我们给寺庙打地基时，你得来，否则我们什么都不会做——我们等你。你什么时候来印度？"

"也许明年春天。我得去日本参加个国际会议，会在印度待一阵子，看看大家。"

"你妹妹怎么样了？我希望能在巴黎见到她。"

"当然了，萨哈巴王妃，你会见到她的。你也能理解她的到来安慰了我，好像我看见了年轻些的自己。"

"但是，"萨哈巴王妃笑着说，我几乎能看到她雪白的牙齿。她说："没有我们，你们男人会做什么？"

"归根结底，世界是她，是雪山神女。"我想起了与苏珊娜的对话。

"祝你早日康复，希瓦。到时我们再慢慢聊，让贾娅跟你说话。"

"希瓦，快点好起来，我们很快就会见面的。一个女人不能，但两个女人能够粉碎一支军队。"她笑着说，"你知道父亲从来不会违背母亲的愿望，所以我觉得我们能去看你。"

"想到这些都给了我力量，贾娅，你们快来吧。"

"嗯，我会的。"贾娅回答说。不知怎的，我又重新感到了自由。有什么在压迫我吗？有人在压迫我吗？——是我自己吗？暴力产生

---

① 派士（Pise），印度货币，1卢比等于100派士。

暴力，所以压迫产生压迫吗？谁会获得自由呢？我看见自己沿着圣日耳曼大道走到了双叟咖啡馆，像很多午夜后的年轻人一样，我也醉了。我想起了一些事情，遥远过去的经历。五十年代晚期，我刚来到巴黎，那时我既不认识让-皮埃尔也不认识苏珊娜。午夜前，我走出双叟咖啡馆，在圣日耳曼德佩区的教堂边等红灯。天气很冷，狂风大作，我看到咖啡馆玻璃外墙后的火盆，这时我听到了歌唱般的声音：

"你还好吗？"是一个女性的声音。我回头看见一个年轻女人，涂了厚厚的粉，散发着浓烈的香水味，脖子上系着黑色的狼皮围巾。那时我的法语很差，所以我简单地回答说：

"什么？小姐。"

"你去哪里？"她用不标准的英语问。

"不去哪里。"我回答，"你呢？"

"你去哪里？"她笑着眨了下眼睛。这时我明白了，我刚在咖啡馆听说萨特曾住在波拿巴街。想到这里，我笑着说：

"密室。"她听懂了，很淑女地笑着走开了。我还记得她的帽子是黄色的，在教堂的钟声敲响十二点时，她在街对面冲我挥手，看上去特别自由。但她是自由的吗？萨特先生？

在喜马拉雅山脚下，在哈德瓦尔，恒河不再是一条湍急的、绿色的、嬉戏的山间小溪，而是突然变成一条少女河。它在森林茂密的平原里蜿蜒而行，遍布整个平原，像母亲一样辽阔神圣，让印度成了婆罗多或印度次大陆（雅利安人在这里的第一个家）。在哈德瓦尔，城镇之间有一个条状的小岛，一侧有收容所、集市、沐浴的石梯和繁忙的寺庙；另一侧则是沙砾之上的岩石和高山，卷起形成了西瓦利克山脉①，随后西瓦利克山不断交叠，形成了喜马拉雅山。这起伏不断的寒冷山脉再次卷起，被切开，裁剪粗糙的峡谷成了丰富多彩的西藏高原，它是颂歌和密宗的发源地。在这个小岛上（哈德瓦尔的恒河中的小岛），英国人建造了驿站旅馆、政府的商队旅馆，这可以说是他们从阿育王时期延续下来的传统。阿育王是一位慈悲的皇帝，他留下了很多法令，要求不仅保护人类，还要保护所有的生物，如大象、孔雀和鹿。我曾经跟父亲在那个驿站旅馆住过，我还是个孩子，只有七八岁的样子——当时我就受到了和尚令人眩晕的庄严的深深影响。他们穿着随处可见的赭色长袍，剃着光头，戴着金刚菩提念珠，坐在恒河边冥想。有些站在太阳下，一只脚站在河中感受着冰凌初融的刺骨河水——我也很渴望成为一个漫游者，当一个像他们一样的和尚。当太阳从山后升起，阳光穿过缓缓苏醒的山谷中的雪松、松树和婆罗双树，大象在树荫后的高地漫步，老虎退回洞穴中，一只鹿在那些绿色草地上和小鹿玩耍，我穿过这些山谷去瑞诗凯诗时看到了它们。身为一个男孩子，我想抓住那只鹿，但从来都抓不住，父亲为此笑话我。每次我跑去抓它们，在还差几步就能够着时，它们就消失了。它们跑远之后，嘴里吃着草，回过头来看我们，眼神既友好又害怕，觉得不能信任这些两条腿的生物。也许又被我们感动了，因为这些朝圣的人要去凯达尔纳特②、伯德里纳特甚至更远的地方。后来，当我完成了戴圣线仪式，婆罗门给了我一块鹿皮（我现在还戴在圣线上），我想起了其中一只鹿，嘴里依旧含着草，看着我们，整个场景出自《罗摩衍那》。我们在英国的统治下（那时依然是在战时），但我们跟仆人和随从住在这间驿站旅

---

① 西瓦利克山脉（Sivalik range），一译"锡瓦利克山脉"，喜马拉雅山脉支脉，横亘于南亚次大陆北部。
② 凯达尔纳特（Kedernath），印度教圣地。

馆里很开心。父亲每天早晨沐浴后，都会坐在一旁，像毗湿摩或阿周那一样坐在树下冥想。我经常想起这些，还有河流对面训象人在河水较宽的地方喂一头驯养的小象的景象。躺在圣雅克街57号的床上，想着湿婆和雪山神女，我感到一种奇怪的疏离感，好像把我的小船拖到了孤寂的水中。水上的高山和眼前的平原组成了一个隔离的生物实体，没有姓名也没有宿命，小船就成了一个岛。一个陌生的国家在岛上建了一间没有历史意义的小屋，特别舒适，里面有车库、穿着制服的管家，拉姆·耶尔跟来为我们做饭。然而，在法国，难道我不是这里的外国人吗？两旁是高山和平原，我的一部分坐在树下冥想，另一部分看着这神圣的城市，看着寺庙的旗帜迎风飘扬，听着钟声随风而逝。苦行僧和剃了头的寡妇在河里沉思，为了得到彻底的救赎时而浸入水中，时而站立起来。当你看着人群，看到一大群朝圣者，依旧觉得孤独。每个人都得离开自己在恒河未完的达磨，去山脉的另一侧独自前行朝圣。因此，和贾娅在电话里聊天就像听到了那些遥远的山间回音，听到了传经筒靠近高山上干冷空气的回响——而离我更近的是忙碌生动的苏珊娜。她不冥想、不祈祷，忙于购物和被迫参加寺庙活动——正如我所说，喜剧院是法兰西剧院成员的寺庙。乌玛就像山谷里的那只鹿，嘴里吃着草（我还记得有一只小鹿特别温顺，为一些我无法知道的事兴奋地摇晃着耳朵——是因我而兴奋吗？）。我就在这里，躺着，冥想着，不知将要去哪里，也不知道我将成为什么。只知道下个小时，明天，下个月，明年，下辈子都要冥想下去。我会一次次回到恒河吗？哈德瓦尔的孤岛伸开双手想要立刻抓住城镇和高山，我睁开眼睛，能看到驯象人在河流的对岸喂大象吗？生命能自我重复吗？——一直都有巴黎，有圣雅克街57号吗？有图图夫人和她床上每次不同的年轻人吗？我生病时，苏珊娜会来帮我做饭，她去喜剧院时——或别的地方，我从来不问她去了哪里，见了谁，她很神秘——她妈妈会来替她吗？乌玛会坐在床边等米雷耶来接她吗？贾娅会从伦敦给我打电话吗？这些发生在巴黎，还是在喜马拉雅山脚下？如果巴黎就在喜马拉雅山脚下，塞纳河就是恒河呢？那哈德瓦尔也在这里，也有左岸和右岸。左岸有高山和静修处，还有穿着黑色长袍而不是赭色长袍的在阿巴拉德大学教书的人，而右岸则是哈德瓦尔繁忙的街道。小马车跑去火车站和高楼，朝圣者走去达兰萨拉①。每个来巴黎的外国人都是朝圣者，如果有人不知道这一点，去问问居里夫人②和西格蒙德·弗洛伊德吧。我在恒河的凉水中沐浴后，带着我的C^2躺在了床上——其实已经不再疯狂，不过依然很虚弱，我都站不起来——就像达兰萨拉的苦行僧一样，我只能喝蔬菜汤和果汁，是一个朝圣者。但是，主，我去哪里朝圣呢？有时苏珊娜似乎很遥远（在喜马拉雅山的晨雾中，哈德瓦尔看上去像镜子中著名的商羯罗的城市），贾娅拉克希米打电话来时，我像自言自语。当太阳升起，喜马拉雅山看上去又高又远，城市显得又近又闹，所以我得回床上小睡一会儿。我醒来时，乌玛坐在我旁边，包放在膝盖上，好像准备出门。

"乌玛，你要去哪里？"

"噢，不去哪儿啊。怎么这么问？我刚刚到。"

"但你把包放在膝盖上。"

"是啊，我不该放这里吗？"

"不应该的，乌玛。在欧洲，你如果把包放在膝盖上，就意味着你很匆忙，将要离开。"

---

① 达兰萨拉（Dharmasala），印度北部的一个小镇，被称为"小拉萨"。
② 居里夫人（Madame Curie, 1867—1934），法国波兰裔科学家，曾获诺贝尔物理学奖、化学奖。

乌玛站起来把包挂在墙上,回来坐在椅子上,说:"苏珊娜打电话说她今天下午很忙,问我能不能来陪你。我说当然,有什么比来陪我哥哥更开心呢,尤其是他还病着,可怜的哥哥。"她擦了擦眼泪。女人太容易流泪了(至少我家的女人这样),苏珊娜就不这样。她说她一生中只哭过一次,一位年轻的朋友永远离开了,她再也见不到他。那时她才七岁,我刚去哈德瓦尔。从那以后,她再也没流过泪,因为不想让可怜的寡母担心——她很骄傲罗伯特离世时,她没流泪——但现在乌玛就在流泪,因为我生病了,而且独自待在巴黎这个喧闹的大城市。当地人说着奇怪的语言,女人太前卫,男人太粗鲁。因为曾经有个男人过来搭讪,摸着她的纱丽说:"你真美丽。"这在印度人看来太粗鲁了,居然碰女人,"连我哥哥都不会碰我。"——这就是乌玛。我的世界好像完整了,思绪调整到了它自己的节奏,身体在休息。城市里散布着一种模糊的传闻,妹妹坐在我身边,眼泪像断了线的珠子,因为我很孤单。我还要什么呢?什么都不要,我很确定,什么都不要。

但是,我脑袋的某处在问,苏珊娜去哪里了?她不去任何地方,是的,自从她跟我在一起后她不去任何地方。有一天她说,来到我身边就像去做弥撒——吃耶稣的肉,喝耶稣的血。她像许多同辈人那样不再信奉基督教,但是他们还是会用基督教的符号。当我向苏珊娜抗议说:"苏珊娜,不要亵渎耶稣。耶稣在哪里?我又在哪里?"

"希瓦,你永远都不会懂我。对我们现代人而言,耶稣就是戈多[①],是无助的人,是各各他山的人。他说:上帝,上帝,你为什么抛弃我?"

"苏珊娜,你应该更懂我的。你知道我永远不会那么说,我永远

[①] 戈多(Godot),爱尔兰剧作家塞缪尔·贝克特的戏剧《等待戈多》中的角色。

都不会是耶稣。"

"但是，希瓦，你也迷失了，像戈多一样，等待着一些事情发生。同时，毫无疑问，我们都不自由，这才是关键。"

"我看上去很无助吗？苏珊娜。"

"不。你看上去以某处为中心，你的怀疑驱使萤火虫围绕着硬橡木。不，你从不曾迷失。"

"为什么你这么认为？你觉得——我没有迷失？"

"噢，母亲会说，因为你是个婆罗门。"

"胡说。许多婆罗门都迷失了，太多了——他们失去了印度。"

"所以呢？"

"告诉你的朋友马尔罗，尼赫鲁不会为他拯救世界。"

"这跟我们的讨论有什么关系？"

"我的意思是，婆罗门也会迷失。但你早晨的祷告和沟通的符号，让我们不再迷失，只要我们记得恒河和喜马拉雅山。那是我们的宗教，我们的历史，我们所有的智慧都来自喜马拉雅山和恒河。"

"但是，你说过，南印度才有智慧。"

"连南方人都知道，也承认恒河和喜马拉雅山。中世纪印度最伟大的贤哲商羯罗——我们的中世纪和你们的中世纪不一样——他从南方去了北方，去喜马拉雅山和恒河，去辩论建立非二元性的原则。我说非二元性，我是指——印度。"

"但是，希瓦，你用意何在？你知道我们法国人需要逻辑，需要命题，笛卡尔的哲学命题[①]。所以告诉我，你是什么意思？"

"我的意思是，没有'二'的地方，那就是幸福，那就是真理。"

苏珊娜理解了这是什么意思，但是她的思维无法接受，她的笛

[①] 笛卡尔的哲学命题（Cartesian propositions），指笛卡尔"我思故我在"的哲学命题。

卡尔逻辑无法接受。

"我在这里,你在那里。"她傲慢地说,有点挑衅的意味。

"我在这里的时候,你总在那里吗?"我笑了。

"不,有些时刻——有些时刻——"

"很开心。"我帮她说,免得她尴尬。

"是的,很开心。"

"这是'二'吗?"

"不。但是,是的,我的一小部分还在那里。"

"那你为什么不把那部分——也给我呢?"

这时,她陷入沉思,整理了一下头发。好像有别的事要做一样,她走进浴室,在脸上喷了点古龙水,在鼻子和额头上扑点粉,然后走出来,她已经知道要说什么了。

"希瓦,我怎样才能放弃我的个性?"

"那属于你的犹太教-基督教方面,"我说,"你很独特,即使在上帝面前也很独特。所以,你怎么能和其他人结合呢?"

"也许你说得对。我有六分之一或八分之一的犹太血统,你知道的,这部分永远不会妥协。"

"那么,就斗争到底吧。"我笑着说。

"但是,"她吐了口唾沫——这是她第一次也是唯一的一次这样来表达愤怒——她又说,"看在上帝的份上,以神之名,不要一副高高在上的婆罗门的态度——"

"我有吗?"

"当然有。鼻孔朝天,一副——我是婆罗门,我不可能是错的——傲慢态度。"

我恳求说:"但是,苏珊娜,我很谦虚。"

"谦虚？确实啊！你就像上帝一样。"

"我可没这么说，是你说的。"我把手放在她肩上，温柔地把她拉近我，问，"苏珊娜？你会为我自焚吗。"

"噢，那是过去的事了，我想活着……"

"当然，你应该活着，我也应该活着。"

"这种时刻你经常让我想起我的丈夫让。他总是很优雅、有魅力，俯视着人类，从来不犯错。他说'你们这些可怜的老鼠，中等身材，精瘦精瘦的，在香榭丽舍大道上向上爬'等等。他不关心任何人，只关心自己。"苏珊娜很少这么说话，我快吓呆了。我只是想改变现状说："也许吧，不过我们能回到犹太教－基督教的问题上来吗？"

"好的，我们回到这上面。"她恢复了镇定回答说，"你知道的，你还是我的主人。"

"噢，别说这些没用的。"我让她坐在我身边，抚摸着她粗糙干净的双手——这是一双农民的手，尽管她在舞台上表演安德罗玛克。我说："是的，每个人都是独特的。你刚才问，一个人怎么能和其他人结合，是吗？"

"是的。"

"你的圣特蕾莎①不会这么问，更不用说圣十字若望。除非这两者成为一个人……"

"你也许是对的。"她打断我说，"因为母亲在读一本非同寻常的书，是近期出版的，叫《多马福音》②。她想和你讨论这本书。它应

---

① 圣特蕾莎（Blessed Teresa of Calcutta, 1910—1997），又称特蕾莎修女等，世界著名的天主教慈善工作者。

②《多马福音》(The Gospel of Thomas)，又称多摩福音，据称是耶稣的十二门徒之一多马所写。1945年在埃及拿哈玛地发现。

该是福音的一部分,之前被教堂查禁,现在在埃及被发现了。母亲说,书上写的耶稣说的话和印度书里写的一模一样。"

"苏珊娜,是我给她买的这本书。不过这不重要。耶稣时期,佛教在亚历山大和中东地区很有名。我听说,我还没有证实,佛教甚至对《死海古卷》[①]都有影响。"

"真的吗?"

"是的,苏珊娜。世界一直在可能发现真理的地方寻求真理。如果犹太人在印度发现了真理,他们将接受它,就像中国人那样。"

"那印度人呢?"

"印度人也会接受,苏珊娜。"我表示赞同,"除了我们认为所有能被了解的,都要被我们了解。"我自顾自地笑了。

"我想,这和犹太人一样。"

"我也这么觉得。就像我那天跟米歇尔说的,真正的对话发生在犹太人和印度人之间。"

"真的吗?他怎么看?"

"他似乎也同意。"

"所以,我想,是我的犹太部分在跟你争论。"

"如果犹太人和上帝争论呢?"

"你居然不知道?每个犹太人都只和上帝争论——当他感到痛苦时——"

"那幸福时呢?"

"像我一样,感到幸福时,他们会——"

"犹太人开心过吗?"我打断她,苏珊娜没有回答。"所有的犹

[①]《死海古卷》(Dead Sea Scrolls),泛称1947—1956年间,在死海西北基伯昆兰旷野的山洞发现的古代文献。

太人都是约伯①。"我说。我笑自己这一代人,这太简单了。

"那《雅歌》②呢?"她问。

"再一次证明了爱的终点是悲伤。"

"没错。爱的终点难道不是悲伤吗?"她说着来到我身边,拥我入怀。我说的话让她开心起来了,因为我还在思考着悲伤,想着犹太人的悲剧,想着我所谓的职业主义。苏珊娜的悲伤来自隔都③,来自大屠杀,来自尸体。生命从尸体下面冒出来,有时逃向自由。

"希瓦,爱是什么?"她坐起来问。

"爱是——没有差异性的存在。在我看来,爱不是分离,不是相聚,而是超越。爱就是做它自己,不是一种感觉,不是一种行为,而是像沉默一样,是一种自然的智慧,其本身就发光,不是为了其他人,因为爱就是这样。"这时我喘不过气来,苏珊娜扶我慢慢躺下休息,之后我们什么也没说。

苏珊娜给我喂饭之后,在她母亲来替她之前,她说我们必须再聊聊今天的话题。"我觉得,对你而言,一切都很平静。对我而言,我做事情的时候很有活力。"

"那就是为什么你会死去,而我长生不老。"我幽默地说。当然,我的话半真半假,不过我也想说些真话。

"也许吧。"她说,"你说得对,将我们分开的是死亡。"

"我从没这么想过,苏珊娜。不过我觉得你是对的。"

"我忙于活着,所以我能'在主的怀中'永远活着,等等。"

"对我而言,出生,然后死去,重生,然后又死去,直到我明白——直到我用从容的方式明白在生命里产生死亡,所以我不

---

① 约伯(Job),《圣经·约伯记》中的主人公。
②《雅歌》(Song of Solomon),《圣经》中的文本,相传为所罗门所作。
③ 隔都(Ghetto),指犹太人专门居住的隔离区。

能死。"

"因此,"苏珊娜戴上手套说,"我要赶快离开,你……"

"我像恒河一样向下流去。她年轻时匆忙地从高山上冲下,在平原里流淌,时不时地改变流向。恒河有时在一些地方每年都要变一次流向,然后在加尔各答附近的萨加尔汇入大海,这时水就回到了产生她的水流中,因此人们在她的岸边火化那些好人。我有时间。"我最后说。

"但我没有。"她几乎是从门口喊出来的,然后说,"再见,希瓦,再见。"那时我没理解她的意思,乌玛现在坐在我面前,我理解了。她离开我了,不是吗?

49

暮春住在巴黎圣雅克街57号的那些日子,大概是我一生中最痛苦的时光。我的眼睛已经半盲,眼部的神经绷得很紧,瞳孔处的血管膨胀得很厉害。之前我似乎从来不会累,现在哪怕简单沐浴过后都很疲惫。如你所知,作为婆罗门,我不能放弃晨浴。当我坐下进行我所谓的冥想时,其实只不过是唱一百零八遍《智慧之母》。我想,只有通过对祖先的追思,舒缓我的神经系统,让我的脑袋能找到一点平静和深度。玛那①成了高耸的喜马拉雅山上的玛旁雍错,湿婆和雪山神女在湖岸上生活、玩耍。随后我的思绪飘荡到任何它想去的地方——欧洲人写日记。我听说伟大的诗人保尔·瓦雷里②写日记,每天早晨四点到六点都在日记里写下他的口头方程和数学方程,如果我没记错的话,法国政府要出版他的日记。是的,欧洲人保留

---

① 玛那(mana),一种生命力概念,超自然力量。
② 保尔·瓦雷里(Paul Valery,1871—1945),法国象征派大师。

着他的日记，而我们印度人只会冥想——我们让思想本身去寻找它的深度，然后把它的精华延伸到我们认为合适的地方。我经常问自己：如果我没有每天早晨都冥想的话，会发生什么？我的神经太敏感，以至于我的C^2也许会直接把我送到精神病医院去。最初的几天我想冲出来大喊大叫，或在人行道上跳舞、唱印度圣歌——有时我得紧紧抓住床，以免我跑下楼梯，经过图图夫人的房间，她说"希瓦先生，希瓦先生……"，但我不听，按下大门开关到大街上，边跑边说一些新的数学或哲学学说，词语即数字，数字即词语。所以，可以说是神的旨意，或是荒谬的想法——是冥想让我冷静了下来。在那些日子里，也许是因为乌玛在那儿，我又开始一周进行两次油浴（用我妹妹从印度带过来的草本油）。这些古老的习惯也让我的神经得到放松，身体得到休息。当乌玛戴着眼镜读《时令之环》[1]（她和米雷耶一起在梅松纳夫出版社买的）或《广林奥义书》[2]（在同一家店发现的另一本梵文书）时，我感到非常开心。它不像是我计算等式时突然的灵感和愉悦，而是像人们拜访坎亚库马瑞的寺庙时的感觉。寺庙的门口响起了鼓声，音乐声从灰黑色的墙后传来，跨过一个又一个的门槛。传统的寺庙有多少门槛啊，每个门都有自己的几何学的深奥意义，都有特定的守护神。突然间，从靠近鹰塔的地方看去，你能看见逐渐变窄的大门，透过大门看到了女神。她刚刚洗完牛奶蜂蜜浴，又洗了海水浴，然后用红绸巾擦干身体，一件件地戴上首饰。每戴一件都念着不同的祷语——喜马拉雅女神，在此，我戴上耳环，它代表声音的震动；戴上鼻环，它代表宇宙的呼吸，等等——穿好纱丽，在额间点好天蓝色的吉祥志，整理王冠和头发。

---

[1]《时令之环》(*Ritusamhara*)，印度古典梵语诗人、剧作家迦梨陀娑的抒情诗集。
[2]《广林奥义书》(*Brihadaranyaka*)，印度古代哲学典籍。

这时祭司长高声宣布:"伟大的女神驾到",帷幕降下,油灯戏剧般地一盏一盏点亮。女神每经过一盏灯,似乎都高大了一分,所以当你看到女神时,只能看到耀眼的光芒——珠光宝气、绚丽夺目——你听到附近的海浪拍向寺庙的墙壁的声音——这就是阅读《广林奥义书》的感觉。它用清晰简洁的语言和如诗般的修辞指引你去大海,到宇宙声音的深处,而不仅仅在这个半明半暗的寺庙里。让我们像子宫里的胎儿一样感受宇宙的广阔——海螺的声音一次次拍打着寺庙的围墙,圣者一身白衣,在升起的波浪中沐浴着他蓝莲花双脚,唤起人们的崇拜,哗哗的水声赋予女神意义。那些天,我想到巴黎也是女神的城市,首先是鲁特西亚[1]的城市,然后是圣母玛利亚的城市。我靠在枕头上时,能感到圣母玛丽亚在我背后,安静的塞纳河围绕她泛起浪花。我叫乌玛再去梅松纳夫出版社买《提毗颂歌》,唱《安纳布尔纳峰赞歌》或《摩西娑苏罗颂歌》。我跟乌玛待在家里,这样我觉得像在印度的家里一样,乌玛也这样觉得,所以我一次次地沐浴。我站在菲尼斯特雷[2]的顶部,伟大的维韦卡南达的影响变得更加巨大。别问我怎么会这样,我只知道我似乎在慢慢变回自己。所有聪明的数学计算带着它们突然闪现的终结,呈现出理想的效果。我理解了《吠陀经》的数学,就好像我的算法是帕尼尼的数字语法。是的,数字和声音在某些方面是对等的,这一次我们是从巴黎大学图书馆里的商羯罗的《美海》(米雷耶帮我拿到的这本书)中得出这个结论。我唱着它,似乎又找回了健康和快乐。奇怪的是,我没有意识到苏珊娜来得越来越少了,乌玛的出现更加重要。当让-皮埃

---

[1] 鲁特西亚(Lutertia),前罗马时代与罗马高卢时代的一个城镇的称呼,是巴黎的前身。

[2] 菲尼斯特雷(Finisterre),西班牙西北端的一个岬角,是圣地亚哥朝圣之路的最后一站。

尔说德尔福斯医生突然要去纽约会诊,要再过十天才回来时,乌玛并没有不开心,她只是说:"好吧,已经等了六年了,我可以再多等十天。"她不仅学会了怎么在我的厨房里做饭,还学了足够的法语单词去买卷心菜、西红柿、大米、糖或咖啡,苏珊娜的母亲都不需要陪她去买东西。米雷耶也很喜欢乌玛,她不希望乌玛搬到我们在布勒伊街租的房子里。因为米雷耶意识到,对她的孩子而言,乌玛不只是个保姆,更像阿姨、姐姐、爱玩的伙伴,这样米雷耶有更多的时间做研究。让-皮埃尔回家时看到乌玛在客厅也很开心,因为乌玛是可以一起聊天的新人。他把他想说的都简单地告诉了乌玛——因为这样或那样更亲密的事,他的聪明让他受不了米雷耶。正如我说的那样,米雷耶找了别的男人,而让-皮埃尔有众多的伯爵夫人和美国女性来满足他希腊-黑人的需要,所以他来找乌玛。这就像一个人爬过陡峭的山路,经历过阳光和雷电、泥浆和大雨,来到了高山上的一股清泉旁。乌玛有一种宁静和自然的快乐,我们的梵文读物开始赋予她深度和自从她离校后就忘记了的精神激励。乌玛既不聪敏也不理智,她就是个普通女人,认为扫帚和擀面杖比读现代小说或《罗摩衍那》更重要。她只读了一点书,也许更少,她所拥有的只是印度女人天生的智慧,而且很自然地运用着这些智慧,米雷耶对此很钦佩。对米雷耶而言,一个没受过什么教育的女人能有这么天生的理解力太让人惊讶了,所以她用更大的兴趣投入到古典文学里——卢克莱修[①]和荷马[②]似乎还没那么过时,拉辛和高乃依也是。但是,苏珊娜陷在自己的问题里,没看到这些。如果她能更理解乌玛,就会更了解自己,也更能理解我。我开始觉得苏珊娜这些

[①] 卢克莱修(Lucretius,约公元前99—公元前55),古罗马哲学家。
[②] 荷马(Homer,约公元前9世纪—公元前8世纪),古希腊盲诗人,著有史诗《伊利亚特》和《奥德赛》。

天开始有秘密了，有一种亲密的戏剧演出，她隐藏的温和、优雅和不可描摹的沉默似乎随着时间的推移在凝聚更大的力量。随着苏珊娜一点一点离我远去，米雷耶有更大的自由来接近我。乌玛成了罗陀的围巾，激烈的、跌宕起伏的吠陀圣歌从围巾后传来，

我是你，
你是我，
看在他的面子上，
谁来当继承人。
让我们团结起来，
以救世主的名义，
我们会，
找到家园。

我从来没意识到窗帘有那么薄，厨房水槽的噪音、车辆疾驰的声音和人群的吵闹声不绝于耳。我们结婚是因为我们想结婚，星星拿着围巾的边缘，耶若婆佉①和加尔吉是这场仪式的助手，毕竟梵语是不可知的语言。

有时，我的意思是每两三天，贾娅拉克希米就打电话来，声音特别恭敬，好像我真的是老师，她是学生一样。她总是很注意用词——如果没有找到合适的英文（她的英语最初是跟英国家庭女教师学的，现在退步到平常的印度中产阶级的印度英语了，就像十九世纪俄国的法式俄语），找不到合适的印度语或英语单词，她就会用梵语。如果还没有合适的词语，她会努力思考，然后说出一个法

---

① 耶若婆佉（Yajnavalkya），古印度哲人，又译祭皮衣仙。

语词，尽管还带着一丝瑞士口音（她在洛桑①的学校里只学到了这个！）——只要她一个人在医院房间里，总会给我打电话，也不是特别频繁。她告诉我，姐妹们还在那陪她。西塔拉克希米出去了一两天，去完成她的伦敦购物之行，好让她在德里的客人面前炫耀：这是辛普森的窗帘，那是J&J的女包，一打开就是小镜子和口袋，你可以拿口红、钱包，丈夫或情人寄的最后一封信，它们找起来都毫不费力。西塔拉克希米还买了许多保温瓶，她发誓说，印度的保温瓶用起来不超过一周，英国的可以用六个月到一年。帕杜呢，还是没决定要不要和那个美国人在一起（醉酒或清醒时都无法决定），还有一个英国人，年轻、英俊、出身上层社会、相当有钱。这个英国律师在跟美国人竞争，看来美国人机会不大。萨哈巴王妃两个都不喜欢，她像印度的母亲一样，希望女儿嫁给拉杰普特人共度一生。但是帕杜要独立，她想在英国加入一个广告公司，尽可能地学习他们的商业运作。作为一名现代印度女孩，她似乎一点也不无能；她像英国女人一样坐公交，喜欢英式幽默和带点儿黄色的故事，至于其他的，她并不在意。每个人都说她无懈可击，"萨兰达说她'就像一只乌龟。'"贾娅拉克希米最后总结说。

"另外，萨兰达怎么样了？"

"噢，他是所有人里我最爱的，当然母亲除外。父亲失去了他早年在英国的记忆，那时他在伊顿，因为一些事情让他和尼赫鲁走到了一起，但是，后来父亲去了桑赫斯特②，他们就分开了。你也知道，父亲不是个军事英雄，在桑赫斯特，他以骑术和台球而不是英勇行为闻名。他依旧去见伊顿的老朋友，他们或从商，或从政——这些

---

① 洛桑（Lausanne），瑞士西南部的城市。
② 桑赫斯特（Sandhurst），英国英格兰的一座小镇，是世界著名的桑赫斯特皇家军事学院所在地。

杰出的人喜欢谈论战前的时光，那时一切都比这些残酷的、辛苦的日子更美好。据他们说，福利政府失败了，不过他们在试着适应这一切。此外，父亲要和西塔拉克希米去加尔各答，他和萨兰达都不能太久不管生意，班西已经走了。"

"那萨哈巴王公呢？我是说殿下呢？"我问。

"他在伦敦玩够了，到处喝酒吃饭，见老朋友，在他们乡间别墅过周末。有时打打马球，还被女王接见了一次。今天晚上他要回印度，他一点都不喜欢战后的英国，觉得英国失去了她古老的尊严和优雅。他说'真可惜'，满是痛惜。"

我没问别的，她也沉默了一会儿，然后我们聊到了和蔼可亲的哈钦森医生、每两三天来一次的亚当伯爵。伯爵像叔叔一样跟她说话，还聊到了善良的朵拉·汤普森——她既有礼貌又很慷慨。她的大女儿骑摩托车出了车祸，但不很严重，她在家照顾了一两天。其他护士年轻机灵，也许比老朵拉更有效率，但是从来没有像她一样的人文关怀。全家都在认真考虑贾娅出院前送个什么礼物给朵拉，"也许我可以从巴黎给她寄点东西。"

"所以，你要来巴黎，是吧？这太好了，你没告诉过我。"

"好吧，我们还在商量。我不能一个人去，母亲会陪着我。但我们需要一个男人跟我们一起去。找谁呢？这是个问题。"

"拉贾·阿肖克怎么样？"我大胆地问，她有点含糊地沉默着。

"你是说，那个突厥人。"她又沉默了一会儿说，"当然他有空，也喜欢巴黎。母亲不是很喜欢他，但是父亲强迫他陪着我们。你也知道，拉贾·阿肖克受过良好的教育，他从小被这样教导。"

"当然。"我说。

"告诉我，你怎么样了？还卧病在床吗？真奇怪，医生还是不知道你得了什么病。"

"噢,贾娅,实际上,我什么病都没有,你知道的。"

"嗯。"她叹了口气说。随后,她哼起歌,似乎是在安慰我。

"答应我,你会来巴黎。"

"你得到了我的承诺。"

"虽然如此。"我笑着说。是的,她太善变了,他们都很善变。

"为什么不叫那个来自堪萨斯①的家伙陪你呢?他有钱,而且英国律师应该和帕杜会安静地度过几天,能让他知道她真实的样子……"

"这主意不错,"贾娅说,"母亲很喜欢那个堪萨斯的小伙子。他特别像个小孩,但是他很怕你。"

"很怕我?为什么?一个淳朴的婆罗门数学家连只蚂蚁都不会伤害,他害怕什么?"

"因为母亲对你评价很高,经常说你对别人的评价明智准确。如果你觉得这个美国人太美国化了呢?"

"贾娅,美国人怎会不美国化呢?奇怪的是,印度戒日王②后代的公主、维拉斯普尔莲花女神也这么美国化。她很适合当他的妻子,我觉得他们俩很般配。"

"别对我妹妹太苛刻。"贾娅恳求道,"她也有另一面:聪明、虔诚,只是被隐藏起来了。你一定要看看她去维拉斯普尔的哈尔玛瓦蒂③庙时的样子:她一言不发,坐在台阶上,陷入沉思之中。有时她还叫我们走开,把车开回去。你得知道,这也是她。"

"也许吧,"我说,"不过,我希望她多展现她的这一面。"

---

① 堪萨斯(Kansas),美国中部的一个州。
② 戒日王(Harsavardhana,589—647),印度历史上著名的国王、剧作家兼诗人。
③ 哈尔玛瓦蒂(Haimavati),罗摩第十七代后人的女儿。

"你妹妹还在那里？"

"她和梵文书让我的生活丰富了起来。"我说。

"那么，为什么要我来？"贾娅拉克希米问，她女性的那面展现出来，让人出乎意料。她突然又说："原谅我，我很想认识乌玛。"

"我喜欢乌玛的天真——她的忠诚、她的崇敬和奉献精神。"我说，"在很多方面，她还是个孩子。但是突然间，这个二十六岁的孩子如此睿智，让我的法国朋友都感到惊诧。"

"毕竟她是你妹妹。"贾娅直率地说。

"我有妹妹吗？"我开玩笑地问。我都怀疑我有没有家庭，我是谁？

"当然了，我希望贾娅还在那里。"

"公主一直都在。"我尽可能温和地说，"请告诉我，头上缝的针怎么样了？医生怎么说？"

"他说我是个听话的病人，恢复得比预期的好。"

"那么，来巴黎休养吧，你来的时候我应该能站起来了。"

"一定要好起来，一定要好起来。你知道为什么吧？"

"为什么？"

"这么说吧，因为我要去那里。"她唱了段《米拉》——我是承载着牧羊者戈帕拉（指克里希那）的山峰。她沉默了一会儿，我能听到她沉重的呼吸声。最后，她温柔地放下了话筒。

那天下午米雷耶也在，后来她告诉我，我和"那位公主"讲电话时多么温柔，她总是这么称呼贾娅。乌玛在照顾"那些孩子"，所以米雷耶来了。

"你看到苏珊娜了吗？"我小心地问。

"没有，她怎么了？"

"我不知道。她母亲似乎不开心，我也想知道发生了什么。"

我了解苏珊娜，她和我就像狗和猫，我们用鼻子彼此闻闻就能了解对方——可以这么说！我记得她说过一次：希瓦觉得我是一个想法，而不是一个人，我是他的许多方程式之一——那时我们在旺多姆广场①的佩利希尔店里吃巧克力。

"我们都是等式，"我说，"每个占星家都能给你看你的个人方程。我们的行为是数学模型，连死亡都是。"

"噢！"她有点震惊。

"是的，不过如果足够强壮的话，我们能根据实际需要来调整方程。"

"你是认真的？"

"是的。最初的方程还在——你不能改变星星的位置，只能和它们玩游戏，随你怎么做。"我跟米雷耶开玩笑说。我觉得她喜欢这样的玩笑，但也有可能她有点误解我。因为她说：

"我只玩相等的方程式，可以这么说。我从来不跟高级的人交往。"

我说："米雷耶，在数学上，所有的方程都同样重要，它们没有等级之分，只是一种审美。"

"在这种情况下，我应该说：有相同的美。"

"是的，那可能更恰当。但美是一种内在联系，把什么和哪里联系起来，就形成了美。爱因斯坦和海森堡都谈论美，爱因斯坦说：正确的理论也是美丽的。"

"听数学家谈论美很奇怪。"

"为什么？"我再次戏谑地说，"只有女人是美的权威吗？"

---

① 旺多姆广场（Vendome），巴黎著名的广场之一。

"在某些问题上,当然是这样。"米雷耶调皮地说。我感到我们的对话在走向危险的境地,所以我说:"难道你不觉得乌玛的天真很美丽吗?"

"你的也很美丽啊。"她笑着站起来,"我该走了。"她小心翼翼地拿起手袋,掸了掸衬衫上的灰尘,整理下外套,抚平裙子,问我能不能进浴室用一下镜子。她要去吉美博物馆参加一个关于中国美学的重要会议,从这里直接出发。她认为亚洲艺术是对拜占庭艺术影响最大的因素之一,安提阿教会和印度有联系。拜占庭艺术通过丝绸之路和中国也有联系,等等。

"希望我也能去。"我殷勤地说。

"苏珊娜会怎么说?"她说。她去补粉、整理头发,等出来时,已经收拾好了。她说:"再见,亲爱的先生,几天后再见。"她昂首挺胸地走了,没有回头。毫无疑问,她知道她的每个姿势、使用的每个词语,也清楚说这些话是为了什么、做那些动作是为了达到怎样隐秘的目的。这样的女人看她自己的爱情和轻松的动作就像在看一件艺术品,但是按照艺术家对美的看法,她本人只是一个物体,头上顶着一件珍宝,一个中国花瓶。我笑着纠正自己:一个阿拉伯酒杯,或一些酒杯。她前凸后翘,似乎被名师仔细打造得很圆润。鼻子、脖子、小腿(当她走路时),每个部位都展示着自己的美丽。这种精确很神秘(米雷耶在擦亮的台阶上两腿交替的足迹都很精确),我一直听着她下楼,按下开门按钮,跟图图夫人说你好和一些她的好事,然后声音消失了,她走进巴黎下午拥挤的人群中。想到她我觉得很温暖,血脉贲张。在这之后我肯定睡着了,我醒来时,苏珊娜的母亲坐在窗边她常坐的椅子上,织着套头衫。她似乎沉浸在工作里,那老式的优雅让人安心。我一直看着她,钦佩她严苛守寡的勇气。除了亨利，她没想过其他男人，也无法理解别人怎么做相反的事情。这也是一种美，一个方程，就像我们自己的数学定律。艺术的方式多么丰富严谨啊！生活的方式也是如此。一个双腿弯曲的男人，手里拿着一根手杖，敲了几下竹子。他骑着一头水牛，在他面前是广阔柔和的中国天空。空旷意味着纯粹的空间，意味着涅槃。我的神经和脑袋都处在过于纤弱的状态，感觉一切都有巨大的意义。我深入地看事情，或在想象，感知到了别的线索和生活的其他颜色，比我平常去学院或晚上和苏珊娜路过杜伊勒里宫走回来时看到了更多的东西。我生病期间，生活比以前知道的更静美、有更多颜色和意义——也许是我变了，才把苏珊娜赶去别的地方，也许去了别人那里。当然，拉福斯夫人很谨慎，什么都不会说。她奇怪地看了我一眼说："我希望苏珊娜没那么忙，她工作太努力了。"我意识到这就像是母亲的毯子来保护孩子不感冒，感冒会发展成肺炎。

"女士，她还年轻，她很忙碌。你知道，生活不等人，尤其不等女人。"

"不管怎样，我也活了这么久，"拉福斯夫人强调说，"这一生里我做了不少事情。我希望我女儿能多读读格农，不要研究那些新理论。"

"夫人，你是说什么理论？"

"除非你叫我妈妈，否则我是不会告诉你的。你认识我很久了，跟苏珊娜也这么亲近，你至少得叫我比夫人更亲密一点的称呼。"

"你的格农说，在传统社会，人们总是向长者表示尊敬。因为长者更聪明，而人类的最终目标是智慧。"

她笑着说："你比我聪明，你是婆罗门，所以我应该叫你萨斯特里先生，还是，萨斯特里阁下？"

"但我比你年轻,你不用这么正式。苏珊娜怎么了?我有点担心。"

拉福斯夫人说:"我想,她在试着找到自己的路。"

"去哪里的路,夫人?"

"我想是去你称之为'智慧'的地方。你的朋友米歇尔已经带她回去参加葛吉夫教育,我不太清楚。但我打扫房间时,看到她桌子上有葛吉夫的书,书名很奇怪。"

"你知道吗?"

"不知道,先生。但格农先生会说,所有的传统都是一体的,无论是印度教、希伯来教、伊斯兰教还是琐罗亚斯德教。"

"我听说过葛吉夫,但我不了解他。"

"我听说他是个俄国人,一个神秘主义者,就像拉斯普丁[①],但不是个坏人。肯定不是。我听说他去过西藏,在波斯学了托钵僧的舞蹈,做过汞合金,带领学生一步步地悟道——某种意义上,他有点像古鲁。为什么,他是个古鲁。好吧,和格农先生相比,他是什么样的古鲁?他喝酒跳舞,脾气很大——我听说他甚至还殴打弟子,让男人、女人随心所欲地一起出去。说实话,我不知道这些是不是真的。米歇尔告诉苏珊娜,说他在一个学习小组了学了七八年,他说那里教的比他知道的任何东西都有用。他没跟我说这些,但他跟苏珊娜说了。"

"我觉得米歇尔是个优秀的人,不仅仅因为他奇迹般地逃离了死亡,还因为他有丰富的哈西德派的背景,以及在年轻人中很罕见的智力水平。我觉得他是一个天才,我喜欢跟他讲话,尽管我们经常观点不一致。"

---

① 拉斯普丁(Rasputin,1869—1916),俄罗斯神秘主义者。

"希瓦，怎么会这样？"

"嗯，他很像犹太人，来自利沃夫①的奇迹创造者。"

"你呢？"

"我是一个来自印度南部的聪明的婆罗门，痴迷于数字。"

"噢，不！"拉福斯夫人表示反对。

"噢，是的。"我说，"米歇尔看着他的手臂和四肢，我则看着我的鼻尖。"我笑着说："对他来说，人很重要，所以，他和上帝的争论与立约都是原始的。"

"希瓦，那你呢？"

"我想说，只有真理才是重要的。我相信消亡。"

"他呢？"

"他相信肯定的事，上帝和他、我和你，这就是他对生命的态度。"

"但这和你的看法一样啊，不是吗？"

"不，不。我希望自己没有用处，只有真理，我不存在。"

"你的意思是一切都是幻象？"

"是的，差不多就是这个意思。"

"所以，自己的消亡就是对真理的肯定？是这样吗？"

"是的，就是这样。但对米歇尔而言，上帝就是真理，米歇尔也是真理，因此才有那段对话。夫人，我的话，都不算一段独白，只是沉默。真理就是沉默本身的声音。"

"那声音得有多美妙啊！"

"不，也许声音不美妙，而是美本身。就像生命不是呼吸，生命就是生命。呼吸融入生命，呼吸是生命的象征。"

---

① 利沃夫（Lviv），乌克兰西部的一个城市。

"所以，本质是——"

"——就是我们、真理。"我说完又靠在枕头上。我喜欢和拉福斯夫人说话，因为她不想要回答，只想要最终的答案。她曾经生活过，但不是活在生活里。她没什么不可以放弃，除了苏珊娜。现在，苏珊娜要向自我屈服了。

"我希望她过得开心。"拉福斯夫人简洁地、慈母般地说。她突然站起来说："噢，该喝茶了，真不好意思。我觉得再过一两天，你就不会觉得疲倦了。公主怎么样？她还好吗？真希望能见见她。"

"她恢复好后，也许会来这里。"我知道这个消息会传到苏珊娜耳朵里，我不想看到她听说这个消息时的表情。在某些方面，我们男人是胆小鬼。我们不想让别人痛苦，尤其是那些依赖我们的女人。苏珊娜依赖我吗？不完全是这样。我生病后，米歇尔和葛吉夫让事情变得有点奇怪。但她一定要去走自己的路，找到一条路回到罗伯特身边。因为对苏珊娜而言，能把罗伯特找回来的人就是她的丈夫、她的英雄。就像故事里讲的，解开了公主谜题的人就能迎娶公主。米歇尔知道苏珊娜谜题的答案吗？我知道贾娅拉克希米谜题的答案吗？不知道，那谁知道呢？也许是那个突厥人。我要把脸洗干净，洗掉一切痛苦的痕迹。水如此神圣，它能消解痛苦。同样地，人们把恒河的圣水倒给要离开自己身体的灵魂，水净化他的身体，然后火化。所以，向你致敬，阿耆尼，向你对真理的渴望致敬。

50

在那些思考的日子里，当我的思想跳跃时，它好像从深处跳到了远处，从最遥远的地方回到了一个简单本体的真理。我有一种复杂的感觉，混杂着顿悟、速算等式，看到公理、定律、事实与事实之间的联系、人与人之间哲学的和数学的联系。笼统地说,这意味着知识属于自己,一切都是展开的,作为空间存在,一个内在的空间——对象、事件。当一个人重新发现了它们之间的联系,数学家、哲学家看到了它们,用不同符号,却有着完全相同的意义。因此肯定有一种方法,一种简单的方法,可以消除那些心灵的悲剧,那些心灵的诡计,那些把自己当作现实,玩捉迷藏的把戏。忘记了光照的背景对亨利·庞加莱学说的突然启发——他自己想给它命名为"无法说明的一系列力量的信号"(也可以说,车库里镭的孩子,或爱迪生突然点燃的铜线),而不是知识之井、认知能力的突然喷发。我们在神秘莫测的恒河里看到了神秘的东西,希腊人认为,是数学、哲学,或者是人类早已存在的智慧。这样,数学会变成(对拉马努金而言,肯定已经变成了)一种象形的、本体的东西。你从这一站走到下一站,不像是在发现一些新的定律,而是在发现自己的某些方面。因此,你看到了你所看到的,也看到自己在观察别人没有看到的。这很吸引我,因为这是从整数回到零、超越零的又一次进步,佛教徒的从零到零。因此有了充满生命力、永无止境的印度——女人额头的吉祥志。

  从循环的角度来讲,这意味着贾娅拉克希米的疾病也是我的C^2,因为从两个不同的方面来看,它的表象是一样的;如果你喜欢偶然现象,现象本身超越了具体存在,也就是说,在物质的范畴里。因此,我又一次前所未有地意识到,为什么《吠陀经》很讲究韵律,《太阳神颂》里,元音和辅音都是共振的,二十四音节的韵文,作为一种节奏,暗示着空间和时间,一旦规定好了,随着压力和沉默融入原始的声音,正如所有方程都有结果那样,它们都要经过零:完美是意义。因此把人类生存的游戏看成是方程式和方程式的游戏,庞加莱和爱因斯坦观点一致。爱因斯坦反对海森堡，我意识到，也许当毕达哥拉斯谈到数字的魔力，谈到通向智慧、政治和人类生存的和平之路时，也许正是这个意思。如果这一切都是真实的，就像我当时认为的那样，那么苏珊娜和贾娅拉克希米、乌玛和米雷耶，是的，还有米歇尔（我后来才知道，还有米歇尔的女孩亨丽埃特。我从没见过她，听说也住在街角，也是从奥斯维辛集中营逃出来的，身上也有文身。她在一家出版社工作，一个意第绪语作家也许爱上了她，但没有找到她，因为她跟了米歇尔）——一旦知道了所有事件，就构成了事件的整体。每个事件在特定的时间都是真实的、全部的，所以你和我是同一个逻各斯的两个方面，或同一个世界的许多方面，但意义是一，正如《奥义书》所说，所有单词都包含在最后一个字母的延长部分"唵"里。它把声音分解成沉默，把数字分解为零，贾娅拉克希米和我在"我"中。乌玛继续为我读《奥义书》，这时我意识到我有了一丝理解，受到了拉马努金的启发，因此"娜玛卡女神"是他给心理或启发显现的一个名字。实际上，真实是未显现的。你得从以太到真实自我，从真实自我到至高的自我；从以太到存在，从存在到终极存在，这不能是二，也不能是非二，想到这我感到很快乐，热泪盈眶。

当我是"我"时，贾娅拉克希米很开心（什么时候我不可能是"我"？）。贾娅拉克希米是"我"时，没有"贾娅"只有"我"。但是最后，有"我"吗？不，"我"不能对自己说"我"，因为言说意味着言说者和被言说者，既然我听到自己在说自己，言说也是我自己、就像听是我自己，无限就慢慢变成零了。正如科学家所说："有很多无限，但只有一个零。"我非常开心，视真理为快乐，这就是去贝拿勒斯朝圣的结果，这就是天上的恒河。所以，萨哈巴王妃有必要在维拉斯普尔建造湿婆庙吗？尽管寺庙会很漂亮，"即使要花三百年，你是这么说的吧？当然，湿婆代表着和零一样的现实，人们视他为林伽，但客观的、男性并非男人的原则并不是为了看见它，而是了解它的自我。是的，所以人们会问，为什么不建造寺庙？如果你觉得它能治愈贾娅拉克希米，那我再说一次，治愈她的（带来和谐的）是它。因此，不管从哪开始，请你回到它那里，再次回到它那里。贾娅，向最高的梵致敬，它们会取得胜利。"我一次次地念着"贾娅，贾娅，贾娅"，我意识到一切又从贾娅拉克希米的名字开始。

  一旦阅读了这本名叫贾娅的伟大的《婆罗多》（《摩诃婆罗多》），

  就会看到狂喜中有富足、光芒四射的名字和知识。

  直到那时我才意识到——我依然记得那个下雨的午后，星期四，不，不，米雷耶星期四会把她的孩子托付给乌玛带，然后来陪我——是的，在星期二之前，我坐起来口述了一封信给父亲（乌玛帮我写的），请父亲不惜任何代价拿到《阿里亚哈塔历书》的梵文版本，特别是婆罗摩笈多的《历数书》，这样我就可以回到过去，发现印度数学家已经知道的东西，并解释（用什么样的抒情性）。方程对方程，相互抵消——因为根据印度的逻辑，当两个事物完全相互依赖时，它们就会相互消解——直到它们达到一个最高的化约，一个常数。它根本不是等式，而是必然的、唯一的现实。我还写信叫父亲尽快找到拉马努金的遗孀贾纳克·安玛尔的下落，我听说她还活着（一个我在德里遇见的泰米尔作家告诉我的）。等我回到印度，我就去拜访这位尊敬的女士，问她关于拉马努金超自然的经历（也许是他生命垂危时），也许我会自己去娜玛卡女神庙朝圣，带上贾纳克·安玛尔和我一起。那时候女神应该会亲切地出现在我面前，因为跟我一起来的贾纳克·安玛尔也向她表示敬意。她在拉马努金面前出现，而她又会向贾纳克·安玛尔展示。这让我很满意，因为再过十八个月，我要去日本参加纯粹数学国际会议，能看到娜玛卡和贾娅拉克希米。生命只是一场游戏，不管是国际象棋还是网球运动，没什么区别，所有定律都是一条法则的表达式。所有的法则都是一条法则，即真理。我对自己重复说"真理必胜"，甘地感受到了，但无法理解；尼赫鲁在诗意的、人道主义的时刻肯定也感觉到了，但无法言说。经过长时间的竞选活动后，他疲惫不堪，不能思考。夜幕降临后，一个村庄的农民向他致意，大声说"印度母亲必胜"。他问他们胜利对印度意味着什么，但没有得到回答，只有彻底的沉默。他意识到他的非婆罗门的活动中的婆罗门精神（所有人都是那个层次的婆罗门），印度人说印度必胜，意味着印度的胜利。因为我是印度人，它意味着最终"我"会胜利，真理会胜利。因此，对那些能理解印度的人（印度人、梵学家）来说，印度没有地理界限，没有历史。我们既不需要喜马拉雅山，也不需要恒河，但还有哪里是印度？如果没有恒河和喜马拉雅山，这些不过是印度现象的附带现象，是"我"的附带现象。此时，我再次唱起了《涅槃之歌》：

他们说，在沉睡中，没有母亲，没有父亲，
没有神，没有世界，没有吠陀经，没有牺牲，没有朝圣地。
因为，在沉睡中，也没有绝对的无效，
留下的——只有绝对的自我。

我洗着手和脚，恳求乌玛跟我一起，歌唱一、非二的荣耀。贾娅，贾娅，就像帕斯卡经历了神秘启发后那样，高歌荣耀。

也许有一天，我会把庞加莱的"启发"写成数学经历，把帕斯卡的启发写成是神秘主义的（这样才能揭示帕斯卡在物理学上的定律和他称之为"神"的东西的知识之间的关系）——这也是印度的敏感为当代科学做的贡献。每个人，法国人或印度人，阿拉伯人或中国人，都有自己的方式，最终到达相同的中心，就像诗人和物理学家一样。就在那时，一位印度贤者，普里①的商羯罗，也是位数学家，他写了一本叫《吠陀数学》的书。尽管研究的不是高阶数学理论，在我看来，也是回到微积分的印度方式，书中指出吠陀先知已经视数字和单词为充满活力的经验。

在那些没病但被迫待在床上的日子里（这是常有的事），许多问题被解决了。当阿尔弗雷多来看我时，我问他我不在时学院怎么样？他回答，主任说"这个印度人是个奇怪的动物。有些动物靠嗅，有些动物靠听，这个印度人把自己数学化，数学化了他的人生，他笑着说，也许，这个印度人是个数学家——甚至爱上了数学。"我一直忙于工作，从来不知道学院是怎么看我的。阿尔弗雷多简单地说，"连他的病都能帮他数学化"，而这正是我在做的事情。因为当身体在休息而且没有痛苦时，大脑毫无压力，就去深入研究"背景"，或叫别的名字，随便你。正如庞加莱所说，诗人从中想起来他的诗，而数学家想起来他的方程。所有的珍宝都在这里任你摘取，多么美妙啊！只要你用合适的工具就可以得到，而不用你跑很远或爬得很高，最后达到自己的深度，达到六角金字塔的向心点。因为女王的

---

① 普里（Puri），印度东部奥里萨邦的海港。

心在垂直向下的地方，我们女王的心是不朽的，她身边围绕着物品——公式。为她的不朽、升起、冲向顶点而测量过、组织好、数学化并固定下来的公式——就像印度寺庙的建筑构造。从一个厅走到另一个厅，每个都比之前那个小，最后来到子宫、胎室。在那里，你看到佩戴着珠宝和鲜花、涂着檀木灰的湿婆的头颅，天上的恒河从莲花形的、闪闪发光的钟状金属容器里滴下来，一滴一滴，笔直地落在伟大的神的头上。每一滴都是他的冥想，你意识到你已经到达了通往无形的绝对可见的阶梯。吠陀圣歌也由彻底的沉默组成，并作为金属振动回到寺庙庞大的子宫房。我现在意识到，在巴黎这座神圣的城市里，在母神的城市里，真理是一项自我吸引的冒险，生命也是如此。

51

"你在哪儿？"这时贾娅拉克希米从伦敦打来电话。

"不在哪儿。"我说完笑了。

"我知道，"她也笑了起来，"话说回来，谁能说出一个人在哪儿呢？"

"是的，"我接着说，"我在我不在的地方。我认为我在哪里，我就不在哪里。"

"我是问，"她终于说出来了，"我是问，你躺在床上，还是起来在走动？"

"回答的东西不可能躺着，走来走去的东西也不可能回答。"

"你似乎精神很好，"她回答，"不过，告诉我，你的 C^2 怎么样了？"她追问道。

"好吧，好吧，"我说，"还是老样子。世界是疯子的梦，在商羯罗的版本里，世界是镜子里的城市。"

"这个城市看起来什么样？"

"就像梦里的一切，既真实又不真实。对它自己而言是真实的，但对我而言，是不真实的。"

"做梦的人在走路、吃东西吗？"

"我觉得是。如你所见，他也讲话。现在他要问在伦敦的那个人，在你的梦里，你在哪里？"

"你是说在我的噩梦里？"她问。

"噩梦只是梦的另一种形式。"

"我的噩梦很真实。父亲和母亲今晚要离开，萨兰达要飞去美国谈生意。不过在我的坚持下，母亲决定留下来陪我。"

"你是说他们都要走了，留你一个人？"

"在某种程度上，是的。如果算上帕杜的话，她留下来不是为了陪我，是为了那个美国人。"

"他们怎么能留你一个人。"这个决定看起来令人费解。

"不管怎样，那个突厥人像往常一样留下来了。"

"噢，"我明白了。"萨哈巴王妃！"我继续说，"她怎么能这样做呢？"

"她说，'噢，阿肖克就像我自己的儿子，这有什么问题吗？'我说，'没问题，当然没问题，除了他不是我的兄弟。'"

"'嘿，为什么这么说？他是一个好人。'母亲一生中最看重美德。她认为每个人都是好人，都不会害人，'他在我们家长大'，等等。'没错，但是，母亲，人是会长大的。''当然了，他娶的那个印多尔区的姑娘就不好。除了做牛轧糖和去寺庙，她什么都不做。''但是母亲，那很好啊。''阿肖克——除了喜欢威士忌这一点——''好吧，母亲，随你怎么说。除非你和我在一起，否则我是不会留下来的。'因为我一再坚持，她才告诉父亲她会留下来。这令父亲感到安慰，因为有时候他比母亲更敏感。他们俩独自生活。他想回加尔各答，回到他熟悉的环境；但母亲，她想回维拉斯普尔的布什格尔宫，或德里维拉斯普尔的房子。这就是现实，希瓦，你明白吗？"

我想，我只看到了自己的画，一幅绿色和金黄色的，宫殿墙上的家庭妇女的画像。仆人用孔雀羽毛做成的扇子给女士们扇着风——女士们看着镜子，手腕弯曲如藤蔓。她们刚洗完澡，头发还是湿漉漉的——外面是骑马的守卫，远处是高耸的一座接一座的大山。小马和大象在山间移动，一支皇家车队朝着喜马拉雅雪山攀登。一双双木质凉鞋整齐地摆着，熟透的石榴并排放着。公主的脸映在镜子里，额头没有点吉祥志，但是她的手显示出一些信息。她的食指指向前额，她在等待着外面发生的事情。某种预兆，也许是寺庙的钟声，也许是孔雀的叫声，一个骑手突然从国家边境过来。骑手穿着制服，带来了一个消息。是的，领主会从土耳其回来，他的剑沾满鲜血。"公主，他来了，他来了。他让我来给你传递这个消息，就像哈奴曼为悉多女神做的那样。"公主看着镜子，没有看骑手，她只看到了她女伴的脸，公主的手指没有动。

"你什么时候来？"她问。我希望我能说"随时，现在"，可我还是很虚弱，四肢无力，我还要去学院。在巴黎养病比较合适，现在去伦敦似乎不太合适。所以我说："你们三个为什么不来巴黎呢？你说过你可能来的，我给你们安排一个不错的酒店，在凡尔赛或枫丹白露，我去看你们。"

"这主意好极了，"贾娅拉克希米大声说，"我觉得你应该再跟母亲谈谈，她一定会说一些关于帕杜的事。帕杜也可以和她的美国人一起去巴黎，至少那是一个解决办法。我认为你的提议解决了所有问题。是的，我几乎可以肯定我们会去。我会恢复得更好，我已经感觉好多了。"

"但是请告诉我，你在哪里？我是说，你人在哪里？头上的线拆掉了吗？没有？"

"还没有，希瓦。我看上去像一个剃光头的寡妇，头发都被剪掉了。"

"反正你想当一个尼姑，你的愿望成真啦。"

"希瓦，你怎么样呢？"

"像平常一样，遁世的愿望在我体内潜伏着。有时强一点，有时弱一点。但现在躺在床上，我感觉受到保护，关爱包围着我。"

"我希望你不要因为我的缘故而太舒服。"她害羞地说，接着又想收回这句话，她说："你知道我希望你能觉得舒服，既然我不能去陪你，至少有人能好好照顾你。我知道，"她用固执的、女性的口吻说，"我知道没人，不管男人还是女人，能得到这么多的关心，只有你可以。大概神在保佑你。"

"你在喂我吃可的松。"我说完笑了起来。

"为什么？希瓦。你说可的松就像普拉那，普拉那就是呼吸，就是生命。世界把生命还给了你，让你继续活着。希瓦，看在我的面子上，活一百岁吧！答应我，长命百岁。我答应你，我会回来找你——在下一世里。"

"好吧，好吧，"我说，"别浪费这么多时间。"

"是的，"她说，"女人能做什么？对印度女人而言，只有一次婚姻。萨兰达这么绅士、慷慨，在某些方面又很高尚（除了金钱问题）。我怎么忍心离开他呢？"

"你说得对，贾娅拉克希米，怎么能离开这么依赖你的人呢？这是一种谋杀。"我想到了苏珊娜，我差不多一周没见到她了，有点焦虑。她在哪里？在做什么？她每天至少给我打两次电话，她的声音温柔，文质彬彬，又满是悲伤。面对女人的痛苦，内心的痛苦，也许是某个突厥人带来的痛苦，我能做什么呢？

"是的，我们全都是杀人犯。我已经给萨兰达造成了很大伤害。那天晚上我的双腿几乎不能动，但萨兰达在那里，他来看毯子是不是盖在脚上。他的心是金子做的，只是他的头脑——他的头脑——"

"怎么了？"

"不是婆罗门的思维。这不是他的错，对吗？"

"总会有希望的——在下一世里！"我说这话与其说是安慰，不如说是开玩笑。

她还在笑着说："如果在下一世里，萨兰达不仅是个婆罗门，还是数学家呢？"

"那么，我就去研究哲学，研究吠檀多。我会当一个隐士。"

"噢，别那么说。"

"别忘了，湿婆最早也是隐士。"

"可雪山神女是个坚强的女人，我太软弱了。"

"现在开始祈祷吧，希望在下一世，你会坚强起来。"我听到贾娅拉克希米的声音变了，肯定有人进房间了。

"晚安，希瓦，是汤普森女士，她来给我盖被子，量体温，看看我有没有按时睡觉。她把我当小孩了，你跟她打个招呼吧？"

"当然。"汤普森女士接起电话后，我说："晚上好。你对公主真好，她总是说起你，对你又尊敬又喜欢。"

"噢，先生，"汤普森女士说，"我只不过在做分内的事。"她的伦敦腔有点刺耳，有些粗哑，从巴黎听起来很奇怪。"你走了之后，公主和她母亲，萨哈巴王妃，是这么念吧？——她们都特别好。她们总是谈起你，好像你是家庭的一员。"

"谢谢，汤普森女士。你的另一个病人，那个骑师怎么样了？"

"先生，你不知道吗？有一天晚上我不在，他们说他叫了一整晚，突然间没了声响。后来一位夜班护士来检查，发现他昏迷过去——因为痛得受不了，他割脉自杀了。现在他在特殊病房，白天晚上都有人照顾他。先生，他很出名，参加过三次阿斯科特赛马会，还去过巴黎的隆尚赛马场。他人很好，就是脾气有点坏，我想骑师的脾气都这么差吧。先生，他会活下来的，他会的。公主身体很好，你应该看看她现在的样子。你不来看我们吗？"

"不行啊，汤普森女士，我也卧病在床。我突然得了一种奇怪的虚弱症，脑袋和四肢都很虚弱。"

"嗯，公主告诉我了。"

"我希望你在这里，我去找你，这样你就可以使我恢复正常。"

"来吧，"她笑着说，"我们会很开心地看着你康复的。先生，人们说我们伦敦的医生是世界上最好的。"

"噢，"我说，"英国人也很友好。"

"你能这么说真慷慨，先生，晚安。早点来看公主吧，她会好得更快。"

"晚安，汤普森女士。"

"现在，我可以跟我的苦行僧说晚安了吗？"贾娅拉克希米拿回电话对我说。

"可以，这位不道德的苦行僧向你道晚安，美丽的公主。快来吧。"

"晚安。"她像平常一样没挂电话,这样我能听到她的呼吸声,好像她正躺在我身边。我会在半夜醒来看她盖好被子了吗?我知道如果是我睡在她旁边,她会醒过来。男人对女人的崇拜,不就是对自己的否定,对她的背叛吗?印度的传说多么真实啊!罗陀奔向克里希那,而不是克里希那奔向罗陀。但是但丁[①]奔向了贝雅特丽齐[②],是她引领他走上了极乐的阶梯。那天晚上,这个阳刚的欧洲,在她的北约[③]坦克和导弹的攻击下,显得那么柔弱。而印度男人,一个波鲁斯[④],或一个尼赫鲁,尽管他们失败了,也是国王。尼赫鲁的每一寸肌肤都是国王,他的英雄气概由内而外散发出来,像他的老师甘地一样,正是甘地的阳刚让他采取了非暴力的方式。"非暴力需要真正的勇气,用灵魂对抗刀剑的勇气。只有真理才能获胜!"真正的智慧是一个旋形的阶梯,但丁在引路——杜尔西达斯说:"如果你把我留在阿约提亚,直到你流放结束,主啊,我无法活着(度过这段分离的日子)。哦,悲伤的朋友,哦,美丽的、给予快乐的主。"当然,是悉多在说:"注视着你的莲花足,我走向你。我不知疲倦,主,我会提供主需要的服务,缓解他旅途的劳累……我要铺满青草和树叶,按摩你的双脚,我是你的侍女。当我在主的身旁时,谁敢盯着我看?他们会比野兔或豺狼见到母狮子还要恐惧吧?我身体娇弱,而我的主人却适合忍受森林生活的艰辛,你要经历苦修,而我该享受奢华,这是多么真实啊!"

---

① 但丁(Dante,1265—1321),意大利诗人,代表作《神曲》。
② 贝雅特丽齐(Beatrice),曾是但丁的恋人,后早逝。在《神曲》中她引导但丁游历了天堂。
③ 北约(NATO),全称是 North Atlantic Treaty Organization,译为北大西洋公约组织,是美国、加拿大与英国、法国、荷兰、比利时等国家建立的军事联盟。
④ 波鲁斯(Porus,约公元前340—公元前315),古代印度旁遮普地区的国王。

祭司是智者，是了解梵的人。他走在庙宇前，身后跟着国王——宇宙的统治者。女人也是如此，女人也应该如此，跟着真理探索者，她是整个王国。这也是为什么《吠陀经》和《往世书》中说，国王聪明杰出，保护着苦行者的祭火，而苦行者在森林深处进行献祭。保护真理的就是英雄，保护本身就是真理的礼物。

棋王奇着（下）

The Chessmaster and His Moves

［印］拉贾·拉奥 ◎ 著

杨晓霞　张玮 ◎ 译

中国大百科全书出版社

第二部分　设拉子[①]之杯

1

"设拉子杯",我是在德里才第一次听到这种说法。是我的同学们说的,很有趣,很浪漫。说这话的是易卜拉欣或贾格特,印度教徒或穆斯林,出身于同阿格拉、密拉特有关系的家族——他们的祖先是印度教徒、马杜腊[②]时,曾担任莫卧儿人的助手;他们的祖先是伊朗、土库曼或阿富汗的穆斯林时,就是莫卧儿人的兵士。我的同学们喜欢用乌尔都语或波斯语吟诵诗歌,他们确实喜欢这样。有时突然之间,易卜拉欣(他和我一起上物理课)害羞的脸上会现出一个酒窝,就像一个十六岁的女孩一样,他神情沉醉,吟诵一些难懂的波斯嘎扎勒[③],哈菲兹的或萨迪的诗歌。当我问他或他们时,他们会说,它对你毫无意义。但波斯语听起来很吸引人:设拉子杯。我

[①] 设拉子(Shiraz),今伊朗设拉子。是伊朗最古老的城市之一,公元前6世纪是波斯帝国的中心地区。
[②] 马杜腊(Mathur),一个婆罗门副种姓。
[③] 嘎扎勒(Ghazal),一种表达爱情的诗歌体裁,多以拟人和暗喻的方式表达爱的情感和思绪。

问他们其中的意思，他们温和地沉默一会儿，然后扭扭捏捏地说："你知道女人这儿，浑圆、羞涩如月亮一般。"易卜拉欣，还是拉哈玛杜拉会指指他们的胸部，笑道："这儿。"他们说："当女孩们走过校园去教室上课时，你只要看她们，看，这些，就像星球在纯净的蓝天中舞动，设拉子的天空。"他们会再说一遍，望着院子轻柔地笑着。我的这些穆斯林同学都是很好的同伴，他们不以人之天性为耻，不像今日我们当今的印度教徒，把自己的感官享受藏在腰布和种姓特征后面，我们的真实性受到寺庙质疑，受到文学质疑。维多利亚女王那个白白胖胖的善良老妇，过去七十五年里似乎塑造了我们的道德，我们只好到迦梨陀娑、伐致诃利、阿玛卢①以及赞美诗集里去认识自己，认识到我们没有为男性气概感到羞耻，也没有为女性身份觉得骄傲、感激。对于一个主神为湿婆和克里希那的民族——湿婆的标志是男根，克里希那是牧女们的情人——我们怎么忘记了人的身体这座神殿，真是奇怪。为了它们合理的用途，圣人筏蹉衍那写了《爱经》，伟大的商羯罗写了《美海》②：

　　天生苗条，疲于丰乳之累；身材婀娜，腹脐曲线美妙；
　　腰肢摇曳，如急流颤枝。山的女儿啊，愿此处无险。

　　背叛我们的过去意味着现在的无力，就有了甘地先生的袒露，尼赫鲁的盎格鲁-撒克逊的拘谨。

　　你如果不敬拜自己的身体（通过瑜伽或其他方式），将永远不会超越它。敬拜是认识唯一的方法（在科学中我们也知道这点），我

---

① 阿玛卢（Amaru），印度古代梵文爱情诗人，生卒年不详，有学者认为他是7世纪下半叶至8世纪上半叶人，生平事迹大都不可考。

②《美海》（*Saundarya Lahari*），意为"美女的海洋"，赞颂女神的颂歌。

们借此使客体显示真相，从而了解它们——檀香和鲜花，樟脑和水果（或者显微镜、试管、望远镜），咒语或声律是打开我们被业阻碍的心智的方法，在背后给予启示。如克里希那在俱卢之野的战场上向阿周那所展示的那样，"看啊，看啊，在我嘴里，你看见整个宏大的宇宙。看，这就是只有神眼才能看见的我。"我们中的每个人都有神眼，一旦我们把精神积存移开，显现出来的是现实的微妙的世界，而在它之外，是能够照亮这唯一辉煌存在的光，有了它才看得见这一切。我逐渐意识到，崇敬和膜拜女性就是打开内心的微妙世界，它的存在将无名之光淹没在一切之外。是的，哈非兹（或萨迪？）是对的：设拉子杯会向你显现上帝的玫瑰园。向我显现这个的不是苏珊娜，我已经一周没看见她了，我觉得她正陷于葛吉夫和他富有魅力的精神骗术之中。正是米雷耶，她给了我这个至高无上的礼物。这一切如书里所预言的那样发生了。

苏珊娜的母亲拉福斯夫人在浴室滑倒伤了腿，由于她原来就有糖尿病，血液循环不足，这样一来，医生让她至少静卧一周。她原来几乎每天下午都来陪我，现在只能花很长时间给我电话问我怎样了、需要些什么。拉福斯夫人不能活动，她就问米雷耶能不能去代替她，她可以坐在我旁边的椅子上继续做自己的研究工作。因为贝特洛医生说过，绝不能让我独自一人在家，万一我的脑子又像个"宇宙陀螺"那样旋转——那是他的说法。贝特洛医生很了解我，认为我全神贯注于宇宙哲学的和数学。他说过，如果我一个人待着，就变成一个代数公式：a-bi-si，或诸如此类的事物。当然，米雷耶也不能总来，阿尔萨斯女人施莱辛格小姐最近受命去照顾孩子们，因为莫利纳去了潘普洛纳的，她母亲生病了。施莱辛格小姐有时需要休假，这样的话，米雷耶就给阿尔弗雷多或让打电话，叫他们把工作带到我的寓所,在这里完成。当然,他们即使来了,也根本不工作,因为我们主要是在说话,谈戴高乐或印度,要么聊些研究所的政治。"所长认为你对研究所极其重要——你知道它的名声不如原先那么显赫了——他不介意你休息多久,只要你还回去就行。"老实跟你说,我从不认为自己很重要,但这信息确实给我一种稳定感。要是让或阿尔弗雷多也不能来,还有谁呢?嗯,好吧,那样的话,神奇的乌玛就来补上空档。乌玛喜爱米雷耶的三个孩子,理查德、戴安娜和克劳德,她最喜欢的是克劳德。两岁半的孩子,被宠坏了,把自己当成了贵族小姐,颇像她母亲,关心的是世界欠她什么,而不是她为世界做了什么。当克劳德说:我想要巧克力不要牛奶,就是说,这不是愿望,而是命令。施莱辛格小姐不怎么喜欢克劳德,因此她和米雷耶之间有些问题。但米雷耶是那种非同寻常的本色天成之人,像动物一样本能地知道哪些对己有益、哪些对己有害。根据猎物的情况,它会走丛林小径,在傍晚的水域伏击羚羊。米雷耶熟练而艺术地玩着这个把戏,愉快地看着它的神奇方程式,闪耀着天然的才华。米雷耶会放好印度双骰游戏①片——乌玛喜欢和孩子们待上一天,上午在家,下午去卢森堡公园。如果六点钟米雷耶还没到那里把他们都接回家(如果她说在图书馆被工作缠住),乌玛会带着孩子们安静地走回公寓,女仆玛丽莎在家里,晚饭后或是乌玛准备吃晚饭的时候,米雷耶就回来了。在和德尔福斯医生最后约定的日子前,乌玛像数念珠一样数着日子。她开心地看着电视,对她来说这是新东西,在印度,电视还处于艰难的起步阶段。乌玛补充道:"这样我也学点法语。"如果米雷耶回来晚了,像乌玛和玛丽莎所说

---

① 双骰游戏(pachisi),印度一种十字形棋盘类游戏,游戏者通过投掷骰子来决定走的步数。

的，她们会坐在一起看同一个电视节目。这样，每件事都很周到圆满。但活在入神状态的我什么也不知道，真的一无所知。这一切发生的那么突然，我几乎被蒙在鼓里。

2

那天米雷耶像往常一样来了，脖子上系着一条略显高档的优雅的黑白色方巾，叠得整整齐齐的，下面是青灰色外套，纯白色的衬衫。她进来时脱掉夹克，白色衬衫整洁地塞进紧身裙里。米雷耶双眼清澈，像在转着些聪明的念头——好像她的研究发现了一些新鲜的、令人吃惊的观点，或许，她在波各米勒派①或基督一性论派②中发现某些形而上的或历史的基础，赋予纤长的拜占庭式四肢一个难以领略的意义。在她进来看到我时，一个念头可能已经闪过了她的头脑，她把帽子放在壁炉罩上，把书放在旁边桌子上又整理了一下，好像她马上就要开始工作一样。她去卫生间洗手，我觉得她一边洗手，一边更多的是在端详镜子里的自己。她从苏珊娜那里学来的习惯，而苏珊娜又是从我这里学的——"开始前我洗掉自己的恶业"，她说着走了出来。我从枕头上直起身，坐直了再次看着这个充满活力的世界（我现在已经完成了沐浴和冥想），也为某种形而上的冒险做好了准备。知道是米雷耶又来了，而不是拉福斯夫人，我还有些期待，一个有点不寻常的期待。为了能显得有趣，我大脑兴奋，智力活跃。但即使如此，我的四肢还没为某种秘密跨越做好准备——猎豹埋伏在路边等待小鹿——记住，记住，我们也是动物。我们像

---

① 波各米勒派（Bogomils），十世纪时，出现在巴尔干地区的基督教异端派别。
② 基督一性论派（Monophysites），在基督教里，认为耶稣即使在人间实现了人的生死轮回，他的本性仍是神性而非人性。

动物一样预感一些将要发生的事，鸟儿的嬉戏意味着周围没有老虎，地下的砰砰声表示大象在附近——于是，我只是在毯子下面笔直地躺着。米雷耶优雅自然地坐在绿色长毛绒椅子上——那是给客人坐的座位。她仿佛在擦刚洗的手，手指生气勃勃，圆润光洁。当她移动手指时，钻石戒指提醒人们注意到它的八角形。米雷耶双膝得体地靠在一起，鞋上的带扣闪着光，因为在适宜位置的合适搭配，它们多为女主人自豪啊！她选了个大大的、方形的爱马仕包搭配它们，包的金质弯钩搭配它们的极致简约。总之，当米雷耶微微弯着腰坐在我对面时，她的胸部着实知道自己的分量。米雷耶似乎想和我说些什么，她确实想说些什么。同时，我也在想，我想和她说说话，说点什么，我不知道说什么。但很长、很长时间，我们俩谁也没有说话。毕竟，说什么呢？不，根本不是这样，因为米雷耶和我，我们好像聊了所有我们曾谈论过的事情。关于拜占庭艺术，如果那是我们想谈论的，关于印度、乌玛的印度。对米雷耶来说，乌玛是个惊喜，她甚至也是让-皮埃尔的惊喜，"乌玛单纯得让人惊讶，她和任何男人说话就像和女人说话一样，譬如说，她似乎没意识到法国人不是印度人。"说到这里，米雷耶露出一丝顽皮的笑容。我们会聊聊克劳德多么喜欢乌玛，以至于她醒来后第一个要的就是乌玛阿姨。当然，乌玛会径直走进米雷耶房间抱克劳德，尽管她可能还躺在孩子旁边打着呼噜。是的，乌玛的单纯是我和米雷耶之间重要对话的一个主题。要么再聊些阿尔及利亚、戴高乐，还有戴高乐阴险狡诈的欺骗行为，等等。是的，是的，我们已经聊了所有这些话题，没什么可补充的。

"公主怎样了？"米雷耶问，很明显在说其他事情而不是她脑子里在想的事情。

"哦，她每天都有好转。"

"我们还能见到她吗？"我理解那诱惑。

"大概能吧，如果她母亲陪着她的话。"

"见到她真叫人高兴。"米雷耶的声音有点不平静。但她又接着自己的话题说："我这辈子还没和公主说过话，我相信和一个真正的贵族见面就是一种学习。我离贵族最近的一次是躲在雅典的时候，我见到了希腊保罗王子的儿子康斯坦丁。他很年轻，大概十六岁，坐在一辆军车里，当时我们从旁边经过，正执行一个秘密任务。他满头金发，表情顽皮，看起来纯洁而善良。但在保卫他们的权力、王宫和财富时，他会像捏死苍蝇一样杀了我们。'权力'不懂法则，它本身就是法则。"

"就像革命。"我说，"在西伯利亚杀死所有的贵族、女人和孩子，以至于沙皇一个儿子或侄子都没幸免——为斯大林铺路。"

"别太尖刻。"米雷耶有点漫不经心地笑着。她看着精心修剪的指甲，抚弄着戒指，前后转动着它，纯粹为了消遣。"我很久没见到苏珊娜了。"她没有看我，想改变话题，同样也在接近她思想中的某些东西。

"是的，我也没见到她。"

"哦。"但这正是她想听到的。她当然知道，苏珊娜根本不常来，因为本该是苏珊娜来的，但拉福斯夫人现在却要米雷耶来。"哦，他们一定在忙着排戏，我听说他们在排演一部新的蒙泰朗[①]。"

"不管怎样，蒙泰朗永远不会是新的。但蒙泰朗适合戏剧演出，他有风格。"

---

① 蒙泰朗（Henry de Montherlant，1895—1972），法国小说家、散文集和戏剧家，1962年当选为法兰西学院院士。

"当然，你可以这样说。"

"不仅我，米雷耶，如果你诚实的话，你也一样。如果你诚实，刚刚说到希腊王子时，你本该诚实地说：他那么英俊，具有王子风采。但我恨他，恨他，因为他的人杀死了我的同志，逮捕我们，像对待歹徒样把我们投入监狱，而我们只是为正义而战——"

"不，希瓦，我一点也不羡慕王子，只有你们落后的印度人还拿王子当回事。"

我说，"你看，拿破仑三世退位快一个世纪了，但你翻开《巴黎竞赛画报》，没有哪一天看不到巴黎的伯爵、荷兰王后和波斯王陛下等人的消息，法国资产阶级仍然生活在杜伊勒里宫的废墟里。"

"那倒是真的。"

"而你，米雷耶，你认为自己是无产阶级。"

"不，希瓦，我不是，我只是一个想为全人类谋求正义的女知识分子。"

"游戏被称为正义，米雷耶，但规则是什么？"

"所有的人是平等的——"

"在谁之前？"我不耐烦地问。

"我母亲会说在上帝之前。要我说，是在真理之前。"

"是的。但它令人质疑，不是吗？因为谁知道真理是什么？"

"嗨，真理没那么难定义，是不是？"

"米雷耶，那试着去定义它。"很明显我们争论了起来。

"真理，嗯，真理是思想与某种你们物理学所定义的物体之间的并存或彻底和解的情况。"

"不是的，米雷耶，这是我不研究物理学的原因。物理学家有自己的数学方程式，这个方程式被他认为的客观实验所证明。就是说，爱因斯坦的空间最终不仅是直的，也是弯的，直到送入太空的声音又返回到我们才得以证明，比如说回声。物理学家说，任何结论我都需要证据。"

"那么数学家呢？"

"我有简洁的方程式——一个美丽的等式，事实上，数学家总是羡慕像十四行诗那样的等式——马拉美的天鹅十四行诗，我就很喜欢——第一个读给我听的人是苏珊娜，用她控制自如的美妙声音——哦，马拉美的十四行诗像普朗克常量[①]。但马拉美的诗是抽象的，可薛定谔方程[②]不是。最终人们会说：现实为何物是清楚的。"

"但这是笛卡尔。"她热情地说。

"嗯，米雷耶，不管怎样，让我们这样说，没有戴斯就没有现代数学。当你从清晰到明确，你就有了理性坚实的立足点。"

"那么理性引导人至何处——"

"不二的一。"我说，回到我的印度立场，"最终，是真理逐渐带你进入人不能超越的情景和结论。"

"你的意思是不能获得它？"

"为什么不能？我们所说所做的事情没表明终极吗？"

"你意思是非终局性？"

"是的，非终局性是终极的陈述，非终极的终极，它本身是对终极的需求。"

"喂，这个，这个，我过于女性化，没法理解这样抽象的东西。我们再说正义、真理吧。"

"让我来给你定义一下正义：正义是人类的真理结构，就像数字

[①] 普朗克常量（Planck's constant），是一个物理常数，记号为h，用以描述量子大小。
[②] 薛定谔方程（Schrodinger Equation），由奥地利物理学家薛定谔提出的量子力学中的一个基本方程。

是一些终极数学结构一样。我认为，一切结构按等级划分，是观点和等级的问题。自然有级别，像数学有数字一样，它们都是平等和不平等的，不平等使人们变得相同。相同或本质，如佛教所说，本质本身是顶点，在那理，平等是同义反复的。那么，说到世界等级，存在着真理等级的实现程度，一种内在的等级制度。没有等级制度这一点，天主教教堂是对的，新教教徒和犹太教徒是愚钝的——等级制度是现象的本质：豺不等于老虎，老鼠不等于狮子——"

"除了拉封丹①。"

"是的，你能开等级制度的玩笑，但你不能废除它。最高苏维埃是最高苏维埃，斯大林同志是最高苏维埃主席，那么说到主席同志就是混淆级别，这种混淆使俄罗斯损失了千万人的性命。人就是人，既不多于、也不少于他的所是。存在就是存在，存在是它的全部。"

"那正义是？"

"是承认事实——事实的事实。你不能改变它，就像不能改变整数。这样，我可以说，七是七，八是八，八永远不会是七，"我一定是下意识地说，"苏珊娜不是米雷耶。"

说到这里，米雷耶笑个不停，说："当然不是。她是布列塔尼人，我是阿尔卑斯人。她是演员，我是业余艺术史研究者。等等。她身高一米五二，我一米五一，"她恶作剧地补充道，跷起二郎腿，拿出一支香烟点上。"哦，和你说话总是那么愉快。"

"你知道，我们数学家是骗子，我们认为整个世界可以用方程式解释。"

"为什么不呢？我认为智慧可以做任何事情，不是吗？"

"米雷耶，你知道，智慧不是智力的，智慧是关于身心的——"

---

① 拉封丹（Jean de La Fontaine，1621—1695），法国寓言诗人。

"智力呢——"

"——是关于大脑的。"

"那么，什么是数学家？"

"我应该说，他是把大脑当大脑用的人。"

"什么是方程式的美呢？"

"它是，比如说，等大脑允许它本身落到心脏、到腹腔神经丛时，你会——"我没来由地笑了起来。

"于是，心不得不和头结合——"

"是的，在印度我们说，原初物质融入原人——"

"那是什么？"她急切地问。

"阴性原则融入阳性中——"

"哦，"米雷耶笑着，吸了口香烟，戒指上的钻石闪闪发亮。她张着嘴巴，像是在等待一个答案。"那么真理是——"她又回到了话题上。

"真理是阴性、现象融入本体之处——"

"接着发生什么——"

"发生使发生停止——"

"它的意思是——"

"它的意思，它的意思，"我努力寻找满意的答案，突然说："抽象成为一切。是的，就是它，这就是真理。"

米雷耶不再晃悠双腿，她掐灭香烟，走到窗户边若有所思。她的智力一旦满足，身体就需要证实自身。她站着像是在看巴黎的交通，迷失在一种身体平静中。她转过身，我发现她眼含泪花。她沉默着走向我，好像经过了深思熟虑："我想，我现在理解数学是什么了，我能明白它的美。所有的符号被造出来用以提供纯粹的意义——纯粹的符号。"

"所有的创造都是为了消解。"

空气中有种凝固的沉默，任何一个动作都会打破它。然而，只有仪式能使现实活跃，活跃后又复归平静。这里急需把思想具体化，急需虔诚的祈祷和程式化的僧侣动作，移向某个埃及石碑上的神圣入口。一旦一个纯粹的动作变成一个象形文字，一个本质的声音变成颂歌，一旦人意识到人是存在，就是说，人一直存在，除了存在什么都不是，那么它、什么或谁能超出存在？那么，真实在哪，在存在中吗？有人能回答吗？如果能，是谁？如果有谁能回答，先生，你是谁？

那时，有种感觉，有种想法，人似乎在层层地滑入自身，一层比一层窄。它像一个球，一个陀螺，围着自身旋转，直到它变得极小，变成一个点，一个取决于自身的点，宇宙在它的轴心上。于是，人失去小和大的感觉，宇宙是你，你是宇宙，在前面或后面，什么也没有。没有后面、没有任何地方，实际上，既没有运动也没有不运动。"是的，是的，你是它，除了它你什么也不是。人在它自身中享受自我。人无处可去，也无所从，实际上既没有去也没有来。它似乎和睡眠相似，但却不是睡眠，睡眠者是清醒的，清醒者是睡着的。在这个纯粹中心，人们质疑任何发生过的事为什么发生，质疑为什么任何发生过的事终究会发生。时间本身是快乐的，快乐的空间是创造，宇宙运动是游戏，像孩子在卢森堡公园里玩，追着风筝。你知道，你变成那个孩子，风筝不断上升。一切都是游戏！感谢神，那里没有观众，不像在剧院。这样，我和自己不被打扰地游戏着。

我相信，如果不是感觉到一只温柔的手放在我的额头上，我还会继续游戏下去——一种凉爽的、实在的碰触，如礼物一般。我不想睁眼看它是什么，或它是谁，因为我的意识已经知道，我禁闭的双眼也已看到，我的鼻孔里满是女人的气息。它仿佛是种没有肌肤接触的触摸，但与其说是触摸还不如说是呼吸的气息。我感觉到自己的眼睛在呼吸，我的鼻子在看，我的皮肤在感知，就是说，我的感觉在转化。我试着慢慢睁开眼睛，我很难描述所看见的一切——我看见无瑕的身体，象牙般圆润，又十分柔软、温暖，散发清香。她用手而不是几根手指握起我的左手，让我感觉礼物的球形景象，沿胸部下滑后又上升的纯净曲线，像只鸟沉睡在如鸟巢一般的手掌中，但对于你双手这样的处所来说，它显得太大了；然后，一条直线从开始连到扁平腹部的肚脐处。在我睁开眼睛之前，不是出于拘谨，而是种仪式，她圆润的嘴唇贴在我的唇上，像有人——像想藏起糖果的孩子，这样它们会停留得久一点。我在唇上流连——它们承受着——我在那里不动，一股柔软而温暖的气息滑到我旁边。我知晓这是快乐，如吠陀颂歌里的快乐，伴着黎明，伴着徐徐升起的黎明，太阳升上北极雪野。

无忧的黎明女神，托着太阳，这诸神的眼睛啊，牵着自己的白马，一幅绚丽堂皇的景象。黎明女神显现，周身披着万道霞光，她以无边无际的辉煌让世界改变模样。

在遥远的北方，白天应该很长。我只需闭上眼睛，感受自己面前的蓝绿色、浅灰色的雪野，感受在纯粹牛顿空间中的地球旋转、地引力旋转。美是让位于白昼的夜晚，还有那明亮的寂静，告知整个创造天地。那宇宙的仪式，你在其中旋转、绕行去发现自己——自身在中间，在那儿，物体悬在纯粹空间；在那儿，每声叹息都是发光体，每个动作都是祈祷。除非你礼拜宇宙，否则你不会知道它；除非你知道女人，否则你不会知道自己。

大腿和腰身都是用来容纳你的，你探寻的深度是预先知道的，如此深邃，因为你无法再进一步。它不会回归自我，而是留在那里像只睁开的眼睛，看着你如一声低语，如永不停止的音调。时间不存在了，因为运动本身就是时间。静止是更美妙的运动，一切仿佛在用智慧的言语诉说，闪电在心灵的液体里撞击。事实上，这一切像在贝拿勒斯，你在圣河沐浴后，走向世主庙，穿着白衣，拿着椰子和鲜花、檀香和樟脑，拎着装满恒河水的铜罐。你等待着，直到进入安静而拥挤的寺庙。于是，你听到唱诵颂歌的声音，四周响起铃声。你把圣水倒在林伽的顶部，它浸浴在香灰、金盏花和朝圣之水中。寺庙的牛在外面吃着长长的青草。被创造出的时间为它的不创造而创造，深度揭示你的灵魂，盘绕上升的蛇已达至光轮，变成千瓣莲花。你像梵天一样漂浮在创造之水上，水奔流不息，没有洪水，一切都是和平之光，是纯真的幸福。你无须睁开或闭上双眼，你的腰身有着自己的仪式之火。当你不再气喘吁吁，觉得前所未有地了解自己，大脑、骨头和肌肉知道完整的自身所在。那么，当寂静变得轻盈，你慢慢地将脸从一边移到另一边，感觉轻微向上的运动，感觉对乳汁喂养的渴望，感受这个词源的知识，一个丰满的存在，这些都将哺育你。一旦你在那儿被喂养，像所有人类那样，女人变成母亲，情人是她最初的婴儿。然后是奢华而放纵的拉抽，穿过你头发的爱人柔软的手指让你颤抖着变软。你还在中央深处，轴不转了，一声孕育的叹息，基因的结合，内心欢庆的结合，宇宙繁殖的结合。慢慢地，你又感受到了时间。你茫然像在某处，像在山湖之滨，你听到回声，听到鱼声，听到鸟声。当你慢慢睁开眼睛，看见伸展开来的光洁平坦的水域，根本没有云——没有图图夫人，没有电话，没有公车的铃声，没有身下地铁的晃动——你是将要下山的游客。你最好下来，你伸开手去抓什么，腰的曲线，柔软的脖子，希腊人的黑眼睛，衬着浅色的普罗旺斯皮肤，像阿尔勒的罗纳河水，已经消除了皮肤上所有无关的痕迹。附近没有呼吸，也没有人。当你整理自己，把自己抽出来，你试着坐着，你可能是虚弱的，但你看见女人眼里感激的神情，你会哭泣。女人教会了你礼物的意义，但你必须远离，远离去接受它。别回来认领，没有人会拿走，就把它还给它自己吧。现在看看这个世界吧，温柔，欢快，充满活力。

"对不起，"她说，"我和你玩了个游戏。"

"在印度，我们说世界是游戏。所以，你游戏吧。"

"是吗？"

"是的。在游戏中，我忘了自己，于是我成为我。"我说，"不是我，或许是观念，是内心升起的欲望，是生来状态的自我显现。"

"我想是这样的，"她说，害羞地用一只手掩住胸部，"但我从不懂礼拜。我现在大概知道了。那是什么？"她轻柔地起身问到。我温柔地按着她的胸部把她拉回躺下，感受胸部的丰腴温暖，说："待在这，这样我可以看着你。"

"不，绝不，绝不。"她满是娇羞地说道，我永远不会相信她还这样害羞。

"为什么这么害羞？"我问。

"女人的羞涩是男人的秘密。如果他看到她的全部，她就会失去他。"

"如果她看到他的全部呢——"

"他不在时，孤单的她是醒着的——她孤独地知道自己在何处，而他迷失在她在的地方——"

"你说话像个印度女人。"我说。

"所有的女人都一样,她们说一种语言,但每个男人说的语言都不一样。"

"那么,我的语言是什么?"我问,轻轻起身,将手臂支在枕头上。因为我的呼吸,米雷耶的头发在我的唇边前后飘动。一切看起来那样简单,那么简单有趣。

"你的语言是沉默。"

"哦!"

"你真沉默,一切都顺其自然。"突然,她昂起头,拉过床单盖住胸部。她的话闪烁着智慧、女性气质和顽皮,"我们女人即使闭着眼睛,也能看见。你们男人哪怕睁着双眼,也看不见。我认为,努力去看的男人看不见,没必要去知道的女人知道了。"

"或许你是对的。"我说着坐了起来。我现在看见了自己所不知道的,她的衣服都随手扔在地板上,堆在那。这让我高兴地知道:她是典型的女人,她的聪明服从了她的女子气质,她的女子气质折服于男性气质而非男人。她拉我靠近她的胸部,我的耳朵靠近她的嘴巴,这样她能看见我而我看不见她,只能听到她。她抚弄着我的胸毛,我觉得那么自然、自在。

"关于事物、关于物体的真理,"她说,像是自言自语,"看起来深奥,比如康德[①]的物自体理论。我刚才还在想,真理是种启示,它是仪式——"

"你或许是对的。看看孔雀的舞蹈,或者蛇的舞蹈,还有印度森林里大象的舞蹈,在结合之前,它们都经历一个固定的仪式,一个大的庆祝活动。因而,它们不是看,而是看到所见的。"

[①] 康德(Immanuel Kant,1724—1804),德国著名哲学家,德国古典哲学创始人。

"不，是看到所知道的。"她纠正我。

"你说得对。你能知道你看见的，但看不见你知道的。"

"确实是这样。"她笑着，头脑又变得活跃起来。我抚摸着她的手，慢慢把手放到她肩膀上，感受她背部的曲线。它似乎有一种流动的形状，就像某些希腊雕像中肌肉的线条。电话铃响时，我在沉思，犹豫着是否要去接电话，但现在撒谎似乎是嘲弄神圣，于是我慢慢拿起话筒，是拉福斯夫人。她说她从医生那儿回来，发现苏珊娜躺在床上。她解释说："你知道，在春天总是这样。天气既不暖和，也不冷，单单一根线或一阵风都会产生差异。"苏珊娜大概得了流感，她说："她很抱歉没有来。"

"哦，告诉她我在好转。"不是出于勇气而是由于内在的礼节，我接着说，"跟苏珊娜说，米雷耶经常有空，您知道，乌玛喜欢去照看孩子。"

"当然，当然，"拉福斯夫人说，显示出她无限的智慧。"米雷耶像我失去的女儿，第一个女儿。她有着一样小巧的手，一样圆圆的脚，一样的头发，甚至是在布列塔尼，你知道，因为西班牙征服者的缘故，那里的人们有着黑色的头发。她只活了两年就死了。"

"那她现在回到您身边了。"我安慰着她。

"是的，"她接着说，"你见到米雷耶时告诉她，每次有机会见到她时，我都很高兴。当然，我没有多少知识，所知道的都是格农先生说的。"

"拉福斯夫人，"我回答说，"但这是智慧。如果不是传统，智慧是什么？"

"我应该这样说，或者格农先生会说：'传统不是智慧但智慧是传统的本质。智慧在传统中展现，但智慧比传统大得多也丰富得多。'"

"您说得对。"我恶作剧似的补充说，想激起米雷耶的好奇心，"我有时觉得，尽管米雷耶不了解传统，她仍很聪明。"

拉福斯夫人反驳道："但艺术是传统；别忘了，你能在卢浮宫看到很多被称为文艺复兴前的艺术作品，意大利中世纪艺术，我也看到一些拜占庭艺术——都是传统的表现。"

你所见之处，法国文化的博大精深总是让人们大为惊奇。

我仍然继续说着，像是在戏弄米雷耶，"您不认为，女人比男人明智？"

"我哪懂男人啊，"拉福斯夫人温和地说，像是在背诵着小学课文，"三年婚姻，人们不了解男人，或许十年也不了解。在我们那个年代，婚前很少见到男性，只在乡村节日上或节后的年度舞会中见见。每个周末，和未婚夫散步时，父母都以适当的距离跟在我们后面。然后，白衣服、教堂、节日娱乐，男人和女人混在一起，像电视上看到的足球比赛的两队，女人输了，男人赢了。"

"如今呢，拉福斯夫人？"我继续问，只是为了招惹米雷耶，我又觉得有趣了。

"如今，我想，女人赢了，这是个悲剧。"

"您或许是对的，"我说，"我对欧洲所知不多。"

她热情地补充说，"但是你们，就像格农先生说的：你们还保留着传统。只要看看你妹妹就知道，在印度，女人还是女人。"对拉福斯夫人来说，这是她以直接的方式说起我。沉默了一会儿后，她说："我希望苏珊娜能很快结婚。她从未经历过片刻的幸福。"这是一位母亲说出真相的方式。拉福斯夫人声音里的某种东西，显得知道的比说出来得多。于是我回答说：

"您知道，夫人，在欧洲，现在做女人很难。即使你觉得自己是女人，你也要像男人一样工作。你要抚养孩子，还要去上班，男人去看足球比赛，女人还要'吹管子'，就是在印度我们说的还要做饭。这个世界哪里出错了。"

"是我们的世界出错了，"她纠正我道。我和拉福斯夫人说话时，米雷耶一定溜下床，去了卫生间，因为我听到了开水龙头的声音。这正好给了我机会跟拉福斯夫人说：

"夫人，您知道，婚姻是最好的人类生存站。就像在建造一座神庙（湿婆的或毗湿奴的，他们都有自己的配偶，帕尔瓦蒂和拉克什米）——就像在您的后院建座神庙，但建造它的石匠必须是对的人，并在对的时间到来。您不这样认为吗？"

"是的，"拉福斯夫人悲伤地说，"可生为女人，难啊。"

我想她明白我的意思了，所以她没再多说什么，只是补充说："明天有时间的话，我给你做点汤。如果苏珊娜病得不太严重，我会带去，我想她不会太严重的。"

即使在我这里，我都能看见拉福斯夫人黑痣上的毛发，它正好在她的嘴唇上方，随着她说话而动，她的忧伤推迟了毛发变为棕色的时间。她言谈和她的穿着一样整洁，非常合乎文法，但是很温暖。对我来说，她身上有些母亲的感觉，我对此感受很深。我多希望能满足她的需求啊！

"再见，拉福斯夫人。"我说。

"再见，希瓦先生。"她忧伤而温柔地说。很明显，格农、苏珊娜都使我成了她的需求。人能做什么呢？

我坐起来，头靠着枕头，可双脚下地想去洗漱。米雷耶问："现在我给你做点什么吃的？"

"做饭？我还没想那个。我们为什么不出去吃呢？"我说，觉得自己又有力气了。

"不，不行，医生已经说过，你必须彻底休息十天。要不然，你可能又开始和公共汽车说话了！"她抚弄着自己的手指，笑了。

"但我突然感觉很好。"我说。

"或许吧。可作为一个医生的妻子，我坚持你要躺到处方规定的天数。在希腊，我们和游击队在高山上有营地，急躁总给我们带来麻烦。他们割除坏疽，两天后就又生机勃勃地出发去战斗了。他们腹部可能还残留着子弹，可三四天后他们就习惯了。因为这种狂热，我们死亡严重。他们说西班牙内战时也这样。"

"哦，我在打什么仗？"

"和女人的战争。"她说，仿佛在自娱自乐，然后过来坐在我的腿上。这看起来那么自然，而两三个小时前我们还很疏远。这种亲密，这种彼此的相知给了我们行动自由，她又开始抚弄我稀疏的头发。"我不重吧？"她问。

"重吗？不重。你多重？"

"一百二十磅——不到五十五公斤。"

"我一百四十六磅。"

"你太瘦了。"她的脸贴近我的脸。

"我们出去吃吧，到一个特别时尚的地方。我想回到巴黎，回到生活中。"于是我拿起电话机放在床上，打电话给研究所。我对阿尔弗雷多说，"我想跟主任说，我觉得好多了。我想，三四天后就能回到自己的办公桌旁了。"

"你为什么不自己跟主任说这个？"

"他在那吗？"

"好吧，"阿尔弗雷多笑道，"他以办公室为家，以文件为子女——"

"那他妻子呢?"

"我亲爱的朋友,"阿尔弗雷多以同样的腔调接着说,"他是个鳏夫,喜欢林荫道上十六岁的姑娘们。在家里,他床上有个十字架,一天祈祷三次,大斋期①的时候斋戒,一个完美的天主教教徒,如果你明白我意思的话。"

"像我是个婆罗门一样,"我自嘲地笑着说,"美德是我与生俱来的权利。"

"对天主教教徒来说,我的好朋友,罪是与生俱来的权利。在办公室工作八小时后,他又带着文件回家,晚饭后把它们处理好,他所赢取的是美德。节日里去拜访部长,为了改变地位、增加薪水,或者,更好的话,是升职为部长助手,这样一来,法国一切的教育事务都能掌握在有知识的人手里。"

"不管怎样,告诉我们的孔多塞②,我周一回去上班。"我说完这些话,觉得自己破除了某种女巫的诅咒。"我现在要刮下胡子。"我转身对米雷耶说。

"你介意我坐在门口和你说话吗?我喜欢在男人刮胡子时和他们聊天,这似乎是他们生活中最美好的时刻,至少对让-皮埃尔是这样的。"

"我也是这样。"说着我走进了盥洗室,米雷耶拿来个矮圆凳坐在门边,边看着我,边转身面向窗户。她还是有些害羞,她走得太远了,需要花点时间回来。我似乎可以轻松地从深处走向表面,也可以从表面到达深处。或许,像苏珊娜经常说的那样,我有情绪,

---

① 大斋期(Lent),又叫四旬期,从圣灰日至复活节前一天,共40日。
② 孔多塞(Marquis de Condorcet,1743—1794),法国哲学家、数学家。

没有感情。我的感情都变成了公式、观点，它们没有血肉。

"我们去哪吃饭？"

"别太远，"米雷耶带着保护的神情说，在她心中，我现在无疑是她的男人了。

"米雷耶，"我开始刮胡子，"米雷耶，你状态非常好。"我看着镜子，因为门半掩着，从我站的地方能看到她部分的脸。

"或许吧，但是——"她迟疑着，"太滥用了。"

"不是吧，米雷耶。你看起来充满活力，非常完美。"

"你这样认为？可我知道它的状况。希瓦，你知道，我们都想成为处子，我们从来无法忍受这样的想法：任何男人只要是个男人，就在那，在我上面，在我旁边，却不了解我。对我们来说，完全属于对方很自然。为什么我们会是自己所成为的样子，比如是"萨冈①第二"，不管老的、少的都睡，不知道他的名字、长相，有时甚至连他的肤色都不清楚，因为这事很多都发生在晚上。"

"然而女人怎么能接受这种无名者？她看起来那么有个性。"

"所以，我们成为这样的我们。我认为软弱的国家产生软弱的男人。"

"你说得对，米雷耶。这就是为什么戴高乐似乎给了男人一些男子气。"

"但你真的应该看看那些年轻的共产主义者——他们失去了一切，尤其在游击队里，他们忍受折磨，在某个独裁者手里毫无尊严地死去——"

"别提共产主义者，斯大林先生最大限度地阉割了俄罗斯，读读

---

① 萨冈（Françoise Sangan，1935—2004），法国女作家，1954年，十八岁的她就出版了小说《你好，忧愁》，获得当年法国"批评家奖"。

《日瓦戈医生》①吧。"

"不是，我说的是普通的共产主义者。事实上，这是让-皮埃尔吸引我的地方：一个反抗英雄，一个无畏的战士，准备为某项事业献身——"

"然后呢，米雷耶，如果我可以这样问的话？"

"好吧，好吧，你的朋友让-皮埃尔喜欢简单的方法。就是说，他喜欢不成熟的资产阶级女性，比如他乌普萨拉的埃莉诺，她给他一切，却什么也不问。"

"米雷耶，你的问题是什么？"我对她很温柔，我从未对苏珊娜这样温柔过。

"我的问题很明显，我想要一个男人，一个沉默的男人。"

"让-皮埃尔怎么了？"

"他有些希腊非裔式的唠叨，说的太多。尽管他有一个非凡的大脑，但他从不坐下来认真地研究某个想法。他希望它简单。"

"那么你呢？"

"你知道，我喜欢自己去经历试错。我喜欢希腊式的细致，笛卡尔的逻辑。我需要任何事情都清楚明白，一种理智的原初状态，而不是让-皮埃尔那样对装腔作势的年轻女性的意淫。"

"你很严格。"我说。

"不够严格。他是个出色的父亲，这必须承认。他也喜欢乌玛，他理解任何形式的纯洁。"

"对我来说，你看起来是纯洁的。"

"男人就是这样的傻瓜，"她开心地说，"他们能很容易地被任何

---

①《日瓦戈医生》(Dr.Zhivago)，苏联作家帕斯捷尔纳克（Boris Leonidovich Pasternak）的长篇小说，发表于1957年，并获得1958年度诺贝尔文学奖，作者迫于当时政治环境，被迫拒绝领奖。

一个简单女人欺骗。"她纠正自己补充说,"然而,真理是,女人的纯洁是她的完整性。让一个女人彻底成为女人,像抹大拉的玛利亚,她成为与耶稣相称的人。我在抵抗运动中见过。"

"见过什么?"

"当男人,希腊人或是英国人,因为我们有些英国同志,或法国人,他们将要去执行一项重要任务时,他们知道,我们也知道:他们可能永远回不来了——"

"然后呢?"

"他们变得非常男人、非常英雄——女孩从里面出来,即使那都发生在帐篷里,或是布满岩石的山边,毁坏的小屋外,或是废弃的村井边,他们在月光下共度一段时光。我还记得这样一件事,夹竹桃树开着花——"

"然后呢?"

"伴着爱琴海最温和的微风,花瓣落在情人的身上——"

"后来呢?"

"他们双双站起,简单地告别。她背起枪,他也背上自己的枪——他们各走各路,绝不回头。"

"那之后他们怎样了?"我急切地问,好像她在说一个故事。

"他中枪,被俘,受刑,然后被英国侵略军枪杀。"

"她呢?"

"她在这里。"米雷耶说,没有一丝慌乱害羞。真相就是这么简单。

"那现在她发生什么了?"

"她是一个女王,坐在凳子上。"

"哦?为什么,她那时不是女王吗?"

"希瓦，肉体不仅仅是肉体，它不是散文，是诗歌。我们把身体看作是直线构成的，它还有曲线，有自身的智慧。"

"然后呢？"

"英雄主义成就男人——男人。"

"女人呢？"

"给男人的礼物，像阿弗洛狄忒①之于阿多尼斯②。他和公猪搏斗，像英雄一样死去。她救他时太晚了，她为他哭泣，像个女神。我想，在女性所有的个性中，需要神圣的品德。她是神圣的，这就是我刚才穿衣服时想的。除非祈祷，否则女人绝不会有幸福。这个钻石戒指，是幸福的具体形式，所以我才会戴着它、抚摸它。"

"但是没有人礼拜英雄吗？"我打断她问。

"人们爱慕英雄——不过人们认为母亲是保护者。"

"女人想要什么？"

"她打开她的所有，就是说，在男人下面，在她男人的保护之下。英雄的女人是他的母亲——"

"她想要的是谁？"

"睿智的男人。女人的需要是她的死亡。我太理解你们印度妻子了，她爬上丈夫的火葬堆。为什么不呢？她只能在美丽中死去，因为希腊人确切地知道，这是睿智的另一种方式。"

"我还不明白。"我说完准备去沐浴。

"希瓦，女人需要个神。这就是为什么，在希腊，英雄变成神后才是真正的英雄。英雄主义不仅仅是身体的，也是思想的。它应该是智力的一跃，思想上的一跃——"

---

① 阿弗洛狄忒（Aphrodite），希腊神话中的爱和美丽女神，因其诞生于海洋，有时也被奉为航海庇护神。

② 阿多尼斯（Adonis），希腊神话人物，相貌美丽，令阿弗洛狄忒倾心不已。

"跳到哪里?"

"我猜你会说,跳到内部,跳入成为你自己。"

"在那——"

"女人等着你。"

米雷耶变得悲伤,她的玩笑停止了。当我关上门去沐浴时,她伸直身子坐在窗边开始阅读,但她一定没看多少,我出来时她已经平静地睡着了。看着她的胸部,我想起设拉子杯,金杯。在清真寺的阴影下,在出售的西瓜边,一只驮着商品的驴子站在旁边,晃动尾巴驱赶苍蝇。巴黎现在多吵啊!有些事情结束了,有些事情开始了,是吗?

3

苏珊娜的秘密虽然是原始的(可以说,同宇宙紧密联系在一起,她的每个动作似乎都暗示着某种明确的、深奥的内在精准性),但是对少数像我这样深刻了解她的人来说,她的秘密不像她所认为的那样无法解释。事实上,苏珊娜过于真诚,不懂妥协。随着人们开始了解她,如果能这样说的话,随着她开始了解自己,她的秘密变得越来越不言自明。实际上,这是那天晚上米雷耶和我所谈论的。我和米雷耶相互依偎地躺着时(乌玛送孩子上床睡觉后,很愉快地睡在了天文台街,这使米雷耶的隐秘借口更容易),她温暖圆润的身体那么真实、确定,她才华横溢,智慧闪烁,就像她的牙齿,她的笑洁白如波浪。因为她的这种自信,人们甚至可以骑在它的双翼上。她的手和头完全处于控制之下,这样,我们在美妙的纵情之后,可以有非常轻松、自由的时刻,怀着一种无忧无虑的慷慨大度爱着整个世界。

米雷耶认识苏珊娜有六七年了，确切地说，从苏珊娜加入喜剧院开始，到她不久后因"疾病"去山区，再到她完美而神奇地康复。（再一次因为她的"宇宙力"的知识，还因为她确信自己命中注定，如她所称的'命运'或"我们的命运"）自由而年轻的米雷耶把苏珊娜当成姐姐、导师和朋友，向她咨询各种事情。在婚姻或时尚方面，两个人都有很好的品位，尽管苏珊娜的品位是学来的，而米雷耶是天生的，因此每个理由都更加可信。米雷耶毫无神秘感，而苏珊娜有些沉默，这使苏珊娜对男人更有吸引力，当然也让米雷耶很妒忌。苏珊娜有种生物学意义上的纯洁性，或许因为她和母亲住得很近，要么是因为深奥的智慧需要和"私人生活"紧密连接。苏珊娜的贞洁保持到二十三四岁，在六十年代初，这算是很了不起的事情。当时，圣日耳曼德佩已经影响了法国社会的各个阶层。然而苏珊娜并不是固守礼仪的人，她知道自己要什么，因此她很少说到她的第二个男人，如果有的话——克洛门科医生，南斯拉夫人，事实上是克罗地亚人，但父亲是塞尔维亚人。如果扬卡没有涉足政治，那么她和他的婚姻就是百分百成功。他是克罗地亚共产党持不同政见者，因为他是个分裂主义者，不会也不能怀着被关押的恐惧回到铁托[①]王国。他曾经是个游击队员，一直仰慕铁托，现在还这样，但他认为党已经被大人物控制，于是他就在巴黎定居——巴黎是所有难民的家——并富裕起来（他曾在巴黎学医），也很自由。就这样，他遇到了让-皮埃尔。扬卡说，尽管让-皮埃尔同样是左翼，但他是斯大林主义者或斯大林分子，扬卡自己倾向于托洛茨基主义。扬卡正派而真诚，但有一天他从剧本里消失再没消息了。非常了解他的米雷

---

① 铁托（Josip Broz Tito，1892—1980），南斯拉夫政治家，曾任南斯拉夫社会主义联邦共和国总统。

耶那天晚上对我说，或许他还活在某个南斯拉夫的监狱里。他发觉苏珊娜的美德让人窒息，大概逃到美国去了，留下她和她的罗伯特在一起。有人说，在迈阿密、佛罗尼达附近见过他和反卡斯特罗的持不同政见者在一起。如果他活着，或许想加入切·格瓦拉。谁说玻利维亚人真得找到了切·格瓦拉？也许这是他们对人类的恶作剧。在如此深奥的政治问题上，没有谁有把握。

随着扬卡失踪、罗伯特去世，苏珊娜的宇宙责任变得更强了。她觉得自己周围的活动都有种不切实际的目的，尽管她从未在这些事情中担任过一个主要角色。每一件事都不切实际，都同样重要，不管它涉及戏剧还是戴高乐或阿尔及利亚，当然还有印度！她只是个助手（这也是她觉得自己对于扬卡的作用），因为失落，她才和米歇尔在一起，她这样或许比躺在一个印度数学家身边要目标明确些。这个印度数学家的脑子在云端，他交往广泛，但主要是王公和科学家，他的心思就是破坏苏珊娜的直觉。我确信苏珊娜很忠诚，米雷耶认同我的观点，苏珊娜从未允许任何人碰她，更别说一个犹太人，因为她不喜欢自己的犹太血统部分。然而，她喜欢英雄主义，某种程度上英雄主义是相似的，在德国人占领期间她已知道了神圣。因而，当米歇尔引领她回到葛吉夫小组，它满足了她很多迫切需求。此外，我相信，事实上是葛吉夫的斯拉夫出身使他的教义更具安慰性和亲近感。罗伯特仍在空中某个地方等着（第四或第五层天，她不确定），或许某天会因为占星通畅，他从而有可能向前和罗伯特合并。但我现在相信，作为对米歇尔缓慢、从容不迫的教育，它会是"别碰我，别靠近我"理论。（毕竟，米歇尔有他的陈词和他的亨丽埃特[①]，她一定也知道这个）她一定相信，我作为一个婆罗门，可以

---

① 亨丽埃特（Princess Henriette of France, 1727—1752），法国公主，路易十五的女儿。

说是生来洁净。因为格农说过婆罗门是再生人。除了苏珊娜的腰身、脸蛋和华丽可爱的长卷发外，米歇尔必须经历重重磨难后才能看到她身体的全部。米雷耶和苏珊娜都有浓密的头发，那天晚上，我躺在米雷耶浓密的卷发旁，像是位童话王子。对印度人来说只有神才会有这样浓黑茂密的头发。

不仅米雷耶的头发，她的身体也有某种刺激性气味，可能是她吃肉产生的一种酸味。有吃素习惯的苏珊娜闻起来就很不一样，可以说她闻起来像个苹果，米雷耶则像西瓜——苏珊娜的苹果产自诺曼底，米雷耶的西瓜来自非洲沙漠。躺在米雷耶身边有种奢华感，满足于它生动耀眼的丰富阅历。我觉得惊奇和谦卑，这么多的荣耀都属于我，而且那么突然。

"但是，"米雷耶发出银铃般的笑声，她说，"我一直在计划这次冒险，你知道有多久了吗？"

"不知道，"我说，"我认为自己的抽象思维对你这样的优秀女人来说太可怕了。"

"我能坦率地说吗，博士先生，"她以打趣的口吻继续说，"博士先生应该知道，越是非常女性的女人，就越喜欢抽象的男人，尤其是高个子男人。而女人却是像我这样可悲的小矮个，再加上这个男人还是外国人，还有比像你这样纯真的印度人更是外国人的人吗！"她整个身体都压在我身上，她太忘乎所以了。"我认为没有，"她接着说，"你是个男人。因为你身上的婆罗门主义等诸如此类的东西，我想你有些像教士，像他们用希腊语说的，教士。或许是因为害怕，或许是事实，苏珊娜跟我说了一些关于你的可怕的事，比如你总是洗呀洗，每次什么也没做你也要洗，你高兴时要洗，不高兴时也要洗。"她边说边抚弄着我，捏着我的下巴。"我想，天哪，他闻起来一定很像宗教仪式用的檀香，象牙色的身体，哦，哦，做爱时或许还说着梵语。现在我知道了，"她说着把脸靠近我，嘴唇几乎碰到我的嘴。"你比我知道的男人还像男人，我毫不羞愧地说，我认识很多、很多男人。你非常温柔，非常有教养。你知道，在欧洲，他们男人认为——为什么有些女人也这样认为——男人越野蛮，他们称之为体育型的，他就越能得到满足。但或许是因为我的希腊血统，或是我身上具有的神秘普罗旺斯人的部分，我喜欢温柔、文雅、细腻的动作。这样说，性爱仪式应该像希腊东正教弥撒，有着金色主教法冠和摇曳的香烛，还有用古老难懂的语言说的连祷文。拉丁语很接近法语，可希腊语不是，因而希腊连祷文丰富多彩，但梵文的肯定更丰富，你干吗不给我朗诵些呢？"她说着，坚实的胸部正好就在我头顶。我为她背诵起赞美诗：

他用珠串，点缀她丰腴双乳，无暇犹如云天繁星，她双乳浑圆似满月，麝香吐幽。

他将翠镯，戴上她纤纤双臂，温润犹如蜜炼精华，她双臂恰似青荷举，清凉如雪。

他展玉带，戏弄她微启双唇，欢愉犹如吉庆团圆，她娇躯似金质爱床，芬芳四溢。

"听起来很像希腊语。"

"当然，梵语和希腊语是姐妹语言。"

"我总忘了这点，谢谢。但它说的是什么？"她急切而顽皮地问。

"哦，它说的是重重的乳房和叮当的腰佩——"

"唉，我没有腰佩，真遗憾。我们再进入你称之'宇宙进程'中时，或许我能发出叮当声。她说，"对了，你为什么称它为'宇宙进程'？"

"米雷耶，你有足够的智慧去知道男人是个微型宇宙，基督徒非常相信这个，因此他们的大教堂被建成男人的形状。"

"是吗，我不知道。"

"如果你看列奥纳多的画，会发现男人的尺寸有宇宙学的意义——就是说，比例是依照一种宇宙数学得来的。所以，在某种程度上来说，毕达哥拉斯是对的。宇宙由数字组成，数字组成等式。对于你想要的任何现实，等式是可交换的，电子的，磁性的或生理的。来，来，"我说着想坐起身来，"我拿个卷尺量量你——"

"哦，不要。"她几乎喊了起来，我用手遮住她的嘴让声音小点。还不太晚，我的邻居，楼上的摩洛哥人、前面的委内瑞拉人和他科西嘉的妻子一定还没睡。巴黎夜晚暗淡的灯光透过图图夫人的薄窗帘落在我们床上，一点晕黄，但非常温柔。车子，特别是我们这边街道上的车子，发出很小的声音。然而世界还是清醒的，我们得和世界一起醒着才好。

"米雷耶，你看，如果你愿意，你可以量量我的。"

"事实上，我正这样想呢。你四肢细长——长胳膊、长腿，像拜占庭绘画里的那样，我想知道这是怎么形成的。我脑海里一闪而过的念头是，大概东方人比我们欧洲人有长一点的身体。"

"我不懂这些。"我继续着对话，抚摸着她的胸部，感受着乳房的弧度和光泽。米雷耶只有三十一岁，尽管有三个孩子，可身材保持得很好，我想按摩和锻炼才能保持这样的身材，她的乳头浸透着一种你在提香①（在卢浮宫）的画里可以发现的感官享受，握着它们让人觉得是在触摸充裕的喷泉——像一些法国纸币上画的，谷物从一些虚构之神的胸衣中流出——我抚摸它们时，米雷耶离我的脸越来越近，像在从下到上丈量我。"哦，哦，"她喊道，"你真高得可怕，我就知道。当然，当一个人把另一个人看作是神造的他或她时——"

"那怎样呢？"

"人们会发现人要高于或矮于自己的想象，衣服总有欺骗性。希瓦，你胸部比较短，四肢较长，毛发旺盛并且生育力强。你前额高而宽广，在我这个欧洲人看来，有点不一样。"

"喂，米雷耶，"我说，"我们一起到吉美看看印度雕像的纯正比例。窄腰，即使神也一样。人们除非抬头看，否则都不知道是男神还是女神，瘦瘦的腿和大大的脑袋，就像舞蹈中的湿婆一样。"

"你觉得你们为什么有这么长的腿？"

"从科学角度讲，可能是营养的缘故。以我祖先的观点来说，我相信我们变成了自己想成为的样子。你知道，在印度，我们有个叫耆那教②的哲学派别，耆那教徒们有个理论就认为原人非常非常高。"

"当然，"米雷耶叫道，摆脱了我，兴奋起来，"所有的文明都说失乐园。宇宙首创时，人是完美的，一定很高，非常高。"

"哦！"

"我听一个研究古代传统的人说波利尼西亚人有九米多高。"

"胡说。"我啐了一口，妒忌那个有知识的男人。我充满激情地

---

① 提香（Tiziano Vecellio，1488/1490—1576），意大利文艺复兴时期威尼斯画派代表画家，在英语国家里称为"Titian"。
② 耆那教（Jainism），产生和流程于南亚次大陆的一种宗教。耆那（Jina）原意为胜利者，指战胜情欲的人，创始人为筏驮摩那。公元1世纪时分离为天衣、白衣两派，后又多次分裂，在印度全境曾广泛流传。

吻她，让她不要再说了，她挣脱开来继续说——

"那个论据或许说明了为什么法语中的grand既有'伟大的'意思，也有'高大的'意思。"

"或许吧。然后呢？"

"那么，神要伟大，高大，辉煌。"

"在耆那教教义里，圣人才个子高。在印度，最高的雕像是一座二十一米高的耆那教像，全裸体，一个雕刻精致、优美的葡萄藤缠绕在圣人腿上，高至膝盖，正好停在圣像大而优美的男性器官下面。在伊朗艺术中你也能看到同样大小的雕像。"

"你说得对，"米雷耶说，"或许是拜占庭的邻居伊朗人，展现了拜占庭式长身躯的荣耀。"

"为什么，"我对米雷耶说，"为什么你总是追踪影响的痕迹？今天的科学家已经有足够快的速度知道，在同一天，东京的科学家已经解答出另外一个在阿根廷的科学家解答的、同样难度的问题，并且这样的事情一而再地发生。"

"那很有趣——"

"这解释了我所说的宇宙联系，"我又把她拉到自己身边，想抚摸她的"设拉子杯"，"你知道有个叫设拉子的城市吗？"

"知道，在波斯某个地方，不是吗？伊斯兰神秘主义里的一些重要东西或类似的东西。"

"对，但我感兴趣的是设拉子浅蓝色的清真寺，上帝庇荫下的市场上售卖的杯子，还有安静呆立的驴子，轭具还没解下。设拉子的杯子制造精良，是世界手工艺品中最好的。"我抚摸着米雷耶的乳房继续说，"这些心形的杯子，用来喝设拉子酒。你知道，在波斯文学中，酒是爱的琼浆，神之爱，所以设拉子杯装有神的琼浆。"

"不对，"她反对说，"不对，不对。"她坐在我腿上抚弄着我的阴茎，说："这里，这里是神之泉。"我觉得有点难为情，但不是很害羞。我，一个科学家，她，一个艺术史学家，我们在思想上没有禁止定义对象的禁令——人工产品，如果你喜欢的话——并以它们真实的样子命名它们。真实从不害羞，真实本身就非常简单，它知道没有差异。

"那些精明的现实主义者、佛教徒们会说：精液是涅槃，涅槃是精液。我问你，为什么不是呢？"

"不，不。我们再说回长腿。所以说，耆那教教徒认为大人物应该高大。"

"是的。"

"在人类学上，非洲人和澳大利亚人，甚至美国人，我相信你能发现相同的观点。重要的是，伟人长有长腿。"我突然说，"佛陀，一个完美的人，可以用胳膊摸到膝盖，就是说它们很长。"

"太棒了，大概就是这样。我有种感觉，秘密或许在于厄琉息斯秘仪①。"

"希腊神秘主义和印度关系不远，你的杜梅吉尔②已经决定性地证明过这个，希腊的神和印度的神没什么不同。瓦鲁纳或阿波罗、谷神星或帕尔瓦蒂的作用是类似的。你知道迪奥西尼是另一个湿婆，他去希腊学的不仅是不停地跳舞，还有喝酒。"

"印度神不喝酒？"

---

① 厄琉息斯秘仪（Eleusinian Mysteries），古希腊时期位于厄琉息斯的一个秘密教派的年度入会仪式，这个教派崇拜得墨忒耳和珀耳塞福涅。厄琉息斯秘仪被认为是在古代所有的秘密崇拜中最为重要的。这些崇拜和仪式处于严格的保密之中，而全体信徒都参加的入会仪式则是一个信众与神直接沟通的重要渠道，以获得神力的佑护及来世的回报。

② 杜梅吉尔（Georges Dumezil, 1898—1986），法国文献学家，比较神话学家。

"好的神不喝。"我跟米雷耶说,"苏摩①怎么样?我认为希腊文学和它所有的文学加起来,都没有哪里会有像印度的苏摩赞歌这样的醉酒赞美诗。米雷耶,我所敬慕的我的祖国的智慧是:它从不把人和非人类、个人和非个人分开。如果男人和女人联合,通过破坏他们的二元性,就能达到绝对自我。整个世界——宇宙——什么也不是,只是不二之二的有趣戏剧。那么,如果你喜欢的话,'宇宙进程',"我迅速把她搂进怀里亲吻她,接着说,"甚至在基督徒的传统里,你也能找到这个。《多马福音》里记载:

基督对门徒说:'如果你们把二变成一,把内在的变成好像外在的一样,外在的变成好像内在的一样,上面的变成好像下面的一样;如果你们把男人与女人看为一样……到那时候,你们将进去(天国)。'

"如你所知,人们认为使徒多马去了印度。直至今日,你在马德拉斯还能看到圣多马的基督教堂,是基督徒的朝圣地。米雷耶,世界是一,不是二,我们为了娱乐而分开它,让我们娱乐吧。"我说着又把她拉回怀里。突然间,她变得十分严肃,走进浴室。她可能是用冷水洗净了自己,出来时几乎浑身冰凉。她躺在我身边和我说话,不是用法语,大概是希腊语,她自言自语地说着什么,像是在祈祷。她温柔地、非常尊敬地抚摸着我的四肢、关节,她所说的我听不懂的语言把我带入一种冥想状态。我四肢放松,她缓慢而虔诚地向上,从膝盖、大腿,顺着我的腰部,亲吻我胸膛中央,然后是我的鼻子和前额,她的嘴唇移动着,像在祈祷,像在低语,手臂几乎像通了电,具有逐渐增长的力量。直到她亲吻至我的嘴唇时,她在那里用

---

① 苏摩(soma),古代印度圣典中经常提到的一种植物以及从这种植物中榨出的汁液。汁液经过滤和发酵后作为饮料可能有兴奋、陶醉或致幻作用,故在祭祀中用以敬神。

手划了个十字，接着又向我头顶亲去。设拉子杯正好在我嘴唇上方，她没动，我也没动。最后，像被人控制了一般，她把头滑到我的腹部，像吹口哨一样吹着我的肚脐。她根本不像她，而像一个来自遥远地方和遥远年代的人。她分开我的腿，对着我跪着，两手放在头上，头紧贴着膝盖，胸部丰满裸露，闪耀着光泽。她坦率而虔诚地亲吻着我的阴茎，直到我闭上眼睛，除了她奇怪的低语外，什么声音都听不到。她躺在我旁边，温柔地将我拉到她身上，嘴里仍继续念着奇怪的咒语。她唤醒我四肢的活力，轻抚我，引导我进入一个埃及墓穴：埃及比希腊更古老。

永恒是阴柔的、丰富的，尼罗河连着天上人间。人的献祭，神的宣告——没有出生，因为没有死亡，人类从来没有死亡。金字塔是有着宇宙比例的几何体，给公众以启蒙和教育，看着这石质的六边形纪念碑，人们让自己被吸引到中心，成为在太空中旋转世界的力量，超越死亡。除了中心、圆周外，将绝不会有任何东西。中心直接进入地球，尼罗河连接一切。人类和动物都不动了，所有一切都在自己的位置上，没有运动。死亡的静谧是像月亮一样闪耀的光，因为当太阳像太阳一样死去时，月亮也会死去。圆看似宇宙，但事实上它是被光学幻象弄弯的直线。斯芬克斯是个悖论，她嘲笑自己的游戏。"直线是破损的圆，抑或圆是一系列断裂的直线，告诉我，作为生物的人类。告诉我，你将使我永生。"

没有运动，因为运动本身像没有运动，像永不移动的箭。人是一切。那么现在人去哪呢？

4

我和米雷耶一定躺了很久、很久，我延长在她体内的时间。她承载着我，像渗透在雨中的土地，自己数着从细沟、滴水嘴或竹子屋檐上滴下的水滴，诉说着，呼唤着。《奥义书》说到被压碎的苏摩、杯子和女人。另一边是未出生的，不存在的。男人通过失去男子气概而变得完整，他短暂的阉割是另一个诞生的起因。种子被播种，成熟时被收割，接着被做成面包，然后又变成种子，从将要播种土地的人那里出来，那土地在高高的爱琴海上的山上。我从远处看见岛屿和灯塔，人们夜晚飞越希腊上空时从飞机上看到它们，漆黑的海水、零星几束灯光和柔软山峦的阴影，大海起伏不定，随后又杂乱地忙着自己的事情不管其他。米雷耶和我，我们游戏着，在这片天、海里游戏，直到我靠在她的肩膀上，不是疲劳，而是出于感激。米雷耶慷慨的乳房支撑着我，像伯罗奔尼撒顶峰聚集着白色的云。黎明很快就要到来，船将慢慢离开港口，渔夫将要出海，长途旅行就要开始。警惕的灯塔在那里提醒睡着的或醒着的人们，在这个世界上，要轻柔地移动。

外面，巴黎的交通似乎已经停止，我们下面的地铁早就停运了。现在，米雷耶静静地从我身下起来，轻柔地把我的头和手放在旁边，我像大鱼一样平躺在沙滩上被海水冲刷时，她进去了。我几乎听到了波浪声，但那可能是浴室水管里的声音。米雷耶肯定在洗漱，她出来时，完全赤裸，她似乎走在某种史前的仪式中，她的满足是男人性能力的秘密。

充盈啊，满足啊，因充盈而满足。充盈离去，唯留满足。

她慢慢走到一个角落，我的头转向她，看她一件件拿起衣服，穿回身上，她从容地穿着。然后，她整理自己的书，把它们放在门边。她走向我，跪在我面前说："再见，男人。"

"什么？"我问，像在说着另一种语言。

"当然,我从未对你、对任何人说过那个希腊女人,一个明智的人,可以说,一个现代狄奥提玛,她给了我一个咒语和一段祷文,我已经全忘了。今天晚上,在餐馆吃印度支那鱼时,我又想了起来。我的狄奥提玛说过,有一天他会来,他一定会来,我的女儿。但有一件:咒语只能说一次,重复一次,这样你将拥有你的王国。'什么王国?'我问。因为我们是为所有王国战斗的同志。'你所属于的王国,'她说,'它到来时你会明白的。''但是,那里有神吗?我不想要神。''没有,女儿,'她温柔地提醒我,'是光。一旦你认识它,你就会明白,你将永远不会再回到它那里,永远不会。因为,如果你回去了,你会被光致盲,进入一个帕西法厄①的世界。'我一直不懂这个老妇人的话,她下巴上长着胡子,羊在田里吃草,快乐、孤单、古老。'我知道你会来,'她说。'但你是谁?'我问。'我是一个被像我一样懂你的人所知晓的人。这还不够吗?蛇会给牛挤奶,狗吃月亮,但真理不会死。你会明白的。'那么它是男人,我的男人。"米雷耶喊道,她接着说:"现在请站起来,我必须带你离开。忘记我是谁。忘记你是谁。咒语已经起作用,它赢了。你永远不会再看到今晚这样的我。就这样,就这样。"

"它不能这样,米雷耶。为什么?"

"因为,就是这样。直到今晚我突然想起那个连祷文并说了它时,我一直都不相信伊斯特拉②的老妇人。是的,她是对的。神玩着奇怪的游戏。在这我向你下跪,野蛮人。"她说着又笑了起来。"野蛮人,还是神。你是我的男人,我的先生,像他们德语说的那样。"她跪着,划着十字,又轻柔地站起身,拿起她的书,之后我听到楼

---

① 帕西法厄(Pasiphae),希腊神话中米诺斯国王之妻。
② 伊斯特拉(Istra),这里指今天克罗地亚的伊斯特拉半岛。

梯上她轻轻的脚步声。她这样轻轻地走，不会惊醒任何人。她低着头离开时，很害羞，似乎看着我很痛苦。我看见一个印度女人，谦逊而温柔，内向而纯洁。我想，米雷耶现在变成什么样了？我又回到床上，听到自己说："我是什么样？我是谁？"那个晚上，我前所未有地清醒着。巴黎还在那吗，用装着货物的载货马车去满足这个庞大而贪婪的城市。警车有时呼啸而过，警灯一圈圈地转着。阿尔及利亚人都在巴黎，我住的地方靠近他们的藏匿处。伟人戴高乐一定在床上舒服地睡觉，既不害怕，也没有恶意。米雷耶有一次说过："最终，戴高乐让我们女性变成了女人。"一个奇怪的亲共产主义者的自白。于是，我转向爱丽舍宫，对像甘地一样被称作国父的人献上我的感激。这里有个历史数学家，在它的计划中，大教堂和微积分，戴高乐和音乐，是帕斯卡"神秘六角形"的范例。一天当中的任何时刻，或是晚上，当阿尔及利亚人的炸弹爆炸时，认识到秩序、最高级秩序是有益的。

我听着米雷耶离开后的寂静，想起哪里也没有阿尔及利亚人的爆炸。"顺便问一下，让－皮埃尔，"我自语道，"什么时候我去见见你们阿尔及利亚人领袖？能还是不能？"

那一定是我睡着前最后的想法，它一定出现了，因为我醒来又想着绿洲、婚礼和撒哈拉。从清真寺的台阶上，戴高乐用阿拉伯语布道，谈法国命运，谈人类——对这情景的执念一次次出现，在梦里同你交谈。我在巴黎干什么，告诉我？不管怎样，告诉我，我的将军，我在说什么？你对此知道什么？我的将军，你曾经出生在印度吗？我认识你吗？你是个斯索迪亚①，还是觉杭②，反抗突厥的拉吉

---

① 斯索迪亚（Sisodia），印度拉吉普特的一个氏族。
② 觉杭（Chauhan），中世纪统治印度北方的一个种姓。

普特人？你会不会因为突厥人来了而死呢？但现在突厥人在你门口了。他们来拿走我们的黄金，我们的珍珠，我们的宝石，我们的女人。现在你去撒哈拉获取石油。神啊，一个数学的主宰力量。戴高乐是转内为外的甘地，就是说，尼赫鲁是变外为内的戴高乐。这等式多奇怪啊。我突然意识到那天晚上那些等式是连祷文，它预言了发现。答案一旦被发现，永不会被重复。那么，我失去了米雷耶。但不管怎样，绝不会是同样的米雷耶了。事实上，谁是米雷耶？苏珊娜呢？她的连祷文是什么？"哦，还给我，把罗伯特还给我。"那么，死里逃生的米歇尔会把死去的孩子还给她吗？死去的孩子不会回来，如佛陀告诉斯阿玛[①]的那样。不，没人能回来，那是真理。一个事件、一个宇宙等式怎么能重复自己，宇宙是不可翻转的。除非你相信无序状态：宇宙逐渐衰败后越变越小，将会剩下一个小点，一个像女人脸上吉祥志的点——整个宇宙的吉祥点。膨胀和缩小，宇宙是女人的脸。我说，神圣的宇宙是帕尔瓦蒂的游戏，是湿婆的娱乐。我自语道：那么，生活为什么不去游戏呢。什么也不会失去，什么也不会获得，如牛顿所知道的那样，任何一点都是全部的数学。那么我是谁？不。谁在乎答案是谁，因为一个答案就是全部答案。是原生的，是无名的。先生，怎么得到呢，问题，这是唯一的问题。

5

　　我有个理论，它像很多数学公式一样，也是抽象的。它与生物学家、地理学家说的不同，甚至和历史学家说的也不一样，这个理

[①] 斯阿玛（Siama），佛教传说中，斯阿玛因为儿子去世悲痛不已，请求佛祖让其子复活。佛祖答应救活她的儿子，但要她先到村子里，去找从未有亲人去世的人家要一些芥子来。她就挨家挨户地问，但她找不到从没有亲人去世过的人家。她明白有生就有死，遂不再执着于儿子生死。

论认为——我说，人们创造了他的国家而不是国家创造了人。就是说，法国人、中国人、马耳他人创造了国家，也就是说，印度人创造了印度思想、婆罗多律法。法国人创造他们的法国时，塞纳河和马恩河、罗讷河和吉伦特河不是流自某种地质构造（第三纪的或冰川的），而是出自早期一些法国人的头脑，祖先的祖先的祖先。到第N代，他们凿出了多尔多涅洞穴①，用非常现代的知识描绘它们。比如恒河，我们说它发源于湿婆之首，而从地质学上我们知道，恒河平原又被称为阿拉耶瓦尔塔、婆罗多子孙之国，形成于淤泥和恒河的河道变化；这就是为什么喜马拉雅山还在不断地从深处上升，创造出现在和将来的印度——人创造自己的环境，比如说，纽约人创造了纽约。确实，如那些数论派者所说，有着星系和它最远的环形空间的世界也是人创造的（而不是如一些人所相信的，是为人而造的）。人的业力，制造冲突和骚乱，使宇宙从静止迸发出来，而宁静只不过是处于紧张平衡中的人的业力。这样，当第一个业力产生时，就像你睡觉起床一样，世界有了高山和河流、动物、长颈鹿、熊、猩猩、跳袋鼠、山狮、迈索尔檀香木和阿萨姆茶，甚至还有春天时布林达旺②芥黄色的土地，克里希那来自那里，在亚穆纳河河岸上——喜马拉雅山绿色的女儿，死神阎摩的妹妹——克里希那和牧女一起跳舞，和她们嬉戏。当他吹起笛子与她们游戏时，他也是她们的需要。正如我们需要马图拉的气味和曲线③一样，如此明确。法兰西岛的几何形状是早期法国人的精神想象（比如圣女贞德，童贞

---

① 多尔多涅洞穴（Caves of Dordogne），位于法国多尔多涅省蒙尼克镇的拉斯科洞穴，洞穴中的壁画为旧石器时期所做，洞穴中的壁画为旧石器时期所作，至今有已有1.5万到1.7万年历史，其精美程度有"史前西斯廷"之称。
② 布林达旺（Brindavan），地名，位于印度卡纳塔克邦。
③ 这里指马图拉雕刻的曲线。马图拉雕刻是印度雕刻流派之一，喜爱裸体、崇尚肉感是其传统特色。

玛利亚和沃里克伯爵），他们的发明。圣人和战士，引导塞纳河和马恩河相互纵横交错，他们建的梧桐大道在村庄之间笔直地延伸。每个村庄都有着神秘严格的纽带，它们向上延伸，升至一片高地，到山里为止。那里坐落着一个有很多大厅、楼梯和塔的堡垒式城堡，圣母玛丽和她伟大的儿子就在大门之上，注视着广阔的天穹。在沙特尔大教堂褪色的玻璃窗中，对着东北方的那扇被称为拉维里埃尔的童贞女，蓝色的圣母玛利亚，这颜色是圣路易带到法国的。颜色稍浅一些的蓝色克里希那是拉吉普特画匠带到布林达旺的。是的，柏拉图是对的，所有的思想都有不朽的现实。柏拉图认为不存在的物质只是人的业力，像萨克延所解释的那样。印度的数论派认为，把人类的责任赋予他们自身，他们比柏拉图前进了一步。善良的海森堡认为，当今的物理学正在迈出同样的一步。今天正在迈出的这一步，即，今天的科学从亚里士多德发展到柏拉图，从现象发展到梵。巴门尼德迈出的最终一步，也是柏拉图所思考的，然而人类自身在个体中被给予自己的现实。婆罗门是阿特曼[①]的另一个名字，如乌达罗迦[②]对纳奇柯达斯所说的那样："孩子，你只能知晓自身。"你像野果一样，层层剥落自己，剩下的仍是变成本质的野果。那么，野生苹果只是本质，因而纳奇柯达斯就是个婆罗门。你能去何处呢。于是，除了走向自身，你无处可去。法兰西岛的蓝色，你看它是因为自己喜欢。米雷耶以一百公里的时速开着她的英国凯旋车，和让-皮埃尔的大众车玩着捉迷藏的游戏。大众车里坐着三个孩子，克劳德坐在乌玛腿上，厨娘于絮尔坐在后排读着《法国周报》。年轻的于絮尔是莫尔旺人，她的腰挺得笔直，像那些从村井里取水后顶着水

[①] 阿特曼（Atman），意为自我神性、个人灵魂、自我、不朽的灵魂。
[②] 乌达罗迦（Uddalaka Aruni），印度古代哲学家。

罐的人们一样。她在故乡莫尔旺也这样做，因为那里也缺水，人们必须沿着山谷用马车把水运上去，去浇灌他们可怜的葡萄藤，但他们还是能酿出很好的乡村葡萄酒。这些葡萄酒或许不像邻近的第戎酒那样好，但对于絮尔和她的家庭来说已经足够好了。和她今天读《法国周报》一样，周日时他们也读这份报纸。于絮尔发现，这位裹着块长布的奇怪女士乌玛让人困惑，因为她不说法语。她奇怪怎么会有人不说法语——这是全人类都说的语言。还有这些奇怪的衣服——她在巴黎街上见过像这位女士一样的女人，她想她们一定是非洲野蛮人，但这是位极其和善的女士，男主人和女主人对她非常宽厚，充满敬意，孩子们也很爱她，她是谁？夫人说她是希瓦先生的妹妹，那她一定出身高贵，像于絮尔在电影里看过的那样，乌玛应该是非洲酋长的女儿或是酋长的妹妹。今天，于絮尔很开心地坐在后面读《法国周报》的第四版，时睡时醒。让-皮埃尔先生像赶马车样开着车，于絮尔喜欢车子尖锐刺耳的声音和颠簸。夫人和希瓦先生在前面开得很快，很快，非常快。他们突然在山脚消失，又远远地爬升到高原顶部，高原上有着光溜溜的甜菜地和小麦田。又是下坡路，夫人和她的客人又消失了，直到穿过克里尼翁和索贝罗，你很快转过宝雅庄园，又右转穿过波吉热的高原，再笔直穿过窗户紧闭的主街道和开着紫花的葡萄园，你快速转进一个地方。那里有口老井，还有马厩和没有鸡的鸡舍，李子快要成熟了，小鸟开始啄食它们。当地女仆简妮已在那打扫房间了，于絮尔好奇夫人和希瓦先生要去哪。

事实是，在一片静寂中，我和米雷耶都没有说话，没有，一个字都没有。米雷耶消磨着时间，但我从未见她这么开心过，一路抽着烟，哼着希腊语歌曲。我猜她想起了自己的青春和活力，忘记了昨日种种，它们像路边的房子一样古老（甚至更古老）。那些房子有着彩色的山墙和陡然下降的屋顶，因为时间久了，墙壁灰泥剥落显得形态清晰，让人惊叹于它们的自然样貌。房子似乎是从地面升起来，它们仿佛被造出来，变黑了，也有点倾斜。有个农奴想在这安家，获得自由后买了更多的土地，自己砌墙盖屋，建马厩，垒花园围墙，像他们的伯爵在那边高处建城堡一样。但现在房子显然成了废墟，像座公墓躺在那里，似乎逝者从未死去。这倒是真的，因为十字架和石碑，甚至碑文都是永恒之光写就的。关于法国，有种时间永恒感，这让人想起希腊。我想，这就是为什么米雷耶的脸上有时会出现悲伤的表情。她把手臂搭在车门上，指间夹着香烟，钻石戒指在夏日清晨的太阳下闪闪发亮。她的头发吹成碧姬·芭铎①式，手指偶尔摸摸方向盘（凯旋车的反应快速灵敏，稍有疏忽，你就会消失到沟底，但米雷耶十七岁就开她母亲的车了），她的胳膊和腿很熟悉机械，她能像驾驭一匹马一样驾驭汽车。这马也做出反应，发出亲切的呜呜声，让人们感受到风声和承载着我们的大地，还有米雷耶的发型散发出的强大气息，紧绷有力。我们突然转过布里根维尔、劳顿，沿着马恩河，向索东、穆捷驶去。田野绿意荡漾，大地在刚刚升起的夏日阳光下灿烂辉煌，田野上轻快的调子、耀眼的活力倒映在泛着浪花的蜿蜒溪流里。溪水从右向左流淌，徘徊着、闪耀着，快乐地奔向莫尼耶、萨尔帕，流向克莱龙的峡谷，悄悄地汇入维斯谷，流了一小段后汇入水流缓慢的、宽广的马恩河。河上有佛拉芒②人的船，高大、沉默的船夫喝着咖啡。船上，孩子们在晒衣绳间玩耍，女人则在厨房切着东西。在她前面是石头废墟，先是

---

① 碧姬·芭铎（Brigitte Bardot, 1934— ），法国演员、歌手、模特。
② 佛拉芒（Flamand），是曾包括法国北部和荷兰南部的一部分的比利时北部的一个地区。

被诺曼底人毁坏过，后面亨利四世的人又把它夷为平地。这里的宗教战争十分残酷，有个伯爵秘密宣誓效忠英国军队，落得名声受损、家道败落。或许他的后人们现在要么生活在萨默塞特，要么在波克夏的什么地方照看着羊群。

车沿着马恩河，顺着93号公路而不是117号，朝绍普瓦开。在烧焦的墙壁的黑暗中，法兰西岛的灯光下，看着废墟空地的光亮，这总是给我带来快乐。今天，米雷耶走这条神奇的乡村道路，像是在和自己嬉戏，在和树木、河流、云朵做着游戏。我认为这次冒险在昨天和今日之间留出了必要的空间。她看起来成熟了十多岁，更加沉默，这让她的声音变成一种吉普赛人的歌声。

那天早上，我只是不理解米雷耶，但她心里早有了主意，她肯定在幽暗的夜里策划了大胆的决定，然后周五傍晚打电话跟我说：希瓦，到乡下去怎么样？你正在康复期的恢复中，这对你肯定有益，对孩子们也不错，让-皮埃尔可以去森林里打鹧鸪，你和我可以坐在炉火边轻松一下。你觉得怎么样？这是个好主意，而米雷耶的直觉也是如此。她说："我知道，要是不给公主留下点消息，你是不愿意离开巴黎的。"她低声说，随后又笑着补充道："你可以发份电报告诉她我们的号码，他们随时都可以给我们打电话。你知道号码，是414443719。好吗？"我同意了，我想离开床去感受新鲜坚实的土地，同时也想和乌玛多待一些时间。因为很了解米雷耶，因而我也没有更多期望。过了一会儿，米雷耶打电话说："我也邀请了苏珊娜，但她说母亲觉得不舒服，她必须待在家里。"在我看来，真正的原因远不是这样。我认为，她不仅知道自己所知道的，并且她也知道，她所知道的比自己认为所知道得更多。此外，我觉得，她的葛吉夫小组在周末总是更忙一点。他们称它为小组，可说实话，它应该被称为学校。他们让自己的学生努力盖房子、盖小教堂、表演舞蹈和冥想。那天傍晚苏珊娜自己给我打电话说很遗憾不能去，但我对此表示理解。苏珊娜的触角总是非常肯定，走路时，她对下一个转角的熟悉程度就像那是她建的一样。当然，她已经建了它，她也造了自己的业，还有她的整个世界、米雷耶，尤其是贾娅拉克希米。

苏珊娜似乎对什么事都不吃惊，她的预见好像就在她眼前，看每件事和谐地发生，发生在主体（苏珊娜和她当下的业）与客体（带走了希瓦的米雷耶）之间。她把什么都闷在心里，作为一个正派、理智的年轻女性，她不能做错任何事。她非常清楚，由于天主教的罪恶感和责任，她只能做正确的事——还由于她的世界，火星在第五宫，金星在第七宫，木星在第十宫，三位一体——她了解自己，知道自己的优点和缺点。并且，她知道进退。然而，米雷耶喜欢一下子挥霍完她的财富，然后蜷在破屋边或井壁后自己的角落里，颤抖着，挨着饿，生着气，但绝不接受她自己创造的命运。米雷耶编了一出戏，苏珊娜演着自己的角色。苏珊娜可以追随莫里哀、拉辛或蒙泰朗先生，她工作内容不是口音、就是动作（例如，在《安德罗玛克》的第三场第四幕中手指放在嘴唇上），她一遍遍地研究这些。米雷耶像那些波兰实验演员，他们一旦登上舞台，就创造自己的台词，重新演绎它们，同样的角色每次演出都不一样。我像在一个大剧场里的孤单看客，一个人站在嗡嗡响的夏日风扇下，专注地看这场希腊或波兰的戏剧演出——但作为一个现代旋转剧场，这里可能同时上演很多场戏。我应该像梵天一样至少有四个头，但我只有一颗完全迷失的脑袋。乌玛甚至更简单，她相信看见的不是戏剧，而是现实。

最后，我们驱车沿着花园小路到达蒙维勒。这个古板的四边形乡村房屋，前面有弧形草坪，清澈的溪水流过洼地，孩子们已经跑到秋千边快乐地玩耍去了，于絮尔大概在忙着切肉，我慢慢登上阳台，和乌玛站在那看荒凉、广阔、起伏的绿色世界。越过那些起伏的山丘，你站在山脊附近时，可以从远处看到下面山谷，就在对面，在一座形状优美的山丘上，是圣皮埃尔教堂，那是科利尼翁的阿尔尚博伯爵在第三或第四次十字军东征前修建的。乌玛对十字军东征[①]一无所知，我就跟她解释说，这就像拉吉普特人和突厥人打仗，要么就像是希瓦吉[②]和奥朗则布[③]的军队作战。伊斯兰教曾威胁过欧洲（和基督教），就像它也曾想摧毁印度教一样。十字军东征的法则是"不信仰上帝的都是野蛮人"，于是，摧毁敌人就能直接升入天堂。圣路易[④]像希瓦吉，但可能比希瓦吉更像圣人，然而，圣伯尔纳铎[⑤]却不像希瓦吉的导师拉摩达斯那样伟大。既然人以相似的方式思考，那么历史就根据人类法则起作用。业带来了伊斯兰教的胜利，也造就了当代西方的辉煌。你于是自问：甘地和丘吉尔，谁更重要？不是说他们在历史上的影响，而是就无限而言，答案十分简单。即使在小水坑里洗澡的（因为前一天下了雨）蒙维勒的麻雀，都能告诉你答案。像圣佛朗西斯一样，麻雀会歌唱甘地，可它们会赞颂丘吉尔吗？但荣耀属于丘吉尔。谁说过，法兰西是文明，我经常说印度

---

① 十字军东征（1096—1291），是一系列在罗马天主教教宗的准许下进行的、著名的宗教性军事行动，由西欧的封建领主和骑士，对地中海东岸的国家，以收复阿拉伯入侵占领的土地名义发动的战争，前后共计有八次，持续近200年。

② 希瓦吉（Shivaji Bhonsle，1627或1630—1680），又被称为查特拉帕迪·希瓦吉玛哈拉阁（Chhatrapati Shivaji Maharaj），印度马拉地王国的创建者，是著名军事家，曾带领印度教徒反抗外来侵略和统治。

③ 奥朗则布（Abul Muzaffar Muhi-Din Muhammad Aurangzeb，1618—1707），莫卧儿帝国皇帝。

④ 圣路易（St. Louis），法国卡佩王朝第九任国王路易九世（1214—1270年），被尊为"圣路易"，曾发起第七、第八次十字军东征。

⑤ 圣伯尔纳铎（Bernard of Clairvaux，1091—1153），法国修道院院长，神秘主义者，促使国王路易七世发起第二次十字军东征。

是文化。那么,温斯顿·丘吉尔,文明和文化的联系是什么?文化造就文明,就像人创造世界。丘吉尔只要前进一步,希特勒就会被打败。(在蒙维勒附近,你仍能看到希特勒战争的痕迹,例如废弃的坦克、生锈的枪支零件,还有无用的货车轮胎)如果温斯顿·丘吉尔理解甘地的思想,欧洲就会知道印度是同一世界的一部分,印欧语言谱系让我们用同一种方式思考。因此,如果米歇尔想知道的话,他会懂的。就像我多次对米歇尔说的,中国人和希伯来人有着他们的人类中心说,他们就走到了一起,印度人和欧洲人(包括丘吉尔先生)则相信非人类学说。我们再一次玩起了亚里士多德或柏拉图的游戏,刚刚我们坐在疾驰的车里、按着喇叭开过的道路,中世纪的学者们一定也走过——数着念珠,头戴斗篷,他们在思考——先有思想还是先有物质?圣托马斯承认先有物质,给了欧洲基于一个个三段论的稳固结构。在商羯罗和耆那教形而上学者之后,甘地让世界成为我们所创造的幻觉。那么,你想要上帝、温斯顿·丘吉尔,还是浸血的土地、污垢和性欲?欧洲在征服世界中失去了自己(像亚历山大之后的希腊),印度失去世界却找到了自己,从而可能让世界成为甘地主义的。像我对自己重复说的,这是零和无限之间的博弈。你向前征服你所创造的世界,一个同义反复的陈述。另一方面,你进入自身并把世界看成是你自身。历史战胜自己,印度警句说:唯有真理得胜。

米雷耶和于絮尔在厨房里忙碌着,乌玛跑去和孩子们玩,我慢慢地爬上陈旧的弧形楼梯来到自己的屋里(我总被安排到同一个房间,就在正门上方,绿色百叶窗下爬满了常春藤),我伸开四肢躺在有卫生球气味的鸭绒被上,想甜美地睡上一觉。我觉得已经完成了自己的工作,现在我有权休息。

睡眠总是引起我的兴趣，有一天我也要处理这个形而上的问题。就在我快要睡着时，我自言自语，谁知道人类的自然习惯可能不包括真理的秘密，如《奥义书》的圣人说的那样。零和睡眠一定相互等同，我对自己说，像动词生存和清零。如果动词生存只存在于印欧语言中，像语言学家告诉我们的那样，（甚至米歇尔也这样告诉我）那么睡眠、甜蜜的睡眠，什么是你的玄学，告诉我，请告诉我？听到答案前我已经睡着了。我睡着时，词语"我的睡眠"显得多么荒诞啊！

6

我对孩子的理解跟我知道的哥德巴赫猜想一样多，它是说每一个数字是两个素数的和——这是个既有趣又让人着迷的难题。这也就是为什么我认为婆什迦罗写《莉拉沃蒂》是为了哄自己守寡的女儿开心，还有那个不可求解的数学方程，即一加一等于一，再多逻辑也无法证明。事实上，我个人认为是湿婆发明了数学。湿婆做的很多事情都是为了取悦帕尔瓦蒂，可数学不是。一天他们坐着下棋，帕尔瓦蒂很快就要获胜，湿婆不得已只好赢了她。如果不这样，至尊就会被自己的表述、同伴所击败，如果至尊输了，会发生什么（就像恒河干枯了，宇宙也像南瓜一样处于分裂点上。这样一来，梵天只好自己下凡，想办法让恒河重新流淌。再想象一下，如果人们不再念诵吠陀会怎样。吠陀是最初的声音，是宇宙旋转的核心！）——这样，像婆什迦罗一样，湿婆造出难题，类似于著名的一加一这样的问题，除了帕尔瓦蒂谁都解答不了。人类得救了，因为至尊没有被打败。因此，湿婆把整数、方程的结果告诉迦尼萨，他成为计算之王。迦尼萨也是帕尔瓦蒂的儿子，帕尔瓦蒂认为自己能通过他用女性的计策打败湿婆,可她控制不了自己的儿子。世人谁能懂迦尼萨——障碍之主、智慧之门的守护之王呢?象头神享受甜食祭品,才显现自己的慷慨。他像孩子一样爬上一辆奇怪的车,这辆车是只狡猾的老鼠。结果,他跌倒了,月亮嘲笑他。他又变得像个孩子,生气地抓住一条路过的蛇,用它系住自己的破肚子,又爬上坐骑跑走了。有时候,利用数字和障碍,他变成梵本身,零。于是游戏结束了。

我坐着看克劳德和戴安娜嬉戏,理查德一边爬一边玩着笔。在客厅中央,大孩子乌玛正追着孩子们玩捉迷藏。我坐在草地上银色的大橡树下,看着这些,感叹造物的神奇。独自玩耍的孩子让我们知道神秘的智慧,它是不讲逻辑的,不是逻辑实证主义,这只会走入死胡同。但数学难题像梵文诗歌一样复杂而高贵,如贾耶特利格律或《梨俱吠陀》的安奴湿图朴[①],都是宇宙的秘密形式。孩子、诗歌和诗人还给我们自然智能去解决所有谜题。事实上,看着数学家的照片,不管是牛顿的,还是拉马努金的,我常想,不知道他们看起来是不是像成年的孩子。按我的想法,这解释了我自己在生活方面的一些不足。乌玛坐着庞大的飞机,从海德拉巴飞了七千里来到这个国家,她不了解它的语言、习惯和情感生活。(她总喜欢拿卫生纸来举例,像孩子一样重复地说着这个主题,不去想如此絮叨会多么无聊。乌玛一次次地说,害羞地笑着跑回自己的房间,或藏在门后。乌玛就是一个大孩子)是的,像孩子一样的乌玛比我和米雷耶明智得多。我觉得,尽管让-皮埃尔过着他自己所称的"动物生

[①]《梨俱吠陀》的安奴湿图朴(Anustubh of Vedas)音步,偶尔也有五音步的情况,每个音步通常由八、十一或十二个音节组成,在四音步诗节中,它们分别被称为"阿奴湿图朴"(Anustubh)、"特哩湿图朴"(Trismbh)和"阇迦底"(Jagati),是《梨俱吠陀》最典型的三种诗体形式。

活",还是个医生,甚至是个妇科医生,他有着类似的看待生活的方式。生活是一系列惊奇,一个比一个奇妙。如果你像克劳德那样总是摔倒,你也会大哭一会儿,然后爬起来又追着乌玛跑。克劳德有头红色鬈发,(继承了父亲的)厚嘴唇,某个不知名的祖先又遗传给了她让人称许的高额头。在这些孩子面前,我和米雷耶显得十分堕落。我也加入了让-皮埃尔他们的游戏,他跌跌撞撞地追着乌玛,企图抓住她、捉弄她。他在非洲、希腊和法国都没遇到过乌玛这样的女人,礼仪复杂,想法天真。她把一些稀松平常的事当成严肃的事来说,比如,她说:"哥哥,您知道吗,我衣服刚穿了一半,米雷耶就跑到我屋里,把我所有的东西都摸了一遍,纱丽呀,首饰呀,盒子、发油、梳子和眼线盒……您也知道,我们从不喜欢别人碰我们的东西。"她压根就忘了自己已经不在印度了,拉查玛从不碰她的丝质纱丽,马德哈万·奈尔只有在需要时才会碰她的纱丽——即使像乌玛这样的成年人,她孩子气地说话看起来还是很自然。在二十六岁这个年龄,圣日耳曼德佩的女孩子已经很懂世故,我的意思是说,那里的姑娘至少有一半已经知道男人、男性是怎么回事了。但乌玛还像克劳德一样十分自然地和男人做游戏,这让人诧异。但我无权做评判,即使用高等数学,我也理解不了自己的 C^2。我把苏珊娜变成妻子,却不和她结婚(有些障碍我还没克服),又陷入米雷耶给予的甜蜜惊喜。像我们印度人说的,对它的情形和走向一无所知。它是个数学难题,像很多我遗留未解的问题(比如拉马努金的很多方程式),但或许有一天,我会知道它的真实本性。米雷耶一次都未提过,她像往常一样热诚、愉快、机智、大方,穿梭在十七世纪庄园的宽敞房间里,蒙勒维的某个低级警员修建了这幢房屋。他大概比预期多挣了些钱,这个低级警员必须得到尊重,他确实也得到了。这样，他挣的一些钱就用来修建了这座方方正正的房子。房子宽敞明亮，有巨大的玻璃窗、宽阔的门和简单精致的地板，还有不知起源的烛台——不确定是不是威尼斯的。这座高大的乡村房屋式样陈旧、明亮，没有隐秘，这些对让-皮埃尔和乌玛来说很合适，但似乎不适合米雷耶，她在这看起来像是陌生人。米雷耶从一个房间跑到另一个房间，像是在隐藏她的思想、她的胸部、她丰满光滑的双腿。但她总是撞到我，为自己的心不在焉道歉，向那些像我一样旁观的人道歉。因为我有空闲，或者于絮尔有需求，我们发现米雷耶有点疯狂。乌玛像印度女人遇到陌生又喜欢的人经常做的那样，拉住米雷耶喊她嫂子，要么是出于方便，要么是无动于衷，让-皮埃尔似乎一点都没注意到这些。这时，"嫂子"是个尴尬的称呼，米雷耶似乎明白这些并暗自醉心于这种关系。事实上，乌玛在蒙维勒比在巴黎更觉得自己像是在海德拉巴，这样，她才能喊米雷耶嫂子的。在这里，她缺的就是责骂拉查玛和听泰格吠叫。泰格不停地叫，直到你耳朵听出老茧。她同样也想念水井、茉莉花和地上的牛粪味。（什么？你真用牛粪清洁地板？米雷耶问："在希腊的荷马时代，人们或许也这样做，我不清楚。"）或者站在卖牛奶的苏比阿身边，看着他一瓢瓢地量出三赛尔[①]的牛奶，马德哈万·奈尔拿着铜质圆边容器站在旁边，把手指浸到牛奶里，然后拿出来闻闻看掺水了没有，再看看是不是给足了供家用的三赛尔牛奶。当然，马德哈万·奈尔怀疑每个小贩都使诈，否则他怎么能做厨师呢？不管怎样，于絮尔看起来很天真，可以信赖。乌玛用不连贯的法语告诉于絮尔怎么炒秋葵，傍晚，她又向于絮尔演示如何做咖喱茄子。孩子们一个接一个

[①] 瓢（pao）、赛尔（seer），南亚地区使用的度量单位，一般一瓢等于四分之一赛尔。在印度，一赛尔为1.25公斤。

地在厨房和客厅间跑进跑出地玩，他们生气、害怕、开心，有时哭得房子都要塌了，有时笑得好像是帕尔瓦蒂给孩子们的快乐创造出的特别的笑声。我逐渐意识到纯真像数字，孩子们是纯真的，他们也像数字、阿拉伯符号，但人们也能让它们复杂到难以理解。对我来说，孩子的纯真并不总是那么无邪，他们跌倒、爬起、相互追逐，然后停下来吃东西，困了就随处睡觉，跑到院子里捉弄和村里人聊着闲话的于絮尔……所有这些都表明生活非常有趣，它是宇宙的背景，没有帕尔瓦蒂就没有世界。我像平常一样惊奇于事物之间的联系，所有的方程式不是自身的减少或增加，而是像薛定谔方程一样，我们在最后有一个完整的答案：

$mv_1r=h/2\pi, mv_2r=2h/2\pi, mv_3r=3h/2\pi$

这就是生活该有的样子。我离生活多远啊，因为我的分裂，一部分与另一部分不相等，而整体又大于部分，是部分的两倍或三倍；畏惧和勇气相随，一个引导我走向普通、安定、声名卓著；另一个则让我变得狂野、孤独、难以沟通。禁欲和感官享受以各自的方式引领我，苏珊娜修女般的隐秘和沉默如此迷人，但像葡萄园里的漂亮坟墓。（如果你喜欢格农语录的话，如"假花"和《圣经·诗篇》，等等）米雷耶诗人般的狂妄言行似乎有点不近人情，这样一来她就可以在我面前趾高气扬，似乎生活一直都是这样，也会以这种方式继续，像在埃及的金字塔里——一个看起来像冻住的永恒，另一个像拦起的大坝，两边都有水闸，这样你能用它灌溉你的田地。苏珊娜方形的花园物产丰富，有稻米和甘蔗（如果你喜欢的话还有小麦和甜菜根）在山间微风中轻柔摆动。米雷耶在她的坟墓中醒来，召集随从和音乐家开晚会，等待她的法老，她的王不是别人而是她的兄长，诅咒二世[①]。太阳将落在沙漠里、阿努比斯[②]神庙上，因僧侣的赞歌，白鸟飞走了，最终会被宰杀献祭。现在永恒似乎是努比亚[③]的群山、时间的河流、众神的人类、英雄和国王。它们看起来既快乐又沉闷，河流总是在相同的河道流向大海，神总是站在被石头雕刻成神的地方，背对着尼罗河的群山，太阳和月亮如祭司所预言的那样永远一轮轮转动。生活没有自由，还是自由总是绝对的偶然、孤独，是没有答案的基础方程式？米雷耶和苏珊娜之间没有选择，像两头心胸狭窄的牛（当干活的公牛特别老，或母牛很小时，印度农民会给牛戴上眼罩）围着同一油坊转呀转——没人在乎是母牛、公牛还是骆驼——我是支点，看着这永久的研磨过程？我妒忌乌玛的快乐存在——自从到了巴黎，她从未有过医生所称的歇斯底里病的一点症状，让-皮埃尔确信那是心理的不是生理的。他说："你妹妹需要的不是像德尔福斯或我这样的妇科医生，"他被自己的这个笑话给逗笑了，"她或许需要一个弗洛伊德式的精神病医生，我认识一个很好的医生。吃惊吧，它似乎不是你以为的那样。"让-皮埃尔接着说，"医生是经过耶稣会会士训练的邦萨尔医生，阿尔萨斯人，他明白法国人的清晰和德国人的深沉。他是一个很好的人，如果我们没看成德尔福斯医生的话，可以试试邦萨尔。"

"让-皮埃尔，我觉得你理解错了。设想下，你用心理分析——"

"我已经分析了。"让-皮埃尔反驳说，现在他和我一样也在橡树下。

"那么，他们发现你无意识里那轮廓清晰的非洲图腾

[①] 此处原文为Anatheme II，应为作者戏谑之语。
[②] 阿努比斯（Anubis），古埃及神话中的死神，一位与木乃伊制作和死后生活有关的兽首之神，以胡狼头、人身的形象出现在法老墓葬壁画中。
[③] 努比亚（Nubia），是指位于埃及南部与苏丹北部沿着尼罗河沿岸的地区，今日位于阿斯旺与凯里迈之间。

了吗？——"

"不是图腾，是神，"他纠正我，"实际上，这是有趣的非洲图腾混合物，像你说的，基督教圣人和希腊德墨忒耳①和盖亚②，我的朋友普特曼医生对此毫无办法，我们只是坐在那发笑。"

"让-皮埃尔，你去他那儿干吗？"

"因为米雷耶说我从来都长不大，所以我想身体里一定有什么结——"

"你适合玩耍，生活随性。"

"对此，你为什么不给米雷耶一些建议呢？"

"你认为她会听我的？"

"听。"让-皮埃尔说，爆发出响亮的笑声，整个山谷都回荡着他的声音。"听，听。"他重复着，和自己的回声玩了起来。孩子们听到后都走来站在走廊下，躲在停着的车后面，想看看这奇怪的声音是什么。克劳德看着父亲，可能有点被吓到了——她是奇怪的、通灵的孩子，出生在时间之前，看起来总像是迷走在另一个世界里。克劳德，乌玛最喜欢的孩子——跑向她父亲，绊倒在他腿上，紧紧抱住他的大腿。"亲爱的，亲爱的。"让-皮埃尔拍着孩子让她坐在自己的腿上，想把她的头发抚顺。这又是让-皮埃尔与米雷耶两个人不同的地方，一个自然、快乐、不合逻辑，另一个复杂、自主，对自己要求高。米雷耶以勇气制造浩劫，又以智力玩着魔法，而让-皮埃尔，他的懒惰变成粗心，粗心变成谎言、神话和爱。他比米雷耶多了些人情味，少了些野心，他以开心的、冠冕堂皇的虚假事实装饰自己的希腊-非洲神。米雷耶的佛朗哥-希腊式的性格是纯粹

---

① 德墨忒耳（Demeter），古希腊神话中的农业、谷物和丰收女神。
② 盖亚（Gaia），古希腊神话中的大地女神。

的，从不满足于自己，非常害怕失败，从未尝试过简单的事情，所以她喜欢拜占庭式的四肢和他们历史、哲学的意义。让－皮埃尔变成花花公子，他非常享受这个，而米雷耶变得高贵、大方、练达，她用自己的智慧像摆弄棋子一样处理男人和其他事情。她赢了的话，就变得沉默，结束那天的游戏。

7

晚餐准备好了。鸟儿还忙着捕食，人们看见麻雀衔来食物——或许是从开阔的草地捉来的虫子——啾啾叫着让雏鸟来吃。四周，山谷延伸至天际，傍晚的宁静渗入大地深处。世界也在沉思，寂静滋养着这个星球：她的草地、鸟巢、浮云、闪烁的星星、巨大的银河系和它之外的黑洞。傍晚来临时，人们会变得更像自己。这或许可以解释像让－皮埃尔那样的人，在傍晚降临曾经开阔的大地时，必须喝点威士忌或其他什么酒来让白天延续。拉贾·阿肖克常跟我说，人们比自己认为的要高大得多，但可能比你邻居以为的你要渺小一些。像乌玛和于絮尔，她们在傍晚似乎变聪明了些。米雷耶和让－皮埃尔觉得不自在，就一改白天的样子，变得愚蠢而孩子气，说些不合理的事情，彼此不友好（特别是让－皮埃尔喝了一些威士忌），他们先是说蠢话，接着又言语刻薄。对此，像其他每件事情一样，米雷耶控制着局面——她不愉快时就表现为讽刺挖苦。让－皮埃尔不愉快的话，就显得小男孩一样心不在焉。那时我会觉得别扭，不知道该说什么，就不停地看月亮或听蟋蟀欢快鸣叫。

寂静和清新的空气使我恢复了活力，尽管还要拿着拐杖，我现在走路不那么气喘吁吁了。乌玛和于絮尔把孩子们哄睡后，我们一起去散步。让－皮埃尔吃了东西后消停多了，因为有美食（乌玛也做了一些，由于我们的缘故，他们都吃素食）和博若莱葡萄酒，米雷耶也活跃了起来。她在麦地间、李子园边走着，柔声哼着歌跟在我后面。让-皮埃尔领着我们穿过乡村迷宫，停下来和一个农民说话。这个农民在抵抗运动中失去了两个儿子，还有一个儿子在黑市挣钱，但在"占领"期间资助过穷人和需要救助的人。我们在路上还遇到了神甫，他精力充沛，坐在驴车上，闻着鼻烟，眼镜上系了根绳子。他很健谈，说些信徒们之间乏味的事儿——谁患有什么病或谁从谁那逃跑了等。当地邮差从相反的方向过来，他是个共产主义者，他笑着拍着神甫的后背，夸他做的工作出色。这里也有阿尔及利亚人，他们成群地走在路上，说着陌生的、用声门发音的语言，他们的沉默某种程度上也让人不安。让-皮埃尔想起他说过的带我认识他的朋友、阿尔及利亚领袖的话来，咒骂自己粗心健忘。

"什么时候你自己想见他了，就不会忘了吧？"米雷耶很不友好地打趣道，"你决定做一件事之后，为什么不能像个男人一样，第二天就去做呢。"

"我发誓，以父亲的名义发誓，我会给阿卜杜打电话，跟他说我们要去看他，下周末？"

"让-皮埃尔，要我提醒你吗？"我问。

"不，我向你发誓下周日去。"

"你确定吗，很肯定要去？"

"是的，我确定。记住，你还要在床上再躺一周，这是医生的命令，贝特洛医生的命令。"

"我投降。"我笑道。

"哦，"米雷耶拍着手喊道，"谁向谁投降？"

"我向让-皮埃尔……"

"他要翻天了。"她轻蔑地说。

"不,如果你愿意的话,"让-皮埃尔生气地说,"你打电话给夏洛特夫人,她会安排所有的电话事务。"米雷耶不喜欢夏洛特,因为夏洛特粗鲁,有时候她说的笑话有些淫秽。让-皮埃尔解释说,如果他们是有见识的、贵族气的人,或者是写艺术史论文的人、就伊博人qu'a用法写论文的人,他们就不会做秘书了,不是吗?让-皮埃尔对米雷耶说:

"我认识很多医生——"

"我不知道你的做法,伯爵夫人,"他开玩笑地说。

"好吧,够了。我知道有体面秘书的医生。"

"米雷耶,你瞧,我知道自己要什么,这交给我吧。"

"当然,这是你的事情。但至少不要有像这样的秘书、可怜的皮条客。"

让-皮埃尔沉默了,走在前面,想着自己的心思。米雷耶一定很遗憾向我展现了她性格中的这一面。为了让我们大家都听到,她大声说:"你知道,婚姻里充满了这种愉快的争吵,我们谁也不在意我们所说的,可我们还是想说就说什么。"如你所见,米雷耶永远都不简单。我在心里非常感激生活(和数学)让我从粗俗的婚姻生活中摆脱出来。是真的吗?当然不是。如果我找到自己想要的,或发现我不想要的,最后意识到在时间和环境里它不是自由的——除了到维拉斯普尔和运河的短暂拜访,还有孟加拉美妙的傍晚,在那里,蒙维勒多遥远啊。那里没有神甫,没有邮递员,但那里有船夫和不穿制服的警卫,有遥远的恒河和安静的、不停生长的白色而慷慨的喜马拉雅山,还有山那边的中国西藏和内陆。我永远不会想到这个法国花园的那些情形,它优雅得像他们十七世纪的语言。在数学和逻辑方面，笛卡尔似乎已开创了几何领域，伏尔泰已制定了正统和循环论证的途径，那上面荡漾着银铃般快乐的笑声。傍晚弥漫着法国的智慧，随之是夜晚有节制的光亮，让-皮埃尔用靴子、手杖击打可怜的石子。米雷耶扯下一片叶子，撕碎了，让我闻叶子的刺鼻香味……在那个安静的夜晚，动作构成米雷耶的全部——孤独、满足、随时间而来的逻辑和不愿屈服于失序的欲望。母性是尺度，是人们所说的"爱"的冒险。就像莫诺先生一再告诉我们的那样，在宇宙中，偶然和必然永远不会相遇，真的吗？

8

我没那么疲惫，但或许是期待和紧张，我借口说累了就回到屋里，试着随便翻阅带来的梵文书。乌玛来看我，她坐在我的床边看起来很开心。我忘了自己所有细微的顾虑，抚弄着她美丽的手指。每件事都让她高兴——克劳德、于絮尔的烹饪、她屋里的帘子、米雷耶的善良和让-皮埃尔的风趣，她说自己从未这样开心过。她又说下午给父亲写了一封信，这是我很少做的事，她告诉父亲，德尔福斯医生过一两天就回来——他因为一些重要的手术在纽约耽搁了——由于这样的事情，他一个月要去美国两次——很快她就能看病了，她说自己很爱法国。

"哥哥，这和我们在印度时想的欧洲一点都不一样：法国人呀，英国人啊，总在奢华中打转。他们的女人缺乏道德，男人总是醉酒，这些都不是真的。我喜欢法国，或许法国人会去接触你，摸你的肩膀啊，后背啊，但这些真没有恶意，你不这样想吗？至于我认识的米雷耶、苏珊娜，我见过的两个女人，她们看起来都很好，像我们一样生活、做事。除了米雷耶有时像男人一样抽烟外，我从没见她做过什么坏事，就这些。但她很善良，是个好母亲。哥哥，您知道，苏珊娜像个圣人，"乌玛接着说，"她母亲就像我们的祖母，只是萨维祖母痣上的毛比拉福斯夫人的多点，她们的脾气都很好。这个国家我唯一不喜欢的是除了——你知道是什么？"

"是的，我知道。"我在她又想重复那已经说过上千次的事情之前回答说，"但是，乌玛你必须知道，在这你能用其他东西。"

"那是什么，哥哥？"

"靠近你坐的地方你必须——"乌玛像米雷耶前天所做的那样，把手放在我的嘴上阻止我继续说，"不管怎样，让米雷耶告诉你妇洗盆是什么——"

"那是什么，哥哥？"

"如果你不喜欢问米雷耶的话，就问于絮尔。那样的话，你对它们的批评就会少点。"

"好吧，我会问于絮尔，她对我很好。你知道我开始教她泰米尔语了，她喜欢泰米尔语。我告诉她 arisi 是米。"

"乌玛，你知道，英语里的米 rice、法语 riz 都来自我们泰米尔语 arisi。"

"哦，真的吗？"

"是的，这告诉你，我们和欧洲有多近。事实上你读梵语文章时，能看到很多法语或英语单词和梵语很接近。"

"哥哥，这是怎么回事？我从来不知道。"

"事实上，父亲给我买第一本英语字典时，他教了我这些。字典是《简明牛津字典》，在里面你能把单词溯源到它的拉丁语词根，有时到希腊语词根。即使它没有说明，你也能轻松地看到——尽管有时候他们也不说明——这个词的拉丁语、希腊语与梵语有多接近。"

"哥哥，给我举个例子吧。"乌玛总是认为我的知识很丰富。事实不是这样，但那是她的想法，这让她很以我为傲。

"拿一、二、三来说——法语是un。"

"one和eka，是的，它们看起来相近——"

"duex——二，它也是dvaya。"

"三呢？"她急切地追问，继续抚摸着我的手指。

"Trois。"我说，乌玛很高兴，起身拍着手。

"那么我学法语一定很容易。Un，deux，trois，是这样读的？"

"是的，差不多那样。回巴黎后我给你买本法文语法书。"

"哥哥，语法有什么用，我要跟于絮尔和米雷耶学。"

"干吗不读那本书给我听呢？"

于是，乌玛起身拿把椅子放到我床边，她坐在椅子上，我把放在旁边桌子上的乔荼波陀①递给她。我想，如果我在欧洲找不到问题的答案，也许在印度能找到。我的问题非常简单：如果世界是上帝创造的，那为什么有那么多苦难——一个人与另一个人之间思想和行动上的不精确，确切地说是在男人和女人之间——麻烦，法国人会说——佛陀也问过同样的问题吗？如果这个问题没有答案，那么所有的一切都是偶然，就像阿尔弗雷多所认为的：即使是数学家，他的努力又有什么用呢？阿尔弗雷多的答案很简单："我的朋友，既然你已经做了些事情，为什么不做这个呢？像某些共产主义者所主张的，既然世界是无意义的，那为什么不能至少为一件事业而死呢？"确实是聪明的回答，但绝对不令人满意——它从未触及有悲伤存在这个本质——悲伤的悲伤。乌玛一首接一首地读着诗（我们读第三章），我意识到问题的关键：有这样一个问题，它的答案

---

① 乔荼波陀（Gaudapada），生卒年、事迹不详，印度古代哲学家。

存在于问题中而不是在问题之外。如果提问者自己问自己，并问是谁问了问题，这像让-皮埃尔穿过峡谷的回声，那里一定有很多声音发出，不止一个。这样你不得不经历从回声到自然之声，从而消除回声。我重复道，你通过理解零，解决了无限的问题，零和无限不能同时为真。罗伯斯庇尔和丹东不能同时执政。他们中的一个必须要杀死——解决——另一个。对我来说，革命是第一个问题的误解——为什么有问题？那么：谁提的问题？因为有一个问题，所以就有一个提问者。没有问题时，他是什么或是谁？真的是谁。商羯罗对此有详细的回答。但这些无法让我信服，或许我还不懂它们。至于父亲，他和罗摩纳·马哈什①谈话时也问了同样的问题，罗摩纳·马哈什怀着无限的同情给了父亲一个让他满意的答案。我想，下次遇到父亲，我该问问他罗摩纳·马哈什的答案。父亲也许会就此给我启发，像乌达罗迦·阿鲁尼②启发纳无觉③一样。

唵，这是施伟多凯徒④，父亲对他说：过宗教学徒的生活。是的，我亲爱的，在我们的家庭没有人不知晓吠陀，没有人生来是婆罗门。

想起父亲总让我内心非常温暖。父亲成为鳏夫超过二十五年了，第一次是在他二十一岁时——但她"从未回家"，姑姑跟我说——如果我记得没错的话，她，我的继母，死于天花，人们从不说起她，仿佛说起她就是不祥。父亲在三十四岁又一次丧妻，父亲觉得自己不再需要女人了，但安排我的姑姑、他的姐姐希达管理家务。他傍

---

① 罗摩纳·马哈什（Ramana Maharishi，1879—1950），印度哲学家和瑜伽师。
② 乌达罗迦·阿鲁尼（Uddalaka Aruni，公元前640—公元前610），印度唯物主义哲学家，也是世界上最早的唯物主义哲学家之一。
③ 纳无觉（Nachiketas），印度神话里的人物，他由于激怒了父亲而被放逐到死亡国，等了很久才等到死神阎摩出来，阎摩为补偿他，允许他提三个要求。他提的第一个要求是回到父亲处，第二个要求是向阎摩要通往天堂的圣火，第三个要求是讨教克服再死之法。阎摩要求他放弃第三个要求，答应给他长寿和财富。
④ 施伟多凯徒（Svetaketu），又译为白旗，乌达罗迦的儿子。

晚的时间都用来读书了，英文书、泰米尔文书或梵文书。他似乎从未觉得读书累，我也从未见过父亲手里没拿书或面前桌子上没有文件的时候。父亲总是很温柔，他的秘书很喜欢他，尽管父亲也很严格。父亲以自己的方式关心我和乌玛，给我们想要的、他能负担得起的东西，也很少对我或妹妹生气。我觉得他极有教养，是个传统但思想开明的婆罗门。父亲从未像我外祖父那样因生气而红脸，外祖父大喊大叫时，有十六根柱子的房间都在晃动——甚至牛棚里的牛，也因他的愤怒而变得安静起来——唉，他所有的梵文知识没带给他一丁点的平和。幸运的是，我外祖母像我母亲一样很年轻就去世了，这样外祖父只有自己的梵文学校、大庙和寡居的女儿。我另一个姨妈帕塔，她的孩子们是在城里上学的侄子们——阿纳玛拉尼大学[①]是所好学校，工程或医学专业也不错——外祖父所有的时间都在数念珠，咒骂他的孩子们，或盖着披巾睡在大屋里的软床上，身边放着眼镜和书，当然还有他的鼻烟壶。父亲非常优雅，性格正派，脑子清楚。他很温柔，然而他也有严厉起来的时候，他在卡利卡特担任收税员助理时，镇压过叛乱，他一概称他们为国大党分子，对他们从未吝啬过人力或警棍。我想弄明白他是否判过人绞刑，但我从未问过他这个问题。我相信，如果父亲不得不那样的话，他一定出于责任，他是位高尚的国家主义者。然而，父亲是没有答案的人——克里希那穆提，罗摩纳·马哈什，奥罗宾多——他都见过，和这些宗教大师也交谈过，但从未找到答案。他的问题很简单：死亡的本质是什么？为什么我的爱妻——就是我的母亲拉克希米——为什么她会死？她那么温柔明智，还知道一些有关业力的精妙解释。

[①] 阿纳玛拉尼大学（Annamalai University），在印度泰米尔奈都邦的吉登伯勒姆，大学设有科学、工程、农业、艺术和人文等专业。

父亲读了很多约翰·斯图亚特·穆勒①的书，对他来说它们就像是童话。他以为瑜伽能解答这样的迷惑，他曾问过一个到马德拉斯来的著名瑜伽师，人为什么不知道如何阻止死亡呢？

"唔，先生，瑜伽能阻止死亡。"

"那么，"父亲以他一贯的温柔语调说，"让我见见一个至少活了三四千年没死的人。"

"有的，先生，"瑜伽大师回答说，"有这样的人。"

父亲想起我们的圣人、"宗教大师"也不总那么诚实，就断然问道："他在哪里？"

"在喜马拉雅山的玛旁雍错——"

"你见过他？"父亲问。

"没有，先生，我为什么要见他？"

"如果没见过，你怎么知道他存在？"

"即使看不见我也知道很多事情。如果我说英国是欧洲大陆西海岸的一个岛，我是不是要每寸都去检查一下呢？不，先生，那不重要，证明逻辑不同。因果相生，能停止吗？如果可以，那就是适宜的答案。就是这样，不是吗？"

"你的回答是什么，大师？"

"我的答案很简单：原因和结果不停地继续，这个过程没有终点，问题就永远没有答案。答案来自问题之外，而问题之外没有问题，先生，你明白的。如果你一开始有——比如说有五卢比，用某种方法让它变多了，比如雇个人在你的花园里种菜，你有了好的蔬菜，你就卖掉它们挣了七卢比，这样的话，有没有限制不让这点小

---

① 约翰·斯图亚特·穆勒（John Stuart Mill，1806—1873），英国著名哲学家和经济学家，19世纪影响力很大的古典自由主义思想家。

资金发展呢？"

"但是，大师，你加了些东西在上面，你加了化肥、农家肥、种子。"

"不，我的观点是什么都不会停止。如果你发现呼吸机制，比如说吸入、呼出氧气，通过你的呼吸，肺得到它想要的，这就是瑜伽所关心的，如果没有事物消耗，就不会有呼吸停止，如果你愿意的话，生命就会永久，你看，这样生命就不需停止。"说到这，大师笑了，"当然，如果你厌倦了，你只需决定停止呼吸，那么你想走的时候就可以走了。毫无疑问，事实上这不是问题和答案的事。"大师看起来严肃而坚定。父亲想，或许这是真的，但他会去喜马拉雅山见见估计有四五千岁的那些人。为什么不呢？这看起来不可能但还有趣。当任何事情都不完整、不完美、不舒服时，为什么还要费心活上五千年。那时我的问题还未成形，但现在当父亲要来巴黎时，我决定跟他说：死亡或生命与死亡并不有趣，但真理令人关注。父亲对此会说什么呢？

乌玛困了。我能听到楼梯上的声音，让-皮埃尔和米雷耶的卧室在走廊另一头。米雷耶说过，有时楼下有音乐般的寂静，她像孩子一样躺在沙发上，看着山谷，月光洒在上面像一只装着融化了奶油的银碗。我知道米雷耶喜爱安静，但我怎么努力都不能入睡。我的四肢里突然有种冲动，欲望之波上涨，这是和苏珊娜或和拉缇在一起时都没有过的，一些新的东西明显出现了。我等待着，整个夜晚我都在等着优美、圆润、清新的味道出现来打开我的门又关上，但我听到的都是隔壁屋里乌玛的鼾声和孩子们的梦话，或是村庄另一头酒吧里狂野的喊声。回声传来，那声音非常清晰，你能听到、听清每个字。我觉得劳累和不安，慢慢起身，披上睡袍轻轻下楼来到客厅，我想出去到院子里散步。当我摸索到沙发时，在微弱的亮光里，我看到它是空的。于是我静静地打开前门，在明亮的月光下走了一会儿。铺满鹅卵石的院子里，葡萄树在月光下投下清楚的影子，每片叶子都清晰可见，像在易碎而轻柔的梦中。米雷耶一定没有睡觉，因为她突然打开窗户对我喊道："希瓦，别在那附近散步，那里都是夜风。他们说夜风很邪恶，你会感冒的，请回去睡觉吧。"我想米雷耶或许害怕我的C^2回来。我当然很虚弱——最近十天我吃得很少——浑身不舒服，于是我上楼回到床上。我内心的某个地方希望米雷耶会来，即使是出于怜悯。但当你在游击队和伯罗奔尼撒半岛受过训练后，你必须有种钢铁般的意志。

我站起来走到窗边看着蜿蜒的风景，起伏的山谷一会儿是平坦的，一会儿又突然升高。它弯曲的嘴紧闭着（事实上，像乌鸦的嘴，这也是它得名的原因），焦虑，忧思。但是星空下，脸侧向一边，月亮将它的献酒洒在头上——苏摩神和月亮有关（因此星期一称为月亮日，苏摩－印度），如此沉醉（是否利用精神迷狂或打破洞门放白牛出去）——因而，印度、月亮和因陀罗、苏摩王，让思想从障碍中获得自由。夜晚的声音变得越来越沉重。乌玛的鼾声停止了，房间里很安静，我回到床上努力睡觉。因为觉得没那么容易入睡，我去解答自己喜欢的一个数学问题——（通过逻辑运算1+1变成2。在某种程度上，我觉得这是个关键性问题。罗素的逻辑似乎不可靠，皮亚诺[①]的答案已经过时）这一定让我头脑疲惫，直到于絮尔早晨端着托盘站在那里我才醒。她走到窗户边打开窗帘时，我去盥洗室，梳洗清醒后，坐下来享受精美的早餐。我第一次觉得饿，米雷耶拿

[①] 皮亚诺（Giuseppe Peano，1858—1932），意大利数学家。

着茶、书和香烟过来陪我。她在饶有兴趣地读西蒙娜·韦伊[①]，她说，这是个学者和圣人，多出色的人啊！

"你愿意像她那样吗？"我问。

"减去上帝。"她回答道。

"加上什么？"

"加上一个男人。"她迅速打开书，给我读长长的感人段落，特别是关于佛教的。有些时候西蒙娜·韦伊有点甘地主义色彩，但她更是位学者。我认识到这样的真理，女人和男人，使世界成为一个可以居住的高贵之地。米雷耶突然被叫去接电话，我一个人吃完早饭，这的确是我的命运。一，不二。我对自己重复道：一，不二。不是一和二之外，我总结道。但在一之外，因为在任何情况下，一都没有证据，即使在数学中。或许，它是著名的帕斯卡尔之空白。如果有回声传来的话，那是山谷传来的回声。我确信会有答案，但我能确定自己所确信的吗？告诉我，谁能确信？因为证据的证据正好是"我"。伯特兰·罗素，不是这样吗？

那天上午晚些时候，不对，事实上是在下午较早的时候，我们返回巴黎。让-皮埃尔开凯旋车带我，克劳德睡在我腿上。我们刚出发时，米雷耶、乌玛带着孩子们和于絮尔一起坐大众车，克劳德因为叔叔不和她一起走，突然变得很生气，还哭了，她呜咽起来并开始在院子里门前的地垫上打滚。米雷耶说："让-皮埃尔，你带着她，她可能会在车里睡觉。"的确是这样。米雷耶和乌玛似乎很高兴一起回去，孩子们和于絮尔坐车后座，生活似乎就是为某个下午的旅途而创造的。在乡村休息了一个周末、吃了园里的新鲜蔬菜后返回巴黎。青豌豆长得很肥大，于絮尔快乐地摘了些，还有胡萝卜。

[①] 西蒙娜·韦伊（Simone Weil，1909—1943），法国哲学家。

多开心啊,这个莫尔旺姑娘在客厅里插着花——早玫瑰,一些白色的百合花和野万寿菊,还有石楠,任何她能找到的花。哦,是的,这是极为美妙的假期。我仿佛离开巴黎已经十年了,巴黎有着难闻的气味和令人脑震荡的噪音:街道上沙哑的叫喊声,它的报刊味(拐角售货亭的),从圣米歇尔每个餐馆飘出来油炸薯条的味道。阳光明媚的日子里,老人们很高兴很晚才出门,而年轻人还在昏昏欲睡。回到巴黎还是好的,图图夫人坐在门边逗着她的黑猫,猫脖子上挂着铃铛,总是叮当作响,就像是小孩子的喊叫声,看门人听着它觉得幸福。但现在是星期天下午,尽管早上喝的苦艾酒酒劲已经过去,她还没完全摆脱它的影响。她看见我,起身给我邮件,她的腿稍微滑了下,她解释说这是因为年纪的缘故。"五十八岁了,没有不得风湿病的。"她走下台阶把信递给我,接着说:"这封信是位年轻女士拿来的。星期五傍晚——一位美丽的女士,她曾经拜访过先生。当然先生的所有女客都漂亮,"她又加了一句,"都漂亮。"我前天早上离开时,图图夫人忘记把它给我,这样,它和其他邮件一起搁着,共有三四封信。让-皮埃尔把克劳德留在车里,跑上楼把我的行李放好,我待在下面照看熟睡中的活泼的克劳德直到他回来,来往车辆产生的微风吹入车里,拂起克劳德脸边鲜艳夺目的红褐色头发。让-皮埃尔匆匆地喊了句"再见,希瓦。"就飞快地离开了。我坐上电梯很快回到房间,我所有的忧伤都回来了,好像忧伤是公路存在所造成的东西,这忧伤让你几乎想坐下来说:"唉,唉,那是什么?"这样想着人就陷入极深的睡眠中。人们应该知道养老院是唯一的家。

事实上,乡村纯净的空气、阳光、新鲜的美食和孩子们的快乐可能让我神经非常松弛。回来没多久,我一定在窗边的扶手椅上睡着了。包还在面前,雨衣挂在椅背上,信还在我的腿上。傍晚慢慢降临，我没有开灯的欲望，也不想吃饭睡觉。我只想坐在自己所坐的地方，什么也不想。生活是疲惫的空虚。

然而，我坐着时，日子的点滴和片段都回来了。黄昏时，由于一些难以理解的原因，在白天或黑夜里所有的声音和形状似乎呈现出一丝精确的未知，我想着乌玛开心的笑声，她闪亮的肚皮无拘无束地一起一伏——（她穿着紧身上衣）——米雷耶的庄重和友谊。她可以说是个贵族，非常资产阶级化。她的手指和四肢，左耳边的卷发，她沉着的注视，一个个慎重的字眼，所有可察觉的衣服的下摆和折边。她对事物的博学多识，我们每个人的诡计。这个或那个家具、球形把手的特点，百叶窗带子的流苏，暮春天空下广阔的地平线——人们能听到狗在山谷边的吠叫，汽车一辆接一辆地行驶，仿佛有人站在那，数着它们——车辆那么安静。因为是在乡村，大多数的谈话是纯朴而愚蠢的，这总让我沉默，暗想：为什么要浪费生命去纠正这些陈腐的话，诸如："德国在战场上输了战争但却以大众车获胜。"这自然是让-皮埃尔说的；或米雷耶讲述在国家图书馆的愚蠢经历：一个读者要一本中世纪的逻辑书——带皮边、金字的，有着可怕的拉丁化的名字。管理员却给了这老人两大卷书，当然很重，但却是美国出版的新书，关于安第斯山脉爬行动物的性行为。然后是这位老学者的愤怒和管理员的嘲笑，他刚忘记了座位号——他把五十九读成六十九了。这对老人来说不是闹着玩的，花上让人不愉快的一个半小时查找满是灰尘的目录，却拿到这样的垃圾。这是米雷耶很喜欢的一个笑话，但我觉得这一切有点被迫、勉强、愚蠢的意味。对此，乌玛说了父亲的一个故事：从德里到马德拉斯的路上，父亲在纳格普尔跳上一辆开动的火车，认为这是他坐的车，但却是方向完全相反的车——他弄错了站台号。行李和仆人苏曼南下了,而他不得不在寒冷的中央邦等下一趟大象号特快——像每个单纯的人一样,乌玛模仿父亲坐在候车室凳子上颤抖的样子。车站站长知道父亲的身份后,拿来毯子让他舒服些,还给了他食物和茶。让-皮埃尔说:"想一想,如果这些发生在法国会怎样?"米雷耶爱国般地为法国辩护,喊道:"抵抗运动期间你不在法国,你在叙利亚。上帝啊,这里的人们为彼此做了多么美好的事情啊!"让-皮埃尔讥讽道:"那个抵抗运动英雄戴高乐当权了,现在,让他努力去发现这些事情吧。"他说完发现没人搭理他,米雷耶已经去厨房跟于絮尔说如何布置桌子了。这些事情,除了是我和米雷耶的刺痛而隐秘的连线外,没人会注意什么,米雷耶自己也不想知道它的真相。为什么是它,我疑惑,那个女人相貌美丽,为什么会沦落到利用如此简单的谎言、伪装,为什么,告诉我该向什么神乞求真相?我相信,如果问让-皮埃尔,他会回答:"我的朋友,这些女人,她们更近本性,以我的职业,特别是作为妇科医生,我天天看这些——一小时接着一小时地看。澳大利亚的袋鼠或巴黎是非常世故的女人,比如说'塔拉斯孔女伯爵'。"他觉得自己发明的名字很可笑,"好吧,她们不得不从伤害、欲望中隐藏起她们的青春。她们第一本能就是保护年轻人,不管你在游击队中还是在军事总部,说谎是对付敌人最好的方法,你知道,是不是?"他毫不吝啬地说着谎,一半是出于自我保护,另一半是想象的自由游戏!他如何定义自己,一个法国-希腊-塞内加尔人,还是法国人?所以谎言是非常有用的。最终谁在乎我们短暂的生命呢,让我们用美妙的故事给别人快乐吧,当然,它们很多是编造出来的。不管你喜欢什么,告诉自己吧。毕竟,生活是有趣的,因为人是人。那是它自己的一个奇观,不是吗,我的朋友?

上下楼梯时或在院子里，我们都继续这样吹牛。最享受周末的人是乌玛，当然还有孩子们，除了理查德小小的蜜蜂咬伤外。这是那天早上发生的历史，但是下午就被遗忘了。春天的时候，你永远不能靠近金银花，除非你想被叮。理查德想偷偷看看蜜蜂在干什么，于是蜜蜂就做了它该做的。说来奇怪，理查德尽管是个男孩，却不是米雷耶最喜欢的孩子，她最喜欢的孩子是克劳德。不仅因为她最小，而且她也最像米雷耶——可爱而娇惯，脖子上有些希腊卷发，长着妈妈那样的海绿色眼睛，尽管每个人都觉得她看起来更像父亲。克劳德在我腿上睡着时，我试着去找她和米雷耶不同的地方，这让我有时间去回忆前一天的秘密。在这两天里，米雷耶的沉默、温和的仪态、她的痛苦和自由，所有这些使那段经历变得神圣，就像我们在亚历山大宫举行的仪式：皇家部队经过窗户，吹着喇叭，唱着赞歌，"女王万岁，尼罗河女王万岁。"但外面的马蹄声宣告着征服者的力量。克利奥帕特拉和安东尼嬉戏时，奴隶们跑来跑去，但没有恺撒的信使进来，他们应该在出现时就一个个被谋杀了，被高高的、戴着念珠的黑色太监杀死在皇宫门口。克利奥帕特拉和安东尼欢爱交合后，他们让蝰蛇——可怕的东西——先咬了安东尼的胸，它知道女主人的欲望，接着就咬了女主人还有着新鲜牙印的胸部。克利奥帕特拉死了，英雄罗马的悲伤记忆。现在告诉我，谁更强，女人还是男人？

当我回想起那个周末，回想起我们交谈或沉默的时间和空间，我突然想起腿上的信。根据邮票，我知道有封信是父亲从哈德瓦寄来的，另一封寄自布莱顿，上面是贾娅拉克希米圆圆鼓鼓的字迹；第三封也寄自布莱顿，明显是拉贾·阿肖克寄的。（笔迹看起来很英式，平平的、直直的，清楚易读，但更像一个成熟的孩子的而不是一个成熟男人的笔迹）最后一封信没有邮票，我好奇是谁寄来的，很明显是位神秘女性昨天早上交给门房的。我现在知道是谁寄的了——不是苏珊娜，图图夫人认识苏珊娜——那就容易猜了。然而，我还是先读别的信，想尽可能自由地去品味最后一封信。

父亲信上简单地说，由于种种耽搁，他对来欧洲没多大兴趣了。他写道："即使国会治国无方，还是有崇高目标的。恒河非常清澈、美丽、神圣，在河岸上有关于哲学的演讲，清早还诵读吠陀，早晨沐浴后很快就能听到——我祖先的起源、苦行、专一和内省都在我的心里。我为身为印度人感到自豪和高兴，生命即将走到终点，为什么还要在此时出国呢？给我写信，如果你们需要我，我会抨击国会的腐败，相信能得到换外汇的许可，如果需要的话。爱你们，父亲。"就是说父亲不会来了，但我们已经在布罗耶街租了房子。房子在五楼，很大，我们要拿它怎么办呢？我急切地打开另外两封信。首先，拉贾·阿肖克这样开始他的信：我的朋友（就像让-皮埃尔样，但两者却很不同，一个非常高贵，另一个血统、品位、天资、传统等都混杂参差），拉贾·阿肖克接着说，"尤其是在你要离开伦敦时，你发现英国工党那么像《天方夜谭》里的故事。在故事里，乞丐可以当一天的国王，除非哈罗德·威尔逊[①]不高兴为王。如果可以的话，他会一天天继续做下去，用更多公费医疗制度、住房制度等帮助其他乞丐。英国现在是乞丐王国"——他继续写道——"这个战后的英国，就是一出乞丐剧。他们做的唯一好事就是放弃印度。我希望他们把它交给我们这些知道如何治理的人，但他们却给了自己的印度乞丐朋友。记住，甘地先生自称是达里德拉-纳拉扬[②]，尽

[①] 哈罗德·威尔逊（James Harold Wilson, 1916—1995），英国政治家，于1964年、1966年、1974年2月和1974年6月的大选中胜出，四次当选英国首相。
[②] 达里德拉-纳拉扬（Daridra-Narayan），穷人、乞丐的意思。

管具有博拉家族①的力量和财富，他还保持着乞丐气。至于尼赫鲁，他的社会主义只存在于自己的梦里和演讲里，他是莫卧儿皇帝的化身。我们在布莱顿做什么？"他接着写，"我们去了王公大人和我风光时常去的地方。但像法国南部一样，它已经变得非常劳工化了，穿旧衣的英国比穿工装的英国要高贵得多——整个英国是个柏孟塞②。我恨它。回到法国我会很高兴。"我看着外面的圣雅克街，除了法国人、工人阶层或索邦学生脸上的智慧外，确实有些不同。事实上，这些日子，在巴黎你不能肯定自己在和谁说话，是工人还是索邦大学的学生，他们的服装一样乏味。拉贾·阿肖克继续写道："你知道，傍晚不是我清醒的时候，但贾娅的经历有所不同。她很好，这位女士，每一寸都很好，可以这样说。"这里他删掉了最后几个字又接着说："她是公主。"他为什么删掉五六个字激起了我的好奇心，我急忙去看贾娅的信。贾娅的字像孩子的字（像理查德的，在蒙维勒，他在笔记本上写过些东西），但线条整洁结构很好。信很短，只是说：父亲和母亲、拉贾·阿肖克和她在离开英国前去了布莱顿。他们想休息几天，特别是父亲，他需要在加尔各答的考验前休息一下，苏伦德不在，顺便说一下，他一天前已经飞去纽约了。她接着写，"我知道自己初衷是好的，但我的想法欺骗了我，特别是现在，我身体这么弱。你记得，为了做手术他们剃光了我的头发——你不在这儿，对我来说太幸运了——我看起来像个苦行者。希瓦，我身体不是很强壮，我希望它强壮点。一个生病的年轻女人的困难和疼痛只有她自己知道。"（我记得米雷耶说过类似的事情，但是用的法语，"躯壳之痛"这说法当然更具文学性和形象性）"我们世上的女

---

① 博拉家族（Birla Family），印度著名的工业富豪家族。
② 柏孟塞（Bermondsey），伦敦南部一个地区。

人需要以闺房为家，甚至面纱都没用。突厥人总在女人附近——年轻、年老的都一样。我看见母亲以单纯和本能的冷漠态度来保护自己，对抗傲慢的穿土布的国会官员们，他们好像没有行为准则。母亲说，过去至少在西姆拉或奈尼陶①，即使在总督或主管的晚会上喝醉了，我们的男士们行为仍像绅士一样。我们和拉吉普特女人差别多大啊，她们听说丈夫死了，会跳进准备好的火葬堆中。我也会的，希瓦，有一天你会知道的。但现在，"她接着写，"我像只母狗。希瓦，帮帮我，让我死在神圣的火葬堆上，我请求你。我希望三四天后回巴黎时，我们要多谈谈这些。在那里，为了我。贾娅。又及：母亲想到要见你就觉得高兴。对了，我们没有电话，星期四我们才决定到巴黎的时间。傍晚打电话时没人接，那么你一定还不错。"

贾娅要来的消息给了我精力，让我想歌唱，但它没给我可能的兴奋——前几天时的兴奋。我想，如果女人需要闺房，或许男人需要集中营。很多从集中营回来的男人告诉我（第一个当然是米歇尔，然后是我的同事和共产主义者让）：夜晚，那里的男人互相摔打，甚至有小型的战争、谋杀、打斗——出于嫉妒。我的思绪像往常一样徜徉，这些现实让我出神，让我觉得孤独、普通和幸福。如果 a 加 b 等于 c 加 d，a 等于 c，哪一个荒谬。（就是 a 是男人，c 是女人）ac 等于 bd 看起来更复杂。与 cd 相反，ab 除以零等于无穷。不，那不好。与 cd 相反，ab 除以零等于零。这也说明了为什么男人需要色情场所，女人则不需要。当我在星辰广场附近偶然遇到米雷耶时，她曾跟我说过，就这样，只是玩玩！"你知道，我想了解每件事。于是有一天——当然我不会告诉让-皮埃尔，这是三四年前的事——我想，我为什么不能像那些女士一样艳遇一次呢？它会是种新体验，让人兴

---

① 奈尼陶（Nainital），印度北安恰尔邦山城，景色优美，是著名的旅游地。

奋。在抵抗运动中见了那么多之后，这似乎是件平淡的事情，但我不清楚它的感觉。"米雷耶继续说，我打断她，或许不想听太多，但或许是认为自己没明白她的意思：

"米雷耶，你不是当真的，对不对？"

"当真的，为什么不是？你知道我是圣日耳曼德佩女人，对她们来说生活是恶心的。看一个人能走多远会让人兴奋。"

"米雷耶，你说真的？"

"为什么，你认为我是圣人？我们女人知道很多，那是我们炫耀自己美德的原因。"

"米雷耶，你想让自己变得有趣，仅此而已。"

"哦，"米雷耶轻柔地笑着说，"哦，女人如何愚弄男人啊。不管怎样，听着，我选星辰地区，第一因为认识我的人不会经过那里——这是外交官区域，有些北大西洋公约组织的秘书、前伯爵、女伯爵、南美商人等。我站在爱尔兰大使馆的拐角处，你知道在哪儿，因为爱尔兰人很容易喝醉，我不认识几个爱尔兰人。我站在那里，把车停在香榭丽舍大街尽头很远的地方。"听到这儿，我觉得累了，对米雷耶说："你讲故事时至少让我们坐下吧，去富凯坐坐吧。"

她笑着说："谁知道呢，他们中的一两个人或许曾是我的客户。"

我们在富凯坐下，点了果汁和茶。米雷耶继续讲她的故事。

"我的第一次经历不错。我觉得他是普罗旺斯商人。四十岁的男人，脾气好，善良。从他的黑色西装，我推测他或许是个鳏夫，结果他是蒙彼利埃的医生，来看望他病重的妹妹——在医院里——她是癌症晚期。他从未结婚，总是扮演外行神甫和成功医生的角色。那天傍晚他很不开心，他妹妹肯定快死了，很快，他说。我，我看起来很漂亮，他带我去了阿尔萨斯餐馆，吃了腊肠，喝了啤酒。他一直犹豫不决，直到明白了我给予他的同情。（你知道在抵抗运动期间，我们女人因为同情做很多事情）他带我去他的宾馆，这是一次非常悲伤的艳遇。因为当我们将要——我可以说，做事——他跪下来不停地祈祷，而我在寒冷中赤裸地躺着。于是我迅速地把自己盖上，他关了灯。但你知道巴黎夜晚是什么样的，在城市安静、温柔的灯光中（旅馆在街边），我给了他自己所能给的。他看起来很高兴，又跪下快速祈祷，而我慢慢穿上衣服准备离开。他想给我钱——我已经预料到了，但我告诉他我是个女伯爵，在莫比汗富有房产，抵抗运动期间我也这样做，但不是做生意而是出于人道主义。他很感动，感谢上帝以他的方式把我带来。我给他我的地址吗？没有。于是他给我名片说，神的仁慈是无限的，你或许是我妹妹能获救的信号。希瓦，很多次我想给他打电话问自那之后他怎样了，还有他妹妹，但我没打。你知道，我喜欢事情以神秘的方式结束，这能让我们免于失望。"我真被这个故事感动了，说："或许他现在当上了神甫。"

"不管怎样，"米雷耶笑道，"我希望他变成男人。"

"你很酷，米雷耶。"

"我只是很现实，我见多了，不相信童话故事了。但听着，我现在要告诉你第二个故事。午夜过后，晚餐后离开让-皮埃尔和朋友们，我说想去看看拉夏贝尔教授，他经常散完步去香榭丽舍大街的方形广场喝点啤酒什么的。那时候和他交谈要容易得多，我有些关于拜占庭的重要事情想同他谈谈。对了，他在美院教书，有时在卢浮宫负责中世纪东方绘画。这都是真的，但我的目的仍然是想知道站街的感受，这有点儿西蒙娜·韦伊那样的自行其是。"她又笑了。我转身去看有谁在看着我们，但她不在乎。她接着说："第二个人是罗马尼亚的医科学生，他从赫鲁晓夫那里逃出来，在香榭丽舍大街旁边德科特街附近的一个咖啡馆做侍者。他没有工作许可证，但他说地方官对难民很好。他是个不错的家伙，我选他，还是因为他孤立无助。然而，收到我跟他说好的价钱后，我留下了钱，或许因为我不喜欢他的背叛。我想，即使在那个时候，我还是相信马克思主义的道德。关于那天晚上我唯一要说的是：粗鲁又无趣，这个男人一点都不了解有身份的优秀女性，但我很高兴，至少消除了他的一些孤独感。尽管我喜欢他，但他不是很有趣。等到第三个，"她说着，大概看出我没多大兴趣，"第三个是个真正的家伙。他是个商人——但是个屠夫，买卖牛肉和猪肉，或者他只是这样说。因为价钱和船运的便利，他从诺曼底或热尔给屠宰场提供货物。健壮、高大、英俊——用西方的标准——他看起来像个英雄。但我相信在德国占领期间，他应该是和贝当一伙的，现在我这样说。但那时，我看见一个男人经过，衣着得体，说话得体，随后他折回跟我搭话，看起来非常优雅，我想他或许是个外交官。不，我迷上了一个屠夫，或那类的人。我们去最近的咖啡馆，喝了啤酒又吃了些香肠——人为什么总是一次又一次吃同样的东西，别问我！我们聊到了巴黎和我职业的一些东西，他知道得很多，因为他去过很多地方。他为我们感到难过，因为随着物价上涨，人们花钱少了。但我很专业地跟他说：这要看那人是谁，我说，我生意很好。'毫无疑问，'他回答说，'以你的外貌，即使那些没钱的人，比如我，都无法毫无感觉地走过去——有些事很有趣，你看起来起码是个女伯爵或女男爵。'我说我是，但由于丈夫是和贝当一伙的所以不得不变卖了房产。抵抗组织到时，他们杀了我丈夫和一个孩子，我逃到巴黎，在这儿带着十岁的女儿生活，她在上学。我撒谎说：'她睡觉时我外出做这个。当然,'我告诉他,'我选择男人。''你的嗅觉多好啊——你闻对了。'他说着,拉起我的手。我喜欢他男性的抚摸、紧握的手,还有他讲究的戒指。可当他靠近时,我觉得有些不安,别问我为什么。但我被这个男人迷住了,随他走过弗里德兰街的蒙素公园,到了他漂亮的宾馆——拿破仑饭店,那里的每个人都向他鞠躬行礼,很明显他是个重要人物。进电梯时,不知道什么缘故我开始觉得惊恐。他闻起来——不,不是屠夫的血,而是杀手的——血,那人闻起来确实是。是想象还是其他,我不知道。我甚至进了他的房间,房间有奇妙的镜子,花瓶里插着花,很完美。他进浴室时,我看着那些一个个叠着的光滑的、新的大行李箱,我突然有点怀疑,觉得比起我不是女伯爵来,这人更不像屠夫。我没有犹豫,凭着知道哪里有危险的女性直觉,我跑出门,跑呀跑,没有等电梯就下楼。经过门房时,我仪态万方地走着,我想没有人知道是怎么回事。我一到了街上就跑了起来。很晚了,我担心警察追我,便放慢脚步,走进附近的小路。到香榭丽舍大街时,我才觉得安全了,想亲吻戴高乐。我走向车子时,这个念头突然一闪而过,这人一定是党警告过我们的那种反革命军队的成员之一,他光滑的箱子里或许装满了枪支和手榴弹。"

"党知道吗?"

"党知道一切。但告诉别人有什么用,这只让我对戴高乐友好了一些。但仅仅一会儿后,就又是官方政党路线了。"

我说:"米雷耶,你为什么跟我说这些故事?"

"你应该知道,女人总归是女人,即使是妓女。我想(我的经历太短还没形成最终结论)——女人首先还是女人——"

"就是说?"

"她想要一切——或什么都不想要。当他可能是个阿尔及利亚人、一个想杀死戴高乐的反政府者时,她为了方便起见,相信他是屠夫。"她沉默了很久接着说,"女人与她的心同行。"

"男人呢?"我边问边环顾四周,看看是不是坐在了反革命中间。香榭丽舍大街都是那样的人,特别是在富凯。

"男人,他专注于这——"她指着自己的头,"或者一些说不清的地方,还有抽象的地方。就是说,他对一切都有把握,一切对他来说都那么近,他认为自己能做出任何让步,并为此付出代价。"

"那么你的意思是,男人不会做错事?"我笑道。

"不,正相反,女人不会做错事。这三段经历教给我的东西很简单:没有人能真正打动我。我在内心是纯洁的,是的,纯洁而完整。每个女人都是处女,即便是萨冈女士。"她说着笑了起来。

"碧姬·芭铎呢?"

"更是。"她说,笑到热得用手帕当扇子扇。

我坐在窗边,在透进来的微弱的巴黎灯光中思考着。男人可能是个和尚或凶手,但一个女人,曾经是无助、纯洁的,因而是纯洁的处女,如米雷耶所说。那么,我更像是和尚而不是反革命分子,更接近神父和他的祈祷文而不是罗马尼亚医科学生,这说明了为什么她拿了他的钱而不拿另一个人的钱。女人总是主动的,她的心支配着自己的行动。男人用他的大脑告诉自己一切并采取相应行动,即使是突厥人、凶手。对男人而言,醉酒是一种逃避自己杀人冲动的方法,我一定要找到弗洛伊德对此说过的话。为什么苦行主义是种自杀,如果商羯罗是对的,我猜他是对的,人类的终极是通过纯粹的谋杀达到的。因此克里希那对阿周那说:没有杀人者也没有被杀者,那就杀吧。相反,女人说:既然所有的孩子都是母亲的孩子,那么就保护吧，保护，这样就有了甘陀利①和德罗帕蒂②。因而，男人的力量是他的弱点，女人的脆弱是她的力量与智慧。

9

这时，像是响应我的沉思默想，苏珊娜给我打来电话。她相信我能理解她这么多天没来看我。"语言似乎很贫乏，"她说，"无言能说得更多。"我有些笨拙地回答："当然，苏珊娜，我理解。事实上，我正在想这样一条规则，即女人不会做错事。"听到这，苏珊娜发出一阵职业化的大笑。演员知道怎样表演这笑声，刺耳、持久、含义丰富，笑声似乎反弹到了走廊上。沉默一会儿后，她说："当然我也很忙，不仅是戏剧表演，学校也一样。"

"哦，那现在呢？"

"我又参加葛吉夫小组了，你知道我曾经参加过。"

"是的，你母亲告诉我了。"

"她没必要这样做，"她感到生气，但像从前一样控制住了，"我的事就是我的事。"

"是吧？"这让她又变回了苏珊娜，"为什么又参加葛吉夫小组了？"

"因为……"

"因为，我觉得要必须坚持些什么。"她的语气听起来让人悲伤，可她心平气和。

"你母亲会告诉你的，有很多更重要的事情值得坚持。"我试着

---

① 甘陀利（Gandhari），印度史诗《摩诃婆罗多》中人物，国王持国的妻子，俱卢百子的母亲。

② 德罗帕蒂（Draupadi），印度史诗《摩诃婆罗多》中人物，般度五子的妻子，又名黑公主。

安慰她。

"但母亲的想法在她的书本里，我希望它们在生活中。"

"你知道，代价很高。"我说。

"我不介意为此付出代价。"

"你能死在男人的火葬堆上吗，像印度女人一样？你应该记得我们谈过这事。"

"或许能，或许不能，看情况。我想，看那男人是谁。"

"你记得我告诉过你的那个女子的故事吧？她住在城郊，靠着和尚住的废弃的寺庙。每次有男人来找这个女子，苦行僧就厌恶地向她门口扔石头。等石块集成大堆时，苦行僧看见她在门口台阶上等男人，他说：看，看，女人，看你的罪，并轻蔑地向她的门吐口水。'哦，先生，'女人说，'我只是在遵守自己的达磨，我只是一个神妓。每个到这里的男人都是我的丈夫，只要他在这里，他就是我的王，我的神圣配偶。'苦行僧生气地看了一眼，进去了。

"过了一些日子，神想试探她。他以一个病入膏肓的人的样子出现，浑身脓包，淌着口水。她接待了他，给了她该给的一切，男人在她怀里死了。于是，她，勇敢的女人，准备他的葬礼，当人们把他放在火葬堆时，她求八方神灵为证，跳入火堆，死于萨蒂。故事结束了，她上了天堂。"

"那个苦行僧呢？"苏珊娜热切地问。

"他去了地狱。"

"那么，我还有希望。"她慢慢地说，像是在流泪。

"你认为我会去地狱？"我问她，只是想明白她的感受。

"不，"她回答说，"你是好人，不会去地狱，你应该回喜马拉雅山。"

"苏珊娜，你知道，那正是我这几天在思考的，我不适合进入这个世界。"

"希瓦，谁适合呢？加缪是对的：我们都是局外人。"

"但是我想，有很多人，实际上大部分人，都能满怀希望地生活。"

"他们隐藏了失望，像戏剧中的小丑那样做的。有一天我的同事说：笑是死亡的翻转，世界很痛苦，最好的事情是跳出它。"

"跳到哪儿？"

"任何地方。"

"女人能那样说吗？"我问。

"我想不能，女人还是母亲。"听到这些，我能说什么？

"男人很容易地接受那样的结果。"我说。

"如果这样，没有问题。"她含糊不清地说。

"是的，她作为追随者应该追随，他作为引领者不该朝后看——你记得我们经常讨论这些。"

"我不明白。"

"女人不能要求，她被给予了她的果实。"

"男人呢？"

"他没有什么可要求的，他在寻找自我，因此他不朝后看。男人回望的话，女人就会像欧律狄刻那样返回阴间。"

"你意思是只有一条路？"

"像我们在物理学里说的，它是不可逆的，是窄门。苏珊娜，世界是个悖论，没有简单的答案。像吠檀多说的答案不是一个，而是不二。你的加缪的荒谬性不是死亡、谋杀而是疾病。像饥荒中的人，你跌倒，死去，你不向天而泣。世界是病态之地。"

"什么时候变得健康，或恢复健康？"

"当女人是库玛丽①、处女，男人是托钵僧、苦行者时。这就是印度婚姻：苦行者、想去贝拿勒斯学习的学生，被未来的岳父阻止，让年轻人去和他女儿成家立室。经过很多、很多争吵后，年轻人留下来，组成了家庭，有了孩子和孙子——然后，去圣城贝拿勒斯。"

"一定是美好的婚姻。"沉默很久后，她问，"接下来呢？"

"我想，只剩喜马拉雅山了。"我没再多说。

"或许我能去那里给你做饭？"

"苏珊娜，你不能，那儿太冷了，没有木材。像西藏喇嘛通过瑜伽在身体里取火一样，我也要在身体里生火去煮熟我放进胃里的东西。"她笑了。

"米雷耶怎么样？"她突然问。

"米雷耶是米雷耶，你很了解她。她样子是女人，说话像男人。"

"我呢，聪明的先生？"

"你？你说话是女人，做事是男人。"

"那怎么办？"

"除非你放弃一切，一切都给男人——"

"否则你永远找不到自我。"

"是的。"我抓住机会尽可能小心翼翼地说出事实，"是的，把一切都给男人，他会让你变回你自己。"

"对此，我有点过于笛卡尔主义了。"

"正是这个原因。答案从来不是哲学的，它应该是神秘的、宗教的。你不厌倦你的思想吗？"

"是的，厌倦。我希望有人能把它带走，给我一颗更好的

---

① 库玛丽（Kumari），意为童女神。

心吧！"

"苏珊娜，你有一颗心，你将头脑种植其上，转向葛吉夫老人了。"她明白了，没再说什么。然后，她问道："我什么时候能见你？"

"苏珊娜，你还有钥匙。我相信，你任何时候来，图图夫人都会让你进来的。"

"时候还没到，我内心的向导说。"

"那么听从他吧！"我最后说道，她全明白了。那是结束，我对自己说。过了一会儿，她又说："妈妈明天会给你带汤过去。"

"苏珊娜，谢谢她，告诉她，或许从明天开始我要去办公室。"我撒谎道。

"哦，很高兴听你这么说。"

"我也在考虑暂时搬到布罗耶街的一个新公寓，和乌玛一起住。父亲好像不愿来，我刚听他说。"

"公主呢？"她急切地问。

"不管怎样，她或许几天后到这儿。"

"母亲很想见她，一个真正的公主。"

"还有一个真正的王公。"我接着说，想着拉贾·阿肖克。

"哦，她丈夫也来了？"

"不，她和一个大商人结婚了，我之前跟你说过。贾娅拉克希米和拉贾·阿肖克一起来，他是家族好友，以前受她父亲监护。"

"那个你说是尼赫鲁朋友的人？"

"是的，同一个人。贾娅拉克希米的父亲也会来。"

"你一定很开心。"

"如果人能带来幸福的话。"我说，没意识到自己说得太多了。

"像商羯罗说的,爱是了解自我,爱仅在高高的喜马拉雅山中。"我的目标不明,因为贾娅拉克希米同样来自喜马拉雅山。我们说得够多了,我想,就是说,在我们话语之外,我们已经相互理解,这正是苏珊娜的迷人之处。她能理解任何事情,但常常不能享受自己所理解的。对于米雷耶来说,她有感觉时,她的理解不起作用,她感觉不到她所理解的,矛盾让她的观点更清楚。事实上,跟苏珊娜说了晚安后,我去看仍放在腿上的最后一封信。如我所料,这是米雷耶的信。很显然,星期四晚上她从我这里回家后就写了这封信。她或许希望我和她去蒙维勒之前就知道信的内容,我猜,她开着车时就是这样想的。在和她一起乘车的两个半小时的过程中,我一定让她困惑了,我从未——哪怕隐晦地提到信。然而,我能给出什么答案呢?

下面是信的内容。(信是用英文写的)

亲爱的希瓦:

我回到家,来到自己的屋里,看着所有熟悉的书籍和小摆设。我去婴儿室看孩子睡着没有——每件事物看起来都那么不同,沐浴在灯光下,有些东西像列奥纳多作品中神秘的发光体。如你所知,比起画家来,他可能更像个圣人(像你们印度人所说的)。他说的关于光的内容我听起来很神秘,于是,在列奥纳多的光里(我想让你猜谁把它给了我)我有种完整感、神圣感。因而一切一定是亮的,圣特蕾莎说到的光。

然而,我必须补充说,女人看到这个光时,她的家一定是女修道院(那也是哈姆雷特说的,他劝告欧菲莉亚进入上帝的家，就是进入真正的婚姻），要么生活在世界上，做一个艺术研究者（拜占庭的腿是长是短，谁管呢，但这是为了国际科学研究中心）、一个传统的法国妻子（有些被许可的冒险行为）、一个母亲，过着资产阶级的生活，如果你喜欢的话。尽管我有马克思主义的言论，我仍然是个资产阶级。因此，就这一点来说，赫鲁晓夫是，列宁也是。当然，如果我们相信克鲁普斯卡娅[①]所说的关于他的话。

但是，首先，我的好朋友，事实是我还没做好死亡的准备。我意识到和你一起生活，一个人必须准备好毁灭，彻底的毁灭——你的要求是抽象的、绝对的。我是个十足的法国人，无法回应你的绝对。作为一个艺术史家，我要说：我不能满足你的完美。我们有个谚语（我想是个著名画家说的，我不知道出处）：完美是碰触，不，完美是死亡之吻。然而我还不想死。

因为我的兴奋和满足，我只能告诉你，没有哪个男人像你一样让我成为女人过——你是数字理论家，真正的婆罗门，笨拙的、不分左右的学者。（或者哪只拖鞋穿哪只脚，让我们这样说）你是圣人，是王子，我是奴隶。再见。（你记得不久前我离开你时说过它）

你的爱人，如果你允许我这样说的话。

米雷耶

又及：我的狄奥提玛预言成真了。我认为，它解释了我所说的话。同样，你一定记得，一步步地，我心无旁骛

[①] 克鲁普斯卡娅（Krupskaya，1869—1939），苏联共产党和国务活动家、教育家、图书馆事业的先驱者，列宁的妻子。

地玩着游戏，它在一个擅长逻辑的法国人头脑里精心计划，但什么计划能比得上婆罗门的抽象思想呢？

顺便说一下，你知道我永远不会说起这段插曲。

M

又及2：是我给，因为你没有要。

这样，突然之间，仅一小时（我回来后），我知道只有喜马拉雅山还为我留着。对此，我准备好了吗？如果准备好，是谁呢？是啊，是谁呢？

10

下个星期天到了。星期天总会来：星期二、星期三、星期五，于是就到了星期天。像你喊孩子："皮埃尔""让"——皮埃尔或让跑过来远远站着，他们笨拙、胆怯、畏缩。你很生气，"让。"你严厉但平静地说。他说："是的，父亲。"你咕哝着什么，觉得沮丧而不是气恼。你可以打他，但你没有。天还没亮，巴黎在沉睡。（因为是星期天，当然，我必须去见阿卜杜·克里姆①。现在贝特洛医生已经死了，为此要感谢上帝）你喊道："皮埃尔，皮埃尔，小伙子。"他跑来跳到你腿上，像狗一样蜷伏，想得到抚摸。这一切就好像头脑里还有头脑，所有的想法清晰又不连贯，人昏睡其间，像困乏的城市的灯光之间的黑暗。你走过桥和街道，意识到一切都是循环的。你从沉睡到清醒又从清醒到沉睡，伴着一段长时间沉默的旋律和亮点。在雪铁龙舒适的座位上，你是你自己，完全清醒地睡着。城市清扫

---

① 阿卜杜·克里姆（Abd'l Krim 或写作 Abd el-Krim，1882—1963），20世纪初摩洛哥北部柏柏尔人反抗法国和西班牙殖民统治的领导者，里夫共和国的创始人。

车忙碌着，警车偶尔飞快地驶过，谁也不找。黎明很快就到了，世界会醒来，揉着它的眼睛。醒来，皮埃尔！

　　但这个星期天，我们驶过公寓、甜菜根、光秃秃的博斯①时，驶过左边的沙特尔，大教堂像只卧在苍穹之下非洲沙漠的骆驼——让-皮埃尔轻快地开着车，还随意地哼着歌来保持清醒。他突然轻声说："要我给你唱歌吗？朋友，要不给你唱首赞歌，佩吉②写给博斯的诗？你知道谁是佩吉吗——一个天主教神秘主义者、革命者、非循规蹈矩者、社会主义者、爱国英雄等，全部都是。"我抱着自己的星期天，像抱着个蜷伏在腿上的皮埃尔，我说："唱吧，让-皮埃尔。"我听着催眠曲似的佩吉的诗，几乎又睡着了。

　　　　我们黎明前起身重新上路，
　　　　虽未破晓，但天气美妙。
　　　　我们心情轻松愉快告别，
　　　　先来些喷香炖肉做早餐。
　　　　人皆认同的正义朝圣，
　　　　所有吃喝都公平分享，
　　　　职责费用都置一旁，
　　　　因为早起足以补偿。
　　　　白日即至，黑暗已逝，
　　　　我们经过圣麦斯村还有其他地方，
　　　　像两个好兄弟一样迈步向前，
　　　　左右左右就是那样。

---

① 博斯（Beauce），法国西北部的博斯平原。
② 佩吉（Charles Peguy，1873—1914），法国诗人、作家和社会文化评论家。下文出自《布鲁斯的表达：我们的沙特尔女士》。

我的腿脚还不是很强壮，但你知道让-皮埃尔是什么样的人——"星期天是见阿卜杜·克里姆最好的日子，再说，现在你的公主随时都会来。那么，我们就去吧。"——于是我们就去了，在星期天清晨。让-皮埃尔说，"因为，阿卜杜·克里姆的工人阶级伙伴会去，到了下午他那里就是一个强有力的民兵组织，他就会变成一个大人物，那样我们就不能说话了——于是就去吧。"他在晚春的清冷中颤抖着，穿得像个喜马拉雅山农民。我坐在那里，爱抚着我的小狗，半闭着眼睛，沉醉在法兰西岛的风景中。一个闻起来、摸起来几乎都很细腻的乡村，有着慢慢升高的低语般的曲线，还有高高的、富有表情的像手指样的树，田野露水清新，马儿、牛儿在山墙或栅栏边吃着草。让-皮埃尔突然说，"看啊，看啊。"但除了一些古城堡的金属硬壳大门外我什么也没看到。一个在法国历史上著名的中世纪名字，但那天早上对我来说是毫不重要的遗址。那天是这样的早晨：太阳苦苦挣扎意图升到地平线上，你好像看见众王之王骑着驴去耶路撒冷城，热切而意志坚定的使徒跟着他。第一道金光照射大地之前，城市的大门突然打开，他骑驴而入，你看见开心的驴子在极乐中摇着尾巴——整个大教堂被"上帝与你同在，与你的心灵同在"点亮——教堂前厅阳光流动——上帝之子坐在他父亲身边，使徒变成柱子，圣母用圆花窗的彩饰布满高大教堂的空间。

11

蜷曲的宠物这时跳出了我的腿——我完全清醒了。旅程让我疲惫，我呼吸短促胃部紧绷，贝特洛医生说的一个星期对我来讲还不够。让-皮埃尔自己也觉得不耐烦了，说："我三点睡觉的。你知道，埃莉诺下周要去斯堪的纳维亚，每分钟都很宝贵。我想知道，"他说，捏了下我的手臂，"我想知道是否人，人类，会厌烦做爱。哦，多希望它永远不要停下来啊。"

"希望也没有星期天，"我说，只是为了说些什么。我不想让-皮埃尔接着反复说他感兴趣的那个话题。

"为什么，或许，星期天——上帝之日，可能是最好的一天，你不这样认为吗？"他继续道，"你醒了而她半睡半醒，你们做爱——你抽了支烟，而她，醒了，散发着古龙香水和薄荷牙膏的味道，她怀着完全清醒的热情张开腿，你又回到那里。你煮了些咖啡，被这种强力饮料弄得更强，你咬得更好，穿透时间更长，为了最后冲刺你停了下来——然后你射出去。啊，我真想把埃莉诺变成很多块，然后像吃馅饼一样把她都吃下去——无内脏脂肪的馅饼，卵巢的馅饼，卵巢。"他重复着，敲击着方向盘。他变得激动、鲁莽，或许是为了平静自己，他突然停车，然后又朝一处灌木开去，他让自己放松下来，看着沉闷的不愿到来的清晨。他又开回到路上，坐在座位里，好像在对什么生气。他突然停下来问："你的公主什么样？你认为我会喜欢她吗？"

"她是一个十足女人的女人。就是，你和她说话时，话语好像雪花一样，任何动作都显得多余和简单，任何不合适的语言说出来都像是亵渎，她让你变成男人。"

"对我不合适。"让-皮埃尔说。"这就是我喜欢北方女人的原因，她们自己有勇气，还能把你的勇气激发出来。"

"跟我说说阿卜杜·克里姆吧，"我说，想换个话题，"说说他的全部。"

"他是个十足的男人，高大，英俊，一个阿拉伯人。看到他，米雷耶说'他需要一个后宫。'"

"让-皮埃尔,你需要一个。"说着,我从座位上坐起身。

"哦?"

"我在什么地方读到:有些非洲酋长后宫庞大,他们让这些女人吃很多,她们变得很胖、很胖,根本动不了。你从一个女人跑到另一个女人那里,她们都迷迷糊糊的,就是说——"

"哦,这个吸引不了我。"

"那跟我说说阿卜杜·克里姆的后宫。"

"我亲爱的朋友,他是个共产主义者。

"你的意思是共产主义者不能有后宫?"

"你知道,赫鲁晓夫大叔是位严厉的家长。此外,"让-皮埃尔继续说,"阿卜杜·克里姆有个法国妻子。"

"哦,他,阿尔及利亚民族主义之父?"

"是的,这向你表明他是一个战士,打倒暴君。"

"可是,让-皮埃尔,告诉我,他为什么想见我?我不是共产主义者,我也不革命。"

"这是我的主意,不是他的。你知道,他,这个阿尔及利亚革命之父看起来有点被忽视了,他无关紧要。一个几乎当了二十年法国囚犯的人——他们把他关在远离大西洋岸边的一个小岛上,在整个北非,他成为反抗的象征,只有预言家才是伟大的。我听说,人们过去常常从阿尔及利亚和摩洛哥到法国西北部为他祈祷,好像那是麦加一样。但我觉得,他在十字路口的某个地方迷路了。"

"让-皮埃尔,你认为这是怎么回事?"我极力想完全清醒。

"哦,你知道,那是政治。斯大林上台——掌权——赶走季诺维也夫①和加米涅夫②等人。人们从不满足于同样的象征，不同的时候我们需要不同的象征——这就是历史。"

"下一个，"我说，只是为了激怒让-皮埃尔，"下一个或许是托洛茨基。"

"不，感谢上帝，他死了。"

"不像你们这些人想的。一个老家伙比你想的要有力得多，他为世界而战，世界还在那里。"

"但斯大林——"

"他为俄罗斯而战，俄罗斯还在那里——一个什么样的俄罗斯啊！"

"然而，如果没有俄罗斯，阿卜杜·克里姆在哪里呢？"

"在阿尔及利亚，或许从内部发起一场革命，像甘地一样。"我说。

"这是他想见你的原因，他想和你聊聊甘地。"

"什么，我的朋友，我了解甘地吗？我还是高中生时见过他一次，我不肯定那是些什么。"

"不是吧，你意思是说你什么也不知道。"

"我知道一些，但还不足以对一个革命家讲出来。你知道，我对政治所知不多。"

"不全是，不全是，"他说着，按着喇叭，"你会发现他很有趣。首先，他是一个伟大的人。其次，你有自己的方式，在我看来你身上有些真实的东西——同情和关心。毕竟，见他没有什么害处。"

---

① 季诺维也夫（Grigori Zinoviev，1883—1936），俄罗斯工人运动和布尔什维克党早期活动家和领导人，后来成为联共（布）党内托季联盟的重要代表，1936年8月与加米涅夫一起被处决。
② 加米涅夫（Lev Kamenev，1883—1936），苏联早期领导人。

"除了我觉得冷之外。"我蜷缩着说,太阳在升高。

12

我前面有条笔直的路,路的尽头消失在远处山窝里。一间房子坐落在树丛中间,好像——在我能看见它像什么之前,我看见屋顶有人四处走动,像影子,因为太阳还未完全升起来——我想知道他们是什么人——但在回答自己这个问题之前,我们到了一处路障——警察设置的。警官给我们敬了个军礼,微笑着对让-皮埃尔说:"和夫人一起?"让-皮埃尔摸出样东西,路障移开了,我们朝前开去。我发现警察接着警察,环山设岗,现在我看清楚是人手里拿着枪在屋顶走动。确实是一场奇妙的冒险。

"我们应该准时。"让-皮埃尔说——我们应该在八点早饭时到。"阿卜杜·克里姆早起做祷告——屋里的女人们八点左右很忙,早餐在八点钟。"

"女人们?让-皮埃尔,我以为他只有一个妻子。"

"是的,一个妻子,但他有四五个女儿,不同婚姻生的。"

"哦,告诉我,那些是什么人——屋顶的?"

"我没时间解释,只知道是法国警察防止他逃跑,还有他们所说的阿尔及利亚志愿者、圣战者,防止他被敌人射杀。"

"什么敌人?"

"哦,他的人民。"

"什么?"我惊讶地说,"他自己的人民?"

"太多的问题无法回答。他有对手,法国知道他是唯一可以满足他们所有要求的领导人,他为自己祖国的独立而战——"在他说完这句话之前,一个男人出现了,肩上扛着枪,笑着说:"你好,医生。"他只穿了条又皱又破的普通裤子,像是为了娱乐自己似地扛着枪。

屋顶上的其他人低头看着我们,好奇而严肃。这个圣战者,不管他叫什么,抬头对他的同志低声说了些什么,然后转向我们说:"首长让你们进去。"在让-皮埃尔打开门之前,一个高大、瘦削、包着头巾的人走下台阶威严地朝我们走来。在自由纪念日,戴高乐将军沿着香榭丽舍大街游行时,我只在他身上见过这种姿态。阿卜杜·克里姆几乎和将军一样高,但不十分严厉。

"我的朋友,希瓦拉姆·萨斯特里。"让-皮埃尔向主人介绍我。我极其局促、笨拙,还有点虚弱,从车里出来时差点摔倒。但阿卜杜·克里姆迅速弯腰扶起我,把我拉到胸前,左右各拥抱了我一下。我看见窗户后面有几张女性面孔,仔细瞧着这早晨的情景。

"欢迎,"他说着,仍然紧搂着我,"非常欢迎你到我家。"我不是很明白他的意思,但看着屋顶飘扬的旗子,常见的新月和其他颜色,我明白了。"这是我的家。我是一个善良的阿拉伯人,你是我尊贵的客人。"他领我走上台阶。他走上去的方式,身体笔直,动作简单,显得十分像个君主,或者对我来说它显得是那样。又一个拿枪的人给我们开了门,他向主人敬礼,眼睛盯着地面,眉毛都没抬。他是王宫奴隶。

我们进到一个陈设简单的五角形客厅,墙上挂着一张巨大的彩色阿尔及利亚地图,用阿拉伯字母标着各个城镇的名称。这是他的领地,他的王国,他领土的形状和范围。

"我早就想见你了。"他说。我们坐在沙发上,很多女性在不同的房间穿梭。可以闻到很浓的咖啡味,听到杯子的叮当声。厨房正在炸东西,我希望让-皮埃尔已经说过我不吃肉了。阿卜杜·克里姆热情地拉起我的手说："你来自甘地的祖国。"甘地的名字出现在如此紧张、严厉的军事氛围里，我差点哭出来。由于醒得早，我的身体对它本身还信心不足——我非常虚弱——颤抖着。主人将手放在我背上抚摸我，大概觉得我冷，而让-皮埃尔已经消失在女人中了，我能听到他在后面闲谈。

阿卜杜·克里姆刮过了胡子，脸上干净无瑕，几乎是粉红色的，精力充沛，容光焕发，他说道："年轻时，我还是学生时就听说过你的同胞。那些日子，白人就是一切——一切，他们像天上的上帝一样统治着世界。"我想起了上帝，还有我早晨刚看到的教堂入口处他的儿子。"上帝后面有种平衡来显示正义——但只在英国人、法国人控制下的正义？我不知道，我太年轻了，还不懂。从伟大东方的遗址，"阿卜杜·克里姆继续说，"穿过沙漠中的阿拉伯王国，有个伟大的国家，就是你们印度斯坦。我是个阿拉伯人，我知道我们和你伟大而富足的国家在史前就有交往，我们拿珍珠换你们的檀香木和麝香。我祖父去过麦加谢里夫，他在朝圣之旅中，从圣城带回一些印度檀香木，把我们的衣服都熏香了——作为小男孩，打开箱子抽屉去闻它的味道，就像人在梦里睁开眼看到天堂花园一样，这就是印度给我的感觉。我想起孔雀——"

"你知道，"我打断道，"我们把孔雀送给希巴女王。"

"是的，我知道。父亲还告诉我，你们国家有大象。他说，比非洲象大。"

"不全对，"我说，"非洲大象的确要大些。"

"不管怎样，那是我敬爱的父亲说的，他说的任何事对我来说都是真理。我上学了，到了伊斯兰大学，我们有了毛拉，他教我们阿拉伯语。第一次，他说出那个神圣的名字：甘地先生。'那个圣人，殉道者，英国人又把他投进了监狱。'他说。这就像我父亲被捕后被送到了拉密堡①，由斯帕奇②骑兵看守。老师继续说：'甘地先生是伟大的人，是圣人，他为黑人而斗争。'年轻而愚蠢的我课后跟着老师问：'老师，他也为我们而斗争吗？'

"'为所有的黑人，'他说，好像我在问不该问的问题。但是，我想，如果甘地为了黑人反对白人，那么父亲也该反抗白人。然而，父亲没有斗争。法国授予他头衔，给他土地，七月十四日，在阿尔及尔他们还让他站在观礼台上，旁边是将军和官员，我也为此骄傲。"

这时，穿着优雅法式服装的阿卜杜·克里姆夫人走了进来。她看起来坦诚、严肃，尽管是白人，却对这个阿拉伯丈夫充满尊重。不像米雷耶或苏珊娜，她好像是印度人，以印度方式问好，好像知道那动作。

"欢迎光临寒舍。"她领我们慢慢朝餐厅走，指着光溜溜的墙壁说。咖啡和早餐已摆在桌上，从我们坐的地方能看见在院子里走动、执勤的圣战者，可以说，他们都很放松。我看着他们，阿卜杜·克里姆笑着说："你一定奇怪自己在什么动物园里吧，我告诉你，它是法国动物园。"

"不，"我说，"它让我想起印度的象栏。我们观看大象时，把它们放进木头笼子，它们整夜哀号，在丛林深处都能听到。"

"我不哀号，"他笑着说，"我只咧开嘴笑，笑那些人的愚蠢。法国可以从我这里体面地获得一切，不会有法国人被伤害，他们可以和我们待在一起，种植他们的花园、葡萄园，和我们下棋。但他们

---

① 拉密堡（Fort Lamy），法国乍得殖民地时期的首府，现为恩贾梅纳，乍得首都。
② 斯帕奇（spahi），过去法国陆军中的阿尔及利亚骑兵。

想，"——他在桌子上虚画了一块地方——"他们想统治我们。但我们是大象，他们没听说过大象不健忘吗？我们也不会忘。"

"但是，"我对阿卜杜·克里姆说，"假设你处于他们的位置——一个法国人，像那样在路障边拦住我们的警察——"

"这里所有的警察都是我们的朋友，"他笑道，"他们了解我是什么人。如果我有哪个女儿想和法国人结婚，我会说：去吧，女儿。"

"但你不会把他变成穆斯林吗？"

"当然，那是当然，因为伊斯兰教徒是兄弟。"

"像共产主义政党。"我说。

"某种程度上来说，是的，但伊斯兰教徒不全一样。斯大林——不是托洛茨基，成吉思汗不是个小卒子。我们知道如何死去。"

"那法国人呢？"我问。

"他们知道怎么生活。"

"那么，为什么不学习怎样生活呢——在你考虑死亡之前？"

"难道苏格拉底——或像他那样的人——没说过：知道死亡的人同样也知道如何生活？于是就有了阿尔罕布拉宫①，还有大马士革。"

"还有阿格拉，"我补充道，"沙贾汗的阿格拉。那你让法国人干什么呢？"

"让他们回到塞纳河，就像你们的尼赫鲁让蒙巴顿回到泰晤士河边一样。"

"但我们喜欢蒙巴顿。"

"我们不喜欢纳格朗总督。阿拉伯人接受任何东西，任何东西，但不接受耻辱。"

---

① 阿尔罕布拉宫（Alhambra），西班牙著名的宫殿，为中世纪摩尔人在西班牙建立的格拉纳达埃米尔国的王宫。

"先生,"我说,突然觉得我们毫无进展,"先生,你没侮辱过人吗?"他摆弄着咖啡勺,思考了一会儿,阿卜杜·克里姆夫人正在给我热吐司。外面很美好,夏天初至的景象。

"我有过,"他说,"我无法忍受傻瓜。"

"但有时你怎么知道有些人——甚至戴高乐将军——不是傻瓜?"

"我认为戴高乐将军从不会扮演傻瓜,他过于像个将军了。至于我——我能,我能。"

"那么你愿意被羞辱吗?"

"不,绝不。我记得自己的父亲,作为这样一位父亲的儿子,我绝不可能接受被羞辱。"

"但你会羞辱别人。"

"我想是。"我看见阿卜杜·克里姆夫人在微笑,她似乎很了解自己的丈夫。

"那么谁知道级别的高低呢?"

"只有神知道。"

"那么,你是神吗?"他被这对话惊呆了,没有人这样和他说过话。

"记住,"让-皮埃尔笑着说,"他是个数学家。对他来说,所有的问题都是抽象的。"

"对我,"阿卜杜·克里姆骄傲地揉搓着他扁平的肚子说,"对我来说,这里知道一切——肚子里。"

"肚子对肚子——只能是残杀。"

"什么?"他喝咖啡时有点心不在焉,似乎在沉思。

"法国人有葡萄园,而你们阿拉伯人有自己的驴子。他们受到很好的哺育——他们都有母亲,在罗马,你去教堂不可能见不到圣母怜子图。母亲——先生,母亲自己决定生与死,她给予生命,她也把孩子放在火葬堆上——"

"——或坟墓里。"克里姆夫人补充说。

"是的,很对。想想母亲在她的基督面前,神之子,作为骗子被抓起来钉在十字架上——和普通的窃贼、罪犯一起。"

"是的,那是生活,这是我的受难之地。"

"你做了什么,先生?"

"希望我的祖国回到我的怀抱——我们的。"

"你出生前拥有这个国家吗?"

"不,当然没有。我不知道自己出生前在哪儿。"他友好地笑着,不高兴的笑。

"你们在说轮回吗?是不是,先生?"克里姆夫人问,嘴上挂着一丝讽刺。

"是的,夫人。"我转向阿卜杜·克里姆,继续说,"你死时还会在你的阿尔及利亚吗?"这次他大声笑着说:"或许是我的坟墓。我希望有人放一块漂亮的彩色布在上面,作为纪念。"

"但那对你有什么用呢?"

"我想没什么用。马尔罗有次告诉我,他问尼赫鲁:在印度,如果没有再生信仰,会有非暴力吗?尼赫鲁的回答似乎是:或许没有。"

"是吗?"

"出生前我没有祖国——"

"因此……"

"我只有一次生命,我想一生都正派而伟大。"

"那么?"

"那么?我也问了尼赫鲁同样的问题。"

"哦,你见过尼赫鲁!"

"当然,当然。战前,他来巴黎时见过。我只是个学生,一个医科学生。我认识一个印度人,也是在巴黎的医科学生——安萨里[①]。你认识他吗?"

"这是一个著名的名字,但我不认识他,先生。"

"哦,我还遇到了其他印度人,那时候——革命者属于被他们称为格哈达拉党[②]的,他们的国籍五花八门——葡萄牙、委内瑞拉、意大利法西斯、中国、阿富汗!一个让人迷惑的革命者混合体,他们的目的就是杀人——尽可能多地杀英国人。我理解他们,但我更崇敬甘地。我问尼赫鲁:'我们阿尔及利亚人能做什么来解放阿尔及利亚?'——'讲述事实——诚实的事实,事实造就革命。'他说。甘地就是这样做的,真理是革命!不过,"阿卜杜·克里姆对我说,"跟我说说甘地吧!"

"你看,"我说,"甘地以事实为革命,格哈达拉党不是。"

"同你见面,我想向这个教会我革命的国家致敬,甘地解放了我们。"

"不是列宁?"

"不,首先是甘地,其次,塔什干之后,列宁理解我们穆斯林。"

"哦!"

[①] 安萨里(Makhtar Ahmed Ansari,1880—1936),印度政治家,独立运动期间担任过国大党主席、穆斯林联盟主席,印度国立伊斯兰大学创办者之一,1928—1936担任该校校长。

[②] 格哈达拉党(Ghaddar),乌尔都语,意为"起义,暴乱"。该党成立于1913年,以锡克人为主,旨在争取印度独立。

"是的,还因为 M. N. 罗伊①,你的同胞之一,他影响了列宁对穆斯林、中国人和你们印度人的看法。"

"我不知道。"

"但你现在应该知道。"

"谢谢你。"

"不,应该是我谢谢你。通过你,表达对这个给了我们很多启发的国家的谢意。谢谢你,再次谢谢你。"他感动而体贴地长时间握着我的手。

我开始吃自己的面包片,克里姆夫人对谈话饶有兴趣,忘了给剩下的面包片抹黄油。"希望你意识到生命是珍贵的,所有的生命都是。比如说,你这个女儿的生命。"我看见一个年轻姑娘在帘子后面偷笑,好奇而友好,我估计是他的女儿。

"不,她不是我女儿,她是一个圣战者的妻子,给我们做饭。"

"不管怎样,我知道你有女儿。"

"当然。"他喊法蒂玛、比尔克什、努尔和希卡达拉出来,她们四个——害羞,有点黑,都穿着阿拉伯服装——冲我们笑笑。我起身鞠躬行礼,她们待了会儿就又回原来的地方了。她们看起来安静而优雅——在印度,他们会说适合结婚。

"和我说说甘地吧!"他又说了一遍,希望我进入重点。

"那正是我要说的。听着,一个妈妈爱她的孩子,一个父亲爱他的儿女。亲近的人去世,我们会哭。于是,甘地说,什么比死亡强大?"

"生命。"阿卜杜·克里姆夫人说。

"不,夫人,是爱。因为你爱一些人,即使他们去世了,爱强于

---

① M. N. 罗伊(Manabendra Nath Roy,1887—1954),印度革命家、政治活动家。

死亡。基督死在十字架上,人们仍然热爱他。列宁在莫斯科去世了,他们把他埋在不朽的坟墓里,这样人们就能向他表达自己的热爱。"

"是的。"阿卜杜·克里姆说。我想,让-皮埃尔觉得这些让人头疼,进去和女孩们说话了,我能听到他们的笑声。

"那么,如果爱比死亡长久,为什么不以爱为生?"

"这似乎是个很好的论点。"

"爱和生命都长久。"

"是的。"

"这样的话,你不想知道哪个更长久些吗?"

"当然希望。"

"因而,你希望永远活下去,永远被爱。"说到这,他转身看着妻子,她微笑回应他。"那么,为什么杀戮?你知道生命是什么,你不知道死亡是什么。如果我们能在实验室里制造生命,比如说,像我们生产阿司匹林一样,那么死亡就不重要。但既然我们不在那——"

"我不明白你说的。"

"你看花园里所有的圣战者,他们想保护你,希望你活着。"

"你说得对。"

"除了他们,法国人,他们也希望你活着。"

"出于各种的原因,他们信任我多于本·贝拉[①]。当了法国士兵后他成了我的,他们已准备把本·贝拉当成我的代理人——但现在他们明白,他比我要得多。我想留在法国——像兄弟,像亲戚。如果喜欢,也可以像客人,像你在这里一样。但是本·贝拉想把他们赶

[①] 本·贝拉(Ahmed Ben Bella,1916—2012),1963—1965年担任阿尔及利亚第一任总统。

回法国。"

"先生，你有爱——甚至对法国人也有爱。"

"是的，如果他们守规矩的话。"

"但假设你行为不规矩呢，他们会怎么做？"

"把我拉到墙边枪毙。"

"这能解决问题？"

"不能。"

"所以甘地说让我们爱那个人，成为兄弟。勒死某个人容易，但拥抱他要难得多。你不喜欢黑暗，你爱光明。你不想被仇恨，你想要爱，你的邻居同样也想要爱。"

"但本·贝拉会杀了我。"

"去站在他面前，他内心同样也有爱，他不会杀你。先生，需要你的法国人会关心你、保护你。"我变得非常庄重，接着说，"生命是极其渺小的东西，三万三千多个痛苦的日子。像一篇文章里说：一个人在沙漠里迷路了，他看见前面来了只老虎，觉得害怕，不停地后退。突然，不知不觉中，他掉到一口井里，井里有个妖怪在等着他。他抓住边上的树根——"

"——他吃到了从树上蜂巢里一滴滴落下的蜂蜜。"

"您怎么知道？"

"我们的传说中也有这个故事。"

"两个妖怪之间的是生活——就像吃到的蜜。真是出悲剧，为什么要争斗呢？"

"为了荣誉。"他说。

"但你的对手也有荣誉，"我想起拉贾·阿肖克，"他也有母亲。每个人都有张圣母怜子图，记住这个，你就永远不会杀戮了。"

"然而，如果本·贝拉想杀我……"

"那就由他去杀——每个人都有死罪。"

"然后呢？"

"死有什么问题？"他把手放在嘴唇上，思索着。他站起身，我也站起来跟在他后面。

"本质上，"他站住问我，"先生，本质上说，什么是甘地主义？"他像根沉默的柱子在说话，像协和广场上的埃及石柱。

"事实上，你的每个动作、想法——你的行为、精神比你的对手高尚。甘地说过不要相信英国，政府不是人，要尊重英国人。"

"如果不呢？"

"在你获胜之前就已经输了战斗。"

"但是，"他僵硬而坚定地站着说，"我是个阿拉伯人。"

"那又怎样？"克里姆夫人说。她跟着我们，认真听这次历史性对话。她有自己的思想，但她不说。

"左手不知道右手所作的[1]，我不需要爱。"这话像把剑刺，阿拉伯人的剑刺，直截了当。由于思想单纯，我根本没料到这样的情况。记住，我身体还很虚弱。我们——确切地说是我，停了一会儿，像是去吸了一口气。我看见外面的人群在扩大，他们只能看见我们的头。人群开始喊口号，阿卜杜·克里姆做了个手势，人群变得寂静无声。他是邪恶的君主，生与死，在某种程度上，只是他的愿望问题。站在我们身后的女士们像中世纪的壁毯，安静、雅致，穿着长袍，注视着正低头看着城垛的君主。敌人在远方，但人们要准备随时突袭。慢慢地，我恢复了知觉，说："先生，您听说过阿卜杜

---

[1] "你施舍的时候，不要叫左手知道右手所作的。"出自《圣经·马太福音》(6:3)。

勒·伽法尔·汗①吗?"

"没有。先生,他是谁?"

"一位伟大的印度领袖,是帕坦人②,您知道帕坦人吗?"

"知道,他们是山里的部落民,生活在印度和阿富汗之间。"

"不,他们实际是印度-希腊人,他们的国家曾经由亚历山大大帝设置的希腊总督统治。"

"这我不知道。"

"他们是伟大的佛教徒。我记得,他们召开了第一还是第二次佛教集会,他们有著名的大学。"

"哦,在那时候?"

"是的。但凶猛、好斗、盛极一时的伊斯兰教侵入时,那些印度-希腊人堕落了,屈服于这个新兴宗教——一个具有强大力量和信仰的宗教,您对此比我知道得多,它横扫了整个文明世界。"他赞同地点头。"这些印度-希腊人被称为帕坦人,现在征服了部分旁遮普地区,最终变成了穆斯林在印度统治的先驱。"

"顺便问一下,你能告诉我,多少印度人是伊斯兰教徒吗?我的意思是,穆斯林?除了帕坦人。"

"我觉得有百分之二十,这个数字我不是很确定。"我沉默一会儿,继续说,"再说说阿卜杜勒·伽法尔·汗吧!"

"好的,我们再聊聊他。"

"您知道,每个帕坦人——甚至五岁的男孩——都带着枪。帕坦族热情、顽强而独立。"

---

① 阿卜杜勒·伽法尔·汗(Abdul Ghaffar Khan,1890—1988),普什图族民族独立斗争领袖,甘地的朋友。

② 帕坦(Pathan),西亚和南亚地区的民族,又称普什图族(Pushtuns)。

"像我们的柏柏尔人①——我自己就有柏柏尔血统。"他说，骄傲地回望自己的家人。

"英国人无法征服他们，英国人被他们打败的次数比被其他人打败的次数要多得多。"

"法国人和柏柏尔人也一样。请继续说你的故事。"

"是的。阿卜杜勒·伽法拉·可汗成了他们的酋长，他们的王公，就像——事实上，像佛陀，与每个人一起感受一切的王子，极为质朴、谦逊——像是船夫、木匠、卖花人，阿卜杜勒·伽法拉·可汗也是这样。出于对自己领袖的忠诚，这些带枪的人突然转向了甘地主义。是的，他们接受了甘地纯粹的非暴力思想，英国人努力用钱和封号贿赂都没摧毁他们。他们是卓越的、非同凡响的单一思想的人，他们都信赖甘地。实际上，极其信赖，直至今天，阿卜杜勒·伽法尔·汗还被称为'边陲甘地'。"

"一个不一般的故事，也有点使人不安。告诉我，这个'边陲甘地'现在在哪里？"

"又在监狱里了，起初英国人判了他很多年。你能想象到，帕坦人放下他们的来复枪，以非暴力游行去面对英国人的子弹并像英雄般死去，像甘地主义的英雄。正如甘地所说：非暴力更英勇——人面对死亡毫不反击。"

"我想他是对的，不管怎样，杀戮让人憎恨。然而，有时候，还是要做的。先生，告诉我，他为什么在监狱里？英国人已经离开了。"

"答案很简单，他在巴基斯坦人的监狱里。他的人民不愿意加入

---

① 柏柏尔（Berber），西北非洲的民族，实际上柏柏尔人并不是一个单一的民族，它是众多在文化、政治和经济生活相似的部落族人的统称。

巴基斯坦，英国人强迫他们加入。帕坦人想自治，他们很骄傲，像阿富汗人一样，我认为他的妻子就是阿富汗人。"

"一段非凡的历史，听起来像传奇。"阿卜杜·克里姆说。他的人民在外面等着他，但我还有很多要说。我友好地把手放在他的肩膀上，他也把手放在我的肩膀上以示理解。是的，他知道的比他说的要多。生命是它该是的样子。

"你听说过另外一位伟大的伊斯兰教领袖吗？这是位阿拉伯人，他的名字是卡迈勒·琼卜拉特①。"

"谁没听说过卡迈勒·琼卜拉特呢？他是伟大的理想主义者，著名的黎巴嫩德鲁兹②领袖。我记得一位美国作家说过：黎巴嫩是琼卜拉特，琼卜拉特是黎巴嫩。"

"没有，这我没听说过，你知道他把自己的政党称为纯粹党或类似的东西。我听说，在贝鲁特③党总部，他的座位后面赫然耸立着一幅巨大的甘地像。

"但我要跟你说另外一个故事，或许你不知道。在黎巴嫩——我估计跟在帕坦的土地上一样——甚至在他们的政治集会上，人人都持枪。一天，一个政客拔枪去射杀琼卜拉特，这个政客不像琼卜拉特那样是个圣人英雄，他们彼此毫不相同。政客为了挣更多的钱，琼卜拉特根本不是为了钱。琼卜拉特是个酋长，非常富有，把大部分土地分给了自己的人民——德鲁士人。这个政客是保守党党员，想杀害琼卜拉特，这些就发生在他们的议会里。琼卜拉特露出他的胸膛，像你们的帕坦人那样。我听说，琼卜拉特的四周布满白光，他被白光所覆盖并处于它温柔的保护之下。枪从敌人手里落下，他

---

① 卡迈勒·琼卜拉特（Kamal Junblatt，1917—1977），黎巴嫩政治家。
② 德鲁兹（Druze），近东的一个伊斯兰教派。
③ 贝鲁特（Beirut），黎巴嫩首都。

立即跪在琼卜拉特脚下请求原谅。他说——就是这个政客说：'你是被保护的人，圣人保护你，神在保护你，我不能杀你。'"

"没有，我没听说过这个故事。"我说，"但我听说他是一个伟大的印度古鲁的信徒，琼卜拉特向自己的德鲁士信徒宣传过这个印度圣人，他们也相信他，但琼卜拉特是阿拉伯人。"

"记住，尽管琼卜拉特被称为伊斯兰世界的异教徒，但他是德鲁士人。这没关系，他是个伟大的人，一个伟大的阿拉伯人，我敬重他的勇气。伊斯兰人向来尊重勇气，伊斯兰教是和平的。"他说完，把我拉到怀里拥抱我。在我看来，他多么专一、纯粹啊！伊斯兰教有这种让人感动的可怕的纯粹，因为它非常绝对。死，但绝不屈服，不管你命运如何。

"是的。"他又继续说，我们向前走着，他的手臂搭在我的肩膀上。"我们需要阿卜杜勒·伽法拉·可汗，也需要琼卜拉特。但是法国人不是英国人，法国人会卖给你一磅牛油，不是吗，简奈特？"他转身问站在身后的妻子。我拿不准她是否认同他的说法。但他现在有点匆忙，他的人民在外面等他。我们必须往前走，把女士们留在后面。"这是怎样的一个男人啊！"我想，"只有法国人明白他。"那天，在我看来，他对所有人来说都是兄弟啊——甚至对法国人也是如此！

我们走上阳台，他似乎突然变得高大了，看上去既伤心又感动，还十分孤独。

现在，院子里已经聚集了很多人，可能有两三百人。当他们看到自己的领袖时，就大声欢呼。阿卜杜·克里姆把我拉到门廊，用阿拉伯语跟他们说了什么，我听到的都是印度、甘地等等。他们非常高兴，一次次向我欢呼，看到让-皮埃尔在我们身后，他们喊道：

"让-皮埃尔，让-皮埃尔！"他们眼里充满了爱。我想，谁能杀死谁呢？甘地先生说过你怎么能杀死已经死的人呢？人们说，他为那个杀了自己的人祈祷。

我们离开人群，穿过警察的路障——

"敬礼！"警察喊道。

我们向右转弯去德勒，我对让-皮埃尔说："让-皮埃尔，发生了什么？"

"谁发生了什么？"

"让-皮埃尔，保护人，阿卜杜·克里姆。"

"哦，法国人把他关在大西洋岛上——他是他们最好的朋友。他的追随者本·贝拉和同伴越狱后长途跋涉到埃及、摩洛哥，组织军队抗击法国人，就是民族解放阵线。"

"后来呢？"

"双方死了上百万人，本·贝拉成为阿尔及利亚政府的首任总统。他会回到监狱的，别担心。阿卜杜·克里姆在这里，这就是历史。"

"纯粹主义者失败了。"我顺着自己的思路说。

"是的！"

"但真理获胜了，真理是革命，这是甘地主义。"

"那是你的历史？"

"不是，真理没有历史。"

"但是——"

"你的历史自我重复——不是吗？"

"什么？"他心不在焉。

"历史。列宁瘫痪了，托洛茨基在墨西哥。"

"呸！"让-皮埃尔啐了下。他对历史没有兴趣，现在，他的政治主张再也没有超出他的控制范围。

回去的路上，我们在沙特尔圣母院停下。在那庞大的建筑物里，暗处有些亮光，蓝色温和，让我想起什么。我想在圣所的地板上打滚，像驴子样撒欢和嘶叫。让-皮埃尔，我变成什么样了？我被什么弄伤了？我感受到了温暖、高大、刀枪不入的阿卜杜·克里姆的存在给了我温暖。我觉得他是像兄长、像父亲般的保护者，没有人能那样，连让-皮埃尔都不能。这一切意义非凡，但它逃离了我。谁是阿卜杜·克里姆？为什么他对我充满关爱，给我解释，让-皮埃尔，给我解释，否则我永远不想见你。

13

"为什么？"我们快到美居饭店时，我又跟让-皮埃尔说，"阿卜杜·克里姆为什么想见我？为什么，让-皮埃尔？"

"我估计他想有人理解他，尊敬他的为人，这人来自另一个国家——一个伟大国度。"

"可他有那么多追随者，几乎可以说他们是信徒了。"

"希瓦，他们不理解他，只是仰慕他、遵从他。"

"但他们为他做了什么？"

"杀死任何一个他想杀的人，我想。"

"什么！"

"你知道，现在阿尔及利亚人之间相互残杀，死亡的人比他们杀的法国人还多。"

"让-皮埃尔，在我看来，他满怀爱意。"

"那是个秘密，朋友，马克思主义的秘密，"他说，把自己给逗乐了。我相信这都是让-皮埃尔的神话，你因爱而杀戮。但是不对，我曾在阿尔弗雷多那听说过这个，让也跟我说过。我觉得又疲惫又困惑，无法理解。

回到圣雅克街，我看见图图夫人在门口逗弄她的猫，这让我确信了一些事。我上楼回到房间，洗了热水澡，睡觉。就是它，就是人类所能做的一切。蜂蜜滴进嘴里。你睡了，睡了，人啊，睡吧！没什么更好的事情去做。

于是，我遵从了贝特洛医生的命令。贾娅下周要来，我应该是完整和自由的。像有些人说的：时间是世俗的也是神圣的。时间又变得神圣了，庙宇会生长——在喜马拉雅山上。

14

苏珊娜对我羞怯是那么自然，可以理解。从我这儿，她只想要一样且只有一样东西：罗伯特。她已经选了我当他父亲，她给我的礼物和崇拜像我们去帕尔瓦蒂庙许愿一样：哦，女神，让我通过考试吧，我要在你脚下敬献三个椰子。要么是：哦，女神，只要我的丈夫开始对我好，只要对我温情点，像他说的对他第一个妻子那样，那么，女神，我发誓，我要在第二年迦梨节时给你献金腰带。当然，丈夫变好了，我的朋友苏巴哈玛尼亚姆通过了考试，甚至很出色地通过了考试。苏珊娜所有的祈祷，她母亲对我的厚爱（通过她对格农的理解，以及格农自己对传统的理解，她愉快地接受了这样一个观点，即印度人高尚纯洁，看来他已经说过这点了），不过，我还没有结果。我生活在抽象思维中，并为抽象思维而活，正如一个中世纪唯名论者哲学家所说：把物体看作名称，那背景无疑非常真实，但却空洞。因而，对他们来说，在什么情况下，虚空也是目标。我自问，它们存在于何处——不是作为名称，我想。那我在哪里？对苏珊娜来说，我就是我——名称、身高、地位、民族——最高天赋的给予者。对母亲来说，格农是孩子的父亲，像俄罗斯共产主义者一样，有马克思主义–列宁主义的儿子。孩子跟孩子，他们应该平等——一个出身于最纯粹的传统，而另一个出身于最纯粹的反传统。他们这样分裂了，世界一直愉快地运行着——如果我们四处瞅瞅、听听，斯大林的谋杀、日本人的残忍、穆斯林的狂热、暴力恐吓、美国人的简单、印度的"别碰我，否则我杀死你主义"，所有这些都被给予同等的重要性，在绝对的快乐中，世界围绕着它的轴轻轻地转呀转。太阳升起落下，月亮照耀十四个夜晚，然后开始衰弱，大海在它的脚边跳跃又哗哗退潮，树上结满果实，老虎扑向小鹿，小鹿吃草，草吸收土地上的化学元素（氮等），水涌出，云生云……你看到秋日天空中非常奇妙的形状，在巴黎冬日或初夏的天空中——在卢森堡公园上空有很多神奇的云朵形状，像城堡、怪物、地形、多彩的花环、王国、公国、城镇和鲜花。是的，世界为人而造——只给他或她一个、单单一个东西——党员证或男婴，你因为继承而拥有世界。光荣属于上帝，或属于神，为了这些无尽的礼物：哈利路亚，天父。

  何时敌人被打败，
  天堂永远不远。

  但米雷耶的要求极其不同，她只想要纯粹的经历，即使抽象的像负数二的立方根——她也不在乎。她的孩子们、丈夫、金色的胸部（她的绿眼睛）和聪颖，都要生产一个单一的无对象的物体——

所有的物体都同等有效——它们没有历史，没有传统或没有反传统（既没有格农，也没有马克思），她乐于被满足，就是说，有成就感。成就感是什么，比如说，"路遇"，在此过程中遇到一个反革命，遇到事成之后祈祷的神甫，或者说一个她已经记在心里的、靠体力谋生的汽车司机。（"可怜的家伙"，她有一次跟我说，"他一定有个胖老婆和三个拖着鼻涕的孩子。"）有时，米雷耶逗弄多贡人，一个有着非洲皇家血统的、高个子的、历史性的人物，或者与摩洛哥某个酋长的儿子嬉戏（或突尼斯的，她不在乎），现在是马德拉斯的婆罗门。她对那个城市的了解就是，它邻近被法国占领过的本地治里，还有迪普克莱斯①、拉里②等人，——她在学校里学的这些。她的纯洁（原谅我这样说）如此深奥，你觉得自己在接触一些原始的、宇宙的中心和一个基础方程式。你起身——我从米雷耶的深奥里起身——把自己带回来，但变成了一件首饰，覆盖着宝石做的眼睛。就是说，像马杜赖③大庙或坦贾武尔④庙里的一个路边神。因为苏珊娜，我变成了国王的次子，他必须小心翼翼地进食，唯恐有长子唆使的职业投毒者。当然，我是王子，但我没有继承权，罗伯特将继承王国。

那么问题是，接下来我要去哪里？答案很简单（因为格农或马克思）——我在研究所努力工作，我去那里越来越少了，自从到那里，我还没出多少成果。遵从我的达磨，先按部就班地对阿方斯微笑，接着是一条腿的门卫，他嘴里的香烟快灭了，眼睛视线模糊。他亲切、和善，富有人情味，响亮地打了声招呼："你好，老朋友。"

---

① 迪普克莱斯（Joseph François，1697—1763），也称为迪普克莱斯侯爵（Marquis Dupleix），法属印度总督。
② 拉里（Thomas Arthur，1702—1766），也被称为拉里伯爵（comte de Lally），法国将军，和英军交战失败后，带领在本地治里的法国军队投降。
③ 马杜赖（Madurai），印度泰米尔纳德邦的第二大城市，是印度教七大圣城之一，也是达罗毗荼文化中心。
④ 坦贾武尔（Thanjavur），位于印度泰米尔纳德邦南部。

然后，我经过第二道门到四十岁的秘书艾琳小姐那儿，她会把早上的信件给我，开着些暧昧的玩笑说，在这个国家有带你去乡下的"朋友"多好啊；或者告诉我，拉福斯夫人打电话来，说她会送汤到研究所，我一定被照顾得很好。"你朋友拉福斯夫人有着银铃般的声音。"——接下来是布罗耶街公寓，我和乌玛要搬到那儿，也许在今天下午，也许明天。但等贾娅来，住过一段时间，离开之后，再做那些不更好吗？

是的，是的，那是可能的解决办法，我自语着，爬上研究所的台阶。你对此已做出决定时，根据某种难以理解的逻辑（除非你相信心灵感应或占星术），米雷耶打来电话，问能不能再多留乌玛住上三四天，因为新保姆施莱辛格小姐要回家，她姐夫去世了。施莱辛格小姐的姐夫是一位战斗英雄，1944年在阿登高地受的重伤使他深受折磨。他和英国人作战（由于占星的原因或事故的原因？），你知道英国人是什么人，他们只关心自己喜欢的，让痛苦的法国内务部队走向它正常的命运（你记得很清楚，他们支持戴高乐）。在被缝了很多针、吃了大量磺胺类药物后，那个可怜男人的生命被延长了。现在他走了，这意味着施莱辛格小姐必须去安慰她姐姐（可怜的有四个孩子的寡妇，在马恩河上的贝斯袜厂做会计）。这样，乌玛不得不留下来，就像父亲，作为完美的英国（印度）公仆，拒绝按照国会的方法从印度储备银行得到他的出国许可（像王公老爷做的，或班西①为他所做的，是一样的事情）。父亲被哈德瓦的美景吸引，纯洁的恒河水和喜马拉雅山让他放弃一切，甚至英国。这样，在布罗耶街公寓九月七号归还前，父亲不会来了。在中央高地度假、阿尔卑斯山登十天山后，桑顿医生的家人（整个家庭、两个孩子、一个

---

① 班西（Bansi），印度城市，位于北方邦。

祖父）已经坐游艇离开威尼斯（威尼斯总督①的皇城），经地中海和红海，决定要环绕整个非洲，东方、西方和南方，之后是达卡、马拉喀什，九月五号将在马赛登陆，然后，桑顿的家人们回到他们的公寓。他们开心地把公寓租给让-皮埃尔的印度朋友，要不这样的话，游艇之旅将会有点困难，唯愿那些印度人讲卫生，不会在名贵的布莱顿桌布上留下咖喱味。这桌布是差不多一百年前桑顿夫人的祖母为婚礼而精心准备的，现在由她继承，会留给自己的孩子。她的一个孩子也叫罗伯特，另一个叫理查德。如你所见，圆是完整的，让人透不过气。我坐在桌边点燃香烟，问自己：希瓦，你这个傻瓜，你在这做什么？这时（意外或占星术能解释），我的眼睛落在一个美国大信封上（美国科学家用那些耐用的信封寄他们的复印本，寄自《数学物理月刊》的，或寄自《科学美国》，同样庞大），看到地址时，我突然明白这是我的朋友马哈德万寄来的，他在普利斯顿高级研究所。我知道很难得到一份婆什迦罗的《莉拉沃蒂》或梵文的婆罗门笈多②的天文学，我曾让马哈德万从美国国会图书馆（世界上最高效的信息矿）给我寄复印件。现在它们在这里了，婆什迦罗的《莉拉沃蒂》和婆罗门笈多以美国式的效率寄到了，我要坐下去了解他们对数学领域最本质问题的想法——无限和零的关系。于是，我立即用一只手撕开信封，一边还在和米雷耶说："当然，当然，米雷耶，让乌玛多待几天，她喜欢和你，还有孩子们在一起。"我摩挲着婆什迦罗的封面，感到很开心，多么普通又多么简单啊！米雷耶跟我说：没有戏剧，没有深刻沉重的戏剧风格，也没有肤浅的活泼——她知道她所有的，她相信它的绝对真理，那正好给她说话增

---

① 威尼斯总督（Doge of Venice），有时被称为威尼斯公爵，是威尼斯共和国的行政长官，驻地为威尼斯总督宫。
② 婆罗门笈多（Brahmagupta, 598—660），意译为"梵藏"，印度数学家、天文学家。

加了点渴望。这样乌玛会和米雷耶待长一点时间，我相信她一定很高兴和孩子们，还有一大家人待在一起（像我们南方人说的），而不是和解决难题的、长鼻子的、你称他为挚爱的哥哥在一起。现在他有了自己的婆什迦罗，要潜心钻研这个文本，对它的简单解释来个大破坏。婆什迦罗似乎只爱智力玩具，但我感兴趣的是桑顿医生祖母的桌布（在布莱斯特特意为自己的婚礼做的）如何与父亲的英国（印度）服务方式联系在一起，喜马拉雅山和蒙维勒的联系，苏珊娜和米雷耶的联系（或者如果你愿意，让-皮埃尔和他的希腊-黑人的、在弗里德兰街拿破仑酒店的神秘的反革命军官的联系，他可能想要刺杀戴高乐，感谢上帝，他没有），这提醒了我，关于阿卜杜·克里姆，我一定要问问让-皮埃尔，那天我向谁宣讲甘地主义。你看，你创造了什么方程式啊：婆什迦罗发明了智力玩具逗莉拉沃蒂开心，就像湿婆发明棋子让帕尔瓦蒂保持好心情。你知道女人总需要被特殊对待——不管怎样，这个阿卜杜·克里姆要把法帝国炸成碎片。你问自己到底什么关系，你精神振作、思维清晰（你知道，在恢复期，疾病总是消除你的困惑，让你又变得思维清晰）。现在我要着手研究婆罗门笈多，或者是与他相提并论的开普勒。跟你说实话，这种比较总让我兴奋——我的鼻子就是我的鼻子，不像任何人的，米雷耶杯（设拉子杯）和别人的也不一样。因此，如果罗伯特碰巧遇到苏珊娜（通过我），他永远不会是罗伯特，而是理查德，另一个完全未知事物的名字。沉浸在这种气氛中，我们能合理地问自己：傻瓜，你在这做什么？对此我会笑着回答：先生，我拿着一个特别的设备，它被称为拆信刀，是用不锈钢做的，我用它打开了堆在我桌上的所有信件，这样我就能快速浏览——从东京到英国剑桥，从锡拉库扎（U.S.A）到蒙得维的亚，我的朋友巴卡拉从孟买、德里去那儿，在那里教数学。我像平常一样玩游戏，甚至我以同样的方式玩着死亡游戏：躺倒，像玛哈里什做的那样。我对自己说：我死了，我死了，看，我死了。你走了，然而，"我"还在。这似乎是抚慰人的说法，但对突如其来的错误制造者（具有格农的传统）说：死亡之后，又是生，我亲爱的朋友。轮回，生命之轮。现在我要去哪里？告诉我，做什么？或许你会告诉我做什么。会吗，先生？

我在认真思考荒谬的荒谬性（不是加缪的而是我自己的）、危险的危险性时（也不是莫诺的而是我的，更像佛教中的说一切有部而不是赫拉克里特[①]，或恰当地像循规蹈矩的雷内·托姆[②]的突变理论），除了我的副所长谁会闯进来呢（像英国人说的），副所长被称为罗歇·麦坎先生。（一个苏格兰老姓氏，他让我们相信，这是从安妮女王起就不间断使用的姓氏，现在从麦肯锡改成麦坎。法国人不像印度人，他们不喜欢以元音结束自己名字。这又把我们带到很远。如果我们意识到辅音是男性的，元音是女性的，这样一来，以元音结束名字是确定世界的女性气质，相反地，以辅音结尾是使世界男性化，一个荒谬的观点）不管怎样，罗歇·麦坎先生进来就说自己的事情。他痛恨以政治原因被安置在这里的上司，"要明白谁当政，亲爱的同事"。他曾宣称，"政治和数学之间的交流，当然就是这样"。这让麦坎极为反对戴高乐，尽管抵抗运动期间他故意佩戴某种英雄主义的大绶带。（他有点挖苦地说，那时，所长查春先生在岳父的农场洗自己的内衣，他岳父是佩里戈尔一个大工业家）麦坎开始跟我说研究所怎么收到凯多塞[③]寄来的信，说，我，希瓦拉姆·萨斯特里

[①] 赫拉克里特（Heraclitus，约公元前540—公元前470），古希腊哲学家。
[②] 雷内·托姆（Rene Thom，1923—2002），法国数学家。
[③] 凯多塞（Quai d'Orsay），法国外交部的别称。巴黎塞纳河畔的码头，法国外交部在其对面。

的研究资助将延期两年,因为印度政府和法兰西共和国致力于发展更好的文化关系。"萨斯特里先生,你是当今印度最伟大的科学家之一,部长写信说,为了让你留在这里,应给予你一切便利。你知道,一直让人担心的是美国人会来挖你。"我不得不让麦坎先生相信——知道他会用这件事来促进他和查春先生的关系——"我在这里非常舒适,像在家一样。"我说。这让麦坎十分开心,因为甘地和尼赫鲁的缘故,他很尊敬印度人,认为他们比戴高乐高明得多。他又问起我的健康和我妹妹,听说她是来这里看病的,这又是对他国家的一种恭维。麦坎问我是否认识华盛顿国家科学基金的人,因为他有时很想去美国,特别想见安德烈·韦伊[1],这位仍然健在的、世界上最伟大的数学家之一。"你知道安德烈·韦伊年轻时去过印度吗?"他在这里上起课来。

"不知道。"我说。

"他去过印度,也懂梵文。你知道,如果我没记错的话,他是战前去世的那个著名东方学学家西尔万·烈维[2]的侄子。"

"麦坎先生,您知道吗,法国是第一个在西方世界教授梵文的国家,施莱格尔兄弟[3]和麦克斯·穆勒[4]都来法国学过梵文。"这又恭维了麦坎先生。

"我希望能懂一点梵文,这大概会给我些哲学思想,我很需要它。事实上,我看见你时,我觉得非常平和。萨斯特里先生,我喜欢来见你的原因之一,是因为你的存在让像我这样灵魂分裂的人心

---

[1] 安德烈·韦伊(André Weil, 1906—1998),法国数学家。
[2] 西尔万·烈维(Sylvain Levi, 1863—1935),法国印度学家,梵文专家。
[3] 施莱格尔兄弟,哥哥施莱格尔(August Wilhelm von Schlegel, 1767—1845),德国诗人、翻译家。欧洲第一位梵文教授,翻译过《薄伽梵歌》。弟弟施莱格尔(Karl Wilhelm Friedrich Schlegel, 1772—1829),德国诗人,印度学家。
[4] 麦克斯·穆勒(Max Muller, 1823—1900),德国语言学家和东方学家,西方印度研究的创始人之一。

神宁静。"我没有强迫他解释自己。"你知道,"沉默一会儿他继续说,"我想移民去以色列。"

"为什么?和您的苏格兰祖先一样,您真想那样做?"

"你不知道那个有名的犹太笑话吗?从前,在纽约第三十四街,戈德斯坦遇到麦考密克,两人一起喝了杯茶后,戈德斯坦说,'麦考,为什么被称为麦考密克?''哦,'麦考密克抽着烟说,'嗯,我叫哈钦森。''哦,告诉我,麦考,你改姓哈钦森之前叫什么?''哦,当然,'麦考说,'姓哈雷,你知道,是一个令人尊敬的波兰姓氏。'他们都笑了。麦考接着说,"同样,我们血统中有很多杂质,犹太教的和长老会派的、天主教的和西班牙的,我名字里还有个加西亚。你知道,我们是虔诚的天主教徒。但是,上次战争之后,人们就忘了黄卡。然而,这个戴高乐,谁知道他要怎样?他确实不喜欢犹太人,听听他所说的关于以色列的言论。因此我的计划是,但我还没和任何人谈论过:先去美国成为公民,这要花上六七年时间,然后移民去以色列。以色列有很多不错的大学,我在海法有些远亲。所以我想先加入美国大学。"

"您知道,我曾去过一次美国,我也非常喜爱法国。"我说着,拉过一张椅子把腿架上,然后继续说,"但我终归是要回印度的。"

"萨斯特里先生,当人们看到我在上次战争中的遭遇,就不会想象未来的世界会怎样了。当然,印度一直都是——善良、和平的民族,有非常古老的文化。"

"还有贫穷和混乱。"我说。

"是的,看看以色列,十五年内有了两千多年的历史。如果需要的话,印度也能这样。"

"可能吧,但是犹太人似乎是非常坚韧的民族,印度人喜欢温顺慷慨，不工作。"

"谁知道呢，或许这是文明人最好的状态，大概你是对的。"麦坎停下来，似乎起身要走，"你看，萨斯特里先生，如果查春待在这儿——就是说，如果他不进入教育部，从研究方面看，我或许要再待上二十五年才能获得更好的东西，这就是我为什么想离开。"

"您会是很好的所长，我相信您。"

"哦，谢谢，记住我的华盛顿。"我想，毕竟，我可以给马哈德万写信。

"我会给一个朋友写信看看。"我保证。

"在戴高乐的法国我觉得窒息。"他好像在和墙说话。

"我认为法国做得非常好，您知道，我希望其他国家也一样。"

"哦，萨斯特里先生，你是个天真的人。你不知道这个同志共和国吗？马尔罗赞扬戴高乐，戴高乐赞扬蓬皮杜，梅斯梅尔[①]接任蓬皮杜，德布雷[②]继任梅斯梅尔，个个都赞扬离开的前任。在将军的音乐椅游戏中，每个人都有自己的顺序。"他笑道。

我喜欢麦坎，他不仅是令人尊重的数学家，还阅读广泛，他有时带我去参加画展，这一点，除了阿尔弗雷多，没有别人在乎过。麦坎是个法国人，想移民去美国，真疯狂！

"法国人，"阿尔弗雷多一次轻蔑地说，"你知道，法国人爱钱胜于爱他们的母亲。"这伤害了我，因为这看起来很不真实。或许我偏爱法国人，我发现他们像他们的智慧一样慷慨。但是，像阿尔弗雷多说的，我得到了法国人的特殊对待。我怎能证实这个，而且，我为什么要证实？在荒谬的世界里，合理看起来也非常荒谬，那么，

---

① 梅斯梅尔（Pierre Mesmer, 1916—2007），1972—1974年任法国总理。
② 德布雷（Michel Debre, 1912—1996），1959—1962年任法国总理。

就让荒谬对荒谬，笛卡尔对笛卡尔，工作吧！

就这样，我拿出纸继续演算完成一半的塞格雷①系数。我觉得自己头脑清楚、自由自在，但我一定还很虚弱。苏珊娜给我送汤来，我几乎无法起身问候她。她解释说，因为艺术家舞会，她母亲不得不紧急去买东西。巴黎夏天的年度秀，苏珊娜要化妆成丑角——毕加索的丑角——拉福斯夫人不得不去老佛爷百货或圣奥诺雷郊区买合适的服装。苏珊娜有着修长的四肢和严肃的神情，眉毛在鼻子上方连了起来，她看起来顽皮而神秘。但我认为拉福斯夫人和苏珊娜开了个母亲式的玩笑，她或许认为对苏珊娜来说，这是见我的一种方式，办公室让一切变得含糊。

"孩子永远摆脱不了母亲的牵挂，哪怕孩子已经老大不小。"最近拉福斯夫人有次这样说，"即使我现在五十一岁了，我的老母亲还把我当孩子。她知道我生病或痊愈、快乐或悲伤。在我知道丈夫去世消息之前，她的心灵感应就已经告诉了她。这就是生活，母亲和儿子或母亲和女儿有这样的精神联结。"

"您说的对，拉福斯夫人。"我肯定她道，"小时候，在我一无所知之前，父亲总是知道我的哮喘什么时候发作。当然，因为母亲的离世，他既当父亲又当母亲。"

"现在呢？"

"我要自己照顾自己。事实上，坐在这里，我在想我的哮喘要发作了。"

"哦，你一说话问题似乎已经消失了……"

"是的，夫人，这就是生活，人有这有那——但不会全有。"

---

① 塞格雷（Emilio Gino Segrè，1905—1989），意大利裔美国实验物理学家，1959年获得诺贝尔物理奖。

"格农先生会说，在两者之外。"

"是的。"

"但那个奇迹怎么发生的？"

"谁知道呢？夫人。人们知道叶子为什么会落地吗？那是奇迹——"

"——是恩赐。"

"叶子落地，它落了，这是生活常理。"

她沉默了一会儿，说："你说到了自己的父亲，从你所说的来看，他一定是个好人。"

"拉福斯夫人，再活一百次我也不会选其他人做父亲。他极其了解我，知道我的一切，我什么都不用说。有时候我觉得，因为他的爱，我能解决所有数学难题。"

拉福斯夫人顺着自己的思绪继续说，"我看见你时，经常会想起苏珊娜的父亲。就像你一样，他也喜欢数字，所以他当了工程师，总想对他人有所帮助。"

"您知道，拉福斯夫人，我没有这种倾向。"

"不同的是，你不想做也做了好事，他是想做好事，就这样。"

"拉福斯夫人，您非常体贴温柔。"

"你就像我的儿子。"我们的对话总是在这个主题上结束：我像儿子。儿子和女儿结婚让我变成女婿，这不是乱伦，它解决了所有根本问题，格农和马克思的（或鲍姆加特纳的，他是财政部长），一劳永逸，法兰西万岁！

我喝汤时，苏珊娜坐在那儿——我总是准备一个碗用来喝咖啡，拉福斯夫人整齐地包好食物，有勺子、碎面包烤片、胡椒和盐。我静静地喝汤，苏珊娜似乎很高兴又见到我。我理解她友好的距离，就像我相信她明白我温暖的沉默。接着，我们去弗朗西斯喝咖啡，她从那儿坐31路车回圣米歇尔，把餐具送回家，她还要去排练新的马尔比伊松话剧。这是部非常有影响力的话剧，苏珊娜要演个修女，和自己的欲望斗争。魔鬼有号角，一个大男人在胸部用超现实的线条画得纵横交错。死神是位英国绅士，魔鬼和英国人相互勾结。"死牛。"人群喊道。永恒是对纯洁的渴望，人在认罪书中赢得他的王国——因为圣处女说情。基督是位十五世纪的农村乡绅，他射杀死神——修女的儿子，又复活。圣母啊！

15

没有人预见到贾娅拜访巴黎会产生这样的轰动，像场小型的宫廷革命，我尤其没有想到。她来了，一个小小的公主，一个小但绝非不重要的土邦王公的侄女，王公的属地在喜马拉雅山地区的瓦拉斯普尔（这个名字在普通地图上不常见）。她来拜访一位年轻的、几乎名不见经传的数学家，他在国际纯粹数学国际研究院工作。但至于印度传统，似乎不那么重要——因为，在她到达的那天中午之前，新闻记者就已经编了这样的故事，大部分的晚刊报登了她坐在奥利机场的照片：头上围着披巾，身着华丽的红色纱丽。一份报纸上说，这至少是王族成员的标志。还有，"由她丈夫陪着，她丈夫是古老的土邦家族之一的优秀子孙，如果历史可信的话，这个家族比日本还古老。"这些都是关于拉贾·阿肖克的，他法语说得好极了，尽管有英国口音，月亮家族的帕里哈拉的信息等很容易被证实，甚至有更难以置信的故事，说拉贾·阿肖克是尼赫鲁的近亲（因为感觉上，尼赫鲁至少一定是位王公），是他派来的使者（就像戴高乐派巴黎伯爵从事外交工作），执行在中国和印度之间达成某种特殊的外交任务（它们两者都在美国势力之外，戴高乐是反盎格鲁·撒克逊同盟的主要人物）；或那卑劣的结论，如他们在报纸上所称的"联想"。我听说，贾娅拉克希米来变卖她的部分王室珠宝（像俄罗斯贵族在十月革命后一样），或许在香榭丽舍大街开一家精品纱丽店——在尼赫鲁统治下生活非常艰难，因为尼赫鲁和铁托、纳赛尔关系很近，等等——一份份报纸刊登着照片、故事，可原始的故事可能已经消失在新闻报道者和大使馆小官员之间的电话里了。人们知道当今的使馆是什么样的，是小职员发表高级声明、堆积足够多货物的小专区政府，他们堆积电子炉、半导体收音机、缝纫机和廉价的里昂产的人造纤维纱丽，最后带一辆菲亚特或雷诺汽车回印度。在非常时尚的巴黎待了三四年后，虚构出一些在场的故事，没多大关系，不是吗？再说，印度也在报纸上获得了一点重视，有些大使馆官员不在乎印度以什么方式出现的报纸上。它也给法国右翼报纸提供了反印度的素材（对印度给予阿尔及利亚的同情表示愤慨）。可怜的贾娅拉克希米陷入一些不规范的和有偏见的记者的稀奇想象中，因此，那天下午她出名了，被法国女性杂志就纱丽、当代法国时尚等问题进行采访。事实上，一些严肃的报纸和拉贾·阿肖克接洽，就当今印度王公的处境进行采访。他很得体地说尼赫鲁是伟大的领导——当今世界最伟大的领导之一，还说在一百五十年的"英国剥削"之后，印度要感激尼赫鲁正努力的事业。当然，这不是拉贾·阿肖克最真诚的观点，但他是位爱国者，血统高贵，不会在公共场合清理厨房餐具。贾娅拉克希米不得不坐在乔治五世饭店拍照，他们也要住在那儿，里兹饭店和克里翁饭店都预定满了。（照片当然是为《巴黎竞赛画报》拍的）我有种模糊的感觉（拉贾·阿肖克也一样），这些新闻出版宣传都是乔治五世饭店聪明的经理安排的，或者，他大概会说是图图夫人安排的？因为，有天傍晚，我，带乌玛去看戏剧了，没有听从贝特洛医生的命令，但我跟拉福斯夫人说，很高兴回来后再喝她的汤。她来时发现我不在，一定把汤篮、沙拉交给了图图夫人。图图夫人不知道我去哪儿了，拉福斯夫人可能漫不经心地说："希瓦先生大概去机场接公主了。"这一定让图图夫人很开心，她——圣雅克街57号看门人，有个以某种方式和公主有关系的住户。由于对这个消息太过兴奋，她或许会骄傲地告诉二楼摩洛哥使馆的秘书，或一楼的罗马尼亚难民。从他的情况来看，他可能又把这个消息告诉了自己在法新社工作的同胞，或相关的人。于是，造就了贾娅拉克希米的成功。在此过程中，我也被法新社拍了照（在巴黎待了四年，还是第一次）。根据传说，我也是位王公，向高贵的来访者介绍卢森堡公园里的豪华舞厅。实际上，尽管身体还很虚弱，我带贾娅拉克希米去了在巴黎我最喜欢的公园，这样我就可以单独和她待在一起，跟她说在伦敦不能和她说的很多事情。这些混乱的煽情主义最主要的问题是，在她停留期间，我很少有机会向她介绍我的巴黎，一座人们感受、知晓的城市，像熟悉自己一样熟悉的城市。"巴黎是我自己的一面镜子"——帕斯卡或庞加莱说的，还是普罗斯特或加缪说的？为什么甚至阿拉贡[①]也这样说？

16

当我们——米雷耶和我坐在乔治五世酒店光滑而近乎虚幻的休息室里时，似乎有些奇怪。贾娅拉克希米刚去电梯，她要去在三楼的房间拿眼镜（在巴黎，太阳已经开始很灿烂了），贾娅拉克希米

---

① 阿拉贡（Louis Aragon，1897—1982），法国诗人、作家和政治活动家。

的头上披着金蓝色的印度头巾（她只剩前面一点头发，其余的要花时间去长），沿走廊慢慢走着，眼光低垂，步态轻盈端正，她个子不高，可也不像米雷耶那样矮小。米雷耶，从她头部的姿态来看，她仿佛被卢浮宫一些优秀的拜占庭雕刻所打动（比如说其中之一的、十二世纪的保加利亚艺术品海伦等等这些），或是被吉美博物馆的帕尔瓦蒂头像所打动。米雷耶说，像在自言自语，她不像女人但像个"艺术史家"，她总是这样称呼自己，半是开玩笑半是给自己一个地位，——米雷耶说："亲爱的，这里漂亮得难以置信。"她不作声了，像是在品味自己的话。贾娅拉克希米不可思议的美，对贾娅和美都是误解——贾娅有个略微自鸣得意的鼻子，但不像她拉吉普特祖先的鼻子那样笔直而线条清晰，她的嘴唇有点不平，是的，它们不像应该的那样沉默不语，可能比她喜欢的那样多展现了她一点——一天，阿尔弗雷多在我办公室见到她时说，"哦，怎样的实体啊，一个女性实体，也就是肉感。"我转过头，不想注意有关贾娅拉克希米不当的话，她只适合在焦特浦尔[①]或琥珀宫[②]的街道上，坐在半掩的轿子里被人们注视，轿夫唱着歌，比如：

女王啊，有着蓝宝石般的眼睛，

蛇样卷曲的头发，

遮着她的脸。

是的，甚至米雷耶也同意，贾娅拉克希米有种真实感，她步态得体，动作简单，说话机智，衣着大方。她嘴唇上的痣正好在左鼻

[①] 焦特浦尔（Jodhpur），印度拉贾斯坦邦西部城市。
[②] 琥珀宫（Amber），印度斋普尔一处世界文化遗产。

下，有规律地上下，展现她的秘密——她从不想保守任何秘密——秘密自己保守秘密，这是她的理论，也就是说，国王和王后自我保护。不过，米雷耶的话还是对的。贾娅拉克希米身上有些东西，就是说有一种不寻常的显赫，就像在博物馆和艺术馆里，一道柔光从天花板隐藏的来源处或帆布屏风后照射下来，让画自己发光，是的，就是这样（或"实体"，米雷耶后来这样定义它），给了贾娅拉克希米一种只在此地、不在他处的存在感——就是说，如果她走路，那就是走路。如果她起身，就是起身。如果她说不，它就是不。（像宫殿音乐会中，每个拉格的音符都有不同的意义，每个意义都是唯一的、历史的、绝对的）这样，当你说贾娅拉克希米漂亮时，就有些荒谬，因为她不漂亮——但米雷耶是普罗旺斯式、意大利北方式。不管贾娅拉克希米在哪，她像个承载了一百或更多生命的人，她已经保护了很多生命，像每个生命都在树干中留下印记，但它非常浅，变成了全部结构的一部分而没被发现。因为贾娅拉克希米不惧怕世界，她有自己自由自在的方式，她的每一步都似乎不经意地创造了自己的世界，（人们几乎可以在乔治五世的走廊看到）她慢慢地走回来，微笑着把玩着她的眼镜框，带着对是什么——不是什么的确信。

"我发现门下有张便条，"她站在我们旁边时说，"在这里。拉贾·阿肖克很抱歉自己不能下来，他说得了重感冒。神玩着把戏，不是吗，米雷耶？"她说，带着自信和热情伸手拥抱米雷耶。

"看是什么神，"米雷耶笑着，她的法国精确感从未离开她，"印度或西哥特、匈奴或德鲁伊教的？"

"你知道，希瓦一定告诉过你，很多东西我不懂。嗯，我把所有发光的东西称为神——你知道，神的意思在梵文中是光，换句话说，如果你喜欢的话，神就是所有那些生活在天空中的名人。他们都在和我们耍着把戏，有些演奏着音乐，有些让欺骗的恶行远离我们。我想，那里一定有位感冒女神——冷鼻子。我相信，《阿闼婆吠陀》[①]里一定有些魔力能带走它们，就是说治好感冒。"

"你为什么不那么做？"米雷耶不由自主地问。

"我为什么那样做？"她说着把披巾放到后背上，"或许它们是吉祥的。"她看着我笑了。我太诚实了，没有以笑容回应她。我知道女性的语言、符号系统和我的不一样，我说："你认为那些乾闼婆[②]、金那罗[③]、天国秩序下的生灵和男人、女人玩着同样的游戏？"

"我希望不一样，"米雷耶心情轻松地说，我们沿着走廊向正门走去，"如果他们这样，那我就认为他们智力不高了。"

我对米雷耶说："梵文像法文一样，形容词和名词分阴性、阳性，因而神也被区分开了。"

"智慧是世界性的。"米雷耶又笑着说。我们朝车走去——今天上午米雷耶从让-皮埃尔那里借了普利茅斯车——空气温暖惬意，几乎是温柔的，这给了我们彼此一种亲密感。众所周知，巴黎有能力让人自我恢复。两个女人走在前面，我背着手跟在她们后面，我们不知道要去哪儿，要做什么。米雷耶突然停下来说："希瓦，今天上午我们去哪儿？"

"我们要去什么地方吗？有什么地方可去？"

"哦，希瓦。不要对女人说难懂的话，要说有意义的话。"

"米雷耶，你想去哪儿？"

"当然是去天堂——但我还没准备好。那么，告诉我，带你俩去

[①]《阿闼婆吠陀》(Atharvaveda)，印度四大吠陀本集之一，主要集录了用于治疗疾病、驱除灾害、恢复和睦、战胜诅咒的诗歌、咒语等。
[②] 乾闼婆 (Gandharvas)，古代印度神祇。
[③] 金那罗 (kinnaras)，古代印度神祇。

哪儿？"

"米雷耶，我跟你说，十一点左右，圣母院有个礼拜仪式，他们有时用风琴演奏巴赫。你认为我们可以去那里吗？"

"我不知道。"米雷耶说，她的反基督性使她对教堂很谨慎。

"我们干吗不去弗朗西斯坐坐，然后再决定做什么。"

"什么弗朗西斯？"贾娅拉克希米问。

"一家著名的咖啡店，那里有很多知识分子，就是右岸知识分子。走吧，那儿不错，我们可以坐在阳台喝杯茶。"

"太棒了，"贾娅拉克希米说，"或许这样我能预防感冒，在一个外国城市得感冒是种坏业。"

"不是所有的业都是坏的？"米雷耶问。她准备好好学习，看着贾娅拉克希米，等着答案。

"问这位博学家。"贾娅拉克希米笑道。现在，我们到了阿尔玛广场，找到三个座位，正好在弗朗西斯的阳台中间。一个六月的上午，大概十一点钟，在栗树荡起的微风中，人们感到河流就在面前，四周传来突突的船声，世界似乎是为人类而创造的——为男人和女人而创造。有两个女人时，她们总是有问题，贾娅拉克希米和米雷耶不这样，她们不是。在我看来，贾娅坐在一边，米雷耶坐在她旁边——米雷耶尽量把裙子往下拉一点儿，她架腿而坐，点上香烟，贾娅看着自己周围忙碌的世界。贾娅穿着拉贾斯坦式的、绣着红点的蓝色纱丽。一个女人经过，看着贾娅的纱丽，挥手对这种非凡的衣服表示欣赏。贾娅舒适而好奇地坐着，跷着腿，玩着放在桌子上的一把勺子，轻敲着茶具，看着街上人来人往。我很不适应，和贾娅、米雷耶同时在一起，我有些不知所措，几乎是局外人。贾娅的话让我回过神来："先生，告诉我，你脑子里转着什么抽象问题呢？"

她开玩笑地说。我觉得自己想起身跑开，两个女人在一起产生亲密感使得男人觉得自己成了局外人。然而，我很了解她们。

"男人就是男人。"米雷耶说，带着一点自私自利的骄傲。

"当男人是男人时，"贾娅回答，"他不再是男人。"

"那他是谁？"米雷耶戏谑地问。

"他是湿婆，在冥想。如果你弄醒他，他会生气。"

"冥想时他在哪儿？"

"我猜，在代数里。"贾娅说着又笑了。这一切那么简单、随意。想想如果苏珊娜在这儿，她会像昂朵玛格同赫克托耳说话一样。

"不，在虚空中。"我说，"当一个人无处可去时，他就在那里。"

"教授先生，在哪里？"米雷耶又在开玩笑。

"在没有物体的地方。当感官不再发挥作用，没有图像时，你在哪里？"

"但你说那里？"米雷耶坚持说。

"它不是这儿，它就是那儿，就是感觉起作用的地方。"

"我不明白。"米雷耶严肃地说。

"米雷耶，有什么要明白的？"我看着贾娅说，好像她有答案，来自她的内心。"没有感觉时，就没有思想。"

"但我闭上眼睛也能思考。"

"哦，你把笛卡尔理解错了。你不思考时你是谁？"

"我思故我在。"米雷耶说。她笑了，不再严肃。

"我在，所以我思考。"我最后说。这时侍者来了，我们开始点东西。贾娅改变了想法，要了一杯巧克力，米雷耶要了杯茶，我要了咖啡。栗树在初夏的阳光下闪烁。

和两个聪慧的女性在一起时，不谈非常严肃的事情看起来如此自然。对我来说，严肃是人类存在的最普通方式。我也希望自己心情轻松，贾娅有时候会和我开玩笑，但这个上午，她的思想似乎不集中。她在哪儿？

"你不认为做女人很有趣，非常有趣吗？"米雷耶问贾娅，她们两人都戏谑地看着我。"神啊，男人多严肃啊！"

"有些人一定要打仗，"我说，"而女人搅拌牛奶，孩子在后院玩。男人是军人，他带着武器。如果不这样，女人甚至都不能去散步。"

"孤单的女人怎么办？"米雷耶问，可能想到了苏珊娜。

"米雷耶，你很清楚，女人如果不想她的男人的话，没有谁能存在、愿意存在，她们想任何男人，甚至是想象的男人。"

"什么是想象的男人？"米雷耶仍旧是米雷耶。

"米雷耶，除了上帝还有谁？"

"哦，那是什么？"米雷耶问，好像受到了羞辱。

"问特蕾莎女士。"我回答，心情变得轻松了。

"谁是特蕾莎女士，你认识她吗？

"什么，米雷耶，你不知道她是个圣人吗？"

"你说谁？"

"米雷耶，你没听说过圣特蕾莎①，还有一个诗僧叫'圣十字若望'。"

"当然，我听说过。"

"米雷耶，上帝是圣特蕾莎的男人。你明白吗？"

"不，不明白。"

---

① 圣特蕾莎（St. Theresa），16世纪时西班牙的一个修女，少年时因患有癫痫症，就潜心修炼，侍奉上帝。每当病发时，声称看到种种神迹，她后来把这些记录成书，被教会用来宣传宗教思想，她也被教会封为圣女，被称为"圣特蕾莎"。

说到这里，我从右边的口袋拿出一个小蓝本——我还有一个一样的本子，是红色的，记数学问题——给她读了几句诗。你看，圣特蕾莎嫁给了耶稣。当然，这里的耶稣是上帝的人类化身。还有修女的戒指和婚礼，她是个害羞但热情的新娘。通过圆房，上帝引导她超越。

"去哪里？"说话的是贾娅拉克希米。

"像往常一样，哪也不去。"我笑着回答。

"怎么会那样呢？"米雷耶问。

"哪里来自无处，还是无处来自哪里？"

"我不知道。"米雷耶大声说，笑了出来。很明显，她紧张了起来。

"好吧，你想想，这儿暗示特别的东西，那儿也暗示特别的东西，到处都暗示一个特别的集合。但任何地方都没有什么特殊，它是种地点感、空间感。如果你喜欢，到处都像无限——我最爱的主题，你知道——没有任何地方像零。正如你所见，圆是完整的。"

"当然你会回归那儿，那么，现在什么是什么？"

"神无处不在——永恒和类似的地方。"

"先生，神带你去哪里？"

"他哪儿也不带你去——他引你至梵。"我看着沉默的贾娅拉克希米说，她正盯着自己的脚。她想要倾听或沉思时，总是看着自己的脚。她看起来庄严宁静，纱丽像披在罗马鲍格才别墅[①]附近的古典雕塑上的袍子，一两只鸽子快乐地落在她头上、膝上。

我在咖啡里蘸了蘸羊角面包，感受着两种酸味混合在一起产生的香甜。（咖啡的香味更酸，羊角面包的香味更易挥发，更油腻也更

[①] 鲍格才别墅（Villa Borghese），位于意大利罗马的一处景观园林。

成熟）栗树摇曳，映着六月上午阳光下的树影，伴着附近河流的声音和气味，这气味混合着米雷耶的香水味（我很熟悉）和贾娅拉克希米的麝香味（她放在衣服里）。我突然感受到宇宙的浩瀚无限，不是因为不和谐（尽管飞快驶过的出租车，撞上了小汽车和优雅的豪华轿车），而是因为意义后面的一个单一经验层和所有意义的总数，就是一个意义。我意识到经验是一，经验和自身之间没有什么，甚至自身也是经验，我突然理解了圣特蕾莎，觉得很愉快，我开始暗自发笑。我没听到两个女人的谈话，的确，我想置身事外。我抬头看到她们两人互相看着，带着那种怀疑的好奇（女人本能地有这种好奇），努力去评判彼此的外貌和亲密性，好像她们想要检查彼此的内衣。可以说，我相信米雷耶已经被吓到了，她没有意识到自己要做什么。对贾娅拉克希米来说，她本能地知道自己是血统高贵的女人，比如说是一个阿拉伯人，她甚至不用除去别人的装饰就能知道一切。她通过超强的领悟力知晓一切，古老的、印度式的领悟力，能一下子获得所有知识，只要人屈服于自身。反之，米雷耶的智力下降了，她检查口袋（或手袋），注意到绅士们、女士们的名字，他们已留下名片（眼科医生的地址、曼恩伯爵的哥特式字母卡、他城堡的名字——热尔省曼恩城堡，没留电话号码）；或者贾娅的账单，伦敦肯辛顿商业街哈里斯女性商店的购物单，贾娅拉克希米可能在那里买了手套，或买了她正戴着的头巾，它遮住了被剃了头发的脑袋；还有零碎的购物单，它们一张都没被扔掉。当然还有希瓦的地址，圣雅克街57号，贾娅自己写的，她到巴黎时用得到，证明她已经计划好了这里的一切。再说，她是什么样的女人呢，你只要看看她的外表，一切都非常平稳，变动不大——有一千年了。米雷耶可能在脑子里盘算着，她需要知识去理解一切，像我一样。直到她承认自己的每个模式都是纯粹女性的,这样,她是活色生香的,她的生物性不可抑制地高涨。然而,在这里,在弗朗西斯餐厅,人们非常文明,希瓦带着一副心不在焉的神情喝着咖啡。米雷耶似乎在说,我们做着刚相识的女人彼此会做的事情,特别是她们之间还有个男人时——我们像诺曼底农场的母马互相打量——从脖子、耳朵开始,突然发出的一声嘶叫好像是说:听着,我想了解你,想了解你的全部。这时另外一只母马说:我知道,亲爱的,但请别太着急。在我来的那块土地上,我们溯源每位祖先,见识过很多暴力、野蛮,别被我柔和的光泽和前额上红色的印记所误导。尽管如此,女性就是女性,古老的母马从远处、近处、树篱处看着嗅着气味的牡马。牡马听着、思考着,用男性的口气优越地说着什么,似乎带着些冷淡:你们俩在干吗?谈论我?两只母马转过头面对着草地,继续吃草。

我意识到这一切飞快闪过,我喝完咖啡对米雷耶说:"女士们,你们看,我得走了,我至少要在办公室同事那里露下脸,毕竟我缺勤很久了。"听到这里,贾娅拉克希米看起来充满惊恐,她不是来看米雷耶的,尽管她很可爱很聪慧。她是来看希瓦的,可他要逃跑。发生了什么?看到她的表情,我说:"贾娅,我想你会很高兴,你们两个女人相互聊着女人的事情,我要去钻研我的抽象了(你知道我不钻研这个时多烦躁),你们俩干吗不去走走看看、说说话呢?闲逛,你知道吧,你们去闲逛吧!"贾娅拉克希米喜欢这个主意,"闲逛"这个单词唤醒了她对洛桑、巴黎的记忆,她一定想到和一个聪慧可爱的女人一起四处走走应该很有趣。让巴黎把她缓和下来,她从未问过自己,缓和从哪里开始。你知道,女人不问这样难堪的问题。拉贾·阿肖克可能正躺在床上读他的晨报,当然也可能在吃早饭,这纯粹是猜测。或许,他已经点了威士忌去软化自己的头脑和心脏。迟钝的男人应该被女人羞辱,但男人毕竟是男人,贾娅拉克希米可能这样跟自己说。如你所知,晚上的时候,特别是多喝了一点儿后,他们肯定会说些愚蠢的话,父亲也说。但母亲在旁边时,父亲从来不说。苏伦德从来不对她说任何不合适的话——他是最温柔、最文明的人,非常正派,非常尊重贾娅——贾娅,你牙刷拿了吗?你的肝药怎么样?贾娅,我希望你带上那件在焦特浦尔纳特姆拉买的漂亮纱丽,你看起很像女王。他会自己选择首饰,等等。是的,苏伦德是神创造的最温柔的人之一。但事实是,我的美德对贾娅有什么用?女性从我这里要的是男人。那么,男人是什么?男人,男人就是男人。多愚蠢啊!他是原人,如吠陀所说,四分之三被淹没在无知中,只有三分之一可见,一个浮动的冰山(就像人们在电影里看到的),像来自大西洋的白色史前哺乳动物,后面是豪华大轮船,冰山似乎永远不会融化。多美啊,美,因为它来自初生的雪。是那个原因?在那个壮丽的黎明,广袤北极的太阳——吠陀里的乌莎[①]就要升起。冰山不是别的,就是固体的水,水遇冷变成冰。希瓦是纯洁古老的冰山(足足有四分之三被淹没)。拉贾·阿肖克淹没了多少?我猜,仅到他的臀部。她笑了。为什么她在微笑?当然,所有的都是我的想象——一个男人的想象。拉贾·阿肖克不是我的对手,我可能曾对自己说过,我可以轻松地打发他。毫无疑问,拉贾·阿肖克是个有教养的人,一个帕里哈拉,然而贾娅拉克希米只是贾特人。尽管贾特人和拉吉普特人之间有很多融合,谁能说贾特人有多少拉吉普特人的成分,拉吉普特人又有多少贾特人的成分?没人能回答。并且你也看到,你看到她是拉吉普特人,她看起来有

[①] 乌莎(Usha),《梨俱吠陀》中的黎明女神。Usha意为"黎明、晨光、晨曦、曙光"。

着古老的相貌，贾特人的黑眼睛，脸颊是雅利安人的而不是蒙古人的。不管怎样，拉贾·阿肖克没什么可怕的。作为贵族，他必须得保护我。他会吗？

"贾娅，我现在必须走了。"我说着站起身，进去到柜台付账。这是拉吉普特的一个习俗，不管哪个贵族子弟付账，钱不能被看到。我注意到这点，并尽可能地去遵守。侍者跟在我后面跑着，喊着：先生，先生。他可能以为我是那种可怕的外国人，站起来不给可怜的侍者付账就走了，这样的话，他就得自掏钱包了。我慷慨地给了侍者小费，首先表明我没有不付账就走的意思。其次，不管侍者知不知道，这是因为贾娅拉克希米的缘故。你不能把王族带出来而不尊重他们，就像我们打开门时，贾娅不会允许我让她先走一样，她一定要走在我后面。总是这样，即使在一九六三年的巴黎。

我回到女士们坐的地方，问："你们知道怎么找到我吗？"我看见很多人转身看贾娅，先是因为她的纱丽，现在因为她看起来非常高贵。我希望自己能遮住她使她避开世界，我知道她喜欢这样。

"希瓦，你记住，我是受你保护的。"她说着把纱丽拉向前额，她有尊敬男人的天性。

"你知道，可怜的婆罗门是处于王公的保护之下的，这下颠倒了，不是吗？"我笑着回答。

贾娅很严肃地说："但是，公主在庙里时谁保护她？"

"神。"我说。

"是谁让神保护公主这个可怜的女人？"

"她的忠诚，"我回答说。

"她从谁那里学到忠诚？"

"我想是从婆罗门那里。"我被打败了，"米雷耶，你看女人是如何打败男人的。"

"是的，"米雷耶说，"她通过帮他打败她而打败他。"

"你说得真对。"米雷耶的聪慧让贾娅很兴奋。是的，她们一起解决问题。贾娅现在可以和这位年轻的女士一起出去发现世界了。我，希瓦，随时在电话旁待命，而拉贾·阿肖克可能正耽于杯中之物。现在我是个要出去打仗的拉吉普特人，女人需要我的保护，我会给予她们保护。

我说："再见，女士们。"我沿河畔走着、思索着，没有坐出租车。我知道自己总会在深夜变得清醒，突然被某些东西或被某处的脚步声弄醒。城市的气息和声音，这种方式所释放出的人类能量能促进大脑机制。人们发现，即使在睡眠中，大脑会打开它的奥秘，赋予你辨别力。是这样，就这样，确实是这样，你知道。

17

烟草和汽油的气味，树荫下叶子的拂动，女人经过时的香水味，她们的身体偶尔闻起来带些酸味，又被某种气味弄得变甜，她们的锋利飞镖——超自然的那些，朝向经过她们的男人，她们无意识地让自己的乳房晃动、跳跃——既然六月已经到了，你可以穿着色彩明亮的轻便衣服，还有高跟鞋尖锐的声音。有时，男人们拿着手杖走在人行道上，两个男人突然在街上遇到，说些意想不到的事情，这样的机会或许不会再有了，现在就说：我的朋友，把一切都解决吧！男人似乎总是要去打仗，就像女人去闺房；世界是永不结束的电影，快速变动着，让人兴奋，使人伤心。所有戏剧后面，是床上的眼泪和一个个背叛——人与人的欺骗，戴高乐被将军们欺骗，将军们被戴高乐愚弄，马尔罗设法暴露建筑物，历史努力反对他的行为。"只要它有历史影响,谁在乎肮脏?"马尔罗说,"可你造出来并不是这样——你是由卡拉拉大理石建的。""是的,我们不会永远留在那里,我们到这里成为历史。""但是,"马尔罗说,"历史是命运,命运是戴高乐。那么,由于命运,你们又要变得赤裸。"男人对女人的所作所为?努力褪去她的历史,让她赤裸,像上帝创造她时一样?历史是拉吉普特人的还是贾特人的?是波旁的还是拿破仑一世的?甚至是罗马人的?我对自己说,必须告诉贾娅拉克希米这个城市是恺撒建造的,巴黎是恺撒自己的城市,圣丹尼①把它变成基督教的,亨利四世②把它变成新教的(然后又回到天主教),圣西门③把它变成社会主义的,布鲁姆④把它变成流行前线,现在,戴高乐恢复它古老的尊严。新恺撒诞生了。你,马克·安东尼,不会被尼罗河延误太久,蝰蛇会杀死你。第三共和国玩弄克利奥帕特拉太长时间了。是什么样的历史建造在死者的金字塔上?戴高乐将消灭新的安东尼们,把圣路易的神圣还给法国。圣路易认为穆斯林是他的兄弟。阿尔及利亚将是法国的一部分,或者法国的朋友。历史用两种方法将把我们结合在一起,我们俩现在是新人道主义的十字军战士。人们不要在马克思与基督之间选择,在马克思之前,基督就在这里,在赫鲁晓夫之后,基督还会长久在那里。我的意思是,由于基督不仅仅是历史人物,还是转化的人物。通过恶意征服的人类已经主宰自我,和尚和将军是一人,男性气概可以外向,也可以内向,圣人和英雄都是神的士兵。盎格鲁-撒克逊是新教的,神想要鲜血。我们想要,我们的神要的更多。女人幸福了,男人就幸福。精神能

---

① 圣丹尼(St. Denis),公元三世纪基督教圣人,曾任巴黎主教。
② 亨利四世(Henry Ⅳ,1553—1610),波旁王朝创立者,1589—1610年在位。他原为胡格诺派信徒,为了当继承法国王位改信天主教,1610年被刺身亡。
③ 圣西门(Claude-Henri de Rouvroy,1760—1825),法国空想社会主义者。
④ 布鲁姆(Léon Blum,1872—1950),法国左翼政治家,曾三次担任法国总理。

占领大炮占领不了的地方。我知道，炸弹、原子弹都是有用的。没有法国，没有世界，时间上，没有文明。你只看见栗树的延伸路线、清新的叶子和新桥边蜿蜒的河流，就意识到这是城市，这是雅典。"傻瓜，你没意识到吗？"

这些美景让我觉得头晕眼花，或许我仍然很虚弱。我招了一辆出租车跳了进去。在研究所，我可以头放在桌上趴着睡一觉，这应该有用。下午晚点的时候，我或许要带贾娅拉克希米去杜勒伊宫，或带她在河上坐船，再一次经历法国的历史。我满怀感激，或许会唱：王者之王。在我心里，曾一度十分接近婆罗门性——我不知不觉地深入走向他。我想，就像米雷耶一样，她不是知识分子、"一个艺术史学家"时，是一个十足的女人、希腊人等。贾娅，她不管做什么都是公主。

我走进研究所时，想拉贾·阿肖克可能在做什么。他在床上打着呼噜，托盘上放着喝剩一半的威士忌（我在多尔切斯特和他一起吃早餐时，经常看他这样），报纸放在毯子边，没人听它的故事不高兴了吗？没有《泰晤士报》的早晨他没法活。今天早上他会读到什么？我相信，不是《费加罗》。没有宫廷公报和唐宁街十号客人的午餐，拉贾·阿肖克在欧洲觉得失落，这如同他的奴巴特[①]鼓，因为拉格[②]的音乐形式你才知道时间。拉贾·阿肖克现在一定在打鼾，在睡梦中。匈奴人比他强壮吗？远处，城垛后面，宫殿里升起火葬堆。

---

① 奴巴特（naubat），北印度宫殿或庙宇中古老的音乐形式之一，侧重于节奏。"naubat"一词指的是鼓的节奏。
② 拉格（raga），字面意为"颜色"，也指印度古典音乐中的旋律模式。

18

我打开门时发现有人在屋里。她坐在椅子上，头发随便披散在肩膀上，原本盖在头上的纱丽边落在腰部，底端拖在地板上，脸上的吉祥志弄脏了整个前额，眼睛下面留着深深的泪痕，是乌玛。她像悉多一样，坐在无忧树下哭泣，如我们老式插图本《罗摩衍那》书中画的那样。"神啊，神啊！"她看到我时又哭了起来，抽泣着喊道，"哥哥，哥哥。"我站在她旁边，抚摸着她的头努力平复她的情绪，结果她哭得更厉害了，像孩子看见父母时那样。乌玛身上终究还有些孩子气，非常简单直接，像是穿越时代重拾了传说中我们祖先的影响。比如，吠德耶罗耶①或耶若婆伕，还有安祇罗沙②。仿佛在日常方式上，人们是开放式故事的一部分。的确，人们回到《罗摩衍那》时代，能找到乌玛的祖先，或许是一个悉多的同情者，偷偷给她希望。那个罗波那佣人里的女园丁，一个不停哭泣的寡妇，想着孩子父亲，在打扫花园中的小路时也在哭。我们自身的独特性由很多类似性构成，层层的历史已经织就了我们特别的外形、脾气、血管和脑细胞构造，自然层次似乎以这样的方式重复着自身。（否则，当然不会有语言）或许，悉多的园丁（因为是设想的缘故，我们姑且称她为安姆比卡）能在今日乌玛身上看到，自己努力安慰悉多。"哦，哥哥，哥哥。"

"乌玛，出什么事了？"我焦急地问，放下帽子（我受不了夏天的太阳，即便是在法国），拉起她的手，抚摸着她的手指。"告诉我，怎么了？"

---

① 吠德耶罗耶（Vidyaranya），十四世纪印度毗奢耶那伽罗王朝（Vijayanagar Empire）建立者，圣人，辅助过三代国王。

② 安祇罗沙（Angirasa），印度古代圣人，在吠陀中提到。

"哥哥，您知道，"她努力让自己平静下来，过了一会儿说，"我一个人旅行了六千多里到这个城市，不是来做米雷耶的保姆的。我到这里来是为了要自己的孩子，不是去照顾我从未见过、从未听说过的人的孩子。"

"当然，乌玛，可你就要去看医生了啊！"

"哥哥，什么时候？我九十岁的时候吗？"

"你为什么沮丧呢？乌玛，为什么？"

"因为您的朋友米雷耶不知道我是谁、是怎样的人。哥哥，您呢，根本不了解女人。"她又哭了出来，"您知道，这些日子，我跟于絮尔、施莱辛格小姐一样，是照看餐具或摇篮的人。给克劳德穿裤子（尽管我要说她是个很可爱的孩子），给罗纳德洗澡（'哦，阿姨，我要你给我擦背，你擦得很好。给我讲个故事好吗，像你以前那样。'）新女仆玛丽莎每半小时跑去给米雷耶称为'男朋友'的人打电话，她一次次地去打电话，直到于絮尔说：'我现在要去市场，夫人说她要回来吃午饭。'于絮尔去买东西了，而我要么在浴室给罗纳德擦背，要么给克劳德拿糖，因为她突然说：'阿姨，阿姨，糖果。'我去婴儿室拿糖，戴安娜坐在椅子上毫无缘由地哭，而玛丽莎在和她男朋友聊天。"

"但是，乌玛，在西方就是这样，你没有把拉查玛带来。"

"我不想那个可怜的拉查玛在这里。但我真正介意的是，我是拉马钱德拉·耶尔律师的妻子，拉奥·巴哈杜尔希瓦斯米·萨斯特里的女儿，竟变成了某个医生家的佣人，为什么？我丈夫富得雇得起让-皮埃尔这样的人当私人医生。"

"哦！"我请求她不要再这样，"乌玛，你不能用这样的态度说话。"

"哥哥，用什么样的态度？"她说着站了起来，"我什么时候去见著名的德尔福斯医生？我到这个城市已经二十天了，连这个大人物的人影儿都没见着。"显然，她所有的委屈都爆发出来了，我一筹莫展。

"听着，我要马上给让-皮埃尔打电话。"

"不，您没必要打，哥哥，我决定回家。我不想长时间离开家，离开我的神。我已经看腻了欧洲，我知道自己不想在这里生活。如果我能决定的话，我一个小时也不想多待。"

"乌玛。"我说着又走到她身边，试着握住她的手，抚摸她的手指。

"是的，哥哥，我知道我是傻瓜。我，海德拉巴维斯未瓦拉维拉斯的乌玛，变成拉查玛了。"乌玛努力挤出一丝笑意，"至少拉查玛还有借口——她从未上过学，丈夫打她，她甚至不知道自己的父亲是谁。但我，是父亲的女儿，是您这样天才的妹妹，一个优秀男人的妻子，虽然我丈夫有点儿靠不住。我却像个粗野的女人似的说话，我知道这样不对。哥哥，您知道，自从我有了这个病以来——"

"是的，乌玛，我知道，所以你要看德尔福斯医生。乌玛，至少在法国，你得到了像让-皮尔埃这样的妇科医生的帮助。他以前是德尔福斯的学生，现在是同事。我听说在美国有时要等六个月才能见到专家。"

"在印度很容易。"

"是的，乌玛，但只有富人才容易。"

"您说的对，哥哥。"我看到她努力平静了下来。我一度曾担心乌玛又会耍她的"老计谋"，那会让我不知道怎么应付。一个歇斯底里的女人，口吐白沫大嚷大叫，躺在纯粹数学国际研究院一个研究员的办公室地板上。喜爱形式和秩序的法国人，会怎么说呢？但我知道如果需要，阿尔弗雷多会来帮我。阿尔弗雷多，他的南美背景或许和我们没什么不同。这些念头在我脑海闪过时，电话响了，是让-皮埃尔。于絮尔打电话到他办公室说，乌玛生气地离开了家，她和玛丽莎很担心，因为乌玛女士不太会说法语，于絮尔觉得她应该告诉主人。我确定告诉让-皮埃尔，乌玛在我办公室，她绝望地来到我这里。她说没什么事儿。"对了，让-皮埃尔，德尔福斯医生怎样了？"

让-皮埃尔说，"刚好在今天早上，我的秘书和德尔福斯医生办公室联系上了。他被美国某个大家族女士的事耽搁了，内出血，洛克菲勒还是肯尼迪家族，我不知道。什么人能重要到让这个诊费高昂的名人到纽约，这里还有来自斯堪的纳维亚、意大利、希腊的病人等着他，等着这个名人检查她们退化的器官。"让-皮埃尔嘲笑着女人的愚蠢。他爱女人爱到要嘲笑她们，他会说："哦，我已经看了十辈子她们的器官了，都一样。牙医从上面打开她们的嘴，我从下面打开她们的肚子。"他说着又笑了起来，"我告诉你，我更愿意观看和触摸这里面柔软的肉，而不是那可怕的尖牙和化脓的洞。不管怎样，这是干净的工作，不会让人不快，如果你知道看什么和什么时候看。"这个让-皮埃尔不管说什么都会回到他唯一的专业。我曾和他开玩笑说：就像一个传说里讲的那样，好色的因陀罗[①]浑身被眼睛覆盖了。在让-皮埃尔的生活里，他看起来像条章鱼，他的人生是一个饱满的、有活力的卵巢。

让-皮埃尔回答道："哦，这很无趣，变成它不如拥有它。你这个婆罗门，你懂的。"

[①] 因陀罗（Indra），印度古代神话中的雷电神。

"是的，你这个希腊-塞内加尔人。"我开玩笑地回击，今天早上又说到这个，"你这个希腊-塞内加尔人会说什么预言，通过医生或公开的占卜师——最好是猪，预言一下名人什么时候回来。"

"告诉你可爱的妹妹，我也是她哥哥。我会施法术让医生三天内回来，她是医生要看的第四个病人。"

"我会告诉她这个。"我继续用法语说，"但是告诉我，你不认为我们尽快搬到布罗耶街会比较好嘛？这或许可以让她暂时休息一下。"

"是的。"让-皮埃尔漫不经心地回答，又说道，"孩子们会想念她的，自从她和我们在一起，他们很开心。我也会想念她的，像我妻子那样——记住，不是抱怨——当我累了下班回家后，乌玛在这儿要好得多。"

"怎么，艾莲诺不在城里？"

"作为外交官的女儿，她认识很多城里人。"

"她要待多久？"

"哦，渊博的学者，你知道女人的想法从不预示她们的行动，她们随风而变。"

"让-皮埃尔，我对女人了解不多，眼前的这个就让我苦恼。"

"交给我，我在电话上跟她说。"让-皮埃尔说。我让乌玛和让-皮埃尔通话时，她很开心，这是她未来幸福的关键人物，我发现她又笑了。她解释说厌倦了什么也不做光这样等着，她厌倦了跟于絮尔学法语、为在印度的家人买东西（她已经买好了打算带回印度的礼物，给亲戚、朋友和佣人的）。这次，她高兴地听让-皮埃尔保证说，德尔福斯医生三天内回来，她在病人名单上排第四个。她后面的病人是罗马尼亚公主，还是丹麦公主，他不记得了。这让乌玛很高兴，让-皮埃尔又和我讲话时，她站起来开始整理头发。

"我亲爱的朋友，你的公主，我什么时候见到她？还是，你打算藏起她？"

"哦，不是这样，让-皮埃尔。我发誓你很快就能见到她，或许今天晚饭时，要么是明天晚上，她现在正和米雷耶在一起。我在弗朗西斯餐厅离开她们，两个女人一路像八哥一样聊着天。"

"说真的，"让-皮埃尔说，"米雷耶刚跟我说，她觉得你的朋友应该去看看时装秀，比如迪奥，他们的一个冬装展，印度公主坐在观众席，这能给他们做宣传。"

"让-皮埃尔，你知道，贾娅在公众面前很害羞。"

"但迪奥不是。"让-皮埃尔像惯常那样笑了。

"让-皮埃尔，今天上午你好像有无限的时间，你没病人吗？"

"跟你说实话，有五个贞洁的处女在门口等着我。但看了十一个女人的内脏后，我的意思是她们的制造器官，你喜欢——我希望这对婆罗门来说非常陌生——我可是觉得够了。即使是女性器官，我也要有喘气的时间。告诉你，和你说完话，啊，我不得不用我柔软发光的设备再戳五次以上。乞求上帝，这些圣洁的处女至少看起来足够漂亮。你知道，这毕竟是可怕的职业，对我来说数学是高级科学——"

"可能吧，可能吧，但对一个希腊-塞内加尔人来说不够好。"

"为什么？"让-皮埃尔问，有点被激怒了，"你觉得我不能像别人一样理性？当然，我不像你这个天才。"

"别提天才了，那是你不知道拉马努金或爱因斯坦（在我们的时代）做的事情。数学家需要一点非人类的大脑，医生这个职业有人类的美妙之处——"

"哦,"让-皮埃尔叫道,恢复了幽默,"气味如何?我告诉你,希瓦,有些女性很多天都不洗。我,作为一个医生,有时候要移开什么你知道吗?"

"不知道。"

"我有时候要移开丈夫留在她们体内的东西,昨天或前天晚上性交的甜蜜回忆。啊!"他发出作呕的声音。"陈旧的、变干的男性生殖液闻起来可怕极了,今天早上糟透了。我的秘书刚进来提醒说有病人等着,顺便告诉你亲爱的妹妹,我爱她。我要用这个方法治好她,让她有十个像她哥哥那样漂亮的儿子,再见。"

我微笑着说再见,让-皮埃尔像乌玛一样心直口快,言简意赅,除了让-皮埃尔会编造些他需要的、自己也相信的谎话。乌玛则如此真实和纯净,只相信她所见、所听或她所想的。对于她,真理像井边的石头那样牢固,拉查玛在上面拍打衣服,把它们洗得发亮。

"对了,哥哥,我听到你们在说公主。我的法语我能听懂这个词,我什么时候见到她?"

"乌玛,或许今晚一起吃饭,或明天一起吃午饭。她们可能过会儿就到这里来——"

"她们是谁?"

"米雷耶和贾娅拉克希米。"

"神啊,我穿成这样,我要走了。"

"乌玛,贾娅是个非常好、非常通情达理的人。"

"哥哥,您对女人的理解就像我对您黑板上的东西理解。"

"那是拉马努金著名的公式之一,"我说,"我努力想弄明白他怎么解出来的。"

"嗯,您对女人的了解和我对拉马努金这个公式的了解一样多。

哥哥，您知道，"她走近我，把手放在我肩膀上，"世界上有哪个妹妹比我有您这样的哥哥还要骄傲的？母亲过去常说您是上天送给我们的。"

"那么有诗意！"我自嘲地说，"看看我的大鼻子，还有这双长长的手，看起来像个怪物。"

"哥哥，我觉得您比戴维·安纳德帅气，比普里德乌·拉贾漂亮。尼扎姆的孙子长得好看，可您比他还英俊。"

"妹妹一定要相信哥哥，我们是这么被教育的，特别是在我们印度。"

"但我知道自己是对的。哥哥，请给于絮尔打电话，说我马上就回去。别跟米雷耶说任何事情，您知道，他们对我很好。"

"乌玛，顺便说下，"我说着，起身送妹妹到门口。这样我就能送她去坐出租车，确保安全。"乌玛，我想两三天内我们就搬到新公寓，大概在德尔福斯医生回来前。"

"哦，别那样做。"乌玛抗议道，"我喜欢和让-皮埃尔、米雷耶一起住，如果德尔福斯医生要我做些检查，或许让-皮埃尔能给我做。你知道，我也相信让-皮埃尔，他像个哥哥。"

"是的，他是个很好的人，米雷耶也是。"

"还是让女人来评价女人吧！"乌玛又笑了。显然，女人们一定都认为我是个傻瓜，但作为数学家是可以谅解的。我不知道米雷耶是不是认同这一点，贾娅拉克希米肯定不同意。我不知道现在她们在哪儿——或许在圣奥诺雷街区，米雷耶带贾娅逛所有漂亮的商店。贾娅有时会冒出唱歌般的法语，带着点儿瑞士口音。你最早在什么地方学语言没有关系，它在你的一生中都会显现出来。人们总是觉得我说英语像萨拉斯瓦特，因为我一开始是在卡里卡塔学这门语言的。我的法语有点儿孟加拉口音，因为我是在加尔各答的法语联盟学的。不管想不想要，我们的历史总会跟随着我们，比如乌玛的眼泪、我的姑妈或表亲们。事实上，我看着她时，她就像萨维德丽——我在美勒坡的表妹，我姑姑的女儿，我应该娶的人，如果我母亲还活着的话。当然，父亲说，我在加尔各答时，她父母为此去见过他。萨维德丽皮肤白皙，浓密的头发披在后面，她刚从马德拉斯大学的生物化学专业毕业。我可能会喜欢她，或许我们会有美好姻缘，谁说得准呢？但父亲肯定这样回答说："我儿子有绝对的自由去做他想做的事情，这种事，我从不干涉。"

我姑姑回答他，"哥哥，这不是干涉。父亲将我嫁给我丈夫时，他对我来说就像现在希瓦对萨维德丽，你想我们中的任何一个人反对了吗？再看看现在我们多幸福！"

"西塔，父亲是父亲。你知道，我属于不一样的世界。我的孩子们自由地去做他们想做的事情，连乌玛也是，我把她嫁给拉马钱德拉·耶尔，因为乌玛喜欢她未来的丈夫。在所有可能的丈夫中，乌玛认为他是最好的，我才让她出嫁。"

"但是你知道结果。"

"是的，西塔，我明白它已经变成什么样，但我愿意它这样。你知道我一直是个自由思想者，我认为每个人应该自己掌握生活。"

"但是，哥哥，"西塔姑姑抗议道，"我觉得萨维德丽喜欢希瓦，希瓦也喜欢萨维德丽。"

"谁阻止他们了？没有人，你没有，我也没有。"父亲的做法总是正确。他看清了问题的方方面面，坚持自己的观点。如果是他的错，他甚至会对一个工资很低的秘书道歉。

我的表妹萨维德丽后来嫁给了拉摩斯瓦米·萨斯特里，一个聪明的律师，能干的政客，现在是拉贾吉的得力助手。萨维德丽生了三个孩子，非常幸福。我们仍然见面，萨维德丽和我，我们之间还有种亲切感，当然是非常干净、非常纯洁的关系。我可能会受一点儿她的折磨，但我相信绝不会像贾娅那样，我也许仍是吉登伯勒姆优秀的婆罗门。

乌玛一回到家就打电话（她外出回家或坐出租车去什么地方时，我总坚持要她打电话给我，因为我不相信她知道自己去的地方）——她给我打电话时，已经又是往常那样的好心情了。"哥哥，您一定要原谅我，我多么愚蠢啊！我很高兴回到这里和克劳德在一起，她是多么可爱的孩子。不是吗，克劳德？"她把话筒给克劳德让她回答我，我只听到克劳德的吐口水声，于絮尔在厨房里唱着歌。乌玛说米雷耶刚打电话说她可能不回来吃午饭，她要带贾娅去一个好餐馆，然后，她们可能会回家。"见您的公主朋友，我会非常兴奋，她看起来真的是个公主？"

"她从头到脚都很拉吉普特，像从莫卧儿细密画中走出来的。乌玛，以传统的方式来看，她不漂亮，但是你越看越觉得她美。她是那种会死于丈夫火葬堆的人，萨蒂，你知道，她心灵美。"

"像萨维德丽？"

"哪个萨维德丽？"

"不是我们那个差一点当你妻子的萨维德丽，我的意思是从死神鼻子底下救出萨谛梵的那个真萨维德丽。"

"是的，她就像那样，贾娅是某种萨维德丽材料做成的。"

终于，我回去工作了。几分钟后，米雷耶打电话跟我说她们在丁香园咖啡馆，她带贾娅看了蒙帕纳斯大道后，要带她去卢森堡公园，沿路看些艺术馆。我为贾娅高兴，像米雷耶这样丰富而敏感的人，在某种程度上她很了解我，她带贾娅参观巴黎，就像我带贾娅一样。米雷耶可能在嘲笑我不了解女性，但我为她们俩彼此喜爱、有共同语言而高兴。后来有一天贾娅笑着问："你觉得共同语言是什么呢？是你。"很明显，在这件事情上，我必须承认，自己是个傻瓜。

19

六月份的最后几天，伴随着炸弹在阿尔及利亚以一种近乎卑劣的精准爆炸，戴高乐和将军们间的一次次斗争变成了一出希腊戏剧（命运偏爱谁？），巴黎的孩子们哭着要他们的假期。小雪铁龙车上，车顶放着自行车，卧具堆得像山一样，河岸边挤满了人。香榭丽舍大街上的铁路公司，人们排了很长的队。似乎每件事都挤成一团，让我们自己也迅速成为一出戏，一场更大的游戏就要开始了——拉贾·阿肖克在星云广场附近的酒吧里跟人打了一架。他很英国，支持丘吉尔，他的对手中很多人是反戴高乐主义的，拉贾·阿肖克从来就不懂法国人。（他总是说英国人离开印度的方式多么有尊严，没显出任何对法国离开非洲方式的理解。先生，如果法国有奠边府，爱尔兰问题再持续四百年又怎么样？等等）不，法国人可能在阿尔及利亚的事上是反戴高乐主义者，但他们从不会把戴高乐等同于丘吉尔，那个浮华、不理性、抽雪茄的小丑（懂莎士比亚的人们开玩笑地称他为"福斯塔夫"[①]）。拉贾·阿肖克对这一切一无所知，于是斗殴升级，再加上他又喝得有点多（英国人的喝酒方式，法国人从不喝醉，不管怎样，上层阶层中的人从不喝醉），酒吧老板试图分开

[①] 福斯塔夫（Falstaff），莎士比亚戏剧《亨利四世》里的人物。

对手时，鼻子被打了，眼镜也被打坏了。有人从背后推了拉贾·阿肖克，他躺到了地板上。顾客喊来警察，当警察把我们的拉贾·阿肖克和其他两三个人一起带走时，你能想象到大家有多高兴。个个为戴高乐欢呼，喊着"法兰西万岁"这种游行示威式的口号。印度使馆不得不介入，把拉贾·阿肖克保了出来。不是因为他是个王公，而是因为他是国会成员，这里的每个人都知道他是尼赫鲁的红人。

与此同时，贾娅和米雷耶在法斯看冬装秀。贾娅拉克希米又一次头疼得无法忍受，米雷耶不得不马上叫出租车把她送回家。米雷耶立即给让-皮埃尔打了电话（秘书知道他在哪儿出诊），让-皮埃尔当即喊了位专家（帕斯卡医生，著名的神经生理学家）。在这期间，米雷耶放了个冰袋在贾娅头上，贾娅临时用了乌玛的房间。乌玛、孩子们和于絮尔回来时，整个屋子都很安静，只有乌玛的房间有声音。尽管贾娅极度痛苦，但出于礼貌，她努力想告诉乌玛（乌玛后来告诉我），她从我那里听说了很多她的事情。说到这儿，乌玛又哭了起来，可能认为我不是看起来的那么冷淡。乌玛把冰袋敷在贾娅头上，米雷耶到孩子们屋里跟小家伙们解释为什么不能发出声响。克劳德对此很好奇，她想马上知道公主长什么样，头上有没有王冠，有没有金色头发。米雷耶说："克劳德，你现在不能见她。"克劳德哭了起来：公主从不会生病，她怎么会生病呢？妈妈不好……为了控制住局面，于絮尔对克劳德说："我们去看电影吧？"克劳德总喜欢去看那些发光的活动图片，于絮尔也是。她们一走，米雷耶又给帕斯卡医生打电话（他们和他很熟），他秘书说：医生在去你那里的路上。因此，当我给乌玛打电话时，是米雷耶接的，我立刻坐出租车赶去她的家。

这一切一定是这样发生的，即无所事事的拉贾·阿肖克在香榭丽舍大街溜达,在富凯喝茶,在爱丽舍宫附近闲逛,或许走过了王室大街,瞅瞅衣服、书和女人。他走累了,准备回宾馆,看见酒吧时,他一定跳下了出租车,从下午喝到傍晚事故发生。我想,当贾娅头上顶着冰袋时,警察正把袋子罩到拉贾·阿肖克头上,而我对这一切一无所知,几周来第一次(我想是因为贾娅在巴黎)有这样的解题高潮。我在纸上、黑板上忙碌着、解答着很多问题,特别是塞格雷等式。因为如果解答了这个,我就能明白亨德森[①]的答案,或许可以把它用到拉马努金的一些问题上。大约完成一半时,一定就是人们所说的那种灵光乍现,我突然想给乌玛打电话。我疏忽了时间和环境,想知道她从圣母院回家后的状况。而真实情况是,一周前米雷耶带她去的圣母院,让她看圣中之圣。因为乌玛在学校时就读过维克多·雨果的著名小说,她想去看看这个伟大的圣地是不是真的存在,就像那些到贝拿勒斯的西方游客一样,他们想去看看印度人是否真的在恒河岸边烧尸体——他们真这样做,是吗?但忽然之间那儿都保留了下来,一直到现在。我坐在出租车里奔向米雷耶,我在想:是谁?神啊,是谁?谁是棋王?谁让我们跳跃、移动、旋转、折返和向前,从不让我们安宁,总是带给我们意外,来显示他温柔的关怀、他的笑声、他的恶作剧和他的保护?这的确是种保护,帕斯卡医生到米雷耶家没比我快多少,他向我们保证贾娅的情况不严重。因为这种脑部手术后,身体——就是组织,过去习惯了肿块,要调整自己适应不再有增生物的头部,这样就会导致眩晕。贾娅没必要住院,可以待在家里,但身边一直要有人。米雷耶说,当然,她会亲自照顾贾娅(她们已经变成这么要好的朋友了),但把贾娅安顿在哪儿呢?或许孩子们可以在一个房间待上些日子。乌玛有个好

[①] 亨德森(Archibold Henderson,1877—1963),美国教育家、作家和数学家。

主意："为什么我和哥哥不搬到布罗耶街呢？"她可以照顾贾娅。米雷耶说："不行，乌玛，没有会说法语的人，你们不能在那里住。如果需要的话，还要会开车，特别是如果出现紧急情况，还要给医生打电话。你知道，这不是海德拉巴，这里的医生不像你们国家的医生那样友好。"乌玛觉得受了伤害，因为米雷耶认为她不能"胜任工作"，于是沉下了脸。我被这一切混乱弄得困惑不堪，想去婴儿室和孩子们玩。我知道，通常，暂且不予理会是解决问题的最好方法，我是懦夫。乌玛到我这里，争辩说她像其他人一样能干，为什么觉得她不能胜任。"记住，哥哥，我在海德拉巴管理一个大家庭，这能有什么不同？"于是，我回来以自己的方式解决一切，那就是米雷耶和乌玛两个人一起搬到布罗耶街，都照顾病人。（"别忘了，有两个护士比一个好。"米雷耶圆滑地说）此外，王后大人随时会来，她来了也可以住在布罗耶街，而米雷耶搬回她自己的家。这一切看起来不是很完美。事实上，我本能地知道和贾娅、乌玛在一起的危险，我不放心。还要考虑到拉贾·阿肖克，可怜的家伙，他来巴黎，因为贾娅拉克希米想来，我受益于他的大度。贾娅不顾自己的疼痛嘲笑地说："大度！确实，希瓦，我希望你能懂点人情世故。"

"但是，贾娅，这是真的，他来是陪你的。"

"无非是狮子想陪小鹿罢了。"

"可他是个好人。"

"当然，他是个好人，我从未说过什么，希瓦。"她疑惑地看着米雷耶，两人爆发出一阵笑声。我意识到她们俩在谈论我，也许她们在说我是个傻瓜。

"我知道，很多事情我不懂——"

"很多女性的事情吧。"米雷耶笑着，想让我明白"事情"。

"你知道,我或许不是你们想的那种白痴——"

"哦,"乌玛打断道,"不要低估我哥哥的头脑。你知道,在印度很少有人像他一样。"乌玛的单纯让我感动,对于另外两个女人来说,我也是单纯的。然而,下一步是什么?一定是痛苦,非常痛苦,贾娅让事情明确了:

"希瓦。"她说着,慢慢从枕头上抬起身。孩子们在育儿房里叫喊着,似乎每一个声音都让她痛苦不堪,"希瓦,我能到你那儿去吗?我的意思是,你和乌玛能让我和你们待在布罗耶街吗?"乌玛听到这些非常开心,说:"哥哥,说同意,说同意啊!"

米雷耶看着我,既满意又失望。我说:"当然。"这是自然而然的解决办法,唯一的办法,但她没让我去某处。贾娅没让我牵涉其中,这样我可以去自己想去的地方。我知道于她、于我,不存在去任何地方。(她后来跟我解释,没有任何空间或时间能容纳我们或不能容纳我们,有些事情完全无法摆脱。她说过:谁能从别人那里带走什么?高山带不走河流,或者,河流无法带走高山。那么存在是什么?)痛苦是永久的,像她的头。肿瘤消除了,空缺留下了。谁能带走空缺?不能,没有人,医生也不能,或许死亡能。在死亡的空缺里还可能有空缺。它将在哪里结束?你从任何东西中拿走一些东西时,有些东西留在了那里,最终,又是什么都没有。然而没有任何东西也是东西。龙树有句著名的话——不要认为非我就是无我,而是另一种我。如何走出这个环状悖论?在我旁边贾娅会苦恼,我没有贾娅也会痛苦。要躲到哪里,布罗耶街的公寓里?

"好,"米雷耶总结说,无疑是在安慰自己,"哪天公主的母亲来了,希瓦,你那时可以搬回你的旧窝。"

乌玛马上表示反对:"但是你说需要一个懂法语的人,王后大人懂法语吗？"

"不懂。"她承认，贾娅也同意。三个女人不能达成一致，怎么办？让-皮埃尔出乎意料地走了进来，带着平常那种洋洋得意、与人为善的神气。他肯定愉快地拜访了某个病人，所以他才会突然回家。当然，他也想看看公主。他自然会帮上忙，只要有可能，他像往常一样为我们做了决定：

"布罗耶街公寓很大，很容易安排所有的事情。米雷耶在那儿睡一晚，我在那儿睡一晚，这样的话，你们那儿就总有一个会说法语的人了。此外，我是医生。再说，德尔福斯医生过两天就回来了，乌玛或许要去诊所做进一步的检查。"

"我，去医院？"乌玛几乎生气地叫道，"绝不。"

"不，不，乌玛，不是去医院，是去诊所。医生要做所有的检查，或许我也会被喊去给你做些检查，我们还要看情况。这样，希瓦、乌玛和公主先去那儿，"他向贾娅拉克希米鞠了一躬，说："米雷耶和我随后就到。"

"拉贾·阿肖克怎么办？"我问。

"哦，我想他最好待在酒店，至少等警察放了他。你知道，法国警察没那么仁慈。你朋友尽管是位王公，但不是特别白，我想——"

"像意大利人那样白。"我说。

"即使这样，你们的护照会比你们的脸让警察知道得更多。一个印度人，相当于一个阿尔及利亚反叛者。"

"喂，喂，"我抗议道，"他们对我很好。"

让-皮埃尔笑着说，"人们只要看看你，就知道你连一只蚂蚁都不会伤害，所以他们才对你很好。还有，你也不去酒吧，我绝对相信你从未打过架。"这是真的，我从未打过架。

米雷耶总结道,"不管怎样,我们什么时候搬到布罗耶街?"

"今天怎么样?"乌玛说。"别忘了,今天星期四,是个吉祥的日子。"

"可我办公室还有一些重要事情。"我反驳说。我还不相信,女士们已经占领了"婚房",我什么也做不了。贾娅满眼恳求地说:"我好高兴到你那里去。"棋王已经安排了,我们要走下一步。于是,乌玛开始迅速收拾她的东西。贾娅还没打开她在酒店的箱子,这没问题。我立刻打电话到伦敦,让王后大人知道发生了什么,但她不在酒店房间。拉贾·阿肖克或许还和警察待在一起,所以我不能给他打电话。我不情愿地回到家,往包里放一些东西,像我去蒙维勒时一样,带几件衬衫和内衣。我准备好后,跟图图夫人说我要搬到布罗耶街和妹妹一起住,直到父亲来,她已经知道了。我给了她二十法郎"照看公寓",她很高兴,几乎要和我吻别了,她已经对我有了一种喜爱之情。我到让-皮埃尔家时,米雷耶已经去了乔治五世饭店(她的行事风格)。公主给主管打过电话,他们让米雷耶拿了些重要的东西和衣物("足够两三天用的。"她已经决定),大箱子还留在酒店。再者,拉贾·阿肖克还在那里,实际上,他经常坐使馆的车出门的事实,已经给了饭店必要的保证。("印度绅士非常慷慨,"饭店经理曾对拉贾·阿肖克说,"不管什么时候遇到困难都非常乐观。")这样,搬家的一切事情似乎准备就绪。"等等,等等,"当我们开始往车上搬东西时,乌玛喊道,"米雷耶,再等二十分钟,罗睺[①]仪式就结束了。"

"那是什么?"米雷耶问。

[①] 罗睺(Rahu),印度神话传说里的魔鬼。他想偷取天神搅乳海获得的甘露,被毗湿奴砍下手臂。他为了报仇,头颅飞到天宇,吞吃太阳和月亮,引起日食和月食。

"根据印度占星术,有种天空怪物叫罗睺,他把地上的太阳藏起来——也就是他制造了日食——可以这样说,于是我们就有了日食。我们印度人相信不经过太阳的允许,我们就不该搬出去。"

帕斯卡尔医生的药已经在贾娅身上起了作用,她开始能坐起来了,说不必用冰袋了。我第一次看到她几乎剃光的头发。她转向我说:"希瓦,不要嘲笑这些东西,我们的祖先不是傻瓜。"

我说:"抱歉,我不该嘲笑这个,但你知道乌玛有很多这样的迷信——"

"迷信?"贾娅有点不高兴地说。

"要么称它们为信仰吧。她经常说些咒语,烧些辣椒和盐,事实上,每个问题她都有办法。"

"哥哥,您不能把我一个人留在这里。"乌玛说着又哭了,我不理解她为什么如此情绪化。

"喂,喂,希瓦,"米雷耶给孩子们一些糕点后进来说,"别对你妹妹这么残忍。"

乌玛喊道,"我到这里,想着至少哥哥该理解我。我在国外,他还这样残忍。"

"好了,好了。"我尽力安慰乌玛,"你知道我总是捉弄你,你为什么不捉弄我呢?"

"捉弄你?我怎么会呢,您是我哥哥。再说,您这么聪明,需要像那罗陀[1]或毗阇密多罗[2]那样的圣人来打败你,我只是个可怜的海德拉巴的家庭妇女。"她又好了,强忍着眼泪笑了。贾娅让她坐下,拍着她的后背。贾娅的温柔安慰了乌玛,她慢慢地让乌玛的头枕在

---

[1] 那罗陀(Narada),传说中的古印度圣人,善唱圣歌。
[2] 毗阇密多罗(Visvamitra),传说中的古印度圣人。

她腿上，像对待孩子那样对她。乌玛很幸福，几乎睡着了，看起来非常放松。米雷耶进来，看到这一幕很感动，低声说："你们印度人比希腊人还过分，我们是一家人，有快乐也有悲伤。'生死一样，有什么好担心的？'对了，最后一句是我在抵抗运动期间学的一首希腊歌曲的副歌。对你们这个民族，我羡慕的是——当然，我遇到的印度人还不多，不能做总结——你们像兄弟姐妹一般，这让我们法国人有点怀疑这种简单的解决办法。"

"大家庭给了我们这种训练。"我对米雷耶解释，"因为我们有很多叔叔阿姨，每一个都彼此不同——一个是学者，另一个是小丑，一个是律师，另一个是农民——一个总在流泪的大家庭。"

"哥哥，您不是在说我吧？"

"不是，乌玛，"贾娅安慰她说，像在拍着乌玛睡觉，"他是泛泛而谈。"

"公主，你不了解我哥哥。"

"别喊我公主，叫我贾娅或贾娅拉克希米。乌玛，或许你不了解，我很了解你哥哥。记住，他住在加尔各答，我也是。他教给我的东西比任何人都多。"

"贾娅，"米雷耶打断道，"你别说这些事情。他已经可望不可即了，我是说，够不着。"她纠正自己。

"你是说他身高一米八五？"

"内外都达不到。"米雷耶开玩笑地说。现在我看到的不是两匹马互相闻嗅，而是三匹。

"你知道，我哥哥是非常善良的人。"乌玛反驳说，想申明她自己的所有权，从而表示对我的了解。整个场面看起来幼稚而荒唐，我几乎要起身去和孩子们玩了，这时有人打电话给米雷耶。我们三个人在那里什么也没想，乌玛的头枕在贾娅腿上，我坐在椅子上，朝向一边。也可以说，或许还在想着我们中唯一重要的事。我们，三个印度人，突然被留下来，非常亲密，以至于这个巴黎世界对我们来说毫不相干。然而，对自己圈子里的人来说没有什么是陌生的。"你懂自己的世界。"我们不需要语言。乌玛看起来多聪明啊，她闭着眼睛，整个身体被沉默包裹着。贾娅用纱丽盖着头，温柔地俯下身对着年轻的被保护者（我几乎说是她的小姑子了），深陷的眼睛流露出悲哀，她的长睫毛忽闪动人，深深弯下身体。我意思是，贾娅的身体看起来像卢浮宫印度原始绘画中的圣母，特别是她头上戴着披巾。我曾问过米雷耶那幅画，因为我经常和她去卢浮宫。当然，有时和苏珊娜去。但苏珊娜现在哪儿？我想了想：她和米歇尔手挽手看圣母院壮观的大门，在那儿，死者起立接受审判？对印度人来说，没有地狱，只有悲伤。贾娅，还能有什么地方更像地狱呢？贾娅的悲伤已经这样，她慢慢闭上眼睛，看起来像块庄严的纪念碑。她看起来确实像卡斯蒂利亚的布兰卡[①]，我记得，她这位圣路易的母亲躺在坟墓中。这是我在一本装饰华丽的手稿上看到的一幅画，是早些时候在国家图书馆的某个地方看到的。当然，是米雷耶带我去的那儿。想到这里，我觉得很震惊，走回婴儿室和罗纳德玩游戏[②]。

20

于是我们搬家了，就是说，贾娅、乌玛和我搬到布罗耶街（71

[①] 卡斯蒂利亚的布兰卡（Blanche de Castille，1188—1252），法国国王路易八世的王后。

[②] 原文是 Am stram gram, pique, pique, cole gram. Am stram gram，一首法国儿歌，歌词没有具体意思。这首儿童歌类似于中国的游戏儿歌：点数，点数……点到你是某某（比如说点到你是猪，等等）。

号，五楼，楼梯右侧。就是这里，这么多年后如果我没记错的话），一个宽敞、高大、华丽的公寓，有十八世纪的油画，金色的烛台，让女士能照到全身的巨大镜子，蓝色大理石的浴缸，周围贴有绿色的瓷砖。还有十七世纪的女士洗浴画，上面画着盆和刷子，卧在地板上的宠物狗，烧水壶上冒出的蒸汽，两个女仆在给有着丰满乳房的优雅女士擦澡，她正努力把自己收拾干净。我猜，是去教堂出席婚礼（不论哪种情况，两件事多多少少同样不严肃）。贾娅拥有女主人的浴室，乌玛和我喜欢大床——大到可以睡四个人或两个大胖子，我们的房间是并排的，奇怪的是共用一个卫生间。不管怎样，我推测，它大约建于一八八零年或一八九零年，人们在床上读《包法利夫人》时，傍晚偶尔溜进浴盆洗个澡。让乌玛觉得开心和舒适的是她有了净身盆，这让她在巴黎第一次有了家的感觉。她简单地跟我解释说，这么多天来，没有净身盆很亵渎神灵。

　　乌玛和贾娅的房间门对门，贾娅的屋子有我们的房间加起来那么长，对着静谧的花园，窗户边有喜庆的橡树，有时候上面会有小鸟，特别是麻雀。贾娅行动缓慢，房东有个很聪明的女仆伊冯娜，她似乎明白我们说的任何语言——印地语、梵语或泰米尔语，甚至英语——在给桑顿医生工作前，她在几个美国人那里工作过——那是四年前的事了。至少，贾娅觉得找到了自己的特别女仆，而乌玛和我却不怎么需要，我们没要求她为我们做多少事。看着贾娅拉克希米进来，与女仆、乌玛一起铺乌玛和我的床，躺在"小王国"柔软、宽大、散发着清香的床单上时，我有一种拥有特权的感觉，可我仍觉得非常孤独、焦虑和忧伤。像这样的大床，没有同伴陪伴有些不协调。就在这时，我开始思索男人的孤独。他听自己唱歌，听自己的自言自语，听得越多，越沉浸其中，开始是极其困难的。看透自己似乎比看透别人更难——怪物、突厥人在门后。请问，如何杀死他？你愿意吗？善良的先生。不管你是谁，告诉我？

21

如今，乌玛表现出到巴黎后从未有过的快乐，敏感的贾娅接受了乌玛的率性。我一直像是个受到尊贵主人欢迎的客人，高脚凳放在合适的地方，门廊边停着供你使用的车，这样你可以想来就来，想走就走。你的佣人最好是个穆斯林，你去沐浴时他已经优雅体贴地放好了衣服。你穿好衣服出来，他已备好了早餐，甚至还准备了水烟袋，如果你想抽一支的话，就像贝拉姆①以前在加尔各答瓦桑大酒店一样。如果贾娅建议我，哪怕是最微不足道的建议，我就会很生气。比如，让我起床时喝柠檬温水——这是我从小就保持的瑜伽习惯，也是父亲从祖父那继承来的。还有就是，贾娅对乌玛的关心。我妹妹从未被谁这样关心过，更不要说她自己的丈夫了。或许我对乌玛的天真和女性需求表示过一点关心——给她买香水和好闻的香皂，要么有时给她买我在加尔各答或德里见到的漂亮纱丽——像孔雀蓝的那条，是特尔默沃勒姆②产的，她只在特殊场合才穿。或者她会穿一条马图拉的纱丽，是以前为参加一位富人的女儿的婚礼定做的。富人特意为我们织了两条——一条给乌玛，另一条父亲决定在我结婚时给我的妻子。"如果你结婚的话。"父亲善解人意地说。即使父亲有些忧伤，作为生养我的人，他也能了解我——忧伤和交配并不总是同时发生。佛陀也有忧伤，他是终极追求的创始人，随之而来的"出发"没有归程。父亲想过我成为圣人吗？我不那么认为。

---

① 贝拉姆（Behram，1765—1840），印度历史上著名的暴徒，被称为"暴徒之王"。
② 特尔默沃勒姆（Dharmavaram），印度城市，位于安得拉邦。

他觉得我的禁欲主义用到数学方程式中了——规则和瑜伽苦行很接近。你变得越理性，越是非人类。人类需要肉体和勇气，我的肌肉松弛，随意地堆在一起。我唯一的纯正的部分或许是我的思想，它以枯燥的逻辑为生，或用它做自己智力美食的规则。这说明了为什么我吃得那么少，贾娅也一样。乌玛似乎总是很饿，她光闪闪的肚子被食物撑得鼓起来，打着饱嗝。乌玛的苦恼产生了这种补偿性的需要，而我的数学填饱了我，贾娅的沉默喂养了她。

正是贾娅的这种沉默惹得米雷耶（她安排好了，每天都整天陪着贾娅）非常健谈。相反，贾娅更深的沉默让米雷耶愈发健谈，米雷耶敏锐地觉得，坦率地聊些亲密的事情或许可以培养起信任。因此，贾娅越抵触（我知道她不喜欢过多地听到别人的秘密，尤其是关于我的），米雷耶说得越多，尤其是谈到时间和空间的历史讨论，像卢浮宫这样的地方能激发任何显得威严、宏大和自然的话题，米雷耶一定简单地暗示了"设拉子之夜"方面的东西，带着感叹、沉默和下意识优于贾娅的感觉，她知道贾娅只知道我的手（实际上，那天晚上我向米雷耶解释过这个，表明在这样的事情上我的命运和相对的天真等）。我想，贾娅一定引导米雷耶去谈路易十四或者玛丽·安托瓦内特，米雷耶差不多最终会这样说。对我们来说，女人的世界非常隐秘，让人困惑，同时又具有暗示性的开放。像她们穿的衣服，谨慎地袒胸露肩，这样你就怀疑你想知道的，永远不会知道你猜测的。秘密时隐时现，指向前面，床大到你什么也看不见，什么都没有。你甚至怀疑是否做了什么，尽管墙上挂着性感的图画，十七世纪的维纳斯想向你展示不穿衣服的种种情形，但在明显的裸露下，她们把自己藏得更深。所有公开的都不清晰，所有裸露的都不必知晓——对我来说，女人就是这样的。米雷耶和贾娅一定玩着捉迷藏的游戏，像玛丽·安托瓦内特在小凡尔赛宫内的放纵——巴黎被烧了，被饥饿所烧，被黑暗覆盖。他们要"面包和国王"，国王回来他们得到的只有屠杀和痛苦，当然，还有继续挨饿。

　　我想，米雷耶和贾娅一定去购物了，之后为了掩盖她们的不适，贾娅一定哼唱着小调，就像米雷耶一定边抽着烟边沿塞纳河开车。随着傍晚来临，巴黎就在你的上方，变成一种单一的体验。生活又容易了，伴着噪音和光亮。她们回来时，为了公主精致的口味，乌玛已经做好了蔬菜汤，比在米雷耶家常做的少了些咖喱的辣味。稍晚一点儿，让-皮埃尔也会来。听说德尔福斯医生终于回到了巴黎，乌玛兴高采烈。让-皮埃尔要量乌玛的血压，确保那天晚上一切都好。拉贾·阿肖克找到了一个来自阿杰米尔的中学老同学（这个年轻人在大使馆工作）——拉贾·阿肖克说得很详细，他们计划去玛德莲广场附近或在银塔吃晚饭，然后去观光游览。贾娅跟我们走了，拉贾·阿肖克觉得自己确实有些被冒犯——他不是傻瓜，了解自己的内心，同样也知道别人的——他觉得王后大人忽视了自己，他意识到是她把自己推入这次奢侈的旅行中。事实上，拉贾·阿肖克一定知道，母亲很了解孩子，尤其是处于痛苦中的孩子。任何母亲都会像王后大人那样做，让拉贾·阿肖克和贾娅去巴黎，把与我在一起作为诱饵和借口，这一切进展得那么完美，任何事情看起都很自然。王室的建筑思想讲究花样和出其不意，搭配依次相连的院子和喷泉，孔雀在附近嬉戏，处处有女佣打理——你进入女性的世界越深，越能感知头发、身体的香气，诱人而神秘。乐器奏出你需要的音符，竹帘低垂，还有一些看不见的女佣有规律地洒水来保持房间清新。里面的床已经准备好了，卫士等在女士的门后。英雄就要来了，他佩戴着宝剑，头巾上饰有珍珠，他的提拉克[①]神圣而火热。当他把鞋脱在门口时，音乐响了起来。罗陀坐在床脚的垫子上等着她的主人。

像春天的风
经过走廊油灯昏黄，
他前进
仿佛在征服突厥人，
他昂首四望，不知她在哪里。

罗陀啊，热恋中的奴隶，正坐在圣罗勒边，
默默地唱着献给主人的圣歌：
神啊，万神之神，为何迟迟未至，
马儿遇到了老虎，还是亚穆纳河涨了水？
"不，我的主妇，我的姐妹，河水没有涨，
人中之虎，非常忙碌，
为他的大眼鹿儿织着珍珠发网。"

看啊，他设好埋伏，"公主，不要跳。"

拉贾·阿肖克不必涉过上涨的亚穆纳河，也没遇到老虎（在巴黎他遇到的老虎是"青蛙"，他这样称呼法国人，难以理解，不太像英国人），他唯一的不幸是被带到了警察局。在大使馆工作的中学老友救了他，现在他们要去打猎。是吗？

[①] 提拉克（tilak），印度人抹在前额或身体其他部位如脖子、手和胸部等地方的印记。在南印度，这个术语也指在人到来时，用香灰等抹在来者的前额以表示欢迎和尊敬。

22

来自我的蓝色笔记本——

六月十三日。人独自来到世界,我们认为自己可以和很多人交往,最终还是一个人离开世界。我们在哪里与人交往?和谁?

六月十五日。一切看起来多像一出戏?每个人都盲目地走自己的路,在这里碰到某人,在那里被某人绊倒——在树木、岩石、军队坦克之间,在轰炸之下,像庞培古城那样被岩浆覆盖,或在埃及博物馆以沉默而言说。我们以虚妄的姿态生活着,疯狂地想把无变成一与多,以至于无限,但是无永远不会离开自己的寓所。有是如何产生的呢?谁能做这件事呢?不,没有人。所以这一切都是游戏——贾娅拉克希米、苏珊娜、乌玛、让-皮埃尔、阿尔弗雷多(和他的妻子皮尔达)、米雷耶和她的共产主义誓言。(她试图去见识混杂的生活方式时发现了拿破仑饭店里的枪,她沿着松软的楼梯悄悄地走下来,高贵地、目不斜视地走过酒店经理。"我不是普通的站街女,你知道,我是资产阶级。再说,你告诉我,谁能杀掉戴高乐?阿尔及利亚自由万岁!",等等。)这就像高中戏剧,莎士比亚作品被弄得很摩登,迦梨陀娑的作品成为那些丑陋的印度电影的一分子,为平民而造。米雷耶,原谅我说这些。但看看贾娅,你必须明白有些事情你从未想过——你不明白,米雷耶,你可能非常不了解贾娅,但贾娅了解你,不是通过你的坦率和友好,而是通过做自己。一种抽象的化学作用,只有西方神秘主义者才懂,帕斯卡、孔多塞、维克多·雨果。是的,这是真的?米雷耶,人与人相遇,制造革命去证明混合是可能的,甚至是不可避免的。像小溪汇合变成大河,因而人遇到人变成人类——一个空洞的概念。只有伟大的历史学家米舍莱[①]懂得这一切——人越是自己,对人类来说越是一个兄弟。无限不会变成零,而零是无限的发源地。

六月十七日。

想起融合,我在想拉贾·阿肖克和他血统高贵的语言和外表。他能和英国人融合(像公立学校英国人的样子),他蔑视自己的某些方面,这让他努力保持自己的口音。他说hallowww,不是像我这样说hallo,他的辅音发音清晰,元音被吃掉了。他梵文学得很好,用元音比用辅音多二十次,这表明印度人相信溶解(元音在这是消解辅音的),然而希伯来人的思想(那就是,新教徒原型思想),相信根本没有元音。被作为物体的情况下,辅音被重读——这说明法语比盎格鲁-撒克逊有更多的元音,所以法语是当代世界更有梵语特点的语言(梵语意味着完美)。Eau, pot, toit, riviere[②],多美的词语啊!而不是英语里的water, pot, roof, river,在roof里,f突出来像单词上的雨棚,而riviere里的iere,阻碍了流动。撤回是理智——为了生殖过程去控

[①] 米舍莱(Jules Michelet, 1798—1874),法国历史学家。
[②] 法文,意为"水、壶、屋顶、河流"。

制，《爱经》的规则。

23

拉贾·阿肖克想去交际，和别人交往，但由于害羞（如果一个人是在最古老的王朝之一达哈拉姆普尔杜巴①长大的，你怎么能不害羞呢。在那里，每个行为、每个单词都可以至少远溯至《摩诃婆罗多》的传说，或更远），今天，被古吉拉特的小贩、中央邦的兄弟、南印度的雷迪所结识——在你到达玛育尔贡吉宫之前，要经过七个哨兵、七道门。内墙是用木头做的格子架，孔雀仍在院子里舞蹈，它们还有自己的鼓。大象仍被装饰着古老的首饰，十胜节时给它们牛奶喝，这样，它们的力量就能变成摩诃罗阇的——除了琥珀宫或乌代浦尔的人，怎么能去交往呢——甚至贾娅也有新血统？但进一步说，你看贾娅的过去不单是看她的祖先，还要看她全部的祖先们。你会发现，她的举止不仅是被杜巴宫所塑造（除了她母亲，她父亲的血统也不那么古老），而且还由很多孤单生活所塑造。一次又一次出生，在琥珀宫或齐多尔②，或许在唐朝，或在幻境中，在阿兹特克③（或在拜占庭，一个西奥多拉），她随着时间流逝变得孤独，想退回过去而不是与人类交往。我想，她了解我，正是因为我们同样有退回历史的冲动。我们能够向后退，就不会轻易向前。这样的话，如果她愿意，向前走向拉贾·阿肖克，向后退向我。我认为，拉贾·阿肖克（如果人们能谈起他）招揽她、需要她都是为了自己

---

① 杜巴（durbar），王宫里的王家客厅、会客室。过去有时也指代国王，比如说"your durbar"等同于"your highness"。
② 齐多尔（Chittor），十六世纪印度城市。
③ 阿兹特克（Aztec），墨西哥中部和南部，一般指古代墨西哥阿兹特克人创造的印第安文明。

的后退。或许,谁能说得清呢?贾娅需要我,为了她的自我牺牲。我们多么愚蠢啊,神,我们多愚蠢啊!那么,我应该先死,为了她的生。

24

生活的模式(我重复的)似乎如此的惊人,但经过更成熟的思考,它呈现为预知线、黄道带的断面、未被识别的历史观。这些我们所知的存在,消失在思想之下,当它们突然证明自己,我们觉得非常有戏剧性,却真实、简单地让人感到可怕的熟悉。然而我们不会接受它,唯恐它是人们的耻辱。在欧洲,任何一个人都会告诉你(按照德·波伏娃①女士所说,当然除了萨特先生),希特勒将要征服西方和世界,远至他所能到的东方和南方,事实上他也这样告诉你了,但你没有听。同样,他们都知道清空隔都、毒气室的轮番剧,但他们没有意识到自己知晓这些。米歇尔和他的故事,是一个没有国家、没有父母、没有兄弟姐妹之人的故事。他的身份证说他是法国人,可他内心是波兰犹太人、受教育的欧洲人,一个经历过死亡的人(陀思妥耶夫斯基曾说过:"整个欧洲是座公墓"),但富有活力,本性鄙俗,有智力需求的共产主义支持者(在自己内心某处,他想:再说了,马克思也是个犹太人,尽管他背叛了我们,海涅也这样,可谁在乎),情感丰富的哈西德派教徒,忠于智慧、真理,像活死人样好色。当他太感动或在自传性情绪下,他仍会说起另一个像他一样的男孩,这个男孩后来在荷兰告诉他,他午夜在毒气室爬过还没冷却的尸体,从很多尸体中独自脱身,被众多女人中

---

① 德·波伏娃(Simone de Beauvoir,1908—1986),法国存在主义作家,女权运动的创始人之一。

的一个拉住，她的身体还有温度。他吻她、抱她，他还想做得更多，但害怕被人发现自己还活着，于是为了能最终逃脱，他躲到其他尸体下面。这种故事不会让我觉得震惊，因为我已经在巴基斯坦和印度的战争中听说过类似的故事：士兵脱下裤子和半死的女人做爱，然后再杀死她们，其中一个女孩只有十三岁。揭露这事的是一位英国官员，他的神智后来再未恢复正常，尽管他曾见过埃及和意大利的战争——在此基础上的人性是兽性。在那个特别的早上，我把贾娅和乌玛留在家里，她们等着帕斯卡医生来给病人做日常检查。米雷耶在他来之前就到了，如果出现什么情况，当然可以依赖伊冯娜去照顾每个人——这样，当我走进自己的办公室时，已经有点晚了，但还不太晚，除了米歇尔还有谁会坐在那里？我看到他真高兴（他的出现没有让我感到惊讶），他看起来像玫瑰骑士，与可怕怪物战斗的骑士——之前他成功地和他们战斗过——现在他又要和他们战斗。他是我的替代者，我的恩人，我的补偿。从某种方式上来说，他是我的同伴。我想起曾经不知在什么地方读过的一个故事，说一个美国士兵，一天傍晚到达一个意大利小镇，天色已经有点晚了。他推着自行车，找不到地方住，受到一个母亲和她守寡的女儿的招待。女儿还很年轻，丈夫死了躺在那里还没下葬，整个房间有股气味。夜深时，士兵感觉到一个年轻女人的身体，对他很虔诚、很尊敬。第二天早上，她绝不会承认——他是她丈夫的替代品，会带给她丈夫应该带给她的孩子。只要未下葬，她的丈夫都被认为是活着的，这孩子就应该是他的孩子。我想这就是米歇尔，我的朋友、我的替代同伴。哎呀，他的故事不一样，极其不同，他几乎哭了。

"你知道，"他熟络地说，"这没有希望。"

"米歇尔，为什么？"

"我恨处女。"

"你怎么会呢？像所有宗教一样，犹太教尊重和敬畏处女。事实上，所有人都说，处女有些神秘力量，阿兹特克人的神只要处女做祭品。"

米歇尔笑道："我就是一个阿兹特克人的神，像所有神一样，从自己的灰烬中复活，被选的处女甚至不允许我碰她。"原来如此，我明白了。

"米歇尔，你怎么定义处女？"

"如果你同意的话，处女是那些从未被男人看过她全部身体的女人或女孩。当然，我可以给你更多简单的定义，但因为是你，我就省略了。"

"这足够令人满意了。但我要说，处女与纯真相伴。我相信，如果你研究希腊神话或苏美尔人，你会发现我是对的。清白是事情的终止，历史的终止。哪里没有事件的痕迹，哪里就有清白。"

"但是，假如一个人不是真的清白，而是愿意让人认为他或她是清白的呢？"

"在原始部落，他们常给犯人打烙印，去烧掉女人或男人身体上的罪恶、历史痕迹。"

"一个不错的想法。"米歇尔说，"但今天的驱邪方式是什么？"

"心理分析。"我半是玩笑地说，我总觉得心理分析是被阉割的祭司。

"他是不是处男？"

"难说，我估计不是，但不是不可能。"

"你是认真的？"

"你知道我一直很认真。"我说，像往常一样紧张地笑着。

"那么，你知道我在说谁？"

"当然。但是米歇尔，你不明白吗，如果一个像你这样从死人堆里爬出来的人，充满活力和——"

"追求物质享受和耽于肉欲——"他引用波德莱尔的话，害怕谈论自己。

"——精神正常。"我继续说，"为什么不是非处女变成处女？人们应该让她改变，就是说，让她精神原生质发生改变。我认为，你在思想和行为上变成处女，但是那层膜不会回来。即使那可能发生，谁知道呢？据说有些老人他们的牙齿又长了出来。她是童贞不能被血所验证的处女。"

"但我不想要处女。"米歇尔几乎喊了起来，他从椅子上起身，点上烟斗，在我办公室的窗户之间不停地走来走去。像他告诉我的，他在斯大林监狱里不得不做的那样。为了从希特勒那儿逃走，他屈服于斯大林。就是在那儿，他学会前后走动，直到情绪失控昏倒。他们没有接到杀他的命令，于是他被送到医院，然后美国人来了，等等。

"那么你想要什么？"

他喊道："一个女人——胸部丰满、两腿之间比较小、能与人交配的生物。"

"米歇尔，别激动，她们在巴黎到处都是。"我想起米雷耶和她的星云酒店冒险。

"啊！"米歇尔大喊，这次大到我的邻居都能听到。"你不明白，像我这样见过死亡的男人怎能抽象地生活？我需要一个女人，丰满、健全、可摸得到的女人躺在我身下。"

"米歇尔，告诉我，我能做什么？请告诉我？"

米歇尔咒骂道："我要她，就这些。我不要'别碰我'这样的。哦，不要碰我——那种不能碰的态度。如果她不愿意要我，应该制止我，我不明白她的意思。"

我回答米歇尔，"我发现女人十分矛盾，无法预料。她们同时是人类和天使，逃避我们的理解。"

"希瓦，你看起来极其聪明。那你告诉我，我该明白什么？"

"我不聪明，我是傻瓜，比你傻。"我微笑着说，"正是害怕伤害，才让我远离男人和女人。"

"但是，似乎有好多女人——在你周围。"

"或许是这样——但你可能发现不是我追求她们。"

"你意思是，我应该也像个独身、谨慎的假和尚一样，永远不碰女人，这才是得到她们的方法？"

"米歇尔，你不需要我的指导。但是，听着，你在想的、谈论的人是非凡的女性。耐心点，一切都会好的。"

"但我没有你们印度人的不朽，一次次恢复生命。我是个犹太人，已经死过一次，我没耐心等到最终时刻，待处女把她适婚的荣耀给我。"

"米歇尔，对不起，我太粗鲁了。但是，她当然不是处女。"

"我可能比你更了解处女，她们不像女神那样不易相处——是的，她认为自己是个女神。"

"米歇尔，在某种程度上来说，她是对的。她是非常少见的人，能让萨特先生吃惊，不是加缪。"

"那告诉我，这个加缪的处女，我该拿她怎么办？"

"等她，像你等女神那样。像西西弗斯①一样，把石头推上去，再滚下来。"

"我可以问个问题吗？男人与男人之间的交谈：你为什么离开她？"

"我从未离开她，她自己离开了我。"

"那么她说的是对的。"

"苏珊娜。"我第一次说起她的名字，"在我认识的所有人里面，苏珊娜是那种绝不说谎的人。她在严厉的纪律下被抚养长大，更确切地说，她自己抚养自己。有一天她或许会告诉你，她三四岁时摔倒撕裂了大腿什么地方的肌肉，或者是扁桃体，我现在不记得了。母亲都绝望了，因为她已经是个寡妇，还在战时，很难得到救助。这个孩子本能地明白了这些，她让医生给她做切除手术，她像木乃伊一样平躺在那儿，甚至没哭一声。她是那种宁愿自己受折磨也不愿给别人带来痛苦的人，西蒙娜·韦伊那种人。"

"胡说，她似乎毫不关心我的痛苦。我不是一块橡木，我比别人更有活力，因为我经历过很多痛苦，没人能想象到的痛苦，没有人，甚至你的西蒙娜·韦伊。"

"米歇尔，这样的话，说真的，我认为你应该到别的地方找你想要的。"

"哦，绝不。首先，一个人像这样被打败意味着次次被打败。我也许迷信，但事实就是这样。很幸运我活着，很多幸运发生在我身上。"

"米歇尔，这就是为什么我说，你很幸运拥有苏珊娜，甚至比你

---

① 西西弗斯（Sisyphus），希腊神话中的人物。他因为触犯众神，受惩罚把一块巨石推上山顶，石头每到山顶就又滚下山去，前功尽弃，于是他就不断重复、永无止境地做这件事。

之前有的幸运还要幸运。但我能向你保证一件事：她不会再看别的男人，只要你是她的朋友式的那个男人。"

"我想，是要把我变成她自己那样，做处女。"他愤怒地用脚跺着地板，然后坐下，从我的废纸篓里拿出个撕破的信封，做起了折纸——有翅膀的马。我们都沉默了一会儿。

"这纸马会飞就更好了，看！"他让纸马飞出窗户，落到外面的草地上。不知何故，这让他平静下来：他已经展示了自己的个人魅力。"看，看，马跑走了。马儿，马儿，去告诉她，已经征服了撒拉逊人的骑士手握宝剑等着她。前进！"现在，他平复下来，笑了笑，然后玩着我的莱丽镇纸（一个柔弱的女人，像印度女神骑在天鹅上）。他开始和我严肃地谈话，他是来找我寻求建议的，像这样他会疯的。他要怎么做？因为我很了解苏珊娜，我能不能给他一些提示，告诉他，她对他有什么期望？

"米歇尔，没有，她对你没什么期望，她期望自己。对她来说，世界是她所创造的样子。"

"那么，为什么让世界这么痛苦？"

"因为她知道，快乐来自痛苦。"

"她是这样想的？"

"我要说，因为自我追问，人们得到了那个真理。"

"对所有人都一样？"

"不，但几乎——"

在这之后，米歇尔和我恢复了我们原有的沉默。我们知道，我们正朝着更重要的方向前进，我们必须退回到更抽象的层面。这样我们的对话才能达到，一个更不可逆转的位置。

米歇尔的思维是科学的，是演绎的，从一个情况到另一个情况，从任何相关的假设开始，直接得出有限但不可避免的结论。我的思想本质上是形而上的，因此我有数学的天赋，用数学解决所有问题，从而避开人类。因为，毕竟，人类没有终极意义——目的论的，正如哲学家所说的。对我而言，不言自明的是最终的结果，大多数西方的观点对我来说在智力上令人兴奋，但又随心所欲。你设置了一个上帝或牛顿第一定律，从那里你可以如你所愿地建造城堡（或任何天堂）。上帝和牛顿（众所周知，牛顿相信上帝），他们的作用都是假设。我对"作用是什么"没有兴趣（我想，归根结底，是功利主义是什么，但是你知道苏格拉底会嘲笑真理有用这一点），但对"是什么"感兴趣。如果是意味着死亡和毁灭，让我们拥有它。真实生活的唯一气息是诚实。让我们先从诚实开始，其余的都可被解释。尽管米歇尔有马克思主义倾向，然而对他来说，上帝还是很现实的，就像对大多数共产主义者来说，克里姆林宫的上帝斯大林是现实的。因此，斯大林看起来不可能接受上帝。但对我来说，既然接受了存在，因为我是自我存在的开始和结束，就不可能有上帝。因此，也就没有斯大林。就像在俱卢之野战场，米歇尔和我准备好去战斗。我不介意杀戮，既没有杀人者也没有被杀者，它是抽象的战争。但米歇尔，因为他的复仇之神和正义之神，他要杀戮（特别在经历了毒气室之后），去毁灭他具体的对手。两种立场多么不同啊！但又非常自然，我和你或我和"我"是如此矛盾的人。不管怎样，谁让我和你在一起，是上帝还是"我"？那么，任何人都知道："我"=上帝。

"米歇尔，你知道，我以前说过，你和我或许代表了世界上最古老的两种文明：你是埃及和美索不达米亚的继承者（就是说，如果弗洛伊德是对的），我们印度有印欧思考方式，这就是说，如果格拉蒙①是对的话。希伯来字母起源于埃及，是象形文字。它的基础坚实，具有符号性，通过推理变得非常抽象。我们印度–欧洲人（你只要读吠陀，就知道它们的语言崇拜），我们相信坚不可摧的声音结构，字母以声音形式的所有可能性为基础。就是说，语言女神萨拉斯瓦蒂②是这种知识的发源地，她自身是丰富的。从不朽和永恒，我们到达具体。正如你所见，这两种方法似乎是相等的和相反的。"

"是吗？"米歇尔近乎恼火地问，他根本不喜欢我构想出的两种观点。

"是的，米歇尔，它们似乎是这样。但它们真是这样么，这应该由你来回答。"

"为什么应该是我？"他站了起来，生气地说。

"因为问题是你的不是我的，你已经和它生在一起、受它折磨，有三千多年了。你因它被追逐、被杀戮、被流放，但让人觉得荣耀的是你幸存下来。你们的历史非常卓越，因而，对此，请你给我解答。"

"为什么要我解释？我们不欠任何人的解释。那些折磨、屠杀我们的人，他们欠我们一个解释。"

"我们从未折磨过你们，在印度，我们欢迎你们，给你们寺庙去祈祷，我们的国王手里拿着剑保护你们，这些你一定都知道。我们和你们没有争端。"

"但我们俩有。"米歇尔生气地说，"不管怎样，我来不是谈犹太历史的。我来是说这个圣人、这个处女，她让我的生活很痛苦。"

"或许，对此的解释存在于我们正在谈论的抽象中。"米歇尔正

---

① 格拉蒙（Maurice Grammont，1866—1946），法国语言学家。
② 萨拉斯瓦蒂（Saraswati），印度古代神祇，掌管语言。

站在窗边，心烦意乱地看着一些在屋顶扇动着翅膀的鸽子，翅膀下面是它们的小鸽子。他又沉默了，然后走近我说——

"请解释这个说法。"

"米歇尔，你看，我们所知道的人的两种现实是生和死。"

"还有性交。"米歇尔微笑着说。

"你知道，这是和生相随的。生与死的间隔可被理解为时间。"

"你的牛顿不会同意这个的，不是吗？"

"我们先不管牛顿。"我说。米歇尔知道，除非坚持到最后，否则是无法结束讨论的。像往常一样，他回到放着莱丽镇纸的桌边，坐在我面前。

"没有牛顿就不会有这个有用的镇纸。"米歇尔笑着说。

"是的，但牛顿的理论没超过作用和反作用、吸引和排斥。"

"不管怎样，女人、男人相互吸引，生命因而诞生。"

"多么正确啊！那什么是死亡，米歇尔？"

"死亡是旅途的结束，一个人的电力耗尽了。"

"人死后电力去哪儿了呢？"

"进入宇宙了。"

"然后呢？"

"然后它再返回。"

"所以电力哪儿也没去，它来也好，去也罢，每时每刻都有电力，那么你既没有走也没有来。"

"我不懂你说的。"

"米歇尔，这一切非常简单。如果你总是出现在你去的任何地方，去和来发生其中，那它就是它。"

"什么？"

"既无生也无死。"

"奇妙的逻辑，我不懂。"

至此，我意识到米歇尔不喜欢谈论这些抽象的事情，他想谈苏珊娜。

"好吧，比如说——对苏珊娜来说，罗伯特之死不是他的终点。罗伯特是罗伯特，就是说，他必须永远活着。"

"人怎么可能永远活着？"

"你不想吗？"我突然问他。米歇尔微笑着回答："当然，希瓦，谁不想呢。"

"所以罗伯特永远是罗伯特。但是他死了，因而，他的重生不仅是苏珊娜的生理需要，也是她的精神需要。罗伯特必须回来，所以我会永生。"

"这对我来说太复杂了，再跟我解释一下。"

"罗伯特的死亡也意味着苏珊娜的死亡，就是说，它只是推后了一段时间。"

"我猜，像我的一样。"米歇尔回答，变得严肃起来。

"是的，米歇尔，只有死里逃生的人才能知道人不会死。"

"你或许是对的。死亡不能再吓到我了，但活着能。"

"米歇尔，实际上这两个问题是不同的。生不知死，可是死知生。死亡是放弃生命，但生命不是放弃死亡。"

"精彩！继续说，"米歇尔又像孩子一样高兴了。

"生是存在，死是不存在。你看争论多么荒谬。"

"把这用于苏珊娜的话，我们从哪里对她产生影响呢？"

"罗伯特的回归会证实她自己的永恒，圆是完整的。离开的人又回来，这样，苏珊娜就不会死了。"

"希瓦,你的意思是,苏珊娜的所有问题是她自己不朽的同义词。"

我笑着补充说:"事实上,所有的词语都是不朽的同义词,我们应该哪天再讨论一下这个,还有你和你的'人工智能'游戏。"

"为什么现在不讨论呢?"

"不行,米歇尔。我确信,对你来说,现在苏珊娜比语言重要。"

"我不这样认为,我们接着聊。"

"她需要你,是的,苏珊娜需要你,为了罗伯特。"

"你说真的?"

"当然,因为我知道。"米歇尔这个哈西德教徒变得温柔而富有同情心了。

"她,苏珊娜,希望我永生。格农——她母亲的预言家——已经把我们印度人,特别是我们婆罗门,当成这个永生科学的秘密成员。但婆罗门不需要证明不朽,他们了解它,因为他们是它。"

"好骄傲啊!"米歇尔啐道,又不舒服了。

"这可能是人们说的选民。"米歇尔被我的结论弄得很惊讶,他沉默了,把我的镇纸在两手间扔来扔去,试图找到答案,他面容严肃,眉头紧锁。

"但是,"过了一会儿他说,"如果你没有神,谁会选你?"

"我自己。"我说,直直地看着米歇尔的眼睛。他没有生气,只是有点忧伤。"我们继续说。"

"请继续。"

"于是苏珊娜认为,通过格农,我会把罗伯特带回来给她——当然,加上再生的调味汁。"

"你为什么不那样做?"他几乎生气了,对他来说我似乎很傲慢。

"因为你必须去做。"说到这里，他突然闭上眼睛，像是在理解这一切。"只有那些已经死过的人——了解死亡——能知道生命，能给予生命。米歇尔，从某方面来说，你是伟大的人。"当他把手放在桌子上，我看着他的手。"生活比死更急迫。你已经证明了它，生活过了。"

"你，希瓦，你向自己证明什么了？"

"一切都不重要。"

"然后呢？"

"只有真理重要，生命是微不足道的，我对数学的狂热也是。对于我来说，生命来自真理。"

"对我而言，它大约是另一种方式。"

"你是驱魔人，你已经杀死了死亡。因此，你能把罗伯特带回给苏珊娜。"

"你呢？"

"我是朝圣者，游方僧，在自我中流浪。自由或许就是知道我是我，没有苏珊娜。"

"也没有贾娅拉克希米，那位公主。"

"如克尔凯郭尔①说过的：我通过失去公主赢得公主。我已经失去她了。"

"是吗，"米歇尔吃惊地看着我，怀着深切的关爱，"希瓦，那你在哪里？"

"哪儿都不在。你知道，"我起身去拉百叶窗，太阳从云里出来正照在我脸上。"失去公主是唯一得到她的方式，或者说成为她。如

---

① 克尔凯郭尔（Sren Kierkegaard，1813—1855），丹麦哲学家，存在主义先驱，诗人。

果我是她——"

"你永远不会失去她。"

"如果我拥有她，会怎样？"

"你会失去她。"

"然后呢？——"

"我如何才能拥有苏珊娜？"

"通过放弃她。"我们一起大笑起来，至少我们找到了一些解决办法。

"但你要告诉我怎么做。"他说完又爆发出一阵大笑。我们突然明白，我们是真正的朋友，米歇尔和我。他知道，我也知道。

我们像十字军，已经打败撒拉逊人、土耳其人，找到了方形王旗，我们回来了。在陡峭的白色悬崖间攀缘向上，其中一边是垂直的城垛，或许女王正从窗户朝外看，她的女仆站在身后等着，但我们藏在高墙的暗影中，我们的马快要碰到吊桥的横梁。另一边可能是市场，有野鸡、羔羊、咸牛肉、圣饼、恶臭的奶酪、石榴、无花果、橙子，有东方的门帘（从波斯偷来的，现在卖了赚钱）、军械，还有从印度买来的、给女士做衣服的平绒。我们的心跳得很快，当经过繁忙的街道时，未婚女子回头看我们像看英雄一样，苍蝇叮在我们溃烂的伤口上，但我们的头都望着高高的窗户。我们可能和卫兵说把马拴在树上，再爬上不平的台阶，同伴们向我们欢呼。我们留下的撒拉逊囚犯现在被释放了，我们回到家，敲着治安官的门，给他看我们的伤口、破烂的行李，方形王旗高贵地挂在旗杆上。

女王一定忙着和"宇航员和魔术师"说话，但很快就会接见我们。我们坐在花园客厅里的凳子上，边等边看着著名的枪骑兵们。女王太忙没空接见我们，她站在门后的女仆不停地向我们提问，我们高谈阔论。同时，她们清理我们的伤口，放上用来治疗的草药膏。夜晚来临时，她们带我们去客厅，从城垛孔那儿，人们能看见公主，法国的某个玛利亚——苏珊娜经常说到的人——公主穿着睡袍，金色的头发，高高的胸部，四肢像鱼一样闪亮。她等待着、颤抖着，骑士、征服者来了。我们看着这一切：他来了，或许有点醉意，他很英俊，穿着银色的铠甲，胡子尖尖的具有男人气概。他挺直身体，从口袋里掏出一张纸，给她读了一首诗。现在，他匆忙扔下自己的装备，她邀请他到自己的床上，于是我们闭上了眼睛，而女仆们已经去给我们准备床铺了。你知道，我们没有诗歌可以朗读，我们有的是自己该得的漂亮的东方战利品。

早上晚些时候，女王在她的闺房接见了我们。当我们向她展示我们的方形王旗时，她吻了它，我们慢慢鞠躬后退，我们的剑放在她的脚边。城垛如此结实，我们又觉得安全了。"再见，我的女王。"

25

米歇尔和我从思想交流中惊醒时，我意识到电话铃已经响了不止一下。贾娅拉克希米还好吗？是阿尔及利亚人的炸弹爆炸切断了电话线？拉贾·阿肖克还醉卧在乔治五世饭店的床上，咒骂着巴黎警察。根据他的语义发明，用 flic、flicon、fliconnet 等词称呼他们？Flic 是单数；flicon 是双数；fliconnet 是复数；像 ramaha、ramau、ramaha 等词。喝醉时，如果你说不出有智慧的话，至少你还能求助于梵语的结合法。

米歇尔和我，我们已经到了一个纯粹的地方，一个深层意识的中心。个人，真实，可以说，从那里我们似乎进入了同心圆，产生了比血缘关系的连接更自由、更大胆、更牢靠的关系，这不仅产生了可能的对话，也产生了——他，一个哈西德教徒，我，一个婆罗门——在同一件冒险事情上的合作，这最终给了苏珊娜快乐，但使米雷耶悲哀，让-皮埃尔忧虑。实际上，米歇尔跟我说了再见，准备离开时，电话响了，是让-皮埃尔打来的。一发现是让-皮埃尔的电话，我叫他先等一下。因没能送米歇尔到门口，我诚恳地跟他道歉，毕竟，这是一个简单的礼貌问题，特别是经历了这次谈话之后。米歇尔的笑容更深了，像日本人一样尊敬地鞠躬，不是对我，而是对发生的一切。我关上门，对让-皮埃尔说：

"你知道刚才谁在这儿吗，是米歇尔。"

"那个臭犹太佬。"让-皮埃尔毫不犹豫地说。他有非洲式的多疑，害怕犹太人，也害怕皮肤的确不白，但希望非洲人认为他们是白人的白人。非洲人对这个偷来的特权有种极大的蔑视。

"他已经很干净了，你为什么这样说？"

"说你懂的。"让-皮埃尔笑着道，"对我来说，他闻起来有尸体味。"

"作为一个医生，那不该让你觉得恶心。"

"但对于人，它让人恶心。怎么说呢，我觉得他的仪表似乎不雅观，不，是不洁净。是的，是不洁净，他预示着邪恶。"

我回答说："在印度，看见尸体预示着好运。"

"但在这儿，尸体是尸体，一定要作为坏东西被处理掉，至少医学上是这样。除非一个人死而复生——"

"别忘了，耶稣基督，一个犹太人，死而复生了，如果你还记得你们的《圣经·新约》的话。"

"我亲爱的朋友，"让-皮埃尔笑着点燃香烟，我能听到他打火机的咔嗒声，"你知道我是异教徒，是希腊人和非洲人。"

"被称为让和皮埃尔不能证明它,是吗?"他又笑了。让-皮埃尔笑着说:

"婆罗门和希腊人之间的对话是平等的,但婆罗门和塞内加尔人之间的对话,我同意,有点奇怪。我认可你的观点,再说了,我打电话不是要证明哪种肤色或血统更聪明。"

"一个非常聪明的说法。"我说。他又笑了,电话里他的笑声听起来总像嘶嘶声。

"谢谢。我有一个、更确切地说是两个好消息:首先,德尔福斯医生已经到了,你妹妹和他约了星期四十一点半。我很高兴能帮她约到,有二十个来自世界各地的人在等着他。"

"让-皮埃尔,你太好了,我相信我妹妹会高兴得跳起来,三天都睡不着了。"

"朋友,她未来肯定至少有三十多年规律的睡眠,这几天睡不着没关系,我可以给她粒安眠药。"

"是的,确实如此。第二个好消息是什么?"

"我朋友阿卜杜·克里姆今天上午打电话,他想起了你这位令人兴奋的青年。"

"哦。"

"他想再见你一次,星期六或星期天,由你决定。"

"星期天傍晚吧,或者下午晚点时候。记住,贾娅星期天下午离开。"

"真的,我几乎全忘了,对不起。"

"那我们定在星期六下午吧!"

"这又给了我们带你去蒙维勒的机会。"

"不行,让-皮埃尔,尽管我是理性动物——"

"是吗？"他嘲笑我。

"作为观点，就让我们这样说吧，我是个理性动物，但我有些从古老的、古老的祖先那里继承下来的天生迷信。天性和传统告诉你，不要在星期六去见重要的人。我曾反抗过这个说法，但吃了亏。所以我同意自己迷信，因为我有很多东西要和你朋友阿卜杜·克里姆说，我必须说我更愿意星期天去。"

"好的，那就星期天吧，我来接你。你记住，我们要走四十公里。我很高兴你喜欢他，他的聪明像他的勇敢一样。"

"我同意。你知道，我无比敬佩他。"

"因而，我又要去见阿卜杜·克里姆，这会是多伟大的经历啊！可能会特别有用。我很相信理性争论，我不懂为什么有人会拒绝明显的理性。""它产生于久坐在放有纸和笔的桌子前。"让-皮埃尔又戏弄地说，"男人活着，并且为了肚子和女人而战斗。"

"当然，整个世界都这样说。但你不认为真理是跨生物的？"

"如果这样的话？"

"如果这样的话，男人必须超越金钱和女人到达真理所在，不管它是什么。"

"对于你，有两个重要的人类力量不是真理。"

"真理存在于一切之中，然而一切并不是真理。真理不是事实，是事实的本质，如意义是词语的本质。像我们印度人说的，让我们爱金子和女人吧！但《奥义书》告诉我们：在女人和金子中发现自我。在希腊语境中，它可能是在现象背后发现精神。"

"哦，你一定经常回到你该死的零吧？不管怎样，我要回我病人那儿了。"

"我立刻给乌玛打电话，告诉她这个好消息。"

"什么，你以为我等着你去告诉她？我已经给她打电话说了。我一说她就高兴地哭了，我想是公主在安慰她，我听到一个女性的声音在和她说话。"

"或许是。"

"顺便说一下，这提醒了我，帕斯卡医生说，公主至少十天内不能离开，你应该让她母亲知道。"

"好的，我会的，但我希望没有什么严重的问题。"

"朋友，理智一点。一个年轻的女人，头像南瓜那样被切成两半，肿瘤被切掉，头皮被缝起来，她需要些时间让神经恢复正常。帕斯卡医生说这是必需的。但那些杂种，盎格鲁—撒克逊人那么无耻，他们不知道这样简单的事实，他们早餐培根吃多了。"他喊道，"再见，我的印度–盎格鲁–撒克逊–婆罗门朋友。"

我为这消息感到高兴，我也珍视和让–皮埃尔之间的这种男性友谊。在我的朋友中，他是唯一会笑并和我开玩笑的人。我的严肃一定让大多数人精神压抑。当开玩笑和大笑像让–皮尔埃一样自然时，就让我很容易接受了一切。让–皮埃尔话很多，他确实说很多，但人们会感受到慷慨之心，自然理解他所称的"状态：人类"。

我打电话到布罗耶街，想把消息告诉贾娅拉克希米和乌玛，接电话的除了米雷耶还有谁呢？我必须承认，她充满感性的声音让我觉得满是人情味和力量。

"你已经到那里了？"

"我跟公主和乌玛说了好消息。乌玛已经从让–皮埃尔那儿听说了，她很感动，现在自己屋里呢。伊冯娜说，她好像在祈祷。"

"或许等了这么久，她听到消息太震惊了。"

"希瓦，你肯定更了解你妹妹。你知道，她每天早上起床、沐浴时，都会全神贯注于祈祷和冥想，期间她不和任何人说话。她还有某个神的画像，为了她自己方便，放在壁橱抽屉里了。她给神供奉鲜花，还给神抹一种她额头上的红色粉。"

"是的，是湿婆妻子迦梨女神像，是母亲的母亲。"

"她祈祷很严格，一次我开门看到她在冥想，被吓到了。她看起来很严肃，我只知道乌玛像女孩子的样子，没想到她也有极为认真的样子。"

我笑道："别忘了，她是我妹妹。"

"唯一不同的是她不是僧侣——我意思是，修女——"

我开玩笑地问："谁是你说的僧侣呢？"

"我想我不认识他，但你确实是。"她说着，爽朗地笑了，她的笑声像贾拉塔朗[①]从不同容器发出的响亮声音。

我愉快地继续问："公主怎么样？"

"像平常一样，她在沐浴。我有个看法，就是印度男人和女人至少有一半时间是在浴盆里，他们用这种方式显示自己十分严格的道德观。我们也证明了，至少中世纪的祖先证明了，以不洗澡的方式。"

"可能吧，米雷耶。告诉她我打电话了。"

"好的，我会的，我看到她时告诉她。今天，我要带她们俩去小皇宫，那里有墨西哥艺术展，我不知道她们会有何反应，有时我发现墨西哥神像和印度的很像。"

"你知道，米雷耶，这两种文明之间或许有些联系。事实是，它们的神不仅有些类似，也同样非凡。墨西哥人是除了印度人之外唯一知道零的民族，我可能已经跟你说过了。零的概念极其抽象，我

[①] 贾拉塔朗（Jalatarang），南印度的一种乐器。

不知道拿人血献祭的原始人竟具有这种抽象能力。"

"希瓦，你真奇怪。人类献祭不像你想的那么恐怖，记住，文明的基督徒每天早上仍然喝基督的血，吃基督的肉。对此你怎么看呢？"

"你说得对。他们可能说，为什么不给我们的神最好的东西呢，就是人类自己——越高等的人越好。"

"例如婆罗门！"她又笑了，"我觉得，吃一个优秀的婆罗门对嗜血神们是有益的，会让他们感觉到抽象，把他们变成素食者。"

我也以同样轻松的语气继续着谈话："或许你说得对，因为佛教徒就是这么说的，零毕竟是佛教徒提出的。他们说，这是因为他们——就是佛教的——的影响力，印度教徒放弃了动物祭祀——"

"我打断你一下可以吗？我想公主回房间了，我要叫她吗？"

"请叫她一下。"我花时间和米歇尔说话，在电话里和让-皮埃尔说话，现在又是米雷耶。这让原打算今天工作的我很不开心，现在除了聊天什么也没做。但我已经形成了一个看法，自然的就是好的，甚至是神圣的。因为智慧是神圣的，自然能助我工作得更好。拉马努金经常在睡觉时解答问题，我们听说，这样工作时，他迅速而肯定地写下答案。

"希瓦，请听我说。"贾娅说，听到她清晰而深情的声音让人沉醉。她的嗓音，特别是手术后，像祭司向神唱颂歌时的声音——清晰、亲昵、崇敬。贾娅总是在祈祷，而乌玛，祈祷是一回事，生活是另外一回事。总之，乌玛是信徒，另一方面，她又是个孩子。在这点上，她更像米歇尔而不是我。但贾娅和我很像，对我们来说，所有一切都是极其严肃的，一切都是仪式，是严肃的游戏，像重复一千零八十位神的名字。

"有些事情要告诉你。"我说。

"哦，什么事情？你中午回来吃午饭吗？"

"不，一些严肃的事情。"

"我想知道是什么事情？"她的声音有些焦急。

"哦，帕斯卡尔医生认为你飞回印度前，至少还需要休息十多天。他认为，伦敦医生有些不负责任，造成你现在这个状况。"

"我现在有时会头疼和觉得很累——特别是出去时，我觉得有些晕。除此之外，我比以前很多年都好得多，你知道，希瓦。"

"或许是这样。但医生希望你至少休息十天，旅行前你需要休息。"

"这样我当然高兴。因为我可以待在这里，待在巴黎了。因为你，巴黎才是巴黎。"

"还有一个没有我的巴黎？"我开玩笑地说。

"那是给拉贾·阿肖克的巴黎，警察啊等诸如此类的东西。"她一定也是微笑着回答的。"是的，这打乱了他们的一切计划。这个周末，父亲、母亲，我们俩从这儿出发，到奥利集合再飞回印度。这是我们的计划，我不知道父亲怎么说。"

"他更相信英国人而不是法国人。"

"母亲毕竟是母亲，直觉会告诉她怎么做。觉得难过的是拉贾·阿肖克，下周议会有重要外交谈判，他在思考说些什么，因为他在议会委员会负责外交事务。"

"警察会把他留在这里。"我笑道。

"希望不要这样，我一点也不需要他。米雷耶在这儿，一个女人和一个男人同时在，我说的是，你，乌玛，我觉得像在家一样美好。我说让突厥人走吧，实际上，我从没想过让他和我一起来。"

"是谁的主意呢？"

"可能是父亲的。"

"保护你不受婆罗门的侵扰？"

"不，不全是这样。他没有刻意地想这些事情，只是凭直觉或平常的感觉去做。"

"这样？"

"是这样，拉贾·阿肖克像我的哥哥。你知道，他受父亲保护，是母亲的侄子。我希望他们是明智的。"这是贾娅第一次清楚地谈及此事，让我觉得不舒服。她接着说："人是奇怪的。"

"苏伦德怎么样？"

"他宁愿相信一个婆罗门而不是拉吉普特人，他的家人笃信宗教。"

"如果是不信教的婆罗门怎么办？"

"对我婆婆来说，婆罗门就是婆罗门，就这样。每个宗教场合她总是宴请他们，给他们礼物。你知道，她保持在爱卡达西日[①]斋戒的习俗，在九夜节整夜斋戒和祈祷。她人非常好，我希望她少点教条——多点智慧。"

"人不可能拥有一切，女士，或殿下？"

"是的，婆罗门先生。我想我该立刻给母亲打电话。"

"我看还是等到晚上吧，我们晚饭后再打。"

"谁告诉拉贾·阿肖克这个消息呢？"

"贾娅，你不认为应该是你吗？警察局的闹剧之后，或许他更愿意待在德里或伦敦，而不是巴黎。"

[①] 爱卡达西日，根据梵文经典《爱卡达西》(Ekadashi)，信徒必须在每个阳历半月的第十一日守斋戒一个昼夜，停止一切饮食。

"或许是这样。"

"请照顾好乌玛。这几个星期以来,她都神经紧张,现在放松了,你知道她的神经从没舒服过。"

"别担心,希瓦。米雷耶抵十个男人,她能把我们所有人都照顾好。"

"是那样。"

"你有个多好的朋友啊——像她这样的。"贾娅有点迟疑地说。

"像你这样的,她有个多好的姐妹啊!"我说。我不是在误导她,而是让她知道,自己的位置是安全的。在我的生活里,她确实不需要重新定义本身的出类拔萃。然而,女性的内心是不自信的,它需要一而再的保证。男人总是背叛她,她是所有创造中最忠诚的实体。我说:"有一天我一定带你去吉美,让你看看我的大象和帕尔瓦蒂。"我不知道该怎么对她说。我们沉默了一会儿,她温柔地、十分温柔地说:"再见,希瓦。"我的内心又恢复了平静,最终回到我的工作中。我还在研究萨格雷方程式,努力去弄明白,以女神的仁慈,拉马努金如何解答,她总是引导他通过迷宫获得简单高贵的真理。

26

乌玛深邃的智慧,像她的淳朴一样真实。她生活在兴奋之中,几乎时时刻刻(接下来的三天)相信,像她去吉登伯勒姆、拉麦什瓦拉姆[①]朝圣一样,她真的相信德尔福斯医生一旦给她看了病(早先时,她还在坎契[②]、迦尸让祭司向女神唱诵了一千零八十遍赞歌,那天晚上,空中的精灵、河里的神,可以说,都赐予她幻境。还有,

---

① 拉麦什瓦拉姆(Rameshwaram),印度泰米尔纳德邦城市,有著名的湿婆庙。
② 坎契(Kanchi),印度泰米尔纳德邦城市。

她去帕拉尼或蒂鲁帕蒂时，在一个天人相合的夜晚，威严的山灵带给她未来孩子的种子。为了可能到来的神灵，她留下一些蒌叶、蒌叶果、枣子、豆子和香蕉。她从朝圣者那里听说，在别人身上如何应验了这个奇迹。他们自己也是从别人那听说的，在床东边的角落里，会突然发光，还会有一两声微弱、神秘的响动，他们说"像笛子在玻璃管上演奏"或"像从庙边废弃的井里发出的神秘声音"。尽管人们不明白所说的这些东西的意思，但孩子来了，从腰的右部进入子宫，正好在最后一根肋骨的下面。在这个高级受孕过程中，丈夫成为象征，乌玛知道她整个身体会感受到从未有过的踢打和喊叫，孩子将是——应该是男孩。这个奇迹当然从未发生，她自然而然地认为这一切都是因为自己缺乏信心。如果不是这样，为什么没发生呢？"记住，大姐，别人都应验了，为什么我不能呢？"——于是她变得谦卑和失望）——德尔福斯医生就能给她带来孩子。因为这不再是相不相信的问题，而是手术和缝育儿袋的事情，在那里面，孩子会呼吸，那里面还有某种管子或肌肉（让-皮埃尔已经跟她解释过了，米雷耶也热心地一次次跟她解释），现在乌玛相信孩子不会逃离她。她知道，乌玛知道，有个精灵——一个黑头发、黑眼睛、像大神克里希那小时候一样漂亮耀眼的精灵——一次次出现在她梦里，说："母亲，我在等着去你那里。"她对他的了解多于任何生物——"或许，除您之外。"她曾向我解释，意思是说，我是她唯一相信的人。当然，除了父亲之外。我说："乌玛，对你来说父亲比我更真实。"她有些失望地说："哥哥，您看，我不想伤害您。你们男人从不明白我们女人。事实上，您，哥哥，比父亲跟我还亲。您知道，我很尊敬父亲。哥哥，不能告诉父亲的事，我能告诉您，别问我为什么。哥哥就是哥哥，全世界没人像他。"她说着就开始哭。我努力安慰她，她好了又继续说："听着，哥哥，我到这里以后，在让-皮埃尔和米雷耶那里，我听到很多关于您的事情。哥哥，他们认为您很优秀。"

"乌玛，那只是一个朋友对另一个朋友的爱。"

"喂，我听您德里的教授说过，他们也这样说。"

"他们这样说只为了让你高兴。你知道我们印度人，我们总是努力对别人说他们想听的。"

"哦，"她生气地说，"如果您不相信我所说的，那我对墙说。"她用纱丽角盖住了脸，好像又要哭了。"哥哥，您不明白，您是这世界上我唯一拥有的人。我没母亲，父亲是隐士，沉迷在《罗摩衍那》和《摩诃婆罗多》里。他觉得把我嫁给了一个好人、一个富人，尽管是二婚——"

"乌玛，你不该说这个，毕竟这些年——"

"为什么不说，哥哥？"那天傍晚这段对话发生在布罗耶街我的房间里，贾娅、米雷耶出去和拉贾·阿肖克吃饭了。让-皮埃尔晚些时候也会和他们一起，他们又去了在香榭丽舍大街上的丹麦蛋糕店。"这是阻止我有孩子的妾。如果不是，她不会藏在合欢树后面，高挂在树枝上，摇摆着嘲笑我没有孩子。这是事实。她阻止我有孩子。因为她神秘的力量，朝圣也没带给我孩子。他们说她死于难产。胡说，撒谎。现在我知道了事实真相，佣人跟我说了全部故事。听着，他说她笃信宗教。确实是，他们说她坐在神像前祭拜时，没注意到油灯的火点着了纱丽——佣人们跑来帮她，但他们不能进神殿，婆罗门厨师不在。她拼命爬了出来，人们去喊医生，医生到之前，她已经昏迷了。我丈夫正在法庭上，他急忙跑回来，舍拉·汗还在那里，她被送往乌斯曼尼亚医院。孩子和诸如此类的事情都是童话，街头巷尾的故事。他说，她最后的表情充满忠诚，对他的忠诚。这就是为什么父亲不该把我嫁给他。他还在纪念他第一个妻子。

"乌玛，"我插嘴道，"但父亲认为你会幸福的。拉姆昌德拉才二十八岁，结婚只有两年。此外，他是母亲表亲的孩子，富有、受过良好的教育，父亲认为你会喜欢这些，而且还在家族内部。就像他希望我和莎维德丽结婚一样，也是因为她是我母亲兄弟的女儿，父亲这样做是为你好。"

"或许是我的星象不好。"她说着，又开始哭泣。在海德拉巴，至少有拉查姆听她说、陪她哭（拉查姆出于爱和同情与她女主人一起哭），但在这儿，有谁呢？我总是很忙，要么和我的数学，要么和我的朋友。

"不，乌玛。"我搂住她说。她非常需要安全，她把手放在我背上，紧紧抱住我。说真话，我觉察到女性的温暖和忠诚——她需要保护的心是迫切的——我被感动了。不过这扰乱了我的心，我试着慢慢移开，但她还紧紧抱着我。我从未意识到我对乌玛的深情，这让我有点儿难堪、混乱。她的天真是我的保护伞，我有数学思维明晰：每个数学方程式都有百万种可能的解决方法。拉马努金、欧拉分别用两种方法解决同一个方程，得到相同的结论。每个方程式有一个答案，或许有多种方法得到这个答案，每个数学家都有自由用自己喜欢的方式进行解答。记住，人人都有自己的方式来接近婆罗门，那是迷人的奇迹，数学人的孤独，人的孤独。

"走，乌玛，"我对她说，"自从我们到这里，我还没带你出去吃过饭。别在家吃了，我们何不出去吃饭呢？"我已经带她去过利兹、拉彼鲁兹，我还可以带她到巴黎的珍宝餐厅。不是因为我喜欢它，而是因为她会觉得自己已经在——或许是——巴黎最著名的餐厅用过餐。回到海德拉巴后，这事实是有分量的。即使在海德拉巴，人们都听说过巴黎的珍宝餐厅。当然，还有女神游乐厅。我自己从未去过女神游乐厅，不是我不想去，它只是从没发生过，没有人带我去那里，或建议我最好带他们去那里。不言而喻，到巴黎来的大多数印度游客承担得起去女神游乐厅的达磨。我听说，他们中一些人不知道女神游乐厅是什么，就带着点着吉祥志、穿着纱丽的伴侣或母亲甚至祖母去那里。我还听说有些人看了第一眼就被妻子催促着跑了出来。在舞台上看到裸体——那些女人会怎么想？我从未带乌玛去过那儿。

乌玛穿上她最好的纱丽，我最喜欢的卡拉阁特拉孔雀蓝纱丽——上面有孔雀，蓝色的眼睛，金色的胸部，绿色的脚，做工精细——还有富丽堂皇的胸衣，所有的金子都是吉登伯勒姆的。乌玛的吉祥志小小的、圆圆的，配着她的钻石鼻坠、蓝宝石耳环。乌玛出来时，有种海德拉巴玫瑰油的香味，我被她多彩的外貌、真实的内在和严肃的美打动。我从没觉得乌玛漂亮，她黑黝黝的双眼，长长的黑眉毛在眉心相连，皮肤光洁闪亮。法国人说那皮肤有种民族感，让她椭圆的脸庞生出一种古老的尊严。那张脸又大又圆，和她的外表没有区别。别忘了，无与伦比的舞者巴拉萨拉斯瓦蒂高大强壮，但富有女性气质，她在舞台上尽情挥洒，在观众席的最后一排都能感受到。人们也同样记得对女神的描写，丰胸细腰，臀部像大象，走路像天鹅。我们沿着布罗耶街走着找出租车，乌玛在我旁边，我必须诚实地说，我有种少有的男子汉的感觉。

我们走向军事学院时，我很希望贾娅看到乌玛和我。我们彼此都很清楚，一句话都没说。在出租车里，我们小心地分开坐，我们的思想还未成形，仿佛是感觉，留在我们指尖。在街灯、我们前面的车灯照耀下，乌玛耳环上的蓝宝石熠熠生辉。不知为什么，巴黎似乎是一座婆罗门的城市——确切地说，是梵天城婆诃曼布里①，文章里说它是"地球的中心器官"。每个人都是个轴心——真理蒙蔽者之子，父亲已经失去了他的王国，他们必须全都生活在森林里：萨谛梵必须和父母在森林里生活。尽管这样，真理怎么会失落？萨谛梵是秉持真理者。每个人都执行自己的达磨，一切将被征服。因为达磨是唯一真理，在行动中被对应地视作法。

莎维德丽是正法的女儿，因为她也是太阳——时间制造者，光明和正法的传播者——之女。只有莎维德丽能救萨谛梵。但是，她很美丽，所有的王子都想赢得她，与她成亲。他们一个个到她父亲那里，穿着光彩夺目的盔甲，黑色的头发带有男性气质，眼里闪着勇猛的光芒，为赢得美丽贤德的新娘，没有他们摧毁不了的障碍。莎维德丽对光彩夺目或男性气概甚至英雄主义都没有兴趣，她懂得，征服是那种渗透到内心深处的东西，那种引导你回到真正王国的勇气。她像了解自己的手掌那样清楚，她只会和一个人结婚，这个人有能力、有英雄气概，能回归真理。但现在他在流放中，父亲是盲人。即使这样，也只有他能和她结婚，不是别人，其余的人看起来像国王、演员、小丑。现在捣蛋的纳拉达跑进了戏剧，他像往常一样爱玩（但一直很聪明）。这位圣人跟莎维德丽的父亲说："室利，你女儿会嫁给萨谛梵，但一年后他会去世。"——国王说，"女儿，我求你不要嫁给他，我以地母之名请求你。你将不得不穿上树皮，在森林里生活，在老虎和髭狗间生活，在短短满一年三百六十五天时失去你的丈夫。"

莎维德丽回答说，"父亲，为什么不嫁呢？不管怎样，生命是一

---

① 婆诃曼布里（Brahmapuri），印度马哈拉施特拉邦的城市。

切皆苦。让我嫁给他吧！他能给我生活的平静和真理。"在深深的悲痛中，国王让女儿离开。莎维德丽穿着树皮做的纱丽，赤足走向她的新郎。因为她是去遵守她的正法，山间吹来甜美的微风，季风雨让大地变得柔软。她嫁给萨谛梵，侍奉瞎眼的公公和上了年纪的婆婆。她帮他们维持祭祀之火不灭，给他们做饭（用根茎、叶子、水果和藤蔬），夜晚来临时，她躺在丈夫身边，她的一天圆满而充实。睡觉时，总像是回到真实、回到家里。

她用放在床边的小鹅卵石计算过去的日子，但萨谛梵并不知情。十天、二十天、一个月、三个月、六个月和十个月，现在第十一个月到了，又过完了。第十二个月来了，再一次，两天过去了，三天过去了，接着五天、七天、九天和十天、十一天和十五天——半个月结束了，鹅卵石移动得非常快。第二个半月又开始了，一天、两天、三天、五天和十一天，现在到了十二天，它也过去了，只剩三天了。每一天，莎维德丽都跟着萨谛梵，去砍木头搭祭祀的灶台，在那儿休息直到黄昏。然后，他们背着或顶着柴火回家。

这个月的最后一天，莎维德丽和萨谛梵像往常一样去了森林。阳光强烈，萨谛梵累了，躺下枕在妻子的腿上睡着了。于是他们来了，阎摩的使者们来了，黑黑的、高高的、谨慎的他们，用绳索拉着萨谛梵的灵魂向他们的王国走去。没走多远，他们回头看到莎维德丽紧抓着她丈夫的脚，坚定而沉静。他们和她争论，说她不能进入他们的世界，生者绝不能进入死者的世界。死神阎摩王亲自告诉莎维德丽，她所做的事情是被禁止的，是不可能的。她回答说：毁灭之王，做你想做的吧！他是我的主人和丈夫，不管他去哪儿，我都要跟着他。——当阎摩意识到莎维德丽不能违背妻子的誓言后，他应允可以给她三个恩惠，她同意了。她说，"第一，让我公公重见光明。第二，恢复他的王国。第三，你知道我要什么。"——"不行，不行，"阎摩说，"那不可能。"——光明之女说，"但是，我公公老了，你很快就要带走他。王国需要一个国王。那么，阎摩王，保佑我有个儿子。"阎摩被骗了。她没有要她丈夫的生命，她要一个儿子，现在，阎摩王除了同意她的请求外什么也不能做。"一切如你所愿，孩子，回去吧，你的丈夫会复活。"阎摩王这样说着，眼里闪着崇敬的泪水，回到自己的王国。莎维德丽和萨谛梵回到他们用树叶搭的棚舍，发现马车和大臣等在门口，等着带流放者回他们的王国。光明之女获胜，死亡被打败，失明消失了，流放者回国了。最后，年轻的夫妇统治萨拉雅王国，直到真理和美德被坚实地建立起来。

就这样，女人给予男人睿智，还有眼睛。

27

乌玛走在我身边，巴黎有种我从未见过的奢华——出租车带着我们去巴黎珍宝餐厅。当然，有些傍晚，和苏珊娜一起，我们俩沿着河畔来来回回地走，从协和广场走到特罗卡迪罗。城市的灯光、水面偶尔闪动的月光，人们回望时，能看到蜿蜒的河流，卢浮宫隐没在鱼状的或城堡状的云层中。古老的圣路易金色尖塔高耸入云，小岛倒映在水波里，一艘船经过，巴黎自身也成了一艘船。船——我想起商羯罗的知识之舟：

那个用知识之剑斩断所有欲望的人，搭上这至高智慧之舟，渡过相对生存海洋，到达毗湿奴的处所。

或者，还是和米雷耶来这里。米雷耶带着华丽的胸饰与头饰，她开车带我绕过旺多姆广场时，她的珍珠项链、胸针（翡翠的）都熠熠生辉。她用希腊语、法语哼着些没头没脑的歌曲，世界有种真实感，那个我从未猜透的潜意识世界。但和乌玛一起，从我的腰部似乎升起一种光辉，让我喉咙发紧、哽咽，眼里闪烁着晶莹的光，觉得我与众不同。高度让你孤独。那天晚上，乌玛看起来非常庄重，像是去参加自己的婚礼，我，她的哥哥，把她送给谁？给这个城市、给在协和广场的埃及方尖石塔作为献祭？就是说，扯开她的内脏，把她的脖子和头发丰盈的头颅切开，放在献祭台上供奉给某个神，为一个新生命再组成整体。乌玛彻底屈从于这一事件，屈从于自己，因为她的哥哥承诺给她福祉。福祉在未来三天到来，不是通过阎摩带着绳索的使者，而是由神的祝福带来。她，母亲的子宫（"你肚子里承载着整个宇宙"，梵卵[①]）在德尔福斯医生的帮助下（像贾娅拉克希米通过哈钦森医生的治疗恢复生命一样）会有孩子，一个、两个，或许三个，为什么不是四个？——臣服创造出虚空，从虚空中，世界创造出神奇。假如我们在协和广场朝后看，越过圣路易，人们可以看见圣母院，她，慈悲之母，臣服者童贞玛利亚生出了耶稣。你知道，总有奇迹。突然，我笑了。如果我跟让说这些，他肯定会趾高气扬地嘲笑我（像在伦敦时他经常做的那样），嘲笑我的观念、我的热情和孩子气。他一定会认为"神秘主义"里的东方，有时非常不和谐（大部分伦敦人的肚子是肥胖的，而印度人则死于饥馑。伦敦，十九世纪资本主义的巨大肚子），我无法向乌玛解释这些，她不可能懂得让-皮埃尔的意思。事实上，我们没有一个人到过附近。如果让知道拉查玛的生活环境——在主街道后面的露天贫民区，满

[①] 梵卵（brahmanda），古代印度神话认为宇宙来自漂流在混沌中的梵卵。据《摩奴法论》记载，梵天本是梵卵中的金胎，在宇宙中漂流一年后，用一年的神力将卵壳破开，一半为天，一半为地，于是有了宇宙万物。

是苍蝇、蟑螂，棚屋搭在棕榈园里，他会怎么想呢。坐车路过时，乌玛曾指给我看过。在那儿，野狗在泥里打滚，拉查玛的孙子光着身子在雨季形成的水坑里玩，疟疾还是黄疸病使得他们肚子很大，谁知道呢？我们有时甚至听到孩子被打时尖利的喊叫声。拉查玛的孙女很聪明，十一岁已经引得周围很多年轻人频频回头。乌玛对她管得很严，因为这个女孩不仅用那种热烈、直接、粗鲁的方式看男人，还偷钱，有时偷一两件胸衣。所有这些都适合让的世界模式。但对于我们这些可怜无知受种姓困扰的人来说，圣母院意味着辉煌，乌玛的女性气质充满美德、沉静和给予的可能性。我决定某天要带乌玛和让-皮埃尔一起吃午饭，我已经很享受我们彼此的会话了。多么精彩的智识生活，我们只有它像塞纳河那样流淌，经过圣母院和圣克劳德，再到圣德尼、昂古莱姆、鲁安，然后流到大海。记得吧，圣女贞德被烧死在鲁安的刑柱上，这个英勇、贞洁的上帝之女像莎维德丽一样，以她自己的方式变得不朽。一两天前，在国王路，我指给乌玛看这个像卡亚库玛丽女神的圣女英雄的雕像，法国人偶尔还会从她和上帝未竟的婚礼上选他们的宝石。戴高乐的王冠就是由这些首饰做的，巴黎的精神闪耀着她女性的光辉。"戴高乐万岁"写在杜勒伊的墙上，而有些人用红字写着："一个下贱的暴君。"每个寻求真理的人都死在火刑柱上，死亡就把福利给予盲人——打开内心之眼。在德尔福斯医生的帮助下，乌玛的牺牲会使世界丰饶。这些看起来如此简单，但让看不见。然而，我相信米歇尔能看到。他宣称的处女给他新鲜的眼睛，最后他会从死亡中再生。我总是对生活的游戏感到惊奇。

"那么，乌玛，让我们游戏吧！"

"什么？"乌玛吓了一跳问道。我没意识到自己在自言自语。

"游戏生活，你给我眼睛。"

"什么眼睛？"

"比如那些你戴在耳朵、前额、手臂上的首饰，你项链上的白色钻石。乌玛，生活像女孩子玩的扮家家游戏。"

"我不明白，哥哥。"

"你记得父亲带我们去坎亚库马瑞——"

"您是说那些海边的石头？"

"是的，乌玛。你记得月亮在大海上闪光，它们——女神的婚礼首饰多么光彩夺目啊！从未举行的婚礼。"

"最后他们成亲了，"乌玛说，"帕尔瓦蒂怎么能不和湿婆一起生活？"

"你认为那些宝石会怎样？"

"大海冲回它们，把它们收回到她的子宫。"

"你知道摩根德耶[①]的故事。我想从内部看世界，蛇的肚子里是宇宙。看啊，这个河里的荣耀之城！乌玛，塞纳河的波光辉映着童贞玛利亚的宝石。没有女人脸上、胸部的蓝宝石和钻石的光，世界会变得很可怕。"乌玛有点儿懂了。因为她闭上眼睛，似乎在快乐地祈祷。她那么自然，永远不能接受可能或将要发生在她身上的任何美好的事情。但既然她明白有些事情正在发生，我在她旁边，扔着鲜花，供着香。她在那里，但她不想在那里。于是，我扔越来越多的鲜花在她胸部、腰部和脚上。

---

① 摩根德耶（Markandeya），古代印度神话中活了几千岁的大苦行者。史诗《摩诃婆罗多》的《森林篇：摩根德耶遇合篇》中写，摩根德耶向般度五子等人讲述诸种故事，其中一则说道，大神化身孩童，让摩根德耶进入他的身体以观世界。

28

　　被称为巴黎珍宝餐厅的饭店,在柏林、达拉斯、东京或布宜诺斯艾利斯(同样在美勒坡和海德拉巴)都很有名。但在巴黎,了解巴黎的人没有谁会带人去那儿——他们会去拉彼鲁兹或马克西姆餐厅,除非有人从马赛来,来的人还是——如资产阶级所称的——商人。对巴黎人来说,珍宝餐厅闻起来有些暴发户的味道,并且品味差。就是说,假如对图图夫人来说,如果她有个女儿嫁给了贝佳斯的屠夫佩皮尼杨,他们到巴黎度蜜月,图图夫人会说:"当然,孩子们,你必须去珍宝餐厅,所有新婚夫妇去埃菲尔铁塔拍了照片后,他们都去那儿,坐在阳台上。"然而,珍宝餐厅没那么差,穿着猩红色、金色衣服的侍者让它显得耀眼、真实。它还有让人印象深刻的观看圣母院的角度,那就是从这个伟大圣地的左边和后面看——正在岛的顶端——当然,如果你在窗边合适的座位,你能看到,它像南迪的背、臀,姿态优美,高贵沉着。它后背隆起处的肌肉光滑闪亮朝向前方,底部有两只角。在两只牛角之间,你俯身看见大神本身,上面是恒河青铜双耳瓶,用黑色的雪花石膏滴在它无形的形体上。贝拿勒斯的婆罗门说,当奥朗则布想去摧毁大神湿婆时,他避开了,随后又在各处显形,南迪忠诚地跟随他。你手里捧着恒河水罐,在河里沐浴后腰布湿透了,你颤抖着虔诚地穿过人群,嘴里颂着"诃罗,诃罗,摩诃德沃尚普"①。你有种感觉,还没看到他,你会永远见不到他。(像在吉登伯勒姆,一切都是虚空)你走进神庙,摇响铃铛,看到南迪,你走向他,在他的两角间,伟大的神以高贵、裸露的林伽形式承受着牛奶、鲜花、檀香和新鲜的恒河水。头上的

---

① 诃罗,诃罗,摩诃德沃尚普(Hara, Hara, Mahadeva Sambho),颂着湿婆的名号。

莲花倒置，高大的寺庙四周的噪音似乎突然变成一种声音，那是念颂"阿姆"的声音，林伽本身就是一个充满活力的外部形象，沉默变得具体，那是湿婆。迦梨的子宫是让所有的声音沉寂的声音，南迪是迦梨的交通工具和同伴，她忠心的仆人。就像你先是触摸南迪的尾巴，然后是背、腰，最后是他的角，在两角之间你看见不可见的形状，那是圣母院，后面是基督上帝的介绍：耶稣死后复生，在天上高高在上，在他父亲旁边，坐在宏伟的中间入口处的上方。他所施的不是公平，乃是温柔的爱。

29

六月十八日。我什么都不想要，真的什么都不要。我仍然什么都不想要，为什么人应该要什么呢？

六月十九日。今天是悲伤的一天。我打算在不久的将来告诉贾娅一切，当你一无所求时，还要隐藏什么呢？但女人是妒忌的（应该比男人严重）。米雷耶和贾娅在凡尔赛宫游玩时——贾娅的头疼似乎好了些，她能进行些短程的游玩——贾娅毫不知情地走着，宫殿对她来说是熟悉的东西，而对米雷耶来说，宫殿是博物馆。实际上，是米雷耶告诉我一切的。米雷耶是诚实的，从某种意义上来说，她是高尚的。她说："我看贾娅轻松自然地走在凡尔赛宫宽敞的大厅里，墙上挂着波旁王朝所有祖先的画像。贾娅以一种熟悉这种生活的眼光看待它们，而我则是看一种熟悉的历史而已。她的家人创造历史，我学习历史。尽管在希腊，还有之前在孚日省我也试着创造过历史。当然，历史是由普通的男人们、女人们创造的——如果战争只有国王参加，现在根本也不会有那么多战争，那或许是件好事。我突然妒忌她，她从不对我谈起你时，我也嫉妒她，好像你也是历史人物。上帝啊，我受够了。我内心的女人、农民都反抗了，所有资产阶级——如阿拉贡所说——都是城里的农民：'巴黎的农民。'我做了丑陋、情绪化的表现，当然是通过言语，她默默地明白了。那之后，疲惫的我们在咖啡馆树下坐了两个小时。尽管很热、很热，正好弥补一下这出戏，除了利用暗示外，它也不是一出戏。我竟然能这样狂暴。"

"我相信，如果需要的话，贾娅也会这样。"

"哦！"

"是的。但她的愤怒也会很优雅，你根本注意不到。或许她的愤怒会非常狂暴，让你大吃一惊，拉吉普特人过得很肆意。"

"我们怎样才能互相理解？"

"通过沉默，帕斯卡的可怕的沉默。"我说，"一个生活在宫殿里的人，他懂得沉默。"

"住公寓的人呢？"

"懂得喧闹的不同音色。"

"那么城市人呢——"

"——不是喧闹——是噪音。"

六月二十日。横断面边缘，事情的几何结构，圆锥切圆，斜线对着方形；紫色旁边的蓝色，砖红色衬着玫瑰红；设计新颖的字母（颠倒的），或可疑字母体系的混合；信号的混合，人类形式、动物形式、怪物形式、神仙形式的混合，剪切和拼贴成不同主题、尺寸；它的主旋律让人心烦意乱但衔接很好，一段接着另一段；有声音的颜色，有数字的意义，一切看起来畸形但合适——孩子的图画世界（可以说，像毕加索早期的立体派）——因为孩子和圣人是可以互换的，就是说——当然，除了圣人知道、孩子不懂之外，对圣人来说，世界是自己（"我是辉煌的壮丽景象等"），对孩子来说，是车轮、云、小丑或像是给克劳德的音乐盒——在巴黎，日子有种巨大的不和谐，像巴黎城本身。从蒙马特、克里希到里拉门，都体现出这个延伸的迷宫的荒谬性，除非你从空中看它，比如说，从奥利或从布尔热上面看。你看见蜿蜒流动的河流连接了山和桥、卢浮宫和圣丹尼门，你发现女性的整体性似乎不成比例，令人眼花缭乱。那是一场游戏，贾娅和米雷耶、米歇尔和苏珊珊、让-皮埃尔和我身处其中，甚至斯德哥尔摩的埃莉诺和图图夫人也在其中，一个连着一个。从上面看，这个整体包括河流自身流动的方式，历史的游艇承载着卢浮宫，圣吉恩的行进队列承载着圣母院，还有它的旗帜、彩灯、纪念物、白马、神圣大门上的星状装饰，燃烧的真理。圣三一大教堂的管风琴对着天空演奏着弥赛亚，戴高乐沿香榭丽舍大街的浮华游行，阿尔及利亚战争淹没在硝烟下，世界被分成很多块。因为不知道谁属于哪一块，我们互相试探，我们受苦受难，不像在蒙马特（烈士山），但是像在国防部。德国人在那监禁了十一个年轻人，简、米歇尔、保罗等人，用手帕蒙住他们的眼睛，清晨时枪杀他们。因此，法国应该记住自由没那么容易获得：突厥人就在你门口，理智的人没那么勇敢，旅馆房间不平静，感到想念的母亲的飞机，忙碌的父亲收拾好行李回加尔各答，与世隔绝的学者，安德罗玛克在第三幕，商业电报发自纽约，尼赫鲁的莫卧儿独裁，图图夫人的苦艾酒（交替的年轻人，一个罗马尼亚人和一个摩洛哥人，根据身体的需要、精力和性格）。米雷耶丰满的胸部像设拉子杯，时间之外的神自己也享用它，用它喝东西。我们不要停下去问什么是什么，或问为什么是哪一个。为了拉贾·阿肖克，四轮马车沿香榭丽舍大街走——你知道，他们仍然使用马车，这看起来很像印度人的婚礼，谁的婚礼？或许尼赫鲁知道，可以的话，尼赫鲁的尼赫鲁知道。不，数学家知道，但他不记得把自己的笔记本放哪儿了，我意思是放在哪个口袋？在一个一切本该合理、满是常识的世界里，被弄得注意力分散真是不幸，"整件事"正确和错误不像左和右，而像蓝色和黄色，混合了一点儿其他颜色，你几乎可以把这个换成那个。生活是纯粹宇宙游戏，突厥人狩猎老虎，人头的价钱是三十三皇家卢比。向世界致敬——哈姆莱特。

六月二十一日。数学，最终的形而上学。因此，物理需要它。牛顿是作用和反作用，如果他知道纯逻辑，他会知道两个物体相互依赖、相互抵消。无产生于无，就像莎士比亚让李尔王说的。亚里士多德弄坏了游戏，认为形而上学来自物理，而物理死在数学中。牛顿加上宇宙是上帝。宇宙的作用和反作用。宇宙减去上帝是牛顿。这样没有牛顿，上帝还是上帝。没有牛顿，上帝是零。

亚里士多德使上帝成为可能，耶稣加上亚里士多德使圣托马斯·阿奎那成为可能，圣托马斯·阿奎那使戴高乐成为可能。我个子高，可能长着大鼻子，等等。法国是印度女性的一面。因而，米雷耶是法国-希腊人。我明白在巴黎的贾娅拉克希米是女性脸上的吉祥志。

上帝是平的，零是垂直的，女人是三角形的。当三角形变成圆，神死了。

神，我的神，引导我走出因果吧。

六月二十二日。"人是悲伤的"这句话不对，应该是人知道悲伤。因为如果认识者是悲伤的，那就只有悲伤。只有一件事就是永远的快乐。

数学家的一无所有令人欣慰，因为你理解了一种对别人无用的语言。告诉我，为什么任何东西都有用呢？一个人爱是因为被爱吗？——还是因为人不知道什么是爱。

我躺在床上，抽着烟，充满渴望。偶尔觉得很热，我估计是血流得太快了。要么是太冷，因为我吃了油腻、邪恶的东西（像法国人说的，你所吃的东西让你生气或敏感）——我没有绝望感，尤其没有痛苦感。像那个孩子，他仔细搭在台子上的竹制神庙战车，有轭和轮子，扎着神座、圣伞、牛拂、鲜花、水果和吉祥水盘——甚至有朝圣者拉车的绳子，突然有人——失明的祖母——倒在它上面（你在半梦半醒中听到）。你醒了，哭着问谁弄翻了神的战车，是谁？祖母说："我弄的。"——王后大人说因为王公大人计划更改，她不能陪贾娅拉克希米——但事实是，战车翻了。突厥人在乔治五世饭店。我不想哭。我变成了数学家。不管怎样，我也不想得哮喘病。那么，我第一次去研究所，贝特洛医生死了。时间没有停止，呼吸也没有。活着的人动了，尽管不愿意。于是，我行动，我阅读，我思考，在研究所走廊闲逛，像一个坐在轮椅里的人。人们有时会想，世界为什么不是医院？——伦敦桥医院。

30

从现在开始，事情以极其纷乱的节奏发展，人们不知道谁是棋王，他以令人震惊的敏捷十分精确地移动自己的棋子，在沉默和隐秘的快乐中抚摸着自己高贵的头。他在和自己下棋，棋局好像按照它自身形成的结果进行着。象和王在适当的位置，相是明显的继承人，每个都在他的方格内，所有人都处于完美秩序中，我们走下一步，但下一步可能只是继续这步棋着，全部棋着成为一种棋着，没有棋局。或者，如果你愿意，你可以说，作用和反作用的原则、业的法则，处处产生适当的连接。因而，没有谁的生活能再回到从前，由于突如其来的自由元素，每个人都依据自己确定的能力，你的智力是否比你迟钝的同伴好，你在这里改变，你在那里走捷径。穿过场地，自由地让棋局成为你自己的棋局。请问，谁是棋王？——从某种程度上说，棋王是你自己。这是棋王要告诉你的，要告诉不愿开口的你有关全世界的事情。你是不是在谈阿尔及利亚战争（和巴黎伯爵之子的离开），谈喜马拉雅山前线，谈肯尼迪总统的情报胜利、政治算计成功，谈混乱的希腊王室，或谈尼赫鲁对女王的华丽拜访（"他是英联邦最资深的政治家，等等"）——如此这样，总之，我们非常紧密地捆在一起，人的棋局通过星球产生影响。当然，人的思想创造了宇宙、世界、太阳、坑洼、自然和人类永无止境的伪装——我应该说男人和女人永无止境的伪装。因为人们清晰地看见，米歇尔和苏珊娜一起沿着圣米歇尔路走着，友好地、非常友好地走着，但仍然不是很亲密。我相信苏珊娜依然不"触摸"米歇尔，尽管我相信米歇尔因为激情而颤抖（和这样一位不动声色的、雕塑般的、衣着华丽的三十二岁的女人走在圣米歇尔路上，不这样就不是从死人堆中爬出的你了）。还有米雷耶，光彩照人地昂首而行。她急不可耐，仿佛在卢森堡公园玩着气球（或者在她完成国家图书馆的工作后，沿杜伊勒里行走，走过丑陋的卢浮宫大街，穿过王室大街的艺术馆，走上几步，到达恋人散步和孩子玩耍的地方，而戴高乐的警察注视着你——米雷耶总是时刻提防四处的密探，在蒙维勒他们甚至穿着邮差的衣服）。我，哮喘病患者，不关心神和人，通过多价方程式寻找宇宙的答案——数学的、哲学的和人类的——迷失在左岸勇敢的人群里，过于婆罗门化而不是共产主义化，太过于做科学家而不被吸收进任何具有"灵性"的小组，努力把笛卡尔、莱布尼兹与商羯罗或《奥义书》的存在主义连接起来，孤独而有趣，还有我里面口袋中的忧伤和胸部困难的呼吸，走啊走，毫无进展。不，这很不真实——我走向某个人，但她在哪儿，她是谁，属于谁——拉贾·阿肖克，苏伦德，她简单而高贵的母亲，建在山顶寺庙里的湿婆，或许属于我？谁知道呢？她活着、呼吸着、行走着。事情仿佛没有结果，一个人因业而行动，但以真理为生。也许对她来说，业是世界，是真理，她说过，是我。这是事实吗？属于别人的与我的无关——属于我的仍未被碰触，仍很完整，很高，任何人都触摸不到。当她想起时，它会是她的？神啊，什么时候会那样？何时？我还在那里吗？

现在下雨了，我应该停在圣米歇尔街商店的雨棚下，看世界运动。

31

六月二十六日。发生了什么？你或许会问我。哦，什么也没发生。如果有任何事情发生，那一定是两件事。人同时能有两种眼光吗？不能，那么，什么都没发生。那是事实，那是绝对的事实。那么兄弟，别虚构传奇。说事实，就是，如果嘴巴可以被说——它说。自身怎么能说？荒谬，不是吗？

第三部分　婆罗门与拉比

1

地球的赤道周长约为4万千米，年龄大概有40亿至50亿年——如地质学家和宇航员们所相信的那样，地球是偶然的产物——在这个不断变大、激增的宇宙里，我们只相当于一个点。时间和周长或许不可逆，男人和女人就像光和夜晚。然而，我还是觉得这个解释里少了些什么。当你坐在一位精心打扮、举止优雅的女性面前，这位天真、丰满的年轻女士是你的姐妹吗（这很有可能是你的母亲、阿姨，也可能是你的侄女），一个感知区域，一个温和的内在活动揭开了知识的不同维度，就像人的手长了眼睛、耳朵能说话、腿有嗅觉一样，人的思想能解读自己——人立刻与自己有了一段若隐若现的距离，与自己的存在产生了一种亲近感——不适却又令人愉快的情境。人们想知道为什么会存在这种悖论。除非，人正好被知晓，就是人。不被知晓时，就无人，谁知晓，既无观者也无所见，既无思想者也无思想，这是我们必须与自己对弈的棋局，因而它是真实的，如突然听到的远处的音乐。这音乐就像克里希那将牛和牧女吸引至亚穆纳河边的笛声，牛儿挣脱绳索，牧女们从丈夫身边、从家里跑来。音乐传入你耳中时，你知道除克里希那外无人在此。他、音乐、舞蹈、河流和女人，这一切都是旋律，甚至他也不是克里希那。当你正好看到它时，就像存在绕着自己的轴在歌唱。是的，存在歌唱着，歌曲、女人和确定，还有不是男人的人：人类。正是这种来自二元性的超凡使生命成为可能，意味着不证自明。我们转动的地球，森林里有虎和象、犀牛和豪猪、蛇和斑鹿，诞生在喜马拉雅山的恒河，发源于中央板块的塞纳河，起源于汝拉山脉的罗讷河（和莱茵河），还有天空中的太阳、宽广的银河、爱因斯坦脑中的沟回和愉悦时光——所有这一切只是一种旋律，这种旋律没有人能听到，因为旋律自身无法听到自己，才创造出听者，正如为了棋局创造出棋手一样。游戏是生活，舞蹈也是。你跳舞是为了战胜空间和时间，这些都消逝了，你是至纯的幸福。你从特罗卡德罗广场看不见它，沿河而下，又逆流而上，一层接一层，到达蒙马特尔这殉道者之山，从内心深处，到每次脉动逝去的时间。你在那儿吗，人？不在。

可以说，棋王的棋着巧妙、优雅而坚定。他把手放你肩上，不告诉你往哪儿落棋，但是指示出棋着本质的特点。棋着本身就是棋局，拉马努金称它为娜玛卡女神，他的意思是，不知道棋王还未解开拉马努金的谜题，拉马努金已被给予能解决问题的光。除非你走错了——人们仍然能在拉马努金的手稿里看到（我看过影印本），他走了一些错误的棋着因而被将了军，留下未解的问题。现在，棋局本身的趣味性比赢棋有趣得多，这也是棋王想教给你的道理。因而，不是棋王在下棋，而是你在下棋。在他展现的光中，相在车前而你无法走下一步的时候，如果你有深刻的辨别力并走了适当的一着，他就入局指导你——车会被吃。没有人对车感兴趣，只对王感兴趣。

拉贾·阿肖克自己陷于棋局中，他对此所知甚少。对我来说，棋局似乎已经开始——如果我们以现在的情景来说——在加尔各答，那天，贾娅拉克希米决然而然地走进我屋里，我只把手放在她的肚脐上，于是一种没有人看到过的光，一种明亮的光，从她身上发出。我迷惑了，眩晕了，我跟随着它。贾娅在伦敦时已经告诉我，她也在追寻这光（她称它为"你的神"），不知它将引导她、引导我们至何处。拉贾·阿肖克已陷入棋局，他的象被困了，或者说，他的虎被困了。前一天，他已经错过了老虎，王公大人射杀了它——过了两个晚上，他再次错过母虎，那时他坐在象轿上。不单是因为他射击不准，也是因为母虎已经溜到灌木后面，子弹从一些可怜的灌木树皮上反弹开了。

拉贾·阿肖克的耻辱使他需要一场胜利作为一种微妙的补偿，因为正如陆军总司令卡普尔·辛格上校告诉你的那样，他是一位著名的射手。这是如何发生的？悲伤而筋疲力尽的归途中，贾娅却很高兴，长约一米七的大猛兽母虎已经聪明地逃离了死亡。贾娅痛恨这种屠杀，并且偷偷地向家神安比迦[①]女神发誓，如果母虎没被射中，她将敬奉女神一件新的贝拿勒斯纱丽。

王宫的人知道贾娅要去庙里时，就把贝拿勒斯纱丽披在安比迦女神像上。而她在维拉斯普尔时，管家告诉祭祀的人，把金蓝色的贝拿勒斯纱丽披在女神身上，还要戴上钻石和红宝石鼻环，红宝石有樱桃那么大，这是她们家在贾娅拉克希米出生时送给她的礼物。

[①] 安比迦（Ambika），印度神话中，风暴和愤怒之神楼陀罗的妹妹，以后被看作湿婆的妻子。

她就是这样出生的，有人记得。女神现在有了一件新的纱丽，祭司感激不尽。那母虎一定也到了她的森林之神那里去了，某个山丘的森林之神那里。她一定伏地祈祷，感谢低矮的灌木救了自己一命，避免两个幼崽成为孤儿。然而，那天晚上，其中一个幼崽跑进了营地——小家伙大概两英尺①高，七八个月大，它被捕获并被放进一个钢丝笼里。我听说，它叫了一夜，那只母虎不停地叫它，直到丛林最终沉寂下来。这可怕的噪音惊扰了几只鸟，它们颤抖着张开翅膀，但很快又在它们的巢里睡去了。就在第二天，拉贾·阿肖克给贾娅拉克希米送去了首饰和镶有银叶的施舍盘，她极其礼貌而明确地把它们都还了回去，这是他祛除母虎诅咒的方法，可他输了自己的棋局。一个拉吉普特人今生输了比赛，只能在来生赢回。这是天神的规定。

2

那天晚上我想起了这一切。莫伯日的杜普雷餐馆，因它的浓味鱼肉汤和教皇新堡而闻名。波克农经理骄傲地自认为是马赛人，只是让人觉得他知道什么是真正的浓味鱼肉汤，这做法也使他看起来像个匪徒，就是那种巴黎客户有时喜欢见到的首选餐馆的经理——对了，他的名字意味深长，叫马克·波克农②，一位王爷在他的餐馆里用餐和他的虚荣相得益彰（王爷跟对巴黎了如指掌的他的珠宝商朋友拉迪拉尔说，他想去一个能吃到真正马赛浓味鱼肉汤的餐馆），所以我们去了这个看起来籍籍无名实则在美食家那里有口皆碑的小

---

① 1英尺约等于30.48厘米。
② 马克·波克农（Marc Pognon），法文"pognon"意为金钱。

咖啡馆——事实上，它在百人俱乐部[①]成员里很出名——王爷于是又满足了，让-皮埃尔又发出喜不自禁的笑声——让-皮埃尔喜爱美食，"我爱尘世所有好的东西，"他宣称，"我爱世上的肉食。"当然，我们也无异议，因为拉迪拉尔·贾哈维里是一位素食者，我们俩吃到了比任何一家巴黎餐馆都好吃的素食。不过，我们没有吃浓味鱼肉汤，老板有些不太高兴，但对他来说，只要拉贾·阿肖克，当然还有我们的主人高兴就行（他把买主带到这里来商量钻石或蓝宝石的价钱、讲它们的故事，就是说，用一种印度的方式讲述：之前谁戴过它，这副耳环的上一位主人查姆福特女伯爵，她丈夫在德比赛马中从未输过一局；要么是，只有巴黎银行行长或荷兰银行行长之一的泽维尔-蒂涅先生戴过这个漂亮的戒指，等等）。波克农先生极力取悦我们，让人们认为（至少我认为），他也是我们都涉身其中的这个棋局的一部分，可以说，像书里说的从"久远的过去"开始。于是，时间帮我们获得永恒，棋王非常智慧，当你意识到他的存在时，你感觉到他的手不仅放在你的肩后，同样也在别人的肩后——或许也在波克农先生的肩后，他在未来同样能觉察到这只智慧同情之手。给我们准备好食物后，波克农先生向他的最终发现又迈出了一步。因为，宇宙除了是在光中的冒险外什么也不是。

波克农先生可能也是位数学家，他在来生致力于解答帕斯卡尔问题或者拉格朗日问题，试着将它与秃顶的圣母玛利亚或者与亚琛[②]圣母像联系起来？我倏地想起火车穿过瑞士乡村、绿草地；就在圣母峰下，突然而见的雪堆、嚼着草铃铛摇动的花奶牛；跃入眼帘的

[①] 百人俱乐部（Club des Cent），成立于1921年，俱乐部有一百名官方成员，此外还有一些荣誉成员。经常是每周四中午12：30至下午2：30准时在巴黎皇家大道的马克西姆餐馆聚会，俱乐部成员较关注美食与文化的关系。

[②] 亚琛（Aix-la-Chapelle），靠近比利时和荷兰边境的德国西部城市。

卢塞恩湖风景，绿色的湖水清澈透明，微波荡漾。峰顶也有座三角形的教堂，棋王在那里走了一着，哦，这是很久以前的事了。

是弃妇还是寡妇？我猜，她不到十一岁的独生女正在寻找父亲。来了一个人，是一位朋友的朋友，他来自遥远的神秘之地印度，人们看他似乎有点恍惚、孤独和不知所措。他们一起在小教堂下面的咖啡馆喝茶。孩子还没觉察到棋王的存在，把头靠在数学家的肩膀上，会沉入长长的渴望之眠。寡妇或离异者也认识到这些，但在真的统觉①前，数学家一定要返回柏林，因为那天晚上他必须去大学做一个讲座，第二天坐火车回巴黎圣雅克街五十七号。当然，他见到一筹莫展的图图夫人，因为某个房客在屋里丢了金表——谁是小偷？她恨警察，图图夫人确实恨警察，这样就找不到表了。但是房客后来在地板上找到了，猫玩的。先生，我问你，猫和下棋者有什么关系。事实上，它是一只猫，图图夫人养的猫，房客继续旅行了——他是里昂工厂的代理。然而，猫、图图夫人、举行拉马努金讲座的柏林大学、algoric of p-2/4 以及我面前为数不多的优秀听众，我仍困惑于寡妇（或离异者）和她的孩子。谁认出了我，谁或什么让火车驶向咖啡馆（是有轨的吗？），还有，我和这孩子做什么？喝点满是奶油的温热咖啡，看黑色峰顶上的白雪？先生，她的来生什么样，也是离异吗？就像你在十胜节或灯节时拉着绳线，穿着精致长裙和长袍的女孩在跳绳游戏里跳来跳去。同时，笛子也吹响了。是克里希那绕起或解开这些绳子、吹响笛子的吗？

兄弟，我的兄弟啊，下次别再认不出笛子。你可以通过翠蓝色笛管奏出的乐曲，知晓小教堂、山、猫、图图夫人和寡妇（或离异

---

① 统觉（apperception），哲学上用语，是指知觉内容和倾向蕴含着人们已有的经验、知识、兴趣和态度，因而不再限于对事物个别属性的感知。

者)、贾娅和虎崽(同样是猫科,别忘了)之间的关系,他们把虎崽带到里什巴格宫,如果贾娅将来有孩子,他们会和它一起玩。棋王,你认为贾娅会有孩子吗?你深切关心那些你领入棋局的人,我知道她会有孩子。那么乌玛呢?你知道她向吉祥女神祈祷,就像拉马努金向娜玛卡女神祈祷。棋王笑着回答说:"是的,她是,她也是棋局的一部分。"他的怜悯使我们步入棋局,以显示我们是自由的,仅仅受制于我们自制的法则。谁说棋规明确而不可改变?我告诉你,这样认为的人是对的。你是自由的。然而,棋王有时会说:你要赢了,起来走吧。沿着科代岸边高高的悬崖,走在绿色和白色的溪流边,傍晚来临时,在石头和松树间,你看见一个影子在水边散步。你想知道,那是谁?当然,那是贾娅。人们突然想起格哈兹普尔的运河、傍晚的祈祷,穿着制服的园丁伯拉·辛格过来告诉我们:"老爷,傍晚不适合在这运河边走,孟加拉有很多共产党土匪,您不知道这些。"现在,我想知道米雷耶和孟加拉的土匪有没有关系,切·格瓦拉和我们的查科拉瓦提有什么联系。从玻利维亚到恒河,棋局继续着。神啊,这是怎样的棋局呀!

3

普拉玛拉斯可能是匈奴人的一个部落,今天被尊称为拉贾普特人,这解释了他们的忠诚也说明了他们的盛怒:你在战斗中牺牲并阻止了突厥人入侵。然而,如果他还是要来,那么卢帕瓦蒂不会与突厥人成婚,而是在乔哈拉城,与城堡里的其他两万四千名女性一起跳上葬礼的火堆,阿育王的妻子是觉杭,这不太荣耀。普里特维王公死了,突厥人打了进来。匈奴人也来自亚洲中部,比突厥人、蒙古人早几个世纪。棋局继续,越过喜马拉雅山,蒙古人抵抗匈奴人，突厥人与信德人对抗，巴基斯坦——在喜马拉雅山边境。棋王的数学让数学家非常激动，梵文与梵文学者帕尼尼也让他很兴奋[①]。帕坦伽利写了有关帕尼尼、瑜伽的评论，这让我想起葛吉夫（他在蒙古人中间学习瑜伽，作为一种推测，我错误地认为他是俄罗斯间谍和波斯古鲁），这还让我想起苏珊娜（当然，米歇尔把她带回到小组，这意味着他们是葛吉夫的追随者，一直是），可怜的米歇尔绝不会认识到苏珊娜说什么就是什么，她的贞洁（你要愿意，或称独身主义）将被葛吉夫所证实，他不介意剥夺其他女性的贞洁，我听说，他死时留下很多处于兴奋或气馁状态下的信徒。可怜的葛吉夫从未听过克里希那的笛声，如果苏珊娜像她之前一样逃跑的话，葛吉夫和他超凡的（微妙的，奇妙的，耀眼的）躯体，我希望，通过米歇尔，它会是死而复生的逝者。希特勒（可以说是葛吉夫精神上的表亲）被打败了——葛吉夫打败希特勒和米歇尔征服苏珊娜——出生应该很美好。但是米歇尔的孩子不可能是归来的罗伯特（它可能是我的，我和苏珊娜有一个孩子），它会是波兰-犹太人、犹太-布里多尼高卢人。记住，在基督徒之前是犹太人，这个孩子也会把头靠在米歇尔的肩膀上，这情景让我想起苏珊娜自己看起来多像寡妇（或离异者）。现在，这孩子会有一个真正的父亲，将在圣地锡安寻找他的根，痛苦的考验很漫长。耶稣从死亡复活，你能看到他上升，像佛罗伦萨的乔托所画的那样，他瘦弱的身体像天使，蓝金色的，长长的，神秘的，飞向天父，看起来像在听着天际的音乐。因此，不管你去何方，不管你做什么，这是一个棋局，直到棋王要赢得比赛，但是他十分兴奋地摸着头说："我们现在停下吧。四点了"——"但是，大师，你要赢了。"——"孩子，这就是我要停下的原因。

[①] 帕尼尼（Panini），约公元前四世纪的梵语文法家。

棋局就是为了下棋。"——"那怎样呢？"——"怎样？你制定规则，你也能改变它。现在就玩游戏吧，因为你还在制定规则。去吧。"

于是我走了。神啊，我走了。我将滑过黑夜，父亲不会知道。我将离开新生的孩子和月光下他忠诚而年轻的母亲——我将弃世而去，钦奈，坎塔克，高贵的坐骑会骚动不安——他知道我将去一个地方绝不回头。我的妻子，我的拉胡拉母亲，棋局将很快结束。今晚我要把自己的衣服扔向天空，神将接住它们。我的头发光滑闪亮，我要把它们剪下扔掉，天使将接住并保存它们。于是我到恒河岸边的苦行者和圣人那里，说：先生，告诉我真理。哦，神圣母亲，瑜伽行者，告诉我真理，把你的手放在我的头上吧，告诉我真理。直到棋局中的棋王将我带到尼南贾那河边，我才找到它。在那里，在我心灵深处的黑暗中，一层层涌起，我终于看见了，能看见这光的光，在那伟大的光辉之中，我看见一种形体，几乎是无形的形体，它是棋王自身。我迷惑了，形体如何既无形又有形，这极端智慧的棋局。我向他鞠躬，说：神啊，把真理交还给我吧。他说：告诉我你何时离开了它？我对他说：神，我不知道，一定是过去的某个时候，很久很久之前，我离开了它。神说：你怎么看见的？——我看见了，就这样。——看见的人，请告诉我，他在哪里？我现在知道了，智慧藏于辨识之中。智慧和知识是能看见光的光。所有的困惑和思想丛林都结束了。纯洁如喜马拉雅山的雪，不可动摇，它告诉你恒河就是太阳融化的雪水，智慧不是小溪或河流，或海洋（它将到达的地方），它只是水。"波浪是水。海洋也是水。"旅程结束了，现在我可以走自己在乎的棋着了。

那么，自由就是，我哪儿也不去，什么也不做，没有人走也没有人做任何事。我既是音乐也是乐手。父亲，您会带我去喜马拉雅山吗？贾娅，你会和我一起去吗？但贾娅说："希瓦，你应该独自上山。如果你在山巅呼唤我，我或许会来。同时，我想我将接受拉贾·阿肖克的珠宝、槟榔果和一切。你知道，我不强大，我只是个女人。此外，我可能会死。"——"贾娅，我会阻止你的死亡。"我绝望地大叫。——"我知道你能做到，但我仍然不能和你一起走。一旦你到了那里，叫我，我就去。"

同时，我想这是头脑里的炎症。

睁开眼，我意识到自己在研究所，喷泉在夏日阳光下欢快地喷涌。又是水。我问自己，现在去哪里。无处可去。我无可救药地——迷失了。

4

"很高兴告诉你一件事，"肖舒先生说着走进来坐在我桌子另一边的椅子上——一张凌乱不堪的桌子，纸和书戏剧性地散落在周围。除了电话机和我面前一小块空地，上面零散着放着我工作用的白纸——"我很高兴，法国政府已经同意了我的提议，你在研究所的会员资格延期两年。事实上是，希瓦拉姆·萨斯特里先生，你的工作正在亨利·庞加莱希望数学继续发展的方向上。唉，如你所知，德国人和盎格鲁-撒克逊人让数学和深受它影响的物理产生了具体的结果：向爱因斯坦和原子弹让步，卢瑟福使用了德布罗意的原子并让它分裂为二——作为里尔阿兰[①]、拉昂的安塞姆的子孙，我们更关心自然的真理而不是人类的需求，这种理念通过笛卡尔和帕斯卡尔，传到庞加莱。原子弹可以消灭希特勒，但是它也可能杀死人类

[①] 里尔阿兰（Alain of Lille，全名 Alanus de Insulis, 1128—1202），法国神学家、诗人。

自身。对此，尼赫鲁和戴高乐似乎看法一样，加上和盎格鲁-撒克逊人极为接近，我们必须有自己的原子弹，和萨克雷。没有哪个法国人能忘记1940年大溃败后丘吉尔对雷诺的质问——"但是你们印度，有多少坦克？"他继续说着，看到我没心情听他的自言自语，并意识到他说的话我可能连一半都没听，他起身走了——我回过神来说："谢谢，肖舒先生，您真的太好了。这座城市有非常优秀的东西——我的头脑非常清醒。您知道，我们印度人相信朝圣的作用，就是说，圣地有庇护的魔力。我想，巴黎就是这样的庇护所，我想不出对我来说更好的地方了。"我起身送肖舒主任回办公室。他有一间很棒的圆形办公室，高高的窗户对着漂亮的草坪，草坪中央有个大喷泉（还有些快乐的仙女的雕塑）。我希望自己也有那样的办公室，就是为了能看到大片欢快的水面，我应该更多与我的数字相伴。从我的精神维度来说，我的俄耳甫斯喷泉太小了。此外，水是我的出生标志，如你所知，我喜欢游戏。然而，窗户对面平展的厚墙也不是毫无用处，它空荡荡的容易让人出神。虚无总是有助益，而游戏本身就是无物的另一种标志。箭不动，你说，它动了。我想知道，如果基督教没有干涉西方，希腊人会怎么做。它可能重蹈了印度和中国科学的覆辙——李约瑟[①]用一卷卷著作证明这个字母（道），对印度人来说，我们有珍贵的布拉金德拉纳特·希尔[②]的《印度教徒的实证科学》。希腊科学可能营造出纯粹的宇宙，给人类指出他们的适宜之地，然而，人类一旦被固定，它的整体论就解体了，特殊性使抽象性变得真实，原子弹不会有立足之地，它只是中国节日的

[①] 李约瑟（Joseph Terence Montgomery Needham，1900—1995），英国近代生物化学家和科学技术史专家，其所著《中国的科学与文明》(即《中国科学技术史》)对现代中西文化交流影响深远。

[②] 布拉金德拉纳特·希尔（Brajendranath Seal，1864—1938），印度著名哲学家，其著有《印度教徒的实证科学》(The Positive Sciences of the Hindus)。

爆竹！

离开肖舒先生华丽的门往回走时，我怀疑自己是不是开始憎恨西方了。我喜欢富丽堂皇，也是因为它显示了人的比例：戴高乐对赫里欧[①]，丘吉尔对艾德礼[②]。帮助你消解的东西太棒了：拿破仑一世对拿破仑三世，埃及的科学家对城市的计算者。如果英国没有诗歌，它将如埃及的木乃伊一样干枯。身体在出生时已死，在真正死亡时不朽。

我突然想起父亲，他在喜马拉雅山做什么呢？他是不是要去巴德林纳特，或者他将回到哈德沃研习《奥义书》，每天黎明在恒河中沐浴？或许这两者对他都充满吸引力，总的来说，在吠陀和吠陀圣歌的帮助下，大山的沉默助你反观自我，另一方面，恒河如镜助你消解自我。我对自己说，父亲是快乐的人，一位忠诚的公仆，他从未有私人问题——接连失去了两个妻子，这或多或少算是私人问题，孩子们远在他乡，孤独是他的财富、他的大智慧。但是，我和行而上的贾娅纠缠在一起，又陷入苏珊娜身体的超然诱惑中——在葛吉夫和耆那教徒间有一些共同之处，渴望给予永恒，不是给予身体永恒，而是渴望给予身体无形意义上的永恒，像埃及人一样，某些方面又与赋予死亡个人历史意义的犹太人一样。因而，希特勒的大屠杀解释了米歇尔对苏珊娜的吸引力，她误以为真，认为自己喜欢的是米歇尔。然而，和米雷耶在一起，她纯粹的身体享乐是人享受丰富多彩的物质所在，像一个人和自己的果园——对她来说，她的拜占庭就像人们给自己的果园施肥、再加点雨水，由于喀尔巴阡山的高度，李子变青变黄，微风让果实成熟让人觉得轻松。而乌玛则像

[①] 赫里欧（Édouard Herriot，1872—1957），法国政治家兼学者，三次任法国总理，1946年入选法国文学院。
[②] 艾德礼（Clement Attlee，1883—1967），英国政治家，1945—1951年任英国首相。

牛栏里的牛，被沐浴、被礼拜，用作献祭，它的五要素与天和火都有关，它的尾巴是另一个出生的工具，但它的快乐是草地的绿色、厨房蔬菜片混合着米水，它的礼物是孩子和天神的食物——我的想象不是很连贯，它们看起来像新的计算机母体，对我们所提供的不同材料给予不同的答案，语言，数字，天文数据，然而它只是一部机器。这对我来说已经太多了，我不担心自己可能注定属于佛教徒所说的三十六层地狱中的一层，我的不当行为是完全矛盾的。我希望我能像父亲一样与自己亲密，或在某种程度上，有拉迪拉尔（拉贾·阿肖克的新朋友）有的，甚至有米雷耶有的那种亲密，尽管和米雷耶的，她的知识是身体知识，和父亲的，是意识到自我的思想，因而知道何处可以自我超越。我没有方向，几乎没有欲望，我的数学不比努力做填字游戏的那个老妇人好。老妇人午饭后坐着，猫躺在她腿上，收音机轻声播放。我在哪？只有贾娅对我有意义，但对于她，意义是脱离实体的，但我的意义是借助身体和——超越身体的。我不愿意挣扎，因为这应该有意义或者毫无意义，任何事情必须有意义，就像pi或alpha。我想，你不会毫无意义地下棋，尽管我知道终极意义是纯粹的无意义。然而，我们又一次落到零上。很明显，我只是厌倦自己了。

5

然而，第二天，乌玛和我要去德尔福斯医生那看病；周日，贾娅将离开巴黎，她母亲前天傍晚抵达；贾娅离开后，将是阿卜杜·克里姆，我又一次去见他和他的革命集团。如你所见，巴黎不同层次有若干意义，我也一样，可巴黎自我陶醉，我不是。巴黎了解自己，就像米雷耶了解她自己一样，我像贝勒那斯，沧桑而神秘、神圣而不羁、穆斯林、尸体、贪吃的牛……我在想，我的出路是什么？有时，我希望苏珊娜回来，我会沉醉在某种欣喜里，不过，那之后，飘来死蜗牛的气味，我琢磨现在米歇尔正在做什么。我没打电话给他，而是打电话回家。乌玛在做祭拜，她语调温柔地喊"哥哥"，听她的声音我几乎想沉入其中。"哥哥，明天是个重要的日子，告诉我，德尔福斯医生会给予我想要的东西。"

"乌玛，这很简单，简单得像开车一样。你不会开车，可你的司机舍拉·汗会。车一旦开起来了，只要你给它汽油，它就会带你去你想去的任何地方。"

"哥哥，您说得对，今天我发抖了，就像我结婚前一天一样。"

"对了，你丈夫那有什么消息吗？"

"他说，他有时在孟买，有时在德里打官司，我希望这一切都是真的。他的秘书拉莫亚告诉我，我丈夫最近一次发疯是对一个婆罗多舞女，《印度画报周刊》一个月至少刊登一次她的照片。我也见过她，她看起来像个善良女孩。不过，哥哥，谁知道一个女人脑子里在想什么呢？"

"男人脑子里更是这样。"

"哥哥，您却非常明智，是十足的婆罗门——"

"确实很婆罗门。"我笑了。"乌玛，你太天真了，我是一个不道德的年轻人，我认为自己已被印度、欧洲、自己的思想给腐坏了。为了有意义，我能改变任何事情，现在所有的意义对我来说都是十足的胡说八道，我的的确确是一个赌徒。"我说完，沉默下来。乌玛不喜欢，她确实不喜欢我这样诋毁自己。我像一本对任何人打开的书，除了对乌玛。有时，我不知道她是否认为我本身就是孩子，是我的替身，我的化身，而我自己却不在其中。米雷耶会觉得这样的想法可笑，贾娅不会，因为她理解我的心情和我的需要、我的把戏和我的天赋，贾娅的快乐会是我的快乐。我曾经真的快乐过吗？棋王，告诉我，你要把我带到哪里？我记得有一个冬天，我去蒙特卡洛，在轮盘赌上，我赌什么，什么就赢，我总是很幸运，三小时里我赢了数千法郎，我发现自己赢的钱极其肮脏。晚点的时候，我把这些几百法郎的纸币一张张扔进了地中海，但过了一会儿，我停了下来，数了几百法郎放回自己的口袋。钱毕竟是钱，记住，碰巧赢钱是滥用运气。下棋并让棋王赢，这是真理。神啊，生命多么美好啊。是的，乌玛，你会有一个孩子。它不是我，如果你希望这样的话，它像我。尼罗河仍在流淌，太阳余晖笼罩着金字塔。睡吧，我的妹妹，明天很快就来临。在你的金字塔里，你可以让拉查玛把钉子钉在墙上，让小狗泰格扑一只假想的鹿——甚至你的别克车变大了，看起来像一辆华丽的敞篷双轮马车，四匹黑马拉着它，舍拉·汗穿着他鲜艳夺目的制服，金光落在他的头巾、肩膀和腰带上，还落在他满是男子气概的胡子上——在那儿，我要用黑色铅笔画一个太监。你入睡时，能听到远处河水的流动。听。

  乌玛做祭拜一定很严肃，我几分钟后打电话给她让她相信自己会有孩子时，她没有接电话。另一方面，即使沉默也像是誓言，沉默总是预言性的，像那天晚上蒙特卡洛的地中海一样，对岸是埃及，所有一切都是隐秘的。

  历史——像喜欢数字的拿破仑所知的那样，而肖舒先生不知道，他不是蒙古人——是深奥的，斯芬克斯也是深奥的，谜语和棋局也是深奥的。

6

贾娅拉克希米没有情绪,她生活在情境里。一个女人——又是位公主——她创造自己行走的世界。苏伦德和她的父亲王公大人或拉贾·阿肖克,似乎在管理和控制世界,而对于贾娅拉克希米来说,世界总有贾娅的一面:为了一个正确行为,她接受一个诡计,一种女性规则。她不经心地玩着生活的游戏(像莫卧儿的细密画,画里,在胜利之都的院子里,阿克巴的女人玩着三珠球,有时是四个,她们穿着长袍,有着黑珠般的眼睛。她们专心玩球,空中总有一两个球在旋转,她们毫不在意坐在门廊边的阿克巴。他想,自己是她们的奴仆,也是按照自己的意愿创造世界的皇帝),但在她广阔的意识里,她专注于谁在哪里,什么时候在哪里。那么,在布罗耶街的公寓里,人们觉得贾娅什么都不用操心——如果她头疼,会被发现,因为伊冯娜看见她吃了两片阿司匹林;要是她还没有熨自己的纱丽,打算要熨时,米雷耶就会出现,她会一下子从贾娅手里拿过熨斗,凭着心血来潮和法国-希腊式的活力,眨眼工夫就弄好了纱丽。我们学着看看或观察走廊里缺什么,还有在餐桌上,伊冯娜变成探测贾娅需求方面的专家,同时我们也弄不明白贾娅怎么吃这么少,她似乎在把玩食物(像树上的松鼠那样,翻着嫩枝、叶子和坚果)。只有一种仪式对贾娅来说显得很重要,那就是她的茶。晨浴和冥想后,她进来吃早餐,脑后缓慢生长的头发,整洁地抹了发油,她的披巾(卡提阿瓦[①]式的)熟练地系在后背——早餐时,她毫无兴趣地吃着面包片,玩着几粒葡萄或几片橙子,然后是茶。她用勺子将茶和水专业地搅拌在一起,她就像准备早祈用的檀香灰与圣

---

① 卡提阿瓦(Kathiawar),位于印度西海岸的一个半岛。

水的祭司，在湿婆庙，他们旁边放着一枝木槿花。贾娅话很少，唱独角戏让人觉得尴尬，喜欢聊天的乌玛越来越觉得闲聊很困难，她无法忍受礼节性的沉默。乌玛需要通过谈话来知道她是谁，贾娅沉默着，知道需要被理解的人会找她，因为世界就是这样构成的。我的沉默是明智的，我的意思是，通过我所看见的一切，从地板上的发夹（乌玛的头发盘在头上，这让发夹落的到处都是），或米雷耶宝石蓝的手袋夹，成为心理等式的符号——乌玛的发夹是她需要的信号，我们这些家庭成员发现她在那里，是的，在那里，头上戴着发网，因为来吃饭前没有擦脸，吉祥志沿着鼻子滑下。然而，另一方面，贾娅的细致就让人惊慌，每样东西都要在它们的位置上，不是因为贾娅细心，而是事情就是这样。细致是事物的一种礼节形式，就像乌玛的粗心是婆罗门对形式的漠不关心一样，而不是针对仪式。她从不在乎神高不高兴，重要的事情是你念诵一百八十遍称号，想着你与拉查玛的争吵，或者想着洗衣工还没取走的衣服（你从圣所座位上一起身就派舍拉·汗去，这样他下午开车时就有衣服穿）——对贾娅来说，所有的行动就像物理法则，苹果落地，日食一定在下午一点五十三分发生，持续十八分钟，等等。如果人没出现在早餐桌边，人类王国就无法运作，吉祥志要整洁地贴在前额，珠坠要以合适的弧度搭在耳边。乌玛却经常拿着首饰，进来吃晚饭时才戴上，傍晚沐浴后的头发还是湿漉漉的。米雷耶整洁地出现在我们面前时，她在对细致表达敬意，既不是为了礼节也不是为了仪式，就像她遵循语法规则一样，该那样就那样，学校这样规定的，或利特雷先生规定的。我坐在那，在人类如此相悖的行为面前迷惑了，尤其是在"女人"中（在印度他们说，在官员之间），不管我做什么，我总是很紧张害怕走错步。于是，我尽量逃到自己办公室，然后给家里某个人打电话，看看在发生什么，在哪发生的。

7

然而，最严重的事情正在发生——我心底知道它在某个地方，却不承认。贾娅的手术造成她严重抑郁，害怕一个人独处。我之所以很长时间没认识到这些，是因为，只要我对贾娅表现出一丝关心，乌玛就提出非常夸张的要求——比如说，我们准备出门时，我帮贾娅穿斋普利外衣①的话，乌玛就会嫉妒，她要求我去她屋里拿德尔福斯医生让她去时带着的处方。米雷耶觉察到这种情况，说她会回来取，乌玛仍不耐烦地说，"米雷耶，你不知道它在哪里，我哥哥确切地知道我放的地方。"那我就必须去花几分钟找处方，乌玛会跟在我后面进来，米雷耶和贾娅则在半开着的门边等着，伊冯娜打扫着衣帽架表明自己在尽职尽责地做家务。我想，这种略微独裁的态度让乌玛觉得优越而有控制性，也让问题更复杂。贾娅会对乌玛非常有礼貌，让天真的乌玛感动又欣慰，却让我觉得丢脸。如果我们出去到饭店吃晚饭，我要是帮贾娅从菜单上点一道菜或给点建议，那我就必须加倍关心乌玛。懂得这些情况，米雷耶会帮贾娅点菜，我就去完成乌玛强制性的要求。不过，贾娅明显希望我能给她点建议，洋葱汤是不是比洋葱奶油汤要好，乌玛就会问："哥哥，这个汤里有肉吗？"——乌玛让人觉得累，但最好别激怒她。拉贾·阿肖克一起来就最好了，他知道如何取悦乌玛。拉贾·阿肖克会喊乌玛小妹妹（他说起自己去世的妹妹看起来很像她），他高贵的做法让贾娅离我近了点。米雷耶坐在他另一边，让他有机会炫耀对女士的顺从。

---

① 斋普利外衣（Jaipuri coat），一种印度斋普尔棉布衣服。

让-皮埃尔和我们一起时,他使我们每个人都开怀大笑,他不在乎发生了什么事,每件事都非常有趣。他让所有的紧张感都松弛下来,他聊天主要说政治,他对蔬菜炖肉说戴高乐,这让拉贾·阿肖克非常开心。考虑到乌玛不懂法国政治,他有时说戴高乐逗她开心,就像戴高乐是童话人物,如狼群中的狮子、兔子、呱呱叫的乌鸦等,乌玛和他在一起时笑得很舒畅。米雷耶对贾娅非常细心,会让我和贾娅聊些哲学方面的话题。贾娅刚刚在鬼门关走了一遭,对再生和因果业报都很感兴趣。因果业报是否像命运,具有决定性,或仅仅是如人所愿的一种力量?一个人能有多自由?如果一个人这么自由的话,是不是就意味着没有上帝?我经常嘲笑关于上帝的想法——你在教堂入口看到那么多圣父的形象,大胡子和长腿,几乎是拜占庭式的,呆滞地看着罪恶的人类。贾娅一点也不喜欢我对神圣物体的这些轻率态度,"既然你不在乎湿婆和克里希那,为什么你反对上帝呢?——"

"在我的数学研究里上帝无一席之地。上帝既不是一也不是零,甚至也不是无限。他像任何一个大写字母写的数字,就像你用英语字母写'我'。如果你愿意,上帝还可以是一个罗马数字,罗马数字的麻烦是你认识它们,因为它们是以 x、c 这些表示的,而不是因为意义不同。但湿婆和毗湿奴,他们却是代数等式。一旦知道了符号,你就能写出任何你喜欢的等式。"

"事实上,是不是没有一个等式能包含所有的等式?"

"是这样,"我对贾娅说——我们一起在歌剧院广场的阿方斯餐厅吃晚饭——"一个在自己的研究领域做出杰出工作的著名剑桥天文学家,在这个广阔复杂的宇宙里发现了他命名为粒子的物质——就是这个——136.2256 光子。这是一个可笑的想法。他那么信神,甚至也给神一个编号。贾娅,就这样。一切物质都是一个物质,但它没有名字,没有形式。湿婆有形,可为了能真实地看到他,他在吉登伯勒姆以舞蹈向你显示虚空。假如神是虚空——虚空之舞——我没有异议。"

"那么神是什么?"拉贾·阿肖克听到这些爆发出一阵大笑。"我的朋友,你不该到阿方斯谈论神,你是来吃肥肝馅饼的,喝上好的1878年的卡拉巴玫瑰葡萄酒。"

"陛下,不是1878年,"让-皮埃尔补充道,"是1886年的,没有酒像它一样。"

"能再来一瓶吗?"

"什么,先生?用戴高乐的法郎,你在巴黎得不到一瓶吗?你知道,自从我们的法郎失了两个零后,我们变得非常富有。"

"法国非常富裕,"我模仿着让-皮埃尔孩子气的语调说。

"是,工人阶层承受着戴高乐荣耀所带来的负担。"

拉贾·阿肖克说,"我在英国听说,就人均持有黄金量来看,法国比美国富,"拉贾·阿肖克企图把我们都逗笑,"但事实是,印度人均黄金比世界上任何国家的人都多,只是它成了藏在家中箱子里或穿戴在女性身上的首饰了。我们的女士爱金子。"

我说:"据说,我祖母还是孩子时,我曾祖父为了惩罚她,给她戴上沉重的金项圈,让她动都不能动。"

拉贾·阿肖克说:"我曾祖父过去常带上银子和金子,有时拿着珍珠到海边去,扔掉,当作和鱼的游戏,说着:'吃吧,吃吧,鱼儿,它们来自你们的海洋,现在拿回去吧。'《沙恭达罗》里,渔夫在鱼肚里发现戒指,我们有些渔夫真的在大鱼的肚子里发现金子。有次他把一个银罐子扔到水里,对一个看起来很痛苦的高个子侍卫说：'去，去拿。'由于海浪太高，侍卫捡东西的时候差点淹死。但我曾祖父认为这很有趣，他揉着自己的大肚子笑了很久。他是一个好人。"拉贾·阿肖克笑着，都笑呛了。

让-皮埃尔转向我说，"那么，现在，科学家先生，你现在明白我为什么从政、又在哪儿从政了吧。戴高乐从不向猪扔珍珠，他会把它给沙特阿拉伯的国王去换石油特许权。正如他把蒙娜丽莎（波拿巴偷来的意大利画）送到肯尼迪那里，去炫耀法国丰富的创造性。"

"赫鲁晓夫会怎么做？"我恶作剧地问道。

"他觉得我们都是猪，就给我们讲故事。你知道，他就是这样对肯尼迪的，像一个年迈的父亲给儿子忠告。"

"可他喜欢戴高乐，"我反对道。

"当然先生。我们共产党人喜爱任何对事业有用的东西，哪怕是你这样的一个婆罗门数学家。拉瓦锡对法国大革命有用，他没用了，免得他向我们的对手出售当时的'科学秘密'，我们砍了他的头。小心点！"

"他是对的，"拉贾·阿肖克补充说，"我们应该砍一些人的头。我们印度人不这样做，所以我们一团麻烦，尼赫鲁太绅士了，成不了政治家。你一定蔑视政治家或圣人，像甘地一样。"

"拉贾·阿肖克，你蔑视人吗？"我问道，有点生气了。

"不，"拉贾·阿肖克忧伤地说，"这就是我在这儿的原因。"他看着贾娅寻求帮助。

"感谢上天，你是这样的你。"贾娅以一种模棱两可的语气回答道，这语气有些你想怎样就怎样的意味。

"希瓦，我们家族信奉女神贾嘎达姆比卡。她的同情心让她强大。但她右手执剑骑在狮子上。剑和同情，或更确切地说同情和剑才缔造出统治者、国王。尼赫鲁拿着警棍，"他笑着说，"这是不够的。"

"仅仅是长棍政策。"

"棍子可能是剑或炮，甚至是原子弹，不是甘地先生的'我爱你，我爱你'。"他说，他以政治结束了那个夜晚。

8

谦谦君子拉贾·阿肖克是名门帕拉马拉[①]之后（"整个世界都属于帕拉马拉"，书上这样说）——他的祖先在坎大哈击败过帖木儿，同阿克巴[②]一起与萨利姆王子[③]打过仗，还把他俘虏到德里。他的祖先还与拉贾·巴哈特·辛格[④]和奥朗则布[⑤]一起打过希瓦吉[⑥]，这是他们绝不会反驳的羞耻。不过，拉贾普特人曾答应帕德玛王后嫁给沙贾汗长子达拉，这种侮辱在某种程度上得到了原谅——因而，从那时起，尽管王族诗人一直把这件事作为一种牺牲加以歌颂美化，这个家族还是被称为达拉姆普尔的突厥人。因为她——

帕德玛瓦蒂啊，安比迦女神庙
位于英雄的焦特普尔和阿玛纳

---

① 帕拉马拉（Paramara），指9世纪初期由克里希那罗阇在马尔瓦创建的帕拉马拉王朝。
② 阿克巴（Jalal din Muhammad Akbar，1542—1605），莫卧儿帝国第三任皇帝。
③ 萨利姆王子（Prince Salim），阿克巴大帝的儿子。他与其他王子争夺王位，于1601年在阿拉哈巴德自立为王，四年后，阿克巴去世。萨利姆正式登基，即贾汗吉尔。
④ 拉贾·巴格特·辛格（Raja Bhagat Singh），莫卧儿帝国奥朗则布时期的一位王公。
⑤ 奥朗则布（Aurangzeb，1618—1707），莫卧儿帝国第六位皇帝。
⑥ 希瓦吉（Chhatrapati Shivaji，1630—1680），印度马拉塔王国的缔造者，领导过长达26年的德干战争，对抗莫卧儿皇帝奥朗则布。

自从打败突厥人，
女神接受献祭，
脖子上血珠滴滴，
吉祥志愈发红艳——
战争到来时
她要向敌人复仇。

巴哈杜尔沙最后
才倒在英国人脚下。

——颂文诗人唱赞歌取悦他们的庇护者，可真相是，帕德玛瓦蒂被送去完婚了。你还能看见她羞涩的女孩容颜，长长睫毛，梳着大大的发髻，坐进轿子踏上去新郎达拉家的路——带着大象和装饰华丽的马，侍从抗着新婚的嫁妆——今天，在德里国家博物馆的墙上，你能看到这一切——而帕拉马拉名字上的唾沫点，没有什么可以影响它——不，即使是拉贾·阿肖克的英国口音，我听说（正是王后大人告诉我的）在达拉姆普尔，他站在安比迦女神前，食指上戴着帕拉马拉戒指，瘦瘦的腰上紧裹着黄色圣袍，脖子上戴着著名的卡乌斯图巴①——就当是罗摩的——额头上涂着檀香灰，点着吉祥点，跟着祭司重复地念着祈祷文。

他们说他看起来满怀虔诚，非常高贵。"一个真正的国王。"王后大人说，这说明她在乎他（尽管他的酒瓶和他的英式英语），要知道，他们像抚育自己儿子一样把他养大，这也说明她对他的了解和她的宽容，她也相信他对贾娅像兄长对妹妹一样（尽管王公大人较

---

① 卡乌斯图巴（kaustuba），带有大坠饰的项链。

少折服于他老派的监护行为标准,更愿意觉得这是一种有助于他和尼赫鲁和政府间的"实用关系",因为他的家族曾经和莫卧儿人妥协过,却从未臣服于他们,他既不会简单地也不会清晰地看待它,生意是首要的,"在当代社会,家族荣誉与成功相关",正如劳埃德大人曾经在孟买的政府办公楼里告诉他的那样,这表明印度王子可以很好地模仿日本贵族)。那么,当拉贾·阿肖克到布罗耶街看望贾娅,向我求助时,他开玩笑地说:"瞧瞧,她在读《罗摩衍那》,好像她是以此被培养出来的一样。"他又说:"我亲爱的朋友,我们都是读安徒生童话和斯威夫特长大的。"——暗示我对她的这种改变要负责。我,不可知论者,我,永远的提问者,我,高傲的数学家,可我的心是梵文的,它是一门有着完美节奏、大量音素的语言。它像一台优异的电脑,比任何我所知道的语言都拥有智慧和复杂的表述,由于它的起源和科学性的语法,通过帕尼尼、伐致诃利,把我带回到哲学——数学本身是用数字解释的哲学。我在家用梵语,就像我用数学符号一样。这把我和贾娅带回了《罗摩衍那》和《奥义书》,现在乌玛也加入了我们,只不过她像个孩子,读的比她理解的多。贾娅读的少,可理解的比她读的多。我理解了,却更愿意相信我不懂,自我游戏让人满足。贾娅十分喜爱我的悖论,像《圣经》一样又把它们引回给我,这当然让拉贾·阿肖克觉得丢脸,而他对她的忠诚是不可更改的,如果需要,他能把她的拖鞋顶在头上(即使藏在一个丝质披巾下面)。这是为什么贾娅和他说话总像他是宇宙间最高贵的人一样,这维持了必要的距离,也给了她必要的保护和不得不有的自信。我能给她什么保护,我的理智和我的剑?但拉贾·阿肖克的剑是真实的、历史的,被赋予了权力。他是一个男人,我是一个思想,而苏伦德是具体、真实的,如大地般忠诚。由于这样的等式,世界似乎不可避免地走向它自然的终点,像太阳、木星和天王星在星象图上的位置,力量和智慧被可靠、真实、具体所稳固。父亲和母亲在这些大行星边,遥远但肯定,像海王星或天王星。天空按照初始的法则运行,一切都与男人、女人和谐相处。告诉我,谁想要更多?

9

大约就在这个时候,我们遇到拉迪拉尔。可以说,他改变了我故事的进程。

拉迪拉尔·贾哈瓦里属于卡提阿瓦尔①较古老的贵族家族之一(像甘地家族一样)。他们是博尔本德尔②宫廷和勒特兰③宫廷的珠宝商人,有时也被印多尔、盖克沃④喊去制作婚礼珠宝和王冠。他们家族也把钱借给一些王公们,有时甚至借给他们的总理们,如后来做焦代普尔首席部长的巴哈特·桑卡·米塔。首席部长有着飘逸的白色胡子和几乎透明的皮肤,皮肤非常白,还有着高贵的气质,以至于他去欧洲时,人们还以为他是一个主教(因为他的高领长外套)。在伦敦第二次圆桌会议时,巴哈特·桑卡爵士(我后来才知道)在说服甘地先生去伦敦的过程中起到很重要的作用(甘地先生穿着他著名的外衣,作为国王的客人乘坐邮轮,在伦敦与查理·卓别林会面,在曼彻斯特街上散步,表达自己对英国穷人真诚的怜爱之情,他不反对他们或英国人,他只反对英国政府)——巴哈特·桑卡爵士是拉迪拉尔父亲的第二或第三个侄子,是一位任何人都会引以为

---

① 卡提阿瓦(Kathiawar),在印度西部,濒临阿拉伯海。
② 博尔本德尔(Porbandar),印度古吉拉特邦的海滨城市。
③ 勒特兰(Ratlam),印度中央邦西部城市。
④ 盖克沃(Gaekear),旧时印度巴罗达土邦王的称号。

傲的人。在印度独立方面，他可能会对尼赫鲁和帕特尔有极大的帮助，但他在战争期间去世了，整个卡提阿瓦尔和古吉拉特的人们都哀悼他。我听说，甘地先生被关在阿格拉汗城堡或其他地方之前，就写了一篇极为卓越的布告登在《哈里真》杂志上。（我还听说）在卡提阿瓦尔，巴哈特·桑卡的名字仍然深受尊崇。

拉贾·阿肖克去欧洲时，他母亲的哥哥、舅舅西姆格尔王公告诉他，如果缺钱（用尼赫鲁给外国游客的一百镑，你能在印度之外待多久），可以去找拉迪拉尔·贾哈瓦里，他的家族与他们是世交。在卡提阿瓦尔有种诚实的传统，定了合同以后，（就是说）你只用扯下一根胡子（尽管所有人的胡子都没有巴哈特·桑卡先生的胡子好看）作为荣誉的标志交给人家。拉迪拉尔家族（也就是他叔叔和他的堂兄弟们）在拿破仑三世期间就定居巴黎，和印度人做珍珠、宝石和其他名贵石头的生意，销售量非常大，以至于巴黎的贾哈瓦里兄弟之家在那个时候就声誉卓著，他们的孩子都上了法国公立中学和索邦大学。其中一个女孩虽然和家族其他成员一样上了学，甚至还在巴黎学了法律，但她也是回印度挑了个合适的丈夫。拉贾·阿肖克第一次遇到拉迪拉尔（贾娅和我去了布罗耶街）时，他说，自己被拉迪拉尔的高智商和他许许多多的老派礼节所感动，就格外喜欢他。拉迪拉尔是战时在巴黎为数不多的印度人之一，虽然他的家族认识苏巴斯·鲍斯（这位伟大的领袖在战前就到了巴黎，应尼赫鲁对他们的要求，安顿他、招待他），他也拒绝和希特勒为伍——拉迪拉尔后来甚至加入了抵抗组织，他对法国的感情让人印象深刻。整体来看，除了是一个素食者外（贾哈瓦里和甘地一样——半是印度教徒、半是耆那教徒），他是一个法国人。然而，拉迪拉尔对钱有着独特的态度。他不相信信用卡——他拒绝拥有银行账户。他把金块放在店铺而不是地窖里，如果他喜欢或尊重的人（他有足够的教养礼待王公们，不管他们人好人坏），不管什么时候，任何一位旅行中有权势的人需要钱，拉迪拉尔都会切一块金子客气地给他们。当然他也经常帮助印度穷学生，由于政府限制往海外寄钱的货币政策，他们滞留在巴黎。拉贾·阿肖克还跟我说起了拉迪拉尔对哲学的热情，拉贾·阿肖克的梵语非常好，但不太精通吠陀，他提议拉迪拉尔和我再见一面，我非常欢迎这个想法，因为我自己就对耆那教哲学细致过人的智慧感兴趣。某种程度上，耆那教在形而上的敏锐性方面比佛教要智慧得多，尽管对我来说信服度要少点，即使这样，它的伟大毋庸置疑。我也渴望与他会面，因为米雷耶对拜占庭艺术感兴趣，我跟她解释过这派艺术与耆那教的美学观相似。总之，我非常渴望认识拉迪拉尔。事实上，第一次见面的那天晚上，他走进位于莫伯日广场的杜普雷餐馆时，衣着极为优雅，非常完美的法国口音，深沉的印度式的严肃，使他看起来更像是名外交官而不是商人。他开始谈哲学（他经常用法语的哲学术语，请我帮忙给出同样的英语词语，如存在或精神等）。他似乎精通印度的和欧洲的哲学辩证法，这让我们大为惊奇。尽管我对他的第一印象十分深刻，到我们在杜普雷餐厅第二次见面时，我才意识到（在我加尔各答朋友拉奥之后），自己遇到了一位对哲学的热情远超巧妙的逻辑论证的现代印度人。说实话，他的研究是极为个人的和基础的。对贾娅来说，这也是必要的事情，手术和精神抑郁也都让她需要终极意义。让-皮埃尔也衣着雅致、富有法国味儿（他这么认为），可在拉迪拉尔法国式的智慧、优雅和着装、礼节前似乎有些乏味。"哦，哦，"让-皮埃尔后来对我说，"他很英俊，皮肤光洁，胡子修剪得体，身材瘦高，一定有女人整天跟在他后面。"这都是让-皮埃尔感兴趣的东西。然而，我再次深深地被拉迪拉尔的道德观所打动，我有些认同那些道德观。对我来说，唯一真实的道德就是对终极价值的追求，而不是"别碰这个，不吃那个"的哲学，因为它是真的、对你来说是真的，所以去做这、做那。我是一个数学家，甚至在我的形而上研究中，拉迪拉尔认为，有意义的就是好的。因而没过多久，他和我就进行了一次严肃的讨论。此外，因为贾娅懂一些法语，我们经常会冒出一些法语长句，这让乌玛很不开心（她只从于絮尔那学到一些短语，例如：我需要肥皂、糖、谢谢，诸如此类的简单词语）。幸运的是，骑士让-皮埃尔帮乌玛摆脱了无聊，因为他对我们的哲学讨论也没有兴趣。因而，让-皮埃尔和乌玛相互应付（他们看起来很开心，就像喜欢互相耳语的孩子一样，分享着一些私密的笑话，并哈哈大笑），这就自由了。我们点了晚餐后不久，我问拉迪拉尔：

"贾哈瓦里先生，说说因中有果论[①]吧，它似乎与皮亚诺在数学中的某种主张类似，如，自证不是必然的逻辑。"

"先生，很简单，"他隔着桌子跟我说，"一个物体的证据是什么？"

"在物理上，一个物体可以根据它的质被定义。"

"但是你怎么知道质？"

"当然是通过测量。"

"可是有些没有质呢，比如说，电子，它们没有质。"

"但至少在理论上，它们有质，因为它们有能量。"

[①] 因中有果论（Satkaryavada），印度古代数论哲学的一种学说。最早见于公元3—4世纪自在黑所著《数论颂》中。该学说认为世界上各种事物都是互相依存的，一种事物的存在必以另一种事物为原因，无中不能生有；因与果有确定的关系，一定的果必然有一定的因，特定的果必然有特定的因；如果因和果没有关系，因中没有果，那么就会一切生一切，但这是不可能的（如草、沙石不能生金银一样）；因与果在性质上是相同的，一事物必然由其同类性质的事物所生（如麦芽由麦种所生，不能由它物所生，麦芽与麦种属同类事物）。印度古代数论这种对因果关系的解释很接近唯物主义的观点。

"但是，"拉迪拉尔反驳道，"能量不能以长度、宽度和厚度的形式被测量。"

"当然不能。"

"那么人怎么知道能量呢？"

"当然是通过运动。"

"什么的运动？能量或质？"

"能量是质。"我反对说。

"如果能量是质，质又是能量，要么它是纯粹的运动，要么它是纯粹的静止。如果它运动，在哪运动？什么运动？"

"能量本身是运动。"

"不可能有运动到运动。"

"是的。"

"那就是无运动。或者——"他继续说，尽管我想插入自己的理解，可像大多数深思熟虑的人一样，他不顾我是否在听，继续说着自己的论点。

"哦。"

"——或者如果没有运动，就是静态质。"

"假设是这样？"

"那么，总之：质既不是静止的也不是运动的，这话完全是胡扯，不是吗？"他说着笑了起来，他笑声尖利，像酒杯的叮当声。事实上，我高兴地看到他也和我们一起喝了点酒，像我一样。他摆弄着玻璃酒杯，继续说："耆那教义说'非凡的知识主题是物质。'"

"哦。"我很诧异。

"是的。我们可以能进一步说，精神或微妙的主题：事物最巧妙的形式是智力。当然，我这里引用了经典。"

"非常精彩，请继续。"我看到米雷耶兴奋得几乎出神了，可贾娅看起来有点恍惚，有点累。我催促拉迪拉尔继续说，因为，我想让贾娅尽可能从她的焦虑中摆脱出来。

"完美知识的主题是对物质和它们形式的认识。"

"那么，"米雷耶相当着急地说，"耆那教对人有辩证概念。"

"不是，不是，请耐心等等。"拉迪拉尔恳求说。

"米雷耶，即使印度的唯物主义，也是有点太不实在的，"我笑着说。

"确实这样。"拉迪拉尔继续说。食物来了，侍者把食物放在我们面前，我们暂时停了下来。和让-皮埃尔很熟的一个经理过来跟他说话。让-皮埃尔忙着的时候，乌玛问耆那教是不是真的没有神。

"如果让我来说的话，没那么简单。"拉迪拉尔文质彬彬地回答，这打动了米雷耶。尽管有共产主义倾向，米雷耶还是喜欢有良好教养的男人，这解释了她在拿破仑旅馆的惨败。

"你说到了本质，"他对米雷耶说。"我们确实相信物质。"

"真的吗？"米雷耶有点失望。

"是的，有七点，可实际上，一个人同一个物体的关系有六点。"

"哪六点？"米雷耶拍着手急切地问。

"它们是象征、综合、分布和实际，这些是从物质观来说的，还有三个是语法的，没必要细说。作为一个在巴黎长大的现代印度人，以我的观点来看，有趣之处在于耆那教推理的严格性。对耆那教徒来说，任何物体动的、不动的，都有灵魂。例如，不变的自我有土、空气、水、火和蔬菜等的品质，蔬菜只有触觉，虫、蚂蚁、蜜蜂和人有更多的知觉。然后，再回来说物体，一个物体，比如这个酒杯，可以被说成：是，不是；既是又不是；不可描述；是和不可描述；

不是和不可描述；是、不是和不可描述。这就是我们说的观点，如俗语所说：

> 各部分单独突出，位置也是这样，
> 但没有哪个部分不被理解。

也就是说，耆那教是一种唯物主义这个说法是荒谬的。事实上，加缪先生应该喜爱耆那教，它表明了任何表述的荒诞性。"

"那么它是纯粹的虚无主义？"米雷耶又一次急切地问。

"不，它不是虚无主义。耆那教相信，人类能获得解放，所有的生物都能被解放。就是说，对他们来说虚假的东西，一旦除去，当品质从人格中解脱出来，剩下的，可以说就是纯粹的光。因为耆那教没有上帝，一旦人们的所有部分和品质都被去除，人们就会获得纯粹的光的完整性。"

"那你和希瓦同意这种说法？"

"当然我不知道希瓦先生相信什么。"

"我是一个吠檀多主义者。"我说。

"总之，很高兴认识你，先生。"拉迪拉尔说。

"这就是我把你们聚到一起的原因。"因为喝多了酒，拉贾·阿肖克咕哝着说。

"太谢谢您了。"

"还有这位年轻有魅力的女士，米雷耶女士，她问了别人无法回答的问题。"

"哦。"

"我希望没有误导你。"拉贾·阿肖克在我耳边轻声说。

"没有，没有——"

"——希瓦，对此你怎么看？"

"那么，一旦被解放——我想你称它为卡瓦拉亚①，不是吗？"

"是的，先生。"

"如果卡瓦拉亚是幸福，是光，是人们的终点，不可能有很多、很多完美的光。先生，这就好比，你在对抽象事物进行具体分析，一个非常危险的、让牛顿陷入麻烦境地的问题，爱因斯坦不得不来解救他。"

"我不明白。"拉迪拉尔说。

"小心这个人。"拉贾·阿肖克笑着说，他想加入对话，眼睛模糊，嘴唇湿润，外表迟钝。

"要点是真理不能被解释，不能用人类的语言解释。你知道，所有的语言都来自人的基础需求——像吃，喝，睡——"

"别忘了私通。"拉贾·阿肖克说，并恳求贾娅原谅他的粗俗。

"——那么，"我继续说，不理睬他的插嘴，"真理应该用适合它的语言来解说，这是我喜爱数学的原因，比如说，人类没有相应的语言来说明负数的立方根。"

"是的。"拉迪拉尔说。

"具体意味着多，而没有人见过多，因为见过多的人只是一个，而且只有一个，而没有人见过多于一的东西，如果它是一堆物体的话，一堆是一，一切是一，就是说，从逻辑上说，没有一切，所以也没有一。"

"太棒了，先生，这似乎是个合乎逻辑的回答。实话告诉你，我自己也稍涉及这种矛盾。但耆那教徒以'每句话只是一个观点'避

---

① 卡瓦拉亚（Kaivalya），孤独感，精神从物质中分离，对至高精神的认同。

开了这个。"

"这种说法本身不是一种观点吗？那你接下来要做什么，先生？"

"你说得太对了，我从未想过这个。人们怎么从这种矛盾中走出来呢？"

"通过商羯罗，"我笑着说，"为此，我觉得我们应该再见一次，它不可能在餐桌上解决。"

"也不是浓香鱼肉汤能解决的。"让-皮埃尔同往常一样打趣道。米雷耶严厉地看了他一眼，可怜的家伙转向乌玛开始和她低声说着什么。米雷耶非常兴奋。对她来说，智力上的兴奋超过了身体上的自我意识，一旦她的思想被某人唤醒，她就想跑向他，像手里拿着绳子的阎摩的使者，把他拽回阴间。"大脑优于床。"她有次对我说了这句格言般的话。特别是喝了一些酒之后，她怀着强烈的兴趣看着拉迪拉尔。贾娅看起来有点疲惫，但她似乎不愿意承认。她的手术还让她很眩晕，无法跟上长时间的讨论，这适合关心地、怀着浓厚兴趣看着她的拉贾·阿肖克。贾娅对我说："接着说，你怎么停下来了？"

"你下次什么时候去印度？"拉贾·阿肖克问。

"我通常都是十二月去。"拉迪拉尔回答说。

"你一定要去达拉姆普尔。"

"我首先要去贾纳格尔。"

"去干吗？卖钻石？"

"不是，陛下，去拜访一个僧人。"

"哦！"

"你可能不认识他，我也不认识。贾姆老爷在巴黎的时候曾跟我说过这位圣人。"

"贾姆老爷知道什么圣人？我大概是他唯一认识的圣人。"

"真是的！"贾娅低声说，深感受伤。

"对不起！"拉贾·阿肖克恳求道，"你知道傍晚不是我的最佳时间。"贾娅甚至都没看他。"人人都知道，贾姆老爷只对板球感兴趣。"

"我知道这个，"拉迪拉尔说，"他还对车感兴趣。事实上，这也是我们相识的原因。战后不久，他的英国车旧了，他一直喜爱戴姆勒。戴姆勒在德国很流行——在你们光荣的法国，你或许能为我找到一辆。他想买一辆，我们就这样认识了。"

"哦？"

"你知道，我二侄子拉莫吉巴依是贾姆纳格尔的警察头头，我们和贾姆老爷家有交往。那时候弄一辆车很难，我说：'假如我能给您弄一辆戴姆勒，您拿什么回报我？'——'你想要什么？'贾姆老爷说。——'我想认识一个圣人，就这些。'我们达成协议。我说，有空的时候，我会要求他兑现承诺，像吉迦伊要求十车王那样。"

"我希望不要出现灾难性结果。"说这话的是拉贾·阿肖克，恐怕贾娅要失望到想回家了。但拉迪拉尔天生就知道如何应对拉阇和摩诃拉阇们。他开始说些有趣的事：关于巴黎的、关于此地印度人的以及自己战前见尼赫鲁和苏巴斯的幽默故事。当然，他和甘地先生的远亲关系让他对自己家族和印度都心存骄傲。甘地先生曾祝福过他并要求他绝不说谎。这样，拉迪拉尔加入抵抗组织时发誓说，如果他被抓或被用刑也不会说谎。当然，除非必要，否则他不会杀人。他说，他真的杀过人，当无辜的男人和女人被枪击时，他为保护他们而杀人。不过，他从未说过谎，他从未被捕过。像其他同伴一样，他随身带着氰化钾准备被捕时自杀，这能使他避免说谎。他对甘地先生只遵循了一半的诺言,另一半,他说作为感恩给了法国。从某种程度上说,法国也是他的祖国。当拉贾·阿肖克或我不停地问他关于尼赫鲁或苏巴斯的事时,人们能看出他崇拜他俩的原因各不相同,但认为他们无法与印度的伟大相提并论。"即使甘地先生也不能伟大到被称为'这片土地上的室利罗摩、室利克里希那、大雄'。"他说完变得沉默起来。戴高乐也让他觉得失望。

"那谁能呢?"米雷耶问,仍然全神贯注于拉迪拉尔。

"哦,暂时没人。我想,世界需要克里希那,需要一个指导世界事物的古鲁,但他不该自己去战斗。甘地先生的非暴力失败了,因为他不是克里希那。你不得不和巴基斯坦作战,因为巴基斯坦也不是,我们已经内战数百年了。这是我觉得耆那教击败我们的地方,像佛教一样。人们从因明派前进一步就成为吠檀多派,而你成为吠檀多派时,就成为克里希那,既没有杀手也没有被杀的人。"

"米雷耶,你看,非人类是唯一看到真理的方法。"我说。

"那是什么,先生?"

"如我早前所说,真理与人无关,真理包括人。"

"是的。"

"那么,如果甘地先生从非暴力变成没有杀戮的杀戮,也就永远没有巴基斯坦了。"

"这样的话,你离我没那么远了。"让−皮埃尔笑着说。

"比北极离南极还要远。萨特先生从存在主义跌落到人文主义,但我已经从虚无主义通过数学到达非人类。人并不是衡量事物的标准。"

"那什么是呢?"

"真理是。不过,它是没有尺度的。一些愚蠢的科学家说:如果上帝存在的话，他是数学家，这是一个英国人说的。想想，如果是庞加莱说的会怎样。庞加莱要是说过，他可能会说：通过数学方法达至真理。他或许是对的，没有语言能解释或指明真理，而在某种程度上，零可以。"

"先生，怎么会那样呢？"

"当不存在的存在时，它就仍然存在：这是无目的的。这可能就是事实。"我说着，并没有意识到自己从哪里得来的这个想法，大概是拉迪拉尔的认真或是贾娅的在场。贾娅累了，我感到不安。然而乌玛不愿意离开，她也不愿意我和贾娅一起走，这样，我们都有点累地回到了家，但至少贾娅和我都有种内在的成就感。我相信米雷耶，多多少少会很高兴和拉迪拉尔一起离开，让-皮埃尔也会开心，因为他喜欢米雷耶的爱情冒险。他说自己喜欢看夜晚墙后的猫：正是如此！

10

第二天早上，是让-皮埃尔打电话跟我说，他们三人继续聊到了早上两点，开始是在莫伯日杜普雷餐厅，后来他们又都去了双叟咖啡馆。米雷耶当然追问着那教和它的高个子长腿男人的思想。他说，是我向她灌输了这些，他最后说："你有个多么迷人的同胞啊，他很印度，然而又很西方，一个完美的联姻。"

"注意，"我提醒着让-皮埃尔，"你认为他相信完美婚姻？"

"是的。"他开玩笑道。

"你怎么知道？"

"用数学。"他回答道。"如果上帝是数学家，姻缘天注定，那么完美婚姻就是数学的。简单吧，不是那样吗？"

"让-皮埃尔，你还有希望。至少在来生，你会有完美婚姻。为此，你必须是个数学家。既然你和我是朋友，这大概是个前兆。"

"我跟你说，"让-皮埃尔继续说，"我觉得乌玛非常适合我，一点不胡说。女人就是女人，生孩子的人。对于其他人来说，希腊人是如此的聪明：你有交际花，就像现在的日本艺伎一样。"

"对了，乌玛什么时候去看德尔福斯医生？"

"后天，我亲爱的朋友，我十一点半准时接你俩。"

"太好了。那么我的阿尔及利亚人呢？你不是说，我还要再拜访他一次！"

"那在星期天，从今天开始，四个数学日。"

"是的，医生。"

"再见，先生。"他说着，又笑了起来，"如果我给你米雷耶，你会给我乌玛吗？"

"我和米雷耶待上两天后，可能去了拉里布瓦西埃医院。你和乌玛待一天后，可能跳上了去海地的飞机，你会非常腻烦。"

"你说得太对了。我想这是你过这种苦行生活的原因了。"

"苦行。"我笑了。"苦行是我行走的拐杖，不是我。让-皮埃尔，你知道，我得出了恼人的结论就是我比你更爱生活，我比你更享受世界上的每件事情。我吸吮，你只是抿。"

"你或许是对的。"

"你知道在印度，在北印度，柠果成熟的季节，贵族老爷们摘上一篮又一篮最好的柠果，它们味道好极了，你吸一口柠果，然后把整个果子扔了。就这样吃下去，直到贵族老爷满意为止。我是贪图安逸的人们的后代，我热爱我喜爱的。它离开时，你会说，它走了，它走了。"

"那么贾娅呢？"

"贾娅是神圣的。她在那里时，我不在。"

"那么，谁在那呢？"

"神圣之物。"

"你疯了。"让-皮埃尔说，觉得非常深奥。"女人就是女人。"

"你错了，让-皮埃尔。除非一个女人忘记她的女性特征，一个男人忘记了他的男性特征，否则就没希望，对什么都没有希望。"

"可米雷耶说，如果有一个男人是男人的话，那就是你希瓦拉姆·萨斯特里。"

"这说明她对我所知甚少。"我撒谎道。

"希望她会了解你。如果发生的话，祝你俩好运。"

"你怎么说这些事情，让-皮埃尔？"

"因为我是医生，治疗女性的医生，尤其治疗她们非常私密的器官，所以我比你更了解她们。我是一名科学家。"

"那么我呢？"

"你是一个数学家。科学家需要胆量，数学家只需要生活在抽象思维中。"

"你也是，我也是。"

"再见，我的朋友，我要去看病人了。"我喜欢让-皮埃尔，他心胸非常开阔，像非洲一样大。我对自己说，多好的男人啊！想到他就觉得开心。我想知道米雷耶计划用什么方法俘获拉迪拉尔。我相信，他圆滑的祖先们已经给了他合适的策略——来应付这个局面。如果事情发生的话，我该为他高兴。这不是纳瓦布老爷选桠果的事情，是桠果选纳瓦布老爷。"怎样的桠果啊！"我自言自语道，"曾经选过我，仅仅一次。"

11

　　拉迪拉尔的思考是非凡的表演，如此令人兴奋，耆那教的分析过程和笛卡尔的辩证法交织在一起，这种天生的、合乎逻辑的不情愿永远不可能到达应有的结局：他的思想同时被耆那教的伦理美学和笛卡尔的精神所吸引。一个基于身体的现实，瘦、高、禁欲、超越自身纯粹的脱离肉体之光；而另一个，则观察心灵以保证它的方法能被很好地奉行（比如说，在壁炉边），最后被迫得出结论，陶醉于自己的推理能力。然而这个心理过程有点让人疲惫，人退缩到舒适的床上给了他自我安全感，他舒展地休息在上帝怀中——那么你在日常生存中过一种智慧的生活（像笛卡尔一样，以荷兰人殷勤好客的奢华为生），而当夜晚来临时，你把十字架放在床后，天堂里的上帝将抚平你的焦虑——然而没有上帝和任何种类的神学上的营养，耆那教的思想借助于自身去吃自己的虫子，可以这么说（尽管对耆那教徒来说，以虫为食的想法可能令人作呕），这样，尽管自身肠胃的清洁力和精神或思想缝隙间的禁食方法让它变强，如果你这样的话，不能进入思想以免思想吸收了恶的精华，你从身体里抽出虫子就像从头发里找出虱子，扔给附近的猴子吃，猴子当然就变成了人。既然什么都不能被证明，可以说，所有的业只不过是人的恶行，像人的心境一样，它能被瑜伽的规定扰乱至自我毁灭——恶，能够也必须被拔除，扔给猴子。你看，你看，猴子享受着肉食，像杂耍人的猴子那样用后肢走路。它满足地拍打着自己的肚子，被耍猴人用绳子牵着，一圈圈地绕场给观众跳舞。孩子们和陪着孩子的大人们、甚至还有一些年轻人和一两个寡妇会看表演（恒河庄严地在身后流淌），最后，他们还会扔些铜板和小银币给可怜的猴子。猴子带着受过训练的感激之情，一次次对观众鞠躬。它被绳子拴着，被迫跟在耍猴人后面。它去过很多省，或许还去过一些国家，逗很多人开心。不过有一天，它会用自己的方法松开绳子，返回快乐的丛林——这是卡瓦拉亚。另一方面，笛卡尔的思想像马戏团的马，杂技演员跳上去站在上面，而这些装饰华丽的马绕着剧场一圈圈平稳地跑着，疲惫的江湖骗子牢牢地站在马鞍上，拍着手突然跳下来——于是，他获得雷鸣般的掌声（孩子们的和寡妇的）。他最后也将回到自己的床上，马则被带走拴上或带回马车边。一个表演在帐篷里，另一个表演是露天的——耍猴人的表演依赖扔给他的钱，但你知道，马戏团江湖骗子的收入由经理有规律地按所售的票给他。一个过着稳定的生活，说的是杂技演员，但另一个是贫穷的流浪者——这样，珠宝商拉迪拉尔，他生活稳定，而因为空闲和精神追求，他的思想流浪到丛林里了。那天晚上，我、米雷耶、乌玛和贾娅去他家吃晚饭时，我们有所了解。

拉迪拉尔和弟弟哈里拉尔、弟妹苏妲以及他们的两个孩子一起生活，孩子在育儿所由印度奶妈照顾——贾哈瓦里家位于老佛爷百货大街，庞大的住宅，钢制镶金边的华丽大门，朝向商店一边开着，一部十分安静的电梯把我们直接送到了房间。房间有着高高的屋顶，檐口饰有小雕像，客厅用古吉拉特的黑木象雕和神话中的狮子装点，中间是拉克西米像，神像前有盏长燃的油灯，厨房里传出玛萨拉的味道。拉迪拉尔穿上了腰布，一是为了舒适，也为了表明他首先是一个真正的印度人。他弟弟没有什么知识追求，就是照顾店铺、处理家务，而拉迪拉尔则机敏地和他的中产阶级客户进行商谈，优雅地给出他的专业建议，但对于其他人（他最好的客户都是上层中产阶级），他一定暴露出在处事得体和生意谈判下所掩饰的知识上的傲慢。他深爱法国，又礼拜印度，他对此毫不掩饰——法国人喜爱那些热爱自己文化的人。拉迪拉尔既结交法国高等贵族（拉罗什富科家族，查姆福特家族，德格拉蒙家族），也认识知识分子，他经常为吉美博物馆提供名画、雕像收购方面的咨询（而且他也从印度买一些，作为礼物送给博物馆）。如果你警觉的话，你能感觉到这里有一个人处于困苦①中，处于令人苦恼的绝望中。由于他了解巴黎生活和思想的很多细微之处，非常年轻的时候就在印度结了婚。但很快，非常快，我们坐下喝开胃酒时，他跟我们这样说，他这个鳏夫决定不会再婚，这会妨碍他的"智慧探索"。再说，他兄弟已经结婚生子，他在纳迪亚的叔叔住在家族大屋里，孩子散布全印度，在孟买、德里、艾哈迈德巴德、马德拉斯和班加罗尔都有店铺——早些时候，还有一个移民去了南非——这样，有一个四处扩散的大家族，拉迪拉尔觉得自己没有必要结婚，他身体的需求（力比多，可以这样说），耆那教的教义已经帮他把精神换位到不同方面了。某种意义上说，他没有计划——他在等着事情引导他到自己的命运里。确实，还是年轻人时，他就见过柏格森和梅洛-庞蒂，他告诉我们，他做过两年阿兰的学生，认识西蒙娜·韦伊的家人，还经常和萨特聊各种各样的问题，但没什么能"满足我深厚的兴趣"。他这样评价自己的这种经历。

　　因为生意买卖，他去过非洲。他和法国人、德国人（战后有很多在非洲）谈论过非洲有什么贡献，如果有什么贡献的话，或许在哲学方面除了班图神外，就没有人再知道什么了，唉。像善良的法国人那样，他不喜欢盎格鲁-撒克逊，作为一个印度人，他尤其不喜欢英国，几乎是恨英国——敦刻尔克毁掉了他对英国仅有的一点尊敬。他对美国也没有兴趣——"一个我买牙刷的国家"，他轻蔑地

----
① 苦（Duhkha），即苦谛，佛教术语。

说。随着生意的良性发展，他对知识的追求变得强烈起来，他说自己没时间从事任何一种娱乐活动。那些知道他醉心于哲学的客户经常邀请他赴晚宴，部分原因也是炫耀一个法语说得很好的印度人，同时还因为他是个非常智慧的人，他们有时候也让客人记住他是圣雄甘地的远房表亲这样一个事实。很多机会或多或少地都对他敞开了大门，他觉得受到殷勤款待，可却非常孤独，"像一只孤独的大象：你能折断树枝，连根拔起大树、推倒大树，但你找不到水。"这是他的话。在他眼里，他遇到的过路印度人是可鄙的人，既没有欧洲人的行为准则也没有印度人对精神的渴求——做生意或和女性交往时，经常毫无道德感。有次，他在剧院附近看到一个印度人顺手召妓，不管怎样，这事让他痛心；还有些名声不好的印度人做生意时耍可怕的手腕、说靠不住的话。拉迪拉尔出生于一个贵族家庭，父亲和祖父用非常严格的道德准则教育他，他母亲对他的教育尤其严格。她似乎是一位与众不同的女性，二十四岁生第二个孩子时去世，哈里拉尔实则是他同父异母弟弟。拉迪拉尔经常说，他的生意经得自祖父，而他全部的道德价值则源自母亲。他母亲是吉尔达里拉·贾因的侄女，他曾做过乌代普尔的总理，被乔治五世封为骑士，在英国统治者囚禁甘地时，他把自己的爵位退还给了总督，后来他的财产也被没收了，但他并不在乎。作为这样一位母亲的儿子，拉迪拉尔具有强大的精神力量，母亲还带他（当时他只有三四岁，就在她去世前）去见自己的古鲁，这没有给拉迪拉尔留下什么深刻印象。在巴黎，他现在很遗憾跟大师学得太少了。

"没有古鲁。"他对我们说。

我们还在等着晚饭——在我们坐的地方闻到炒孜然、芥菜籽的气味，飘进来的调味料香气激起了我们的食欲，而米雷耶却被呛得咳嗽起来，但她深深爱上了这新鲜的经历，像在梦游一样——"是的，先生，没有古鲁你永远达不到终点。我告诉你，出生在巴黎又在亨利四世公立中学读过书，我非常努力地——你知道，阿兰曾是我的老师——去找寻自我的最终答案。我有一个笔记本上面写着自己的口号——你愿意的话，任何一天都可以烧掉它们。不，没有什么能回答这个简单的问题：人对自己的轮回能做什么——弗洛伊德和荣格可以挖掘人的部分大脑，释放我们的一些压力——但谁能帮我们摆脱思想深处的扭曲和遁词呢？人绝望地认为能达至完美，仅因为他能清洁自己的身体，他应该也能清理自己的思想、他的本质。你努力去做，可你每一种解决问题的方法，它本身也成了问题，著名的猴子总在那里。先生，办法不是解决问题，而是知道为什么问题是问题。你用笛卡尔的怀疑论帮助自己，但是为什么会出现怀疑，这才是真正的问题。"

"不是笛卡尔的上帝将此给予人类、测试人类、让他工作的吗？"米雷耶的话就是想鼓励人们讨论。

"女士，人类为什么应该工作？"米雷耶在自己的游戏中被问住了，马克思主义者也没有答案。

"这是一个好问题。"贾娅说。

"我不懂。"乌玛说。

"我以后给你解释，"我说，"但你不认为主要问题是：人是什么？"

"先生，"拉迪拉尔有点傲慢地说，脸上带着矜持的微笑，"希瓦拉姆先生，你不明白，人本身是什么是我的问题，为什么有问题，这才是我为此寻求答案的东西？"

"我认为，"我说，"你过去的生活轮回了，你过去生活的失败和快乐在你的灵魂上留下了印象，这就是你是你的原因：除非你达至虚空，否则你怎能回答你自己的问题呢？"

"但是为什么没有人达至虚空呢？那创造了时间的东西创造了我。"

我说，"但是先生，谁是时间制造者？要么上帝创造历史，要么时间从未存在过。"

"怎么这样说，希瓦拉姆先生？"

"很简单。任何被创造出来的东西都需要一个创造者。如果时间存在，你在那里说时间存在，你存在。时间存在，它的创造者一定是上帝，必然在你之外。证明完毕[①]。这是笛卡尔的观点。"

"你或许是对的。如果是这样的话，上帝和人类是两种不同的实体、本质，如果你愿意的话。如果人不能创造时间，那么上帝必须去创造时间。从本质上来说，上帝与人类是不同的，如果你愿意的话，也可以说在实质上是不同的。柏拉图已经很好地提出这个问题。光线照在洞穴外面。它是什么？"

"先生，你不这样认为吗？除了光，什么能看见光？没人看见。"

"对我来说，这似乎是一个很棒的回答。"

"在你进一步思考之前，我们没看见矛盾吗？如果只有光，并且只有光能看见光，那就没有人能说：'看，看，这是光。'"

"太棒了，你说得非常对。"

我说："如果没有人类，就没有问题。"我们都笑了。

米雷耶和贾娅认真地听我们说话。我颇担心贾娅疲劳，她的头部还很虚弱，还觉得疼。帕斯卡医生命令我们不要让她过多思考，

---

① 证明完毕：原文是 Q.E.D. 这是拉丁语 quod erat demonstrandum 的缩写。Q.E.D. 可以写在证明题的最后，以显示证明所需要的论证已经完整。

可贾娅太认真了。再者可以这样说，死亡近在咫尺，她必须要尽快解决自己的问题。她觉得我或许能帮助她，可她四五天后就要离开巴黎。她说，野蛮人在等着她。拉贾·阿肖克对巴黎厌倦了，而她母亲是第一次来巴黎和他们一起旅游。她说，母亲可能这两天就到。

"那解决了所有的问题。"贾娅认真地说。对此，我想她的意思是痛苦和死亡的问题。

"当然，"我补充道，"如果没有人类，死亡也就没有了。这样的话，如果你喜欢，人生活在不朽之中，或永恒之中。"

"是的。"拉迪拉尔说。在我们进行深入讨论前，拉里拉尔进来说晚餐准备好了，这让我更容易不因为贾娅而改变话题。我们都去了华丽的餐厅，餐厅有个大烛台，房屋的四个角落都放了十七世纪的黑檀木象雕，中间有座大理石的大雄雕像，大耳、长腿、厚唇，闭着眼睛处于纯粹的沉思中。既然没有上帝，沉思什么呢？我想，饭后我该问问拉迪拉尔。餐厅里有一个老式脸盆架，地板上放着金属的球状印度小圆壶和篮子，像真正的印度人一样，我们可以在餐前和餐后洗漱。凳子上有一个银罐，以防你想用热水而不是用冷水。哈里拉尔拿着罐子进来，如果我们需要的话就给我们热水。这一切都让米雷耶着迷，贾娅也觉得开心。乌玛和家里的一个女士在旁边说着话，她已经去看过孩子们了。人们可以看见穿着腰布、纱丽的厨师们在厨房里汗流浃背。种种气味和质朴的家人让人觉得像在家里一样，我相信，乌玛到巴黎差不多十四天了，她第一次让自己放松下来，人们听到她在婴儿室的笑声。苏姐去请她来吃饭，我们等她的时候，哈里拉尔告诉我德尔福斯医生多么与众不同，因为医生对他的一位客户、瑞士外交官的妻子创造过奇迹。她手术后一年就有了孩子。我告诉哈里拉尔，米雷耶的丈夫是一个妇科专家，也跟我们说过很多这样的故事。

"你们为什么不带他来吃晚饭呢?"质朴的哈里拉尔问道。

"哦,他和阿肖克·辛格王公一起出去吃晚饭了。拉贾·阿肖克很久没来巴黎,他或许想去蒙马特尔吧。"我说。

贾娅补充道,"我母亲,一两天内就要过来。拉贾·阿肖克要变得体面点,他想在母亲来之前享乐一下。他在我们那长大,像她的儿子一样。"她解释道。

"我从未见过您的母亲。"哈里拉尔说,"但因为她帕坦侄女的婚礼,我想她去过我们在阿哈迈德巴德的店铺,我堂兄亲自把大批首饰送到了帕坦。他和我说过善良的王后大人的很多事情。"

贾娅洗好手,哈里拉尔递给她一条毛巾。

我们围着一张大理石桌子坐下——实际上是黑色的大理石——桌子上放着银盘,每个银盘旁边都有六七个碗。食物上来了,它终于到了。姜黄,藏红花,椰肉,白米饭,黄色豆汤,红色杧果咸菜,薄脆饼,不仅食物的气味还有它们的颜色都给我们带来快乐享受。人们对拉迪拉尔心存感激,在老佛爷百货街,他让自己的印度不受外界影响。(米雷耶试着像我们一样吃饭,她的手非常笨拙,把大家都逗乐了)我们吃的食物太好了,"摸摸肚子",我们满足地用印度的方式默默地这样做。晚饭一吃完,我们又洗了手,哈里拉尔帮着我们。我们又回到客厅去吃甜点和潘[①]。

拉迪拉尔给米雷耶点上一支烟(可能让波纳尔[②]满意的一个画面),把潘递给我们——印度航空现在可以向全世界供应这些——然

---

① 潘(Pan),加上各种类调料的蒌叶,通常饭后食用,或者一天中任何时候都可食用。因其清香,被称为嘴上装饰品。
② 波纳尔(Pierre Bonnard 1867—1947),法国纳比派代表画家,以色彩而闻名,被誉为20世纪最伟大的色彩画家之一。

后他坐在自己帝王风格的椅子上，天鹅绒的饰边垂到地毯上——克什米尔地毯——给我们上了非常好的南印度咖啡（他跟我们解释说，其中一个咖啡过滤器是他从马杜赖①带来的）。然后，他开始讲：

"你们让我多说说耆那教，你可以从任何一本书里得到那些知识，让我感兴趣的是研究。所有问题都是个人的，我能请求你们允许我说说自己吗？我没有秘密，我将要说的大部分内容并不是要给你们留下深刻印象，相反，而是简单的真实。"他接着说，"你知道，我在这个国家的蒙田和笛卡尔的思想影响下成长，如果可能，我愿意明确、客观、真实。像帕斯卡尔所说，事实比发明更引人注目。不管怎样，我同意这句话。"

"那么，我从哪里开始呢？让我简单地从最古老的部分开始把，这样你们就会了解我所对抗的是什么，以及对我来说容易的是什么。据说，也有记录，我祖父过去常让我们相信——除母亲外，祖父可能是对我生活影响最大的人。

"我祖父是一个极端严厉、非常高贵的人——他有过三次婚姻，就是说，每次他变成鳏夫后，就再结一次婚，以至于他五十四岁时他最后一位妻子才十四岁。这个祖母又给他生了三个孩子，这样他就有十一个孩子——我祖父是拉贾库特麦迪区的一个雇佣兵，他的兄弟拉贾巴斯拉在斋普尔有珠宝生意。在那里，我们经营一家从沙贾汗时期就有的店铺——祖父告诉我，我们最早的祖先可能是耆那教的僧侣萨提因德拉吉，他陪耆那教代表去麦沃尔②的统治者、室利拉贾·辛格王公的宫廷，在一幅著名的画中，我有这幅画的复制品，王公正在接见这个代表。他在向王公陈述，请求在全国耆那教的地

---

① 马杜赖（Maduri），印度南部城市，是印度教圣城，有马杜赖大庙。
② 麦沃尔（Mewar），又称乌代普尔，位于印度拉贾斯坦邦。

区不屠杀动物、国家警察不干扰任何一个到耆那教家庭寻求庇护的重罪犯。1693年,王公通过这些请求——我们还保存着通过铜牒——萨提因德拉吉圣人在二十三岁时便抛下年轻的妻子和两个孩子发了禁语誓——哦,就是他的一个孙子去了斋普尔,多让人骄傲的祖父啊,一个伟大的圣人和相对论的解说者。王公帮他在首都开了家自己的店铺,从那时起,我们的家族就兴盛起来,两百年前或更早的时候被授予拉贾的称号,家族原先的房屋遗存仍然很华美——在它被宣布为历史博物馆前,还有大象从那屋里出来。斋普尔的珠宝商卡普尔昌德,后来自己建立起与阿拉伯国家的生意联系,他的生意慢慢做到了土耳其,1848年革命爆发和整个欧洲都处于混乱之前,他的生意可能做得更远。拿破仑三世上台,他因为想和印度做朋友,我们在土耳其的堂亲被请去——是的,受皇帝所邀在巴黎创办我们的分店。我的祖先接受了这个邀请,这就是我们在此的原因。事实上,我们的办公室里有一幅拙劣的油画,是按照我祖父的命令制框并挂起来的,现在我把它放到阁楼上了。那上面画的是,矮小的拿破仑在马尔迈松①接见我叔祖哈里拉尔并授予他军团荣誉之类的东西的情形。事实上,据说尤金尼娅皇后流亡英格兰时,我曾曾祖父去伦敦做生意时拜访过她。

"这是我们故事中的欧洲部分,印度部分的故事或多或少和此有点类似。在印度部分中,除了我们担任——就是我堂亲和堂亲的堂亲——几个邦的总理外,像甘地家人做的那样,我们家族中还出了很多僧侣,有些非常出名。有个故事说,圣人孙达拉辛格②在巴罗

---

① 马尔迈松(Malmaison),法国地名,位于巴黎郊区。
② 圣人孙达拉辛格(Sadhu Sundarsinghji, 1889—1929?),印度近代著名宣教士。

达①担任教派领导时,他教中的兄弟做总理,这个时期仍然被认为是此邦最辉煌的日子之一——诚信管理,国王生活清廉。然而,生活里没有什么是亘古不变的,我父亲的堂亲哈里拉尔很快变得堕落,大约四十年前,他把自己饿死了,这是耆那教的习俗,据说这样能净化败坏的道德。我无法使你确信他的自杀产生作用。另一个堂亲是拉贾库特的商人,也是一个僧侣,以同样神圣的方式自杀了。昌德拉古普塔自己也这样做,这位伟大的皇帝从他的首都帕特里普特,逃到在你们南方斯拉瓦纳的耆那教庇护所去拯救人性,这是两百多年前的事了。我们家有不少僧侣、苦行者、知识分子、勇士,他们以虔诚滋养我们的家族。与此同时,家族的另一分支做王族商人,在自己的小天地里享受生活。如果王公贪婪残忍,他们就逃到邻近的卡提瓦拉尔或麦沃尔,直到首都恢复和平再返回。

"我说这些,不是想以我们家族的荣耀来打动你们,只是想告诉你们我成长的环境,这可以解释我下面要说的一些事情。我想尽可能简单地早点告诉你们,这将是我在巴黎的最后一年了——我已经教了哈里拉尔他所需要的全部商业知识,一两年内我会退隐到寺院或丛林静修院。"

"真的吗?"米雷耶吃惊地问。

"是的,女士。"他简单地回答,盘起腿露出他优雅的腰布。他的动作刻意忸怩,我不确定是不是真的。然而,他以深沉沙哑的声音说话时,又显得很认真,一点不带有个人色彩,也不傲慢,也不卑贱,就像在陈述已经发生的事实,或报道已经发生的事情。

"如我告诉你们的那样,我祖父是拉塔拉姆的苏巴达尔,这类

---

① 巴罗达(Baroda),1721年至1949年间,于今日印度古吉拉特邦一带的土邦国,1951年5月1日并入印度联邦。

似于甘地先生的父亲在邦里的总理职务。我在某种旧式的体面、距离和舒适中长大。家里有一顶轿子、几匹马和一头大象来体现我们的地位。在那些日子里,有头大象某种程度上意味着你是贵族。大象古塔姆很老了,它死后我们家没有能力再养一头——但是,印度共和国诞生了,我们不再需要大象来显示我们的权力,事实上,我们也没有权力了。我祖父早年确实给了甘地先生一些钱(秘密地),但他在阿哈迈德巴德的兄弟、伟大的哈玛斯拉贾给他的更多。事实上,英国政府可能没收他全部财产时,他还有点害怕,但他很聪明,他给了英国战争基金会同样多的钱,这至少使他的地位少点危险。万一他们拿走了我们全部的财产——莫卧儿王朝曾经这么干过一次——我们可以重新开始自己的生意,我们在东非、巴黎等地还有店铺。

"现在说到我自己了。我三四岁的时候,母亲去世了,拉贾库特祖母把我抚养到七岁。我父亲属于阿哈迈德巴德家族,被派去巴黎打理我们在那里的生意。父亲那时已经再婚了,他带着自己年轻的妻子——哈里拉尔的母亲——去了那里。两次世界大战期间我在巴黎长大,像其他法国人一样上公立学校。回印度时,我已经很法国化了,我甚至忘记了所知道的一点英语。后来当我去印度时——大概是1937年——我父亲想,对今天年轻的耆那教徒来说,巴黎太堕落了,他就让我同这位女士结了婚——她的照片在这。"他把照片递给我们看:一张十七八岁的年轻女人的放大照片,她头上有颗大大的吉祥志,大大的眼睛,精致的鼻子,大耳朵,头发中分,头上戴着新娘首饰——她看起来质朴而善良,尽管有点不聪明。"萨迪娅瓦蒂正直诚实,非常虔诚,我只能这样说,像她的名字一样[①]。"拉迪

[①] 萨迪娅瓦蒂(Satyavati),印地语中意为贞信。

拉尔继续说，"在甘地先生的影响下，她自己纺纱，甚至在巴黎也这样，除了卡蒂①不穿别的，还发誓只说真话，别的不说。当然，她在这里很难生存，特别是奇怪的战争②期间的巴黎。她从不在黑市买任何东西，除了必需品之外从不多花钱。蔬菜供应紧张的时候——1940年冬天——她不在乎挨饿。你们知道，像我之前所说的那样，耆那教具有伟大的斋戒传统，这也能解释了甘地先生的斋戒甚至斋戒至死的行为。

"因此，我开始担心会发生什么事。敦刻尔克撤退表明了我的职责所在。从拿破仑三世起，我的家族就忠于法国，尽管他们中一些人过着荒诞的生活——这个城里我甚至有两个私生的堂兄弟，我定期去看望他们，我们给了他们道义上有权得到的钱。当希特勒的人逼近我们时，像他们所问的每一个印度人一样，我决定宁愿死在法国也不愿屈服于那个恶魔。说起来容易，但在这生活很难。如你所知，像很多法国商人一样，我一些同胞借此变得富裕起来，然而，我们的生意却停滞了。就在那时，萨迪娅怀孕了，作为一个年轻的丈夫，我应该感到高兴。希特勒入侵俄罗斯时，我知道这不仅是他的末日，也是法国重拾荣耀的时刻。我们过去常常藏匿一些法国抵抗组织的成员——德国人认为所有的印度人对德国都很友好。这样一来，我们保护了很多年轻的自由法国战士，也保护一些犹太人。我知道我们在冒险，但我们比大多数人要安全。到了大轰炸的日子，我知道自己不能在所居之地长待，可我需要保护年轻的妻子和在印度的一个堂亲——然而，我们无法将我们的客人交给敌人。就在那时，一件可怕的事情发生了。我妻子吃饭不如从前，也没那么强壮

---

① 卡蒂（Khadi），印度土布。
② 奇怪的战争（Drolle de Guerre），指英法在1939年9月至1940年5月对德宣而不战的战争。

了。医生知道，母亲营养不良时，孩子最好早点出生。那些日子，医生很难找，医院也是满的，我自己的医生布姆盖特纳在南方自由区，他的继任者马丁医生太忙了。萨迪娅的阵痛来得太早，她被送到医院前就已经处于昏迷状态。在拉里布瓦西埃医院，他们给她实施剖宫产手术时，她死了。她的火化也非常困难。我们区的德国长官知道我是印度人，就帮助了我们，允许我们在玛里森林边将她火化。我们在那里火化了她，一些德国士兵甚至帮我们砍木头，并看着以防周围的灌木着火。萨迪娅躺在柴堆上，她脸庞纯洁无瑕，与自己的身体融为一体。她就像是在祈祷，想同我说点什么（我一度甚至认为她的嘴唇在动，可我触摸她的身体，又那么冰冷。那是1943年十一月一个寒冷的日子，我知道她死了）——看着她，我意识到，她是某个人，像很多在战场上的、在监狱受刑的、死掉了的其他人一样——从某种程度上来说，她也是献身于甘地的真理。（后来我读了西蒙娜·韦伊，知道她死于类似的情景，定量饮食）那时，在玛里的森林里，希特勒的士兵友好地站在四周，而两名抵抗组织成员正躲在我们的公寓里（那些日子，我们住在不同的公寓里，在战争部长家后面，这也给我们提供了保护），甘地先生的真理对我来说应该是奇怪的——在我拿着萨迪亚骨灰回家时，这一切都非常令人困惑。骨灰当然被撒进了塞纳河，因为觉得它也是恒河那类的圣河——是的，我回到家，走进我们冰冷的公寓，陷入一种麻木状态，如果人们可以这么称呼它的话。我不说话，不吃饭，也不悲哀，但觉得困惑。我从未见过亲近的人去世——残酷行为和死亡对我来说变成难以理解的事物，我不能接受。我确实从抵抗者——马尚多先生那听说过。他后来两次成为第四共和国的部长，这个银制烟盒是他给我的，为了纪念我在那些日子里为他做的事情。他告诉我们盖世太保的恐怖行为，还有和他们一起工作的法国警察在科雷兹的莫尔旺山拷打抵抗组织成员，所以我知道了正在发生的事情。但死亡之谜对我从未如此真实过，我一直不是个虔诚的教徒。像亨利四世时期阿兰的很多学生、我的同志们一样，我是一个俗人，我对耆那教所知甚少。一方面死亡似乎是个谜，另一个方面是希特勒的残酷行径，因而，耆那教对我来说真实多了。我开始阅读自己收藏的一些耆那教著作。我缓慢学习。我想，随着我的复古倾向，耆那教渐渐引起了我的兴趣，不仅仅是死亡面前的无惧，还有誓言的力量。我也读甘地先生的著作，我开始相信非暴力的美妙——因为看到占领下的法国，我更加相信了。我对哲学兴趣不高，哲学知识也贫乏，但我父亲藏书中有一些拉贾昌德拉吉的作品，我对哲学的兴趣、我的哲学知识都发生了变化。你知道谁是拉贾昌德拉吉吗？他是哲学家也是珠宝商，对甘地先生来说他是最近乎古鲁的人，甘地先生自己说的。拉贾昌德拉吉吸引了我，因为他似乎将耆那教和吠檀多传统结合了起来。我对自己说，这里有些东西可以去发现、去钻研。同时，我仍在巴黎秘密活动的联络网内，努力把对抵抗运动成员有用的情报传递出去——例如，德国军队的活动，或接下来要进行的搜查地点。

"有一个来自马尔堡的德国士兵，曾在格尔德纳①的门徒那学过梵文，经常来和我们一起吃晚饭。萨迪娅很喜爱他，把他当弟弟一样。事实上，就是他帮助我们获得了她的火化许可令。这个名叫迈尔的士兵，卡尔·迈尔，一个普通的名字，给了我们很多消息——他恨希特勒及其组织，他的家庭几代人都是社会主义者。直到解放，我为法国做了我能做的。后来，我在科雷兹加入了抵抗组织，这是

---

① 格尔德纳（K.F.Geldner,1852—1929），德国印度学家。

另外一个故事。我忘记告诉你们其中最重要的决定：我发誓说如果被拷打，我绝不会出卖我的抵抗者同伴。我不知道这对其他人有什么影响，对我来说，这是一个宗教性的誓言，不是政治性的，我宁愿死也不会出卖我同伴的名字。誓言给我带来了安宁，一种奇怪的、已不属于这个世界的感觉，仿佛我已经死了。因为这个誓言和对萨迪娅的记忆，我把它当成独身的誓言，可以说，这再次给了我一种精神上的兴奋感。死亡和无欲无求让我在巴黎街头自由行走，我成了一个崭新的人。就在那时，我也发誓永远不借钱给别人。你们知道，我们珠宝商用金块，我甚至不想在任何一家银行存钱。为什么要利用钱获取利息呢？我的一个祖先说过高利贷的可怕。我把店铺的保险箱装满金子，给需要的朋友，这在抵抗运动中也很有用。我永远不会、绝对不会借钱给任何人，这就引出了主要故事。

"战后，刚到巴黎的印度人没多少钱，特别是那些经常有规律地去巴登巴登①或维希②、去爱斯科赛马会③或买珑骧④的富人、王公们，他们陆续返回巴黎。由于我家族的关系，他们经常来看我。那些日子的早些时候，1948年或1949年，其中一位摩诃拉阁想买一辆戴姆勒，他的名字我还是保密不说吧。"

"贾姆老爷？"我说，确信之前听过这个故事的一部分。

"是，就是他。你怎么知道？"

"我知道他。"我说。他沉浸在自己的讲述中，继续他的故事。

"贾姆老爷想借钱买辆新车。我说，就那样吧。——'要是你回印度，我会还你卢比。'——'陛下，您一定知道，'我说，'我不借

---

① 巴登巴登（Baden Baden），德国有名的温泉度假地。
② 维希（Vichy），法国南部温泉度假地。
③ 爱斯科赛马会（Ascot Races），英国皇家爱斯科赛马会。1711年，英国安妮女王创立此项赛事，地点在离温莎城堡不远的伯克郡。
④ 珑骧（Longchamp），法国奢侈品牌。

钱。'——'但是,'他说,'你祖父和叔叔经常借钱给我们家族。为什么你不借钱给我?'——'殿下,我妻子去世时我发过誓,绝不撒谎。我认为高利贷是种谎言。如果您需要钱,我会切一块您需要的金子,银行会以此抵现。'——'我想为你做些事情。'——'殿下,如果您坚持这样的话,请给我找个古鲁吧。'——贾姆老爷笑了,'我哪认识什么圣人啊。我认识祭司和我家族的古鲁,但是不认识真正的古鲁。等会儿,等会儿,'他突然说,'吉姆拉山里有一位苦行僧,他们说他住在洞里,和一只狮子一起生活。如果你愿意,我能安排你们见面。'——'我愿意。无论如何,这是一个不错的开始。'我说。于是,我见了自己的古鲁。"拉迪拉尔突然变沉默了。

"那个狮人是你的古鲁?"

"不是,先生。圣人的确在森林里的某个地方见了我,——护林人安排的——一次奇特的见面。他看来令人尊重,老态龙钟,圣人都这样——我听说,一百三十岁左右,他是一个伟大的人。看到我时,他说:'我知道你的古鲁是谁,不是我。'他送我到了我自己的古鲁那里。"

"你看到狮子了吗?"米雷耶好奇地问。

"是的,我看到了,它看起来温顺得像一只奶牛。苦行者和它嬉戏,就像在和一只猫嬉戏。有一次,古鲁闹着玩地把整只手都给狮子舔。"

"你不害怕吗?"

"我当然怕,不过,护林员拿着枪站在我旁边。事实上,狮子曾去舔他手里的枪,它可能把它当成骨头或树枝了。苦行者喊它回来,说,'孩子,不要无礼。'奇怪得很,狮子回来了,开始舔古鲁的脖子。远处有一只鹿,慢慢走远了。"

"你最终找到了自己的古鲁。"

"是的，先生，我找到了。"

"我能知道他的名字吗？"我说。

"为什么要说他的圣名呢？你觉得，我知道死亡和爱的意义还不够吗，如法国人所说的爱或死亡。我对世界没多少兴趣，今年我决定彻底回到印度——我已经练了很多修持①——但下个阶段，我必须和古鲁在一起，你知道要是没有古鲁在场，这些瑜伽方法很危险。"

"你至少能和我们说说他吧——他的学说？"

"关于他，我能说和应该说的是什么也不说，他希望我绝不要说到他。如果我可以说的话，他的教义是把耆那教的人道主义和吠檀多的形而上学结合起来，道德和形而上学在某处相接，这是他的主要的学说，它有——"

"它们如何相接呢？"我打断道，语带傲慢。

"它们能，先生。"他回答说，语气坚定但并非不友好。"我已经学了足够的哲学知识——你知道，我跟阿兰学过——知道人道主义和形而上学通常不会结合。"

"如神秘主义和数学一样。"我说。

"可能吧。但我们必须尝试我们所知道的，看看在真正经历中是否是真实的。不到我道路的终点，我怎么知道，人们又怎么知道，这些学说能回答我们所提出的问题，还是不能？我所能说的是，我的古鲁另外有两个信徒，他们有着明智而平和的外表，看起来极为虔诚并富有人性，这正是我所找寻的。"

"但是，"我坚持道，"《薄伽梵歌》既有人性又有智慧。"

---

① 修持（sadhana），意为修行、苦修等。还指一切为了某种事业或达到某种目的而进行的坚持不懈的努力。

"但一个人怎么能杀害另一个人呢，这不是原初的问题吗？"

"你怎么能不杀人呢？如果欧洲和美国这么说：不，先生，如果我不杀人，希特勒会怎么样。"

"不杀人至少有一个好处，你认识到你自己死亡的本质。"

"这有什么用？"米雷耶问。

"有用的，女士。如你的苏格拉底所说，明白死亡的人同样知晓智慧。如果你像苏格拉底或甘地先生那样，准备为你的信仰牺牲——就是，你发誓永不杀人——可以这样说，心灵的化学反应发生了神奇的变化。"

米雷耶看了看表，将近一点了。贾娅什么也没说，但她看起来十分疲惫。

"我们要告辞了。"我说。

"让我再说一句。女士，我得告诉你，誓言很有力量。誓言能驯服狮子，为什么不能驯服人呢？"

"你知道——我们欧洲人，还是野蛮人。"米雷耶自找借口。

"女士，如果你知道独立时，印度教徒和穆斯林之间如何仇杀的话，就知道我们也好不到哪里去，相信我。我们都知道人类也是野兽，但人类有力量改变人和动物。像他们哲学里说的，我们甚至不知道椅子或陶罐是什么，陶罐和土有什么不同，还是一样？"

"太吹毛求疵了。"米雷耶略带生气地说。

"女士，你知道，原子弹也是来自同一类吹毛求疵的知识分子。"

"你是对的。但是誓言非常有力的说法还是使我着迷。"

"我想，当你人格崩溃时，就像原子一样，它会获得一个宇宙，也会具有普遍意义。每个人都不是人，可以这样说，所有的人也都不是人。所有的生物都是生命的脉动，"我们起身时，他说，"我们能创造一个我们所要的世界——如果我们自己得到自由的话。"

"你说的是解脱①？"我问。

"是的，先生。当你自由的时候，生活本身就会改变。"

"但难道我们不能自由地说：为什么要有改变呢？改变不是一种行为，因此是对自然的干涉吗？"我说着，穿上我的夏季外套，"在我看来，人们能接受的唯一真理是理解，绝对的孤独是真实的。所有的改变都是犯罪。"

"我能不同意你的观点吗？"拉迪拉尔笑着说。

"但是，"我接着说，"像物理学一样，有一种情景或模式，一定程度上有运动，另一个程度上没有运动——看，如《薄伽梵歌》所说，运动在不运动中，不运动在运动中，对人和原子弹来说可能有一个真理：原子弹对你来说是原子弹，它能杀人，可它只是遵循它自身的规律，规律与任何事物无关，像你所发的神秘誓言。誓言是规律，像牛顿的运动规律一样。所有的规律都是规律，但规律是规律这个不是规律，它是存在。存在是神圣的。"我继续说，"克里希那说：既不是杀人者也不是被杀者。"听到这里，拉迪拉尔带着敬意微笑着对我鞠躬道："请原谅，先生，我是什么就是什么，耆那教和印度教，大雄和克里希那——达至和谐。"

"克里希那里有大雄，大雄里有克里希那吗？"

"先生，答案超出了我的能力，我们应该再见一面。"

乌玛从一间卧室里出来加入我们——和女主人闲聊一定让她心里充实——我们进了电梯。我意识到，为了我自己的成长，这里有一位我应该多见、多了解的人。他清晰的理智之后是谦逊，而我婆罗门的苦行之后是根深蒂固的知识上的傲慢、怀疑的傲慢。如果傲

---

① 解脱（moksa），耆那教九谛之一，从轮回或业中解放出来，灵魂的自由。

慢伤害了我，谦逊使我震惊。印度的谦逊是她的死亡。克里希那既不是傲慢也不谦逊，他就是他，因为这个原因，没有人成为任何东西或任何人。真理一定是无名的，拉迪拉尔，你不认为爱也一样吗？

12

第二天下午，我回到布罗耶街，满心不悦，深怀痛苦。门房给了我一袋信，拉福斯太太从我在圣雅克路的公寓拿来的这些信——苏珊娜应该一周取一次的，可她没有取，可能忙于自己的戏剧吧，或者忙着和米歇尔在一起（谁知道呢）？于是拉福斯夫人自己来了，大概想见见乌玛或公主（她总是这样称呼贾娅），不巧她们俩都出去了。乌玛打电话说她和苏姐一起去购物（她希望很快就回印度，她想，这是最后一次给亲戚朋友买点必要的礼物）。再者，我觉得她想和一个印度女性说说话，聊聊自己印度式的担忧、未来的伟大计划——孩子啊这类的事情，或者闲聊一番，而贾娅跟米雷耶去了沙特尔。拉贾·阿肖克一定无所事事，早上喝了一两杯香槟后，在香榭丽舍大街来来回回地走着，去马克西姆餐厅吃中饭，可能盯上了一位穿巴黎黑色薄花呢的女性，跟着她从杜伊勒里宫到卢浮宫，于是一下午就这样过去了。他可能回富凯去喝下午茶，看看《世界报》，再回乔治五世饭店午睡。傍晚很快就到了，再喝一两杯酒，他或许去找拉迪拉尔，要么去找印度社团里的其他人——他们中的一些人，有着或远或近的亲戚关系，或者是对他的家族仍然满心尊敬和喜爱的从前的属下，他们会说："殿下，您的父亲、爷爷和祖父们为我们做了很多。"他们带给他古龙香水这样的礼物，或丝质手帕，有时是个小首饰，如果仍然有用的话，他们给他钱。他们答应，如果需要的话带他外出购物或开车去郊外。这一切都让拉贾·阿肖克厌恶,他自己都觉得羞耻。他在巴黎到底在做什么,而贾娅看起来那么遥不可及?孤独以及他正遭受的痛苦,这些都值得吗?贾娅的态度和想法都难以理解!

"只有两三年的生活,她在玩什么游戏?"他可能这样自语着又打起盹来。

事实是,我也厌倦了自己的心智结构,无法了解贾娅的意思,也不是因为那件事,我也无法了解乌玛或米雷耶的想法(当然,现在我很少想到苏珊娜)——我摊开手趴在餐桌上,睡着了。然后,散步,自己做茶(伊冯娜休假了,这也使乌玛觉得孤单)。我已经三十二岁了,作为一个数学家,我很快就要达到思考力的边缘。父亲梦想我工作中至少有拉马努金一半的聪明才智,似乎将彻底化为泡影。肖舒先生慷慨地为我着想,还有布宜诺斯艾利斯大学和莫斯科物理研究中心的邀请,对我来说都没有区别——拉马努金既没有去阿根廷也没有去俄罗斯。成功的陷阱是虚幻的,它除了给航空服务带去实惠外,无人获益。我的脑子已经有了哲学思想,它们过于深刻、过于焦虑,让我再也无法玩数学游戏——还有,特别是女性又一次给了我难得的快乐(有时我想起印度的拉蒂,不知道她如何担心自己在德里的新生活,他们刚返回那里)——她,一个富裕承包商的女儿,一个年轻外交官的妻子,现在总该有一两个孩子了吧。她弟弟帕特布偶尔写信给我,请我帮忙申请来法国学文学或法律(这些学习无助于发财,财富有它自己的游戏规则)的奖学金。至于父亲,他可能上喜马拉雅山去巴德林纳特了。我常常想知道自己是谁,是什么样的人。我根本就是一个过于好问、对头脑使用过度的印度人吗?可我吠陀时期的祖先们也追问每一件事情,从水、火到神本身。他存在吗？如果他存在，他知道自己存在过吗？是的，这就是问题所在：零的存在无疑是真实的，但零是否知道它的存在才是首要问题。如果零是零①，那么涅槃，涅槃知道自己是涅槃吗？谁在那里（因为在涅槃中没有谁），那么人们怎么知道自己在涅槃中呢？如果不知道，那又知道什么呢？这个问题在智力上对我来说太可怕了：如果二元性不存在，谁知道非二元性呢？如果非二元性不能自知，二元世界如何知道绝对？——这是一个似乎不可能有答案的问题。难道像拉迪拉尔所说的独身誓言，就能给我一种奇异的力量来回答这不断活跃的怀疑吗？如果不能，诚实地说，兄弟，生活到底值得过吗？长长的腿，空洞的大脑，嘴里淌着口水，肚里装着粪便，像书上经常提醒我们的那样？——为什么活着——即使在奢华的布罗耶街公寓里，和像乌玛这样甜美的妹妹一起生活——她当然是个孩子，谁能质疑这个？——还有贾娅，她的秘密只有她的神知道，或许他也不知道，因为他自己都不了解自己。米雷耶是唯一确信自己脚踏大地的人，就像确信她的胸罩。我说这个，因为我知道她花多少时间去挑选它们。她或许已经带贾娅去买了一些别致的胸罩。在圣奥古斯汀附近有一个上了年纪的女人量体定做，有鲁昂花边，像米雷耶的帽子那样，可贾娅从不戴帽子。米雷耶告诉过我，这个女人是她的知己女友。第三共和国时，她是一位重要政治人物的情妇——哈利，拜特或达拉的。溃退时，她在罗马街的公寓里藏了贝当警察正在搜捕的某个前部长议员，——一个激进的社会主义者，共和国核心？——为此，她被发现时失去了自己的全部家当，——议员幸运地逃到了英格兰，她于是开始经营女帽店——感谢上帝，帽店经营得很好。她见多识广，处事圆滑——米雷耶说，

---

① 空（sunya），零，空。

她有张精致的罗马面孔，一双像圣母玛利亚一样深色的眼睛，声音低沉而动听——听她说话和征求建议都让人愉快，她是米雷耶的新狄奥提玛女神。米雷耶是不是带贾娅去她那儿寻求建议了？我认为不会。贾娅太冷漠、太像自己的父亲了，不会从一个女帽商那里听取有关生活的建议——如果需要的话，她宁愿去找维拉斯普尔的、肥胖的、浑身是汗的广场占星家。他对自己的预言都能找出理由，并和她保持庄重的距离。不，贾娅不会向任何人谈起她的问题，也肯定不会向米雷耶说起。贾娅会像孕妇一样照料着自己的秘密，在早些时候，不让丈夫（或母亲）知道，生怕公开它会不祥。我觉得对贾娅来说，我是她的不祥之物，提起我随后就会有不幸。而拉贾·阿肖克是不同的类型，他对她的关心差不多是正常的、常规的，我的关心让人费解。费解变得神秘，神秘变得迷信继而变成宗教，身为一个婆罗门的必要的神圣，我还留有吉祥手艺——神像前面垂下帘子，低咏吠陀赞歌的祭司不幸发错了梵语的声调，这是不好的征兆，你闭上眼睛永远不想睁开。要是拉起帘子时，神，比如湿婆神，要是被冷漠的祭司穿错了衣服消失了怎么办？或被造得像他该有的那样美丽？带着金属的节日面具，抹着檀香灰，饰着蓝宝石的眼睛，前额上戴着用恒河水沐浴过的王冠，王冠上饰有木槿和图拉西。他看起来很凶狠，可他的配偶却流露出关爱和怜悯，戴着首饰站在旁边的祭台上。你可以绕着圣殿，从前门到前门，再从前门到大门，把神的神秘和他萨克提[①]的强大力量带到傍晚。在你身后，仆人用银盘端着祈祷后的水果和鲜花。没有人能看见神，没有人应该看见神：闭着眼睛、绝对隐秘地向他祈祷——然后回家。仆人大概闻到玫瑰油或其他液体的气味，但他的妻子是你的阿姨。已知是安

---

① 萨克提（sakti），湿婆性力，指创造力。

全的——未知是神圣的。于是，由于贾娅的需要而变得神圣。那天下午我问自己，为什么不发下独身的誓言呢？一眨眼间的功夫解决了所有问题。为什么不呢，我想，又睡着了？

电话响的时候，我没有睡着，但似乎是睡着了（我能听见自己的鼾声）。是贾娅，她刚从沙特尔回来，在米雷耶家喝了茶。贾娅的声音一直嘶嘶的但很柔和，她和我说话时声音变嘶哑了，毫无疑问这次外出让她很疲劳。她几乎不记得自己是个病人了，帕斯卡尔医生告诉过她要过好几个月的时间身体才会觉得有劲。不过贾娅太害羞，太有礼貌了，不会抱怨或对米雷耶和任何人说一句拒绝的话。米雷耶一定说："来，让我带你去看看法国最伟大的宝藏，法国珠宝中的珠宝。"贾娅一定回答说，"好的。"精力旺盛的人和身体强壮的人从来不会意识到病人的虚弱，因为你的肌肉和精神都是强壮的，世界才显得真实。而米雷耶一定以她好奇的女性方式，想真正了解这个神话般公主的生活和我的生活，想知道一些年轻时在儿童图画书里读到的、现实生活中从未遇到过事情：一种特里斯坦和伊索尔德那样的传说，米雷耶自己一定（无意识地）把自己比作伊索尔德·布朗什曼。不管怎样，黑色的帆随时会驶过——另一个伊索尔德真的死了。特里斯坦和布朗什曼在一起了吗？没有。你知道，生活不是这么简单。只有死亡是真实的、历史的。苏珊娜也是。

"很壮观，"贾娅清晰而温暖地说，"坐在大教堂的阴影下太漂亮了，你知道在后面，拱顶白而细长，像女人的手指，也很虔诚，天使跪在锦缎里，仿佛在膜拜圣母。还有涂成金色、蓝色的玻璃——蓝色有时候看起来像喜马拉雅山、西藏那样的蓝色，可金色太黄太西方了。我想起父亲决定修建的湿婆庙，很遗憾我们那没有涂色的玻璃窗户。"

"你们谈了什么？"我问，有点不耐烦。

"当然是说你。"她沉默了。

"说我，没什么可说的。"

"我们可不这样认为。我想，米雷耶很了解你，确实非常了解。而你内心深处的阴影与光芒对她隐藏着。"

"你知道，在一些印度庙里，圣所是开放的，一年只开放一次，这个仪式上从未有过两次，只有一次，一次……"

"我不明白你说的。"

"所有印度式的仪式需要丹帕提，神圣伴侣，二者合一，因而印度教是一夫一妻。"

"那么我们伟大的王公呢？持国呢，等等？"

"一个是古代神话中的人物，另一个恰是当代的堕落者。一个人只结一次婚，"我说，"一个人结婚时通常是处女。"

"那么我想自己没有希望了。"

"处女是未被发现、未被期望的人。"

"什么是发现？"

"结合的分解——"

"结合什么？"

"已知的未知，或相反。"

"我又不懂了。"

"这是，土里出生的悉多嫁给了难以定义的罗摩。罗摩选择悉多可能是不相配的婚姻。悉多比武招亲选择罗摩是真正的婚姻。语言融化成含义是婚姻，如迦梨陀娑说的。"

"室利罗摩选择悉多，会发生什么？"

"还是处女。"我说，我们又变沉默了。

"突厥人呢？"

"他是拉克什曼，他哥哥怀疑他对悉多感兴趣，不去找因为追鹿而迷路的室利罗摩，悉多于是大喊，'拉克曼什，去找大王。'"

"这就是突厥人？"她问，不是要找到答案，而是暗示一种情景。"突厥人会去哪呢？"

"穿过喜马拉雅山回他的家。"

"如果他回来了——"

"——祈祷已经准备好，女人开始诵读《摩诃婆罗多》。"

"战争继续。"

"是的，死亡和再生也继续。'车轮转动。'"

"要打庙基了，我们很快会回到卡蒂克，这也是父亲想早点回家的原因。"

"贞洁女神很生气，演出时希瓦没有回去，于是喜马拉雅山撒满宝石。"

"不管怎样，人们让火继续燃烧——我希望这样。"

"米雷耶说了些什么——关于我？"我好奇地问。

"她认为，不该有女人接近你——你会把她们烧成灰。"

"你看，火在燃烧。"我笑了。

"她对我说，"贾娅继续说，"是阿兰还是安塞姆，一位沙特尔中世纪的哲学家，写了一本书证明上帝。"

"是的，"我说，"是沙特尔派的安塞姆，他编了一本有名的书叫《上帝存在的本体论证》。问题是他从来没问过证据是什么。证据本身是光的礼物——上帝因而分解了真理。"

"处女玛丽从哪里来的呢？你知道，我对基督教所知甚少。"

"处女玛丽是证据之母。她是纯粹智力。孩子成就了母亲，如儿子成就了父亲一样。乔荼波陀，商羯罗的老师的老师，哥文达卡里亚，说父亲塑造儿子，父亲是儿子的儿子——"

"多有趣的观点——"

"一个美丽的观点，像数学证明。因为父亲依赖儿子来显示他的存在，儿子依赖父亲来显示自己的存在，他们彼此平衡。处女玛丽是耶稣的母亲。他们俩互相依赖，互相平衡，剩下上帝一个人发光。因而对上帝自己来说，没有上帝。思想后面的证据无限存在，这真是本体论的论点。"

"上帝呢？"

"上帝消失了。你说，'我''我''我'，像经文。"

"哦。"

"逻辑是高贵之道，回归神的道路。一旦到达，你还是'我'。"

"你对我来说太有学问了。"贾娅有点开玩笑地说。

"你认为智力从何而来？"

"我不知道。"

"你。"在看不到脸的电话机后面，我简单地回答。

"然后呢？"

"处女玛丽是上帝的证明，因为处女玛丽是上帝之母。同样，耶稣死时，她死在十字架下他的脚边。我的死亡将是你存在的证明。"

"什么？"她被吓到了。

"好吧，好吧。我们说，除非我死在十字架上，否则我不会复活，那么就没有你。我的各各他是数学。"

"那什么是复活？"

"零的本体论证据。"

"这远超出我的理解能力了。请问，你真正的意思是什么？我只是个无知的女人，嫁给了一个商人。"

"没有东西的地方才叫存在。或灵魂，成为阿特曼——这是解脱、涅槃、解放。那么，自在天不是上帝。"我继续道。

"哦？"

"就像无穷不是数字，它是为了数学用途的方便符号，但它永远不是数字。吠檀多说，只要灵魂存在，自在天就存在。这简单地意味着，只要有一、二和三等计数符号在，无穷就存在。就像著名的希腊西西弗斯神话，你把一块石头滚到山顶，可它总是滚下来。可一旦你知道山是由石头组成的，山就是石头，你为什么在石头上滚石头呢？那么，没有人滚动任何东西，也没有西西弗斯，因而也没有无穷。"

"我不懂。"

"我意思是，湿婆是喜马拉雅山。他的婚礼，他和自己的女儿结婚，像梵天和萨拉斯瓦蒂的婚礼一样，因而创造产生了。没有女人就没有婚姻，确切地说，没有女儿就没有婚姻——和你自己的女儿结婚意味着你和自己的思想结婚。你的所在就是你的思想所是，那么，既没有思想者也没有思想。"

"所以呢？"

"所以，如圣人所说：无处可去，无事可做。阿什塔伐卡拉说，知道没有行动者，如果它是王，你行动，那什么都不曾发生，即使是眨动睫毛这样的尝试。真理是自由的。"于是我们再次兜了一个圈子，说了这么多却什么也没说。

"我什么时候能见你？"我问。

"既然伊冯娜今天不在，乌玛和苏妲出去了，我们为什么不在公寓里吃晚饭呢。我从未单独见过你。"

"你确信你想见我?"

"这是我唯一确信的事情。"

"那么,过来吧。"我说,起身去沐浴。

13

乌玛的快乐永远极其高涨、十分慷慨,它分散开来跑到任何想去的地方,所以她在全印度都有朋友,这里的拉莫,那里的维桑蒂,在贡伯戈纳姆或博帕尔有朋友,在贾郎达尔或新德里也有朋友。她让女人们写信恳请她,去和她们待上一段时间,"有你们已婚女人在,是种吉祥,"她们说,"请来吧。"她和这些女人耍着把戏,给她们算命、看手相(她从一本英语书上学了入门知识,又从他们的文书拉米阿的客人、邻居打字员那学了点)——诸如此类的事。她去拜访的每个家庭都会爆发出大笑声或兴奋的叫声,在海德拉巴,甚至穆斯林妇女都请她到她们的闺房,问些财富和孩子的问题,她经常参加聚会。只有在巴黎,她才觉得如此失落。她认识苏姐有点不可思议,我打电话到拉迪拉尔公寓时,听到那边的笑声和吵闹声,我立刻知道还有别人和她们在一起,乌玛一定又在算命。"哥哥,别担心,"她说,"我在这里很开心,在巴黎我终于像在家一样了。苏姐的两个朋友雅苏姐和巴吉尼带着她们的孩子来了,我们就像过节一样,我跟孩子玩、给大人算命,我还教苏姐做拉萨姆①。"

"哦。"

"等另一个女人走了,我和苏姐要唱拜赞歌,然后才吃晚饭,所以还要过很长时间我才能回家。"

---

① 拉萨姆(rasam),南印度的一种汤,以罗望子汁为底料,里面加上西红柿、辣椒、茴香或其他季节性调料。

"乌玛，很高兴你这样开心，我决定和一个朋友一起吃晚饭。"

"好的，哥哥，您忙完了给我打电话。苏姐说司机可以送我回家，拉迪拉尔先生的兄弟从店里回来也可以送我回家。还有，拉迪拉尔先生好像说了很多称赞您的话，这也让我开心。您是世上最好的哥哥，神创造出的最高贵的人——"

"好吧，好吧，乌玛，够了，只有我知道自己的痛苦。乌玛，生活对我来说没有意义。"

"哥哥，我告诉过您，结婚生子，然后就会发现生活值得过上好几万倍。我好高兴，德尔福斯医生明天就给我看病了。"

"我也高兴，乌玛。"

"不过，哥哥，您怎么能明白有孩子对女人来说意味着什么，这是她的重生。等等，苏西拉，我在和哥哥说话呢。是苏姐的二女儿，她在绕电话线，想拉我坐下。再见，哥哥，我最爱的哥哥。"她突然挂了电话，或许是孩子拉她的缘故。——办妥这事，我立刻跑去洗澡，在贾娅来之前，我想清新地见到她，穿着腰布和印式衬衫（夏天适合穿这个），随处点了几支香，这样她会觉得我对她的衷心欢迎。这是最近一次我和她单独在一起——除了一年前在维拉普尔那个让人印象深刻的下午。但从那时起，大脑本身已消耗很多，可以这样说，她知道我也知道，死亡就坐在她窗边的洋槐树上。春日夜晚来临，她瘦弱的身体只剩下眼睛和瘦长的腿，是那种米雷耶急切地想在拜占庭艺术中解读的四肢。拜占庭是不是也闻到了死亡的气息，她的圣徒和殉道者们被挂在十字架上，光环围绕着圣母像中圣母细长的头（就像贾娅一样），博斯普鲁斯城堡上的塔庄重高耸，对抗着西哥特人。拜占庭的圣母像女王，波提切利画的处女玛丽像莎士比亚笔下的妻子：佛罗伦萨和威尼斯是著名的世界标志，我在某处读到过，很多高贵而极其聪明的女王，看起来像印度人，让你想起佛陀的母亲玛雅。高贵和简单共同造就出男人（和女人）的神圣性、《罗摩衍那》里米拉或旃陀罗的女人。圣洁里有死亡的濒临，死亡的预兆提升了你的存在。至少在来生，你得出生在普拉亚格①或戈卡尔纳②，当然，如果你富有，最好是生在圣城迦尸。

  在迦尸，确实，光辉闪烁
  迦尸是万物之光的承接者。
  知道迦尸的人实际上已经获得了拯救。

  点香的时候我背诵着这些诗句。贾娅要来了，现在，贾娅随时都会到来。

  但贾娅的时间感史诗般宏大，它有自己的维度。知道了这点，我开始诵读诗句，这不仅填满了贾娅到来之前的时间，也把我的思想和感情推向这些美妙的诗句，在那里你能感受到自由自在和意味深长，你还能感觉到事情精确中的永恒。神圣带给人们与自身的亲近感，就像我的印度服装，把我带回我自己的形象，裤子和夹克看起来很粗俗、十分功利。我对自己说，美感让你离真理、绝对更近一步。就在这时，米雷耶按响了门铃，她们来了。米雷耶穿着绿色的套装，脖子上围了条粉红色的雪纺绸围巾，黑色卷发不自然地披在肩上和胸部，嘴唇涂成一种活泼亲昵的色调，她的优雅引人细观，看起来冷淡而理智，她说："先生，这是你的珍宝，你从未有过的最高贵的珍宝。"这句话既非常高贵又含讽刺，她的妒忌变成了智慧。

---

 ① 普拉亚格（Prayag），印度北方邦城市阿拉哈巴德（Allahabad）的别称。
 ② 戈卡尔纳（Gokarna），位于印度卡纳塔克邦，被认为是印度教朝圣中心之一，镇上遍布庙宇，著名的是湿婆庙。

她笑容满面，似乎也要待在这里。经过走廊时，她玩着手套，而贾娅穿着她简单的镶金边的绿色曼尼普里纱丽，眉间画着吉祥志，只戴了串引人注目的红宝石项链——贾娅的自然和质朴让人消除敌意，为她的到来而做的刻意准备就显得过于隆重。她因病变得聪明了，她要玩游戏了——事实上，即使她以前这样做过，也不会再这样了。她现在拥有真实的朴素的和谐，简单的宽宏大量，真实的边界。米雷耶在屋里四处走动，好像想听些什么或说些什么——我几乎本能地知道，她想我请她留下，而她会以纨绔子弟般的姿势说：不，当然不。当她知道我明白她的把戏时，突然转过身，说："好吧，女士和先生，更确切地说是国王陛下，"她纠正自己，对贾娅鞠了一躬，转向我，也鞠了一躬，咕哝着说，"尊敬的零的哲学家，印度数学家，再见。"我回答说，"再见，伯爵夫人。"在门口，她像刚想起来一样说："顺便说一下，我和让-皮埃尔还有你的朋友拉裴乌斯王一起吃晚饭。让-皮埃尔觉得这很有趣。"我知道这是谎话。电梯门打开时，她意识到自己的语气和态度，说："请原谅。"我恶作剧地说："理解一切，原谅一切。"她做了个鬼脸，消失了。女性很明显比男性多些生物学上的幽默。男人喜欢多样性，女性喜欢唯一性。男人喜欢马、象和战争设备——而女人喜欢上帝。男人摧毁别人，从而最终摧毁自己；女人忍受摧毁者和摧毁，最终成为世界女王。

14

单纯是纯粹的成就——有意图的单纯或者有洞察力的单纯。看与被看在观看中消融——是自由，自由是无忧，我认为，无忧是人们寻求作为至高的存在。存在就是自由，自由是狂喜和欢乐。生命之轮环绕自身的中心使自己圆满，践行此真理的他或她是圣人。我们越靠近自我专注的极端，就越接近人——和事。宇宙与你交谈，喊出快乐，快乐地嬉戏。米雷耶走后（语气里带种奇怪的讽刺，表情看起来很痛苦，我在她脸上第一次看到这种感情），贾娅和我面对面时，我觉得，我们俩都有点畏缩：我们都不知道这是什么。事实上，我记得这一天，至今都记得。贾娅穿着曼尼普里纱丽，上面有桊果叶的图案，叶子中间有些简单的黄色针脚，纱丽本身是翠蓝色的，薄如面纱，她用蓝色围巾盖住头（外科手术的切口痕迹在脸的上部仍清晰可见）——她看着我，我看着她，不是处于惊奇之中而是处于陌生状态。弥漫在公寓里的极度安静让所有的物体都有了自我意识——医生在巴黎二手店里买来的暹罗佛陀像，本是一件蹩脚的作品，是假古董，可因为它的金色过于明亮，佛像还是有种栩栩如生的宁静神态。门口的帽架、木质的长柄勺和走廊尽头厨房边洗涤槽边的银制品，因为它们自身特有的材质而闪亮。墙纸上画着马和四轮马车，马车上坐着一家人，衣服的褶边和帽子表明大概是在某种节日庆典场合。远处有座教堂，周围是一大片高高的树丛，对满屋孩子的家庭来说，这是一个美满景象。贾娅看起来像墙纸上的女士，严肃、敏感，看着教堂或看着她要走向的任何东西。正是公寓舒适而安静的气氛使贾娅恢复了身材，她看起来十分孤单，背靠房门站着，显得比我知道的要高。她含着胸，胸部因为刻意的限制反而显得突出。她看起来既不是高兴也不是不高兴，只是没有思想或行动，好像就是在简单地证明她的自然存在。我像是个局外人，急切地想进入她存在的领域。没有先在鹰塔旁的祭祀板上献祭，如椰子果、装满米饭的铜质容器、花环等这些死亡门口的祭品，一个局外人绝对进不了庙里的祈祷者长廊。只有当你失去客体、世界时，你才会转世。山谷里公共汽车可能开走，火车过站时也会鸣笛，你或许看见宇宙之塔，摩诃拉阇的宫殿——大理石的穹顶今晚没有顶灯（殿下不在城里）——而在你前面，饰有珠宝的女神熠熠生辉，四只手拿着海螺、宝剑、念珠和仍在滴血的、怪物被砍下的头——她披着纱丽，束着马德拉斯商人供奉的钻石和金子做的腰带——镀金的双脚闪亮，上面放着祈祷用的花。

在卡达姆巴斯森林，在圣人心中，您四处走动。她像天空的云，光芒四射。她形体曼妙，圣侣相伴左右。您的眼睛像新鲜盛开的莲花，您的身体像清新的云，闪耀着蓝色之光。三眼神啊，您亲爱的新娘。对您倾注满心喜爱。我恳求您向我显示您的恩泽。

寺庙的钟声已经停止，在这寂静里，女神跟你说，比如，说说你将有的新工作，你很快就要怀的孩子（即使没有去看德尔福斯医生）——或者说说你，维斯瓦斯瓦拉，将通过大学录取考试——或者说说，维戴，你的婚礼很快就要举行，等等。女神的圣所挂满发誓用的椰子，而在她的单纯中，你看见她和她的孤独，没有别人在场。献祭结束，已经通过门口，你那双眼睛能看到任何想看的东西，你只需恭敬地行走，圣所的寂静不要被不敬的声音打断：小心想要的东西。

我想要什么吗？其实并不想要。贾娅想要什么吗，当然也不想要。那么，这个魔法是关于什么的，你这种不动的嗜好？为什么不动，去厨房或做饭？做饭非常有趣，不是吗，贾娅？

"我们吃什么呢？"我说，试着打破安静。

"随便你想吃什么。"

"假如去记录下这往事——"

"什么事？"我们朝厨房走时，她问。

"事情，事情——"我说，但无法定义它。

"你在这儿,我也在这儿;公寓在这儿,巴黎也在这儿。"她说,不逃避问题,只是让自己确信没有事,也不会有事。人可以自由地在公寓里四处走动,可以从自己滑向更深的自己,两个走在虚空里的人不是产生两个运动,而是种十足的寂静。贾娅那种小溪流过喜马拉雅山似的平静总让我惊讶。毕竟,她不仅出生在喜马拉雅山,也是出生在去巴德林纳特朝圣的路上。千年来,朝圣者艰难地爬上高高的山路,颂着五字的经文,这可能打破你的命运之轭,领你去向不会再生之地。

三眼神啊,以蛇王作花环,香灰浴体。您永恒、纯粹、坦然,向您唱诵赞歌,我向湿婆献上自己的敬意,南无湿婆神。

贾娅内心的宁静像安静下来的鸽子,在翅膀和肩膀之间感受自己的温暖。

"我做米饭和拉萨姆。"我说,只是想说点什么。

"我做咖喱土豆和甜品。"

"很完美。"

"既简单又美味。不过,你知道我不是一个好厨师。"

"我也不是。对南印度人来说做米饭和拉萨姆就像早晨做吐司和咖啡。"

"我要做的咖喱土豆和甜品,五岁的女孩都会做,都非常简单。好吧,开始做饭前我去洗洗。法国也这么脏,让人流很多汗。"很明显,我们努力说些寻常的事情,这样容易点。她进房不久,我整个身体都在颤抖,我感觉到和一个女人单独待在一起的生理兴奋,身体的反应终究是身体的,我和自己的身体对话并去抚慰它,它像一头爱牛或一只鹿。在一定程度上,我一定有种持续的不适——她回来时。我不知道她是否也有这样的问题,可能什么问题也没有。女性的思想有其确定性，其深刻性比男人的生物化学活动更难以觉察、更疯狂。而男人，仍然是捕食的猛兽。

15

做饭的水在炉子上烧着，我很快洗好了炖锅，把小扁豆放进水里做拉萨姆。乌玛带来了一瓶新鲜地道的拉萨姆粉，这样的话，我要给贾娅做一顿比我吃过的更正宗的南印度饭。再者，因为你所做的事是恰当的，也就带上了神圣的色彩：疏忽或过度的不准确会造成精神上的不协调和不吉祥，就好像是，尽管你可以世俗的理性来对抗它，它仍然不会让你觉得正确。给贾娅做拉萨姆已经让我产生一种做错事的感觉——如你所见，对我来说，美学的整体性比社会礼仪更合乎道德。方程式之所以成立是以能正确验证为条件，与有没有用没有关系。确实，我很不讲道德，对男人来说，非审美的才是罪恶。如果桌子上的拉萨姆和餐巾纸都是合适的，我觉得，我应该和贾娅说点得体的话。正在这时，她洗好了，还换了纱丽，这次是纯绿色的贝拿勒斯纱丽，配着蓝色的紧身衣，这一切又一次都是正确的。罪恶总是残余的行动。

没有人做错什么，残缺是"唯一的罪过"。自由就是精确，自然运动的达磨法则，按照宇宙法则产生关联。规则一旦制定，所有的行动似乎非常简单。

那个晚上对贾娅和我来说，做饭像是扮家家游戏上的欢宴——席位是落叶，甜点是你在后院拾来的蓝莓或青番石榴等水果，杯子是一片片报纸做的，缝着竹叶边，树是长树枝，森林就是很多很多树枝——于是，罗摩和悉多要举行婚礼了。宾客陆续到来，当客人的就是一块块卵石。盛宴非常令人满意——有拉杜，糖耳朵（加里必），由草和泥土做成，当这对神圣夫妻结婚时，我们唱：

哦，毗提诃国王的女儿啊，
存在中无数命运的同伴，
湿婆的弓箭是一个借口
让我们永远在一起。

进入丛林，遇到凶猛的怪物，
财富显著，衣物众多，
植物提供食物，
熊、猴为友。

姐妹们，晃动牛乳搅棒，
在斯利那加吹响黑色的号角，
阿逾陀是男人的首都，
王国是他的身体，他的思想。

挥动银质吉祥盘，
黄色油灯的火焰，白色樟脑油的火焰，
看呀，看呀，新婚的帷帐放下了，
长辈们祝福的米落在我们身上。

让幸福多于快乐，
大象和马在厩里，
王宫门口奏响九种音乐，

结为吉祥神圣的夫妻,

吉祥,吉祥。

我想起孩提时在卡利卡特①学的古老的婚礼歌曲,我哼唱起来。这确实是一场布娃娃的婚礼,玩到父母喊我们吃晚饭。孩子们对生活的设计多么真实呀,在成人的世故下,我们追寻一切。

16

贾娅切土豆时,我洗炒锅,可她请求我让她做这些。"我是女人。"她非常坚定地说,我就交给她洗了。米饭很快就煮沸了,豆汤也煮开了,到了放姜黄的时候。贾娅在切洋葱和辣椒,我忙着找调料。我们需要孜然和辣椒,还要糖做甜点。贾娅双手虽然不习惯这些事情,但还是牢牢抓住了罐子、蔬菜。她把纱丽裹在腰间,厨房很热,她头上出了点汗,她很快切好了土豆和西红柿,又洗好炒锅倒了些油进去。她一边处理着切菜板上的土豆和洋葱,还顺手倒了些牛奶到另一个锅里,边看着两只锅边把蔬菜切细点。她笨拙安静地干活,我跑来跑去地布置桌子。公寓很大,让我们有空间和时间去感受游戏的自由。我们没说很多话,说什么呢?玩具娃娃的婚礼盛宴花了我们的全部时间,我们做这做那,贾娅低声哼唱着。

我被神握住在高山顶,四处无人。我没有父母,也无兄弟朋友,只能呼唤自己。

我也用沙哑的嗓子唱了一些颂歌和儿时学会的几首歌。我不认为她或我在想什么特殊的事情——我们自由自在地与自己相处。我

---

① 卡利卡特(Calicut),今印度卡拉拉邦科泽科德的旧称。

们这样切菜炒菜，调小煮饭的火，放拉萨姆粉，像已经做了一千年。时间似乎不动了，可我们做事时，又让时间朝前走了。我们的行为不是为了自己，当然为不在此的人。他在河岸的另一边，骑着黑色结实的马，热情四溢。这位英雄穿着拉吉普特的服装，上面布满花和叶子的图案，孔雀在草地上嬉戏，老虎从巢穴里伸出头。整个乡村就像是散播的乐曲，颜色和形状都回荡着迷人的纯真。大地确实是纯真的，米饭煮熟或洋葱做好时，如你所见，我们的手是干净的，我们的想法有趣而不真实。生活像克里希那的球戏，不管你扔向何处，它都会回到你身旁：克里希那正好把它扔到你手里，只是要小心。婚礼早已结束。父母在喊你吃晚饭。"母亲，等一会儿。"——"孩子，奶奶要睡觉了，别耽搁了。"玩具婚礼的陈设已经被石墙保护起来，你早上醒来时，它们还在那里。永远是婚礼该多好啊！

"我来了。"贾娅说。我们坐下准备吃饭。我们在餐厅放了早餐桌，这样我们就能坐得近点，彼此面对面。我们要用手吃饭。

"我还要再多点些香吗？"我说。

"那样更好。"

"为了让我们感觉舒适自在点儿，我要放些苏布拉克希米[①]的歌吗？我有一张你可能很喜欢的唱片，有关克里希那的歌曲，是九世纪我们南印度的安达拉创作的。"

"好，那一定很美。你知道我不懂卡纳提克音乐，我是野蛮的北方人。"

"你是喜马拉雅山人。"我回答。我去点香时，放上了苏布拉克希米的唱片。

"为什么不盛饭呢？"她问。

---

① 苏布拉克希米（Subbulakshmi），当代印度最著名的歌手。——作者注

"太好了，你知道，我饿了。"

"我也饿了。但我感觉到的不仅仅是饥饿。"说着，她去了厨房。

我点香的时候想，未来会怎样？一切看起来很自然，她和我出生地相隔几乎两千英里，她是个贾特公主，而我是吉登伯勒姆的婆罗门，我们的传统有别，教育有别，我们的"可接触""不可接触"方式、智力构成有别……她精通梵语，她四岁起就跟着一位老师学梵语，我是半西化的婆罗门、数学家，懂一点梵语，可以说，是一个只在抽象概念中觉得自在的人。"我的故乡，三个世界。"对我来说，甚至印度都有局限——然而，她像帕尔瓦蒂一样，出生在喜马拉雅山，印度是她的，印度也是她。可是在这些之下，喜马拉雅山也是我的，是湿婆的家，就是，她身体的一部分是萨蒂的身体。湿婆抱着萨蒂的尸体时，落在印度的不同地方，因而在五十一个重要的地点造了圣所，让印度自身变得神圣起来。神圣性不可分割。

我去厨房拿盐瓶时，贾娅给我的盘子里装米饭和拉萨姆，拉萨姆溢了出来。"为什么我们不放些在杯子里呢？这样我们吃多少就盛多少。"

"原谅我的无知。"她很谦逊地说。

我给她盛了一些米饭，把拉萨姆倒进杯子里，一段时间里我们不用再起来了。

我们坐下时，我说，"神圣感，是相异于人的东西。他以人的形式出生，但他可能是，比如说，非人的人，我称为非人类。"

"那是什么？"

"非人类在人类之外，不反对人类。非人类是一种准则，比如说，在火葬场上跳舞的湿婆，火葬场是人类化为灰烬的地方，人类的这种变化、解体创造出新的人，即非人，他就成为一种准则而不是人，所以他跳舞。"

"那么舞蹈是什么？"她急切地问。

"对我来说，舞蹈是一种自发的动作，身体忘记自身，随着宇宙的运动做动作——人随地球一起旋转，地球和行星一起旋转，行星随太空漩涡旋转，太空在时间旋转中，时间——"

"是的，时间呢？"

"——在思想的消解中。"

"很美妙。"

"这是真理。直到身体被消除，脱离躯壳，才有自由。自由的运动是音乐。"

"我不明白。"

"当宇宙中的每件事物都变成它自己时，它的振动、运动中的声音就是它的音乐名称。因而，音乐就是给名称命名——我们称之为加帕，神圣音素的重复是精妙的结合之法——如自然的运动，声音是音乐。"

"我想我懂了。"

"所为，我们每一个人都有自己的震动，有自己的声音模式。任何人——比如，以自己的节奏、自己的名称演唱的苏布拉克希米，她让别人感觉到他们的节奏和名称，从而做到说一个人的名字真正地达到无名。"

"这些对我来说太复杂了。"她说，手停在盘子上。

"事实上，每一种食物甚至都是这音乐的一部分。"

"哦，为什么？"

"哎呀，你记得《奥义书》里著名的诗篇：奥姆，婆罗门是食物，婆罗门是食物。这是事物，那是食物，等等。"

"我不记得了。"

"我不记得确切的诗句,不过大致是这样:我是本质,我以食物精华为生,所以我也是食物,我是食物。接下来是:大地是食物。太空是食者。太空基于大地,大地基于太空。因而,食物基于食物。"

"这听起来像你的论点,"她说着笑了起来。

"我毕竟是一个婆罗门嘛。吠陀和《奥义书》是我的食物,它们至少有三四千年了,所以我的观点听起来像这样就不足为奇了。"

"婆罗门的说法。"她开玩笑说。

"我情不自禁这样,就像你不会不是公主一样。"

"一个贾特人。"她轻蔑地噘起嘴。

"贾特人或拉吉普特人,你知道你们部落的一部分到了斯堪的纳维亚,斯堪的纳维亚人和你们有很多相似的神话和传统吗?"

"比如说?"

"比如杀婴和萨蒂。部落里很多女人,或者这些女人可能很难随部落一起长途跋涉,不管怎样,她们必须被处置掉。"

"这是邪恶的,不是吗?"

"人类学家会跟你说,饥饿时人会吃人。"

"哦,求你,我吃饭时请不要说这些事情。"

"请原谅。"我说,"说回食物,说回《奥义书》:哦,多美妙啊,多美妙。食物是我,食物是我,我是食物。现在吃饭吧。"我试着哄她继续吃饭。我们仍然有些要对彼此说的事情,是什么?我不知道,它们会自己展开讲述,就像傍晚成为深夜。关于夜晚,有些东西是为了真理,为了人与人的理解。或许它是包围着人们的、碰触到人们的无名寂静,这创造出一种氛围,我们身处其中,比在明亮的白天彼此更亲近。物体减少之处，人就越接近自身。可以说，这种亲密的物体、身体变得不可见，我们打开自己。这对身体的漠视，通过它使人成为苦行僧、情人或舞者。那就是，湿婆在吉登伯勒姆以虚空的姿态舞蹈。只有在这种虚空中，人才能与另一个人交谈，这种交谈才像在跟自己说话一样。这是爱吗？

"我看你时，"她说着吃了一口饭，"我看你的时候，你看起来很遥远。"

"大概离你远，"我说，"可靠近我自己。我远吗？"她想了会儿，说：

"或许不远，不过我不知道。"

"只有当我是无限时我才能成为你，不是吗？"

"如果我说是的，尽管我不是很明白你的意思。那么你会说什么？"

"如果你是虚空，我是虚空，不可能是两个虚空，你知道——不可能有两个涅槃，两个零。"

"再给我解释一下。"她请求道。

"如果我是无，你是无，你知道不可能有两个无。"

"假如我说是的，这是对的。"

"那么，爱另一个是不可能的。"

"那么一个人爱的是什么？"

"如耶若婆佉对他妻子说：玛德丽，如果我说我爱你，它意思是我爱自己。如果我说我爱这张桌子，因为桌子是自己。"

"我还是不懂，教授。"她微笑着说。

"我不是教授。即使这样，我还是回答你。爱是一种愉快的感情，关于自身的感情。如果一个人爱桌子，它仅意味着它让人愉快。

你愉快的话,你不是你吗?那么桌子是你,不是吗?"

"不是这样简单。"

"我觉得你该先吃饭。否则,你会饿的。一个饿着的客人会诅咒的。"

"我知道我要诅咒的咒语。"

"告诉我是什么。"

"你应该非常幸福。"

"哦。"我变得极度悲伤,无法行动。

17

我现在明白,巴黎城拥抱着我们,它富有活力,尽力让每个人都幸福。艺术家在蒙巴纳斯纵情于啤酒,或者想如此。拉贾·阿肖克,大概还有让-皮埃尔,和一些女孩子——当然,真正的女孩们——在蒙马特尔。米雷耶快活地回家了,她的兴趣在拜占庭人中。乌玛和苏妲在老佛爷街唱着献给室利克里希那的颂歌。或许,长着邪恶的不对称双眼的萨特先生坐在花神咖啡馆,为了恢复精力,吃光了碗里的东西。唉,加缪死了,他这个神话故事里的英雄担心非人类成为事实。在整个巴黎,只有阿伯拉尔似乎感觉到了非人类,从而被阉割了。因为这,他更接近爱洛伊斯了吗?没有。另一方面,没做修女的爱洛伊斯更接近他了。那么,独身主义或许不是非人类问题的解决办法,而阉割也不是升华。湿婆神是僧侣,室利商羯罗则是上等婆罗门。告诉我,婆罗门和无性到底有什么关系?否认绝不是满足的相反面。不,大概不是否认,而是变形。你的欲望变少时,世界看起来会不一样。唯一成了必要的需求,并更强烈。直到你只需唯一这一样东西时,你才充满热情,像湿婆一样,你在自己的尸体上舞蹈。

我准备好独身了吗？那么，为什么独身？

我看见贾娅在和她的拉萨姆做斗争，她从未学过像我们南印度人那样用手去吃流体食物，我笑了，起身拿来一把勺子。

"你看我是个野蛮人。"她微笑道。

"巴黎人会说我是野蛮人……然而我想的是神圣性。"我说。

"为什么？"

"因为我想变得神圣，不是圣人、苦修者，不是，我想和自身更亲密。"

"为什么这样？"

"因为，"我说，直视着她，"我想，因为我得不到自己想要的。"

她看起来心情沉重、不开心，"孩子得不到想要的东西时会哭。"

"成年人不哭，至少今天不哭。而一个人应该获得神圣性。可以说，神圣性是无泪的哭泣。"

"真奇怪，无泪的哭泣，我以为神圣就是幸福。"

"是的，可有些时候，你知道，幸福、真正的兴奋非常严肃，"我微笑着，尽可能坦率地跟她说，"它像是无泪的哭泣。"

她突然停止吃饭，一言不发地靠在椅子上。我无意中走得太远、太快了，我希望牵住她的手。可是，这不是答案。答案可能是，我不是。我所在之处没有贾娅。牵她的手可能是非仪式动作，唯一不合法的是层次的混乱。A应该和B相伴，A1和B1在一起，不是A和B1在一起。触摸她我能给她什么，或我能得到什么？它会留下只有死亡才能抹去的伤痕。重要时刻是完全对人类来说的，如吠陀的供奉。

现在，我抬头只见她眼里闪耀着泪花，慢慢地滑落到她苍白如大理石的脸颊上，她表情严肃，贵族气十足。我真是一个粗鲁的局外人，拉贾·阿肖克可能知道怎么办。他知道吗？

"孩子哭了。"她说，不是嘲笑自己。她拿起勺子，但又把它放回盘子，说："告诉我，人有希望吗。"她的声音几乎是生气的。

"你的意思是人类？"

"是的，人类。"

"不是。"她突然非常低落，想起身，却又坐回椅子里。我想起乌玛唱着献给克里希那，或罗摩、悉多的颂歌，要么是献给女神的颂歌，她一定很开心。她和苏姐噙着眼泪拍着手唱着，她们找到了一个物体去膜拜。贾娅找到了我，一个非物体的物体，一个抽象化的具体男性，他的男性特性是他的祸根。直到她放弃我，就是，直到贾娅放弃我，我永远不会成为我，那个她知道是我的我。因此，直到我变成"我"，她都不会放弃我。然后，我突然有了一个可怕的想法，就像在世界末日的悬崖前经常发生的那样。在海德拉巴，拉查玛住的地方，我经常看到街上的野狗交配，它们无法从对方的身体里抽出来，彼此都用错误的方式拉对方，直到路人把手放在它们俩身上，把它们拉出彼此。因此，我们形而上的纠结相连没有解决方法——只有彼此动作纠缠，我们中的一个人应该先自杀去解放另一个人。在这种自由中，谁想要谁？贾娅想要我，或我想要她？答案像那个非数字，负一的平方根。它用在数学中，但没有具体的实际作用，就像时间之前的时间，无真正作用。不管怎样，为什么任何事物都要有目的呢？像贾娅问：人有意义吗？他肯定没意义。那么，为什么还浪费你我的时间呢。

"贾娅，我放唱片的另一面怎样？"

"是一样的歌吗？"

"是的。"我说。我们都笑了。

18

事情的开始和结束都是——沉默，因而它无法言说，含义丰富，捉摸不定。它是沉默的舞台，危险的自由，个体的垂直确定性，我们本身。如果音乐是沉默的变调，所有的形式则是唯一例行的意义。"每个字都是一句经文，每一步都是一个重复。"室利商羯罗说。没有男人（或女人）能确信他（或她）自己的伟大。毕竟，伟大是对有限的认识——因此，这是无的窗口。罐子是土。

贾娅的沉默像是通往内心的旅行，是去她神圣之所的朝圣。我之前说过，她从里面出来时，经常带着僧侣用的水果和鲜花，踏着祈祷的脚步。她的姿势从来都是皇家女祭司的样子。她的贵族身份是接受宇宙规则。死亡在她庄严的门前，她的表达依然清晰，不可更改。因此，我们有时坐在那里，经历了许多长时间的无意识的深渊，从中产生了无法预见但不可避免的东西。在这样的时刻，这间公寓开始独立存在——那么，我们不是两个人而是三个。很快，每个物体，门的金质把手，支架上的绿碗——城市的声音，都很遥远。车子的声音，甚至步行者下楼梯时的脚步声，林荫道上栗树枝丫的吱响声，鸟儿偶尔的叫声，一切都呈现为开放的自我。因此，每一刻——刹那——都成为出现和消失的事件，如早期佛教，一切都从虚空中迸发出来，在真正的未知中出现和消失。它们过着自己的生活，死了。

现在，贾娅站起身，简单从容地走向她的房间。餐厅对着房间，门没关上时，能看见一张大床。我什么也没做，坐在那里想奇怪的事情，就像一个人在街角，前面有红灯。然而，不可能的事被一道巨大而柔和的光点亮了原始的想法变得清晰而自足，像阳光下农屋瓦片上的鸟羽或蜘蛛网那样打动人心。小牛的低叫声或玉米的碾磨声（手推磨上）在背景中似乎也是合理的事物，以自己的适宜方式闪耀着。我感到轻松，站了起来。但是，我微微碰到这张笨重桌子的桌腿，很疼但并不严重。我几乎不假思索就朝贾娅的房门走去。

在屋里半明的灯光里，街灯在厚厚的窗帘间移动，对面公寓里的灯光透过餐厅落在梳妆台上。贾娅的拖鞋放在右侧床腿边，我慢慢地走到左边，看着床上，发现贾娅不在那。她可能去刷牙洗脸了。她出来时，躺在了一边。她什么也没跟我说，我几乎看不见她。我觉得自己像在一座埃及金字塔里（比如说吉萨），我自己躺了下来，伸展开四肢，望着高高的天花板。它越看越像纪念碑。我们几乎能听到自己的呼吸，仿佛是城市更遥远的声音。就在这时，电话铃响了，接电话似乎是不祥之举。它打破了屋里的寂静，像从这个忧伤而刻意的接待时间汲取快乐。尖锐的铃声继续响着，然后停了。我有些害怕这样的氛围，寂静充满房间，街道上的车声逐渐远去。不远处，荣军院外是塞纳河，人们知道它只是简单向前的水流。

我们不是浪漫主义者，不是理想化的事物或事件。我们也不现实。我们只是我们，挨着彼此躺着，之间有着清楚而确定的距离。贾娅似乎已经在她周围画了坛场，就像罗摩画下神奇的圆圈去保护悉多女神不受丛林怪物的伤害。然而，我不是罗波那，没有计策去诱拐贾娅，而是哈努曼，"传奇之王"，公开宣称的独身者。我们中任何一人都不会越过那条线，这注定不合适。突厥人不必担心，母亲也不必。我们不是品德高尚，不是。世界似乎太开放了，无法触摸。你什么也赢不了，什么也得不到，真的。还有什么比没有思想的想法更真实。像睡眠。像婚姻。

19

我的记忆又回到了自己的孩提时代，确切地说是十或十一岁的男孩时，一圈圈地绕着阿鲁纳查拉山：父亲和我转圣山，他拉着我的手。（母亲几年前去世了，他第一次和我说起她。因为我，他不愿做她的祖灵祭——对他来说太困难了。"最好做一个理智的人而不是遵循腐朽的宗教传统。"他说，随后又陷入沉默）

"来，儿子。"他说。我在屋里台子上的床架上醒来，这间土屋是一个英国人的，他现在不在静修林，而在遥远的欧洲。人们说，"来，我们去转山吧。"我看着天色已亮，眼睛眨都不眨，也没洗脸。高高的山光秃秃的，布满石头，可似乎有种渐增的不安感。我们很快洗完澡，穿好衣服，喝了杯咖啡（是拉曼给我的，他是父亲的厨师，陪着我们）。我们向山跑去，穿过静修林，在狗、孔雀、牛和信徒间向山走去。信徒们在静修林吃过早餐后，到餐厅水龙头前洗手，妇女怀里抱着孩子，等着轮到她们去洗。牛欢快地吃着盆里的东西——嚓，嚓，咔嚓——山矗立在我们前面，我们走向它，我气喘吁吁地想跟上父亲的步伐。这是冬天，太阳从峰顶后面、从那些支柱般看似不稳的石头后面缓慢地上升，而智者站在那里，后背映衬着无声无息的天空，像是由山体的金色液体和琥珀色分泌物塑造成的，像父亲经常说起的阿鲁纳查拉山顶的榕树一样，有着宽大的叶子。智者有一次想去看那棵神秘的树，可他的腿被很大、很大的蜜蜂叮了。后来一个英国人也想去看，我听说是一位诗人，他在夜里迷了路。父亲解释说，因为有一个古代的修行者住在下面山洞深处的某个地方，他害怕自己的苦修被打搅——于是，我说，只要智者背对着山站在那里，拄着他粗粗的、光滑的拐杖，拐杖头有猴子的头骨那么大，带着孩子般的笑容，这就足够了。父亲告诉我，像今天早晨一样，有次智者因为内急到山边去了，随从在树后面等啊等，直到早晨的太阳升到了空中，还没有智者的踪影。随从飞快地跑去找智者，石头后面、洞里都找了，哪里都没有。最后，他叫喊着浑身大汗地跑回静修林，整个静修林的人都跑去找智者。最后，下午晚些时候他们找到他时，你知道他正在干什么吗？想想看，智者在山谷深处和牧童玩石子游戏。他们惊讶地说："世尊在玩石子？"——"是的。"他回答说。他们说："尊者，来和我们玩石子吧。"于是我们就一起玩了。玩了一段时间后，他们还把食物分给我吃，然后我们又一起玩。——"哦，"一个富有的帕西女士说，她在静修林里盖了一间精致的房子，"我们以为您迷路了。世尊，我们哭了很久，没有您我们怎么办？"——"您愿意回静修林吗，请回去吧，请回去吧。"他们请求道。——"如果你们想我回去，我就回去。"他回答说，微笑地看着邀请自己和他们一起玩的牧童们。他拄着自己忠诚的拐杖，慢慢走回静修林，他的随从像平常一样拿着水瓶跟在后面，他边摇头边说："跟小孩们玩太有趣了。"智者以一种非常自然的语调说。他是位非常自然的人。

"去和来。"当父亲和我向他鞠躬时，他微笑着说。他在小路上徘徊不去，像是在数着鹅卵石。哦，阿鲁纳查拉山，他唱道——

  阿鲁纳查拉山，你清除了那些人的自负，他们以为心与你同在，

  阿鲁纳查拉山，你根除了那些人的自负，他们以为精神与你同在。

"儿子，"父亲说。走过崎岖不平的小路，经过干涸无水的峡谷，

你知道，因为是冬天，北方的雨季来了又走了——路过环形的大蚁丘，我担心眼镜蛇会顽皮地吐出它舌头的毒液。尽管父亲说过它们绝不会伤害朝圣者，父亲向我保证从开始它们就没有伤害过。我转身看那些立着的巨大卵石，它们就好像用细长的头倒立着，准备在它们愿意的时候随时倒下。卵石下面是一些洞穴，我看见深深的洞穴中隐约有豹子出没。因为有豹子，这里就没有老虎，人们说山上有很多、很多豹子。父亲说："豹子不像老虎那样没有恶意——听说，那些朝圣者清早转山时，豹子会攻击他们。"谁知道呢，我对自己说，或许豹子随时都会出来。我向你保证，直到我们走到了主环路上，我都很害怕。终于，我们看到了很多朝圣者，他们前额涂着香灰，沐浴的湿衣偶尔还滴着水，一直低声唱着南无湿婆神或别的圣歌——还有女人们，怀里抱着孩子或走在他们旁边，老奶奶拄着竹杖，猴子在上面跑，人在下面走。有时还有一辆坐满朝圣者的牛车经过，车上都是懒人、病人和老人们，咳嗽着，吞着口水或吐唾沫——僧侣们，哦，是的，僧侣们系着黄褐色腰带，也涂着香灰，拿着三叉戟，还有一个人的脸颊穿着铁钉，可他还在抽烟，一路都在抽烟。有的人留着一头缠结的头发，有的人头发全剃掉了，拿着拐杖和碗——走动着、不停走动着的神圣人类——我们加入朝圣者队伍时，父亲说："儿子，我要跟你说说山的故事，故事都在往事书里，主要是《室犍陀往世书》[①]。"父亲背着黑绿豆米饼，太阳越过了山脊，他用围巾盖着头。父亲说："从前，很久很久以前，事实上几百年前，他们说，东方有一块叫利莫尼亚的陆地。但这座山，这座伟大的山比利莫尼亚要早，有人甚至相信这是最早露出水面的一

[①]《室犍陀往世书》(Skanda Purana)，室犍陀（Skanda）是湿婆与雪山女神的儿子，象头神迦尼萨的兄弟。该往世书讲述室犍陀出世、打败多罗伽，恢复天界和平的故事。佛教里的护法神韦驮天的原型就是室犍陀。

块陆地。当然，在陆地出现之前都是水。另外还有一块大陆叫亚特兰蒂斯，人们说，地球上只有两块陆地。这山像大地的第一个儿子，就像你是我的长子一样。"

"可是，父亲，"我抗议道，"您不是说过在我之前还有一个孩子吗，他在我出生之前死掉了？"

"是的，为了论证嘛，我就说你是我的第一个儿子啦。乌玛像月亮，先是地球，其次才是月亮。你是阿鲁纳查拉山，她是月亮上的山。"

"父亲，您的意思是没有别的地球了吗？"

"谁知道，谁知道呢？"他笑着回答说。"但它们肯定没有阿鲁纳查拉山。"

"当然没有。"我同意。

"那么……"父亲继续说。我们转到另一边后，前面有头小母牛，是头阿姆塔玛哈小母牛，灰白色，长着小小的角，在冬日早晨的阳光下跳跃向前，或许因为去新家而兴奋——你看，它被拴在一辆敞开的牛车后面，牛车载着一家人，他们不是朝圣者，可能是送女儿到婚礼屋的一家人——看呐，看呐，年轻的姑娘打扮得多好，前额贴着吉祥志，耳朵上戴着金耳环，手臂上还有银的、玻璃的手镯，女人们唱着婚礼歌谣——"那么，亚特兰蒂斯在一边，利莫里亚在另一边——埃及人是我们德拉威人的堂亲，人们于是说——尼罗河边有两个国家，所以埃及是两个王国的领土，一个是利莫里亚的起源，另一个是亚特兰蒂斯的。这里——"父亲说。他谦恭地看着山峰，它很长的一部分仍然在太阳的阴影下——"所以，这山是大陆分开时大地母亲的第一块土地——从肯亚库玛里顶端，南极愉快地和我们分开了，而整个美洲大陆从非洲分开——这座山，陆地的长子,矗立在这里,像座灯塔,一座永恒的灯塔……现在我给你讲个传说,这座山的另一个故事。

"从前,创造者梵天和保护者毗湿奴,一人对另一人说:'我最年长,我是永生者。'就像人类一样,比如说苏巴哈斯·鲍斯和尼赫鲁两人,'我会成为印度国会主席。'——'不,我是。'——等等。于是,鲍斯怒气冲冲地飞到俄罗斯、德国,然后去了日本,在那反抗英国——可尼赫鲁留了下来——这些神之间也互相争吵,整个世界因没有雨水变得焦干,孩子一出生就死掉了,人类处于令人悲伤的不幸中,这时他们的甘地来了。当然,除了纳拉达还会是谁——这个搬弄是非的神,拿着他的四弦琴,像甘地总是带着他的手纺车一样,对打架的众神说:'这都为了什么?'

"'让我们问问圣人。'梵天对毗湿奴说。'先生,谁是第一、永生者、最有力者,是这个人还是我?'

"纳拉达不怀好意地说:'你们都不是,带着头骨项链、涂着香灰的蓝颈神湿婆最伟大。'

"'哦,'梵天笑着说,'是他,那个蓬头禁欲者!去和牛谈这些吧。'

"'不过,不过,'毗湿奴喊道,'我们还是去看看吧。'

"'干吗不去!'无畏、骄傲的梵天说。

"他们去了涂着香灰的三眼神、火葬场上的舞蹈者那里。

"'哦,你们来了。'湿婆说,露出最富人性的笑容。当我看着智者时我经常想这就是湿婆笑的样子……"

"是的,是这样的,父亲。"

"我想也是这样的。让我们接着讲故事。湿婆什么也没说,而是变成一根火柱,蹿上天空、下到阴间。'哦,哦,'梵天笑着说,'这些都是把戏。'可毗湿奴露出了敬畏。从右边垂直的火柱传来甜美悦耳的声音，说：'谁能从最下面看到开始的我、从最上面看见我的顶端，他就最年长。'梵天骑上他的天鹅来到顶端，毗湿奴变为野猪，用凶猛的獠牙向地下挖去，他挖得越深，火柱变得越大，他累了，就出来了。而梵天已经拿着花瓣在那里，他在湿婆头顶解释说，'这儿长了一棵树。'梵天说，'这是花瓣。'湿婆笑了，'它仅是鸟的羽毛，我全看见了。'毗湿奴说出了真相：'我挖呀挖，找不到你的底。'湿婆被真话打动。梵天觉得羞愧进入宇宙时代的睡眠。

"'那么，'毗湿奴向湿婆躬身道，'您是最伟大者，初生者——给您鞠躬。'

"湿婆被深深感动了，对毗湿奴说：'我还会留在大地上，但不以火柱的形式，它会烧掉世界。'"

"那怎么办呢？"

"我作为一座山，最初的山，作为阿鲁纳查拉山留在大地上，这样，你统治的世界将继续绕着太阳转，当人对出生和死亡的轮回感到厌倦、必须寻求绝对时，他们会到山这儿来找我。当他们绕着阿鲁纳查拉山转山时，有一天会获得解脱。这山对人类来说不仅是山，当克里提凯星座与满月一年一次相接时，男人和女人爬上最高点，他们在那会堆起马来亚山的檀香木，带来阿鲁纳查拉山的树枝，还有干藤，把融化的奶油倒在上面，或在山顶放上一堆樟脑，然后把它们全部点燃，周围百里的人们和牲畜在十四天里都能看到火盆，提醒人们真理把所有物体烧成了灰，就是，每个物体烧掉自身成为知识——我的儿子，这是真理中的真理。"

我对故事的结尾有些厌倦。我们走到路边的庙时，父亲让我坐在过道里，我说：

"父亲，您第一次来这里是什么时候？"

他陷入沉思，摸了一下脸，说：

"第一次是和你母亲一起来的，在我们结婚后不久。"

"你们为什么来，父亲？"

"为了得到圣人的祝福。儿子，这是很久以前的事了。当我们得到圣人的许可来转山时，这就是我正在想的。他也认识她，也正好是站在山前，也跟我们说'去和来'。"

当父亲温柔地将我的头放在他膝上时，我说："跟我说说母亲吧。"他看起来心情沉重，十分伤心。

"让我说什么呢，儿子？你母亲是个虔诚、敬畏神的女人，如英国人说的，她很温柔、非常温柔。她有别的女人少有的高贵和慷慨。女人总是很慷慨、非常慷慨——但很少高贵。她们不知道如何宽容，没有宽容就没有力量。男人必须强壮、专注、卓越、行动敏捷，如果他是婆罗门，可以说，他还要是位思想的战士，我大概是个老派的人，但这就是我一直以来的感受。

"像她的名字一样，你母亲的确是拉克西米，而在学识方面她也是萨拉斯瓦蒂。她特别小心地走路，像在数着自己的步数，生怕大地承受不了她的双脚。'就像我们把花瓣扔到圣所的地板上。'她会说，'让我们的思想和动作作为大地母亲上的祈祷者。'"父亲停了下来，泪水使他哽咽了。沉默了一会儿后，他继续说："儿子，我还多说什么呢？她嫁给我时只有十七岁，可她显得单纯而稳重。我们结婚时，一位堂亲说，我不像是和一个女人结婚，我与一个像自己的人结了婚。她有一个让人敬畏的品质。可是，我也有这个品质，你已经发现了。我一直脾气很好，但有次我异常愤怒，像一只因愤怒而横冲直撞的大象，用象牙把受害人撕成碎片，我的话语是我的象牙。她也有语言，但它没有打击力，只能像只生气的猫、小猫、豹子那样撕咬。"父亲补充道，大概想起了这山。"她爱你就像她爱我一样。乌玛一直不是她喜欢的孩子，这是我非常理解乌玛的原因。你母亲尽管很温柔，但也会打她耳光，说：'我不知道你是怎么到这里来的，你不该生在我们家。'这样，我不得不把乌玛拉到怀里安慰她，直到她破涕为笑。乌玛受了很多很多罪，"父亲又接着说，"要永远对她好。男人应该对女人好，强壮者必须保护弱小者。

"在她去世前几天，不知怎么了，她内心大概有了预感，一天傍晚，当我们坐在后面软秋千上说话、喝杏仁牛奶时，她对我说：'如果我走了，像每个人必需的那样，请对俩孩子都好。我知道希瓦很好，他有你的沉默、有你不可估量的伟大、你的智慧。但可怜的乌玛，她的行为像出生十七个月的婴儿。我知道我对她太严厉了，但我也爱她。'她擦了擦眼睛，啜泣着。儿子，你怎么能理解一位母亲的爱呢？我不能，男人永远都不能理解。不管她逗孩子玩还是打她，她都爱这个孩子，并知道这一点。当你有了自己的孩子时你就懂了。"

"父亲，"我说，"我想成为圣人，像智者一样，穿着狮皮衣服在山上漫步。我不知自己想要什么，我想要很大很大的东西，像这座山一样大。"

"还有，"父亲顺着自己的思绪继续说，"她有最好的歌手那样的声音，就像苏钦德拉姆的那些歌手一样。你记得苏钦德拉姆吧，你六七岁时我带你去过，苏钦德拉姆离肯亚库玛里不远。是的，她的声音就像那样。她弹奏七弦琴时，我听到一种声音，一种低沉的、非人间的声音，这声音像有个拉格尼陪着它，从乐器底部发出声音，非常精美，你应该用你灵敏的耳朵去听。你知道，她跟迈索尔宫廷的大师维纳维卡塔查学音乐。她还用梵语、一种她从未学过的语音写歌词来配她的曲子。儿子，我们知道什么呢，人们究竟知道什么呢？"

"父亲，后来怎样了？"他继续抚摸我的头，我问他。

"儿子，这就是后来发生的。"他长出了口气说，"我杀害了她。"

"什么？"我惊呆了，站了起来。沉默如此沉重，就连厚重漆黑的庙墙、山上阳光下的石头听了他刚才说的话似乎都着急了。

"儿子，就是这样。那时，你还很小，或许你还记得我们住在安那塔普尔城界外边。你记得安那塔普尔城吧，有阴暗的山和笨重的黑色石头，还有蝎子，有很多蓝色的毒蝎子。总之，那是一块贫瘠的土地。副分区长官的房子是新的，正好在小山丘边，带有大花园、马厩、车库，因为猎豹，四周围着装有倒钩的铁丝。猎豹会下山攻击马，马会因为害怕而整夜踢腿嘶叫。我有一匹黑公马，去乡下村庄检查时骑着它，由于篱笆高，猎豹从未靠近过它。在篱笆外，向北朝山的方向，如果你记得的话，远处有个地方过去一向是用来架柴堆的，早晨和傍晚，白天和夜晚，颂歌从火葬场传来。当尸体被送上它们的终点火葬堆时，我们都能听到它们。我不害怕，你母亲不怕，你们孩子也不怕，你们太小还不知道这一切意味什么。"

"不，父亲，我记得很清楚，山和火，还有豺的嚎叫。哦，他们过去曾如何哭泣啊！您知道，我晚上害怕朝那个方向看。我过去常想阎摩王骑着他的水牛，手里拿着套索，后面跟着所有的仆从。那个女仆阿查卡过去常跟我和乌玛说这些恐怖的故事，还有火魔的舞蹈、吃人的妖怪去吃那些未烧完的焦尸。我会用床单把自己盖起来，恐惧带我入睡。"

"可怜的孩子，"父亲爱抚着我的头说，"你为什么不告诉我呢？"

"我没告诉您，可我告诉母亲了。您知道她说什么：'有一天你也要在那里烧我。'——'胡说，母亲。'我回答说，'父亲会保护你。'"

"你瞧，我把她保护得多好，就是这个结果！那时我们的平房还没有电，它离城太远了。平房给人们深刻的印象，表明政府多有权力。你知道，那时正是甘地骚乱时期，我们门口甚至还有警察门卫，我们很安全。一天晚上，她的哮喘病又犯了，咳嗽非常、非常厉害。我们有拉莫克里希那医生给的混合药剂以防出现这种紧急情况。医生是有才能的好人，在伦敦学习过，我们和他很熟。咳嗽非常严重时，我给你母亲吃了这种特殊的药，我不记得它的名字了，颜色有些蓝，瓶子上贴有常见的说明标签。

"那时，我们一直在卧室角落里低低地点着煤油灯。因为她呼吸困难，我突然醒了，她似乎窒息了，我想这是最后时刻了。症状很严重，你知道那是什么样，那么我就不必跟你说很多了。整夜都在下雨，大概是湿气弄的。我跑去拿她的药瓶，它在我们床后的桌子上。我倒了一粒药给她，她急切地喝下药，想止住咳嗽。她喊道：'烧了，啊，它烧起来了！'她倒下昏了过去，我不明白怎么回事。仆人听到喊声跑了过来，他们拿来又大又亮的灯笼，直到那时我才知道自己做了什么，我倒给她的是她经常用来揉胸部的松节油。我抱起她跑向汽车开去医院，她在我们到医院之前就去世了。是的，我杀了她，第二天我这样写给官方代表。他们相信我，没有谋杀案。儿子，这是我承受的业，是多少年才有的重业。"他沉默了很久。然后，他看着山说："从那时起，我就经常到这里来。每个假期，你和乌玛去吉登伯勒姆祖父那里时，我就到这里来。我想见见智者，我要一点点擦掉我的业。我是一个凶手，但是我爱她，儿子。你明白，对我来说，不可能再有婚姻了。你祖父强烈要求我再婚，但我永远不会结婚的。所以，你母亲的妹妹希妲姨妈，她也是一个寡妇，来照顾你们。生活是怎样一场棋局呀，你不会赢。只有真理才是获胜者，就像智者说的，真理超越生死，你懂吗？"

"是的，父亲，我懂。不管我何时看到智者，我都知道他不会死，我也不会死。"我以孩子的自信说。我一定知道什么了，如果不知道，我怎么会说这些。大山知道我懂了，山总是知道。这是觉悟，强有力的知识。那天，我又明白了一些自己永远不知道的东西。

在庄严的寂静里，父亲和我坐着看我们面前的山。慢慢地，他把我的头拉回自己腿上轻声地唱了起来：

在吉登伯勒姆的院子里，湿婆尽管生性不动，在静静站立的萨蒂前，他在狂喜中舞蹈。他知道在阿鲁纳查拉山，站立在自己的庄重中，她退回到他不动的自我。

他不停地唱着，停下来又唱了起来，我睡着了。

就在那儿，我做了个奇怪的梦。

我又回到静修林。这是一个明亮的白天，我穿过后院去浴室晨浴。因为我的哮喘病，我经常在中午时分沐浴。我长大了，个子很高，我已是一个年轻人，留着胡子，穿着西式服装。我前面躺着一个女人，盖着很多珍贵的首饰——鼻环、坠子、珍珠，胸前放着一颗手掌大的蓝宝石。她躺在她的"竹床"上，她死了。她双眼安详，而她的脸"比月亮还明亮"，似乎带着一丝淘气、顽皮的神秘微笑，她好像可以行走、可以说话，吸引人去进行一场新的冒险。但是，我知道她死了。即使这样，我还是很肯定自己所站的地方，如果她回到我们屋里，绝对有生命。我不能回去，我觉得，这是一个诅咒和一段过去的生活。我甚至无法喊父亲，我听到他和拉莫说话，可我发不出声音，每说一个词都变成了呼吸泡，像开关顶端的仙人掌泡，我们从芒格洛尔的巴塞尔弥撒学校闲逛着走回家，整个下午都在那个开关顶端做泡泡。我们站在水池边，把泡泡吹到水面上，它们漂向远处的码头。

于是，我坐在尸体前。我要进行葬礼了——把线从一端换到另一端，一、二、三，在我的第二个手指上绕上长寿茅草（拘沙草），把香蕉叶缝成杯子，从河里取来恒河水，在尸体和我身上洒圣水——然后，看吧，看吧，我点燃了柴堆。我哭啊哭——她非常美丽。

我一定哭得很厉害，父亲唤醒了我。他说，"儿子，你做噩梦了吧？"于是，我们到庙宇的后院，坐在广阔的天空下，从没有遮盖的井里取来新鲜的水。我在脸上洒了些凉水，又看着那山，老鹰在山上一圈圈地盘旋，它有尖利的喙和平稳的宽大翅膀。我所看到的东西让我惊恐万状：我看见山里有山，然后那座山里又有山，直到它们都变得非常小，像庙里的灯一样小，画着吉祥点的八芯灯，中间悬着花环，七位圣人——维瓦米特拉、瓦斯塔、纳拉达和别的圣人——唱着圣歌，绕着它走了一圈又一圈——圣人涂着香灰，头上高高地堆着打结的发髻，他们脸上的光就像我看见的失去生命的人脸上的光。我四处看着，没看到父亲，也没看见庙，什么也没有看见，我只看见一个大光球。

父亲一定觉察到什么，我真正睡醒时，他把手放在我肩膀上。父亲打开装着绿豆米饼的袋子，我们坐在井边吃了朝圣餐，洗了手脚后，我们又继续转山。现在，我们似乎被风和太阳、被旋转绕行的地球带着，微风舒畅，柔软而芬芳，像书里写的那样。我不记得，在路上我们是否看到了人：一定有很多人。偶尔，我敬畏地偷看一眼山，它像一头巨象，像我们一样半梦半醒，山的两侧如同象牙一样，人们几乎能听到巨大的呼吸声，呼哧呼哧地穿过山谷，人们觉得随时会被吞没，没入大象的肚子里。有时候，山的这边看起来像梵天的脸，脸上挂着捉摸不定的笑容。于是我想，山的另一边一定是毗湿奴的脸，脸上带着清晨的霞光。到处长着树，岩石间、岩石旁、岩石下面和裂开的岩石间都长着灌木——树色暗淡不明，鸟停在上面，有时孔雀阔步走过，要不就是一群猴子突然漫不经心地晃荡过去。然而，山上看不到人——只有鸟，石头，树，零星地绕在静寂的山端。

我们回到蒂鲁文纳默来时几乎是傍晚了。朝圣的半程路，我大概都在睡觉，因为我醒来时是在婚礼牛车上，马和小母牛在旁边跳跃（因为它们也要停下来在树下吃午饭）——父亲看到我累了，可能用卢比说服了马车夫，于是我半梦半醒地被放到了牛车上。我迷迷糊糊中，记得两边婆罗门人的房屋，本生经和牛车，还有远处鸣着汽笛的火车，一层层的庙塔上升着似乎接上了远方的山峦。父亲告诉我，就在这庙里，智者曾坐在黑暗的地下大厅里，身上爬满虱子和蚂蚁，男孩们向他扔石头，但他像柱子一样坐着，什么也不知道——这就是他的经历，他看见了神，他说，它，它，它，但他不能说话了。二十四年来他从未说过一句话，人们喂他食物，给他洗澡，把他带到山里的维鲁帕卡萨洞。就在那里，他有了第一位信徒。渐渐地，他开始说话了。

我突然想起自己的梦，说，"父亲，我梦里的女人是谁？"

"我哪知道哦，儿子。你在梦里看见了奇怪的人，忘了吧。"

我们站在庙门边，门两边是寺围①和商店，尖塔里的壁龛一个个都点亮了。父亲不想进庙，他恨庙，而且他也恨祭司，他只在办理公务没办法时才进去。人们跟他说了有关庙宇的一些奢侈的事情——你进去站在子宫般的圣所里，能看见湿婆的脸在变化，他变成智者。但父亲不在意这些。毕竟，我们是去见智者本人的。

我们走路时，我注意到山周围很多残破的庙。我说："父亲，那么多被废弃的庙，成废墟了，旁边长着树，还有大蚁山，到处是烧焦的烛台和破罐子。父亲，这些是怎么回事？"

"我曾经也向智者问过同样的问题。智者说：'像人们有他的业一样，神也有。'"

20

我们到家时，好人拉莫已准备好我们洗澡的热水。我走进浴室，什么也没发现，那里什么也没有。我们穿上干净的衣服后，进了主屋，亲切的智者在那里，满脸孩子气的笑容。

"你们回来了？"

"是的，世尊，我们回来了。"

父亲看起来很高兴，他在门格洛尔②或马德拉斯看起来从未这么高兴过。

"你们看见光了吗？"

"在哪里？"

"我意思是说在山上。"

---

① 寺围（mantapa），在庙和圣所周围的建筑，供信徒在仪式过程中休息。一些寺庙建有很多寺围，有柱子支撑，围着庙墙而建，像开放的走廊。

② 门格洛尔（Mangalore），印度西部卡纳塔克邦濒临阿拉伯海海岸的港口城市。

他知道。他真的是山,还是他和山是一体?那天傍晚,我说:"父亲,您在这里看起来很快乐。"

"是的,我的儿子,在这里我是平和的。你母亲去世后,我从未安定下来过。我努力工作忘记时间。但在这里,时间过得真实,我在时间中生活。"

"那干吗回去呢,父亲?"

"有乌玛,有你,还有阿纳塔普尔区的人们。我要照顾他们。儿子,人要行自己的达磨。"

"在这样的苦中吗,父亲?"

"马德拉斯一位著名的律师曾对我说,'你去拉莫纳舍拉曼时,你就像去网球场。我享受每一次击球。我处于非常完美的平和之中。但……我回到马德拉斯,它就是个大集市。'这就是生活,儿子。"

那天晚上我睡觉时想,这个世界就像跳跃的小母牛,或者像梵天取下的一根羽毛,把它叫作花瓣。智者说,思想像梵天,灵魂像毗湿奴,真理是湿婆。

21

这样,维拉斯普尔将有一座湿婆庙。我要带一把安鲁纳查拉山的土倒进它的地基里。我决定了。是的,我会去那里。贾娅拉克希米,我在那迎娶你,可以吗?

贾娅去卫生间洗漱。我从床上起身,走到自己的屋里。有一天,我要停止一圈圈地转山,搭乘火车和出租车去坎亚库马瑞,看日出日落,海浪冲刷着岩石,变成白色泡沫流回三海。

灵魂,像海里的波浪。产生,

涌起和落下,相互撞击又消失。

前浪变弱退回，后浪又冲向海岸，
倦了，消失了，寻求安宁和平静。
灵魂却以各种方式寻求至高无上。
而海浪只是水，大海也是。
你听到水声了吗，J？

22

我一定在那里躺了很久、很久，或许我真睡着了。我突然起身时，只希望自己没有打鼾。我听到厨房有声音，我慢慢走过去，贾娅在泡茶——茶壶在炉子上。电话一定是乌玛打来的，她随时都可能回来——我看了看钟，时间已是午夜。我要求乌玛在离开拉迪拉尔公寓前打电话，我希望她不要被门房拦下，因为乌玛不知道怎么对付那个睡眼惺忪、大声嚷嚷的门卫，她的法语还不够流利。我们打开餐厅的灯又在同一张桌子旁坐下，贾娅的茶放在她面前，而给我冲了雀巢咖啡。

"乌玛随时会回来。"我开口说。

过了会儿，贾娅说："死亡一定是明亮的。我们死去的方式，我想，如《薄伽梵歌》所说，造就了来生我们该是的样子。你知道，我一直在想，死亡像灯火通明的机场，对角装有绿色和蓝色的灯，指挥塔说出发时，飞机打开它所有的探照灯，飞快地通过跑道毫无意外地升上天空，飞向它要去的地方。根据毛毛虫效应[①]，唯一不同的是你——一起飞马上就降落了——"

"像在无限空间运动的光子。"

[①] 毛毛虫效应（caterpillar theory），科学家把跟着前面路线走的习惯称为"跟随者"的习惯，把因跟随而导致失败的现象称为"毛毛虫效应"。

"是的，我想是这样。根据其他理论，你从一个天体运动到另一个天体，直到你选择你在哪里重生。"

"对我来说第一个更让人信服，"我插话道，"事实是我们至少有四五个身体——它们是我们灵魂的微妙形式，继续存在就像它们仍然活着一样——它们是鬼魂，祖灵。"

"那么，人们拿它们怎么办？"

"我想，消解它们，这可能就是信仰的意思。用你更有力的思想形式，消解这些漂浮着的隐隐约约的身体。另一方面，真正的灵魂迅速选择它要去的地方，依据它们的原动力选择去哪儿，直到它们变弱或被子孙消解。所以传统认为，你祖先的精神实体被消解前，要花上三生的时间，从父亲到儿子再从父亲到儿子。因而需要有个儿子，即使是收养的。"我说。我摆弄着杯子里的勺子，沉默一阵后，说，"我想，灵魂具有连续性，而祖灵没有，这就是差异。"

"那么，你认为人一旦离开自己的躯体就会重生。"

"就像婚姻一样不可更改。你记得我曾告诉过你，mr是死亡（mrityu）和婚姻（marriage）的共同词源，你离开一个阶段进入另一个阶段。"

"我不是十分明白。"

"你知道，婚姻是一种状态，你既一样同时又不一样。'在睡梦状态'，书里说，'向上和向下，神有各种各样的自我——比如说他现在和女性在一起享受快乐，他有各种各样的形象，有时，他和女人在一起享乐，有时，他大笑，把人们看到的可怕景象当作是他的娱乐场，而人们却根本看不见他。'"

23

　　通过自我放纵,我现在意识到自己只能在死蜗牛的壳上行走。巴黎一些人喜爱蜗牛并去专门的餐厅吃。"蜗牛午餐"会写在一些餐馆门边的篮子上。而森林里下了雨,因为是晚上,我就走在蜗牛上面。森林的寂静使人不舒服。我想我看见了自己,因为我听见了自己的呼吸,这一切都是幻觉。我走在蜗牛上,它们也有纤细的肉体,滑溜,鲜美。吃它们能让我感到微妙吗?"吃什么变成什么。"苏珊娜一天对我说。大概这是真的葛吉夫。有时间我应该和米歇尔聊聊这个。苏珊娜认为她是独身主义者,她假装处女(不纯洁的处女——她只是给自己浓缩的纯洁取了一个名字)就是为了让我和她在一起,还有米歇尔,我的代替者,被要求去除身体。身体是遥远、无法到达的,能靠近却不能碰触。米歇尔和我彼此在处境上没有区别。但贾娅,我相信,会嘲弄她的"处女",她甚至不敢说这个词,那么我在哪里?

　　"现在吃些你的甜点吧?"我说,为了打破沉默。

　　"我们能晚点吃吗?"

　　"当然,公主。"我回答说,我的温柔变成幽默。她应该明白。

　　"亲爱的。"她低声说,握住我的双手。我浑身颤抖了一下,而她只是坐在那儿,眼里流出了眼泪。她看起来很远,也很迷茫。但由于她的眼泪,她的脸看起来像死亡面具,埃及人给木乃伊设计的那种,活着不是为了时间,而是为了永恒。我轻轻停止了颤抖,她的抚摸带来深深的颤抖的平静。她已经接受了死亡,无处可去。像复生的萨谛梵,我也能单独挑战阎摩,把她拉回来。我会为她放弃自己的生命吗?不会。她会为我放弃她的,这点我确信。但我不是她。我在哪里?在生死间摇摆,像市场上石版画里画着的莎维德丽不愿放开萨谛梵的脚，高悬在半空。我要去哪里？关于死亡，我和阎摩之间会有什么样的对话？我会打败他，是的，我能。我会的。我不会要求恩惠。

我开始大声背诵《奥义书》①上绝妙的诗文：

> 起来！醒来！已获
> 恩惠，应该知道剃刀
> 刀刃锋利，难以越过，
> 圣贤们说此路难行。

> 知道它无声，无触，无色，
> 无味，无香，不变，稳定，
> 无始无终，高于伟大自我，
> 永恒，他便摆脱死神之嘴。

我们又沉默下来时，门铃响了，当然是乌玛和拉迪拉尔，屋里荡漾着涟漪般的笑声。

24

乌玛精力充沛且用不完（或看起来是这样），当她心生怀疑时（例如对她的丈夫），她的恐惧可是毁灭性的。她天性纯真，她的生活由几条规则（婆罗门的和社会的）所规定，她认为世界根据严格的规则而运行，像孟买号快车总是在上午9：40到达海德拉巴。可

---

① 译文采用黄宝生译：《奥义书》，商务印书馆2010年，第272页。

事实却非常无情，根据她的观点，如果火车晚点或德里的飞机没有在11:00点准点到比甘姆比特机场，她只能把这些归于自然——洪水是火车晚点的原因，季风雨是印度航空公司飞机晚点的原因。如果拉查玛哪天早上没有八点准时到或者早点来去扫门廊边的院子的话，乌玛会觉得拉查玛应该得了霍乱。拉查玛应该在玛德哈温·纳伊尔给乌玛端来早晨的咖啡之前就到。那时，乌玛坐在屋里的柳条椅上用玻璃杯津津有味地喝着咖啡，她已经刷了牙，用肥皂洗了脸，但头发还没梳。银行（拉古纳特马尔银行）不会兑现她的支票（她用来买衣服或首饰的），这是不可思议的事实，就像她难以想象父亲（也是我的父亲）不守诺言一样。如果父亲说他会在马德拉斯火车站接大树号快车，他会提前十分钟在那儿，看着他的表，他的司机也准备好了（不管是拉米阿查亚还是纳思姆）。车到站时，父亲会在那儿接乌玛：她的旅行咖啡壶，她的大寝具（上面显著地印着她丈夫的名字），一篮多达布里桲果，她的皮箱（结婚时买的）等一切东西，所有该在那里的、能在那里的东西。她和父亲生活了很长时间后，已经受到父亲的严格训练，从某个意义上说，家里只有她一位女性，因为她五岁时母亲去世了。当然，家里还有西达姨妈。可身为寡妇，她只能待在后院、井边，她根本不能算是女性，像老婆罗门家不洁屋中的女人一样，她们在那里，可她们真的是人吗？三天以后，她们去河里沐浴获得新生，她们回到家又变成真正的人。但对寡妇来说，有什么河？告诉我，请告诉我？就这是西达姨妈。

　　作为父亲的儿子和乌玛的大哥，我是父亲年轻的替代者。我这么久不结婚（我相信她在那天晚上一定向苏姐解释这个了）是因为我忙于自己的数学。时间到了，父亲会为我找到一个合适的新娘——皮肤白皙，受过教育，是著名律师的或大学教授的女儿，一个能成为好嫂子的女人——毫无疑问，这个重要的家庭事件，会咨询乌玛的意见。当然，关于我的婚姻，会有来自家人的各种意见和提议。我相信，我没有和表亲莎维德丽结婚，乌玛会觉得遗憾。莎维德丽善良又聪明，此外，她祖父在哥印拜陀有家大制衣厂，莎维德丽还去了德里的米兰达之家，她甚至曾和自己的父亲去过欧洲——她已经完成了学士学位学习，这让婚姻变得更加可取。但是，如乌玛所知，我在加尔各答忙于研究工作，没有时间做这些事。毕竟，结婚之前要做好准备，结婚之后还要调整以适应新的生活方式，这要花上好几个月的时间，我确实没有时间。"这是事实，苏姐。"乌玛一定向她的新朋友夸耀这个。当然，根据乌玛的说法，我从未看过一个女人，就像她认为拉莫昌德拉·伊耶是她丈夫一样，我只会在一个妻子成为妻子时，我才会想到这个妻子。要么，我会像父亲一样度过一生，有教养，严肃。我既不朝右看也不朝左看，我只看自己的脚，像《罗摩衍那》里的拉克什曼。"拉克什曼，悉多去哪里了？"——"我不知道，尊敬的主，我只知道她的莲花足，她神圣的双足。"对乌玛来说，我只见过母亲神圣的双足，她的照片挂在我马拉普尔新房的餐厅窗户旁边。有次，父亲的仆人、新厨师苏巴拉玛尼阿姆，在上面挂了一个花环。父亲从未履行母亲的信仰，他认为这是迷信。逝者死了然后再生，为什么要花时间向那些丑陋肥胖的、脸上挂着邪恶笑容的贪婪的婆罗门鞠躬呢？他讨厌那些婆罗门僧侣的样子，认为他们是另类。自然，他是不同的婆罗门类型。他从不去庙里——除了工作时，直到他晚年对罗摩克里希那法典产生兴趣时，他才去庙里。他和僧侣萨达纳德斯瓦米成了朋友，通过哲学他渐渐回归了宗教。别忘了，每个人都有自己的方式。

对父亲和乌玛来说，我从未真的做过不合礼仪的事情。当然，我抽烟，但只是偶尔为之，我从未沉迷其中。我浪费了很多钱，但父亲只有两个孩子，乌玛结婚后，他拿自己的积蓄和退休金做什么呢？而我也主要是买书。即使如此，我还是不得不买很多书来装样子吓唬别人。除了旅行外，我几乎不花时间做别的事情。我和父亲说贾娅拉克希米和她父亲王公大人，当然还有加尔各答的苏伦德，父亲很高兴。他是老派的人，还相信国王和摩诃拉阇们。

父亲作为忠诚的管理员，服务过乔治六世，他的抱负到此为止。印度独立后，他怀着热切和奉献的心情回到他的吠檀多中，与此同时，他对喜马拉雅山的渴望也与日俱增。他最近给我的信里说，他决意去巴德林纳特。因为维拉斯普尔靠近斯里那加[①]，他途经那里，他曾向我保证，他会停下拜访贾娅拉克希米公主的家人（他一直这样称呼她）。他注意到她父亲还在欧洲，他也从我那里听说他们将要在维拉普尔建造湿婆庙，他准备去帮帮忙。在马杜赖和坦贾武尔[②]，他认识一些庙宇建筑师——他当地方收税员、地方长官时，曾负责过部分圣所的维护和修理工作，有机会帮人建庙的想法也让他精神振奋——何况还是湿婆庙。作为吉登伯勒姆人，这是他应该有的经历。

看到我和贾娅像今天晚上这样单独待着，乌玛觉得不太像我的做法，她认为我的独身主义不受环境影响。在西方，女性的生活方式各不相同——有的抽烟，有的开车，有的甚至跳舞（对乌玛来说，这种习俗，就像将纸张用于无法言说的目的一样应受谴责），但这些女人应该知道触摸别人的而不是自己的丈夫是无法想象的。哥哥，这怎么可能？不行。"呸！"她说有次在莫尼维特她去了浴室吐

[①] 斯里那加（Srinagara），克什米尔西部城市。
[②] 坦贾武尔（Tanjavur），位于印度泰米尔纳德邦，曾经是朱罗王朝的国都，城里的布里哈迪希瓦拉神庙（Brihadiswara Temple）1987年被列为世界文化遗产。

口水。我不知道，乌玛要是知道米雷耶在拿破仑旅馆的事会怎么想。对她来说，可能像石头里长出庄稼或后院的公牛开始背诵《罗摩衍那》一样奇怪。乌玛的准则是基本条例，人们不能违背它们——即使她的丈夫喜欢舞女也是依据所有的社交礼节。当然，她不喜欢这样，她也痛恨这样，但她必须告诉苏姐（她告诉任何人她知道的事情），"妹妹，告诉我，人们能拿男人怎么办，他们生来就这样。"我相信苏姐的意见也不会不太一样。她知道拉迪拉尔在结婚前私生活混乱，但这是早在她到这个家庭来之前的事情了。现在，他毫无疑问是模范大伯。

乌玛在拉迪拉尔的家里唱了很多颂神歌，回来后声音有点嘶哑。但她一定非常非常开心。她拍着手唱一些赞颂歌，还有一些她不知道名字的歌曲，她可能和苏姐手指放在膝盖上一起打节拍，唱最后的帕拉维。她准备回家跟哥哥说一说她所有的快乐，她可能已经做了决定，今晚不睡觉，回家沐浴后要整晚做祭拜。第二天早上，她的考验将会结束——她会去找德尔福斯医生看病。事实上，就是她打来的电话，当时我和贾娅并排躺在床上（罗摩的曼荼罗标记分开了我们），但她什么也没怀疑，她认为我一定睡着了。这也是拉迪拉尔为什么也上来的原因（需要的话，可能要应付下门卫），送她到家门口后，他又坐同一部电梯下去了——他可能停了两次车。"再见，先生，女士。"他说着跑回到走廊去坐电梯。拉迪拉尔短暂的出现抚慰了我。这个男人外表透明。他被什么庞然大物吞没了——他被"神"吞没了。这多美妙啊，我自言自语，既尊敬又疑虑。神怎么会存在呢？再说，他在吗？

"我给您打了两次电话，都没人接。"乌玛说着走了进来。贾娅意识到情况的暧昧性，轻轻走回了厨房，好像那里有很重要的事情要做。

"我只听到一次。"我说。

"哥哥，你们在做什么？"

"和贾娅谈些严肃的事情。"我说，尽管我们不是真的在说话，而是躺在惯常的沉默中。有时，半真半假的话比所谓的真相更符合事实，因为，除非事实是神圣的，否则没有什么是正确的。

"对不起，打扰你们了。"乌玛说，突然变得高傲起来，这是她从未有过的态度。

"你没有打扰我们。但有些时候人们不想打断谈话，特别是非常沉重的对话。"因为很明显的原因，我放低声音说，"你知道，乌玛，贾娅可能只能活两三年了。"这话使情景突然变得深奥起来，乌玛看起来情绪低落，自责道：

"我很高兴她在这里。她是您的好朋友，还有她的家人。"

"你意识到她、她的家人和我的关系，太好了。有时，我觉得几辈子之前就认识他们了。"

"那么我们呢，哥哥，您认为认识我和父亲多久了？"

"我想，当然也有好几辈子了。"

"哦，您不知道吗？"

"不知道，乌玛，我没有认真考虑过，我生来就和你们在一起。"

"哥哥，我告诉您，您至少应该在五到六世前就认识我了。我觉得我很了解您，您是我所能有的最好的哥哥。"

"听你这么说太好了。乌玛，你也知道我很不可靠，一天在这，另一天就在三千英里之外了，我的大脑沉浸在数字里，从不写信，总是很粗心。"

"但重要的是您把我带到巴黎来了，明天，我就去找德尔福斯医生看病了。"

贾娅过来问乌玛要不要茶或咖啡,"哦,"乌玛说,"在苏姐那,他们让我吃得太多,还给我喝了很多茶和咖啡,我的肚子到明天晚上都是饱的。再说,我已经决定了沐浴后整夜做祭拜。"

"你一定要做吗?"我问。

"我喜欢——我喜欢做祭拜。明天,我要去看医生了,女神会把我期望的所有东西都给我。她会给的,哥哥,您知道。"

乌玛进她房间时,我说:"我相信她会的。"这时,贾娅端出泡的茶,我们又在同一张桌子边坐下,感觉城市混杂的声音以及各种活动减弱下来。巴黎城似乎是不夜城,变得昏昏欲睡,就是说,到了午夜,男人、女人和巴黎一起变得困乏。我自己也觉得困了,过了一会儿,贾娅和我回到各自的房间。我们一度变得很亲密,彼此又变得比之前更遥远——在意识深处亲密,在命运的形式里分离。没有告知,分离已经来临。

两天后她要动身——去加尔各答,去维拉斯普尔,我去哪尔呢?你必须告诉我——当然,我记得:第二天我要回肖舒先生那里,回研究所,做一个更自由也更痛苦的人。每次看贾娅,不是距离让我觉得悲哀,而是生命深奥的结局让我觉得悲哀。如果湿婆庙建好了,她的生命能获救吗?湿婆神也能给予长寿吗?我似乎越来越觉得一个人创造另一个人的生命,给一个人他所要的材料和结构,这事情毫无逻辑。严肃的生活包含沉重的逻辑,死亡让它变得更加急迫,生活就是生活。贾娅黑眼睛周围的青眼圈显得她很庄重,看起来已经有些超凡脱俗了。毫无疑问,她已经理解死亡了。她知道,我也已经知道她理解了,如果我和她想要——死亡,生命会缩短,她觉得如果我想要——生命,那生命就会延长。如果你的存在是完全朝向它的话，你能变成你想变成的。我相信我们决定了自己的命运，无视因果报应。最终，谁能战胜你呢？不是希特勒，不是成吉思汗。死亡的暗中胜利必须转化为对生命的大胆确认。任何人都能战胜自己的死亡，他是石油商人也好，是喜剧演员也罢，或者是马贩子。你必须触摸身体无法触及的现实，在那里，身体服从你。这至少是我的感受。出于某种原因，贾娅回来坐在我面前的桌子边，沉默了一会儿后说，"乌玛是个好孩子。"

"对这世界来说太天真了。"

"天真并不像她对生活的自发智慧那么重要。她是明智的，我很确信这一点。她的智慧是女性的、本能的、自我保护的。"

"你的呢，贾娅？"

"我的是开放的，但谨慎。我很相信等级（甚至拉贾·阿肖克和父亲都不这样）就不天真了。"

"那么等级是什么？"

"接受人的自然状态，不是种姓的问题而是本质问题，人的本质。"

"我是婆罗门。"我半开玩笑地说。

"你是吗？"她笑了。"那么成为我的精神领袖吧，我跟随，你在前面走，我在你后面走，像《梨俱吠陀》里说的。"

"好吧，"我站起来，"我在前面走，去睡觉。"

"我跟在你后面去睡觉。"我们各自走进自己的房间。它很清晰，我被现实迷惑了。真正的孤独是自我满足，还有平和安静的快乐。

我整夜听到乌玛喃喃念经的声音，有时听到鼾声。她对迦梨女神的忠诚让人感动，她的信仰让人担心。如果什么都没发生怎么办？那么，告诉我，该怎么办？

25

如一位伟大的圣人所说：人们入睡时，去哪儿了呢？人们回家了。我一直怀疑这个说法，因为我在《奥义书》上读到，即使是只鸟也会归巢而息，所以人们更是将息在阿特曼里——人们睡觉时，"自我"是他们的返回之地。

> 吾友，如鸟之归于所栖树也，唯此一切如是皆归于无上性灵中。[1]

那么，接触到自我现实的基础后，贾娅应该有真正的睡眠，乌玛在祭拜中也获得了。德尔福斯医生的祝福礼拜仪式完成后，她会被给予一个或多个孩子。那么她将去哪里呢？她渴望幸福，以给予为乐——给予是"我"，幸福也是"我"。你能去哪里，你去神圣的迦尸？商羯罗说，你去"我"处。那么，我们什么时候离开它呢？火堆在恒河码头点燃时（就像我一次次看到的那样），人只能去他一直在的地方。当离开和留下都是"我"时，人怎么能离开"我"。"神，由神决定，"我听到自己说，"我现在要去哪儿？做什么呢？"

26

是乌玛用她轻柔熟悉的手把我唤醒，她的触摸是深邃的血缘碰触，是身体在寻找自身的亲属，我能理解基因连接的奥秘以及血缘意义。就像我坐在自己的床上，非常肯定地自己触摸自己，我仿佛有四只手和四条腿，一双手脚在外面，另一双手脚向内，我的眼睛

---

[1] 译文取自徐梵澄译：《五十奥义书》，中国社会科学出版社1995年，第722页。

看见自己——眼睛看见自己时,它看到了什么,它看见了纯粹的光。血缘说明了一个我还不明白的真理,即使是血缘也只告诉你所属何处,属于这里的某个地方,属于除了自我之外的任何人,而吸入的呼吸只会把你带得越来越深,如瑜伽论著所说。呼吸起伏间是所有的光之外的光,是究提林伽①崇拜。吉登伯勒姆的湿婆是第五个究提林伽地,这是我出生在那里的原因吗,出生在大庙后面的祖父昌德拉斯卡拉·萨斯特里的家里?现在我开始明白为什么湿婆是有着巨大火焰的光轮。

"哥哥,"乌玛说,"您知道,该起床了。"她的话语就像香蕉、蜂蜜、小豆蔻的轻抚,在早晨图景里缓慢展开至神的脚下。我一定睡得很沉,我睁开眼睛看见乌玛,她洗了澡,浑身干净整洁,精心洗过的头发卷曲着,前额上有一个大吉祥志,结婚项链上的红宝石就像胸口上的眼睛,她的金镯子、玻璃镯子发出柔和的乐声,像小鸟的叽叽喳喳声。乌玛抚摸我睡意沉沉的手,她的手指圆润,手掌厚实光亮。我觉得非常幸福,不想醒来,我又闭上了眼睛。

"哥哥,"她又喊道,更温柔地抚摸我的手,想让我感觉到周围醒来的世界,不管昨夜它去哪了都要回来,我只得起身、承认那个醒来的世界。我听到厨房里的声音,大概是贾娅在泡茶。(伊冯娜从不在九点前到,我们自己做早饭)那么,世界已经获得动力,任何要履行义务的,或只是享受他思想和心灵的人都必须醒来了。人们记得吠陀里有关早晨的赞美诗。

既然妹妹已经回来了,我也得起床工作了。

我走向盥洗室时才真正清醒,乌玛说:"哥哥,您知道,今天早

---

① 究提林伽(Jyotirlinga)意为"至高之神湿婆的荣耀标志"(the radiant sign of the Almighty Shiv),在印度共有12处究提林伽圣地。

上米雷耶来接我去看德尔福斯医生,我希望她不要忘了。"

"钟忘记过时间吗,或者太阳忘记过月亮吗?"

"没有。"

"米雷耶就像那样,她说九点,九点差一分她就会在这。"

"真的吗?"

"乌玛,你和她生活了几周之后,应该注意到这些,不是吗?"我打着大哈欠,没听到她的回答。随后我看见贾娅和乌玛在厨房聊天,女人似乎比男人更觉得早晨好。确实是这样,吠陀里说,睡眠是男人,清晨是女人。再次在家里醒来是件好事,并且还有两个印度女人在厨房。我又想起卡纳卡祖母和帕塔姨妈(她守寡早些,是苏希拉的母亲)。卡纳卡祖母从寺庙湖边回来,衣服上滴着水,而帕塔姨妈可能在用红漆、吉祥记涂抹门槛,唱着颂歌:

湿婆在院中舞蹈,唤醒沉睡万物。
南迪去湖边等待,静候出水生主。
喜马拉雅的女儿,乌玛就要到来。
乌莎光辉的姐妹,在恒河里濯足,
又饰夜花于脚趾,再敬膏油檀香,
身着虎皮、额带弯月的大神啊,
等待着,
吉祥地等待着她。

"吉祥地。"帕塔姨妈重复唱道,希望她痛苦的生活随着即将到来的清晨变得美好。这个即将到来的早晨很快就会在前廊的柱子间穿行,红色的柱子圆圆的,盘旋着像木质大象,用它们坚硬略微弯曲的象牙边缘托住低矮的屋顶。太阳升到棕榈树上时，屋里充满生命的气息，阳光洒在庙宇的屋顶上，先落在门槛上又慢慢穿过主厅、秋千照在谷仓门口，帕塔那时正在牛棚挤奶，这次唱着献给克里希那的歌：

女人啊，

黑天很淘气，

巧妙地利用你的羞涩——

27

这就是我过去在祖父家醒来的情景。在暑假期间，祖母认为她能抚养我一整年。"可怜的孤儿啊，"她会说，"他父亲再没有结婚，这孩子只能用水代替牛奶，沙子代替蓬松的米饭了。拉克西米为什么会故去啊，留下这个富家孩子成了孤儿。哦，哦。"祖母点燃厨房灶火时，烟就会沿着内院地板蔓延过来呛到我，那是我立刻就起床的原因。祖父还没有从寺庙湖边回来，我冲到浴室里飞快地洗脸、洗脚、刷好牙后，到厨房去，蹲在地板上等待咖啡端上来。咖啡里充满了早晨牛奶的香甜和阿拉伯谷物的苦味。我一直用的是入师礼[①]时收到的玻璃杯，我离开祖父家回家时，祖母把它和自己的金银首饰放在一起。吉登伯勒姆祖父家的早晨咖啡，这一切都是一种仪式！

---

① 入师礼（Upanayanam），入法礼，是婆罗门再生族（婆罗门、刹帝利、吠舍种姓的教徒）正式成为婆罗门教徒的仪式。"法"指婆罗门教法规。选择吉日良辰，穿上新衣，带21束柴火做学费，到老师处举行仪式。师生围着圣火边唱颂歌边做仪式，请求火神阿耆尼、太阳神苏利耶、雷电神因陀罗给予知识和力量，获得宗教再生。不同种姓入师礼的年龄不同，婆罗门为8—16岁，刹帝利为11—22岁，吠舍为12—24岁。

祖母去世后，是乌玛为我保存那个杯子，直到我结婚的那天！

在布罗耶街的这个早晨也是一样的。两位女士精心沐浴后，前额上画着鲜红的吉祥志，我，半醒着去吃早饭，不是在厨房，这次是在餐厅桌子上。咖啡闻起来很苦很浓，牛奶似乎也不错（不过，没有帕塔早晨弄的牛奶那样新鲜），可这里没有从寺庙湖边回来的祖父。

米雷耶毫不见外地和我们一起吃早饭。这将是一个快乐的早晨，米雷耶不光要带乌玛去看病，晚些时候她还要带贾娅到老佛爷商店最后一次购物，再回这里吃午饭，然后贾娅和米雷耶出发去奥利机场接贾娅的母亲，她下午到，而整夜没睡的乌玛要午睡一下。那天傍晚，每个人都会出门庆祝一下，包括拉贾·阿肖克和让-皮埃尔，不管怎样要在里兹饭店庆祝一下，拉迪拉尔也会在那儿。很明显，他已经给了拉贾·阿肖克所需要的"金子"，因为这次聚会是拉贾·阿肖克做东。我们每个人都有自己的私事，但我们要把我们的心和头脑混合起来，使这个晚上令人难忘。那个勇敢的早晨，我和贾娅相互注视，微笑着承认过去的一切，但将来的一切，都会变得坚实而完整。如果距离是幻觉，那么我们的心也是，甚至我和你的概念也是。乌玛似乎是世界上唯一快乐的人——她相信医生，一旦他为她看了病，会为孩子铺好道路，他收了她多少钱没关系，只要小男孩能来。他一定会来，只是单纯地因为乌玛特别渴望他来。所以，最终，哥哥，您也会得到自己想要的。

我应该说，这确实是一个快乐的早晨，米雷耶告诉我们她在希腊时各种生活趣事，他们为了活下来使的伎俩，甚至他们唱的歌里都带有暗号；借助暗号，共产主义者认出共产主义者——朝圣者是同志，雅典成了耶路撒冷，杰里科是反抗之城，撒旦是英格兰，"狗熊乔"不是斯大林而是杜鲁门，斯大林是个老人，是新郎的父亲，婚礼是战争。这样，同志们可以任意地歌颂上帝、歌颂婚礼。人们有时候会邀请他们去教堂演唱，这样，同志们就去教堂或附属小教堂。在那儿，他们的敌人跪着，为这群魔鬼——共产主义者的破坏而祈祷。有时，人们在教堂里遇到自己的同志，他们向年轻的资产阶级女孩献殷勤。这样，他们既有地方可待，同时也能获得一些重要情报。"记住，木匠的大儿子不也是个革命者吗？如果你恰当地理解历史，十字架也是革命烈士的标志。总有个托洛茨基，一个会背叛的犹大。"

"你的朋友毛怎样？他是同志还是反革命？"

"亲爱的先生，"米雷耶开玩笑地说，"革命到反革命由党做决定，党很久没有下命令了。在我们得到更多的消息之前，他仍然还是一个东正教教皇。"我笑了，跟乌玛解释这些东西的意义。她对国际政治还是不了解，对她来说，英国坏（不管父亲说什么），甘地好，法国好是因为他们不是英国，某种程度来说法国也是我们的堂亲、我们的朋友，这也解释了为什么德尔福斯医生早上要给她看病。她是名单上的第四位病人，与此同时，还有很多欧洲王室、贵族在大使馆、旅馆等着德尔福斯医生的到来，让-皮埃尔就是这样向她保证的。米雷耶问她认不认识甘地，她说不认识，我们的父亲为英国人服务，父亲和甘地之间不可能有任何联系。

"你父亲是通敌者喽？"米雷耶幽默地说。

"哥哥，那是指什么？"

"哦，没什么，乌玛，就是说他为英国人办事，就这些。"

"他应该枪毙我。"米雷耶笑道。

"不会，绝不会，父亲是好人，他甚至都不会伤害一只蝎子。"

乌玛反驳道。

"告诉我,乌玛,你丈夫的票投给谁?"

"我不知道。我猜是马德拉斯的D.M.K,德里的尼赫鲁。"

"D.M.K是什么?"米雷耶急切地问。

"没什么,是个地方政党。她丈夫像法国老式的激进社会主义者——他们的心向左,而他们的手在右边口袋里。再说,在政治上,谁知道什么是正确?"我说,对米雷耶喋喋不休谈论政治政党和他们不大光明的命运有些厌倦。"事实上,如果可能的话,我也是激进社会主义者,但我会把自己的政党叫作贵族社会主义。"

"我知道你会那样说。"米雷耶嘲笑道。

"还有什么?列宁,尤其是斯大林和我的朋友托洛茨基,犯的罪比沙皇犯的罪加起来还多——"

"你知道,统计能证明一切。"

"唯物辩证法也可以。"

"不,把那留给耶稣会会士吧。"

"天主教徒也是你的亲戚,别忘了,在你出生之前,你伟大的领袖多列士①与天主教徒达成过协议。"

"这就是我不在乎的原因,都是历史。"

"历史只不过是后来被压缩进书本的政治。历史是人类的业。就在生命的边缘,某些人相信,你所有的活动、生命活动,像部电影一样在你面前出现。你去世和你立即再生,这个新业将会持续到你又去世。死前,你又一次对你整个生活进行总结。因而,因果报应集合构成了历史:把所有的报纸事实煮在一起——包括《法国晚报》

---

① 多列士(Maurice Thorez,1900—1964),法国和国际共产主义运动的著名活动家,曾担任过法国共产党总书记。

第五十页上的足球比赛,这所有的精髓就是历史。"

"什么时候写我们时代的历史,"米雷耶坐在椅子里点燃一支烟,争辩道,"是的,我们写自己的历史时,你的戴高乐将是我们的卡利古拉①。"

"在精神分析学里,"我有点被米雷耶的表现激怒了,"在精神分析学里,有个科学术语叫交换符号,你恨戴高乐因为你不能恨斯大林。"

"很聪明,但也很荒诞。"

"我想,荒诞不是斯大林主义的东西。加缪是荒诞的,而萨特是明智的。"

"撇开萨特不说,别担心,德·波伏娃女士会照顾他。但加缪确实需要讨论和宽恕,他这个支持阿拉伯的阿尔及利亚人和支持法国的阿尔及尔人,是个骑墙派,坐在法国—阿拉伯的围墙上。他是列宁称的那种孟什维克,如果你还记得的话,你的托洛茨基曾经也是。"

"听着,米雷耶,"我说着站了起来,"斯大林十辈子也不会有托洛茨基的智力,也没有他的正直,也没有他的人道主义。托洛茨基为全人类战斗——"

"斯大林也是,你知道这一点。"

"不对,女士,他为神圣俄罗斯、希腊东正教、国际政治流氓而战。我们就说到这里吧。"我留下三个女士,去浴室开始洗漱。政治女性是现代男性的灾祸,这也是纽约知识分子嘲笑杰奎琳·肯尼

---

① 卡利古拉(Caligula,公元12—41),指的是罗马帝国第三任皇帝盖乌斯·恺撒·奥古斯都·日耳曼尼库斯(Gaius Julius Caesar Augustus Germanicus)。后世史学家常称其为"卡利古拉",这是他童年时的外号,意为"小军靴"。卡利古拉被认为是罗马帝国早期典型的暴君。

迪的原因。"把我们从她知性主义的标签下拯救出来吧,"他们喊道,"让她邀请那些诺贝尔奖得主去白宫吧,但别让她说话。"米雷耶的麻烦是,政治变得越来越不重要,她还谈着老旧的政党偏见,而政党自身却说着谎话。西班牙和德国对斯大林的"灵魂"反应激烈——如果他有的话——他和罗斯福温和地交谈,又占领了整个东欧。英国会放弃印度,但反殖民主义的斯大林却径直入侵到维也纳门口。当土耳其人打到欧洲门口维也纳时,古斯塔夫·阿道弗斯①出来制止了突厥人对欧洲的伊斯兰化。阿拉伯人在西班牙没做成的事,突厥人想在东欧做成,"突厥人"又一次被阻挡在维也纳。这次的"突厥人"是格鲁吉亚人,像大多数格鲁吉亚人一样,他们的祖先可能是穆斯林。老式的"共产主义宗教"伊斯兰教未竟的事业,现代伊斯兰教正在努力实现。一个卑劣的暴君!斯大林的部下说。一个卑劣的黑人!穆斯林说如果你不和我在一起,你就是反对我。于是就屠杀。所有这一切都让人悲哀、使人困惑。乌玛敲我浴室的门说她马上要出门了。我很快刮胡子、洗澡、穿好衣服走出来,好像去参加我的婚礼一样。乌玛把我拉回到我的屋里,非常认真地说:"哥哥,祝福我。您是我的哥哥,我只有您。"

她跪在我脚下时,我脱下鞋子。我双眼含泪,你知道,我们印度人很容易流泪,不是吗?

"愿你有一百个孩子。"我用梵语说,似乎梵语具有使事情发生的魔力。是的,乌玛她应该有孩子。贾娅似乎想同她们一起去,这让我高兴。这个重大的日子,应该有位通情达理的印度女性陪着乌玛。如果我有妻子,她会和乌玛一起去。我相信贾娅做的事都是自

---

① 古斯塔夫·阿道弗斯(Gustaf Adolphus,1594—1632),指的是古斯塔夫二世·阿道夫(Gustav II Adolf),瑞典国王,1611年至1632年在位,别名古斯塔夫大帝,至今被认为是瑞典历史上最杰出的国王。

发的。是的，如你我所知，一个女人、一个有着贵族血统的女人，自发和适当的相遇，仿佛在隐秘的理解中。如果自发而为是女性的天性，她应该以百万孩子布满这个世界，每个女人都应该这样，正是自发性变成给予女性智慧的机智。人们死的时候是个英雄，一个躺在历史粪堆上的骑士。英雄转向内心——圣人。

28

女士们离开公寓时，我深陷在起居室宽敞柔软的椅子里，完全迷失在自我中，不知所措。我无法理解游戏结构，觉得现实毫无希望——可那是什么？我周围的墙和东西突然和我呈现出亲密关系，这让我惊讶和感动。几个星期以来第一次，这幅巨型油画——贝尔特·莫里索①的还是德拉克鲁瓦②的原作，我现在不记得了——有着镀金画框，画中那个年轻的猎人戴着鸭舌帽，拿着枪站在一棵黏滞的树边（好像它的肠子都露出来并凝结了），叶子稀疏，可怜而病态。猎人的狗是只灰棕色的猎犬，竖着尾巴站着，鼻子朝天仰着。它嗅着、感觉着，知道猎物就在附近。远处，在略微高出地平线的地面上，一间小屋消失在山峦深处。太阳试图辉煌地落进它丰收的夜晚，一只兔子正匆匆跑过屋后深邃莫测的森林和它下边池塘间的草地——是一幅寻常的画，但也可能很有价值。因为它放在客厅的显著位置，侧面的灯光增强了它镀金的重要性。我甚至感觉不到这里的猎人——画里，他在自己的狗和猎物之间，被纵容的天性包围着，对自己的能力和命运充满自信——今天，天意让他猎到公

---

① 贝尔特·莫里索（Berthe Morizot，1842—1895），法国印象派女画家。
② 德拉克鲁瓦，全名斐迪南-维克多-欧根·德拉克鲁瓦（Ferdinand-Eugene-Victor Delacroix，1798—1863），法国著名画家，浪漫主义画派的典型代表。

猪、牡鹿或野鸭。不管他得到什么，从他的神情来看，他很自信自己会有猎物，这给了他一种归属感的模样，觉得自己属于这片土地、这个地球、这个行星：他有自己的计划，它们会以这种或那种方式实现。

从我坐的地方还能看见厨房的洗涤槽，水龙头闪着光，好像是银子做的——这个公寓非常宽敞，装饰有飞檐和天花板，墙底部抹有一圈灰泥，欧洲那时候还沉迷于上镜美学，不喜欢精神相称——是的，银质水龙头会让公寓有种新型存在感——并且，因为贾娅的缘故，它也让我觉得满意。王宫里所有的罐子——甚至是维拉斯普尔的洗澡罐——都是银制的。贾娅的女仆穆蒂要穿着她最好的纱丽，每天整齐地叠好贝拿勒斯纱丽，放在首饰盒旁边。她拿水去浴室前，要戴上自己的红宝石耳环、金镯子。她的指甲涂成了红褐色，紧身上衣突出她结实的胸部。她头上顶着闪亮的装满水的金属罐，水罐的脖子上刻有吉祥记，盖子上雕刻着茉莉花——水是热的，穆蒂把它倒进大银瓶里，旁边是银质洗澡罐。穆蒂点好香跟公主说，沐浴的恒河水已经准备好了，公主要不要把冷水和热水混合一下？

我想，贾娅会在她屋里说："不用，我自己弄。穆蒂，你现在去喂孩子吧。"穆蒂从王宫里仆人走的楼梯下去，向她三个月大的孩子跑去。

穆蒂年轻、单纯——她丈夫在花园里工作，那里靠近寺庙果园。他看起是个好人，一次我和贾娅一起散步，她有时会停下来和他聊聊他的孩子，或者说说今年仍未成熟的石榴。池塘和庙后面是一堵墙，墙外住着洗衣工，他们是王室洗衣工，至少十代人为王室洗衣服了。帕德玛是戈墨迪河的支流，后来流入恒河，最后在加尔各答市郊汇入大海。贾娅现在住在加尔各答——山上的水流到那里使人们的衣服变得干净明亮，或许正是喜马拉雅山的阳光给了衣服光泽。当太阳从高丽香卡①落进山谷时，它看起来真像马在奔驰。

那时的大地多么清新鲜明啊！

29

不过，那天早晨，大地似乎是贫瘠的，事情的布局也不知怎的似乎不合理，在更深的空间深处，它们也似乎尖锐、不可避免。贾娅和乌玛一起去医生那儿了，既因为乌玛非常单纯，又因为一位女性的问题，从某种角度来说也是任何女性的问题。因而，米雷耶也对乌玛的需求抱有休戚与共之情。尽管只检查一个子宫，但好像三个子宫合为一体了。米雷耶的子宫可能已经被污染了，贾娅的子宫（我后来知道）生病了，乌玛的子宫不结果，这三个创造出一个生命的母体。你想看看它吗？医生——德尔福斯医生——很快就会拍很多种照片来满足自己检查的需要（他几个月前在美国买的最新的能从里面深处拍照的设备），你会看到每一个纤维的真实形状。子宫闻起来应该像蜜一样，一旦去掉皮，则成为波罗蜜片的形状，你的手必须抹了油才能伸进去把果肉取出来，这是德尔福斯医生要做的。妹妹，不要害怕！

不，不，我开始自言自语，联系一定更深。米雷耶了解我②，这种知识以某种方式启发了乌玛的生殖本性，如果她的输卵管闭合了或卵子在功能上不活跃，通过米雷耶，也能被我魔力般的存在而激活，在一定程度上使乌玛的女性器官变得健康、完整，我作为她的

---

① 高丽香卡（Gaurishankar），位于尼泊尔的山。
② 原文为 Mireille know me(in the biblical sense)，意指上文写的米雷耶和希瓦发生性关系，通过性行为而熟悉、了解希瓦。

哥哥、保护者、伙伴而让它们充实。对贾娅来说，这一切似乎都发生在墙外——在洗衣码头上——真的，洗衣工们通过在神圣的帕德玛河里洗去王室衣服上的污渍，把自己变得神圣——洗衣工的妻子传统上也是接生婆。就好像，如果贾娅生个孩子拉妮，年轻的洗衣妇会是接生婆。那么，在接生和洗衣之间有种神秘的联系，这解释了为什么洗衣工的妻子带走床单、枕头，还有胎盘。胎盘被放在树下压上石头，并向它祈祷保佑秋季作物富有生机、长势良好。太阳照在它们上面，使谷物成熟，带来财富。十胜节的时候，在庆祝的行列里，人们抬着女神沿山路而下，带着镜子和牦牛扇，还有女神的人力车、神轿，摇着铃、敲着鼓，唱着祷文。百姓们穿着藏黄色、绿色、金色和孔雀蓝的节日服装，来到女神的河边，在那里鼓号齐鸣，女神被放在华盖下，被抬到河里沐浴，像任何一个女人那样在私密的帘子里沐浴。沐浴结束后，祈祷者给她穿衣、喷香水、戴首饰，然后把她放回到宝座上，唱道：乌玛，海玛瓦蒂……供上鲜花、金子、樟脑。事实上，我已经忘记了，就在早晨才想起，贾娅出生的名字是海玛瓦蒂，可由于非常虚弱——她七个月就出生了——希望改名能改变她的命运，这得到占星家的认同，出于美好的祝福占星家还建议她的名字应该以J开头——她于是就变成了贾娅拉克希米。海玛瓦蒂和乌玛两个都是帕尔瓦蒂的名字，所以，乌玛和贾娅至少在名字上是相等的。

突然，从我可怕的悲哀中升起纯粹的快乐，就好像我征服了某种东西，明白了某种不可避免的现实。认识到这个，我自己笑了起来，放上苏布拉克希米的唱片（卡纳卡萨帕伊等），走进房间，整理好论文打算去研究院。世界似乎突然稳定在它的中枢轴上了，雨季会准时到来，森林里的大象适当地繁殖（在生出一只象之前，它们花三年的时间怀孕)——印度的火车会准点运营,尼赫鲁的咖啡是满的。

30

我努力调整这些深奥的范式,逃避自己的数学研究工作。然而,我研究出一个理论,它不是很虚幻,与我的西方同事不同,在压力下,我的直觉会工作得更好,压力越显出人的本性,我的答案就越美妙。我记得在加尔各答,有一天,在巴利冈吉①拥挤的电车里,好动的学生们尽可能紧紧抓住每一寸钢制、皮质扶手,他们有时候晃悠着胳膊,用流畅的孟加拉语聊着赫鲁晓夫的辩证法。一个女人坐在我旁边,显得疲惫、虚弱、未老先衰,她或许是几个孩子的母亲,或是女仆、工厂工人,我不得而知。电车突然加速,发出强烈尖锐的声音疾驰起来——看着街道上的牛、狗和某座清真寺的塔——我突然发现看待拉马努金著名公式的新方法——这个方法最终发表在《伦敦数学协会杂志》上,还给我带来一系列重要的东西,比如说,一天,我伦敦的同事说,我可能被任命为皇家学会成员——牛顿和伯特兰·罗素的学会——研究员。当然,这根本没发生,或许永远不会发生。就像忠心耿耿为英印帝国服务的父亲一样,荣誉到来时,他就获得了自己该得的荣誉,或许,荣誉到来时,我也会获得该得的荣誉。不过,我没有物质和社会野心,荣誉对我来说没有意义,不比拉奥勇士精神对父亲更有意义,也不比朋友和亲戚觉得幸福对我更有意义,或许更让我觉得沾沾自喜。乌玛不会明白皇家学会成员身份的意义,我猜,她可能会说,就像父亲的头衔一样,您也有

---

① 巴利冈吉(Ballygunge),印度加尔各答城南部,是富人区。

了写信称呼用的头衔。"哥哥，不就是这样吗？"我会说，"是的，乌玛，你说得对。"那么事情就这样结束了。

生命的荣耀多么短暂和不定呀。像《薄伽梵歌》上说的那样：无惧地施行你的达磨，不要在意行动的结果。这是像牛顿运动理论一样真实、甚至比它更真实的法则，在我生存的各个方面，它给我安慰、给我帮助。哥哥，我的哥哥啊，除非一个人认识到他是谁或他是什么，否则你把头衔挂在什么地方呢？在喜马拉雅山顶上放置莲花，哈德瓦尔恒河边烧樟脑，两件事都异乎寻常的神圣，哪一件更突出一些？你带着什么又要去哪里呢？无处可去，什么也不会发生。唯一的荣耀是与你同在。孤独是圆满。只有当你说：在那里，你＝"我"是你，在这里，也是这样，在任何地方都这样。就像圣人说的：出现的是不真实的，不会消失的才是唯一真实的。尽管有雾，世界模糊不清，那个无知的猎人和他尾巴不动的狗依然等待着他的猎物，他利用征服去猎杀生命。死神是活的，阎摩他也会去取自己的猎物（就像他带走萨谛梵一样）。可怜的猎人也会被捆走、钉在盒子里用土盖上，或许头顶再立一块石头：麦斯米兰·莫罗先生，炮兵指挥军团前上尉，在拿破仑三世统治意大利期间来到山麓地带，又在西班牙统治期间在伊斯彻曼德上任，陆军中尉，荣誉军团的二级官员，莫里本泊特帕斯市民，1813年2月21日出生，1878年9月9日退休并去世，有一个儿子和两个女儿，由家族立碑纪念。上面还有四句高乃依的话：

他想要自己的容貌变更遵循同样的轨迹
一个准备充分的、高深莫测的、令人眼花缭乱的行动
之后，

定会有一个奇迹发生,

一切闪耀的东西都无法填满他的期望。①

莫罗上尉即使打完猎、猎物已经在自己（或许在他儿子的或两个女儿的）肚子里,他还是怒气冲冲、愤愤不平,他打着嗝、放着屁、抽着烟,读着《论坛报》,从而形成一个观点,他把自己的钱放在适当的地方,或许还和富裕寡妇私通（作为个鳏夫,碑文没有说到他妻子）。那寡妇是一位医生的四十五岁的女儿,但还年轻,她嫁给了一个商船船员,他在过东京湾时死于台风,把自己全部的瓷器雕像、木质漆盒,一些悬挂物件——玉石鼻烟壶、龙、轻剑、象牙扇（她听说是日本造的）等都留给了她。她带着这一切到了父亲家去照顾他,可父亲也去世了,给她留下这栋房子和不可计量的孤独。如果没有尤里米照顾她——给她做饭吃、准备生活必需品——她可能会羞愧死,她从未独自上过街,她和上尉是在公证员博让那认识的,他是她父亲的朋友。为了避免谣言说她一个人去让·博让办公室,第二次她就要求上尉用小车带她去那了。整个小镇对此议论纷纷,可这无关紧要。一天,他到她家去了,带给她一对山鸠——他一直在打猎。于是,他给她写信,并用普通方式寄去,她则用华丽的帝国风格回复他。她想他大概会求婚,可这从未发生,但其他事情发生了,小镇习惯了自己的新面貌——直到她去世,这大概在巴黎公社和梯也尔②先生执政前几年。医生的女儿过世了,她什么都没给上尉,几乎一半的财产给了教堂,另一半、相当可观的一半给了尤里米。这样一来,你看,说打猎不好

---

① 高乃依的《贺拉斯》第五章。
② 梯也尔（Adolphe Thiers, 1797—1877）,法国政治家,历史学家。

是胡说八道吧，正是山鸠作为礼物才使棋局成为可能。所以，莫罗上尉，继续打猎吧，打猎打到你也去世，这个地球已经有过很多死亡，也会带走你，直到你身体变成灰，你的村庄成为废墟，因为德国可能又入侵你的国家——没有国王试图抵抗——你变成了地球的一部分，它仍然以每小时1670千米的速度旋转。地球一圈圈地绕着太阳转，有一天可能会发生其他事情，地球这个太空中的小点也会消失，然后银河系和世界缩小——到一个旋转点——于是劫结束了。梵已经到了最后的睡眠——梵天的一天是人类的四十三亿两千万年。往世书说，在同样的时间点，宇宙将会重新开始，银河系将形成，太阳和形成地球的事件也会发生，我们弱小的生物居住于其中一块地方，然后经过很多野蛮时代，将出现古罗马人、西哥特人和法国人、部分德国部落等，他们在尤利乌斯·恺撒的帝国里茁壮成长。于是一个出生在希伯来人中的木匠、圣人将被钉在十字架上，他的训诫会通过一个叫保罗的人传到欧洲，随后整个欧洲都开始追随这个伟大圣人的训诫。他教导人善与恶、战争与和平——他反对所有的暴力，可人类怎么能改变呢？战争还是打了起来，十字军与撒拉逊人作战、对抗不列颠异教分子的战争、形成当今意大利的战争，这就是莫罗上尉（圣人西尔的聪明学生）再次出现在这里的方式。然后巴黎公社这个噩梦到了，但我忘了莫罗上尉现在不会死，而医生的女儿会。尤里米浑身散发着一股老奶酪味和汗味，她耳朵聋了，头发也都白了，坐在医生门口晒太阳——她残暴的孙子想剥夺她所有的东西，她把他们赶出去，自己和鹦鹉米纳特和猫咪布朗切住在一起。尤里米消失到地下时，世界就结束了，这是关于男人（或女人）的格言。如果它发生，贾娅将会在喜马拉雅山或在加尔各答的恒河边火化，这让一切与众不同。梵的一天或短或长，现在谁在乎呢。那么,死亡是神秘的事,我自言自语着离开了家。我到办公室时,每个人都在等我,昨晚发生了一件大事,战争再次来临。

英国对印度是友好的(印度是英联邦最重要的成员),美国也是(因为肯尼迪),俄罗斯坐在它的边界哨岗上,他们在看国际棋局和印度国内棋局。事实上,他们在等着轮到自己。我听说,因为可怕的伊万,"印度军队"才准备好了入侵。赫鲁晓夫很有礼貌,可他的贪婪并不少。法国公开跟印度友好,整体上来说,印度的政策和戴高乐的政策彼此非常接近。国际舆论对印度非常友好,这给我的内心带来些温暖。在联合国教科文组织工作的朱尔斯·杰曼参与计算机发展等诸如此类的事情,并且他想举办一次有关这个主题的国际会议,来了解计算机是否可以自己写《神曲》等——他也是米雷耶的朋友——朱尔斯·杰曼那天早上到研究所去看我们(因为他发起的会议需要我们)——我们经常聊些文化问题,他本质上是位人道主义者,在阿尔及尔出生,和加缪上同一所公立中学,也受到让·格勒尼耶①的影响——由于格勒尼耶原则上的宗教人文主义,朱尔斯·杰曼对印度有着浓厚的个人兴趣,这确实和很多法国知识分子一样,包括加缪。有报道说,加缪对路过巴黎的甘地的追随者说:"告诉尼赫鲁,不是他让我们去匈牙利、柏林的,是我们自己去的,他是我们的领袖。"(萨特可能用萨特式的语言对菲德尔·卡斯特罗说:"我亲爱的朋友,你给我们的还有你的切·格瓦拉的腰部来了一击。"或诸如此类的话)——我这样说,朱尔斯·杰曼说:我的朋友,很高兴它只是谣传。即使这样,记住,印度是所有人的一部分。——

---

① 让·格勒尼耶(Jean Grenier, 1898—1971),法国作家、哲学家,加缪少年时代的哲学老师。

这次我感动得落泪了。是的,确实是,印度不只属于印度人,如同法国不单单属于法国人一样——罗伯斯庇尔为整个世界而斗争;当西班牙人反对他们的国王、宣布共和时,拉贾·罗摩莫汉·罗易①在加尔各答举办了公共晚宴。你和我能拥有印度,或朱尔斯·杰曼拥有法国?甘地总是说他为世界上任何地方被奴役的人而斗争——甘地经常说:"所有的人类都是兄弟",当然也包括布尔人。原则是一个——而不是两个——我们为什么而斗争?不管怎样,朱尔斯·杰曼明白——他曾因公去过印度两三次——我们的人民深深地打动了他。

就是这种法国的普遍智慧使我轻松地、明智地、像人一样地和他们在一起。犹太人也一样,他们也为每个人、全世界的每个受苦的人而斗争——米歇尔多久没和我说起印度的贫困、非洲的饥饿了,他多么相信以色列急于帮助那些需要帮助的人——但和米歇尔在一起,他的普遍性是犹太人的,对他来说,"三个世界"应该是以色列,以色列有历史、地理,印度什么也没有。以色列是实在的,西奈山、内盖夫沙漠和哭墙。对印度人来说,迦尸在他们心中是智慧。又如室利商羯罗所说,智慧是恒河。名称没有关系,过去是过去,现在是现在。印度是神话,以色列是现实。朱尔斯·杰曼和我谈过,我觉得他的话比任何时候都清晰,他说中国人也非常关心人类,知识分子对历史、对地理都有精神认同——长城和中国既独特又普遍。阿育王的训语(他传到希腊王国的)受到各地人们的喜爱——受苦者、逝者,对动物也一样,因此,让我们摆脱疾病、苦难,做希腊人或印度人,可犹太人希望有一天我们所有的人都成为犹太人,这

---

① 拉贾·罗摩莫汉·罗易(Raja Rammohum Roy,一般写作 Ram Mohan Roy,1772—1833),印度最早的资产阶级启蒙思想家、活动家和爱国主义者。

样他们的神就会解救人类。我们继续谈论时，朱尔斯·杰曼说："这是个问题，这是唯一的问题。我亲爱的朋友，你应该参加我们的聚会，国家之间的争吵只有一个主要论点：我想要它，或我们想要它，把布隆迪—库冉迪或堪察加给我们。在那我们不想要别的东西——把堪察加半岛给我们，否则我们就要跟邻居打仗，要么变成真正的堪察加人。你懂的，不是吗？"

……

"那么，杰曼，解决方法是什么？"

"数学，"他大笑着说。"至少你有一种任何人都不懂的语言。我想有一天我们会为外交官和他们的政治家老板们发明一种特殊的国际计算机语言，你的计算机和我的计算机可以对话，我们能从数学方面得出合理的结论。人类的麻烦——"朱尔斯·杰曼说着。

"——是人，"我说，和他一起笑了起来。"我们称呼人为自我——"

"那么你怎么称呼非我？"

"道，无，梵。"

"哦？"

"国际的是普遍的，普遍的是至高无上的、本体论的。除非人将他的意图定位于普遍的，就是说至高无上的，人仍将是动物。"

"你知道，现在出现了一套完整的生物理论：国际主义和地方主义都基于动物性的需求。像贝托尔特·布莱希特[①]的神秘圈，动物也有它们的领土。如果你越过神秘界线——纳姆查或昌加——"

"——我们会以甘地的名义杀了你，"我们笑得更厉害了。

"比成为圣雄甘地好。要么你成为新的德里权贵，通过联合国或

[①] 贝托尔特·布莱希特（Bertolt Brecht，1898—1956），著名的德国戏剧家和诗人。

这样的组织对付天朝皇帝。"

"这是一个好主意，但说什么语言呢？"阿尔伯特问。

"我的朋友朱尔斯·杰曼在这里，他说，除了翻译他们会有自己第十二代或第十三代计算机。将来，这些计算机能在国际会议中发挥特殊的作用。"

"为什么不在这儿，在亨利·庞加莱圣所？"

阿尔伯特用这种语气接着说："你、我、我们干吗不给尼赫鲁发一份电报呢，就说：在亨利·庞加莱的支持下，在纯粹数学国际研究院的国际会议室，进一步讨论边界问题。你们觉得戴高乐会说什么？"

"戴高乐会欢迎这样做，非常高级巧妙的打击美国的方法，在纽约他们有联合国。"

"在这里我们有计算机中心，计算机万岁。"朱尔斯·杰曼喊道，起身要走，我送他到门口。朱尔斯·杰曼的话似乎很人性化——那天早晨我的痛苦是非常个人的，个人始终守护着自己的领地，如粉笔画一个圈而已。你可能没有越过界线，如果你越过了，你就不在人类的土地上了。这是教堂神父想逃到沙漠、我们的先祖想去喜马拉雅山的原因？在喜马拉雅山生机勃勃的寂静中（父亲所有的信里都说到了神圣寂静的丰富本质），人们最终觉得回了家。我想起圣人说过：在睡眠中我们回家。寂静是一切，寂静是政治，是绝对的政治。寂静是湿婆。我在那里，我在那里，我不停地对自己说着。我没有继续工作，而是伸开手臂趴在桌子上，我睡着了。你觉得我在寻找喜马拉雅山吗？我梦到牛、山羊，还有安德烈·马尔罗[①]和戴

---

① 安德烈·马尔罗（Andre Malraux，1901—1976），法国小说家、评论家，曾任法国总统府国务部长，后兼任文化部部长。

高乐。

给安德烈·马尔罗的信
纯粹数学国际研究院
巴黎6月6日，1963

亲爱的安德烈·马尔罗：

你记得布伦（维克多·雨果街）那个美妙下午，冬天可谓已经结束，太阳温暖，栗树嘎吱作响，在春天快速生长（如你所知，在巴黎早春，栗树叶最早发芽），我们，确切地说是你，谈论着数学和神。你坐在我前面，玛德琳和阿兰坐我们两边——我们在吃午饭。我跟你说我和圣-琼·佩斯[①]发生在华盛顿的交谈，你派我去他那里。佩斯用他大地般嘶哑的声音诉说他和阿尔伯特·爱因斯坦之间的一件事。这是在战争中期——佩斯在纽约，而爱因斯坦在普林斯顿，佩斯收到爱因斯坦令人不安的电报。上面写着："速来。"佩斯搭乘第一班火车去普林斯顿，难道是他的一个儿子生病了，一个女儿不开心，或其他什么？爱因斯坦以他惯有的热情和思想不集中的方式接待了自己的老朋友：我想，那是他总穿拖鞋散步的原因。"怎么了？"佩斯问。"哦，没什么。我有一个重要发现，我想告诉你。""是什么？""你搜集了我们在巴黎的对话，你修正了我的证据，我真不理解诗歌的本质。"——"呃，是的——然后呢？"——"现在我发现：诗歌比物理、数学高级。诗歌向上，由于数学的归纳性，就是说，数学具有遗传特征，

[①] 圣-琼·佩斯（St-John Perse, 1887—1975），法国诗人、外交官。

它向下。"佩斯说："那么，哪一点高级呢？"爱因斯坦进入自己完全迟钝的状态，两人都陷入深深的沉默中。我对你，安德烈·马尔罗，说，"而两者，它们俩，我的意思是说数学和诗歌一个来源。"

"为什么？"

"因为——因为只有一个来源。"

"你的意思是梵？"像善良的印度人那样，我没有回答你，而是跟你说了一个故事，拉马努金的传说。

我开始说："从前，不是太遥远——他大约正好在一战结束时去世——有一位年轻的印度数学家，他可能是我们中最伟大的数学家，据说爱因斯坦这样说过。神话是这样的：某个办公室的办事员（在马德拉斯港务局）拉马努金喜欢琢磨数字。别忘了，游戏是印度智慧最重要的表达，如湿婆在火葬场上跳舞，等等。你会认识到印度数学著作中最经典的、令人费解的作品《莉拉沃蒂》，婆什伽罗给自己守寡的女儿写的书，只是为了让她开心、给她安慰。双眼如幼鹿一般可爱、美丽的莉拉沃蒂啊，如果一群鹅中的两只仍在水面游，其他的鹅不想离群，所以鹅群数的立方根的一半的七倍继续游向岸边，可爱的女孩，告诉我，这群鹅有多少只？又或者是：高贵的女性，告诉我，乘积的商被同样的乘数除，是多少？等等此类的内容。拉马努金喜欢数字、符号、三段论、字根、吠檀多，因为消遣、交友，他自己喜欢背诵梵语诗歌，也背给朋友们听。哦，朋友们，pi 的值是多少，二到任何数字的立方根是什么？尽管他只受过高中教育。他的英国传记作家说：'他至多只是受过一半教育的印度人。'地方大学只有一本高等数学的书，一个好心人为他借来了这本书。拉马努金把书带回家，更加富有创造力地玩着数字游戏。可以说，整数和整数的方程式从四面八方跑到了他脑子里。

"再说回这个故事。一天，拉马努金的老板到他办公室——所以说这是个传奇故事——发现他在思索着自己的符号，'你弄的是什么？'——'哦，先生，没什么，我只是在自娱自乐。'——'我看看。'老板说。他完全知道自己根本就不懂，很快就把稿纸送到马德拉斯大学数学系。（十多年前，印度总督寇松勋爵[①]认为印度人没有分析能力，永远成不了科学家，差点禁止在班加罗尔成立印度科学研究院，而现在它声名卓著。）马德拉斯的英国数学教授对看到的东西非常困惑，也不理解，于是，拉马努金的游戏稿纸被送到英国剑桥。著名数学家哈代看到它们非常吃惊，拉马努金坐在办事员桌边解出了一些仍未被解决的难题。据说，哈代只简单一看就能证明只有最高级的数学家才能写出它们，它们肯定是真的，如果不是真的，没有人有想象力去发明它们。

"拉马努金被邀请至剑桥，哈代说，问题是如何教他现代数学。哈代写道：'这个人能算出模方程和没听说过的复杂的乘法原理，他对连续分数的理解是规范的，不管在什么程度上都超出了世界上任何一位数学家。'记住，这可是哈代自己的话。不过，拉马努金的逻辑证据像他的计算思

[①] 寇松勋爵（Lord Curzon，全名 George Nathaniel Curzon，1859—1925），1899—1905年任印度总督。

想一样模糊，他的论证方法让人迷惑，完全是原创的。此外，他涉及最深奥的哲学问题，他还是政治激进分子（尽管非暴力）和严格的素食主义者。英国战争期间，他吃不饱，但整数填满了他的日子。哈代问：'你是如何得到这些的？''没什么。我家族信奉的纳玛卡女神把它们给了我，我什么也没做。'纳玛卡女神甚至在梦里都和他说话，他醒来时就把这些话记下来。婆什迦罗写道，'我尊敬，由合适的人阐明，因而我尊敬计算者认可为计算方法的模糊计算：因为它是一切都很明显的单一元素。'当然，婆什迦罗这里说的是梵：神，像人一样，只是它的进化者，单一的元素，实体，零。哈代不明白这些，他是典型的盎格鲁—撒克逊人。拉马努金继续游戏，然而，肺结核细菌跑进了他的肺部，细菌多得数不过来，它们也在游戏。像哈代告诉我们的那样，拉马努金住进医院，他仍继续用数学游戏娱乐自己，女神和他玩游戏。拉马努金很快就去世了，他的论文还在编辑整理中。拉马努金非常热爱整数，他把自己发现的方法和其他人已经发现的方法结合起来，一切都有待解决。哈代说：'在拉马努金自己的领域，他在那个时代没有对手！'"

你说："那么，你的意思是说纳玛卡女神给了他那些？"

我说："如果你要这样说的话，是那样。"安德烈·莫尔罗，你对这句形而上的题外话失去了兴趣，你认为神与数学家关系非常独特。我对你说："我想，所有的神都是数学公式，人类能被代入代数方程，或伽内什能被代入几何方程中。"

你说:"不对,神高于数字。纳玛卡女神把数字给了拉马努金,她给你的拉马努金的也不是数字,数字只是影子——别管那个老古董毕达哥拉斯——数字是影子,神是光。在梵语里,deva这个词的意思不是照亮吗?数字是实在的,神是抽象的。抽象不是抽象到抽象,具体只是被从背后看到抽象。背后本身,比如说,像蓬皮杜对戴高乐,戴高乐是至高无上的,他的影响是全方位的,而蓬皮杜的是可数的,他的地位在水平线级别,他成了罗斯柴尔德银行的经理。巴黎警察有办法让共和变成卡片文件状态——某某人被害于蒙马特尔,某某人,比如某个杜邦,在马赛被发现,这是数字的可交换性——在一到九之间的所有数字——产生了必要的数字。所有的人是凶手,因为,事实上,在马赛,流氓主义从希腊起就存在——就是说,从公元前101年——这些印度人的远亲希腊人他们从未忘记——苏格拉底只是被放逐的耶若婆佉(似乎是这样),那么,就有了佛教书里说的《弥兰陀王问经》,一个希腊国王同印度圣人的对话。"至于数字,"你笑着说,"希腊人是数字,印度人是零。一个是零,另一个是梵;一个是狂喜,另一个是涅槃。"

"太好了。"我说。

你继续说:"首先,别无他物,就是无物,比如说,先是巴门尼德,接着是亚历山大。首先,那伽犀那[①](龙军,那先比丘)曾在涅槃中,并且人们不知。涅槃和空是一样

[①] 那伽犀那(Nagasena),十八罗汉中的第十二位,意为"龙军",常译为"那先比丘",佛学理论家。

的吗？空和文字零一样，直接通过九、八、七、零等——我们巴黎大学教授经常忘记基本历史，却忘不了气味难闻的东方学专家、头骨杯、胡子和大雪茄，从莱比锡或彼得格勒，两代以下和三层，从数念珠变成满嘴说着梵语元音（从索邦大学地下室发出的声音，却与乌尔姆街布格莱①秘密相关，还与种姓或利瓦伊和阿马拉等词汇有关）——梵文词语是被送到巴斯德实验室解剖的患鼠疫的老鼠——而多数老鼠奄奄一息。索邦大学对人类没有用处，因为索邦人是精神生理现象，为了发明拉丁语名称，如长脸的、反曲等词。还是忘了拉丁文和梵文是姐妹语言吧，尽管梵文时间更长点。如你所知，索邦大学靠遗忘那些对遗忘本质的研究为生，这样他们就不记得记忆能帮上什么忙。例如，如果早期阿波罗尼奥斯②出发去印度，发现你们印度人真会炼金术会怎样，这是不朽的秘密。我总觉得亚历山大的历史学家的说法显得奇怪，仿佛他到印度是去掠夺的，就像克莱夫③一样——不，亚历山大是亚里士多德的学生，那么亚历山大去印度是去发现你们的神、发现不朽。这也是戴高乐将军派我去的原因。我，安德烈·马尔罗，执行新政府的第一个外交任务——将军派我去印度告诉尼赫鲁，我们不会给你什么，确切地是要问他能给我们什么。这是当代西方世界与众不同的任务，不是去寻找不朽的科学，而

---

① 布格莱（Célestin Charles Alfred Bouglé，1870—1940），法国哲学家。
② 阿波罗尼奥斯（Apollonius，约公元前262—公元前190），希腊几何学家，著有《圆锥曲线》（Concis）。
③ 克莱夫（Robert Clive，1725—1774），英属印度孟加拉省督（1757—1760/1765—1767）、军人。1757年策划普拉西战役，打败孟加拉纳瓦布军队，为英国确立在印度的统治地位奠定基础。

是去寻找商羯罗的和谐,或是亚历山大想要找的和谐。于是,亚历山大去印度通过溯源苏格拉底以获知毕达哥拉斯是否真的去过印度,还有那些数字是否真的是神圣的、金质的。你回想一下那个古代的游记作家、老傻瓜斯特拉博①(他听信旅行者的谣言,就像爱说闲话的女士听到名人的妻子说,比如参议员主席的妻子,某个人的妻子一定给他戴了绿帽子,她忘了所有的参议员之所以是参议员,就是因为他们都戴绿帽子,诸如此类)。如果你还记得的话,斯特拉博说:在印度,金子是虫子、蚂蚁分泌出来的。这不是神话故事,而是里昂信贷或印度支那银行秘书的故事,他们认为钱长在阿南的树上。所以,她会想,她该把自己的丈夫带到这里。你将回到家在勒庞的郊区盖一所房子,并惊奇地凝视山顶上伟大的圣母院。然后在墓地埋在她祖母旁边。法国的问题是,希腊伟大的后继者法国变成了郊区,我们全都变成了黎凡特人②。"你笑着说。

"但事实是,黎凡特人使用的数字却错误地被称为阿拉伯数字,而它们却源自印度。印度数字它们来自涅槃,涅槃来自涅槃。戴高乐来自戴高乐,除了戴高乐就没有戴高乐。一切恰是此物而非他物,但事实是从来没有别的东西。把这告诉蓬皮杜们,对他们来说,数字后面有一个零,数字在零前面,除了从零开始,数字会怎样?在零和一之间没有整数,这是数学公理,这是我们法国人失败之处。零

---

① 斯特拉博(Strabo,约公元前64或63—公元23),古罗马地理学家、历史学家。
② 黎凡特(Levant),黎凡特是一个不精确的历史上的地理名称,它包括中东托罗斯山脉以南、地中海东岸、阿拉伯沙漠以北、上美索不达米亚以西的大片地区。历史上,黎凡特是中世纪东西方贸易的传统路线,阿拉伯商人通过陆路将印度洋香料等货物运到地中海沿岸的黎凡特地区,威尼斯、热那亚的商人再从这将货物运往欧洲各处。

是唯一一个包括所有数字的数字——因为它本身不是数字（我几乎说它本身了，因为，对它本身来说，如果涅槃是涅槃本身，它不是它，它仍然存在，它是重要的，它是真实的，它是存在。谁？它，等等）——母亲不是儿子，但没有儿子就没有妈妈，等等。这个伟大的东西是你们印度人宣布的——古鲁没有门徒，但门徒有古鲁，还有，我亲爱的朋友，没有人见过古鲁，但所有的门徒都了解自己，自身是古鲁——你们的商羯罗说什么？——"

"他说：没有古鲁也没有门徒，但悖论是，谁给它指路？古鲁从不说什么，因为对它来说，除了它本身外，它能说什么？所以不说，说话的他不是它，因为根据定义，它什么也没做——"

"是的，室利商羯罗一定有什么意思——"

"他当然有所意指——他只是说，正如他在其他地方所说：真理最好的表达是沉默，是零——"

"那么，为什么人会说什么呢？"

"去表明不可说的——数字、坛场、颂歌、回归真理之路。"

"人呢？"

"非个人的指示者。"

"门徒呢？"

"古鲁所走的高贵之路。你还记得那个佛陀的故事或者说菩萨的故事吧。在乔达摩·悉达多之前有很多佛陀。很多年前，菩萨游走四方寻找真理时，他偶然到了一个镇上，整个镇子都像在过节。未来的佛陀问：'先生，为什么你们

用华彩装饰，用香灰涂地，用蜡烛点亮灯笼，还在每个街角都挂上花环。朋友，你们在等某个国王或皇帝吗？'

"镇上居民说：'朋友，我们在等王中之王，皇帝中的皇帝，他的名字是弥勒佛。'

"'先生，他是谁？'

"'他是每十亿万年出生一次的佛陀。'

"'他什么时候来——随时？现在？还是过一会儿？'

"'有什么我能做的吗？'

"'是的，朋友，给他铺好通向小溪、跨过小溪的路，并把它扫干净、拍平，在旁边放上檀木枝，种上花，在两边放上灯架。'来访者开始铺路，挖地，拍土，弄直……可鼓声宣布这皇帝中的皇帝已经到来，越要听到声音，心跳声就越大——

"可路还没铺好、没准备好。

"现在弥勒佛必须要跨过小溪，那里甚至连搭桥的竹子都没有。他来了，他，佛陀穿着他的圣服，他似乎没有移动，但是动作却在动；他好像没有手，而手变成了手，因为它们必须在那里；他没有微笑，但微笑显现在脸上，像是在说：让我在这里，他微笑着。他越走越快，大地似乎在旋转。大家都看到了他，于是鸟儿、哞哞叫的牛、有孩子的妇人或想死的祖父都跟随着他。道路仍然潮湿，桥还没有修好，佛陀认为弥勒佛菩萨不应该跳过小溪，于是佛陀愉快地平躺在小溪上，古鲁走过他的身体，他现在要死了，然后再生、获得阿罗汉果。古鲁的触摸是消解图像、幻象的死亡——除了死亡没有死亡。"

你说:"除了数字没有零,除了十八个集合体没有涅槃。死亡意味着两者,真理没有定义。亚历山大三十三岁时去世——那伽犀纳说亚历山大时,那伽犀纳已经死了。死亡是给予不真实的名字。路西法①扮演上帝很可怕,浮士德的技艺是奇迹的再现——但浮士德从不问,浮士德的奇迹是什么?如果格雷琴向浮士德揭示原因的真实本质、结果的真实本质、确实是逻辑的正确逻辑,浮士德会在奥伯阿梅尔高死去。死亡的奇迹是没有死亡。亚历山大想要奇迹——因为亚里士多德已经教了他逻辑。亚历山大会问:因终于何处、果始于哪里?亚历山大征服波斯了吗?亚历山大,是谁?他是征服者、寻找者、伟大的英雄?那么,谁是戴高乐——圈中之圈在圈里?设想下康科德问这个问题,埃及石碑要笑,塞纳河会停止流动。整个巴黎会是一幅不动的画面。因为没有东西运动,没人看。这样,就没有人,没有画,没有戴高乐。"

"太好了,这是简单的现实。现实是现实,因为在现实中存在真实,它听起来像德·拉·帕利斯②先生的话,但即使是他也可能明白一些事情。"

"因此人们可以说,零是唯一能包含所有数字的数字——这样,它就不是数字。所有这些乾闼婆和悉达多都

---

① 路西法(Lucifer),是一个宗教传说的人物,原先只是基督教与犹太教中出现的名词,出现于《以赛亚书》第14章第12节,意思为"明亮之星",用来影射古巴比伦的君王尼布甲尼撒。经过后世传播,成为基督教中的堕落天使。
② 德·拉·帕利斯(Jacques De La Palice,又写作 De La Palisse,1470—1525),法国国王弗朗索瓦一世手下下的一名元帅,他出生在法国中部小城帕利斯,爵位是帕利斯勋爵。在法语中,vérité de La Palice 意为自明之理、常识、很显然的事情,小说中这句话就有此意。

源自涅槃，你看巴尔胡特①那些天使的音乐家和马夫刻得如此栩栩如生。神高于数字，苏格拉底比亚历山大高级——一个向内，一个向外。神是本质，这样的话，甚至他们的局限性也是不计其数的，因而也就没有局限——所有的神，湿婆，毗湿奴或梵天是可交换的实体——我们对中世纪的理解十分神秘，不是你们哥特式的，而是我罗马式的——不是苏瓦松的而是维兹莱的——所有的艺术都是流动的，就是说，是光辉的；所有的数字是零，就是说，是数不清的——所有人都是婆罗门，而梵天是第一个人。文字是数字，诗是女神，你的女神萨拉斯瓦蒂，意思是河流、液体的运动，从喜马拉雅山流出来的地下河，从她的腹部产生数字——帕尔瓦蒂只不过是萨拉斯瓦蒂，照这样，她最爱的儿子加内什是数字之王，加内意思是计数、数数等——这样，你的拉马努金是对的，除了女神还有谁会给予？婆罗门从不给予，给予本身就是婆罗门。梵天的妻子萨拉斯瓦蒂是拉克西米本身，意为大量给予，给予也收获精确，这是编号计数。因此，如果婆罗门变成梵天，那么萨拉斯瓦蒂可能是，地下河萨拉斯瓦蒂给予在伦敦医院里的拉马努金这些让盎格鲁—撒克逊人惊讶的数学。这可能不会让我们的毕达哥拉斯、帕斯卡尔吃惊，或让我们的丢番图②和亨利·庞加莱诧异。关于数字没有什么实际的东西，人加数字是盎格鲁—撒克逊人。"

---

① 巴尔胡特（Bharhut），指印度雕刻巴尔胡特围栏浮雕，在中央邦巴尔胡特窣堵波遗址出土，约作于公元前150—公元前100年，红砂石围栏高约2.15米，现藏于加尔各答印度博物馆。

② 丢番图（Diophantus，生卒年不详），古希腊数学家，是代数学的创始人之一。

"那么法国呢？"

"法国是知晓自身的印度——像欧洲一样——或也不是，戴高乐也一样，等等。玛德莱娜，来点咖啡怎么样？"

"那么印度是什么？"

"印度是零，而法国是历史。"

"为何这样说？"

"如果你喜欢的话，要么印度是本质，法国是存在。大教堂与你们的庙宇相比，一个是肯定，一个是解脱，一个是宽恕，一个是消解。你的数字，"你继续说，"你的数字是埃罗拉[①]和阿旃陀[②]，把事实变成事件，把事实消解；我们的数字是从本质到存在——从苏格拉底到耶稣，因而，我们所有的教堂都有钟，这是希腊灭亡的原因。希腊没有事实概念、罪恶概念、事实历史概念，希腊知道编年史不知道历史。因为历史始于弥赛亚，或者什么也不是。比较《远征记》[③]和茹安维尔[④]，你就有了故事。希腊灭亡因为它不是印度，所以法国会继续。如你刚才所说，在印度，形式渐渐衰落至无形式，所以形式是无形式的形式（就像梵文说的色非色）。或者，如果你愿意，要向外走，你必须确定自己的内在——问问萨特，谁想把存在看作是人道主义形式、人的形式。就像你的商羯罗说的：人是真理，或他不

[①] 埃罗拉（Ellora），可指埃罗拉石窟和埃罗拉壁画，位于印度马哈拉施特拉邦奥兰加巴德西北约30公里处。建于4世纪中叶至11世纪，包括佛教石窟、印度教石窟和耆那教石窟。

[②] 阿旃陀（Ajanta），可指阿旃陀石窟和阿旃陀壁画，位于印度马哈拉施特拉邦奥兰加巴德西北约106公里处。公元2—7世纪开凿了29座佛教石窟。

[③] 《远征记》（*Anabasis*），古希腊史学家色诺芬（Xenophon，公元前431—公元前355）的作品，根据他率领希腊雇佣军从波斯回到希腊的经历写成。

[④] 茹安维尔（Jean de Joinville，1224—1317），法国中世纪著名的编年史家，著作有《十字军编年史》（*Chronicles of Crusades*）。

是真理。"你继续说,"但是,历史是另外一回事。就像巴黎所有的路都始于圣母院一样,所有历史都必须以事实为终结。"

"在巴黎,"我打断道,"所有的历史必须终于死亡——"

"在恒河上,"你笑着继续说,"贝拿勒斯,是的,贝拿勒斯。甚至佛陀也太具体了,你知道它是印度−希腊式的,一个帕提亚人把佛陀传到中国。乔达摩逝于印度,依靠印度−希腊式造像,他到了中国。现在,你可以问这个问题:历史最后是如何在希腊出现的?苏格拉底没有回到著名的巴门尼德,而是走向婆罗门,成为亚里士多德思想的开创者(我们的迦毕罗①)。印度是地理的,所以穿过具体的波斯(十分具体,你只要看看波斯波利斯)到达印度。你记得弥兰陀和那伽犀那之间的对话吗?关于战车等。设想一下亚历山大停在了华氏城②,而不是停留在印度,在贾那卡宫廷,面对面地和亚吉亚瓦克亚对话,国王与国王、一个在哲人和国王面前的征服者,他们之间会有什么样的对话。对那些不知道印度是谁的人来说,它是致命的,想一想某个马可·波罗样的人可能会怂恿亚历山大。他们中国人会敬重他的一元论,什么是礼教,不就是一元论加上墙吗?"

"精彩,精彩,道教怎么样?"

"我亲爱的朋友,道教是颠倒的萨特——它是巴黎还是

---

① 迦毕罗(Kapila,约公元前350—公元前250),印度古代数论派哲学创始人,数论派重要经典《数论经》相传为他所作。
② 华氏城(Pateliputra),古印度摩揭陀国地名,由阿阇世王(Ajatashatru)建立,今为比哈尔邦巴特那(Patna)。

小村子时的圣日耳曼德佩——没有花神咖啡馆。德·波伏娃女士，现在是寡妇了，想变成小鸟飞到天堂，在那下个未受精的蛋。那是他们论文的结尾，对立和综合。它不是荒谬变成形而上学，而是形而上学变成荒谬。这是我们骑在驴子上的好人加缪。没有中世纪就没有文明。"

"我不明白。"

"除非有地狱，这是具体的，不会有发展，圣博纳德明白而你的阿伯拉尔不理解的具体。十字军东征，作为历史它是罪恶的。罪恶不是真实，真的真实，罪恶是你们的幻觉变成人。"

"魔鬼走在沙特尔大街上。"我说。

"与浮士德同饮。"

"没有格雷琴就没有浮士德，没有浪漫就没有撒旦，恶的概念。"

"不是，不是，没有基督就没有童贞玛丽。而浮士德变成爱因斯坦，你就有了原子弹，浮士德造成了广岛原子弹事件而甘地为巴基斯坦、为真理而死。"沉默很长时间后，你继续说："说回到数学。除了知道一表示一、二是二这些之外，罗马人从不知道数字，就像澳大利亚的部落民一样。尽管斯宾格勒[①]和他的毕达哥拉斯方程还有克伦威尔和穆罕默德，希腊人通过毕达哥拉斯回到了零。真荒诞呀。"

"金数[②]之所以重要是因为它们基于神秘的形式，基于听起来完美的声音，基于形式完美的数字，神圣如无形式

[①] 斯宾格勒（Oswald Arnold Gottfried Spengler，1880—1936），德国哲学家、文学家，主要著作有《西方的没落》等。

[②] 金数（Golden number），默冬章周数，出自中世纪教历的术语。

的形式。人们说毕达哥拉斯了解印度，我说毕达哥拉斯从未懂得印度因为他知道数字不知道涅槃，不知道零。因为我们法国，欧洲是被零除的数字，印度是——嗯，印度是零，欧洲是无限，历史等诸如此类也一样。"

"那么美国呢？"

"美国，"你笑着说，"嗯，我见肯尼迪时，他说的第一件事是：我知道太平洋，可我不知道印度，和我说说印度。哦，我想，要是我告诉他我的想法的话，印度或许能得到更多食物——"

"即使饿死，"我对你说，"这也是涅槃的一种形式，商羯罗说的既不是食者也不是他所食的东西。你见过饥馑中的国家、民族吗？我见过。他们是美丽的，我不知道阿拉贡对此会说什么。我走过废弃、破败的村庄（在迈索尔邦），那里处处是死亡和忧伤的土地……空间已经变成时间——时间变成思想……思想，物体，街道，空水罐，手推磨或车轴或树……没有光，思想同样闪耀，甚至葬礼祈祷也照耀着人们。'是的，法律的第一批追随者，法是纯洁而神圣的助力者。祖先，阎摩，激起热诚吧——甚至对那些让他离开的人。'人们接受法因为它是法，那么就有法中法。没有反抗，只有认识法中法。季节来了又去，下雨，英国人打仗，婚礼，命名礼，为什么不是死亡？不管怎样，为什么不是死亡？我希望肯尼迪看到这些死亡。早些时候，加尔各答的美国人看到这一切并发电报告诉了罗斯福。英国人把事情弄糟，可印度没有叛乱。三百万人死于饥饿，还是没有反抗。"你沉默地坐着，非常安静，把你的糖和浓咖啡搅匀。我继续说："您知道有人为了一块面包杀死另一个人吗？"

"不知道。如果历史有意义，那是因为死亡有意义，拿走十字架就不会有汤因比[①]……"

"拿走神——"

"就是真理。"

"没有神就没有墓地。给死亡一个玫瑰园、柏树——和山——普罗旺斯山，乔托山——"我说。

"这样但丁就能思考炼狱？"

"但印度消灭了死亡——"我说。

"没有对死亡的恐惧，因而有了阿育王、甘地。"

"哦？"

"欧洲承认恐惧——因此美国给印度食物——美国，害怕广岛就会变成广岛——"

"是的！"

"印度要派学者去中国，中国要派朝圣者去云中之国，他们这样称呼印度。可印度将不会从死亡中复活，因为印度知道没有死亡，这样也就没有悲剧——"

"或者，印度已经死了，就像甘地说的非暴力，你不能杀死已死的人，而通过杀死死亡，你超出死亡和生命。"

"因为生命、活力，你活着，意识是……意识知道没有死亡——死亡知道死亡本身不会死。"

"欧洲呢？"

[①] 汤因比（Arnold Joseph Toynbee，1889—1975），英国著名历史学家，著有《历史研究》等著作。

"恒河上的神嘲笑那些朝拜者，它们知道出生和死亡是同一个圆上的点。你在上时，就有下，而你在这儿时，就总会有那儿，等等。如果数字是金数，数学会死。零四处漂浮——就像撒入七条河里的甘地骨灰，将流入宽阔的海洋。而爱因斯坦则躺在普林斯顿，直到广岛事件发生。死去的日本人和爱因斯坦之间会有什么有趣的对话呢？"

我说："他真的是个诗人。"

你说："他最后明白，诗人是圣人，因此圣-琼·佩斯是圣人。"你看着手表喊道："玛德莱娜，已经2：30了，三点钟议会有会议，告诉司机准备好。他吃完午饭了吗？"

我抗议道："你一定要去吗？这多像来自柏拉图的一页。"

你说："是的，我是议长，我必须去。你为什么不和我一起去爱丽舍宫呢？然后司机把你放在你想去的任何地方。"

玛德莱娜没有动，阿兰没有动，我也没有动。运动失去了所有的目的。

车子转过星光大道，我清楚地记得，你沉思地看着在瓦格纳姆街和弗里德兰街之间的那些意大利风格的巨大窗户，似乎突然认出了什么人或什么东西，你说："我想念特拉凡哥尔[①]，想念印度有史以来最伟大的圣人，我听说是自商羯罗之后最伟大的圣人。我答应过尼赫鲁会再去见他。特拉凡哥尔是命运在特鲁埃尔[②]游戏和斯特拉斯堡之后的结

[①] 特拉凡哥尔（Travancore），印度西南部一个地区。
[②] 特鲁埃尔（Teruel），西班牙阿拉贡自治区的城市。马尔罗在此参加过西班牙内战。

局。可安德烈·马尔罗胆子小，紧张不安。自我只是存在的外壳，而存在是你的零，我知道。历史和零不会走到一起，历史是命运。这是你们印度没有历史的原因，因为智慧没有历史。"

圣人反转变英雄，英雄死了成圣人：仪式的过程有手鼓、钹、榴弹炮、旗帜——去吧，祖国的孩子们，到理智的边缘，身心净化的边缘——但它是艾萨克的恐怖，耶稣永远不会出现：沙坑上的疯狂和埋在碎石下的尼采。哦，特里斯坦，等等。（1945年4月30日晚上欧洲清除罪孽）伊索尔德，你在哪？可新的亚当出生了，你知道，它是处女的诞生。哦，原子弹，原子弹！

很幸运，真理没有掩饰，它只有意义的等级。最后，它设法让你进入自身。不像在战争中，你撤退到这里获取胜利。当然，戴高乐应该明白。在思想的边缘，词的子宫，是释疑解读的数学。没有思想的完全清醒是睡眠。这样，这一串悦耳的琴弦就可以用来弹奏文字。爱因斯坦是对的，诗歌高于数学，就像梵天高于众神。因而，零，真正的非数字，高于一切数字。把这些告诉蓬皮杜。

怀有深深的敬意。

你真诚的

希瓦拉姆·萨斯特里

又及：这封信在我脑中想了几个月了，如果我误导了您，请原谅。

S.S.

31

可以说苏珊娜的身影无处不在：在靠着门扶手那些不断窸窣作响的窗帘后面，在布罗耶街，在办公室我面前的空椅子上。我从瞌睡中醒来（因为我夜里哮喘）时，感觉到她方巾紧系的金色卷发，镜子般明净的皮肤，像兔子、松鼠一样的浅笑，这样我有时就喊她"松鼠"。奇怪的是，她看起来怡然自得，可实际上一点也不，她让自己相信是这样，就像她确信其他几件事情一样——她内心的声音告诉她这事或那事，有时候那些事情甚至被证明是真的。例如，有一天，我在苏夫洛街上滑倒了，她很快就知道了，当时她正在休息室里穿衣服准备去克莱门特看戏——她说，她看见了，还看见人们围着我想帮我——那一天，她知道我在蒙维勒出了事故，她确信我伤得很严重，被缠了很多绷带送进了医院。但这次不是真的，或者，它可能是真的。我和米雷耶一起，车子开得飞快，我们的时速将近117千米/小时，回桑利斯路上的转弯很急——当然，我们被米雷耶非凡的镇定给拯救了——否则前面的卡车会把我们弄得像海沙一样支离破碎。苏珊娜内心的声音并不总是告诉她一切，或者她不想知道，她从不知道我和米雷耶的任何事情（设拉子之夜）。她对自己、对我的信心像她失明的视力一样强大，不过她相信，如她头上的金发一样自信，乌玛会有一个孩子——"我能看见他，圆圆胖胖的，很像你。"她向我保证，我也就相信了，因为它抚慰了我。我想，那时候我相信，或者是因为我不了解的原因。苏珊娜确信，她是我的妻子，唯一的妻子，不管是聪明的还是漂亮的，没人能取代她的位置——"没有人，哪怕是公主也不能取代。"有一天她进一步表露自己时补充道："可以这样说，公主是你的另一个自我，我是你真正的人间伴侣。别忘了，悉多出生在犁沟里，她属于土地。像土地一样，平凡、有人情、四季般可靠，具有太阳和月亮的稳定性。我只是不能飞翔，但你和公主可以。我没有翅膀，她也没有翅膀，但有空中马车等着她。"她向我保证，"我甚至不适合站在她的影子下，"她又接着说，"甚至也不适合在你的影子下。你不知道你所属于的高尚的精神境界——人们只要看看你的生辰图：你有神秘十字星座，太阳和月亮在一个方格里，对面，木星和金星也在一个方格内，奇特的是，海王星在一边，冥王星刚好和它相对，正好是一百八十度。你生来是要做大事的，或许不是地球上的工作，是别处的工作。你属于神智学者所认为的第六级，这也是我和你在一起时过于害羞的原因。"在苏珊娜那里，这是真的，她从未喊过我的名字，像印度妻子一样总是称"您"，或和别人说起时称"他"。"苏珊娜，你从哪儿学的这些？"——"当然是在我的前生，因为我是你的妻子。"她肯定地说，清楚得就像她看见年轻的自己正走在印度乡村的路上，头上顶着铜水罐，从村里的井边回家，边和其他半蒙着头巾的印度妇女聊着天。这也解释了她为什么学梵文容易——她只学了语法（雷诺的梵文语法），就能阅读一点《摩诃婆罗多》或《益世嘉言集》[①]。但事实上，作为一个法国女性，她学语言的能力与众不同——她笑道："因为我不是法国人，而是布里多尼人。我是个海盗，这是我有一些超自然能力的原因。"她问我："你以为，布里多尼女人们的丈夫在寒冷的海上时，如果她们不知道在这种寒冷天气里，她们的丈夫在遥远的大西洋会发生什么，她们能在无数漫长的冬夏岁月里活下来

[①]《益世嘉言集》(*Hitopadesa*)，直译为《有益的教训》，是以《五卷书》和另一部故事集为基础改写而成的梵语故事集，大约产生于十至十四世纪，作者署名为那罗衍（Narayana）。它袭用《五卷书》的框架结构，引子也类同，讲述国王委托婆罗门老师教给三个王子"正道论"。全书共分为四篇：《结交篇》《绝交篇》《战争篇》和《和平篇》。除各篇的主干故事外，总共含有38则故事，其中17则是新增的。书里收入大量政治格言诗，增加了这部故事集的说教成分。

吗？我姨妈早在她丈夫的同伴告诉她之前，就知道丈夫在爱尔兰海岸遇难了——她甚至都没有哭，布里多尼女人熟悉悲伤就像她们了解自己的手一样。"——"苏珊娜，这就是你很悲伤的原因吗？"——"不是，是因为我知道自己将会发生什么。"——"发生什么？"——"早死。三十九岁时我会死掉——被烧掉。你听着，我想你来火化我，像对印度妻子一样。"——"别说这种胡话。"我对她说，抬起头越过她的头顶，看着女仆街。——"这不是胡说八道，是真实的感觉。我知道，我的声音告诉我这些，我的星象也预言了这些，并且你也知道。"她说着站了起来。她看起来那么温柔和真诚，我搂着她，感觉到一种完全存在的温暖，沉醉在她的深呼吸里。既然她已经触摸过我了，她就永远不会再触摸其他男人，她的贞洁是虔诚的。她只能做个印度人而死并被火化，没有哪个西方人会看到她的腰和脚趾。她信誓旦旦地对我说："你会在五十七岁时去世，会是名人，还是个单身汉。"

"你的意思是我会没有儿子？"

"你只有一个儿子。"

"苏珊娜，什么时候？"

"我的声音没有告诉我，到时候你会知道。"

"如果你知道一切，"我继续说，"为什么还妒忌呢？"

"因为女人的天性中就有妒忌。"

"苏珊娜，如果事实是事实，你怎么能嫉妒呢？你不可能妒忌一张桌子、一把椅子吧。"

"你不了解女人，"她肯定地对我说，"女人会妒忌你喜欢的手杖、车子。女人，每个女人都想彻底地、毫不含糊地、不容剥夺地抓住自己的男人。"

"很明显,"我有点悲伤地说,"女人和男人不一样。"

"感谢上帝,"她说,"如果我们相似,就会觉得闷了。"她又陷入沉默。尽管苏珊娜是个好演员,但她身上有种非常诚实、自然的东西——她一直是自己,一个贝雷妮斯①或昂朵玛格。如果她不是自己,她就不能也不会表演了。她经常讲自己在戏剧中听到的故事,埃莉诺·杜斯②的故事,她对一个朋友说过:如果我上千次地演一个角色,那么在一千零一次演出时,不管是演一个农民还是女英雄,我仍会像第一次排练时那样落泪——对我来说,我必须是我所扮演的角色,要么不是。"这是苏珊娜所认为的恰当的表演,尽管她很谦逊地认为自己不可能像埃莉诺。我也不会是邓南遮③。她有些天真地向我保证说:"你比他伟大,我看过他的星盘,我把你的记在心里了。"于是我们的对话结束了。

32

而这个上午——上午晚些时候——我从疲倦的打盹中醒来时,我的头在办公桌上,梦到牛和羊,还有莱蒙湖,应该是那个湖,因为我听苏珊娜讲过一百次这个故事。她告诉我,故事发生在亚德里亚海靠近德里亚斯特的一个城堡里,在那里,邓南遮过去曾是一位意大利公主的客人。苏珊娜说,亚德里亚海像个湖,因为我清楚的知道日内瓦湖——它是我生命里见到的第一个高山湖,我从未去过高高的喜马拉雅山——在我糊涂的想法里,我一定把亚德里亚海和日内瓦湖弄混了。我们经常这样做,这就是弗洛伊德能提供帮助的

---

① 贝雷妮斯(Berenice),法国作家爱伦·坡同名小说中的女主人公。
② 埃莉诺·杜斯(Eleanor Duse, 1858—1924),意大利女演员,曾拒绝邓南遮的追求。
③ 邓南遮(Gabriele D'Annunzio,原名Gaetano Rapagnetta, 1863—1938),意大利诗人、记者、小说戏剧家和冒险家。

地方了。可不管怎样,我为什么想起这一切?我抬起头,我想我看到苏珊娜了,不过,她当然不在这里。她的超自然能力太强了,她纤弱的身体似乎漂浮在它想在地方。她真不在这吗?不,她在这。当然,我起身看着空空的椅子时,她不在这里。不过,她肯定非常认真地想过我。她会给我打电话吗?她会吗?她太骄傲不会这样做的。"或许我应该打。"我对自己说,出去到客厅喝咖啡。

我手里拿着咖啡刚回来,肖舒先生和他的一个代表团成员就在走廊里遇到了我——经常有国外的代表团来访问我们,主要来自东欧国家。据肖舒先生说,我甚至是极少几位被拜访的神明之一——如果没有带着坚果和硬币,至少也有樟脑和香。这次是一个匈牙利代表团,他们总是很高兴,在诗歌和独立方面,匈牙利和印度有着特别的关系。他们的国家被很多强国、同时还有很多教派统治过,他们觉得印度对他们的意义与绝大多数国家都不同。这样,我就要邀请匈牙利人到我的办公室,他们愉快地进来了。他们是群布达佩斯科学院的科学家,很高兴看到他们宽阔而聪明的面孔,他们的羞怯,他们的骄傲和几乎固执的欲望,在内心也好外表也罢,从不像俄罗斯人经常做的那样在国外撒谎。他们有些人知道我们科学家的作品——他们当然知道拉曼[①]和玻色[②],还有些人甚至知道萨海[③]。他们对巴巴[④]一无所知,但很赞赏他——他曾经访问过他们几次,事实是他曾担任过第一届国际原子能会议主席,他们认为这是世界对印度科学贡献的地位的认可。他们中的一两个人只言片语地听说过

[①] 拉曼(Sir Chandrasekhara Venkata Raman,1888—1970),印度物理学家,1930年获得诺贝尔物理学奖,是第一位获得诺贝尔物理学奖的亚洲科学家。
[②] 玻色(Satyendra Nath Bose,1894—1974),印度数学家、物理学家。
[③] 萨海(Anand Mohan Sahay,1898—1991),印度独立运动期间领导人之一,后担任印度国民军队的军事秘书。
[④] 巴巴(Homo Jehangir Bhabha,1910—1966),印度原子能委员会第一任主席。

我，但没有人真正读过我的论文。肖舒先生应该告诉过他们，我把数学和形而上学结合的计划，还有我正在研究拉马努金的一些论文，同时还试图表现哥德尔证明的有效性，西方人把它作为数学逻辑上的一大进步而倍加赞赏。我认为这个领域没有特别吸引我的拜访者们，可他们都非常有礼貌。我一下子明白过来，他们来看我，是来对印度表示敬意，而不是对我，这更让我高兴。我不是与弗雷格或罗素有关联，而是和婆什迦罗、婆罗门笈多有关，我的问题主要是哲学上的。我对出去向任何人证明某样东西没有兴趣，我想向自己证明一切。我觉得他们和我的内心存在差异，西方人和我，甚至在西方化的英国化的印度人与我之间也一样。打个比方说，我认为恒河坐落在湿婆的头上，帕尔瓦蒂、室利维迪亚自己，是我们走向无可争辩现实的内在智慧——湿婆。印度传统是我的行为准则，不是哈代的。如果拉马努金以他自己的方式获得答案（通过女神纳玛卡尔），毫无疑问，我也能通过自己的方式解决数学问题——作为一个印度人，我有自己需要的全部时间——今生解决不了，我可以在来生完成，如果还不行，我就在那之后的另外一个来生解决。皇家学会会员或许可以取悦我在加尔各答的同事或乌玛，但对我真没有吸引力。接受荣誉真的不是我的工作，它某种程度上是不诚实的行为。由于不知道的或许永远不会知道的原因，我就是我。作为一个无名者似乎比被称作皇家学会会员希瓦拉姆·萨斯特里要有价值得多。一个人自身名声的负担不是不可忍受的吗？吉登伯勒姆寺庙的修建者从未把名字刻在他们凿的石头上，我们的吠陀祖先也没有真正的名字，他们被叫作安祇罗沙、维瓦米特拉或瓦斯塔，这些是为了让人相信而给无名者起的名字。所以传统上说，吠陀诗句是在天上写的，留在这里给任何想读它们的人。除此之外，吠陀圣人什么也没做——尽管不太成功，我仍然努力去发现那些思想的基本观点，通过它获得数学语言，比如说，波你尼①语法的规则。如果数字和词根代表宇宙终极性，那么，阿迪萨沙②向波你尼语法显示一些神力，或许加内帕蒂自己（数字之神）给我们数学研究的法则。我们所说，如果苏维埃因为它们的宇航员而开始对瑜伽感兴趣，那我们没有理由不重新发现数学咒语的价值。因此数学瑜伽一定存在，为了我们普遍使用，应尽可能发现它们，而不是去掩盖它们。移动秘鲁石头或建造埃及金字塔的法则，它们应该都存在并一直存在。在不同纪元，对于同样的问题有不同的方法——对我们来说，像柏拉图思想一样，印度或许对当代人类做出这种精神模式上的贡献，甘地在政治上的做法，泰戈尔的诗歌创作，拉马努金在数学上的表现等，可他们在能告诉我们更多方法前去世了。这就是我们的工作——今日印度科学家的工作，重新发现印度研究方法。维特根斯坦的"印度数学家""看这个"（或许他想起了早些时候在剑桥的拉马努金，印度数学家的传说在三一学院的大厅里依然生动）。在西方，亨利·庞加莱是唯一一个与此有些关联的科学家，这也是我在巴黎的原因。法国人已经把他们语言的奇迹给了当代人，法语是自梵语以来最精密、准确的语言，所以它们或许也能帮助我们发现数学内在法则。要知道在庞加莱之前还有帕斯卡尔。具有实用主义想法的盎格鲁—撒克逊人对结果比对方法更感兴趣，就像肖舒先生从未停止提醒我和我们的拜访者们，波兰人、匈牙利人、中国人——美国人对实用、有用的东西感兴趣，而不是一些纯知识——的危险在于：他越是把精力集中于外在，就越趋向混乱。如佛教徒所说，法、达磨、力调

---

① 波你尼（Panini），古代印度最伟大的梵语语法家，约生于公元前5至4世纪，著作为《波你尼经》。
② 阿迪萨沙（Adi Sasha），背上承载着地球的蛇王。

节事物均衡，事物不决定法。本体的人是真实的人，圣人是脱离身体的实体，在物体中间起作用（或者似乎起作用）。罗摩和克里希那都打过仗，印度最著名的书是《薄伽梵歌》，这本书告诉你可以而且必须行动，却最早被确立为脱离实体的真理。否则的话，如果用西方模式，我们就是大战风车的堂·吉诃德。有一天，风车被笨拙的长矛击中，或许被我们的兴奋摇动，碎在我们身上，把我们都杀死。广岛就是这样。

如安德烈·马尔罗所说，真理的存在不需要托词。为了你的存在，你需要它（或你以为你需要，阿周那）。像吠陀说的，我们所意识到的只是其本身的四分之一，人的剩余部分，灵魂，几乎是被淹没的。像冰山一样，我们在海洋上从北漂向南，在"金色明亮"的阳光下融化。其余的被冻结几千年，今天，我们人类似乎就处于这种冰期中。通过某种奇迹，拉马努金和甘地能够帮助我们找到萨维杜勒的冰山，就像贾亚特里[①]颂歌说的"被藏于金盘后面"，朝下（或向上）漂到真正的自由。

这是我在匈牙利同事离开后的想法，还没等我拿起铅笔工作，电话响了，是米雷耶："我们去绑架你。"

"有哪些人？"

"三个女人再加一个。"

"这么多女人就为了一个男人？"

"一个男人为一个女人去绑架的故事太多了。"米雷耶大笑着说。

"不管怎样，你认为四个人很多吗？"

"或许吧，我们没有计算我们各自的力量。不管怎样，我们有非

[①] 贾亚特里（Gayatri），《梨俱吠陀》里著名的诗句，婆罗门一天唱诵三次，诗句为："我们沉思眼光灿烂的荣耀，愿它启发我的智慧。"

常好的消息。"

"关于什么?"

"喂,关于乌玛啊。"在我哲学的思考中,忘了自己的妹妹乌玛刚看了德尔福斯医生。是的,她看过了。

"哦,一切都很好?"

"是的,"米雷耶又笑了。很明显,她情绪很好。"是神的赠礼。"

"那是什么?"

"她会有些金牌宝宝,就这些。"这并不令我感到惊讶,我刚刚就在想金色的太阳。"她开心地哭了。"

"但是,米雷耶,还没做手术呢,发生了什么事?"

"好吧,好吧,我们必须马上说这些事。你知道我正在双叟咖啡馆可怕的地下电话亭给你打电话。"

"好吧,来吧。"

"我要把两位女士送到和平咖啡馆[①]——"

"米雷耶,为什么是和平咖啡馆,太远了。"

"我这样做有很好的理由,你会在适当的时候知道,我想印度人没有时间概念。"

"是的,被你们法国人给弄堕落了——"

"我曾让你堕落过吗?"她笑道,她笑得太厉害了,我能听到她的咳嗽声,她周围很吵,"再见,婆罗门数学家先生。"

"再见,残忍的漂亮女士。"[②]说罢,我觉得温暖而快乐。从那以后,我经常想起,那是我生命里真正最美好的日子之一。

等米雷耶时,我不知道做什么,就在研究所美丽的小花园里散

[①] 和平咖啡馆(Café de la Paix),巴黎一家历史悠久的咖啡馆。
[②] "再见,残忍的漂亮女士"(Le Belle Dame Sans Merci)是英国诗人济慈的一首民谣,查良铮译为"无情的妖女"。

步，看着喷泉。在那，俄耳甫斯弹着里尔琴，永远在喷水，而水中的仙女或者其他什么的，快乐地看着他。我从未意识到，这是否对我有着重要意义。但很多年后，我在写下这些文字时，我明白了，安静的花园（从这儿我能看到匈牙利人走向他们大使馆的豪华轿车）和四周的大理石拱门，还有俄耳甫斯似乎很喜欢我流露出的快乐。然而，贾娅第二天就要离开了，有人知道快乐从何而来吗？或者要么哪里缺了它？俄耳甫斯喷出的水来源于塞纳河，来自匈牙利，可根据传统，恒河和喜马拉雅山的女儿海玛瓦蒂是姐妹对头，总为了湿婆的宠爱争吵。那么，谁是恒河，我想了又想。

33

米雷耶突然来到我面前，身材曼妙，轻便夏装更显得她气质突出。她整个身体都充满快乐——她的快乐，只是快乐。为什么快乐，毫无理由，就是快乐。和米雷耶在一起世界似乎不存在了，只有她和与她在一起的人。即使在人群中，她的世界也只是两个人，不会更多。她似乎和自己的身体有种罕见的亲密，这使得这个交流成为可能。哪怕她谈起椅子、桥、咖啡馆（像她几分钟前做的那样，说到和平咖啡馆），或者是说起银行、邮局，她总像在用私密语言说它们，让你觉得她在和自己说话，就像俄耳甫斯喷出的水又全部落回到自己身上，又成为快乐之水。那天我感觉到和她之间的这种亲密——比之前亲密得多，自从设拉子之夜后，我几乎不敢坐在她旁边。她懂，为了使事情简单点，她说："你知道谁是第四个吗？"

"不知道，米雷耶，是谁？"

"你很容易忘记你的朋友，不是吗？"

"哦，哦，谁是我这么快就忘记的朋友？"

"噢，她当你女伴很久了——"

"你说的是苏珊娜。"

"当然是，你怎么还猜呢？"

"因为我刚才还在想她——大约一小时前。"

"公主说她想见见苏珊娜，她已经听说过很多她的事，可你从未让她俩见面。"

"米雷耶，只是还没发生。还有，请开慢点儿，你太兴奋了，开车像个疯子。"

"得让你知道，我告诉你：所有的女人要么疯狂要么悲惨。疯子是真正的女人，其他都是永远的寡妇。"

"不管怎样，我们现在去哪？去接苏珊娜？"

"不是，婆罗门先生，"她笑道，"苏珊娜要两点到剧院，她自己来。我们去和平咖啡馆吃东西，你可以点你喜欢的绿沙拉和小豌豆。"

"苏珊娜直接去那儿——"

"是的，学者先生——"她明显在调侃。

"学者很开心。"

"四个美丽的女人包围着他，谁能不开心呢？"

"哦，这是高兴的充分原因？假如她们彼此怨恨呢？"

"那也不错。每个女人给你她最好的——"她靠向我，亲切地亲了一下我的脸。我必须说，这让我全身颤抖，既心悸又伤感。我的身体是渴望的，不像那些参加波利娜[①]道德培训的基督徒。我属于湿婆和《爱经》文明，伤感来自于我的无助。"我会把你安全地带到

[①] 波利娜（Pauline Bonaparte，1780—1825），拿破仑·波拿巴的二妹，封为瓜斯塔拉女公爵。生活淫乱，情人众多。

那里——别担心。因为车辆拥挤，停车永远是个问题。我在咖啡馆让你下车，然后在附近找个地方停车，不要等午饭了。记住，苏珊娜一个半小时就要离开，没有时间让她和公主互相了解。我能请求你不要对苏珊娜太严肃吗，她是个非常好的女人——还是我最好的朋友。"

"贾娅呢？"

"像你一样模糊，难以辨认。她用象征和简洁的语言说话——要么超过要么不及她的意思，所以和她说话，就像同时和三个人说话。"

"和我说话呢？"我戏弄地问她。

"像同时在和十个人说话——这是给你的。"她说。我们在卢浮宫附近等红灯，她松开方向盘，双臂搂着我，美丽的胸部就自然而然地靠在了我胸前，就在巴黎这个大都市面前，她深深地、长久地亲吻我的嘴唇。她妒忌了吗，这就是为什么要上演这出戏？或许不是。或者是因为乌玛要有孩子了——她还没有解释如何有——她也想再要个孩子，她自己的，她选择的男人。她是母亲还是个情人？我想，是情人兴高采烈地出现了。她放开我时，把自己的手帕给我，让我擦嘴唇。贾娅或乌玛可能不会注意，但苏珊娜会的。"哦，啊，这巴黎的交通就像纽约一样。"她叹着气，变得严肃、安静了。她之后没再多说话，让我在和平咖啡店前靠近玛德琳路的出租车站旁边下了车。我进去时，看到乌玛和贾娅在一起说着话。她们看起来多像一对姐妹，正在你家内院准备傍晚祈祷用的茉莉花环，即使在这种外国环境里，她们似乎也像在家里一样。

是贾娅最先看到我，她眼光追随着我直到我走到她们的座位旁。乌玛美丽耀眼，容光焕发——今天是她的圣日。我想去沐浴清洁一翻，我站在她们旁边说："乌玛，今天是你重要的日子。"

"不是，哥哥，"乌玛说，"不是重要的日子，而像是再生，最终我会是个女人。"

"医生说了什么？"

"他是个特别好的人。米雷耶陪着我跟他解释我的问题，他很和善，非常善解人意。他给了我充分的时间，彻底检查我的身体，他说：'我认为你根本没有问题，尽管我当然还要彻底查看片子，或许要给你的胃、胸等拍一下X光。据我看来，你的问题，精神的多于身体的。'"

"乌玛，我也这样认为。"

"哥哥，那你们为什么还让我和那个人结婚？"她几乎要哭了。

"是你的思想带给你这些问题。"

她说："至少我不是不能生育。"这次她哭了出来，贾娅靠近她，把她搂在怀里，"乌玛，你为什么要担心呢？现在你会有孩子了。"

"怎么有？怎么有？我丈夫那么脏，我甚至不愿意碰他。"

我说："乌玛，每个男人都有希望，他像我们每一个人。"

"哦，哥哥，不要拿他和您比。"她哭着笑了出来。"那就像拿大象和老鼠比。"这次她真笑了起来，脸上的眼泪还没干。

"现在大象能到山泉里给自己身上洒点水吗？"

乌玛说："当然，即使他用鼻子在身上洒了些灰，但不会改变他是大象的事实。"这次乌玛看起来平静多了。我去洗手间时，看见苏珊娜从较远的门进来。她看起来始终像个修女，看见她我很高兴。她没看见我，我得以有空去洗一下。

或许是因为我的婆罗门祖先，我做什么事之前都要去洗一下——坐下工作之前，出去吃饭之前，睡觉前或我拿书前，水总是先于任何重要的事情。我去机场或火车站时，在我的客人到来之前，我必须去卫生间洗一下，否则我会觉得做了什么不恰当的事情。水是梵，水本身就是梵，所以我必须洗一下来确信自己是人。然而，我很急迫，很快就洗好了，匆忙洗了一下后，浑身洒满了水珠（甚至在今天孟买的泰姬饭店，给你递毛巾的侍者看到这情景也会非常吃惊），我自己擦了擦，走了出来，几乎是个新人了。这时，米雷耶也和她们三人在一起了，我们看起来像一个快乐家庭——三个印度人和两个法国人（尽管米雷耶有一半希腊血统，她自认是法国人）。我们谈各种事情：孩子和印度，德尔福斯医生和印度医疗业的落后（除了德里、孟买的西式医生），印度边境的中国，梵文的丰富性（因为苏珊娜现在可以相当轻松地阅读了，虽然还不能分辨出这个语言中每个单词可能含有的不同层次的意义），尼赫鲁和戴高乐。当然，贾娅维护尼赫鲁，米雷耶反对戴高乐，这似乎是米雷耶的智慧唯一起不了作用的话题，她像是在重复自己所读到的东西。乌玛对政治自然没什么可说的，但她看起来如此清新，清新得像我这个哥哥要把她送到未来丈夫身边的新娘，她的快乐富有感染力。不过，苏珊娜必须吃快点，然后离开，这让事情容易了，否则她的悲伤重到无法承受。她似乎比之前变得更加简单、更加真实，她纯洁的誓言变强了，她的女性气质提高了。"她去折磨米歇尔有多久了？"我不知道。

"米歇尔怎样？"我问，只是让她和我在一起放松点。

"和以前一样忙于很多计划、打算。他还在努力发现希伯来语没有元音的原因，并打算很快就去见一位耳鼻喉专家，专家说希伯来字母的曲线图可以在磁带录音机或不管叫什么的机器上看到，只要让他的病人发这些字母的音——比如曲线，洗澡等。"

"这似乎是个有趣的实验。事实上，我和米歇尔说过这个人。"

"哦，你说过？"

"是的，很高兴他要去见这个医生。"

"你知道米歇尔是这样的：一旦他有了念头，他就不会停止思考，简化再简化直到它不能再简化，那么它就变成对他来说的真理。"

"就像，"我说着笑了起来，"就像，对我来说，除非我把事情弄得越来越复杂——或至少从十五个不同角度看它，否则它听起来永远都不妥。"

"这是他需要你的原因，"苏珊娜微笑着回答说，"或许我觉得，你需要他。"

"你们在说谁？"贾娅天真地问。

"我的一个朋友，也是这位婆罗门绅士的好朋友——"这是苏珊娜避免说我名字的做法。我对她的敏感非常尊重，但接下来她又不友好了，"他是个犹太人。"

"哦，"贾娅说，她根本不知道这什么意思，对她来说，它就像说一个不同的种姓。"希伯来语是犹太人的神圣语言，就像梵语对印度人一样。"苏珊娜补充道。

"梵语不光是神圣的，它还说了除神或婆罗门之外的其他东西。"我说。

"是的，可米歇尔说希伯来语也这样，我不知道，但他说也有很多希伯来语的世俗文学。"

"然而，梵语的美妙在于，宗教性和世俗性之间没有差异，所有用梵语说的，听起来都是神圣的。"

"或许是这样，可你看，我们欧洲人是二元论者，什么是神圣必须有个对立面。"

"你为什么不学希伯来语呢？"我天真地向苏珊娜建议道。

"如果你希望我学的话。"她话里有话。

"对了，葛吉夫小组怎么样了？"我问。

"很好，我学了很多东西。米歇尔和我用了很长时间讨论学校。"

"什么学校？"

"我朋友米歇尔和苏珊娜所属的哲学——神秘学校，这是为了让他们在精神上做好准备——"

"它让人能充分使用人类的器官。"苏珊娜打断我说。她害怕我会歪曲葛吉夫教育，或许我没有完全理解它。

"那一定很好。"贾娅说。米雷耶和乌玛说着话，又向她解释德尔福斯医生说的事情。

苏珊娜起身说："我现在要走了。"

贾娅恳求地问："哦，一定要走？"

"是的，新导演非常严格。尽管我们已经把同样的东西排练了一百遍，可我们每天还要排练，这就是戏剧。"

贾娅问："我可以送你吗？"

"当然可以。"苏珊娜回答道，诧异于贾娅的礼貌。

"你怎么回来呢？"我问贾娅。

"我陪她们。"米雷耶说，"再说，我相信哥哥和妹妹一定很高兴相互聊聊。对乌玛来说这是重要的一天，我们怎么庆祝呢？"

"今晚，王后大人就来了，拉迪拉尔会来接我们出去吃饭。"我回答道。

"见王后大人——我虽然不认识她，可因为是贾娅的母亲，她们有些地方一定很像——嗯，嗯，我相信，乌玛和王后大人在一起会觉得放松。"

"我很高兴要见她。"乌玛说，她看起来容光焕发。

"是的，我们印度人需要长辈祝福我们，她会祝福乌玛的。"我试着把乌玛脑子里想的东西告诉米雷耶。是的，王后大人会祝福乌玛，乌玛会生孩子。为什么贾娅没有孩子从未触动乌玛？乌玛把贾娅没有孩子看成理所当然的事情，在某种程度上，这也安慰了她。这也说明了贾娅今天的情绪吗？或是因为她明天要走了，而前景并不太乐观。

三个女人离开时，乌玛心事重重地坐在我面前。我看着三个女人走到拐角，等着绿灯，她们在那里准备穿过歌剧院大街。在某种程度上，她们似乎是奇怪的整体，一个梦做的物体。在命运上，她们十分不同却又如此一致，她们看起来是公主、革命者和演员，一个布列塔尼人，一个希腊普罗旺斯混血女孩（米雷耶看起来确实非常女孩气），而她们似乎走入仅有的一个方向：从虚假死亡之路到真正诞生之路。女人似乎永远走向消解，而男人一次次证实自己：我不在这里，我不在这里。哥哥，您在哪？他环顾四周，他哪儿都不在。于是，他拿起自己的书（或论文）沿歌剧院大街跑着，他必须，他必须找到自己。你们三个戏剧街的人们，知道他在哪里吗？

"谁？"她们停下来问道。

"哦，他，他？"

"是谁，先生？"

"嗯，你们知道我的意思？"

"不，我们是女人，一个，两个和三个，几乎来自三个不同的国家，事实上，也互相不是很了解。你在找谁，先生？"

"哦。"我停下了，擦掉自己的汗水（巴黎现在是夏天了），说：

"当然,你们怎么知道呢?"

"为什么不呢?"希腊人说。

"谁?"法国女人问,"如果有一个问题,就有一个答案。世界上所有的常识是普遍的。"

"是的。"我说,想记起自己在问什么。我转向贾娅说:"贾娅,你一定知道我在找谁,你当然知道。"

"我希望自己知道。你知道,我有一个坏了的脑袋,一个坏了的脑袋除了哭还能做什么呢?"

"那么,你们谁都不认识他?"

"你真有趣。"米雷耶大声说,爆发出一阵大笑,你从卢浮宫到歌剧院顶都能听到。鸽子四处飞散,你没看见它们?我停下来,思索着。

"哦,当然,除了他没人能回答我的问题。"

"这很简单。"苏珊娜说,努力朝前走着,她着急想准时到达剧院,她只有七分钟,我们都知道新导演非常官僚。三个女人还在穿过金字塔街。那里的钟显示她只有五分钟。五分钟的时间你能说什么或做什么呢。那么,苏珊娜必须得走。

我几乎哽咽着,卑微地说:"苏珊娜,原谅我。"

"原谅你什么?"

"原谅我不知道他是谁。"

在整个世界——包括金字塔街的大钟——面前,苏珊娜说:"你知道,我爱你。"地下的地铁摇动大地。

贾娅问:"苏珊娜,你知道什么是爱?"

米雷耶笑着大声说:"我不知道。"她的围巾在微风中飘拂。

哦，我的小鸽子，我的兄弟，

生活除了爱情什么都不是。

所有的行人都在走向他们的办公室：里昂信贷，英国海外航空公司，巴西咖啡馆，地中海旅游公司——他们都想知道这是什么演出。拉贾·阿肖克此时突然从伯明翰旅馆出来，我看见他很高兴，说："拉贾·阿肖克，很高兴看到你。我在问这三个女士，我要去谁那里？"

"到我这来。"拉贾·阿肖克笑着说，我甚至从很远的地方都能闻到他的酒气。他对贾娅说："跟我来，我们要去机场了，你母亲五点十五分到达勒布尔歇机场。"

贾娅说："可是，我必须把苏珊娜送回剧院，她特意来看我。"

"对了，"米雷耶说，"冒昧问一下，我丈夫在哪里？我想他大概需要我的车。"

"我从昨晚就没见到他了。"拉贾·阿肖克遗憾地回答说，"怎么，他不在办公室吗？"

"他当然在，我和他说了乌玛的事情，他很高兴。"

拉贾·阿肖克像父亲一样，说："哦，她是不是要有孩子了？"最终，他和两位女士一起沿着大街走着，米雷耶决定回去。

"再见，苏珊娜，祝你演出成功。"

"谢谢，我的美人。"苏珊娜毫无恶意地说。米雷耶来找我，而我在这里，我个子很高，思维十分迷糊，在乌玛旁边，做着白日梦。我不知道拿拉姆昌德拉怎么办，他真是一个好人，但愿他能很好地了解乌玛，她是一个极其真诚又富有女人特性的女孩，可拉姆昌德拉想要女人身上的淘气劲。乌玛有些像我，她什么都没有。拉姆昌德拉会喜欢米雷耶，为什么世界是这样的。拉姆昌德拉在海德拉巴而米雷耶在巴黎，我在巴黎而贾娅在加尔各答，苏伦德在纽约而乌玛在巴黎，乌玛怎么能让苏伦德高兴。拉贾·阿肖克呢？他可以去任何地方，或者他无处可去。他不仅失去了他的王国，也失去了他自己。他们说德里被毁坏了九次。"这一次可能会是第十次，"拉贾·阿肖克说。可我呢，我在找谁？乌玛的眼神回答说："我。"我想逃跑，感谢上天，米雷耶及时回来了。乌玛说："米雷耶，你能送我回家吗？"

"当然可以，乌玛，我先送你哥哥，再送你。我必须回家看看让-皮埃尔是否需要车。他的车坏了——它总是坏。还有，我从昨晚就没见到孩子们了。你为什么不和我一起去？"

"是的，可贾娅呢？"我问。

"她路上遇到拉贾·阿肖克了，你知道巴黎就像个小村庄。他说，万一爆发战争的话，他必须在库克看看各种去印度的航班。"

"她和他一起走了？"我自然很失望。

"没有，她没有去机场。"米雷耶有点生气地继续说。

"那她在哪里？"

"哦，没有人偷走她。你聪明的公主，亲爱的先生，正安全而完好地坐在我的车里呢，她说自己不能和顽童一起走。"

"最新的消息是战争没有发生，"我说，像是在安慰自己。"我跟你说，我必须马上回办公室，我一天都没工作了。再说，一个匈牙利代表团正在访问我们，他们下午还会来，或许想和我再聊聊。"这纯属对我有益的捏造，我害怕和任何人待着，我想逃到任何地方。"告诉贾娅，我下班后回家，在那里等她从机场回来。"

"哥哥啊"，乌玛说着，起身将手放在我的手上，"都是您的祝福。"

我想哭。于是，我取了帽子快步走到门口朝出租车站走去。"去特罗卡迪罗。"我说，仿佛想要睡觉一般陷入自我。在那里，在那里我将找到他。是的，我，对此我很肯定，在那里我能认出他。可是，我能吗？

出租车司机说，"好的，你认为又要打仗了吗？"

"哪里？"我冷漠地问。

"我的意思是在你们国家，你是印度人，不是吗？"

"是的，先生，可最新的新闻说它是谣言。"

"燕子宣告夏天①，而谣言预示战争。你知道，墨索里尼就是这样让世界对他和埃塞俄比亚的战争做准备的。你年轻，还不懂，我年纪够大了知道这些。"

"那么你认为情况会怎样？"

"入侵者的做法像墨索里尼，或者让美国人和他打。世界会和平吗？只要有美国就决不会。你认为呢？"

我说，"我只是个数学家，我不知道。"我又陷入睡眠。在这里我很高兴，是吗？是的，哦，是的，他在这里吗？不，他不在这里。那在哪里呢？告诉我，兄弟，告诉我，坦白告诉我。神啊，帮帮我。

他，在哪里？

他，是谁？

它，是什么？

我坐在椅子里，像孩子拿着他喜爱的玩具一样高兴。

---

① 西方有谚语 "One swallow does not make a summer."（一燕不成夏），这个短语常用于表达警示，可以用来劝告别人不要对某事过于乐观；不要因为出现一些好现象就十分兴奋，要保持谨慎；也不要因为好的开始，就以为一定会有一个成功的结局。小说中这句话，应为这个谚语的变化形式。

王后大人的飞机晚点了大概两小时。英国海岸风雨大作——在春末夏初，经常如此。拉贾·阿肖克和贾娅喝酒说着闲话等她（拉迪拉尔后来告诉我们的），至少拉贾·阿肖克是这样的。拉迪拉尔最近七年来从未喝过酒，但他不反对别人以此娱乐自己——他在自己的美好时光中曾纵情娱乐过自己。他也是很好的伙伴，十分彬彬有礼，非常天真，像拉贾·阿肖克一样慷慨。拉迪拉尔知道《罗摩衍那》中麦沃尔、拉贾斯坦王室的故事，他们聊着英雄传说、失败和流亡的传说，斋普尔和乌代普尔传奇，有时候也说卡提阿瓦尔王子们的故事，坐在奥利机场酒吧里说着这些感人的故事很不错——例如，说一个拉贾·阿肖克祖先的故事，一个和梅卧尔拉纳订婚的十六岁姑娘的故事。那时，这个女孩到了乌代普尔边境，年轻的王子死了。她带着二十二位女仆和七个男随员一起，直接去王室葬礼上殉夫，因为忠诚和公主的名声，二十二个女仆也死了，而男人们则返回家乡诉说她们的悲剧故事。拉迪拉尔还听过另外一个故事，有点不准确，据说拉贾·阿肖克的外公有一个弟弟，道德败坏，嗜酒如命，甚至没人见他清醒过，或见过他身边没有女人的时候。一天，他和执政的大哥一起去打猎，老虎跳过象头拉下象轿，大象自己逃命了。这个弟弟不是很清醒，但也不是很醉，他掉到了老虎身边，就用枪托击打虎头，努力想从野兽那里救出大哥。林务员也没法开枪，否则至少会击中一位王子，他从另一只大象上跳下来，从两英尺外向老虎的腹部射击。国王伤得很重，三四天后去世了。弟弟——因为大哥没有男性继承人（太年轻还没收养继承人）——继位为王。他成了一位公正而让人骄傲的国王，臣民至今仍然尊敬他。他就是英德拉吉国王，是拉贾·阿肖克亲祖父的兄长，拉贾·阿肖克的母亲是他的侄女。拉迪拉尔没有听说老虎被其他官员射中肚子——传说是弟弟用枪托打死老虎,免得自己落入虎口。当然,像这样的传奇,时间和人总是不对的,但它们总能赢得美誉——拉迪拉尔的版本是最高贵最感人的。

我不知道是拉迪拉尔还是拉贾·阿肖克创造了这个故事,但很显然,拉贾·阿肖克可能希望有一天时机真的到来时,他或许会因某些高贵的原因放弃自己所称的"恶习"。事实上,圣雄遇害时,拉贾·阿肖克因为伤心戒了十一天酒。他和官员们继续堕落,而祭司则从早到晚待在庙里,整夜不停地祈祷,这样甘地先生的来生,就可能为了人类的未来担负起更神圣的职责。拉贾·阿肖克有着王家的本能,这毫无疑问。无论何时何地,每次我看到纯洁的行为和语言,如此自然的慷慨,都让我感到温暖。我对他有种奇怪的亲近感,这一次次把我们带入奇怪的境地,让我们为别人和自己做些奇怪的事情。

但是,拉迪拉尔后来告诉我,在巴黎这个特殊的下午,拉贾·阿肖克十分伤心——非常、非常伤心,真的。贾娅待他以礼貌的距离和非常得体的闲聊,因为被拒绝,他觉得有些难堪,便投入一个富有的南美洲女人的怀抱。她比他大几岁,刚到巴黎,也住在乔治五世饭店。他们经常在餐厅和休息厅相遇,但直到有一天下午他们在富凯才真正成为朋友。当时,他觉得非常孤独,而她刚从无聊的使馆午餐会回来。她一个人坐着,他走过去问,是否介意自己坐她旁边喝杯咖啡。她根本不介意,事实上她觉得自己被恭维了,因为乔治五世饭店的经理告诉过她,他是位国王,这激发了她的想象力,她只知道小说里的王公,在电影里看过一两次,可这次是一位真的国王。他们根本没花多长时间就发现彼此都很孤独,作为一个成熟女性——她只比拉贾·阿肖克大四五岁——她给了他需要的很多东西——对男性自身的骄傲自信。她有钱而他有办法，此外，她的女性智慧使他的力量、美妙的言谈举止、温和、如孩子般的纯真尽显无疑。她告诉他，当今西方男人太傲慢或太粗鲁，而这种东方贵族气充盈了她的内心和四肢"去敬奉、去感激"。事实上，这是那位女士的话（拉迪拉尔世故地没有说她的名字），拉迪拉尔到乔治五世饭店接拉贾·阿肖克去机场，她跟他说了这些。她非常忧伤，当天下午就离开了——事实上她把行李放在休息室，等着拉贾·阿肖克下楼，这样她可以恰当地和他告别一下。然而，拉贾·阿肖克所受的教养让他难以在众目睽睽下说告别的话——他数着台阶走下来，把她带到自己的屋里送了她一件礼物（一个阿拉伯风格的蓝宝石戒指，拉迪拉尔听说这戒指是十七世纪西班牙的，因为是他为拉贾·阿肖克买的）。再一次出于对她的尊重，他把她留在屋里。他很难变得小气，在人类行为中他喜欢王室的勇武行为。

  拉迪拉尔后来说，在奥利机场的酒吧里，拉贾·阿肖克想着这个阿根廷女士飞越阿尔卑斯山去罗马，而王后大人快要到了，他和她还有贾娅，随后也会飞越阿尔卑斯山，在开罗停一下，再直接飞德里。任何人的生活看起来都像幅天宫图，有着纵横交错的奇怪线条，对立，五分和二分等，有着独特的方程式，但都在黄道圈内。就这样，一个去罗马，另一个飞去开罗，而有人留在巴黎，有人（贾娅）去加尔各答。我们的生活似乎有着奇妙、统一的不协调。星星和我们下棋，在星星后面，棋王愉快地摸着头，他为你下棋，让你觉得他在为自己下棋。他到底是谁？兄弟，你知道他吗，知道吗？他是什么种姓或哪国人，多大年龄，长得怎样？国王说了一些，皇帝说了另外一些，父亲有次告诉说，这话是圣人说的。可他到底是谁？您知道他吗？如果知道，父亲，带我去他那里。他住在喜马拉雅山吗，这是您一有可能就去巴德林那特（或卡德那特）或别的地方朝圣的原因吗？父亲，对我温和些，您知道我是个孤儿，您也说自己虔诚地爱着我的母亲，那是您说的。您让西达姨妈到我们家，您解释说因为您不知道怎么照顾我和乌玛。再说，您一个副区官怎么能同时照顾家庭和管理地区安宁。所以您才去查清楚是怎么回事吗——我的意思是，生活是什么——是死亡和一切吗？父亲，您知道，我有时也坐着（像那天拉贾·阿肖克必须坐在奥利机场一样）品尝自己的悲伤，或确切地说是擦干它，因为我没那么容易淌眼泪，我有数学相伴。我有时想，我用等式写自传，我寻找纳玛卡拉女神的定义只是一个借口，去找出父亲您在朝圣中所追求的东西。它是室利商羯罗创立的巴德林那特的湿婆和他的团体。我听说，纳布迪里的婆罗门仍在寻找圣地举行敬神活动。商羯罗就在那里谱写了著名的湿婆颂歌吗？一天傍晚，在蒙维勒时，米雷耶在我旁边，让-皮埃尔在山谷下面，小得像会动的石磨柄，孩子们在他周围像在小溪里移动的鹅卵石。我站在树边，深情地哼着商羯罗的圣歌，整个山谷似乎都有了意识，充满生气，空气像是半透明的。尽管我有哮喘病，父亲，我有着怎样的呼吸啊。父亲，我现在可以告诉您吗，那天在高原之巅，您能看到整个马恩河谷，在弥漫山谷的寂静中，我意识到了存在。父亲啊，那是一种既神圣又高贵的存在，我想离开米雷耶和蒙维勒跑下山谷（由于某种原因农民称它为桑利斯山谷）消失在无名的平坦田野中。田野看起来多像棋盘啊，象或后都在它们适宜的位置，它们沉默而强大，每个都相信他或她的地位，沉着地等待下一步棋着。那天下午我觉得自己成了一枚棋子，哦，父亲，如果您找到棋王，给我发份电报，好吗？哦，父亲，父亲，我的祖先，保佑我，我请求您不要把我一个人留下。我迷失了，彻底迷失了。我的生活多像一块褐色破布，被季风吹起挂在村路边的罗望子树上，在同一棵树上还有带着彩线的风筝。破布挂在电线上，可能被其中一根缠住了，但事实并非如此——还有那些电线，我听到，这些电线不停地哼着像圣歌一样的启示，奥姆，奥姆，奥姆……它们继续哼唱着，从一根电线杆到另一根电线杆，人不知道去什么城市、什么城镇或什么潘查亚特总部，启示迅速流传。父亲，这是我告诉您如果知道他的名字、地址的话，给我发份电报的原因。如果不知道，我向您发誓，我要以某种方式找到他，就像找到我的方程式一样。父亲，我知道他的把戏，就像试图见到你一样——你可以一圈圈地转动，除非你站在镜子前，否则你永远不知道在转动。可是我知道，您看，您的左背有轻微的划痕，左肩膀上有颗大痣，因为镜子，您才知道那些。是的，毕竟，在镜子里看着自己的您是谁呢？于是您用另外一面镜子去看这面镜子所展示的东西。但只有另外一个伟大的人、伟人能在一面镜子里看到整个的人，镜子照到自己。他告诉我，我是他，就是说我不是自己。多奇怪啊，确实很荒唐。然而我很了解他，父亲，事实上我了解他多于了解您，但您是我唯一的创造者——我母亲的丈夫，我的创造者。但那不是他，当然不是。他没有创造我，他怎么能创造或非创造呢？因为创造或非创造都是他自身？我有一次在梦里看到他，于是我问——他非常庄重，穿着喀拉拉式的白色腰布，光着上身，高举手臂像握着一柄游行用的剑——前进，高贵地向海洋前行——我问他，他像皇中皇，神啊，你是谁？然而他消失了，留有余香，香如麝香，又如喜马拉雅山蓝莲花，所以我说您或许在那可以找到他，在玛旁雍错有麝鹿漫步，有蓝莲花生长，别忘了立刻告诉我，怎么到那与您为什么认为那是他。不管怎样，您要去巴德林纳特，去湿婆那……然而，我并不害怕，不是因为我勇敢——事实上，如您所知，我是一个行动的矮子——我的勇气源于知道棋子自己不会动，在我身后的那个他挪动我走下一步。并且我也知道，我和这个我，不是两个我，某种程度上是一个我和另一个"我"。所以，父亲，我闭上眼睛等您的电报，消息紧急，不要耽搁，您儿子希瓦拉姆说的。在喜马拉雅山的寂静中，我只听见破布塞窣和季风喧闹。

34

整个下午我都处于沮丧之中，半梦半醒，可我的思想绝对清楚，因异乎寻常的事情而活力焕发。然而，我因无法工作去了会客室，夏天还没正式到来，那里的壁炉总是烧着木头——咖啡随时把我唤醒，我站在壁炉台边取暖，戳着咖啡里的糖块让它融化。那时，除了见米歇尔我还该见谁——秘书艾琳把他带到了我那里。米歇尔脸色严峻，几乎是不友好的。

他有点讽刺地说："你好，老师。"

我笑着想让他放松一点："你好，同志。"

马歇尔戴着深度近视眼镜，个子不高，穿着笨拙。屋里有很多烛台，带金边的炉门护板，厚厚的波斯地毯闪着神话的光芒，光彩耀目，充满东方风味。马歇尔在这华丽的沙龙里看起来有点不协调。我指给他一个舒服的座位，自己选了张硬点的椅子，在逻辑上，我总认为脊柱应该靠着直的东西。很长时间，我们都没说话。

他说："我来，"最终，他坐在一张舒适的、有着黄色条纹的绿沙发里，壁炉的火照在他脸上，让脸显得高贵起来，"我来是为了一项重要的事。"是的，这就是他的用词，他跷起二郎腿，弓起的驼背看起来像个考古遗址上的隆起，而不是身体上的肿块。"我是个奇怪的人，当然不是印度人，也不是亚洲人或非洲人，希特勒告诉你们，我们也不是欧洲人。但我们称自己为东方的亚洲人，是法老的亲属、你们吠陀的后代、中国人的亲戚，但是人种不同，我们可能是被遗忘的人种，不过除了汤因比先生，他自己倒没忘记自己。汤因比先生认为我们是一个被抛弃在历史空隙间的古老社会。先生，我是犹太人。"很明显，他来就是说这个的，我瞬间颤抖了一下，一阵战栗，他仿佛不是一个说话的人，而是地球物理学事件，一座火山通过原始的时间之洞噼里啪啦地喷发。那个傍晚，他看起来像是钢铁做的，通过炼金术变成了金子——不是今天的钢铁，而是古代的金属，或许在太平洋深处形成了厚壳。利莫尼亚①的传说认为，为了原始人的利益，金子和铁是天生一对。如果你明白我的意思的话，这是一个坚决、呆滞、深沉的声音，然而却有感染力。它不是代表自己发言，而像是代表某些物种发言，大洋里浮出水面的鲸鱼，跃起嬉戏，露出它白色的胸部，然后又潜入水里，它有着史前哺乳动物的脸，却有着当代的行为。"有一天你说，"他继续说着，对面公寓楼上的邻居演奏着刺耳的音乐，他的声音显得遥远、有限、不可改变——每个字就是一个事实，"那天你说，我怎么能笑，怎么能开玩笑？"

"是的，我说了。"我同意。

"现在，我明白了，我明白了。不过事实是——我这样说，就像摩西对上帝说的那样：我的朋友，谁能看见我的、我们的脸？——到底有没有人不仅敢看纳粹的鞭迹、断骨、枪托印——洞、浅坑、肿块——还敢看我们从亚述、罗马时期就有的鞭迹和伤痕？罗马人占领了我们古老的圣城耶路撒冷，把它作为他们的省府。还有，琐

---

① 利莫尼亚（Lemuria），传说中的文明之地，远古时沉入海中。

罗亚斯德教在巴比伦留给我们的绳鞭痕迹，还有更早的在埃及的法老的宦官。我们是简单的民族，从未想过战争或统治，摩西·达杨①的助手最近告诉我们，摩西·达杨或罗斯柴尔德②是我们伟大的科学家之一。我们为书而生——书和托拉③。我们在行进，我们总在行进。纳粹的列车一直都在，我们永远是出发、到达的状态。事实上，有时候出发前就到了，要么既是出发也是到达。如果这样，我的朋友，我能说我们认同你们的吠檀多理论——世界实际上是可怕的幻象。从隔离区出发上火车，从火车到火车支线——你知道，因为战争，纳粹国防军有很多士兵和物资要运到前线——去斯大林格勒，去列宁格勒，去莫斯科——于是，火车又出发了。我们去另一条铁路支线，同样的傍晚，第二天，第三天，谁记得呢？我们吐痰、下蹲、排泄、呕吐、抓挠、大喊、斗殴，有时甚至还在角落里做爱，然后又打架。突然，火车停了，长长的火车似乎也累了，它真的停了下来。喇叭喊起来，'快点下车，快点，快。'于是，男人、女人、孩子和孙子、叔祖，我们都跳了下来，因为我们刚好要被转运。由于波兰战事，我们要从一个镇被带到另一个镇，远离要成为大战场的地方，给军队活动提供便利。我们到了一条又一条铁路支线，它们都有碎石、带刺的铁丝网、狂吠的狗，所有的车站看起来都一样，空中弹片四溅。'快点，快点，'喊声又起，'进去，回来。'我们跳起来，像马戏团的动物一样，又回到断开的车厢里。可是没有观众鼓掌，票卖完了。有个党卫军关上我们的车门，又贴上封条，我们又进入永远的夜晚。别忘了，历史上永远都有党卫军，埃及人、伊朗人、罗马人、罗马军团等。哦，我应该知道，印度人可能也有，

---

① 摩西·达杨（Moshe Dayan, 1915—1981），以色列著名军事家，独眼将军。
② 罗斯柴尔德（Rothschild），欧洲乃至世界著名的金融家族，发迹于19世纪初。
③ 托拉（Torah），犹太律法，希伯来语意为"教谕"。

佛教的、莫卧儿人的党卫军，谁知道呢，谁知道？'快点，快点'的喊叫声又起，我们跳了出来。现在我们步行，所有的人——孩子、拄着拐杖的祖父、穿着宽大睡袍的妇女、瘸腿的人、衣着时髦的人，成群地到了像飞机库那么大的临时防御营地。他们告诉你，你们必须脱去衣服、刮掉胡子，把财物交到一个士兵那——手表、首饰、眼镜、护身符——他们甚至还给了你一个证明，你知道，是一份真正的收据，上面盖着章，所有的章都用漂亮的德语印着'希特勒万岁'的字样。现在，男人走这边，女人走那边——这意味着只是去登记。然后裸着身子，茫然无知，数字，你的号刺在手臂上。一旦被编了号，你就变成了实数的男人、女人，甚至是一个实数孩子，我们成了数字实体。你知道，当男人不再是男人，而是人，他就是一个真正的人，一个超人。你朝前走，朝音乐走去，听着美妙的音乐走向巴赫、贝多芬、理查德·瓦格纳，这些音乐由极其出色的音乐家演奏，他们中一些人甚至非常有名——音乐由我们自己人演奏，走过一个走廊，在那你看到走廊另一边种在盆里的天竺葵，"米歇尔说着，换了条腿跷二郎腿，"永远别忘了天竺葵。"他说着，突然将腿换到另一边。我惊呆了，惊骇于简单，惊骇于人性中动物性的真相。这是人类，人类就这样。人类生存在从多尔多涅洞穴到戈壁沙漠直至更远的地方，说着自己的故事，相同而漫长的野蛮故事。

"因为我们就是我们，我们知道已经发生的、要发生的事——记住，成吉思汗之前有阿提拉[①]，希特勒之前有拉斯普丁，于是我们犹太人哈哈大笑。"米歇尔说着，发出一阵啜泣。抽泣声不大，可它像是临死前的挣扎，吸气和呼气的声音像临终喉鸣，还有点节奏失序。"因为我们死了，我们都死了——记住，从好人约伯开始，我们就死

[①] 阿提拉（Atilla，406—453），433年登基成为匈奴国王。

了。"米歇尔笑着说,这次是非常严肃的笑,有些像非洲人的笑法,就好像树或石头在笑。米歇尔补充道:"好人约伯拎着上帝的脏桶,你知道,上帝的粪桶。你看,我们的约伯还年轻,因而他还不是个合格的劳力。他被派去给主人们干活,清扫实验室、工厂,是真的实验室和工厂。每一个像我一样的年轻人——我只有十三岁——在天竺葵尽头,我们被分去挖沟,挖沟把死者推进去,把那些冻死、饿死的人的尸体推进地堡。送去火葬场太贵了,尸体太多。现在,你明白了吧。这个工作有它的好处,有时会掉出一颗金牙,这个可以在黑市买很多东西——党卫军和犯人头目跑去抢它——你可以在黑市换肥皂、衬衣、烟草和任何东西,有时甚至是女人——因为,我们营地的另一边,像是奥丁[①]的后宫。是的,你知道,就那样。不知什么缘故,女人和金发神有着直接关系,并且知道非洲的隆美尔[②]、斯大林格勒的保卢斯[③]将军、我们的隆美尔和鲁登道夫[④]他们发生的事,里里外外,女人比我们知道得多。上帝不加限制地分配他的公平,从不失败。

"有时我们不搬尸体,我们搬人的粪桶,我相信你从未搬过这样的东西。"他又对我笑着,有些轻蔑,"你不是一个贱民,你是一个婆罗门,一个纳粹。你们国家只有贱民才扛人的粪桶,我知道这个,我一个叔叔告诉我的。我叔叔泽夫摩西·费万·拉比,上帝保佑他的灵魂,他说的话一直都是对的,他从未说过谎话,从未伤害过一只蜜蜂。

[①] 奥丁(Odin),北欧神话中的至高神,被称为"诸神之神"。
[②] 隆美尔(Erwin Rommel,1891—1944),第二次世界大战时纳粹德国陆军元帅,被称为"沙漠之狐"。
[③] 保卢斯(Friedrich Wilhelm Ernst Paulus,1890—1957),第二次世界大战时纳粹德国将领,在斯大林格勒战役中被俘。
[④] 鲁登道夫(Erich Von Ludendorff,1865—1937),德国陆军将领。

"犹太人扛着上帝的污物走在历史的小径上。你知道，桶很重，非常重。毕竟，这是上帝的污物，他是一个大人物，我们对他说：'上帝，你选择我们扛起这个重负，我们等着你从卫生间出来。都在那儿，发酵的大泡泡。我跟你说，它非常重，我们要把它扛到垃圾场。我告诉你，这条路很长，非常长，你还会得肺结核、伤寒、白喉。'你看，"米歇尔说着，在沙发上蹭着他厚厚的背，似乎是痛苦的，谈话是痛苦的负担，"你看，上帝忘了我们，真的。但我们挺过来了，像那些死尸——我见过多少、多少、多少这样的东西啊——它们会长出指甲和头发，即使是在这个男人汗流浃背、浑身冰冷、死去之后。他这一次也是被抬着，不是放在平稳的担架上被人照看着，而是装在袋子里；如果不行，我们就像滚木头一样把他滚着扔到垃圾堆里，三下五除二把他埋了——这个人就那样走了。是的，你知道，这些都是约伯之歌的一部分。

"记住，我是说上帝忘了我们。就像长着头发指甲的尸体，我说过，我们机械地拎着粪桶，就像我们在奥斯维辛做的那样。你知道，就是活死人。我告诉你，这比什么都好。因为如果你活着，你就能生长、生长——你看，食尸鬼在空中挣扎，害怕地尖叫，像动物一样——然后逃跑。你知道，他们逃跑时甚至说德语，世界彻底疯了。于是，你从死人中站起来，因为你没死，但他们以为你死了，哈哈！他们把你扔在这里，扔我们的人是我们自己人，黑斯廷斯人。你要是得了伤寒、白喉、痢疾、传染病，你就死了，可你没有，至少这一次你没死。日复一日，你待在死人中间很舒服，就像在睡觉一样。然后，你突然醒来，跳起来跑出去没看到人，四处空无一人，德国人逃了，逃了，他们逃跑了。是的，他们走了。于是，你看见很远很远的某处有所毁坏的房子，你知道，带刺的铁丝网现在被砍掉了,谁砍的?没人知道。有人砍,或许是很多、很多人砍的,狼人干了这一切。哨楼也安静了,可以说,哨楼一片死寂。狗也没有了,这群该死的狗。你走过同一条路,断树残枝上挂着人,他们仍然带着干净的帽子,可脸上、手上却爬满了苍蝇和麻雀。还有一排排的水泥管,意味着巨大的橡胶工厂将要建成——德国人会赢,因为他们是德国人,他们还要做合成橡胶。你知道,你们法国人,美国人,丘吉尔先生的同伙们。我们是伟大的民族,我们相信自己的元首。你知道,他不是凡人。所以我们做合成橡胶,还给我们的飞机、吉普车造轮子,给我们的毒气室生产齐克隆B[①]。最后,你来到一所废弃的屋子,你知道是间破败的房屋。你像兔子、小猪那样蹲着,你可以从你所在的地方看到,一个狗圈,一捆干草。你像战壕里的士兵一样,蹲着缓慢地移动,后门开着,你进去看看一切是否真实。你知道,这附近没有人,厨房里或许还有面包、鱼和鸡蛋。牛还在,它不安地咀嚼着食物,抽搐、撒尿、哞哞叫着自己的幼畜——因为它们也失去了一些东西,一些自然、熟悉的噪音。这种突然的安静让人变得迟钝,它由什么组成,你和牛、你和马、你和紧张、愚蠢的母鸡?哦,你看,母鸡们被这些新人类的声音吓到了,牛也是。你沿地板爬着,蜷伏在桌子下面,非常孤独。一切都是活的,你看,每样东西都说回来,我和桌子、我和枕头、我和画,一、二、三,都回来吧——还有河流、树木、人、圣牌。然而,没有人、没有人、没有人在那里。我们坐在上帝的三驾马车里,穿过波兰的土地来到等待我们的公主那里。是的,公主,她张开手臂等着我们,这个婊子!

[①] 齐克隆B是德国化学家弗里茨·哈伯(Fritz Haber)发明的氰化物化学药剂,原为杀虫剂,第二次世界大战期间,纳粹德国曾在奥斯维辛集中营用该化学药剂进行过大屠杀。

"但现在让我跟你讲个故事，一个真实的故事。从那时起，对我来说真实的故事都是假的。历史也是假的，它只是人类事实的编年史、报纸剪贴史等等。你懂吗？"

我脑子麻木到无法说话，他默默地深呼吸一会后又开始说了起来。

"你敏感、温和、文明，一个婆罗门，一个数学家，很快会成为皇家学会会员，谁知道呢，或许你还会获得诺贝尔奖。"

"荒唐，"我叱道，"别说傻话了。"

"荒唐，先生？"米歇尔直起身子喊道，"谁荒唐，那些巴黎的行人、里昂的书记员、索邦大学的教授们、戴高乐的总理？为了你的舒适也为了我自己的舒适，我要离开这些大人物一会——尽管他是好人，但长时间来看，谁知道呢？一夜的时间，好就可以变坏，就像晚上剩的牛奶第二天就变成凝乳——是不是？"

"是的，是这样。"

"那么，我说对了，因为我在你们的一本佛教书中读到过这个。你看我没有疯，我心智健全，好吧，我是米歇尔。"他站起来，像有点醉了似的走到我旁边，拍着我的背说：

"唉，老兄。"

"什么，米歇尔？"

"你太天真了，你不懂地狱，我知道。"

"是的，我知道你懂。"

"你碰过很多死人，也被很多死人碰过，你觉得自己会变成什么？你跳出来，你还活着，还是十五岁的年轻人，跑到一间废弃的屋子里，躺在枪炮声间隙的寂静里——因为上帝最终会来，向你显现一间废弃的屋子——储物室藏有丰富的食物，你多喜欢这个啊，在炮弹声、机关枪的嗒嗒声、毛瑟来复枪的射击声中。你知道,这是一个真正的、真正的童话故事,比伟大的安徒生写的任何一个故事都好。"

"你说得对,安徒生从不知道地狱。"

"因为,"米歇尔自言自语地继续说,"你知道,因为善良的德国人,住在比克瑙集中营另一边的祖父、母亲、孩子们,跑了——党卫军的家人们有着整洁的花园、干净的衣服,聊天后再喝杯茶。来访的客人们,你知道,他们闲逛着,透过那些无辜的窗户朝里面看,看到异教徒们的一切,没有哭泣、放弃或蔑视,而是与他们的上帝联系在一起,就像从前沙皇时代流亡去西伯利亚,尽管手挨手捆在一起,在白色纯洁的雪地上排成一条无尽的长队,但他们仍唱着歌——听,我还记得曾祖父从雪地回来后唱的一首歌——他因为对沙皇的或他心腹的名誉做了些小错事而被抓——就是这首歌。"米歇尔说着站到椅子上,好像在表演戏剧,拍手唱着。

"是的,俄国上帝来了,嘴里咬着镰刀,"米歇尔龇着牙补充说,"手里拿着机关枪,"他从椅子上跳下来,开始表演机关枪射击,"哒,哒,哒——哒,现在,坐在桌子下——,"米歇尔坐回椅子上,手向前伸着,像是从他面前的桌子上拿了什么,"我的朋友,你坐在厨房里的桌子下,嚼啊嚼,死牛肉——毕竟,有东西吃——然后,你笑着,嘲笑自己,我在那学会了笑。"米歇尔笑着,一阵阵笑声融入到来临的傍晚中。我点燃一支烟,他开始说:"奇迹是你笑了,你又笑了,它太令人兴奋了,兴奋到让人发笑。第二天早上,你去储物室,那里有一个、两个、三个像你一样的骷髅,奇怪你怎么在那,而你好奇他们从哪来的。当然,人们会突然想到——因为想法来得很慢,突然间,我们好像又回到了童年——当然其他人也来了,一个，二个和三个——和我来的方式一样，或许还有第四个第五个，他们藏在狗窝里还不知道情况。

"可我要跟你说个童话故事，一个真实的公主故事。

"我告诉你，我们镇上有个疯子，疯得很厉害。他也读了很多、很多宗教书，他父亲是个善良的哈西德派教徒①，也是位拉比。这个年轻人，为了显得可信就叫他依萨吧，或许他的真名不是这个。他的寡母是个洗衣工，是的，是科沃夫城里非常好的洗衣工。作为一个重要城镇有声誉的人，她靠给富人洗衣服挣钱，那时候的波兰富人非常富有。伊萨从小就跟他们很熟，我母亲这样告诉我。身为一个男孩，他摆弄电线、灯泡、支架和插座等一些电器，他的舅舅也就是他母亲的弟弟，在城里的富人区有一家电器商店。伊萨是个非常聪明的孩子，就像每个人告诉我的，他确实如此，他在学校里学习也很好。因为他想当个工程师，他母亲就说：'儿子，去华沙吧，在那里你能找到这里没有的老师，你姐姐会留在这照顾我。'——伊萨说：'可是母亲，这样您就孤单了，父亲去世很早，我是家里唯一的男人。'——伊萨的母亲说：'自从你父亲去世，他就进入了我的身体，我已经变成他了。'——她朝前伸着下巴来显示她多有男人气概。你知道，一个人失去丈夫，年纪又轻，还要抚养孩子时，你就会变成男人去工作、挣钱、争斗、祈祷、死亡。不管怎样，伊萨的母亲梦想自己儿子在华沙会成为一个工程师，她会为他准备一场不错的婚礼——她弟弟跟她说过著名的工程师西蒙·卡茨和曼尼斯·萨托斯科，尽管政府发起反犹行动，他们还是成了有钱人，甚至住在别墅里。她儿子伊萨为什么不能在泼斯卡亚街林荫道边上盖别墅呢？

---

① 哈西德派教徒（Hasid），这里指18世纪兴起于波兰的（犹太教）哈西德派教徒。此教派坚持虔修及神秘主义教义。

她弟弟还告诉她,他也希望如此,如果他侄子成了富人,他就在华沙开个大铺子。你看世界是圆的,圆的。"米歇尔好心地笑着,继续说:"别问我,如果侄子变富了,或者母亲的弟弟希望侄子变富,或许他希望自己变富让妻子觉得他不错,我母亲说他妻子出身于一个药剂师家庭。谁知道,谁知道呢?你知道这世界充满了苏珊娜·尚特奥克斯。"我不明白他为什么说这些,他沉默一会后继续说:"好吧,好吧,我的伊萨,我们伊萨是个聪明的男孩——我母亲告诉我,他看起来很像我,矮矮壮壮的,戴着厚眼镜,当然,我在数学或在任何事情上从未显得聪明过,我也没有一个开电器商店的舅舅。我父亲帮不识字的人写申诉:阁下,省长,地方法官,伯爵,等等。这里有很多伯爵,在我的故事里,我们也有个伯爵。

"好啦,好啦,伊萨去了华沙。可像很多贱民一样,在华沙大学,他单独在一张桌子上吃饭,记住,甚至在毕苏斯基①统治下,我们也被这样对待,我也一样。我们伊萨阅读他能读到的所有电学方面的书,最后穿上毕业礼袍成了一位工程师,在华沙自治市找到一个小职位。可到目前为止,他真正的兴趣无所不在。他即使在很年轻的时候也从未想过当个拉比,他母亲知道这点,他也知道,不过,他想拯救人类。记住,我们都这样,我们犹太人也这样。比如说,如果塔希提岛②上某个普通男性因花柳病而生命垂危——如你所知,花柳病只有一个功效,那就是传染给女人——这样,这个白人男性把这病传染给了一个女人,这个女人传染给了一个塔希提人,这个塔希提人长着大大小小的脓包。然后,有个人,另外一个白人,一个波兰人,或许他听说塔希提女人的美貌,到了这里,你知

---

① 毕苏斯基(Jozef Pilsudski, 1867—1935),波兰政治家,波兰社会党右翼领导人。
② 塔希提岛(Tahiti),法属波利尼西亚向风群岛中的最大岛屿,位于南太平洋,四季温暖如春、物产丰富。

道，就像高更一样，但这次没有画画，只是享受塔希提女人的浓厚多汁——传说，这人是伊萨。他会说：'哦，哦，有人在塔希提受性病折磨，所以我要学医，当一个医生，然后去那帮助塔希提人恢复健康。'你觉得这个怎么样？"米歇尔双手拍腿大笑着说。

"于是，我们投身于设法帮助人类的各种方式中——因此，他加入了神智学会①。你知道这个组织吗？与你的祖国也有些关系。它是一种类似于葛吉夫小组的组织，有西藏人、蒙古人和喜马拉雅山人等等，当然还有圣人，很多圣人，还有千岁高龄的、坐在喜马拉雅山顶指导人类的大师们，等等。"

我说："哦，我知道一些有关它的事，但微乎其微。"

"于是，我的伊萨开始研究神智学。当一个人学习任何这样古怪的东西时，你总会遇到——特别在偏远的波兰——上流人——比如说，就像现在巴黎的扶轮国际分社②，我的伊萨也遇到了很多研究深奥哲学的伯爵和女伯爵。"现在，米歇尔疲惫了，他想要一杯水，我就到自己的房间给他取了一些冷水。我回来时，他坐在那，沉默得像块石头，坚实、自然，像对面花园立在我们前面的、特罗卡迪罗高地③的石头一样。

"继续说我的故事，我的伊萨爱上了一位女伯爵，一位真正的女伯爵，一个出身高贵的女士。他身高一米六，像我一样驼着背——他后背像个手风琴，我母亲过去常说：'他说话时，声音就像音乐，像某种圣歌。他不是说单词，而是说长长的音节，许多话经常像

---

① 神智学会（Theosophical Society），1857年在美国创办，宣扬杂糅西方神秘主义和印度婆罗门教、佛教教义的神学学说。
② 扶轮国际分社（Rotary Club），"扶轮国际"（Rotary International）是一种从事工商业和自由职业的人员组成的群众性服务社团；其各次会议要轮流在各个成员的事务机构举行，原名"扶轮社"，1905年创办于美国芝加哥。
③ 特罗卡迪罗高地（Trocadero hill），法国塞纳河右岸的一处高地。

《圣经》中的语言。他口齿不清——他不说话——像孩子或聋哑人那样比画，但却含义丰富。'这是我母亲的话。我继续说这个故事。我告诉过你，他像我一样驼背——他年轻时从树上掉了下来，像我从一匹小雄马上掉下来一样——尽管我从未见过他，但我却好像了解他，有时我甚至觉得自己是他。因为他不是活着的，我甚至相信你们的再生理论，还喊着'我是伊萨，我确实是他，我们伊萨。'"米歇尔说着，又温柔地笑了，好像他没有理由伤害我。

"不管你信不信，这可能还是真的，就像在中世纪，不管你是否认为地球是平的、太阳围绕地球转，伽利略为此被烧死在柱子上，太阳仍然是我们星系的中心。

"或许你是对的。经常我们认为是真实的都变成了真的。再生理论或许正好解释我要告诉你的故事。认真听。"

"是的，我会听的。"

"我说是伊萨爱上了一个女伯爵，可事实是女伯爵爱上了他。她认为他是个天才，或许他是个天才，谁知道呢？女伯爵出身于一个著名的波兰家族，在西里西亚有城堡，有时在希腊有时在德国。女伯爵至少比他高一个手的高度，可他有思想，我母亲告诉我，他非常聪明，拉比都不愿意和他辩论。像我之前说的那样，或许他是个天才，一个新斯宾诺莎。"

"好吧，好吧，"我抗议道，"斯宾诺莎们是不会那么频繁出现的，请继续说你的故事。"

"但是，我母亲说，"米歇尔没听我的话，继续说，"他说圣经体的波兰语，像我从前说的那样。有时说意第绪语，带着一点轻柔，让人相信他喜爱词语，喜爱发音，就像一位得体的拉比一样。他一定对女伯爵说了些甜言蜜语，她一定非常、非常爱慕他。女伯爵说：

'如果我不是有两个女儿要出嫁的话，我现在就同你结婚了。如果你能等一两年，我们一定结婚。'她很有胆量，勇敢地公开做他的情人，她在城里弄了个公寓让他搬进去，和他度过了很多黄昏，她想过多少个黄昏就过多少个。"

"一个美丽的故事。"我说。

"但是等等，像所有善良的波兰人在那个时候想的一样，我的伊萨说：'我要去巴黎，像居里夫人那样，或者像优秀的肖邦那样，我也要挣钱，这样我就能养我的海伦了，'海伦·沃伦斯卡女伯爵，这是她的名字，'我要让海伦幸福。'于是他就去了巴黎。他母亲认为儿子是为了他们去巴黎挣钱，说，'我有个多好的儿子呀，他想着我们、想着我、想着他姐姐丽莎。他会在利沃夫给我们盖间漂亮的房子——再说，我们在那里还有地，我丈夫麦克斯米兰为了在镇外盖栋漂亮房子买过一块地，他那时在谷物交易站上班。我们要给他女儿办场盛大的婚礼。'"

"像在印度一样。"

"先生，全世界都是印度。"他有些嘲弄地说。和他说话，事实上和任何一个犹太人说话，人们总是觉得希伯来人和印度人之间仿佛有种神圣的竞争。当然，我们印度人，尤其是婆罗门们总觉得自己是最古老的人类，犹太人是"上帝的选民"。那么，谁来决定？上帝决定，可他不存在。那怎么办？

他说："海伦是种舍金纳[①]。"

"那是什么？听起来像印度人。"他又笑了，略带同情地补充道："哦，我亲爱的朋友，就像我前面说的，所有好的都是印度的，不是

[①] 舍金纳（Shekina），犹太教有时用以代称耶赫维神名，或称神之显现，或指神显现时光芒四射之云；亦作 Shekhinah。

吗？"他走过来愉快地再次拍了拍我的肩膀。

"哦，哦，或许吧，"我和他一起笑了，就像它是个私密玩笑。

"那么，她是伊萨的舍金纳。"

我笑着问："嗯，米歇尔，那是什么？"

"如果上帝是他，上帝女性的一面当然就是她。"

"就像萨克蒂和湿婆。"我说，表示明白了。

"是的，多多少少是那样，"他又笑了，"如果上帝是他。"这次他的笑声更大了，大到整栋楼都听到了，甚至门房都能听到。仿佛是出于同情，连壁炉里的火都骤然一升。

"米歇尔，"我严肃地问，"你怎么能用这种态度嘲笑上帝，我认为你甚至不该说他的圣名。"

"我的朋友，这是一个玩笑，上帝不是不可说的，你知道，因为它是拉丁语不是希伯来语，梵学家，"他微笑着说，"我认为我们是自己语言的囚徒，因此我涉入了最新的学科语言学。例如，在语言学里，人们注意到汉语中没有复数，这些中国人都是唯物主义者，对他们来说，他们的物体、事物非常真实，真实到他们一次只能看到一件事物。在我们的语言实验室里，当我们必须为中国人选择计算机时，困难重重，所以我们给中国字一个外加物，如X或P这样的代数符号。没错，我们是语言的囚徒，例如，犹太人没有元音，我们也用自己的方式喜爱事物，因为我们用辅音。上帝不可及，所以我们没有元音，你记得吗，你有次跟我解释这个，我认为解释得很精确。"

"但是——"

"不，不，我们还是回到我的伊萨和他的舍金纳吧。我和你说过，我所说的一切是纯粹的传奇，是'隔都'传奇。你知道，德国人侵入我的国家波兰时,他们创造了一个'隔都政府',就是说,给我们任命了元首,我们的元首像你所知的那样可怕,所有的元首都是,甚至印度的——"

"好吧,米歇尔,不要对我们这样严厉。"

"不是,先生,"他坐起身跷起二郎腿,"我们都是人类,我说的是'人类的处境'。"

"好吧,我们接着说吧。"

"在利沃夫隔都,伊萨的传说最让人兴奋,它像一些古老的神话故事,夏天的傍晚我们的父母坐在前门台阶上听奶奶讲呀,讲呀。如果我们有时间,我们要写首歌谣、一部史诗,像《罗兰之歌》①,来赞美我们驼子伊萨的功绩。这样,驼子伊萨会变成高大、虔诚和高贵的拉比,他的言语非常清晰,听起来像犹太法典。他是圣人,这毫无疑问。故事说,他挣了很多钱,伊萨在巴黎的第一年确实挣了很多钱,一个专利接着一个专利,他母亲应该说过——在这场邪恶的战争前,那是美好的黄金岁月——我们伊萨挣了很多钱,给她足够的钱让她平静地生活,甚至还可以在银行存些钱给他姐姐结婚用——"

"他有姐姐?"

"是的,一个姐姐,我告诉过你,她学医。在伊萨去法国前,她跟一个年轻人订了婚,这大概是1930或1931年。"

"哦,那么久了?"

"是的,一切听起来都像史前一样,不是吗?不管怎样,我们伊萨挣了很多钱,可他没给家里寄太多钱,以免我们的政府怀疑一个洗衣妇怎么有这么多钱,我们犹太人的手指谨慎,你知道,数我们

---

① 《罗兰之歌》(*La Chanson de Roland*),法国英雄史诗。

的念珠——翻塔木德。"他又笑了起来，这次，我明白他的神经变得非常脆弱，他不得不嘲笑，嘲笑自己、嘲笑他自己的民族。"于是，我们伊萨挣了很多钱，他母亲又对我姨妈说，或对我姨妈的姨妈说，或对我姨妈的姨妈的姨妈说，谁在乎呢。她把这都告诉了我母亲，还说伊萨两年内就在波伦亚郊区买了房子。而我则以自己的方式在巴黎做调查，通过一个俄罗斯人去找他的故事，这个俄罗斯餐馆老板开始时帮助过他，革命前是位王子，希特勒的人就放过了他——这个俄罗斯人不知道我是谁，就以一种轻蔑的语气谈起伊萨，他说：'房子？那个犹太人住在克里希一个有小煤气炉的旅馆里。真的，他对自己所有的朋友都很慷慨。我认为，'他说，'他给我钱赌马。如果我输了，我就对他说：伊萨，如果你不给我钱，我就活不了啦，我会像之前做过的那样去上吊。于是伊萨就会再给我五十或一百法郎——这在当时是一大笔钱，我会再去赌马。事实上，他还帮助过立陶宛、拉脱维亚的两三个难民女孩——她们是不愿站街挣钱的好姑娘。是的，他是个好心人。'这个俄罗斯人拍着手总结说，好像还清了欠伊萨的债务，拿着下个顾客的账单。是的，我就这样到处调查。"

"那么，继续说我们的故事，我的伊萨确实获得了很多专利。出于好奇，我去了那里的专利局，发现他真的一年内拿了二十二个专利，这一定让他收入不菲。尽管有那位俄罗斯王子，伊萨一定也活得很舒适。于是我们到了故事的最后部分。

"我们伊萨决定在一两年内尽快和海伦结婚，因为她两个女儿现在已经订了婚。我从当地其他认识伊萨但却并不知道他的故事的犹太人那了解到，他已经在圣佩雷斯街买了一套公寓，7号还是9号，我不记得了，很舒服的公寓，现在成了办公室。他等呀等，像巴尔扎克样，等着他的舍金纳，你知道她是个波兰女伯爵。"

"不，我不知道。"

"然而，舍金纳去过一次公寓，故事至此变得复杂、悲伤了。据说有一天她给这个焦急等待的犹太人写了封信，说她遇到一位高大优雅的知名伯爵，是个让人敬慕的舞者——他们在聚会上相遇，跳了一晚上的舞——当然是在华沙。这个舍金纳应该说了，他是个非常优美的舞者，他们一直跳到天亮。'一准备好文件我就和他结婚。你知道我是个冲动的女人，本质上是个波兰人。不要到这里来。'她似乎还补充说了，'因为维克多知道你的一切，他说要是看见你会杀了你，请不要来。我爱你，我爱你。等等。'"

"但是，米歇尔，你为什么跟我说这个故事？"

"你会明白原因的，再等等。我知道印度人很有耐心，因为时间对你们来说是循环的或诸如此类的东西。那么，我们勇敢、聪明、极有魅力的伊萨只有一件事做了，一个得体的犹太人理解一切，会原谅任何人——哪怕之前是个囚犯，据说他在巴黎曾交往过一个杀人犯朋友，给他钱，让他体面地生活。于是，伊萨乘第一班火车去华沙，再坐一列支线慢车到了大约七十英里远的城堡，把自己作为礼物。没错，他把自己作为礼物，像罗兰把自己作为礼物交到撒拉逊人面前一样。在城堡门口，他知道门卫决不会让他进去，他就把自己伪装成乡村工程师来执行政府检查任务，他看起来是个有知识、有能力、很整洁的人。这样一来，他们就让他进去了。他一上去到了城堡里面，就说想见女伯爵，问问电器维修的事情，他从舅舅那里学了这方面的技术。想象一下，多么震惊啊！在她十五世纪的城堡里，她穿着婚礼盛装，站在一个驼背犹太人面前。"

"是的，我明白——就像我在维拉斯普尔贾娅的宫殿里见到她一样——"

"嗯，嗯，印度的婆罗门和波兰的犹太人不一样，不过你知道我的意思。她平静大方地告诉丈夫发生的事情。相信我，我从两三个波兰流亡贵族那里确知——当时他们贫困卑微，现在住在地板光亮、有电梯的旅馆里——他们说这个故事是真的——伯爵留着及胸的胡子，他出来说：'那么，工程师，你想要什么？'——'你知道我是谁，我来和你解决某件事情。'——'城堡里的事情由地方官处理。'——然后，他差不多要离开了。——'是的，我知道，但我还有另外的事情。'这个传奇人物说。伊萨的声音非常甜蜜、真诚，大概伯爵不想冒犯他的新娘，两个男人坐下一起解决问题。伊萨说他非常爱自己的舍金纳，他唯一的希望就是她幸福。他说在华沙自己已经成了一个开明的天主教神父，他对爱的理解更为丰富了。因而，以上帝、圣子、圣灵之名，伊萨一定真诚地求上帝保佑，并以三位一体之名，我们制定个条约。他要海伦到场，勇敢的海伦颤抖着出来了，既羞愧又骄傲，而所有的女仆男仆饶有趣味地看着这历史性的冲突。一个犹太人，伯爵就是这样跟他说话的！哦，人真是神奇的。是的，我跟你说，一个哈西德派教徒，一个圣人，能创造出祈祷所创造的奇迹。这是在城堡的大厅里，那里悬挂着伯爵祖先穿着盔甲貂皮的画像，它们带着骄傲、庇护的神情低头看着伊萨，他说：'那么，向我发誓：如果她幸福，就和你在一起。如果她不幸福，就不在一起。'——'是的，不在一起？'——'如果不幸福，她来我这里。'——伯爵是位真正的骑士，他非常感动，海伦也为自己的伊萨而骄傲，他们礼貌地握手，一起吃了午饭，伊萨乘坐傍晚的火车离开，去了巴黎。"

米歇尔出汗了，他抹了抹头，停下来，走到还亮着红灯的咖啡机旁，接了杯咖啡回来坐下。我坐在那里，当然在想着贾娅，我没有她会怎样？如果我去找拉贾·阿肖克说同样的话，他会说什么？他可能说："老兄，我们等着瞧吧，她还不是我的，她属于我时，就永远属于我，我们总能解决问题！"因为在盎格鲁-撒克逊长大，有上流社会的背景，就是欧洲背景，我相信，他会有同样的说法。那么，你看，这是个普通故事。米歇尔为什么非常频繁地换腿跷二郎腿？我们必须拭目以待。傍晚还没到，人们听到的都是俄耳甫斯对下面仙女喷水的声音。它听起来很像他自己的故事，他和欧律狄刻或诸如此类的故事，就像苏珊娜跟我这个不懂希腊神话的印度野蛮人所解释的，"对欧洲人来说，不懂希腊神话的法国人真的是个野蛮人。"有天傍晚，她在好姐妹路7e号说，还伴着一个热情的吻，"可是，我爱我野蛮的婆罗门王子。"——"是的，我的女皇。"我微笑着说，想的当然是贾娅。

对我来说只有一个女皇，就是说只有一个舍金纳。苏珊娜躺在我有力的腰下，我手臂紧抱着她，用力挤压她，要更多的东西，现在她所能给的一切那么单薄，那么干燥，那么忧郁。贾娅简单的触摸比这心理剧要充裕得多。苏珊娜像赫尔迈厄尼[①]，拘谨，不自然，疯狂。她的思想支配着她，像葛吉夫支配她那样。她对我来说似乎太像德国人了，意志，绝对的意志，她的神是带着鞭子的先生。然而，她太想做个女人，很明显，我不是她的先生。我不知道她是否向米歇尔出示了她某些特权，例如，她阴毛的气味，或她左胸上的大黑痣——苏珊娜胸部丰满——痣有小戒指那么大，黑红色，只能被享有高度特权的人抚摸，她曾向我保证，那时和永远，我都是唯

[①] 赫尔迈厄尼（Hermione），希腊女神，是墨涅拉俄斯（Menelaus）与海伦（Helen）的女儿，欧瑞斯特（Orestes）的妻子，象征青春与美丽。

一有特权的人。我觉得非常妒忌,我知道伯爵可以也可能杀掉伊萨。

"你可能想知道我为什么要告诉你这些。"他一定读懂了我的想法,"你们印度人——印度人的想法就是这样——从十八世纪——就侵占了我们的地方。我们是西方世界的神父,总被压迫,总被屠杀,他们知道我们当然也知道,我们最终会是胜利者。西方属于犹太人。尽管保罗·瓦雷里[①]夸夸其谈他的拉丁主义,如果你还记得地中海是什么的话,就知道我们是地中海的上帝传播者。地中海人包括拉美西斯二世[②]和伟大的吉尔伽美什[③],当然还有亚伯拉罕。是的,这是地中海的意义。我告诉过你,希腊人是亚洲雅利安人,他们有超自然感、神秘感,神秘,放荡,但没有预言家——不能言说。"他放下支起的脚,站了起来,似乎要去感受自己的真实身材。"摩西在西奈[④]——那是人类对自己的制造者唯一的隐喻。你所有的中立等,它是幻想,老兄。"他走过来拍了拍我后背,带着看似轻蔑又显慈爱的表情,像父亲对儿子一样。犹太人,世界之父。不是每个人都是他的孩子——只有犹太人可以是犹太人的孩子——别人只是他的雇农,上帝的雇农。

米歇尔说:"你取代了我的位置。"口气里几乎带着愤怒,我甚至可以说含着敌意,他走到玻璃窗边看着花园的石头。我相信,可以说,气氛至少和伊萨面对伯爵时一样愤怒和令人震动。基督徒们尤其是天主教徒比犹太教徒更像希腊人——圣徒保罗完成了他的工作——基督徒是某种西方的印度人,所以就有了犹太人区和焚化炉。

---

① 保罗·瓦雷里(Paul Velery, 1871—1945),法国象征派大师,法兰西学院院士。
② 拉美西斯二世(Ramesses II,公元前1303—公元前1213),古埃及第十九王朝法老,其在位时期是埃及新王国最后的强盛时期。
③ 吉尔伽美什(Gilgamesh),乌鲁克国王,古巴比伦叙事史诗《吉尔伽美什》的主人公。
④ 摩西在西奈(Moses on Sinai),《圣经·出埃及记》(19:1—25)中,摩西在西奈山上接受上帝十诫,这是犹太人一切立法的基础,也是西方文明的核心道德观。

你知道，历史不好闻，阿提拉和希特勒，他们是一样的。

哈西德派教徒致力于伊甸园，他的语言是祈祷，从他的祈祷中长出水果、森林和用来宰杀的牛。他们哈西德派教徒，甚至发明出一把非常温柔的刀，差不多毫无痛苦地杀死他们的牛和羊。我是米歇尔面前的羊，现在我是他的伊萨。他似乎在祈祷，我听说他也有奇妙力量——他能使人恢复健康。毫无疑问他是圣人。然而，他是怎么从死人堆中走出的呢？

"从现在开始故事简单了。"他回来坐在我对面说。那天傍晚没有巴黎或波兰，也没有世界——两个人类面对面地似乎坐在一出末世论的戏剧里，没有特洛伊的海伦，没有苏珊娜的问题，这是得洛斯①的圣船进不进港的问题，那么苏格拉底会喝下毒药死掉。这是历史规则。

"当然，"米歇尔喊道，"当然，伯爵可能是个很好的舞者，可只会跳玛祖卡舞，无法满足我们的海伦。这个伊萨是个犹太人也是个哈西德派教徒，他已经当面见过造物主了。伊萨把他强大的上帝给了她，她热恋着他。在希特勒法规下，她会被当众剃发，裸体示众，还会被带到行刑队前，脖子上挂上布告牌，写着：'我和犹太人交合。'你知道，这只是树立榜样，希特勒没有这样的权力。可伊萨知道，他知道自己的上帝有，她会到他那里去。当然她回到他那里了。伯爵是个信守诺言的人。他属于不同的贵族阶层，和今天法国的或德国的贵族不同。波兰的伯爵是黑圣母的仆人，他们先是基督徒，其次才是波兰人。他们狂热地战死疆场，最近的历史也向我们展示了这一点。在波兰可能没有希特勒，一个刷房子的人成为独裁

---

① 得洛斯（岛）（Delos），位于爱琴海，据传为阿耳忒弥斯（Artemis）和阿波罗（Apollo）的诞生地。

者，这不可能！甚至一个印度人也会成为独裁者，一个婆罗门，"他笑着说，"会成为独裁者，但一个刷房子的波兰人不会。"米歇尔被自己的笑话逗笑了。

"那么，我们的伊萨对他的海伦说，我们可以说不是特洛伊的海伦而是华沙的海伦吗。记住，她一部分也是希腊人，他对她说：'来，亲爱的，我们去印度。'"

"什么？"我说，吃惊地几乎站了起来。

"是的，我们伊萨是这样说的，'印度极其和平、美丽——一个哈西德派教徒，他梦见它像他的伊甸园，你知道，那是我们摆脱不了的思想，在那，一切都是积极和美好的。于是，我的朋友，他带她去那，去他的甘地那里。他们说在印度他发明了很多东西，成了一个僧侣。"

"什么，一个印度僧侣？怪诞的故事。"

"是的，一个怪诞的故事。先是犹太人，然后是神智学者，再然后是个基督徒，最后是个印度和尚——"

"现在告诉我，依据你的调查，这是怎么发生的？"

"我问了一些你们国家在法国国家科技中心工作的人，他们跟我说了一些，但他们知道得不多。有个人的父亲是个神智学者，听说过伊萨·齐默尔曼和他的教团。是的，伊萨是克里希那穆提的信徒，罗摩纳·马哈什的追随者，最后是甘地的一名工作者。我是这样听说的，你没听说过他？"

"齐默尔曼，齐默尔曼，"我说，"从未听说过。我父亲支持英国人，他怎么会认识和甘地一起的人呢？"

"不管怎样，我还听说甘地最后的纺车，一个伟大的发明——一个印度的发明——是伊萨·齐默尔曼的发明之一。法国国家科技中心的一个印度人，他父亲是印度某个邦的部长，我想是马德拉斯的，甚至说，圣雄甘地曾把这种精美的纺织工具、最早、最珍贵的纺车之一，作为礼物送给蒋介石。所以，谁知道呢，这个波兰犹太人的纺织机器是否在四川唱着歌呢。我的朋友，这就是生活，一个哈西德派教徒的生活。"

"但是海伦——她怎样了？这个故事你没说完。"

"在他的天堂里，在印度这个世界的伊甸园里，人们真是天使——苏珊娜和她母亲从未停止过与我的讨论。你知道，对这两位女士来说，你仅次于上帝。好吧，好吧，让我们不管这部分吧。"

"好的，不管它。"

"不管怎样，印度人明显对微生物所知不多，所以，在迷人的土地上，这个伊索尔德喝了没有魔力的水，那只是被污染的井水，就得了伤寒。没有人跟她说接种疫苗预防这个——"

"然后呢？"

"她得了伤寒，伊萨及时给伯爵发了电报。甚至在那个年代，伯爵就已经有了航空公司，这样，他紧赶慢赶四五天内就到了印度——你知道那时候没有夜航，他到了班加罗尔。"

"哦，班加罗尔，我知道班加罗尔。"

"嗯，很好。在郊区伊萨的工厂里，女士平躺在床上。伊萨是第一个在印度开办电器厂的人——英国人不喜欢它，但一个有权势的善良的王公，一个圣人，他给了伊萨建工厂所需的全部费用——"

"我以为伊萨和甘地在一起——"

"那是后来。海伦像托尔斯泰的女主角一样躺在一边，会奇术的驼背犹太人躺在另一边，优雅的波兰伯爵，他的家族身经百战，包括十四世纪在萨多瓦和俄罗斯人的战斗，他躺在两人之间，像童话故事里说的那样，她放弃了自己的'灵魂'，她被火化了，骨灰后来撒入了恒河。伯爵带两个女儿回了波兰——战争还很远——你知道，希特勒只前进到莱茵河，法国人就吓跑了——"

"嗯，是的，但当法国人面对真正的危险时，他们表现出极端的勇气。不过像我们印度人一样，他们从未面对过近在眼前的危险，"我说，"日本鬼子来的时候我们非常害怕——我们都离开马德拉斯去逃命。但鬼子没来——"

"但是希特勒入侵波兰了——你知道剩下的故事了。那时候，很高兴我刚过了十二岁。"

"为什么高兴？"

"因为后来他们从犹太人区带走了非常老和非常年轻的人。他们留下了我，因为我近十三岁，他们带走了我七岁的弟弟萨沙——"

"他们把这些人怎么样了？"

"你太天真，"他非常生气地说，"他们立即把他们送去了毒气室。我叔叔和我弟弟萨沙在我们前面去了天堂……"

"那时候伊萨怎样了？"

"他一定坐着全神贯注地沉思，如哈西德派教义所说，处于神圣的和谐里——之前，你们的许多圣人中的一个或许谈到人类的兄弟情、非暴力等诸如此类东西。后来，我在巴黎的伯爵告诉我，他母亲和妹妹去了奥斯维辛，像我一样，在那，伯爵妻弟在一家化工厂工作。"

"伯爵怎样了？"

"他最后的日子一定也到了，人们再也没有听说过他了。"

"哦！"

"故事就结束了。"米歇尔跺着脚说，好像一切都说了。

"不好意思，还有一件事情？"

"嗯——"

"唔，唔，在这个天堂里，他发现也有小偷。我想是某个穷家伙，他所具有的印度人好习惯是偷东西——一天回到家，我从你一个同胞那里听说——他在你们一份印度报纸上读到——伊萨回到家发现他的卢比不见了——卢比是印度的钱吗？"

"是的。"

"——他的卢比丢了，伊萨以优雅的资产阶级方式打了仆人。我猜，那个习惯偷东西的仆人号哭着承认是他干的。于是，读过很多托尔斯泰的我们的伊萨——你知道，我们波兰人俄语很好——圣人伊萨就对他说'兄弟，你原谅我吗？'我听说，他夜夜无法入睡，就去了附近一座印度神庙，一座湿婆庙，捐了褐色宝石——成了印度僧人。人们能很容易地成为印度僧人吗？没有圣职任命？"

"我认为没这么容易。"

"好吧，不管怎样，这是传奇。他知道母亲去世了，姐姐也不在了。他们从印度和东欧间的地下组织获得这些消息。"

"哦，有这样的组织？"

"是的，如果你的米雷耶在希腊工作，又与英国联系的话——在印度和波兰之间就有可能有联系，特别是通过巴黎和南俄——"

"然后呢？"

"然后洪水来了，我们被冲到斯大林格勒。你知道，我们像羊或鸡一样被烹煮。我们成了骨灰时，我亲爱的朋友，它就长成马铃薯，在当今德国各地长成马铃薯和胡萝卜。你可以问一个马铃薯：你有多少利瓦西和凯兹的成分？马铃薯会站起来，像卡通画里一样，它会站起来说：'百分之三的利瓦西和百分百的凯兹，味道不错吧，你问问葛波多·科米先生,他会说:尝起来像舍恩。'天啊,这就是我们欧洲。是的,就是它。"

我开玩笑地说:"那么,伊萨他回到起点了。"

"你为什么这么说?"

"从我对哈西德派不多的了解以及你所说的来看,它后来成了犹太教。"

"不全是,如果是的话会怎样?"

"不管怎样,你的肖勒姆①说过。"

"或许吧,可我不记得了。"

"哈西德派受基督教神秘主义影响。"

"或许吧。"

"我再说一遍,基督教神秘主义受普罗提诺的影响。"

"那又怎样?"

"那又怎样,普罗提诺思想的根源呢?"

他痛苦地低吼道:"当然是印度。"

"这样的话——"

"他回到了起点!"

"只有印度教包含真理吗?"

"不是。"

"那什么包含?"

"真理。"

"你是印度教教徒吗?"

"不是。"

"那你是什么?"

---

① 肖勒姆(Gershom Scholem, 1897—1982),德国出生的以色列哲学家、历史学家。

"一个探求者,一个简单的探求者。可谁知道呢,或许真理是……是秘鲁人。"我们都笑了起来。

"什么是真正的印度教?"

"超出印度教的人,就像——"

"是的,就像——"

"一个真正的基督教徒,他超出了神学,像雅各布·波墨[①]、埃克哈特[②],和——"

"和——"

"像伊斯兰教的苏菲——像鲁米[③]——你能说说你们犹太教中类似的东西吗?"

"或许没有——而哈西德派有,是的。"

"这样的话,你看,我们又相遇了。"

他踢着咖啡桌,来来回回地推它,西西弗斯的方式,没有去听咖啡桌在说什么,而是说着鞋子想对咖啡桌说的话。

他说:"异教徒从没这么认真过——像你、我这样。"沉默一会儿后,他继续说,"你知道,从前,一个伟大的俄罗斯预言家,他也不喜欢犹太人,可他面对绞刑架时,身上散发出爱意。于是我们的费奥多尔·陀思妥耶夫斯基称欧洲——不是俄罗斯,因为俄罗斯是神圣的——斯大林是沙皇的长子。——嗯,嗯,陀思妥耶夫斯基称欧洲是一块墓地。"然后,米歇尔停下来,同情地问:"你如何到这块墓地的?"

"好问题,米歇尔。但是,我要在其他时间回答这个问题。天晚

[①] 雅各布·波墨(Jakob Boehme,1575—1624),德国神秘主义者和神智学家。
[②] 埃克哈特(Meister Johannes Eckhar,1260—1327),通常被称为埃克哈特大师,德意志哲学家、神秘主义神学家。
[③] 鲁米(Maulana Jalaluddin Rumi,1205—1273),伊斯兰教神秘主义大师,诗人。

了，你知道公主和我妹妹在家等我。"

"哦，当然！"我们起身时，米歇尔突然温柔地将头抵着我的头，哭了。他擦了擦眼泪说："我必须要把这一切告诉某个人，在这里我能跟谁说呢？因为伊萨可能就是我，这是我对自己说了一遍又一遍的传奇，我在比克瑙沙坑、在医院甚至在俄国人来之前的一天都对自己说。我经常跟沙坑里的朋友说这个故事，他们都梦到了女伯爵和高贵的伯爵，梦到去了天堂的犹太人。印度对我们来说意味着天堂——有圣雄甘地——我们相信他。"

"然而，我善良的米歇尔，仅仅三年之后，我们印度教教徒和穆斯林之间互相屠杀，他们中的两百万人用同样的方式或许以有条不紊的方式相互屠杀，不是德国式的，我们甚至没有毒气室——用文明的方式去处置人。印度教教徒和穆斯林相互割喉、切胸——头被打烂，阴茎被切断，朝尸体扔石头，从女人们怀孕的身体里挖出孩子，是的，还有割掉鼻子，在我们的天堂，印度教教徒和穆斯林互相做这些。"

"那么，你的意思是那里没有天堂！"

"不是天堂，不是，不是，尽管拉福斯夫人和她伟大的古鲁勒内·格农认为是。"

"你的意思是我们永远找不到我们所寻找的？"

"找不到，永远都没有办法找到，确实没有天堂。但是——但是——真理一定存在。"

这次我们俩都静静地站着，盯着纯净的同心空间。米歇尔拥抱我，手抚我的后背，带着男人所有的一种温柔和关爱，这是我以前从未知道、以后也不会知晓的感觉。

"我想知道伊萨现在怎么样了？"为了打破沉默，我说，"或许他死了。"

"胡说，我的朋友，圣人不会轻易地死掉，"他松开我，又像先前那样笑着说，"你知道，圣人活得非常长。"

"你的意思是他现在一定在印度？"

"当然，他是个斯瓦米，像你们国家成千上万个斯瓦米中的一位，或许正坐在树下，接受着天真群众的敬意。这个哈西德派教徒，他奇术的力量多么强大呀，治愈人们——甚至唤回尸体的生命——十个卢比一具死尸，你觉得怎样？——"

"或许不是。"

"也许再次成为发明家，我相信他可以为善良的印度人发明东西，机关枪、炸弹、非暴力原子弹，没有阴谋地去杀戮你们邪恶的邻居巴基斯坦——"

"哦，哦，米歇尔，别过于开玩笑了，为什么没有人写写他呢？"

"或许唯一可以写他的人是——可能是——布贝尔①，但他不认同这个甘地的信徒——"

"为什么？"

"甘地反对犹太人。"

"胡说，甘地什么人都不反对，从不。"

"你知道甘地对布贝尔说：与德国人、俄罗斯人打仗的波兰人是一种非暴力，但我们不争斗的犹太人呢，我们是什么——我不知道他怎么称呼我们——"

我说："犹太人在祈祷中赴死，是纯粹的非暴力。我是说，对于真正的犹太人，我因为他们的真实而尊敬他们。"

---

① 布贝尔（Martin Buber，1878—1965），奥地利犹太神学家，存在主义哲学家。

"像丁卡舅舅。"

"精彩。"

"那么,去跟你们印度人说,告诉他们真正的甘地主义者是波兰犹太人、比克瑙犹太人,真正的、真正的甘地主义者——"米歇尔靠壁台站着,似乎在认真研究行将熄灭的炉火。

接着,他径直向我走来,抓住我的衣领,喊道:"你知道,犹太人满怀激情地热爱上帝——爱上帝。"

"但是,但是,"我笑着说,"上帝需要人活着。"

"——或者,人需要上帝——"

"这不一样,人类发明出超人——布道的查拉斯图拉,海尔·戈特!"

"是的。"

"那么,人创造了上帝。"

"那么答案是什么,婆罗门先生?"他突然又变得礼貌起来。

"不二才是真正的自由。"

"废话,"他轻蔑地往下看,啐道:"非和理性不能共存,这我很明白。"

"米歇尔,你必须明白,我们发明了语言。"

"我知道,不是吗!别忘了,我是研究语言学的,不管怎样,给我举个例子。"

"像God、Dieu等等。"

他坚定地说:"Yahweh。"

"梵文是Isvara[①]。"

[①] 此处God、Dieu、Yahweh、Isvara分别是英文、法文、希伯来文、梵文中"上帝"的意思。

"不一样。"他果断地宣布,"想想亚伯拉罕说梵语或摩奴①说希伯来语,难以想象。"

"我相信摩奴会很高兴用希伯来语布道。"

"但亚伯拉罕绝不会用梵语布道。"

"然而,以撒要被拯救。不可能将成为可能,那是你的神所在,米歇尔,你从死人中爬出来。但我,但我,我想爬进——"

"爬进?"

"我不知爬进什么。"

"进入永恒。"

"不,米歇尔,那仍能感觉到时间。"

"那么进入天堂?——"

"那能感觉到地狱。"

"那么,成为圣人?"

"永远不会,我对好人心存恐惧。或者为了那事,对女人心存恐惧——请勿见怪,我可以说,像苏珊娜……"

"那进入罪恶?"

"罪恶,不二的否认。"

"你看,那么就有二元性了。"

"但是最亲爱的米歇尔,告诉我——"

"是的,最亲爱的希瓦——"

"——在你的非认知中,有认知——还是没有?"

"是的,有。"

"那么非认知的认知不就是认知的消解嘛。"

---

① 摩奴(Manu),印度神话中的人类始祖,印度古典著名的《摩奴法典》即假托其名。

"进入什么?"

"当然是知识,还能有什么!"

"然而,希瓦,我的朋友,怎么到达那里呢?这是个问题。"这次他温和地将手放在我的肩膀上,我们正在逐步深入。

"是的,当然,这是问题的问题。"

他走向窗户,站在那儿专注地盯着花园,它在傍晚的微风中闪着光。他突然转过身问:"恶是什么?"

"比善差一点——"他似乎非常震惊,我继续说,"请等一下。"

"哦,哦,如果比善差一点,先生,差一点从何而来?又是一个理性中的非理性、水里的鱼的问题。"

"全是比喻——比喻或者是看事物的方式。"

"所以——"

"所以,它来自于善①,你看,除了善什么也没有。"

"哦!"

"并且根本不是我们的善。"

"那么,就超出了善和恶。从那里你直接去了巴塞尔的疯人院,最后结束于柏林地下室,这次和圣伊娃一起,哦,我最可怜的朋友啊,"他怜悯中语带讥讽,我不寒而栗。

"每个犹太人都是以撒,羔羊不会出现,上帝吃人,马铃薯诞生了。"我故意地说,非常失望。

"哦,可怜的伊凡。"

"哪个伊凡?"

"当然是伊凡·卡拉马佐夫。"我们都笑了。

---

① 善(Pleum),斯多葛派哲学用语,意为充满物质的空间。后面那句中作者巧妙地用了good的多重意义,既对应此句中的"物质",也回答了问题中的"善"。

"你，米歇尔，那么你是阿廖沙？"

"每个犹太人都是阿廖沙——但是，没有贞操，拜托！"

"善与恶只一步之遥。"

"哦，你这个愚昧的印度人。"

"没那么糟。"我回答道，再次对他的高傲感到生气。

"我们有希特勒。"他最后说。

"我们有罗波那。"他看着我，笑了，摊开手。他多多少少明白了点，和平达成了。

我把他留在那里，去洗了洗。我筋疲力尽，天晚了，我要回家了。

35

我们进办公室整理我的论文时，我看见米歇尔站在巨大的顶灯下，冷漠地将烟放进烟嘴，努力研究我一个小时前刚在黑板上写的东西。他默默地转过身，点燃烟嘴，笑着说："有一天我一定要跟你说我的女伯爵。"

"你也有女伯爵？"

"是的，正是这样。在意大利，我十七岁。我逃离了德国狗、俄国熊，他是一个俄罗斯士兵，实际上是乌克兰人，他可怜我，几乎把我当吉祥物，把他的部分口粮分给我。这位好人西蒙帮我逃到了美国人那里。由于某些因素——由于战争的荒诞，或是上帝的荒诞——我相信，如果我相信任何事情的话，我相信是由于上帝的荒诞——美国人把我送到了荷兰，我从那又到了意大利，进了他们众多的康复营中的一个。那时，科莫湖边住着一位三十三岁金发女伯爵，她有很多狗和一座城堡。她哥哥因为密谋反对希特勒而被枪杀，她过着隐居生活，意大利停战后才现身，她住在科莫湖边曾经属于他们的别墅里，还有个漂亮的意大利情人，英俊得像个理发师——你知道他们有多英俊，尤其是在意大利！他知道她所有的时间都在找情人，于是他一次次威胁要射杀她然后自杀。他解释说，他家里收集的很多枪是用来杀法西斯的，可他自己就是一个法西斯。我确信，他现在是个温和的意大利人了。就这样，我到了那里——带着鞭痕和来复枪托的伤痕来了，还有很多很多外在的和内心的伤痕，她把我当成客人。我想，我虽然逃离了德国人，可逃离不了这个意大利人。于是，有一天，我偷偷地进了他的枪械室，那里几乎是个吓人的军事部队，清空了所有枪支的配件，安全地离开那里。当我和我的女伯爵在宽大的拿破仑式床上充满激情地滚来滚去的时候，人们看见这个马里奥在喷泉的大理石壁上走着，或许看着自己在水里的倒影。女伯爵对我以身相许——她善良高贵，但不漂亮——我猜，只是为了抹去她自己的罪责、她们国家的罪责。最后，是她带着很多介绍信把我送到了巴黎。就这样，我在这个伟大城市落下脚，一个还不到十八岁的男孩，没有多少钱却有着极大的野心。介绍信没怎么帮上忙，但这是另外一个故事。"

他熄灭烟嘴时，我看着黑板突然说："你的上帝是我—你[①]，不是吗？"

"——那么你的呢？"他似乎非常生气地说。

"你—于是我[②]，我，因而唯你，这样只剩下'我'。"

"你想要什么？"

"我想成为它。"

[①] 原文是 I—Thou.
[②] 原文是 Thou—so I.

"你怎么知道?"

"我为什么要知道?"

"我想,德国一些神学家所称'祂'是指超过上帝的上帝,那是你要寻找的吗?"

"不是,上帝之外的上帝,比超出少,我想它就在眼前。"

"什么?"

"没有什么,只有'我''我''我'的发音——"

"我不明白。"

"索哈姆①,索哈姆,变成哈姆萨②。"

"那是——?"

"你懂的梵文足以让你知道索哈姆的意思,'我是,我是。'"

"那么我的朋友,哈姆萨呢?"

"天鹅——纯洁、完美的象征。帕拉宏萨——至高的天鹅,圣人,就像罗摩克里希那·帕拉宏萨。"

"哦!是的,你知道我不是诗人,我是数学家。法国曾经有个诗人叫庞加莱,是马拉美研究者。马拉美像诗人–数学家那样写作,他写了著名的天鹅十四行诗,你知道吗?那是我知道的在现代文学里最完美的平衡。"

"是的,我知道,我们继续聊。"

"触及基本面:从这里到那里,从现在到那时。只有疯子知道真理,就是二加二不等于四,也不等于五。无限是假的,真理是01,02,03等。"我走到黑板那儿,把这些写在我不久前写的东西下面。"零掩盖了无限,人的争论就在零和无限之间,在真理和上帝之间。"

---

① 原文是 Soham。
② 原文是 Hamsa。

"可这个算术是关于什么的？"

"哦，哦，有人相信只有一个上帝，他们向他祈祷，像基督徒那样——圣父等诸如此类的，感觉像说教。"

"或许我们科钦①的犹太人给了你这个想法。"

"或许吧。实际上那些相信上帝的人，相信你那种类型耶和华的人，是有条件的非二元论，他们住得离科钦不远。"

"谁是他们最高的上帝？"

"哦，他也不是特别远，事实上你能触到他的脚，他们说，但不要变成他。出神地躺在他的脚边非常甜蜜。"

"一点都不错。"

"他们像你们基督徒的神秘主义者一样，像圣特蕾莎。"

"那么谁是另外一个上帝？"

"没有上帝是最高的上帝，他甚至不是他而是它。"

"或许那是唯一真实的上帝。"他说，又陷入惯常的沉默里，挠着脸。他说，甚至这么多年后，他脸上的鞭痕还疼。他开玩笑说，他们也曾想让纳粹的皮鞭回来。他有次说，人们甚至会爱上奴役。他站起来说，"现在，天国的孩子，让我们到非上帝那去朝圣。哦，你们怎么称呼他？"

"梵。"

"和婆罗门有什么联系吗？"

"是的，当然有。"我有些抱歉地说。

"那么是——"他笑了。

"婆罗门真正的定义是：婆罗门是知道梵的人。"

"你知道梵吗？"

---

① 科钦（Cochin），位于印度的西南岸，是喀拉拉邦最大的城市。

"不知道，还不知道。要真正知道梵，一个人要变成梵，变成它。"

"是的，它。"他笑了，好像找到一个可以玩的新想法。

"但是，"我警告他，"从他到它是直接致命的跨越——死亡的最真实死亡。"

"那怎样完成这个'羊'跳呢？"

"通过他，就是它，"我缓慢而笨拙地说，不知什么原因我头发竖立，身体战栗。我想起拉奥博士，这使我平静下来。

"我的兄弟，"他说着，突然抬起头，眼里闪着爱的光芒。"我的兄弟。"他走到我身边，吻了吻我的两颊，拥抱我，愁苦地深叹一声。有些东西可见、可知，但说什么呢？谁能说呢？他，或者我。

36

门房加斯顿一定很好奇我们在接待室里谈了什么，这么久，这么晚——几个小时前我在这见了匈牙利代表团。加斯顿只有左腿——他说，靠近库尔纳维拉的佛兰德，和德国人打仗，在前线扔手榴弹时，他失去了另外一条腿。他嘴里有高卢烟的味道，大肚子旁边挂着一串重重的钥匙，此外什么都不关心。他住在拐角处一间小屋里——我们过去在那放论文和文件——他和爱生气的妻子还有一只跛腿狗一起住。不，是两只狗，一只是跛的，另一只一点也不跛。加斯顿是快乐的人，他可能永远也不理解比克瑙和死亡，对他来说那是一个《法兰西晚报》上的故事。你知道，犹太人是怎样的人，他们捏造故事来统治我们。我的主人，你知道德国人非常邪恶吗？

"你好，加斯顿。"我说。

"您好,先生。嗯,周末好。"他说着,起身去找他要塞的钥匙,我们的要塞。如果我没有和数学结缘会怎样?我向你发誓,我会和苏珊娜结婚,故事就结束了。但你非常清楚,故事不在它们应该结束的地方结束。《罗摩衍那》不是结束在罗摩和悉多胜利回到阿逾陀,《摩诃婆罗多》也不是结束在般度族打败俱卢族、坚战和阿周那英雄般地进入象城①。那么,棋王,克里希那,这个克里希那,他棋局下到最后,他死于一棵树下,被猎人击中——他应该被迦尔纳击中,或被一个像迦尔纳一样的英雄击中——但他让自己被一个愚蠢的猎人击中,猎人错把克里希那的脚当成鹿头了。告诉我,如果故事是完美的,还有《摩诃婆罗多》吗?告诉我,你这西方的聪明人。在这种知识、智慧里,米歇尔和我是兄弟。

37

我们沿碎石路走着,路两边到处是玫瑰花,含苞待放。米歇尔心不在焉地朝一枝花走去,长久地盯着它,好像在研究它的颜色、形状和品种,可突然间,他把花从枝上折了下来——唉,他没有用哈西德派的小刀剪下花——把玫瑰插在前面他经常放烟嘴的口袋里。他嘲讽地撇着嘴,嗅着玫瑰,说:"我爱偷窃,它让我觉得正义。"过了一会,他问:"谁的玫瑰?"他声音沙哑。

"是加斯顿的。"我回答说,"它属于自由、英国人、法国人。"

"好的!它属于戴高乐,加斯顿和公司,社会无名者。"

"是的,如果你喜欢的话。"

---

① 象城(Hastinapura),在德里东北90公里的恒河谷底。《摩诃婆罗多》里说,该城由婆罗多族的象王所建,故称象城。坚战和难敌打仗的原因就是争夺对象城的统治权,俱卢战争结束后,坚战统治该城数十年。该城后来被恒河水冲毁。

我们走到门口，加斯顿站着看我们，大肚子下面两条腿，一条是木头的，另一条是真的，他嘴角残留着食物，一只黑白杂种狗站在他身边，尾巴僵硬，像要攻击。不过什么也没发生——我们疲惫而安静地到了耶拿广场。

38

"再会。"米歇尔喊着跑上地铁站台阶，我正告诉出租车司机我要去哪里。你知道，在阿尔及利亚战争之后的那些日子里，他们有多艰难。我转过身，米歇尔手里拿了张皱巴巴的纸想给我。但他仍捏着纸，请求道："我们能再走远点吗？比如说，到战神广场，那里有很多出租车，我也能乘地铁直接到奥丁①。"

"米歇尔，你知道女士们在家等我呢。"

"上帝也在某个地方等我们。神圣的戈多。"他讽刺地说。对我来说，离开他有些不妥，我意识到他还想说些重要的事情。于是，我说："我们就走到那里吧，这也会是个愉快的傍晚。"你知道我们印度人是怎样的吗：我们无法说"不"。对一个——寻找自己的零的人来说如何谈判呢？

"我要跟你说，"我们朝特罗卡德罗大街走时，他开始说，"事实上，我离开公寓时对自己说，这是美好的一天，初夏到了，为什么不到双叟喝杯咖啡，读读我的《世界报》，再慢慢走去国家图书馆，所以我就没开车。"

"是的，是散步的好天气。"

"我对自己说，夏天很快就到了。我走过波拿巴大街，看见在圣

---

① 奥丁（Odeon），巴黎地铁4号线和10号线的交通枢纽，在塞纳河左岸。

日耳曼教堂后面有朵高高的云。"

"是的，我知道那些云。那附近，云总是很美，天空也是。"

"那正是我想的。我想应该去那里，坐在其中的一个凳子上，弗斯滕博格广场是不可思议的建筑——实际上，一个老朋友就住在拐角的画店上面——"

"或许是巴黎最好的居住地——"

"除了安茹码头，还有河。"

"是的。"

"在凳子上坐了一会儿后，看着那些宽大的坚果树叶，我去了巴黎另一个神奇的地方——"

"我相信你说的是——"

"这是一条小街，有着浓郁的中世纪风格。由于马尔罗的清洁工作①和戴高乐铿锵有力的演讲，人们不禁会问这条小街是如何存在的。"

"但它们都是中世纪的——"他明显没有听到我的话。

"我赞叹地抬头观望，我看到了什么！一盆盆天竺葵，摆在一个个相邻的阳台上，因为时间的缘故，花盆显得有些黑，放在阳台前面朝外的狭窄地方。天竺葵开着花，是的，它们绚烂地开放着。我还看见一个带着白色头罩的老妇人，像勃鲁盖尔②的画一样，她浇花时，抬头看看太阳，在温暖的阳光下喝着酒。"

"是的，一定很美。"

"我平静地走到双叟——经过萨特先生，我到了咖啡店自己经常坐的座位，不在窗户边，而是在中间靠墙的地方，我点了杯咖啡。

---

① 1968年，法国文化部长安德烈·马尔罗发起了对巴黎文化建筑的清洁运动。
② 勃鲁盖尔（Breughel），16—17世纪，尼德兰南部和佛兰德斯画家世家。

可我感觉不太舒服。"

"你觉得不好？"

他轻蔑地说："你听起来真像个异教徒。"

"为什么？"

"亲爱的朋友，因为云和天竺葵不创造生活。我坐下拿出黑色的纸——黄色的，我总是带在我的口袋里——我坐着写啊写——"

"写什么呢？"

"写这首诗——最伟大的诗——献给上帝的。我写呀写呀，希望来个有尊严的人从我这里拿走它——你看见上帝来双叟，看到两个中国人像在那——跑呀跑，像上帝和你一样。

"于是，我不停地写着这个。我的朋友，我高贵美丽来自天堂的朋友，除了给你，我还能给谁呢。"很明显，他的愤怒还没消除。

"哦，不要胡说，米歇尔，你知道我不是异教徒。"

"你像他们每个人一样。"他握着我的手，指着特罗卡德罗大街来往的人，"我想拿起冲锋枪扫射他们所有人——全部，全部，就像在比克瑙做的那样，我会给他们每个人挖个坑，用推土机把他们推到宽广的坑里，这就是一个人应该如何完美地做事。只有德国人知道怎样把事情做得完美。希特勒万岁。"他声音非常大，坐在街边凳子上的一两个人放下报纸抬起头。我朝前走时，米歇尔仍握着我的手。"我告诉你，我了解这些住得好、丰衣足食的法国人，他们都是通敌者，是的，与希特勒合作的人。他们吃很多奶油、奶酪，而我们甚至不记得自己的名字。我的朋友，这就是你的法国人。"他放开我的手，好像我也被污染了。我们慢慢走着，他呼吸粗重，点燃烟嘴——他说在比克瑙时，有次从邻居那偷过一个烟嘴——它塞满了田里的草——他说，那是他有过的最好的烟嘴，也是第一个，于是他就开始用烟嘴了。

接着,他又拉起我的手。他温柔地说,"朋友。"因这种在我们的世界里很少见的高贵之爱,他的脸熠熠生辉——像夕阳,照在古老的博物馆上、教堂上、修道院上、南方山上的坟墓上、俯视地中海长着柏树的圆顶山上——是的,他现在看起来很美,有着人类的温和。他为人类感到难过,某种程度上他也为我感到难过——印度教教徒,印度人,意味着什么呢?不意味什么,或许意味一切,谁知道呢?但我发现,人们看见米歇尔和我手牵手像对恋人一样走向战神广场,都觉得震惊。在印度我们一直这样做,没人误解我们的关系。再说,谁在乎呢?

"我的朋友,你知道,那些天竺葵对我来说意味很多。我坐在双叟咖啡店像虫一样的知识分子中间,思索着。我想母亲,她只爱我的弟弟萨沙。萨沙满头金发,看起来像乔托①的天使,非常棒的男孩。可父亲喜爱我,他希望我像他一样诚实、勇敢,忠诚于唯一真实的上帝。但尽管那样,我也有自己的疑虑。我们都在隔都里,你知道,年轻人中有些共产主义者,我们热爱战斗,喜欢反抗猪一般的独裁者毕苏茨基领导的政府,如果我们有个好政府,我们就不会有二战,原因当然是但泽政府、美国佬的伟大发明和福斯塔夫的英国。"我没有打断他纠正他的历史知识,由着他自言自语。

我们慢慢走着,因为是下班后晚饭前的时间,街上车很少。他停下来,像在思索着什么,然后他说:"丁卡舅舅是个优秀的人,他曾是个矿工,你知道我们是穷人。就像我说的那样,我父亲起先写诉讼状,后来是个修鞋匠,所以在比克瑙我还可以补鞋挣点零钱。

---

① 乔托(Giotto di Bondone,1266—1337),意大利文艺复兴时期雕刻家、画家和建筑师。

是的，丁卡舅舅在煤矿失去了一条腿——炸药在他腿下爆炸，把它炸掉了，于是他就退休了。因为妻子早就死于肺结核或肺炎，谁知道呢，这一切早在我出生之前就发生了。丁卡舅舅就对我母亲说：'萨拉，你是我在世上唯一的亲人，咳，咳，我可以和你们一起住吗？住在阁楼里。我不会发出什么响声的，咳，咳。我会整天下棋'——他喜爱下棋，就是从他那里，我喜爱上了下棋——'傍晚时，我会去当地酒吧，读报纸，喝杯苏打水或柠檬水。我会自己在煤油炉上做饭，咳，咳。我知道我死时，你会为我举办一个很好的葬礼。你知道，我已经为此存了钱，咳，咳。'于是他在我们家的楼梯上，蹒跚着上上下下，从不和我们说些什么，除非我们和他说话。然而，周六，他会换上件漂亮的夹克衫去饭店吃顿好的——除非妈妈对他说，'来吧，丁卡，和我们一起吃安息日的饭吧。'——'哦，不了，萨拉，你家里已经有很多人吃饭了。'她总会说：'上帝造了这么多要吃饭的嘴，也会给他们吃的饭。'——这就是我们的生活。"说到这里，米歇尔突然又停了下来，看着离我们不远的人类博物馆[①]，好像在研究它古老的结构。然后他缓慢地说："我的朋友，你可能不知道人们在楼梯上走动时所拥有的自由。丁卡的名字在名单上，当隔都管理者敲门喊他时，是的，他已经准备好了，但是萨沙没有准备好。母亲哭声震天，她的萨沙啊。父亲站在那儿，没有哭，他坚定地站着，尽管很无助，但像一个男人。隔都管理者请求父亲让母亲放开萨沙，丁卡舅舅抱起孩子，让他骑坐在自己肩膀上，好像带他去参加风筝节。母亲昏了过去。"

我痛苦地哽住了，胸口开始疼。我们又继续走，米歇尔突然笑

[①] 人类博物馆（Musee de l'Homme），位于巴黎夏乐宫西侧。1878年时为巴黎国立自然历史博物馆的人类学部，正式成立于1938年，但仍附属于国立自然历史博物馆。该馆研究体质人类学、社会人类学及文化人类学，收藏了大量人类学和人种学等方面的资料。

了,唱歌般地说:"我要带上我的海伦——"

"街上的好姑娘。"我哼唱着相和。

他说:"到特拉维夫。"我们像学童一样愉快地走着。

"是的。"

"一个阿拉伯人会射中她的腿。"

"哦,是吗?"

"我会给你拍电报——"

"——当然,我会坐第一趟航班去特拉维夫。"

"在她临终时到达。这是部希腊悲剧。"

"不对,是罗马悲剧。她临终前会朗诵最喜爱的《波利耶科特》[①]中波利娜的著名台词。"

"你说的哪一段?"

"你记得——

野蛮之父,结束,结束你的杰作;

又一次的牺牲值得引起你的愤怒:

让你的女儿与女婿结为连理,

你竟敢,拖拖拉拉什么呢?

你意识到同样的罪行或者同样的美德:

你的粗暴本身就具有同样的特征。

我的伴侣,临死的时候,还不忘记给予我光明。

同样,反过来,米歇尔,你愿意成为基督徒、殉道者吗?"

"绝对不,你呢?"

[①]《波利耶科特》(*Polyeucte*),法国剧作家高乃依著名悲剧。

"我是异教徒就还是异教徒,我要回到罗马我的神那里去。"

"那么她就一个人了,殉道者!"

"哎哟!"

"看,她闻起来像圣人。"

"不,她闻起来像檀香。"

"我们火化她还是土葬她?"

"火化她,她会喜欢的。"

"我们要在檀香木上火化苏珊娜。你不是说在印度他们会用檀香木火化大人物吗?"

"那么,她就走了。"

"我们应该用拉丁语做一个演讲。"

"我不懂拉丁语。"

"哦,用梵语,都一样。"

"我告诉你,把她火化,然后我们一起把骨灰撒到死海,你唱赞美诗。"

"你唱吠陀圣歌。"

"太好了。"

"一个美妙的故事。"他大笑。

"是的,所有的故事都只是一个故事。代数符号都一样,只有等式不一样,结论永远只有一个,它被证明了,是死亡!"

"让代数见鬼去吧。"他喊道,停下脚步,一只脚踩在凳子上,好像要做演讲。

39

我觉得特罗卡迪罗的平台曾经是块巨石柱、大石板,或许是德鲁伊献祭他们的牛、鸟和他们白皮肤的牺牲者的地方。我们一到台阶上，米歇尔就完全被一种魔法般的魅力吸引进去。他慢下来，深吸一口气，闭上眼睛，好像在准备一项严格的祭祀。他昂起头，有点严肃地戴上贝雷帽，掏出皱巴巴的纸——因为是晚餐时间，我们能做想做的事——巴黎城在我们四周展开，生气勃勃中透着平静，仿佛在一种强烈的、内在的、引力的节奏中。尽管我身高一米八五，但体重很轻——我觉得自己在微风中浮起，或变成了自己喜爱的形状。意识到我后面是人类博物馆，我突然唱起《原人歌》[1]，它非常契合此地、此景、此时——

原人之神，微妙现象，

千手千眼，又具千足；

包摄大地，上下四维；

巍然站立，十指以外。

那天傍晚的梵语听起来响亮又富有生气，一些男孩聚在我周围，听我唱这个既感人又陌生的东西，然而，又似乎是熟悉的语言——还看到两个奇怪的人表演把戏，或许是在放一个日式的人脸大风筝，或者是在表演非洲杂技——驼背米歇尔多像一个马戏团巫师啊，他要是打开手帕，鸽子就会飞出来。看呀，看呀，那些铜环先是分开，眨眼间又把自己套在一起；或者这个男人从嘴里喷出红色、黄色的魔火。看，他把火又吞了进去——都不是！男孩子他们站在我们周围，他们中的头儿喊着什么人，他想说或者想把孩子们的注意力转

---

[1] 下文译文选自巫白慧译解：《〈梨俱吠陀〉神曲选》，商务印书馆2010年，第253—254页。

到别的想法、别的人、别的事情上去。他大概十一岁左右，白皙肥胖，他们都喊他皮埃尔。我继续唱圣歌：

原人化身，变作祭品，
诸天用以，举行祭祀。

——孩子们听到一些音节，如yat，sha，va，ma，有时候，他们半开玩笑地清晰念出这些音，特别严肃地念着，尤其是皮埃尔，他好像是穿着白衣的祭台助手。一次，他们中一个叫尼克斯的男孩想逃开去玩滚铁环，皮埃尔就抓住铁环，生气地看了那男孩一眼，好像他已经把男孩抛过花园、扔到了塞纳河里，刚好落在傍晚的神秘河水里，像他高卢祖先做的那样，如果历史是真实的话，他们喜欢拿年轻的男孩献祭。一些恋人被这奇怪的景象吸引，或许是因为男孩们似乎在看着奇怪的东西——恋人们也停下来专注地看着我们。埃菲尔铁塔高耸在河对岸，它是城市的野蛮卫士。一个巨大的密克罗尼西亚①神，人类博物馆外面的姐妹建筑，有着瘦长的腿、大肚子和小而平的脸庞，全是黑色的石头，它的可怖因夜色降临而增强，或许因为神奇的米歇尔即将表演的东西。记住，在傍晚的智慧里，一切都相互认识。

突然，米歇尔仿佛处于祷告燃烧的热情中，他径直跑到广场中央，如果我没记错的话，台阶中部正好有个地方像坛场，米歇尔站在一个特定的暗处，吟诵起他让人产生幻觉的诗——是篇连祷文，要么是他虚构的私密咒语。然而，有对情侣似乎觉得厌倦就离

---

① 密克罗尼西亚（Micronesia），位于西太平洋的岛群，现属密克罗尼西亚联邦，约4000年前岛上就有土著密克罗尼西亚人居住。

开了，但另外两对或许是外国人——来度蜜月的德国人，要么是瑞典人——相信这大概是巴黎人的固定仪式，就好奇地看着。你知道，巴黎是个让人惊讶的城市。那边高处是蒙马特尔，闪亮、圆润、拜占庭式；另一边是圣母院，流畅、错落、庞大，像只中世纪的蜗牛——两个庇护所同时存在，严肃的戴高乐和红色的共产主义者肩并肩地并存于这段传奇的历史插曲中。这座传奇的、几乎是座超自然的城市存在着，嵌在二十世纪的历史中，给我们快乐和启迪。法国，万国之国。德国夫妇站在男孩们后面听着。

米歇尔拍手唱着，唱到一个高高的虚构的王座，或许对我来说似乎是这样，他怀着高涨的敬畏看着虚幻的中心，眼睛盯着威严明确的宝座——

年轻的皮埃尔看起来多庄严啊，他双手紧握唱着那些最后的句子，好像都是纯正的拉丁语。

与此同时，米歇尔开始越来越入神地移动、舞动，他双脚单调而坚定地跺着地面，一圈圈地绕着虚构的王座。孩子们追随着他，铁环现在被放在地上了，这样他们才可以拍手，生气勃勃地，像米歇尔那样。

孩子们唱和着，节奏越来越急促。恋人们突然跳入德鲁伊圈中，我远远地安静站着，孤独，正直，十足的婆罗门派头。

现在，米歇尔突然停下来，他确信贝雷帽还戴在头上后，便朝着更狂热的壮举努力，似乎，似乎开始向某个天上的、沉重的、令人陶醉的、同时代的人移动。广阔的天空飘荡着片片云朵，形状各异，像怪兽、蓝莲花、兔子、独角兽、猪、驯鹿、鱼、大象，云的形状模糊为洞穴壁画中较黑的部分——山顶展现出精神内在的想象，史前战争赢了又输，然后又赢——所有的一切似乎都在移动，散发着这一内在的、更加热烈的脚步声，直到米歇尔一点一点地退到一块安静的希腊石碑上，站在努比亚尼罗河边埃及庙的宇门楣上，停顿下来！他呼吸缓慢，眼睛闭上又睁开。他浑身颤抖，一定感觉到尼罗河的水流。现在，他双脚又开始移动，好像处于恍惚状态，他移动时单腿跳跃，像印度山羊吃草那样跳，山羊的前腿被捆上了，以免它们跑掉——米歇尔不是朝中间而是朝平台的南部边缘移动，他好像看见他面前，河那边有一个直立的、无所不能的人，白皙，高大，瘦削，沉醉在他自己存在的光环里——米歇尔睁大双眼，停在栏杆前并快速地读着他的书信体诗文，从左到右，从右到左，男孩子则在他后面慢慢走着，站着，满是敬畏、惊讶，他们仿佛看到了有翼的天使。孩子们划着十字，米歇尔则吟诵着。

米歇尔很快地就停了下来，气喘吁吁。他举起手，温柔地鞠躬，对着只有他自己看见而无人可见的人们。夜光中，我向你发誓，我或许看见了整个西方世界最古老的脸庞——我可以说，这是一张美得超凡的脸，他是圣人，是奇迹的创造者，他爱全人类。

现在，米歇尔转身奔向铁环，用力捡起它。他带着一种热烈、孤独的力量，朝我们站的地方走来，就在黑点附近——坛场中心——他像僧侣一样放下铁环。接着，他举起指间的玫瑰，低语着祈祷书里的东西——贝雷帽紧紧戴在头上——他把玫瑰放在铁环中心，用他粗糙的厚手掌盖住。

接着，米歇尔低下头，似乎处于狂喜之中，他突然转身，就像加斯顿对他的杂种狗发号施令一样，他喊道："跪下。"

孩子们和两对情侣屈膝下跪，男人们脱去帽子，所有的人都以一种神奇的热情划着十字。皮埃尔十分清楚自己的身份，他走向玫瑰，低声自语，一瓣瓣捡起花瓣放在一只手里，然后给每人嘴里放了一瓣。人们接受它，就像它是复活节的圣餐面饼。然而，尼克斯扔下他的东西跑掉了，皮埃尔摘下其余的花瓣，一下子全扔到傍晚的微风中，人们鼓掌结束仪式。你看，婚礼结束了，只剩下花茎。皮埃尔拿起花茎撕成两半，小心地去除上面的刺，鞠着躬给两对度蜜月的夫妇一人一半，他们微笑着用法语说"谢谢，谢谢"，大家又鼓掌。婚礼仪式上确实要向每个人扔玫瑰花瓣，而白衣新娘，身后拖着裙裾，朝天主教堂大门走去，耶稣坐在上帝旁边规定的座位上①，右手上举祝福。

现在，我看巴黎是个天国，伟大国王之城。

我又看见一个新天新地，因为先前的天地已经过去了，海也不再有了。我又看见圣城新耶路撒冷由神那里从天而降，预备好了，就如新妇妆饰整齐，等候丈夫。……坐宝座的说："看啊，我将使一切都更像。……我是阿拉法，我是俄梅戛，我是初，我是终。"

我们走着，知晓世界上没有死亡。弥撒亚之门就在星辰广场，看那儿，它们都亮了，祭坛上燃着长生的火。看那儿，在爱丽舍宫两边，古代逝者都苏醒了，他们抬起头，家人又团圆了，一个个传递着逾越节的未发酵饼。正如人们所见，人人都得救了。

队伍朝前走。

我独自站在一边，没有动静——吠陀壁炉边的第四个婆罗门。

带着敬神的献祭和供奉。

太阳的最后一抹光辉，它一定也很快乐，那是对神的敬意。

"米歇尔，你做了什么？"

"好了，好了。"

"那是什么？"

---

① 《圣经·新约·福音书》里说，耶稣升天后坐在全能神的右边。

"一个字。"

"一个字？"

"是的，就是一个字。"

"真的？"

"记住，我是哈西德派教徒。"米歇尔说着，脱下贝雷帽，"我不知道这在人们心中有多深刻。"

"米歇尔，你对谁表达敬意？如果你不喜欢你可以不回答。"

"当然是对他，或许是对它，"他笑着说。

"是吗？"

"在废弃的房屋里，有给所有人的食物。"我们在死前的那种寂静中走着。

他在台阶上把诗给我，又补充道："我想撕了它，但还是留作比克瑠的纪念物吧。这是哈西德派教徒的祈祷——从人工智能机器里出来的，不是得自计算机，而是我写的。"于是，我们朝两个不同的方向走去——他去坐地铁，我去搭出租——他说："上帝，我的父——"我无法离开他，以一种令人怀疑的崇拜感走在米歇尔身后，我自语道：这个人是个男子汉，一个圣人。

我突然想起苏珊娜告诉过我，他曾经问她，"你吃胡萝卜吗，吃很多胡萝卜？"——"为什么？"她回答道。——"作为一个素食者，你需要很多维生素。"——"哦，是吗，我不知道。可为什么我要吃胡萝卜呢？我觉得很好。"她告诉我，他捏了下她的后背——想象一下，在圣日耳曼的林荫道上——回答说："如果你喝大量的胡萝卜汁，你会再一次恋爱！"

"或许吧。可等一下，谁知道呢？像你朋友希瓦说的，'是今生还是来生。'"

"我不想再死一次。"

"如你所知，没人会死，你换生命就像你换衣服一样。"她从《吉檀迦利》里引了几句纪德已经翻译过的诗。

"哦，"他说，"那是诗，不是生活。"

"我喜爱诗歌。"她回答说，他们沉默着走上山到了姐妹路，他得体地跟她礼节性的告别，或许和他刚刚在特罗卡德罗广场做的一样，她说她走到自己的7e就哭了，"什么男人，"她跟我说，"真粗鲁！"

我自己总结说，"那个傍晚，米歇尔一定回到了克里希，到身上散发着烟草味、汗味的红发、丰满的亨丽埃特那里了。可怜的姑娘！"

40

不过，米歇尔一定知道我在跟着他，地铁站台阶下到一半时，他像个胜利者一样回头一看，伸出舌头，说："讨论还没有结束，朋友。"

"好吧。"我对他喊道，拦下一辆出租车跳了进去。巴黎突然恢复了生机：特罗卡迪罗广场、塞纳河、战神广场（埃菲尔铁塔给飞机发着红色信号灯，"请不要撞我"）、布罗耶街和家。

"哥哥，您终于来了。"

"是的，我回来了。"

我想，或许贾娅在她屋里小心地等着我——我华沙的海伦。

生活是怎样的礼物啊，先生，你明白吗？

41

晚些时候,很晚了,我站在浴室的镜子前解开领带时,才明白米歇尔的意思。是的,讨论还没结束。作为一个善良的印度人,我觉得他很有趣,像在吉登伯勒姆婆罗门大街寺庙后面玩弹子游戏的孩子们,他们各自走开后,会停下开个玩笑似的回击:"斯瓦姆,你知道,你没打败我。"孩子们就是天真顽皮。印度人复杂,但不麻烦,那个晚上我走进浴缸时,至少是这样想的。

6月29日,我愿意像个弃儿一样被扔进水里,像沙恭达罗一样,出于保护和启迪又被圣人救起。我们都是弃儿。

42

第一个发现圆的人一定是个实事求是的人。因为直线变成圆时,你就跳回了你自己。你就是一个先知、哲人、圣人。那么,记住只有一个圣人。圆始终是圆,直线是无限的点。当你耗尽时间,你就自由了。

拥有上帝的人不是万能的——他的上帝是图腾。法国哲学家是对的,你只能通过理性接近上帝。

上帝一定要成为代数符号,像 x 或 delta,才真实。那么,数学是一门自发的精神修炼。因为,或许是庞加莱,或许是帕斯卡尔。

上帝不是印度人,这个我能向你保证。如果上帝是印度人或是基督徒或是犹太人,他不会是上帝。

像女人跳入她丈夫的火葬堆,她的丈夫是她的神。他跳入自己的上帝,他变得真实神圣。

"上帝"是消解之光。

"上帝对人的伤害或许比人对上帝的伤害要多。"

43

那天的晚餐是我们生活里经常遇到的不和谐情形中的一种。有人恶作剧地搅乱了湿婆的婚礼聚会——猴子爬上了洋槐树，因为害怕在下面咆哮的豹子，豪猪在蝙蝠的翅膀下找到了庇护，老虎被雌鹿的鹿角吓到，躲在大象的肚子下。而淘气的精灵制造了一场喜马拉雅山风暴，将人们引向错误的方向——夜晚似乎很混乱，直到太阳从纯白的峰顶后面射出万道霞光，澄清了山谷，夜晚风暴似乎就从未发生过——在有些人的想法中，这都是纯粹的乐趣：贾娅头疼（我们都知道那未必属实，除非第二天早上她去看帕斯卡尔医生）；乌玛因为昨晚守夜筋疲力尽（尽管我知道她非常想见王后大人，但我想，她在最后决定时刻，担心自己难为情，或许因为她听我说过王后大人的皇家风度和甜美的天性，或许乌玛也更愿意和贾娅待在一起，她突然发现她是真正的朋友，有同情心，善解人意、温柔）。至于拉贾·阿肖克，他当然胃不舒服（当他失去一个温柔的同伴、一个温暖而感性的女性朋友时，敏感人的常事——可怜的阿根廷女人现在一定在罗马了——但对于王后大人来说，拉贾·阿肖克的不舒服是因为他总是饮酒过量）。所以，在加百利大街的洛朗餐厅[①]，这顿由贾娅和我、拉迪拉尔和拉贾·阿肖克、乌玛和拉迪拉尔至少已经准备了一周的晚饭，最后坐下吃晚饭时，只有拉迪拉尔、王后大人和我三个人。说到世事时我沉默寡言，拉迪拉尔富有口才，对

[①] 加百利大街的洛朗餐厅（Le Laurent, avenue Gabriel），巴黎著名餐厅之一。

事情的实质和形式都应付有余（他让我想起梵文中，"安那"的意思不仅是食物也是实质）。在洛朗餐厅落座后，拉迪拉尔和我相互看着突然笑了起来，像法国公立中学的学生一样，这一切似乎都很可笑。王后大人当然一无所知，要么她知道也不说什么，很明显我们起初的计划悲惨地失败了——因为王后大人知道她所处的地方，知道她所知道的一切，将使这个晚上成为一个难忘的夜晚，当然不是为她，而是为了我们。她天性简单——圣徒特性和皇家气质两者都是真实的，它们融合为天性简单——很快就接管了这个夜晚，带给我们轻松的气氛，那个夜晚成了我所有巴黎岁月里最完美的时刻。

王后大人开始说："拉迪拉尔吉①。"罗兰先生一写完我们的菜单——因为我们的缘故，她那天晚上也成了素食者——她解释说，她在她丈夫变成忙碌的商人之前，一直都是素食者。因为他们必须和不同的人在不同的地方吃饭——在戛纳或在东京，纽约或是新加坡——为了不让同伴尴尬，她开始摆弄盘子里的肉，她说，毕竟食物没那么重要，不是吗？——"拉迪拉尔吉，告诉我，你是不是说过，你的家族和斋普尔的贾哈瓦里家族是同一家？你知道，我父亲非常赞赏贾那德拉吉的鉴别力和品位。"

"贾那德拉吉，"拉迪拉尔说，他双手保养很好，袖扣上的钻石不仅显示了他的品位，也表现出他对客人的尊重，像他穿的丝绸西装——纯中国产的——他选的领带上面绣有甘地先生，不仅因为甘地是他亲戚，更是因为他的客人尊敬甘地先生——"是的，贾那德拉吉和家父在我祖父家一起长大，因为贾那德拉吉是个孤儿，他的父亲——我祖父的侄子——死于那场可怕的黑死病。因而，贾那德拉吉像我父亲的兄弟，也是我叔叔。"

---

① 吉（ji），印度人称呼男性时，在人名后加ji，表示尊重，意为"先生"。

"我很了解他,"王后大人接着说,"他比我大十到十五岁,但他看起来更像祖父。你知道,他是斋普尔皇室的首创者——"

"是的,殿下,我知道。实际上我还知道,他负责准备你们全部的婚礼。"

"你也听说了,是吗?"

"王后大人,这是我们家族传奇中的一部分。"

"当然,当然。你知道,他的皮肤是粉红色的——比德国人或斯堪的纳维亚人都要红,他的皮肤就像一面镜子,照出了他脸上的每一处血管,他穿警察制服,戴着高高的包头巾,腿上系着袜带,头上戴着首饰,骑着黑马走在我们婚礼队伍的前面,他佩着剑,脸上的檀香点闪着金光,这让他看起来像拉万礼拜湿婆时的样子——你叔叔办事严谨,忠于我们家族,他是我见过的最高贵的人之一。当然,那次事件之后——"

"您意思是说他那次在宫殿里摔倒中风吗?"

"是的,我后来才听说,因为那时候我已经在维拉斯普尔了。他似乎恢复得很慢,恢复后——左眼还是有点斜视,不过他已经很正常了——你知道,那些日子他有能力和忠心治理斋普尔,他是个伟大的人。对了,就是他不顾英国人的反对,请求我叔叔邀请甘地先生到斋普尔,他跟陛下说:您的家族曾经面对过莫卧儿人,在沙贾汗之前,英国人是什么?最坏不过是您失去王位——室利罗摩也被流放过。他过去常为了形形色色的事引用过杜勒西达斯[①],这让我叔叔人生不偏离正轨。"

"甘地先生去斋普尔了吗?"

"没有,是英国人大惊小怪。"

[①] 杜勒西达斯(Tulsidas, 1532—1623),印度印地语诗人,著有《罗摩功行之湖》。

"当然,当然。说实话,贾那德拉吉殿下英语说得很糟糕。"

"是的,可他是故意的。'我为什么要说野蛮人的语言?——莫卧儿统治时我们也没有说突厥语。'"

"但你们说波斯语。"我插话道,只是出于礼节,我的沉默显得很显眼。

"那是种优雅的语言,"王后大人笑道,"你知道我小时候就学了些波斯语。"

"我不懂语言,但我知道那是礼仪。此外,它和梵语很接近。"

"那是贾那德拉吉经常说的。他的波斯语很好,他大多用波斯语写判决——"

"英语判决呢——"

"斋普尔没有。如果有的话,就去在阿杰米尔的卡特阿瓦利宫廷,他们通常有译员。贾那德拉吉非常聪明,能很好地理解英语。他不说英语就像当今日本人、俄罗斯人因为同样的原因不说英语一样。贾那德拉吉说,翻译确实给了我们时间来给这些无赖一个答案。总之,他认为英国人粗鲁贪婪。"

"但有些英国人还是很正直的。"我说。

"当然,当然,但总体来说,老式的英国官员既不绅士还非常粗鲁,这要看情况,"她叹了口气说,"看他们出生的阶层。例如,有个理查德·巴灵顿先生,是位明智的人,后来担任印度内政大臣,最后是英格兰优秀的国会成员,这个人对王公们以礼相待,摩诃拉阇也视他如兄弟。他喜爱也尊重理查德先生,他返回英格兰多年后,贾那德拉吉还用波斯语和他保持通信。"

"是的。"拉迪拉尔说,"我叔叔也喜欢引用他说的话。据说这个英国人讲过:如果你把一个猴子放在王座上,它只懂在座位上捉虱子。另外一句是：在这里的英国人是国王的代表，不是劳埃德银行①的代表。"

"那是他说的。他帮助摩诃拉阇对抗总督的公务员们，恢复了我们拉吉普特家族很多尊严。"

"很遗憾年轻时我从没去拜访过他，"拉迪拉尔说，"我叔叔曾写信跟我说起过理查德爵士，但我以为他只是我叔叔的一个好朋友，没有去向一个年长的萨哈巴表达敬意。"

"不必，不必。"王后大人说，"我们经常去看他，在坦布里奇威尔斯附近，他继承了那里的一栋家族房子，一个英国地主的大宅子，他喜欢见他的印度朋友们。那些日子过去了——"王后大人带着真诚的伤感说，"在英国和印度，我们都有大商人。"

"殿下，"拉迪拉尔笑着说，"你知道我们也是零售商，我叔叔是，圣雄甘地也是，我也是。"拉迪拉尔提高声调谦逊地说。

"当然，如果你愿意，我们可以称之为'槟榔叶大卖主'。"

"你说得对。实际上，除了英国工党，我们也该有'印度槟榔叶卖主大会党'，你觉得怎么样？"王后大人说着，掩面而笑。她做出抱歉的样子，挺直身子说："他们说你侄子做得很好。"

"拜您宫廷所赐。"拉迪拉尔微微鞠躬作答。

"我们赐了什么呢？"王后大人忧伤地看了一眼，把弄着桌上的餐刀，"我们拉吉普特人丢失了自己的尊严，向德里的假神致敬。我们太爱钱了，像那些英国贵族一样，他们为了每人六便士的门票就把自己的城堡向公众开放，我们很快也要向人们打开我们的大门了，允许他们租借我们的房屋做旅馆。是的，你们会看到，我们很快就变成旅馆老板。"

---

① 劳埃德银行（Lloyds Bank），英国四大私营银行之一，1765年建立，总部设在伦敦。

拉迪拉尔反对道:"不会的,不会那样的。"

"听我这个上了年纪的女人的话吧,那是我们将有的结局,我们要建新希尔顿,连着我们的旧宫殿。你付的钱多,就住真正的宫殿——而新希尔顿宫殿,如你所知的一样好!你只要看看德里的阿育王酒店就明白我的意思了。"

"王后大人,您那么悲观吗?"拉迪拉尔问,声音里有些哀伤。

"不,我不是,我很了解我的家族。看看拉贾·阿肖克,他为什么不去找尼赫鲁?尽管尼赫鲁是个小神。我能理解他对甘地先生这样的人的崇敬。但这个婆罗门文书——毕竟,克什米尔人是莫卧儿时代的文书阶层——那些卡尔人和卡如斯人,他们应该在哈里德瓦尔卖炸薄饼或大壶节①时在彼拉亚格码头卖东西,要么教游客密教经典。"

"王后大人,我认同您说的。"我说,"婆罗门应该把统治国家的事情交给那些天生有这个技能的人。"

"是的。"王后大人喊道,"可我们让土库曼部落进来屠杀我们的男人,把我们那些不愿跳入火葬堆的女人当妾。"

"那么,如何解决呢?"拉迪拉尔问,祈求得到一些安慰。

"按照甘地先生说的,把王位还给拉吉普特人,婆罗门回到他的书里、庙里,商人回到他的商铺去——"

"首陀罗呢?"我问。

"他们会成为我们的工匠。他们会使田里的犁、厨房里的用具,还懂制造。商人提供金钱,首陀罗建造工厂并经营它们,婆罗门做像你那样的工作,"她说着转向我,"你应该在实验室做研究,或写

---

① 大壶节(Kumbh Mela),印度教最古老盛大的节日,也称圣水沐浴节。它轮流在四个圣地阿拉哈巴德(Allahabad)、哈里德瓦尔(Haridwar)、纳西克(Nashik)和乌贾因(Unjjia)举行,每个地方每隔12年才举行一次。

第三部分 婆罗门与拉比　909

书，或解说奥义书，我们拉吉普特人，举着我们褐色的旗帜，这个神圣土地上的旗帜，与突厥人作战。毕竟，吠陀也说到了种姓。你不知道我有多痛恨我丈夫经商，我们可以在维拉斯普尔定居，耕种我们的土地。我们印度人不需要很多就能活着，看看甘地先生。"

"您说得对，"我说，"但是日本贵族——他们把自己的生意铺开到新王国，这样日本就可以和全世界竞争。"

"不过，"王后大人说，"你可能从未去过日本。"

"没有。"我说，"我希望下个冬天能去那儿，我意思是十八个月内，十二月在那有个数学方面的会议。"

"哦，那您就能看看伟大的日本变成什么样了，至少他们还有天皇，如果没有，将会有另外一个——另一个，另一个——"她停了一会继续说，"——另外一个荷兰，"她笑着说，"是的，我们很快就要去荷兰。"

我说："白色的郁金香和干净的房子——"

拉迪拉尔接着说："肥胖的女人，有着愚蠢的本质。"

"对了，"王后大人改变了话题，说，"贾娅怎么样？您觉得她现在能旅行吗？我还没见到你妹妹呢。"

"我觉得让乌玛和贾娅待一起很好。"

"对贾娅也好。她经常在电话里跟我说你妹妹朴实、单纯，有婆罗门的特性、习惯等。贾娅似乎从你妹妹乌玛那学了很多——那是她的名字？"

"是的，王后大人，是她的名字，她不像看起来的那么天真。"

"没有人是，"王后大人笑道，"但对一个女人来说，天真像一本吉祥经，只要她天真无邪，她的婚姻像能持续下去。生活不值得我们给自己添那么多麻烦。"她突然直视着我说，"你不知道，你改变了贾娅的生活——哦,应该说,我们全部的生活。"

"哦,拜托,"我请求道,"不要说这些溢美之词,您不知道我内心所承受的堕落,只是我的婆罗门本性掩藏了它们。如果您知道——"

"年轻人,"拉迪拉尔说,这个时候他像长者,像父亲,"你认为我们内心是什么?我跟你说,只是污秽。感谢上天,像我叔叔那样,他有透明的皮肤,但像豹子样凶悍,我希望我们都知道我们内心的肮脏。这样,我希望比起其他污物,你的气味没那么难闻。"

"谁能说呢?"

"除非你有个好鼻子,"王后大人说,"我有一个。"她热情地看着我笑着说。沉默了一会儿,她说:"你像我们家族的导师。"

"一个很好的恭维,但不准确,有一天您会明白您对我的评价是错的。我唯一具有的品质,如果我还有的话,是我想正确思考,我看得清楚的话,我想依自己的真实感受行事。"我忧伤而真诚地说,"王后大人,您知道,我对人们所称的道德心怀敬畏。我爱真实,这就是一切。"

"像《摩诃婆罗多》里比哈玛对正法之神说的那样,只有真理是达磨,达磨是胜利。"

"是那样。"我说,虽不信服却也认输了。我们的食物到了,大家都津津有味地吃了起来。我们都是纯粹的人,都希望自己好,世界也好,如果我们知道什么是好的话。拉贾·阿肖克不好吗?当然,他是好的,他只是很容易爱上女人,我也爱她们,但也不是经常,也更吝啬一些。拉迪拉尔现在当然很有德行,他长着薄薄的嘴唇和一张明智的脸,我不知道他懂激情吗?他说认识并尊重西蒙娜·韦伊,他真想做个禁欲者?王后大人呢?我的想法停在此处,像人们走近圣所时那样。祭司们可能会弄脏寺庙的前院（像在马图拉一样），可能会贪婪（像迦尸的祭司们），但庙里的湿婆和克里希那没有，我觉得拉吉普特人也如此。

他们会变成旅馆主吗，我不知道，会吗？给国会商人提供床上早餐服务对他们来说是噩梦。普利迪乌拉阁①，给您的外国旅客记账，您觉得如何？把您的宝剑变成铅笔、计算器支架吗？写一部关于王公老板和他的巴尔的摩海伦经营旅馆的传奇史诗，一定非常滑稽。让我们想象，巴尔的摩海伦和第一任丈夫离婚后，开始从夏威夷到日本的周游世界之旅，途径中国香港和泰国。她到处都能遇到美国人，这太没趣了——同样油腔滑调的奉承、男人的臭气和酒气，还有，甚至他们的男子气都不合时宜，如果你懂我的意思的话。据我估计，巴尔的摩灰街的海伦·威汀顿大概三十一岁，从她父亲里那继承了可观的壳牌②之类东西，这使她成了贵妇人。因为孤独，她外出周游世界，别忘了，她在韦尔斯利③学过文学和历史。

她到了德里，发现由于政府的缘故，它变得很沉闷，像曾经的华盛顿一样，可她想看到真实的东西，她在哪里能找到呢？"夫人，去拉贾斯坦，那里的宫殿对所有的游客开放。"——"你意思是说，真正的宫殿？"——德里阿育王酒店的锡克文书说："是的，夫人。有些王公像管理他们的王国一样经营旅馆，他们要挣钱，他们喝很多酒，一切都很有趣。"于是海伦·威汀顿想去拉贾斯坦。像往常一样，印度航空公司的机票售罄。锡克文书给她安排了旅程："雇辆车——我给你找个很棒的司机，一个前王宫司机，他会带您去所有有趣的地方。"——海伦·威汀顿问："但我在哪里吃饭，怎么吃饭

---

① 普利迪乌拉阁（Prithvi Raj），意为世界之王。
② 壳牌（Shell），一般指荷兰皇家壳牌集团，是世界第一大石油公司。
③ 韦尔斯利（Wellesley College），美国马萨诸塞州一所女子学院，成立于1870年。

呢?""当然,印度是很现代的,您知道,我们有旅馆——到处都有现代化的旅馆,有的酒店,像阿育王酒店那样,由政府经营。"——海伦·威汀顿说:"你认为他们能听懂我的话吗?"因为没发现烟灰缸,她用脚踩灭烟蒂。别忘了,那是在印度,最好的印度!锡克文书于是说:"我们会给您最好的男管家,他曾经服务过英国政府的高级官员。"那听起来不错。于是海伦·威汀顿(带着她所有的旅行支票,打包好首饰、鞋子等)开始了她的拉贾斯坦旅程。如现在人人所知的,她的旅程从斋普尔的哈瓦马哈[①]开始,在那里度过三天极糟糕的日子后(尽管有空调,天气还是太热),她在池子里游泳,在英俊的经理旁边,他是一位因德拉吉特王公。王公皮肤非常干净,像他们游泳的池子一样,他相貌英俊,孔武有力,他们很快就明白彼此想要什么。她得到了他的贵族和优雅(此外还有他透明的皮肤),既然在印度,尼赫鲁同意离婚,他希望同海伦去美国,或许可以盖一系列的印美旅馆,你觉得怎样?在夏威夷的旅馆,在曼谷的旅馆,在旧金山的旅馆和在巴黎的旅馆,它们都有个印度特色的名字——像沙贾汗大帝、迈索尔大公,甚至蛇王湿婆——还有印度侍者,侍者不仅戴着头巾,他们还得是王宫仆人们的后代,长胡子,干净整洁的嘴唇,高大,如骑兵般挺拔——我们会为你提供你所知的印度食物,不仅有烤肉、印度烤鸡,还有南方的发糕和蒸米饼,像印度国际航空公司服务的那样。我诚实地跟你说,这会是个非常棒的商业提议——即使是大通银行也能看到其中的商业因素,尤其是海伦的因迪拉吉特王公灼热的外貌(此外,他叔叔还认识尼尔逊·洛克菲勒,此时美国正在东方发展关系,他待在迪拉瓦尔宫,这位叔叔还收到那位大人物的圣诞卡)。那么,每件事都进行得很顺利,因

[①] 哈瓦马哈(Hawa Mahal),意为"风宫",在拉贾斯坦的斋普尔,建于18世纪中叶。

迪拉吉王公会是印美旅馆联合公司的让人骄傲的经理，总部在洛杉矶。海伦喜欢加利福尼亚的天气，那里也有斯瓦米，他或许能给野蛮的美国人上点冥想课、瑜伽课，卖点印度手工艺品，挣点钱让因迪拉吉自己在贝弗利山买间房子，邀请拉维·香卡[①]在他的生日聚会上演奏。海伦现在变成王后大人海伦，穿着贝拿勒斯纱丽，周旋在贝蒂·戴维斯[②]和其他好莱坞众人之间。"那不是很有趣吗，因迪拉吉？"——"亲爱的，当然有趣。"你看奇迹是怎样造就的，它们是由一位新德里阿育王饭店的锡克文书创造的。事实上，为表示感谢，海伦要让他在旧金山湾的新布德萨塔瓦酒店当经理，酒店每间屋里都有禅文。我跟你说，如果你每个季节都早早来的话，你会喜欢它的。它也是度蜜月的好地方。我告诉你，快订房吧，这是唯一的方法，印美友谊就建立起来了，基础牢靠。不是这样吗，普里特维拉贾·觉杭？当然，你明白我的意思，不是吗？

44

我们的提议从未实现。实现，我指的是，在想象和行动之间理性的身份（让我们暂时忘记哥德尔和他的证据）。我们最好接近一点，更接近的意思是欺骗，因为完全相似的不一定是相等的。然而我们相信，相似是相等。今日我们科学家像佛教徒，似乎更接近短暂出现的事件概念——一瞬就是眼皮眨一下的瞬间，各种元素不知从何而来，聚集在一起，要消失到不可知之处。时间和空间的联姻，就像与萤火虫结合，发生在特定的时刻，发光，消失，留下没有光的后代。现代生物学也是如此——不可预知的是创造性。不是

[①] 拉维·香卡（Ravi Shankar，1920—2012），印度古典音乐家，西塔琴大师。
[②] 贝蒂·戴维斯（Bette Davis，1908—1989），美国电影、舞台剧女演员。

这样吗，莫诺①先生？偶然是终点。那么我们所有的模式是我们力比多的诗意表达。事实是事实，让我们不要创造不存在的罗曼司。我们是我们，不管怎样，我们是我们将是的样子。但谁是我们在谈论的"我们"——这是另一个论断。那么，先生，告诉我，数学计算的话，"我们"是什么？请告诉我，哦，詹姆斯·琼斯爵士②的崇高的精神——一个元素块——记住，不是构成"我们"混合体被称为"我"；再者，你知道，我的无尽系列仍然不是"我"。那么，先生，谁是我们？这一切看起来多滑稽啊。人们应该嘲笑一切，但我们哭泣，或者至少陷入痛苦的状态，那又正是生物化学事件——产生于无名之地，又去向无名之处。然后，或许会归于和平，然后睡去。

从洛朗餐厅回去的路上，我想着这些。在我那无法发现的心灵深处，我曾向自己承诺过——或者确切地说，是对自己讲了一个童话，像我经常做的那样——那就是，贾娅的头疼是种礼貌的托词。实际上，我想——准确地说，我相信——她留在家里，我回去时（她一定希望我快点回去），她和我将有一个漫长的、个人的、独特的告别，就像那罗在森林里和达摩衍蒂③告别一样，割下她的一块纱丽——因为她睡着了——这样就可以保护他免受酷暑严寒和野外世界的伤害。忠诚的公主醒来时将发现那里一个人都没有——就是说，事情毫无头绪。我想起巡回剧场的浪漫歌曲——芒格洛尔的瑟萨吉里剧院：

无论我看何处（剧中达摩衍蒂唱），

满眼乱石荆棘

---

① 莫诺（Jacpues Lucien Monod，1910—1976），法国生物化学家。
② 詹姆斯·琼斯爵士（Sir James Hopwood Jeans，1877—1946），英国数学家、物理学家。
③ 那罗（Nala）和达摩衍蒂（Damayanti）是史诗《摩诃婆罗多》中的人物，见《森林篇》（第50—78章）里的插话《那罗传》。

还有四处危机。

那天晚上，事实上，似乎是贾娅撕了一片我的缠腰布，然后跑去了她父亲那，把我扔在荆棘、老虎和野象中。

我打开门，走进房间，一切都是静止的。我走过起居室（狼人猎手图还在墙上——他的预言永远是错的），看到贾娅的房间还亮着灯。我走向自己的房间时，看到乌玛躺在床上沉睡，她的灯还亮着，她在看的一本书（一本泰米尔语的书，我不记得是什么）放在胸口。她得到安宁了。洗漱时我发出很大声响，还去厨房弄茶，希望这些能让贾娅回到丛林。但我喉咙里确实灌了铅，在我把它吐出来之前，就像传奇里说的一样，我都没有幸运或胜利的迹象。我或许是众人所知的最大胆的车夫（我知道我的头脑还没有那么好），或许我大概是人类的烹饪大师，像那罗一样（但我的厨艺对于这个比喻太差了）。贾娅不会来，时机还没到，星相说的。再说，我不像那罗那样毫无踪影。你是对的，查尔斯·达尔文像那罗，所有的事情都是事故。自然法则是靠近，自然界的万物都不移动，它们跳动（如尼尔斯·玻尔所知的那样）。为什么这样，这荒谬的近似？或许乌玛正在读的泰米尔小说使可预测的事成真，印度小说总是那样。但是不管是数学还是《摩诃婆罗多》（也确实不是当今的生物学、基因学）除了不可预测外也证明不了什么，就是说不可预测本身是一个可预测的结论。即使是什么？甚至说——我自言自语，坐在窗边喝茶，整个巴黎的交通在我下面缓缓流动，因为已经过了午夜——甚至说，这非常荒诞，你不这样认为吗？没有规则，它本身就是规则的制定者。于是，只有诗歌是不可说的语言，诗人是圣人。

布罗耶街是条平淡无奇的街道，一边是未长成的树，一边是四个角装着半明半暗的灯,从红变黄,又从绿变红。从那里看巴黎的交通就像在看一个人,当然,是从你安静的座位上看——这是你发明出来娱乐自己的事情——是在看一个人悲惨地急忙去寻找可预测的事,去找他在圆亭咖啡馆的女人,让我们这样说,恰好一点十分,这样,她没有和那个荷兰画家私奔,他已经在她身边转悠很久了,让她变得富有、获得恭维。她会在他的画布上不朽,他在荷兰办了很多次画展(想象一下,已经三十一场了),纽约还有两场。现在,他在巴黎(于是你的故事继续)伏尔泰大街的桑多画廊举办一场大型画展,她或许会出现在他的一幅新画中。布兰奇不是不想这样,可她的情人是里尔的一个大商人。他可能去参加商业晚宴了,你知道他们是怎样的,特别是如果你和德国人或美国人打过交道的话,他们会没完没了地喝酒。上次,这个里尔商人不仅要送他的中间商上出租车,还要看他爬上卢浮宫酒店四楼,确保这个美国大个子没有带着他的污物睡觉。德国人更糟糕,他们到处呕吐——他们没有自尊,可他们都天真善良。布兰奇冷淡地听着这些。不错,这个男人,特谢尔-皮埃尔蒙先生是个大商人——在里尔他至少拥有三家纺织厂——还给了她一间奢侈的公寓,在弗兰西斯泽维尔街(在河边)。不过,你知道,对一个三十四岁的女人来说,这是一个相当悲哀的恋爱事件。我和苏珊娜看完戏后去园亭咖啡馆,这个女人自己来到我们桌边对我们说,"我的男人,我的男人十天去我那里一次,你们知道,这不是生活。""当然不是。"苏珊娜同意。从那天起,深夜,我每次看到出租车载着一位衣着讲究、脾气急躁的四十岁男人驶过,就想起特谢尔-皮埃尔蒙先生(如你所见,这是一个令人难忘的名字)。我一次次地想,她是否离开了这位里尔先生,去选择那个能让她不朽的荷兰画家。她告诉过我们,她曾在巴黎皮特曼学院学过文秘。她父亲是位邮递员,她年轻、丰满、面容姣好,和那些迟钝、过分化妆的巴黎人不一样,特别和那些堕落俗气的里尔人也不同。她有头浓密的黑发,皮肤是精致的普罗旺斯石榴红,在豪斯曼林荫大道的一位商人那里当了几年秘书后(她强调说:他经营皮革生意,是东方人),她成了他的女人,这样有四年时间(她毫无保留地对我们说这些,事实上,还特别友好)。后来,她和蒙马特尔的一位阿根廷雕刻家同居了。她解释说,他经常打她,但她不介意,因为他有时也很温柔。有一天,她离开他去看更广阔的世界,——"就像这样,因为微不足道的原因。"她跑到比利时,避开她的雕刻家(他曾这样威胁她:"如果我看见你和其他男人在一起,我就活剥你的皮。")。就在那趟火车上,她遇到了特谢尔-皮埃尔蒙先生。他们天南地北地聊,两天后他们在安特卫普又遇到了,她喜欢他,而他也"爱慕"她,于是他们决定彼此应该很快在巴黎再见一面。他叫她去他右岸的旅馆,她的雕刻家从不会去那里。这一次,特谢尔-皮埃尔蒙先生和她待了一周,把她安顿在新公寓,给了她足够的钱去过体面的生活,甚至还给她写情书。她喜欢他超过她喜欢雕刻家,不过你也知道,一个人和艺术家生活过以后,很难回到正常生活中去。他们可能打你,甚至向你吐口水——有一次,阿根廷人在她的大腿上烙上印迹以表明自己有多嫉妒——但他们以自己特有的方式珍惜你——用甜蜜的、没听过的名字称呼你,给你买异国首饰,这些是里尔的男人绝对想不到的——"瞧,"她说,"这个龙样的首饰是爪哇的,看看这个做眼睛的蓝宝石,爪哇舞者在表演节目时戴这个,这是我的荷兰画家告诉我的。他画画时,我试着像他教我的那样跳舞——他年轻时可能在爪哇待过。因而,生活就很有趣。"她把香烟放到烟灰缸里,沉思着。"我说这些,因为我看你们也是艺术家。"——"不是的,"我说,"我是个数学家,不过苏珊娜·尚特勒在演戏剧。"

"我看到你们两个人时就知道,"她说,"他们一定是有趣的人。如果我不能得到生活的乐趣,舒适的公寓和一周来三次的女仆有什么用呢?毕竟,我也没有二三十年好活了,"她神态忧伤,"在那之后,我将被埋入土里,没有人知道我是谁,是什么样。要生活有趣,就要以离开家、离开老父母、在城市旅馆商人那里痛苦的工作为代价——我父母以为我有个尊贵的工作——他们一定向邻居炫耀——'我们的布兰奇在里昂银行工作'或者'在费加罗',要么是任何人都知道的非常重要的工作。我给他们寄自己在梅杰夫滑雪的照片,或在蒙特迪奥、维希游泳的照片。我每年去看望他们一周,跟他们说我客户的一些有趣的事。可怜的人,他们都相信。他们甚至带一些邻居的孩子来,要我给他们介绍工作。但他们都很谨慎——不过,他们一定也意识到了什么,从不谈起婚姻,除了有次我母亲说:'我想抱孙子。'——'您当然会有孙子。'我跟她保证。先生,几句亲切的话不会伤害任何人——甚至上帝的女仆也不会在意。瞧,您看起来就很聪明,不是吗?"我当然认同她的话。

但在这个特别的晚上,我希望坐那辆出租车离开的绅士,不是特谢尔-皮埃尔蒙先生,如果他没有如期到达圆亭咖啡馆,她可能就决定跟画家走了,明年或后年他就能把她的画像挂在小宫,这样,即使她死了("在地下"是她的说法),也会在某处被某个工程师、国会议员记住,他们看着她精心摆出的姿势,或许希望自己的妻子也有这样的魅力。就算我们的布兰奇去世了、腐烂了,或许还有人愿意收藏她,如果他同意的话。(毕竟,我的狼人猎手图对我来说非常真实,不是吗)不过,他不能,他会跑到离自己最近的圆亭咖啡馆，找到一个孤独的女人，让她生孩子从而让她不朽。于是，世界就在自己的轴上旋转，男人和野兽都进入自己不可预测的命运。

那天晚上在布罗耶街，我明白了自己的命运。不朽通过不朽逃离了我，我终有一死，我无处可去。我要做什么？当然，上床睡觉。从厨房里，我看到贾娅的灯还亮着，她大概像乌玛一样，也睡着了，胸口放着一本书。是吗？想敲门去看的欲望非常强烈，但死亡和不朽还没沟通，我喉咙里还有铅，我还不能把它吐出来。我能再一次找到自己的达摩衍蒂吗？

我盯着荣军院看了很长的时间，一、二、三、四地数着，会知道华丽的镀金大门有多少反复出现的尖头——反过来又数一遍，这是什么游戏？拿破仑鲜红的荣誉响彻苍穹："我拿破仑是皇帝，我拿破仑是皇帝。"——我决定回床睡觉。我上床时，发现脱衣服时没注意到的一张纸放在我的枕头上——尽管戴着厚厚的眼镜，我的视力还是让人很失望。事实上，它是一个很大的纸板，或许是贾娅信笺的背面，她在上面用粗粗的黑线画了一只大象——耳朵，象鼻，尾巴，指甲，粗腿等整个身体。它有个大大的吉祥志，脚上戴着首饰，像在王宫的列队仪式上，没有象夫。下面用梵文写着：大象。

我想起有一天在伦敦桥医院，她对我说："你那么抽象，人们甚至不知道给你什么礼物。"

"有那么难吗？"我对她说。

"不难，而是不可能。"她笑着说。

"为什么不可能？"

"我意思是说不可能，没人可以。告诉我，什么礼物，能用石头或云朵做礼物吗？"

"石头当然可以，经过恰当的切割、神圣化之后，成为一座神像，然后向它敬奉香、鲜花和椰子——"

"那么，你把它当成人——"

"是的，你不明白吗，到底谁制造出我，刻出这嘴和大耳朵——"

"当然——"

"你知道，至于说到云，它是很好的信使。"听到这个词[①]，她笑了，继续说，"和你说话很难。你可以用任何东西制造出万物。"

"那是数学的事。"

"不过，告诉我，我可以给你做什么礼物，我躺在病床上想了很久。"这段对话发生在前几天，大概是两三天前，在她做手术前。她一定觉得有必要给我件适当的礼物，她可能感觉到（但自己没有意识到），然而，她的每个动作和每句话对我来说都是纯粹的赐予，她知道吗？

"比如你想想所有能让我高兴的东西。"

"嗯，嗯。"她沉默了。

"不过，让我帮帮你吧。"我说，努力让她不要太累。

"谢谢。没有珍宝配得上你，也没有书能配得上你，因为我想你有了自己所需要的一切。我觉得，也许手帕可以，但你很少用，因为你健忘，可能一周就弄丢了。我真不知道你怎么让自己活下来的。"

"在天使的帮助下。"我半开玩笑地说。我也想起了拉福斯夫人和苏珊娜，当然还有天使中的天使图图夫人，她如果感冒就会心脏病发作。她们都很关心我。

---

① 《云使》(*Meghaduta*, "The Cloud Messenger")，迦梨陀娑的著名诗篇，诗里写一个恋人通过云作为信使给他的爱人捎去自己的深情。——作者注

"说真的,我想把自己的一枚戒指给你——我有很多,但我知道你会认为这样一枚戒指在你手上,显得很可笑。"

"并非如此。"我怀疑地说。

"那又怎样呢?"

"那又怎样呢?"我笑着重复。

"或许几年里,或许很多很多年后,我会给你一件褐色长袍。"

"真的吗?这让我很伤心,但我不会表现出来。"

"为什么,你已经很像僧人了,你所需的就是誓词。"

"你知道,我可以在任何时候发这样的誓言,你认为我会发什么样的誓言呢?你决定,我说。"

"哦,这个建议就像给你领带或戒指一样荒唐,你不这样认为吗?"

"那又怎样呢?"

"请帮帮我,拜托。"

"我会向你透露两个我最爱的东西:如果它们能被称为东西的话。你知道我们婆罗门仪式,我不知道在北印度怎么做,我们给婆罗门器具,就是说,导师给圣线、木棍——丹达,还有一块鹿皮。鹿皮是——"

"是的,我知道,沉思时坐在上面。"

"它应该是块黑羚羊皮。"

"那么你想当个僧人?"

"不是,绝不是。"我回答道,"在婚礼上,"我继续说,"我们在地上画大象和马——我想,大象用米和枣子做,麦子做马。我拉着新娘绕着那些吉祥物七圈,每次颂歌重复时,你都要把一只脚放前面。大象和马象征着八种最重要的财宝。"

"那么告诉我，我该给你什么？"

"一只黑色雌鹿。"我回答说。

"不，我会给你马或大象——当然不是在这里，而是你去维拉普尔的时候，"她打断我说，"你可以得到王宫象舍里的第二只幼象。"她像说笑话一样，在她母亲面前又说了一遍。她母亲微笑着同意了，是的，她们会给我只幼象，维拉普尔象舍里出生的第二只象。

这就是它：一只好看的象。这个宗教生物四周有七条短线——一、二、三、四、五、六、七，我又数了一遍。是的，我对自己说，云使送来了消息。我流出了眼泪。我想，猎人和他的狗还在等着他的兔子，可我已经有了自己的大象。怎样的礼物啊，确实，怎样的礼物啊，我重复着对自己说，我头脑一片空白，既没醒也没睡。我在哪里？我又想起乔达摩佛陀说过：只有自身是空的人才能获得最完美的礼物。我空了吗？说自己空的人是不会空的，那我怎么知道呢？我永远、永远不会知道。那如何接受这礼物？我又把它放在哪里？我想给我的大象叶子、种子、甘蔗、白米饭，你会吃吗，大象？多像一个孩子啊，在"狂喜"的悲伤中。所以只有在无人的时候才能接受礼物。因此，当我不在这里时，我也会感到快乐。那么谁在这里，大象，我的大象？我在什么地方读到过，尼采在读《摩奴法论》时，把书摊开放在床上，然后就出去了，那是在都灵（在都灵，确实，苏珊娜的罗伯特留在修女当中，他也是在那里去世的，我要把罗伯特还给苏珊娜，这样生死就轮回了）。尼采散步返回时，一辆卖货的马车（我想是煤车）停在路边，他开始和马说话：马啊，亲爱的马儿，你是谁？然后他进去了，之后就疯了。那么，贾娅，你认为我也会像尼采那样发疯吗？告诉我，告诉我，我会发现谁的答案。谁在那儿，谁，我什么时候不在这里？那么，这是婚礼吗——没有人拿着、得到大象这样的礼物：那么来吧，马儿，来吧大象，从哪里来？如果这里没人，也就没有地方、没有时间。你知道，马儿，都灵的马，维拉普尔的大象（如果你喜欢的话，叫幼象，像法国人那样称呼它，你记得吉美博物馆可爱的大象吗？像孩子一样，睁着纯洁的双眼，轻易信赖别人，又顽皮）——来啊，来啊，来到无处之地、无时之地，你知道这就是婚礼，是不会发生的婚礼。那么，湿婆和帕罗瓦蒂也是，还有肯亚库马利的珠宝。或者还有，像悉多，一次降生为大象，一次是马（除了降生为鸽子、孔雀和兔子外）。你结婚了，因为你父亲说你应该结婚——我在喜马拉雅山的父亲。你不会那样做，是吗？——尽管您现在离佛出世、成亲的地方很近，他从那里离开了妻子和家，还有他的马儿肯特加，一直驮着他翻山越岭，去了恒河岸边——在那里，肯特加会死去，而它回到我身边时，我不在那里，就是这样。肯特加到我这里时，我明白原因和结果，我将不是作为我在那里，那么谁在那里呢？没有人。告诉我，它是不二吗，不二阿德维亚，我的马，我的大象，你知道，我不是我，不二是婚礼，那么确实没有婚礼。贾娅拉克希米，你听到了我所有的低语吗？你在那里吗？

乌玛睡梦中说着什么，我从走廊去厨房拿水时，贾娅的房间没有灯光了，她当然无处可去，我也根本没去任何地方。没有。

45

第二天早上忙碌混乱，人们不知道自己是谁，也不知道忙什么——行动和想法一个接一个，迅速而复杂，伴着让人喜爱的乐曲，但在那时，每件事甚至看起来就是事实，每句话几乎都不文雅。我起来时，贾娅已经去帕斯卡尔医生那里——我一定睡得很晚——是米雷耶带贾娅去的，帕斯卡尔会再为贾娅做检查，或许会给她一些镇静剂，让她放松点，尤其还有这么长的旅途。伊冯娜今天早上到得很早，因为她有很多事情要做。我去卫生间洗漱时，听到乌玛在低声吟唱颂神，我能闻到香味，贾哈瓦丽——或许是苏姐——给了她这些，后来我才知道乌玛向迦梨女神发了二十一天的誓。当然，德尔福斯医生十分肯定——即使这样，大神们也需要适当的供奉来抚慰。从任何地方到贝拿勒斯，中间仍隔着黑森林丹达卡拉亚。生活绝不简单。

我忙着剃胡子时，电话响了，伊冯娜来说："王后大人想和先生说话。"我知道她称呼贾娅为王后大人，拉迪拉尔一定到宾馆了，是的，一定是这样，他们吃早饭时听说王后大人决定不和他们一起回印度——苏伦德从纽约打来紧急电话，他必须在王后大人离开欧洲前见她一面——有关重要商务，可能是和芝加哥公司谈新化工厂。王公大人（他总是把重要决定留给王后大人去做）告诉过她可以在巴黎等，也可以直接和贾娅回印度。王后大人不是很喜欢欧洲，她喜欢自己家里的舒适，有仆人礼貌地问她各种事情，贵族和官员的妻子来拜访，咨询一些婚姻和生孩子的建议，或者一些女士的白内障或癌症手术……你就知道了，王宫里生活不简单是怎么回事。要么是大象姆提病了，他肚里有虫；要么是德维卡的小牛犊不喝母牛的奶，很多奇怪的事情发生。拉玛塔·汗是唯一能乞灵的人，可他出门去岳父家了，他去看望生完孩子的妻子。那个普特里，衣柜女士（拉贾·阿肖克总是这样开玩笑地称她）的妈妈在村里病得很重，她必须去，这样的话，谁来取王后大人的衣服呢，只有她知道王后大人的首饰在哪儿。十胜节很快就要到了，祈祷和仪仗队都已经准备好——你知道陛下自从失去权力后对这一切都很不在意，他会说，十胜节对一个没有王权的王公有什么意思？但不管你想不想，十胜节还是要过的。已向女神祈祷九夜了——已选出了她的衣服和首饰，给官员和侍臣的礼物也都准备好了，当然，要安排客人食宿，车和仆人都会分配到每一个人——谁在什么车站或飞机场接哪个家庭。你看，尽管维拉斯普尔不是个大城市——它的人口不超过二百万，我想少于三百万——每件事还是要做，就像室利罗摩统治阿逾陀一样，这些事（自独立后）都落到了王后大人的肩上。年轻的王后玛雅德维在杜尔迦普尔王宫长大，对传统、方式所知甚少。玛雅德维是平原上的人，她怎么知道喜马拉雅山人的神秘事情呢。他们不是说喝一捧恒河水比登斯瓦里卡山容易吗？王后大人多多少少在电话里跟我解释了一些，说："你这个智者，现在告诉我该怎么做？我觉得自己应该走，你怎么看？"

"王后大人，"我谦卑地回答，脸上还有肥皂泡，"我知道什么呢？我的婆罗门智慧已经还给祖先了，我的知识或经验都不多。"

"即使这样，"王后大人坚持说，"如果你说我能去，它就像一个祝福。"

"我祝福谁，王后大人！"我被她的请求震惊了。

"你可以否定你的祖先，尽管如此，可他们在那里，我能感觉他们，知道他们，就像我了解我自己的祖先一样。尼赫鲁能拿走我的权力，但他不能改变我的血统，他能吗？"

"您说的对，王后大人。您看，您比我有智慧。"

"不管怎样，告诉我该怎么做？甚至拉贾·阿肖克都让我听你的建议。"

"您的位置在印度，"我思考了一会儿对她说，"像现在我的家在这里一样。"我的话当然有很多意思，她很敏感，会懂的。

"拉迪拉尔吉也这样说。"

"您看,他是给您建议的合适人选。"

"但我更愿意听你的。"她几乎严厉地说。她应该被遵从,即使她这样严厉地对待我的祖先。国师走到前面让国王跟随他。国师之所以走在前面,是因为国王保护他。这是原始法则的本质。

"王后大人,告诉我您什么时候动身,我去机场送您。"

"贾娅从医生那里回来了吗?"

"还没有——"

她中断谈话和别人说话。"对不起,"她道歉说,"我丈夫来电话了,我要告诉他我最后的决定。这是王后大人在接电话。"她说,好像是拉贾·阿肖克在打电话。

"你好,老朋友,再见吧,我希望能在这里多待几天,巴黎是座很有感染力的城市。"

"我想,不仅是巴黎。"我和他开玩笑地说。

"是的,我的朋友,当然还有这里的生活。"他用那种特有的盎格鲁-撒克逊口音说道,他那些平庸的话总是让我吃惊。但他意识到自己是个被打败的人,因为十胜节,他也要回到他的地盘,还可能再一次骑上他的大象英德拉瑟那,浑身珠光宝气,旁边是拿着威士忌的仆人——拉贾·阿肖克的弟弟玛赫斯在象轿后面——百姓们向他的家人撒花、米和莲花。第六天他会向希拉昌德剑祈祷(从亚历山大时就有名了),在军械库,在第七天对他的象和马祈祷,接着第九天晚上是他的"胜利游行",足够讽刺的。那些选他作国会议员的商贩代表们坐着漂亮的马车跟在他后面,再一起回杜尔巴尔宫,他们会在那里向他呈上礼物,他恭敬地摸摸它们,也适当地给每人披巾、头巾或首饰作为礼物,并让他们把所有东西带回家。不过,他说这一切纯粹是狂欢节，除非拉吉普特人准备战死疆场，否则就不是真正的拉吉普特人。在尼赫鲁的接见室，我们是侍臣，像我们在乔治五世的王宫或是在之前的莫卧儿王宫一样。"我们失去了国王的骄傲，"他满脸悲哀地说，"我们忘了自己是谁，那些知道这个的人占据了我们的位置。这非常合理，不是吗？"我不知道英德拉瑟那会对他说什么。"哦，你这头聪明的大象，你的意见是什么？"它会跪在王公面前，这样说："我遵从。"对英德拉瑟那来说，皇家大象是皇家大象，国王是国王，正如对王后大人来说，婆罗门是婆罗门一样。乌玛也是这样想。我的妹妹她看起来非常智慧、圣洁，她祈祷后站起身时，额头上的吉祥志大如拇指，头发装饰着鲜花，她看起来突然成熟了——女孩变成了女人。而我呢，三十二岁，在感情和行为上仍然像个少年。如每个人都有他的达磨那样，每个年龄也都有它的法则。三十二岁，我应该结婚，至少有两个孩子，父亲二十三岁时就有了我后来早夭的哥哥。每个时期都有它自己的法则，这样，我们身处的混乱，有着"时代和种姓的混合"。如果任何事情都是这样，这才是人类真正失当之处，他唯一的罪。

  幸亏善良的拉迪拉尔在那里，高贵又极其明智，真是人中龙凤，我非常尊敬他。我很幸福，通过拉贾·阿肖克，我认识了这位既学识渊博又严肃的人。我期待我们将进行的有关耆那教和吠檀多的交谈，还有关于誓言和自由知识分子的对话。我觉得他会像我真正的兄弟一样。

46

  事实上，稍晚一点，我们都聚集在了乔治五世饭店的门厅，拉迪拉尔已经接管了出发的所有事务，他知道如何安排人和事。他弟弟和善良的苏妲也来送王后大人、贾娅和拉贾·阿肖克去机场。拉迪拉尔的司机马塞尔先到酒店然后到机场，他在应对门童这样的事情上有着他主人一样的风格。拉迪拉尔已经帮拉贾·阿肖克准备好了给女佣和前台的合适的红包，贾娅最后才加入我们——她和米雷耶彼此似乎非常亲密。贾娅看起来一如既往的孤独——超然离群，十分忧伤，她找到了一个同伴，这很好，米雷耶紧接着就去接让-皮埃尔了。在豪华轿车里，乌玛挨着王后大人坐，贾娅坐在我旁边，拉贾·阿肖克和拉迪拉尔坐在前排。他弟弟和苏妲坐商务车，带着所有的行李跟在我们后面。他们有个照看行李和负责它们安全的健壮的司机，他觉得自己在这个队伍里也有一席之地。

奥利机场一如既往的繁忙。印度航空公司的飞机有些晚点，但又可以看见印度式礼节了，这很好。印度母亲伸展开她宽阔、柔软的手臂保护我们所有人。我们每个人都有着自己的哀伤，只有她，我们所有人的母亲知道我们的秘密和托词。我们和她玩着游戏（我在巴黎，在纯粹数学国际研究院，拉贾·阿肖克在伊顿，像在他之前的尼赫鲁在哈罗公学一样），但她理解我们，像王后大人以她的方式了解我们一样，给我们每个人自己的位置，以一种母亲般的体贴，忽略拉贾·阿肖克的爱情，贾娅的秘密（她这位女王，她一定在我们周围画下了神秘的圆圈）。他们离开时，王后大人给了乌玛一个十八世纪斋普尔式的吊坠项链——她把它挂在乌玛的脖子上，像长者的祝福。王后大人只和我们待了一个晚上，虽然不是实物，有时只是动作或微笑，但她似乎给所有人带来了祝福。她向我们所有人合十行礼，转身去了贵宾候机室。我对她心怀敬意，感动到落泪。我不敢看贾娅，而她满怀忧伤，表情沉重，她直直地看着我，像是正走向自己最终命运的人——她是一个真正的拉吉普特人！拉贾·阿肖克有点过于吵闹——和他之前的部下、使馆官员和一些学生闲聊着,大声说笑。拉迪拉尔的弟妹带来了吉祥印,给每个人的额头都点上,拉贾·阿肖克也点了,确实,因为前额上的吉祥点,拉贾·阿肖克看上去突然显得古色古香了。

拉迪拉尔到处都有熟人,他得到特别许可,可以带尊贵的客人直接到停机坪。他告诉我们,他没有时间获得将车直接开到飞机下面的许可。戴高乐共和国是个弹性共和国,拉迪拉尔是他们中的一员,他在各处都有很多朋友。如果曾和法国人一起经历他们的苦难,他们是不会忘记你的。他们的犬儒主义只是与他们的骑士精神相对。英国人把它全藏在幽默中,而法国人是在怀疑中。法国人仍然是中世纪的,但英国人很早就进入工业时代。戴高乐是这样,盖茨克①也是这样。

拉迪拉尔领着客人们走向护照通道时,马塞尔带着一大束玫瑰跑向他,贾娅停了一会,简洁地说:"请等一下。"她虔诚地将我拉到一边,让我站着,她用纱丽边蒙住头(在整个遥远的世界面前),她用双手触摸我的脚,良久,又起身用手摸自己的眼睛。我觉得非常不配,把她扶了起来。

"哦,贾娅,"我几乎喊道,"永远不要这样做。"

"我希望你能成为王!"一颗泪珠从她的左眼滚落。

我颤抖了。我的身体明白。我的心是根笔直的火竹。

"我现在必须离开了,突厥人在等我。"她走向出口。那么,故事,到此终结。

王后大人合十转向我,闭着眼睛似乎在祈祷。警察对乘客做了走的手势,人们走得很快。拉迪拉尔高举着玫瑰经过警察,警察看

---

① 盖茨克(Hugh Gaitskell 1906—1963),英国政治家和工党领袖。

着他身上的自由缎带，立正向他敬礼。他们站住深情告别，警察也对他们微笑了。贾娅看着我走过来，就像看着她自己。我看见她又流出了眼泪。你不能给它增加任何东西，从它那也带不走任何东西。谁能给谁增加什么？

现在，他们转过拐角，真的走了。

47

拉迪拉尔和我们一起坐到车里，他说，印度航空公司飞机起飞时，不像飞天马车维曼那离开阿逾陀普里而是像到达那里。苏妲和她丈夫现在和我们坐在一起，他们同时吟诵起杜勒西达斯的《罗摩功行之湖》[①]。拉迪拉尔转向我们——他和马塞尔坐在前排——和他们一起一句句地吟诵着伟大史诗里的句子。

> 仁慈的罗摩见诸位将领都如此深情，
> 请大家登上飞车，一道前往阿逾陀城。

他向婆罗门致敬，然后让飞车朝北方驶去，苏妲开始唱——

> 车子有着高而精致的宝座，

——她丈夫纠正她，他们一起开始唱：

> 飞车在空中行走时，周围发出胜利的欢呼。

[①] 译文取自杜勒西达斯：《罗摩功行之湖》，金鼎汉译，人民文学出版社1988年，第624页。

飞车上有一个宝座，罗摩和悉多坐在上面，
如须弥山顶上的乌云，旁边是闪烁的雷电。

美丽的飞车朝北方疾驰而去，
神仙们在两旁向它洒下花雨。

　　三个人继续拍着手，一路唱着。我们不再是在巴黎，而是在靠近阿逾陀城的地方。我们印度人真是多愁善感啊，我们需要罗摩和悉多（或湿婆和帕罗瓦蒂）来表明我们是谁。拉迪拉尔看到我默不作声，就说，"你为什么不背诵些什么呢？"思考片刻之后，我没背诵别的，而是背《后罗摩传》[①]里的句子：

我的女神，我的心破碎了，身体受限。
宇宙看起来是空，内心之火覆盖了我。
绝对的痛苦中出现疲惫，我的精神触摸人类之根。
沉默四处侵入。愚蠢的我啊，现在该做什么呢？

　　"他晕倒了。"拉迪拉尔接着说，想起书里写的："他（室利罗摩）晕倒了！"
　　也许，智慧就是把过去活在现在，并且知道没有明天。
　　我和乌玛在电梯里时——我们现在回到了布罗耶街——乌玛黑黑的大眼睛里有种迫切和纵容的神情，她把头靠在我胸口时，我看

[①]《后罗摩传》（*Uttararamacarita*），薄婆菩提的七幕剧，取材于《罗摩衍那》第七篇，写罗摩休妻的故事。

着别处，她的手放在我肩膀上，坚定，自信，宁静。我们到了五楼，我用钥匙打开门，我发觉乌玛浑身颤抖，强忍眼泪。于是，我没有回自己的房间，仿佛仪式般的，我扶着她慢慢走到她的房间——我对自己说，可怜的人啊，离开贾娅一个人回家她一定伤心了——帮她躺在床上。床还没收拾，散发出乌玛用的发油的气味，床单上散落着吉祥志的贴片。我茫然地坐在她身边，她在泪水中露出了恳求的微笑，至少看起来是这样。她害羞地飞快看了我一眼，好像要把我拉到我的真实之地。她的神情忧伤而迷人，还有一种长期压抑的渴望。她又开始摆弄起我的手指，仿佛又成了一个小姑娘。然后是长时间严肃的沉默，眼泪慢慢地从她的双颊流下，一滴接着一滴。但突然间，她泪流满面，轻抚我的脸喃喃自语："神啊，我的神。"她把我的头搂到怀里，像拍孩子样拍着我。

在那里，我陷入沉睡。我到家了，是吗？